捧读

触及身心的阅读

ゆきぐに

川端康成 著

胡长炜 译

河北出版传媒集团
河北人民出版社
石家庄

图书在版编目（CIP）数据

最美川端康成. 1，雪国 /（日）川端康成著 ; 胡长炜译. -- 石家庄 : 河北人民出版社，2023.5

ISBN 978-7-202-06724-6

Ⅰ. ①最… Ⅱ. ①川… ②胡… Ⅲ. ①中篇小说一日本一现代 Ⅳ. ① I313.45

中国版本图书馆 CIP 数据核字（2022）第 052236 号

书　　名　**最美川端康成（全六册）**
　　　　　ZUIMEI CHUANDUANKANGCHENG(QUANLIUCE)

著　　者　[日]川端康成

译　　者　胡长炜　李光曦　彭筱琨　李作媛　温　烜

责任编辑　王云弟　刘大伟　张紫薇

美术编辑　于艳红

装帧设计　陈旭麟（okmake studio）

责任校对　付敬华

出版发行　河北出版传媒集团　河北人民出版社
　　　　　（石家庄市友谊北大街 330 号）

印　　刷　河北鹏润印刷有限公司

开　　本　787 毫米 ×1092 毫米　1/32

印　　张　57.5

字　　数　890 000

版　　次　2023 年 5 月第 1 版　2023 年 5 月第 1 次印刷

书　　号　ISBN 978-7-202-06724-6

定　　价　468.00 元（全六册）

目录

雪国

穿过县界上长长的隧道，便是雪国。夜空之下，大地一片莹白。火车在信号站前停了下来。

一位姑娘从过道对面的座位站起身子，放下了岛村面前的玻璃车窗[1]。一股冰雪的寒意涌进车厢。姑娘将身子探出窗外，朝着远处喊道：

“站长先生！站长先生！”

一个男人手拎提灯，缓缓踏雪而来。他的围巾一直缠到了鼻子上，帽子的皮护耳耷拉在两边。

岛村心想，已经这么冷了吗？他眺望窗外，只见几间似是铁路员工宿舍的简易板房零星散落在山脚，很是寂寥。雪色未及延伸到那边，便被黑暗吞噬了。

---

1 | 日本早期的火车车厢采用的是下落式车窗，平时挂在窗框上，移开挂钩会落下来。

“站长先生，是我！您近来可好？”

“啊，这不是叶子姑娘吗！回家啦？天儿又冷起来咯。”

“听说我弟弟这次来这边工作了，承蒙您照顾啦。”

“在这种地方，早晚会寂寞得受不了。年纪轻轻的，也真够可怜。”

“他完全还是个孩子，还请站长先生多多教导他，拜托您了。”

“行啊，他干活儿挺利索的，之后就要忙起来咯。去年也是下了大雪，经常闹雪崩，火车进退不得，村里帮着送饭食，也忙得很呢。”

“我看站长先生穿得好厚呀。我弟弟来信说，他连背心都还没穿呢。”

“我穿了四件啦。天一冷，年轻人就一个劲地喝酒，结果一个个都得了感冒，在那边东倒西歪躺了一地呢。”

站长朝宿舍那边晃了晃手中的提灯。

“我弟弟也喝酒了吗？”

“他倒没喝。”

“站长这就回家啦？”

“我受了点伤，要去看医生。”

“哎呀，这可要不得啊。”

站长的和服外面还罩着外套，他似乎想结束这场立于严寒之中的对话，转过身子说：

“那我走了，你路上多保重。”

“站长先生，我弟弟这会儿没出来吗？”叶子的目光在雪地里搜寻着，“站长先生，还请您多关照我弟弟，拜托啦！”

她的嗓音凄美。清亮的声音在夜色笼罩的雪原中久久回荡。

火车开动了，她仍未将身子缩回窗内。火车渐渐赶上走在铁路边的站长时，她又喊道：

“站长先生，请您转告我弟弟，让他下次休息时回一趟家！”

“好咧！”站长大声应道。

叶子关上车窗，双手捂着冻得通红的脸颊。

这里是县界的群山，山下常备着三台扫雪车，以供下雪天使用。隧道的南北两端，架设了电力控制的雪崩报警线路。还有总计五千人次的扫雪工和两千人次的消防队青年团，已整装待命。

这位叶子姑娘的弟弟，从今年冬天起，便要在这个即将被大雪覆盖的铁路信号站工作。岛村得知此事，对她的兴趣越发浓厚了。

然而，称她为“姑娘”，不过是岛村的主观臆断罢了。她身边的男人究竟是她的什么人，岛村自然也不知晓。两人的举止瞧着宛如夫妻，但男人显然是生病了。照顾病人时，稍不留神就容易忽略男女之别，照顾得越勤快，瞧着就越像夫妻。事实上，一个女人照顾比自己年长的男人——好似年轻的慈母一般，远远瞧着正像是一对夫妻。

岛村是将她单拎出来看的。他不过凭着对方的身形，便自顾自地认定她是位姑娘罢了。也许是以好奇的目光观察那位姑娘太久的缘故，他自己的感伤也掺杂进去不少。

已经是三个小时之前的事了。岛村百无聊赖，盯着自己左手的食指动来动去。因为只有这根手指，还鲜活地记得他将要去相会的女人。他越是急着想将她清晰地忆起，记忆便越是模糊不清。在模糊的记忆中，似乎唯有这根手指如今仍带着女人湿润的触感，将自己带向远方的女人身边。他觉得有些不可思议，将手指凑近鼻尖嗅了嗅。手指无意间在玻璃窗上划出一条线，那里分明浮现了女人的一只眼睛。他大惊失色，差点尖叫出声。这大概也是他的心绪已经飞向远方的缘故。他回神再看时，玻璃上并无其他，只是映出了过道对侧座位上的姑娘。窗外已呈暮色，车厢内亮着灯，玻璃窗便成了一面镜子。不过，由于开了暖气，玻璃窗上蒙了一层雾气。他手指划过的刹那，镜子终于展现出来。

玻璃窗上只映出了姑娘的一只眸子，却美得异乎寻常。岛村将脸贴近车窗，摆出一副旅愁的模样，装作要观赏暮色中的夕阳，用手擦了擦玻璃窗。

姑娘上身微微前倾，目不斜视地守着躺在面前的男人。从她丝毫不晃的肩头，到一眨也不眨的略带坚毅的眼神，都显现出她的认真与诚挚。男人的头枕在窗边，腿蜷缩着，搁在姑娘身旁。这是三等车厢。姑娘未坐在岛村同排，而在对侧前一排。男人侧躺着，玻璃窗上只映出他耳朵附近的那块脸。

姑娘恰好坐在岛村斜对面，岛村本可以直接看她。可是，他俩刚上车时，姑娘那清新迷人的美便惊得岛村垂下了目光。旋即岛村瞧见男人蜡黄的手紧紧攥着姑娘的手，便不好意思再向那边看去。

男人映在镜中，目光只及姑娘的胸口，神情平静而安详。他身体虚弱，却流露出一种怡人的和谐。他把围巾当作枕头，再绕过鼻子下方，严实地遮住嘴巴，又往上盖住脸颊，仿若某种包头巾。围巾不时会松落下来，盖住鼻子。男人的眼睛将动未动的瞬间，姑娘便会温柔地为他把围巾重新包好。两人无意间重复着同样的动作，岛村看着都有些不耐烦了。此外，裹着男人双脚的外套下摆，也时不时松落下去，姑娘也会随即发现，为他重新裹好。这一切都极为自然。此情此景，让人觉得两人似乎就这样忘记了距离，要去往没有尽头的远方。因此岛村心中并无目睹悲愁的伤感，倒像在凝望梦中的幻影。大约是因为这些景象都是岛村透过那梦幻的镜面所见的虚影吧。

镜底流动着暮色的景致。亦即是，镜中映出的虚影与镜底的实景，宛若电影中的重叠摄影一般变幻流逝。出场人物和背景没有任何联系。而且，人物是透明的幻影，背景则是在暮色中朦胧逝去的山野之景。两者交相融合，汇成了一个超脱现世的象征世界。特别是当山野中的灯火映在姑娘面庞的刹那，那无可言喻的美，令岛村的内心都为之颤动。

在遥远的群山上空，还残留着淡淡的晚霞。透过玻璃车窗远眺，远方的景色都还轮廓分明，尚未消逝在夜色中，然而那些景色都已失去了颜色，令一路上本已十分平凡的山野之景越发平淡。由于并无任何值得岛村注目的事物，他内心反而隐隐涌现了某种朦胧而强烈的情感。这自然是姑娘的面容浮现在镜中的缘故。姑娘的虚影映在镜中，遮挡了窗外的暮景。姑娘的轮廓周围，黄昏景致流逝而过，姑娘的面影倒似透明了。然而那真是透明的吗？这不过是他心生的幻影罢了——在姑娘的面影背后飞逝的暮景，仿佛在她面前掠过。扑朔迷离，他也辨认不清。

车厢内灯光暗淡，大约是没有光线反射的缘故，玻璃窗并不若真正的镜子。岛村瞧着那模糊的虚影入了迷，逐渐忘却了玻璃的存在，只觉得那姑娘似飘浮在流逝的暮景之中。

这时，她的面影中映出了灯火。镜中虚影模糊暗淡，并未挡住窗外的灯火，而灯火也无法将这虚影抹去。灯火从她的面影中流转而过，却并未照亮她的面容。这是远处投来的一道寒光，忽明忽暗地照亮了姑娘小小的眸子四周。星眸与灯火重叠的瞬间，那双眸子便化作萤火虫，飞舞在暮色的浪涛之间，妖艳而美丽。

叶子并未意识到自己正被人如此观察。她的心思全倾注在病人身上。即便转头朝着岛村，她也不会望见自己映在玻璃车窗上的身影，更不会留意那个眺望窗外的男人。

岛村久久偷看着叶子，忘记了这对她来说是多么失礼。大概是映在镜面的暮景中，有股虚幻的力量将他吸引住了。

也许当岛村看见她叫住站长，仍是一副真挚盎然的模样时，就对她产生了追根究底的兴趣。

火车经过信号站后，窗外便只有黑暗了。玻璃窗上流逝的山野之景一失去踪迹，镜子的魅力也就随之消散了。尽管叶子美丽的容颜还映在窗上，举止也仍旧温婉，但岛村却瞧出了她身上某种清透的冷意。镜面重新结雾后，他也不再去擦拭了。

约莫半小时后，没想到叶子两人也和自己在同一站下车，岛村觉得好像还会发生什么与自己有关的事似的，便回过头去。然而，一接触到站台上的寒气，他顿时为自己在火车上的非礼行为感到羞愧，便头也不回地绕过车头前面离开了。

男人的手搭在叶子肩头，正要下到铁轨上时，被对面的车站工作人员挥手制止了。

很快，从黑暗中驶来一列长长的货车，挡住了两人的身影。

旅馆派来接他的店员裹着严严实实的冬装——包着耳朵，脚上蹬着橡胶长靴，好似火灾现场的消防员。一名女子站在候车室的窗旁，眺望着路轨那边。她也穿着一件蓝色斗篷，还戴上了斗篷的兜帽。

火车上带下来的暖意尚未消散，岛村还未感受到外面真正的寒意。他是初次领略雪国的冬天，一上来便被当地人的装扮吓住了。

“已经冷到要穿这一身了吗？”

“是啊，已经完全是过冬的装束了。雪后放晴的前一晚会特别冷。今晚看样子要降到零下了。”

“这就要到零下了吗？”岛村望着屋檐边可爱的冰凌，随着旅馆店员上了汽车。在雪夜的笼罩下，家家户户低矮的房顶显得越发矮小——仿佛整个村子都将悄然沉入雪底的深渊。

“的确，无论摸到什么东西，都觉得特别的冷。”

“去年最冷的时候，零下二十多度呢。”

“雪呢？”

“雪嘛，一般是七八尺厚，下得大时怕是有一丈二三尺。”

“大雪还在后面吧。”

“还在后面呢。这会儿雪只有一尺来厚，都化得差不多了。”

“雪也会化的呀。”

“说不好什么时候就会来场大雪呢。”

此时是十二月初。

岛村的感冒老不见好，塞住的鼻子突然通了，寒风顺着鼻孔直通脑门，清鼻涕流个不停，仿佛要把脏东西都冲刷下来。

“老师傅家的姑娘还在吗？”

“唉，在的，在的。您在车站没看见吗？披着深蓝色斗篷的就是。”

“原来是她？……之后可以请她来吧？”

“今晚吗？”

“今晚。”

“说是老师傅家的少爷今晚坐末班车回来，她是去接车的。”

暮色的镜面中，叶子照顾的那位病人，原来就是岛村要去相会的女子的师父的儿子。

岛村得知这点，心中仿佛掠过什么东西似的。但他并不觉得这份邂逅有多么不可思议。他觉得不可思议的是自己居然对此不为所动。

不知为何，岛村似乎在内心深处感到，凭借手指触感记住的女人和眼中映着灯火的女人之间，似乎存在着某种关系，或是将会发生什么事。难道他还未从暮色苍茫的镜中幻境里清醒过来吗？他无意中喃喃自语：那些暮景流光，难道就是时光流逝的象征吗？

滑雪季来临前，是温泉旅馆客人最少的时候。岛村泡完旅馆的温泉上来，已是万籁俱寂了。在古旧的走廊上，他每踏出一步，都震得玻璃门微微作响。在长廊尽头的账房拐角处，一个女子亭亭玉立，和服的下摆在乌亮的地板上铺展开来，清冷而寂寥。

一见那下摆，岛村心中一惊，她到底还是当艺伎了？可她并未朝这边走来，也未屈身摆出迎客的姿态。从她站着一动不动的模样中，岛村远远地感受到了某种真挚的情感。他急忙走了过去，却只是默默地站在女子身旁。女子想用她那浓施粉黛的面庞致以微笑，结果却是一脸哭相。两人就默默无言地朝着房间走去。

明明发生过那种事，他却既不来信，也不来人，连舞蹈造型书也未如约送来。在女子看来，怎么想都是他一笑了之，把自己忘了。按理说，岛村本应先向她致歉或是解释一番，但两人的视线并未投向对方，就这么往前走去。岛村感觉到，她非但没有责备自己，反而一心眷念着自己。这让岛村越发觉得，无论自己说什么，只会衬出自己的散漫与虚情。他被她慑服了，有些情怯，沉浸在甘甜的喜悦之中。走到楼梯口时，他忽然将伸出食指的左拳探到女子面前，说道：

“它是最记得你的。”

“是吗？”

女子握住他的手指，再也不松开。两人手牵着手走上了楼梯。

在被炉前，一松开手，她的脸便唰地红到了脖子根。为了掩饰自己的窘态，她又慌忙抓过岛村的手说：

“是它还记得我吗？”

“不是右手，是这边。”岛村从女子的掌心抽出右手，伸进被炉，又伸出了左拳。

她装作若无其事的样子说：“嗯，我知道的。”

她一边抿嘴轻笑，一边掰开岛村的拳头，把自己的脸贴了上去。

“是它还记得我吗？”

“嚯，真冷呀！我还是头一回摸到这么冰凉的头发。”

“东京还没下雪吗？”

“你那时虽那么说，但那果然并非由衷之言吧？若不然，谁会在年尾来这么天寒地冻的地方呢？”

那时候——是刚过雪崩的危险期，山中一片新绿的登山时节。

过不多时，饭桌上就见不到通草的嫩芽了。

岛村终日无所事事，不知不觉间变得玩世不恭起来。他觉得爬山最能唤回自己那易于丧失的真诚，于是常常独自去登山。他在县界的群山中待了七天。那天夜里，他一到温泉乡，便让人去叫艺伎。但是，那天正好有庆祝道路落成的宴会，村里热闹万分，连兼作戏棚的蚕房都用作宴会场地了。女佣回话说，十二三名艺伎人手已经不够，实在是请不来人。不过，老师傅家的姑娘即便去宴会上帮忙，也顶多跳两三支舞就回来了，若请她的话说不定能来。岛村又追问姑娘的事，女佣便做了简短的介绍：教三味线和舞蹈的老师傅家中的那位姑娘并非艺伎，但有时也会被叫去给大型宴会助兴。这里没有年轻的见习艺伎，大多都是不愿起身跳舞的半老徐娘，所以那姑娘便被人们视作珍宝。虽然她不常独自前往旅馆应酬客人，但也不能说是未经风尘。

岛村只觉得这是套话，并不放在心上。约莫一小时后，女佣将那姑娘带来时，岛村不禁一愣，端正了坐姿。女佣旋即起身欲走，女子抓住她的袖子，又让她坐下了。

女子给人的印象，无比清新洁净，甚至令人觉得，她恐怕连脚趾缝里都是干净的。岛村不禁怀疑，这是自己的眼睛看惯了初夏群山、满目清新的缘故吗？

她的衣着虽有几分艺伎的风格，但衣服下摆并未拖在地上，里面一件柔软的单衣也穿得齐整。唯有腰带不大相称，似乎是贵重品，反而让人瞧着有些可怜。

女佣趁两人谈起山中之事时，抽身离去了。然而就连村里可以望见的几座山，女子都不大能将名字说全。岛村提不起酒兴，女子见状倒意外坦率地说起了自己的身世。她原生于这雪国，在东京做舞伎时被人赎身出来，本打算将来做个日本舞老师安身立命，不想刚过一年半，恩主就逝去了。从那人故去到现在的经历，也许才是她真正的身世，然而她似乎并不急于道出这份经历。她说自己今年十九岁，若此言非虚，她瞧着倒有二十一二岁了，岛村这才不那么拘束，开始谈起歌舞伎之事，她倒比岛村更熟悉那些演员的风格和逸事。或许是因为难得遇上个聊天对象，女子说得入了迷，展露出风尘女子的那种无拘无束来。她似乎也懂得一些男人的心理。但即便如此，岛村心中仍将她视作清纯少女。再加上他之前在山中已一周未与人好好说过话了，温馨的亲切之情满溢于怀。从女子身上，他首先感受到的是近似友谊的情感。山居寂寥的感伤之情，也悄然寄托在女子身上。

次日下午，女子把浴具放在走廊上，跑到他的房里来玩。

她尚未坐定，岛村突然让她帮忙叫个艺伎过来。

“你要我帮忙？”

“你不是很清楚嘛。”

“讨厌！我做梦都没想到，你会拜托我做这种事。”

女子带着薄怒起身走到窗边，眺望着县界的群山，不觉间双颊晕染了绯色。

“这儿可没有那种人。”

“你就骗人吧。”

“是真的。”她突然回过身，坐在了窗台上，“这儿绝不准强迫她们，全凭艺伎自己的意思。旅馆也一概不招呼她们做那种接待。这是真话，你随便找人问问就知道了。”

“那你去帮我找找看嘛。”

“为什么我非得帮你做这种事呢？”

“因为我把你当朋友嘛。我希望以朋友待你，才没打你的主意。”

“这就是你说的朋友？”女子被激出孩子气的话，旋即又狠狠地说道，“你可真厉害。亏你好意思拜托我做这种事。”

“这也不算什么吧？在山上身体是结实了，可脑子还是不清爽。就连和你，也无法痛快畅聊。”

女子垂下眼帘，默然不语。岛村见状，索性摆出那副男人的厚脸皮姿态。她大约也是了然于心，见怪不怪了。或许是睫毛浓密的缘故，她低垂的眸子显得越发温婉娇艳。在岛村的端详之下，女子微微摇了摇头，脸上又泛出些许红晕。

“请你自己叫个喜欢的吧。”

“我不是在问你吗？我初来乍到，哪里知道谁漂亮。”

“你是说要漂亮的？”

“年轻就好。年纪轻，不管哪方面都不会出岔子。不啰唆多嘴的最好。要呆一点儿的，看着干净的。我想聊天的时候就找你嘛。”

“我再也不来了。”

“说什么傻话。”

“真的，不来了。我来干吗呢？”

“我是想和你清清白白地交个朋友，这不是没打你的主意吗？”

“真是厚颜无耻。”

“要是打了你的主意，也许我明天就不想再见你，更无兴致再与你聊天了。我从山上到村中，难得想与人亲近，所以没有向你求欢。但我毕竟是个游客呀。”

“嗯，这倒是真的。”

“是啊，就说你吧，若是我找了个你讨厌的女人，日后相见，你也会不痛快的。还不如你帮我挑一个呢。”

“我才不管。”她狠狠抛下一句，便转过脸去又说，“话倒是没错。”

“要是发生了关系，那还有什么意思呢，彼此之间只怕也难以长久。”

“是啊，是这么回事。我出生在码头，而这里是温泉乡。”女子的语气出乎意料地坦诚，“客人大多都是旅客。我那时候还是孩子，听形形色色的人说，只有那种发自内心喜欢你，当面又不明说的人，才会令人想念，无法忘怀。即便分别之后也是这样，还能想起你，会寄信过来的，大抵便是这种人了。”

女子从窗台上起身，轻柔地坐在窗下的榻榻米上。她的神情似是在追忆往昔的时光，片刻又恢复了坐在岛村身边的神情。

女子的话音里真情流露，不免让岛村有些内疚，觉得自己是否轻率地骗了她。

然而，他说的也并非谎言。女子总归不算风尘中人。岛村即便想找女人，也不至于打她的主意，完全有毫无负罪感的方法。她太过清纯洁净了。初见之时，岛村就将她与那事分开了。

而且，他那时为夏天去哪儿避暑发愁，正考虑是否带家人来这温泉乡。幸而这女子还未染风尘，到时还能请她同自己的妻子做个伴，兴许还能向她学一段舞蹈，以消愁解闷。他是真心这么想的。尽管他对女子有着近乎友谊的情感，但他还是试了试个中深浅。

当然，这儿似乎也有一面岛村观赏暮景的镜子。如今，他不仅厌恶和不清不白的女人扯上关系，或许连看人的方式，都像观察暮色中映在车窗玻璃上的女子那般超脱现实了。

岛村对西洋舞蹈的兴趣也是如此。他生长在东京的商业区，从小熟悉歌舞伎。学生时代时，他的爱好转向了传统舞蹈和舞剧。岛村生性固执，一旦产生爱好，非得追根究底才肯罢休。于是他四处网罗古典记载，走访各派名家，还结识了一批日本舞蹈新秀，甚至写起了研究和评论的文章。如此，岛村对日本传统舞蹈界的故步自封，以及对新尝试的自鸣得意，自然感到极为不满。他觉得既已如此，自己除了投身实践别无他法。然而，当年轻的日本舞蹈家邀请他时，他却忽然改换门庭，研究起了西洋舞蹈，日本舞连看也不看了。取而代之，他开始收集西洋舞蹈的书籍和照片，连海报和节目单之类的东西都费尽心思从国外求来。这绝不仅是他对异国和未知的好奇心。岛村能从中发现新乐趣，恰恰在于他没能亲眼瞧见西洋人表演的舞蹈。日本人表演的西洋舞蹈，他从来不看，便是明证。凭借西洋的出版物，写下关于西洋舞蹈的文章，没有比这更安逸的事了。写没有见过的舞蹈，便是凭空臆想，实属纸上谈兵。那仿若异想天开的天国诗篇。虽以研究为名，实则却是任意想象，那并非是在鉴赏舞蹈家的鲜活肉体所表演的舞蹈艺术，而是在鉴赏他从西洋的文字和照片中所幻想的舞蹈虚影，这仿佛沉醉于一段未曾见面的恋情中。因他时不时写些关于西洋舞蹈的文章，倒也勉强算个文人。他虽对此自嘲不已，但对没有职业的他来说，未尝不是一种慰藉。

岛村关于日本舞蹈的一番话，竟让女子对他亲近了许多。可以说，那些知识久违地在现实中派上了用场。然而，在不知不觉间，岛村或许仍在像对待西洋舞蹈那般对待这姑娘。

因此，当发现自己那番带着淡淡旅愁的话，竟勾起了女子生活中的隐痛时，岛村不免有些内疚，觉得自己欺骗了她。

“这样的话，下次我就算把家人一起带来，也可以同你畅快地玩耍了。”

"嗯，这些我都清楚的。"女子放低声调，露出了微笑，旋即又带着几分艺伎风格的欢笑道，"我蛮喜欢那样的，平淡一些才能长久。"

"所以你帮我叫一个来嘛。"

"现在？"

"嗯。"

"别吓我。这光天化日的，让人怎么说得出口？"

"别人挑剩的我可不要。"

"怎么说这种话呢！你误会温泉乡是见钱眼开的地方了。你看这村中的情形，难道还不明白吗？"

女子似乎很意外，一本正经地反复强调这里没有那种女人。岛村不信，她生起气来，但还是退了一步说："无论做什么，全凭艺伎自己。若未与主家打招呼就在外留宿，万一出事就自己负责；但若事先打过招呼，那便是主家的责任，之后无论怎样都要照看到底。这便是差别。"

"责任是指什么？"

"弄出了小孩，或是弄坏了身子之类的。"

岛村对自己傻气的提问，不禁苦笑。他心想，这山村里，或许真有那种悠闲的事情呢。

岛村终日无所事事，也许天然地有种寻求保护色的心理。因此他对旅途中各地的风俗都有种本能的敏感。他打山上一下来，就从这村子的质朴景致中，感受到了一种悠闲的氛围。向旅馆一打听，这里果然是这片雪国中生活最为安逸的村子之一。据说，前几年还未通铁路时，这里主要是农家的温泉疗养地。有艺伎的人家大多是饭馆或卖年糕红豆汤的店铺，门上挂着褪了色的布帘。一看那古旧拉门的烟熏痕迹，不禁令人怀疑是否会有人上门。日用杂货店或粗点心铺也会雇上一名艺伎，这些雇主除了店里的生意，似乎还要兼顾田里的农活。大概因为这女子是老师傅家的姑娘，所以即便她没有执照，偶尔还去宴会上帮忙，也没有哪个艺伎说闲话。

“那大概有多少人呢？”

“艺伎吗？大概十二三人吧。”

“哪个比较好呢？”岛村说着便站起身去按铃。

“我回去了哦？”

“你可不能回去。”

“不要。”女子像把屈辱挥开似的说道，“我回去了。没关系，我不会介意，之后还会来的。”

然而，一见到女佣，她又若无其事地坐好了。女佣问了好几遍要叫谁，她也始终没报出个名字来。

片刻之后，来了位十七八岁的艺伎。岛村一见她，刚下山来到村里时那种对女人的渴念便消失了，变得索然无味。艺伎手臂的皮肤透着黑，瘦骨嶙峋的，带着几分稚嫩，人也很老实。岛村朝艺伎那边望去，努力不露出扫兴的神色。但其实是艺伎背后窗外的那片嫩绿群山吸引着他。他泄气得话都不想说，这还真是山中水平的艺伎。看到岛村沉默不语，女子似乎也知趣，默默起身走到一边。场面越发尴尬。约莫过了一小时，岛村正思忖着如何把艺伎打发回去，刚好想起自己收到了一笔电汇[1]，便借口赶时间去邮局，和艺伎一同出了房间。

然而，在旅馆的玄关处，岛村抬头望见散发着浓浓新绿气息的后山，便仿佛被诱惑了似的，拼命地往山上去。

不知有什么好笑的，他却独自笑个不停。

差不多觉得疲倦了，他才轻快地回转身子，撩起浴衣的下摆，一口气跑下山来。这时，他的脚下飞起两只黄蝴蝶。

蝴蝶翩翩相戏，片刻便飞得比县界的群山还高，黄色也逐渐变白，远去了。

“你怎么啦？”女子站在杉树荫下问他，“看你笑

---

1 | 电汇：贸易术语，指通过电报办理汇兑。现逐渐由电子汇款取代。

得那么开心。”

“我不找了。”岛村平白无故涌上一股笑意，“不找了。”

“是吗？”

女子蓦地转过身去，缓缓走入杉树林中。岛村默默地跟在后头。

林中有一座神社。狛犬[1]上覆着青苔，边上有块平坦的大石，女子在那儿坐下了。

“这里最凉快了。盛夏时节也吹着凉风。”

“这里的艺伎都是那副模样吗？”

“差不多吧。年岁大些的人中倒有漂亮的。”女子低着头淡淡地说道。她的脖颈间似是映上了一抹杉林的暗绿。

岛村抬头望向杉林的树梢。

“已经够啦！体力一下子消耗掉了，真是奇怪。”

杉树亭亭而立，需背靠岩石双手撑着，仰起上半身，才能望见树梢。一排排杉树，棵棵齐整挺拔。暗绿的枝叶遮蔽了苍穹，四周寂静无声。岛村背靠的杉树，是林中最为古老的。不知怎的，它只有北面一路枯到顶，徒

---

1 | 狛犬：日本版的石狮子，形似狮子和犬的结合物。

剩光秃的树杈，宛若倒栽在树干上的尖桩，仿佛凶神的兵器。

“是我想错了。从山上下来，头一个见到的就是你，便下意识地以为这儿的艺伎全都很漂亮。”岛村笑着说道。

这时，他才发现，自己想将山上待了七天积攒的精气神洗涤干净，实在是因为一下山就遇见了这名清纯的女子。

女子遥望着余晖下波光粼粼的河流，闲得无聊，有些发窘。

“哎呀，差点儿忘了，你抽烟的吧？”女子故作轻松地说，“方才我折回房间一看，你已经不在了。正纳闷呢，便从窗户瞧见你独自在拼命地爬山。样子有些好笑。看你似乎忘了带烟，我就给你送来啦。”

她从袖中掏出他的香烟，点上了火。

“我对那孩子，有些过意不去。”

“那有什么呢，什么时候打发回去，不都随客人的意嘛。”

河中多石，水声听来圆润而甘甜。透过杉林的缝隙间，可以望见对面山上褶皱的阴影。

“除非找个和你不相上下的，若不然，日后见到你，心中总有缺憾的。”

“我才不管。你这人还真是纠缠不休。”女子愠怒地讽刺了一句。但是，两人之间的情感，已经和未唤艺伎之前全然不同了。

岛村心知肚明，自己一开始想要的就是这名女子，方才不过是在照例兜圈子。他对自己感到厌恶的同时，越发觉得女子美丽动人。从她在杉树林荫下叫住自己，他便觉得女子的身姿骤然间更为清新迷人了。

她纤细而高挺的鼻梁虽显单薄，但下方小巧而紧抿的双唇，宛若水蛭美丽的环节一般，光滑细腻，伸缩自如。沉默不语时，仿佛都在微微翕动。起皱或是气色不好时，嘴唇瞧着本应有些不洁净，但她的嘴唇却润泽光亮。她的眼角既不上挑也不下垂，双眼仿佛被特意描直似的——虽瞧着有些好笑，但两道生得浓密的短眉微弯，覆在上方倒恰到好处。她颧骨微凸的圆脸，轮廓平凡，肌肤却宛若淡抹胭脂的白瓷，脖颈纤细——与其说她生得美或是如何，不如说她透着一种洁净的气质。

对于一个当过舞伎的女子来说，她的胸脯略微有些挺。

“你瞧，不知什么时候飞来这么些蚋虫[1]。”女子

1 丨 蚋虫：双翅目蚋科昆虫。一种与蚊子和家蝇相近的吸血蝇类昆虫。

掸了掸衣裳下摆站起身来。

若在这寂静中继续待下去，两人将百无聊赖，意兴阑珊。

那天夜里，约莫十点光景，女子在走廊上大声呼喊岛村的名字，哐当一声闯进他的房中。她扑倒在桌上，醉醺醺地拨弄上面的东西，然后咕咚咕咚地喝着水。

据她说，去年冬天在滑雪场，她识得几个男人。那几人傍晚翻山而来，正巧遇见了，便邀她去旅馆做客。之后还叫了艺伎，众人闹得欢腾，她也被灌醉了。

她晕头转向，独自说着不着边际的话。

“这样不好，我去去就回。那些人不知我怎么了，一定在找我呢。我之后再来。”她说着，踉踉跄跄地出去了。

约莫一个钟头后，长长的走廊上又响起了凌乱的脚步声，那人似是一路跌跌撞撞过来的。

“岛村先生！岛村先生！”她尖声叫道，“啊，我看不见你，岛村先生！”

这纯粹是女子的一颗真心在呼唤心上人的声音。岛村感到很意外，但喊声有些尖利，恐怕会惊醒整间旅馆，他困惑地站起身来。此时，女子的指头戳进纸拉门，抓住拉门上的木框，一头栽进岛村怀里。

“啊，你在这儿。”

她缠着岛村坐下，倚靠在他身上。

“我可没醉。嗯，我哪里醉啦？好难受，我只是觉得难受。脑子还清醒着呢。啊，好想喝水。不该拿威士忌掺着喝的。那玩意儿上头，我头疼。那些人买的是便宜货，我哪知道呀……”她说着，不住地用掌心搓着脸。

外面的雨声骤然变大了。

他稍一松手，女子就瘫软在那里。岛村搂住她的脖子，脸颊差点儿压散她的发髻。他顺势将手探入她的怀中。

女子并未搭理他的索求，双臂交叉抱住胳膊，像门闩似的挡住了他的渴求之物。但似乎是醉酒的缘故，她的胳膊使不上劲。

“这是怎的了！浑蛋，浑蛋！没一点儿力气，搞什么呢！”她说着，猛然一口咬住了自己的胳膊。

他大吃一惊，连忙掰开，胳膊上已经留下了深深的齿痕。

但是，她已经任他摆布了。她开始乱写乱画，说是要把自己喜欢的人的名字写出来给他看。在写了二三十个戏剧和电影演员的名字后，她将“岛村”二字写了无数遍。

岛村掌心里那抔宝贵的丰盈，越发热了起来。

“啊，放心了。这下我放心了。”他温柔地说，甚至有种类似母性的感觉。

女子忽然又难受起来，挣扎着站起身来，匍匐在房间的另一个角落里。

“不行，这样不行。我要回去，要回去啦！”

“你这样能走吗？下着大雨呢。”

“光脚也要回去，爬着也要回去。”

“太危险啦！你要回去的话，我送你。”

旅馆坐落在山冈上，出入都有一段陡坡。

“把腰带松一松，要不就躺一会儿，先醒醒酒吧？”

“那样不好。这样就行了，我已经习惯了。”女子端正坐姿，挺着胸口，反而憋得更难受。推开窗户想吐，却又吐不出。原想扭着身子滚几下，但还是咬牙忍住了。时不时打起精神，连声嚷着要回去。不知不觉间，已过了凌晨两点。

“你去睡吧。哎，我说你去睡嘛！”

“那你怎么办？”

“我先这样。再醒醒酒就走，趁天亮之前回去。”她膝行过去，拉住了岛村。

“不用管我，你去睡就是嘛。”

岛村钻进被窝，她便趴在桌上喝水。

“起来。哎，我说你起来嘛！”

“到底要我怎样？”

“还是睡你的吧。”

“你到底在讲什么？”岛村站起身来，将她拖了过去。

她先是左右躲闪着脸，又蓦地凑上了嘴唇。旋即，她又宛若梦呓般诉说着心中的痛苦：

“不行，这样不行。你不是说过，我们要做朋友的吗？”

她不知将这话反复说了多少遍。

岛村被她真挚的声音打动了。看着她双眉紧锁，拼命压抑自己的那份倔强，他甚至想是否要遵守同她的约定，又觉得有些兴致索然。

“我没什么好矜持的，我决不是在矜持。可是，我不是那种女人，我不是那种女人呀！你不也说过，那样定不会长久的吗？”

她已经醉得神志不清了。

“这不怪我的，都是你不好。是你输啦。是你软弱，可不是我。”她随口说着，为了克制心头涌现的那股喜悦，慌忙咬住了衣袖。

她像失神似的，安静了一会儿，忽然又似想起了什么，尖声说道：

“你在笑我！在笑我是吧？”

“我没有笑。”

“你心里肯定在笑。哪怕现在没笑，之后也一定会笑。”女子说着，伏下身子，啜泣起来。

但是，她很快便止住哭泣，仿佛将自己托付给他似的，温柔而亲昵地细细诉说着自己的身世。她似乎忘却了醉酒的痛苦，从中解脱，只字不提方才之事。

“哎，光顾着说话，什么都忘了。”她面色绯红，微微笑着。

她说过，天亮之前，非得回去不可。

“天还黑着，这一带的人，都起得很早。”她几次起身，开窗观察。

“还见不着人影。今早下了雨，谁都没下田。”

阴雨微蒙中，对面的群山和山脚的屋顶逐渐浮现出来。女子仍然依依不舍，不忍离去。但她还是趁旅馆的人起床之前，重新梳理了发髻。岛村想送她到玄关，她担心会有人瞧见，便慌慌张张逃也似的独自溜走了。当天，岛村就回了东京。

“你那时虽那么说，但那果然并非由衷之言吧？若不然，谁会在年尾来这么天寒地冻的地方呢？后来我也没笑你嘛。”

女子蓦然抬起头来，从眼皮到鼻子两侧，岛村掌心贴过的地方，都泛起一片红晕，透过厚厚的脂粉仍浮现出来。这让人联想起雪国之夜的严寒，但那黝黑的发色中又溢出一丝温暖。

她笑靥粲然，是否忆起了“那时”的情形呢？岛村的言语似乎逐渐浸染了她的身体，肌肤微微泛红了。女子懊恼地垂下头，后领敞着，泛红的脊背都清晰可见，仿若袒露了鲜活温润的裸体似的。或许是发色的衬托，这种感觉越发鲜明了。她前额的头发并不细密，发丝却如男人一般粗，耳侧无一缕散发，似某种黑色矿物般散发着凝重的光泽。

岛村方才头一次摸到如此冰凉的发丝，暗暗吃惊。他觉得这似乎并非天寒的缘故，而是她的头发生来如此。岛村不由重新打量一番，却见她在被炉的桌板上掰着手指数起数来，数个没完。

“你在算什么呢？”岛村问她，她还是沉默着数了半天手指。

“那天是五月二十三日吧？”

“是吧，你在数日子吗？七月八月连着都是大月呢。”

“喏，今天是第一百九十九天。正好是第一百九十九天。”

“不过，倒难为你记得那天是五月二十三日。”

“看看日记就知道啦。”

“日记？你在写日记吗？”

“嗯，翻阅旧时的日记是我的乐趣。无论什么事情，都毫无保留地记下，所以连我自己读起来都会觉得害羞。”

“什么时候开始写的？”

“去东京做舞伎前不久。那时手头不太宽裕嘛，买不起日记本。只好在两三钱[1]一本的杂记本上，自己用尺子画上细线。大概是铅笔削得很尖的缘故，那些线还挺整洁美观的。每一页从上到下，都密密麻麻写满了小字。等买得起日记本时，反而不行了，再无那细致的心思。就说练字吧，原本是在旧报纸上写，如今也直接在卷纸上写了。”

“中间一直没断过吗？”

“嗯，十六岁那年和今年的日记是最有意思的。我

---

1 | 钱：日本旧时的货币单位，相当于“分”，100 钱等于 1 元。

都是从宴席回来，换上睡衣才写的。到家不是很晚了嘛，有时写到一半就睡着了，有些地方如今还能看出来。”

“是吗？”

“不过，倒也并非天天写，有时也会休息。在这种山村里，去宴会助兴，无非是那一套。今年只买到了每一页都带日期的本子，实在是失算。有时写得兴起就停不住笔，洋洋洒洒地写了很大篇幅。”

比起日记更令岛村感到意外的，是她从十五六岁起，对读过的所有小说都一一做了笔记，那些杂记本已经攒了十册之多。

“写的是读后感吗？”

“我可写不了什么读后感。只是记下标题、作者、人物名字和人物关系罢了。”

“记这种东西，有什么用呢？”

“是没什么用呀。”

“纯属徒劳。”

“是啊。”女子毫不在意，明快答道，目不转睛地盯着岛村看。

不知为何，岛村还想再大声说一遍“全都是徒劳”，就在此刻，冬夜落雪簌簌，沁入他的心扉，身心倏忽宁静——他这是被女子吸引住了。

岛村明知那笔记对她来说绝非徒劳，却还劈头盖脸给她一句“徒劳”。说完之后，他反而越发感到女子那纯粹的存在。

女子话中的小说，听上去似乎与平时常用的“文学”二字毫不相干。她与村民之间的情谊，也不过是交换阅读妇女杂志之类，此外便是各看各的。她既不挑选，也不求甚解。在旅馆的客厅里，也是看到什么小说或杂志便借来读一读。然而，她边回忆边列举出新作家的名字，有不少连岛村也不知道。她的语气，像在谈论遥远的外国文学似的，那凄凉的声音宛若无欲无求的乞丐一般。岛村心想，自己凭借西洋书上的照片和文字，幻想着遥远的西洋舞蹈，恐怕也与此类似吧。

她又兴致勃勃地聊起了自己不曾看过的电影和戏剧，或许她已经对能聊这些话题的对象盼了好久。一百九十九天前，她也曾热衷于聊这些话题，结果成了自己主动向岛村投怀送抱的机缘，难道她忘了吗？她的身体，似乎又因自己言语中描述的事物而热了起来。

然而，她对都市事物的憧憬，如今已彻底包裹在质朴的无望之中，变成了一种天真的梦想。她身上那种纯粹的徒劳之感，相较都市落魄者那种高傲的愤懑，似乎更为强烈。她自身并未对此流露出寂寥的神情，但岛村却看到了一种不可思议的哀愁。若是岛村沉溺于这种思绪里，恐怕会陷入遥远缥缈的感伤中，连自己活着也觉得是徒劳了。而眼前的女子被山中寒气所激，却面色红润，鲜活无比。

无论如何，岛村算是重新认识了她。然而，在女子成了艺伎的今日，他反倒难以启齿了。

那时，她喝得烂醉如泥，对自己瘫软无力的手臂恨得牙痒痒。

“这是怎的了！浑蛋，浑蛋！没一点儿力气，搞什么呢！”她说着，甚至一口咬住了自己的胳膊。

她站不起身，倒在榻榻米上嚷嚷道：

“我决不是在矜持。可是，我不是那种女人，我不是那种女人呀。”

岛村想起这句话，犹豫不决起来。她似乎也察觉到了。正巧这时传来一阵汽笛声。

“是零点上行的火车。”她遮掩似的说完，起身呼啦啦地拉开纸隔扇，打开玻璃窗，身子倚住栏杆，坐在了窗台上。

寒气顿时涌入屋内。火车声逐渐远去了，听来好似夜风一般。

“喂，不冷吗？傻瓜。”岛村也起身走了过去，没有一丝风。

窗外是冷峻的夜景，冰雪冻结，声音簌簌，仿佛来自地底深处。空中无月，抬头望去，漫天繁星闪耀，多得难以置信，它们似乎正在以虚幻的速度不断坠落。随着群星来到近前，天空也逐渐远去，夜色越发深沉了。县界的群山已不辨层次，取而代之的是一片仿佛具有厚度的黝黑阴影，低沉地垂在星空之下。世间万物，清静和谐。

女子察觉岛村走近身旁，立刻把胸脯伏在栏杆上。姿势不带一丝软弱，在夜色的衬托之下，显得无比坚毅。岛村心想，又来了。

然而，尽管群山黝黑一片，皑皑雪色却不知何故，更显清晰了。这不免令人觉得群山空寂，冰凉透明。夜空和山峦的颜色不太协调。

岛村扳着女子的喉咙，一边说着“天这么冷，会感冒的”，一边使劲把她往后拉。女子紧紧抓住栏杆，哑着嗓子说：

“我要回去啦！”

“那你走吧。”

“让我再这样待一会儿。”

“那我去泡澡了。”

“不要，你留在这儿。”

“把窗户关了吧。”

“就让我再这样待一会儿。”

村子半隐在有守护神的杉林后边。乘汽车不到十分钟便可抵达火车站。那儿的灯光在严寒中闪烁，仿佛行将崩坏似的啪啪作响。

女子的脸颊，窗上的玻璃，自己棉服的衣袖——所触摸到的一切，都令岛村头一次觉得那么寒冷。

连脚下的榻榻米都泛起了寒意，他打算独自去泡温泉。

“等一下，我也去。”女子这回倒乖乖地跟去了。

女子正将岛村脱下的衣裳收进篓子里，一名投宿的男客走了进来。那人发觉女子畏缩着把脸藏在岛村怀里，便说道：

“啊，抱歉了。”

“哪里，请便。我们去那边的池子泡。”岛村急忙说道，光着身子抱上衣篓，去了隔壁的女浴池。女子自然是装作妻子的模样跟了过去。岛村沉默着，头也不回，跳进浴池中。他放心了，想放声大笑，急忙将嘴凑到出水口，胡乱漱了漱口。

回到房间，女子从枕上轻轻抬起头，用小拇指撩起鬓发，只说了一句：

“我好悲伤。”

岛村以为她仍半睁着漆黑的眸子，凑近仔细一看，却是睫毛。

这个神经质的女子彻夜未眠。

她硬邦邦的腰带窸窣作响，将岛村惊醒了。

“这么早将你吵醒，真抱歉。天还没亮呢。哎，你看看我好不好？”女子关了电灯。

“看得见我的脸吗？还是看不见？”

“看不见，天不是还没亮吗？”

“骗人，你好好看看嘛，怎么样？”女子推开窗户，“看见了吧？不行，我要回去啦。”

黎明的寒意令岛村有些惊讶，从枕头上抬头望去，空中夜色微明，山上已是晨光拂晓。

“对了，不要紧。现在正是农闲，没有谁会这么早出门的。不过，会不会有人上山呢？”她喃喃自语，拖着系了一半的腰带走来走去，“刚才五点钟的那趟下行的火车没有落客，旅馆里的人起床，也还早着呢。”

她系好腰带后，还是坐立不安，不住地看着窗外，又在房间里徘徊。她仿佛一头夜行动物畏惧着黎明的降临，焦虑不安地转来转去，难以平静。这种妖冶的野性，令她越发亢奋了。

不久，似乎是房间逐渐明亮的缘故，女子绯红的面庞也越发清晰了。那醉人的红色如此鲜艳，岛村看得出了神。

“你脸蛋这么红，是冻的吗？”

“不是冻的，是卸了脂粉。我一钻进被窝，连脚尖都会发热。”她说着，对着枕边的梳妆台看去。

“天还是亮了，我要回去了。”

岛村朝她那边望去，蓦地缩了缩脖子。镜中闪烁的莹白是窗外的雪色，女子绯红的面庞浮现在雪中。这是何等难以言喻的清纯之美啊。

也许是太阳升起的缘故，镜中的雪色添了一抹冰冷的光辉，仿佛在燃烧。女子浮现在雪中的头发，也闪烁着鲜明的紫色光辉，更显乌亮了。

大约是为了避免积雪，浴池里溢出的热水顺着临时挖出的沟槽，绕着旅馆的墙角流淌，在玄关前，竟汇成了一汪浅浅的泉水。一只壮硕的黑色秋田犬，蹲在一块踏脚石上，舔了半天泉水。供客人使用的滑雪用具，似乎刚从仓库里搬出来，在门口摆成一排晾晒，散发着微微霉味，但不久就被温泉的蒸汽冲淡。杉树枝上的雪块落到公共浴场屋顶上，也受热融化，失去了形状。

再过不久，从年尾到新年这段日子，风雪将掩埋这条坡道。那时去赴宴席，就得穿束脚裤、长筒胶靴，裹着斗篷，围上头巾。那时的雪，能有一丈来深。破晓前，女子从山上旅馆的窗户俯望这条坡道时，就是这么说的。岛村现在正沿着这条坡道往下走。透过路旁高高晾着的尿布底下，可以望见县界的群山。山中积雪闪着清辉，格外悠然。青葱尚未被积雪掩埋。

村里的孩子正在田间滑雪。

走入前方的村庄，屋檐的雪水悄然滴落，清晰可闻。

檐边小巧的冰凌，晶莹剔透。

一个女人泡温泉归来，抬头望向在屋顶上扫雪的男人，说道：

“欸，能顺便也帮我家扫一扫吗？”

她似乎觉得有些晃眼，拿起湿毛巾擦了擦额头。她大概是个女招待[1]，趁着滑雪季早早赶来的。隔壁是一家茶馆，玻璃窗上的彩绘已显古旧，屋顶也有些歪斜。

普通人家的屋顶大都铺着细木板，上面摆放着一排排石头。这些圆石只有晒到太阳的半边在雪中露出漆黑的表面。色黑如墨，与其说是打湿的颜色，更像是饱经

---

1 | 女招待：旧指服务性行业中雇佣来招待顾客的青年女子。

风雪的漆黑。家家户户的一排排矮屋伏在地面上的姿态，正如那些石头一般，俨然一幅北国风光。

一群小孩从沟里抱起冰块，嬉戏着摔向路上。大概是觉得冰块碎裂时飞溅的寒光有趣吧。站在阳光下看，那些冰块厚得难以置信，岛村站着看了好一会儿。

一名十三四岁的女孩子，独自靠在石墙上打毛衣。束脚裤下是高齿木屐，却未穿袜子，双脚冻得通红，生了冻疮。旁边的小女孩约莫三岁，坐在柴垛上，呆呆地拿着毛线球。从小女孩牵到大女孩手中的灰色旧毛线，发着柔和温馨的光芒。

往前七八户人家的滑雪用品厂，传来了刨木声。对面的屋檐下，五六名艺伎正站在那儿聊天。今早他从旅馆的女佣那里得知女子的艺名叫驹子，心想她肯定也在那儿。果然，她似乎看见了岛村走来，摆出了一本正经的样子。“她定会满脸通红的，但愿她能装出若无其事的模样。”岛村还未及想这些，驹子的脸就已经红到了脖子根。她大可扭过头去，却只是窘迫地垂下眼帘，视线仍追随着他的步伐，一点点地朝他转过脸来。

岛村感觉自己脸上也有些发烫，赶紧从她们面前通过，驹子旋即追了上来。

“真尴尬，你怎么从那儿过。”

“要说尴尬，我才尴尬呢。你们那么多人聚在一起，吓得我都不敢过了。你们经常那样吗？”

“差不多，午后常这样。”

“脸红得不行，还屁颠屁颠地跟过来，岂不是更尴尬？”

“管它呢。”驹子干脆地说道，脸上又飞起一片潮红。她站在原地，攀住了路边的柿子树。

“我是想请你去我家坐坐，才跑过来的。”

“你家就在这里吗？”

“嗯。”

“要是让我看看日记，倒是可以去。”

“我要将它们烧掉再死去。”

“不过，你家里好像有病人吧？”

“哎？你知道得真清楚。”

“昨天你不是也去车站接人了吗？披了一件深蓝色的斗篷。我在火车上就坐在病人附近。有个姑娘在照顾病人，又认真又体贴，那是他太太吧？是从这里去接他的，还是从东京来的？好似母亲一般，我看着很是感动。”

“这些事你昨晚怎么不和我说？怎么那时不说？”驹子有些生气。

“那是他太太吧？”

然而，驹子没理他，却说：

“为什么昨晚不说？你真是个怪人！”

岛村不喜欢女子这么咄咄逼人。可是，女子如此咄咄逼人的缘由，似乎并不在于岛村或驹子，而更像是驹子本身性格的流露。总之，在她的反复追问之下，他感觉自己仿佛被人抓住了弱点似的。今早在映着山雪的镜中见到驹子时，岛村自然忆起了，在日暮时分的火车玻璃窗上映出的那位姑娘。然而，为何他没跟驹子说起这些事呢？

“有病人也不要紧，我的房间不会有人来的。”驹子说着，走进了低矮的石墙。

右侧是覆着白雪的田地，左侧沿着邻家的墙垣栽了一排柿子树。房前似是花圃，正中央是一处小巧的莲花池，池中浮冰已被捞到池边，红鲤游曳其间。房子如同柿子树干一般，已经古旧枯朽了。积雪斑驳的屋顶上，木板已经腐坏，檐边也扭曲不平。

走进土间[1]，岛村只觉得阴森森的，还什么都没看见，就被领着登上了梯子。这是名副其实的梯子，上面

1 | 土间：传统日式建筑中位于进门处，不铺设木地板的房间，通常用作厨房、工作间、仓库。

的房间也是名副其实的阁楼。

“这原本是间蚕房，吓了一跳吧？”

“这种梯子，亏得你醉酒回来没摔下去。”

“摔过呢。不过，那种时候我多半一钻进楼下的被炉里就睡着了。”驹子把手伸进被炉的盖被下面探了探，便起身去取火了。

岛村环视着这个奇怪的房间。只南面有一扇低矮透亮的窗户，细木格的拉窗上，倒是新糊了窗户纸，在阳光照耀下显得亮堂。墙面上也细致地贴了毛边纸，令人感觉仿佛置身于一个古旧的纸箱中。不过，屋顶直接露了出来，朝着窗户倾斜下去，屋里似乎笼罩着一层幽暗寂寥的氛围。一想到墙的那边不知是什么模样，岛村便觉得这个房间仿佛悬在半空中，心中有些不安稳。墙壁和榻榻米虽古旧，却十分洁净。

岛村思忖着，驹子平时也似蚕一般，带着透明的躯体栖息在此吗？

被炉上盖着的条纹棉被，纹样和束脚裤相同。衣橱虽旧，却是用纹路漂亮的桐木做的——大约是驹子的东京生活纪念品。梳妆台很是简陋，与衣橱不大相称。朱漆的针线盒散发着奢华的光泽。墙壁上钉着几层木板，大约是书架，上面还挂着细羊毛帘了。

昨夜赴宴时穿的衣裳也挂在墙上，露出了汗衫的红里子。

驹子擎着火铲，轻巧地爬上梯子。

“虽是从病人的房里取来的,不过都说火是干净的。”驹子说着，俯下刚梳好的头，去拨弄被炉里的炭火。她说病人罹患肠结核，回故乡来不过是等死。

说是故乡，但那位少爷并未生在这里。这儿是他母亲的故乡。他母亲原在一个港口小镇当艺伎，后来作为舞蹈老师在那里落地生根。她不到五十岁就得了中风，便回到了这处温泉乡疗养。少爷则自幼喜好机械，进了一家钟表店工作，便继续留在小镇。不久，又去东京读夜校。他今年二十六岁，大约是积劳成疾。

驹子一口气说了这些事情，但陪着少爷回来的姑娘是什么人，自己为何住在这户人家里，仍是一句未提。

然而，即便只说了这些，在这间仿佛悬在半空的屋子里，驹子的声音也向四面八方传开了，岛村有些难以平静。

正要走出房门,他的眼里闪过一个微微发白的东西，回头一看，原来是桐木造的三味线琴箱。那琴箱看着比实际尺寸更长更大，他有些不敢相信，驹子竟背着这个去赴宴。这时，有人拉开了熏黑的拉门。

“驹子姐，我可以从这上面跨过去吗？”

声音澄澈悠扬，美到近乎凄凉。仿佛不知从哪儿传来的回声。

岛村听出来了，是从雪夜的火车上探出窗外呼喊站长的，那位叶子姑娘的声音。

“不碍事的。”驹子应了一句。叶子穿着束脚裤，轻巧地跨过了三味线琴箱。她手上拎着一只玻璃夜壶。

从昨晚和站长熟稔的口吻，和身上的束脚裤来看，叶子显然是这一带的姑娘。花哨的腰带从束脚裤上露出一半，将束脚裤棕黑相间的粗条纹衬托得更为鲜明，细羊毛质地的和服衣袖也显得越发艳丽。束脚裤的裤筒在膝盖上方开了衩，鼓鼓囊囊的，不过面料挺括服帖，给人安稳的感觉。

但是，叶子只尖利地瞥了岛村一眼，便一言不发地走过了土间。

岛村走到外面，叶子的目光仍在他眼前闪耀。目光冰冷，宛若远处的灯火。为何如此呢？也许是岛村忆起了昨夜的印象吧。昨晚，他望着叶子映在车窗玻璃上的面容，山野的灯火在她的脸上流转，灯火与她的瞳孔重叠，微明闪亮，那无可言喻的美令他的胸口也为之颤动。思及此，他脑海中浮现了驹子映在镜中，在茫茫雪色衬托下的绯红脸颊。

于是，岛村加快了脚步。尽管他的脚白胖细嫩，但爱好登山的岛村，一边欣赏山景一边走着，便开始神游天外，不知不觉中脚步也变快了。经常容易陷入恍惚状态的岛村，无法相信那映着黄昏景致和清晨白雪的镜子是人造之物。那是浑然天成的事物，属于遥远的世界。

就连方才离开的驹子的房间，也仿佛已经去了遥远的世界。这些想法，他自己也觉得惊讶。他爬上山坡，迎面走来一个按摩的盲女。岛村仿佛抓住救命稻草似的问道：

“按摩师傅，能给我揉一揉吗？”

“嗯，现在几点钟了？”她说着，把竹杖夹在腋下，右手从腰带里掏出一只带盖的怀表，左手指尖摸着表盘，“过两点三十五了。三点半我还得去一趟车站那边，不过迟一些也没关系。”

“表上的时间你倒是很清楚嘛。”

“是啊，我把表盘上的玻璃取掉了。”

“摸着就知道上面的字吗？”

“字倒是摸不出来。”她又拿出那块对女人来说有些大的银表，打开盖子，用手指按着给岛村看，示意这里是十二点，这里是六点，它们正中间就是三点。

“接着再推算时间，即便没法精确到一分钟，也不会错到两分钟开外。”

“是吗，上下坡的时候不会滑倒吗？”

“要是下雨的话，女儿会来接我。晚上给村里的人按摩，就不上这边来。旅馆的女佣却打趣说是我老头子不让我出来，真受不了。”

“孩子不小了吧？”

“是的，大女儿已经十三了。”她说着这些，跟着来到岛村的房间。女人默默地给他揉了一会儿后，侧头听起了远处宴席上三味线的声音。

“那是谁在弹呢？”

“你听三味线的声音，能听出是哪位艺伎在弹吗？”

“有的听得出，也有听不出的。老爷，您是有身份的人呀，身子骨这么柔软。”

“没有哪里发僵吧？”

“有的，脖子有些发僵。您的体形很是匀称，想必平时不喝酒吧？”

“你很懂嘛。”

“我认识三位客人，体形正好和老爷差不多。”

“这体形很常见就是了。”

“怎么说呢，不喝酒的话，也就没什么乐趣了，一醉解千愁呀。"

"你家那位喝酒吗？"

"喝得厉害，我很伤脑筋呀。"

"谁弹的三味线，真难听。"

"是啊。"

"你也会弹吧？"

"嗯。我从九岁学到二十岁，不过成家之后，已经有十五年没弹过了。"

岛村觉得盲女瞧着比实际年龄更年轻些。

"小时候学出来的才扎实。"

"如今手已经只会按摩了，耳朵倒是还灵。听着艺伎们的三味线弹成这样，心里就替她们着急。唉，感觉就像自己当年似的。"

她说罢又侧耳听了听。

"应该是井筒屋的阿文。弹得最好的和最差的，最容易分辨出来。"

"有弹得好的吗？"

"那个叫驹子的姑娘，年纪虽轻，近来弹得可是不错。"

"唔。"

"老爷，您也知道她吧？不过，要说弹得好，也就是在这村里说说。”

“不，我不认识。不过，她师父的儿子回来了，我昨晚正好跟他同车。”

“哎呀，是病好了才回来的吗？”

“看着还不太行。”

“啊？听说那位少爷长期在东京养病，今年夏天驹子姑娘只好出来当艺伎，还给医院汇了款，也不知道是怎么回事。”

“你是说那位驹子？”

“不过呢，既然订了婚，该尽力的还是尽一份力，就怕日子长了……”

“你说订婚，是真的吗？”

“嗯，听说是订了婚。我不太清楚，不过大家都这么说。”

在温泉旅馆听按摩女谈艺伎的身世，原是稀疏平常的事，却又有些出乎意料。驹子为了自己的未婚夫去当艺伎，原也是司空见惯的故事，但岛村无法坦然接受。或许是这与他的道德观念相抵触的缘故吧。

他原想着继续探听此事，按摩女却不再吱声了。

若驹子是那位少爷的未婚妻，叶子是他的新恋人，而他又将不久于人世的话……“徒劳”二字再次浮现在岛村脑际。驹子恪守婚约也好，不惜卖身也要为那人养病也罢，凡此种种，到头来不是徒劳又是什么呢？

岛村心想，若是见到驹子，非得劈头盖脸给她来一句“纯属徒劳”。不知为何，这反倒令他感到驹子的存在更为纯粹了。

这种虚伪的麻木中透着一股寡廉鲜耻的味道，岛村凝神品味着。按摩女走后，他仍躺在那儿。直到心头泛起一阵寒意，他才注意到窗户一直敞着未关。

山谷里天黑得早，此时已是一片幽寒的暮色。远方群山上的积雪仍沐浴在夕阳余晖中，映衬在昏暗的天色下，仿佛嗖地一下来到了眼前。

转眼间，随着群山的远近高低各不同，一道道山峦褶皱的阴影也变得越发深厚。当只剩下山巅还残留着淡淡的暮光时，峰峦的积雪之上已是漫天晚霞了。

稀稀落落生长在村里的河岸、滑雪场、神社各处的杉树，团团黑影越发分明。

岛村正陷在空虚苦闷之中，这时，驹子走了进来，仿佛带着温暖与光明。

据驹子说，这家旅馆在举办一场接待滑雪客的筹备会，请她来给会后的宴席助兴的。一钻进被炉，她忽然来回摸着岛村的脸颊。

“奇怪，你今晚脸色真白。”

然后，她一把抓住岛村柔软的脸颊肉，仿佛要将它揉碎似的，“你真是个傻瓜。”

她似乎已经有了几分醉意。宴席散后，她进来便嚷嚷着：

“不管，不管了。头疼，头好疼。啊，真是难受，难受啊。”旋即一头栽在梳妆台前，那醉态朦胧的面容，瞧着有些好笑。

“我想喝水，给我水。”

驹子双手捂脸，也顾不得散开发髻，直接躺下了。片刻，她又坐起来，用洁肤霜除去脸上的脂粉，绯红的脸庞便露了出来。她自己也乐不可支地笑个不停。奇怪的是，这次她的酒醒得很快。她抖着肩膀，似乎很冷的样子。

然后，她轻声细语地说起了自己因神经衰弱，整个八月都在赋闲的事情。

“我担心自己会发疯。苦思冥想，觉得自己似乎有什么事情想不开，可究竟是什么事情，我也说不清楚。多可怕呀。我一点也睡不着，只有出去赴宴席时，身体才好受些。我做过各种各样的梦。饭也吃不好。大热天的，总是拿根针在榻榻米上，扎了又拔，没完没了。”

“你是几月出来当艺伎的？”

“六月。不然，这时候我说不定已经去滨松了。”

“去结婚吗？”

驹子点点头。她说滨松那个男人一直缠着她，要与她结婚。驹子压根不喜欢那个男人，心中拿不定主意。

“既然不喜欢，那有什么好犹豫的。”

“也不能那样说。”

“结婚这事就那么吸引人？”

“你真讨厌！不是那样嘛，不过，我要是有什么事情没安排熨帖，心里就不踏实。”

“嗯。”

“你呀，也真是够了。”

“不过，你和滨松那人是不是有过什么？”

“要是有，我也不至于迷惘了。”驹子干脆地说道，“不过他说，只要我待在这儿，就不让我和别人结婚，否则他会不择手段的。”

“他在滨松那么远，你怎么还担心这个。”

驹子沉默半晌，似乎身上也暖了，惬意地躺在那儿一动不动。忽然，她若无其事地说道：

“那时我以为自己怀孕了呢。嘻嘻，现在想起来真是可笑，嘻嘻嘻嘻。”

她抿嘴笑着，蓦地蜷缩了身子，像个孩子似的两手紧紧抓住岛村的衣襟。

她合上两道浓厚的睫毛，好似半睁半闭的黝黑眸子。

次日清晨，岛村一觉醒来，驹子已经单手支在火钵上，在旧杂志背后胡乱画起来了。

“哎，我回不去啦。方才女佣进来添火了，真是难为情，吓得我赶紧跳起来，太阳都已经照到拉门上啦。似是昨晚喝醉之后便迷迷糊糊睡着了。”

“几点了？”

“已经八点了。”

“去泡个温泉吧。”岛村说着站起身。

“不要，走廊上会碰到别人的。”她俨然一副文静淑女的模样。等岛村泡完温泉回来，她已经用毛巾漂亮地包着头，正勤快地打扫房间。

她洁癖似的将桌子腿和火钵边都擦了一遍，扒炉灰也十分娴熟。

岛村把脚伸进暖炉，躺在那儿抽烟。烟灰掉落了，驹子便用手帕轻轻揩掉，又拿来一个烟灰缸。岛村爽朗地笑了起来，驹子也笑了。

“你若是成了家，你丈夫少不了要挨你骂。”

“我这不是什么也没骂吗？人们常取笑我，连要洗的衣服都叠得整整齐齐。是我天性如此吧。”

“有人说，只要看一眼衣橱里的东西，就知道女人的脾性如何了。”

朝阳洒满了房间，暖融融的。驹子一边吃早饭，一边说：

“天气真好呀。若是能早些回去练练琴便好了。这种日子里，音色也会有所不同的。”

驹子抬头望了望碧蓝如洗的晴空。

远处群山的积雪好似乳白色的雾霭，朦朦胧胧的，笼罩着群山。

岛村想起了按摩女的话，便说可以在此练琴。驹子旋即站起身来，打电话让家里人把替换衣服、长歌[1]的曲谱一同送来。

昨日去过的那户人家，竟也装了电话吗？岛村想着，脑海中又浮现出叶子的双眸。

“是那位姑娘送过来吗？”

“可能吧。”

“听说，你同那位少爷订了婚？”

---

1 | 长歌：一种以三味线为主要乐器的日本传统歌曲形式。

“哎，你什么时候听说的？”

“昨天。”

“你这人真奇怪。听说了就听说了呗，怎么昨晚不说呢？”不过这次倒不像昨天白天，驹子只是清纯地微笑着。

“除非是瞧不起你，不然怎么好开口呢？”

“言不由衷，东京人净爱撒谎，真讨厌！”

“你看，我一说这个，你就打岔了。”

“我才没打岔。那你是真的信了？”

“真的信了。”

“你又骗人，明明没当真。”

“那个嘛，我也是将信将疑。不过别人说，你是为了给未婚夫赚疗养费才去当艺伎的。”

“讨厌，说得跟新派戏剧似的。订婚的事是瞎说的。大约有不少人是这么以为的。我怎么可能为了别人去当艺伎呢？不过是尽尽人事罢了。”

“净给我打哑谜。”

“那我明说吧。我师父她呀，或许也曾想过少爷和我若能成婚便好。但也是想想而已，她从未明说此事。师父的心思，少爷和我也隐约猜到几分。然而，我俩并没有别的什么。如此罢了。”

"你俩是青梅竹马吧？"

"嗯，但我们不是一起长大的。我被卖去东京时，是他独自为我送行的。我最早的日记中，记的第一件事就是这个。"

"若你们两人都住在港口小镇上，如今说不定已经走到一起了呢。"

"我想应该不会。"

"是吗？"

"少担心别人的事吧。他毕竟也不久于人世了。"

"你在外面过夜总是不太好。"

"你呀，说这种话可不好。我爱怎样就怎样，快死的人啦，还管得着什么呢？"

岛村无言以对。

然而，驹子依然对叶子只字不提，这究竟是什么缘故呢？

再说叶子，即便在火车上，她也如同年轻的母亲，忘我地照料着少爷，将他护送回来。如今，她一大早又要给和他关系微妙的驹子送来替换衣裳，她心中是何感想呢？

岛村一如往常，神游天外。

"驹子姐，驹子姐。"叶子优美的呼喊声传来，低沉却又清澈。

“啊，辛苦了。”驹子起身去了隔壁三叠[1]大的小房间。

“叶子，你来啦。哎，全都拿来了，这得多沉呀。”

叶子似乎未吱声便走了。

驹子用手指挑断第三根弦，换上新弦又调好了音。就这几下，岛村已听出她的琴艺十分精湛。但等她打开被炉上鼓鼓囊囊的布包袱一看，除了普通的练习谱，里面还有二十来册杵家弥七[2]的《三味线文化谱》。岛村感到意外，拿起一本说道：

“你就用这些来练琴？”

“可不是，毕竟没有教琴的师父。没法子嘛。”

“你家不是有一个吗？”

“她中风了。”

“中风了也可以口授嘛。”

“连话也说不灵光啦。跳舞的话，还可以用能动的左手指点一下。弹三味线却只叫人听了心烦。”

“你看这些能看懂吗？”

---

1 | 榻榻米的量词，几叠房即表示房间里铺着几张榻榻米。

2 | 杵家弥七（1890—1942）：日本大正、昭和时代前期的长歌三味线艺术家，本名赤星洋。

“都看得懂。”

“普通人也就罢了，你一个偏远山村中的艺伎还这么刻苦练习，乐谱店的老板知道了也会开心的。”

“当舞伎时主要是跳舞，我在东京学到的本事也是跳舞。三味线只模糊地学了一点儿，忘了也没人指点，就只能靠乐谱啦。”

“歌谣呢？”

“歌谣不好说。嗯，我学跳舞时听惯了的曲子，倒还凑合。新歌大多是从收音机或是别的什么地方听会的，唱得如何也不知。按自己的习惯去唱，准是有些奇怪的。而且我在熟人面前张不开口。若不是熟人，倒还能放开唱唱。”她说着有几分娇羞，摆出一副等着点歌的架势，端正坐姿，直勾勾地盯着岛村。

岛村一时被她震慑住了。

他在东京的商业区长大，自幼对歌舞伎和日本舞耳濡目染，记下了一些长歌的词句，也听惯了旋律。他并未特意去学。说到长歌，他的脑海中立即浮现出跳舞的舞台，却无从想象艺伎在宴席上的表演。

“讨厌，你这客人真是叫人紧张啊。”驹子轻轻咬住下唇，将三味线抱在膝上，翻开练习谱，宛若换了一个人。

“今年秋天，我对着谱子练的。”

她弹的是一曲《劝进帐》[1]。

忽然，岛村感到一股凉意自脸颊直透肺腑，仿佛要起鸡皮疙瘩。三味线的琴声顿时填满了他空泛的脑海。与其说对此感到惊讶，不若说他彻底被征服了。他被虔诚的信念打动，被悔恨的情愫洗涤。他毫无抵抗之力，任凭自己惬意地被驹子的力量冲刷，在那浪潮中沉浮。

一个只有十九、二十岁的乡下艺伎，三味线的造诣本应不过尔尔——她不过是在宴席上弹弹而已，如今听来却好似舞台上的演出。岛村心想，这无非是自己山居生活的感伤情绪罢了。驹子时而故意死板地念歌词，时而说这里太慢、那里太麻烦便跳过一段。可是渐渐地，她仿佛着了魔似的，声音越发高亢，撩拨的弦音也无止境地越发激昂。岛村有些害怕，虚张声势似的，枕着胳膊躺下了。

《劝进帐》一曲毕，岛村才松了一口气。他心想：唉，这女子迷恋着我呢。这又是多么可悲之事啊。

“这种日子里，连音色也不同呢。”驹子仰望着雪后初晴的天空，说过这么一句——是空气的区别。这里

---

1 |《劝进帐》：日本戏剧中的歌舞伎传统剧目，是歌舞伎十八番之一。

既无剧场的墙壁，也无听众，更无都市的尘嚣。澄澈的琴声飘荡而去，透过冬日纯粹的清晨，响彻远方积雪的群山。

不知不觉中，她总以大自然中的山峡为听众，孤独地练习弹琴。天长日久，自然练就一手强有力的拨弦。那份孤独之中孕育着野性的力量，踏破了哀愁之情。虽有几分基础，但仅凭曲谱就自学复杂的曲目，还能不看谱子演奏自如，这无疑需要坚强的意志和不懈的努力。

在岛村看来，驹子的这种生活纯属徒劳罢了，他哀叹于她对未来缥缈的憧憬。但这对驹子来说，似乎正是人生的价值所在，并洋溢在她凛然的琴声中。

岛村凭耳朵难以分辨她那纤纤素手的灵巧程度，但能听出琴声蕴含的感情。对驹子来说，他也是最合适的听众吧。

弹到第三曲《都鸟》时，或许是曲目本身优柔缠绵的缘故，岛村起鸡皮疙瘩之感消失了，只觉温暖平和。他凝望着驹子的面容，深感一种体肤相亲的亲密感。

小巧挺拔的鼻子虽显单薄，但面色微红，鲜活且有朝气，仿若窃窃私语：我在此处呢。美丽红润的嘴唇合拢时，也笼罩着润泽的柔光，即便为了唱词而张开，也会旋即合上，惹人怜惜——如她的身体一般，独具魅力。

两道微弯的浓眉下，眼梢既不上挑也不下垂，那双眸子仿佛被特意描直似的，水灵中带着几分稚气。她今日未施粉黛，历经都市风尘生涯的肌肤通透白皙，如今染上了几分山野的色彩，鲜嫩得宛如新剥开的百合或洋葱的球根，脖颈间也微微透着一丝粉色，显得格外清纯。

她在那里，坐姿端正，与往常不同，俨然是少女姿态。

最后她说，弹一首最近练习的，便对着曲谱弹起了《新曲浦岛》。一曲终了，她默默地将拨片夹在弦下，姿势也松弛下来了。

转瞬之间，她流露出迷人的风情，妩媚无比。

岛村一时难以言喻，驹子也不在意他的评价，单纯地乐在其中。

“你光听这里的艺伎弹三味线，能分辨出是谁弹的吗？”

“当然能分清啦，总共也才不到二十人嘛。弹都都逸[1]是最好分辨的，因为它尤其能反映各人的喜好。”

说着她挪了挪弯曲的右腿，又捡起了三味线搁在腿肚上，腰往左挪了挪，身体朝右微倾。

“我幼时是这么学琴的。”她专注地盯着琴柄，带

1 | 都都逸：一种日本民俗小调的形式，主要以男女情爱为题材。

着稚气弹唱起来。

“黑——发——的……”

“你最初学的就是《黑发》吗？”

“嗯——”驹子如幼时孩子似的，晃了晃脑袋。

自那以后，即便留宿，驹子也不再坚持要天亮之前赶回去了。

“驹子姐——”

走廊的远处传来尾音拖得老高的喊声，是旅馆里三岁的小女孩，她常常如此。驹子把她抱进被炉，专心地陪她玩了一会儿，将近中午时，便带着她去泡澡。

泡完澡出来，驹子一边替小女孩梳头，一边说：

“这孩子一见艺伎，便挑高了尾音喊‘驹子姐’。照片也好，绘画也好，只要是梳着日式发髻的，她都喊‘驹子姐’。我喜欢小孩子，所以很懂她们。小君，去驹子姐的家里玩好不好呀？”

说罢，她站起身，行至走廊，在藤椅上悠闲地坐下了。

“东京来的急性子，已经开始滑雪了。”

这个房间居高临下，朝南面望去，山脚的滑雪场一览无余。

岛村坐在被炉里，回身远望，只见滑雪道上的积雪斑驳不匀，五六个身着黑色滑雪服的人一直在最下方的田里滑来滑去。那边层层梯田的田埂尚无积雪覆盖，坡度又缓，实在无甚意思。

“像是些学生。今天是周日吗？那样滑有什么意思呢？”

“不过，滑雪的姿势是优美的呀。”驹子自言自语似的，“据说，若有艺伎在滑雪场上向客人打招呼，他们便会惊讶地说：‘哎呀，是你呀。’因为艺伎们滑雪时会晒黑，都认不出来。而晚上又总是化着妆。”

“也是穿滑雪服吗？”

“穿束脚裤。啊，真讨厌，讨厌死了！马上又是宴席一完，客人就嚷嚷着‘明天滑雪场见’的季节了。今年不滑算了吧。再见咯。小君，我们走吧。今晚要下雪呢。夜晚下雪之前是最冷的。”

驹子起身走后，岛村坐在她方才坐过的藤椅上，望见驹子牵着小君的手，沿着滑雪场尽头的坡道回去了。

阴云渐起，远处群山之间，阴影与阳光重叠，时刻发生着阴阳变幻，景色一片苍茫。不久，滑雪场也骤然阴沉下来了。俯视窗下，篱笆上的菊花已然枯萎，冻着一根根宛若琼脂的霜柱。屋顶的融雪滴落在排水管中，声声萦绕于耳。

那一夜，下的不是雪，一阵软雹过后，雨簌簌地落了。

返程前一晚，月色皎洁，空气凛冽。岛村又将驹子唤来。约莫十一点的光景，驹子要出去散步，怎么劝都不听。她强行把岛村从被炉里拽出来，一起去了。

路面已经冰冻。村子静静沉睡在冬夜的严寒之下。驹子撩起衣服下摆塞进腰带里。月色晶莹澄澈，镶嵌在夜空中，宛若青蓝色冰块中的一把利刃。

"我们走到车站去。"

"你疯啦？来回有一里[1]路呢。"

"你不是要回东京了吗？我想去看看车站。"

岛村从肩膀到双腿都冻僵了。

回到房间，驹子蓦地有些无精打采，两只胳膊深深地探进被炉里，一反常态，连澡也不泡了。

被炉上的被子原样盖着，地上铺着一床睡铺，两床被褥叠在了一起，褥子的一端挨着被炉边。驹子在边上取暖，低垂着头，不声不响。

"你怎么啦？"

"我要回去了。"

"说什么傻话。"

---

1 | 里：日本旧时长度单位，1 里 =3.972 公里。

“好啦，你去睡吧。我就这样待一会儿。”

“怎么要回去呢？”

“不回去了。我就在这儿待到天亮。”

“没意思，不要闹别扭啦。”

“谁闹别扭啦？我才没有闹别扭呢。”

“那过来呀……”

“唔，我那个来了。”

“什么嘛，就这呀。这有什么好在意的。”岛村笑了起来，“我不会对你怎么样的。”

“讨厌！”

“你也是傻，还那么乱跑一通。”

“我要回去了。”

“不必回去的。”

“心里难受。哎，你还是回东京吧。我心里很是难受。”驹子悄然把脸伏在被炉上。

她说难受，是在担忧自己会与一个旅人陷得更深吗？还是在默默忍耐此时的郁郁不乐而说的呢？岛村未曾想到她竟对自己深情至此，一时静默无言了。

“你回去吧。”

“我原想着明天回去的。”

“哎，为什么要回去？”驹子扬起脸，如梦初醒。

“无论待多久，对你的事情，我终究无能为力，不是吗？”

她茫然地望着岛村，突然激动地说：

“这不好。你呀，就是这点不好。”

她焦躁地站起身来，冷不防地搂住岛村的脖子，全然失了分寸。

“你呀，就不该说那种话。起来，我叫你起来。”

她随口说着，自己却倒下，在纷乱的情绪之中，连自己身子不适也忘了。

之后，她睁开了温润的双眸。

“真的，你明天就回去吧。”她平静地说着，捡起了掉落的发丝。

岛村决定次日午后三点动身。正换衣裳时，旅馆的账房悄悄地把驹子叫到走廊上。岛村听到驹子回答说：“嗯，请您就按十一个小时算吧。”大约是账房觉得十六七个小时未免太长了。

一看账单他才明白，全是按钟点算的：早晨五点以前回去，就算到五点；次日十二点以前回去，就算到十二点。

驹子穿上大衣，又围了一条白围巾，一路送他到车站。

岛村为了打发时间，去买了些木天蓼果的腌菜和蘑菇罐头之类的土特产，离开车还有二十多分钟，便在地势稍高的站前广场散步，眺望着四周的景色，心想，这真是一片雪山环绕的狭窄地带啊。

驹子浓密润泽的乌发在这寂寥幽暗的山谷中，显得越发凄凉。

远处，河流下游的山腰上，不知为何，投下了一抹单薄的阳光。

“我来了之后，雪不都化得差不多了吗？”

“不过，只要连着下上两天，积雪马上又能到六尺深。再接着下几天，连那边电线杆上的路灯也会埋进雪里。这时，我若一边走路一边想你，脖子会撞上电线受伤的。”

“雪会积那么厚吗？”

“听说前面镇上的那所中学里，有的学生会在下大雪的清晨，从宿舍二楼的窗口裸身跳进雪里。一眨眼就陷进雪里了，学生就像游泳似的，在雪下划着走。你瞧，那儿就有一台除雪车呢。”

“我倒是想来赏雪，可一月里旅馆会很挤吧。火车会不会被雪崩埋住呢？”

“你还真是讲究，素来这么过日子的吗？”驹子望着岛村的脸说，“你为什么不留胡子呢？”

“嗯。正想着留呢。”他摸着自己刚剃过的下巴，青色胡茬很是浓密。嘴角边掠过一道漂亮的皱纹，给柔和的脸颊添了几分刚毅俊朗之气。他思忖着，也许驹子是看中了这一点呢？

“你呀，每次洗掉脂粉，脸上就像刚刮过似的。”

“乌鸦叫得真讨厌，也不知是在哪里叫呢？真冷啊！”驹子抬头远望苍穹，双手在胸前交叉，拥着双臂。

“去候车室烤烤火吧。”

这时，从小巷里拐出一个身影，出现在火车站的大路上，慌慌张张地跑了过来——是穿着束脚裤的叶子。

“啊，驹子姐！行男他……驹子姐……”

叶子上气不接下气，仿佛孩子遇上什么可怕的东西后缠着母亲似的，抓住了驹子的肩膀，“赶快回去，他样子不太对劲，快点！”

驹子闭上双眼，好似在忍耐肩上的痛苦，面色变得惨白。然而没想到的是，她竟决然摇头道：

“我在送客，不能回去。”

岛村大吃一惊，说道：

“这还送什么呢，不必再送啦。”

“那不行，我哪知道你会不会再来呢。”

“会来的，会来的。”

叶子仿佛什么也没听见，焦急地说：

“我刚刚给旅馆打了电话，说你在车站，就赶紧跑过来了。行男在叫你呢。”

叶子伸手去拽驹子，驹子起初只是默默忍着，忽然甩开她，说道：

“我不回去。”

这一甩，驹子自己反倒踉跄了几步。她作势欲吐，却什么也没吐出来。只是双眼氤氲，脸上泛起鸡皮疙瘩。

叶子呆呆地望着驹子，很是紧张。她的神情极为认真，让人瞧不出是愤怒、惊愕还是悲伤，仿佛戴着面具似的，显得简单纯粹。

她就这样转过身来，一把抓住岛村的手，一味尖声渴求道：

“对不起。请您让她回去吧！让她回去吧！”

“好，我让她回去。”岛村大声道，“快回去呀，笨蛋！”

“要你多什么嘴！”驹子一边冲着岛村说，一边伸手把叶子从岛村身边推开。

岛村想伸手去指站前的汽车，指尖却已被叶子抓得发麻了。

“我马上让她坐那辆车回去，你先走一步好吗？在这儿这样闹腾，别人都看着呢。”

叶子连忙点头：“赶快呀，赶快呀！”

话音未落，她转身就跑，敏捷得令人难以置信。

岛村目送着她远去的背影，心头掠过一丝此刻不应有的疑惑：那姑娘的神情为何总是那么认真呢？

叶子那美得近乎悲凄的嗓音，仿佛自雪山深处传来了回声，此刻仍萦绕在岛村的耳边。

“你要去哪儿？”驹子见岛村想去找汽车司机，便将他一把拽回，“不要，我不回去。”

岛村突然对驹子感到了一种生理上的厌恶。

“我虽不清楚你们三人之间究竟是怎么回事，但那位少爷说不定马上就要去世了！他想见你一面，才让人来叫你不是吗？你乖乖回去，不然会后悔一辈子的。若你在这儿磨蹭的时候，他就断气了，那可怎么办呢？不要逞强了，索性让一切随风而去吧。”

“不，你误会了。”

“你被卖到东京的时候，不是只有他独自为你送行吗？你最早的那本日记上，开头记的不就是他吗？你有什么道理不去送他最后一程呢？在他生命的最后一页上，你要把自己写上去啊。”

“不，我是见不得一个人死去。”

这话听着，似是冷漠无情，又好似爱得炽热，岛村一时有些迷惑不解。

“日记已经写不下去了，我要把它们烧掉。”她喃喃自语，不知何故双颊又泛红了，“唔，你是个实诚人。若你真是实诚人的话，我将日记都交给你也行的。你不会笑话我的吧？我觉得你是个实诚人。”

岛村无端地深受感动。忽然觉得，哪还有人会像自己这般实诚呢？思及此，他便不再劝驹子回去了。驹子也沉默无言。

旅馆驻站室里的店员出来了，通知岛村该检票了。

只有四五个身着灰暗冬装的本地人默默地上下车。

“我就不进站台了。再见！”驹子站在候车室的窗边，玻璃窗紧闭着。从火车上望去，好似某个穷乡僻壤的水果店内，一枚珍果被遗忘在熏黑的玻璃箱里。

火车一开动，候车室的玻璃窗蓦地发出亮光，驹子的面容在亮光中一闪而过，旋即消逝了。那天，与清晨的白雪一同映在镜中的绯红面庞，便是如此。于岛村而言，这是梦幻与现实告别之际的色彩。

火车自北面爬上县界的群山，进入长长的隧道，冬日午后单薄的阳光仿若被吸进了黑暗的地底。而后，陈旧的火车又仿佛将明亮的外壳脱在了隧道里，白重峦叠嶂间，驶向了暮色苍茫的峡谷。山的这边还未下雪。

火车沿河而行，驶向了广阔的原野。山巅仿若精心雕琢而成，浮现出一道平缓而优美的曲线，斜斜地伸向远方的山脚。月色笼罩着山头。原野的尽头，唯见这一景致。淡淡的晚霞浮在苍穹，勾勒出山峰的轮廓，深蓝色的轮廓格外鲜明。月色尚浅，不似冬夜里那般冷冽清透。空中鸟雀无踪。山麓宽广无垠，朝着左右两侧延伸而去。河岸近旁，矗立着一幢白色建筑物，约莫是水电站。这是窗外冬季萧瑟的暮景中，最后的一抹余晖。

车厢内暖融融的，车窗玻璃上开始结雾。窗外流逝的原野景色逐渐变暗，窗上又映出了乘客们半透明的影子。又是那镜中映出暮景流光的把戏。这列客车与东海道线路上的客车不同，只挂了三四节陈旧褪色的老式车厢，仿佛来自其他国度似的。灯光也很暗淡。

岛村陷入迷离恍惚之中，仿佛置身于某种非现实之物，不辨时间和距离，徒然地由它载着躯体前行。单调的车轮声，听着也恍如女子的低语了。

轻声低语，断断续续，十分简短，却是女子竭力生存的象征。他听着心觉一阵难过，久久难以忘怀。然而，如今岛村已逐渐离她远去，那声声细语也已成了遥远的余响，徒增几分羁旅的愁思罢了。

行男此时是否已然断气了呢？驹子为何那么固执地不肯回去呢？她是否因此没能见他最后一面呢？

乘客少得有些瘆人。

只有一个五十多岁的男人和一个面色红润的姑娘相对而坐，一直只顾着聊个不停。姑娘丰润的肩上围着一条黑色围巾，面色鲜红似火，动人极了。她探着身子专心倾听，愉快地应答。两人瞧着似是长途结伴的旅客。

然而，当火车停靠在烟囱高耸的缫丝厂车站时，男人慌忙从行李架上取下柳条包，从窗口卸到站台，对姑娘说了句“我走了，有缘再见”，便下车走了。

岛村忽然热泪盈眶，自己也惊着了。此情此景，令他越发清晰地感知到，自己是在与女子别离的归家途中，离愁更甚了。

岛村做梦也未想到，他们竟只是偶然邂逅的旅人。男人大概是个行商吧。

在东京准备出发时，妻子曾嘱咐他，已是飞蛾产卵的季节，莫将西服往衣架或墙壁上一挂便不管了。到了一看，果然发现旅馆房间里檐头垂下来的装饰灯上，趴着六七只玉米色的大飞蛾。隔壁三叠大的小房间内的衣架上，也停着一只，它身虽小，肚子却大。

窗上仍挂着夏季防虫的纱网。一只蛾子似是挂在网上，一动不动。一对桧皮色[1]触角伸了出来，宛若细羽。而翅膀是些许通透的浅绿色，有女人的手指那么长。纱网对面，是县界的群山，重峦叠巘，沐浴着夕阳的余晖，已经染上了秋色。这一点浅绿，反而生出一种死寂感。只有前翅和后翅重叠的地方，绿色才浓了几分。秋风吹来，翅膀便如薄纸一般轻轻掀起。

也不知它是否还活着，岛村起身走去，用手指隔着纱网弹了弹。蛾子仍是一动不动。用拳头使劲一敲，它就像一片树叶似的飘然而落，中途又轻盈地飞走了。

定睛望去，对面的杉林前，不计其数的蜻蜓在空中飞舞，宛如蒲公英的飞絮随风飘荡。

山脚的河流，瞧着仿佛是从杉树林的树梢中流出来的。

山腰上似乎盛开着白色的荻花，闪烁着一片熠熠生辉的银光，岛村的目光流连其间。

从旅馆的温泉出来时，岛村看到玄关处坐着一个俄国女人，正在摆摊叫卖。她竟会跑到这种乡下地方？岛

---

1 | 桧皮色：日本传统色的一种，略微带黄的茶褐色，据说最初是用桧（日本卷柏）皮染色的。

村便过去瞧了瞧，卖的净是日本生产的化妆品、发饰一类的小物件。

她瞧着约莫四十出头，脸上长着细小的皱纹，瞧着很不洁净。粗壮的脖颈裸露的地方倒是白白嫩嫩的。

“你从哪里来？”岛村问道。

“从哪里来？你是问，我从哪里来？”俄国女人不知如何回答，一边收拾摊子，似乎还一边在思考。

她的裙子已经瞧不出西装的模样，仿若一块脏布裹在身上。她已经适应了日本的生活，背着大布包袱便回去了。不过，脚上倒是还穿着靴子。

旅馆的老板娘与岛村一同目送女人远去之后，邀请岛村进了账房。一个高大丰腴的女子背靠火炉边坐着。女子提着衣服下摆站起身来。她穿的是一件带家徽的黑色礼服。

岛村认得这位艺伎。在滑雪场的宣传照片上，她穿着赴宴的和服与棉质束脚裤，脚踏滑雪板与驹子并肩而立。她体态丰盈、落落大方，只惜年华不再。

旅馆老板将火钳架在炉上，烤着椭圆形的大包子。

“一点小玩意儿，您要不要试试？是别人办喜事送的，尝一口吧。”

“刚才那位已经引退了？”

“是啊。”

“是个不错的艺伎。”

“雇期满了，她是过来辞行的。原先挺叫座的。”

岛村吹着热乎乎的包子，试着咬了一口，硬皮上带着些陈味儿，微微发酸。

窗外，夕阳裹着熟透的红柿，光线似是落在了地炉吊钩上悬着的竹筒上。

“那么长，是芒吧。”岛村吃惊地望着坡道那边。一位老婆婆背着一捆草走过，那草足有她两个高，草上的穗子也长得很。

“是啊，那是芒。”

“芒啊，是芒吗？”

“铁道省[1]举办温泉展览会时，盖了间休息室还是茶室来着，屋顶铺的就是这里的芒。据说，有个东京人把那茶室原封不动的，整个买走了哩。”

“是芒啊？”岛村自言自语般地喃喃道，“山上开的原来是芒花。我还以为是荻花呢。”

岛村一下火车，映入眼帘的便是山上的白花。山腰邻近山顶的陡峭斜坡上，那些花儿开遍山野，闪烁着银

---

1 | 铁道省：日本战前管理全国铁路的政府机构。

色的光芒，仿若秋阳洒满山坡。岛村的情绪大受感染，不由为之一叹。他以为是白色的荻花呢。

近看是强韧的芒，远望却是伤感之花，两者观感截然不同。一大捆一大捆的芒，遮蔽了一个个背草的女人。芒捆与坡道两侧的石崖相摩擦，一路沙沙作响。那穗子生得很是壮硕。

回房一看，在灯泡亮度只有十烛[1]的隔壁房间里，那只身小肚大的蛾子已经在黑漆衣架上产了卵，在上面爬来爬去。屋檐上的蛾子也啪嗒啪嗒地直往装饰灯上撞。

秋虫从白天开始便啾鸣不已。

驹子是稍晚点儿来的。

她站在走廊上，直勾勾地望着岛村。

“你来干什么？来这种地方做什么？”

“我来见你的。”

“言不由衷。东京人净爱撒谎，真讨厌！”说罢，她坐下身来，放柔了声音又道，“我再也不给你送行啦。那滋味真是难以言说。”

“啊，那我这次悄悄回去好了。”

---

1 | 烛：日本旧时的发光强度单位，1 烛 =1.0067 坎德拉。10 烛相当于 20 瓦白炽灯泡的亮度。

“不要。我是说不送你去车站了。”

“那人后来怎么样啦？”

“自然是已经故去了。”

“是在你为我送行的时候吗？”

“不过，那是两码事。我没想到送别竟那么难过。”

“嗯。”

“二月十四那天，你干吗去了？大骗子。你让我等得好苦。以后随你说什么，我都不会再信了。”

二月十四是赶鸟节，是雪国的孩子们一年一度的节日。在那十天以前，村里的孩子们便会穿上草鞋，把积雪踩实，再切出一块块约两尺见方的雪砖，用它们垒出一座雪堂。雪堂长宽均有一丈六七尺，高则一丈余。十四那天夜里，孩子们把家家户户挂在门口的注连绳[1]都搜罗过来，堆在雪堂前，点起熊熊篝火。村里是二月初一过新年，所以这时候注连绳都还留着。之后，孩子们会爬上雪堂的屋顶，你推我挤，一起唱赶鸟歌。然后在雪堂里点上灯火，在那儿过一夜。到了十五的破晓时分，孩子们会再次爬上雪堂屋顶，又唱一遍赶鸟歌。

---

1 | 注连绳：一种用稻草织成的绳子，为神道信仰中用于洁净的咒具。日本人会在新年时，在家门上挂注连绳以驱邪避灾。

岛村想着那时应是积雪最深的时候，便和驹子约好来看赶鸟节。

“我二月份回了趟老家。歇了一阵子。我心想你准会来，便赶着十四那天回来了。早知道多照顾几天病人就好了。”

“谁生病了？”

“师父在港口小镇染上了肺炎。我正好在老家，收到电报后，就去照顾了。”

“病好了吗？”

“没有。”

“真抱歉。”岛村似在为自己的失约道歉，又似在缅怀师父的亡故。

“嗯……”驹子蓦地轻轻摇了摇头，用手帕掸了掸桌子，“虫子真多。”

矮桌上的小飞虫纷纷落在榻榻米上。几只小小的蛾子绕着电灯飞舞。

不知有多少种飞蛾趴在纱窗外，影子在澄澈的月光下浮现出来。

“胃疼，我胃疼！”驹子猛地将双手插进腰带，伏在岛村膝头。

她后衣领敞着，露出一截脖颈，颈上搽了一层厚厚的白粉。一群比蚊子还小的飞虫顿时落在了上面。有的飞虫眼见着就要死去，在那儿一动不动的。

她的脖颈比去年粗了些，显得丰腴不少。岛村心想，她已经二十一岁了。

一股温热的潮湿感自他膝头传来。

“账房的人嬉皮笑脸地告诉我：‘阿驹，快去椿之间[1]看看吧。’真讨厌！我刚把阿姐送上火车，想着回来舒舒服服地睡一觉，就有人跟我说这边来电话了。我乏得很，实在不想来。昨晚喝多了，给阿姐饯行来着。账房的人光顾着笑我，不承想原来是你。已经一年了。你每年只来一次，是吗？”

“那包子我也吃了。”

“是吗？”驹子直起了身子。她压着岛村膝头的一小块脸颊泛了红，瞧着忽然多了几分稚气。

她说，自己给那位中年艺伎送行，一路送到了下下个车站。

“真没意思。以前无论干什么，大家都是一条心，慢慢地却越来越自私，只顾自己了。这儿变化也大得很。性格合不来的人一天比一天多。菊勇姐一走，我就寂寞

---

1 | 椿之间：一些传统日式旅馆会以花为房间命名。椿即山茶花。

得很。过去什么事都是她拿主意的。她最受客人欢迎，每月不下六百炷香[1]。大家也拿她当宝贝呢。”

岛村问道："听说菊勇雇期满了，要回老家去。她是回去结婚，还是继续从事风尘行业呢？”

“阿姐也是个可怜人。她当初是嫁人的事黄了，才来这儿的。”驹子支吾起来，犹豫了一阵子，望着月光照耀下的梯田，才道，“那边的山腰上，有一栋新盖的房子吧。”

“那家叫菊村的小饭馆？”

“嗯。阿姐本要嫁入那户人家的，是她咎由自取，才落得一场空。当时闹得可大了。人家特意为她修了新房，临要出嫁时，她却改变了主意。她另有所爱，原打算跟那个人结婚，结果却被骗了。人一旦着了迷，就会变成那样吗？那人跑了，事到如今，她也不可能破镜重圆，回到人家的店里。再说，丢人现眼的，她也没法再待下去，只能去别处另起炉灶了。想想也怪可怜的。我们是不太清楚，反正她确实遇过许多人。”

“你是说跟她好过的男人？能有五个吗？”

“大概吧。”驹子抿嘴一笑，忽然又扭过头去，“阿

1 | 艺伎的出台时间按一炷香燃烧的时间计算，一炷香大约30分钟。

姐其实是个感情懦弱的人，太懦弱了。”

“那也没法子呀。”

“可不是。招人喜欢，又能怎样呢？”她低着头，用发簪挠了挠头。

“今天去送她，心里实在难过得很。”

“那人好不容易修起来的店铺怎么办？”

“他妻子过来打理了。”

“妻子来打理，这倒是有意思。”

“毕竟已经万事俱备，只欠开张了。不然还能怎么办呢？他妻子带着所有孩子，一起搬了过来。”

“他家里怎么办呢？”

“据说留了一个老婆婆在家。那男人虽说是普通乡下人，却好这一口。人还挺有意思的。”

“看来是个浪子呀。年纪不小了吧。”

“还年轻呢。约莫三十二三吧。”

“哦？那就是妾室比正妻年龄还要大咯？”

“是同年，都是二十七岁。”

“‘菊村’是取的菊勇的‘菊’吧？结果由妻子来打理吗？”

“大约是招牌已经打出去的缘故，不方便再改。”

岛村把衣领往上拢了拢，驹子见状便起身去关窗。

"阿姐也蛮知道你的。今天还跟我说你来了。"

"我在账房见到她过来辞行。"

"说了些什么？"

"什么也没说。"

"你明白我的心情吗？"驹子蓦地打开了刚关上的拉窗，一屁股坐在窗沿上，身子仿佛要探出去似的。

岛村沉默片刻道："这里的星光与东京的不同，像是浮在天上。"

"是月色的缘故，也没那么夸张。今年的雪下得很大。"

"听说铁路常常不通。"

"嗯，简直有些吓人。公路也比往年晚了一个月，五月份才通车的。滑雪场那边不是有个小卖部吗？雪都将二楼冲塌了，楼下的人还不知怎么回事，听见怪声，以为是老鼠在厨房捣乱，过去一看什么也没有，再上楼一瞧，到处都是雪。雨户[1]什么的都被雪冲走了。虽然只是浅层雪崩，但是广播里大肆报道了一番。滑雪客们都害怕得不敢来了。我今年不打算滑了，去年年底，滑雪板也送了别人。虽说如此，我还是滑了两三次。我会

1 | 雨户：为防风、防盗、挡雨、遮挡视线等，在房屋门窗处安放的木板。

不会很奇怪？”

“师傅死后，你是怎么过的？”

“别人的事，你就少操心吧。二月里，我可是乖乖在这儿等你的。”

“既已回了港口小镇，来信告诉我不就好了？”

“不要。那么可怜的事情我才不干。让你夫人看见也没所谓的信，有什么好写的！太可怜了！我才不要左右顾忌，净写些言不由衷的假话！”

驹子有一些激动，连珠炮似的抢白一通。岛村点了点头。

“你别坐在虫子堆里，把灯关了就好了。”

月色皎洁，澄澈莹亮，驹子耳朵的凹凸起伏都清晰地浮现了。深邃的月光探入屋内，榻榻米现出一片青色，分外的冰冷清幽。

驹子的双唇柔滑细腻，宛若美丽的水蛭环节。

“哎，让我回去。”

“你还是老样子。”岛村仰起脸，凑近去瞧她那颧骨微高的小圆脸，感觉她某处似乎带着几分滑稽。

“大家都说，我还是十七岁来这儿时的模样。生活嘛，也是老样子咯。”

她脸上仍是北国少女特有的绯红。月光映在她那艺伎风情的肌肤上，泛着贝壳似的光泽。

“不过，我换了地方住，你知道吗？”

“师傅去世了，对吧。你已经不用住那间蚕房了吧？那你现在的屋子是正经的艺伎屋咯？”

“正经的艺伎屋？是啊，我在店里卖些粗点心、糖果和香烟。还是我一个人。这回是真正替人打工了。夜里太晚，就点上蜡烛看书。”

岛村抱着双臂笑了。

“因为装了电表，不好意思浪费人家的电。”

“是吗？”

“那家人待我相当好。有时甚至令我感慨，这也算打工吗？小孩子哭了，女主人怕吵到我，便背着孩子去外面。我没有任何不满意的，就是睡铺总是歪歪扭扭，这点我不喜欢。我回去晚了，他们就会帮我铺床。但不是褥子没铺整齐，就是床单横七竖八。看到这样的睡铺，就觉得自己实在可怜。可自己又不好重新铺，只怕辜负了人家的一番好意。”

“你若是成了家，怕是要很操心呀。”

“大家都这么说。我就这性格吧。家里有四个小孩子，闹腾起来实在不得了，我整天都跟着他们收拾个没完。明知道收拾好了，又会给他们弄乱，可我老是惦记着，没法丢下不管。只要条件允许，我还是希望日子过得整洁干净些。”

“是啊。”

“你了解我的心情？”

“当然了解。”

“既然了解，那你说说看呀。来，你说说看。”驹子忽然语气急切地追问道，“你瞧，说不上来了吧？净会骗人。你生活那么优越，什么事都满不在乎，哪里会了解我呢。”她声音低低的，“真可悲啊。我是个傻瓜。你明天就回去吧。”

“你这样子追问，我怎么说得清楚呢。”

“有什么说不清楚的？你呀，就是这点不好。”

驹子有些无可奈何，沉默着合上双眼。她那神情，仿佛知道岛村总会体谅自己。

“一年一次也好，以后也来吧。我在这里的时候，一年一定要来上一次啊。”

她说自己的雇期是四年。

“回老家的时候，我做梦都未想到自己仍会出来借此营生，滑雪板都送了人才走的。若要说有什么成绩，便是把烟给戒了。”

“是了，你以前抽得还挺凶的。”

“嗯。宴席上客人给我的烟，我都悄悄藏进袖子里，有时回去能抖出好几支呢。”

“四年还是挺长的。”

“一眨眼就过去了。”

“你身上真暖和啊。”岛村趁驹子凑过来，抱住了她。

“暖和也是天生的。”

“这儿早晚已经变冷了吧？”

“我来这里已经五年了。起初想着要长居于此，心中难免有些凄凉。这里通火车之前很是冷清。你第一次来这里，也已经是三年前了。”

岛村思忖着，不到三年里，自己来了三次，每次驹子的境遇都在发生变化。

几只纺织娘忽然“轧织、轧织”地叫了起来。

“真讨厌。”驹子说着，离开他的膝头，站起身来。

吹来一阵北风，纱窗上的蛾子一齐飞起来。

岛村已经知道，驹子那看似微微睁开的黝黑眸子，其实是浓密的睫毛合在了一起，但他仍然凑过去仔细瞧了瞧。

“戒掉烟后，人丰满了。”

腹上的脂肪也厚了一些。

两人分别之后难以捉摸的感情，经此一番，转瞬又恢复了往昔的亲密。

驹子轻轻地把手按在胸上。

“一边变大了。”

“傻瓜。是那人的怪癖吧，净爱摸一边。”

“哎，你真讨厌！乱讲，讨厌鬼！”驹子顿时变了脸色。

岛村想起来了，是这么回事。

“下次告诉他，让他两边平均些。”

“平均？让我同他说平均一些？”驹子温柔地将脸靠了过来。

房间在二楼，可屋子四周有癞蛤蟆围着叫。不止一只，似乎有两三只在爬。它们聒噪了好半天。

从旅馆的浴池上来后，驹子以安静平和的语调，坦然地诉说着自己的身世。

最初到此地检查身体时，她还以为同见习艺伎时一样，只脱了上半身，被人取笑一番，为此她还哭了。她连这些事情都说给岛村听。岛村问的，她都老老实实地回答。

“我那个非常准，每个月都提前两天来。”

“来那个的时候，去赴宴不会不方便吗？”

“嗯，你连这些都知道？”

每天都在以暖和闻名的温泉里泡一泡，暖身活血。往返新旧两处温泉之间赴宴，还得走个七八里路。山中生活又极少熬夜，所以她体态敦实，身体健康。而腰身却又如多数艺伎的那般纤细，横看苗条，竖看结实。尽管如此，她之所以能将岛村远远地吸引过来，乃是源于她身上某种令人深深怜悯之物。

“像我这样的人，还能生孩子吗？”驹子一本正经地问道。

言下之意是，若只与一人交往，岂不如同夫妇一般了吗？

岛村这才知道驹子有那么一个男人。她说从十七岁那年起，已经与那人相处五年了。岛村一直讶异于驹子的无知和毫无防备，如今才算是明白了。

当她还是见习艺伎时，为她赎身的恩主去世后，她一回到港口小镇，那人就纠缠上来了。或许是为此缘故，她说从开始到现在，她都不喜欢那人，心里始终有隔阂。

“相处五年了，也算不错的。”

“有两次，我差点就同他分手了。一次是来这儿当艺伎的时候，一次是从师父家搬到现在这家来的时候。可是，我这人太软弱了，真的太软弱了。”

驹子说，那人住在港口小镇，因将她留在镇上不太方便，便趁着师父回乡时，将她托付给师父照顾。那人虽亲切，驹子却一次也未曾想过将自己托付给他。此事实在可悲。因年龄差距不小，他也只是偶尔过来看看。

“怎样才能与他分开呢？我时常想着，索性放纵自己算了。我真这么想过。”

“放纵可不好。”

“没法放纵，我这性子还是做不来。我对自己的身子很爱惜。若是我愿意豁出去的话，四年的雇期是可以缩成两年的。可我不会勉强自己，身体是最重要的。勉强自己的话，每个月倒是能挣上不少。我们是按年限来做的，只要不让主家吃亏就行了。欠的本金每月是多少，利息多少，税钱多少，加上伙食费，一算就清楚了。除此之外，我不会勉强自己。遇上麻烦的宴席，我不喜欢，便会赶紧回来。若非熟客指名找我，旅馆也不会半夜打电话过来。自己若大手大脚，那便无止境了。我是随便挣挣，将就着能对付就行了。欠的本金我已还了大半。还不到一年呢。不过，每月的细碎开支，零零总总的加上，也要三十元。”

她说，自己每月挣一百元就够了。上个月做得最少的人，也有三百支香，合六十元的进账。驹子赴宴九十多次，是赚得最多的。每次赴宴，她能拿一支香。主家虽有些吃亏，但很快便能赚回来。在这温泉乡里，没有谁因增加债务而延长雇期的。

次日清晨，驹子仍旧起得很早。

“我梦见和插花师父一起打扫这间屋子，结果就醒过来了。”

梳妆台搬到了窗边，镜中映出漫山红叶，以及明亮的秋日阳光。

糖果铺的女孩子送来了驹子的替换衣裳。

隔着纸拉门喊“驹子姐”的，已不是声音澄澈得近乎悲凉的叶子。

“那位姑娘后来怎么样了？”

驹子瞟了岛村一眼。

“光知道去上坟。你瞧，滑雪场底下有块荞麦田，开着白花的，往左有一座坟墓，能看见吧？”

驹子回去之后，岛村也去村里散步了。

屋檐下的白墙边，一个小女孩穿着崭新的红色法兰绒束脚裤，正拍着皮球。一派秋日景象。

房屋大多古色古香，仿佛当年大名出巡时，驻扎在此留下的遗迹。廊檐很深。二楼的纸拉窗才一尺来高，细长且窄。檐前垂下一张芒帘。

土坡上种着细叶芒做篱笆，正绽放着桑染色[1]小花。细长的叶片一株株伸展开来，宛若喷泉，美丽极了。

路边向阳的一处铺着秸秆席，叶子正在席上打着红豆。

一粒粒红豆如光点般从干豆秸里迸出来。

叶子头上包着头巾，大概是没看见岛村。她穿着束脚裤，叉开双腿，一边打着豆子，一边唱着歌，她的嗓音澄澈得近乎悲凉，仿佛会发出回声似的。

蝴蝶蜻蜓和螽斯，
大山之中叫不停，
金蟋铃虫纺织娘。

还有一首民谣唱着：晚风之中大乌鸦，簌地飞离杉树林。从窗口向下望去，今天的杉树林前也是漫天飞舞的蜻蜓。随着暮色将近，它们似乎加快了在空中浮游之速，显得有些匆匆。

岛村临出发前，在车站的小卖铺里发现了一本新书，

1 | 桑染色：日本传统色的一种，为淡淡的黄褐色。颜料最早是由桑树皮熬煮出的。

是关于这一带的登山指南，便买下了。他漫不经心地读着，上面写道：从这间屋子远眺县界的群山，在其中一座山峰的附近，有一条美丽的小径穿过池沼。那一带的池沼之中，各种高山植物百花竞放，争奇斗艳。若在夏天，还有红蜻蜓自在飞舞，它们会落在人的帽子上、手上，乃至镜框上。那种悠闲的姿态，城里的蜻蜓与之相比，可谓是云泥之别。

不过，眼前的这群蜻蜓，仿佛被什么东西追逐着似的，急于在日落前飞走，以免被杉林的幽深所吞噬。

远山沐浴着夕阳的余晖，自峰顶而下，层林尽染，一览无余。

"人真是脆弱啊。听说那人从头到脚摔得粉碎。若是熊的话，哪怕从更高的岩石上摔下，也不会伤着丝毫。"

岛村想起了清晨驹子讲的话。当时她一边指着那座山，一边说那儿的岩场又有人遇难了。

若人也似熊一般，拥有又硬又厚的皮毛，人的官能准是另一副样子。可是，人都喜爱彼此柔滑细嫩的肌肤。岛村想着这些，望着夕阳笼罩下的群山，不禁有些感伤，对人的肌肤生出几分眷恋之情。

"蝴蝶蜻蜓和蟊斯……"

不知是哪位艺伎，在提前开饭的餐桌前，弹着蹩脚的三味线，唱起了这首歌谣。

登山指南上只简单标注着路线、日程、住宿和费用一类的信息，这反倒令他的思绪更为自由了。岛村与驹子最初相识，是自己在残雪未化、新绿萌发的山中漫游一番后，来到这处温泉乡之时。如今已是秋季的登山时节，他远眺着自己留下足迹的群山，内心不禁又为山色所诱。

岛村终日无所事事，千辛万苦也要去登那无用之山，堪称徒劳的典范。然而，也正因如此，其间才有一种虚幻的魅力。

离别之后，岛村便会时常思念驹子。然而，当自己真到她身旁，不知是因为安心，还是因为与她的肉体已经过分亲密，那种对肌肤的眷恋和对群山的向往，都恍若梦境。或许是昨晚驹子才来此过夜的缘故吧。然而，如今在寂静之中独自枯坐，他也只得在心中盼望着驹子能不邀自来。一群来徒步的女学生打闹着，青春洋溢的嬉戏声不绝于耳，他起了些睡意，便早早入眠了。

不久之后，似乎下了一场秋雨。

次日清晨一睁眼，驹子已端坐在桌前读书，身上穿着寻常的缎面和服。

“你醒了？”她静静地说着，转脸看向岛村。

“怎么回事？”

“你睡醒啦？”

岛村猜想她是在自己睡着之后来过夜的，便瞧了瞧自己的睡铺，拿起枕边的表一看，才六点半。

“还早着呢。”

“可是，女佣都已经来添过火了。”

铁壶冒着热气，一派清晨的氛围。

“起来吧。”

驹子起身走来，坐在他的枕边。俨然是居家女子的模样。岛村伸了个懒腰，顺手握住她放在膝上的手，拨弄着她手指上弹三味线磨出的小茧子。

“还困着呢。这不是才刚天亮吗？”

“你一个人睡得好吗？”

“嗯。”

“你到底还是未蓄胡子。”

“对了，上次道别时，你说过让我把胡子蓄起来。”

“反正你也会忘的，算了吧。你总是把胡子剃得干干净净，留下一片青色。”

“你不也是，每次洗掉脂粉，脸上就像刚用剃刀刮过似的。”

“你的脸颊是不是又圆了一点儿？白白净净的，睡着的时候，没有胡子看着还蛮奇怪的，圆乎乎的。”

“柔和一些不好吗？”

“靠不住。”

“讨厌，你之前一直盯着我吧？”

“嗯。”驹子微笑着点点头，忽地又扑哧一笑，像是被什么勾起了情绪似的，连被岛村握住的小指也不觉紧了几分。

“我躲进壁橱里了。女佣一点儿也没发觉。”

“什么时候？你什么时候躲进去的？”

“就是刚才呀！女佣过来添火的时候。”驹子想起这事，笑个不停，脸却忽地直红到耳根。她像要遮掩过去似的，掀起了被角，一边扇，一边说：“起来吧，你就起来吧。”

“太冷了。”岛村抱紧了被子，“旅馆的人都起来了吗？”

“不知道，我是从后面上来的。”

“从后面？”

“从杉树林那边爬上来的。”

“那边有路吗？”

“路是没有，不过很近。”

岛村惊异地望着驹子。

“谁都不知道我来了。厨房里倒是有些动静，不过玄关还闭着呢。”

“你又这么早起床。”

“我昨晚没睡着。”

“你知道下过一场雨吗？”

“是吗？怪不得那边的山白竹湿漉漉的，原来是下了雨啊。我要回去啦。你再睡一会儿吧，好好休息。”

“我要起来啦。”岛村紧握着她的手，猛地钻出了被窝。他来到窗边，往下望了望她说的爬上来的地方。那边灌木丛生，树丛下一大片山白竹枝繁叶茂。小山腰连着杉树林，恰在窗户下方，是一片田地。种满了白萝卜、红薯、大葱和芋头之类的家常蔬菜，各自的叶片沐浴着朝阳，闪耀着独有的色泽。岛村仿佛初次瞧见似的。

在通往浴池的走廊上，店员正朝泉水池中的红鲤投喂饵料。

“大约是天冷了，它们胃口不大好呢。”店员对岛村说着，又看了看浮在水面的饵料——是将蚕蛹晒干捣碎制成的。

驹子清纯洁净地端坐着，对泡澡回来的岛村说：

“这么清静的地方，若能做做针线活就好了。”

房间刚刚打扫过，秋日清晨的阳光直直地落在略显古旧的榻榻米上。

“你还会做针线活吗？”

“真没礼貌。我家兄弟姐妹中，数我最辛苦了。仔细想想，我长大成人时，正好是家里日子最苦的时候。”她似乎在自言自语，忽地又放开嗓门道，“刚刚女佣蛮惊讶地问我：‘阿驹，你什么时候来的？’我总不能三番两次地往壁橱里躲呀。真叫人难为情。我要回去啦。今天忙着呢。觉也没睡好，想着洗个头的。早晨不早点洗的话，等头发干了再去梳头师傅那边，就赶不上中午的宴席了。这儿也有宴席，不过昨晚才通知我的。我已经答应了别人，不能来这边了。今天是周六，忙得很。没法来找你玩儿了。”

驹子嘴上虽这么说，却没有要起身的意思。

她又决定不洗头了，邀了岛村到后院。回廊下是湿的木屐和布袜，她方才大概就是从此处偷偷溜进去的。

方才她来时穿过的那片山白竹，瞧着没法过人。两人沿着田边，朝有水声的方向往下走。河岸陡峭，是一道深深的崖壁。栗子树上传来孩子的声音。几颗毛栗子落在他们脚边的草丛里。驹子用木屐踩破，剥出里面的栗子——个头小小的。

对岸陡峭的山坡上，漫山遍野的芒正在抽穗，随风摇曳，闪着炫目的银光。虽是片耀眼的光芒，却又仿佛是浮在秋空中的透明幻境。

“去那边看看吗？能看到你未婚夫的坟呢。”

驹子蓦地踮着脚站起身来，直勾勾地盯着岛村，冷不防地将手上一把栗子扔在他的脸上。

“你是瞧不起我吗？”

岛村躲避不及。栗子砸在额上咚咚作响，痛得很。

“那坟跟你有什么关系，要你去看？”

“何必这么较真呢？”

“那对我来说，是件很严肃的事情。我才不像你那样，日子那么闲适。”

“谁日子闲适啦？”他无力地小声嘟哝着。

“那你说什么未婚夫？我上次不是说过他不是我未婚夫吗？你是忘了吧。”

岛村并未忘记。

“我师父她呀，或许也曾想过少爷和我若能成婚便好了。但也是想想而已，她从未明说此事。师父的心思，少爷和我也隐约猜到几分。然而，我俩并没有别的什么。我们也不是一起长大的。我被卖去东京时，是他独自为我送行的。”

他记得驹子说过的这些事。

那人病危的时候，她却在岛村这儿过夜，还义无反顾地说，“我爱怎样就怎样，快死的人啦，还管得着什么呢？”

在驹子送岛村去车站时，叶子来找她，说病人快不行了。她却坚决不肯回去，似乎未能见上病人最后一面。这些事令岛村对那个叫行男的男人记得更深了。

驹子对行男向来避而不谈。即便那人不是未婚夫，可她为了赚钱给那人养病，才沦落风尘当了艺伎。对她来说，这无疑是“严肃的事情”。

见岛村即便被栗子砸了，也并未动怒，驹子似乎有些怔住了。她顿时瘫软了身子，缠住了岛村。

“哎，你真是个老实人。你瞧着好像有些伤心？”

“孩子们在树上会瞧见的。”

“东京人真是复杂呀，让人难以捉摸。是周围太过喧嚣，对什么都不以为意了吧？”

“对什么都不以为意了。”

“终有一日你怕是连命都不在乎了。我们去看看坟吧。”

“是哦。”

“你瞧，你哪有一丁点要去看坟的意思呢？”

“是你自己束手束脚的。”

“我一次也未祭拜过，是有些拘束。真的，一次也没去过。现在师父也一起葬在这儿了。我觉得自己很对不起师父，如今更不好去了。显得虚情假意的。”

“你这人才是真的复杂。”

“为什么？既然对方活着的时候，没能如心中所想将话说清楚，至少去世之后讲个明白吧。”

杉树林中冰冷寂静，仿佛能听见冰凉的水珠滴落。穿过杉林，沿着滑雪场下方的铁轨走过去，便是坟地了。在田畦稍高的一角，立着十来座旧石碑和一尊地藏菩萨。光秃秃的，连花也没有，十分寒酸。

然而，地藏菩萨背后的矮树荫里，忽然露出了叶子的上半身。霎时间，她的神情仍像往常那样认真，好似戴着一副面具，目光尖利地朝着这边刺过来。岛村向她点头致意，旋即站在了原地。

“叶子，早啊。我去梳头师傅那儿……”驹子说到这儿，蓦地刮来一阵黑风，仿佛能将人吹走似的，她和岛村把身子缩成一团。

一列货车从他们身旁呼啸而过。

“姐姐！”震耳欲聋的轰鸣声中，传来一声呼喊。一个少年站在黑色货车的门边挥舞着帽子。

“佐一郎！佐一郎！”叶子喊道。

是在雪夜中的信号站前，她呼唤站长的声音，美得近乎悲凉。仿若在呼唤远方的船上听不见的人们。

货车通过后，仿佛眼罩被摘掉了似的。铁路对面的荞麦花粲然入目，赤红色的茎秆上挂着一簇簇小花，开得幽静又艳丽。

两人不承想会遇见叶子，竟未注意有火车驶来。货车一过，方才的尴尬之情，也仿佛随着列车消散在风里了。

车轮声已然消散，叶子的呼喊声却似乎仍萦绕于耳，仿若纯洁的爱情传来的回响。

叶子目送着列车远去。

“弟弟在车上，我要不要去车站看看呢？”

“可是，火车不会在车站等着你呀。”驹子笑道。

“是啊。”

“我呢，可不是来给行男上坟的。”

叶子点点头，犹疑了片刻，在坟前双手合十地蹲下了。

驹子仍然呆呆地立在原地。

岛村移开了视线，看向地藏菩萨。菩萨三面都是细长的脸，胸前的双手合十，左右还各有两只手。

“我要梳头去啦。”驹子对叶子说罢，便顺着田埂朝村里走去。

人们会在树干之间，绑上层层竹竿或木棍做晒杆，把稻子挂在上面晾干，瞧着仿佛矗立着一道道稻草屏风似的。当地人称“禾贴”。

岛村他们经过的路旁，有农民正在搭这种“禾贴”。

穿束脚裤的姑娘一扭腰，便把一捆稻子抛了上去，攀到高处的男人轻巧地接住，将它们梳理开来，挂在杆子上。他们动作麻利，熟练又自然，不断地重复着。

驹子仿佛打量贵重物品似的，将“禾贴”上垂下来的稻穗托在手心掂了掂。

“这稻谷不错，摸着都特别舒服。比去年强多了。”

她眯着双眼，仿佛在享受稻谷带来的触感。一群麻雀低低地掠过头顶上空。

路边的墙壁上还残留着一张旧告示，上面写着：“插秧工工钱协定。每日九十钱，包伙食，女工六成。”

叶子家也有“禾贴”。她家在比大路地势稍低的田地之后。在院子左边，沿着隔壁的白墙栽的一排柿子树上，搭着高高的“禾贴”。在田地与院子的交界处，恰好与柿子树上的“禾贴”成直角的地方，也搭着“禾贴”。在挂着的稻穗一头留出了一个出入口，瞧着像是个用稻谷搭起来的草棚子。田地里已凋零的大丽花和蔷薇前，青芋的叶片正茁壮伸展。养着红鲤的莲池隐在“禾贴”

对面，已经看不见了。

驹子去年住过的那间蚕房，窗扉也已隐去了。

叶子似是有些生气，低着头从稻穗下的入口走了进去。

“她一个人住在这里吗？”岛村目送着叶子微微躬身的背影说道。

“不见得吧。”驹子臭着脸说道，“啊，讨厌！懒得去梳头了。都怪你多嘴多舌，打扰了人家上坟。”

“是你自己意气用事，不愿在坟头见她才对吧。”

“你不懂我的心思。我之后有空再去洗头吧。虽然可能会晚点儿，不过我一定去找你。”

时间一转，已是半夜三点。

拉门猛地被推开，岛村刚被惊醒，驹子便一下扑倒在他胸口上。

“我说要来，这不就来了吗？看嘛，我说要来这不就来了吗？”她喘着粗气，连肚子都起伏得厉害。

“你醉得厉害。”

“你看嘛，我说过要来，这不就来了吗？”

“嗯，你来啦。”

“来这儿的路，看不见，看不见。呜，好难受！”

“难为你还能爬坡上来。”

"不管，我才不管呢。"驹子唔的一声便仰着滚了过来。岛村被压得喘不过气，打算爬起来。可他刚被惊醒，人还迷糊着呢，刚坐起身便又倒下了，头枕上了一个滚烫的东西，不由吃了一惊。

"怎么像一团火似的，傻瓜！"

"是吗？睡火枕头，可要烫伤的。"

"我说真的。"岛村闭上双眼，一股热流沁入脑门，他才感受到自己真切地活着。伴随着驹子剧烈的呼吸，所谓现实传到了他心中。那似是令人怀念的悔恨，又仿佛是一颗在安宁中等待着复仇的心。

"我说要来的，这不就来了嘛。"驹子只顾着重复这句话。

"既然来过了，就该回去了。我要洗头去啦。"

她爬起身子，咕嘟咕嘟地喝着水。

"你这样子怎么回去呢？"

"我要回去。我有伴的。洗澡用具去哪儿啦？"

岛村起身打开电灯，只见驹子双手捂着脸，伏在榻榻米上。

"讨厌！"

她身着华丽的毛料圆袖夹衣，还罩着一件黑领睡衣，系着一条窄腰带，因此瞧不见里衣的领口。她赤着双脚，连脚尖都泛着醉意。她缩着身子，仿佛要将自己藏起来似的，可爱极了。

她似是把洗澡用具扔了，肥皂、梳子之类散落一地。

“帮我剪掉，我把剪刀带来了。”

“剪什么？”

“剪这个。”驹子将手伸到了头发后面，“本想在家里就剪掉头绳的，可是手不听使唤，便顺道来这儿请你帮忙剪剪。”

岛村一点点拨开她的头发，剪断里面的头绳。每剪一处，驹子便摇摇头，将假发抖落。人也逐渐平静了。

“现在几点了？”

“已经三点了。”

“哎，这么晚了？可别把我的真发也剪掉啦。”

“你真是绑了不少呢。”

他手中抓着一把假发片，靠近发根的地方尚有余温。

“已经三点了吗？大约是赴宴回去后，便倒在地上睡着了。之前和朋友约好了，她们才来邀我的。她们这时肯定在想我跑哪儿去了呢。”

“她们在等你吗？”

“她们仨正在公共浴池泡着呢。本来有六场宴席，结果只转了四处。下周是枫叶季，有的忙了。谢谢啦。”

驹子梳着解开的头发仰起脸来，莞尔一笑，令人目眩。“我才不管呢，嘻嘻嘻，多有意思呀。”

她无可奈何地捡起了假发片。

“不好让朋友们久等，我要走啦。回来时，就不来你这儿了。”

“看得见路吗？”

“看得见。”

然而，她还是踩到了衣裳的下摆，打了个趔趄。

她每天偷空来看他两次，都是在早上七点和夜里三点这种不寻常的时间里。岛村想到这里，便觉事情非同一般了。

旅馆的店员们如同新年摆门松那般，将红叶点缀在门前。这是在对前来赏枫的客人表示欢迎。

一位临时雇来的店员正盛气凌人地指挥着，他自嘲为“候鸟”。有一类人从初春的新绿时分到深秋的红叶季节，都在这处山中温泉乡干活儿，冬天则去伊豆那边的热海和长冈温泉浴场谋生。那位店员便是其中之一。他们并非每年都在同一家旅馆打工。他好显摆自己在伊豆繁华的温泉浴场的工作经验，背地里净说些这边旅馆待客的短处。他搓着手死乞白赖地拉客，那副模样瞧不出半分诚意，假惺惺的。

“先生，您晓得木通果吧？您若想吃，我就摘点下来。”他冲散步归来的岛村说着，把木通果连着藤蔓一起系在了枫树枝上。

枫树枝大约是从山中砍来的，有屋檐那么高。一片鲜艳的红色将玄关映衬得分外明朗，每一片枫叶都大得惊人。

岛村握了握冰凉的木通果，无意中往账房那边一瞥，见叶子正坐在炉边。

老板娘守着铜壶温酒，叶子坐在对面。每当老板娘说些什么，她就干脆地点点头。她没穿束脚裤也没穿短外衣，身上是一件似乎刚刚浆洗过的绸子和服。

“那是来帮忙的？”岛村若无其事地问店员。

“是啊，多亏她来了，毕竟现在急缺人手。”

“和你一样是吧。”

“嗯。是个乡下的姑娘，性情有些不一样。”

叶子似是在厨房那边帮佣，从未来过客厅。客人一多，厨房里女佣们的嗓门也跟着变大了，却听不见叶子那优美的声音。据负责岛村房间的女佣说，叶子睡前沐浴时，会在浴池里唱歌。他也从未听见过。

然而，一想到叶子也在这家旅馆里，不知为何，岛村连叫驹子来都有所顾忌。尽管驹子对他产生了爱恋，但岛村却感到无比空虚，认为驹子的爱不过是凄美的徒劳罢了。可是，驹子身上那种渴望活下去的生命力，却如裸露的肌肤一般触碰着他的内心。他一边怜悯驹子，一边怜悯自己。他感到叶子的双眸中，似乎闪烁着无意间洞察了这一切的光芒。岛村被这个女子吸引了。

即便岛村没有叫她，驹子自己也常过来。

一次，岛村去溪谷深处观赏红叶，路过了驹子家门前。她听见车声，料定准是岛村，跑到外面来看。岛村竟连头也未回，她便说他是个薄情郎。驹子只要被唤来旅馆，没有哪次不来岛村房间。即便去泡个温泉，也会顺路来一趟。若是有宴席，便提前一个小时过来，在岛村房间玩儿，直到女佣来叫她才离开。宴席中途，她也常溜出来，在他房中的梳妆台前整理妆容。

“我要干活儿去啦，要赚钱。好啦，赚钱，赚钱！”说罢，她便起身离去。

她总爱将自己带来的东西，像是拨片啦、短外衣啦之类的，留在他房间里，然后才回去。

“昨晚回去，没烧开水。我在厨房鼓捣了一番，把早上剩的味噌汤浇在饭上，就着咸梅吃的。冰凉得很。今早没人叫我起床。醒来一看已是十点半，本想着七点起床的，还是没起成。”

她把这些琐事，并自己从哪家旅馆到哪家旅馆、宴席上的情形，都一五一十地讲给岛村听。

“我还会来的。”她喝完水站起身来，“或许不会来了。三十人的宴席才三个人招呼，忙得脱不开身呢。”

然而，才过了一会儿，她又来了。

“太难了。三十个人才三个人招呼。而且她们一老一少的，这可苦了我了。这帮客人真是小气，定是哪里的旅行团。三十个人至少得叫六个人才行嘛。我去喝一圈吓唬吓唬他们再来。”

每天都是如此，最终会如何呢？就连驹子自己也在极力掩饰她那无可依托的身心。她身上那种无可言喻的孤独感，反倒令她更显娇艳风情了。

“走廊会响，真是羞人。脚步再轻人家也能听见。一路过厨房，人家就笑话我说：‘阿驹，你又去椿之间呀？’真没想到我还会有此顾虑。”

“毕竟地方小，挺麻烦的吧？”

“现在大家都知道了。”

“那可不妙。”

“是啊，若是有点坏名声，在这种小地方就混不下去啦。”驹子虽这么说，却又马上仰脸笑道，“唔，也罢。

我们这种人去哪儿都能混口饭吃的。”

她的语气坦率而真诚，令靠着祖产游手好闲的岛村大为意外。

“说真的，在哪儿混饭吃都是一样的。没什么好想不开的！”

这话说得不以为然，岛村却从中听出了她的心声。

“这样就好。毕竟能真正去爱一个人的，唯有女人了。”驹子脸上泛起微红，低下了头。

她的后衣领敞着，露出雪白的肩背，宛若洁白的扇面伸展开来。肌肤上抹着厚厚的脂粉，不知为何溢满了悲伤。瞧着仿佛某种毛织物，又似什么动物。

“也是因为如今这世道嘛……”岛村喃喃道，蓦地竟被自己这空洞的话语激出个寒噤来。

然而，驹子却单纯地说：“什么世道都一样嘛！”

片刻之后，她又抬起头来，呆呆地补了一句，“你不知道吗？”

她那贴在背上的红色里衣看不见了。

岛村正在翻译瓦勒里[1]和阿兰[2]的作品，以及俄国舞

1 | 瓦勒里（1871—1945）：即保罗·瓦勒里，法国作家、诗人，法兰西学术院院士。

2 | 阿兰（1868—1951）：原名埃米尔-奥古斯特·沙尔捷，法国哲学家。

蹈鼎盛时期法国文人的舞蹈理论。他打算自费出版少量精装本。这些书对当今的日本舞蹈界恐怕派不上用场，这反而令他感到安心。藉由自己的工作嘲弄自己，便是他的乐趣，不过聊以自慰罢了。那可悲的梦幻世界或许正是幻化于此，他更无必要急于踏上旅途了。

他仔细地观察了昆虫闷死的模样。

秋凉渐起，房中的榻榻米上每天都有虫子死去。翅膀硬挺的虫子一翻身，便再也爬不起来了。蜜蜂则会跌跌撞撞地爬一会儿再倒下。随着季节推移而自然逝去，本应是安静地死亡，凑近一看，它们的腿脚和触角却还在抽搐着、颤抖着。它们是如此渺小的存在，以八叠大的榻榻米作为死亡之地，实在宽敞有余。

岛村用手指拈起虫子尸体打算扔掉，忽然想起了留在家中的孩子们。

有的蛾子看似停在纱窗上一动不动，其实已经死去，如枯叶一般飘落。有的则从墙上落下来。岛村拾起一看，心想，它们为何如此美丽呢！

防虫的纱网已经卸下了。虫声已然冷寂。

县界的群山上，红色越发浓厚，在夕阳晚照下，宛如冰冷的矿石，散发着黯淡的光泽。如今正是旅馆赏枫客人最多的时候。

“今天我大概来不成了。本地人要举办宴会。”那天夜里，驹子来岛村房里说了一声便走了。不久，大厅里便传来了太鼓[1]声，还有女人尖细的叫声。在一片喧嚣中，意外地从近处传来了澄澈的嗓音。

“不好意思，有人吗？”是叶子的喊声，“这是驹子姐让我送来的。”

叶子站着，像邮差似的伸过手来，旋即又慌张地跪坐下来。岛村拆开那张打结的纸条时，叶子的身影已经消失了。他还未及说些什么。

“今天闹得很欢腾，我正在喝酒。”纸条上歪歪扭扭地写着这句话。

然而，不过十分钟的光景，驹子便踏着纷乱的脚步闯了进来。

“刚才那丫头送了什么东西过来吗？”

“送来了。”

“是吗？”她惬意地眯着一只眼睛，“啊，真爽快！我推说去叫酒，便偷偷溜过来了。被店员看见还挨了骂。这酒真不错。挨骂也好，脚步声也好，我都不在乎了。啊，讨厌。一来这儿，忽然就有些醉了。我待会儿还得

---

1 | 太鼓：日本的代表性乐器，形似啤酒桶，且有大有小。

去呀。”

“你连指尖的颜色都那么好看。”

“嘿，做生意嘛。那丫头有说什么吗？那可是个大醋坛子，你知道吗？”

“谁呀？”

“会死人的哦。”

“那姑娘也在帮忙吧？”

“她端着酒壶，站在走廊暗处，直勾勾地盯着，眼神亮晶晶的。你喜欢那种眼神，对吧？”

“她准是边看边觉得场面下流。”

“所以我才写了纸条让她送过来呀。我好想喝水，给我点水吧。谁下流啊？女人若不坠入情网，是不会明白的。我是醉了吗？”驹子抓住梳妆台两边朝镜子里看，仿佛要倒下去，随即把衣服下摆整了整，便又出去了。

过了一会儿，宴席似乎散了，四周蓦然沉寂，远处不时传来收拾杯盏的声音。岛村心想，驹子大约被客人带去他处参加第二场宴席了吧？这时，叶子又送来了驹子的字条。

“山风馆的宴席散了，现在去梅之间，回家时再过来，晚安。”

岛村有些不好意思地苦笑道：“谢谢。你是来帮忙的？”

“嗯。”叶子点头时，她那美丽的眼睛尖利地剜了岛村一眼。岛村感到有些狼狈。

以往几次见到这位姑娘，她都给岛村留下了令人感动的印象。此时叶子若无其事地坐在他面前，却令他有些局促了。她那过于认真的举止，仿佛总是身处于某种不寻常的事态之中。

“好像很忙吧？”

“嗯。不过，我什么也做不来。”

“我见过你好几次了。第一次是在你照顾那位病人回乡的火车上，你还拜托站长照顾弟弟，还记得吗？”

“嗯。”

“听说你睡前喜欢泡在浴池里唱歌？”

“哎，真不礼貌，讨厌！”她的声音美得惊人。

“我感觉你的事情，我好像什么都知道。”

“是吗？从驹姐那儿听来的吧？”

“她什么也没说。她似乎不太愿意提你的事。”

“是吗？”叶子悄悄扭过脸去，“驹姐是个好人，就是太可怜了，请你好好待她。”

她说得很快，说到最后带了几丝颤音。

“可是，我也无能为力呀。”

叶子似乎连身子也在颤抖。她的脸上仿佛有光芒直射过来。

岛村别开视线，笑着说道："或许我该早些回东京去的好。"

"我也要去东京。"

"什么时候？"

"什么时候都行。"

"那好，我回去的时候带上你如何？"

"嗯，请一定带上我。"叶子若无其事地说道，声音却极为认真。岛村吃了一惊。

"若是你家里人同意的话。"

"我的家里人，只剩在铁路工作的弟弟了。我自己拿主意就行。"

"在东京有什么地方可以投靠吗？"

"没有。"

"同她商量过了？"

"你是说驹姐？她可恨，我才不告诉她。"

叶子说着说着，或许是情绪和缓了，她抬起有些湿润的双眸望向岛村。在叶子身上，岛村感受到一种奇特的魅力。不知怎的，反倒燃起了他对驹子炽热的爱情。与一个身世不明的姑娘，私奔似的回东京，他觉得像是一种对驹子深切的悔罪，亦像是一种对自己的惩罚。

“你和男人一起走，不害怕吗？”

“为什么要害怕呢？”

“你至少得想好去东京后在哪里落脚、做什么工作吧，不然岂不是太冒险了？”

“一个女人总会有办法的。”她尾音一挑，悦耳极了，直勾勾地盯着岛村说道，“你要雇我当女佣吗？”

“什么，当女佣？”

“我也不喜欢当女佣。”

“你之前在东京时，是做什么的？”

“护士。”

“是在医院或是学校吗？”

“不，只是我想当罢了。”

岛村又想起叶子在火车上照顾老师傅儿子的情形，不由得微微笑了。叶子的神情是那么专注认真，也许正体现着她的志向。

“那么，你这次也是想去学护士吗？”

“我已经不会再当护士了。”

“这么没个定性可不行。”

“哎，定性什么的，管它呢。”叶子頂嘴般笑道。

她的笑声也响亮澄澈得近乎悲凄，听不出半分愚痴之感，却只在岛村的心弦上轻叩了几下，便消逝了。

“有什么好笑的呢？”

“其实，我只护理过一个人而已。”

“欸？”

“已经再也做不到了。”

“是吗？”岛村再次被意外之声轻叩，轻声说道，“你似乎每天都去荞麦田下面的坟头。”

“嗯。”

“你这辈子，已不打算再去照顾别的病人，也不去给别人上坟了吗？”

“不会去了。”

“那你怎么舍得抛下那座坟去东京呢？”

“欸，对不起。请你带我去吧。”

“驹子可是说过，你是个大醋坛子。那人不是驹子的未婚夫吗？”

“你说行男？假的，那是假的。”

“你说驹子可恨，是怎么回事呢？”

“驹姐？”叶子仿佛在呼喊站在面前的人，双眸中闪烁着光芒，直勾勾地盯着岛村说道，“请你好好待驹姐。”

“可我实在做不了什么呀。”

叶子的眼角溢出了泪水，她捏着落在铺席上的小飞蛾，啜泣道：

“驹姐说，我会发疯的。”她说罢便一溜烟跑出了房间。

岛村心中泛起一股寒意。

他打开窗户，想把叶子捏死的蛾子扔出去，只见醉醺醺的驹子正欠着身子逼客人猜拳。阴霾遍布苍穹。岛村往旅馆的浴池去了。

叶子也领着旅馆的小孩子，走进了隔壁的女浴池。

让孩子脱衣服、替孩子擦澡，她的话语声都亲切温柔，俨然天真烂漫的小母亲。她的声音甘美，令人舒畅。

然后，那声音唱起了歌。

……

出了后院乍一看，

梨树一共有三棵，

杉树一共有三棵，

树木一共有六棵。

下面乌鸦筑着巢，

上面麻雀做着窝，

森林里的螽斯呀，

为何鸣啭叫不停?

阿杉为友来上坟,

一处一处又一处。

……

这是一首拍球的儿歌。叶子的语调时而稚嫩轻快,时而活泼欢乐。岛村不禁觉得,刚才的叶子仿佛只是梦幻。

叶子不停地同孩子说着话。直到她起身离开,那声音仍如笛声似的,余音绕梁。在乌亮古旧的玄关地板上,放着一个桐木的三味线琴箱,秋夜静谧,足以撩动岛村的心弦。他正读着琴箱上艺伎主人的名字,驹子从响起洗碗声的那边走来。

“你在看什么呢?”

“她在这儿过夜吗?”

“谁?啊,这个啊?你可真傻,这种东西哪能带着到处跑呢?有时一放就是好几天呢。”她刚笑出声,便苦闷地喘着气,双眼一闭,衣襟一松,晃晃悠悠地靠在岛村怀里。

“哎,你送我回去吧。”

“今晚不回去了吧?”

“不成,不成,我要回去。当地人的宴席,大家都被带去第二场了，只有我留了下来。若这儿也有宴席还好说。等会儿她们回家邀我去泡澡，我却不在家，就不太好了。”

她分明已醉得不成样子了，却还能昂首挺胸地走下陡坡。

“是你害那丫头哭成那样的？”

“说起来，她确实瞧着有些疯疯癫癫的。”

“你这么看别人，觉得有意思吗？”

“不是你说她会发疯的吗？她说不定是想起你这么说，才气哭的。”

“若是那样就好了。”

“不过还不到十分钟，她泡进浴池里美滋滋地唱了起来。”

“在浴池里唱歌，是那丫头的怪癖。”

“她还一本正经地拜托我，让我好好待你。”

“真是傻啊。不过，这种事情，你又何必对我吹嘘呢？”

“吹嘘？奇怪，也不知为什么，一提到那姑娘，你就莫名地闹脾气。”

“你想要那丫头吗？”

“你看，你又说这种话！”

“我不是在开玩笑。不知怎的，我一看见她，便觉得她日后会是我的大包袱。倘若你喜欢那丫头，就请好好瞧瞧她。你肯定也会这么想的。”驹子把手搭在岛村的肩头，依偎过去，忽然又摇了摇头说，“不对。若是跟你这样的人扯上关系，也许她还不至于发疯。要不你替我把这个包袱背走吧？”

“你可别再胡说了。”

“你以为我是喝醉了说胡话吧？一想到她会在你身边备受疼爱，我就在这山村里放浪下去，那才痛快呢。”

“喂！”

“别管我了。”驹子小跑着逃开，“咚”的一声撞上了雨户。已经到了驹子的住处。

“他们以为你不回来了。”

“不会，我来开门。”驹子抬了抬发出干涩摩擦声的门脚，将它拉开，低声说道，“顺便进来坐坐。”

“可是都这时候了。”

“他们全都歇着啦。”

岛村有些踌躇。

“那我送你回去。”

“真的不必了。”

“不行。你还没见过我现在的房间呢。”

从后门进来，眼见的便是这家人横七竖八的睡姿。棉被褪色发硬，料子同这一带的束脚裤一样。在昏黄的灯光下，夫妇二人和十七八岁的女儿并五六个孩子，各自朝自己的方向睡着。贫寒之中，也蕴含着一股坚韧的力量。

岛村仿佛被温热的鼻息推着，不禁想退出去，可驹子已经啪嗒一声关上了后门，也不顾忌脚步声，踩着地板走了过去。岛村也蹑手蹑脚地走过孩子们的枕边，一种奇异的快感令他战栗不已。

“你在这儿等着，我先去二楼开灯。”

“不用啦。”岛村爬上了漆黑的楼梯，回头顺着一张张淳朴的睡脸望去，可以看见卖粗点心的铺面。

农家模样的二楼一共有四间房，都铺着旧榻榻米。

“我一个人住，倒是很宽敞。”驹子虽这么说，但眼前所有隔扇全都敞着，家里的旧家什堆满了那边的屋子，熏黑的拉门内铺着驹子的小睡铺，墙壁上挂着赴宴时的衣裳，简直像是狐狸的巢穴。

驹子独自蜷缩着坐在睡铺上，将仅有的一张坐垫让给岛村。

“唉，满脸通红的。”她对着镜子瞧了瞧，“我竟醉得这么厉害？”

然后，她在衣橱上方摸索了一阵。

“给你，日记。”

“真是不少呢。”

她又从衣橱边上掏出一个花纸糊的小盒，里面摆满了各种牌子的香烟。

“客人给的烟，我都藏在衣袖里、夹在腰带里带回来了。虽皱成这样，可是并不脏。牌子倒是基本都齐全了。”她一只手支在岛村面前，另一只手摆弄着里面的香烟让他看。

“哎呀，没有火柴了。我戒了烟，已经用不上了。”

“没事。你还做针线活呢？”

“嗯。赏枫的客人一多，便也没顾得上了。”驹子回身将衣橱前的针线活收在一旁。

那件纹路漂亮的桐木衣橱和奢华的朱漆针线盒，大约是驹子东京生活的纪念品，与当初摆在师父家旧纸箱般的阁楼时别无二致。如今在这萧索的二楼里，显得格外凄凉。

一根细绳自电灯一直垂至枕边。

“看完书要睡觉时，一拉绳子，灯便熄了。”驹子拨弄着那根细绳，俨然家庭主妇的模样，温顺地坐着，带着几分娇羞。

"像狐狸嫁女[1]似的。"

"是真的。"

"你真要在这屋里住四年吗?"

"已经过去半年啦。很快的。"

楼下的鼾声传了上来,岛村一时接不上话,便匆忙起身。

驹子一边关门,一边探头仰望夜空。

"快下雪了。枫叶季要结束了。"她又走到了外面,"这一带都是山,红叶尚未落尽便会下雪。"

"我走了,好好歇息。"

"我送你,送到旅馆玄关。"

然而,她还是同岛村一起走进旅馆,道了句"晚安",又不知往何处去了。

过了一会儿,她端着满满两杯冷酒来,一进他的房间,便兴冲冲地说道:

"来,喝点吧,喝吧!"

"旅馆的人都睡了,你从哪儿弄来的?"

"唔,我知道放在哪儿。"

看样子,驹子从酒桶里倒酒时便喝过了,她仿佛醉

---

[1] 狐狸嫁女:日本怪谈中将山中的不明野火当成狐狸嫁女时的行列。

态复萌似的眯着眼睛，盯着酒从杯口往外溢，“不过，摸黑喝酒没味道呀。”

岛村接过她递来的那杯冷酒，一饮而尽。

这么点儿酒，本是喝不醉的。也许是在外面走太久受了凉的缘故，他忽然有些犯恶心，酒劲直冲脑门。他自知脸色发青，便闭上双眼躺下了。驹子慌忙过来照料。不久，岛村贴着她那温热的身体，孩子似的彻底放下心来。

驹子羞羞答答的，如同未经生育的少女抱着别人的孩子似的，探头守望着孩子的睡颜。

过了一会儿，岛村冷不防地冒出一句：“你是个好姑娘啊。”

“怎么这样说？我哪里好了？”

“真是个好姑娘。”

“是吗？你这人真讨厌。都说些什么呢。清醒一点儿吧。”驹子别过头去，一边摇着岛村，一边断断续续地抱怨几句，便一声不吭了。

片刻之后，她又独自含笑道：

“还是不好。我心里难过，你还是回去吧。我已经没有新衣服可换了。每次来你这儿，我都想换一件赴宴的衣服，现在已经再没可换的了。身上这件还是借朋友的呢。我心眼很坏，对吧？”

岛村无言以对。

“我这种人，哪里好了？”驹子的声音有些哽咽，“初次见你时，我觉得你这人蛮讨厌的。哪有说话那么不讲礼貌的人呢？我真的觉得你蛮讨厌的。”

岛村点点头。

“唉，这话我之前从没跟你说过，你明白吗？一个人，若是沦落到被女人说这种话，那不就完了？”

“没关系的。”

“是吗？”驹子仿佛在回顾自己的过往，默然许久。她将一个女人努力活着的实感，温暖地传递给了岛村。

“你是个好女人。”

“怎么个好法？”

“就是好女人嘛。”

“真是个怪人。”驹子缩着肩膀，害羞地把脸藏了起来。不知想到了什么，她忽然支起一只胳膊，抬头问道，“你那话是什么意思？你说，是指的什么？”

岛村惊异地望着驹子。

“你说呀。你就为了这，才大老远跑来的，对吧？你是在笑话我吧，你果然是在笑话我吧？”

驹子涨得满脸通红，直直地盯着岛村诘问道。她气得双肩发抖，脸色骤然苍白，泪水婆娑而落。

“我不甘心，啊，我不甘心！”她一骨碌滚出被窝，背对岛村坐着。

岛村意识到驹子误会自己的意思了，心头一紧，却闭着双眼不发一语。

“真是可悲啊。”

驹子喃喃自语，身子缩成一团，趴在了榻榻米上。

大约是哭得乏了，她拿着银发簪在榻榻米上扑哧扑哧地戳了半天，冷不防地走出了房间。

岛村无法去追她。驹子这么一说，他心中十分内疚。可驹子旋即又蹑手蹑脚地回来了，在拉门外娇声唤他：

“哎，要不要去泡澡？”

“嗯。”

“抱歉呀，我自己重新想通了。”

她躲在走廊上，直直地站着，没有要进屋的意思，岛村便拿了毛巾出去。驹子避开了他的目光，低着头走在前面，仿佛罪行被揭发后让人带走似的。不过，在浴池里将身体泡暖和之后，她又闹腾了起来，叫人怪心疼的。她似乎毫无困意。

次日清晨，岛村被歌谣声吵醒。

他静静地听了一会儿，驹子在梳妆台前回过头来莞尔一笑。

“是梅之间的客人。昨晚宴席过后，我就是被他们叫去的。”

“是民谣会的团体旅行吧？”

“嗯。”

“下雪了吗？”

“嗯。”驹子站起身，哗啦一声打开了拉窗。

“红叶已然飘零。”

窗户框住了一片灰色的天空，鹅毛大雪纷纷扬扬，飘落进来。四下冷寂得如无声的谎言。岛村睡意未消，茫然地望着窗外。

唱歌谣的人又敲起了鼓。

岛村忆起了去年年末那面映着朝雪的镜子，便朝梳妆台那边望去。镜中雪花飘扬，冰冷的鹅毛尤为大片。驹子敞开衣领擦着脖颈，四周荡出一道道白光。

驹子肌肤洁净，仿佛刚洗过似的。实在不承想，岛村无意中的话语竟会让她误会至此。这反倒显出她心中一股难以抑制、难以排遣的哀愁。

红叶覆盖的远山，红褐色日渐黯淡，在初雪的涤荡下，倒又变得鲜活起来。

杉树林披上一层薄雪，株株杉树立于雪中，分外鲜明，凌厉地指向苍穹。

雪中纺纱，雪中织布，雪中漂洗，雪上晾晒。从纺纱到织布，都在雪中完成。古书有载：有雪方有绉布[1]，雪乃绉布之母也。

在漫长的雪季中，雪国的村妇们手工织成麻绉布。岛村曾在旧衣店中寻过这种面料用于做夏装。因研究舞蹈的工作，他认识几家经营能剧戏服的旧衣店，还拜托他们，若有上乘绉布，便随时叫自己去看。他喜欢这种绉布，还会拿去制成贴身的里衣。

据说，从前每到撤下挡雪帘子、冰雪融化的初春时分，绉布便开始上市了。从东京、大阪和京都远道而来收购绉布的布商，在此甚至有常住的旅馆。姑娘们辛苦半年，花费心血织好绉布，也是为了这年初的首次上市。远近乡里的男女们都会云集于此。要把戏的、卖东西的，摊子鳞次栉比，热闹似镇上的庆典。绉布上都系着纸牌，上面写着织女的姓名和住处，依据布的成色评定等级。这也成了挑选媳妇的标准之一。若非从小学习织布，即便年岁在十五六至二十四五之间的年轻姑娘，也织不出成色好的绉布。年岁一大，织出来的布面便失了光泽。

---

1 | 绉布：一种表面具有纵向均匀皱纹的薄型平纹棉织物，又称绉纱。

姑娘们若想成为首屈一指的织女，势必得下一番苦功。她们从旧历十月开始纺纱，到新年二月中旬晾晒完成。在积雪的冬季里，别无杂事，她们专注于这门手艺，尽心竭力，将心血都凝聚在匹匹绉布之中。

在岛村身着的绉布中，也许有江户末期到明治初期的姑娘们的心血之作呢。

直至今日，岛村仍会将自己的绉布拿去“晾雪”。每年把不知接触过何人肌肤的旧衣服送回产地晾晒，虽说是件麻烦事，但岛村一想到这是旧时的姑娘们在冰天雪地里的心血，便希望将它们送回织女们的故乡，用地道的手法好好晾晒一番。晨曦洒落人间，白麻晾晒于厚厚的雪层之上，一片绝美的红色晕染开来，雪和布浑然一体，难以辨清。岛村每每思及此，便觉夏日的污秽似乎已然洗涤一净，自己的身体也仿佛被晾晒了一番，舒畅无比。不过，这些事都交由东京的估衣铺代劳，旧时的晾晒手法究竟是否流传至今，岛村也不得而知。

晒布屋自古便有。织女们少有在自家晾晒的，大都拿去晒布屋。白绉布是织完后便直接铺在厚厚的雪上晾晒，有色绉布则是纺纱完成后挂于竹架上晾晒。晾晒时间是旧历一月到二月，所以据说也有将冰雪覆盖的田地作为晾晒场地的。

无论是布还是纱，都要在碱水中浸泡一晚。次日清晨，用清水漂洗几遍，然后拧干晾晒。如此这般，须得反复几日。当白绉布快要晾好时，旭日初升，映衬得天地之间一片火红，那派景象美得无可言喻。怪不得古人在书中写道：只盼南国诸众，亦能饱此眼福。绉布晾晒完成之时，便昭示着雪国之春也不远了。

绉布的产地距此处温泉乡很近，在山势平缓的河川下游的原野之上。从岛村的房中远眺，似乎也能瞧见。旧时开办绉布市集的镇子如今也通了火车，以纺织工业区而闻名。

不过，无论是穿绉布的盛夏，还是织绉布的隆冬，岛村都未来过此处温泉乡，也无从与驹子谈起绉布之事。再说，他也不是访求古代民间工艺遗迹的那类人。

然而，听见叶子在浴池里的歌声，岛村忽然想到，若这姑娘生在旧时，她在纺纱车或织布机旁，或许也会这般歌唱吧。在叶子的歌声中，确实带着那种情调。

麻纱比毛发还细，若不借着雪中天然的湿气过一遭，便会难以处理。据说阴冷的季节最为合适。古人云：数九寒冬织出的麻绉，三伏天穿着尤为凉爽。此乃阴阳平衡，自然之道。

即便是倾心于岛村的驹子，身上似乎也带着某种冰凉的根性。因此，在驹子热情洋溢之时，岛村便格外怜惜。

然而，这种情意，远不如一块绉布那样能留下切实的形迹。在工艺品之中，尽管用来穿着的绉布是寿命最短的，但只要精心对待，五十年前或是更早的绉布，穿在身上照样不褪色。然而，人世的情爱却远不如绉布来得长久。岛村茫然地想到这些，脑海中蓦地浮现了驹子为其他男人生下孩子，成为母亲的模样。他骤然一惊，环顾四周。他觉得自己大约是太累了。

岛村此次逗留许久，仿佛忘了要回到妻儿身边似的。既非无法离开，亦非难舍难分，只是等待驹子不时前来相会，已成他的习惯。驹子越是苦苦追求，岛村便越发苛责自己，难道自己已是行尸走肉了吗？也就是说，他明知自己寂寞，却又只是原地徘徊。驹子为何会闯进自己的心中呢？岛村有些难以理解。驹子的一切，岛村都理解；可岛村的事情，驹子却不知半分。驹子撞上一堵虚无之墙，回声落在岛村心间，仿佛在他的心田落下一场纷纷扬扬的雪。岛村终究无法任着自己的性子，永远如此这般。

岛村心知，自己这次回去后，怕是一时半会儿不会再来这处温泉乡了。雪季将至，岛村靠在火钵边上。旅馆老板特意拿来的铁壶中传出柔和的水沸声。这古旧铁壶产自京都，壶上精致地嵌着银制花鸟。水沸声化为两重，远近分明，而在比远处的水沸声更远的地方，似有一只小铃铛隐约响个不停。岛村把耳朵贴近铁壶，仔细倾听那铃声。驹子的一双小脚蓦地映入眼帘，她迈着宛如铃声的细碎步伐，自不断传来铃声的远方走来。岛村心中讶异不已，打定主意，非得尽快离开此处不可。

于是，岛村想起要去绉布的产地看看。他打算借此契机，离开这处温泉乡。

河流下游有好几处村镇，岛村不知去哪个才好。他并非想去看发展成纺织工业区的大镇，索性在一处冷清的小站下了车。走了一会儿，他来到了一条像是从前旅馆集中的街上。

家家户户的房檐都伸出去一大块，支撑着檐头的柱子并排立在路旁，像是江户城里称作“店下”的檐廊，而此处雪国自古便称其为“雁木”。雪深时便是人们往来的通道。通道一侧的房屋彼此相连，檐廊延续了一路。

家家户户房檐相连，屋顶的雪除了道路中央实在无处可去。路中央已形成一道雪堤。实际上，人们也会将屋顶的雪高高抛到路中间的雪堤上。要到马路对面，就得在雪堤上打洞，钻出一条条隧道。当地人称之为“胎内洞”。

虽同是雪国，但驹子所在的温泉乡，房檐并不相连。岛村抵达这处小镇，才头一回瞧见“雁木”。他受好奇心驱使，在那下面走了走。破旧的屋檐底下极为昏暗，倾斜的柱脚多有腐朽。他觉得自己仿佛在朝着世世代代都被埋在雪中的忧郁人家的屋中窥伺似的。

织女们在积雪底下竭尽心力的手工生涯，可不像她们织出的绉布那般爽朗明快。古镇给他留下的印象足以让他这么认为。记载着绉布的古书中，也引用了中国唐朝秦韬玉的诗句。据说没有哪户人家肯雇佣织女织布，因为织一匹绉布相当费工，在成本上划不来。

辛劳的无名织女早已长逝，只留下美丽的绉布，因其夏日凉爽的肌肤触感，成为岛村这类人的奢侈衣物。本是司空见惯之事，岛村却忽然觉得不可思议起来。那倾注满心爱意的行为，有朝一日也会变成对他人的鞭笞吗？岛村从“雁木”下方走到大路上。

笔直的长街，极具旅馆街的风味。这想必是从温泉乡直通过来的旧街。木板铺就的屋顶上，算木和添石[1]与温泉乡中别无二致。

房檐下的柱子投下淡淡的阴影，不知不觉间已近黄昏。

---

1 | 算木和添石：指用来压住覆盖屋顶的木板的长木条和石块。

没什么可看的了，岛村便又乘上火车，去到另一个镇上。镇子都大同小异。岛村仍是四处闲逛，吃了一碗乌冬面，暖和身子。

面馆开在河岸边，这条河大约也是从温泉乡流过来的。三三两两的尼姑先后从桥上走过。她们都穿着草鞋，还有的身背圆斗笠，似乎是化缘归来，给人一种乌鸦归巢的急切感。

“这儿有不少尼姑路过吧？”岛村问面馆的女人。

“是啊，山中有一间尼姑庵。过些时候，雪下起来，再从山里出来就难啦。”

暮色渐浓，桥那边的群山已经是茫茫一片白。

在这雪国之中，每当树叶凋零、秋风渐凉之时，天气连日阴冷。这是大雪将至的前兆。群山远近都白蒙蒙的，这叫“雾绕岳”。靠海那边则会传来海鸣，大山深处会传来山呼，仿若远方的闷雷，这叫“地响雷”。看见“雾绕岳”，听见“地响雷”，便知雪季已经不远了。岛村忆起了古书上的记载。

岛村躺在床上听见赏枫客唱歌谣的那天清晨，初雪已下。不知今年是否已山呼海鸣过了？岛村独自旅居温泉乡，与驹子频频相会，不觉间似乎耳朵也变得敏锐起来。岛村在脑海中想象着山呼海鸣，耳内便似乎回荡起了那悠远的轰鸣。

“尼姑们这就要闭门过冬了吧？她们有多少人？”

“嗯。应该不少吧。”

“这么些尼姑待在一起，大雪封山的这几个月里，不知都会做些什么呢？旧时这一带织绉布，若是她们能在庵里织一织也不错。”

对岛村这番好事者的话，面馆的女人只是微微一笑。

岛村在车站等回去的火车，等了将近两个小时。黯淡的夕阳已然落山，寒气凛冽袭来，仿佛繁星冷光都因此格外璀璨。岛村只觉得脚下彻骨生凉。

漫无目的地跑了一趟，岛村又回到了温泉乡。汽车驶过岔口，一直开到有守护神的杉树林边上。眼前一户人家亮着灯，岛村不由松了一口气。那是菊村饭馆，三四名艺伎正站在门口聊天。

岛村还未及想驹子是否也在此处，便一眼瞧见了她。

车速忽然慢了下来。司机知晓岛村和驹子的关系，似乎无意间松了油门。

岛村突然扭过头，朝着与驹子相反的方向望去。只见自己乘坐的这辆汽车在雪上留下了清晰的车辙，在星光下意外地一直延伸到远方。

汽车开到了驹子面前。似乎是一眨眼的工夫，驹子已经扑上了汽车。车并未停下，缓缓地爬上了斜坡。驹子在门外的踏板上缩着身子，抓着车门把手。

她猛地扑过来，那股仿佛吸在车门外的势头，岛村却觉得像是某种温暖的事物轻柔地贴近过来。他并未觉得驹子的行为有何不自然或危险之处。驹子举起一只胳膊，似是要抱住车窗。袖口滑落，贴身长里衣的色彩溢出，透过厚厚的车窗玻璃，沁入岛村业已冻僵的双眸。

驹子把额头抵在车窗上，尖声喊道：

“你去哪儿了？说啊，你去哪儿了？”

“多危险啊！你也太胡闹了！”岛村也高声回应，但是带着甜蜜的嬉戏。

驹子打开车门，侧身倒了进来。这时车已经停下了。汽车开到了山脚下。

“你说，到底去哪儿了？”

“唔，没去哪里呢。”

“到底是哪里？”

“也不算是去了哪里。”

驹子理了理衣裳下摆，艺伎风范十足。岛村却像是在瞧什么稀罕之事似的。

司机一动不动。汽车已在道路尽头停下。岛村意识到这样继续坐在车中有些滑稽，便说：“我们下车吧。”

驹子听罢，把手伸到岛村膝头，抓住了他的手。

“唉，真冷淡！怎么这样？你为什么不带我去？”

“说的也是。”

“什么呀！真是个怪人。”

驹子粲然一笑，登上了陡峭的石阶小路。

“你出去时，我看见了。是两点多，还不到三点的时候吧？”

“嗯。”

“听到汽车声，我就跑出来了，跑到外面来看你。你没回头往后看吧？”

“啊？”

“你是没看。你为什么不回头看看呢？”

岛村有些惊讶。

“你不知道我在送你吗？”

“不知道。”

“你瞧瞧你。”驹子仍旧开心地微笑着，把肩膀靠了过来。

“为什么不带我去呢？你越来越冷淡了，真讨厌！”

这时，突然响起了火灾警钟。

两人回头望去，便听到了喊声。

“失火啦！失火啦！”

“着火啦！”

火焰从下方村子的正中央蹿了起来。

驹子不知喊了两三声什么，抓住了岛村的手。

黑烟滚滚升腾，火舌时隐时现。火势朝着旁边蔓延，仿佛在舔舐四周的房屋。

“那是哪里？是不是你之前住的师傅家附近？”

“不对。”

“那是在哪边？”

“再上去一些，靠近火车站。”

火焰蹿出屋顶，直冲天际。

“哎呀，是蚕房，是蚕房呀！你瞧，你瞧，蚕房烧起来啦！”驹子把脸压在岛村肩上不断喊道，“是蚕房，是蚕房啊！”

火势越发凶猛。在辽阔的夜空之下，自高处望去，宛如一场游戏，寂静无声。尽管如此，却又有些凄厉可怖，那熊熊烈焰之声仿佛直扑耳畔。岛村抱住了驹子。

“没什么好怕的不是吗？”

“不，不，不！”驹子摇摇头，哭了起来。她的脸贴在岛村掌中，显得比平时更小了。她那紧绷着的太阳穴颤抖不已。

驹子望见火灾便哭了起来。可她为什么要哭，岛村并未深究，只是搂着她。

驹子突然抬起了脸，止住了哭泣。

“哎呀，对了，蚕房里今晚放电影。里面挤满了人，你……”

“那可不得了。”

“会有人受伤的，会烧死人的！”

两人听见上面传来骚乱声，慌忙登上石阶。抬头一看，旅馆高处的二楼、三楼，大多房间都敞着拉门，住客们正在明亮的走廊上观看火灾。庭院的一侧，种着一排菊花，已然枯萎。不知是旅馆的灯光还是星光，照得花叶轮廓鲜明，让人以为映衬着火光。菊花后面也站着人。三四个旅馆的店员，从两人的头顶上方，连滚带爬地跑了下来。驹子扯着嗓子问道：

“喂，是蚕房吗？”

“是蚕房。”

“有受伤的吗？有人受伤吗？”

“正一个个往外救呢。火是从电影胶片那边呼啦烧起来的，蔓延得很快。刚刚来电话说的。你看那边！”店员抬起手迎面一指，便跑了过去。

“听说正把小孩子从二楼一个个往下扔呢。”

“唉，这可怎么办呀？”

驹子走下石阶，似是要跟着店员而去。后面下来的人都越过她跑到前面去了。驹子被带着跑了起来。岛村也追了上去。

走下石阶，房屋遮挡了视线，只有火舌不时挑起。火灾警钟响彻天边，两人奔跑时越发不安了。

“雪都冻上了，小心点，滑着呢。”驹子回头冲着岛村说道，顺势停下了脚步，“哦，对了。你就算了吧，何必去呢。我是担心村里人。”

听她一说，倒是如此。岛村松了口气，这才发觉脚下正是铁轨。他们已经来到铁路岔口。

“银河，真美啊！”

驹子喃喃自语。她望着天空，又跑了起来。

啊，银河！岛村抬头望去，仿佛自己的身体也蓦地浮于天际，朝着银河飞去。银河闪亮，近在咫尺，仿若要将岛村托向天边。漫游各地的诗人芭蕉[1]，当年在汹涌的海面所见之银河，亦如这般绚烂辽阔吗？银河光洁，自触手可及之处垂于眼前，似要以她的赤裸之躯拥抱夜色苍茫的大地。姿态绚丽，令人惊异。岛村感到自己渺小的身影，仿佛自地面映入银河之中。银河澄澈，繁星

1 | 芭蕉：指松尾芭蕉（1644—1694），江户时代前期著名俳句诗人。

点点，皆清晰可辨，星云深处的银沙也颗粒分明。银河深邃，无边无际，将岛村的视线吸入其中。

“喂，喂！”岛村呼喊着驹子，“喂，你过来呀！”

银河之下，群山昏暗，驹子朝着那边跑去。

她似乎提着下摆，手臂摆动之时，衬底时隐时现。在星光映照的雪地上，能瞧出是一抹殷红。

岛村拼命追了上去。

驹子放慢脚步，松开下摆，牵住岛村的手。

“你也要去吗？”

“嗯。”

“你还真是好事呀。”驹子提起垂在雪中的下摆，“我会被人笑话的，请你回去吧。”

“嗯，到那边就回去。”

“不太好吧？去火场还带着你，让村里人看到多难为情呀。”

岛村点点头，停下了脚步。驹子却仍轻轻攥着他的衣袖，慢慢迈开了步伐。

“你找个地方等我一下吧。我很快就回来。哪儿好呢。”

“哪儿都行。”

“嗯，那就再过去一点儿。”驹子盯着岛村的脸仔细端详，忽然又摇摇头，“真是的，讨厌！”

驹子猛地撞了过来。岛村打了个踉跄。路边的薄雪中，立着一排排大葱。

“真是可耻。”驹子急急地找碴儿道，“你说过，我是个好女人对吧？你都要走了，为何还要说这些话呢？你告诉我呀！”

岛村想起驹子拿着簪子扑哧扑哧戳着榻榻米的情形来。

“我那时哭了。回到家里又哭了一场。我害怕与你分开。不过，还是请你赶紧走吧。你把我说哭了，我是不会忘记的。”

岛村没想到自己的一句话，令驹子一时误会，竟在她心底留下深深的印痕。岛村思及此，不由心生一股眷恋之情，感到心痛如绞。这时，自火场那边骤然传来嘈杂人声。新冒出的火舌喷发出漫天火星。

“哎呀，又烧起来了，火烧得那么凶。”

两人仿若得救似的松了一口气，又跑了起来。

驹子跑得很快，穿着木屐健步如飞，在雪地上一掠而过。双臂与其说是前后摆动，不若说是朝着两侧舒展开来，胸中憋着一股劲儿。岛村觉得她格外的小巧玲珑。岛村略有浮肉，边跑边望着驹子的身姿，没两步便觉吃力了。不过，驹子也突然喘着粗气，踉踉跄跄地倒向岛村。

“眼睛冻得快要流泪了。”

她脸颊发热，眼珠却是冰冷的。岛村眼中也一片湿润。眨眨眼，银河便映满双眸。岛村忍耐着，不让缀满眼眶的泪珠落下。

“这般银河，每晚都有吗？”

“银河？真美呀！自然不会夜夜如此。今天是因为天空特别晴朗。”

两人一路跑来，银河自他们身后流淌到他们身前。驹子的面容仿佛映在银河之中。

然而，她的鼻子轮廓变得模糊，嘴唇的颜色也暗淡下来。岛村无法相信，那横跨夜空的光带竟如此幽暗。大约是星光比朦胧的月色更为淡薄的缘故，银河却比满月的夜空更为明亮。地面昏沉，不辨光影。驹子的面容朦胧浮现，宛如旧面具似的，不可思议地散发着女人的芬芳。

仰望长空，银河似乎又垂了下来，仿佛要将大地拥入怀中。

银河仿若大片极光，自岛村身侧倾泻而过。他觉得自己仿佛站在天涯海角，无比冷冽孤寂，却又明丽惊艳。

"你走后，我要正正经经地过日子了。"驹子说罢，拢了拢松散的发髻，便迈开了步伐。五六步之后，她又回头说道："你怎么啦？别这样嘛。"

岛村仍站在原地不动。

"不去啦？那你等着我，待会儿一起去你房间吧。"

驹子微微挥了挥左手，便跑开了。她的背影仿佛被吸入了黝黯的山底。银河自山峦起伏之处展开了裙裾，又似从浩瀚的大地伸向天际。群山显得越发深沉了。

岛村也迈开了步伐。不久，路旁的房屋便遮蔽了驹子的身影。

传来一阵"嘿咻！嘿咻！嘿咻"的吆喝声，街上有消防队拖着水龙前行。似乎不断有人往前跑去。岛村也急忙赶到大街上。两人来时的小巷直通大街，形成一个丁字形。

又来了一台水龙。岛村让过身去，跟在后面跑着。

那是一台古旧的手压式木制水龙。一队人拖着长长的绳子跑在前面，水龙四周还聚集着另一群消防员。水龙本身却小得可怜。

驹子也闪在一边，让水龙先过去。她发现了岛村，便一起跑了起来。站在路边给水龙让路的人群，仿佛纷纷被水龙吸引了似的，都跟在后面跑着。如今，他们两人也不过是奔向火场的人群中的一员罢了。

“你来啦？真是好管闲事。”

“嗯。这水龙看着靠不住，是明治时代以前的吧。”

“是啊。可别摔了。”

“好滑啊。”

“是呀，之后，整晚都刮暴风雪的时候，你再来瞧瞧吧。你大概来不了吧？那时，野鸡啦，兔子啦，都会跑到人家里来避难的。”驹子虽这么说，声音乘着消防员的吆喝声和人群的脚步声的势头，却显得明快有力。岛村也浑身轻松了。

火焰声清晰可闻，火舌在眼前飞舞。驹子抓住了岛村的手肘。街边矮黑的屋顶在明灭的火光中时隐时现，随后逐渐黯淡下去。水龙的水沿着街道流向了人们的脚下。岛村和驹子自然地停下脚步，站在人墙之后。火场散发出阵阵焦煳味，还掺杂着煮蚕茧似的腥臭。

来的路上，人们到处高声谈论着差不多的事：火是从电影胶片烧起来的啦，看电影的孩子们一个个从二楼被扔下来啦，没有人受伤啦，幸好村里的蚕茧和大米都没放在里面啦，诸如此类。然而，如今直面大火，大家却默然无语。无论远近，都仿佛失了魂。火场周围笼罩在一片寂静中，似乎所有人都在倾听火声和水龙声。

时不时有迟来的村民，四处呼喊着亲人的名字。若有人答应，便欣喜若狂，相互呼喊。只有这些声音中，蕴含着一些生机。火灾警钟已经停了。

岛村顾虑人多眼杂，悄然从驹子身边退开，站在一群孩子身后。火光逼人，孩子们向后退了几步。脚下的雪也松软了一些。经过火烤水浇，人墙之前的积雪已经融化，印着纷乱的脚印，泥泞不堪。

这是蚕房旁的一块田地，同岛村他们一起赶来的村民们大都站在此处。

火似是从摆着放映机的门边烧起来的，蚕房大半的屋顶和墙壁都已被烧毁，只柱子和房梁之类的骨架仍立着冒烟。木头房顶、墙壁和地板尚在，屋内已被烧空，不怎么冒烟了。屋顶浇了许多水，瞧着也不会再烧了。但火势似乎仍蔓延不止，不时从意想不到的地方蹿出火苗。三台水龙赶忙喷水过去，火苗忽地溅出火星，冒出一股黑烟。

火星朝着银河四散开来，岛村感到自己似乎又被托起飘向银河之中。黑烟直冲银河，银河则瞬时倾泻。水龙喷出的水柱溅出屋顶，摇摇曳曳，在空中化作濛濛水雾，一片微白，仿若映衬着银河的光芒。

不知何时，驹子靠了过来，握住岛村的手。岛村转过头来，却不发一言。驹子望着失火的方向，神情专注，双颊泛红。火光明明灭灭，在她脸上摇曳。岛村胸中涌上一股激情。驹子散着发髻，伸长了脖颈。岛村忽然想要伸过手去，指尖微微颤抖。岛村手心温热，驹子的手更加发烫。不知为何，岛村感到别离之期已经近在眼前。

蚕房门口的柱子什么的，又冒出了火舌。水龙喷出水柱，一齐扑了过去。房梁上滋滋冒着热气，眼看即将坍塌。

人群“啊”的一声倒吸一口凉气，只见一个女人落了下来。

蚕房为了能兼作剧场使用，在二楼设有徒具形式的座位。虽说是二楼，却十分低矮。从二楼落向地面，本是一瞬间的事。但时间仿佛倏忽变得漫长，足以让人清晰地用肉眼捕捉到她落下的姿势。也许是她姿势怪异，如同人偶的缘故吧。所以，只看一眼便能明白，她已经不省人事了。她落下来也并未发出声响。地面是一摊水，因此也并未扬起尘埃。她恰好落在新蔓延开的火苗和复燃的余火之间。

一台水龙对着死灰复燃的火苗，斜斜地喷出一道弧形水柱。女人的身体忽地出现在水柱前面，她便那么落向了地面。女人的身体在空中是水平的。岛村为之一怔，一时并未感到危险与恐惧，仿若虚幻世界的幻影。女子僵硬的身体从空中落下，变得柔软。然而，那如同人偶般毫无抵抗的姿势，仿若散去生机后却变得自由了。在那瞬间，似乎生与死都停滞了。若说岛村脑海中闪过了什么不安，便是担心女人舒展的身体会不会头朝下掉落，腰和膝盖会不会弯折。瞧着像会如此，但她最终还是平躺着落下了。

“啊！”

驹子尖叫出声，捂住了双眼。岛村却一眨也不眨地凝望着那边。

岛村是何时发觉落下来的女人是叶子的呢？人群“啊”的一声倒吸一口凉气和驹子“啊”的一声尖叫，似乎都是在同一瞬间发生的。叶子的小腿在地上痉挛，似乎也是在同一瞬间。

驹子的尖叫声，贯穿岛村的身心。伴着叶子小腿的痉挛，岛村的脚尖也跟着发凉抽搐了。某种难以言喻、无可抵抗的苦痛与悲哀向他袭来，令他心头狂跳不已。

叶子的痉挛微乎其微，几乎无法用肉眼察觉，而且很快便停止了。

在叶子痉挛之前，先映入岛村眼帘的，是她的面容和红色箭头纹样的和服。叶子是仰面落下的。衣裳下摆卷到了一边的膝盖上方。她落在地面，只有小腿痉挛了一下，似乎并未恢复神志。不知为何，岛村依然不觉得她已死去。他感到叶子的内在生命正在发生变形，向别的事物转变。

叶子掉下来的二楼看台上，接连塌下了两三根木梁，在叶子的脸上燃烧起来。叶子紧闭着美丽闪亮的双眸。她扬起下巴，伸展着脖子，轮廓美丽。火光摇曳着，映在她苍白的脸上。

岛村蓦地忆起了几年前，他来这处温泉乡同驹子相会，在火车上看见暮景流光映在叶子脸上的情景，胸中不禁又颤动起来。这一瞬间，火光仿佛也照亮了他与驹子共同度过的岁月。那种难以言喻的苦痛与悲哀也充斥其间。

驹子从岛村身旁冲了出去。这仿佛与她的尖叫、捂脸在同一瞬间，也正是人群倒吸一口凉气的瞬间。

地面湿漉漉的，满是漆黑的余烬。驹子拖着艺伎那长长的衣裳下摆，跌跌撞撞地走了过去。她把叶子抱在胸前，想往回走。她那憋足了劲儿的脸庞下面，是叶子低垂着的头，面上神情宛若临终般漠然。驹子仿佛抱着自己的牺牲与罪责一般。

人墙开始溃散，七嘴八舌地蜂拥上去，围住她俩。

“让开，请让开！”

岛村听见了驹子的喊声。

“这丫头，已经疯了。她疯了啊！”

驹子疯狂地喊着，岛村想要靠近她，却被一群男人挤得东倒西歪。他们打算从驹子手中抱过叶子。待到站稳脚跟，岛村抬眼望去，银河仿佛“哗啦”一声，朝他的心头倾泻下来。

湖

夏末——或者说是初秋时分，桃井银平在轻井泽[1]现身了。他先买来一条法兰绒长裤，换下了旧裤子，又在新衬衫外套了一件新毛衣。这是一个冰冷的夜晚，浓雾漫天。他连藏蓝色的雨衣都买了一件——要弄一套现成的衣服，在轻井泽是十分方便的。鞋子也很合脚，旧鞋脱下来直接扔在鞋店。但是，卷在布包袱里的旧衣服要怎么处理呢？若是扔在空别墅里——直到来年夏天都不会被人发现。银平拐进小路，伸手探了探空别墅的窗户，但窗板被钉死了。把它弄开？他眼下又有些害怕，觉得像是在犯罪似的。

银平本人也不知道自己究竟有没有成为罪犯受到追

1 | 轻井泽：位于日本长野县东南部，浅间山的山麓平地上，是一处避暑胜地。

捕。也许，自己的罪行并未被受害者控诉呢？银平把布包袱扔进了厨房门口的垃圾箱里——这下畅快多了。不知是避暑客的懒惰，还是别墅管理人的懈怠——垃圾箱完全没有清理。布包袱一塞进去，就传来了湿纸的声音。垃圾箱的盖子被布包袱顶起了少许，银平没有在意。

然而，约莫走出三十步后，银平还是回头看了看。他的眼前出现了一幕幻影，在垃圾箱周围，一群银色的飞蛾正舞于雾中。银平停下脚步，想去拿回包袱。那银色的幻影将头上的落叶松映出一片青色，便消失不见了。落叶松宛如行道树一般绵延而去，尽头是一座带着装饰灯的拱门——是土耳其浴场。

银平走进庭院，伸手摸了摸脑袋。发型似乎还不错——他有一手用安全剃刀来修剪自己头发的绝技，总是惹得旁人惊呼不已。

被称为“土耳其女郎”的陪浴女带着银平走进浴室。陪浴女从内侧关上门，便褪去了白色的外衣，只剩一件抹胸。

陪浴女替他解开了雨衣的扣子，银平旋即闪躲了一下，但还是任由她摆弄。她跪坐在银平脚边，连袜子都替他脱了。

银平泡进了香水浴池。瓷砖的颜色倒映在池中，衬着池水泛出一片青绿色。香水的味道虽然不太上乘，但对从信浓一处处廉价旅店一路住过来的银平而言，总归算是花的芳香。泡完香水浴池，陪浴女又将他的身子彻底擦洗了一番。她蹲在银平脚边，连脚趾缝都为他洗净了。银平俯视着陪浴女的脑袋，她的头发向后，垂到脖子根下面一点，如同旧时的妇女洗完头后披散着头发的模样。

“我来给您洗头吧。”

“啊？连头都能洗吗？”

“请吧，我来给您洗。”

银平忽然有些胆怯，他只用安全剃刀刮过头——这么一说，是挺久没洗头了，想必会很臭吧。但他还是用双肘撑在膝盖上，向前探出了头。女人用肥皂泡在他头上搓揉时，他也渐渐放开了拘谨。

“你的嗓音真是好听。”

“嗓音？”

“是啊。听你说完之后，久久萦绕于耳，不舍消散。耳朵深处似有某种温柔的事物，一直沁润至脑海之中。哪怕再凶恶的人，听了你的声音，也会变得和悦起来……”

“欸？我这可是矫柔造作的嗓音。”

“这可不是矫柔造作。而是无法言喻的甘美……你的声音里蕴含着哀愁，蕴含着爱情，那么明快清澈——又不似歌声。我说你，是在恋爱吗？”

“没有，要是那样就好啦……”

“等等……你说话的时候，就别挠我的头啦……都听不清你说话了。”

陪浴女停下手指，有些困扰地说道：

“实在是难为情，我都不好意思开口了。”

“竟有人的嗓音像仙女似的。哪怕是在电话里听到三言两语，想必一时间也会割舍不下那余韵吧。”

银平眼中热泪满盈。他感到陪浴女的声音中，蕴含着清纯的幸福与温暖的救赎。那是属于女性的永恒之声，还是属于母亲的慈悲之声呢？

“你老家在哪儿？”

陪浴女没有回答。

“是天国吗？”

“欸，是新潟。”

“新潟……新潟市吗？”

“不是，是县里的小镇。”

陪浴女的声音微低，带着些许颤抖。

“雪国出身，你的身子也挺干净呢。”

“哪有什么干净的。”

“不光身子干净，这么动听的嗓音我也是从未听过的。”

搓完头，陪浴女便用提桶里的热水为银平冲洗了好几遍，接着用一条大毛巾裹住了他的脑袋，揉了揉，又粗略地替他梳理了一番。

然后，在银平腰间裹上一条大毛巾，将他带进了蒸汽浴箱。陪浴女打开四方形木箱的前板，轻轻地推他进去。木箱上面的板子上有一个让脖子卡进去的槽，他把脑袋伸到正中间后，陪浴女便放下盖子，把用来过脖子的槽也挡住了。

“这是断头台呀。”银平不由得说道。他睁着眼睛，有些害怕，左右转动卡在洞里的脑袋，打量着四周。

“常有客人这么说。”陪浴女并未察觉银平的恐惧。

银平看了看入口的门，目光便停留在窗户上。

“要关窗户吗？”陪浴女朝窗边走去。

“不必了。”

窗户似乎是为了避免蒸汽浴的水汽封闭在屋里才打开的。浴室的亮光映在窗外的榆树绿叶上。榆树生得高大，光线照不到繁密叶片的深处。银平仿佛隐约听见有钢琴声自那些幽暗的叶片之中传来。琴音不成曲调——

无疑是自己的幻听。

“窗外是院子吗？”

“是的。”

在夜色中微微发亮的绿叶，笼罩着窗前，肌肤洁白的姑娘赤裸着，就站在那儿——这是银平难以置信的世界。姑娘光着脚，站在浅粉色的瓷砖上。那双脚极为年轻，膝盖后方的凹陷处却蒙上了阴影。

银平心想，倘若自己被单独丢在这浴室里，大概会因为木板的洞箍住了脖子而坐立不安吧。他坐在类似椅子的结构上，热气从腰部以下翻腾上来。后面似乎也是一块热板，他把背靠了上去。箱子似有三个方向都是热的，兴许也有蒸汽冒出来。

“要待几分钟呢？”

“按各人喜好了，大概十分钟左右……也有习惯了的客人能待上十五分钟。”

入口处的衣柜上，放着一只小小的座钟。他定睛一看，时间才过去了四五分钟。陪浴女在水里拧了拧毛巾，盖在了银平的额头上。

“呼，热气开始上头了。”

银平只有脑袋露在板条箱外面，且一副表情严肃的模样。银平此刻已有余裕思考——自己大概很滑稽。他来回抚摸着自己温热的胸脯和肚子，上面已经湿成一片了，不知道是汗水还是热气。他闭上了眼。

客人进了蒸汽浴箱后，陪浴女似乎有些无所事事。外面传来她从香水浴池里舀水，在冲澡的地方洗刷的声音。在银平听来，似是波浪拍击着礁岩一般。两只海鸥在礁岩上怒展双翅，互相用嘴叼啄。故乡的大海，浮现在他的脑海中。

"几分钟了？"

"约莫七分钟了。"

陪浴女又拧了拧毛巾，盖回了银平的额头上。银平感到一种冰凉的快感，一不留神把脖子往前伸了伸。

"好痛！"他回过神来。

"您怎么啦？"

陪浴女以为银平是被热气蒸得头晕了，捡起掉落的毛巾，又用手按住，盖在了银平的额头上。

"您要出来吗？"

"不用，没什么。"

某种幻觉随着这声音优美的姑娘而来，银平陷入其中。那是东京的某条电车大道。人行道旁的银杏树还残存在他的脑海里。他汗流浃背，意识到自己就像戴着头枷一样，身体动弹不得，表情也扭曲起来了。

陪浴女从银平身旁走开了。银平的这副模样，似乎有些令她不安。

“若像我这样只露个脑袋，瞧着有多大岁数？”银平试着向她搭话。陪浴女不知该如何作答。

“男人的岁数，我可不懂呀。”

陪浴女并未仔细端详银平的脑袋。银平也找不到机会说出自己三十四岁的年龄。他觉得陪浴女应当不到二十岁，无论是肩膀、腹部还是腿脚，瞧着无疑都是处女的模样。她的脸上基本没擦什么胭脂，显出一抹稚嫩的玫瑰色。

“该出来了。”

银平的声音中带着几缕哀愁。陪浴女打开盖在银平咽喉前的板子，抓住绕在他脖颈上的毛巾两端，仿佛在对待什么宝物似的，将他的脖子小心翼翼地拉了出来，接着又替他擦拭了全身的汗水。银平在腰间围了一条大毛巾。陪浴女在靠墙的躺椅上铺了一层白布，她让银平趴在上面，从肩膀开始，替他做起了按摩。

银平直至今天才知，按摩不光是揉捏，还需用巴掌拍打。陪浴女虽是少女，但那巴掌持续拍击在背上的势头却格外猛烈——直叫银平喘不过气来。他忆起了幼子用圆乎乎的巴掌使劲拍打自己额头的情形，自己低下头去，孩子就不断地敲打自己脑袋。那是何时的幻觉呢？然而，如今幼子的手已在墓地之下，疯狂地拍打着盖在上面的土壁。昏暗的监狱铁墙自四面八方向银平逼来。他惊出一身冷汗。

“是在扑什么粉吗？”银平说道。

“是的。您不舒服吗？”

“没有。”银平有些慌张，“是我又出汗了……若有人听着你的声音，还感到不舒服的话，那此刻大约是他要犯罪的瞬间。”

陪浴女忽然停下了手上的动作。

“像我这种人听见你的声音，其他的一切事物便都似消失了。其他事物都消失不见，固然很危险。但声音好似一去不复返的时间与生命一般，捕捉不到，追赶不及。不，或许不是这样。譬如你自己，无论何时都能发出优美的声音。而一旦你如这般沉默下去，那任谁也无法强行让你发出优美的声音。即便别人逼迫你，令你发出畏惧、愤怒或哭泣的声音，你也有要不要用自然的声音说话的自由呀。”

陪浴女借着这份自由，一言不发。她从银平的腰间按摩到大腿后侧，最后连脚掌心和脚趾都按摩到了。

“请您仰躺过来……”陪浴女轻声细语，声音几不可闻。

“啊？”

“这次请您仰躺过来……”

“仰躺……就是脸朝上对吧。”银平按住围在腰上的毛巾翻了个身。陪浴女刚才的喃喃细语中带着些微颤抖，伴随着银平的动作，恍如花香似的钻进他的耳朵。花的芬芳令人陶醉，从耳中浸入心扉——这是他从未有过的体验。

陪浴女站在身旁，她将身子紧紧靠在窄小的躺椅上，揉捏着银平的胳膊。她的胸脯探到了银平的脸上方。她的抹胸系得并不紧，白布的边缘却还是将肌肤箍得凹了一些下去。她的胸部发育得并不丰盈。陪浴女的脸有些长，带着些许古典韵味，额头也不是很宽。或许是头发没有做出蓬松感，而是向后梳理了的缘故，那双看上去敏锐而富有张力的眸子越发鲜明了。从脖子到肩头的线条十分柔和，圆润的肩膀显得无比细嫩。她肌肤上的光泽凑得太近了，银平不由得闭上双眼。他所见的，是木匠用的钉箱中，塞满了细小铁钉的模样。钉子全都闪烁着锐利的光芒。银平睁开眼睛，仰望着天花板。天花板是白色的。

“我这身子看着比实际年龄要老吧——都是劳累所

致。”银平喃喃道。但他仍未说出自己的年龄。

“我今年三十四了。”

“是吗？真是年轻。”陪浴女抑制着自己的情感，压低嗓音说道。她绕至银平的头边，按摩着他靠墙的那只胳膊——躺椅的一侧贴着墙壁。

“我的脚趾，像猴子似的，又长又干瘪对吧？我平时走路走得多……不过，一见到这不像样的脚趾，我总有些发怵。连那种地方，你都用这漂亮的手揉到了。替我脱下袜子的时候，你吓了一跳吧？”

陪浴女没有回答。

“我是在日本海沿岸出生的，岸边尽是些凹凸不平的黑色礁石。我都是用这脚趾抠住礁石，光着脚在上面走的。”银平半真半假地说道。他为了这双难看的脚，不知在青春时代编出了多少各式各样的谎言。这双脚连脚背的皮肤都又厚又黑，脚掌心满是皱纹，长长的脚趾瘦骨嶙峋——的确会令人感到毛骨悚然。

此刻，他仰躺着被人按摩，看不见自己的脚，便用手搭在脸上方望了望。陪浴女正替他放松从胸口到胳膊的肌肉，那是乳房上方的位置。银平的手并不似脚那么怪异。

“您老家在日本海沿岸的什么地方？”陪浴女以自

然的声音问道。

“日本海沿岸……”银平有些闪烁其词，“我不喜欢谈论自己的出生地。我跟你不同，已经没有故乡了……”

陪浴女并不想了解银平老家的事，也不似在认真打听的样子。这间浴室的照明不知怎的，竟似未在陪浴女的身体上留下阴影。她边按着银平的胸口，边将自己的胸脯朝这边倾过来。银平闭上双眼，不知该将手放于何处。若将手伸在腹侧，又担心会碰到陪浴女的侧腹。他觉得自己哪怕只是手指尖触到了人家，也肯定会被狠狠地扇一个耳光。于是，银平感到自己仿佛真的被扇了一下似的。他悚然一惊，试图睁开双眼，眼皮却怎么也睁不开。他用力拍打着眼皮，眼泪欲流却流不出，疼得好似眼珠子被灼热的针扎了。

扇在银平脸上的，并非陪浴女的手掌，而是一只蓝色的手提皮包。倏忽被打时，他还不知道那是什么，被打之后，他才瞧见落在自己脚边的手提包。银平恍惚不知，自己究竟是被手提包打了，还是别人将手提包扔了过来。但他被手提包狠狠砸了脸——这件事是千真万确的。直到这时候，银平才回过神来……

“啊！”银平叫道。

“喂，喂……”

银平试图叫住女子，提醒她手提包掉了。然而，女子的背影却已消失在药房的拐角处。蓝色的手提包被遗落在道路中央。手提包的存在，宛如银平无可辩驳的犯罪证据一般。手提包打开的口金处露出一沓千元钞票——银平第一眼所见却并非千元钞票，而是作为犯罪证据的手提包。女子是扔下手提包逃跑的，银平的行为似乎便成了犯罪。银平在这种恐惧中，捡起了那只手提包，才发现了里面的千元钞票，他大吃一惊。

后来，银平也曾怀疑过——那家药房会不会是自己的幻视呢。没有一家铺面的住宅区里却存在着一间孤零零的药房，这着实不可思议。但是，在店铺入口的玻璃门旁，分明摆着蛔虫药的广告牌。说到不可思议，在进入这片住宅区的电车大道拐角处，竟面对面开着两家近乎对称的水果店——着实古怪。两家水果店内都摆放着装有樱桃、草莓的小木箱。银平跟踪女子过来时，除了女子之外，并未关注其他事物。不知为何，唯独这两家水果店忽然映入他的眼帘。大概是因为他想要记住通往女子家中的拐角吧。木箱中，一颗颗摆放整齐的草莓也映入了他的眼中——那确实像是一家水果店。不过，或许是电车大道的拐角处只有一边有水果店，自己错看成了两家吧。对于当时的银平来说，将一个事物看成两个，也不是不可能的。后来，银平竭尽全力将自己想要再去一次现场、确认到底有没有水果店和药房的欲望按捺住了。事实上，到底有没有那片住宅区都不好说。对银平来说，那只是他确认女子去向的一条道路罢了。

“是了。她可能没打算扔掉。”银平一边被陪浴女按着腹部，一边不经意地喃喃自语。他忽地睁开了双眼，没等陪浴女发觉，又迅速闭上了。那眼神说不定像地狱里的怪鸟似的。虽然说漏了女子手提包的事，但万幸自己并未将“扔掉的是什么”和“是谁扔掉的”说出来。银平的腹部一阵缩紧，接着又被拍打了起来。

“好痒啊。”银平说罢，陪浴女便放缓了手上的力度。这下是真的痒了，银平放声大笑起来。

直至此时此刻，银平仍是这么理解的：无论女子是用手提包打自己也好，还是把手提包扔给自己也好，她一定觉得是自己包里的钱被盯上了，才被人跟踪的。当这种恐惧心理积累到爆发点时，她便丢下手提包逃命了。不过，也有可能女子并不想扔掉手提包，而是打算用它赶跑银平，结果用力过猛，手提包脱手了。无论是何种情形，既然女子把手提包横着一甩砸在银平脸上，这说明两人之间的距离着实是相当近了。大概是来到了寂静的住宅区的缘故，银平在不知不觉间便拉近了跟踪的距离。女子想必是察觉到了银平的气息，才甩掉手提包逃走的。

银平并非为了求财。他既未发觉女子的手提包内装着一笔巨款，也从未有过这种想法。他打算销毁这明显的犯罪证据，捡起手提包一看，才发现里面装着二十万元巨款——两捆毫无折痕的十万元新钞，还有一本存折。看来女子是从银行回家的，她恐怕以为自己刚从银行出来就被人给盯上了。除了两捆新钞外，手提包里只有一千六百多元零钱。银平再一看存折，取了二十万后上面只剩下两万七千多。也就是说，女子将大部分存款都取出来了。

银平从存折上得知，女子的名字叫水木宫子。倘若说银平的目的并非求财，而是被女子的魔力诱惑的话，他就该将钞票和存折送还给宫子才对。可对银平来说，还钱是不可能的。正如他追随着女子的脚步一般，那笔财产也宛如拥有了灵魂的活物，追随着银平的脚步而来。这还是银平头一次偷窃钱财——与其说是偷，不若说是钱财引诱着银平，又不愿从他身边离去。

拾起手提包时，还算不上在偷。而拾起一看，手提包里却包含着犯罪的证据。银平将其夹在西装腋下，小跑着回到了电车大道上。不巧，此时并非穿大衣的季节。银平买了一张包袱布，便赶忙跑到店外，将手提包裹在包袱布里。

银平在二楼租了一个房间，独自生活。水木宫子的存折、手帕之类的东西都丢进炭炉里烧掉了。存折上的地址银平并未特意记下，自然也就无从知晓水木宫子的住所——他已经不打算把钱送回去了。存折、手帕和梳子烧起来也有些味道，但他觉得烧皮质手提包的气味一定更加刺鼻，于是用剪刀将它全部剪碎，一片片往火里添，花了好多天才烧完。手提包的口金和口红、粉盒上的金属烧不掉，他便趁着夜色扔进了下水沟里——就算被人发现了，也都是些司空见惯的东西。银平将所剩无几的口红推出来，不禁打了个寒战。

银平一直在关注广播，也仔细看了报纸，但都没有关于装有二十万现金和存折的手提包被抢劫的新闻。

“嗯，那女子果然没去报案。她一定有什么隐情不能去报案。”银平喃喃自语，感到一股怪异的火光忽然照亮了自己幽暗的心底。银平尾随那女子，是因为她身上自有某种令银平情不自禁尾随的事物。要说的话，或许他们都是处于同一魔界里的居民吧。银平凭借自己的经验看出了这一点。他一想到水木宫子或许是自己的同类，便恍惚了起来。接着，他开始后悔自己未能记下水木宫子的住处。

被银平跟在身后时，水木宫子肯定是害怕的，但纵使自己未能意识到，她的内心或许也隐藏着疼痛似的喜悦。人世间，难道还存在只有主动方拥有，而被动方没有的快乐吗？街上的路人中有那么多美丽的女子，银平却偏生挑中了水木宫子尾随——这是否就像毒品上瘾者，发现了同病相怜的人一般呢？

银平第一次跟踪的女性——玉木久子，其情况显然便是如此。说是女性，久子其实只是位少女。她应该比那位嗓音优美的陪浴女还更年轻。她在读高中，是银平的学生。银平和久子的事情暴露后，他便被开除了教职。

银平一直跟踪到久子的家门口，被那扇华丽的大门震惊得停下脚步。大门连着石围墙，铁格栅上是藤蔓纹样。门大敞着。

久子从门内回过身来，朝银平喊了一声："老师！"

她苍白的脸上泛起一片美丽的红晕，银平的脸上也烧了起来。

"啊，这里是玉木同学的家吗？"银平嘶哑着说道。

"老师，您有什么事吗？您是专程来我家的吧？"

按理说，要去自己的学生家里，哪有不打招呼默默跟在后面的呢？可银平还是装作感慨的模样，朝大门里望去。

“是啊。太好了，这样的房子没在战争中被烧毁，简直就是奇迹。”

“我家被烧掉了。这是战后买的房子。”

“是战后？玉木同学，令尊是做什么的？”

“老师，您有什么事吗？”久子隔着有藤蔓纹样的铁栅栏，愤怒地瞪了银平一眼。

“嗯，对了，脚癣……那个，玉木同学的令尊不是知道专治脚癣的特效药吗？”银平一边说，一边哭丧着脸——在如此豪华的大门前谈到脚癣，这算哪门子的事儿呀！然而，久子却依旧是一脸正经地反问道：

“是说脚癣吗？”

“嗯，治脚癣的药。玉木同学，你看，你不是在学校跟朋友说过脚癣特效药的事情吗？”

久子的眼神似是在努力忆起此事。

“老师都快没法走路啦。你能替我问问令尊那药的名字吗？老师就在这里等你。”

银平一直目送久子消失在洋房的玄关处才逃离——仿佛他那双丑陋的脚就在身后追赶着自己似的。

银平推测，久子恐怕不会将自己被跟踪的事情告诉家里或学校。但当天夜里，他还是为严重的头痛所扰，眼皮也一阵阵地抽搐，难以入眠。就算睡着了，也时不时自浅睡中惊醒。每次醒来，刚擦去黏在额头上的冷汗，积攒在后脑勺的毒素便直冲脑门，绕回到额头上来——又是一阵头痛。

他第一次闹头痛，还是从久子家门口逃走，徘徊在附近闹市街的时候。在人来人往的道路中央，银平站立不稳，按着额头蹲了下来。头痛的同时，他还感到一阵眩晕。锵锵锵！丁零零！街道上响彻着像是有人中了头彩的铃声，又像是消防车疾驰而来的警铃。

“你怎么啦？”一个女子的膝盖轻轻碰到了银平的肩膀。他回身抬头一看，似是一名战后常出现在闹市街的站街女。

头疼的银平为了不妨碍过往行人，不知何时来到路边，缩在了花店橱窗前。他的额头方才几乎贴在了橱窗玻璃上。

“你一直在跟踪我吧。”银平对女子说道。

“谈不上是跟踪。”

“那总不是我在跟踪你吧。”

“是啊。”

女子回答暧昧，不置可否。若是肯定，女子应该还会继续说些什么，但她却停顿了一会儿。

银平等得有些焦急，说道："若我没有跟踪你，那不就是你跟踪我吗？"

"随你怎么说……"

女子的身姿映在了橱窗玻璃上，又仿佛映在了玻璃对面的花丛中。

"你在干吗呢，快站起来吧。路人们都看着呢。你是哪里不舒服？"

"啊，是脚癣。"银平再次脱口而出，连自己也吓了一跳，"脚癣痛得走不了路了。"

"你这人真是——，附近有家好去处，去那儿休息一下吧。鞋袜也可以脱了。"

"我不想让别人看见。"

"谁会看你的脚嘛……"

"会传染的。"

"不会的。"女子说着，一只手伸进了银平腋下。

"走啦，我说走啦。"她把银平拉了起来。

银平的左手手指摁着额头，眼睛凝望着女子映在花丛中的容颜。此时，对面的花丛中又出现了一张女子的脸——大概是花店的女主人。银平好似要抓住橱窗对面那束白色的大丽花一般，右手撑着橱窗的玻璃站了起来。

花店女主人细眉轻皱，盯着银平。银平担心自己的手肘会顶破橱窗玻璃受伤流血，便将身体重心朝女子靠去。女子稳稳站住，说了一句“你可不准跑”，便在银平的胸口附近狠狠揪了一下。

“好痛！”

银平痛快极了。他自己也不太清楚，自己逃离久子家后，为何会来到这闹市街。但被女子这么一揪，他感觉自己的脑袋轻快多了。

银平仿若站在湖边，感受着山中清风徐来，身心清爽。那应是新绿时节的凉风。或许因为刚才差点儿捅穿了花店那扇宛若湖面的大玻璃窗，银平的内心却浮现出一片结了冰的湖——是母亲老家的湖。那湖的岸边亦有城镇，但母亲的老家在村里。

湖面笼罩着雾霭，湖岸已结冰，湖的深处隐藏在雾气中，无边无际。银平邀请表姐弥生去结冰的湖面上散步。与其说是邀请，不如说是引诱。少年时代的银平曾诅咒、怨恨着弥生。他那时心怀邪念，期盼着脚下的冰面裂开，弥生掉进冰层下的湖水中。弥生比银平大两岁，但银平的鬼点子比弥生多得多。银平虚岁十一岁时，父亲便离奇地去世了，母亲心神不宁，差点儿就回了娘家。与成长在和煦春光里的弥生相比，银平的确需要一些鬼点子。银平的初恋是表姐的原因，或许隐藏着他内心深处不愿失去母亲的愿望。银平年幼时的幸福，便是和弥生一起在湖边漫步，两人的身姿映在湖水中。一边散步一边望着湖面，两人映在水中的身姿好似会一直走到天涯海角，永远不分离似的。然而，幸福总是短暂的。比他年长两岁的少女，十四五岁时，作为异性，似乎要离银平而去。自从银平丧父之后，母亲老家的人开始避讳他家。弥生也疏远了银平，毫不掩饰地瞧不起他。就是那段时间，银平老想着，若是湖冰裂开，弥生沉进湖里就好了。不久，弥生和一名海军军官结了婚——想必现下已成寡妇了。

如今，银平望着花店的橱窗玻璃，脑海中又浮现出湖面上的冰层。

“你揪得可真狠。”银平摩挲着胸口，对站街女说道，“肯定都淤青了。”

“回去让太太看看吧。”

“我又没太太。”

“说什么呢。”

“真的，我是个单身老师。”银平不在意地说道。

“那我也是单身女学生呢。”女子答道。

银平觉得女子在胡说八道，没再去看她的脸，但一听到“女学生”三个字，他又头痛起来。

“是脚癣痛吗？所以我说，最好少走两步路嘛……”女子看向银平的脚下。

银平忽然回望人群——若是被自己跟踪到家门口的玉木久子反过来跟踪自己，见到自己和这样的女子同行，她会怎么想呢？虽然不知道久子进了玄关之后有没有再回到大门口，但他坚信，此刻久子的内心一定正追随自己而来。

次日，久子所在的班级亦有银平的语文课。久子在教室门外等着，说了一声“老师，药”，便飞快地把什么东西塞进了银平的衣兜里。

银平昨晚因头疼而未能备课，又因睡眠不足而疲惫至极，于是课上便让学生们写作文。题目自由选择。一名男学生举起手问道：

“老师，生病的事情也可以写吗？”

“嗯，写什么都可以。”

“比方说，虽然有些不正经，但脚癣也可以写吗？”

教室内掀起了笑声的浪潮。但大家都只是望着那学生，无人带着微妙的目光看向银平。他们似乎并未嘲笑银平，而是在笑话那学生。

“写脚癣也行吧。老师对这方面不太了解，倒也能长长见识。”银平说着，看向久子的座位。学生们还在哄笑，那些笑声似是在袒护银平无罪。久子一直垂着脑袋写东西，没有抬起头来。她连耳朵都涨红了。

久子把作文交到教师桌上时，银平瞧见了标题是“对老师的印象”。他想，这一定是在写自己。

“玉木同学，课后你留一下。”他对久子说道。久子几不可察地点了点头，眼睛往上瞟了银平一眼。银平觉得应该是在瞪他。

久子走到窗边，眺望着庭院，等到所有学生都交上作文，她才转过身走近讲台。银平慢悠悠地把作文扎好，随后起身走了出去，一直来到走廊，都一言未发。久子跟在银平身后，约一米远的地方。

“谢谢你的药。”银平回过头来，“脚癣的事你对谁说了吗？”

“没有。”

“对谁也没说？”

“嗯，我对恩田说了。毕竟她是我的好友……”

“对恩田说了？”

“只对恩田说了。”

“对一个人说，不就等于对所有人说吗？”

“不会的。这是我和恩田两个人的悄悄话。我和恩田之间是没有秘密的。我们约定过，无论什么事都不能隐瞒。”

“是这样的密友啊？”

“是啊，家父有脚癣的事情，不也是我在跟恩田说的时候，被老师听到的？”

“是这样吗？不过，你对恩田真的什么秘密也没有？肯定是假话。仔细想想吧，倘若你对恩田没有任何秘密，就意味着你一天二十四小时都要和恩田在一起，心里想到什么事情，都一桩桩地说上二十四小时不停歇——但那是不可能的呀。比方说，你睡着的时候做了梦，早上醒来却忘了，你就不会对恩田说——或许是你和恩田关系破裂，想要杀了她的梦呢。”

“我不会做那种梦的。”

“总之，相互之间没有任何秘密的好友关系——不过是病态的空想，是遮掩女孩子弱点的面具。只有天国和地狱才存在毫无秘密可言这种事，人世间是绝不可能有的。倘若你对恩田没有半点儿秘密，那你就不是作为一个人存在了，也谈不上还活着。你扪心自问一下吧。”

久子似乎一时无法理解银平说的这番道理，也不明白他为何要这么说，好不容易才反驳了一句——

“那友情是不可信的咯？”

“毫无秘密的地方是不会有什么友情的。不光是友情，任何人类的感情都无处发芽。”

“啊？”少女似乎还是无法接受，“凡是重要的事，我和恩田都会互相交流的。”

“嗯，是吗……最重要的事情，最细枝末节如海滨细沙般无关紧要的事情，你是不会对恩田说的不是吗？令尊和我的脚癣，对你而言究竟有多重要呢？大概是在不上不下的位置吧。”

银平这番故意刁难的话语，仿佛拽着久子的脚在空中甩来甩去，此时又突然将她摔落在地。久子面色苍白，泫然欲泣。银平用温柔平缓的声音继续说道：

“你家中之事，难道什么都说给恩田听吗？不是那样吧。令尊工作上的秘密就不会说吧？你瞧，你今天的作文里似乎也写到了老师的事情，就拿这个来说，你写的内容也未对恩田说过吧。”

久子噙着泪水，将目光刺向银平，默然不语。

“玉木同学，令尊战后是靠什么成功的呢？真是了不起呀。我虽不是恩田，却也希望能了解一番。”

银平的语气若无其事，但明显怀着逼迫的意图。在战后能买下那么一栋宅邸，他怀疑八成有黑色生意之类的违法犯罪的情况。银平对久子下了个绊子，企图封住她的嘴，把自己跟踪她的事情掩盖下去。

不过，昨天的事刚过，久子就来上银平的课，还给他带来了脚癣药，作文也写的是《对老师的印象》，所以没必要担忧——银平再次确认了昨晚的推测。而银平好似酩酊大醉或梦游一般尾随久子，也是因为他被久子的魔力所引诱。久子已经将这魔力灌注到银平身上。或许，久子通过昨天被跟踪的事，已经意识到自己的魔力，正为这隐秘的愉悦而颤抖呢。银平被这古怪的少女弄得神魂颠倒。

银平觉得逼迫久子到这种地步即可，抬起头来，却发现恩田信子正站在走廊尽头，望着这边。

“你的好友担心你，在那儿等着呢。那就这样……”银平放了久子。久子并未越过银平朝恩田那边跑去，而是慢慢落在银平身后，垂头丧气地走着，没有半分少女姿态。

三四天后，银平向久子道了谢。

“上次的药很有效。多亏了你，我感觉彻底好了。”

“是吗？”久子开朗的脸颊染上了红晕，浮现出可爱的酒窝。

然而，事情并未止于久子的可爱。她和银平之间的事被恩田信子告发，银平甚至被学校革职。

此后，又历经了几岁春秋。银平如今在轻井泽的土耳其浴场里，被陪浴女按摩着肚子。他的脑海中浮现出这样的画面——久子的父亲在那座宏伟的洋房里，坐在奢华的安乐椅上，撕着脚癣皮的模样。

“嗯，有脚癣的人应该没法来土耳其浴场吧——被蒸汽一熏，那可会痒得受不了。”银平嘲笑着说道，“会有得了脚癣的人来吗？”

“这个嘛……”

陪浴女并不打算正面回答。

“脚癣什么的我也不了解。那是生活优渥、脚掌柔软的人才会得的病不是吗？高贵的脚却染上了卑贱的病菌——所谓人生便是如此。像我们这种猴子似的脚，哪怕是特意感染也长不起来的——毕竟脚皮又硬又厚。”银平一边说着，一边想象陪浴女白皙的手指，潮乎乎的，似吸在自己丑陋的脚心一般，按摩着。

“我这脚连脚癣都讨厌哪。”

银平皱起了眉头。此刻心情舒畅，为何要向美丽的陪浴女提及脚癣呢？这事非说不可吗？这想必是因为他那时对久子撒了谎。

在久子家门口，银平说自己因脚癣而烦恼，希望问出特效药的名字，是情急之下编造的谎言。三四天后，他道谢说脚癣好了，也是在继续撒谎。银平根本没得过什么脚癣。他在作文课上说自己对脚癣不了解，倒是大实话。久子给的药，他都扔了。对站街女说自己被脚癣弄得疲惫不堪，也是他信口接着之前的谎言而撒的谎。撒过的谎言好似被银平跟踪过的女子，在他身后紧追不舍。罪恶恐怕就是如此。犯过的罪恶也会跟在你身后，不断重演。恶习也是如此。尝过一次跟踪女子的滋味后，这滋味又驱使着银平去跟踪别的女子。好似脚癣一般顽固，绵延不断，无法根除，哪怕今年夏天暂时治好了，来年夏天还会复发。

“我没得脚癣呀。我不知道什么脚癣。”银平仿佛叱责自己似的，脱口而出。哪有人用不洁的脚癣，去比喻跟踪女子的那种美妙的战栗与恍惚呢？不过是撒过一次谎罢了，竟让银平产生了这种联想吗？

但是，银平的脑海中忽然掠过一个想法：自己在久子家门前，情急之下撒了脚癣的谎，是不是因为对自己丑陋的双脚感到自卑呢？这么说来，跟踪女性的也是这双脚，难道也和丑陋有关吗？想到这里，银平悚然一惊。这是不是部分肉体的丑陋憧憬着美好事物而发出的哀泣呢？丑陋的双脚追逐着美人，这就是上天的授意吗？

陪浴女从银平的膝盖摩挲至小腿，转过身去。也就是说，此时，银平的双脚就在陪浴女眼皮之下。

“已经可以了。”银平有些慌张，长长的脚趾骨节直往里蜷缩。

“我来帮您剪个指甲吧。”陪浴女用美妙的嗓音说道。

“指甲……啊，脚指甲？你要帮我剪脚指甲？”银平想要遮掩自己狼狈的模样，“得有很长了吧。”

陪浴女将掌心覆在银平的脚底，一边用触感柔软的手将他如猴子般折起来的脚趾轻柔地舒展开来，一边说：“是有一点儿长……”

陪浴女剪脚指甲的手法既温柔又细心。

“你若能一直在此便好了。”银平说道。他已经放弃了抵抗，任凭陪浴女摆弄自己的脚趾。

“那样我想见你时，便只需来此。若想让你按摩，只需指定号码就行了吧？”

“是的。”

“我非擦肩而过之人，亦非来路不明之人，更不是错身时不跟上去，便在这世间失去踪迹再无法相见之人。我似乎说得有些微妙……”

一旦放弃抵抗任凭摆布，双脚的丑陋使仿佛要勾人落下幸福的热泪似的——银平此前从未有过这种经历——将丑陋的双脚展露出来，被眼前这类女子单手扶着，修剪脚指甲。

“我说的，虽有些微妙，但都是真话。你有过这种感觉吗？与相遇之人就此擦肩而过，此后又觉可惜——我常有这种感觉。那是多么令人喜欢的人啊，是多么美丽的女子啊——如此撩人心弦之人，这世间再无第二个。若是与她在道路上擦肩而过，在剧场里比邻而坐，或是在离开音乐会会场的台阶上并肩而行，然后就此别过的话——此生便无法再相遇。话虽如此，但我也不能随便叫住并不相识之人，与之搭话。所谓人生便是如此吗？每当此时，我便感到悲痛欲绝，弄得自己失魂落魄。我想跟着她，一直走到世界尽头——却连这也做不到。因为若要随着他人到世界尽头，那就只有杀掉那人一条路可走。”

银平一不留神说过头了。他不由倒吸一口气，遮掩似的继续道：

“刚才说的，有些夸张了。不过，若我想听你说话时，能给你打个电话，那就谢天谢地了。可是你又不比客人，没那么自由。即便你有了喜欢的客人，心里期盼着那人再来，可来与不来都是随客人的意，说不定那人就再也不来了呢。你不觉得这太虚幻了吗？人生便是如此啊。”

银平望向她处女般的背脊，上面的肩胛骨随着剪指甲的动作而微微颤动。陪浴女剪完银平的脚指甲，依旧背对着银平，稍微犹豫了一会儿。

“手指甲呢……”她转过身来。银平躺着把手举到胸前看了看。

“手指甲倒没有脚指甲那么长，也干净些。”

不过，既然他并无回绝之意，陪浴女便替他剪起了手指甲。

银平心里清楚，陪浴女似乎越发对他感到厌烦了。连他自己都觉得，刚才那番未能深思的话语，实在是令人不快。跟踪的极致，便是杀人吗？与水木宫子，他不过是拾起了对方的手提包，也不知能否再见。这与在路上擦肩而过并无两样。他与玉木久子也被隔离开来，就此别过，再难一见。他并未穷追不舍，将人杀害。久子也好，宫子也罢，或许都已在银平无法触及的世界里消失了。

久子和弥生的面容，鲜明地浮现在银平的脑海中，令人讶异。银平将她们的面容与陪浴女相比。

“若有客人被你服务得这么周到，还不愿意来第二次，那就真是稀奇了。”

“唉，我们毕竟是做生意的嘛。”

“你这么优美的嗓音，也会说自己是做生意的呀。”

陪浴女扭过脸去。银平有些羞耻地闭上了眼。从眼皮的缝隙中，他朦胧地看到抹胸的一片白。

“取了吧。”银平抓住久子抹胸的一头。久子摇了摇头。银平扯住狠狠一拽，手中的松紧带在收缩。久子满脸通红，望着银平手中的抹胸，敞开了自己的胸脯。银平扔掉了右手紧握的事物。

银平睁开眼，望了望正在被陪浴女修剪指甲的右手。久子与陪浴女相比，小几岁呢？两岁，还是三岁？久子的肌肤如今大概也变得如陪浴女这般白皙了吧。银平闻到了久留米[1]出产的藏青碎花布的气味。那是银平少年时期穿的和服，也是从女学生久子的藏青哔叽布裙子的颜色中产生的联想。藏青哔叽布裙子挂在脚上，久子眼内的珍珠洒落，银平的眼眶也缀满了泪珠。

银平的右手手指失去了力气。陪浴女用左手扶着银平的手，右手则拿着剪刀灵巧地剪着指甲。银平在母亲的故乡，与弥生牵着手漫步在冰封的湖面上时，他的右手就失去了力气。

“怎么啦？”弥生说着，折回了岸边。那时，右手

---

1 | 久留米：日本城市，位于九州北部、福冈县西南部。

若是紧紧握住她，银平或许会将弥生沉进湖冰之下吧。

弥生和久子，并非擦肩而过之人。银平知晓她们的来历，与她们之间也有关系——他曾经可以随时见到她们。然而，银平还是追随在她们身后，还是被迫与她们告别。

“耳朵……我替您弄弄吧？”陪浴女说道。

“耳朵？耳朵要怎么弄？”

“让我来弄吧。请坐起来……”

银平起身坐在了躺椅上。陪浴女轻轻地揉了揉银平的耳垂，把手指伸进了耳洞里，似乎在里面微妙地转动。浑浊的空气被清除了，耳中轻盈无比，还带着微微的香气。他听见微妙的窸窣声，伴随着微妙的震动，好似陪浴女正用另一只手轻轻拍打着伸进耳洞的那根手指。银平感到了一阵不可思议的恍惚。

“这是怎么了？宛若做梦似的。”他说着转过头去，却看不见自己的耳朵。陪浴女的胳膊朝银平的脸伸过去，重新把手指伸进了耳洞，这回转得慢一些了。

“这便是天使充满爱意的呢喃。我情愿就此将迄今为止凝结在耳朵里的人间声音一扫而空，只去聆听你那优美的嗓音。人类的谎言似乎也从耳朵里消失了。”

陪浴女的玉体靠着银平赤裸的身体，为银平奏出一曲天国的音乐。

“一些粗鄙手法，见笑了。”她谦虚道。

按摩结束了。银平仍坐在那里，陪浴女为他穿上袜子，扣上衬衫的纽扣，套上鞋子，系好了鞋带。银平自己要做的，不过是系紧裤腰带，再打上领带罢了。银平走出浴室喝冰果汁时，陪浴女便站在一旁。

接着，陪浴女将银平一路送至玄关。在夜幕下的庭院，银平看见了巨大蜘蛛网的幻影。两三只暗绿绣眼鸟和各式各样的昆虫一同挂在网上，青色羽毛和可爱的白眼圈尤为鲜明。暗绿绣眼鸟若是挥舞翅膀或许能弄断蛛丝，但它们却娇弱地收拢着翅膀，挂在了网上。蜘蛛担心自己一靠近，就会被它们用喙啄破肚皮，便待在网的正中间，用屁股对着它们。

银平将目光投向更高处，看向幽暗的森林。夜色中，母亲老家的湖面上，映出了远方岸边的大火。银平似乎被那映在水中的夜火吸引了。

丢失了装有二十万元的手提包，水木宫子却没有报警。二十万元对宫子来说，完全是命运攸关的一笔巨款，但她却有难言之隐。所以，银平其实并无必要为此一路远遁信州。若说有什么事物追随银平而来的话，那大概是银平手上的钱财。这仿佛不是银平偷了钱，而是钱财本身追逐着银平不放手似的。

银平无疑是偷了钱的，但手提包掉在地上后，他甚至都想出声叫住宫子，所以这或许不能算是抢劫。宫子也不觉得自己是被银平抢劫了，她也并未断定是银平偷的钱。她在路中间丢下手提包时，在场的只有银平一人，首先怀疑银平是理所应当的。可宫子并未亲眼所见，兴许不是银平，而是被其他路人捡了呢？

“幸子，幸子！”

那时，宫子一进玄关，便叫着家里的女佣。

“我的手提包丢了，你去帮我找找吧。就在那边的药房门口。赶紧跑去看看。”

“是。”

“若是慢慢吞吞的，就会被人捡走呀。”

宫子说罢，便喘着粗气登上二楼。女仆阿辰也追着宫子去了二楼。

“小姐，您是说手提包丢了？”

阿辰是幸子的母亲。阿辰先来宫子家里帮佣，又把女儿叫了过来。宫子独自生活，这么小的家庭本无须两名女佣，但阿辰把这家的弱点吃得死死的，俨然已是女佣之上的存在。阿辰有时叫宫子“太太”，有时又叫“小姐”。当有田老人来此时，她必定叫宫子“太太”。

有一次，宫子受她诱导，无意中袒露道：“在京都的旅馆里，伺候我的女佣在只有我和她两人时，就叫我‘小姐’。而有田在场时，哪怕我们差了那么多岁数，她也要叫我‘太太’……她叫我‘小姐’或许是有些糊弄我，听着也有些可怜，我都伤感起来了。”于是阿辰便回答：“那我也这么叫您吧。”自此之后，她便这么称呼宫子了。

“可是，小姐，在路上走着把手提包弄丢，也太奇怪了吧？您又没拿其他东西，只拎着个手提包不是吗？”

阿辰瞪圆了小小的眼睛，直直地盯着宫子。

阿辰的眼睛不特意瞪大也是圆溜溜的，宛如一对铜铃。女儿幸子与她长得一模一样，着实惹人怜爱。许是眼尾短小之故，她那双小眼睛瞪得溜圆时，有些过于醒目，不太自然——甚至有些令人发毛，徒增他人的警惕。事实也是如此，若与她对视，便能发觉阿辰的眼神深处隐藏着某些东西。那双极为淡薄、宛若透明的茶色眸子，令人感到一股冷意。

阿辰那白皙的面庞也是又圆又小。她脖颈粗壮，而胸脯较脖颈更丰腴，身子越往下越臃肿，脚却很小。幸子那双小巧的脚，也可爱得令人咋舌。但母亲的脚踝过细，那双小脚瞧着多了些许狡黠。母女两人都是小个子。

阿辰的脖颈上有些赘肉，虽说是仰望宫子，但她的脑袋并没有抬起多少，只是眼珠向上翻着。宫子站在那儿，仿佛自己的内心都被她看穿了。

“丢了就是丢了嘛。”宫子以叱责的口吻说道，“证据就是手提包没有了，不是吗？”

“可是小姐，您不是说就掉在那家药房前面吗？连掉的地方都知道，又是在附近，这也能把东西弄丢吗？还是像手提包这种……”

“我说，丢了就是丢了嘛。”

“有时是会有忘拿东西的情况，像把伞忘了之类。可是手上一直拿着的东西也丢了，这简直比猴子从树上掉下来更不可思议。”阿辰端出了奇妙的比喻，“既然意识到东西掉了，那您捡起来不就好了吗？”

“那是自然。你什么意思？若是当时就发现掉了，哪里还能丢呢？”

宫子这才发觉，自己穿着外出的西服就上了二楼，还杵在原地没动。不过，宫子的洋装衣柜与和服衣柜原本就在二楼四叠半的小房间里。有田老人来访时，就用隔壁八叠的双人房间——既是为了方便更衣，也有阿辰的势力范围在楼下不断扩张的缘故。

“你去楼下，帮我拧一条毛巾过来吧。要用凉水。我出了点汗。”

“是。”

宫子以为自己这么说，阿辰便会下楼去，而等自己脱光了擦汗，她就不会再待在二楼了。

“好，我把冰箱里的冰加进脸盆的水里，替您擦汗吧。”阿辰答道。

“不必了。”宫子蹙了眉。

阿辰走下楼梯的同时，玄关的门扉也被推开。

楼下传来了幸子的说话声：“妈妈，我从药房前面一直找到电车大道，还是没见到太太丢的手提包。”

“想来也是……你去二楼告诉太太吧。还有，你去派出所报警了吗？”

“啊，要去报警吗？”

“真拿你这傻孩子没办法。先去报警吧。”

“幸子，幸子！”宫子在二楼叫道，“不用报警。里面也没装什么贵重东西……”

幸子没有回答。阿辰把脸盆放在木盆上，端到了二楼。宫子把裙子脱了，身上只剩下内衣。

“不如让我替您擦擦背吧？”阿辰的言辞异常恭谨。

“不必了。”宫子接过阿辰拧好的毛巾，伸出腿来，从脚上开始擦拭，连脚趾缝都擦到了。阿辰将宫子揉成一团的袜子展平叠好。

“行了，那是要洗的。”宫子把毛巾扔到了阿辰手边。

幸子上了二楼，在隔壁四叠半房间的门槛处，双手伏地施了个礼。

“我去找了，没有看到丢的东西。”她说话的模样有些滑稽可爱。

阿辰对宫子时而过分殷勤，时而粗枝大叶，有时还死皮赖脸地套近乎——一时一刻，变幻无常。但对女儿的礼仪规范，她进行了严厉的教导。有田老人回去时，她还教导幸子为有田老人系鞋带。有时候，幸子还蹲在患有神经痛的有田老人脚边，方便他撑着自己的肩膀站起来。阿辰企图让幸子把有田老人从宫子手中抢走，而宫子对此早已洞若观火。但宫子不知道，阿辰是否将自己的心思向十七岁的幸子和盘托出。她还让幸子喷了香水。宫子提及此事，她便回答说：“这孩子体臭太重了。”

“让幸子去报个警怎么样？”阿辰穷追不舍地说道。

“你真是啰唆。”

“太可惜了呀。里面放了多少钱呢？”

“没放钱。”宫子闭上双眼，将冰冷的毛巾敷在上面，静静地待了一会儿。她的心跳又变快了。

宫子有两张银行存折。一张用的是阿辰的名字，存折也交给了阿辰保管。那是瞒着有田老人存下来的钱。这还是阿辰教唆她干的。

取出来二十万元的，是宫子名下的存折。这笔钱对阿辰也是保密的。她担心有田老人察觉之后，会问起二十万元的用途。所以她不能冒冒失失地去报警。

这二十万元，对宫子来说，是年轻的自己委身半死的白发老人，以鲜花短暂的花期、以青春韶华为代价换来的。上面沾染着的是自己的鲜血。这笔钱刚一掉落，转瞬间便消失了，没给宫子留下半分。这令她难以相信。若是把钱花光了，之后还能回忆起来。若是费尽心思地把钱存起来，结果白白丢失的话，回忆起来是苦涩无比的。

但是，二十万元丢失之时，宫子并非没有一瞬间的战栗——那是快乐的战栗。与其说她是畏惧着尾随自己的男人而逃走的，不如说是畏惧着突如其来的快乐才纵身离去的。

当然，宫子不觉得是自己把手提包弄丢的。正如银平不知道自己是被手提包打了，还是别人把手提包扔给了自己——宫子也不清楚自己究竟是在打他还是把包扔给他。不过，手上的感觉倒是很强烈。手上火辣辣的一阵麻，传递到手腕，传递到胸口，恍惚间全身都因剧痛而麻木了。被男人跟踪的这段时间里，她体内所积蓄的纷乱情绪，仿佛在这一瞬间都被点燃了。埋葬在有田老人的阴影下的青春，在这一瞬间重获新生，又如复仇一般战栗不已。对宫子而言，在漫长岁月里积攒二十万元的自卑感，似乎在这个瞬间得到了补偿——所以这钱并非白白失去，果然还是得到了相应的补偿不是吗？

但是，这事似乎真的与二十万元毫无关系。用手提包打男人，或是将其扔给男人的时候，宫子全然忘记了里面还有钱。她连手提包从手中滑落也没有注意。实际上，她连纵身逃跑的时候，都没想起这些事情。这么说来，宫子是把手提包弄丢了，倒也没错。而且，在对男人发出那一击之前，宫子其实早已忘了手提包的事，也忘了里面的二十万元现金。那时，唯有被男人跟踪的思绪在朝她汹涌而来。波涛轰然撞上她的瞬间，手提包便丢失不见了。

直到宫子踏进自家的玄关，那快乐的麻木仍残留在她体内。为了遮掩过去，她才径直上了二楼。

“我想脱干净，请你下去吧。”宫子从脖颈擦到手腕，对阿辰说道。

“去浴室冲一下如何？”阿辰怀疑地望了望宫子。

“我不想动。”

“是吗？可是，手提包确实是在药房前——从电车大道回家的路上弄丢的对吧？我还是去派出所问问好了……”

“不知道是在哪儿弄丢的。”

“为什么呢？”

“因为我被人跟踪……”

宫子只想尽快摆脱阿辰，独自拭去那战栗的痕迹，结果一不小心说漏了嘴。阿辰圆溜溜的眼睛里放着光。

“又被跟踪了？”

“是啊。”宫子干脆不再掩饰。然而，话一说出来，那份快乐的余韵便烟消云散，只剩下如冷汗一般的不快。

“今天是直接回来的吗？是又引着男人到处走，才把手提包弄丢的吧？”阿辰又回头看了看坐在那里的幸子，“幸子，你在发什么愣呀。”

幸子眨巴眨巴眼，刚站起来，脚下忽然一个踉跄，脸上升起一片绯红。

宫子经常被男人跟踪的事情，幸子也是知道的。有田老人也知道。宫子是在银座的中心悄悄告诉他的。

“有人在跟踪我。”

“啊？”有田老人想要回头确认，宫子却制止道：“不能看。”

“不能看吗？你怎么知道有人跟踪呢？”

“我就是知道。是刚才迎面过来的那个，戴着蓝色帽子的高个男人。”

“我倒没注意。难道是擦身而过的时候对你打了什么暗号吗？”

“真糊涂。要我去这样问问他吗？你只是路人，还是要闯进我生活的人？”

“你很高兴吗？”

“那我真的去问啦……喏，来打个赌吧，看他会跟到哪儿……我倒挺想打个赌。和一位拄着拐杖的老人一起可不成，请您去那边布料店瞧着吧。我走到那边再折回来——若是那人一直跟着我，您就输我一套夏天的白色洋服，不要麻料的那种。”

“若是宫子输了呢？”

“是吗？那您就通宵枕着我的胳膊睡觉好咯。”

“若是回头或者向他搭话，就算耍赖。”

“那当然。”

这是有田老人预料到自己会输的赌局。有田老人心想，即便自己输了，宫子也会让自己枕着胳膊睡的。可是睡着之后，哪里知道自己是不是还枕着她的胳膊呢？有田老人苦笑着，走进了男装布料店。目送着宫子和跟踪她的男人，有田老人心中不可思议地洋溢起一股青春气息。那并非嫉妒。嫉妒是不被容许的。

有田老人家里有一位美人，是以家政妇的名义雇来的。她比宫子大十几岁，已经三十开外了。年近七旬的老人枕着这两位年轻人的胳膊，被她们搂着脖子，含着她们的乳房，好似依偎在母亲怀中。于有田老人而言，唯有母亲能令他忘却这世上的恐怖。他告诉了家政妇和宫子彼此的存在。他吓唬宫子，若是两人横生妒火，自己可能会因过于恐惧而发狂，对两人施暴，或许还会引发心脏麻痹而猝死。虽然这只是有田老人随口之言，但他的确有被害妄想症，心脏也衰弱——宫子是清楚的。她会在有田老人有需要的时候，用柔软的掌心稳稳地按在他的胸口，或是将美丽的脸颊轻轻地贴在他的胸间。然而，那位叫梅子的家政妇，似乎并非毫不嫉妒。每当有田老人去宫子家中讨好宫子时，便是梅子妒火中烧的日子——宫子凭借经验对此也有所察觉。一想到年轻的梅子会因这种老人产生嫉妒心，宫子只觉得可怜，自己也变得厌世起来。

有田老人常向宫子夸赞梅子是家庭式的，因此宫子时而也会感知到——他在自己身上寻求的，大概是娼妇式的感觉。不过，无论是宫子还是梅子，有田老人所渴望的都是母性的温存——这是无疑的。两岁时，有田的生母就离了婚，后来，他就有了继母。此事有田老人向宫子反复提起。

“若是继母能像宫子和梅子一样，我该多幸福啊。”有田老人对宫子撒娇道。

“那可不好说。我的话，您若成了我的继子，我可是要欺负您的。您当时一定是个可恶的孩子。”

“我过去是个可爱的孩子呢。”

“为了弥补做继子时受到的欺凌，您这把年纪，还找来了两位好母亲，您这不是很幸福吗？”宫子的口吻中带着几分讥讽。

有田老人却道：“还真是这样。我很感谢你们。”

这有什么好感谢的！宫子似乎有些愤怒了。但是，她也认为，在这年近七旬却仍在奋斗的老者身上，自己能学到某些人生哲理。

有田老人身为奋斗者，似乎一直对宫子慵懒的生活感到焦灼不安。宫子独自居住，整日无所事事。她的生活似乎就在等待有田老人的空隙中度过，青春的活力也随之消散。女佣阿辰每天都在精力充沛地忙着什么，她只觉得不可思议。有田老人去旅行时，总会带上宫子。阿辰就会教唆她，教她虚报房费。亦即在账单上虚增条目，再请他们将多收的款项返给宫子。即便有旅馆愿意配合，宫子也觉得自己实在太凄惨了。

“那就这样，抽一些茶钱和小费吧。结账的时候，请太太去隔壁房间结。打赏的时候，提醒老爷多给点。老爷是体面人，不会舍不得的。去隔壁房间之前，就可以从中抽一些。例如，三千元的话，就抽个一千元——藏在腰带或是衬衫胸口里，不会有谁知道的。”

“唉，这可真是。这一星半点，零零碎碎的钱……”

然而，考虑到阿辰的工资，这并非什么零碎钱。

“这可不是零碎钱。攒钱这种事，也只能聚沙成塔呀。像我们这种女人……要存钱，就得日积月累呀。”阿辰竭力说道，“我是站在太太这边的，哪能眼瞅着您年轻的血液被老头子白白吸走呢？”

有田老人一来，阿辰连声音都会改变，如同风月场里的女人。但是，对宫子来说，她刚才那番话还是令人毛骨悚然。宫子感到一阵悲凉。不过，比起阿辰的声音或是话语，这种悲凉更多是因为自己随着时光飞逝而不停消逝的青春——正如那日积月累的存款，恰好与其相反。

宫子的成长环境与阿辰不同。战败之前，她都是活在温室中的蝴蝶和鲜花。所以，像从旅馆房费里捞上一笔这种事，她是想不到的。她觉得这似乎也说明，教唆自己的阿辰，平时恐怕也在厨房里捞了不少零碎的油水。就拿感冒药来说，阿辰去买和幸子去买，价钱就总是差个五元十元的。将这样的一粒粒沙，积攒起来，阿辰究竟堆出了多大一座塔呢？宫子也曾好奇过，想从幸子那里打探一番。阿辰似乎平时也不给女儿零花钱，想必存折也没给幸子看过。宫子觉得，反正自己也已知道此事，便不以为意了。但她无法小觑阿辰那犹如蚂蚁一般，聚沙成塔的毅力。总之，阿辰的生活无疑是健康的，而宫子则带着一种病态。宫子的青春美丽是一种消耗品，而阿辰活着却似乎无须消耗自己的任何事物。宫子听说阿辰曾被战死的丈夫弄得吃尽苦头时，心中油然生出某种快感。

“你哭了吗？”

“当然哭了……我几乎没有哪天不是把眼睛哭得红肿的。他扔过来的火钳直接扎在幸子的脖子上，到现在还留着一块小疤呢。就在脖子后面，一看就知道了。我一直觉得，那伤疤就是再真实不过的证据。”

“什么证据……”

“小姐，您问什么证据，这就一言难尽了。”

“可是，倘若像阿辰这样的人也被欺负的话，可见男人着实是了不得啊。”宫子佯装马虎。

“是啊，不过也要看怎么想吧。我那时就像中了邪似的，满脑子都是丈夫，周遭的事情都没注意……如今没了他，真是太好了。”

听阿辰这么说，宫子不由忆起自己在战争中失去初恋情人时的少女身姿。

宫子是在富裕家庭里长大的，她的金钱观念有时很淡薄。二十万元对如今的宫子来说，虽是一笔巨款，但失去了就是失去了，淡然接受即可。相较宫子一家在战争中失去的事物，这二十万元根本不可同日而语。不过，宫子是无法赚到二十万元的。因为有需要，她才从银行取出了钱。

宫子对此有些不解。捡到钱的人若是报了警，或许是会见报的，毕竟是二十万元。手提包里还有银行存折，失主的姓名、住所一目了然。所以，要么是捡到钱的人直接送到家里来，要么就会有警察过来通知。宫子连着三四天都在留意报纸上的消息，她觉得跟踪自己的男人一定知道自己的姓名和住所。这么说来，那个男人果然还是偷了钱吗？若非如此，无论是否捡起了手提包，他都应该继续跟踪自己不是吗？还是说，他挨了手提包一下，便害怕得逃走了呢？

宫子丢失手提包，是在银座让有田老人给自己买夏天的白色面料之后的一周。这一周内，有田老人并未来过宫子家中。他来这边时，已经是手提包事件后的次日晚间。

“哎呀，您过来了呀。”阿辰兴冲冲地出来相迎，接过了湿漉漉的雨伞，“您是走路来的吗？”

“嗯，天气也变差了，可能是梅雨吧。”

“您有哪里不舒服吗？幸子，幸子……”她朝屋里喊道，“啊对，我让幸子泡澡去了。”

她说完直接光脚跳下玄关，替有田老人脱下了鞋子。

“若是洗澡水烧好了，我也去暖暖身子吧。天气阴沉沉的，像今天这样反常地降温……”

“身子不舒服对吧。”阿辰皱起小眼睛上的短眉毛，“哎呀，这下可把事情办砸了。我没想到您会过来，就让幸子先去洗了。这可如何是好。”

“没关系的。”

“幸子，幸子！赶紧出来。你把热水上面一层轻轻舀出来，记得舀干净……那边也好好冲一冲……”阿辰匆忙赶过去，把烧水壶放在灶上，点着煤气后又回来了。

有田老人仍旧穿着雨衣，自己伸出脚摩挲着。

“泡澡的时候让幸子给您揉揉如何……”

“宫子呢？”

“啊，太太说她看个新闻片就回来……是在专放新闻片的影院里，很快就会回来了。”

“那去叫个按摩师来吧。”

“是。就叫平时那个……”阿辰说着站起身，拿来了有田老人的和服。

“请您泡完澡换上吧。幸子！”她又喊了起来，“我去叫叫她。”

“她已经泡完了？”

“是的。泡完了……幸子！”

等到大约一小时后，宫子回来时，女按摩师已经在二楼的床上为有田老人按摩了。

“毛病又犯了。”他小声说道。

“这么阴沉的雨天，你还出门过来。再泡一个澡应该会清爽些。”

“是啊。”

宫子随意地倚着洋装衣柜坐了下来。在她没见有田老人的这一周里，有田老人似乎有些疲惫不堪。他面色发白，脸颊和手上的浅棕色老人斑越发明显了。

“我去看新闻片了。每次看完新闻片，我就觉得充满了活力。出去的路上，我本不打算去看的，而是想洗个头，不过美容院已经关门了……”宫子说着，看了看有田老人似乎是刚洗过的头。

“真香啊。”

“幸子喷的香水真够浓的。”

“据说她的体臭很厉害。”

“嗯。”

宫子去泡了个澡，也洗了头。她叫来幸子，让她用干毛巾给自己擦头发。

“幸子，你的脚可真够可爱的。”两肘撑在膝盖上的宫子伸出一只手，摸了摸眼前的幸子的脚背。幸子身体的哆嗦传递到了宫子裸露的肩膀上。或许是因为继承了阿辰的习性，幸子的手脚似乎也有些不干净。但宫子的东西，她只拿过一些扔在垃圾篓里的旧口红、断了齿的梳子和掉了的发卡之类的小玩意儿。宫子也知道，这都是因为幸子憧憬并仰慕着自己的美貌之故。

泡完澡出来，宫子在白底蓟草花浴衣外又披了件短外衣，然后揉起了有田老人的脚。若是住进有田老人家里，恐怕给有田老人揉脚就是每天的必修课了。她想着这些事，说道：

“那位按摩师傅，手法还行吗？”

“这个不行。还是我家叫的那个手法高明，一是已经习惯了，二是揉得很认真。”

“那位也是女的？”

“是啊。”

宫子一想到有田老人家里，家政妇梅子恐怕也把按摩当作每天的必修课，便感到一阵厌恶，手上的力气也松懈了。有田老人抓住宫子的手指，按在坐骨神经根部的穴位上。宫子的手指有些蜷缩。

“像我这样细长的手指应该不行吧。”

“是吗……也未必。年轻女人蕴含着爱情的手指，正正好呢。”

宫子的后背一阵颤抖，手指再次离开穴位，又被有田老人抓住了。

“像幸子那样短短的手指不是挺好吗？让幸子也练习一番如何？”

有田老人沉默不语。宫子忽然想起拉迪盖[1]的《肉体中的恶魔》里的话。她是看过电影再读的原著，故事中的玛特说：“我不希望让你的一生陷入不幸。我以泪洗面，是因为我对你来说都已是老太婆了。”“这份爱的语言，是带着孩童气质的宝贵事物。从今往后，无论怎样的热情，都绝不会像十九岁的姑娘说自己是老太婆

---

1 | 拉迪盖：即雷蒙·拉迪盖（1903—1923），法国作家、诗人。

而哭泣的这份纯情，令我心动。”玛特的恋人才十六岁。十九岁的玛特比二十五岁的宫子还要年轻许多。委身老人、消磨青春的宫子读到这里，内心备受冲击。

有田老人总说宫子瞧着比实际年龄要年轻。这并非有田老人的偏袒，任谁来看宫子都很年轻。但是，就连宫子也感觉得到——有田老人说她年轻，是因为他喜欢并思慕着她的青春。若是宫子的容貌失去少女颜色，或是身体的线条松弛下来——这会令有田老人恐惧与悲伤。年近七旬的有田老人，格外希望二十五岁的情妇永葆青春，细想之下似乎怪异且肮脏。但宫子有时被有田老人带着，自己似乎也在盼望着青春永驻。年近七旬的老人，一方面期盼着宫子永葆青春，一方面又渴望从她身上体会到母爱。宫子不打算回应这份渴求，但她也并非从未产生过自己似乎成了母亲的错觉。

宫子用拇指按住有田老人趴着的腰部，两手撑开，仿佛要骑上去似的。

“你不骑到腰上试试看吗？”有田老人说道，“轻轻地踩一会儿吧。”

“我不要……让幸子来如何？幸子个头娇小，脚也生得小巧，她来就挺好。”

“她还是个孩子呢，会害羞的。”

“我也会害羞呀。”宫子说着，想起幸子比玛特还小两岁，比玛特的恋人大一岁。这又代表着什么呢？

“你输了赌局，就不来了吗？”

“那次赌局？”有田老人甲鱼似的转动着脖子，“不是，是神经痛犯了。”

“因为去你家的按摩师傅手法更好？”

“嗯。哎，可能就是那样吧。而且我又输了赌局，枕不到你的胳膊……”

“行了，给你枕就是。”

宫子十分清楚，有田老人已经让自己给他揉腰腿，接下来就是把脸埋在自己的胸口，享受符合年龄的快乐了。有田老人事务繁忙，他把自己在宫子家中度过的时间称作“奴隶解放”。这种叫法让宫子想到，在这段时间里，自己正是奴隶。

“光穿浴衣会着凉的，差不多行了。”有田老人说着翻了身。正如宫子所料，枕胳膊这一招起效果了——宫子已经厌倦了按摩。

“不过，你被那个戴蓝帽子的男人跟踪，是什么心情呢？”

“心情很舒畅呢。这跟帽子颜色没关系。”宫子故意说得活灵活现。

“若只是被跟踪，帽子的颜色倒确实无所谓……”

“前天也是，有个奇怪的男人一直跟踪我走到了那家药房，我还丢了个手提包。太可怕了。”

“什么？你一周内被两个男人跟踪了吗？”

宫子一边让有田老人枕上自己的胳膊，一边点了点头。有田老人和阿辰不同，走路的时候丢了个手提包，他并不觉得有什么奇怪。他或许惊愕于宫子被男人跟踪之事，而无暇怀疑别的了。有田老人的震惊多少给予了宫子一些快感，她放松了身体。有田老人把脸埋在她胸前，并用双手将那温暖的双乳贴在了自己的额角。

“这是我的东西。”

“是的。”

宫子孩子似的应了一声，便沉默不响了，滚烫的热泪洒落在有田老人的苍苍白发之上。灯熄灭了。男人或许捡到了手提包吧。他决心跟在宫子身后的瞬间，那泫然欲泣的面庞浮现在黑暗之中。

“啊！”男人似是喊了她一声，宫子虽未听见，却又听见了。

男人与宫子擦肩而过，驻足回眸的一瞬间，便被她发丝的光泽、耳朵和脖颈的肤色勾出了一股刺骨的悲伤。

他“啊”地叫了一声，头晕目眩，几欲跌倒。宫子虽未看见，却又看见了。宫子听见了那听不见的呼唤，回首瞥见了男人泫然欲泣的面容——那个瞬间，男人便决定要跟踪她了。男人似乎意识到了自己的悲伤，但已经失去了自我。宫子没有失去自我，但她感到从男人的躯壳里挣脱出来的影子，似乎悄然侵入了自己心中。

宫子不过是最初回头瞥了一眼，之后便再也没有看过身后，早已忘却了男人的长相。如今在黑暗之中浮现的，不过是一张泫然欲泣的、模糊而扭曲的面孔。

“是魔力啊。”过了一会儿，有田老人喃喃道。宫子眼泪扑簌，没有回答。

“你真是个有魔力的女人。被各式各样的男人跟踪，你自己不害怕吗？肉眼看不见的邪魔，就住在这里面呢。”

“好痛。”宫子的胸脯瑟缩了一下。

宫子忆起自己仍在花季时，乳房开始胀痛的日子。她的眼中仿佛出现了当时自己那纯洁无瑕的玉体。虽说宫子显得年轻，但她如今也已经蜕变成了成熟女人。

“就知道说坏话。这样才会神经痛的。”宫子回了句玩笑话。随着身体的变化，宫子觉得自己也从淳朴的姑娘变成了坏心眼的女人。

“哪里是坏话了。”有田老人没把这当玩笑，“被男人跟踪，有意思吗？”

“没意思。”

“你不是说心情舒畅吗？陪着我这样的老头子，这大概是怨恨或复仇吧。”

“我要对什么复仇呢？”

“嗯，或许是对你的人生，或许是对不幸本身。”

“心情舒畅也好，没有意思也罢，事情都不是那么简单的。”

“确实不简单。对人生进行复仇，可不是简单的事。”

“如此说来，你陪着我这样的年轻女人，也是在对人生进行复仇咯？”

“嗯？”有田老人一时语塞，但还是说道，“也算不上什么复仇。硬要说复仇的话，那我属于被复仇的一方，也许此时正被人复仇呢。”

宫子没有仔细听他的话。她在考虑，既然已经说出手提包丢了的事，那要不要坦白里面装着一笔巨款，让有田老人补偿自己呢？但是，二十万元也太多了。说丢了多少钱合适呢？尽管那些钱都是有田老人给宫子的，却也是她自己的存款，可以随意支取。若宣称那是为弟弟上大学而准备的钱，向有田老人讨要也会容易些。

小时候，便常有人说，若是宫子能和弟弟启助对调一下性别就好了。然而，自从被有田老人收为情人之后，或许是失去希望的缘故，她养成了懒惰的毛病，性情也变得软弱起来。“深耕容貌乃妾事，本妻何须多挂怀”。宫子曾在某本书上读到过这样一句古话，她只觉眼前一黑，一阵深深的悲哀袭来，连对自身容貌的那丝骄傲也消失不见了。被男人跟踪的时候，那缕骄傲似乎又涌现了出来。但是宫子自己也清楚，男人的跟踪并非只因自己的美貌。或许正如有田老人所说，是因为自己身上散发着魔性的气息。

“不过，还真是危险哪。”老人说道，“有一种捉鬼游戏——你三番两次被男人跟踪，不就像是捉邪魔的游戏吗？”

“或许正是如此吧。”宫子的回答有些奇妙，“人类之中也有不同于人的，类似魔族的存在——或许真的存在一个类似魔界的地方呢？”

“你自己意识到这点啦？真是可怕的人。这样可是会受伤，不得善终的。”

“我的兄弟姐妹里，应该就有类似的存在吧。就拿我那个像女孩子般老实的弟弟来说，他就写过遗书呢。”

“为什么？”

“都是些无聊小事。弟弟本希望和好友一起升入大学，可最后自己却去不了……是今年春天的事情。他那位叫水野的好友家境不错，头脑也好。水野甚至对我弟弟说：‘入学考试时，若是有可能，我告诉你答案——哪怕写两份答案。’虽然我弟弟成绩不差，但他太胆小，一直害怕自己在考场上犯脑贫血，结果真犯了。即便通过考试，他也不指望能入学，所以更胆小了。”

“这些事，你从没和我说过嘛。”

“说给你听，又有什么用呢。”

宫子顿了顿，继续说道：

“那个叫水野的孩子考得很好，上大学不成问题。而我母亲为了让弟弟入学可是花了不少钱。为了庆贺弟弟入学，我也在上野请大家吃晚饭，接着去了动物园赏夜樱。有弟弟、水野和水野的恋人……”

“哦？”

“说是恋人，其实也才满十五……哪怕在动物园赏夜樱，我也被男人跟踪了。那人明明带着夫人和小孩，却抛下家人跟踪起我来了。”

有田老人似乎格外震惊，问道：“你为什么要这么做呢？”

“什么叫我这么做……我不过是羡慕水野和他的恋

人，觉得有些悲伤罢了。这哪是我的错呢？”

“不，这就是你的问题。你不是乐在其中吗？”

“你真过分！我可没有乐在其中。丢手提包的时候，我就是害怕得不行，才拿包去打那个男人的。也许是扔过去的。我当时只顾着害怕，什么都不记得了。包里装着的钱，对我来说是一笔巨款。母亲为了供弟弟上大学，到处向父亲的朋友借钱，很是头疼。我想帮帮母亲，就从银行取了钱，结果回家的路上包就丢了。”

“里面有多少钱？”

“十万元。”宫子不由自主地说了半数金额，自己都吓了一跳。

“嗯，的确是笔巨款。那个男人把钱拿走了？”

黑暗中，宫子点了点头。她的肩膀一阵抽搐，心脏也怦怦直跳，这动静也传到了有田老人那里。但是自己只说了半数金额，宫子对此越发感到屈辱——那是掺杂着某种恐惧的屈辱。有田老人用手温柔地爱抚着宫子。宫子觉得那半数金额大概会得到补偿，泪水却还是夺眶而出。

“不要哭了。不过，这种事情若再三发生，迟早会出大问题的。被男人跟踪的事情，你说得前后矛盾，不是吗？”有田老人平静地责备道。

有田老人枕着宫子的胳膊睡着了，宫子自己却无法入眠。梅雨淅淅沥沥下个不停。光听睡着后的鼾声，似乎有田老人的年龄也模糊难辨了。宫子抽出了胳膊。她用另一只手将有田老人的头轻轻抬起一些，但没有弄醒他。有田老人讨厌女人，却在女人身边，或者说是靠着女人才能安然入睡。用有田老人刚才的话来说，宫子只觉得前后矛盾。旋即，她感到自己也变得可憎起来。在未曾言语的时间里，宫子对有田老人讨厌女人的事情也了然于心。在有田老人三十来岁时，妻子因嫉妒而自杀。此后，女人妒火燃烧的可怕便深深刻进了他的骨髓。或许缘于此，他若瞧见女人流露半分嫉妒的神色，便会立即拒人千里之外。宫子无论是出于自尊心，还是出于自弃心，都无嫉妒有田老人之意。但她毕竟是个女人，一时失言，也会说一些带着嫉妒的话。每当此时，有田老人便会露出极为厌恶的神色，那神情甚至能冻结宫子的嫉妒心。宫子不禁有些落寞。然而，有田老人讨厌女人，似乎并不只因女人的嫉妒心理，也并非出于自己的年迈。那些从骨子里厌女的人，宫子有时会嘲笑他们：女人会嫉妒什么呢？但一想到有田老人和自己的年龄差距，再听有田老人说讨厌女人或喜欢女人什么的，也未免太可笑了。

宫子羡慕地回忆起弟弟的朋友和他的恋人。她早就从启助那里听说，水野有个恋人，唤作町枝。但在庆祝弟弟他们入学的那天，宫子才第一次见到了町枝。启助之前是这样形容町枝的："从没有哪位少女像她那样清纯。"

"十五岁就有了恋人，不是太早熟吗？不过，是啊，说是十五，虚岁就十七啦。现在的孩子，十五岁有了恋人，还是有好处的。"宫子又改口说道，"不过，阿启啊，女人真正的清纯，你也懂得吗？光是随便看看，可不会了解的。"

"我当然懂。"

"那你说说看，什么是女人的清纯？"

"这种事情怎么说得出口嘛。"

"既然阿启你这么看她，可能就是那样吧。"

"姐姐见到她就会明白的。"

"女人可都是会使坏的，不像阿启你这么单纯……"

也许是启助还记得姐姐这句话的缘故，在母亲家中，宫子第一次见到町枝时，启助比水野更面红耳赤，惊慌失措。宫子自然不会让弟弟的朋友来自己家，所以决定在母亲家中碰头。

"阿启，姐姐也觉得那孩子不错。"宫子在内屋一边帮启助穿上新的大学校服，一边说。

“是吗？啊，忘记先穿袜子了。”启助说着坐了下来。宫子也提起藏蓝色百褶裙，坐在了他面前。

“姐姐也会祝福水野的吧。所以我才叫他带上了町枝。”

“嗯，我会祝福他的。”

启助是不是也喜欢町枝呢？宫子对性情软弱的弟弟怜惜不已。

启助兴致勃勃地说道：“水野家里强烈反对他俩的关系呢。据说还给町枝家里写了封信……听说信的措辞极不客气，惹得町枝家里也是大发雷霆。就说今天，町枝都是偷偷溜过来的。”

町枝穿了一身学生式的水手服，带了一小束芬芳的豌豆花——说是庆祝启助入学的礼物，她将花插进了启助书桌上的玻璃花瓶里。

宫子打算去上野公园赏夜樱，便邀他们去上野的中餐厅吃晚饭。公园里人山人海，令人无可奈何。樱树长势疲软，花枝也未伸展开来。不过，在灯光的笼罩下，花色仍浓，显出一片粉红。不知是因为性情寡言，还是顾忌宫子，町枝的话并不多。她只说起自己清晨起来，瞧见家中庭院内的樱花花瓣随风飘落，盖满了修剪过的杜鹃花丛，赏心悦目。她还说，在来启助家的路上，夕阳好似溏心蛋的蛋黄，挂在河岸边樱花树的花丛之中。

清水堂边上行人稀疏，走下昏暗的石阶时，宫子对町枝说道：

“记得似是三四岁时……我还折过纸鹤，和母亲一起，将纸鹤挂在这清水堂中，祈愿生病的父亲能早日康复。”

町枝沉默不语，和宫子一起驻足在石阶上，回首望向了清水堂。

那条直通博物馆的路，人潮汹涌，根本迈不开步子。众人拐向了动物园的方向。东照宫的参拜道两旁燃着篝火，他们便登上了那条石板路。道路两侧的石灯笼被篝火一照，化为一个个黑色的剪影，上方的樱花正纷纷绽放。在灯笼后面的空地上，好几拨赏花客各自围坐成圈，中心点着蜡烛，推杯换盏，酒意正浓。

醉汉踉跄走来时，水野充当盾牌，护住后面的町枝。启助离两人稍远，站在醉汉和他们中间，仿佛在保护他们。宫子抓住启助的肩膀，一边躲开醉汉一边想：启助原来这么勇敢的吗？

在篝火的照耀下，町枝的面容更为动人了。她抿唇不语，宛若圣女一般。

“姐姐。”町枝说着，冷不防藏到了宫子背后，仿佛要贴上去似的。

“怎么啦？”

“是学校的同学……和父亲一起。就住在我家附近。”

“町枝要躲起来吗？”宫子说着，和町枝一起转过身去，不自觉地牵起了町枝的手。她不愿就此松开，便这样走了起来。触碰町枝手的瞬间，宫子几乎要喊出声来。虽同为女性，但那触感是多么令人舒心啊。不仅仅是手上绵软柔滑的触感，少女的美也沁入了宫子的心扉，她只想到一句话可说：“町枝，你很幸福呀。”

町枝摇了摇头。

“哎，为什么？”宫子有些惊讶地凝视着町枝的面容。町枝的眼睛映着篝火，熠熠生辉。

“就连你也有不幸的事吗？”

町枝沉默着松开了手。宫子思忖着，自己已经多少年未与女性朋友一起牵手散步了呢？

宫子时常能见到水野。那一夜，她的目光完全聚焦在町枝身上。一见町枝，宫子便勾起一种想要独自启程去往远方的哀愁。哪怕只是在路上与町枝擦肩而过，恐怕宫子也会回首久久凝望她的背影。男人尾随宫子，也是因为这种热烈的情感吗？

直到厨房传来陶瓷摔落的声音，宫子方才回过神来。今晚也有老鼠出没。宫子在犹豫要不要起身去厨房看看。老鼠似乎不止一只，搞不好有三只。她觉得老鼠的皮毛应该也被梅雨打湿了，宫子不禁伸手摸了摸自己洗后未梳的头发，悄悄按住那股寒意。

有田老人似乎胸闷，他的身子扭动起来，且越发激烈。宫子皱起眉头，躲远了些，心想，又来了吗？她对此已经司空见惯了。有田老人仿佛被绞首似的，肩膀大幅度晃动，手臂重重打在宫子的脖颈上，似是在掸去什么。他的呻吟声一阵接一阵。尽管摇醒他就好，宫子却绷着身子一动不动，心中涌现出一缕残忍的情绪。

“啊！啊！”

老人一边呼喊着，一边挥舞双手，在梦中寻觅宫子的身体。有时，只要他紧紧抱住宫子，甚至眼睛都不用睁开就能平静下来。然而，今晚他却被自己的悲鸣惊醒了。

“啊！”

老人摇了摇头，疲惫地靠在宫子身边。宫子平静地让身体放松下来。“你好像梦魇了，是做了什么可怕的梦吗？”连每次必说的这句话，宫子也未能说出口。可老人还是极为不安地问道：

“我没说什么梦话吧？”

“没说什么，只是有些梦魇。”

“是吗？你一直醒着？”

“醒着呢。”

“是吗？谢谢。”

老人把宫子的胳膊拉到自己脖颈底下。

“梅雨季闹得越发厉害。你睡不着，也是梅雨的缘故吧。”老人有些不好意思，“我还以为是自己的喊声太大，把你吵醒了。”

“就算睡着了，不还是得为你起床吗？”

老人的呼喊声甚至把睡在楼下的幸子都惊醒了。

“妈妈，妈妈，我害怕。”幸子害怕地抱住了阿辰。阿辰按住女儿的肩膀推开了她，“有什么好怕的？那不是老爷在喊吗？老爷才是害怕的人呢。老爷有那毛病，一个人就睡不好觉啊。他出去旅行也要带上太太，不是十分宠爱她吗？若是没那毛病，他早就不是找女人的岁数啦。他不过是做了噩梦而已，一点儿也不可怕的。”

坡道上有六七个小孩在嬉闹，其中也有女孩子。他们大概还没上小学，是正从幼儿园回家的路上。两三个孩子拿着小树枝，其他没拿的也装作拿了，大家都弯下腰，做出拄拐的姿势。

“爷爷，奶奶，直不起腰来……爷爷，奶奶，直不起腰来……”

他们边唱边打着拍子，摇摇晃晃地走着。押韵的唱词就这么一句，被他们翻来覆去唱个不停，不知有什么意思。与其说他们在嬉闹，不如说他们无比认真，已经沉浸其中。他们的动作幅度越来越大，越发夸张起来。一个女孩子晃得太厉害，摔倒在地。

“哇，痛啊，痛啊。”

女孩子模仿着老婆婆的动作摩挲了一会儿腰，又起身加入了合唱。

“爷爷，奶奶，直不起腰来……”

坡道之上是高高的土堤，土堤之上新草萌发，零星散布着一些松树。松树长得并不高大，但浮现在春日黄昏的天空之下，好似旧时画在隔扇或屏风上的松枝。

坡道正对着黄昏的方向，孩子们走在正中间，踉踉跄跄地向上爬去。尽管他们走得晃晃荡荡，但这条路上极少会有威胁到孩子们的汽车，人影也稀稀疏疏。东京的住宅区里并非没有这种地方。

这时候，只有一位牵着柴犬的少女从坡道底下走上来。不，还有一个人，银平正尾随在少女身后。然而，银平已经沉溺于少女而失去了自我，他能否还算一个人尚存疑问。

少女漫步在路旁银杏行道树的树荫底下。这条路只有一侧有行道树，也只在这一侧有人行道。另一侧赫然是一道紧挨着柏油马路的石墙。那是一座大宅邸的石墙，从坡道下方一直延伸到坡顶。行道树一侧则是一处战前贵族的宅邸，幽深宽广。人行道边上有一条深沟，还垒着石壁——或许是仿照护城河的缩小版。深沟对面是一道缓坡，种植着小松树。松树似乎也还残留着前人精心修剪的痕迹。松林上方可见一堵白色的围墙，围墙低矮，带着瓦顶。银杏树高耸入云。刚抽芽的新叶细小稀疏，无法遮盖枝杈间的空隙。余晖透过高低与方向各异的新叶，在少女的头上笼罩着一片或浓或淡的新绿色彩。

少女穿着白色毛衣，下身是粗布棉裤。蹭旧了的灰色裤脚翻折起来，露出了鲜艳的红色格子。叠短的裤子和帆布运动鞋之间，少女白皙的脚踝隐约可见。头发随意扎着垂在脑后，从耳畔到脖颈间露出一片美丽动人的洁白。她手上牵着遛狗的绳子，肩膀微微前倾。少女奇迹般的魔力，将银平牢牢捕获。仅仅瞥见裤脚的红格子卷边和白色帆布鞋之间露出的少女肌肤，银平就感到一股悲伤之情朝着胸口逼来，以至于让他想就此往生，抑或是送少女上路。

银平忆起了旧时故乡的表姐弥生，忆起了曾经的学生玉木久子，但是如今他感到她们都无法与这名少女相提并论。弥生肌肤白皙，却缺乏光泽。久子的肌肤微黑润泽，却气色凝滞。她们都不似这名少女那宛若天仙的韵味。而且，同儿时与弥生玩耍的少年银平相比，同与久子亲近的教师银平相比，如今的银平已经落魄潦倒，内心疲惫。分明是春日的黄昏，银平却仿佛置身冬日寒风之中，枯萎的眼皮下缀满了泪珠，刚在坡道上走了几步便气喘吁吁。他的膝盖以下疲惫而麻木，已经无法再追上那名少女。银平还未见到少女的面容。他心想，至少自己要陪少女走到坡顶，哪怕聊一聊狗的话题也好啊。而这种机会正存在于此时此刻，存在于此情此景，简直令人难以置信。

银平张开右手掌挥了挥。这是他边走边激励自己的习惯，也是因为某种触感又在手中重现了——是自己握着老鼠温热的尸体，握着老鼠眼睛大睁、嘴淌鲜血的尸体的触感。那是弥生在湖畔的家中，一只日本狸犬在厨房捕到的老鼠。那只狗叼着老鼠，似乎不知如何处置，于是直接冲了过来。弥生的妈妈对它说了些什么，拍了拍它的头，它就乖乖松开了嘴。但是，老鼠一落到地板上，狗又想扑上去。

弥生抱起它，抚慰道：“好啦，好啦。你真了不起，真是了不起。”接着又命令银平，“阿银，你把那老鼠弄走吧。”

银平连忙捡起老鼠，老鼠嘴中溢出的鲜血已经滴了一滴在地板上。鼠身尚余的温热感让银平心里发毛。虽说是瞪着的眼睛，却也只是老鼠可爱的眼睛。

“赶紧把它扔掉吧。”

“扔到哪儿？”

“扔湖里就行呀。”

银平在湖岸边，抓着老鼠的尾巴用力朝远处扔去。黝黑的夜色中，只听见“扑通”一声，水声寂寥。银平拔腿就跑，逃了回去。银平悔恨不已，弥生不就是自己大舅的女儿吗？那是银平十二三岁的事情。他做了一个被老鼠威胁的梦。

那狗逮过一次老鼠，便像只记得这事似的，整日盯着厨房。无论对它说什么，它都以为有老鼠，向厨房飞奔而去。每当见不到它时，它一定在厨房的角落里。但是，它又没法像猫一样——抬头望见老鼠沿着置物架爬上柱子，它只能歇斯底里地放声大吠，简直就像被老鼠附身了一般——逐渐变得神经衰弱了起来。那只狗连眼神都变了，银平觉得厌恶无比。他从弥生的针线盒里偷出一根穿着红线的缝衣针，欲伺机扎穿那条日本狸犬的薄耳朵——离开她家时，想必就是好时机。事后若是闹大了，人们发现狗耳朵上穿着缝衣针，也许会怀疑是弥生干的。然而银平刚把针扎到狗耳朵上，狗就发出悲鸣逃之夭夭，他没能得手。银平把缝衣针藏在口袋里，回到自己的家。他在纸上画下弥生和狗，又用红线缝了几针，收进书桌的抽屉里。

银平一想到和那位牵着狗的少女聊一聊关于狗的事，便不由得忆起了那条逮老鼠的狗。银平讨厌狗，聊起狗来也不会有什么好话。他觉得自己若是靠近少女牵着的那条柴犬，很可能会被咬上一口。然而，银平追不上少女，自然不是狗的缘故。

少女边走边弯下腰，解开了柴犬项圈上的牵引绳。小狗获得了解放。它先冲到少女前方，接着又往回跑。它绕过少女，飞奔到银平脚边，闻了闻他的鞋子。

“哇！”银平大叫一声，跳了起来。

“阿福，阿福！”少女呼唤着小狗。

“哇，快帮帮我！”

“阿福，阿福！”

银平面如土色。小狗回到了少女身边。

“啊，太可怕了。”银平晃晃悠悠地蹲了下来。为了吸引少女的注意，银平的动作有些夸张，但他的确有些头晕目眩，便合上了双眼。银平心跳得厉害，差点儿要吐出来。他按住额头，微微睁眼一看，少女已经给狗系上了牵引绳，头也不回地往坡顶上走去。银平怒火中烧，感到无比屈辱。他觉得那狗来闻鞋子，无疑是闻出了自己双脚的丑陋。

“可恶，那只狗的耳朵也得给它缝上。”银平念叨着，便跑上了坡道。但还未追上少女，怒气便已消失了。

“小姐！”银平哑着嗓子喊道。

少女只是把头转了过来——扎成一束的头发随之轻拂，脖颈展现出的美感令银平苍白的脸燃烧起来。

“小姐，这只狗真可爱。是什么品种的？”

“是柴犬。”

“哪里的柴犬呢？”

“甲州。”

“是小姐你的狗？你每天都会固定时间出来遛狗吗？”

“嗯。”

“散步也总是走这条路？”

少女没有回答，但她似乎也不觉得银平可疑。银平转身看向了坡道下方。少女的家会是哪儿呢？新叶之中，似有一户和平而幸福的家庭。

“这只狗会捉老鼠吗？”

少女的面庞上，一丝笑意也无。

“捉老鼠的是猫。狗是不会捉老鼠的。不过，也有会捉老鼠的狗。以前我家里养的那只就很擅长。”

少女目视前方，未瞧银平一眼。

“狗毕竟不是猫，捉到老鼠也不会吃。我小的时候，对于去扔死老鼠这种事讨厌得不行。”

银平说着这些自己都觉得惹人厌的话，那具嘴淌鲜血的老鼠尸体又浮现在眼前，老鼠紧咬着的惨白牙齿隐约可见。

“那狗是日本㹴犬。那家伙老是晃着弯曲的细腿乱转，我是不喜欢。狗也好，人也罢，都是什么类型的都有。像这样能跟小姐一起散步的狗，真是幸福呀。”银平说罢，似乎忘记了刚才的恐惧，弯下腰来想要抚摸狗背。

少女立马将牵引绳从右手换到左手，让小狗避开了银平的手。看着小狗从眼前跑开，银平差点没按捺住想要抱住少女双脚的冲动。少女无疑每天傍晚都会牵着狗，从坡道的银杏树荫底下走上去。银平心中忽然涌现了希望——还可以躲在土堤上偷看这位少女，便打消了刚才不堪的想法。银平松了口气。他感到一种仿佛赤裸着躺在嫩草坪中的鲜活滋味。少女永远地沿着这条坡道，朝土堤之上的银平攀登而来。这该多幸福啊。

“失礼了。这狗真可爱，我也是喜欢狗的……不过，我讨厌捉老鼠的狗。”

少女没有任何反应。坡道的尽头是土堤，少女和狗便朝着土堤的嫩草坪爬去。土堤对面站起来一个男学生。少女先伸出手去握住了男学生的手。银平大惊失色，一阵头晕目眩。原来少女是假借遛狗的名义出来幽会的啊！

银平发觉，少女黝黑的眸子似是在爱情的滋润下才熠熠发光的。这突如其来的发现震惊得他头脑发麻。少女的眸子宛如一泓漆黑的湖水。银平感到了一种奇妙的憧憬与绝望——他想要在那清纯的眸子里游泳，在那漆黑的湖水里裸身畅泳。他无精打采地走着，很快便登上了土堤，躺在嫩草坪上仰望着天空。

那学生是宫子弟弟的朋友水野，少女则是町枝。宫子为庆祝弟弟和水野入学，把町枝也叫去上野赏夜樱——那已是十天前的事了。

在水野眼中，町枝漆黑的眸子里水灵灵的光泽是那么美丽。黑色的瞳孔似乎填满了整个眼眶，水野看得入迷，仿佛陷入其中。

“真想看看町枝早上刚睡醒时，睁开眼睛的样子。”他说道，“那会是多么美妙的眼神呢？”

“一定是睡眼惺忪的。”

“怎么会呢。”水野不相信她说的，“我早上一睁眼，就只想着要去见你呢。”

町枝点了点头。

“一直以来，我早上起床之后两小时之内，就能在学校见到你。”

“你之前也说过起床之后两小时之内。从那开始，我每天起床后，也会想两小时之内就能见到你。”

“那怎么还会睡眼惺忪呢。”

“谁知道呢。”

“能拥有像你这样，长着这样一双漆黑眸子的人，日本真是个好国家。”

这双漆黑的眸子将眉毛和嘴唇衬得越发美丽了。发色和瞳色交相辉映，似乎更添一抹亮色。

“你是借口遛狗从家里出来的吗？”水野问道。

“我没说什么，不过是把狗一牵，看这模样不就明白了。”

“在你家附近见面还挺冒险的。”

“瞒着家人太辛苦了。没有狗我就出不了门，就算出来了，带着心虚的神情回去，也会被马上看穿的。不过相比我家，你家更不同意我们的事情吧？”

“不说这些。反正我们都是从自家出来，还要回自家去的。在这里说家里的事情太没意思了。你既然是出来遛狗，那也不能待太久吧？”

町枝点点头。两人在嫩草丛中坐了下来。水野把町枝的小狗抱在了膝盖上。

“阿福也还认得你呢。”

“若是狗会说话，在家里说漏嘴，我们从明天起就见不了面啦。”

“没关系，即便见不了面，我也会等着你的。无论如何，我都要去你所在的那所大学。那样的话，就又能在起床之后两小时之内见到你了吧？”

“两小时之内吗？”水野喃喃说道，“不用等两小时也行的，一定可以的。”

“我母亲说我还太小，不相信我。可我觉得越早越幸福呢。真想在自己更小的时候，就遇到你。初中的时候也好，小学的时候也好，我觉得无论自己多小，只要一见到你，就一定会喜欢上你的。我从婴儿时起，就被人背着登上这条坡道，在这土堤上玩耍呢。水野你那时候有走过这条坡道吗？”

“好像没有走过。”

“是吗？我经常想，自己会不会在婴儿的时候，就在这条坡道上见过你呢？所以我才这样喜欢你……”

“我小时候要是走过这条坡道就好了。”

“小时候，别人都说我可爱——在这条坡道上，常有不认识的人将我抱起。那时候我的眼睛，比现在更大更圆呢。”町枝瞪着大而漆黑的眸子看向水野，“最近，各处的初中都在举办毕业典礼。下了坡，往右走到护城河，不是有个租船的地方吗？我牵着狗路过的时候，就有一对像是今年初中毕业的男学生和女学生在那儿坐船，手上还拿着卷成圆筒的毕业证书。我想他们大约是为了纪念别离才来划船的，真令人羡慕呀。有的女孩子手上拿着毕业证书，倚在桥的栏杆上，望着朋友们划船。我初中毕业时，还不认识水野呢。你之前也有和别的女孩子玩过吧？”

“我才没和女孩子玩过呢。”

“是吗？”町枝歪着头说道，“天气转暖，小船下水之前，护城河的冰还未完全消融，有很多野鸭呢。我记得自己曾经在想：登上冰面的鸭子和浮在水中的鸭子，到底哪个更冷呢？据说是因为有人猎鸭，它们白天才逃到这儿来，一到晚上，就会回乡下的山里或是湖里……”

“是吗？”

“我还看到对面电车大道上，有队伍举着庆祝五一节的红旗通过呢。银杏树刚刚萌发新叶，一面面红旗从树之间的空隙穿过，我觉得那美极了。”

两人所在的坡道下方，那段护城河已经被填平，从傍晚开始到夜间化身为高尔夫的练习场地。对面的电车大道是一排银杏行道树，新叶衬着黝黑的树干尤为醒目。暮色渐起，霞红色的雾霭笼罩着树梢。町枝抚摸着伏在水野膝头的小狗脑袋，水野用双手包裹着她的手。

“我在这儿等你的时候，似乎听到了一阵低沉的手风琴声。我刚才一直闭眼躺在这儿。”

“什么曲子？”

“嗯，好像是《君之代》[1]……”

“《君之代》？”町枝吓了一跳，凑到了水野身边，“你说《君之代》，可你不是没当过兵吗？”

“因为我每天很晚都会听广播里的《君之代》呀。”

“我每天晚上，也会说一声‘水野，晚安’呢。”

---

1 | 《君之代》：日本国歌。日本战败后，《君之代》曾被禁止齐唱，并以新创作的国歌代之。

町枝未与水野说银平的事。她甚至没意识到一个奇怪的男人同自己搭过话。她已然忘却此事。银平仰躺在嫩草坪上。她若看还是能看见的。可即便看见了，町枝也注意不到他就是方才的男人。银平则无法不去注意他们。泥土的寒意悄然渗入银平的脊背。此时已是穿冬大衣和薄棉袄的季节，但银平并未穿大衣。他翻过身来，朝向町枝他们。与其说银平羡慕着两人的幸福，不若说是在诅咒他们。双目微闭，顷刻之间，一幅幻影浮现在他的脑际——两人乘着熊熊烈焰于水上漂荡而去。他觉得这是两人的幸福不会长久的证据。

“阿银，姑妈真漂亮呀。”银平仿佛听见了弥生的声音。那时，银平和弥生并排坐在湖岸边盛开的山樱树下。樱花倒映在水中，依稀还有小鸟啾啾。

“我喜欢看姑妈说话时露出牙齿的模样。”

弥生莫非在怀疑，如此美丽的女子，为何会嫁给像银平父亲那般丑陋的人？

“我父亲和姑妈不是唯一的兄妹吗？父亲总说，阿银你既然没了爹，那不如让姑妈带上你，到我们家一起生活。”

“我不要！”银平说罢，涨红了脸。

他是觉得会就此失去母亲而感到抗拒呢，还是对自己能和弥生住在一起的喜悦而感到羞涩呢？或许两者兼有之。

那时，银平家中除了母亲，还住着祖父母和大姑妈。大姑妈是离婚回到娘家的。银平十一岁那年，父亲死在了湖中。父亲头上有伤——有人说他是被人杀了扔进湖里的。又因呛了水，他似是溺水身亡，但也有在岸边与人争吵而被推落水中的可能。可恨的是，弥生家中有人阴阳怪气地说银平的父亲大可不必特意跑到妻子老家来自杀。十一岁的银平心中暗下决心，倘若父亲是被人害死的，自己必定为他报仇。一到母亲的老家，银平就前往父亲尸体浮出水面的位置附近，躲在茂密的荻丛中观察过路的行人。他心想，绝不能让杀害父亲之人大摇大摆地从此路过。有一次，一个男人牵着牛路过，牛在那儿突然暴躁起来，把银平吓晕了过去。有时候还会有白色的荻花盛开，银平折下一簇带回去，夹在书里压成干花，发誓必要报仇。

“就算是母亲，也不会愿意回来的。”银平对弥生愤恨道，“因为父亲就是在这村里被杀的！”

弥生瞧见银平苍白的面庞，赫然一惊。

弥生还未告诉银平，村中有传言，银平父亲的幽灵会在湖岸边出没。据说，只要经过银平父亲死去的那段湖岸，身后就会传来脚步声。回首环顾却又不见人影。若是拔腿就跑，幽灵的脚步声也不会跟来，而是逐渐落后，慢慢消失。

连山樱树上小鸟的鸣啭来到下面的枝头，都会令弥生想到幽灵的脚步声。

“阿银，我们回去吧。我总觉得樱花映在湖面上有些吓人。”

“哪里吓人了。”

“阿银，那是你没仔细看。”

“这不是很漂亮吗？”

银平用力拉住站起来的弥生的手，把她往回拽。弥生倒在银平身上。

“阿银！”弥生叫了一声，拎着和服的下摆，慌张逃走。银平追了上去。弥生喘着气，停下了脚步。她冷不防抱住了银平的肩膀。

“阿银，你和姑妈一起来我家住吧。”

“不要！”银平说着，紧紧抱住弥生的胸口，眼中旋即淌出了泪水。弥生眼中一片氤氲，凝望着银平，久久才开口。

“姑妈曾对我父亲说：‘我要是待在那样的家里，迟早也会死的。’这话我听见了。”

银平此生只此一回，曾与弥生相拥。

弥生家，亦即银平母亲的娘家，是湖畔人所皆知的大户人家。母亲为什么嫁到门不当户不对的银平家中，是有什么内情吗？银平对此抱有怀疑，已经是那之后几年的事了。那时，母亲已经与银平分离，回到了故乡。银平前往东京寒窗苦读之时，母亲患上肺结核在故乡病逝。此后，从母亲那拿到的微薄资助也断了。而银平的家中，祖父也故去了，如今只有祖母和姑妈还健在。听说姑妈要了一个在婆家生下来的女孩子抚养，但银平已多年未与故乡通信，也不知那姑娘是否已经出嫁。

银平觉得，跟着町枝来到嫩草坪上躺下的自己，和躲在弥生村头湖边那片荻丛里的自己，两者之间似乎并无太大变化。他的身体里流淌着的，是同样的哀伤。但是，他已经不再满脑子都是为父亲报仇的心思了。即便真有一个害死父亲的凶手，那人如今也已是年老体衰了。倘若有个糟老头子来找银平，忏悔自己杀人的罪孽，银平会有像摆脱了魔鬼的纠缠似的神清气爽之感吗？他能否唤回自己像在那边幽会的两人似的青春呢？旧时弥生村中的山樱花倒映湖面的景象，清晰浮现在银平心中。湖面不带一丝涟漪，宛若一块巨大的镜面。银平闭上双眼，忆起了母亲的面容。

这期间，牵着柴犬的少女似乎走下了土堤。银平睁眼时，男学生正站在土堤上目送她远去。银平也猛然起身，目送少女走下坡道。银杏树叶上的暮影越发浓重。路上并无其他行人，少女亦未回头留恋。小狗走在前面，拖着牵引绳，急着往家去。少女小步快跑的模样美极了。明日傍晚，少女一定会再次爬上这条坡道——银平这样想着，吹起轻快的口哨，朝水野那边走去。水野发现银平，朝他看来，银平也没有停下口哨。

“真是愉快啊。”银平对水野说道。水野没有理睬。

“我说，你真是愉快啊。”

水野皱起眉头看了看银平。

“哎，别摆这种臭脸呀，我们坐下来聊聊吧。我呀，是那种一见到别人幸福，就会羡慕的人。不过是如此罢了。”

水野转过身去，打算离开。

“喂，别跑啊。我不是说咱们聊聊吗？”银平说道。

水野回身道：“我不是要跑。我跟你没有关系。”

“你误会了，以为我在恐吓你？行了，坐下来吧。”

水野仍站立不动。

“我觉得你的恋人很漂亮，这也不行吗？真是个美丽的姑娘，你太幸福了。”

“那又如何？”

“我就想和幸福的人说说话。其实，因为那姑娘过于美丽，我是一路尾随她过来的。见她是来与你幽会的，吓了我一跳。”

水野震惊地看了看银平，想要走到对面去。

银平从身后把手搭在他肩上，“来聊聊吧。”

水野狠狠地推了银平一把。

“浑蛋！”

银平从土堤上滚下去，落在了下方的柏油路上，似乎摔疼了右肩膀。他在柏油路上盘腿坐了一会儿，然后揉着肩膀站起身来。他登上土堤，对方已了无踪影。银平有些胸闷，喘着粗气，席地而坐，又慢慢地趴了下去。

为何银平要在少女走开后靠近那学生，与他搭话呢？他自己也无法理解。他是吹着口哨走过去的，恐怕无甚恶意。他似乎是发自内心地，想要与那学生聊一聊少女的美。若是学生能表现出坦诚的态度，那么银平或许就能将那学生也未曾发觉的少女的美都讲给他听。然而，银平冷不防说出“真是愉快啊”这种惹人厌的话，实在是弄巧成拙。总归有其他话题可说的。尽管如此，学生一下就把他推得滚落下去，银平还是深感自己的无力和体衰——真想痛哭一场。银平一手抓着嫩草，一手揉着摔疼的肩膀。粉红色的晚霞，朦朦胧胧的，映入银平眯起的眼中。

从明天起，少女大概不会再牵着狗来这条坡道散步了吧。不，或许学生到明天都来不及与少女联络，她明天或许还会沿着银杏树而来。但是，学生已经记住了自己，自己不能再出现在坡道或是土堤上了。银平环顾土堤，并未找到有躲藏之处。少女身着白毛衣，卷起裤脚露出红格子的身姿，在银平的脑海中唰地远去了。粉红色的天空，似乎将银平的头也染红了。

“久子，久子。”银平发出嘶哑的声音，呼唤着玉木久子的名字。

他坐在出租车上去见久子时，是下午三点左右，未到黄昏。小镇的天空隐约可见，笼罩着淡淡的霞红。透过车窗玻璃瞧去，小镇带着一层淡蓝色。从驾驶席旁降下玻璃的车窗往外望去，天空的颜色却不太一样。于是，银平朝司机的肩膀探去，问道：

“天色是不是带着一些霞红？”

“是啊。”司机的口吻很是无所谓。

“是染上了霞红吗？这是怎么回事，不是我眼睛的问题吧？”

“不是眼睛的问题。”

银平继续往前探着身子，他闻到了司机身上的旧衣服的气味。

从那以后，银平每次坐上出租车，便会感受到淡红色和浅蓝色两个世界——透过车窗玻璃看到的世界带着浅蓝色，从驾驶席降下玻璃的车窗看到的景象带着霞红色。原以为仅此而已，但实际上整个天空连带着镇上的墙壁、道路和行道树的树干，都出乎意料地染上了一抹霞红。银平感到难以置信。春秋时节，汽车在行驶的时候，大都会关上客座的车窗，摇下驾驶席的玻璃。尽管银平的身份难以去哪儿都坐车，但每次乘车时的这种感觉，还是不断积累了起来。

久而久之，银平开始习惯了这样的想法：司机的世界是温暖的霞红色，乘客的世界则是冰冷的浅蓝色——乘客自然是银平自己。当然，透过车窗玻璃瞧见的世界是澄澈清明的。或许是东京的天空和街巷都沉淀着灰尘的缘故，才会笼罩着霞红。银平常从座席上探出身子，双肘撑在驾驶席的背后，凝望着那霞红色的世界。这时候，他就会因浑浊空气中的那股温热而感到烦躁，欲一把揪住司机说："喂，我说你！"

这或许是他想要反抗或挑战某种事物的征兆。但若真的揪住了司机，他也就成了疯子。即使银平从后方逼近，眼神闪烁，但小镇和天空泛出的霞红色说明天尚未黑，所以司机也从未因此而感到害怕。而且，其实也没什么好怕的吧。

银平通过车窗，初次分辨出淡红色和浅蓝色的世界时，是在去见久子的路上。他朝着司机的肩膀探过身去，也是去见久子时的姿势。坐在这种出租车里，银平总会想起久子。不久，司机旧衣服的气味就会变成久子身上藏蓝色哔叽料子的气味。于是，打那以后，无论是怎样的司机，银平都能从他们身上感受到久子的气味——即便司机穿着新衣服，也是如此。

第一次将天空看成霞红色时，银平已被革除教职，久子也转了学，两人只能避开旁人偷偷幽会。银平害怕事情会发展成后来这样，曾悄悄对久子说：

“你可不能告诉恩田。这是只属于我们两个人的秘密……”

久子仿佛身处那秘密的场所中，脸上泛起了红晕。

“秘密若是守住了，就是甜蜜而愉快的东西。可一旦泄露了，就是可怕的复仇的恶魔，任意肆虐。”

久子脸上露出酒窝，目光朝上望着银平。他们在教室外，走廊的一端。一名少女跳起来，抓住靠窗的樱花树枝，像吊在单杠下似的荡着身子。树枝摇晃个不停，透过走廊上的玻璃窗都能听见树叶相互摩擦的声音。

“恋爱这种事，除了我们两人就再也没有同伴了。听好了，现在就连恩田，也已经成了我们的敌人——她可是这世间的耳目之一呀。”

“可是，我说不定会告诉恩田的。”

“那可不行。”银平害怕地环顾四周。

“太痛苦了呀。若是恩田温柔地安慰我：‘阿久，你怎么啦？’我可能就瞒不了她了。”

“为什么朋友要安慰你呢？”银平加重了语气。

“我若见到恩田，一定会哭出来的。昨天我回家，用冷水冲洗了哭肿的眼睛，麻烦死了。若是夏天，冰箱里有冰块倒是还好……”

“别说得这么随便。”

“可我很难过啊。”

“让我看看你的眼睛。”

久子乖乖地把眼睛转了过去。那眼神与其说是在看着银平，不如说是在让银平看她。银平感受到久子肌肤的触感。他沉默不语了。

在和久子发展到这一步之前，银平也曾想去找恩田信子了解一下久子家中的情况。据久子所说，她应该没有什么事情瞒着恩田。

然而，恩田这名学生身上，有着某种令银平难以接近的气质。若是向她打听久子的事，很可能会被她看穿内心的想法。恩田的成绩很优秀，也似乎有很强的自我意识。一次上课，银平给学生们读福泽谕吉[1]的《男女交际论》，从“川柳[2]诗中云：出门数百步，夫妇方同行……”读到“比如说丈夫出门旅行，妻子依依惜别；妻子身患疾病，丈夫悉心照料——这类公婆看不下去，仍忤逆公婆之意的奇谈也不是没有”。

女学生们哄堂大笑，但恩田却没有笑。

“恩田同学，你不笑吗？”银平问道。恩田没有回答。

“恩田同学不觉得好笑吗？”

“不好笑。”

“即便自己觉得不好笑，但既然大家都笑得很开心，你笑笑又何妨呢？”

“我不愿意。虽然和大家一起笑也未尝不可，但既然大家都笑过了，我不跟着笑又有何妨呢？”

---

1 | 福泽谕吉（1834 — 1901）：日本著名思想家、教育家、评论家，庆应义塾大学的创立者。

2 | 川柳：一种日本的诗歌形式，与俳句同样，由十七个假名组成，但没有俳句严格，轻松诙谐。

“你这是诡辩。”银平板着脸说道，“恩田同学说她不觉得好笑。大家觉得好笑吗？”

教室里寂静无声。

“不可笑吗？这是福泽谕吉在明治二十九年写下的文章，若是在战后的今天读起来还不可笑的话，那就出问题了。”银平接着话头讲到一半，突然不怀好意地说，“不过，有人见恩田同学笑过吗？”

“有的，我就见过。”

“我见过。”

“她经常笑呀。”

学生们纷纷嬉笑着回答。

银平后来觉得，这恩田信子之所以和玉木久子成了独一无二的好友，或许是因为久子也把自己异常的性格隐藏起来了。久子身上飘荡着一种引诱银平尾随的魔力，不正是久子隐藏在内心的情感接受了银平的尾随吗？久子女性的一面仿佛瞬间触电，战栗着觉醒了。久子委身银平时，甚至连银平都感到了一阵战栗，他想：这世上的众多少女都是这样的吗？

对于银平来说，久子或许是他的第一个女人。在那所高中里，他作为久子的老师，同时也爱上了她。银平觉得，那些日子是他迄今为止的前半生中，最幸福的时光。父亲尚在世时，年幼的银平在乡下也曾对表姐弥生产生过憧憬，那无疑是纯洁的初恋，只不过那时他还太小了。

然而，银平无法忘怀，自己在九岁还是十岁的时候，因梦见了鲷鱼[1]而被夸赞的事情。在故乡的海中，一艘飞艇浮在漆黑厚重的海浪上。仔细一看，原来是一尾巨大的鲷鱼。鲷鱼从海中跳出了水面，而且就那样久久地飘浮并停留在空中。鲷鱼不止一尾，不断有鲷鱼从各处波浪之间跳出来。

“哇，好大的鲷鱼！”银平大喊一声，醒了过来。

“这是个好梦啊！真了不起。银平以后要出人头地啦。”人们这么对他说。

前一天，他从弥生那里拿来一本画册，上面就画有飞艇。银平实际从未见过飞艇，即便那时已经出现了飞艇这一交通工具。大型飞机发展起来后，现在倒是应该没有飞艇了。如今，银平做的飞艇和鲷鱼的梦已成往事。与其说这是预示银平发迹的梦，似乎更像是他因期待将来能娶到弥生，而心生的“预兆梦”。银平最后也没能出人头地。即便他没丢掉高中语文老师的工作，恐怕也

---

1 | 日本文化中，梦见鲷鱼是一种吉兆。

没什么出人头地的希望。他并没有那似梦中优美的鲷鱼一般，能够在人潮中脱颖而出的力量，也没有能在众人之上浮于半空的能力。这大概是他逐渐坠入浪底幽冥中的因果报应吧。自从和久子之间燃起鬼火后，幸福来得短暂，沉沦也来得很快。正如银平对久子警告过的那样，恩田的告发是那么毫不留情——泄露给恩田的秘密，似乎真的化作复仇的恶魔，肆虐了一番。

打那以后，银平在教室里尽量不去看久子。可为难的是，他的目光却不由自主地投向恩田的座位。银平约恩田到校园的一角，半是恳求、半是胁迫地请求她保守秘密。但恩田对银平的憎恶，相较于正义感，似乎更多的是源于直觉中对罪恶的谴责。即便银平对她讲述爱情的可贵，她还是尖锐地批判道：

“老师太肮脏了。”

“你才肮脏呢。人家把秘密坦白给你，你却把秘密泄露出去，还有比这更肮脏的事情吗？你的心肠里，难道都住满了蛞蝓、蝎子、蜈蚣吗？”

“我谁也没告诉过。”

但是不久，恩田就向校长和久子的父亲写了举报信。寄件人是匿名，据说落款写的是“蜈蚣”。

此后，银平只能在久子挑好的地方与她幽会了。久子父亲在战后买下的房子，在过去算是郊外，而他们家战前在山手的宅邸已被烧为废墟，只剩部分断壁残垣。久子害怕被人发现，喜欢在这种墙后与银平相见。这片住宅区烧毁的遗址上，大都建起了大大小小的房屋，空地已经很罕见了。一段时期里，令人感到恐怖和危险的废墟已然消失——毫无疑问这的确是容易被人忘却的地方。那里杂草丛生，其高度足以将两人隐藏起来。当时还是女学生的久子，大概也会因为那儿曾是自己的家而感到安心吧。

久子与银平鲜有机会联络——无论是寄信、打电话，还是托人捎口信——两人之间的联络方式似乎都被切断了。但是，只要在空地的水泥围墙背面用粉笔写下留言，久子总会过来看到。写留言的位置固定是高墙的墙角，那里被杂草遮掩，不会引人注意。当然，留言不能写得太复杂——顶多写下希望见面的日期和时间的数字，充当秘密告示板的作用。有时银平也会来看久子写下的留言。久子那边若是定下幽会的时间，可以用快信或电报通知银平。而若是银平这边定下来，则需要早早将日期和时间写在墙角，等待久子留下同意的暗号才行。久子受到监视，晚上很难出来。

那天银平在出租车上，初次看到淡红色和浅蓝色，就是被久子叫出来的。久子蹲在墙角的草丛里等着他。有一次，银平对久子说道："从这围墙的高度，就能看出你父亲的顽固无情了，不是吗？墙顶上还插着玻璃碴和倒钉子吧？"不过，从周围新建的平房看过来，倒确实看不见围墙内的情景。只有一户人家建的是两层洋房，但或许是新式设计的缘故，房屋建得低矮——即便从二楼探出身子看过来，庭院内仍有三分之一在视线之外。久子正是知道这一点，才待在墙角的。院门似乎是木制的，却并未被烧毁。因为这里不对外出售，所以也没有好事者进来转悠。到了下午三点左右，就可以来此幽会了。

"啊，你刚放学回来吗？"银平一只手搭在久子头上蹲了下来，接着靠过去用双手捧住了她苍白的面庞。

"老师，抽不出时间啊。家里人都掐着我从学校回家的时间呢。"

"我明白的。"

"哪怕我说有《平家物语》[1]的课外讲座，要在学校多留一会儿，家里也不同意。"

---

1 | 《平家物语》：日本镰仓时代成书的战争故事，描写了平家的荣华与没落，武士阶级的崛起等。

“是吗？你等很久了吧？脚麻了吗？”银平将久子抱在膝上。光天化日之下，久子有些羞涩，从他膝上滑了下来。

“老师，这个给你……”

“什么？是钱吗？怎么啦？”

“是我偷来给你的。”久子的眼中闪烁着光彩，“有两万七千块。”

“是你父亲的钱吗？”

“是从母亲那儿弄来的。”

“我不要。马上就会被发现的，快还回去。”

“要是被发现了，我就在家里放一把火。”

“你又不是菜店阿七[1]……哪有人为了两万七千块就把一千万以上的房子给烧了的？”

“这些钱好像是母亲瞒着父亲藏起来的私房钱，她不会闹大的。我也是深思熟虑过才偷的。已经拿出来的钱，要放回去才更可怕呢。我一定会浑身发抖，被家里发现的。”

---

1 | 菜店阿七：日本古代故事中的女子。她因一次失火而结识恋人，与恋人分开后，异想天开地以为只要失火就能再见到恋人，最后被判为纵火犯，处以死刑。

这已经不是银平第一次收下久子偷来的钱了。这并非银平的教唆，而是久子自己的主意。

“无论如何，老师总还是能混口饭吃的。有个公司的社长叫有田，他秘书是我学生时代的朋友，时不时会找我代写社长的演讲稿。”

“有田……全名是有田什么？”

“是一位叫有田音二的老人。”

“哎呀！那个人，就是我现在就读学校的理事长呀……父亲就是拜托有田先生帮我转校的。”

“是吗？”

“理事长在学校发表的讲话，原来都是桃井老师写的稿子吗？这还真是没想到。”

“所谓人生，便是如此呀。”

“是啊。每当夜色正好，明月当空，我就会想：老师是否也在欣赏月色呢？乌云遮月，风雨交加之日，我便忧心，老师的居所会否受影响呢？”

“据秘书说，那位叫有田的老人似乎受困于某种奇怪的恐惧症。秘书拜托我，尽量不要在演讲的草稿里写有关妻子、结婚之类的话。我是觉得，既然是在女子高中演讲，那自然是要写的。理事长演讲时，没有类似恐惧症发作的表现吧？”

“没有，我没注意到什么。”

“想来也是。毕竟是大庭广众之下。”银平不由得点了点头。

“恐惧症要是发作，会怎么样呢？”

“各种情况都有。就连我们说不定也是。我发作一下让你看看吧。”银平说着，一边摸索着久子的胸口，一边闭上了双眼。老家的麦田浮现在他眼前。一个女人骑着农家的裸背马，从麦田对面的道路走过。她脖子上围着的白手巾，在胸前打了个结。

“老师，你要勒脖颈也可以的。我不想回去。”久子面带潮热地喃喃道。银平惊觉，自己的一只手已经抓住了久子的脖子。他搭上另一只手，试着衡量久子的脖子。银平双手的指尖轻柔地触碰在一起。他让一包钱滑进久子的胸口。久子猛地缩起身子，蜷成一团。

“把钱拿回去吧……再这样下去，你我很可能都会犯罪的。恩田不就告发了我是个罪人吗？据说信里写着：那么阴暗的人，那么满嘴谎言的人，以前一定做过更坏的事情。……你最近见过恩田吗？”

“没见过，也没有来信。我不认识那种人。”

银平沉默了片刻。久子为他往地面铺了一块尼龙包袱布，反而传来了泥土的冷意。四周的杂草散发着阵阵青草气息。

“老师，请您再来尾随我吧。请跟在我后面，不要让我察觉。还是从学校回家的路上就好。现在的学校离家更远了。”

“然后，你就在那扇华丽的门前，装作刚刚发现的样子吗？还要在那铁门里红着脸，瞪着我吗？”

“不，我会让老师进来的。我家很大，不会被人发现的。我的房间里也有可躲藏的地方。”

银平心潮澎湃，欢喜不已。不久，此计便施行了。然而，银平被久子的家人发现了。

此后，岁月流逝，时光将久子带离银平身边。但是，直到那个像是遛狗少女恋人的男学生将他推下土堤，银平望着霞红色的天空，还是不由得哀声呼喊着“久子，久子”，回到公寓里。土堤足有两个银平那么高，他的肩膀和膝盖都摔得青紫一片。

翌日傍晚，银平仍不由自主地前往那条有银杏行道树的坡道，寻找少女的身影。那位清纯的少女几乎未将银平的跟踪放在心上，银平心想，自己不也并未动任何加害的念头，不是吗？他这么想着，似在叹息空中掠过的大雁，又似是目送光辉岁月的流逝。银平不知明日的命运如何。那位少女也不会永远美丽。

银平昨天与男学生搭话，被他认识了。所以银平既不能在坡道上徘徊，更不能到男学生等待少女的土堤上去。最后，他决定躲在行道树一侧，人行道和旧时贵族宅邸之间的深沟里。若是被警察怀疑，便说自己是醉酒摔下或被暴徒推落的，哀号身上疼痛难耐即可。佯装醉酒似乎更容易过关，为了能呼出酒气，银平稍微喝了点儿才出门的。

昨日一望便知那是条深沟，跳下一看，与其说深，不如说很宽敞。深沟两侧是整洁的石壁，沟底也铺了石块。杂草从石头的缝隙间钻出来，去岁的落叶已然腐烂。若将身子靠近人行道一侧的石壁，沿着坡道径直走来的人，大约是发现不了的。银平躲了二三十分钟，无聊得连石壁上的石头都想啃上一口。石缝间盛开的堇菜花映入眼帘。他蹭了过去，含住堇菜花，用牙齿咬碎，咽了下去。银平咽得很艰难，他强忍住眼中欲奔涌而出的泪水。

少女今日也牵着狗，出现在坡道底下了。银平张开双手，抓着石壁的棱角，整个身子仿佛吸附在石壁上，焦急地抬头去看。他的手颤抖不已，只觉得石壁即将崩塌，剧烈的心跳也撞击在石壁上。

少女仍穿着昨日的白色毛衣，但下身不是裤子，而是一条深红色的裙子，鞋子也换了一双高级货。雪白和深红的颜色在行道树的一片嫩绿中浮现，逐渐靠近。从银平头上过时，少女的手出现在他的眼前。洁白的手臂从手腕到手肘，显得越发白皙。银平仰头望见少女清纯的下巴，“啊”一声闭上了眼。

“来了，来了。”

男学生正在土堤上等候。从坡道中段的深沟之中望去，两人朝土堤对面走去，浮动在过膝的青草间，隐约可见。银平等候少女回家，一直等到暮色渐浓——少女却并未出现在坡道上。大约男学生已对少女说了昨天那个可疑的男人，于是她避开了这条路吧。

此后，银平几次徘徊在那条有银杏行道树的坡道上，或是长时间躺在土堤上的草坪中——可仍见不到少女。夜间，少女的幻影也将银平引诱到这条坡道上。银杏的新叶很快长成了葳蕤的绿叶，月光将它们的影子洒落在柏油路面上。行道树在头顶黑压压的一片，震慑着银平。他想起自己在日本海沿岸的故乡，因恐惧夜里漆黑的大海而跑回家的往事。深沟底下传来幼猫的叫声，银平停下脚步瞧了瞧。虽然未见幼猫，却依稀可见一个箱子。箱子里似乎有些细微的动静。

“的确，这是个弃猫的好地方。”

有人把刚生下来的整窝幼猫放在箱子里遗弃了。里面究竟有几只呢？它们悲鸣着，将因挨饿而死去。银平试着将幼猫想象成自己，特意听了片刻幼猫的哀鸣。然而那一夜，少女也未出现在坡道上。

六月初的时候，银平从报纸上看到一条消息——离那条坡道不远的护城河边，将举办一场捕萤大会。就是那条能租船的护城河。银平坚信，少女定会参加捕萤大会的。她既然带着狗出来散步，就说明她家一定在附近。

母亲故乡的湖畔，也是捕捉萤火虫的胜地。他曾被母亲带着去玩儿，把捕到的萤火虫放在蚊帐里，自己就睡在里面。弥生也这么做。隔扇敞开，他和睡在隔壁房间蚊帐里的弥生数着萤火虫，争论哪边的数量更多。萤火虫四处飞舞，很难数得清。

“阿银太狡猾了。你总是这么狡猾。”弥生坐起身，挥舞着拳头说道。

不久，她开始捶起了蚊帐，蚊帐晃来晃去，萤火虫纷纷飞舞。但是不起作用，弥生越发焦急起来。她每次挥舞拳头，膝盖也会跟着跳动。弥生穿着元禄袖、短下摆的浴衣，堪堪遮住膝盖之上。随着一次次跳动，膝盖似乎也在逐渐向前挪动。弥生的蚊帐下方朝着银平凸出了一个奇妙的形状。弥生瞧着似是披着绿色蚊帐的妖精。

“现在是弥生那边多了。你看后面。”银平说道。

弥生回过头去，说：“肯定是我这边多嘛。”

弥生的蚊帐摇晃着，帐中萤火虫都飞在半空，发出点点荧光——如此，瞧着确实更多，这是无可争辩的。

时至今日，银平仍记得弥生的浴衣上是大十字碎花纹。然而，和银平同在一张蚊帐里的母亲是如何呢？她对弥生的闹腾，什么也没说吗？且不说银平的母亲，弥生的母亲是与她睡在一起的，也没有叱责弥生吗？弥生的弟弟应该也在边上。可弥生之外的人，银平已经完全想不起来了。

银平近来时常见到，母亲故乡的夜色中，闪电在湖面上空划过的幻影。闪电划过的瞬间，几乎照亮整个湖面，旋即消散无踪迹。闪电过后，岸边便出现了萤火虫。将萤火虫看作幻影的后续也未尝不可，但因萤火虫是随后出现的，便显得有些奇怪。或许是闪电多出现在有萤火虫的夏天的缘故，萤火虫的幻影紧随其后便也不奇怪了。即便是银平，也不会将萤火虫的幻影当作在湖中逝去的父亲之魂。但闪电消散在夜晚湖中的瞬间，并非令人愉快的时刻。陆地一处宽广幽深的水域纹丝不动，迎接夜空中光芒的闪现和照耀——每次看见这幻象，银平都像感受到自然的幽魂或时间的悲鸣似的，悚然一惊。一道闪电能照亮整个湖面，这恐怕是幻影的缘故，银平也知道现实中大约是不会有的。但是，若被一道巨大的闪电击中，空中那一刹那的光明，或许能照亮身边的世间万物吧——宛若他初次触碰到拘谨的久子一般。

自那以后，久子忽然变得大胆起来，银平震惊不已——这或许正类似于被闪电劈中的感觉。久子邀请银平到家中。他成功地偷偷溜进了久子的房间。

“你家果真是够大的。我都分不清溜回去的路了。”

“我会送您的。或者从窗户出去也行。”

“这可是二楼呀。”银平有些怯意。

“可以把我的腰带之类的系在一起，当绳子用嘛。”

“家里没有狗吧？我很讨厌狗。”

“没有狗。”

比起银平关心的这些，久子只顾用那闪闪发亮的眸子凝望着银平。

“我大概是没法和老师结婚了。我希望能和老师一起待在自己的房间里，哪怕只有一天也好呀。我不想永远都待在草荫底下。”

“草荫底下，本意单纯指草叶的阴影。但现在一般用来指代西方极乐世界，也就是九泉之下呀。”

“是这样吗？”久子有些心不在焉。

“语文老师的工作都已经丢了，这种事情随他怎么样吧……”

然而，这世间诞生出这样的教师，怎么都算不上好，甚至有些可怕。女学生的房间内是远超想象的华美和奢侈，银平为之震慑，沦为了被追逐的罪人——与从久子现在就读的学校门口一直跟踪到她家门前的自己，已经判若两人。原本久子就是揣着明白装糊涂，她已经被银平俘虏了，那不过是预谋好的嬉闹把戏。不过，久子主动提出这种要求，银平是大为欢喜的。

“老师。”久子紧紧握住银平的手，“到晚餐时间了，请在这儿等一会儿。”

银平把久子拉到身前，吻了上去。久子希望这个吻更久一些，便将身体重心压在银平的胳膊上。银平非得撑住久子不可，这让他打起了些许精神。

“我去吃饭的时候，老师您做什么呢？”

“唔，你有没有相册什么的？”

“没有。相册和日记我都没有。”久子仰视着银平的双眼，摇了摇头。

“你也从未说过自己儿时的回忆呢。”

“那都太无聊了。”

久子连嘴唇也没擦就走了出去，不知她是带着怎样的神情与家人共进晚餐的呢？银平发现墙壁凹进去挂着帘子的地方，是一处小小的盥洗室。他小心翼翼地拧开水龙头，仔细地洗了手，洗了脸，又漱了漱口。他还想洗一洗丑陋的双脚，但终究做不到脱下袜子、抬起脚，伸到久子平时洗脸的地方去。再说就算洗了，这脚也不会变好看，只会再次瞧见它的丑陋罢了。

若是久子没有为银平做三明治并端过来，或许这次幽会直到最后都不会暴露。她甚至还用银盘端来了全套咖啡餐具，这未免太过目中无人了。

房门被人咚咚地敲响。久子仿佛迅速下定了决心，责备似的问道：

“是妈妈吗？”

“是啊。”

“有客人来了，妈妈，请您不要开门。”

“是哪位？”

“是老师。”久子用细小而有力的声音决然说道。刹那间，银平仿佛沐浴在狂热的幸福之火中，霍然站起身子。倘若手中有一把枪，或许他此刻便会朝久子的背后开火。子弹贯穿久子的胸膛，射中了门那边的母亲。久子倒向银平，母亲倒向对面——她们隔门相对，所以两人都会朝着背后倒下。但是，久子在倒下的瞬间，优美地转身，面向银平，抱住了他的小腿。久子的鲜血从伤口中喷出，顺着银平的小腿流下，浸湿了他的脚背——脚上泛黑的厚皮瞬间宛若玫瑰花瓣般美丽；脚心的褶皱伸展开来，宛若小粉贝壳般润滑；那如猴子的手指一般细长、嶙峋、扭曲而委顿的脚趾，在久子温热的鲜血冲刷之下，宛若假人模特的指头一般好看。忽然，银平意识到久子的血不该这么多，这才发觉自己的鲜血也正从胸膛的伤口中流淌下来。银平神志不清，仿佛被接引菩萨乘着的五彩祥云团团围住了。而这种幸福的狂喜，不过是刹那间的事。

“久子她啊，带去学校的那瓶脚癣药膏，里面混着她的血呢。”

银平听见久子父亲的声音，悚然一惊。那是他的幻听，极为长久的幻听。待银平回过神来，满目皆是久子面对房门站立的凛然之姿，心中的恐惧便随之消散了。门外鸦雀无声。银平透过门扉，看到了母亲被女儿瞪得全身发抖的模样。那是一只被雏鸡啄光了羽毛，浑身赤裸的母鸡。脚步声的悲鸣沿着走廊远去了。久子径直走到门前，咔嚓一声锁上了门，一只手还握在把手上，就这样转过身来对着银平，背靠在门上瘫软下来，眼泪也扑簌而出。

当然，母亲走后，父亲便踏着粗暴的脚步声走来。

他咔哒咔哒地晃着门把手，喊道："喂，开门！久子，你不开门吗？"

"好，见见你父亲吧。"银平说道。

"我不要。"

"为何？现在也只能见了。"

"我不想让老师见到父亲。"

"我不会乱来的。你看我又没带手枪什么的。"

"我就是不想让你见到他。请走窗户逃走吧。"

"走窗户？……好，毕竟我的脚就像猴子一样。"

"穿着鞋很危险的。"

"我没穿鞋。"

久子从衣柜中取出两三根腰带接在了一起。父亲在门外发狂地咆哮起来。

"我马上就来开门，请再等一下。我们不会殉情的……"

"什么？你这说的什么混账话！"

门外似是被打了个措手不及，一时间安静了下来。

久子将腰带垂在窗下，一头缠在自己的两只手腕上，用力支撑着银平的重量，泪流不已。银平用鼻尖微微蹭过久子的手指，便顺着腰带轻轻爬下去了。他原本打算亲吻上去，但由于看着下方的缘故，只有鼻尖蹭到了。

他还想亲吻她的脸颊以表示感谢与告别之意，但久子弓着身子，用膝盖抵着窗口下方的墙壁，使劲挺着胸——吊在窗外的银平已经够不到她了。脚一着地，银平便心怀感动地拉了两次腰带当作信号。第二次没有回应，只有腰带从明亮的窗户中柔顺地落下。

“啊？给我吗？那我拿走咯。”

银平一边奔跑着穿过庭院，一边挥舞着手臂利落地卷起腰带带走。他往后一瞥，只见久子和似是他父亲的人影并肩站在银平逃出来的窗户前。但看起来她父亲不会再扬声呼喊了。银平似猴子一般，翻过了有藤蔓纹样装饰的大铁门。

当年这样的久子，如今大概已经结婚了吧。

那之后，银平只见过久子一面。银平自然常去久子所说的“草荫底下”——久子家旧宅邸的那处废墟，但他既未见到躲在草丛里等自己的久子，也未在墙角看到久子写的留言。但是银平并未放弃，即便杂草枯萎、白雪皑皑的冬天，他也会时不时过去看看。或许是这种可怕的力量产生了作用，当春天的嫩草再次萌发出一片新绿时，银平总算见到了久子。

然而，他遇见的是久子和恩田信子两人。在那之后，莫非久子也时不时来此寻找自己，只因恰好错过而没能相见吗？银平起初还雀跃无比，但久子极为震惊，那表情完全不似在等待自己。他才知道，久子是和恩田在这儿见面。为何她会在昔日的秘密地点，与告密者恩田见面呢？银平也不好随便开口询问。

“老师。”久子喊了一声。

而恩田像是要把这一声压下去似的，用更大的声音同样喊道：“老师！”

“玉木同学，你还在和这种人交往吗？”银平朝着恩田脑袋的方向扬了扬下巴。两名少女坐在同一张尼龙包袱布上。

“桃井老师，今天是久子同学的毕业典礼呢。”恩田抬头瞪了银平一眼，用宣言似的口吻说道。

“啊，毕业典礼……是吗？”银平不禁附和道。

“老师，从那之后，我一天也没去过学校了。”久子诉说道。

“啊，是吗？”

银平心中掀起一阵回响。但不知是顾忌仇敌恩田，还是暴露出教师的本性，他不由自主地说道：

“亏你这样也能毕业呀。”

“毕竟理事长打了招呼，自然不在话下。”恩田答道。也不知她对久子是善意还是恶意。

“恩田，你成绩很好，但我请你闭嘴！”银平又转向了久子，“理事长在毕业典礼上致辞了吗？”

“致了。”

“我已经不再为有田老人准备演讲稿了。今天的致辞，与以前相比应该不太一样吧？”

“很是简短。”

“你们两个在说什么呢？你们难道不是那种就算偶遇，也不会无话可说的关系吗？”恩田说道。

“倘若你不在，我可是有堆积如山的话要说。不过我可不愿让奸细听了去，那就太可怕了。你要是有话对玉木说，就赶紧的吧。”

“我可不是奸细。我不过是想从肮脏的人手中保护玉木同学罢了。虽然由于我的举报信，玉木同学转了学，也没能去上课，但她却因此远离了老师的毒牙。对我来说，玉木同学是非常重要的人。无论老师会如何对我，我都要和老师斗争。玉木同学，你也恨着老师对吧？”

“来，那就看我怎么对你吧。不赶紧走，你可就危险了。”

“我绝不会离开玉木同学身边。我们是在这儿约好了的，请老师回去吧。”

“你是负责监督的侍女吗？”

“没人拜托我这么做。恶心！”恩田扭过头去，“久子，我们回去吧。请你带着怨恨和愤怒，与这种肮脏的人诀别吧。”

“喂，我都说了有话要和玉木说，话还没说完呢。你走吧。”银平说着，鄙视地摸了摸恩田的头顶。

“真肮脏。”恩田甩了甩头。

“是的，你什么时候洗的头？是脏臭得不行的时候才洗的吧？你这样子，是不会有男人来抚摸你的。”银平对恨得牙痒痒的恩田说，“喂，你还不走？我可是个能够毫无负担地对女人拳打脚踢的无赖汉哦。”

“那我就是个哪怕被拳打脚踢也不在乎的姑娘。”

“那好。”银平作势欲要拽住恩田的手腕，一边回头看向久子，“可以吧？”

久子似是用眼神表示了赞同。银平就势把恩田拖走了。

“讨厌，讨厌！你要做什么！”

恩田拼命挣扎，试图去咬银平的手。

“哎呀，你是想亲吻肮脏男人的手吗？”

“我是要咬！”恩田叫出声来，却没有咬下去。

从烧毁的大门遗址走到大街上，由于有行人，恩田直起了身跟着走。银平紧拽着她的一只手腕不放，叫住了一辆空车。

“这是离家出走的姑娘。拜托了。她家人在大森站前等着，赶紧把她送去。”银平胡诌了一通，半抱着恩田塞进了车里，又从兜中掏出一千元扔到了驾驶席。汽车疾驰而去。

银平回到围墙内，只见久子仍坐在包袱布上。

“我把她说成离家出走的姑娘，塞进了出租车里。车会把她送到大森去。花了我一千块。”

“恩田为了报仇，又会给我家写举报信的。”

“她比蜈蚣还毒啊！”

“不过，也许不会写。恩田想上大学，也劝我一起。她好像是想当我的家庭教师，让我父亲替她出学费。毕竟她家条件不好……”

“你们在这碰面就是说这个？”

“是啊。新年那会儿，她寄来好几封信说想见面，可我不想让她来我家，就回信说我会出席毕业典礼。恩田是在学校门口等我的。不过，我还是想再来这儿看看。”

“那之后，我都不知道往这儿跑了多少次。就连白雪皑皑的日子也……”

久子露出可爱的酒窝，点了点头。乍见少女，谁能想到她曾和银平发生过那样的事情呢？而银平的身上，又何曾看得出“毒牙”的痕迹呢?

久子说道:“我一直在想,老师会不会过来呢?”

“即便街上的雪都化了,这儿的雪还残留着。毕竟墙壁很高……看样子是将道路上的雪清理到这儿来了。门内积雪如山,于我而言,似是阻碍我们两人爱情的事物。我感觉那‘雪山’之下仿佛埋着婴儿。”银平最后说了一番奇怪的胡话,恍然闭上了嘴。久子用澄澈的目光望着他,点了点头。银平慌忙转变了话题。

“那你要和恩田一起上大学咯?读什么专业?”

“没意思,女孩子上什么大学……”久子若无其事地回答。

“那时候的腰带,我还珍藏着呢。你是留给我做纪念的吧?”

“劲头一泄,手就松了。”这句话也说得若无其事。

“被父亲狠狠骂了一通?”

“他不让我独自出门了。”

“我不知道你连学校也不去了。早知道会这样,那我乘着夜色从窗户偷偷溜进去就好了。”

“有时候,夜里我也会透过窗户望着庭院。”久子说道。

但是,在那些被禁足的日子里,她似乎又重新变回了清纯少女。银平感到一阵沮丧，自己似乎已经失去了灵感，无法再洞悉并捕捉少女隐藏起来的心思了。他连打开话头的契机都找不到。不过，即便银平落座在包袱布上恩田刚坐过的地方，久子也没有避开他。久子穿着一件崭新的藏蓝色连衣裙，领子上装饰的蕾丝花边十分好看。这应该是为毕业典礼准备的吧。或许她还化了那种银平看了也不会明白的精巧裸妆。她身上隐约散发着香气。银平将手轻轻地搭在了久子肩上。

“我们走吧，两个人逃得远远的。到那寂寥的湖畔，如何？”

“老师，我已经下定决心不再与您见面了。今天能在这里遇上，我也很高兴，但是请把它当作最后一次吧。”久子的语气中不带排斥，只是在平静地叙述，“倘若什么时候我非见老师不可的话，无论如何我都会去找老师的。”

“我会堕入这世间的最底层去的。”

“哪怕老师在上野的地下通道里，我也会去的。”

“现在就去吧。”

“现在不去。”

“为什么？”

“老师，我受伤了，仍未康复。若我恢复元气之后，还迷恋着老师的话，我会去的。”

“嗯……”

银平感觉自己从头到脚都麻木了。

“我明白了。你最好还是不要下到我的世界里。被我拉下来的人，都会被封锁在幽冥之中。你若来了，就太可怕了。我与你处在不同的世界，我会一辈子感谢你，怀念与你的回忆。”

“若是能忘掉老师，我就会忘掉。”

“对，这样就好。”银平加重了语气，心如针扎一般悲痛无比。

“不过，今天……”他的声音颤抖了起来。

出乎意料，久子点了点头。

然而，即便在车里，久子也沉默不语。不久，她毫无波澜的脸上微微泛起一片红潮，紧紧地合上眼帘。

“睁开眼睛看看，有恶魔。”

久子睁开一双大眼睛，却不似是看恶魔的样子。

“真寂寞啊。”银平说着，亲吻了久子的睫毛。

“还记得吗？”

“记得。”

久子虚幻的轻语，钻进了银平耳中。

那之后，银平再未见过久子。他多次彷徨在那烧毁的废墟之上。不知何时开始，大门处围了一圈板墙，杂草无踪迹，地面已平整，约莫一年半或两年后，废墟之上开始兴起土木。新房瞧着不大，不似久子父亲的住宅。大概是将地卖给别人了吧。银平听着木工美妙的刨木板声，闭上双眼伫立在原地。

“再见了。”他对远方的久子说道。但愿自己与久子留在此处的回忆，能给住在新居的人家带来幸福——刨木声中带着这样的情思，痛快地回响在银平的脑际。

此后，银平再未来过这处似乎已经转让给了别人的“草荫底下”。他亦无从得知，其实久子已经结婚，并搬入了此处新居。

银平坚信，他的“那名少女”，一定会参加出租游船的护城河边的捕萤大会。这是多么可怕的信念呀，竟促成了他们的第三次邂逅。

捕萤大会连续举办了五天，银平没有错过町枝出现的那个夜晚。虽说银平肯定是连着好几天都去了，但报纸上刊登捕萤大会的报道，已经是活动开始两天后的事情，倘若少女也是被晚报吸引而来，那么银平的直觉或许就算不上太准确。银平把那份晚报揣在兜里，走出家门，他心中已经满是见到少女时的思绪。似乎没有什么语言能够形容少女那细长的双眼，银平用双手的拇指和食指抵在眼睛上，边走边描绘着清幽小鱼的鲜活形象。他听见天上的舞曲传来。

“来世我也要成为一个拥有美丽双脚的年轻人。你的话，保持现在这样就可以了。让我们一起跳一场白色的芭蕾舞吧。”银平自言自语，道出了自己的憧憬。少女的衣裳是古典芭蕾的洁白色，下摆展开，翩翩飞舞。

“这世间还有如此之美的少女呀！倘若家境不好，哪能养育出那样的少女呢？这样的美丽，也只能维持到十六七岁吧。”

银平觉得那少女的迷人青春也不过是昙花一现。现在的少女们，那如蓓蕾一般含苞待放的高洁气息，都因学生习气而蒙了尘。那少女的美，是被何物冲洗得如此清透，又是因何物而大放异彩的呢？

游船码头贴出了“八点开始放萤火虫”的告示——东京的六月，夜幕要七点半才降临。天黑之前，银平打算往护城河的桥那边走个来回。

“乘船的客人请拿好号牌等候。”喇叭里反复循环的喊声传来。租船铺子生意兴隆，让人不禁觉得，捕萤大会乃是其招徕客人的手段。此时尚未放萤火虫，桥上的人群都百无聊赖，无事可做，望着登船的人和水上行驶的小船打发时间。唯有等待着少女的银平兴致勃勃，小船和游客都无法映入他的眼帘。

他还去那条有银杏行道树的坡道看了两回。他考虑是否再躲在那条深沟里，又忆起了上次的躲藏经历，便将手搭在沟槽的石壁上，微微蹲下了。但是，在捕萤大会的傍晚，坡道上往来的人也有不少。银平听见脚步声，慌忙走下了坡道。脚步声一阵接一阵，但他没有回头。

来到坡道下方的十字路口，眺望着熙熙攘攘的捕萤大会，只见桥对岸的街灯已经照亮了低矮的天空，汽车的前灯也在马路上摇曳。总算要到时候了——银平内心怦怦直跳，不知为何没有拐到护城河畔，而是直接往桥对面走去。那边是一片住宅区。银平身后的脚步声，自然拐去了捕萤大会那边。然而，那脚步声似是在银平背上贴了一张黑纸才拐过去的。银平把手臂绕到背后。漆黑的纸上有一个鲜红的箭头，指示着捕萤大会的方向。银平内心焦急，想取下背后的纸，手却够不到。他的胳膊疼痛起来，关节开始嘎吱作响。

“您不去背上箭头指着的方向吗？我替您把箭头取下来吧。”

银平听见女人温柔的声音，驻足回首，身后却无人跟来。从住宅区前往捕萤大会的人，都是与银平迎面而来的。原来是广播里的女声。但广播里播的是普通的广播剧，并非刚刚银平恍惚间听到的内容。

“谢谢。”银平对着虚幻的声音挥了挥手，轻快地走了。他觉得，每个人都是会被宽恕的，哪怕只是片刻的时光。

桥头出现了售卖萤火虫的铺子。一只五元，一笼四十元。护城河上仍然没有萤火虫飞舞。银平一直走到桥中央，才终于发现水中稍高的望楼上，有一个巨大的萤笼[1]。

“撒呀，撒呀，快撒呀！”

孩子们不住地叫喊着。他这才知道，望楼上的萤火虫撒出来，即为捕萤大会开始。

两三个男人登上了望楼。成群的小船将望楼包围得严严实实，都快叠到一起去了。船上有人拿着捕虫网或竹竿。桥上和岸上的人群中也竖着网兜和细竹，都接着极长的手柄。

沿着桥走过河去，也有卖萤火虫的。

“对面的是冈山虫，我这的是甲州虫。对面的萤火虫小一些，就一丁点儿大，完全是不同的品种。”银平

---

1 | 萤笼：装萤火虫的笼子，通常由稻草编成。

听老板这么说，便凑了过去。这边的萤火虫一只十元，比对面贵一倍，一笼里有七只，要卖一百元。

“大的给我装十只进去。”银平掏出了两百元。

“全都是大的。是要一笼七只以外，再加十只对吧？”

卖萤火虫的男人将胳膊伸进一口大棉布袋子里，湿漉漉的口袋内侧发出微弱的光线，忽明忽灭。男人一次抓出一两只，塞进了筒状的虫笼里。笼子很小，银平却觉得里面不像塞了十七只萤火虫，凑上去遮住光一看，卖萤火虫的男人呼呼地吹着气。笼里的萤火虫全都发出光来，男人的口水溅到了银平脸上。

“不再放个十只进去，就太冷清了。”

卖萤火虫的又数了十只放进去。这时孩子们掀起欢呼的声浪。银平溅了一身水花。望楼上撒入空中的萤火虫宛若行将消散的焰火，无力地下坠。有的萤火虫即将落入水面时，终于横着飞了出去，但又被小船上的客人用网兜和细竹捕获。那些萤火虫加起来恐怕还不到十只。人们为此争抢，闹腾不已。网兜和细竹都被浸湿了，细竹挥舞起来，水花自然飞溅到岸边的人群身上。

“今年太冷了，萤火虫都不怎么飞。”有人这么说。看来这是每年例行的活动。

银平以为还会继续撒，却并没有。

“萤火虫会一直放到九点钟。”对岸游船码头前的大喇叭是这么宣称的，但望楼上的两三个男人却不为所动。人群静悄悄地等待着。还有些并不那么在意萤火虫的人，传来了他们清扬的桨声。

“赶紧撒不就得了。”

“哪里会放哟。放了不就没戏唱了。”

大人们议论纷纷。银平提着装了二十七只萤火虫的笼子。他对萤火虫已经别无所求了，为了不再被水花溅到，他便从岸边退开，靠在了派出所门前的树上。远离人墙，反而更容易观察桥上的动静。派出所的年轻警察长着一副和蔼可亲的脸，出神地面向着护城河那边。在一旁的银平有了某种奇妙的安心感。只要待在这儿，仿佛就不会错过少女似的。

不久，望楼上又开始持续不断地放着萤火虫。说是持续不断，其实就是男人一次抓起十只左右抛下而已。不知是因为有些难捕，还是节奏把控得到位，人群喧腾的声浪一波高过一波，气氛越发火热。银平和警察一样，都放松不下来。萤火虫大都如垂柳似的飘摇直下，飞不了多远。偶尔也有的高高飞走，还有朝桥上飞来的。桥上的男女老少自然都团团围着望楼这一侧的栏杆。银平走来走去，在他们的身后寻找少女。不少孩子甚至站到了栏杆外边，拿着捕虫网蓄势待发。真佩服他们没有掉下去。

人们拥挤着、叫嚷着，要捕捉那些萤火虫。它们飞着的样子竟是如此孤寂吗？银平试图回忆在母亲故乡的湖面见到的萤火虫。

“哎，落在你头上啦。”

桥上的男人冲着望楼下面的小船喊道。发上落了一只萤火虫的姑娘并未意识到那是在喊自己。同船的男子替她摘下了萤火虫。

银平发现了那名少女。

少女的两只胳膊搭在栏杆上，低头看着护城河。她穿着洁白的棉质连衣裙。少女身后人山人海。银平只能透过人群的缝隙，窥见少女的肩膀和半边脸颊。但他是不会认错的。银平后退了两三步，又悄然向她徐徐靠近。少女被撒放萤火虫的望楼吸引了注意力，顾不上回头。

她恐怕不是一个人来的吧。银平的目光停留在少女左侧的青年身上，心如刀割。光从背影就能看出，那是另一个男人——并非在土堤上等待着遛狗的少女，将银平从土堤上推下去的那个男学生。他穿着白衬衫，没戴帽子也没穿外衣，瞧着也是学生模样。

“自那以后，只过了两个月啊。”银平仿佛踩到了鲜花似的，震惊于少女的变心之快。少女的恋爱相较于银平对少女的憧憬，未免也太过无常了。虽然两人一起来捕萤火虫未见得就一定是恋人关系，但银平还是感觉，她与那位情人之间似是发生了什么。

银平挤在少女近旁两三个人之间，抓着栏杆，竖起耳朵。又开始撒萤火虫了。

“我想抓一只萤火虫给水野。”少女说道。

“萤火虫什么的太阴郁了，不适合带去探病。”学生说道。

“譬如睡不着的时候就可以看嘛。”

“那太寂寞了。”

原来是两个月前见到的那个学生病了吗？银平这下接受了。他担心把脸探到栏杆外会被少女发现，于是决定在稍微靠后一点儿的地方，欣赏她的侧脸。少女的头发扎得略高，皮筋前面梳得顺滑，带着亮丽的光泽。相较在银杏树坡道上，她今天的头发扎得更加自然，落落大方。

桥上没有灯，有些许昏暗。与少女同行的学生比之前那名更为柔弱。他们一定是朋友没错。

“这次去探病，你打算说捕萤大会的事情吗？”

“今晚的事？”男学生反问自己，“我去的话，就能聊町枝的情况，水野会很高兴的。若是告诉水野我们来了捕萤大会，他大概会想象萤火虫漫天飞舞的情景吧。”

“我果然还是想要带萤火虫给他。”

学生没有回答。

“我都没法去探望他，太难过了。水木，你可一定要把我的情况好好跟他说一说呀。”

“我一直都有说的，水野也很理解。”

“你姐姐上次带我们去上野赏夜樱的时候，曾对我说：‘町枝，你好像很幸福啊。’可我哪里幸福呢。”

“要是听说你不幸福，我姐姐可是会吓一跳的。”

“那就吓她一吓……”

“嗯。”学生忽然笑了起来，但似乎还是想要避开这个话题。

“我自那以后也没见过姐姐。最好还是让她觉得，这世间有生来就很幸福的人吧。”

银平看得出来，这个叫水木的学生也憧憬着町枝。而且他预感到，哪怕那个叫水野的学生病好了，他与町枝之间的爱情也会破火的。

银平放开了栏杆，悄悄走到町枝身后。连衣裙的棉布似乎有些厚。他把用来悬吊萤笼的挂钩悄无声息地挂在了町枝的腰带上。町枝没有察觉。银平一直走到桥的尽头，驻足回首，望向町枝腰间微微发亮的萤笼。

待少女发觉自己的腰带上挂着一个萤笼时，她会作何反应呢？即便银平回到桥中间混在人群里窥伺情况，也没什么好怕的，毕竟他又不是用剃刀划了少女腰部的犯人。然而，他还是把桥抛在脑后，转身离去了。如今通过这名少女，银平发现了自己内心脆弱的一面。或许不能说是发现，而是他与内心脆弱的自己重逢了。银平点了点头，仿佛就此为自己做了辩护似的，消沉地朝着与桥方向相反的银杏树坡道走去。

“啊，大萤火虫。”

银平望着夜空的繁星，把它们看成了萤火虫。他一点儿也不觉得奇怪，毋宁说还有些感动，再次脱口而出：

“好大的萤火虫！”

雨点打在银杏树叶上的声音逐渐传来。雨点大而稀疏，听声音似是半化成水的冰雹，又好似从房檐边落下的雨滴。这雨不似是下在平原的雨，而是在某处高原的阔叶树林中露营时，夜里也清晰可闻的雨。哪怕是在高原，若将其当作是夜露滴落的声音，却又太过密集了。银平不记得自己登过高山，也不记得自己曾在高原野营，要说这幻听从何而来，自然是母亲故乡的湖畔了。

“那村子还算不上高原哪。如此雨声，我而今才初次听到。”

“不，这雨声我的确在哪儿听到过。或许是深山老林里……几欲停歇的雨声。树叶上滴落的积雨，比空中落下的雨点，更多的时候，就是这样的雨声。”

“弥生呀，若是被这种雨淋湿，可就冷了。”

“嗯，叫町枝的这位少女的恋人，或许就是去高原露营，淋了这样的雨才生病的。是那个叫水野的学生的怨念，才让这银杏树响起了妖雨的声音。”

银平如此这般自问自答，倾听着虚幻的雨声，脑中思绪自由无比。

今天在桥上，银平得知了那少女的名字。倘若昨天，町枝或是银平有一方在昨天去世了，那么银平就无从得知她的名字。光是知道町枝这个名字，就已经是了不起的缘分了。银平为何要远离有町枝的桥，登上没有町枝的坡道呢？不过，在前往护城河边捕萤大会的途中，银平曾两次不由自主地来到了这处坡道。见到町枝后，他没理由不再来走一次这坡道。留在桥上的少女分出一缕幻影，漫步在这银杏行道树下。她拎着萤笼去探望生病的恋人。

银平只是想这样试试看，并没有什么目的。他将萤笼挂在少女的腰带上，仿佛将自己的心燃烧在少女身上似的，事后想来大约无比伤感。但也许可以这样想，是少女想给病人带去萤火虫，银平才将萤笼悄悄藏到少女身上的。

梦幻般的少女，穿着洁白的连衣裙，腰带上挂着萤笼，走过银杏坡道去探望生病的恋人。虚幻的雨水落在她身上。

“唔，就算是作为幽灵，这也太过平凡了。”银平自嘲了一句。不过，若是町枝如今还在桥上和那个叫水木的学生在一起，那么在这昏暗的坡道上，她也必须和银平在一起才行。

银平撞在了土堤上。他刚要攀上土堤，一只脚就抽了筋。他一把抓住青草，青草有些湿润。银平倒是并未痛得只能爬行，但他还是爬着上去的。

“喂！”银平大喊一声，站起身子。银平爬过的地底一面，一个婴儿正在跟着他爬。银平仿佛爬在镜面上似的，和那一侧的婴儿快要对上手掌了。这是逝者冰冷的手掌。银平慌了神，想起了某处温泉浴场的娼家。浴池的底部也化作了一面镜子。银平爬上土堤之处，正是他第一次跟踪町枝的那天，被她的恋人水野大喊一声“浑蛋”，推落下去的地方。

那次，町枝在土堤上对水野说，她看见对面的电车大道上，有队伍举着庆祝五一节的红旗通过。在那电车大道上，银平望见一台东京都营[1]的电车缓缓驶过。电车车窗中透出的亮光，在夜晚的行道树丛间摇曳。银平入迷地盯着看了半天。土堤上已无虚幻的雨声。

“浑蛋！”银平大喊一声，从土堤上滚落。滚得不是很好。他摔在柏油路面上时，一只手还抓着土堤上的青草。他爬起来，一边闻着手中的气味，一边沿着土堤下的道路远去了。那婴儿也由土堤的泥土中尾随银平而去。

银平的孩子不光是行踪不明，甚至生死也是未知的——这也是银平人生不安宁的原因之一。银平坚信，倘若孩子活着，自己终有一天将和他见面。然而，那究竟是自己的孩子，还是其他男人的孩子，银平自己也不甚明了。

学生时代的一天傍晚，银平寄宿的那户人家门口，出现了一个弃婴，附带的信上写着：这是银平先生的孩子。这家的主妇闹腾不已，银平却既不慌张也不羞愧。一个被命运所迫即将奔赴战场的学生，怎么可能突然收

---

1 | 东京都营：日本东京都的公营交通公司，隶属于东京都交通局。

养这弃婴呢，何况对方还是个娼妇。

“这是恶作剧啊，大婶。我跑了，她这是要报复我呢。”

“桃井，你弄出孩子就跑了？”

“不，不是这样。”

“那你跑什么？”

银平没有回答。

“把婴儿还回去就行了。”银平低头看着婴儿，房东家的主妇正将其抱在膝头，“请你带他一会儿，我去把共犯叫过来。”

“共犯，什么共犯？桃井，你不会要丢下婴儿逃跑吧。”

“我可不要一个人把婴儿还回去。”

“啊？”主妇带着怀疑，一直跟着银平到了玄关。

银平叫来了他的损友西村。不过，婴儿还是银平抱着。毕竟丢弃婴儿的是银平的相好，这也是没办法的事。银平把婴儿抱在大衣里，扣上下面的扣子，紧绷绷的。在电车上，婴儿自然大哭不已。乘客们对这位大学生的奇特造型，倒是致以善意的微笑。银平滑稽而腼腆地笑着，让婴儿的脑袋从大衣的衣领中露出来。这种情形，银平也只好低着头，无可奈何地继续盯着婴儿的脸。

那时，东京经历了第一轮大规模空袭，平民区已经遭受了一场大火。那娼家并不在连成一片的花柳巷中，在某户小巷人家的后门，所以银平他们悄悄将婴儿放下，便畅快地逃走了。

银平和西村曾一起有过从这户娼家溜之大吉的经历。由于战时强迫义务劳动，学生们都有一些胶底袜或帆布运动鞋之类的破烂玩意儿。他们是丢下这些东西从娼家逃跑的。他们并无钱财，逃得倒是很畅快，仿佛从自己的耻辱中脱身似的。在费鞋子的义务劳动最为繁忙时，银平和西村互相使了个意味深长的眼色。回想那丢破烂鞋子的地方，至少是快活的。

虽然人逃走了，但娼家的传票却来了，不仅仅是催促还钱。不久，银平他们就要奔赴战场，已经没有未来可言，自然用不着隐瞒住所和姓名。公娼和官方认可的私娼，都被大量征用或义务献身。银平玩弄的应该是暗娼之类的人。娼家的组织和规矩都已经松散了，娼妓与客人之间似乎维系着怪异的人情关系。相好的畏惧战时的严厉惩罚，姿态低得非比寻常，但银平他们压根没想过这些事情。他们似乎也已自暴自弃，甚至觉得那畅快的逃走也可以被相好的视作是年轻的冒险，从而被原谅。他们三番五次地逃走，最后这次逃走不管，便是习以为常的缘故。

连婴儿也随便丢在了小巷人家的门口不管，这最后一次逃走自然是罪加一等。时值三月中旬，翌日午后开始下的雪，到夜间就积厚了。他们不认为那小婴儿会被人丢在背街小巷里，不管不顾直到冻死。

“还好是在昨晚啊。”

“还好是在昨晚。”

为了谈此事，银平踏雪行至西村借宿的人家。娼家杳无音信，婴儿去向不明。

最后一次逃走以来，银平七八个月都未再去那户小巷人家。她们丢弃婴儿的时候，是否仍是娼家呢？银平怀着疑惑走上了战场。即便那户人家还是娼家，但银平的相好——也就是婴儿的母亲，也不见得还在那户人家里。暗娼怀孕直到生下小孩，都会待在娼家吗？生了孩子以后，娼妇生活的秩序势必会被打乱。在那维系着怪异的人情，充斥着异常的紧张与麻木的日子里，娼家也未必不会照顾产妇——但八成没有。

被银平遗弃后，那孩子才真正成为弃婴的吧？

西村阵亡了。银平幸存归来，竟当上了学校的老师。

他徘徊在娼家那片街区烧毁后的废墟上，精疲力竭。

“喂！别恶作剧了！”银平大声地自言自语，把自己也吓到了。这是对那娼妇说的。那既不是娼妇的孩子，也不是银平的孩子。她向某个朋友借了个不要的孩子，扔在了银平寄宿家庭的门口。银平似是发现了她，追上去把她抓住了。

“如今，能够问‘这孩子像不像我’的西村也不在了啊。”银平还在继续自言自语。

那孩子分明是个女婴。可是，困扰着银平的婴儿幻影，却莫名地性别难辨。而且，大约已经亡故。但是，银平清醒的时候，又觉得那孩子还活在世上。

幼小的孩子用圆乎乎的拳头使劲打着银平的额头。父亲一低下头，孩子的拳头便过来了。银平记得似有这么一回事，可那是在什么时候呢？这也是银平眼中的幻影，现实之中并未发生。倘若那孩子还活着，如今也已不是那样的幼童。今后也不可能再有这样的事。

捕萤大会的那天夜里，银平沿着土堤下的道路远去。而在泥土中尾随他前行的孩子，还是一个婴儿，而且性别难辨——再怎么幼小，也不至于连男孩子和女孩子都分不清呀——意识到这点，他就觉得那婴儿仿佛无面妖怪似的。

“女孩，是女孩。”银平喃喃自语，小跑着来到了商业繁荣的明亮街道。

“烟，给我一包烟。”

银平喘着粗气，在拐角过去第二家商店门口喊道。店里走出了一位白发老婆婆。老婆婆的性别十分清楚。银平松了一口气。然而，町枝却已消失在远方。要回忆这世上还有那么一位少女，似乎还需要某种努力。

银平变得空虚无比，浑身陡然一轻。他的眼前浮现出了久违的故乡。相较于横死的父亲，他的记忆中更多的是美貌的母亲。可父亲的丑陋在他心中留下的印记，又比母亲的美貌更为清晰。就像自己那丑陋的双脚，远比弥生那漂亮的双脚要更为鲜明一样。

在湖边，弥生去摘野生茱萸的红果，小指上被刺扎出一滴血。她一边吸着小指头，一边抬头瞪着银平说：

“阿银，你怎么不给我摘果子呢？你那双猴子似的脚，跟你父亲一模一样。那不是我们家的血统呀。”

银平气疯了，满心不甘，恨不得把弥生的脚推进刺丛中。但他没碰弥生的脚，只是龇牙咧嘴地作势欲咬她的手腕。

“瞧吧，你这就是猴子的脸。吱吱……”弥生也龇牙咧嘴起来。

婴儿从土堤的泥土里尾随银平而来，无疑也是银平的双脚像野兽一般丑陋的缘故。

银平还未仔细看过婴儿的脚，因为他压根就不觉得那是自己的孩子。银平自虐而又自嘲地想：若是去看了，发现脚的形状像自己，就足以证明那是自己的孩子了。可尚未踏足人世间的婴儿的脚，不全都是柔软可爱的吗？西方宗教画中，绕着神飞舞的幼儿们的脚便是如此。而在这世间的泥沼、荒岩和针山中跋涉，不知不觉间就会变成银平这样的脚。

“可若是幽灵，那孩子就应该没有脚才对。”银平喃喃自语。幽灵没有脚的说法，是谁见到的形象呢？很久以前，银平就觉得同有这种疑问的人应该很多。也许银平自己的脚，就未曾触及这世间的土地。

银平在灯火通明的街道上彷徨，一只手向上托着，像要接住从天而降的宝物似的。这世上最美丽的山不是郁郁葱葱的高山，而是遍布火山岩和火山灰的荒芜高山。在朝晖和夕阳的映照下，色彩斑斓，万紫千红。与朝霞和晚霞的天色并无二致。银平必须背叛那个憧憬着町枝的自己。

“哪怕老师在上野的地下通道里，我也会去的。”银平忆起久子那似是预言式的爱的宣誓，又似是离别的宣言。他出现在上野，想要探寻一番地下通道的现状。

连这儿也寂寥下来了，或者说是幽静。地下通道里，只有一些似是在这儿常住的流浪者们，在通道的一侧排成一列，或躺或蹲。有人将捡纸皮的背篓当作枕头靠着，身下垫着装炭用的草袋或草席，有张大包袱布便算是比较好的了——都是些往日里常见的流浪者模样。他们对路过的人漠不关心，连眼皮都没抬一下，也不觉得自己被人看到会怎么样。那些人现在就开始睡觉了，实在是早得令人羡慕。还有一对年轻夫妇，女人枕在男人的膝头，男人则趴在女人的背上，两人睡得正安稳。夫妇俩睡成一团的姿势，即便在过夜的火车上，也没人能模仿得如此自然——仿佛一对小鸟儿，互相将脑袋伸进对方的羽毛里睡觉似的。年龄三十左右。夫妇一起流浪算是比较罕见的情况。银平站定看了他们一会儿。

地底下潮湿的空气中，还混杂着烤串和关东煮的味道。银平拨开后面似是水泥洞窟的门帘走进去，喝了两三杯烧酒。银平透过门帘下边，瞧见一个穿着碎花裙子的身影，挑起门帘一看，是个男娼。

两人脸对着脸，男娼什么也没说，只是抛了个媚眼。银平逃走了，这次逃得并不畅快。

银平去地面的候车室看了看，这里也笼罩着流浪者的气息。站务员站在入口处，对银平说了一句："请出示乘车券。"进候车室也需要乘车券，这还挺罕见的。

候车室的墙外，也有像是流浪者的人，或是呆站着，或是蹲下来靠在墙上。

银平走出车站，思忖着男娼的性别。他在背街小巷里迷失了方向，撞见了一个穿着长筒胶靴的女子。那女子穿着一件微脏的白衬衫，下身是褪了色的黑色长裤，算是半套男装。衬衫有些缩水，看不见胸部的曲线，一张发黄的脸晒得黝黑，也没有化妆。银平回头看了看。擦肩而过时，女子就有意靠近银平，尾随着他。有过跟踪女子经验的银平，好似脑袋后面长了个眼睛，一被跟踪就知道了。他脑后的眼睛越发生动。可那女子究竟为何要跟踪他呢？银平脑后的眼睛也弄不明白。

银平最初跟踪玉木久子，从铁门前逃跑来到附近的闹市街时，按那个街头女郎的说法，是被她“也谈不上是跟踪”地跟踪了——而现在的女子从风貌上来看并不像是娼妇。那双橡胶长靴上还沾着泥土，泥土也不是湿的，像是几天前沾上一直没弄掉的。长靴本身也磨得发白，显得破旧。明明没下雨，女子却穿着橡胶长靴在上野附近行走，究竟是怎么回事呢？她的脚上是有残疾吗？还是长得很难看呢？她之所以穿着长裤，也是这个缘故吗？

银平的眼前浮现出自己丑陋的双脚，又想到那女子难看的脚也在后面尾随而来，便戛然停住了脚步，打算让女子走到前面去。然而，女子也停下了脚步。两人互相带着询问的目光撞在一起。

“你有事找我吗？”女子率先开口。

“我才要问这个呢。你不是尾随我而来的吗？”

“是你对我使了个眼色呀。”

“是你使的眼色。”银平说着，仔细回想自己和女人擦肩而过时，是不是有什么地方会被对方以为是在打暗号，但他还是觉得那女人是有意跟着自己的。

“穿得像你这样的女人比较少见，我不过是多看了一眼。”

“这也不怎么少见吧。”

“你是怎么回事，别人使了个眼色就要跟过去吗？”

“因为你身上有我在意的地方呀。”

“你怎么回事。”

“没怎么回事。”

“你跟踪我，是有什么目的吧……”

“我不是跟踪你，嗯，就是跟过来看看。”

“唔。”银平将女人重新打量了一番。她没涂口红的嘴唇，发黑难看，能够看见嘴里镶着金牙。年龄难以判断，但大约是四十开外。单眼皮下的目光如男人一般干涸锐利，似要冲着别人去似的。而且，一只眼睛格外细长，脸上晒黑的皮肤显得僵硬。银平感到了某种危险，说道：

“好，那就去那边吧。”银平说着乘势抬起手，轻轻地摸了一下女子的胸脯——无疑是个女人。

“你干什么？”女子抓住了银平的手。她手掌柔软，不似是干体力活儿的。

确认一个人到底是不是女人，这对银平来说也是头一遭。尽管他已经知道对方是个女人，但用自己的手确认之后，银平奇妙地放心了，感到了一种亲切感。

“好了，我们去那边吧。”他又说了一遍。

“那边是哪边？”

“这附近有没有让人放松的小吃店？”

银平折回了灯火通明的街道，看看有没有带着这种打扮不寻常的女子，也能进去吃东西的店铺。他走进了一家卖关东煮的小店，女子也跟了进来。关东煮的大锅周围三面都围着座位，也有单独分开的桌子。锅边的座位大多都已有顾客落座。银平挑了一张靠近入口的桌子坐了下来。店门入口敞着，挂着半截门帘，望出去可见行人的胸口。

“喝日本酒还是啤酒？”银平说道。

银平并不打算对这个男人体格的女子做什么。他已经明白没有危险了，而漫无目的也是难得的轻松。喝日本酒还是啤酒，他都随对方的意。

“来点日本酒吧。”女子回答。

写有菜单的纸板排在墙上，除了关东煮，似乎还能做些简单的小菜。点菜也交给女子来。从这女子的厚脸皮来看，银平觉得她兴许是给可疑的人家拉客的。若是这样，他就能理解了。但是银平未将猜想说出口。女子之前或许是发觉银平有些危险，于是便未邀请他吧。又或许她是从银平身上感到了某种亲近感，才跟过来的。总之，女子似乎也已经暂时放下了最初的目的。

“人的一天还真是奇妙啊。根本不知道会发生什么。就比如我，竟和素未谋面的你喝起酒来。”

“是啊。真是素未谋面。”女子一副酒劲上来的样子。

“今天这一天，就跟你喝完了事。”

“喝完了事。”

“你今晚待会就回去吗？”

“要回去的。家里还有个孩子在等我。”

“你有孩子呀？”

女子一杯接一杯地豪饮。银平似是在观赏女子喝酒的模样。

在捕萤大会上见到那名少女，在土堤上被婴儿的幻影追逐，又像这样心血来潮地和女人喝酒——这些竟是在一夜之间发生的事情，银平有些难以相信。然而，他之所以难以相信，无疑是因为女子长得难看。在捕萤大会上见到迷人的町枝，是如梦似幻的事情；而在小馆子里和难看的女人待在一起，才是现实。这现实虽无可避免，但银平又觉得，正是为了追寻那梦幻中的少女，自己才与这现实中的女子对饮的。这女子是越难看才越好呢。如此，银平似乎又看见了町枝的面容。

“你为何要穿橡胶长靴呢？”

“我出门的时候，以为今天会下雨呀。”女子的回答很利落。银平想看一看女子藏在橡胶长靴里的脚，他被这种诱惑捕获了。倘若女子的脚也生得丑陋，那她对于银平来说，就是再适合不过的对象了。

喝着喝着，女子的丑陋越发明显起来。她那双大小不一的双眼，细长的那只变得更加细长了。她用那只眼瞟了瞟银平，肩膀晃晃悠悠地倾斜过来。哪怕银平抓住她的肩膀，她也不避开。银平感到自己似是抓着一把骨头。

“你这么瘦，怎么行呢？”

“没办法呀，一个女人，还得养活孩子。”

据说，她和孩子在背街小巷租了一间房子，十三岁的女儿在上初中，丈夫阵亡了。也不知这些事情真相如何，但她有孩子的事情倒不像假话。

“我把你送到家吧。”银平反复提了好几次后，之前一直点头的女子终于认真地说：

“小孩在呢，不能送到家。”

银平和女子落座时，都朝着厨师那边。但不知何时，女子已经转向了银平这边，身体瘫软下来，像依偎在他身上似的。似是她会将自己委身给银平的迹象。银平一阵哀伤，仿佛来到了世界尽头。虽然本不至于此，但这或许是因为这一夜见到了町枝了吧。

女子喝酒的样子也粗鄙得很。每次叫酒时，她都会窥伺银平的脸色。

“再喝一壶吧。”银平最后说道。

“那我就没法走路啦，真要来？”她说着，把手撑在银平膝上，“最后一壶，帮我倒杯里吧。”

杯中的酒在她唇边胡乱流淌，洒落在桌面。那张晒黑的脸红黑色里透着紫。

从关东煮小店里出来，女人吊在银平的胳膊上。银平抓住女子的手腕，触感出乎意料的柔软。他们路上遇见一个卖花姑娘。

“买束花吧。带回去给孩子。”

然而，在昏暗的街角，女子将花束寄存在卖中华荞麦面的摊位上。

“大叔，拜托了。我待会就过来拿。”

女子把花递过去后，越发显现出醉态。

“我都多少年没有男人缘啦。可是这也没办法。有时候就算遇见了，也不过是缘尽于此。”

“嗯。咱们这点倒是很相称，没办法呀。”银平勉强附和着，但他对于和女子纠缠在一起走路，仅仅是感到自我厌恶而已。他不过是想看看女子藏在橡胶长靴里的脚，唯有这一诱惑在蠢蠢欲动。然而，就连这脚，银平似乎也已经看到了。女子的脚趾虽不似银平一般像猴子，但也不好看，棕色的皮肤无疑是厚实的。银平一想到女子和自己一起伸出赤脚来的样子，只想呕吐。

要去哪儿呢？银平一时之间将目的地交给了女子。他们钻进背街小巷，来到了一间小小的稻荷祠堂前。那旁边是一处适合偷情的便宜旅馆。女子犹豫了一阵。银平松开了女子缠在他身上的手，她倒在了路边。

“既然孩子在家等着，你还是赶紧回家吧。”银平说着，扬长而去。

“浑蛋！浑蛋！”女子叫喊着，不断捡起祠堂前的小石子扔向他。其中一块击中了银平的脚踝。

“好痛！”

银平拖着瘸腿往前走，凄凉的心绪爬上心头。他把萤笼挂在町枝的腰上后，为什么没有径直回去呢？他回到租住在二楼的房间，脱下袜子一看，脚踝处已微微红肿了。

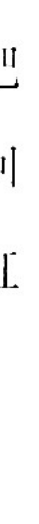

捧读

触及身心的阅读

山音

やまのおと

川端康成 著

彭筱琨 李作媛 译

河北出版传媒集团
河北人民出版社
石家庄

图书在版编目（CIP）数据

最美川端康成. 4，山音 /（日）川端康成著 ；彭筱琨，李作媛译. -- 石家庄 ：河北人民出版社，2023.5

ISBN 978-7-202-06724-6

Ⅰ. ①最… Ⅱ. ①川… ②彭… ③李… Ⅲ. ①长篇小说一日本一现代 Ⅳ. ①I313.45

中国版本图书馆 CIP 数据核字（2022）第 052232 号

山音

一

尾形信吾双眉微蹙，嘴巴微微张开，似是在思考着什么。在别人看来，也许他不是在思考，而是在悲伤。

儿子修一早就察觉到了父亲的神情，但也习以为常了，因而毫不介意。

儿子很清楚，与其说父亲在思考着什么，不如说是在回忆着什么。

父亲摘下帽子，用右手捏着放在膝盖上。修一沉默着拿过帽子，放在电车的行李架上。

“欸，那个……”这时信吾似乎有些难以启齿，“前些日子回去的女佣叫什么来着？”

“是加代吗？”

“啊，是加代！她什么时候回去的？”

"上周四，是五天前吧。"

"五天前啊！五天前请假回家的女佣，我竟连她的容貌、衣着都记不清了，真吓人。"

修一觉得，父亲多少有些夸张。

"加代呀，就在她回去前的两三天，我出门散步，正要穿木屐呢，我说'有脚癣了吧'，加代却说'这是鞋小了吧'，她用词很委婉，我不禁有些钦佩。因为之前出去散步，我被木屐带磨破了脚，她的说法听着很委婉，让我很佩服。可是，现在我才发现，她说的是'夹脚了吧'，并没有用委婉的说法。没什么可佩服的。加代说话的口音很怪，刚刚才发现，我是上了口音的当。"[1]信吾说，"你说'鞋小'给我听听。"

"鞋小。"

"被木屐带子夹得磨脚呢？"

"夹脚。"

"果真如此。我想的是对的，加代的口音有问题。"

父亲是地方出身的，对东京话的口音没有自信。而

---

1 | 原文中，加代说的是"緒ずれ"，意思是"被木屐带子（鼻緒）磨了"，而信吾听成了"御ずれ"，"御"是敬语的前缀。"緒"与"御"的发音都是お，加代说的时候重音放在了"ず"音上，让信吾误以为"お"是无实际意义的敬语前缀。翻译时为了结合中文语境，将原本的重音问题改成了口音问题。

修一是在东京长大的。

“我还以为她是在委婉地说呢，听着温柔有礼。她把我送出玄关，就跪坐在那里。我刚刚才意识到她说的是“夹脚”。可我却想不起她的名字了，连容貌、衣着也记不清了。加代在我们家待了半年吧？”

“嗯。”

修一已经习惯了，一向不会同情父亲。

信吾自己也习惯了，但还是有轻微的恐惧。不管如何回忆，加代都无法清晰地浮现于脑海。这种脑袋空荡荡的焦躁，缠绕着感伤，有时反而会让自己平静下来。

此刻也是如此。信吾似乎回想起加代在玄关处、两手贴地的模样，她微微向前探着身子说道：“这是鞋小了吧。”

女佣加代待了半年，信吾却好不容易才忆起玄关相送一事。他似乎感知了自己在不断消亡的人生。

二

信吾的妻子保子六十三岁，比信吾大一岁。

两人育有一儿一女。大女儿房子也生了两个女儿。

保子看着比较年轻，不像是年长的妻子。这倒不是说信吾显老，而是一般来说，妻子的年龄都比丈夫更小，便自然让人这样觉得了。不过，可能也有保子身材娇小、体格健壮的缘故。

保子不是个美人，年轻时瞧着比丈夫年长，所以不愿和丈夫一同外出。

从何时开始，大家自然而然地用夫大妻小的一般情况来看他们了呢？信吾左思右想，也不得其解。估计是五十五岁之后吧。按说女人应该老得快些，然而，事实恰恰相反。

去年是花甲之年，信吾吐了点血。似乎是从肺部吐出来的，但是，他既没有去做细致的诊察，也没有好好休养，之后身体倒也没事。

信吾并未因此而衰老，皮肤倒还变得光洁柔嫩了。卧床半月，眼睛和嘴唇的颜色似乎返老还童了。

信吾此前并无结核的症状。六十岁时第一次咳血，不免觉得凄惨，所以他有时会躲避医生的诊察。修一认为这是老人的顽固，信吾自己却觉得并非如此。

也许是身体强健的缘故，保子睡得很好。信吾有时会想，半夜里自己是被保子的鼾声吵醒的吧。据说，保子十五六岁时便有打鼾的毛病，父母曾为矫正而煞费苦心。婚后，她便不打了。不想，年过五十之后，竟又打起鼾来。

信吾会捏着保子的鼻子晃动。若鼾声还不停，就捏着她的喉咙摇动。这是心情好的时候。心情不好时，他便会觉得这具长年伴着自己的肉体又老又丑。

今晚心情不好，信吾打开电灯，斜眼看着保子的面容，捏住她的喉咙晃动。他微微出了些汗。

难道要等妻子不打鼾时，自己才会伸手触摸她的身体吗？信吾这样想着，心底不禁掠过一阵感伤。

他拾起枕边的杂志。天气闷热，他便起身打开一扇雨户[1]，蹲在那里。

今夜有月。

菊子的连衣裙挂在窗户外，耷拉着令人生厌的浅白色。信吾望着它，心想，大约是洗好的衣服忘记收进来了，也可能是想让夜露打掉汗味。

“知了，知了，知了。”庭院里响起了虫吟声，是左手边樱花树上的蝉鸣声。蝉能发出如此瘆人的声音吗？信吾有些怀疑，但那的确是蝉。

蝉也会有害怕噩梦的时候吧。

蝉飞了进来，落在了蚊帐的底端。

信吾抓住了那只蝉，但它没有叫。

---

1 | 雨户：为防风、防盗、挡雨、遮挡视线等，在房屋门窗处安放的木板。

“是只哑蝉啊。”信吾低声咕哝道。这不是那只鸣叫着“知了”的蝉。

为了不让它弄错亮光再飞进来，信吾朝着左边樱花树的高处，用力扔出了那只蝉。蝉飞走了，没有回应。

信吾扶着窗，望着樱花树。不知蝉是否停在了樱花树上。月夜深邃，夜色横向伸展，一直伸向远方。

再过十天就到八月了，却仍虫鸣不止。

夜露从一片树叶滴落到另一片树叶上的声音传来。

接着，信吾忽然听见了山音。

没有风。月亮近乎满月，月光皎洁明亮。因为夜间空气潮湿，小山上的树木轮廓模糊，却无风晃动。

信吾所在的走廊下方，羊齿叶也一动不动。

在镰仓所谓山谷深处，夜晚有时能听见波涛声。信吾便疑心是海之声，然而，的确是山音。

它似是远处的风声，却深沉有力，犹如地鸣。这声音在脑海中也清晰可闻，信吾以为是耳鸣，便摇了摇头。

山音戛然而止。

声音消逝之后，信吾便陷入了恐惧。莫非这是预示自己死期将至？他不寒而栗。

信吾本想冷静地思考这究竟是风声、海声，还是耳鸣，可又觉得怎么会有那些声音呢。然而，他的确听见了山音。

那是恰似魔鬼路过，震鸣山岭的山音。

夜色水雾迷蒙，小山前陡峭的斜坡仿佛一面黑黢黢的墙。信吾家的庭院就在小山上。那斜坡说是像墙壁，但更像是切掉一半的鸡蛋立在那里。

旁边和后边都有小山，发出山鸣的似乎是信吾家的后山。

透过山顶林木的间隙，可以望见几颗星星。

信吾关上雨户，想起了一件怪事。

大约十天前，信吾在一家新建的酒馆等候客人。客人没来，却来了一个艺伎，后来又来了一两个。

“解下领带吧，怪闷热的。”艺伎说。

“嗯。”

信吾任由艺伎为他解下领带。

两人并不相熟，但艺伎把领带塞进信吾放在凹间[1]边上的大衣口袋里，便走来说起了自己的故事。

两个多月之前，艺伎和建造这间酒馆的木匠准备殉情。可是，当他们要吞下氰化钾时，艺伎怀疑那点分量

1 | 凹间：又称床之间，日式建筑中用挂轴、插花、盆景等物装饰的内凹小空间。

能否刚好致死。

“木匠说：‘致死量不会错。这样一服一服包好，难道还不足以证明吗？分量是足够的。’”

然而，艺伎无法相信，心中一旦起疑，便越发觉得不可信。

“‘谁给包的呢？为了惩罚你和我这个女人，这人也许在分量上做了调整呢？’我这样问。接着，我又追问他是哪个医生、哪间药铺给的，他也什么都不说。你看，很奇怪吧。两人都要殉情了，有什么不能说的呢？事后不可能再知道了吧。”

“这是在说落语[1]吗？”信吾想这样说，却未能说出口。

艺伎坚持要请人称过药的分量后再殉情。

“我就这样随身带着它啦。”

信吾心觉此事奇妙。他耳中却只残留了“建造这间酒馆的木匠”这句话。

艺伎从纸盒里拿出药包，打开让信吾瞧了瞧。

“嗯。”信吾应声，看了一眼。也许那就是氰化钾吧，信吾不得而知。

---

1 | 落语：日本传统曲艺形式，类似中国的单口相声。

信吾关上雨户，想起了那位艺伎。

信吾钻进了被窝，却没有唤醒六十三岁的妻子，诉说自己听到山音的恐惧。

三

修一和信吾在同一家公司，还承担着帮助父亲记忆的任务。

保子自不必说，修一的妻子菊子也分担着为信吾记忆的工作。家中三人都扮演着帮助信吾记忆的角色。

在公司里，信吾办公室的女事务员也在帮他记忆。

修一走进信吾的办公室，从角落里的小书架上抽出一本书，哗啦啦地翻着。

“哎呀，你瞧。”他说着走到女事务员的桌旁，让她看翻开的那页。

“什么呀？”信吾微笑着问。

修一把翻开的书拿了过来。

> ——在这里，贞操观念并未丧失。男人无法忍受持续爱一个女人的痛苦，女人也无法忍受只爱一个男人的痛苦。为了双方都能快乐、长久地爱着对方，作为手段，彼此可以寻找爱人以外的男女。也

就是说，这是巩固彼此关系的方法……

书上这样写着。

“这里是指哪里？”信吾问道。

“巴黎。这是小说家的欧洲游记。”

信吾的大脑对警句和悖论早已反应迟钝。不过，这既非警句，也不是悖论，而是出色的洞察。

信吾察觉到：修一并非敏感于书中的话语，而是为了在下班后带女事务员外出，两人在机敏地互相示意。

走出镰仓车站，信吾心想，若是能和修一约好回去的时间，或是比他晚回去就好了。

从东京回家的人很多，公共汽车很拥挤，信吾选择了步行。

走到一家鱼店前，信吾停下脚步瞧了瞧，老板向他打招呼，他便走进店内。装竹节虾的桶内，水浑浊得发白。信吾用指尖戳了戳伊势龙虾。大约是活的吧，它却一动不动。蝾螺大量上市，他便决定买蝾螺。

“要几个？”老板这么一问，信吾却迟疑了。

“是呀，三个。挑大的。”

“给您收拾一下吧？好嘞！”

老板和儿子两人把刀尖插进蝾螺里，剜出螺肉。刀撬贝壳时发出的吱嘎声，让信吾感到厌恶。

他们用水龙头冲洗过后，麻利地切着螺肉。这时，两个姑娘站在了店门口。

“要买点什么吗？”老板边切边问。

“请给我竹荚鱼。”

“要几条？”

“一。”

“一条？”

“嗯。”

“一条？”

这是个头稍大些的小竹荚鱼。姑娘对老板露骨的态度并不介意。

老板用纸片包起竹荚鱼递给了她。

紧贴在她身后的姑娘轻轻碰了碰她的胳膊，说道：“明明是不要鱼的。”

前面的姑娘接过鱼，看向了伊势龙虾。

“那种虾，到星期六还有吗？我的那位喜欢吃呢。”

她身后的姑娘不再言语。

信吾一惊，偷偷瞧了那姑娘一眼。

这是最近新来的妓女，裸露着整个背脊，穿着布凉鞋，体态美丽。

鱼店老板把切好的蝾螺肉放到砧板中央，分成三份塞回蝾螺壳里。

“那样的人[1]，镰仓也多起来了呢。”老板鄙夷道。

信吾对老板的语调深感意外。

“不过，蛮一本正经的。让人佩服呀。”信吾似在否定什么。

信吾莫名其妙地注意到一个细节——老板随意地把蝾螺肉塞回壳里，三只蝾螺的肉混在一起，大约各自都不能回到原本的壳里了。

信吾心想，今天是星期四，距星期六还有三天。近来鱼店常有伊势龙虾出售，那位野性的姑娘会如何烹饪这只虾给她那位外国客人吃呢？不过，伊势龙虾无论是煮、烤、蒸，都是野蛮又简单的佳肴。

信吾确实对姑娘心怀好感，之后又觉得有些寂寞。

家中明明有四口人，他却买了三个蝾螺。信吾知道修一不会回家吃晚饭，也并非顾忌儿媳菊子可能多心，当鱼店老板询问买几个时，他只是无意中排除了修一。

回家途中，信吾又顺路去果蔬店买了银杏果。

---

1 | 二战后，日本政府成立专门机构，招募女性为驻日美军提供性服务。

四

信吾破例买了下酒菜回家，但保子和菊子却并未流露惊讶的神色。

也许是因为没能看到本应一起回家的修一，她们隐藏了自己的情感。

信吾把蝾螺和银杏果交给菊子，便随着菊子进了厨房。

“给我一杯糖水。”

“唉，我这就去拿。”菊子说道。信吾自己拧开了水龙头。

水池里放着伊势龙虾和竹节虾。信吾感觉挺合心意的。他在鱼店原是想买虾的，后来却忘了。

信吾看了看竹节虾的色泽，说：“这虾真好啊。”虾很新鲜，而且富有光泽。

菊子用刀背敲开银杏果后说：“虽是您特意买回来的，但这银杏果不能吃呀[1]。”

“是吗？大概时节还不到吧。”

“给果蔬店打个电话，把这情况告诉他们吧。”

---

1 | 日本的银杏果在10月至11月成熟，未成熟的银杏果含有大量毒素，食用后会中毒。

“好啊。不过，蝶螺和虾是一类的，我买多余了。”

“就当在江之岛的茶馆[1]了。”菊子吐了吐舌，“蝶螺带壳烤，伊势龙虾单烤，竹节虾裹面炸吧。我出去买点香菇，爸爸，您能帮我去院子里摘点茄子吗？”

“嗯。”

“要小点的，再摘点紫苏的嫩叶。对了，只炸竹节虾可以吗？”

晚饭的餐桌上，菊子端出了两份烤蝶螺。

信吾有些疑惑地说：“还有一份蝶螺吧？”

“哎呀，爷爷和奶奶牙口不好，我以为是两人合吃一份呢。”菊子说道。

“什么呀……别胡说。家里又没有孙子，哪来的爷爷呢？”

保子低着头，哧哧地笑了。

“对不起。”菊子说着，轻轻站起，又端来一份烤蝶螺。

“菊子说得对，我们俩吃一份就好。”保子说道。

对于菊子随机应变的话语，信吾心中感叹万分。这样一来，也不必纠结究竟是三份蝶螺还是四份了。她说

---

1 | 江之岛的茶馆以海鲜烧烤为特色菜。

了句天真的话便出色地解决了难题，真有一套。

也许菊子也想过：留一份给修一，自己不吃，或者自己和婆婆两人吃一份。

然而，保子并未领会信吾的意图，又糊涂地问道：“只有三份蝾螺吗？家中四口人，怎么只买三份呢？”

“修一不回家，不需要买他的。”

保子苦笑了一下。但也许是上了年纪的缘故，看不出是苦笑。

菊子的面容并未笼上阴影，也没过问修一的行踪。

菊子是家中八个兄弟姐妹中最小的。

七个哥哥姐姐都已结婚，孩子很多。信吾有时会想到菊子父母那旺盛的生育能力。

菊子的哥哥姐姐的名字，信吾至今记不清。为此，菊子常常抱怨。更不用说那众多的外甥、侄女的名字。

菊子出生前，她的父母已不打算再要孩子，母亲也以为自己已经不能生了。她为自己这个年纪还怀孕而羞耻，甚至诅咒自己的身体，也尝试过堕胎，但没成功。因为难产，菊子的额头上留下了钩形的疤痕[1]。

---

[1] 孕妇无法正常分娩时，医生用手术钳夹着胎儿的头将其拽出，在额头上留下了疤痕。

这是菊子听母亲说的，她对信吾也这么说。

信吾无法理解把这种事告诉孩子的母亲，也无法理解把这种事告诉公公的菊子。

菊子用手掌压住刘海，露出额前的轻微伤痕。

从那以后，只要看见菊子额上的伤痕，信吾就会忽然觉得菊子很可爱。

不过，菊子毕竟是家中幺女。与其说是娇生惯养，不如说她是被大家宠爱着长大的，稍微有些纤弱。

菊子刚嫁过来的时候，信吾发现菊子的双肩即便不动也有一种动态的美感。他明显感觉到一种别样的媚态。

身材苗条、皮肤白皙的菊子，常让信吾想起保子的姐姐。

少年时代，信吾心中憧憬的是保子的姐姐。姐姐死后，保子去姐姐的婆家帮忙，照料小外甥。保子近乎献身般地侍奉着他们，想在姐姐去世后成为姐夫的妻子。姐夫是个美男子，保子虽喜欢他，但也很喜欢姐姐。姐姐是个美人，让人难以相信她们竟是同胞姐妹。保子觉得，姐姐和姐夫是理想之国的人。

尽管保子对姐夫和小外甥都很上心，姐夫却对保子的真心视而不见，终日在外游荡。保子似乎甘愿过着这种生活，牺牲自己终生侍奉他们。

信吾知道这些，仍同保子结了婚。

三十多年后的今天，信吾并不认为自己的婚姻是错误的。长久的婚姻并不一定要受起点支配。

然而，保子姐姐的面影，一直深藏两人心中。信吾和保子从未提及姐姐的事，但并未忘记。

菊子来当儿媳妇之后，信吾的回忆中会出现仿佛闪电的亮光，倒也并非病态。

修一与菊子结婚尚不满两年，就已有了情妇。这让信吾深感吃惊。

信吾是乡下出身，他的青年时代与修一不同。修一没有在情欲和恋爱上烦恼过。他似乎从未遇到过痛苦之事。修一初次和女人发生关系是在什么时候，信吾也毫无头绪。

信吾推测，而今修一的情妇准是做色相生意的女人或妓女之类的。

他怀疑，修一带公司的女事务员外出，不过是带她去跳跳舞之类的，或是为了掩盖父亲的耳目。

他的情妇大约不是这样的小姑娘。不知为何，信吾从菊子身上能感觉到这一点。自从有了那女人，修一和菊子的夫妻生活忽然有了进展，菊子的体态也有了变化。

吃烤蝾螺的那天夜里，信吾从梦中醒来，听到了菊子此前从未发出过的声音。

信吾觉得，修一有情妇一事，菊子一无所知。

“我是在用一个蝾螺表达作为父母的歉意吗？”他似在喃喃自语。

可是，在菊子毫不知情的情况下，那个女人给菊子的生活带去了怎样的波涛呢？

迷迷糊糊之中，似乎已经到了清晨。信吾出去取了报纸。月亮仍高高挂着。他大致看了一遍报纸，又睡了一觉。

五

在东京站的站台上，修一敏捷地跳上电车占了座，又让给了后上车的信吾，自己站着。

修一把晚报递上，又从自己的衣兜里掏出了信吾的老花镜。信吾自己也有一副，但常常忘记带，便让修一带一副备用。

修一从晚报上方弯下腰来，说道：“今天谷崎说她有个小学同学想当女佣，便把这事拜托我了。”

“是吗？雇佣谷崎的朋友，不觉得不太方便吗？”

"为什么？"

"那个女佣也许会向谷崎打听你的事情，然后告诉菊子。"

"真无聊。有什么可告诉的呢。"

"嗯，了解一下女佣的身世总可以吧。"信吾看着晚报。

在镰仓站下了车，修一开口道：

"谷崎对您说了我什么吧？"

"什么也没说，她闭口不言。"

"是吗？真烦。要是让父亲办公室的事务员知道我这样那样，岂不让父亲丢人、沦为笑柄吗？"

"那是当然。不过，你可别让菊子知道。"

修一似乎不想过多隐瞒，"是谷崎说的吧。"

"谷崎明知你有情人还愿意同你出去玩吗？"

"大概是吧，多半是吃醋的缘故。"

"真是荒唐。"

"我想分手的，正要分手呢。"

"我听不明白你的话。算了，这种事之后再慢慢告诉我吧。"

"分手之后我慢慢告诉您。"

"总之，你别让菊子知道。"

“嗯，不过，菊子可能已经知道了。”

“是吗？”

信吾顿感不悦，陷入沉默。

回到家中，信吾仍然闷闷不乐，匆匆吃完晚饭便离开餐桌，走进了自己的房间。

菊子端来了切好的西瓜。

“菊子，盐忘拿啦。”保子随后跟来。

菊子和保子顺势在走廊坐下。

“菊子在喊‘爸爸、西瓜、西瓜’，你没听见吗？”保子问道。

“没听见呀，我只知道有冰镇西瓜。”

“菊子，他说没听见呢。”保子看向菊子。菊子也看向保子，说道：

“父亲似乎在生着气呢。”

信吾沉默片刻，开口道：

“最近耳朵好像有点毛病。前些日子，我半夜打开那边的雨户乘凉，似乎听见了山鸣的声音。老婆子正呼呼大睡呢。”

保子和菊子都望向后面的小山。

“山会鸣响吗？”菊子说，“我以前听妈妈说过，大姨在去世前也听见了山鸣的声音。对吧？妈妈。”

信吾心中一惊。他觉得已将此事忘得一干二净的自己，真是无可救药。听见山音之时，为什么没能想起此事呢？

菊子说罢，似乎有些担心，美丽的肩膀一动不动。

蝉翼

一

女儿房子带着两个孩子来了。

大的四岁，小的刚过一岁生日。按这个间隔算，第三个孩子还早着呢。不过，信吾还是漫不经心地问道：“下一个怀了吗？”

“爸爸，您又来了，真烦人！上回您不是问过了吗？”房子让小女儿仰面躺下，一边解开襁褓一边说，“菊子还没怀吗？”

房子虽是随意一问，但菊子望着婴儿的脸忽然僵住了。

“让这孩子先这样躺一会儿吧。”信吾说道。

“是国子，不是这孩子！这不是外公给她取的名字吗？”

注意到菊了脸色的，似乎只有信吾。不过，信吾并不介意，他看着从襁褓中解放出来的婴儿，裸露的双腿一晃一晃的，甚是可爱。

“这样解开好呀，看着很快活，刚才是不是太热了呀。”保子说着，膝行过来，一边挠痒痒似的从婴儿的肚子拍到大腿，一边说道，“妈妈要带着姐姐去浴室擦擦汗了。”

“手巾呢？”菊子站起身来。

“带来了。”房子说。

看样子她似乎打算住上几天。

房子从包袱里拿出手巾和替换的衣物，大女儿里子紧贴着她的背，一声不吭地站着。这孩子来了之后还未开口说过话。从后面看，里子的头发又黑又浓，非常显眼。

信吾似乎见过房子用来装行李的包袱布，不过，他只能想起这是家里的东西。

房子背着国子，牵着里子的手，拎着包袱，从电车站步行而来。信吾想到这一场景，不禁有些感慨。

像那样牵着她的手走路时，里子是不配合的。母亲心烦体虚时，她就更加难以应付。

信吾心想，有仪容端庄的儿媳菊子作对比，保子会不会心里不舒服？

房子去了浴室之后，保子抚摸着国子大腿内侧微微泛红之处，说道：“我总觉得这孩子长得比里子结实。”

“大概是父母关系不好的缘故吧。”信吾说，“里子出生之后，父母的关系就不好了，会受影响的吧。”

“四岁的孩子懂吗？”

“懂吧，会受影响的。”

“是天生的吧，里子她……”

婴儿用出人意料的方式翻身俯卧，突然向前爬行，抓着纸拉门站了起来。

“哟，哟——”菊子张开双臂走了过去，扶住婴儿的双手，让她朝着隔壁房间走去。

保子突然起身，拾起房子放在行李边上的钱包，往里瞧了瞧。

“喂，你干什么？”信吾压低了嗓门，声音却在颤抖，“住手。”

“为什么？”保子显得很平静。

“我让你别翻，住手！你这是干什么？”信吾连指尖都在颤抖。

“我又不偷她的。”

“你比偷还要坏。”

保子把钱包放回原处，顺势坐下了，“我关心一下女儿，怎么就坏了？回到娘家，如果连孩子的点心都买不起，可不好办啊。再说，我也想了解房子的情况。”

信吾瞪了保子一眼。

房子从浴室回来了。

保子立即告状似的说道：“哎，房子，刚才我看了你的钱包，挨你爸爸骂了呢。你要是觉得不好，我就道歉。”

“没什么不好的。”

保子对房子说的话，让信吾更讨厌她了。

信吾也想过，或许正如保子所说，母女之间这样没什么大不了的。可是，他的身体因愤怒而颤抖了，年老之后，岁月积淀的疲倦仿佛从身体深处席卷而来。

房子偷偷瞥了一眼信吾的脸色。比起母亲看钱包，父亲的愠怒似乎更让她吃惊。

“随意看嘛，请便。”房子带着豁出去似的口吻，“啪”地将钱包扔在母亲膝前。

这又让信吾心中不悦。

保子并未伸手拿钱包。

“相原以为我没有钱便逃不出家门，反正钱包里什么也没有。”房子说。

被菊子扶着学步的国子忽然脚下一软，摔倒在地。菊子把她抱了过来。

房子撩起罩衫下摆，给孩子喂奶。

房子虽生得不标致，身体却很好。她的胸脯尚未变形，乳汁充足，乳房饱满。

“星期天，修一还出门吗？”房子问起了弟弟。

她似乎意识到自己必须缓和一下父母之间不愉快的气氛。

二

信吾回家路上，走到家附近，仰头望向别人家的向日葵。

信吾一边仰头看着，一边走到花下。向日葵种在门边，花朝门口垂着。信吾站在那儿，恰好妨碍了这家人进出。

这户人家的女孩回来了，站在信吾身后等着。她并非无法从信吾边上擦身过去，不过女孩认识信吾，便在那儿等着了。

信吾发现了女孩，说：“好大的花呀，真漂亮！”

女孩略带腼腆地笑道：“只留了一朵花。”

“只留一朵，难怪开得这么大呢。花开了很久了吧？”

“嗯。”

“开了几天啦？”

十二三岁的女孩答不上来。她一边思索一边望着信吾，然后又和信吾一同望着向日葵。女孩的皮肤晒得黝黑，脸蛋圆乎乎的，胳膊和腿却瘦瘦的。

信吾想给女孩让路，他朝对面望去，有两三户人家也种着向日葵。

有一株向日葵的顶部开了三朵花。花的大小却只有女孩家一朵的一半。

信吾离去时，又回头望了望向日葵。“爸爸！”菊子的声音传来了。

菊子站在信吾身后，毛豆从菜篮边缘探了出来。

“您回来啦，在观赏向日葵吗？”

信吾觉得与其说是观赏向日葵，不如说是自己没有带修一回家，却在自家附近观赏向日葵，而让菊子感到心中不适。

“花很漂亮啊！”信吾说，“多像是伟人的脑袋。”

菊子不禁点了点头。

“伟人的脑袋”这句话是刚才突然浮现于脑海的，信吾并不是先想到这一点才来看向日葵的。

不过，这么说的时候，信吾强烈地感受到向日葵那强大而凝重的力量，也感受到花的构造井然有序。

花瓣仿佛是圆冠的装饰，圆盘的大部分是花蕊。花蕊簇拥着，仿佛即将盛放。而且，花蕊之间没有争奇斗艳的颜色，齐整而沉静，充满着力量。

花朵比人的头骨还要大。它那秩序井然的重量感，让信吾忽然联想到了人的脑袋。

而且，面对这强烈的自然之力的重量感，信吾突然觉得那正是巨大的男性象征。在这花蕊的圆盘上，雄蕊和雌蕊的构造如何，信吾不得而知，但他感受到了男性的力量。

夏日渐淡，晚风渐浓。

花蕊圆盘四周的花瓣是黄色的，犹如女性。

莫非是菊子来到身边，让自己有了这种奇怪的想法？信吾迈步离开了向日葵。

“我啊，最近脑袋变得很糊涂，看着向日葵似乎也会想起脑袋。脑袋能不能像向日葵一样清晰呢？刚才在电车里，我曾想能不能只把脑袋拿去清洗或修理呢？切掉脑袋虽说有些荒唐，但能不能把脑袋从身体上取下，像送需要洗的衣服一样送到大学医院去，说一声‘好，这个就拜托您了’就放在那里呢？脑袋在医院清洗、修补毛病期间，哪怕三天或一星期都好，身体都在熟睡。既不翻身，也不做梦。”

菊子垂下眼帘，说道："爸爸，您累了吧？"

"是啊。今天在公司会客，我只抽了一口就把烟放在烟灰缸里，再点上一根又放在烟灰缸里，回过神来一看，三根同样长度的烟正在烟灰缸里并排冒烟。真让人难为情啊。"

信吾确实在电车里幻想过清洗大脑。不过，比起洗净大脑，他更想身体能够熟睡。取下脑袋后的身体，似乎会睡得很舒服。信吾确实是累了。

今日黎明时分，他做了两次梦，两次都梦见死人。

"您暑期不休假吗？"菊子问道。

"我想去上高地[1]休假。没有地方可以让我取下脑袋暂存，我想去看看山。"

"要是能去，就太好啦。"菊子的语调带着些浮想联翩。

"是啊。可是，现在还有房子呀，她好像也是工作之余来放松身心的。房子是觉得我在家比较好呢，还是不在家比较好呢？菊子，你觉得呢？"

"啊，您真是位好父亲，姐姐真让人羡慕。"菊子的语调有些奇怪。

---

1 | 上高地：日本长野县西部的旅游胜地。

信吾也许是在吓菊子，也许是想分散她的注意力，以避开儿子没有和自己一起回家的事。他虽无意如此，却多少也有这样的感觉。

“你是在挖苦我吗？”

信吾语气很轻，但菊子还是吓了一跳。

“房子那副模样，我也不是什么好父亲吧。”

菊子有些为难，脸颊泛红，一直红到耳根。

“那不是父亲的原因。”

从菊子说话的神情和语调中，信吾似乎感受到了某种安慰。

三

即使是夏天，信吾也不爱喝冷饮。起初是保子不让他喝，后来不知不觉便成了习惯。

不论是早上起床，还是外出归来，他都照例先喝一些热粗茶。对此，菊子很体贴。

观赏向日葵回到家中，菊子便忙着先为他倒了一杯热粗茶。信吾喝了半杯，换上浴衣，便拿着杯子走到檐廊，边走边小口喝着。

随后，菊子拿来了凉手巾和香烟，又往杯子里续满了热粗茶。站了一会儿，又取来了晚报和老花镜。

信吾用凉手巾擦了把脸，觉得戴眼镜有些麻烦，便眺望着庭院。

庭院的草地已经荒芜。在视线尽头，一簇簇胡枝子和芒草长得如同野生的。

胡枝子边上，蝴蝶翩翩飞舞。透过绿色的胡枝子叶的间隙，似有几只蝴蝶忽隐忽现。信吾满心等待着，蝴蝶是飞到胡枝子上，还是飞到胡枝子旁，可蝴蝶一直在胡枝子丛中飞来飞去。

望着望着，信吾觉得胡枝子那边仿佛存在着一个小小的世界。在胡枝子叶间时隐时现的蝴蝶翅膀真美呀。

信吾忽然想起了上次接近满月的夜晚，透过后面小山的林木间隙看到的星星。

保子过来坐在檐廊边上，摇着团扇问道："修一今天也要很晚回来吗？"

"是啊。"信吾把脸转向庭院，"胡枝子那边，蝴蝶在飞呢，看见了吗？"

"嗯，看见了。"

可是，蝴蝶仿佛不愿被保子找到似的，此时飞到了胡枝子的上方。是刚才的三只。

"有三只呢，是凤蝶啊。"信吾说道。

那是一种体型娇小、颜色暗淡的凤蝶。

蝴蝶在木板墙上画了条斜线，飞到了邻居家的松树前。三只蝴蝶齐整地列着纵队，间隔均匀，很快便从松树中央飞到了树梢。松树不像修剪过的庭院树木，它高耸入云霄。

片刻之后，一只凤蝶从意想不到的方向低低地穿过庭院，掠过胡枝子上方。

“今天清晨醒来前，我两次梦见了死人。”信吾对保子说，“东南屋的大叔请我去吃荞麦面。”

“你吃了荞麦面吗？”

“欸？什么呀？吃了不好吗？”

信吾心想，难道梦中吃了死人招待的东西就会死？有这种说法吗？

“记不清了，他端出了一小笼屉荞麦面，我似乎没吃。”

他似乎没吃就醒了。

四四方方的笼屉外面是黑色的，里面是红色的，铺着竹帘，就连梦中荞麦面的颜色，此刻都清晰地浮现在信吾眼前。

也不知自己是在梦中就留意了颜色，还是醒后才意识到有颜色的。总之，到现在他记得清楚的只有那一小笼屉荞麦面，其他的都模糊不清了。

一小笼屉荞麦面直接放在榻榻米上。信吾似乎站在荞麦面前边。东南屋的大叔和他的家人席地而坐，没有人垫坐垫。信吾站着，有些奇怪，但他似乎一直是站着的。模模糊糊的，他只记得这些。

梦醒时分，信吾仍清楚地记得梦境。后来再睡着，今早起床时，梦境更为清晰了。然而，傍晚时分，梦境便已模糊。脑海中只隐约浮现出小笼屉荞麦面的场景，前后的经过已经忘了。

东南屋的大叔是一位制作小件家具的木匠，三四年前去世了，享年七十多岁。信吾喜欢老派匠人的风格，找他做过工。但是，两人的关系并未熟悉到三年后还会在梦中相见。

梦中出现荞麦面的地方似乎是工作间后方的餐室，信吾曾站在工作间与在餐室里的大叔说过话，但似乎并未去过餐室。也不知自己为何会梦见被请去吃荞麦面。

东南屋的大叔有六个孩子，全是女儿。

信吾在梦中曾摸过一位姑娘，但是不是六个女孩中的一个呢？现在已是黄昏，信吾不记得了。

他只记得确实摸过，但完全想不起对方是谁了，连帮助回忆的线索也不记得了。

梦醒时分，他清清楚楚地记得对方是谁。之后又睡了一觉，今早也许还记得对方是谁。可此刻已是傍晚，他已经完全忘了。

信吾心想，姑娘是在梦到东南屋大叔之后梦见的，也许是大叔的一个女儿吧，却又毫无实感。首先，信吾的脑海中已无法浮现出东南屋姑娘们的面影。

信吾可以肯定那是梦的延续，却又记不清和小笼屉荞麦面的先后顺序。他此刻还记得，醒来时最先浮现在脑海里的是小笼屉荞麦面。可是，因为触摸姑娘而醒，不是更符合梦的一般规律吗？

不过，似乎并没有让梦醒来的刺激。

事情的经过不记得了，姑娘的身影也消失无踪，他都想不起来了。信吾此刻记得的，只有模糊的感觉。身体不适，无法回应，糊里糊涂。

在现实中，信吾并未与女人有过如此经历。不知她是谁，反正是位姑娘，这在生活中不可能发生吧。

信吾六十二岁了，极少做淫乱之梦。也许也谈不上淫乱，因为那梦枯燥无味，信吾醒后也觉得莫名其妙。

这个梦之后，信吾很快便入睡了。不久，他又做了个梦。

高大肥胖的相田拎着一升的酒壶，来到了信吾家。他似乎已经喝了不少，面庞红彤彤的，毛孔都张开了，一副醉醺醺的样子。

这个梦只记得这些了。梦里的家，是现在的家还是之前的家，信吾也记不清了。

十年前，相田是信吾公司的董事。近几年，他逐渐瘦了下来。去年年末，他因脑溢血离世了。

“之后我又做了个梦，这回梦见相田拎着一升酒来我们家了。”信吾对保子说。

“相田先生？相田先生的话，他不是不喝酒吗？真是奇怪。”

“是啊。相田多年哮喘，因脑溢血倒下时，痰堵在喉咙里便断气了。他是不喝酒的，走路的时候经常拎着药瓶。”

然而，信吾的脑海中清晰浮现的，是梦中的相田如酒豪一般大步走来的身影。

“所以，你就和相田先生一起喝酒啦？”

“没喝。他朝我坐的地方走来，没等他坐下，我便醒了。”

“真讨厌呀！梦见了两位死人。”

“是来接我的吧。”信吾说道。

人到了这个年纪，许多故人都已离世。梦见他们也许是理所当然的。

不过，东南屋大叔和相田并非以亡者的面目，而是作为活人出现在信吾的梦中。

而且，今早梦见的东南屋大叔和相田的面容与身影历历在目，比平日印象更为清晰。相田醉得通红的脸，实际并不存在，可信吾连他那敞开的毛孔都记得很清。

东南屋大叔和相田的身影都能记得如此清楚，而在同一个梦里摸过的姑娘，却怎么也想不起她的身影，连她是谁也不知道，这是为什么呢？

信吾怀疑，自己是不是因为良心不安才完全忘记了呢？可是也不对。若是到了需要道德反省的程度，自己为何中途醒来又能入睡呢？他只记得感觉失望。

然而，为什么会在梦中有失望的感觉呢？信吾并没有觉得奇怪。

这一点，他也没有未告诉保子。

厨房传来菊子和房子准备晚饭的声响。声音似乎有些太大了。

四

每天夜里，蝉都会从樱花树上飞进屋里。

信吾来到庭院中，顺便走到那棵樱花树下。

蝉飞向四周，传来阵阵振翅之声。蝉的数量之多，让信吾感到吃惊。振翅之声，也让他为之一惊。他感觉那振翅之声仿佛是一群麻雀在飞舞。

信吾抬头仰望那棵大樱树，蝉还在不停地飞舞。

满天云彩向东飘去。天气预报说二百十日[1]平安无事，但信吾觉得，今夜也许会风雨交加，气温骤降。

菊子走来，问道："爸爸，怎么啦？是蝉声太吵，让您想起了什么吗？"

"吵得像是发生了什么事故。总说水禽的振翅之声响亮，可蝉的振翅之声也让我吃惊呢。"

菊子的手指捏着一根穿了红线的针。

"它们可怕的叫声比振翅之声更让人难受。"

"我倒不大在意叫声。"

信吾看了看菊子刚才所在的房间。她给孩子缝制的红衣服已经好了，用的是保子从前的长汗衫。

"里子还是把蝉当玩具吗？"信吾问道。

菊子点点头，双唇微动，似说了声"嗯"。

家在东京的里子觉得蝉很稀罕，也许是天性吧，起初她还很害怕，房子便用剪刀把蝉的翅膀剪掉再给她。后来，里子只要抓住蝉，便让保子或菊子剪掉翅膀。

---

1 | 二百十日：从立春算起的第210天，即9月1日前后，此日常刮大风。

保子相当讨厌此事。

保子说，房子原本不是会做这种事的女儿，是她的丈夫让她变坏的。

看到红蚁群拖动着没有翅膀的蝉，保子面色煞白。

保子平时不会为这种事动怒，信吾既奇怪又惊讶。

不过，保子有如此触动，大概是因为有不好的预感吧。信吾知道，问题并不在于蝉。

里子沉默寡言，性格固执。即便大人妥协地为她剪去了蝉的翅膀，她也不开心。她面无表情，假装悄悄藏起了蝉，却把刚剪下翅膀的蝉扔进庭院中。她知道大人正注视着自己。

房子似乎每天都在向保子抱怨，却未说何时离去，也许她还有什么重要的事未能说出。

保子钻进被窝之后，会将女儿当天的牢骚全部吐露给信吾。信吾漫不经心，只当作耳旁风，他觉得房子似乎还有话没说完。

虽说父母理应同女儿交流，但是面对年已三十、嫁作人妇的女儿，父母也无法轻易理解她。房子带着两个孩子，挽留她也并非易事。他们只能静待事态发展，拖一天算一天。

晚餐时分，修一和菊子都在。

“父亲对菊子真温柔，真好啊！”房子突然说道。

“是啊，我对菊子也很温柔嘛。”保子答道。

房子的口吻似乎并不需要回答，但保子回答了。她的声音带着笑意，却仿佛在压制房子，“菊子呀，对我们也都很温柔呢。”

天真的菊子满脸通红。

保子说得很坦率。可听着却像在讽刺自己的女儿。听着像她喜欢看似幸福的儿媳，讨厌看似不幸的女儿。甚至让人怀疑她是否带着残酷的恶意。

信吾觉得这是保子的自我厌恶。他自己也有类似的情绪。不过，让信吾感到意外的是：保子作为女人，作为年迈的母亲，怎么会对可怜的女儿发泄这种恶意呢？

“我不赞成，她对丈夫可不温柔。”修一说道，不像是玩笑话。

信吾待菊子很温柔。对此，不仅修一和保子，菊子也很清楚，只是谁都没有特意说过。此时房子一说，信吾忽然觉得自己落入了寂寞的深渊。

对信吾来说，菊子是这沉闷的家中的一扇窗。亲生骨肉不能如信吾所愿，也不能如他们自己所愿的那样生活在这世间。子女的痛苦加倍地笼罩着信吾。看到年轻的儿媳，他才会松口气。

说是温柔，也不过是信吾在黑暗的孤独中的一点微光吧。这样说服自己后，他在对菊子的温柔里，感受到了一丝宽慰。

菊子不会胡乱猜测信吾这个年纪的心理，也不会戒备他。

房子的话仿佛触及了信吾的小秘密。

那是约莫三四天前晚餐时分的事了。

站在樱树下，信吾想起了里子玩蝉的事，也想起了那时房子说的话。

“房子在午睡吗？”

“嗯，在哄国子睡觉。”菊子望着信吾的脸答道。

“里子真有趣呀。房子哄婴儿睡觉时，里子也会跟去，贴在母亲背上便睡着了。那时她还挺老实的。”

“真是可爱。”

“外婆不喜欢这孩子，可是，她长到十四五岁时，也许会如外婆一般打鼾呢。”

菊子愣住了。

菊子回到刚才缝衣服的房间，看见信吾正要去别的房间，便叫住了他。

“爸爸，听说您去跳舞了？”

“嗯？”信吾转过身来，“你也知道了？真让我意想不到。”

前天晚上，信吾和公司的女事务员去了舞厅。

今天是星期天，一定是昨天谷崎英子对修一说了，修一又对菊子说了。

近年来，信吾不曾出入舞厅。他邀请英子时，英子吓了一跳。她说，同信吾去舞厅，公司的人议论起来就不好了。信吾便让她不说出去。看样子，她第二天就对修一说了。

修一早就从英子那里听说了，昨天和今天却在信吾面前假装不知，而且还很快对妻子说了。

修一似乎常同英子去跳舞，信吾便也想去看看。信吾心想，也许修一的情妇就在他们一起去的舞厅里呢。

到了舞厅，信吾发现一时也难以找出那样的女人，却也不想问英子。

英子出乎意料地同信吾来了，但她似乎过于兴奋，有些得意忘形了。信吾觉得她靠不住，有些可怜。

英子二十二岁，乳房只有巴掌大。信吾忽然想起春信[1]的春宫画[2]。

---

1 | 即铃木春信（1725—1770）：江户时代中期的浮世绘画家，擅长画梦幻中的美人。

2 | 春宫画：描绘男女性爱场景的画。

不过，他看着周围杂乱无章的景象，却想起春信，这确实如喜剧一般有些可笑。

“下回和菊子一起去吧。”信吾说道。

“真的吗？请让我陪您去。”

从叫住信吾的时候，菊子便已涨红了脸。

信吾是觉得修一的情妇在那个舞厅才去的，菊子是不是察觉到了这一点呢？

菊子知道自己去跳舞的事也无妨，不过信吾另有企图，是去打探修一的情妇。所以，菊子突然提起此事，信吾不免有些不知所措。

信吾绕到玄关，走到修一身边，站着说道：

“喂，你从谷崎那里听说了？”

“因为是我们家的新闻嘛。”

“什么新闻嘛！你带她去跳舞的时候，该给她买件夏装吧。”

“嗯？爸爸觉得丢人了吗？”

“我总觉得她的衬衫和裙子不搭。”

“她有不少衣服呢。因为您突然邀她去跳舞才没搭配好。如果事先约好，她会穿得很相称。”修一说罢，头扭向了一边。

信吾经过房子和两个孩子睡觉的地方，走进餐室，看了眼挂钟。

“五点了。”他像确认时间似的嘀咕着。

云焰

一

报纸上说二百十日平安无事，可就在二百十日的前夜，台风来了。

不过，信吾已经记不清是在几天前看到的那篇消息了，也许不能算天气预报。临近的时候，当然还会有预报，也会有警报。

“今天早点回家吧。”信吾对修一说。

女事务员英子帮信吾作好回家的准备之后，自己也匆忙准备起来。她穿上透明的白雨衣，胸部依然扁平。

自从带英子去跳舞，发现她的乳房扁平之后，信吾无意中便会关注这一点。

英子从后面奔跑似的下了楼梯，同信吾他们并排站在公司门口。也许是雨太大的缘故，她并未补妆。

“你回哪里呢？”信吾想问，却又打住了。大约已经问过二十遍了，他还是没记住。

在镰仓站，下车的人都站在屋檐下，望着狂风暴雨。

他们走到门口种着向日葵的人家附近，风雨声中传来了《巴士底日》[1]的主题曲。

“那家伙真是悠闲呀！”修一说道。

两人都知道，这是菊子在播放丽兹·高蒂[2]的唱片。

歌曲结束后，又从头放了起来。

歌中传来关雨户的声音。

两人还听到了菊子一边关上雨户，一边和着唱片唱歌的声音。

因为雨声和歌声，菊子没有注意到两个人从大门走进玄关。

“这雨太大了，鞋里都进水了。”修一说着，在玄关脱下鞋子。

信吾浑身湿漉漉地走进屋里。

“欸，你们回来啦。”菊子走了过来，脸上洋溢着喜悦。

修一把手里的袜子递给了她。

“欸，爸爸也淋湿了吧。”菊子说道。

唱片放完了。菊子把唱针放回唱片开始的地方，抱着两个人湿透的西服站起身来。

---

1 | 《巴士底日》：1933年由法国导演勒内·克莱尔执导的浪漫喜剧电影。

2 | 丽兹·高蒂（1900—1994）：法国女歌手、演员，《巴士底日》主题曲《在巴黎的每个郊区》的演唱者。

修一边系腰带边说："菊子，这附近都听见啦，你真悠闲啊。"

"我太害怕啦，所以才放唱片的。我担心你们，一直坐立不安呀。"

不过，菊子似乎有些因暴风雨而兴奋。

菊子一边走向厨房为信吾倒粗茶，一边小声哼唱。

这张巴黎的民歌集是修一喜欢才买回来的。

修一会说法语，菊子不懂。不过，修一教了她发音，她跟着唱片反复学唱，唱得倒是不错。据说，演唱《巴士底日》主题曲的丽兹·高蒂，曾在痛苦境遇中顽强生活。菊子唱不出她的韵味，但她那断断续续的歌声也别有一番趣味。

菊子出嫁的时候，女校的同学们送给她一套世界摇篮曲的唱片。新婚期间，菊子常放那些摇篮曲。身边没人的时候，她还会和着歌曲轻轻哼唱。

信吾被这份甜美的心意吸引了。

信吾暗自赞佩，这真是女孩间的祝福呀。他觉得菊子听摇篮曲的时候，也会沉湎在对少女时代的回忆里。

信吾曾对菊子说："我的葬礼上，放这张摇篮曲的唱片就足够了。不用诵经，也不用念悼词。"这话虽然当不得真，却让人禁不住想流眼泪。

然而，菊子还没有孩子，似乎也听腻了摇篮曲的唱片，最近没再听了。

《巴士底日》的歌曲接近尾声时，突然低下去，消失了。

“停电了。”保子在餐室说道。

“停电了，今天不会来电啦。”菊子关上唱片机的开关，“妈妈，早点开饭吧！”

晚餐期间，微弱的烛光被门缝里吹入的风吹灭了三四回。

暴风雨的远方，大海似在鸣叫，海鸣比风雨之声更让人恐惧。

二

枕边的蜡烛熄灭后的气味，一直萦绕在信吾鼻尖。

房屋微微摇晃的时候，保子在铺盖上摸索火柴盒。她晃了晃，像是在确认，又像让信吾也能听见。

接着，她又找到信吾的手，没有握住，只是轻轻碰了一下。

“不要紧吧？”

“不要紧的，即便外面有什么东西被刮跑了，我们也不能出去。”

“房子家也不要紧吗？”

“房子家吗？”信吾忘了，“嗯，不要紧吧。这种暴风雨的夜晚，夫妻俩大约早早就亲密地睡下了吧。”

“能睡得着吗？”保子岔开信吾的话，沉默不语。

修一和菊子的说话声传了过来，菊子在撒娇。

片刻之后，保子又说：“她有两个孩子，跟我们家不一样。”

“而且，她婆婆的腿脚不大好，神经痛也不晓得怎么样了。”

“对，对。万一要逃生的话，相原就得背着他母亲啦。”

“腿脚站不住吗？”

“听说还能动弹，可这暴风雨……她们这一家，可真让人愁闷啊！”

六十三岁的保子说“愁闷”，信吾觉得有些奇怪，他说：“哪里都很愁闷啊。”

“报纸上说，女人一生中会梳各式各样的发髻。说得真好呀。”

“写的什么事呢？”

据保子说，最近有一位专画美人的女画家去世了，另一位专画美人的男画家在悼念她的文章开头写下了这句话。

不过，与这句话相反的是，那位女画家并未梳过各式发髻。从二十来岁一直到七十五岁去世，约莫五十年的光景，她梳的都是卷盘发[1]。

保子虽钦佩一生都梳卷盘发的人，但她不谈此事，却对“女人一生中会梳各式各样的发髻”这句话很有感触。

保子有个习惯，每隔几天就会把读过的报纸汇集起来，再从中挑着读。因此，信吾难以判断她说的是什么时候的报道。此外，她还爱听晚上九点的新闻解说，时常会冒出些意想不到的话来。

“你说，房子今后也会梳各式各样的发髻吗？”信吾试着问道。

“是呀，女人嘛。不过，大约不会像我们以前梳传统发髻那样多变吧。要是房子像菊子一样漂亮，常换各式发髻倒是桩乐事。”

“你呀，房子来的时候，对她太刻薄啦。我想房子准是绝望地回去的。”

---

1 | 卷盘发：头发不分左右，全部梳拢到后边、缠到梳子上盘在脑后的发型。

“这还不是因为你的情绪传染给我了吗？你只疼爱菊子。”

“哪里的话，你这是借口。”

“是这样嘛。从前你就讨厌房子，只疼爱修一呀！你就是这样的人嘛。而今修一在外有了情妇，你却什么都不说。只顾一个劲地怜悯菊子，这样反而更残酷啊。那孩子担心父亲为难，连妒忌都不敢。真是愁闷啊。让台风吹走才好！”

信吾不禁愕然。

然而，保子越说越起劲。信吾插嘴道：“你是说台风啊。”

“是台风啊。房子都这个年纪了，如今这个时代，还想让父母替自己提出离婚，难道不是太懦弱了吗？”

“倒也不见得。不过，她是为了提离婚才回来的吗？”

“先不说别的，房子背着孩子回来时，你那张愁闷的脸总在我眼前晃。”

“你才是露骨地摆出了那副表情呢。”

“这是因为家中有让你很中意的菊子啊。唉，且不说菊子，说实在的，我也讨厌房子。有时菊子说话、做事都会让人放心且轻松愉快。而房子却让人怪抑郁的……出嫁之前，她还不至于如此的。明明是自己的女儿和外孙女，父母为何会有这种感觉呀？真可怕。这是受了你的影响吧。”

“你比房子还懦弱啊。”

“刚才是开玩笑的。说是受了你的影响时，我吐了吐舌头，在黑暗中你瞧不见吧。”

“真是个能说会道的老婆子，拿你没办法。”

“房子真可怜啊，你也觉得可怜吧。”

“可以把她接回我们身边嘛。”

接着，信吾像忽然想起来似的，说道：“我说，前些天房子带回来的包袱布。”

“包袱布？”

“嗯，包袱布。我瞧着那包袱布很眼熟，却又记不清了，是我们家的吧。”

“棉线的大包袱布吧。房子出嫁的时候，不是用它来包梳妆台的镜子了吗？那是一面大镜子。”

“啊，是吗？”

“看见那块包袱布，我真是不高兴。何必拎着这种东西呢，把东西装进新婚旅行时用的皮箱里带来，不是更好吗？”

“箱子太重啦。她还带着两个孩子呢，也就顾不上体面了。”

“可是，家中还有菊子在啊。那块包袱布还是我出嫁的时候用来装什么东西的呢。”

“是吗？”

“时间还要更早呢。大约是姐姐的遗物吧。姐姐过世后，她的婆家用这块包袱布裹着盆栽，还给了娘家。那是一盆很大的红叶。”

“是啊。”信吾平静地应了一声，漂亮的红叶盆栽的红色，照亮了他的脑海。

保子父亲住在乡镇上，喜欢盆栽，尤其热衷红叶盆栽。保子姐姐曾帮父亲打理过盆栽。

暴风雨声清晰可闻，信吾躺在被窝里，脑海中浮现了故人站在盆栽架子间的身影。

大约是父亲送了出嫁的女儿一盆盆栽吧，也可能是女儿想要的。女儿离世后，因为是她亲生父亲珍爱的盆栽，放在婆家又无人打理，所以便把盆栽送还娘家了吧。也可能是他父亲想取回的。

此时此刻，保子家佛堂里的红叶盆栽，占据了信吾的脑海。

信吾想到，保子的姐姐大约是在秋天去世的。因为信浓的秋天来得早些。

不过，妻子一去世就赶紧归还了盆栽吗？满树红叶摆在佛堂，似乎不大合适。难道这是追忆往事的思乡空想吗？信吾不太确定。

信吾早已忘了保子姐姐的忌辰，也不打算问保子。

“我没有帮父亲打理过盆栽。大约与我的性格有关吧，可是，我总觉得父亲只喜爱姐姐。我也并非因为输给了姐姐而忌妒她，而是没能像姐姐一样能干，我觉得难为情呀。”

保子曾说过这样的话。

谈及信吾对修一的偏爱，保子就会冒出这样的话。

“我似乎和房子有点像。”有时保子也会这样说。

信吾有些吃惊，那块包袱布竟勾起了保子对姐姐的回忆吗？但是谈起了姐姐，信吾便默不作声了。

“睡吧，上了年纪的人，辗转难眠呀。”保子说，“这场暴风雨让菊子很开心呢，笑得很欢……她一直放着唱片，我觉得她很可怜。”

“你这话和刚才说的自相矛盾嘛。”

“你不也是嘛。”

“这是我要说的话。难得早睡一回，还挨了你一顿说。”

盆栽的红叶依然留在信吾的脑海里。

在充满红叶的脑海的一个角落里，信吾心想，少年时代对保子姐姐的憧憬，在与保子结婚三十多年后的今天，仍是块旧伤疤吗？

约莫比保子晚一个小时入睡的信吾，被一声巨响惊醒了。

“怎么啦？”

菊子在黑暗中摸索着走来的声音从走廊传来，告诉说：“您醒了吗？人家说，神社安放神舆的小屋，屋顶的铁皮好像刮到咱们家房顶了。”

三

神舆小屋屋顶上的铁皮全被风吹跑了。

信吾家的房顶和庭院里落了七八块，神社的主理人一大早就来捡了。

第二天，横须贺线通了电车，信吾去公司上班了。

“怎么了？没睡好吗？”女事务员英子为他沏粗茶时，信吾问道。

“嗯，一夜没睡。”

英子讲了两三件台风过后的事，是她透过通勤电车的车窗看到的。

信吾抽了两根烟之后，问道：“今天没法去跳舞了

吧？”

英子抬起头来，微微一笑。

“上回跳完舞，第二天早晨，腰很痛呢。上了年纪的人不行啦。”信吾说罢，英子的下眼睑到鼻翼两侧微微皱起，露出调皮的笑意。

“是您的身体太往后仰的缘故吧？”

“往后仰？是吧。扭到腰了吧。”

“跳舞的时候，您似乎觉得碰到我不大好，为了保持距离，身体就往后仰了。”

“哦？真让人意外。没那回事吧。”

“是因为这样嘛。”

“我大约是想端正姿势吧，自己倒没注意。”

“是吗？”

“你们跳舞总是贴在一起，这不合乎礼节。”

“哎，您说得太过分啦。”

信吾之前觉得，前些天跳舞的时候，英子有些面红耳赤，忘乎所以。现在看来，英子挺天真的，大约是自己太顽固了吧。

“那好，下回我身体往前倾，贴着你跳，要去吗？”

英子低下头，忍住笑声说：“我陪您去。不过，今天不行。这身打扮太失礼啦。”

“我也不是说今天去嘛。”

信吾看到英子穿着一件白衬衫，系着一条白饰带。

白衬衫并不稀奇，不过白饰带衬得衬衫更洁白了。饰带稍微有些宽，她把头发拢成一束，系在脑后。这身打扮很有台风天的感觉。

耳朵和耳后的发际露了出来，平时被头发遮住的苍白肌肤上，毛发生得很齐整。

她穿着一条藏青色的薄针织裙子，有些旧了。

这身打扮不会显得她胸小。

“从那以后，修一没再邀请你吗？”

“嗯。”

“真是对不起呀。和我这个老头子跳过舞，就被年轻的儿子敬而远之，太可怜啦。”

“哎呀，瞧您说的。我去邀请他就好啦。”

“你这是让我不用担心吧。”

“您再说我，我就不陪您去跳舞了。”

“别这样。不过，修一在你的注视下，连头都抬不起。”

英子似乎反应过来了。

“你知道修一的情妇吧？”

英子有些为难。

“是舞女吗？”

英子没有回答。

“年龄大吗？”

“年龄大？是比您家儿媳的年龄大。”

“是个美人？”

“嗯，很漂亮。”英子有些吞吞吐吐地说，“不过，声音很沙哑。与其说声音沙哑，倒不如说声音像裂开了一样，仿佛双重音似的。修一说那声音很性感。”

“哦？”

英子瞧着还想继续说下去，信吾却想捂住耳朵。

信吾感到了自身的耻辱，厌恶修一的情妇和英子的本性。

女人沙哑的声音很性感，这话让信吾感到吃惊。修一是修一，英子是英子啊！

英子察觉到信吾的脸色，沉默不语了。

这一天，修一和信吾一起早早回了家，锁上了门，一家四口去看歌舞伎《劝进帐》的录像。

修一脱下衬衫换上内衣的时候，信吾看到他的乳头和胳膊根部都泛着红。信吾心想，大约是暴风雨那天夜里，菊子弄出来的吧。

出演《劝进帐》的三位名角幸四郎、羽左卫门、菊五郎[1]，而今都已离世了。

这种感觉，信吾和修一、菊子是不同的。

“幸四郎演的弁庆，我们看过几回啦？”保子问信吾。

“忘了。”

“也是，你很快就忘了。”

月光笼罩着小镇，信吾抬头望着天空。

信吾忽然觉得，月亮在火焰之中。

月亮周围的云朵，形状珍奇，仿佛不动明王[2]背上的火焰，又仿若狐狸的火焰，总之令人联想到画中描绘的火焰。

然而，云焰是冰冷的、苍白的；月亮也是冰冷的、苍白的。信吾忽然感到秋意袭来。

月亮稍稍偏东，大致是圆的。月亮在云焰之中，边缘处的云也模糊了。

除了月亮周围的云焰之外，近处没有云。暴风雨过后的晚上，夜空深邃黝黑。

小镇的店铺都关着门，一夜冷清。电影散场回家的

---

1 | 幸四郎、羽左卫门、菊五郎：松本幸四郎（七代），堂号高丽屋（1870—1949）；市村羽左卫门（十五代，名义上称十代），堂号橘屋（1874—1945）；尾上菊五郎（六代），堂号音羽屋（1885—1949）。

2 | 不动明王：即不动尊菩萨，据《大日经疏》卷五载，其形象“背负猛火”。

人群前方，一派静谧，杳无人声。

“昨晚没睡好，今晚早些睡吧。”信吾说着，不禁感到几分寂寥，开始怀恋人体的温存。

不知为何，他觉得作出一生重大决定的时刻就要来了，要决定的事情似乎迫在眉睫。

栗子

一

“银杏树又发芽啦。”

“菊子是刚刚才发现吗？”信吾说，“我前不久就注意到啦。”

“那是因为爸爸总是面朝银杏树坐着嘛。”

坐在信吾对面的菊子，回头看向身后的银杏树。

在餐室吃饭时，一家四口的座位是固定的。

信吾朝东坐，左边的保子朝南坐。信吾的右边是修一，朝北坐。菊子朝西，与信吾相对而坐。

南面和东面都有庭院。可以说，信吾夫妇占了好位置。吃饭时，两个女人的座位也便于上菜和服侍。

不吃饭的时候，四个人围坐在餐室的矮脚餐桌旁，也自然地习惯了坐在固定的位置。

菊子总是背向银杏树而坐。

即便如此，这棵大树不合季节地发芽，菊子不该不知道，信吾担心她心里有什么事情。

“打开雨户或清扫走廊的时候，也都能看到嘛。”信吾说道。

“您说的倒也是。”

“对嘛。首先，从外面回来的时候，不是朝着银杏树走过来的吗？即便不想看也能看见嘛。菊子总是低着头，是边走路边在呆呆地想着事情吧？”

“哎呀，真不好说。”菊子耸了耸肩，“今后凡是爸爸看到的东西，无论什么我一定留心先看看。”

信吾听了这话，心中难免悲凄。

“这怎么行呢。”

自己看到的东西，无论是什么，都希望对方先看到。信吾一生都未有过这样的恋人。

菊子一直望着银杏树。

“那边山上，有些树也长出了新叶呢。”

“是啊，还是那棵树吧，暴风雨将叶子吹光了吧。”

信吾家的后山，一直延伸至神社处。小山的一端开了门，过去就是神社的庭院。银杏树长在庭院内，从信吾家的餐室望去，仿若山上的树。

台风过境的那一夜，这棵银杏树被吹得光秃秃的。

银杏树和樱花树都被台风吹光了叶子。在信吾家附近一带，这两棵树算是大树了。也许树大招风，树叶经不起风吹。

樱花树上原来还剩少许枯叶，风过之后也凋落了，光秃秃的。

后山的竹叶也枯萎了。也许是靠近大海，风中带盐的缘故吧。有的竹子被风吹断，落到了庭院中。

大银杏树再次抽了新芽。

从大路拐向小路后，信吾便朝着这棵银杏树的方向往家里走，每天都能看到它。坐在餐室里也能看到。

“银杏树到底比樱花树要顽强些啊。我望着它时，便会想，长寿的树果然不一样呢。”信吾说道，“那样的老树，到了秋天还要重新长出新叶，需要多大的力气啊！”

“可是，叶子也会感到寂寞吧。”

“是啊。我一直在想，它能长得像春天的叶子一样大吗？瞧着却一直不见长大。”

银杏树的叶子很小，而且稀疏，远不能遮住树枝。它的叶子似乎有些薄，颜色不绿，呈淡黄色。

让人感觉秋天的朝阳仍照耀着光秃秃的银杏树。

神社的后山长着许多常青树。常青树的叶子经得住风雨，一片叶子也不见少。

繁茂的常青树的树梢，有的长出了嫩绿的新叶。

菊子发现了那些新叶。

保子大约是从厨房过来的。那边传来了自来水的流水声。她在说着什么，流水声大，信吾听不清。

“你说什么？”信吾大声问着。

“妈妈说胡枝子开得很漂亮呢。”菊子转达道。

“是吗？”

“妈妈说芒草也开花啦。”菊子又转达道。

“是吗？”

保子还在说着什么。

“你别说了，我听不见。”信吾大声吼道。

菊子低下了头，抿嘴笑着。

“我来给您口头翻译吧。”

“口头翻译吗？反正是老婆子的自言自语吧。”

“妈妈说，她昨晚梦见乡下的屋子破烂不堪的，听说您去看过了。”

“哦。”

“爸爸怎么回答？”

“我只能说一声‘哦’啦。”

自来水的流水声停了，保子呼喊着菊子。

“菊子，请你把它们插好吧。我觉得很漂亮，便折了下来，拜托你啦。”

“嗯，我先让爸爸看看。”

菊子捧来了胡枝子和芒草。

保子洗了洗手，淋湿了信乐花瓶，然后拎着花瓶走了进来。

“邻居家的雁来红颜色也很美呢。”保子说着，坐了下来。

“种向日葵的那家也有雁来红呢。”信吾说着，想起了那株漂亮的向日葵被风雨打落之后的情景。

五六尺长的花茎被吹断，倒在路旁。花已落了好几天，恍若人头落了地。

周围的花瓣首先枯萎了，粗壮的茎也失去了水分，颜色黯淡，泥土满身。

信吾路过时跨过它的身躯，却不想看见它。

落下头颅之后，向日葵剩下的半截茎秆立在门口，没有叶子。

边上长着五六株雁来红，颜色美丽。

“可是，邻居家种的那种雁来红，附近一带可是没有的。”保子说。

二

保子说梦见乡下的屋子破烂不堪，那是她的娘家。

保子的双亲离世之后，屋子已经几年无人居住了。

父亲打算让保子继承家业，才让姐姐出嫁的。对一向喜爱姐姐的父亲来说，这是违心之举。这也许是美丽的姐姐出于对保子的怜悯，恳求父亲这样做的。

因此，姐姐死后，保子去姐姐的婆家干活，并想嫁给姐夫作填房时，父亲也许对保子感到绝望了。保子之所以会有那种念头，父母和家庭也有责任，也许父亲也曾感到悔恨。

保子和信吾结婚时，父亲似乎很高兴。

看来父亲打算在家业无人继承的情况下度过余生。

而今的信吾，年龄已经比保子出嫁时她父亲的年龄还要大了。

保子的母亲先离世，父亲辞世之后，田地都卖尽了，只剩少量的山林和房屋，也没有什么称得上是古董之类的东西。

这些遗产都变更在保子的名下，但后来，保子都托付给了乡下的亲戚。大概是靠砍伐山上的树木交纳税金什么的。多年以来，保子既没有为老家支出，也没有得到过什么。

有段时间，一些人因为战争疏散到此，也曾有过买主，但信吾体谅保子留恋的心，便没有卖。

信吾和保子是在那个家中举行婚礼的。父亲同意唯一留下的女儿出嫁，而作为补偿，他希望能在家中举行婚礼。

信吾记得，在宴席上举杯庆贺之时，一颗栗子落了下来。

栗子落在了庭院里的一块大石头上，也许是石头斜面的角度的缘故，栗子弹飞到远处，落入了溪谷之中。栗子击中石头之后的飞行，格外美丽。

“啊！”信吾差点失声喊出来。他环视着在座的人，似乎无人注意一颗栗子落了下来。

第二天清晨，信吾走下溪谷，在水边发现了栗子。

那里落有好几颗栗子，未必是婚礼时落下的那颗。信吾还是捡起了栗子，想告诉保子。

可是，这也太孩子气啦。而且，保子和之后听到此事的人会相信它是那颗栗子吗？

信吾把栗子扔到了河岸边的草丛里。

与其说信吾担心保子可能不信，不如说是担心保子的姐夫耻笑。

如果没有姐夫在场，也许在昨天的婚礼上，信吾就会说出栗子掉落的事了。

婚礼上有这个姐夫在，信吾感受到一种近似屈辱的压迫。

保子姐姐结婚之后，信吾仍倾慕着她，于是便对这位姐夫心怀愧疚。姐姐离世之后，自己又和妹妹保子结婚，也让信吾对姐夫有些于心不安。

而保子的处境则更为屈辱。姐夫对保子的真心装作不知道，把她当作一位体面的女佣来使唤。

姐夫作为亲戚，请他出席保子的婚礼是理所当然的，但信吾却不好意思，没有朝姐夫那边看一眼。

事实上，即便在这样的宴席上，姐夫依然是个耀眼的美男子。

信吾感觉到，姐夫落座的地方仿佛闪着耀眼的光。

保子把姐姐和姐夫都视作理想之国的人，而信吾和这样的保子结婚，就注定姐夫是他望尘莫及的一类人。

信吾甚至觉得，姐夫仿佛是站在高处，冷漠地俯视着这场婚礼。

信吾错失机会，没能说出落下一颗栗子这样琐碎的小事。栗子化作黑点，留在了他们夫妇的某个角落里。

房子出生的时候，信吾暗暗期盼，希望她是一个像保子姐姐那样的美人。这是无法向妻子言明的愿望。然而，房子是一位长得比母亲还要难看的姑娘。

按信吾的说法，是姐姐的血统未能通过妹妹留在人世间。信吾对妻子怀着隐秘的失望。

保子梦见乡下房屋之后的三四天，乡下的亲戚发来电报告知，房子带着孩子回去了。

菊子收到电报，便交给了保子。保子等着信吾从公司回家。

“梦见乡下的房屋，大约是预感吧。”保子说。信吾读着电报，意外得平静。

“哦，回了乡下的家？”

信吾首先想到的是，这样她大约就不会寻死了吧。

“可是，她为什么不回这个家呢？”

“也许是她觉得如果回到这里，相原马上就会知道吧。”

“怎么，相原会来这儿说些什么吗？”

“不会。”

“他俩的关系果然还是不行了啊，老婆带着孩子出走……”

“不过，也许像之前一样，房子事先跟他说过要回娘家一趟才出门的，相原大约也不好意思来我们家。”

“总之是不行了啊。”

“她会想到回老家，真是让人吃惊啊。”

“回我们家不就好了吗？”

“还说什么回我们家呢，你跟她说话的方式那么冷淡。我们应该知道，回不了娘家的房子是很可怜的呀。父母和孩子之间变成这样，我觉得太凄凉了。”

信吾紧锁眉头，挺起下巴，边解领带边说道：

“欸，等等。我的和服呢？”

菊子拿来了替换的衣服，抱着信吾换下的西装，默默地走了出去。

这期间，保子一直耷拉着脑袋。看见菊子上纸拉门离开了，她才喃喃道：

“就说菊子吧，说不定什么时候也会逃走啊。”

“难道父母要一直对孩子的夫妻生活负责吗？”

“你们无法理解女人的心情……女人的悲伤是与男人不同的。”

“可是，女人就能理解所有女人的心情吗？”

“就拿今天说，修一也没回家吧。你们为什么不能一起回来呢？你自己先回来，让菊子给你收拾西服，这样……”

信吾没有回答。

“房子的事，你不也想和修一商量一下吗？”保子说道。

“让修一回趟乡下吧，让他把房子接回来。”

“让修一去接，房子也许不会高兴呢。修一一直瞧不起房子。”

“事到如今，说这种话也没用啊。星期六让修一回趟乡下吧。”

“丢人丢到乡下去了。我们又从不回去，像跟乡下断绝了关系似的。房子在那里明明没有可以依靠的人，怎么就跑回乡下去呢？”

“她在乡下能受谁照顾呢？”

“大约是打算待在那间空房里吧。总不至于去麻烦姨母家吧。”

保子的姨母应当已年过八旬。当家的表弟和保子几乎没有来往。信吾甚至想不起他们家有几口人了。

保子梦中所见，那间屋子破烂不堪，房子怎么会逃到那里去呢？信吾感到毛骨悚然。

三

星期六清晨，修一和信吾一起走出家门，先去公司一趟。离火车发车还有一段时间。

修一来到父亲的办公室，对女事务员英子说：

“我这把伞先寄存在这儿。”

英子微微歪着头，眯着眼睛问道：

“您要出差吗？”

“嗯。”

修一放下皮包，在信吾前面的椅子坐下了。

英子的目光似乎一直追随着修一。

“天气要变冷了，请您多注意。”

“哦，嗯。”修一一边看着英子，一边对信吾说，“今天，我和她约好了去跳舞。”

“是吗？”

“让父亲带你去吧。”

英子面颊飞红。

信吾也懒得说什么了。

修一出门的时候，英子提着皮包，准备送他。

“行啦，瞧着不好。”

修一夺过皮包，消失在门后。

被留下的英子在门前做了一个不起眼的小动作，无精打采地回到自己的座位上。

信吾无心辨别她究竟是害羞，还是故意为之。但她肤浅轻薄的女人模样，让信吾感到轻松。

“特意约好的，真遗憾啊。”

“最近的约会总是失约呢。”

“我来代替他去吧。”

“啊？”

“不方便吗？”

“哎呀。”英子诧异地抬起头。

“修一的情人会去舞厅吗？”

“没那回事啦。”

关于修一的情人，信吾之前听英子说她沙哑的声音很性感，此外，便没听过什么了。

连信吾办公室的英子都见过那个女人，而修一的家人却不认识她，也许这是世间司空见惯的事吧。然而，信吾难以接受。

尤其是看着眼前的英子，信吾更加难以接受。

英子瞧着是个轻浮的女人，可是在这种场合，她却仿佛人世间沉重的帷幔似的，立在信吾面前，让人不知她在想些什么。

“那么，你被带去跳舞时，见过那个女人吗？”信吾似乎有些轻松地说道。

“见过。”

“常常？”

“也不是。”

“修一给你介绍过她吗？”

“也谈不上介绍什么的。”

“我真是不明白，他见情妇还带着你，是想让人吃醋吗？”

“我嘛，是不会妨碍到他们的。”英子说罢，缩了缩脖子。

信吾看穿了英子对修一抱有好感，也心怀忌妒，便说：“你可以妨碍一下嘛。”

“哎呀。”英子低头笑了，“对方也是两个人呢。”

“哦？那个女人也带着个男人？”

“是带了个女伴，不是男的。”

“是吗？那就放心了。”

“欸。”英子看了看信吾，“她们是住在一起的。”

“住在一起？两个女人同住一个房间吗？”

“不是，屋子虽小，但蛮别致的。”

“什么呀，你去过吗？”

“嗯。”英子欲言又止。

信吾又吃了一惊，有一点着急地问道：“她家在哪里？”

英子顿时脸色发白，小声嘟囔道：“这可真为难我呀。”

信吾沉默不语。

“在本乡的大学附近。”

“是吗？”

英子像要摆脱压迫似的，继续说道：“坐落在光线昏暗的小巷里，但家里很漂亮。另一个人真的很漂亮，我很喜欢她。”

“另一个人是指不是修一情妇的那一个吧？”

“嗯，感觉是个很好的人。”

“哦？那么，她们是做什么的呢？两个人都是单身吗？”

“是单身，做什么我就不知道啦。”

“两个女人一起生活啊。”

英子点了点头，略带撒娇地说道：“我从来没见过这么好的人，每天都想见她。”

听起来让人觉得，似乎说那个女人的好，英子自己的某些东西就会被宽恕似的。

信吾对此深感意外。

信吾心想，英子是不是在通过夸奖同居的女人，间接贬低修一的情妇呢？可是，英子真正的意思还是难以琢磨。

英子的目光看向窗外。

“阳光照进来啦。”

“是啊，开点窗吧。”

“他把伞寄存在这儿时，我还在想天气会怎样呢，他出差遇上好天气，真好呀！”

英子以为修一是因为公司的事出差去了。

英子的手扶着推上去的玻璃窗，站了一会儿。衣服一边的下摆提起，她瞧着有些迷惘。

她低着头走了回来。

勤杂工拿着三四封信走了进来。英子接过信件，放在了信吾桌上。

“又是遗体告别仪式吗？真讨厌啊。这次是鸟山吗？”信吾喃喃自语道，“今天下午两点举行，他妻子还好吗？”

英子早已习惯了信吾的自言自语，只是悄悄瞥了他一眼。

信吾微微张着嘴，怅然若失。

“今天没法去跳舞了，要去参加告别仪式。”信吾说道，“这个男人在妻子更年期时受到了严重的虐待。妻子不给他吃饭，是真的不让他吃。只有早上还行，他在家吃了早饭再出门，但妻子不给他准备吃的。等孩子们的饭做好了，他就背着妻子偷偷吃。因为害怕妻子，晚上也不敢回家。每天晚上都在外闲逛、看电影、去剧场，等到妻子和孩子都熟睡才回家。孩子们也都帮着妈妈，欺负爸爸。”

“为什么呢？”

“不为什么，一到更年期就那样了。更年期真可怕啊。”

英子似乎觉得自己受到了嘲弄。

“不过，丈夫恐怕也有做得不好的地方吧？”

“他曾经是一位了不起的公务员，后来进了民营公司。告别仪式能在寺院举行，是相当不错的。他当公务员的时候也没有什么不良嗜好。”

“他养着全家人吗？”

“那是自然。”

“真不明白。”

“是啊，你们是不会明白的。五六十岁的堂堂绅士，因害怕妻子而不敢回家，半夜在外游荡，这种人有的是啊！”

信吾试着回忆鸟山的面容，却怎么也想不起来了。算来，他们已近十年未见过了。

信吾心想，鸟山大约是在自己家中辞世的吧。

四

信吾以为，也许能在鸟山的告别仪式上见到大学同学。烧完香后，他站在寺院的门边，却一个也没看见。

也没有与信吾年纪相仿的人前来。

也许是信吾迟到了吧。

他朝里望去，排在正殿门口的人们开始走动，队伍在逐渐散去。

家属们都在正殿。

正如信吾所想，鸟山的妻子还活着，那位站在棺材前的瘦弱女人就是她。

她染过头发，不过瞧着有一阵儿没染了，发根露出了灰白。

信吾向这位年老的妇人鞠躬时，突然想到：她是因为长期照看患病的鸟山，所以无暇染发吗？可是，当转身去给棺材上香时，他又喃喃道："这怎么可能呢。"

也就是说，信吾在登上正殿的台阶向死者家属行礼时，完全忘了鸟山的妻子虐待他的事。而转向故人行礼时，他却又想起了那事。信吾大吃一惊。

信吾没去见家属席上鸟山的妻子，便出了正殿。

让信吾感到吃惊的，不是鸟山或他的妻子，而是自己奇怪的遗忘方式。他带着某种不悦的心情，沿着石板路往回走。

信吾走着，忘却感和失落感涌上心头。

了解鸟山夫妻之间事情的人已经很少了。即便还有少数了解的人健在，也大都已经忘了。以后只有鸟山的妻子会回忆。大约不会再有第三个人认真回忆这些事情了吧。

信吾也曾参加过六七个人的同学聚会。大家提及鸟山，也没有人认真回忆，只是一笑了之。谈及此事的男人，也只是一味地讽刺和夸张而已。

当时参加聚会的人中，已有两位比鸟山先辞世了。

信吾而今想来，鸟山的妻子为什么虐待鸟山？鸟山为什么被妻子虐待？恐怕连鸟山和妻子都不明白吧。

鸟山带着不明白进了坟墓。对活着的妻子而言，那些也已成往事，成了对手鸟山已然辞世的往事。她也会带着不明白去世吧。

在同学聚会上，谈及鸟山的那个男人的家中，收藏着四五张旧的能面[1]。鸟山拜访他家时，男人把能面拿给鸟山看，鸟山看了很长时间，一动不动。据他所说，

---

1 | 能面：艺人在表演能剧时佩戴的面具。能剧意为“有情节的艺能”，是最具代表性的日本传统艺术形式之一。

鸟山对观赏能面并无太大兴趣，不过是在打发妻子熟睡前回不了家的那段时间罢了。

不过，如今信吾觉得，这位年过五十的一家之主，每天夜里都在外行走游荡，准是在思考着什么。

告别仪式上摆着的鸟山的照片，似乎是他当公务员的时候，在新年或某个节日拍的。他身着礼服，一张温和的圆脸。照片大约被照相馆修过了，看不出他内心的灰暗。

鸟山面容温和，瞧着年轻，与棺材前的妻子不般配。倒像是妻子被鸟山折磨得苍老了。

鸟山的妻子个头矮小，信吾低头能瞧见她发根的白发。她垂着一侧肩膀，有些憔悴。

鸟山的儿女和瞧着像是儿女的爱人的人，都站在他妻子身旁，但信吾并未细看。

“你家怎么样啦？”

信吾守在寺院门口，如果能遇见哪位旧友，便打算这样问问他。

如果对方反问同样的话，他想这样回答：“我勉强平安无事地活到了这个岁数，只是不凑巧，女儿家和儿子家都不大太平。”

即便双方推心置腹一番，彼此也都无能为力，也不想多管闲事。只是一起边走边谈，走到电车车站，两人说几句话便就此告别。

即便如此，信吾也渴望发生。

“鸟山嘛，这样一死，受到妻子虐待之类的事，也就消失得无影无踪了吧。”

“只要鸟山的儿子和女儿的家庭美满和睦，鸟山夫妇就算成功了吧。”

“如今这个社会，父母对孩子的婚姻生活究竟负有多大责任呢？”

信吾喃喃自语，这些话原是他想对旧友说的，却不知为何会不断浮现在他的心中。

寺院大门的屋顶上，一群麻雀不停地鸣啭。

它们排成弓形，顺着屋檐飞上屋顶，又排成弓形飞走了。

五

信吾从寺院回到公司，已有两位客人等着他。

信吾从背后的柜子里拿出威士忌，掺入红茶里。这对提高记忆力多少有些帮助。

他一边接待客人，一边想起了昨日清晨在家里看见的麻雀。

它们在后山山脚的芒草丛中，啄食着芒草穗。这是在吃芒草籽呢，还是在吃虫子呢？信吾正想着，忽然发现原以为是一群麻雀的中间，混入了三道眉。

麻雀和三道眉混在一起，信吾看得更仔细了。

六七只麻雀在穗子间飞来飞去，闹得每株草穗都摇曳不止。

三道眉有三只，十分老实，不像麻雀那么急躁，也很少飞来飞去。

从三道眉翅膀的光泽和胸前羽毛的颜色来看，信吾觉得它们应该是今年的鸟。麻雀则瞧着像是浑身沾满了灰尘。

信吾自然是喜欢三道眉的，正如三道眉和麻雀的叫声不同，显示着它们不同的性格一样，它们的动作也显示着这种差异。

麻雀和三道眉会吵架吗？信吾久久地望着它们。

不过，麻雀相互呼喊，飞来飞去；三道眉则聚在一起，难舍难分。两种鸟儿，混在一起，没有吵架的样子。

信吾心有所感。那时正是清晨洗漱时分。

大约是因为刚才寺院屋顶上有麻雀，让信吾想起了这个吧。

送走客人，信吾关上门，转身便对英子说道：

“你带我去修一的情妇家吧。”

刚才和客人谈话时，信吾便一直在想着此事。对英子而言，却很意外。

英子面色不悦，作出反抗的样子，但马上又有些沮丧，用生硬的声音冷冷地问道：

“您去干什么呢？”

“我不会给你添麻烦的。”

“您是去见她吗？”

信吾并未想过今天要见那个女人。

“您不能等修一先生回来后一起去吗？”英子平静地问。

信吾觉得英子似乎在冷笑。

上车之后，英子依然消沉无言。

信吾觉得自己羞辱和践踏了英子的情感，心情沉重。同时这也在羞辱自己和儿子修一。

信吾并非没有幻想过，趁修一不在家时把问题解决掉。但是，他也感觉只是幻想罢了。

“若您想要谈谈，我觉得还是与她同住的人谈好些。”英子说。

“你觉得很好的那位吗？”

“嗯，我把她叫到公司去吧。”

“欸。”信吾含糊其词。

“不久之前，修一先生喝酒醉得厉害，在她们家撒酒疯，让她唱歌。她的歌声很悦耳，绢子后来听哭了。绢子听她唱歌都会哭，她说的话绢子一定也会听的。”

英子的话说得很奇妙，这位绢子应该就是修一的情妇吧。

信吾不知道修一还会这样撒酒疯。

他们在大学前下了车，拐进一条小巷。

“如果修一知晓此事，我在公司就待不下去了，请您允许我辞职吧。”英子低声说道。

信吾不禁打了个寒战。

英子驻步不前了。

“从那边的石墙边上拐弯，第四家挂着‘池田’门牌的就是。她们都认识我，我就不过去了。”

“给你添麻烦了，今天就作罢吧。”

“为什么？都到这儿了……如果有助于您的家庭和睦，不是挺好的吗？”

从英子的反抗中，信吾能感受到她的憎恶。

英子所说的石墙，其实是混凝土墙。庭院中有棵很大的红叶树，在这户人家的墙角处拐弯，第四家便是挂着“池田”门牌的小旧屋子，毫无特色。屋门朝北，光线昏暗，二楼的玻璃窗户紧闭，一丝动静也没有。

信吾从屋前走过，没有什么东西让他有印象。

一走过去，他便泄气了。

那间屋子里藏着儿子怎样的生活呢？信吾突然觉得自己不该贸然闯入。

信吾从另一条路绕了回去。

英子已经不在刚才的地方了。他走到下车时的马路上，也没瞧见英子。

信吾回到家，察觉到菊子的脸色似乎有一些难看。他说：

“修一顺便去了趟公司，就出发了。天气转好，太好了。”

信吾感到疲惫，早早便钻进了被窝。

“修一请了几天假？”保子在餐室问道。

“这个嘛，我没问，只是带房子回来的话，两三天吧。”他在被窝里答道。

“今天我帮着菊子一起做好了棉被。”

信吾想到，房子带着两个孩子回来，往后菊子会更辛苦。

他想让修一自立门户，但一想到这儿，脑海便浮现出在本乡看到的修一情妇的家。

他又想起了英子的反抗。英子每天都在他身边，可信吾从未见过她那样的情感爆发。

也没见过菊子爆发感情吧。保子曾对信吾说“那孩子担心父亲为难，连妒忌都不敢”。

信吾很快便进入了梦乡，却又被保子的鼾声吵醒，便捏了捏保子的鼻子。

保子仿佛一直醒着似的说道：“房子还会拎着包袱回来的吧？”

“大概会吧。”

话声就此停歇。

岛之梦

一

流浪狗在地板下产崽了。

“产崽”这种说法似乎有些冷漠，但对信吾一家而言却正是如此。流浪狗在地板下产崽了，家中并无一人知晓。

“妈妈，小照昨天和今天都没有来，它是不是生了呀？”七八天前，菊子曾在厨房向保子说起过。

“你这样一说，倒确实没看见它呢。”保子漫不经心地说道。

信吾把脚伸进嵌入式被炉[1]里，泡了一杯玉露茶[2]。从今年秋天起，他养成了每天清晨喝玉露茶的习惯，而且是自己沏的。

菊子一边准备早饭，一边说起流浪狗小照。不过，话题并未继续。

菊子跪坐着，把盛味噌汤的碗放在信吾面前时，信吾倒了一杯玉露茶。

“喝一杯如何？”

“好，那我喝啦。”

这是此前未有过的事，菊子一本正经地端坐下来。

信吾望着菊子说道：“腰带和羽织[3]上都是菊花呀，菊花盛开的秋季已经过了。今年让房子的事闹得，把菊子的生日都忘了。”

“腰带上是四君子呀，一年四季都可以系的。”

“四君子是什么？”

“兰竹梅菊……”菊子爽快地答道，“爸爸，您只要看看就知道了。画册里有，和服上也常用这些图案。”

“这图案真是不知足呢。”

---

1 | 嵌入式被炉：一种固定式被炉，暖炉嵌在切去一块的地板里。

2 | 玉露茶：一种日本绿茶，因口味像蜜露而得名。非中国的玉露茶。

3 | 羽织：长度较短的和服外套，主要是防寒或参加正式场合时穿。

菊子放下茶碗，说道："真好喝呀。"

"唔，是，忘了是谁家，作为奠仪的回礼，送来了玉露茶。我又喝上了。过去我可是喝了不少玉露茶呢！以前家里是不喝粗茶的。"

这天清晨，修一先去了公司。

信吾在玄关一边穿鞋，一边努力回忆给自己玉露茶作为奠仪回礼的朋友的名字。其实问问菊子就好了，可信吾却没开口。因为那位朋友是带着年轻女子去温泉旅店，在那儿突然死去的。

"对了，小照还没来呢。"信吾说道。

"嗯，昨天和今天都没来。"菊子答道。

听见信吾出门的动静，小照时常会绕到玄关，跟着信吾走到门外。

信吾想起了不久前菊子在玄关抚摸小照的肚子的情景。

"有些吓人呢，圆鼓鼓的。"菊子双眉微蹙，却还是想摸摸胎儿。

"怀了几只呢？"

小照用奇怪的白眼望着菊子，然后肚子朝上躺下了。

小照的肚子并未鼓到令菊子害怕的程度。下腹的皮肤似乎变薄了，呈淡粉色。不过，乳头根部之类的地方满是污垢。

“有十个乳头吗？”

菊子一说，信吾的眼睛便数了数小狗的乳头。最上面的一对像是有些干瘪，小小的。

小照是有主人的，脖颈上戴着饲养许可证。不过，主人似乎并没有好好喂养它，它便成了一条流浪狗，常在主人家附近的别家厨房门口转悠。菊子早晚做饭时特意多做了一份，把剩饭留给它。从此，小照待在信吾家的时间就变多了。半夜时，它也常在庭院里吠叫，仿佛平时也住在这里似的。不过，菊子仍并未认定它是自家的狗。

而且，从前它生孩子都是回主人家。

所以菊子才说，昨天和今天没来，大约也是回主人家生产了吧。

生产时才回主人家，信吾觉得它有些可怜。

然而，它这次生产是在信吾家的地板下。十来天了，谁都没注意到。

信吾和修一一起从公司下班回家，菊子说：“爸爸，小照是在我们家生产的呢。”

“是吗？在哪儿？”

“在女佣房间的地板下。”

"哦。"

而今家中并无女佣，三叠[1]大的女佣房间用作储藏室，放着许多杂物。

"小照钻去了女佣房间的地板下，我跟着瞧了瞧，好像有小狗呢。"

"哦，有几只？"

"太黑啦，看不清楚，在里面呢。"

"这样啊，是在我们家生的哪。"

"妈妈之前说她看见小照有些异常，它在杂物间附近转来转去，像是在刨土。原来是在找地方生产哇！要是给它放些稻草，它就在杂物间生了吧。"

"狗崽子长大可就麻烦啦。"修一说道。

信吾虽对小照在家里生产一事怀有好意，可脑海中却浮现着因流浪狗的孩子不好照顾而不得不丢弃它们的不快场景。

"听说小照在我们家产崽啦。"保子也说道。

"是啊。"

"是在女佣房间的地板下，只有女佣房间里没住人，小照也是动了脑筋呢。"

---

1 | 叠：榻榻米的量词，几叠房即表示房间里铺着几张榻榻米。

保子的脚伸在被炉里，她微微皱着眉头，仰脸看向信吾。

信吾也把脚伸进被炉，喝罢粗茶，对修一说："欸，你之前说谷崎要介绍朋友来当女佣，后来怎么样啦？"

他说着，自己又倒了第二杯粗茶。

"那是烟灰缸，爸爸。"修一提醒道。

信吾错把茶倒进了烟灰缸里。

二

"我还没登过富士山，就老了。"信吾在公司喃喃自语。

虽然是突然想起的，但他觉得可能有什么意义，于是反复念叨了几遍。

也许是因为昨晚梦见了松岛，他的脑中浮现出了这句话。

信吾明明从来没有去过松岛，却梦见了松岛，真是不可思议。

而且，信吾意识到，自己这把年纪，却还没有去过日本三景中的松岛和天桥立。他只去过安芸市的宫岛，还是在不合季节的冬天。那还是因为出差，他在回来的途中下车看了看。

虽然到了早晨，信吾只能记得梦中的一些片段，但岛上松树的颜色和大海的颜色还鲜明地留在脑海中。那里是松岛，这一点非常清楚。

梦里，在松荫下的草地上，信吾正抱着一个女人躲在某处。两人好像是结伴来到了这里。女人非常年轻，是个姑娘。信吾不知道自己的年龄，从和女人一起在松树之间奔跑的情形来看，应该也很年轻。拥抱着姑娘，他似乎感觉不到年龄的差距。他们像年轻人那样做了。但是，他既不觉得自己变年轻了，也不认为这是以前的事情。信吾现在六十二岁，梦中看起来像二十多岁，这就是梦的不可思议之处。

同伴的汽艇在海上渐渐远去。那艘汽艇上站着一个女人，正在不停地挥着手帕。在蓝色的大海中的那块白色的手帕，直到梦醒后依然清晰地残留在信吾脑中。信吾应该是和女人一起被留在了小岛上，但一点都感觉不到不安。对于信吾来说，他是可以看到海上的汽艇的，但从汽艇上是发现不了信吾他们的藏身之处的。他一直在想这一点。

信吾在梦见白色手帕之后就醒了过来。

早上起床后，信吾并不知道那个女人是谁，也不知道她的容貌和身姿，连触感也没有留下，只有景物的颜色鲜明地留了下来。但他不知道为什么会是松岛，也不知道自己为什么会梦到松岛。

信吾从没去过松岛，也没坐汽艇去过无人的小岛。

梦中能看到颜色是不是神经衰弱的表现呢？他本想问问家人，但没能说出口。和女人拥抱的梦，信吾觉得不太好说。但是，自己在梦中变成了年轻的自己，倒没有什么不合理，挺自然的。

梦中时间的不可思议，给了信吾某种安慰。

如果能够知道那个女人是谁，这种不可思议的感觉似乎就可以消除了，信吾在公司里抽烟的时候，听到了轻轻的敲门声，门开了。

“早上好。”铃本走了进来，“我以为你还没来呢。”

铃本脱下帽子，挂在那里。英子慌忙站起准备接外套，但铃本直接坐在了椅子上。信吾看着铃本的秃头，觉得很好笑。他耳朵上也长了老人斑，看上去脏脏的。

“什么事儿啊？一大早就来了。”

信吾忍住笑意，看着自己的手。信吾的手背到手腕附近，有时会出现浅浅的斑点，然后又不见。

“水田实现了极乐往生啊……”

“啊，水田。”信吾想起来了，说，“是啊！是啊！是水田的家人作为奠仪的回礼，给我送来了玉露茶，从那以后我就养成了喝玉露茶的习惯。他们给我的是极好的玉露茶啊。”

“玉露茶倒是不错，可我还是羡慕极乐往生。我虽听说过这种死法，但没想到水田会这么做。”

“嗯。”

“难道不令人羡慕吗？”铃本反问。

“你这个人又胖又秃，很有前途呢。”

“我的血压可没那么高。听说水田害怕脑溢血，无论怎样都不会一个人在外留宿。”

水田在温泉旅店猝死了。葬礼上，老朋友们窃窃私语，说水田是在极乐中离开的，就是所谓极乐往生。但是，只从水田带着年轻女人这点，为什么就可以如此推测呢？事后想想，这种说法有点奇怪。但那个时候，他们好奇的是那个年轻女人会不会来参加葬礼。有人说女人一辈子都会觉得不祥，也有人说如果她爱这个男人，说不定这也是她的本意。

现在六十多岁的这帮家伙，大学是同一届，他们用书生的语言喋喋不休，信吾觉得，这也是老丑的一种表现。即使到现在，他们也互相喊着学生时代的绰号或爱称。他们彼此知道对方年轻时的事，不仅仅是亲切和怀念，还掺杂着长满青苔的老旧自我主义外壳，这也让人厌恶。水田之前把死去的鸟山当作笑话，他的死也成了笑话。

铃本在葬礼上也喋喋不休地说着极乐往生。信吾想象着这个男人如愿地以那种方式死去，觉得毛骨悚然，说："不过，他这么大年纪了，也太丢人了呀。"

"是啊，我们已经不会再做女人的梦了。"铃本也平静下来。

"你爬过富士吗？"信吾问。

"富士？富士山吗？"铃本露出诧异的表情，"没爬过啊，怎么了？"

"我也没爬过。我还没登过富士山，就老了。"

"什么？有什么隐晦的意思吗？"

"胡说什么！"信吾笑了出来。

正把算盘放在靠近门口桌子上的英子也偷偷笑了。

"这么说来，没有登过富士山，也没有看过日本三景，这样终其一生的人出乎意料得多呢。日本人中登上富士山的占多少百分比呢？"

"欸，还不到百分之一吧。"

铃本又转回话题："关于那一点，像水田这么幸运的人，几万人中才有一个，甚至几十万人中才有一个啊。"

"中彩票的概率吧。不过死者家属应该很讨厌这种事吧？”

“嗯，其实是他的家人，也就是水田的妻子找我来了。”铃本一本正经地说。

“她拜托了我一件事。”铃本一边说，一边解开桌上的包袱。

“是面具，能剧的面具。水田的妻子让我买的，我想让你看看。”

“面具之类的我可不了解。和日本三景一样，虽然知道是日本的，但还没见过。”

有两个面具盒。铃本从袋子里拿出面具。

“据说这个叫慈童[1]，那个叫喝食[2]。两个都是孩子。”

“这是孩子？”

信吾拿起喝食，捏起穿过两边耳洞的纸绳，注视着。

“刘海是画的吧，银杏型的。是还未举办成人礼的少年，有个酒窝。”

“嗯。”

---

1 | 慈童：能剧《菊慈童》中慈童所戴的面具。剧中，慈童是周穆王宠爱的侍童，他因不小心跨过穆王的枕头而被判处死罪。穆王不忍心处死慈童，将他流放到郦县山，并把枕头送给了他。慈童将枕头上的经文抄写在菊叶上，菊叶渗出露珠，他喝下后得以长生不老。

2 | 喝食：仿照喝食行者（没有削发的侍童）所制作的能面。

信吾自然地伸开双臂，对英子说："谷崎，把放在那儿的眼镜给我。"

"不用，这样就好了。据说能面就是这样，要把手稍微举高一点看的。我们老花眼的距离反而很好。这样一来，能面就会稍微面朝下，带着愁容……"

"看起来好像某个人，很写实。"

铃本解释说，朝下看的时候，表情会看起来阴郁；朝上看的时候，表情会看起来明朗；左右移动的时候，能感受到心情浮动。据说是用了某种绘画技法的缘故。

"好像某个人啊。"信吾又说了一遍，"不像少年，看起来像青年。"信吾斟酌道。

"以前的孩子都少年老成。而且，所谓娃娃脸之类的，对能剧来说太奇怪了。你仔细看，是少年呢。据说慈童是仙童，象征着永远的少年啊。"铃本对信吾说。

信吾照着铃本说的那样移动着慈童面具。

慈童的发型是河童一样的刘海头[1]。

"怎么样，要收下吗？"铃本问。信吾把面具放在桌子上。

"可是，既是水田妻子托你买的，你就买了吧。"

---

[1] 刘海头：儿童发型，头发剪短、剪齐，不扎。

“嗯，我已经买了。其实，他妻子带来五张面具，我买了两张女人的面具，一张硬推给了海野，也想拜托你买。”

“什么？这是剩的啊？自己先拿走了女人的面具，自作主张的家伙。”

“女人的面具好吗？”

“算了，反正也没了。”

“你想要的话，我把我的带来也行。你只要买，就是帮了我的大忙。水田用那种死法离去，我一看到他妻子的脸，就觉得她太可怜了，实在没法拒绝。而且，论工艺，这个比女人面具更胜一筹啊。永远的少年难道不好吗？”

“水田死了，在水田家长时间看过这些面具的鸟山也比我们先死了，我心里不舒服啊。”

“但是慈童面具，不是象征着永远的少年吗？”

“你参加鸟山的告别仪式了吗？”

“因为有些事就先走了。”铃本站了起来，“总之，我先寄存在你这里，你慢慢看。你要是不喜欢的话，可以转到其他地方。”

“不管我喜不喜欢，它都和我没有缘分。这是张相当好的面具，让它离开能剧被我们雪藏，不是让它失去生命了吗？”

“算了，没什么。”

“价钱呢？贵吗？”信吾追问道。

“嗯。我怕忘记，让他妻子写了下来，在那个纸绳上。大概是那上面的价钱，但可以再便宜些的吧。”

信吾戴上眼镜，正想展开纸绳，但眼前的面具突然变清楚的刹那，信吾看到慈童漂亮的毛发和嘴唇，差一点“啊”地叫出来。

铃本回去了，英子走到桌子旁边。

“很漂亮吧？”

英子默不作声，点了点头。

“能不能戴上让我看看？”

“啊，我戴上会很奇怪吧？我穿的是洋服。”英子虽然这样说，但当信吾把面具递过去的时候，英子贴在了自己脸上，把绳子系在头后。

“轻轻地动动看呢。”

“好。”英子直直地站着，不断地晃动着面具。

“好看，好看。”信吾情不自禁地说。仅仅只是这样，面具就活了。

英子穿着豆沙色的洋服，波浪形的头发露在面具的两侧，像真的一样，看上去可爱极了。

"可以了吗？"英子想要摘下面具。

"啊。"信吾点点头。他突然兴起了要去研究能面的心思，于是立刻让英子去买能面方面的参考书。

三

喝食和慈童都有作者的名字，信吾查了一下书，发现它们虽然不是室町时代[1]的所谓古人作品，却是随后的名家之作。信吾是第一次拿起能面细看，但觉得看上去不是假的。

"哎呀，真可怕，哎哟喂。"保子戴着老花镜看了下能面。

菊子偷偷地笑起来："妈妈，您戴爸爸的眼镜可以吗？"

"啊，老花镜这种东西，不讲究的。"信吾替保子回答，"不管借谁的，基本上都差不多。"

保子用的是信吾从口袋里掏出来的老花镜。

"大体上都是丈夫眼睛先花，但我们家是老婆子比我大一岁。"信吾心情很好。他穿着外套，脚伸进了被

---

1 | 室町时代（1336—1573）：日本历史中世时代的一个划分，名称源自幕府设在京都的室町街。经历 16 代将军，历时 237 年。上承镰仓时代，下启安土桃山时代。

炉里。

“老花眼让人悲哀的就是看不清楚食物。端上来的饭菜如果过于细碎复杂，有时候会分辨不出是什么。刚开始老花眼的时候，我像这样拿起饭碗，饭粒模模糊糊得看不清，看不出来是一粒一粒的。真是乏味啊。”信吾一边说一边盯着能面。

好一会儿，他才注意到菊子一直把衣服放在膝前等着自己换。而且他又意识到，今天修一也没有回来。

信吾站起来，一边换衣服，一边俯视着放在被炉上方的能面。

不过，这是因为他现在有时会避免看到菊子的脸。

菊子从刚才起就没有打算看能面，只是若无其事地收拾着衣服。这是因为修一没有回来吧，信吾心里有些忧郁。

“总觉得好吓人啊，像人的头一样。”保子说。

信吾回到被炉。

“你觉得哪个好？”他问保子。

“这个比较好吧。”保子拿起喝食面具脱口而出，“就像活生生的人。”

“哦，是吗？”信吾对保子的脱口而出感到吃惊。

“这两个的时代相同，作者不同。都是丰臣秀吉时代的。”信吾说着，把脸凑到慈童面具的正上方。喝食是张男性脸，眉毛也是男性的样子。慈童有点中性，眼睛和眉毛之间距离很宽，温柔的月牙眉也像少女一样。

信吾从正上方凑近了脸，少女般光滑的肌肤因信吾的老花眼而变得朦胧柔和，拥有了人的肌肤的温暖。面具活灵活现，微微笑着。

“啊！”信吾倒吸了一口气。他把脸凑到距离面具三四寸的地方，一个活生生的女人正在微笑，这微笑纯洁美丽。

面具的眼睛和嘴都活了，呆呆的眼睛里有着黑色的眼眸，暗红色的嘴唇湿润润的，显得楚楚可怜。信吾屏住呼吸，鼻子快要触碰面具时，黑眼珠从下面转到了上面，下嘴唇凸了起来。信吾差一点就要和它吻上了。他深深地呼了口气，把脸移开。

脸一移开，刚才的一切好像都是假的。信吾喘息了好一会儿。

信吾沉默不语，把慈童的面具装进袋子里。这是一个红底织着金线的袋子。他把喝食的袋子交给保子。

“把它装进去吧。”

信吾觉得自己仿佛看到了慈童的下唇深处，那古色古香的口红从唇边往里逐渐变淡。嘴巴微微张开，下唇没有牙齿。这嘴唇就像雪中盛开的花朵的花蕾一样。

把脸靠得几乎要触到面具，这大概不是正常看能面时的做法吧。恐怕制作面具的人都没有考虑过这种观看方式。本来是在能剧舞台上，在适当的距离下看起来最鲜活的面具，却在现在这种极端距离下变得更鲜活。信吾想，这是制作面具之人爱的秘密吗？

信吾自身感受到了天之邪恋[1]的那种兴奋。而且，它比人世间的女人还要娇艳。这可能是因为自己的老花眼吧，信吾似乎要笑出来了。

但是，在梦中拥抱姑娘、觉得戴面具的英子可爱、差点和慈童亲吻，奇怪的事情接连不断。信吾想，自己心中是不是有某种东西在作祟。

自从老花眼后，信吾就再没有和年轻女人近距离面对面。老花眼让人产生了朦胧的柔和感吧。

“这张面具，是在温泉猝死的水田的旧藏。就是奠仪回礼时给我们玉露茶的那家。”信吾对保子说。

“真吓人。”保子重复道。

信吾在粗茶里加入了威士忌来喝。

菊子在厨房里切着做鲷鱼什锦锅要放的葱。

---

1 | 天之邪恋：邪恋，即超脱道义的爱。这里疑指周穆王对慈童的宠爱。

四

年末二十九日的早晨，信吾一边洗脸，一边看到小照带着小狗们来到太阳晒得到的地方。

即使小狗们从女佣房间的卧榻下爬出来了，他们也不清楚是四只还是五只。菊子快速抓起爬出来的小狗，抱进屋里。小狗被抱起来后乖乖的，但一看到人就往卧榻下躲。因为它们没有同时来过庭院里，所以菊子说过四只，也说过五只。

在清晨的太阳照耀的地方，信吾看到了五只小狗。

它们所在的地方和信吾之前看到麻雀和三道眉混在一起的地方，是同一座山的山脚。他们以前为了躲避空袭挖洞穴，挖出来的土就在那里堆着，战争期间还一直在那里种蔬菜。现在好像成了动物们早上晒太阳的地方。

三道眉和麻雀啄食过的芒草已经枯萎了，但仍以顽强的原始形态从山脚覆盖到了土堆上。土堆上是柔软的杂草，小照选择在这里晒暖，这智慧让信吾很佩服。

在人们还没起床，或起床后还在准备早饭的时候，小照就带着孩子们来到这个好地方，一边晒着早晨的太阳，一边让孩子们吃奶，悠闲地享受着这不被人类打扰的短暂时光。信吾起初是这么想的，看着这番小阳春的光景微笑着。虽然已是年末二十九日，但镰仓是阳光灿烂的小阳春。

但是再一看，五只小狗在争夺乳头，互相排挤。它们用前掌的肉垫像压水泵一样压着小照的乳房，挤出奶汁，小狗们使出了凶狠的动物力。而且，可能是因为小狗已经长到可以爬上土堆的程度了吧，小照看上去好像不想再让它们吃奶了。小照晃动着身子，让肚子朝下。它的乳房被小狗的爪子抓出了红印儿。

终于，小照甩开了乳房上的小狗，站了起来，跑下土堆。还咬着乳头吊在上面的一只黑色小狗，也从土堆上滚了下来。

因为是从三尺高的地方滚下来的，信吾吓了一跳。但小狗就像什么都没发生过一样站起来，愣了一会儿，闻了闻泥土的味道，便迈开步子走了。

“哎呀！”信吾心想，这虽是第一次看到这只小狗的样子，但感觉之前看到过一模一样的。信吾思索了一会儿。

“是这样啊。是宗达[1]的画。”信吾自言自语道。

---

1 | 宗达，俵屋宗达，江户时代初期的画家，创作以日本传统绘画为基础的新的装饰绘画。

“嗯，真是了不起啊。”

信吾只是在照片上看过宗达的小狗水墨画，原本以为是画家将小狗形象化、玩具化了，现在才发现是活生生的写实，真是令人惊讶。如果在现在看到的黑色小狗的样子上加上风格和美感，就和那幅画一模一样了。

信吾又想到，他之前觉得喝食的能面是写实的，很像某个人。

那个制作喝食面具的人和画家宗达是同一个时代的人。用现在的话来说，宗达画的是杂交犬的孩子。

“喂，快过来看。小狗们都出来了。”

四只小狗缩着脚，战战兢兢地从土堆上下来了。

信吾满心期待着，但不管是黑色的小狗还是其他小狗，再也没有宗达画中的模样了。

信吾觉得，小狗变成了宗达的画，慈童的面具变成了现实中的女人，或者反过来，这是种偶然的启示吗？

信吾把喝食的面具挂到了墙上，而慈童的面具则秘密地放进柜子里。

保子和菊子都被信吾叫了过来，到洗脸室看小狗。

“怎么，你们洗脸的时候都没注意到吗？”被信吾这么一问，菊子把手轻轻放在保子的肩上，从后面瞧。

“女人早上总是着急忙慌的，是吧，妈妈。”

“是呦。小照呢？”保子说，“小狗们像是迷路的孩子或者弃婴，转来转去的，小照去哪里了呢？”

“扔掉这些小家伙，会很难受啊。”信吾说。

“两只已经有人要了。”

“是吗？有人要吗？”信吾又快活了一些。

“嗯，一家是小照的主人。他说想要只母狗。”

“啊？小照成了流浪狗，所以想用它的孩子来替代吗？”信吾问。

“好像是这样。”

接着，菊子对保子说：

“妈妈，小照是去哪家吃饭了吧。”菊子回答了保子刚才的问题，然后对信吾说：“小照很聪明，附近的人都没想到它这么聪明，都很吃惊呢。听说它准确地知道这附近人家的吃饭时间，到点儿会准时到那儿转。”

“哦，是吗？”

信吾有些失望。最近早晚都会喂它，他还以为小照总是在自己家呢，没想到它竟然盯上了附近的邻居，到点去吃饭。

“准确地说，不是吃饭时间，而是吃完饭收拾桌子的时间。”菊子补充道。

“听说这次小照在我们家生了小狗，和邻居聊天的时候，他们告诉了我小照的种种事迹。父亲不在家的时候，附近的孩子也来我们家，想让我给他们看看小照的孩子。”

“小照还是挺受欢迎的嘛。”

“是、是，有位太太讲的话可有意思了。说这次小照来我们家生小狗，我们家也会有小孩出生。这是小照在催我们家夫人呢。这不是值得庆贺的吗？”保子说完看了一眼菊子，菊子的脸一下子红了，缩回了放在保子肩上的手。

“哎呀，妈妈！”菊子难为情了。

“是邻居的太太这么说的呀。”保子也笑了。

“狗和人能混为一谈吗？”信吾说，但这话表达得很不恰当。他本来想要安慰一下菊子，但是话说出口，反而觉得是对菊子的一种侮辱。

菊子抬起本来低着的头说：“雨宫家爷爷特别担心小照呢，来问我能不能跟小照的主人说一下，以后就把它养在我们家。他说得很真诚，真让我为难呢。”

“是吗？把小照从主人那里要过来不也挺好吗？”信吾回答。

“毕竟是它自己就那样来我们家的。”

雨宫是小照主人的邻居，因事业失败而卖掉房子，搬去了东京。之前有一对老夫妇一直寄居在雨宫家，帮忙做一些家务。东京的房子过于狭窄，老夫妇就留在镰仓，重新租了间房子。附近的人都称这位老人是雨宫家的爷爷。

小照最亲近的就是这位雨宫家的爷爷。即使搬到了出租房，老人还会来看小照。

“那我马上跟爷爷说一声吧，这样他就放心了。”菊子趁机走了出去。

信吾没有看菊子的背影。他的目光追随着黑色的小狗，注意到窗边倒着一棵大的蓟。花已经没了，茎从根部就折断了，但它还是绿绿的。

“蓟真是种强大的植物啊。”信吾说。

冬樱

一

除夕夜[1]里下起了雨，新年第一天是个雨天。

因为从今年开始改为按满周岁计算年龄，所以信吾六十一岁，保子六十二岁。

元旦这天，信吾本想睡个懒觉，可是房子的孩子里

1 | 除夕夜：日本在明治维新之后，将除夕改为公历 12 月 31 日。

子一大早就在走廊上跑来跑去，信吾被这声音吵醒了。

菊子已经起来了。

“过来，里子。咱们来烤做杂煮汤用的麻糬吧。里子也来帮忙。”菊子说。她本打算把里子叫到厨房，不让她在信吾睡觉的房间的走廊上跑，但里子不听，继续在走廊上吧嗒吧嗒地跑。

“里子，里子！”房子在被窝里喊道。里子连妈妈也不理。

保子也醒了，对信吾说：“是下着雨的元旦吧？”

“嗯。”

“因为里子起床了，所以就算房子可以继续睡，儿媳妇菊子也必须得起来不是吗？”

明明说了“必须”，但保子的舌头却有些不听使唤，信吾觉得可笑。

“我也好久没有在元旦这天被孩子吵醒了。”保子说。

“以后每天都会这样吧。”

“应该不会吧。相原家没有走廊，所以她来我们家觉得稀奇才要跑的吧。我觉得过段时间她习惯了就不会跑了。”

“是吗？这个年纪的孩子不都喜欢在走廊上跑吗？吧嗒吧嗒的声音，就像吸在了木板上。”

“因为脚比较柔软吧。”保子说着，竖起耳朵听里子的脚步声，“里子今年本来应该是五岁，这一改却成了三岁，总觉得像被狐狸蛊惑了一样。我们不管是六十四岁还是六十二岁，都没有什么太大的区别。”

“不过，可不是像你说的。有件奇怪的事情呢。我出生的月份比你早，所以从今年开始，有段时间是和你一样大呢。从我的生日到你的生日，这期间我们不是同岁吗？”

“啊，是这样的。”保子也注意到了。

“怎么样？是大发现吧？真是一生中的稀奇事啊。”

“是啊，但是事到如今，即使同岁也没什么用啊。”保子小声说道。

“里子！里子！里子！”房子又喊了起来。

里子好像跑腻了，回到了母亲的床上。

“你的脚不凉吗？”传来房子说话的声音。

信吾闭上了眼睛。

过了一会儿，保子说：“要是那孩子能在大家起床之后，在大家能看到她的情况下那样跑就好了。大家在的时候，她总是紧紧贴在妈妈身上。”

两个人也许在相互寻找着对这个外孙女的爱吧。

至少，信吾觉得自己对外孙女的爱是从保子那里寻找的。

或者，也许信吾在寻找信吾自己。

睡眠不足的信吾虽然又听到里子在走廊上发出吧嗒吧嗒的跑步声，但并没有想发火。

只是，他并不觉得外孙女的脚步声是柔和的。也许信吾确实缺乏温柔吧。

里子正在跑的走廊，连雨户都还没打开，信吾没有注意到这种昏暗。保子察觉到了。这件事情让保子心里默默地觉得里子可怜。

二

房子婚姻的不幸给里子蒙上了阴影。信吾并非不觉得里子可怜，只是更多的是感到焦虑和头痛。也许是因为对女儿失败婚姻的束手无策。

自己似乎毫无办法，信吾也觉得吃惊。

对于嫁出去的女儿的婚姻生活，父母的能力是有限的。但从到了不得不分手的地步来看，女儿自己如今也是无计可施了。

并不是说和相原离婚，带着两个孩子回到父母身边，事情就解决了。房子不会被治愈。而且，房子的新生活也不会开始。对于女人婚姻的失败，难道就没有解决方法吗？

秋天，房子离开相原，没有回到父母家，而是去了信州的家。从乡下传来的电报中，信吾他们得知了房子离家出走的消息。

房子被修一接回来了。

房子在父母家待了一个月左右，说要和相原把话说明白，于是出门了。

虽说信吾或修一去找相原谈会更好，但房子不让，非要自己去。

保子说，那把孩子留在家里吧。

“孩子怎么处理不也是问题吗？我都不知道这是我的孩子，还是相原的孩子！”房子歇斯底里地反驳道。

就这样，房子出去之后再也没有回来。

不管怎么说，这都是夫妻之间的事。信吾他们也无法推测要沉默着等待多少天，但每天都在重复着不安的日子。

房子也没有任何消息。

她是想重新回到相原那里吗？

“房子就那样一直拖拖拉拉、纠缠不清吗？”保子问道。

“难道不是我们在拖拖拉拉、纠缠不清吗？”信吾回答，两个人都愁容满面。

除夕夜，房子突然回来了。

“啊，怎么了？”

保子战战兢兢地看着房子和孩子。

房子本想把伞收起来，手却在发抖，伞骨好像折断了一两根。

保子看到后问：“下雨了吗？”

菊子走过来，抱起了里子。

保子让菊子帮忙把炖菜等装进套盒里。

房子就是从那间厨房走进来的。

信吾本来以为房子是来要零用钱的，但似乎并不是这样。

保子也擦了擦手，走到餐室，凝视着站在那里的房子，说：“真是的，相原怎么让你除夕夜回来呢。”

房子没说话，眼泪掉了下来。

“算了，两个人明显是走到尽头了。”信吾说。

“也许是吧。不过，我想没有人会在除夕夜被赶出来吧。”保子说。

“是我自己出来的。”房子哭着顶撞了句。

“这样啊，那就好。我本来就想让你在家过年，正好你就回来了。我话没说好，给你道歉。好了，这件事过完年后再慢慢说吧。”

保子到厨房去了。

信吾被保子的说法震住了，但也感受到了母爱。

不管是房子在除夕夜从厨房门口回来，还是里子元旦早晨在昏暗的走廊里跑来跑去，都让保子心里生出怜悯之情。保子的这种感觉会不会让信吾有所顾忌呢？信吾产生了怀疑。

元旦的早晨，房子是最晚起床的。

大家一边听着房子的漱口声，一边等着端上饭菜开饭。不过，房子化妆，又花了很长时间。

因为闲得无聊，修一说：“喝屠苏酒[1]之前先来一杯吧。”说着往信吾的杯子里倒了杯日本酒，“爸爸的头发也白了好多啊。”

“啊，到了我们这把年纪，有时一天就会突然长出很多白头发来。别说一天了，看着看着，头发就在眼前变白了。”

“不会吧？”

“真的。你看。”信吾说着，稍微伸出头。

---

1 | 屠苏酒：日本人在新年时饮的药酒，意在驱除邪气、祈求健康，传说是华佗的药方。

保子也同修一一起，瞅了一会儿信吾的头，菊子也一脸认真地盯着信吾的头。

菊子的膝盖上坐着房子的小女儿。

三

为了房子和孩子，家里又添了一个被炉，菊子朝那个被炉的方向走去。

修一和信吾正面对面喝酒，保子把脚伸进了被炉。

修一在家里不怎么喝酒，但也许是因为元旦下雨，他不小心喝多了，像无视父亲似的，自顾自地喝着，眼神也变了。

信吾听说过修一在绢子家喝醉酒，让和绢子一起住的那个女人唱歌，结果绢子哭了的事。现在他看到修一醉醺醺的眼神，想起了这件事。

“菊子，菊子。”保子叫道。

“拿点橘子到这里。”保子呼唤菊子。菊子拉开拉门，拿着橘子走了过来。

“来，到这里来。两个人一言不发地喝闷酒呢。”保子说。

菊子看了一眼修一。“爸爸没有在喝酒吧。”菊子岔开了话题，她似乎不想在丈夫的行为中去探究什么。

“不，我在思考爸爸的一生呢。”修一嘟囔道，仿佛在说什么恶毒的话。

“一生？一生中的什么？”信吾问。

“虽然很含糊，但如果硬要下结论的话，就是成功还是失败之类的事情吧。”修一说。

“这怎么会知道呢？那种事情……”信吾很不想提这个话题，他转到了吃的上面来，“嗯，今年的新年，小鳀鱼干和鱼肉末鸡蛋卷的味道又回到了战争前，从这个意义上来说，算是成功了。”

“小鳀鱼干和鱼肉末鸡蛋卷？”

“是啊，不是这些吗？如果你要稍微思考我的一生的话。”

“虽然说是稍微考虑。”修一喝着酒，想要继续说点什么。

“嗯。平凡人的一生，就是今年也算活了下来，再次品尝到新年的小鳀鱼干和干青鱼子。不是有很多人都死了吗？”信吾很有感触地说。

“那倒是。”

“不过，父母一生的成功或失败，好像也取决于孩子婚姻的成功或失败，对这一点我可就吃不消了。”信吾说。

“这是爸爸的真实感受吗？”修一抬起头，很认真地看着爸爸。

保子抬起眼，小声说：“别说了，新年第一天呢。房子还在呢。”她问菊子，“房子呢？”

“姐姐在睡觉吧。”

“里子呢？”

“里子和小宝宝也在睡觉。”

“哎呀，母女三人都在打盹儿吗？”保子说罢，怅然若失，脸上露出了老人的稚气。

大门开了，菊子去看，原来是谷崎英子来拜年了。

“哎呀，下着雨还来了。”信吾吃了一惊。“哎呀”这句话倒与保子刚才的语气相同。

“她说她就不进来了。”菊子说。

“是吗？”信吾往玄关走去。

英子抱着外套站在那里。她穿着天鹅绒的衣服，化着浓妆，腰部收窄，看着更小巧了。

英子有些拘谨地问候了几句。

“下这么大的雨你还来了。我想着今天没有人来，我也不打算出门。外面太冷了，进来暖和一下吧。”

“那好，谢谢。”

英子在风雨交加的寒风中走来，是看上去想要诉说些什么，还是真的有什么话要说呢？信吾猜不透。

总之，信吾觉得英子在这雨中走来很不容易。

英子似乎没打算进屋。

“那么，我也下决心出趟门吧。我们一起出去，你能不能进来等我一下？每年元旦我都会去板仓先生那里一趟，他是我们的前任社长呢。”

信吾从今天早上就一直惦记着这件事，看到英子来了便决定去一趟，于是赶紧准备。

信吾走到玄关后，修一随便躺了下来，但信吾返回来换衣服时，他又坐了起来。

“谷崎来了。”信吾说。

“嗯。”

修一表现得像与自己无关似的，不打算见英子。

信吾出门的时候，修一抬起头，看着父亲说：“天黑之前回来吧。”

“嗯，我会早点回来的。”

小照绕到了门口。

那只黑色小狗不知道是从哪里跑出来的，模仿着母亲小照的样子，在信吾前面向门口跑去，踉踉跄跄，差点跌倒。弄湿了身体一侧的毛。

“啊，真可怜。”英子似乎想要蹲在小狗面前。

“我们家生了五只小狗，因为有人要，四只都送人了，只剩这一只了。”信吾说。

“这只也有人定了。”信吾又补充说。

横须贺线人很少。

信吾从电车的车窗里望着倾斜而降的雨脚，觉得自己真应该出来啊，心情也变好了。

“每年，因为有很多人去八幡神社参拜，电车都非常拥挤。”信吾对英子说。

英子点了点头。

“对，对，你也总是在元旦那天来我家。”信吾说。

“是。”英子点了点头。

“即使离开公司，也请让我在元旦这天去您家拜年吧。”英子似乎是下了很大的决心说这话的。

“结了婚就没法来了吧。”信吾说，“怎么了？是不是有什么话要来对我讲？”

“不是。”

“你不用有所顾虑，请讲吧。我脑子迟钝，有点糊涂了。”信吾诚恳地说。

“那请您给我说说您的糊涂事儿。”英子巧妙地回了句，“同时，请您允许我从公司离职。”

信吾并非没有预料到，但还是不知该如何回答。

“我不应该在元旦这天给您提出这样的请求。”英子像个世故的人一样说道，“我们改天再聊吧。”

“这样啊。”信吾的情绪低落了下来，却不知道该怎么回话才好。他感觉在自己办公室待了三年左右的英子，突然变成了别的女人，明显和往常不同。不过，信吾平日里并没有仔细观察过英子。对信吾而言，她也许只不过是个女事务员吧。

一时间，信吾当然是想要留住英子。但是，信吾并非能留得住英子。

“你说要辞职，是因为我吧？我让你带我去修一情人的家，让你感到厌烦。你在公司里见到修一也很痛苦吧？”

“真的很厌烦啊。”英子直截了当地说，“但是，后来想想，我觉得您作为父亲那样做是理所当然的。而且，我认识到了自己的不对。我让修一带我去跳舞，沾沾自喜，甚至还去绢子家玩。我堕落了啊。”

“堕落？没有到这种程度吧。”

“我变坏了。”英子悲伤地眯起眼睛说，“如果我辞职了，作为对您一直以来关照我的感谢，我会拜托绢子退出。”

信吾大吃一惊。又觉得很难为情。

“刚才我不是在您家玄关见到夫人了吗？”

“菊子？”

“嗯，我很痛苦，我已经下定决心，无论如何都要对绢子说。”

信吾感觉到了英子的轻松，自己的心情也变得轻松起来。

也许，这样可以轻松解决那件事也并非不可能。信吾突然这么想。

“但是，我没有理由拜托你。”信吾很为难地说。

“这是我为了报恩，自己下决心去做的。”

英子小小的嘴唇说着夸张的话，信吾更难为情了。

信吾想说，请不要草率地多管闲事。

但是，英子似乎被自己的“决心”所感动。

“有那么好的夫人，真不知道男人是怎么想的！看到他和绢子在一起开玩笑的样子，我觉得很讨厌。不过，如果是夫人，无论他们关系多好，我也不会吃醋。”英子说，“不过，一个不会让周围女人吃醋的女人，对男人来说会不会感到欠缺呢？”

信吾苦笑了。

“他经常说夫人是个孩子。”

“在你面前说的吗？”信吾的声音尖了起来。

“是啊，在我和绢子面前都这样说……他说因为是个孩子，所以父亲很喜欢她呢。”

“荒唐！”

信吾不自觉地看着英子。

英子有些慌张地说：“但是最近没说过，最近他没有提过夫人的事情。”

信吾似乎被气得身体发抖。

信吾意识到，修一说的是菊子的身体。

修一难道要求新婚妻子像个娼妇一样吗？信吾觉得，这是一种令人吃惊的无知，但仿佛这里面又有一种可怕的精神麻痹。

修一甚至把妻子的事说给绢子和英子。肆无忌惮的言行大概就是来自这种麻痹吧。

信吾觉得修一很残忍。不只是修一，信吾觉得绢子和英子对菊子也很残忍。修一感受不到菊子的纯洁吗？菊子是家中老小，身材纤细，皮肤白皙，脸庞稚嫩。这一切在信吾脑海中浮现出来。

因为菊子，自己憎恶儿子，尽管信吾察觉到这种感觉有些异常，但却无法控制。

信吾因为喜欢保子的姐姐，所以在姐姐死后才娶了比自己大一岁的保子，这种异常难道一直在自己人生的深处流淌着，所以才为菊子感到气愤吗？

菊子因为修一过早地在外面有了情妇，不知该如何忌妒。但是，在修一的麻痹和残忍之下，菊子的女人意识反而有些觉醒了。

信吾觉得英子是个比菊子发育更差的姑娘。

最后，信吾沉默了，是在用沉默抑制自己的愤怒吧。

英子也沉默了，脱下手套，理了理头发。

四

一月中旬，热海旅馆的庭院里，樱花盛放。

因为是寒樱，所以年末才开始开花，但信吾感觉自己仿佛置身于另一个世界的春天。

信吾把红梅看成了绯桃花，把白梅看成了杏花之类的花。

信吾被带到房间之前，被映照在泉水中的樱花吸引住了，他走到岸边，站在桥上眺望着。

然后，他又走到对岸，观赏伞形的红梅。

三四只白鸭子从红梅下蹿了出来。从那些鸭子黄色的嘴和略微深黄的脚上，信吾也感到春天来了。

明天有客人来公司，信吾为此来这里提前准备。他和旅馆商谈好后便闲下来了。

信吾坐在走廊的椅子上，眺望着开满花的庭院。

白色的杜鹃花也开了。

从十国峠那边飘来了厚厚的雨云，信吾便走进了房间。桌上放着两只表，怀表和手表。手表快了两分钟。两只表很少走得一样。信吾有时会介意这个细节。

“你要是介意的话，只带一个不就行了吗？”保子曾这样问过。虽然他觉得这话说得合乎道理，但多年来已养成习惯。

晚饭前下起了暴雨。

因为停电，信吾便早早睡觉了。

醒来时，院子里的狗在叫。那是仿佛海上波涛般的风雨声。

信吾额头上渗出了汗，像春天海边的暴风雨那样。室内沉闷，微带暖意，他胸口难受。

信吾做着深呼吸，突然感到一阵想吐血的不安。信吾在花甲之年吐过一次，之后便没再发作。

“不是胸口难受，是反胃。”信吾自言自语道。

耳朵里像塞满了讨厌的东西，它传到了两侧的太阳穴，在额头上堆积。信吾揉了揉脖子和额头。

山中暴风雨的声音像海鸣一般，在那声音之上，风雨中又传来了尖锐的声音。

在这样的暴风雨声的深处，能听到轰隆隆的声音。

那是火车通过丹那隧道时发出的声音。这样一来，信吾就明白了。肯定是火车驶出隧道的时候，鸣了一声汽笛。

但是，听到汽笛声后，信吾突然感到害怕，完全清醒过来。

那声音实在是太长了。如果穿过七千八百米的隧道，火车要花七八分钟的话，信吾好像从火车到达隧道入口时就已经听到声音了。但是，火车进入函南那个隧道口时，声音怎么可能会传到距离这边热海隧道口七町[1]远的旅馆里呢？

那些声音，让信吾感觉脑中有一列火车正穿过黑暗的隧道。从进入那边的隧道口，到驶出这边的隧道口，信吾一直能感觉到。火车驶出隧道时，信吾也松了一口气。

但是，这是件怪事。信吾想，到了早上去问下旅馆的人，要么给车站打个电话问问。

一段时间后，信吾还是无法入睡。

“信吾啊，信吾啊。”他听到有人在叫自己，分不清是梦还是现实。

---

1 | 町：此处为日本的长度单位。1 町约等于 109.09 米。

只有保子的姐姐这样叫过自己。

信吾似乎很激动，睁开惺忪的眼睛。

“信吾啊，信吾啊，信吾啊。”

那个声音在后面的窗户下，悄悄地呼喊着自己。

信吾猛然惊醒。后面小河的水声很响，可以听到孩子们的声音。

信吾起来，打开后面的雨户。

朝阳很明亮。冬天的朝阳像被春雨洗过一样，散发着温暖的光。

在小河对面的路上，聚集着七八个上小学的孩子。

刚才的吆喝声也许是孩子们互相邀约的声音吧。

但是，信吾探出身子，在小河这一岸的竹林中，用眼睛寻找着什么。

晨水

一

元旦那天，儿子修一说爸爸的头发白了好多。信吾回他，到了自己这把年纪，一天就能长出白头发来。别说一天了，看着看着，头发在眼前就变白了。那时，信吾想起了北本。

信吾上学那会儿的朋友，现在都已是六十多岁了。

从战争中期到战败后，不少人的人生跌入谷底。那些五十多岁身居上层的人，摔得也很重，而且，倒下的话就很难再站起来。而且这个年龄，很多人的儿子在战争中死去。

北本也失去了三个儿子。公司转向为战争服务时，北本成了无用的技术人员。

“听说他在镜子前拔白头发的时候，疯了。”

一位老朋友到公司拜访信吾，说了北本的传闻。

“因为不用上班，特别闲，为了排解心情，他就拔起了白头发。一开始，家人也没在意，觉得没什么。但是，北本每天都蹲在镜子前。虽然是昨天拔过的地方，但第二天又长出了白头发。其实这时的白头发已经多到拔不完的地步了吧。时间一天天过去，北本在镜子前的时间变得越来越长。如果没看到他的人，那就是正在镜子前拔白头发。稍微离开镜子一点的地方，他便心神不定，马上回到那儿，一直拔下去。”

“那头发怎么没被拔完啊。”信吾笑了起来。

“哎呀，不是开玩笑，真是这样的，最后一根头发都没了。”老朋友认真地说。

信吾笑得更厉害了。

“你看你，我又不是在说谎。”朋友和信吾互相看了一眼，继续说，“听说在拔白头发的过程中，他的其他头发也逐渐白了。拔一根白头发，它旁边的两三根也一下子变白了。北本一边拔白头发，一边盯着镜子中长了更多白头发的自己。那眼神真是无法形容啊！头发明显变少了。”

信吾忍住笑问：“他妻子什么也不说就任他拔吗？”

但他的朋友继续煞有介事地说：“头发终于越来越少了。据说剩下的头发也都是白发。”

“很疼吧。”

“拔的时候吗？如果拔到黑头发就不好了，所以他都是一根一根小心地拔，拔起来也不疼。但是医生说拔到那个程度后，头皮会像抽筋似的，手一碰头就会疼。虽然没有出血，但没有头发的头皮又红又肿。最后，他被送进了精神病院。据说北本在医院拔光了他剩下的寥寥无几的头发。有些毛骨悚然吧？真是可怕的执念啊！不想衰老，想返老还童。真不知道他是因为疯了才拔白头发，还是因为白头发拔多了才疯的。”

“不过，已经变好了吧？”信吾问。

“好了，发生奇迹了呢。光秃秃的脑袋上，长出了一簇簇黑色的头发。”

“真是个好故事呢。”信吾又笑了起来。

“这是真事儿，你这家伙。”朋友没有笑，为信吾这种态度恼火，继续说，“疯子是没有年龄的，我们如果疯了的话，也许能返老还童呢。”

然后，朋友看了看信吾的头。

“我是绝望了，但你还有希望。”朋友几乎已经秃顶了。

“我也拔一根试试吧。”信吾小声说道。

“拔一根吧。不过，你没有拔到一根不剩的激情吧。”

“没有，我也不在乎白头发的，不会像疯了一样想让它变黑。”

“那是因为你的地位很稳定呀。在万人的苦难和灾难中，你哗哗地游了过来。”

“你说得简单。就像对着北本说，比起拔掉那些拔不完的白头发，染发更加简单，这是一样的道理吧。”信吾说。

“染发是欺骗。如果要考虑欺骗的话，就不会出现北本那样的奇迹了。”朋友说。

“可是，北本不是已经死了吗？就算发生了像你说的那样的奇迹，头发变黑，人变年轻……”

“你去参加葬礼了吗？”

“那个时候我不知道。战争结束，生活稍微平静后才听说的。那时候正是空袭最激烈的时候，即使知道，也没法去东京的吧。”

“不自然的奇迹是无法持久的。北本拔白头发，也许是在反抗年龄的增长，反抗没落的命运，但寿命就另当别论了。即使头发变黑了，生命也不会延长啊。也许正好相反。白头发过后长出的黑头发，消耗了大量的精力，寿命也许会因此缩短。但是，北本这种不顾一切的冒险，我们也不能觉得和我们无关啊。”朋友得出了结论，摇了摇头。他已经秃顶了，旁边的头发像竹帘一样搭在头上。

“最近不管遇到谁，都说我有白头发了。我在战争期间也没这么多白头发，但战争结束后头发就明显变白了。”信吾说。

信吾并没有完全相信朋友的话，觉得是夸大其词的传闻。

但是，北本死了的事，信吾从别人那里也听说过，这是真的。

朋友走后，信吾一个人回想起刚才的话，产生了一种奇怪的心理。如果说死是事实的话，那死之前北本的白头发变成黑头发也是事实。如果说长出黑头发是事实的话，那么在长出黑头发之前北本发疯了也是事实。如果说发疯是事实的话，那么在发疯之前北本把头上的头发都拔了也是事实。如果把头发都拔了是事实的话，那么北本在照镜子的时候，头上的头发变白也是事实。这么看来，朋友的话不都是事实吗？信吾吓了一跳。

“我忘了问那家伙了。北本死的时候是什么样？头发是黑的还是白的？”

信吾说着笑了起来。话和笑都没有发出声音，只有自己听见了。

即使朋友说的都是事实，没有夸张，但他的语气中应该也有嘲笑北本的成分吧。一个老人，轻薄、残酷地讲着另一个死去的老人的传闻。信吾事后感觉很不好。

信吾上学时的朋友中，死法奇特的有这个北本，还有水田。水田是和年轻女子去了温泉旅馆，在那里猝死的。去年年底，信吾被迫买了水田的遗物——能面。因为北本的缘故，他让谷崎英子进了公司。

因为水田是在战后死的，所以信吾去参加了葬礼。但是，北本是在空袭时期死的，信吾是后来才听说的。那时，谷崎英子拿着北本女儿的介绍信来到信吾所在的公司，信吾才知道北本的家属已经疏散到了岐阜县。

据说，英子是北本女儿的同学。但是，突然被北本的女儿拜托给朋友找工作，信吾感觉太突然了。信吾并没有见过北本的女儿。战争期间，英子也没有见过北本的女儿。信吾觉得两个姑娘很轻率。如果是北本的妻子和女儿商量后，想到了信吾，然后他妻子给姑娘写介绍信会更好。

信吾从北本女儿写的介绍信中感觉不到责任。

看了一眼被介绍过来的英子，信吾觉得她是一个身材单薄，心里轻浮的姑娘。

但是，信吾让英子进了公司，安排到了自己的办公室。英子在这里工作了三年。

后来信吾想，三年过得太快了，英子也挺能待的。在这三年里，英子和修一一起去跳舞倒是没什么，但还经常出入修一情妇的家里。信吾甚至让英子带路，去看那个女人的家。这些事情，让英子觉得很痛苦，最近似乎也讨厌公司了。

信吾没有和英子说过北本的事。英子大概不知道朋友的父亲是发疯而死吧。她和北本女儿并不是那种深知对方家庭的朋友吧。

信吾觉得英子是个轻浮的姑娘，但她从公司辞职这件事让信吾感到英子也有着小小的良心和善意。这种良心和善意，因为还没有结婚，所以似乎很纯洁。

二

“爸爸，您起得真早啊。”

菊子倒掉了自己正打算洗脸的水，为信吾倒了一盆新水。

血滴滴答答地落在水里。血在水中散开，变淡。

信吾忽然想起自己轻微的咯血，觉得比自己的血好看。他以为是菊子咯血了，结果是鼻血。

菊子用毛巾捂住了鼻子。

“往后仰，往后仰。”信吾的胳膊绕到菊子后背。菊子像要避开一样，向前倒了一下。信吾抓住菊子的肩膀，往后拉，又把手放在菊子的额头上，让她往后仰。

“啊，爸爸，可以吗？对不起。”菊子说话的时候，血从掌心流到了胳膊肘。

“别动，蹲下来，头平着。”在信吾的搀扶下，菊子蹲了下来，靠在墙上。

“头平着。”信吾重复道。

菊子闭上眼睛，一动不动。苍白的脸仿佛失去了意识，看起来就像一个放弃了某种执念的孩子那样天真无邪。信吾看到了她额头上浅浅的疤痕。

“止住了吗？血止住了的话就去卧室休息吧。”

“嗯，已经没事了。”菊子用毛巾擦了擦鼻子，说，

“那个脸盆脏了，我现在去洗。”

“嗯，不必了。”

信吾赶紧把脸盆里的水倒了。他觉得水底有一层淡淡的血色。

信吾没有用那个脸盆，而是用掌心直接接着自来水洗了脸。

信吾想叫醒妻子，给菊子帮忙。

但是，他又觉得菊子应该不想让婆婆看到她痛苦的样子吧。

菊子的鼻子好似在喷血，但信吾觉得那是菊子的痛苦在喷涌而出。

信吾在镜子前梳头时，菊子从身旁走过。

“菊子。”

“嗯。”菊子回过头来，然后去了厨房。拿火铲盛着炭火走了过来。信吾看到火星崩裂。菊子把用煤气点燃的炭火添在饭厅的被炉里。

“啊！”信吾被自己吓了一跳，甚至叫出声来。信吾完全忘记了女儿房子在家这件事。饭厅的光线之所以昏暗，是因为房子和两个孩子在隔壁的房间里睡觉，所以没有打开雨户。

给菊子帮忙的话，不用叫醒妻子，只要叫醒房子就好了。尽管如此，当信吾想要叫醒妻子的时候，脑海中完全没有想到房子，这可真奇怪。

信吾把脚伸进被炉，菊子沏了一杯热茶过来。

“是不是晕乎乎的？”

“稍微有点。”

“时间还早，今天早上休息一下吧。”

“可以活动活动了。我出去拿报纸，吹了下冷风，觉得好多了。人们都说女人流鼻血是不用担心的。”菊子用轻快的语气说，“今天早上这么冷，爸爸为什么起这么早啊？”

“为什么呢。寺庙的钟声响之前，我就醒了。那个钟，无论冬天还是夏天，都是六点敲吧。”

尽管信吾先起床，但是会比修一更晚去公司。整个冬天都是这样。

午饭的时候，信吾喊修一去附近的西餐厅吃饭。

“你应该知道菊子额头上的疤吧？”信吾问。

“我知道。”

“因为难产，医生用手术钳夹她出来时留下的印记吧。虽然不是出生时痛苦的纪念，但菊子痛苦的时候，那个伤疤好像更显眼呢。”

“今天早上吗？”

“嗯。”

“可能是因为流鼻血吧，脸色一变差，就能看见那个。”

菊子不知什么时候已经告诉修一自己流鼻血了，信吾稍微有些沮丧地说：“昨天晚上，菊子没睡吗？”

修一皱起眉头，沉默了一会儿，说：“爸爸不用对外来人那么客气。”

“外来人是什么意思？这不是你自己的老婆吗？”

“所以我才说，您对儿子的老婆不用客气就行。”

“什么意思？”

修一没有回答。

三

信吾走进接待室，英子坐在椅子上，另一个女人站在那里。

英子也站了起来。

“好久不见，天气变暖了。”英子说了一些客套话。

“是啊，有段日子没见，两个月了吧。”英子好像胖了些，妆也更浓了。信吾想起了那次和英子去跳舞的时候，感觉她的乳房只有手掌那么大。

“这位是池田，之前跟您提过的……”英子一边介绍，一边露出快要哭出来的可爱的眼睛。这是她认真时的习惯。

“啊，我姓尾形。”

信吾无法对她说出“我们家修一承蒙你的照顾”这句话。

“池田小姐说不想见您，也不可能见您。尽管她不愿意来，但我还是硬拉着她来了。”

“是吗？”信吾对英子说，“在这里可以吗？去别的地方聊也行。”

英子看向池田，似乎在征求她的意见。

“我觉得在这里就可以了。”池田冷冷地说。

信吾感到不知所措。

英子好像说过，要让和修一情妇同居的那个人和信吾见面之类的话。但信吾只是听听而已，没放在心上。

从公司辞职两个月后，英子就开始行动了，这让信吾很意外。

是终于要分手了吗？信吾等着池田或英子先开口。

“我是因为英子太啰唆了，尽管来见您也没什么用，但还是来了。”

池田倒不如说是一副反抗的样子。

“不过，我来这也是因为我之前就对绢子说过，和修一分手比较好，如果来见您，能促使他们分手的话，那倒也不错。”

“哦。”

“英子说您对她有恩，她也很同情修一的妻子。”

“真的是个好妻子啊。”英子插嘴道。

“即使英子这样对绢子说，但因为对方有个好妻子就自己退出的女人很少。绢子说过，我把别人家的男人还回去，那谁把我在战争中死去的丈夫还给我？只要我的丈夫回来，不管他多么拈花惹草，结交情妇，我都会让他随心所欲。绢子还问我觉得怎么样。她说，不只是我，在战争中死了丈夫的人都会这样想。即使丈夫去打仗，我们不也在忍受着吗？而且，丈夫死了后，我们要怎么办呢？修一来我这里，既不用担心他会死，也不会让他受伤，不是好好地回去了吗？”

信吾苦笑。

“绢子说，就算是再好的夫人，她的丈夫也没有战死啊。”

“嗯，这话也太荒唐了。”

“嗯，这是绢子喝醉酒后哭着跟我说的……她和修一两个人喝醉了，让修一回去对妻子说，你没有过等待去战场的丈夫的经历吧，只是等待一定会回家的丈夫吧？就这样说，好，说吧。我就是那其中的一个人，战争遗孀的爱情有什么不好的吗？”

“怎么说呢？”

“男人就不该喝醉啊。就说修一吧，他喝醉酒后，对绢子十分粗暴，非要让她唱歌。绢子不喜欢唱歌，没有办法，所以有时只能我小声地唱歌。即使这样做了，也没有让修一的情绪镇定下来，在邻居面前很丢人……我被逼着唱歌，觉得像被侮辱似的，很不甘心。但我想，这也许不是耍酒疯，而是在战地养成的毛病。也许在战地的某个地方，修一就是这样玩弄女人的。这样一来，从修一不正常的样子中，我仿佛看到了自己战死的丈夫在战地玩弄女人的样子。我胸口紧了一下，精神恍惚，不知为什么，产生了一种错觉，仿佛自己就是丈夫在战地玩弄的那个女人，唱着下流的歌，流下了眼泪。后来我对绢子说，也许只有对自己的丈夫才会做这种事吧。从那以后，每当我被修一逼着唱歌，绢子也会哭……”

信吾觉得这是种病态，脸色阴沉。

“为了你们自己，这种事也必须早点停止啊。”

“是的。修一走后，绢子有时候会痛彻地对我说：‘池田，做这种事情会堕落啊。’虽然和修一分手的话似乎更好，但如果真的分手，绢子害怕自己以后就真的堕落了。女人啊……”

“不会的。”英子在一旁说。

“是啊，她真的在好好工作啊，英子也看到了吧？”

“嗯。”

“我的这个，就是绢子做的。”池田指着自己的套装说，“仅次于裁缝主任吧，店里也很重视她，她把英子介绍过去时，老板很爽快就答应了。”

“你也在那家店工作吗？”信吾吃惊地看着英子。

“嗯。”英子点了点头，脸有些红。

拜托修一的情人，让自己进入她所在的店里工作，今天又这样把池田带过来，英子的行为令信吾实在无法理解。

“所以，我觉得绢子应该不会给修一带来什么经济上的负担。”池田说。

“当然，是这样，经济上的……”信吾被惹怒了，没说完便把话咽了下去。

“我一看到绢子被修一欺侮，便会经常对她说，”池田低着头，把手放在膝盖上，“修一也是负伤回来的，是心理上的伤员，所以……”

池田抬起头说，“你们不能分开居住吗？修一如果是和夫人两个人生活的话，也许就会和绢子分手了吧。

我是这样想的，我也考虑了很多……”

“是啊，我想想看吧。”信吾点头似的反驳了她的指示，同时，却又产生了同感。

四

信吾并没有打算拜托这个叫池田的女人，所以他没有说什么，只是在听对方讲话。

对于对方来说，如果信吾不是一种谦逊的态度，不能融洽商谈的话，那就不知道为什么会来了。不过，她还是说了很多话，似乎在为绢子辩解，却又不完全是。

信吾觉得不管是对英子，还是池田，自己都应该感谢她们吧。

他并没有怀疑、猜测这两个人来访的意图。

但是，信吾的自尊心也许是忍受了屈辱吧。回去的路上，他去了公司的宴会，正要坐到自己位置的时候，艺伎在耳边低声说话。

“什么？我耳朵背，听不到啊！”信吾生气地说，而且抓住了艺伎的肩膀，虽然马上就松开了手。

“真痛啊！”艺伎揉着自己的肩膀。

信吾一脸不悦。

“请您来这里一下。”艺伎挨近信吾的肩膀，把他带到走廊。

十一点左右，信吾回到家，但修一还没有回来。

“爸爸回来了啊。”

餐室对面的房间里，房子一边给小女儿喂奶，一边用一只胳膊肘撑着头。

“嗯，我回来了。”信吾看了下那边，问，“里子睡了吗？”

“嗯，她刚刚睡着。里子刚才问，妈妈，一万日元和一百万日元，哪个比较多呢？我们听了都大笑，跟她说等外公回来问问外公，说着说着，她就睡着了。”

“哦，战前的一万日元和战后的一百万日元吧。”信吾笑着说。

“菊子，给我倒杯水。”

“嗯。水？您要喝水吗？”

菊子一副觉得罕见的样子，站起身来。

“要井水啊，我不喜欢加了漂白粉的。”

“好。”

“里子可不是二战前出生的，我那时候还没结婚呢。”躺在床上的房子说道。

“不管是战前还是战后，好像还是不结婚比较好啊。”信吾说。

听到后院水井的声音，保子说："压着那个水泵，听到嘎吱嘎吱的声音也不觉得冷了。大冬天的，为了你的茶，菊子一大早就到井边。那嘎吱嘎吱的声音，我就算躺在床上都觉得很冷呢。"

"嗯，其实我在想要不然让修一他们和我们分开住吧。"信吾小声说道。

"分开住吗？"

"那样更好吧。"

"是啊，如果房子一直待在家里的话……"

"妈妈，如果你们要分开住的话，我出去住吧。"房子起来了，"我出去住，行了吧。"

"这和你无关。"信吾说。

"有关系啊，关系不是很大吗？相原说，因为你爸爸不疼爱你，所以你脾气不好。我气得说不出话，从没那么委屈过。"

"算了，冷静一点，都三十岁了。"

"没有个安定的地方，冷静不下来啊！"

房子拢了拢露出了漂亮乳房的胸部。

信吾疲惫地站了起来。

"老婆子，睡吧。"

菊子倒了杯水过来。一只手拿着一片大树叶。信吾就那样站着，喝了很多水。

“你拿的是什么？”信吾问菊子。

“是枇杷的新芽。在淡淡的月光下，可以看到井前有发白的东西在轻轻摆动，我还以为是什么呢，没想到是枇杷的新芽已经变大了。”

“真有女学生的情趣啊。”房子讽刺道。

夜声

一

信吾被一阵呻吟声吵醒了。

不知道是狗的声音还是人的声音。一开始，信吾听到的是狗的呻吟声。信吾觉得像小照痛苦得快要死了。它是被灌了毒药吗？

信吾的心跳突然加快了。

“啊！”他捂住胸口，好像心脏病发作了一样。

接着，信吾清醒地睁开眼。是的，那不是狗，而是人的呻吟声。脖子像是被勒住，舌头像是被缠住。信吾感到一阵寒意。是某个人遇害了吧。

听起来像是在说“听啊，听啊”。

那个人的喉咙哽住，发出痛苦的呻吟声，含混不清。

“听啊，听啊。”

是因为快要被杀了，想听听对方的主张或要求吗？

门口传来有人倒下的声音。信吾耸了耸肩膀，准备起身。

“菊子，菊子！”

是修一的声音，他在喊菊子，舌头却不听使唤，发不全“菊”的声音[1]。修一喝得烂醉。

信吾松了口气，但是刚刚那一瞬间的紧张让他筋疲力尽，他倒下枕着枕头休息了。但胸口的悸动仍在持续。信吾一边抚摸着胸口，一边调整呼吸。

“菊子，菊子！”

修一并未用手敲门，而是东倒西歪地用身体撞门。

信吾喘了一口气，打算去开门。

但是，他突然意识到自己起身去开门不太合适。

修一好像是怀着痛苦的爱和悲伤在呼唤着菊子。那似乎是一种毫无顾忌的声音。像是在极度痛苦或难受的时候，或是生命遇到危险而害怕的时候，年幼的声音一再呼唤母亲的呻吟一样。又像是在罪恶的深渊中呐喊一样。修一用这颗可怜的赤裸之心，在跟菊子撒娇。也许

---

1 | 发不全“菊”的声音：日语中“听”（きこえ）和“菊子”（きくこ）发音相似，由于修一喝醉酒发不出“く”音，所以信吾以为是“听啊”。

他觉得妻子听不到，趁着醉意，才发出撒娇的声音吧。就像在恳求菊子一样。

“菊子，菊子！”

修一的悲伤感染了信吾。

自己曾经怀着那么绝望的爱呼喊过妻子的名字吗？有过一次吗？自己也没有体会过修一身处战场某个时刻的绝望吧。

信吾竖起耳朵听，希望菊子能醒过来就好了。儿子凄惨的声音被儿媳妇听到，信吾多少有些难为情。如果菊子没有醒，信吾想叫保子起来，但还是觉得尽量等菊子起来比较好。

信吾用脚尖把热水袋推到了床边。到了春天被窝里还放着暖水袋，所以心才会跳得厉害吧。

信吾的热水袋向来是菊子负责。

“菊子，帮我灌个热水袋吧。”信吾有时会这么说。

菊子灌的热水袋是温度保持得最持久的。热水袋的口也拧得最严实。

不知道保子是固执呢？还是健康呢？即使到了这个年纪，她也不喜欢热水袋。她的脚很暖和。五十多岁的时候，信吾还用妻子的身体取暖，但近年来已经不这样了。

保子也不会把脚伸向信吾的热水袋那里。

“菊子，菊子！”大门口又响起声音。

信吾打开枕边的灯，看了看表。快两点半了。

横须贺线的末班电车是在一点前到达镰仓的，之后，修一大概又去了车站前的酒馆。

听到修一此刻的声音，信吾觉得，修一和东京那个女人之间的分手有了眉目。

菊子起来了，从厨房走了出去。

信吾松了口气，关了灯。

仿佛是在对菊子说话一样，信吾在口中嘟囔着“原谅他吧”。

修一好像是扶着菊子进来的。

“痛，痛，放开我。”菊子说，“你的左手抓住我的头发了。”

“是吗？”修一口齿不清。

两人纠缠着倒在厨房。

“不行啊。你不要动……放在膝盖上……喝醉了的话，脚会肿的。”

“脚肿？骗人。”

菊子把修一的脚放在了自己的膝盖上，好像在帮他脱鞋。

菊子原谅修一了。信吾不用担心了。夫妻之间，菊子能这样原谅他，这个时候信吾反而很高兴。

也许菊子也听到了修一的呼唤。

修一从外面的情人那里醉醺醺地回来，菊子却把他的脚放在自己膝盖上，帮他脱鞋。信吾感受到了菊子的温柔。

菊子让修一睡觉后，去关了后门和大门。

修一的呼噜声连信吾都能听到。

修一被妻子迎进家门，很快就睡着了，刚才还陪着修一喝酒的那个叫绢子的女人，现在怎么样了呢？修一在绢子家喝酒，喝醉后就特别粗暴，不是还把绢子弄哭了吗？

何况，尽管因为修一有了绢子，菊子有时会脸色发白，但腰围等地方却变得丰满起来。

二

修一的鼾声不久就停了，但信吾却睡不着了。

信吾心想，保子打鼾的毛病是不是传给儿子了呢？

应该不会，可能是因为修一今晚喝太多了吧。

最近，信吾也听不到妻子的鼾声了。

天冷的时候，保子似乎睡得更好。

信吾睡眠不足的第二天，记忆力会更加不好，有时会陷入感伤。

即使是刚才，信吾可能也是怀着感伤听修一呼唤菊子的声音。修一不只是因为舌头不听使唤吧？是在用醉态掩饰羞愧吗？

信吾从修一那含混不清的声音中，感受到了他的爱与悲哀。也许，这只不过是信吾感受到了自己对他的期望而已。

不管怎么说，因为那种呼唤声，信吾原谅了修一。而且，信吾觉得菊子也原谅了修一吧。信吾想到了血亲之间的自私。

信吾对儿媳妇菊子很好，但从根本上来看，似乎还是会袒护自己的亲生儿子。

修一是使人感到厌恶的。他在东京那个女人那儿喝醉了回来，倒在家门口。

如果信吾出去开门的话，信吾皱起眉头，修一就会醒酒吧。菊子去开门真是太好了。修一扶着菊子的肩膀，走进屋里。

菊子是修一的受害者，也是修一的赦免者。

刚过二十岁的菊子，在和修一的夫妻生活中，为了能一起走到信吾和保子这个年纪，需要原谅丈夫多少次呢？菊子会无限地原谅他吗？

不过，夫妻这东西，就是不断地吸收着彼此的恶行，像可怕的沼泽一样。无论是绢子对修一的爱，还是信吾对菊子的爱，等等，最终都会被吸进修一和菊子这对夫妇的沼泽里，连痕迹都不会留下吧。

信吾觉得，战后的法律把以亲子为单位改为以夫妻为单位[1]是合乎道理的。

“也就是说，夫妻的沼泽。”他嘟囔道。

“和修一分开住吧。”信吾把内心浮现出的事，不自觉地嘟囔了出来，这个毛病也许是因为上了年纪吧。

信吾嘟囔的“夫妻的沼泽”，指夫妻两个人忍受着彼此的恶行，不断加深的沼泽。

所谓妻子的自我意识，大概是因为她直面丈夫的恶行吧。

信吾的眉毛痒了，揉了揉。

春天快来了。

即使夜里醒来，他也不会像冬天那样厌烦了。

被修一的声音吵醒之前，信吾已经从梦中惊醒了。

---

1 | 日本在二战后废除了封建家族制度，建立了以夫妇关系为本位的新型婚姻家庭制度。

那时，他还清楚地记着梦。但是，被修一折腾了一番，几乎全忘了。

也许因为自己心悸，梦的记忆消失了。

信吾只记得一个十四五岁的少女堕了胎这件事和一句话：“于是，某某孩子成了永远的圣女。”

这句话是信吾正在读的那个故事的结尾。

读着故事，与此同时，那个故事的情节就像戏剧或电影一样，在梦中可以看到。信吾并没有在梦中登场，完全是一个观众的立场。

十四五岁时堕胎，却被称为圣女。虽然很奇怪，但这是一个很长的故事。信吾在梦中读的是一篇描写少男和少女之间纯爱的名作故事。读完后，他醒来时，还残留着感伤。

少女并不知道自己怀孕了，没有想过堕胎，只是一直爱慕着被迫分手的少男。既不自然，也不纯净。

忘记了的梦，之后便不能重现。而且，信吾读那个故事时产生的感情，也是一场梦。

梦中少女应该是有名字的，也可以看见她的脸，但现在，他的脑海里只是模糊地残留着少女的身材，说得准确点，是矮小的身材，好像穿着和服。

信吾想过，梦到的那个少女是保子美丽的姐姐的模样吗？但似乎并非如此。

梦的起源，是昨天晚报上的报道。

大标题是“少女产下双胞胎。青森的扭曲（春醒[1]）”，内容是“根据青森县公共卫生科的调查，县内根据优生保护法终止妊娠者中，十五岁的有五名、十四岁的有三名、十三岁的有一名，属于高中生年龄（十六岁到十八岁）的有四百名，其中高中生占比百分之二十。另外，中学生怀孕的情况为：弘前市有一人、青森市有一人、南津轻郡有四人、北津轻郡有一人。而且，由于缺乏性知识，尽管经过专业医生的治疗，但死亡率还是有百分之零点二、身患重症者占比百分之二点五，后果十分可怕。并且，还有那些偷偷地、经无照经营的接生婆治疗而死去的（年幼妈妈）生命，着实令人寒心。”

上面还刊登了四件分娩的例子。去年二月，北津轻郡一名十四岁的初中二年级学生忽然临产，生下了一对双胞胎。母子都很健康。现在年幼的妈妈正在上初中三年级。父母之前并不知道孩子怀孕。

青森市一名十七岁的高中二年级学生，和班上的男

1 | 春醒：指进入青春期的少男少女开始产生性欲。

同学约定了未来，去年夏天怀孕了。双方父母觉得两个孩子还是学生，便让少女终止了妊娠。少男却说："这不是游戏，我们不久就会结婚。"

这篇新闻报道让信吾受到了冲击。然后便睡着了，做了少女堕胎的梦。

但是，信吾在梦里，没有觉得少男少女丑陋或者违反伦理，而是当作纯爱的故事，当作"永远的圣女"。这些都是信吾在睡前没有想过的事情。

信吾的震惊在梦中变得美丽起来。这是为什么呢？

也许，信吾在梦中拯救了堕胎的少女，也拯救了他自己。

总之，梦中出现善意。

自己的善意在梦中觉醒了吗？信吾回过头来想。

而且，是年老的时候摇曳着对青春的留恋，所以才让自己梦到了少男少女的纯洁爱情吗？信吾沉浸在了感伤中。

也许因为梦醒之后怀有感伤，所以信吾首先怀着善意听了修一的呻吟声，才感受到了爱与悲哀吧。

三

第二天早上，信吾在床上听到菊子把修一摇起来的声音。

信吾最近醒得很早，这让他十分困扰，总是睡懒觉的保子提醒道："真是老人喝凉水[1]啊！早起的话，会被人讨厌的哟。"

信吾自己也觉得，比儿媳妇菊子先起床是不好的，所以总是悄悄打开玄关的门，取来报纸，回到被窝里慢慢看。

修一好像去了洗脸间。

也许是不舒服吧，他想要刷牙，把牙刷一放进嘴里，就发出喀喀的呕吐声。

菊子小跑着去了厨房。

信吾起床了，在走廊上遇见从厨房回来的菊子。

"啊，爸爸。"

菊子差一点撞上信吾，站在那里，脸一下子红了。一些东西从右手的杯子里洒了出来。应该是为了缓解修一的宿醉，菊子从厨房拿的解宿醉的冷酒吧。

菊子这时候没有化妆，苍白的脸微微泛红，惺忪的睡眼透着害羞，未涂口红加以修饰的嘴唇露出漂亮的牙

---

[1] 老人喝凉水：日语谚语，指老人做与年龄不相符的危险事，给别人添麻烦。

齿，不好意思地笑了一下。信吾觉得她真可爱。

菊子身上还留着这么孩子的一面吗？信吾想起了昨夜的梦。

但是，仔细想想，像报纸上刊登的那个年纪的少女结婚生子，并不是什么稀奇的事。在以前早婚的时代有很多。

在那些少男的年纪，就连信吾自己也被保子的姐姐深深吸引。

菊子看到信吾在餐室坐了下来，急忙打开了那里的雨户。

带着春意的朝阳照了进来。

菊子似乎被灿烂的阳光吓了一跳，因为身后的信吾正在看自己，于是她举起双手，把睡乱的头发紧紧拢了起来。

神社里的大银杏树虽然还没有发芽，但在早晨的阳光下，信吾总觉得鼻子能闻到树芽的味道。

菊子快速整理了装束，沏了杯玉露茶过来。

“爸爸。我来晚了。”

起床后的信吾，会喝用热水沏的玉露茶。因为是热水，沏法反而更难。菊子沏得恰到好处。

信吾想，如果是未婚姑娘沏的，也许会更好吧。

“给醉鬼送去解宿醉的酒，给老糊涂送去玉露茶，菊子真忙啊。”信吾说了句俏皮话。

“啊，爸爸。您知道了啊！”

“我醒了。一开始我还以为是小照在呻吟呢。”

“是吗？”

菊子低头坐着，仿佛很难站起来一样。

“我也比菊子更早被吵醒。”拉门另一边的房子说道，“那样的呻吟声怪吓人的，因为小照不会叫，所以我知道是修一。”

房子穿着睡衣，一边给小女儿国子喂奶，一边走到餐室。

虽然房子脸长得不好看，但乳房又白又漂亮。

“喂，你那是什么样子？真邋遢。”信吾说。

“因为相原邋遢，我不知怎的也变邋遢了。嫁给一个邋遢的男人，自己就会变得邋遢，这不是没有办法吗？”房子把国子衔着的乳头从右乳换到左乳，喋喋不休地说，“如果你不愿意女儿变邋遢，就应该好好调查一下女儿嫁的那个人是不是邋遢。”

“男人和女人是不一样的。”信吾不客气地说。

“一样的啊，你看看修一。”房子打算去洗脸间收拾一下自己，菊子伸出双手，房子粗暴地把婴儿递给她，婴儿哭了起来。

房子不理睬，朝对面走去。

保子洗完脸，走了过来。

“给我吧。”她接过婴儿。

“这孩子的父亲也真是的，到底怎么打算的啊？房子从除夕回来，已经过了两个多月了。虽然说房子是邋遢，但我们家老头子在紧要关头不也是随随便便的嘛。明明那天晚上老头子说‘算了，两个人明显是走到尽头了’，但现在却这样拖拖拉拉纠缠不清。相原也没来说什么。”

保子看着怀里的婴儿，继续说：“你办公室之前那个叫谷崎的孩子，听修一说是个半寡妇，不过房子也算半离婚回娘家吧。”

“半寡妇是什么意思？”

“虽然没有结婚，但是喜欢的人战死了。”

“可是，战争时期，谷崎不还是个孩子吗？”

“按照虚岁十六七岁了吧，已经有无法忘记的人了。”

信吾没有想到保子会说出“无法忘记的人”。

修一没有吃早饭便出门了。大概是因为心情不好吧，时间已经挺晚了。

上午的邮件来之前，信吾都一直在家磨磨蹭蹭的。菊子放在信吾面前的信中，有一封是写给菊子的。

“菊子，你的。”信吾把那封信递给菊子。

大概是菊子没有看收信人的姓名，就把信都拿到信吾那里了吧。因为几乎很少有给菊子的信，所以她似乎也不会等着别人的信。

菊子当场读了信。

“是朋友寄来的，她说她做了人工流产，之后身体不好，住进了本乡的大学医院。”菊子说。

“哦？”

信吾摘下老花镜，看着菊子的脸。

“是在无照经营的接生婆那里做的吗？太危险了。”

晚报的报道和今天早上的信，信吾觉得很巧合，甚至还做了堕胎的梦。

信吾感到某种驱使，想把昨晚的梦告诉菊子。

但是，他说不出口，一看到菊子，就觉得自己心中的年轻劲儿在摇荡。突然，信吾脑海中闪过一个想法：是不是菊子也怀孕了，想要人工流产呢？信吾吓坏了。

四

电车经过北镰仓的山谷时，菊子好奇地眺望着，感叹“梅花开得真漂亮啊”。

北镰仓的电车车窗附近，有很多梅花，信吾每天漫不经心地看着。

已经过了盛开期，在阳光下，原本纯白色的花也略显憔悴了。

“我们家院子里的不也开了吗？”信吾虽然这样说，但想起院子里只有两三棵，可能这是菊子今年第一次看到梅花吧。

正如菊子很少收到信一样，菊子也很少外出，只是会到镰仓的大街上买东西。

今天是因为菊子要去大学医院探望朋友，信吾和她一起出来了。

修一情妇的家在大学前面。这让信吾很担心。

而且，信吾想在路上问问菊子是不是怀孕了。

虽然并不是难以开口，但信吾还是说不出口。

信吾已经好多年没从保子那里听到有关女人月经的事情了。更年期的变化一过，保子就什么都不说了。也许那之后就不只是健康问题，还离绝经越来越近了吧。

信吾也忘记了保子有没有提过这件事。

信吾刚才想问问菊子的时候想起了保子。

保子如果知道菊子要去医院妇产科的话，也许会跟菊子说让她也顺便检查一下吧。

保子和菊子聊过孩子的事。信吾曾看到菊子当时痛苦的样子。

菊子也一定会对修一坦白自己的身体状况。对女人来说，被坦白的那个男人是自己的唯一。如果女人有别的男人，那她就会犹豫要不要坦白。这些是信吾以前听朋友们说的，信吾很佩服。

即使是亲生女儿，也不会向父亲坦白这些。

到目前为止，信吾和菊子好像都在避开提到修一的情妇。

如果菊子怀孕了，可能是因为菊子被修一的情妇刺激到了，自己变成熟了。信吾觉得，虽然这样很不好，但或许人就是这样吧。所以倘若自己向菊子打听孩子的事情，是一种不为人知的残忍。

“雨宫家的爷爷昨天来了，您听妈妈说了吗？”菊子忽然问了句。

“没，没听说。”

“他好像是要被带到东京了，来我们家打个招呼。还说小照就拜托我们照顾了，给了我们两大袋饼干。”

“给狗的？”

“嗯，是给狗的吧。不过妈妈说一袋也可以留给人吃。据说雨宫先生的生意很好，扩建了房子，爷爷看起来很高兴呢。”

“是啊。商人迅速地卖掉房屋从头再来，又忽然之间建起房屋。我却十年如一日啊。只是每天乘坐横须贺线，相当怕麻烦。前几天也是，饭馆有个聚会，老人们的聚会，都是几十年来重复着做同样事情的一群人，实在觉得厌倦啊，真腻烦啊！差不多该来接了吧？”

菊子好像一时没听懂“来接”这个词。

“真到了阎王爷面前，我想说我们的零部件是无辜的。因为是人生的零部件啊。即使是活着的时候，人生的零部件也要受到人生的惩罚。这不是很残酷吗？”

“但是。”菊子想安慰一句，可她什么都说不出口。

“是啊，究竟什么时代，什么样的人能燃烧整个人生呢？这是个问题。比如，那个饭馆的看鞋人是怎样的呢？把客人的鞋收进来，拿出去，每天只是做这些吧。有位老人随随便便就说，零部件如果是做这些的话是绰绰有余，很轻松的。问了女佣才知道，看鞋人也很辛苦。四面都是鞋架，在地下室一样的地方，一边把腿叉在火盆上烤火，一边给客人擦鞋。玄关的地下室，冬天冷，夏天热。我们家老婆子也喜欢聊到养老院吧。”

“妈妈吗？”菊子回忆了一下，说道，“不过，妈妈说的，和年轻人常常说想死不是一样的吧。”

“她肯定会说，她会比我活得久。可是，你说的年轻人指的是谁？”

“是谁呢。”菊子一时语塞，然后她想起来了，“朋友寄来的信里也有。”

“今天早上的？”

“嗯，她还没有结婚。”

“哦。”

信吾沉默了，菊子也没再说下去。

电车刚开出户冢。户冢和保土谷之间还有很长一段距离。

“菊子！”信吾喊道，“我之前就一直在考虑，菊子，你们想和我们分开住吗？”

菊子看着信吾的脸，等待着他之后要说的话，她问道：“为什么呢？爸爸，是因为姐姐回来了吗？”

“不，和房子没有关系。房子是以半离婚的形式回娘家的，我觉得对菊子于心不安。但即使她和相原分手了，也不会在我们家待太久吧。房子的事暂且不提，这是菊子你们两个人的事情啊。菊子不觉得分开住更好吗？”

“不，如果依我的想法，爸爸您对我那么好，我想在您身边。如果离开您，我不知道会有多么不安啊。”

“你说得真令我感动啊。”

“哎呀，我在对您撒娇呢。可能因为我是家里最小的孩子，很爱撒娇，在娘家也很受爸爸疼爱吧，所以我喜欢和您住在一起。”菊子真心实意地说。

“我知道，你爸爸是真的疼爱你啊。对于我来说，因为有菊子在身边，所以不知道得到了多大的安慰。分开住的话会寂寞的。但是，修一做出了那样的事，直到现在我都没和你聊过。我们一起住，我也没起到什么作用。如果只有你们两个人住，两个人就可以很好地解决了不是吗？”

“不是的，我很清楚，即使爸爸什么都不说，但您也一直在担心我、照顾我，我就是依靠这个，才可以这样生活着。”菊子的大眼睛里噙着泪水，“让我们分开住的话我会觉得很可怕，一个人实在无法安安静静地待在家里，会寂寞、会悲伤、会害怕。”

“你试着想一下呢？不过，算了，这种事不该在电车里说，你好好考虑一下吧。”

菊子似乎真的很害怕，连肩膀都在颤抖。

在东京站下了车，信吾叫了辆出租车，把菊子送到本乡。

也许是因为爸爸疼爱自己，也许是因为现在情绪紊乱，菊子似乎并没有觉得这种表现有什么不自然。

虽然修一的情人不可能现在在路上走着，但信吾觉得有那样的危险，于是停下车目送菊子，直到她走进了大学医院。

春钟

一

花季的镰仓恰逢佛都七百年庆典，寺庙的钟声会响一整天。

但是，信吾有时会听不到。菊子不管是在勤快地干活，还是在讲话，都可以听到。而信吾如果不专心听就听不到。

“您听。”菊子告诉信吾，“又响了，您听。”

“嗯？”信吾歪着头，问保子，“老婆子，你能听到吗？”

“我能听到啊。你听不到吗？”保子不想理会。

保子的膝盖上摞着五天左右的报纸，她正在悠闲地读着。

“响了，响了。”信吾说。

一旦听到一次，之后便很容易能听到了。

“一听到你就那么高兴。”保子摘下老花镜，看了眼信吾。

“每天这样撞钟，寺庙里的和尚也很累吧。”

“撞一次要交十日元，是让来参拜的人撞的，不是和尚呢。”菊子说。

“这想法真好。”

“听说是供养之钟……计划让十万人、百万人来撞呢。”

“计划？”信吾觉得这话很好笑。

“不过，寺庙里的钟声很阴沉，我不喜欢。”

“是吗？阴沉啊。”

四月的星期天，在餐室一边赏樱，一边听钟声，信吾觉得这是一种悠闲。

“所谓七百年是什么的七百年？大佛也七百年，日莲上人[1]也七百年。”保子问道。

信吾回答不出来。

“菊子也不知道吗？”

“嗯。”

---

1 | 日莲上人（1222—1282）：日本镰仓时代的僧人，日本佛教日莲宗的鼻祖。

“真可笑啊，我们明明就住在镰仓。”

“妈妈膝盖上的报纸上有什么相关的报道吗？”

“可能有。”保子把报纸递给菊子，整齐地折在一起，再整齐地叠放在一起，自己手里只留下一张。

“对，我好像也在报纸上看到过。但是，读到这对老人离家出走的故事，我感同身受，脑海里只剩下了这件事。你也读过了吧？”

“嗯。”

“日本舢板界举足轻重的日本划艇协会副会长……”保子开始读报纸上的文章，读着读着，就用自己的话说，“他是制造划艇和游艇的公司的董事长啊，六十九岁，妻子六十八岁。”

“你为什么对这件事感同身受呢？”

“上面刊登了给养子夫妇和孙子的遗书。”

接着，保子又读起报纸。

“给养子夫妇的遗书中写道：‘只是活着，就被世人淡忘了，一想到这悲惨的样子，就不想活那么久了。我十分理解高木子爵[1]的心境。我觉得，人在被大家爱

---

1 | 高木子爵：子爵高木正德。昭和二十三年七月八日失踪，后来在高尾山中发现白骨尸体。被视为被夺走了生活的根基、跟不上时代发展而没落的上流阶层的典型。

着的时候消失是最好的。我想在家人们深深的亲情中，在许多朋友、同辈、后辈的友情中离去。’给孙子的信中则写道：‘虽然离日本独立的日子近了，但前途依旧一片灰暗。惧怕战争灾难的年轻学生如果希望和平，不彻底贯彻甘地那种不抵抗主义是不行的。要朝着自己相信的正确道路前进，我们由于年岁过大，已经没有能力指导了。如果一味等待那讨人厌的年龄到来，那活到现在就只剩虚度了。我们只想给孙子留下好爷爷、好奶奶的印象。我们不知道要去哪里，只是想安安静静地长眠。’”

保子读到这里沉默了。

信吾的脸朝向一侧，看着院子里的樱花。

保子凝视着报纸，说：“他们离开东京的家，去拜访了大阪的姐姐之后，就失踪了……大阪的姐姐已经八十岁了。”

“妻子有没有遗书？”

“啊？”保子愣了一下，抬起头。

“没有妻子的遗书吗？”

“妻子？是指那位奶奶吗？”

“那是当然。既然是两个人去死，应该也有妻子的遗书吧。比方说，如果我和你一起殉情，你不也会有一些想说的话写成遗书吗？”

“我不需要。”保子冷淡地说，“男人和女人都写遗书，那是年轻人的殉情啊。那是因为不能在一起而感到绝望……夫妻的话，一般由丈夫来写就可以，我这类人，事到如今还有什么话可留下吗？”

“是吗？”

“我一个人死的话就另当别论了。”

“一个人死的话，应该会有很多心酸怨恨吧。”

“已经到了这个年纪，有也没有了吧。”

“这是既不想死、也不会死的老婆子无忧无虑的声音啊。”信吾笑着说，又转过头去问，“菊子呢？”

“我吗？”菊子似乎有些犹豫，低声问道。

“假设菊子你要和修一殉情，你自己要不要留遗书？”这句话被漫不经心地说出来之后，信吾觉得不应该问。

“不知道呢，不知真的到了那个时候会怎样，”菊子把右手的大拇指伸进腰带，像是要松一下似的，看着信吾，“我可能会对爸爸说些什么。”

菊子天真的眼睛泪汪汪的，噙满泪水。

信吾觉得，保子没有想过死，但菊子并不是没有想过死。

菊子弯下身子，信吾以为她要趴在那儿哭，菊子却站起来走了。

保子目送着，说："真奇怪，有什么可哭的呢？会得癔病的。那是癔病吧？"

信吾解开衬衫的扣子，把手伸到胸前。

"心脏在怦怦乱跳吗？"保子问。

"不，是乳头痒，乳头变硬了，很痒。"

"你像个十四五岁的女孩子呢。"

信吾用指尖摆弄着左边的乳头。

明明是夫妻一起自杀，但丈夫写遗书，妻子不写。妻子是让丈夫代劳，还是与丈夫一起写了呢？听着保子读报纸，信吾对这一点产生了疑问，也产生了兴趣。

是多年的夫妻关系让两人变得同心同德了吗？还是年老的妻子失去了个性和遗言呢？

妻子是没有理由死的，却要为丈夫的自杀殉身。丈夫的遗书中也包含了自己的那份，难道她就没有遗憾、后悔和迷茫吗？真是不可思议。

但是现在，信吾的老妻也说，如果要殉情，她也不写遗书，只要丈夫写就行了。

什么也不说，陪伴男人而死去的女人——偶尔也会男女反过来，但大多数都是女人服从。那样的女人现在老了，就在自己身边，信吾有些震惊。

菊子和修一这对夫妻，不仅共同经历的岁月尚少，而且眼下正处于波澜之中。

问此时的菊子，假设要和修一殉情，要不要留下自己的遗书。这听起来未免有些残忍，伤了菊子的心。信吾也知道，菊子正站在危险的深渊里。

“因为菊子在对你撒娇，所以才会因为那样的事情落泪。”保子说，但同时也在抱怨，“你只是一味地疼爱菊子，却根本没有解决最重要的事情。连房子的事不也是这样吗？”

信吾看着庭院里盛开的樱花。

八角金盘在那棵大樱花树的根部长得十分茂盛。

信吾不喜欢八角金盘，本打算在樱花开放之前把它们剪干净，但今年三月经常下雪，不知不觉花就开了。

大约三年前，信吾曾剪过一次，它们反而长得更猖獗。信吾当时就想，要是连根清除就好了，而今看来果然还是那样做比较好。

保子一絮叨，信吾更讨厌八角金盘那深绿色的叶子了。如果没有这一群八角金盘，樱花粗壮的树干就会是一根独立的。它的枝干向四周伸展也不会受到阻碍，会向周围延伸，垂下枝条。不过，即使有八角金盘，樱花树的枝干也在扩张。

而且，开出了这么多的花。

午后的阳光下，樱花漫天飞舞。虽然颜色和形状都不强烈，但感觉填满了整个空间。现在正值盛开的时节，并没有想到会凋谢。

但是，一瓣、两瓣……不停飘落，树下积满落花。

“年轻人杀人或者死亡的报道，只会让人觉得‘哎呀，又来了’，但老年人的报道被刊登出来，真让人震撼啊。”保子说。

“我想在大家都爱着我的时候离去”，保子似乎反复读了两三遍这对老夫妇的报道。

“不久前，一位六十一岁的老爷爷，打算把患有小儿麻痹症的十七岁男孩送进圣路加医院[1]。他背着那个孩子从枥木来，带他游览了东京。但是，这个孩子总是抱怨，无论如何都不想去医院，老爷爷用手巾勒着他的脖子，把他勒死了，这件事上了报纸吧。”

“是吗？我没有看到。”信吾含糊地回答，与此同时，他想起自己无法忘记、甚至出现在梦中的青森县少女们的堕胎报道。

---

1 | 圣路加医院：位于中央区明石町的国际医院。设施完备、管理周密。

自己和老去的妻子是多么不同啊。

二

“菊子！”房子喊道，“这台缝纫机经常断线，是不是出故障了？你过来看一下，是胜家牌的，机器应该是好的，是我不会用了吗？我是得癔病[1]了吗？”

“可能运转不正常了吧，我还是学生的时候就开始用了，挺旧的。”菊子去了那个房间，“不过，它听我的话呢。姐姐，我来替你做吧。”

“是吗？里子总是黏着我，我很烦躁，差点把这孩子的手缝上了。虽然不可能缝到手，但这孩子把手放在这里，看着看着，眼睛就模糊了，都分不清布料和孩子的手了。”

“姐姐，你太累啦！”

“总之，我得癔病了吧。要说累，应该是菊子。在我们家，只有爸爸和妈妈不累呢。爸爸都年过花甲了，还说什么奶头痒之类的，这不是捉弄人嘛。”

菊子在去大学医院探望朋友回来的路上，给房子的两个孩子买了西服料子。

---

1 | 癔病：一种精神疾病，伴有记忆障碍、情绪不宁、易躁易怒等症状。

房子正在缝制的就是那块布料，所以看着菊子也比较高兴。

但是，当菊子代替房子坐在缝纫机前的时候，里子露出了厌恶的眼神。

“舅母给你买了块布料，给你做衣服呢。”房子一反常态地道歉了，“真抱歉，这孩子在这点上和相原一模一样。”

菊子把手搭在里子的肩上，说：“和外公一起去看大佛吧。还有会跳舞的稚儿[1]呢！”

在房子的邀请下，信吾就出门了。

他们走在长谷的大街上，看到了摆放在烟草店门口的山茶盆栽。信吾买了一盒光明牌香烟，并称赞了一番盆栽。盆栽里开着五六朵带有杂色的重瓣山茶花。

烟草店老板说，有杂色的重瓣山茶花是不行的，盆栽以野山茶为最，于是带他去了后院。有一块四五坪大小的菜地，菜地前的地上并排摆着盆栽的花盆。野山茶是一棵树干苍劲的老树。

“让树累着就不好了，所以花已经被薅掉了。”烟

1 | 稚儿：原指日本平安时代的佛寺里带发修行的少年，现代则指在日本传统庆典中身着传统服饰表演的儿童。

草店老板说。

“这样的话，花还开吗？”信吾问。

“开了很多花，但我只留下少量开得比较好的。店里的山茶也开了二三十朵。”

烟草店老板聊起了盆栽的修整，还说了一些镰仓的盆栽爱好者的传说。他这么一说，信吾想起商店街的窗户上也经常摆着盆栽。

“谢谢，真是个好消遣啊。”信吾说着准备离开店。

“虽然没什么好东西，但后面有几株野山茶还是不错的……哪怕只有一盆盆栽，为了不让它样子变丑，不让它枯萎，就会产生责任，对懒人来说是一种良药。”烟草店老板说。

信吾边走边点燃刚买的光明牌香烟。

“烟盒上画着一尊大佛，是为镰仓特地设计的吧。”他把烟盒给了房子。

“给我看看。”里子踮起脚。

“去年秋天，房子离家出走，去过信州吧？”

“不是离家出走。”房子对信吾顶嘴道。

“那时候，你在乡下的家里有没有看到盆栽？”

“没看到。”

“是啊。毕竟已经是四十多年前的事了。乡下的外公痴迷于盆栽。就是保子的爸爸。但是保子的领会能力不行，做事不用心，所以外公很喜欢保子的姐姐，让她打理盆栽。她是个美人，你完全想象不到她是保子的姐姐。一天早晨，盆栽的架子上积满了雪，留着天真的娃娃头发型的姐姐，穿着红色的元禄袖[1]，拂去花盆里的雪，那样子至今仍历历在目。她特别显眼，十分美丽。信州很冷，呵气都是白色的。”

那白色的气息也散发着少女的温柔和香味。

这时，信吾觉得房子因为时代不同，和过去没有关系是件好事情。他忽然陷入回忆里。

“不过，刚才的野山茶，没有经过三四十年的精心培育吧。”信吾喃喃道。

树龄应该相当大了吧。在花盆里，树干上长出疙瘩，要花多少年的时间呢？

保子的姐姐死后，佛堂那鲜艳的红叶盆栽，应该会有人照顾，还没有枯萎吧？

三

三人来到寺庙内，稚儿队伍正在缓缓通过大佛前的

---

1 | 元禄袖：少女穿的、袖筒圆而肥大的和服。

石子路。有的孩子一脸疲惫，瞧着像是从很远的地方走来的。

在人墙后，房子抱起了里子。里子目不转睛地看着穿着华丽振袖[1]的稚儿。

听说这里立了座与谢野晶子[2]的诗歌碑，好像是把晶子本人的字放大后刻在石碑上，所以他们往里走去。

“果然，写的是释迦牟尼……”信吾说。

但房子不知道这首脍炙人口的诗歌，这让信吾很吃惊。“镰仓有大佛，释迦牟尼是美男”——这是晶子的诗歌。

信吾解释道：“大佛不是释迦，其实是阿弥陀佛。因为搞错了，所以诗歌也改了，但事到如今，如果把释迦牟尼在诗歌中改成阿弥陀佛或者大佛之类的话，调子不好听，佛字也重叠了。不过，就这样刻成诗歌碑的话，还是错的啊。”

诗歌碑旁拉有幕布，用来招待客人饮用淡茶。房子

---

1 | 振袖：女性和服的一种款式，主要特点是身侧和袖子之间缝合较少，袖子因此可以自由摆动。根据袖子长度分为大振袖、中振袖和小振袖。

2 | 与谢野晶子：明治十一年至昭和十七年（1878—1942）。歌人。与谢野铁干之妻。在与谢野铁干创刊的《明星》杂志上发表诗歌，因其大胆奔放地讴歌女性的性欲，成为明治时期浪漫主义诗歌全盛期的代表歌人，创作著名处女歌集《乱发》。

从菊子那里得到了茶券。

信吾看着露天放置的茶水的颜色，心想里子也想喝吧，不料里子用一只手抓住了茶杯边缘。虽然是简易茶[1]，用的是没什么特色的茶杯，但信吾还是帮她扶着，说道：

“很苦呢。”

“苦吗？”

里子在喝之前就露出了苦涩的表情。

跳舞的女孩们走进了幕布里。大约有一半的人坐在门口的长凳上，剩下的女孩则在长凳前靠在一起。她们都化着浓妆，穿着振袖。

在这群女孩的后面，两三棵小樱花树正开着花。花的颜色输给了振袖鲜艳的颜色，看起来很淡，阳光照在对面略高的绿树林上。

“水，妈妈，喝水。”里子一边看着跳舞的女孩们一边说。

“没有水，我们回家再喝吧。”房子安抚道。

信吾也突然想喝水。

---

1 | 简易茶：不在客人面前沏茶，而是在洗茶器处倒茶然后端出来、简便泡的茶。

他想起，三月的某一天，自己在横须贺线的电车里，看到一个和里子年龄差不多的小女孩，在品川站乘车处的自来水设施前喝水。小女孩一打开水龙头，水就冲了出来，小女孩吓了一跳，笑了起来。她的笑容真好看。母亲给她调整了一下自来水的阀门。看着小女孩那么美味地喝着水，信吾感到今年的春天来了。

看着这群跳舞的女孩，里子和自己都想喝水，信吾在思考这之间是不是有什么联系。

“衣服，给我买衣服，衣服。”里子开始闹人了。

房子站了起来。

跳舞的女孩们中央，有一个比里子大一两岁的，她的眉毛又粗又短，画得比较低，十分可爱。像铃铛一样的眼睛的边缘涂着胭脂。

里子一边被房子拉着手，一边目不转睛地盯着那个孩子。从幕布里走出来的时候，里子好像想朝着那个孩子走去。

“衣服，衣服！”她不停地说。

“衣服呢，外公说等里子举行七五三仪式[1]的时候

---

1 | 七五三仪式：日本传统中为祝贺孩子的成长，在男孩三岁和五岁、女孩三岁和七岁举行的祝贺仪式。

会买给你的。”房子话里有话，“这个孩子啊，从出生起就没穿过和服呢。只穿过破衣服。衣服都是浴衣穿旧了做的，用的是和服的边角料。”

信吾在茶店休息，要来了水。里子咕噜咕噜地喝了两杯。

出了大佛的院内，走了一会儿，一位穿着跳舞和服的女孩拉着母亲的手，似乎正急匆匆地回家。她们从里子身边经过，信吾心想“糟了”，他想抓住里子的肩膀，但是太迟了。

“衣服！”里子看起来要抓那个孩子的袖子。

“真讨厌！”那个孩子逃开的时候，因为踩到长袖摔倒了。

“啊！”信吾大叫一声，捂住了脸。

被车轧了。信吾只能听到自己的叫声，但似乎有很多人在同时叫。

车子吱吱嘎嘎地停了下来。从被吓得呆立住的人群中，跑过来三四个人。

女孩爬了起来，抱住母亲的衣服下摆，号啕大哭。

“太好了，太好了。刹车灵，还好是辆高级车啊。”有人说，“如果是那种破车，人就没命了。”

里子像抽搐了似的，翻着白眼。表情可怕。

房子再三向女孩的妈妈道歉，问女孩有没有受伤、振袖有没有破损。女孩的妈妈呆若木鸡。

穿着振袖的女孩停止了哭泣，厚重的白粉底变得斑驳，眼睛却像洗过一样闪闪发亮。

信吾一声不吭地回到家。

传来了婴儿的哭声。是菊子唱着摇篮曲抱着孩子前来迎接他们三个人的。

“对不起，让孩子哭了，我不会哄。”菊子对房子说。

不知道是听到了妹妹的哭声，还是回到家松了劲儿，里子也哇哇地哭了起来。

房子没有管里子，直接从菊子手里接过婴儿，撩开衣服。

“哎呀，冷汗流得乳房之间湿漉漉的。”房子说。

信吾抬头望着良宽[1]写的“天上大风”的匾额走了过去。这是在良宽的作品还便宜的时候买的，后来听别人说信吾才知道是假的。

“我们去看了晶子的和歌碑。”信吾对菊子说，“晶子写的是释迦牟尼……”

“是吗？”

---

1 | 良宽（1757—1831）：江户时代后期的禅僧、歌人，擅长诗书。

四

吃过晚饭，信吾一个人走出家门，逛了逛和服衣料店和旧衣店。

但是，并没有找到适合里子的和服。

找不到，信吾反而更放心不下。

信吾感到一种阴暗的恐惧。

女孩子年龄还很小，但看到别的孩子穿着艳丽的和服，就那么想要吗?

里子的羡慕和欲望仅仅是比普通人强一点吗？还是说异常强烈呢？信吾觉得里子像着魔了一样。

如果那个穿着跳舞和服的孩子被车轧死了，此时会怎样呢？穿着振袖的漂亮小女孩的样子清楚地浮现在信吾的脑海中。那样的盛装，这种店里一般不会有。

可是，如果不能买回家的话，信吾觉得连路都是黑的。

保子只给里子用旧浴衣做衣服吗？房子说话含有恶意，是在骗人吗？新生婴儿服也好、拜宫[1]的和服也好，都没给买吗？也许当时是房子想要洋服呢。

---

1 | 拜宫：小孩出生后，初次参拜出生地守护神。

"忘记了。"信吾自言自语。

信吾已经忘记了保子有没有跟自己商量过这些事，但如果信吾和保子对房子更加疼爱一些的话，或许长相丑陋的女儿也可以生下可爱的外孙。不知为什么，信吾有种无法逃避的自责，这让他步履沉重。

"若知孩儿生前身，若知孩儿生前性，便无可怜的父母。若无亲父母，便无忧心子……"[1]

不知哪一段能剧里的词浮现在信吾的心中，却也仅仅只是浮现，并没有让他产生僧人那样的领悟。

"前佛[2]已去，后佛[3]未至，生于梦中，以何为实？偶承难受人身……"[4]

想要抓跳舞的孩子的里子，她那凶恶狂暴的性格是因为继承了房子的血统？还是相原的呢？如果是继承了房子的话，那是房子父亲信吾的血统？还是母亲保子的血统？

如果信吾和保子姐姐结婚的话，就不会有像房子这样的女儿吧，也不会有像里子这样的外孙女了吧。

---

1 | 若知孩儿生前身……：能剧《卒都婆小町》中的词。

2 | 前佛：指释迦牟尼。

3 | 后佛：指未来佛，即弥勒佛。

4 | 前佛已去……：能剧《卒都婆小町》中的词。

因为一场意外，信吾又眷恋起故人，想紧紧抱住她。

信吾已经六十三岁了，可二十多岁就去世的那个人，还是比自己年长。

房子的房间和餐室之间的拉门是开着的，信吾回到家，看到房子抱着婴儿躺在床上。

“睡着了呢。”看到信吾望向那边，保子说，“房子说她的心扑通扑通一直跳，说要让它平静下来，便吃了安眠药，睡着了。”

信吾点点头说：“把那边的门关起来吧。”

“好。”菊子站了起来。

里子紧紧地挨着房子的背。但是，她还是睁着眼睛的。里子就是这样，是个一直沉默的孩子。

信吾没有告诉她们自己出去是为了给里子买和服。

看样子，房子也没有把里子想要和服并差点酿成大祸的事情告诉母亲。

信吾去了起居室。菊子端来了炭火。

“嗯，你也坐下吧。”信吾对菊子说。

“好，我这就来。”菊子走了出去，把水壶放在托盘上端了过来。水壶也许是不需要托盘的，但它的旁边放着不知是什么的花。

信吾拿起花问：“这是什么花？像桔梗一样。”

"说是黑百合。"

"黑百合？"

"嗯。一位从事茶道的朋友刚才给我的。"菊子一边说，一边打开信吾身后的壁橱，拿出一个小花瓶。

"这就是黑百合？"信吾很新鲜。

"听那个朋友说，今年千利休忌日[1]，博物馆的六窗庵[2]举行仪式时，在远州流[3]的继承人的席位上，插着黑百合和白色的荚迷花，十分美丽。花插在古铜的细口花瓶里……"

"哦。"信吾端详着黑百合。有两支，每支茎上开着两朵花。

"今年春天，雪下了十一次还是十三次吧。"

"经常下雪啊。"

"据说在初春的千利休忌日也是，雪积了三四寸，黑百合也因此更加罕见了。听说是高山植物。"

"和黑山茶的颜色有点像。"

---

1 | 千利休忌日：阴历二月二十八日，在千利休的忌辰进行供养。

2 | 六窗庵：东京上野国立博物馆内的茶室。明治八年左右从奈良兴福寺移建到此。因为有六扇窗，故得名。

3 | 远州流：江户初期成立的茶道的一个流派。奉小堀远州为始祖。远州是德川家光将军的茶道师傅。

"嗯。"

菊子往花瓶里灌了水。"听说今年千利休忌日的时候，还展出了千利休的辞世之作和切腹用的短刀。"

"是吗？你的那个朋友是茶道师傅吗？"

"嗯。她成了战争遗孀……以前精通茶艺，现在派上了用场。"

"什么流派？"

"官休庵[1]，武者小路千家派。"

不懂茶道的信吾是不知道这些的。

菊子等着将黑百合插入花瓶，但信吾没有放下花。

"不会枯萎吧，你看花都开始低头了。"

菊子点点头，"嗯，我已经在花瓶里加了水。"

"桔梗开花也会垂下来吗？"

"啊？"

"我觉得比桔梗花还小，你觉得呢？"

"是挺小的。"

"一开始看起来好像是黑的，但不是黑的，又像深紫色，但不是紫色，似乎还混着深红色。明天白天再仔细瞧瞧吧。"

---

1 | 官休庵：京都武者小路千家师家的宅邸内的茶室。

“放在阳光下，是一种泛着红色的紫色。”

花盛开之后好像不足一寸，大概有七八分吧。花瓣有六片，雌蕊的尖分出三个叉，雄蕊则有四五根。叶子在茎的一寸左右处，呈几段向四周伸展。百合的叶子很小，大概是一寸或一寸五分的长度吧。

最后，信吾闻了闻花，漫不经心地说：“是令人生厌的女人的腥味儿啊。”

虽然并没有淫乱的意思，但菊子的眼皮泛起淡淡的红晕，低下了头。

“味道真让人失望啊。”信吾改口说，“你闻闻。”

“我可不会像父亲您那样研究。”

菊子打算把花插进花瓶，随即问信吾：“按茶道的话，四朵太多了吧，就这样可以吗？”

“嗯，这样就行。”

菊子把黑百合放在地上。

“那个壁橱里，你放花瓶的地方，放有面具，你能帮我拿出来吗？”

“好。”

因一段能剧的词浮现在脑海中，信吾想起了能面。

信吾拿起慈童的脸，说：“这是仙童，据说是永远的少年。我买的时候有没有给你讲过？”

“没有。”

“公司里有个叫谷崎的孩子，我买这个面具的时候，让她戴在脸上，看起来非常可爱，我吓了一跳。”

菊子把慈童的面具贴在脸上。

“这根绳子是系在后面吗？”菊子透过面具的眼睛注视着信吾。

“如果不动的话，是不会出现表情的。”

买回来的那天，信吾快要危险地亲吻上那暗红色的可爱嘴唇，有种天之邪恋般的悸动。

“即便木片深埋，若心灵之花尚存……[1]”

能剧里似乎也有这句词。

菊子戴着娇艳的少年的面具，做出各种动作，信吾看不下去了。菊子的脸很小，所以连下巴尖都几乎被遮住了。眼泪顺着她那隐约可见的下巴流到咽喉，分成两股、三股，不断地流着。

“菊子。”信吾喊道，“菊子，你今天和朋友见面，是不是想如果和修一分手就去当茶道师傅？”

带着慈童面具的菊子点了点头。

“就算分手了，我也想待在您这里，给您沏沏茶之

---

1 | 即便木片深埋……：能剧《卒都婆小町》中的词。

类的。”菊子在面具后直爽地说。

突然传来了里子的哭声。

院子里的小照发出刺耳的叫声。

信吾有种不祥的感觉。菊子像是在等待星期天也去了情妇那里的修一，认真地听着门口的动静。

鸟之家

一

附近寺庙的钟，无论冬夏，都会在六点准时响起。信吾也无论冬夏，听到那钟声便会早起。

说是早起，也不一定会离开被窝。确切地说，是早早醒来。

不过，同样是六点，冬天和夏天却大不相同。寺庙的钟一整年都是六点响，但信吾觉得都是同样的六点，夏天的六点时太阳早已升起来了。

信吾枕边放有一块大怀表，因为必须开着灯、戴着老花镜才能看清，所以信吾很少看它。如果不戴眼镜，长针和短针都会变得难以分辨。

而且，信吾也没有必要看着钟表起床。反倒是不想早早醒来。

冬天的六点则时间还早，信吾没办法安稳地待在床上，有时候会起床去拿报纸。

家里没有女佣后，菊子早上起来就开始忙活。

“爸爸，还早呢。”菊子说。

信吾似乎有些尴尬，说：“嗯，再睡一觉吧。”

“去吧，水还没烧开呢。”

菊子起床之后，信吾才放下心来，觉得家里有人的气息。

不知是从什么年龄开始，冬天的早晨，在黑暗中醒来，信吾会感到很寂寞。

但是，春天一到，信吾睡醒时也觉得温暖了。

现在已经过了五月中旬，信吾听到早晨的钟声后，又听到了老鹰的声音。

“啊，果然有啊。”信吾小声嘀咕，枕着枕头，竖起耳朵听。

老鹰似乎在房子上空盘旋了一大圈，之后朝着大海飞去。

信吾起来了。

他一边刷牙一边在天空中寻找，但没有看到老鹰。

但是，它那稚嫩甜美的声音，似乎让信吾家的上空变得柔和澄澈。

“菊子，是我们家的老鹰在叫吧。”信吾冲着厨房喊道。

菊子把热气腾腾的米饭盛到饭桶里："我没留神，没有听到。"

"老鹰果然在我们家吧。"信吾说。

"哦。"

"去年也经常叫，大概是几月份左右啊，是现在这个时候吧，我不记得了。"

看到信吾一直站在那看，菊子解开了头上的发带。

有时候，菊子好像是用发带将头发扎起来睡觉的。

菊子打开饭桶的盖子，赶紧去给信吾准备茶。

"如果那只老鹰在的话，我们家的三道眉也在吧。"

"嗯，还有乌鸦。"

"乌鸦？"

信吾笑了。

如果老鹰是"我们家的老鹰"，那么乌鸦也应该是"我们家的乌鸦"。

"我以为这个宅子里只住着人，原来还住着各种各样的鸟呢。"信吾说。

"跳蚤和蚊子不久也要出来了。"

"别瞎说。跳蚤和蚊子不是我们家的住户，它们不在我们家过年。"

“冬天也有跳蚤，它们可能是在这里过年呢。”

“但是，我们不知道跳蚤的寿命有多长，应该不是去年的跳蚤了吧。”

菊子看着信吾笑了，好像想起来一件什么事：“那条蛇也是，是时候出来了吧。”

“是去年让菊子吓一跳的那条青蛇吗？”

“嗯。”

“据说它是这个家的主人呢。”

去年夏天，菊子买完东西回来，在后门看到那条青蛇，吓得发抖。

因为菊子的叫声，小照跑了过来，像疯了一样狂吠。小照低下头，做出一副要咬它的样子。它闪开四五尺，又像要扑过去似的靠近，反复重复着这个动作。

蛇微微抬起头，吐出红色的舌头，根本不理睬小照，敏捷地动起来。沿着后门的门槛爬走了。

听菊子讲，它的长度是后门的两倍以上，也就是长六尺多。那条蛇比菊子的手腕还粗。

菊子被吓坏了，说话时非常急促，但保子却很平静，说：“它是这个家的主人呢。菊子嫁过来好多年前就在了。”

“如果小照咬了它，会怎么样呢？”

“那肯定是小照输，它会被缠起来呢……小照知道，所以只是狂吠。”

很长一段时间，菊子因为害怕，都不敢走后门，只从正门进出。

这条大蛇是在地板下还是天花板里呢？真让人毛骨悚然。

不过，青蛇可能是在后山吧。它很少露面。

后山不是信吾的所有地。不知道是谁的。

靠近信吾家的地方，有一座陡峭的山，对于山里的动物来说，山和信吾家的庭院似乎没有界限。

也有很多后山的花和叶子落在庭院里。

“老鹰回来了。”信吾自言自语，然后抬高嗓门说，“菊子，老鹰好像回来了。”

“真的，这次听到了。”菊子抬头望了下天花板。

老鹰的叫声持续了一会儿。

“刚才是去海边了吗？”

“听声音好像是到海上去了。”

“是去海边觅食，然后回来的吧？”

信吾也觉得大抵如此，说：“找个它能看见的地方，放点鱼之类的东西如何？”

“小照会叼走的。”

“放在高处呢？”

去年和前年都是这样，信吾醒时听到老鹰的声音，就会产生慈爱之感。

看样子不只是信吾，“我们家的老鹰”这个词在家人之间是通用的。

不过，信吾确实不知道老鹰是一只还是两只。不知哪一年，他好像看到过两只老鹰在房子上空飞翔。

而且，连续好几年听到的真的是同一只老鹰的声音吗？没有换代吗？会不会老鹰不知什么时候死了，是老鹰的孩子在叫呢？信吾今天早上第一次想到这些。

可能是之前的老鹰去年死了，今年是新的老鹰在叫，信吾他们却不知道，总以为还是自己家的那一只老鹰，毕竟是在刚睡醒后意识蒙眬的状态下听到的，如果是这样的话那就有趣了。

尽管镰仓有很多小山，但这只老鹰却选择在信吾家的后山上栖息，想想都觉得不可思议。

俗话说“难遇之事今已遇，难闻之声今已闻”。老鹰或许也是如此。

不过，尽管和人住在一起，它也只会让人听到它可爱的声音而已。

二

因为家里是菊子和信吾起得早，所以两个人早上会说些话。而信吾和修一两个人若无其事地聊天，大概都是在往返的电车上吧。

电车驶过六乡的铁桥，不一会儿就能看到池上的森林。早上，从电车里看池上的森林，已成了信吾的习惯。

然而，看了那么多年，信吾最近才在那片森林里发现了两棵松树。

只有那两棵松树高出一些。它们仿佛要相拥在一起似的，上面的树干互相倾斜在一起。树梢近得马上就要抱在一起了。

那片森林里只有这两棵松树很高，即使不想看也应该能看到，但信吾一直没有注意到。但是一旦注意到，这两棵松树一定会首先映入眼帘。

今天早上，在狂风暴雨中，两棵松树依稀可见。

“修一。”信吾大声问道，“菊子哪里不舒服吗？”

“没什么。”修一正在读周刊杂志。

修一在镰仓车站买了两种杂志，一本给父亲。信吾没有看，拿在手里。

“哪里不舒服吗？”信吾又平静地问了一遍。

“她说她头痛。”

“这样啊。听你妈妈讲，她昨天去东京了，傍晚回来后便睡了，那个样子和往常不一样。老婆子察觉到她在外面发生什么事情了。晚饭她也没吃。你九点左右回来的时候，去到房间，她不是在压低声音偷偷哭泣吗？”

“我觉得她两三天就会好，没什么大不了的。”

“这样啊。头痛的话不会哭成那样吧？今天不也是天刚亮就在哭吗？”

“嗯。”

“房子端着吃的去给她送，但她好像非常不愿意房子进去，遮着脸……房子一直在抱怨。我想问问你，到底是怎么回事？”

“简直就像全家都在打探菊子的动静一样。”修一翻着眼珠朝上看，不耐烦地说，“菊子偶尔也会生病吧。”

信吾怒上心头：“什么病啊？”

“流产了。”修一粗暴地说。

信吾吓了一跳，看了看前面的座位。信吾觉得，也许父子两个人都是美国兵，一开始不懂日语吧，所以才这么沟通困难。

信吾声音沙哑，问：“去看了医生？”

“嗯。”

“昨天？”信吾呆滞地小声嘟囔道。

修一也不再读杂志了，端正地回答：“是的。”

“当天就回来了？”

“嗯。”

“是你让她这么做的吗？”

“她自己要这样做的，她可没听我的。”

“菊子自己想这么做的？胡扯。”

“这是真的。”

“为什么？为什么菊子会产生那种想法？”

修一沉默了。

“难道不是因为你不好吗？”

“也许是吧。她意气用事，说现在无论如何都不想要孩子。”

“你如果阻止的话是能阻止的吧。”

“现在不行吧。”

“你所说的现在是什么意思？”

“爸爸也知道，总之，我现在这个样子，是不想要孩子的。”

“也就是说，在你有情妇的时候？”

“嗯，是。”

“是什么啊！”信吾勃然大怒，胸口堵得难受，“那是菊子的半自杀啊！你不觉得吗？与其说是对你的抗议，不如说她是在半自杀啊！”

因为信吾的凶暴态度，修一发怵了。

“你杀死了菊子的灵魂。无法挽回了。”

“菊子的灵魂相当固执呢。”

“她不是女人吗？不是你的老婆吗？只要你的一个态度，你如果温柔体贴，菊子一定会高兴地把孩子生下来。你那情妇的问题就不会计较了。”

“但是，并非会不计较呢。”

“菊子应该也清楚地知道，保子在等孙子吧。迟迟没有孩子，菊子也多少感到丢脸不是吗？这是她一直想要的东西，但你却不让她生，你这是杀了菊子的灵魂啊！”

“您说得有些不对，菊子似乎有洁癖。”

“洁癖？”

“怀孩子她都会觉得懊恼……”

“嗯？”

这是夫妻之间的事。

信吾怀疑，修一让菊子感到如此屈辱和厌恶吗？

“真不敢相信。说那样的话，有那样的态度，我不觉得这是菊子的本心啊。丈夫把妻子的洁癖当成问题，这难道不是爱情浅薄的证据吗？把女人的闹别扭当成真的，有这种家伙吗？”信吾的气势稍微减弱了，“如果保子知道自己失去了孙子，不知道会说些什么。”

“不过，这样一来，妈妈也知道菊子可以怀孩子了，能放心了吧。”

“你说什么？你能保证以后也能生孩子吗？”

“保证也可以的。”

“你说这话是不畏上天，不爱别人的证据。”

“您这说得太复杂了，这不是件很容易的事吗？”

“这可不是容易事，你仔细想想，菊子哭得那么厉害。”

“我并不是不想要孩子，只是现在两个人的状态都不好，我觉得这个时候生不出好孩子来。”

“我虽然不知道你所说的状态是什么，但菊子的状态并不坏啊。如果要说状态不好的话，只有你。菊子并不是状态会变差的性格啊。因为你没有缓解菊子的忌妒情绪，所以失去了孩子。也许只解决孩子的问题还不够吧！”

修一惊讶地看着信吾的脸。

“你在那个女人家喝得烂醉回来，把穿着脏鞋的脚放在菊子的膝盖上，让她给你脱鞋。”信吾说。

三

那天，信吾因为公司的事情去了银行一趟，和那里的朋友一起吃午饭。他们一直聊到两点半左右。在餐厅给公司打了个电话，他就直接回家了。

菊子抱着国子，在走廊上坐着。

看到信吾早早回家，菊子有些慌张，正打算站起来。

“没事儿，那样坐着就好。你没睡午觉，能行吗？”信吾也来到走廊。

“嗯，我刚好想给婴儿换尿布。”

“房子呢？”

“她带着里子去邮局了。”

“去邮局有什么事吗？我先抱着孩子吧。”

“你稍等一下，我先给外公拿要换的衣服。”菊子对婴儿说。

“好了，好了，你先给孩子换尿布吧。”

菊子笑着抬头看信吾，露出一排细小的牙齿，温柔地对孩子说：“外公说先给国子换尿布。”

菊子穿了件花哨又舒适的铭仙[1]和服，系着伊达窄

---

1 | 铭仙：一种和服面料，为平织的碎白道花纹丝织品，用色和图案大胆鲜艳。

腰带。

“爸爸，东京的雨也停了吗？”

“雨吗？在东京站上车的时候还在下，但下车的时候天气可好了。我没注意到是从哪里放晴的。”

“镰仓刚才还在下雨，雨停之后姐姐出去的。”

“山上还湿着呢。”

她把婴儿放在走廊上，抬起她的小光脚，双手抓住脚趾，比起双手，双脚活动得更自由。

“是啊是啊，国子正在看山呢。”菊子擦了擦婴儿的大腿。

美国的军用飞机低空飞来。婴儿被这声音吓了一跳，抬头望着山。虽然看不见飞机，但它巨大的影子映在后山的斜坡上，正从上面通过。婴儿也看到影子了吧。

突然，信吾被婴儿眼神中流露出的天真而惊奇的光触动了。

“这孩子不知道空袭啊，不知道战争是什么的孩子已经出生了很多。”

信吾窥视着国子的眼睛。光已经柔和下来了。

“要是把国子刚才的眼神拍成照片就好了，再加上山上飞机的影子。然后，下一张照片拍……”

“婴儿被飞机击中，惨死。”信吾本想这么说，但想到菊子昨天做了人工流产，就没说出来。但是，像这两张空想的照片一样，现实中一定有很多这样的婴儿。

菊子抱起国子，一只手把尿布揉成团，去了浴室。

信吾是因为担心菊子才早点回家的，他一边想一边回到餐室。

“你回来得真早啊。”保子也走了进来。

“你刚才在哪儿？”

“我在洗头发。雨一停，炎炎烈日照得我头皮痒。上了年纪，头好像很快就痒了。”

“我的头可不那么痒啊。”

“可能因为你的头脑聪明吧。”保子笑着说，“我知道你回来了，但是如果我刚洗完就出来的话，你又该说我这个鬼样子了。”

“老婆子洗完头发披散着啊，干脆剪掉，梳成茶筅发怎么样？”

“真的。不过，茶筅发并不仅限于老婆子。在江户时代，男女都梳这种发型，头发剪短，在后面束起来，把束起来的头发的前端剪成茶筅的样子。歌舞伎里出现过。”

“不用在后边束起来，剪短垂下来就可以。”

“这样也行吧。话说回来，你和我头发都很多。”

信吾压低声音问："菊子还没睡吗？"

"嗯，还醒着……脸色不好呢。"

"最好别让她照顾孩子了吧。"

"房子说让菊子暂时照顾一下孩子，把孩子放在了菊子的床上。国子当时睡得正熟。"

"你抱过来不就行了吗？"

"国子哭的时候，我正在洗头呢。"保子站起来，把信吾更换的衣服拿来，说，"你回来得真早啊，我还以为你也哪里不舒服呢？"

菊子好像要从浴室回自己的卧室，信吾叫住了她。

"菊子！菊子！"

"嗯。"

"把国子抱过来。"

"好，马上就来。"

菊子拉着国子的手带她走来。菊子系了宽腰带。

国子抓住保子的肩膀。正在给信吾的西裤刷毛的保子踮起脚，把国子抱在膝盖上。

菊子拿着信吾的西服走了。

菊子将东西收进隔壁房间放西服的衣柜里，慢慢关上了柜门。

她在柜门内的镜子里看到了自己的脸，似乎吓了一跳。是去餐室呢？还是回床上呢？菊子有些犹豫不决。

“菊子，你最好还是去睡觉吧。”信吾说。

“好。”

信吾的声音响起，菊子的肩膀动了一下，没有看向信吾他们，径直去了卧室。

“你不觉得菊子的样子不对劲儿吗？”保子皱起眉头。

信吾没有回答。

“也不清楚哪里不舒服，走路时看着要摔倒一样，真令人担心。”

“是啊。”

“总之，修一的那件事，必须想办法解决。”

信吾点点头。

“你跟菊子好好聊聊怎么样？我带着国子去接房子，顺便去看看晚饭要吃的东西。真是的，房子也不让人省心。”保子抱着婴儿站了起来。

“房子去邮局是不是有什么事啊？”信吾说。

保子也回过头来，说：“我也是这么想的。是不是给相原寄信啊。两个人分开半年了……回我们家住已经快半年了吧。还是除夕那天回来的。”

“寄信的话，附近有个邮筒啊。”

“那里啊，可能她想着从总局寄出，相原能更快收到吧。突然想起相原，也许迫不及待了呢。”

信吾苦笑了下。感受到保子的乐观主义。

总之，到老年为止都一直维持家庭的女人，身上似乎有着乐观的根基。

信吾拿起保子刚才在看的攒了四五日的报纸，漫不经心地翻着，看到一篇名为《两千年前的莲子开花》的稀奇报道。

报纸上写道，去年春天，在千叶市检见川弥生式古代遗迹的独木船上，发现了三粒莲子。据推测，大约是两千年前的。一位莲博士[1]让它发了芽，今年四月，他把它们的苗种在了三个地方，分别是千叶农业试验场、千叶公园的池塘和千叶市畑町的酿酒厂的家。酿酒厂在发掘遗迹时似乎给予了协助。他种在装了水的锅里，放在庭院前。这家酿酒厂的莲花是最先开花的。莲博士接到通知赶来，抚摸着美丽的花说：“开了，开了。”莲花从“日式酒壶型”开成“茶碗型”“大碗型”，最后开成“托盘型”凋落。报道上写，花瓣有二十四枚。

报道下面还刊登了照片，头发花白、戴着眼镜的博

---

1 | 莲博士：即大贺一郎（1883—1965），日本植物学家、理学博士，著有《说莲》《莲》等。

士手里拿着刚盛开的莲花的花茎。信吾又读了一遍，得知博士的年龄是六十九岁。

信吾盯着莲花的照片看了好一会儿，然后拿着那张报纸去了菊子的房间。

这是菊子和修一两个人的房间。书桌上放着修一的礼帽，那张书桌是菊子结婚时带过来的。她大概是想写信吧，帽子旁边放着信纸。书桌的抽屉前搭着一块刺绣的布。

似乎有香水的味道。

“身体怎么样？你最好还是不要出去到处走动了吧。”信吾坐在书桌前。

菊子睁开眼睛，注视着信吾。她刚要起来，但信吾叫她不要起，她似乎有些为难，脸颊微微泛红。她额头苍白，眉毛很漂亮。

“两千年前的莲子开花了，你在报纸上看到了吗？”

“嗯，我看了。”

“你看过了啊？”信吾小声说道。

“如果能跟我们坦白的话，菊子你不是就不用勉强自己了吗？那天你直接回来，身体能行吗？”信吾温和地问。

菊子吓了一跳。

“是上个月吧，我们聊到过孩子……那个时候你就已经知道自己怀了吧。”

菊子躺在枕头上摇了摇头，虚弱地说：“那时候我还不知道呢。要是当时知道，我就不好意思说孩子之类的事了。”

“这样啊。修一说菊子有洁癖。”信吾看到菊子眼里含着泪水，便没有再说下去。

“不用再去看医生了吗？”

“明天再去一趟。”

第二天，信吾刚从公司回到家，保子就迫不及待地说道：

“菊子啊，她回娘家了呦。说正在睡觉……大概两点左右吧，佐川家打来电话，房子接的，说菊子顺便回娘家了，身体有些不舒服，正在睡觉，虽然有些任性，但请让她在这里静养两三天再回去。”

“是吗？”

“我让房子告诉他，明天就让修一去探望她。好像是菊子妈妈打来的电话。菊子回娘家不是去睡觉吧？”

“不是。”

“究竟怎么了啊？”

信吾脱下外套，慢慢解开领带，一边向上仰头一边说："她把孩子打掉了。"

"什么？"保子非常吃惊。

"啊，瞒着我们……真是菊子做的吗？现在的年轻人真可怕。"

"妈妈，你可真糊涂。"房子抱着国子，来到餐室，说，"我早就知道了呢。"

"你怎么知道的？"信吾情不自禁追问道。

"那可不能说。事后总要收拾的嘛。"

信吾不再说话了。

都苑

一

"我们家的爸爸真是个有趣的爸爸啊。"晚饭过后，房子一边将小碟子粗暴地叠放在盘子里，一边说，"比起外面嫁过来的儿媳妇，他对自己的女儿更客气。对吧，妈妈？"

"房子！"保子责备道。

"难道不是这样吗？菠菜如果煮过了头，就跟我说煮过头了，不就行了吗？又不是把菠菜煮成鸟食那样烂的程度了，不还是菠菜的形状吗？要是在温泉里煮就好了。"

“温泉里煮是指什么？”

“不是都在温泉里煮鸡蛋、蒸馒头嘛。你不是还给过我们不知什么地方产的镭鸡蛋[1]吗？蛋白很硬、蛋黄很软……你不是还说京都的丝瓜亭做得很好吗？”

“丝瓜亭？”

“对了，是叫瓢亭[2]吧。这种地方即使没钱的人也知道吧。丝瓜亭怎么会有把菠菜煮好吃的方法呢。”

保子笑了起来。

“如果是在含有镭元素的温泉里，计算好温度和时间煮好的菠菜，即使菊子不在，爸爸也会像大力水手那样吃得很起劲儿吧。”房子并没有笑，“真讨厌，黑着个脸。”

接着，房子用膝盖的力量顶起沉重的盘子，说：

“美男子儿子和美人儿媳妇出门不在身边的话，吃饭都觉得难吃了吗？”

信吾抬起头，和保子四目相对。

“真能说啊。”

---

1 | 镭鸡蛋：用含有镭元素的温泉水煮的鸡蛋，可能产自福岛市饭坂温泉或来泽市小野川温泉。在20世纪上半叶，社会上曾流行过利用放射性元素治病、保健的伪科学，不少商品都将含有放射性元素作为卖点。

2 | 瓢亭：京都市左京区的饭馆，因中式素食料理而有名。

“本来就是啊。说话也好，哭也好，都还要考虑一下。”

“孩子哭也是没办法的事啊。”信吾嘟囔道，稍微张开嘴。

“不是说小孩子。是说我自己啊。”房子一边踉踉跄跄地向厨房走去，一边说，“孩子哭那是理所当然的啊。”

接着，传来了餐具扔向水槽的声音。

保子突然挺起腰。

厨房里传来了房子的啜泣声。

里子翻着眼珠朝上看了眼保子，小跑着去了厨房。

信吾觉得这眼神令人厌恶。

保子也站了起来，抱起身旁的国子，放在信吾的膝盖上：“稍微看下这个孩子。”然后走向厨房。

信吾抱着国子，因为婴儿身体太软了，一下子就把她拉到怀里。信吾握住了婴儿的脚。她那细细的脚踝和胖胖的脚掌，都在信吾的手掌上。

“痒吗？”

但是，婴儿似乎不知道什么是痒。

信吾记得，房子还是个婴儿的时候，为了给她换衣服，让她光着身子躺在床上，信吾会胳肢她两侧的身体，房子缩着鼻子，摆动着手。信吾难得想起这些。

信吾没怎么说过婴儿时期的房子很丑。因为刚想说，就会浮现出保子姐姐美丽的面容。

都说婴儿的容貌在成年之前会有好几次变化，但信吾的期待最终还是落空了，随着年龄的增长，期待也变得越来越弱。

里子的长相似乎比她妈妈要好，婴儿国子还有一些希望。

这样看来，自己在外孙女身上都想要寻找保子姐姐的模样吗？信吾有些讨厌自己。

信吾虽然讨厌自己，但却产生了某种幻想：菊子流产的孩子，这个失去的孙子，是保子姐姐转世吗？是不是没有出生在这个世界上的一位美人呢？信吾更加对自己的想法感到震惊。

信吾握住婴儿小脚的手松开了。国子从信吾的膝盖上下来，往厨房的方向走去，胳膊向前伸得圆圆的，脚站不稳。

“危险。”信吾刚说出口，婴儿就摔倒了。

婴儿趴下了，又滚到旁边，好一阵子都没有发出哭声，但是沉闷的“咚”的一声响还是让厨房里的人听到了，里子扯着房子的袖子，保子抱着国子，四个人一起回到了餐室。

“妈妈，爸爸可真糊涂。”房子一边擦着餐桌一边说，“从公司回来换衣服的时候，汗衫也好，和服也好，都是左襟在上[1]，系上腰带，以一种奇怪的样子站在那里。有那样穿的人吗？爸爸是生平第一次这样穿吧。真是不对劲啊。”

“不，以前也有过一次。”信吾说，“那个时候，菊子对我说，在琉球，不管是右襟在上还是左襟在上，都是可以的。”

“哈？琉球？是这样吗？”

房子的脸色变了。

“菊子为了取悦爸爸真是动了脑筋呢，真会说啊。在琉球……”

信吾压住怒火，说：“汗衫原本就是从葡萄牙语中来的[2]。如果在葡萄牙的话，谁在乎是左襟在上还是右襟在上呢。”

“这也是见多识广的菊子说的？”

保子在旁边调解道：“夏天的浴衣什么的，爸爸也

---

1 | 左襟在上：（从对方看）把左边的大襟搭在上面。被认为不吉利。

2 | 汗衫在日语里叫“襦袢”，是根据葡萄牙语单词“gibão”的发音选的汉字译法。

是经常反着穿的。”

“不小心穿反和糊里糊涂地左襟在上是不一样的。”

“你让国子自己穿和服看看，她也不知道是左襟在上还是右襟在上。”

“爸爸离返老还童还早呢。”房子用一副不服的语气说，“妈妈，你不觉得很悲哀吗？儿媳妇就回娘家一两天，爸爸不至于精神恍惚到把和服穿得左襟在上吧。亲生女儿不是已经回娘家半年了吗？”

自从房子在下着雨的除夕夜回来，确实快半年了。女婿相原什么也没说，信吾也没有见过相原。

“半年了啊。”保子也附和道，“不过房子的事情和菊子的事情没有关系吧。”

“没有关系吗？我觉得这两件事都和父亲有关。”

“毕竟是你们自己的事。你想让爸爸替你处理吗？”

房子低着头，没有回答。

“房子，你要不趁这个时候把你想说的一股脑儿都说出来吧。你也能轻松点。菊子正好也不在。”

“都是我不好，我并没有正经事儿要说。只是，不是菊子亲手做的饭，爸爸吃饭时就一直不说话。”房子又哭了起来，“不是这样的吗？爸爸一直沉默不语，似乎饭很难吃的样子。我也空落落的啊。”

“房子，你应该有很多话想说吧。两三天前你去邮局，是给相原寄信吧？”

房子似乎很吃惊，摇了摇头。

“我还以为你没有其他需要寄信的人，是给相原寄呢。”突然，保子想起了什么，用尖锐的语气问：“寄钱了吗？”

因为这句话，信吾察觉到，保子似乎瞒着自己给房子零用钱了。

“相原在哪儿？”信吾说着，转过身面向房子，等着她的回答。

“好像是没有在家的。我每个月都会让公司的人去看一次情况。与其说去看看情况，倒不如说是给相原的妈妈送一点赡养费。如果房子在相原家，相原妈妈也许就是房子要照顾的人啊。”信吾接着说。

“啊？”保子愣住了，不满地问，“你让公司的人去了？”

“他是个靠得住的人，不会打听其他事情，没关系的。如果相原在家，我也想去跟他谈谈关于房子的事，但是去也是见那位腿脚不好的老太婆，没什么用。”

“相原在做什么？”

“嗯，好像是在偷偷贩毒之类的。不过，也可能是被人指使的吧。从喝了杯酒开始，自己首先成了毒品的俘虏。”

保子似乎害怕地望着信吾。比起相原的事情，她看起来更害怕之前一直隐瞒这件事情的丈夫。

信吾继续说：“不过，腿脚不好的老太婆好像也不在那栋房子里了。别人住进去了。也就是说，房子的家已经没有了。”

“那房子的行李呢？”

“妈妈，衣柜和行李箱早都空了。”房子说。

“是吗？你就背一个包裹回来了，你就这么老实吗？哎呀呀……”保子叹了口气。

信吾怀疑，房子知道相原的行踪并一直有联系。

另外，没能阻止相原堕落，责任是在房子吗？还是信吾？还是相原自己？还是谁都不怪？信吾望着暮色未落的庭院陷入沉思。

二

十点左右，信吾来到公司，看到谷崎英子留的便条。她说因为年轻太太的事想见信吾，之后会再来拜访。英子所写的“年轻太太”，除了菊子没有其他人。

代替英子在信吾办公室工作的是岩村夏子，信吾问她："谷崎是几点左右来的？"

"啊，我刚到公司，在擦桌子的时候，她来的，大概是八点刚过吧。"

"她等了我一会儿吗？"

"啊，等了一会儿。"

夏子说话时那又沉重又迟钝的"啊"的习惯，让信吾很不喜欢。可能是夏子的乡下口音。

"她去见修一了吗？"

"没有，我想她应该是没见就回去了。"

"这样啊？八点多的话……"信吾自言自语道。

英子大概是去裁剪店上班前顺道来的吧，午休的时候可能会再来吧。

信吾又看了一遍英子在纸的顶端写下的小字，然后望着窗外。

晴空万里，最像五月的天气。

信吾来时，坐在横须贺线的电车里，也在眺望着这片天空。为了看天空，乘客把窗户全都打开了。

飞翔的鸟儿掠过六乡川波光粼粼的河流，自己身上也闪着银光。北边的桥上驶过一辆红色的巴士，看起来也不是偶然。

"天上大风，天上大风……"不知为什么，信吾重复着那块假的良宽匾额上的话，望着池上的森林。

“哎呀。”他似乎要把身体从左边的窗户探出，“那棵松树，也许不在池上的森林，在更近一些的地方啊。”

今天早上看的时候，信吾发现那两棵高耸的松树好像是在池上的森林前面。

是因为春天和雨天的缘故吗？之前从来没有像现在这样远近清晰分明。

信吾继续从窗户看着，想要确认一下。

因为每天都在电车里眺望，所以信吾产生了去长松树的地方确认一下的想法。

不过，虽说每天都看，但其实是最近才发现那两棵松树。多年来，他从那里经过时只是呆呆地看着池上本门寺的森林。

但是，因为五月早晨的空气很澄净，信吾今天还是第一次发现那两棵高耸的松树好像不在池上的森林。

信吾第二次发现，两棵松树上面的树干互相倾斜在一起，树梢仿佛要相拥在一起。

昨天晚饭后，信吾说了自己派人探听相原的家，并帮助了相原的老母亲的事，原本怒气冲冲的房子老实了下来。

信吾觉得房子可怜。他似乎发现了房子内心的某些东西，但究竟发现了什么，却没有池上的松树那样清楚。

两三天前，信吾在电车中一边看着池上的那两棵松树，一边追问修一，让他坦白菊子打掉孩子的事情。

现在，松树已经不仅仅是松树了，菊子堕胎的事也和它纠缠到了一起。每当在上下班的路上看到这两棵松树，信吾都会不由自主地想起菊子的事情。

今天早上当然也是这样。

修一坦白的那天早上，两棵松树在暴风雨中变得模糊，与池上的森林融为一体。但是今天早上，松树和森林分离，和堕胎的事纠缠到一起，看起来颜色是脏的。也许是天气太晴朗了。

“即使天气这么好，人的心情也不好。”信吾嘟囔着，不再眺望被窗户隔开的天空，开始工作了。

过了中午，英子打来电话。说是夏装要上市忙得不可开交，今天没办法过来了。

“你已经可以工作到说忙的程度了啊？”

“嗯。”英子稍微沉默了。

“现在你在店里？”

“嗯，不过，绢子不在。”英子随口说了修一情妇的名字，“我等绢子出门才打的。”

“哦？”

“嗯，明天早上我去拜访您。”

“早上吗？还是八点左右吗？”

“不。明天我会等您。”

“有急事？”

“嗯，不是急事的急事。在我看来是急事。我想早点跟您说。心情太激动了。”

“你很激动？是修一的事情吗？”

“我想当面跟您聊。”

英子的“激动”是靠不住的，但她连续两天来都说有话要说，这让信吾感到不安。

不安越发强烈。三点左右，信吾往菊子的娘家打了电话。

佐川家的女佣接的，等菊子接电话的期间，电话里传来美妙的音乐声。

自从菊子回了娘家后，信吾就没有和修一聊到过菊子的事。修一避而不谈。而且，信吾觉得自己如果去佐川家探望菊子，似乎会把事情闹大，便一直在家等着。

信吾想，按菊子的性格来讲，不管是绢子的事，还是流产的事，她应该都不会告诉父母和兄弟姐妹吧。

美妙的交响乐在听筒中响着。

“……爸爸。”菊子亲切地喊了声，“爸爸，让您久等了。”

“啊。”信吾松了一口气。

“身体如何？”

“嗯，已经好了，对不起，我太任性了。”

“没有。”信吾没再说什么。

“爸爸。”菊子又开心地喊一声。

“我想见您，现在就去您那里可以吗？”

“现在？你身体可以吗？”

“没事的，我先早点见到您，回家才不会觉得难为情，可以吗？”

“这样啊，我在公司等你。”

音乐还在继续。

“喂。”信吾说，“音乐真好听啊。”

“哎呀，忘记关了……是芭蕾舞剧《仙女们》[1]的音乐。肖邦的组曲。我把唱片带回去。”

“马上就过来吗？”

“是的，但是我不想去公司，所以正在考虑。”

接着，菊子说两人在新宿御苑[2]碰面。

---

1 | 《仙女们》：以肖邦的钢琴曲为伴奏的芭蕾舞剧。又名《空气精灵》。

2 | 新宿御苑：横跨东京新宿区和涩谷区的公园。过去是高远城主内藤家的宅地。因赏樱、赏菊而闻名。

信吾有些不知所措，不由得笑了起来。

菊子似乎觉得这是个好主意，说："爸爸，那里都是绿色，您也会感到生气勃勃吧！"

"新宿御苑我只去过一次而已，还是一次偶然的机会，去看过狗的展览会。"

"那我也就当去看狗的展览会，去看看好了。"菊子笑着说完，之后依然可以听到《仙女们》的音乐。

三

按照和菊子的约定，信吾从新宿一丁目的大城门进入到御苑。

门口立着一张租赁的告示牌，写着婴儿车每小时三十日元，凉席一天二十日元。

一对美国夫妇进去了，丈夫抱着一个小女孩，妻子牵着一条德国猎犬。进去的不仅有美国夫妇，还有一对一对的年轻男女，但只有这对美国人走得很慢。

信吾自然地跟在美国人身后走了进去。

道路左侧像落叶松一样的树是雪松。信吾上次来动物爱护协会举办的慈善游园会时，看到过漂亮的雪松林，但现在已经不记得具体在哪里了。

右边的树上挂着"侧柏""千头赤松"之类的牌子。

信吾以为自己先到了，便悠闲地走着，他从大门走过去，看到一个池塘，菊子已经坐在池塘边银杏树后的长椅上等着了。

菊子回过头，站起身来，鞠了个躬。

“你来得真早啊。约定的四点半，现在还有十五分钟。”信吾看了眼手表。

“接到爸爸您的电话，我非常高兴，所以马上就过来了。您不知道我有多高兴呢。”菊子语速很快地说。

“那你就在这里等着啊？穿这么少不冷吗？”

“嗯，这是我学生时代穿的毛衣。”菊子突然有些腼腆地说，“娘家没有我穿的衣服了，也没办法借姐姐的衣服。”

菊子是家里八兄弟姐妹中的老小，姐姐们也都出嫁了，她刚才所说的姐姐应该是指嫂子吧。

这是件深绿色的短袖毛衣，信吾今年似乎是第一次看到菊子赤裸的手臂。

关于回娘家留宿的事，菊子郑重地向信吾道了歉。

信吾不知道该怎样说。

“已经可以回镰仓了吗？”信吾温柔地问。

“嗯。”菊子乖乖地点点头。

“我想回去了。”说着，她耸动了一下美丽的肩膀，盯着信吾。虽然信吾的眼睛无法看到，但那柔和的香味让他倒吸了一口气。

"修一去看你了吗？"

"来了。但是，如果没有爸爸的电话……"

如果没有爸爸的电话就不好回去吗？信吾心想。

菊子话没说完，离开了银杏树的树荫。

乔木郁郁葱葱的绿色，仿佛落到了菊子后背那纤细的脖颈上。

池塘有点日式风格，一位白人士兵一只脚踩在小小的中之岛的灯笼上，与妓女调情。岸边的长椅上也坐着一对年轻人。

信吾朝菊子的方向走去，来到池塘右边，穿过树林。

"好宽敞啊。"信吾吃惊地说。

"爸爸您也觉得生气勃勃吧。"菊子似乎得意地说。

但是，信吾在路边的枇杷树前停下脚步，并没有打算马上走向那片广阔的草坪。

"真是一棵漂亮的枇杷树啊。因为没有什么东西妨碍，所以连下面的树枝也都尽情地伸展着。"

树木自由生长的姿态，让信吾很感动。

"形状真好。对了，上次我来看狗的时候，看到一排高大的雪松，下面的树枝也在一个劲儿向外延伸，让人心情舒畅。到底在哪里呢？”

“是靠近新宿那边吗？”

“对，我上次是从新宿那边进来的。”

“刚才在电话里听您说，上次来是来看狗的？”

“嗯。虽然数量没有那么多，是动物爱护协会为了募捐举行的游园会。日本人很少，外国人很多。大概是占领军的家人和外交官吧。那是在夏天。身上缠着红色和淡蓝色薄绸的印度姑娘们真是漂亮啊。她们从美国和印度的商店走出来。真是难得一见的场景。”

虽然是两三年前的事情，但具体哪一年信吾已经不记得了。

信吾说着说着，从枇杷树前走了出来。

“我们家院子里，也要把那棵樱花树根部的八角金盘除掉。菊子，你回家后不要忘记这件事。”

“好。”

“那棵樱花的枝条我从来没有剪过，我很喜欢的。”

“小树枝很多，花开得也多……上个月正值花期的时候，我们听到了佛都七百年庆典的寺庙的钟声。”

“你连这种事情也记得啊。”

“哎呀，我一辈子都不会忘记的。还听到了老鹰的叫声。”

菊子挨近信吾，从大榉树下来到广阔的草坪上。

一眼望去都是绿色，信吾的心也豁然开朗。

“啊，真是悠然自得。真想不到东京还有这样的地方，仿佛远离了日本。”信吾眺望着远处新宿方向的一片绿色。

“听说为了供大家展望，煞费苦心，越往远处看越深。”

“展望是什么？”

“应该是眺望线吧，草坪的边缘和里面的道路都是平缓的曲线。”

菊子说这是她上学那会儿来这听老师讲的。据说散植着乔木的这片大草坪是英国风景园的样式。

在广阔的草坪上，几乎都是一对对的年轻男女。有的两个人一起躺着，有的坐着，有的正慢悠悠地走着。虽然也偶尔能看到五六个女学生的群体和孩子群，但信吾对这幽会的乐园感到吃惊，觉得自己在这里不合适。

就像皇室御苑解放了一样，年轻男女也解放了吧。

信吾和菊子走在草坪上，在幽会的男女之间穿行，没有人注意他们两个。信吾尽量避开那些情侣们。

但是，菊子会怎么想呢？虽然只是年迈的公公和年轻的儿媳妇一起来公园，但信吾却有些无法适应。

菊子在电话里说要在新宿御苑见面的时候，信吾并没有太在意，但来了一看，觉得有些异样。

草坪中有一棵特别高的树，信吾被那棵树吸引，走了过去。

信吾仰望着那棵大树，走近它的过程中，耸立的大树和繁茂的绿色让信吾内心有所触动，大自然洗涤了自己和菊子的苦闷。信吾觉得确实如菊子所说，自己也“生气勃勃”了。

有一棵百合树。走近一看，才知道是三棵树合在一起成了一棵。因为它的花像百合，又像郁金香，所以铭牌上写着又名郁金香树。原产于北美洲，生长迅速，这棵树的树龄大约为五十年。

“哦，这样子是五十年的吗？比我还年轻呢。”信吾惊讶地抬头看。

枝叶繁茂地展开着，好像要把两个人抱在怀里隐藏起来一样。

信吾坐在长椅上。但内心却并不平静。

看到信吾很快站了起来，菊子有些意外地看着他。

“去那边开花的地方看看吧。”信吾提议。

草坪的对面似乎是花坛，白色的花丛与垂下的百合树枝几乎要碰到，从远处看显得格外鲜明。

信吾一边穿过草坪一边说："日俄战争凯旋将军的欢迎会，就是在这个御苑举行的。我还不到二十岁吧，当时在乡下。"

花坛两侧是漂亮的行道树，信吾坐在了行道树之间的长椅上。

菊子站在他面前说："明天早上我就回去了。您也告诉妈妈一声，不要怪我……"说着，坐在了信吾身旁。

"回家之前，如果有话想对我说……"

"对爸爸您吗？我有很多话想跟您说。"

四

第二天早晨，信吾满心期待，但菊子还没回来信吾就要出门了。

"她说让你不要怪她。"信吾对保子说。

"别说怪她了，难道我不该给她道歉吗？"保子也露出明朗的表情。

信吾决定提前给菊子打个电话。

"对菊子来说，爸爸的话比较管用啊。"保子把信吾送到玄关，"不过，倒也挺好。"

信吾刚到公司不久，英子就来了。

"呀，变漂亮了呢。还拿着花过来。"信吾亲切地迎接她。

“一到店里，就忙得脱不开身了，所以我就在街上闲逛。花店太好看了。”

不过，英子一脸认真地走到信吾的桌子前，用手指在桌子上写了“支走她”。

“啊？”信吾愣了一下，才对夏子说：“你先出去会儿吧。”

夏子出去后，英子把三枝玫瑰放进了花瓶中。英子穿着看起来就像西式裁缝店女店员的连衣裙，好像又胖了一些。

“昨天真是失礼了。”英子以拘束呆板的口吻说，“我连续两天来打扰您……”

“啊，快坐吧。”

“谢谢。”英子坐到椅子上，低着头。

“今天让你上班迟到了。”

“嗯，是这样。”

英子抬起头看着信吾，好像要哭似的，屏住了呼吸。

“说出来也没关系吗？我感到愤慨，可能因为激动。”

“什么？”

“关于修一妻子的事。”英子欲言又止，“已经堕胎了吧？”

信吾没有回答。

英子怎么会知道呢？难道是修一告诉她的。不过，英子和修一的情人在同一家店工作。信吾感到一阵令人厌烦的不安。

“堕胎也就算了……”英子又犹豫了。

“谁告诉你这件事的？”

“去医院堕胎的费用，是修一从绢子那里拿的啊。”

信吾的心猛地一紧。

“您不觉得很过分吗？这种做法也太侮辱女人了。太无情了啊！修一那年轻的妻子真可怜，我无法忍受。也许修一给了绢子钱，那本来就是他自己的钱，但我们觉得很厌恶。他和我们身份不一样，这点钱修一无论如何是拿得出来的吧。身份不同，就可以这样做吗？”

英子强忍着，让自己单薄的肩膀没有颤抖。

“拿钱出来的绢子也真是的。我是无法理解的。我特别生气、特别厌烦。即使之后不能再和绢子待在同一家店也没关系，不管怎样我都想要来告诉您。虽然不应该对您说这些多余的话。”

“不，谢谢。”

“这样一来我舒服多了，我只见过修一年轻的妻子一面，很喜欢她。”英子含着泪水的眼睛闪闪发光，“请让他们分手吧。”

“嗯。”

虽然她指的是绢子的事，但听着也可能是让修一和菊子分手。

信吾就这样被击落了。

修一精神上的麻痹和颓废令信吾震惊，但信吾觉得自己也在同样的泥沼里蠕动着。面对黑暗的恐怖，信吾也感到害怕。

英子把这些想说的话说完，便打算回去了。

“算了。”信吾无力地挽留。

“我下次再来拜访您。今天真是难为情，我本不想哭的。”

信吾感受到了英子的良心和善意。

英子拜托绢子，让绢子在她工作的那家店给自己找份工作，信吾觉得她无情，感到很震惊，但没想到其实修一和自己更无情。

信吾呆呆地望着英子留下的深红色玫瑰。

信吾从修一那里得知，菊子有洁癖，在修一有情人的“现在这个状态”下，是不想生孩子的，但菊子的洁癖难道不是完全被践踏了吗？

菊子不知道这件事，现在应该已经回到镰仓的家了吧，信吾不禁闭上了眼睛。

伤后

一

星期天早晨，信吾锯断了樱花树根部的八角金盘。

信吾觉得，如果不连根锯掉，是不能完全除掉的。

“每次发芽的时候，割掉就好了。”信吾自言自语。

之前也铲除过，反而蔓延成这个样子。然而，现在信吾又不想根除了。也许是没有力气刨根了。

八角金盘的枝干很容易被锯断，但因为数量太多，信吾的额头上已经出汗了。

“我来帮您吧。”不知什么时候，修一走了过来。

“没事儿，不用。”信吾冷淡地回应。

修一呆呆地站了会儿，半天才局促地说：“是菊子叫我来的。她说爸爸要铲除八角金盘，让我来帮忙。”

“这样啊。但就剩一点儿了。”

信吾坐在锯倒的八角金盘上，朝房屋的方向看了一眼，菊子系着华丽的红色腰带，正靠着檐廊的玻璃门站在那儿。

修一拿起信吾膝盖上的锯。

“都锯了吧？”

“嗯。”

信吾凝视着修一充满活力的动作。

剩下的四五株八角金盘不一会儿就都倒下了。

“这个也要锯吗？”修一回头看信吾。

“等一下，我看看。”信吾站了起来。

那里长着两三棵小樱花树。但是，它们似乎是从母树的根部生长出来的，不是独立的树，也许是树枝。

粗壮的树干下也长出了像小插枝一样的树枝，还长着叶子。

信吾离远看了看，说：“还是把从土里长出来的小樱花树除掉更好看吧。”

“是吗？”

修一并没有马上去除小樱花树枝。他觉得信吾的想法有些愚蠢。

菊子也来到院子里。

修一用锯指着小樱花树，笑着说：“爸爸正在考虑这个是除掉还是不除呢。”

“还是除掉那个更好吧。”菊子爽快地回答。

信吾对菊子说：“我不知道这是不是树枝。”

“从土里不会长出树枝的吧。”

“从根里长出来的树枝，叫什么呢？”信吾也笑了。

修一没说话，把那棵小樱花树锯掉了。

“总之，我想把这棵樱花树的树枝都留着，让它们自由地自然伸展。因为八角金盘碍事，所以才把它们除掉。”信吾说。

“留着树干下的小树枝吧。”菊子看着信吾说，“这根可爱的小树枝像筷子或牙签一样，上面还开着花，真可爱啊。”

“是吗？开花了吗？我没注意到。”

“开着呢。小树枝上开着一簇花，两三朵……像牙签一样的树枝上，似乎也有一朵。”

“是吗？”

“不过，这种树枝能长大吗？这么可爱的树枝，长成像新宿御苑的枇杷树和杨梅树的下枝一样的时候，我已经是老奶奶了吧。”

“也不是，樱花树长得快。”信吾一边说，一边把目光转向菊子。

和菊子一起去新宿御苑的事情，信吾既没有告诉妻子，也没有告诉修一。

但是，菊子回到镰仓的家后，马上就对丈夫坦白了吗？并没有到坦白的程度，菊子好像是随口说了一下。

“听说您和菊子在新宿御苑见过面。”像这样，如果修一不好开口，或许应该由信吾先开口。但两个人谁都没有提那件事，有某种别扭。也许修一听菊子说过，但却装作不知道的样子。

但是，菊子的脸上并没有拘谨的感觉。

信吾端详着樱花树的小树枝。就像在意想不到的地方冒出了新芽一样，这些柔弱的树枝长成了新宿御苑里的树的下枝，信吾在头脑里描绘出了这些样子。

如果它们长长地垂在地上，蔓延着，花朵盛开时一定很壮美吧，但信吾没有见过这样的樱花树枝。也不记得见过从树干的根部长出树枝并不断伸展的大樱花树。

“锯掉的八角金盘收拾到哪里？”修一问。

“堆到某个角落里好了。”

修一把八角金盘扒拢在一起，夹在腋下拖过去，菊子也拿起三四株。

“你不用拿了，菊子……还得好好注意身体。”修一关心地说。

菊子点了点头，把八角金盘放到地上，站在那里。

信吾进了屋。

“菊子也去院子里干什么？”保子正在把旧蚊帐改小，改成婴儿午睡用的，她摘下老花镜说，“星期天，俩人同时出现在我们家的院子里，这场景真罕见。菊子从娘家回来以后，他们的关系好像还不错呢。真是奇怪啊。”

“菊子也很伤心啊。”信吾嘟囔道。

“也不能说全是那样。”保子想了想说，“菊子是一个爱笑的好孩子，但已经很久没有像现在这样开心地笑过了吧。看到面容憔悴的菊子能这么开心的笑，我也……”

“嗯。”

“最近，修一从公司回来得也很早，星期天还在家里，这对夫妻因为那件事之后感情反而升温了吧。”

信吾默默地坐着。

修一和菊子一起来到屋里。

“爸爸，里子把您爱护的那棵樱花树的芽揪掉了。”修一一边说，一边把手里捏着的小树枝给信吾看。

“里子觉得除八角金盘很有趣，就把樱花树的芽也揪掉了。”

“这样啊。那这树枝就让孩子揪吧。”信吾说。

菊子站在修一后面，半边身子藏在他的背后。

二

菊子从娘家回来的时候，带回了礼物。给信吾的是一个日本造的电动剃须刀，给保子的是腰带，给房子的是里子和国子穿的童装。

“也给修一带回来什么了吗？”信吾后来问保子。

“一把晴雨两用折叠伞。还买了美国产的梳子。梳子套的一面是个镜子……我记得梳子是代表断绝关系，不能送人的，可能菊子不知道吧。”

“可能美国没有这说法吧。”

“菊子买了把同样的梳子给自己。颜色不一样，小一点的。房子看到后夸赞好看，所以菊子就给了房子。好不容易是和修一相同的，对于从娘家回来的菊子来说，这把梳子不是非同一般吗？房子不该夺走的。但房子却说只是一把梳子而已，真是脑子少根筋啊！”

保子似乎觉得自己的女儿没心没肺。

“里子和国子的衣服，都是用上等丝绸做的，很适合出门穿。虽然好像没给房子带什么礼物，但两个孩子收到礼物，就等于房子收到了吧。梳子被房子拿走，菊子会觉得自己没有给房子准备礼物，是自己的错。说起来，菊子因为那种事情回了娘家，我们不应该收她的礼物啊！”

“是啊！”信吾也有同样的感触，但也有保子不知道的忧郁。

菊子为了买礼物，麻烦了娘家的父母吧。菊子堕胎的费用甚至都是修一让绢子出的，所以，不难想象，修一和菊子都没有那么多钱用来买礼物。菊子可能以为医院的费用是修一出的，所以便向她娘家的父母索要钱买了礼物吧。

信吾很后悔，自己已经很长时间没有给菊子零花钱了。他并不是没有意识到，只是随着菊子和修一的夫妻关系不好，如果她和作为公公的自己关系亲密，反而像有什么秘密似的，很难给她钱。但是，自己没有设身处地替菊子着想，也许和夺走菊子梳子的房子是一样的。当然，菊子是因为修一的浪荡才导致金钱不自由的，所以她不可能死皮赖脸地向公公要零花钱。然而，如果信吾能站在她的角度考虑，菊子就不会陷入用丈夫情妇的钱堕胎这种屈辱之中。

“如果没有买礼物带回来，我就不会这么难受了。”保子若有所思地说，“加在一起的话，可是相当多钱呢。花了多少？”

“这个嘛。”

信吾心里盘算了一下，“电动剃须刀多少钱，我一点头绪都没有啊。因为我从来没见过。”

“是啊。”保子也点了点头。

“如果是抽奖的话,你的电动剃须刀绝对是一等奖。因为是菊子买的,所以肯定非常好。发出声音会动的吧。”

“齿没有动。”

“在动的吧。不动的话就剃不掉啊。”

“不对。不管怎么看,齿都没有动。”

“是吗?”保子扑哧笑了,“你就像孩子得到新玩具一样开心,光是这个样子,就跟中了一等奖似的。每天早上让它嘟嘟、吱吱地响,吃饭的时候你也是频频摸下巴,得意扬扬的,菊子都有些害羞了呢。不过她也挺高兴的。”

“我可以借给你啊。”信吾笑着说,保子摇了摇头。

菊子从娘家回来的那天,信吾和修一是一起从公司回来的,但那天傍晚,在餐室,菊子送的电动剃须刀相当受欢迎。

擅自在娘家过夜的菊子,还有让菊子堕胎的修一一家,可以说是电动剃须刀化解了他们寒暄时的尴尬。

房子也马上让里子和国子穿上了新童装,夸赞领子和袖口上别致的刺绣,露出了灿烂的表情。信吾一边读着“使用说明”,一边当场试用。

家人们都注视着信吾,似乎想看看电动剃须刀到底是怎样的。

信吾一只手握着电动剃须刀，在下巴上移动，一只手拿着“使用说明”。

“上面写着，也可以轻松剃掉女人后脖颈发际周围的绒毛。”信吾说着，看着菊子的脸。

菊子的鬓角和额头之间的发际弧度非常漂亮。信吾以前似乎没有注意过这个地方。那个地方的发际微妙地塑造出了可爱动人的线条。肌理细腻的皮肤和生长整齐的毛发，清楚又鲜明。

菊子脸上略微缺少血色，反而只有脸颊微微泛红，眼睛闪烁着喜悦的光。

“爸爸有了一个好玩具啊！”保子说。

“才不是玩具，这可是文明的利器啊，是精密的机器啊！它附有机器编号，还盖着机器检测、调试、完成以及负责人的章。”

信吾心情很好，顺着胡子的方向剃，又逆着胡子的方向剃。

“听说它不会伤害皮肤，不输于刮胡刀，也不需要肥皂和水。”菊子说。

“嗯，老年人用刮胡刀会被皱纹卡住。你也可以用啊。”信吾作势要把电动剃须刀递给保子。

保子害怕地后退。

“我可没有胡子这种东西啊。”

信吾望着电动剃须刀上的齿，又戴上老花镜重新看，说，“明明齿没动，怎么能剃掉呢？马达在转，但齿却没有动。”

“哪里？”修一伸出手，但信吾马上递给了保子。

“真的啊。齿好像没动。是跟电动吸尘器一样吧。是把垃圾吸进去了吗？”

“也不知道剃掉的胡子到哪儿去了。”信吾说，菊子低下头笑了。

“作为电动剃须刀的回礼，你买个电动吸尘器怎么样？洗衣机也可以。也许能给菊子帮大忙呢。”

“是啊。”信吾回应保子。

“我们家，像这样的文明利器，一个也没有。电冰箱也是，每年都说买但都没买。今年也该用上了啊。烤面包机也是，面包一烤好就会弹出来，开关就断开了，是个相当便利的东西啊。”保子捶着腿说。

“这是老婆子的家庭电气化论？”

“你嘴上说疼爱菊子，但实际上，爸爸你的行动跟不上啊。”

信吾取下电动剃须刀的电线。剃须刀的盒子里放着两把刷子。一把像小牙签一样，另一把像瓶刷一样。信吾试着用了一下，用像瓶刷一样的刷子打扫了一下里面的齿孔。无意中，信吾看到膝盖上稀稀落落的有一些极短的白毛。他只看到了白毛。

信吾轻轻掸了下膝盖。

三

不久，信吾买回来一台电动吸尘器。

吃早饭前，菊子使用吸尘器的声音和信吾使用电动剃须刀的马达声合在了一起，信吾不知为什么觉得很滑稽。

但是，这也许是这个家焕然一新的声音。

里子也觉得电动吸尘器很罕见，菊子使用的时候，就跟在菊子后面走着。

可能是有了电动剃须刀的缘故，信吾做了关于胡子的梦。

在梦中，信吾不是登场人物，而是观众。但正因为是梦，所以登场人物和观众的区别并不明显。而且是信吾从未去过的美国的事情。信吾后来觉得，可能是因为菊子买回来的梳子是美国产的，便做了关于美国的梦。

在信吾的梦里，美国根据州的不同，既有英国人多的州，也有西班牙人多的州。因此，不同的州，人们的胡子也各有特色。胡子的颜色和形状有何不同，信吾醒后已经不记得了，但梦中的信吾清楚地知道美国各州、各人种胡子的不同。不过，当他醒来时，这些州的名字也忘记了，只记得出现了一个集各州、各人种胡子特色于一身的男人。并不是这个男人的胡子里混杂着各类人种的胡子，而是这个部分是法国型的，那个部分是印度型的，像这样进行了划分，它们一起汇总成了这个人的胡子。换句话说，美国各州、各人种不同的胡子像穗子一样垂在这个男人的下巴上。

美国政府将这个男人的胡子指定为天然纪念物。因为被指定成了天然纪念物，所以这个男人不能随意剪自己的胡子，也不能随意修整。

梦里只梦到了这些。信吾看着这个男人漂亮的、彩色的胡子，觉得和自己的胡子有些像。这个男人的得意和困惑，多少也成了信吾的感受。

这个梦几乎没有情节，只是梦见了这个胡子男。

当然，这个男人的胡子很长。也许因为信吾每天早上都用电动剃须刀把胡子剃得很干净，所以梦见了与自己相反的、肆意生长的胡子。但胡子被指定为天然纪念物，实属滑稽。

因为这是一个天真无邪的梦，信吾期待着早上起床后告诉大家。但他在床上听着雨声，不久就又睡着了，最终，被一个邪恶的梦惊醒。

信吾正在抚摸着尖尖的、下垂的乳房。乳房还很柔软。女人不想对信吾的手做出回应，乳房并没有涨起来。什么嘛，真无聊。

信吾虽然摸着她的乳房，却并不知道女人是谁。与其说不知道，倒不如说根本没想过是谁。梦里他没有看到女人的脸和身体，只有两个乳房在空中悬着。于是，信吾开始想她是谁，想到的是修一朋友的妹妹。但是，信吾的良心没有触动，也没有刺激到自己。他对那个姑娘的印象很微弱。果然，身影也模糊了。虽然乳房是未生过孩子的女人的乳房，但信吾并不觉得她是处女。看到自己手指上纯洁的红色痕迹，信吾吓了一跳。虽然觉得无法处理，但并没有觉得有什么不好。

“就当你以前是运动员吧。”信吾嘟囔道。

信吾被这种说法吓到了，梦也醒了。

“什么嘛，真是无聊。”信吾意识到这句话是森鸥外[1]去世时说的。好像在报纸上看到过。

---

1 | 森鸥外（1862—1922）：日本明治维新之后的浪漫主义文学代表人物，与同时期的夏目漱石、芥川龙之介并称为日本近代文学三大文豪。

但是，从讨厌的梦中醒来，首先想起森鸥外去世时说的话，和自己在梦中说的话联系起来，这是信吾自己的逃避之词吧。

梦中的信吾没有爱，也没有喜悦。在淫荡的梦里，甚至连淫荡的念头都没有。完全是“什么嘛，真无聊”这样的感受。接着他便索然无味地醒了。

信吾在梦中并没有侵犯姑娘，也许正要侵犯。但是，如果是在激动或者恐惧下侵犯了的话，那么醒来之后，还是会感到罪恶。

信吾回想起近年来自己做过的淫荡梦，对方大部分都是所谓下流女人。今晚的姑娘也是这样。难道连做淫荡的梦都害怕受到道德苛责吗？

信吾试着回忆修一朋友的妹妹，旋即恍然大悟，菊子嫁过来之前，她和修一交往过。

“啊！”信吾像被闪电击中似的。

梦中的姑娘难道不是菊子的化身？难道是因为在梦里，道德起了作用，所以用修一朋友的妹妹代替了菊子吗？而且，难道不是为了掩盖这种不伦和内心的苛责，把替身妹妹变成了更乏味无趣的女人了吗？

如果容许自己随心所欲，如果自己的人生可以按所想那样重新来过的话，信吾会爱上处女菊子，也就是和修一结婚之前的菊子吧。

信吾的内心压抑、扭曲的东西，在梦中丑陋地出现了。信吾在梦里也想对自己隐藏这些、欺骗自己吗？

假借在菊子之前和修一谈婚论嫁的姑娘，并且那个姑娘的样子也很模糊，这难道不是因为极度害怕这个女人就是菊子吗？

而且，他事后回想起来，梦的对象模糊了，梦的情节也模糊了，都记不清楚了，抚摸乳房的手的愉悦感也没有了。不禁让信吾怀疑，是不是在醒来的时候，狡猾的念头作祟，机敏地把梦消除了呢？

“是梦啊。胡子被指定为天然纪念物是梦。我不相信解梦之类的。”信吾用手掌擦了下脸。

倒不如说，梦让身体发冷，变得乏味。信吾醒来后，毛骨悚然，浑身汗津津的。

做了关于胡子的梦之后，隐约听到了外面下着细雨的声音，但现在暴风雨正击打着房屋。连榻榻米都湿漉漉的。不过，这会儿的雨声却像这阵暴风雨要停了一样。

信吾想起四五天前在朋友家看到的渡边华山[1]的水

---

1 | 渡边华山（1793—1841）：江户末期的南画画家、兰学学者。代表作有《鹰见泉石像》《虫鱼帖》等。他自幼家境贫寒，在逆境中选择学画。因撰写责难攘夷的《慎机论》而触犯幕府政府忌讳，后自杀。

墨画。

画上是一只乌鸦停在枯木顶上。

题目是：五月雨中，顽强乌鸦登顶迎黎明。

读了这句话，信吾似乎也明白了那幅画的意思以及华山的心情。

这幅画描绘了一只乌鸦站在枯木的顶端，一边忍受着风雨，一边等待着黎明的情景。画面上用淡墨表现出狂风暴雨。信吾不太记得那棵枯木的样子，只记得粗壮的树干孤零零地折断了。乌鸦的样子信吾记得很清楚。也许是因为睡着了，或者是因为被雨淋湿了，或许这两种原因都有，乌鸦稍微有些肿胀。它的嘴很大。墨汁渗到了它的上喙，显得更大更厚。它的眼睛虽是睁着的，却似乎还没醒过来，一副困倦的样子。但是，它的眼神很坚定，似乎含着愤怒。乌鸦的样子画得有些夸张。

信吾之前只知道华山家境贫寒、切腹自尽这些事情。但是，信吾领会到这幅《风雨晓乌图》传达了华山某一时期的心情。

朋友可能是配合季节，把这幅画挂在了凹间。

“这乌鸦有着相当刚强的气概。”信吾说，“不讨人喜欢啊。”

“是吗？我在战争时经常看到这样的乌鸦，觉得它算什么啊。什么乌鸦啊。但它也有安静的时候。如果我们像华山一样，因为那样的事情必须切腹自杀，那我们也许要切腹好多次了吧？时代不同了啊。”朋友说。

“我们也等过黎明……”

在风雨交加的今夜，那幅乌鸦画也许还挂在朋友的客厅里吧。信吾脑子里浮现出那幅画。

信吾想，自己家的老鹰和乌鸦今夜会怎么样呢？

四

第二个梦醒了之后，信吾就不睡了，等待着黎明的到来，但并没有华山画的乌鸦那样的倔强。

那个女人不管是菊子也好，还是修一朋友的妹妹也好，在淫乱的梦里并没有摇曳着淫乱的心，信吾觉得，不管怎样这都是可悲可叹的事情啊。

这比起任何奸淫都更要丑陋。是人们所说的老而丑陋吧。

信吾在战争期间，没有和女人发生过关系，后就一直这样过来了。虽然没有到那么大的年纪，但已经习以为常了。被战争压制的状态还在持续，并没有夺回那至关重要的东西。自己考虑事物的方式也因为战争陷入狭隘的常识中。

在自己这个年龄，这样的老人很多吧？信吾很想问问朋友们，但恐怕只会被嘲笑没出息。

在梦中爱着菊子不是挺好的吗？但在梦中害怕什么，忌惮什么呢？哪怕在现实中，偷偷地爱着菊子不也挺好的吗？信吾试着重新思考了一下。

但是，他的脑海里又浮现出芜村[1]的俳句“老年想忘情，却总迟疑”，信吾的思绪越发凌乱。

因为修一有了情妇，菊子和修一的夫妻关系加深了。菊子堕胎后，两人的夫妻关系变得温暖和谐。在暴风雨之夜，菊子比平时更情深爱浓地对修一撒娇，在修一喝得烂醉回家的夜晚，菊子比平时更温柔地原谅了他。

菊子是可怜？还是愚蠢？

菊子自己意识到这些了吗？或许菊子并没有醒悟，而是顺从地遵循着造化之妙、生命之波。

菊子通过不生孩子向修一提出抗议，通过回娘家也向修一表示抗议，也展露了自己无法忍受的悲伤。但她两三日后就回来了，像为自己的过错道歉一样，或者是像治愈自己的伤口一样，和修一的关系变好了。

在信吾看来，什么啊，真无聊。但是，算了，也是

---

1 | 芜村：即与谢芜村（1716—1783），江户中期的俳句诗人、画家。

个好事吧。

信吾甚至想，绢子的问题暂时搁置不管，等待其自然解决就可以了吗？

修一虽然是自己的儿子，但信吾十分怀疑，菊子必须做到这个地步和修一结合在一起吗？两人是理想的夫妻？是命中注定的夫妻吗？

因为不想叫醒身旁的保子，信吾打开了枕边的灯，没有看表。但外面好像已经亮了，六点寺庙的钟声该响了吧。

信吾想起新宿御苑的钟声。

那是傍晚闭园的信号。

“像教堂的钟声啊。”信吾对菊子说。人们仿佛要穿过西洋公园的树丛去往教堂一样。聚集到御苑出口的人们，就像看到前方有一座教堂一样。

信吾在睡眠不足的状态下起床了。

信吾似乎没看菊子的脸，就和修一早早离开了家。

他突然问：“你在战争中杀过人吗？”

“嗯？如果中了我的机关枪射出的子弹，就死了吧。不过，可以说机关枪不是我射的。”修一露出不悦的表情，把头扭向一边。

白大雨停了，但到了晚上又是暴风雨，而且，东京被浓雾笼罩着。

公司的宴会结束后，信吾离开酒馆时，不得已坐了最后一辆送艺伎回去的车。

两位中年女子坐在信吾身旁，三个年轻人坐在后面那个人的膝盖上。信吾把手伸到一位艺妓的腰带前，一边拉到近旁一边说：“没关系的。”

“不好意思。”艺伎安心地坐到信吾的膝盖上。她比菊子年轻四五岁。

信吾为了记住这位艺伎，本想上电车后在手账上记下她的名字，但因为是一时兴起，连写这件事都忘了。

雨中

一

那天早上，菊子先看了报纸。

门口的邮箱被雨淋了，菊子一边用做饭的煤气的火苗烘干湿漉漉的报纸，一边看。

信吾偶尔醒得比较早的时候，会先起身出去，把晨报拿到床上。不过，取晨报似乎是菊子的任务。

菊子也爱看报纸，但她一般都是把信吾和修一送走之后再看。

“爸爸，爸爸。”菊子在拉门外小声叫道。

"怎么了？"

"您醒了吗？我想……"

"你哪里不舒服吗？"

因为菊子的声音听起来比平时微弱，信吾觉得她不舒服，马上就起来了。

菊子拿着报纸站在走廊上。

"怎么啦？"

"报纸上刊登着相原的事情。"

"相原被警察逮捕了吗？"

"不是。"

菊子稍微后退了一下，把报纸递给信吾。

"啊，还湿着呢。"

信吾漫不经心地，只用了一只手接过报纸，湿漉漉的报纸耷拉了下来。

菊子的手接到了报纸的一端，放在手掌撑了起来。

"我看不清，相原怎么了？"

"殉情了。"

"殉情……死了吗？"

"上面写着性命保住了。"

"是吗？等一下。"信吾放下报纸，走开了，"房子还在睡觉吧？在家吗？"

“嗯。”

昨天很晚的时候，房子确实在家和两个孩子睡觉，不可能和相原殉情，更不可能出现在今晨的报纸上。

信吾望着厕所窗户外的暴风雨，想要平静下来。雨珠从山脚垂下的芒草的长叶上，一滴接一滴地快速流下来。

“这么大的雨啊。不像是梅雨。”

他对菊子这么说着，在餐室坐了下来，拿起报纸。还没开始读，老花镜就从鼻梁上滑了下来。信吾咂了咂舌，取下眼镜，从鼻梁到眼眶胡乱地揉了揉。眼镜黏滑得令人厌烦。

信吾读着简短的报道，眼镜又滑了下来。

相原是在伊豆的莲台寺温泉殉情的。女人死了，看起来是二十五六岁的女招待，身份不明。男人是经常吸毒的人，性命似乎可以保住。因为服用了毒品，又没有留下遗书，所以警方怀疑这是该男子策划的自杀骗局。

信吾似乎想抓住滑落到鼻头的眼镜扔出去。

不知道是相原的殉情让他生气，还是眼镜的滑落让他焦躁。

信吾用手掌粗暴地搓着脸，走到洗脸间。

报纸上报道，相原住旅馆登记时写的家庭地址是横滨，没有提到妻子房子的名字。

报纸上的报道与信吾一家毫无关系。

横滨这个地址是胡说八道的，相原并没有固定的住所。房子也许已经不算是相原的妻子了。

信吾先洗了把脸，之后刷牙。

信吾至今仍然受房子是相原的妻子这种想法所羁绊，自己因此感到烦恼、困惑，这也许只是信吾的优柔和感伤吧。

“这是时间可以解决的吗？”信吾自言自语。

在信吾拖拖拉拉没有解决的过程中，时间最终能解决吗？

但相原变成这样之前，信吾已经无计可施了吗？

而且，也不知道是房子把相原逼到了毁灭的地步，还是相原把房子带到了不幸的境地。他们既有会把对方逼向毁灭或不幸的性格，也有会带对方走向毁灭或不幸的性格吧。

信吾回到饭厅，喝着热茶说道：“菊子，五六天前相原寄来了离婚协议书，你知道吧？”

“嗯，父亲还生气了……”

“是，我很生气。房子也说，就算是侮辱人也要有个限度。不过，那可能是相原死前的善后吧。相原是有准备的自杀，不是在策划自杀骗局。女人是要和他结伴同行的人吧。”

菊子皱了皱漂亮的眉毛，沉默不语。她穿着宽竖条纹的平纹粗绸和服。

“把修一叫醒。”信吾说。

也许是因为竖条纹的缘故吧，信吾看着去喊修一的菊子的背影，觉得她的个子变高了。

“听说是相原？”修一对信吾说，拿起了报纸，“姐姐的离婚申请书提交了吧？”

“不，还没。”

“还没有？”修一抬起头说，“怎么回事？哪怕今天，也要赶快提交啊。如果相原没得救的话，不就变成死人提交离婚协议书了吗？”

“但是，两个孩子的户籍怎么办？关于孩子的事，相原也没来说什么。小孩子还没有选择户籍的权力啊。”

房子已经在离婚协议书上盖章了，信吾把它装在包里，带着它往返于家和公司之间。

信吾有时会派人给相原的母亲送钱。本来也想让那个人把离婚协议书带到区政府去，但却一天天推迟。

“孩子都来我们家了，没办法啊。”修一随口说。

“警察会来我们家吗？”

“来干吗？”

“当相原的担保人什么的。”

“不会来吧。相原是为了避免这种事才寄来离婚协议书的吧。”

房子粗暴地推开拉门，穿着睡衣走了出来。

她没怎么认真看报纸，刺啦刺啦撕破扔了出去。但她在撕报纸上已经消耗了不少力气，即使扔也没有飞出去。房子好像横着倒下一样，把撕碎的报纸推在一边。

“菊子，把那边的拉门关上。”信吾说。

房子推开的拉门，可以看到两个孩子的睡姿。

房子的手哆嗦着，又撕起报纸。

修一和菊子都默不作声。

“房子，你想去接相原吗？”信吾问。

“不要。”

房子的一只胳膊肘撑在榻榻米上，突然转过身来，横眉立目，狠狠地瞪着信吾。

“爸爸，你觉得自己的女儿是什么？窝囊废。自己的女儿遭遇了这些，不生气吗？爸爸你最好去接他，当众出出丑啊！究竟是谁让我嫁给了这种男人？”

菊子在场面开始无法收拾时，默默往厨房走去。

信吾突然想说出心里浮现的话，这种时候，房子去接相原，分开的两个人重新结合的话，两个人的一切都重新开始了，这种事情在生活中是有可能的吧？但他一声不响，反复思索着。

二

之后的报纸并没有报道相原是死还是活。

从区政府受理离婚协议书的情况来看，户籍上是没有显示死亡的。

不过，即使死了，相原是作为一个身份不明的男人被下葬了吗？应该不会的。他还有个腿脚不好的母亲。即使母亲没有看到报纸，相原的亲戚中也会有人注意到吧。信吾想象着，相原大概是得救了。

但是，收养相原的两个孩子这件事，想象一下就能解决吗？修一很干脆，但信吾却很拘谨。

如今，两个外孙女成了信吾的负担。但修一似乎并没有考虑过她们将来会成为自己的负担。养育孩子的负担暂且不论，房子和外孙女们今后的幸福似乎已经失去了一半，但这些也要由信吾承担责任吗？

而且，信吾在提交离婚协议书的时候，脑海中浮现出相原的那个女人。

女人确实是死了。那个女人的生死是怎样的呢？

“变成鬼怪了吧。”信吾自言自语，吓了一跳。

“不过，真是无聊的一生啊。”信吾心里又这样想。

只要房子和相原平安无事地生活在一起，那个女人也不会殉情，所以信吾也许是间接杀人。这么想的话，怎么能不产生吊唁那个女人的菩提心呢?

信吾脑海中没有浮现那个女人的身影，而是忽然浮现了菊子怀的婴儿的样子。虽然不可能浮现出早早被打掉的婴儿的模样，但浮现出了可爱婴儿的轮廓。

这个孩子没能出生，不也是信吾间接杀人吗?

就像老花镜总是滑落让人心情沉闷一样，令人讨厌的日子一直持续着。信吾右胸阴沉沉的。

在这样的梅雨季，天空放晴，阳光突然照下来。

“去年夏天，种向日葵的那家人，今年不知道种了什么花，像西洋菊一样，开着白色的花。大概是商量好的吧，有四五家都种的这种花，真有意思。去年大家都是种的向日葵。”信吾一边把脚伸进裤子里一边说。

菊子拿着外套，站在他前面。

“是不是因为去年的暴风雨把向日葵都吹断了?”菊子也往信吾看的方向看过去。

“可能吧。菊子，你最近是不是长高了?”

“是啊，长高了呢。嫁过来之后，个子也在一点点地长，但最近突然长高了。修一也很吃惊呢。”

“什么时候？”

菊子突然红了脸，对信吾的这个问题似乎有点难为情，她绕到信吾身后，给他穿外套。

“我总觉得你长高了。不仅仅是穿着和服的缘故。嫁过来好多年了，还在长个子，真好啊。”

“因为发育晚，还没长好呢。”

“才不是，不是挺可爱的吗？”说着，信吾觉得菊子水灵灵的，十分可爱。也许修一想抱菊子时也发现菊子长高了吧。

失去的孩子的生命仿佛在菊子身体内生长。信吾一边这样想着，一边离开了家。

里子蹲在路边，望着附近的女孩子们玩过家家。

她们把鲍鱼的壳和八角金盘的绿叶等当作容器，里面放着切得整整齐齐的小草，信吾也佩服地停下脚步。

大丽花和木茼蒿的花瓣切得非常碎，作为点缀放在里面。

她们铺着席子，木茼蒿的花影深深地映到了席子上。

“对啊，是木茼蒿。”信吾想起来。

去年有三四户人家没有种向日葵，而是种的木茼蒿。

里子年纪小，似乎没人让她加入。

信吾迈开步子要走。

“外公！”里子追了过来。

信吾拉着外孙女的手，走到道路的拐角处。接着，他吩咐里子回家，里子乖巧地往家跑，信吾觉得里子跑回家的身影也很有夏天的感觉。

公司的办公室，夏子露出雪白的胳膊，正擦拭着玻璃窗。

信吾轻描淡写地问：

“今天早上的报纸你看了吗？”

“啊。”夏子反应迟钝地回答。

“虽说是报纸，但我也不知道是什么报纸啊，什么来着……”

“是报纸吗？”

“我忘了在什么报纸上看到的了，哈佛大学和波士顿大学的社会科学家问卷调查了数千名女秘书，问她们最开心的事情是什么，结果她们异口同声地回答，说是在别人面前受到称赞时最开心。女孩子，不管东方还是西方，都是这样吧。你呢？”

“啊，不会觉得害羞吗？”

“害羞和开心，很多情况下是一致的吧。被男人追求的时候，不也是这样吗？”

夏子低着头，没有回答。信吾觉得，如今像她这样的姑娘很少见，说：“谷崎就是这一类的，要是能在别人面前多夸她几句就好了。”

“刚才，谷崎来了，八点半左右。”夏子笨拙地说。

“是吗？然后呢？”

“她说中午还会来。”

信吾有种不祥的预感。

他没有吃午饭，一直等着英子。

英子推开门，停住脚步，像是要哭出来似的屏住呼吸，看着信吾。

“呀，今天来没带花啊？”信吾掩饰着内心的不安。

英子像是在责备信吾的不严肃似的，一本正经地走了过去。

“还要让旁人回避吗？”

但是，现在是午休时间，夏子出去了，办公室里只有信吾一个人。

听到修一的情人怀孕了，信吾大吃一惊。

“我对她说了，不能把孩子生下来。”英子颤抖着薄薄的嘴唇说，“昨天下班的路上，我拉住绢子，对她说了。”

“嗯。”

“不能那样吧？太过分了。”

信吾没办法回答，脸色阴沉。

英子是想到菊子才这么说的。

修一的妻子菊子和情妇绢子先后怀孕了。虽然世上是有这种事，但信吾从未想过会发生在自己儿子身上。而且，菊子还堕胎了。

三

“能帮我看一下修一在不在吗？在的话，我有一些话……”

“好。”

英子拿出小镜子，似乎有些犹豫地说：“我的表情奇怪，真是难为情啊。而且，我来告密，绢子应该也知道吧。”

“啊，这样啊。”

“因为这件事，即使从现在的店辞职也没关系……”

“别。”

信吾拿起桌上的电话，打电话问了一下。他不想在有其他员工的房间里和修一见面。修一没在办公室。

信吾邀请英子去附近的西餐厅，他们离开了公司。

身材矮小的英子靠到信吾身边，抬头看着信吾的脸色，轻声说："我在您的办公室工作时，您带我去跳过一次舞，您还记得吗？"

"嗯，头上系着白丝带呢。"

"不是那次。"英子摇了摇头，"用白丝带把头发扎起来那次是暴风雨的第二天，我说的那天是您第一次打听绢子的事，我当时很为难，所以记得很清楚。"

"是这样吗？"

信吾想起英子当时说过绢子沙哑的声音很性感。

"是去年九月左右吧。之后，因为修一的事，给你也添了不少麻烦。"

信吾没戴帽子就出来了，头顶上的太阳光很强烈。

"虽然我也没能帮上什么忙。"

"这是我们的原因。真是丢脸的一家啊。"

"我很尊敬您。从公司辞职后就更加怀念了。"英子用奇怪的语调说着，支支吾吾了片刻，说，"我跟她说了不能生。绢子说，你别来用这副盛气凌人的样子跟我说，又不是你知道的那样，你这种人懂什么啊？别多管闲事。而且，最后她说肚子是自己的……"

"嗯。"

"是谁委托你来跟我讲这些奇怪的话？如果想要我和修一分手，除非修一来告诉我，那我只好分手，我一个人生下孩子不可以吗？谁也没有办法。生下来好还是不好，你去问问我肚子里的孩子，问问吧……绢子觉得我年轻，嘲笑我。可是，她却说请我不要嘲笑人。绢子也许打算生下来啊。后来我好好想了一下，是因为她和战死的老公没有生过孩子吧。”

“嗯？”信吾边走边点头。

“也可能是被我激怒了，只是那么说说而已，不打算生。”

“怀孕多久了？”

“四个月。我没有注意到，但店里的人都知道……传闻店老板也听说她的情况，劝她最好不要生。绢子如果因为生孩子被辞退也很可惜吧。”

英子的手贴在半边脸颊上说：“我不知道怎么办，就来告诉您，请您和修一商量一下……”

“嗯。”

“我觉得您最好还是早点和绢子见面吧。”

信吾也正在考虑这个问题，被英子先说了出来。

“那个，上次你带着来公司的女人，她们还是在一起生活吗？”

“池田。”

“对，她和那个女人哪个年纪大？”

“我记得绢子比她小两三岁。”

吃完饭后，英子跟着信吾走到了公司门口。她勉强挤出一个微笑。

“那我先告辞了。”

“谢谢。你接下来要回店里吗？”

“嗯。最近绢子一般很早就回家了，店里是六点半下班。”

“总不至于去店里找她吧。”

英子似乎催促着信吾今天去和绢子见面，但信吾却意志消沉。

而且，即使回到镰仓的家，他也不忍心看到菊子的脸吧。

在修一有情妇的时候，菊子因为有洁癖，不甘心生孩子，所以没有把孩子生下来，可是她做梦也想不到，那个女人竟然怀孕了吧。

自从信吾知道菊子做了手术后，她回娘家待了两三天，再回来后，和修一的关系好像变得和睦了，修一每天早早地回家，似乎一直在照顾菊子，这究竟是怎么一回事呢？

如果往好的方向想的话，也许是修一被要生孩子的绢子所折磨，远离了绢子，正在向菊子谢罪。

但是，信吾的头脑里似乎弥漫着令人厌恶的颓废和违背道德的恶臭。

不知从哪里产生的，就连胎儿的生命，信吾都觉得是魔鬼。

“如果生下来，是我的孙子吗？”他自言自语道。

蚊群

一

信吾在本乡的大学旁边走了一会儿。

他在商店的一侧下了车，绢子家的小巷也是从这一侧进去，但是，信吾却特意往对面走去，从电车道走到了另一侧。

对于去儿子的情妇家，信吾有着沉重的犹豫。她怀孕了，第一次见面就要对她说请不要生下来之类的话，自己能说出口吗？

“这难道不是杀人吗？不要把老人的手弄脏啊。”信吾自言自语道。

“但是，解决问题都是残酷的。”

解决问题应该也是儿子去解决吧。不是父母出面的时候吧。信吾没有对修一说这些便去试着找绢子。这似乎是他不再信赖修一的证据。

信吾很吃惊，不知从何时起，自己和儿子之间竟然产生了意想不到的隔阂。信吾去找绢子，与其说是替修一解决问题，倒不如说是怜悯菊子，为菊子感到愤怒。

只有大学树林的树梢上，还残留着强烈的夕阳，人行道变得昏暗起来。穿着白色衬衫和白色裤子的男学生和女学生们坐在校内的草坪上，看起来确实是梅雨季天放晴时会有的景象。

信吾把手放到脸颊上。酒醒了。

因为距离绢子离开店回家还有段时间，所以信吾邀请了在其他公司工作的朋友去西餐厅吃晚饭。两人很久没见，所以稀里糊涂地喝了酒。在上二楼的餐厅之前，他们到楼下的酒馆喝了点儿，信吾也稍微喝了点儿。他们吃完饭又在酒馆里坐了下来。

“什么呀，你要回去了？”朋友愣了一下。说他觉得两人好久没聊天了，已经提前给筑地的家里打过电话了。

信吾说要和别人见个面，需要一个小时左右，然后就离开了那家酒馆。朋友把筑地家的地址和电话写在名片上递给他。信吾没打算去。

信吾一边沿着大学的围墙走着，一边寻找对面巷子的入口。虽然记忆模糊，但不会记错。

信吾走进朝北昏暗的大门，看到简陋的鞋柜上放着一盆西洋花盆栽，挂着一把女式的晴雨伞。

厨房里出来一个系着围裙的女人。

“哎呀。”她一脸严肃，解开围裙。她穿着深藏青色的裙子，光着脚。

“是池田女士吧？之前来过我公司……”信吾说。

“啊。那时候被英子拉去了，失礼了。”

池田一只手握着揉成团的围裙，跪坐下来施礼，然后看着信吾，好像在问‘有什么事吗’。她的眼睛周围有雀斑。可能是没有施粉的缘故吧，雀斑很显眼。细细的鼻梁直挺着，单眼皮显得空落落的，皮肤白皙，相貌姣好。

身上穿的新的宽大短外套也是绢子做的吧。

“其实我来是想见绢子的。”信吾恳求般地说。

“是这样啊？她还没回来，不过过不了多久就回来了。请进来吧。”

厨房里飘来煮鱼的味道。

信吾本想等绢子回来吃完晚饭自己再来，但被池田邀请去了客厅。

八叠大的房间里堆满了时装样本。外国的流行杂志好像也很多。旁边立着两个法国的人偶，穿在人偶身上的衣服颜色与陈旧的墙壁不相称。缝纫机上垂着还没缝好的丝绸。鲜艳的花纹也让榻榻米显得更加脏乱。

缝纫机的左边放着一张小桌子，上面放着小学教科书，摆着男孩的照片。

缝纫机和桌子之间有个梳妆台。后面的壁橱前立着一面大的穿衣镜，很显眼，可能是绢子把做好的衣服在自己身上试穿时用的吧。也许是绢子做的副业，给客人试样。穿衣镜的旁边放着一个很大的熨斗台。

池田从厨房端出了橙汁。注意到信吾正在看孩子的照片。

“这是我的孩子。”她坦率地说。

“是吗？在学校吗？”

“没有，孩子不在这里。把他留在了丈夫家。那些书……我不像绢子，我没有固定工作。我是做家庭教师之类的事情，去六七户人家做家教。”

“这样啊。如果这是一个孩子的教科书，也太多了吧。”

“啊，因为我要教不同年级的孩子……和战前的小学大不一样了，虽然我不太会教，但是和孩子一起学习的时候，有时会觉得是和自己的孩子在一起……”

信吾只是点头，对战争遗孀说不出话来。

就算绢子，她也在工作。

“您是怎么知道我们家的？”池田问，“是修一告诉您的吗？”

“不是，我以前来过一次。虽然是来了，但没有进来。好像是去年秋天吧。”

“哎呀，去年秋天？”

池田抬头看了下信吾，但又把视线转向下边，沉默片刻后说：

“最近，修一没有来这里呢。”

信吾觉得把今天来的理由告诉池田比较好吧。

“听说绢子怀孩子了？”

池田突然动了动肩膀，视线转向自己孩子的照片。

“她打算把孩子生下来吗？”

池田一直看着孩子的照片。

“请您直接问绢子吧。”

“话是这么说，但是不管母亲还是孩子都会变得不幸。”

“可以说，不管绢子怀没怀孩子都是不幸的。”

“可是，你不是也劝她和修一分手吗？”

“是，我也是这么想的……”池田说，“绢子比我厉害，算不上劝。我和绢子的性格完全不一样，但可能比较投缘吧。我们在遗孀会相识之后便一起生活，绢子给了我力量。两个人都离开了丈夫的家，也没有回娘家，算是自由之身吧。我们说好要自己决定自己的命运，虽然带了丈夫的照片之类的，但都放进了行李里。孩子的照片倒是拿出来了……绢子一直在看美国的杂志，也借助词典读法国的杂志，因为都是关于西式裁剪，所以字很少，绢子说大致能看明白。不久，她可能会自己开店吧。我们两个人说过，如果能再婚的话就再婚，可我也不知道她为什么总是跟修一纠缠。

门一开，池田立刻站起来走了出去。用信吾也能听见的声音说：

“你回来啦。尾形的爸爸来了。”

“来见我？”一个沙哑的声音问道。

二

绢子似乎去厨房喝水，传来自来水的声音。

“池田，你也过来吧。”绢子回头对池田说，从厨房走了出来。

她穿着艳丽的两件套，但可能是因为骨架大吧，信吾看不出来她怀孕了。她的嘴唇又小又窄，很难想象从这张嘴巴里能发出沙哑的声音。

因为梳妆台在客厅，所以她可能是用随身带的粉盒稍微补了补妆后才进来的。

信吾对她的第一印象并没有不好。中间扁平的圆脸看起来不像池田说的那样意志坚强。手也胖胖软软的。

“我姓尾形。”信吾说。

绢子没有回应。

池田也过来了，面朝着信吾，坐在小桌子前，说：“已经等你好久了呢。”

绢子还是没有说话。

绢子那张明朗的脸似乎并没有明显地表现出反感或者困惑，反而看起来好像要哭。信吾想起，修一在这个家喝醉后，非要让池田唱歌，绢子就会哭。

绢子似乎是从闷热的街道急急忙忙赶回来的，脸上红通通的，可以看见她的胸部随着呼吸起伏。

信吾无法讲一些尖锐的话。

“虽然我来见你会很奇怪，总之，即使我不来见你……你应该能想象到我想说的话吧。”信吾语气平静。

绢子仍旧没有回答。

“当然了，是关于修一的事情。”

“如果是关于修一，那我无话可说，您要我道歉吗？”绢子突然反应激烈。

“不，我应该道歉吧。”

“我已经和修一分手了啊。不会再给您家添麻烦了。”说完，她看向池田，“喂，这样可以了吧？”

信吾吞吞吐吐地说：“孩子不是还留着的吗？”

绢子大惊失色，但她似乎集中了全身的力气，说：“您在说什么呢，我听不懂。”

她努力压低的声音显得更加嘶哑。

“虽然很冒昧，但你是不是怀孕了？”

“这种问题我必须回答吗？一个女人如果想要孩子，旁人是怎么都阻挠不了的。男人怎么会明白呢？”绢子说得很快，眼中已经含泪。

“虽然我是你所说的旁人，但我是修一的父亲。你的孩子也应该有父亲吧？”

“没有啊。战争遗孀下定决心要生下私生子。我别无所求，但希望您让我把他生下来吧。慈悲为怀，您放过我吧。孩子在我的肚子里，是我的。”

“话是这么说，但如果你接下来结婚的话，也可以怀孩子吧……即使现在不生这个不自然的孩子。”

“有什么不自然的？”

“不是……”

“我接下来不一定会结婚，也不一定会生孩子。您是在像神明一般给我预言吗？在这之前我没有孩子啊。”

“你和孩子父亲的这种关系，不管是孩子还是你，都会变得痛苦吧。”

“很多战死的人留下了孩子，他们都让母亲很痛苦啊。男人因为战争来到南方，还留下了混血儿之类的，你想想这些就能想通了啊。男人遗忘在远方的孩子，不都是由女人来抚养吗。”

“我在说修一的孩子的事。”

“只要不受您家的照顾就可以了吧。我绝对不会哭着央求你们的，我发誓。我已经和修一分手了。”

“不是那回事。孩子的将来是很长的，父子之间的缘分即使断了也会有联系的。”

“不，他不是修一的孩子。”

“你应该也知道修一的妻子没有把孩子生下来的事情吧？”

“正因为她是修一的妻子，所以想生多少个都可以。如果以后不生孩子，她会后悔的吧。对于奢侈的妻子来说，是不会理解我的心情的啊。”

“你也不理解菊子的心情。”信吾不知不觉说出了菊子的名字。

“是修一让自己的爸爸过来的吗？”绢子诘问似的说道，“修一对我说不要生下来，他打我、踩我、踢我，要带我去找医生，我还被他从二楼拖下来。他的这种暴力行为或者对我玩弄花招，难道不是在对妻子讲情分吗？”

信吾表情苦涩。

“喂，糟透了。”绢子回头看着池田。

池田点点头，对信吾说：“绢子把一些破旧的衣料留下来，打算给孩子做尿布，现在已经开始积攒了。”

“孩子被踢了一脚，我很担心，后来去看了医生。”绢子接着说，“我已经跟修一说了，这不是他的孩子，而且我和他已经分手了。”

“这么说，别人的？”

“是的，您就这样认为吧，不用担心。”

绢子抬起头。眼角开始流出眼泪，新的泪水不断从脸颊流下来。

信吾很为难，但绢子看起来很美。仔细看她的五官，虽然不是很好看，但给人的第一印象却是个美人。

但是，不管外表多么温柔，绢子这个女人却并没有让信吾接近自己。

三

信吾垂头丧气，离开了绢子家。

绢子接受了信吾给的支票。

“你要是和修一分手了的话，最好还是接受比较好啊。”池田干脆地说，绢子也点了点头。

“是吗？是分手补偿费啊。我的身份已经成了收取分手补偿费的人了。我要不要写个收据啊。”

信吾打了一辆出租车，绢子会和修一再次和好吗？会拿着钱去堕胎吗？还是就这样断绝关系呢？信吾无法判断。

无论是对修一的态度，还是对信吾的来访，绢子都很反感，显得很激动。不过，想要孩子的女人的悲切愿望似乎也很强烈。

让修一再次接近她也很危险。但是，如果这样下去的话孩子就会出生。

就像绢子说的那样，如果是其他男人的孩子就好了，可是就连修一也搞不清楚这一点。如果绢子坚持这种说法，修一轻易地相信，没有后患的话，那天下太平。但孩子出生是一个严酷的事实。即使自己死后，还有一个素不相识的孙子活着。

“这是怎么回事？”信吾嘟囔道。

相原决定跟别的女人一起殉情后，便匆忙寄出了离婚申请书，给信吾留下了一个女儿和两个外孙女。就算修一和情妇分手了，在某个地方也会有个孩子吧？两件事情都没有彻底解决，这难道不是一时的敷衍吗？

自己没有帮到任何人的幸福。

即使这样，和绢子说话时自己那笨拙的措辞，令他不愿去回想。

信吾本打算从东京站直接回家，但看到口袋里朋友的名片，就坐车绕到了朋友筑地的家。

虽然想向朋友倾诉一番，但和两个艺伎喝醉了，就没法交谈了。

信吾想起在某次宴会回来的车上，坐在自己膝盖上的年轻艺伎，便喊了她过来。那个女孩一来，朋友就不停地说有两下子、有眼力之类的无聊的话。虽然脸已经记不清了，但还记得她的名字，这对信吾来说是很难得的，真是一个既可爱又高雅的艺伎。

信吾和那个女孩子去了小房间。信吾什么也没做。

不知何时，女人温柔地把脸贴在信吾的胸前。信吾以为她在献媚，一看，女孩好像睡着了。

“睡了吗？”信吾瞧了瞧，但因为她贴着自己，信吾看不见她的脸。

信吾微笑着。对于这个把头贴在自己胸前、睡得甜酣的孩子，信吾感到了温暖的慰藉。她比菊子小四五岁，才十几岁吧。

也许这是娼妓的可怜和凄惨，但年轻女人依偎在信吾怀里睡觉，让信吾在温柔的幸福里平静了下来。

信吾觉得，所谓幸福，也许就是这样转瞬、短暂的东西。

信吾模模糊糊地思考着，就连性生活也有贫富和运气好不好的问题。

他悄悄溜了出来，决定坐末班车回家。

保子和菊子都醒着，在饭厅里等信吾。已经一点多了。

信吾避开看菊子的脸。

“修一呢？”

“他先休息了。”

“这样啊。房子也休息了？”

“嗯。”菊子一边收拾信吾的西装一边说，“今天直到晚上天气都很好，现在天又阴了吧？”

“是吗？我没注意。”

菊子站起来的瞬间，把信吾的西装弄到了地上，她又把裤子的折痕拉了拉。

信吾注意到，菊子的头发变短了，可能是去了理发店吧。

听着保子的鼾声，信吾很难入睡，但很快做了个梦。

他成了一位年轻的陆军军官，身穿军服，腰间佩着日本刀，身上还别着三把手枪。刀是修一出征时让他带走的，好像是家传的。

信吾带着一个樵夫，走在夜晚的山路上。

“夜路很危险，所以我很少走。您走右边会更安全些。”

信吾在右侧走，但仍然感到不安，于是打开了手电筒。手电筒的玻璃外围排列着密密麻麻的菱形结构，闪闪发光，比普通的手电筒要亮。手电筒一亮，就发现黑色的东西在前面挡住去路。像是两三棵重叠在一起的杉树的树干。但仔细一看，原来是蚊子聚集在了一起。蚊群聚集成大树的形状。信吾思考着，该怎么办呢？杀出重围吧。信吾拔出日本刀驱逐，砍呀砍呀，对蚊群大砍大杀。

信吾突然回头一看，樵夫仿佛连滚带爬似的逃走了。信吾军服的各个地方起火了。令人奇怪的是，在那里，信吾变成了两个人，另一个信吾正望着穿着冒火军服的信吾。火沿着袖口、肩线等边缘冒出来后又熄灭。不是燃烧，而是像弱弱的炭火的样子，可以听到啪啪啪啪的爆裂声。

信吾好不容易到家了。好像是小时候住的信州乡下的房子，也看到了保子美丽的姐姐。信吾很累，但身上一点也不痒。

逃跑的樵夫也终于到了信吾的家。刚一到，就失去意识晕倒了。

信吾从樵夫身上，抓了很多蚊子放进大铁桶里。

虽然不知道为什么抓，但信吾清楚地看到铁桶里盛满了蚊子，这时他醒了过来。

“是不是蚊帐里有蚊子啊？”信吾想侧耳倾听，但头脑不清，脑袋很重。

下雨了。

蛇卵

一

不知道是不是因为入秋了，夏天的疲倦感出来了，信吾有时会在回家的电车上打盹儿。

下班时候，横须贺线每隔十五分钟一趟，二等车厢并不会那么拥挤。

信吾神志不清，朦朦胧胧的头脑中，浮现出一排金合欢树的行道树。金合欢树上都开着花。信吾经过那里时曾想，种在东京街道两旁的金合欢树也会开花吗？这是一条从九段下通往皇居的护城河畔的路。八月中旬，下着小雨的日子。在行道树中，只有一棵金合欢树下面的柏油路上落满了花。这是为什么呢？信吾从车里回头看，留下了深刻的印象。那是略带绿色的黄色的小花。即使没有这棵落花的树，仅凭种在路两旁的金合欢树上开着花，就可以给信吾留下印象吧。因为当时信吾刚去医院探望了患肝癌的朋友，在回来的路上。

虽说是朋友，但其实是大学的同届生，平日并没有什么来往。

尽管看上去已经相当衰弱了，但病房里只有一位负责照顾他的护士。

信吾不知道这位朋友的妻子是否还在世。

“你能见见宫本吗？就算不见，你能打个电话帮我拜托他那件事吗？”朋友说。

“哪件事？”

“就是过年同学聚会时提到的那个啊。”

信吾想到是氰化钾的事情。看来，他应该是被告知得了癌症吧。

在信吾这群年过六十的人的聚会上，衰老引发的毛病和绝症带来的恐惧往往成为话题。当谈到宫本的工厂里有氰化钾时，不知谁提出，如果得了癌症等不治之症的话，可以找宫本要这种毒药，因为让疾病之苦凄惨地持续下去是很可怜的。而且，既然被宣告了死亡，便想拥有自己选择死亡时间的自由。

“可是，那只是借着酒劲儿说的啊。”信吾犹豫地回答。

“我不会用的。我不用。就像那次说的一样，我只是想拥有自由。只要有了这个，我什么时候想离开都可以，这会成为我接下来忍耐痛苦的力量。是这么一回事吧。算是最后的自由？或者唯一的反抗呢？但是，我保证不会用的。”

朋友说话的过程中，眼睛有些许的亮光。护士正用白色毛线织着毛衣，什么也没说。

信吾没有去拜托宫本，事情就这样搁置了。但一想到一位毫无悬念要死去的病人也许在抱有期待地等着自己送氰化钾，信吾就觉得不舒服。

从医院回来的路上，当信吾走到开着金合欢花的行道树的地方，才松了一口气。但是，在他打盹的时候，金合欢树的行道树又浮现到脑海中，病人的事情也不出意料地又出现在脑海里，挥之不去。

信吾还是睡着了，再突然醒来时，电车已经停了。

这地方不是车站。

似乎是因为这辆电车停了下来，旁边轨道上行驶的上行电车发出强烈的响声，吵醒了信吾。

信吾乘坐的电车稍微动了一下就停了，又动了一下又停了。

一群孩子沿着小路朝电车的方向跑来。

有些乘客从窗户探出头去，望着前方。

从左边的窗户可以看到工厂的混凝土围墙。围墙和铁轨之间有一条污水淤塞的小沟，恶臭飘进电车中。

从右边的窗户可以看到孩子们跑过来的那条小路。一只狗把鼻子伸进路旁的青草里，久久不动。

小路和铁轨的交接处，有两三间钉着旧板子的小屋。一个白痴模样的姑娘正从那像洞一样的四方形的窗户内对着电车挥手。动作无力且缓慢。

“十五分钟前开出的电车在鹤见站好像发生了事故，目前停在那里。让各位乘客久等了。”列车员说。

坐在信吾前面的外国人摇醒同行的青年，用英语问：“他说了什么？”

青年两手抱着外国人的一只大手臂，脸颊贴在他的肩膀上睡着了。虽然眼睛睁开了，但动作还是那样，撒娇似的抬头看外国人。睡眼惺忪，微微泛红，眼窝凹陷。头发染成了红色，但发根已长出黑发，是茶色的不整齐的头发，只有发梢红得出奇。信吾心想，这可能是面向外国人的男妓吧。

外国人的手放在膝盖上，青年把他的手心翻上来，把自己的手放在上面，然后轻轻握住。俨然像个心满意足的女人。

外国人穿着一件无袖的运动衫，像赤熊一样露出满是毛的手臂。虽然青年的身材并没有那么矮小，但因为外国人体型庞大，所以青年看起来像个孩子。外国人肚子凸起，脖子也粗，可能觉得侧过身子很麻烦吧，他对青年的搂抱完全无动于衷，表情看起来很可怕。他的好气色让没血色的青年透露出的疲惫更加引人注目。

虽然外国人的年龄很难判断，但从他那颗大秃头、咽部的皱纹和裸露的手臂上的老年斑来看，信吾觉得他和自己的年龄差不多吧。这个外国人来到外国，就让那个国家的青年服从自己的支配，信吾觉得他就像巨大的怪兽一样。青年穿着一件有点褪色的深红色的衬衫，上面的一个扣子掉了，可以看到胸骨。

信吾觉得这个青年不久之后便会死去。他把视线移开了。

臭气熏天的小沟旁生长着一片绿油油的艾蒿。电车仍然没有开动。

二

信吾觉得挂蚊帐阴暗，不喜欢蚊帐，早就不挂了。

保子似乎每晚都会抱怨，像是故意一样去拍蚊子。

“修一那屋还挂着呢。”

“那你去修一那屋睡觉不就好了吗？”信吾望着没有蚊帐的天花板。

“虽然不能去修一那儿，但我可以从明天晚上开始去房子那屋睡啊。”

“是啊。你可以抱着一个外孙女睡呢。”

“里子明明还有个妹妹，为什么还那么黏母亲呢？不会有什么异常的地方吧？有时候她的眼神很奇怪。”

信吾没有回答。

“因为没有父亲，所以变成了那样吧。”

“如果能和你更亲近一些的话，也许就好了。”

“我觉得国子更好。”保子说，“你也要和她多多亲近。”

“在那之后，相原也不知道是死是活。”

“已经提交离婚申请书了，这样就可以了吧？”

“可以了，算结束了吧。”

“真的啊。不过，就算他活着，我们也不知道他的住所……算了，想到这段失败的婚姻，我就死心了。都有两个孩子了，一离婚就这样了。这样的话，结婚也靠不住啊。”

“即使婚姻失败了，也应该有一些美好的余情吧。房子不好也确实是事实。相原谋生失败，经历了怎样的痛苦，房子恐怕并没有体贴地给予关心吧。”

“男人的自暴自弃中，有女人力不能及的地方，也有无法让女人靠近的地方啊。如果被抛弃，一直忍耐着的话，房子也只好和孩子一起自杀了吧。男人即使走投无路，还有别的女人为他殉情，也许他还有希望啊。”保子说，“修一似乎现在还好，但不知道他以后会怎么样啊。菊子好像对这次的事反应很强烈啊。”

“孩子的事吧。”

信吾的话有双重意思。菊子没生的孩子和绢子要生的孩子。第二层意思保子不知道。

绢子反抗说那不是修一的孩子，生孩子是不会受信吾干涉的，但是信吾并不知道那是不是修一的孩子，他觉得女人是故意这么说的。

“我可能还是去修一的蚊帐里睡比较好。他和菊子俩说不定又会商量什么可怕的事情呢。太危险了……”

“商量什么可怕的事情？”

仰面朝天的保子朝信吾那边翻了个身。她的手似乎想抓信吾的手，但因为信吾并没有伸出手，她便摸着信吾的枕头边，像悄声说秘密似的说：

“菊子啊，她也许又怀孩子了。”

“啊？”

信吾大吃一惊。

“我觉得有点太快了，但房子说是的。”

保子已没有刚才那种像坦白自己怀孕的状态了。

“房子这么说了吗？”

“有点太快了啊。”保子重复道，“我说的是她善后处理太快了。”

“是菊子或修一告诉房子的吗？”

“不是，只是房子自己的观测吧。”

“观测”一词有些奇怪，信吾认为，这是离婚回娘家的房子对弟媳怀有探索的目光。

“你也去跟她说一下，让她这次好好珍惜啊。”保子叮嘱道。

信吾的心揪了起来。一听到菊子怀孕了，他就更深地陷入绢子怀孕的困境中。

虽然两个女人同时怀有一个男人的孩子，也许并不是不可思议。但一旦这成为儿子的现实，却伴随着奇怪的恐惧。难道是因为什么东西的复仇或诅咒，是地狱的景象吗？

想一想的话，这只不过是极其自然且健康的生理现象，但信吾无法有那样豁达的想法。

而且，这是菊子第二次怀孕。菊子打掉之前那个孩子的时候，绢子也怀孕了。在绢子还没生下孩子的时候，菊子又怀孕了。菊子并不知道绢子怀孕了。绢子的肚子已经明显了，也应该有胎动了吧。

“这次我们都知道了，菊子不能自作主张了吧。”

“是啊。”信吾有气无力地说，“你也要跟菊子好好聊聊啊。”

“如果菊子生下来孙子，你也会很疼爱他吧。”

信吾没有睡着。

难道就没有某种暴力能够让绢子不生下孩子吗？信吾烦躁不安地思考着，脑海中浮现出凶恶的空想。

虽然绢子说过那孩子不是修一的，但如果调查一下绢子的品行，或许能发现让人一时心安的种子吧。

院子里的虫鸣在耳边久久萦绕，已过了凌晨两点。不是金铃子或金琵琶，净是些不清楚是什么的虫鸣声，信吾有种仿佛自己躺在阴暗潮湿的泥土里的感觉。

最近经常做梦，黎明时又做了一个长梦。

过程不记得了。醒来的时候，似乎还可以看到梦中的两颗白色蛋。沙滩上除了沙子什么都没有。在那里放着两颗蛋。一颗是鸵鸟蛋，相当大。一颗是蛇蛋，很小，但它的壳已经裂开了一点，可爱的小蛇伸出头来扭动着。信吾觉得它实在是可爱，一直看着它。

不过，信吾一定是因为一直在想菊子和绢子的事，所以才做了这样的梦。至于哪个胎儿是鸵鸟蛋，哪个胎儿是蛇蛋，就不得而知了。

“咦，蛇是胎生的？还是卵生的？”信吾自言自语道。

三

第二天是星期天，直到九点多信吾还在床上。腿脚乏力。

到了早上，他回想起来那个梦，不管是鸵鸟蛋还是从蛇蛋里探出头来的小蛇，都令人毛骨悚然。

信吾无精打采地刷了牙，来到餐室。

菊子把报纸摞起来，用绳子捆在了一起。可能是要卖吧。

为了保子，要把早报和早报、晚报和晚报分别整整齐齐地收拾在一起，并按照日期顺序整理，这是菊子的职责。

菊子站起身来，给信吾倒了茶，说：“爸爸，有两篇关于两千年前的莲花的报道，您看过了吗？我单独整理出来了。”说着，菊子把那两天的报纸放在了矮脚餐桌上。

“啊，我好像看过了。”

但是，信吾又拿起来看了看。

在弥生式的古代遗迹中，发现了大约两千年前的莲子。莲博士让它发了芽。之前，报纸上刊登了开花的消息。信吾拿着报纸到菊子的房间给她看。那时菊子刚刚在医院做了流产回来，正在睡觉。

之后，报纸又记载了两次莲花的报道。其中一篇报道是，莲博士把莲的根分开，种在母校东京大学的“三四郎”池[1]里。另一篇报道是发生在美国的事，日本东北大学某博士从中国东北的泥炭层中发现了像化石一样的莲子，把它送到了美国。在华盛顿的国家公园里，博士剥下它变硬的外壳，用浸湿的棉花包好，放在了玻璃瓶中。去年，它发出了可爱的芽。

今年，它被移栽到池塘里，长出两朵花蕾，开出淡红色的花。公园的有关部门公布，这是一千年至五万年

---

1 | “三四郎”池：东京大学内的“心”字形池子，因夏目漱石的小说《三四郎》中谈到这个池子而得名。

前的种子。

“之前读的时候我在想，如果一千年至五万年的说法是真的，那这可真是差值相当大的计算呢。”信吾笑着说，又仔细看了看。据说日本博士发现的那颗种子，如果根据中国东北的地层状况来看，应是数万年前的东西。而在美国，用碳十四的放射能调查了一下剥下的种子外壳，又推测出它大约是一千年前的东西。

这是在华盛顿的报社的特派记者的报道。

“可以了吗？”菊子捡起信吾放在旁边的报纸。她的意思是记载莲花报道的报纸也可以拿去卖了吧。

信吾点点头，说：“无论是一千年还是五万年，莲子的生命真是长啊。与人的寿命相比，植物的种子几乎是永恒的生命啊。”

他一边说一边看着菊子。

“如果我们也可以埋在地下一千年或者两千年，没有死去只是休息就好了。”

菊子似乎嘟囔道：“埋在地下吗？”

“不是坟墓。没有死去，只是休息。难道真的不能埋在地下休息吗？过了五万年再醒来，也许不管是自己的麻烦，还是社会的难题，都已完全解决了，世界会变成乐园吧。”

房子正在厨房让孩子吃东西，她喊道："菊子，这是给爸爸准备的饭吧。能看一下吗？"

"好。"

菊子站起来走了过去，端来了信吾的早饭。

"大家都已经吃过饭了，只剩爸爸您一个人没吃。"

"这样啊。修一呢？"

"去钓鱼池了。"

"保子呢？"

"在庭院里。"

"啊，今天早上不想吃鸡蛋了。"信吾说着，把放着生鸡蛋的小碗递给菊子。信吾想起了梦中的蛇蛋，很厌恶。

房子把烤好的鲽鱼干端过来，一句话也没说，放在矮脚餐桌上，又朝孩子的方向走去。

信吾从菊子手中接过盛好饭的碗，小声但直接地问："菊子，你怀孩子了吗？"

"没有。"

菊子立刻回答，但之后似乎被这冷不防的问题吓了一跳。

"没有。没那回事。"她摇了摇头。

"没有这回事啊？"

“嗯。”

菊子疑惑地看着信吾，然后脸红了。

“这次要好好珍惜啊。之前我和修一也讨论过。我问他能保证以后可以生下孩子吗？修一草率地说保证可以。我说他那种说法是不畏上天的证据。我们不是连自己明天的性命都保证不了吗？虽然说是修一和菊子的孩子，但也是我的孙子啊。菊子一定会生个好孩子的。”

“对不起。”菊子低着头说。

看起来菊子并不像有所隐瞒。

为什么房子说菊子好像怀孕了呢？信吾怀疑房子的探索是不是过度了。怎么可能会房子已经意识到了，但当事人菊子还没意识到呢。

刚才的话会不会被厨房里的房子听到了？信吾回过头，但房子好像带着孩子去屋外了。

“修一以前没有去过钓鱼池之类的地方吧？”

“嗯。找朋友什么的打听事情去了吧。”菊子说道。

但信吾心想，修一果真和绢子分手了吗？

星期天，修一有时会去情人那里。

“过会儿要不要去钓鱼池看看？”信吾邀请菊子。

“好的。”

信吾走到庭院里，保子正站在那里抬头看樱花树。

"怎么了吗？"

"没，樱花树的叶子大部分都掉了吧。好像还有虫吧。我以为日本夜蝉还在这棵樱花树上鸣叫，但已经没叶子了。"

保子说着说着，泛黄的叶子不断落下来。没有风，叶子没有飘，而是竖直落了下来。

"听说修一去钓鱼池了？我带菊子去看看。"

"钓鱼池吗？"保子回过头。

"我问过菊子了，她说没那回事。是不是房子搞错了？"

"是吗？你已经问过了啊？"保子有些沮丧，"真是令人失望啊。"

"房子为什么会那么胡思乱想呢？"

"为什么啊？"

"这是我问你的啊。"

两个人从院子回到房间的时候，菊子穿着白毛衣，穿好了袜子，在饭厅等着。

她的脸上稍微擦了些胭脂，看上去很有活力。

四

电车的窗户上突然映出红花，是曼珠沙华。它们开在铁路的堤坝上，电车一通过，花似乎摇摇晃晃，离电车很近。

而且，户冢种着樱花行道树的堤坝上也盛开着曼珠沙华，信吾望着它们。它们刚刚盛开，红得鲜艳。

那红花让人想起秋天原野般安静的早晨。

也可以看到芒草的穗。

信吾脱下右脚的鞋子，把右脚放到左膝上，揉着脚底板。

“怎么了？”修一问。

“脚发酸啊。最近，爬车站的楼梯时有时候脚会发酸。总觉得身体今年变差了。感觉生命力也衰退了。”

“菊子一直很担心，说爸爸很劳累。”

“是吗？因为我说想进土里休息五万年吧。”

修一诧异地看着信吾。

“是莲子的事情。报纸上不是登了远古时期的莲子发了芽、开了花这件事吗？”

“啊？”

修一点上一支烟，说：“菊子说爸爸问她有没有怀孩子，她好像挺内疚呢。”

“怀了吗？”

“还没有吧。”

“比起这个，那个叫绢子的女人的孩子怎么样了？”

修一一时说不出话来，但他抗拒似的说：“听说爸爸去她家了。还给了她分手补偿费。不需要那样啊。”

“你什么时候听说的？”

“我间接听说的。因为我和她已经分手了。”

“孩子是你的吗？”

“绢子坚持说不是……”

“不管对方怎么说，这不是你的良心问题吗？是不是啊？”信吾声音发颤。

“凭良心是不知道的啊。”

“什么？”

“就算我一个人痛苦，但女人发疯似的决心我也没有办法啊。”

“对方比你更痛苦吧。就连菊子也是。”

“不过，分手之后就会觉得绢子至今还是绢子，自由地生活着。”

“这样就行了吗？你真的不想知道是不是自己的孩子吗？还是你的良心已经知道了？”

修一没有回答。他的双眼皮不停地眨着，这双眼睛对于男人来说太漂亮了。

公司信吾的桌子上放着一张带黑框的明信片。是那位患肝癌的朋友的讣告，但信吾觉得如果是因衰弱而死似乎也太快了。

是谁给了他毒药吧？他或许不只拜托了信吾一个人。或者是用其他方法自杀了吧？

另一封信是谷崎英子寄来的。英子告诉信吾她从之前那个西式裁缝店换到别的店了。信中写道，绢子也在比自己稍晚一些的时候辞了这份工作，搬去了沼津。据说她对英子说，在东京生活艰难，所以要在沼津开自己的小店。

虽然英子在信中没有写，但信吾觉得绢子可能打算悄悄在沼津生下孩子。

难道正如修一说的那样，绢子已经和修一以及自己无关，开始自由地生活了吗？

信吾透过窗户望着明媚的阳光，暂时愣了神。

和绢子同居的那个叫池田的女人变成了孤身一人，她怎么样呢？

信吾想去见见池田或者英子，打听一下绢子的事。

下午，信吾去吊唁了朋友。他这才知道朋友的妻子七年前就去世了。朋友似乎是和长子夫妇一起生活，家里有五个孙子。不管是长子还是孙子们，似乎都和死去的朋友长得不像。

信吾怀疑朋友是自杀，但他当然不应该问这些。棺材前放的花中有许多漂亮的菊花。

信吾回到公司，正在看夏子送来的文件的时候，没想到菊子打来电话。信吾心中不安，担心发生了什么事，问道："是菊子吗？你在哪里？东京？"

"是我。我回娘家了。"菊子似乎开心地笑着说，"妈妈说有事找我商量，我就回来了，但回来一看并没什么事。她说因为太寂寞了，所以想看看我的样子。"

"这样啊？"

信吾心中似乎沁入了温柔的东西。可能因为菊子在电话里的声音很像少女，很好听，但似乎也不仅仅是这个原因。

"爸爸，您该回去了吧？"

"嗯。家人都还好吗？"

"挺好的。我想和您一起回去，所以打了电话。"

"是吗？你可以不用着急回来。我会告诉修一的。"

"没事儿，我已经要回去了。"

"那你顺便来公司就好了。"

"去公司没关系吗？我本来想着在车站等您。"

"来这里就好了。我和修一联系一下吧。我们三个人吃完饭回去也可以啊。"

“听说不管去哪里吃饭都没有位子呢。”

“是吗？”

“我现在马上去可以吗？我已经做好出门的准备了。”

信吾连眼睛都觉得温暖，窗外的街道似乎一下子变得清晰可见。

秋鱼

一

十月的早晨，信吾想要系领带，手却突然不知如何是好。

“欸？欸？”

信吾停下了手，脸上露出为难的表情。

“哎呀？”

信吾把正在系的一端解开，想再系上，却系不上。

他拉起领带的两端，举到胸前，一边看一边歪着头。

“您怎么了？”

正准备给信吾穿外套的菊子，从他的斜后方绕到了前面。

“领带系不上。忘了怎么系领带了。真奇怪啊。”

信吾手势笨拙，慢慢地将领带缠在手指上，想把另一端穿过去，但随着奇怪的做法，领带乱作一团。他的表情想要说“真奇怪”，但眼神里笼罩着黑暗的恐惧和绝望，似乎让菊子吓一跳。

“爸爸！”菊子叫道。

“怎么系来着？”

信吾头脑中似乎连尽力回想的力气都没有，呆呆地站在那里。

菊子看不下去，把信吾的外套搭在一只胳膊上，走到他面前。

“怎么系比较好呢？”

菊子拿着领带犹豫着怎么系，她的手指在信吾的老花眼中模糊不清。

“我忘了怎么系了。”

“爸爸您每天不都是自己系的吗？”

“是啊。”

在公司工作了四十年，每天都系习惯了的领带，为什么今天早上突然不会系了呢？以前明明不用特意考虑系法，手自然而然就会的。按道理应该是不用刻意系也会系的啊。

难道自己已经丧失自我或者掉队了吗？信吾感到毛骨悚然。

“虽然我每天都在看您系领带。”菊子一脸认真地说着，不断地卷起领带，拉直领带。

信吾任由菊子给自己系，稍微表现出小孩子感到寂寞时撒娇那样的心情。

菊子头发的香味弥漫四周。

菊子突然停下手，脸红了。

“我不会系。”

“你没有帮修一系过吗？”

“没有呢。”

“你只是在他喝醉回来时帮他解开吗？”

菊子稍微离远了一点，挺起胸膛，目不转睛地盯着信吾垂下来的领带。

“妈妈也许知道。”菊子换了一口气，大声喊道，“妈妈，妈妈！爸爸说不会系领带了……您能过来一下吗？”

“又怎么了吗？”

保子一脸呆相地走了过来，“自己系不就好了吗？”

“爸爸说他忘记怎么系领带了。”

“一下子搞不清楚了。真奇怪啊。”

“确实奇怪啊。”

菊子退到一旁，保子站在信吾面前。

“这个嘛，我也不太清楚，应该不记得了吧。”保子一边说，一边用拿着领带的手轻轻抬起信吾的下巴。信吾闭上了眼睛。

保子勉强算是系上了。

也许因为信吾仰着头，压迫到后脑勺的缘故，他突然觉得神志不清，眼睛一瞬间充满金色的雪花，如同烟云般随风飘舞闪耀。那是夕阳映照下大雪崩的雪烟，似乎还听到了轰隆的声音。

发生脑出血了吗？信吾惊恐地睁开眼睛。

菊子屏住呼吸，注视着保子手上的动作。

这是信吾以前在故乡的山上看到的雪崩的幻影。

“这样可以了吗？”

保子系好领带，正在调整。

信吾也伸手去摸，碰到了保子的手指。

“啊。”

信吾想起来了。大学毕业后第一次穿西装时，是保子美丽的姐姐给自己系的领带。

为了避开保子和菊子的目光，信吾朝向侧面衣柜的镜子说：“这样好像挺好的。哎呀，我老糊涂了吧。突然连系领带都不会了，真是让人毛骨悚然啊。”

从保子会系领带来看，信吾新婚的时候也让保子系过吧。但信吾想不起来了。

姐姐死后，保子去姐姐家帮忙的时候，是不是曾经给英俊的姐夫系过领带呢？信吾突然这样想。

菊子趿着木凉鞋，担心地把信吾送到门口。

“今晚您什么时候回来？”

“没有会议，所以会早点回来的。”

“那您早点回家。”

在大船附近，透过电车的车窗可以看到秋季天气晴朗时候的富士山。信吾检查了一下领带，发现左边和右边是相反的。保子系领带时左边取得太长了，可能因为面对面，保子弄错了吧。

“什么啊。”信吾解开，毫不费力地系好了。

刚才忘记系法就像是骗人的一样。

二

最近，修一经常和信吾一起回家。

横须贺线是每三十分钟一班，傍晚的时候则是每十五分钟一班，有时车厢反而很空。

在东京站，信吾和修一并排坐着，前面的座位上坐着一个年轻女人，她对修一说：“您能帮我看着座位吗？拜托了。”然后把红色手提包放在座位上，站了起来。

“两个人的座位吗？”

“嗯。”

年轻女人的回答暧昧，她那张施了厚重白粉的脸并没有红，随即转身去了站台。蓝色大衣使她纤细的肩膀两端可爱地向上翘起，从肩膀往下线条流畅，呈现出温柔潇洒的姿态。

信吾对修一立刻询问“是两个人的座位吗”感到佩服。真聪明啊。他是怎么知道女人在等约会对象的？

听修一这么一说，信吾也觉得女人一定是去看同伴去了。

尽管如此，女人明明坐在靠窗的信吾前面，为什么要拜托修一呢？也许是因为她站起来顺势面向修一的方向吧，也许是修一让女人觉得更想接近吧。

信吾望着修一的侧脸。

修一正在看晚报。

不久，年轻女子回到电车里，抓住敞开的车门口的扶手，再次环顾站台。好像还是没看见约定的人。女人往座位这边走，浅色大衣从肩膀到下摆轻轻摆动着，胸前有一颗大纽扣。口袋的位置很低，女人的手插在兜里，摇摇晃晃地走着。她的衣服样式有些怪，但很合身。

和走之前不一样，女人坐在了修一的前面，三次朝入口的方向回头看。大概因为靠近通道的座位更容易看到入口吧。

信吾前面的座位上放着女人的手提包，是椭圆形的筒状，金属卡口比较宽。

钻石耳饰大概是仿造的吧，但闪闪发光。宽大的鼻子在女人化过妆的脸上相当引人注目。一张嘴小巧而美丽。稍微上扬的浓眉修剪得很短。虽是漂亮的双眼皮，但那条线还没到眼角就没有了。下颌紧紧地收着。她是个美人。

眼睛带着些许的疲倦，看不出年龄。

入口的方向声音嘈杂，年轻女人和信吾都看向那边。有五六个男人扛着大的枫叶树枝上了车。看样子是刚旅行回来，兴高采烈的。

信吾看到枫叶颜色鲜红，心想一定是北国的枫叶。

因为男人们毫不顾忌他人大地声说着话，信吾知道了这是越后的红叶。

“信州的红叶应该也已很美了。”信吾对修一说。

不过，比起故乡山上的红叶，信吾回忆起了保子姐姐去世的时候，佛堂放的大盆栽里的红叶。

当然，那时候修一还没有出生。

电车里配上了季节的颜色，信吾目不转睛地望着座位上露出来的红叶。

猛然清醒过来后，他发现年轻女人的父亲坐在了自己前面。

女人刚才是在等父亲吗？不知为什么信吾放下心来。

父亲也和女儿一样鼻子宽大，两个人并排坐在一起似乎让人觉得滑稽可笑，发际也长得一模一样。父亲戴着一副黑框眼镜。

父亲和女儿似乎彼此漠不关心，既不说话，也不看对方。父亲在电车到达品川之前就睡着了。女儿也闭着眼睛，让人感觉他们连睫毛都一模一样。

修一和信吾长得就没有这么像。

信吾心里期待着父亲和女儿能说上一句话，同时又羡慕两个人像陌生人一样漠不关心。

大概他们家是和睦的。

因此，当年轻女人独自在横滨站下车时，信吾吓了一跳。别说他们是父女了，他们完全是陌生人啊。

信吾感到失望，无精打采的。

隔壁的男人只是眯缝着眼睛看看电车是否驶出横滨，继续邋遢地打盹儿。

年轻女人下车后，信吾突然觉得那个中年男人看起来很邋遢。

三

信吾用胳膊肘轻轻碰了碰修一，悄声说："不是父女啊。"

修一并没有表现出信吾所期待的反应。

"你看见了吧？没看见吗？"

修一"嗯"了一声，点点头。

"真是不可思议啊。"

修一似乎并不觉得不可思议。

"长得真像啊。"

"是啊。"

虽然男人在睡觉，也有电车行驶的声音，但按道理不应该大声议论眼前的人。

大概那样看着别人不太好，信吾低头朝下看，突然感到寂寞。

信吾本是觉得那个男人寂寞，但不久自己陷入了那种寂寞之中。

这是保土谷站和户冢站之间的长站。秋天的天空黑了下来。

男人看起来比信吾年纪小，但也已过五十五岁了。在横滨下车的那个女人大概和菊子年龄差不多吧。但她和菊子漂亮的眼睛完全不一样。

信吾想，那个女人为什么不是这个男人的女儿呢？

信吾越发感到不可思议。

在这个世界上，存在着和自己看起来像是父女一样的人。但这种情况应该并不是很多。对于那个姑娘来说，恐怕只有这一个男人；对于这个男人来说，恐怕也只有那一个姑娘吧。彼此之间只有这么一个人。或许，像两个人这样的例子，在这个世界上也许只有一对。两个人毫无交集地生活着，即使梦中也不知道对方的存在。

这两个人突然坐了同一趟电车。这是一次意外的相遇，之后大概不会再相遇了吧。在漫长的人生中只相遇了三十分钟，一句话也没说就分别了。虽然两个人坐在一起，但都没有好好对视一眼，所以也没有注意到彼此长得很像吧。发生奇迹的人并不知道自己就是奇迹，就离开了。

被不可思议击中的是第三者信吾。

不过，信吾不禁觉得，偶然坐在两人面前，观察奇迹的自己，也算是参与了奇迹吧。

究竟是什么东西创造出了长得像父女一样的男人和女人，并让他们一生中偶然相遇了三十分钟，还让信吾看到了呢？

而且，只因为年轻女人等的人没有来，才和一个看起来像是自己父亲的男人并排坐到了一起。

这就是人生吗？信吾除了嘟囔别无他法。

电车在户冢停了下来，刚才一直在睡觉的男人慌慌张张站起来，放在行李架上的帽子掉到了信吾的脚边。信吾帮他捡了起来。

“呀，谢谢。”

男人连灰尘都没掸就戴上走了。

“真是件不可思议的事情啊。两个人毫无关系啊。”信吾释放了自己的声音。

“虽然长得像，但穿戴不一样啊。”

“穿戴？”

“姑娘看起来干净利落，但刚才的大叔看着寒酸。”

“女儿打扮时髦，父亲却衣着破烂，这不是世上常有的事吗？”

“话虽如此，服装的档次不一样啊。”

“嗯。”信吾点点头，说，“女人是在横滨下车的吧。之后，男人变成一个人的时候，我才觉得男人突然看起来寒酸的……”

“是吧。他从一开始就那样呢。”

“可是，他突然看起来寒酸这件事，对我来说也挺不可思议的。我好像有些感同身受。他虽然比我年轻很多……”

“的确，老人如果带着一位年轻漂亮的女人，看起来会格外显眼。爸爸您觉得呢？”修一让信吾坦白。

“因为就算像你这样的年轻男人看着他也会羡慕啊。”信吾含糊地回答。

“我可不羡慕啊。如果是一对年轻的俊男美女，总觉得心理不平衡，如果丑男和漂亮女人在一起，会让人觉得可怜，所以美女就交给老人好了。”

刚才两个人带来的不可思议还没有从信吾的感觉中消失。

“不过，也许两个人是亲生父女呢。我现在忽然想到，这孩子是不是男人在别处生下的呢？他们遇到了但没有自报姓名，所以父亲和孩子都不知道……”

修一扭过脸去。

信吾说完后心想这下糟了。

但是，既然让修一觉得这是嘲讽，信吾索性说：“你二十年后也许会发生这种事情。”

“爸爸想说的是那件事吗？我可不是那么多愁善感的命运论者。敌人的子弹擦过耳边，砰砰响，一颗也没打中我。也许在中国或者南方留下孩子，和那孩子相遇，又在不知情的情况下分别，这和擦过耳边的子弹相比根本算不了什么啊，又没有生命危险。而且，绢子也不一定会生女儿。如果绢子说那不是我的孩子，我也只能觉得不是啊。”

“战争时期与和平时期是不一样的。”

“也许现在也有新的战争正追赶我们，也许上一场战争就像亡灵一样在我们心中追赶我们。”修一恨恨地说，“爸爸正是因为那个女人有些不同，所以才会暗中感觉到她的魅力，没完没了地产生奇怪的想法。女人只要和别的女人某些地方稍微不同，就能抓住男人的心啊。”

“你只是因为那个女人稍微不同就让她生孩子、养孩子，那样可以吗？”

“不是我希望的啊。如果要说希望，应该是女人那一方啊。”

信吾没有说话。

“在横滨下车的女人是自由的啊。”

“自由是什么意思？”

“她没有结婚，如果有人邀请，她就会去啊。虽然看起来高贵，但并不是正经的生活，是不安定的。”

信吾对修一的观察生畏。

“你也太吓人了啊。什么时候变得这么堕落了。”

“要说菊子她也是自由的啊！她真的很自由啊，既不是士兵，也不是囚犯。”修一像是挑衅似的发泄出来。

“说自己的妻子是自由的是怎么回事？你对菊子也这么说吗？”

“请爸爸去告诉菊子这个吧。”

信吾强忍着心中的怒火说：“也就是说，你想对我说，让你和菊子离婚吗？”

“不是。”修一压低声音，“我只是说在横滨下车的姑娘是自由的……因为那个姑娘和菊子年纪差不多，所以爸爸才觉得那两个人是父女不是吗？”

“嗯？”信吾被突然攻击，反而愣住了。

“不是那回事。如果不是父女，那难道不是奇迹一般相像吗？”

“但也没有爸爸说的那样让人激动。”修一不客气地说。

“不，我很激动啊。”信吾回答。但因为修一道破了自己内心想着菊子，信吾便不说话了。

带着红叶的客人在大船下了车。信吾目送着红叶的枝条到站台，然后说：

“不回信州看一次红叶？保子和菊子也一起去吧。”

“是啊。不过我对红叶之类的不感兴趣。”

“我想看看故乡的山啊。听保子说，她的家在梦里是破烂不堪的。”

“荒废了啊。”

“如果不趁着还能维修的时候拾掇一下，会被放坏的吧。”

“骨架硬邦邦的，不算破烂不堪，如果要维修的话……不过，修好了又有什么用呢？”

“嗯，也许我们在那里养老吧，也许某天你们会疏散过去。”

“这次我看家吧。菊子还没有去过爸爸你们以前住的乡下，带她去看看吧。”

“最近菊子怎么样？”

“我和那女人分手后，菊子也有些厌倦了吧。”

信吾苦笑了一下。

四

星期天下午，修一好像又去钓鱼池了。

信吾把晒在走廊上的坐垫排成一列，枕着胳膊躺在上面，沐浴在秋日的温暖下。

小照也躺在前面放鞋的石板上。

保子在餐室里，把攒了十天左右的报纸堆在膝盖上读着。

保子如果觉得报道有趣，就喊信吾让他听。因为她经常这样，所以信吾含糊地回应说：“保子，你星期天别看报纸了。”说着，无精打采地翻了个身。

菊子正在客厅的凹间前用王瓜插花。

“菊子，那是在后山上长的吗？”

“是的。因为很漂亮我就带回来了。”

“山上还有吧。”

“嗯。山上还有五六个。”

菊子手中的藤蔓上长着三个王瓜。

每次信吾早上洗脸的时候，都可以看到芒草上方后山的王瓜渐渐有了颜色，但一拿到客厅，红色就鲜艳了起来。

注视王瓜的时候，菊子也进入了视线。

菊子从下颌到脖子的线条有种说不出的优美。信吾不禁悲伤，他觉得一代人是不会产生这样的线条的，这是经过几代血统才造就出来的美丽吧。

大概是因为发型使脖子引人注目的缘故吧，菊子看起来消瘦了一些。

信吾很清楚，菊子细长的脖子线条非常美，但保持适当距离躺着看时的角度，似乎让她看起来更加美丽。

也许因为秋天的光线也不错。

从下颌到脖子的线条仍然散发着少女的气息。

不过，那线条即将温柔地鼓起，少女感也将消失。

“还有一篇……”保子喊信吾，“刊登了件趣事呢。”

“是吗？”

“这是发生在美国的事情。在纽约州一个叫布法罗的地方，一个男人因为车祸没了左耳朵，就去看医生。医生跑出去，奔赴事故现场，寻找那只满是血的耳朵，捡起来带回去，把左耳朵安了上去。据说现在情况良好呢。”

“手指也是，听说如果在刚切掉的瞬间安上，还会长得很好。”

“是吗？”

保子看了一会儿其他的报道，像是又想起来什么似的，说：“夫妻也是这样吧，如果分手不久又和好，有时也会重修旧好吧。如果分手时间太长的话就……”

“你在说什么呢？”信吾下意识地问。

“房子的情况不就是这样吗？”

“相原生死不明，行踪不明啊。”信吾轻声回答。

“行踪什么的调查一下就知道了吧。但现在怎么办呢？”

“老婆子，你还不死心吧。离婚协议书不是老早就提交了吗？放弃吧。”

“放弃，我年轻的时候倒是很容易做到，但当房子那样带着两个孩子出现在我面前时，我在想该怎么办才好。”

信吾沉默了。

“房子长得不好看。即使有再婚的机会，把两个孩子丢在这里，不管怎么说，菊子也太可怜了吧。”

“如果那样的话，菊子他们自然要分居啊。孩子由外婆你抚养。”

“我啊，倒不是不肯受累，但你觉得我六十几了？”

“尽人事，听天命啊。房子去哪儿了？”

“看大佛去了。小孩真是奇怪啊。有一次，里子看大佛回来时差点被汽车撞了，但她还是很喜欢大佛，时常想去看呢。”

“并不是喜欢大佛本身吧？”

“好像是喜欢大佛呢。”

“哦？”

“房子不回乡下吗？回去继承那个家。”

“乡下的家不需要继承。”信吾果断地说。

保子不说话，继续看报纸。

“爸爸。”菊子喊，“听妈妈刚才说耳朵的事情我想起来了，爸爸你说过希望有一天能把脑袋从躯干上取下来，送到医院，把脑袋进行清洗或者修理吧。”

“是的，看到附近的向日葵后说的。似乎越来越有那个必要了。我上次忘了怎么系领带，或许不久我把报纸颠倒过来看也不会注意到呢。”

“我也经常想起您说的那个，想试试把脑袋寄存在医院里。”

信吾看了眼菊子，说：“嗯。我想每天晚上睡觉的时候把脑袋寄存到医院里。话说回来，可能是上了年纪的缘故，我经常做梦。我在某个地方看到过一首诗歌，说是如果内心怀有痛苦，就会做延续现实的梦。但我的梦不是现实的延续。”

菊子正在看插完的王瓜。

信吾也望着王瓜的花，突然说：

“菊子，和我们分开住吧。”

菊子一下子回过头，站起来，走到信吾身边坐下。

“我害怕分开住。修一很可怕。”菊子用保子听不到的声音说。

“菊子打算和修一离婚吗？”

菊子一脸认真，说：“如果离婚了，也希望爸爸能让我继续照顾您。”

“那样是你的不幸。”

“不会的。我愿意的，不是不幸。”

这好像是菊子第一次表现出热情，信吾吓了一跳。感到有些危险。

“菊子，你对我好是因为错把我当成修一了吗？这样的话，反而会让你和修一之间有隔阂啊。”

“那个人的身上有我不明白的地方。有时候我会突然害怕他，没有办法啊。”菊子脸色苍白，倾诉似的看着信吾。

“是啊，参战之后他就变了。我也不知道他的真心所在，故意……不过，虽然不是说刚才的报道，但就像被扯掉的沾满鲜血的耳朵一样，随便重新安上，也许会顺利发展下去呢。”

菊子一动不动。

“修一有跟你说过你是自由的吗？”

“没有。”菊子抬起头，眼神诧异，问，“自由是指什么？”

“嗯，我也反问修一说自己的妻子是自由的是什么意思……仔细想想，可能含有这种意思：你可以从我这里获得更多的自由，我也应该让你更自由。”

“您说的我是指爸爸您吗？”

“嗯。修一说让我告诉你，你是自由的。”

这时，天上传来声音。信吾真的以为是从天上传来的声音。

一抬头，看到五六只鸽子低低地斜飞过庭院。

菊子大概也听到了，来到走廊的尽头，“我是自由的吗？”她看着鸽子，流下眼泪。

躺在放鞋石板上的小照也寻着鸽子的振翅声，跑到庭院对面。

五

星期天，一家七口聚在一起吃晚饭。

离婚回娘家的房子和她的两个孩子，自然也属于这个家。

“鱼店只剩三条香鱼了。给里子吃一条吧。”说着，菊子把一条香鱼放在信吾面前，一条放在修一面前，一条放在里子面前。

“小孩子吃什么香鱼啊。”房子伸出手打算挪盘子，“让外婆吃吧。”

“不要。”里子用手按着盘子。

保子温和地说：“好大的香鱼啊。今年应该快吃不上了吧。我夹外公的那一条，不要给我了。菊子夹修一的……”

这样说来，这里聚集了三组，也许应该有三个家。

一开饭，里子便一直用筷子夹盐烤香鱼。

“好吃吗？吃相真难看。”房子皱起眉头，用筷子夹起香鱼的鱼子送到国子口中。里子也没有不满。

“把鱼子……”保子小声地说，自己拿筷子夹走了一部分信吾的香鱼子。

“过去在乡下，保子的姐姐劝我写俳句，我写过几句，俳句中还用了秋鲇（秋季的香鱼）、落鲇（秋季为产卵顺河流而下的香鱼）和锈鲇（产卵期的香鱼）等季语[1]呢。”信吾说着，忽然看向保子，继续说，“那俳句说的是香鱼产下卵后，精疲力竭，面目全非，容色见衰，晃晃悠悠沉入海里。”

“像我一样啊。”房子当即说，“不过，我从一开始就没有香鱼那样的容貌。”

信吾装作没听见，说：“过去也有这样的俳句，‘秋季的香鱼，如今听任海水摆布’‘急流中的香鱼，入海时便知死期已至’，总觉得在说我。”

---

1 | 季语：日本俳句中表示季节的词语。

“说我呢。”保子说，“香鱼产卵后游到海里就会死吗？”

“我记得好像是会死。偶尔也有躲在河流深渊处过了年的，好像叫止步香鱼吧。”

“我可能就是这种止步香鱼吧。”

“我好像不是。”房子说。

“不过，房子回家后胖了起来，气色也变好了。”保子看着房子。

“我才不想长胖呢。”

“因为回娘家就像躲在深渊里一样啊。”修一说。

“我不会躲很长时间的。不会的，我会下海啊。”房子声音尖锐地说，“里子，只剩骨头了。别再吃了。”她教训道。

保子露出奇怪的表情，说：“因为爸爸说的香鱼的事情，难得品尝到的香鱼滋味好像都没了。”

房子低着头，嘟嘟囔囔，但之后郑重地说：“爸爸，你能不能帮我，让我开个小店之类的？比如化妆品店、文具店也好……无论多偏僻都没关系。我想开个售货摊或者饮食店。”

修一好像很吃惊，问：“姐姐能接待客人吗？”

“能啊。客人喝的是酒，又不是女人的脸蛋。别以为自己有个漂亮的妻子就能这样说。”

“我可不是那个意思啊。”

“我觉得姐姐可以啊。女人都是能接待客人的。”菊子意外地说道，“如果姐姐开店了，请让我也去帮忙吧。”

“啊？这事态就严峻了啊。”

修一看起来相当惊讶，晚饭的场面变得鸦雀无声。

菊子的脸红到了耳朵。

“下周日大家一起去乡下赏红叶如何？”信吾说。

“赏红叶吗？我真想去啊。”保子眼睛一亮。

“菊子也一起去吧。你还没有去过我们的故乡。”

“好。”

房子和修一还在生气。

“谁看家？”房子问道。

“我。”修一回答。

“我看家。”房子反抗地说，“不过，去信州之前爸爸要答复我刚才说的事情。”

“我想想再给你答复吧。”信吾说着，想起了绢子，她怀着孩子在沼津开了家西式小裁缝店。

吃完饭，修一最先站起来走了。

信吾一边揉着酸痛的后脖颈，一边站了起来，无意中看了眼客厅，他打开灯，叫道：

“菊子，王瓜垂下来了，是不是太沉了啊。”

因为洗碗的声音，菊子似乎没有听到。

捧读

触及身心的阅读

伊豆的舞女

いずのおどりこ

川端康成 著

胡长炜 译

河北出版传媒集团
河北人民出版社
石家庄

图书在版编目（CIP）数据

最美川端康成. 6，伊豆的舞女 /（日）川端康成著；胡长炜译. -- 石家庄：河北人民出版社，2023.5

ISBN 978-7-202-06724-6

Ⅰ. ①最… Ⅱ. ①川… ②胡… Ⅲ. ①中篇小说—日本—现代 Ⅳ. ①I313.45

中国版本图书馆 CIP 数据核字（2022）第 052234 号

目录

伊豆序说

1931年2月

世人说，伊豆是诗之国度。

也有历史家说，伊豆是日本历史的缩影。

而我还要再加上一句：伊豆是南国的模型。

也可以说，伊豆是陈列山海之间一切景色的画廊。

伊豆半岛本身就像是一个巨大的公园，亦是一个巨大的游乐场。换言之，伊豆半岛无处不接受着大自然的恩泽，富有变幻多姿的美景。

目前，伊豆半岛有三个入口。一个在下田，一个在三岛、修善寺[1]一带，还有一个在热海。无论从哪儿进入伊豆，最先迎接游人的，皆是被称为伊豆的乳汁和肌肤的温泉。但从不同的入口进入，感受到的必定是截然不同的伊豆风情。

---

1 | 修善寺：地名，此处有一座名为“修禅寺”的寺院（见161页）。

北边的修善寺山道和南边的下田大道交会于天城岭上。山岭之北是被称为外伊豆的田方郡，山岭之南是被称为内伊豆的贺茂郡。南北不仅植物的种类和花期有所不同，南边更是连天空和大海的色彩都有一种南国气息。天城火山山脉巨大无比，东西长四十四公里、南北宽二十四公里，占据了半岛的三分之一，与三面环绕半岛的黑潮[1]一起，为伊豆添上了浓墨重彩的一笔。若说山茶花是海岸线之花，那么山杜鹃就是天城山之花。观其山谷之幽深，原始森林之险峻，实在让人想不到这只是一个小小的半岛。这座山不光以猎鹿之山而闻名，翻越天城山脉的过程本身，也是伊豆之旅的风情所在。

开往热海的火车被人们俏皮地称作浪漫之车。殉情自杀更是热海的特色。热海就是这么一座伊豆的都市，是关东的温泉乡中具有现代风的一座都市。若说修善寺是充满历史古迹的温泉，那么热海就是以地理取胜的温泉。修善寺附近满是宁静的寂寥，而热海附近则是华丽的喧闹。从伊豆山到伊东一带的海岸线会令人联想到南欧，这是伊豆开朗的容颜。同为南国风情，内伊豆的海

1 | 黑潮：特指日本暖流，是北太平洋西部流势最强的暖流，因其相较于正常海水颜色较深而得名。

岸线更像一曲素朴的牧歌。

以热海、伊东、修善寺和长冈四大温泉胜地为首，伊豆坐拥大大小小二三十个温泉乡，光是伊东就能数出数百个温泉口。它们都是玄岳火山、天城火山、猫越火山和达摩火山等遗留下来的产物，也是伊豆作为雄姿勃发的火之国的印记。此外，热海的间歇泉、下加茂和河津峰的喷涌温泉、拍击着半岛南端石廊岬的汹涌波涛、狩野川的洪水、海岸线的涨潮、沙滩边的岩壁，还有植物的茁壮茂密，它们无不彰示着男性的雄风。

与此同时，伊豆各处涌出的温泉，却令人联想到女性乳汁的温暖和丰沛。而这种女性的温暖和丰沛，想必便是伊豆的生命所在吧。尽管伊豆的田地十分稀少，但这里有财产公有制的村庄，也有免税的商业街，有山珍海味，更有那被黑潮和日光滋养而成的、带着小麦肤色的温婉女性。

不过，铁路只有热海线和修善寺线，而且只修到了入口前。在丹那线开通或伊豆环铁修建起来之前，这里的交通都极为不便。相对的，公车路线四通八达，回荡着马车的鸣笛声和巡回艺人的歌声，独具伊豆特色的旅途风情随处可见。

伊豆的主干道都沿着海岸或河流而建。从热海到伊东的大道，从下田到东海岸和西海岸的大道，以及从狩野川畔登上天城山、再从河津川与逆川的交会处南下的大道，温泉就散布在这些干道两侧。此外还有从箱根到热海的山道、翻越猫越火山的松崎道、从修善寺到伊东的山道等，众多路线将伊豆打造成一个漫步的景点，一所别致的画廊。

伊豆半岛西侧是骏河湾，东侧是相模湾，南北长约五十九公里，东西最宽处约三十六公里，面积约四百零六平方公里[1]，占据了静冈县的五分之一。面积虽然不大，但海岸线的长度比骏河、远江两地的总和还长，而且火山之上叠着火山，地质环境复杂，这便是伊豆的景色富于变化的缘由吧。

如今有一种说法是，伊豆的长津吕一带是日本气候最为宜人的地区，整个半岛也宛如一座游乐园。但在奈良时代，此地却是可怕的流放地。直到源赖朝[2]举旗兴兵后，伊豆才开始迸发出生机。另一次发展的契机则是幕府末期的黑船来航[3]。除此之外，伊豆也留下了数不

---

1 | 原文如此，伊豆半岛面积实为1430平方公里。

2 | 源赖朝（1147—1199）：日本武将、政治家，镰仓幕府的初代征夷大将军，曾被流放伊豆。

3 | 黑船来航：指1853年美国以炮舰威逼日本打开国门的事件。

胜数的史迹，比如源范赖[1]、源赖家[2]的修善寺哀史，堀越御所[3]的兴衰，北条早云[4]的韭山城等。在日本造船史上，伊豆自古便扮演着极为重要的角色，这些都是我们谈及伊豆这个海与木的国度时不可忘记的事实。

---

1 | 源范赖（1150—1193）：日本武将，源赖朝的异母弟，在伊豆的修善寺幽禁至死。

2 | 源赖家（1182—1204）：源赖朝的长子，镰仓幕府第二代将军。后被幽禁于修善寺，并被刺客刺杀。

3 | 堀越御所：1457 年由被贬的堀越地方长官足利政知所修建的宅邸。

4 | 北条早云（1432—1519）：日本战国时代初期武将，领地为伊豆地区，并在此修建了韭山城。

汤岛温泉

1925年3月

伊豆的温泉我大抵都有了解。在我看来，在山之温泉中，汤岛温泉最为美妙。

夏天的汤岛比东京要凉快将近十摄氏度，但这里的海拔毕竟没超过两百米，所以依然相当炎热。这里地处天城山北麓，冬天也不算暖和。但不愧是伊豆，据说赏红叶的最佳时节是十二月初。

那是去年四月，一个暖和得令人有些不适的白天，我在野外散步时听见阵阵蛙声。循着声音走去一看，不由得大吃一惊，只见泥泞的田地里竟坐着三四十只青蛙。它们刚刚从地底钻出来，身上仍裹着泥衣。天气实在是太过暖和，令它们弄错了季节。四月蛙鸣，即便在汤岛也算得上是件稀罕事了。

汤岛的特产是山葵和香菇。

汤岛的山葵属于特级品，通常出现在东京的顶级餐厅里。山葵以生长在水源清澈的湿地、山葵田为佳，在旱地里长出的则被称作地山葵，风味低劣。然而如今人们的舌头逐渐变得迟钝，能够分辨出山葵味道的人越发稀少，即便是地山葵也逐渐能满足人们的口舌之欲了。这对产量稀少的汤岛高级山葵来说实属可悲之事，当地人为此叹息不已。

这片土地在江户时代还挖出过金子，据说一时间金矿山热闹非凡，连花街都修了起来。

两三年前，大本教的出口王仁三郎[1]曾旅居在汤本馆。汤本馆的主人便是大本教的信徒。说来神奇，从小山上忽然升腾起一缕热气。从汤本馆望见此景的王仁三郎说道："金子将要出现，此乃神谕。"于是信众们从绫部赶来挖掘那座山。

去年四月份，四五十名信徒涌入了这座小山村。信仰大本教的青年们排成队列，意气风发地在山道上行进。大家似乎都是很好的人。那个家族里有五六位打扮时髦的姑娘，我每天都会在浴池碰见她们。

---

1 | 出口王仁三郎（1871—1948）：日本宗教家，新兴宗教大本教的创始人、第一代教祖。

虽然没怎么和她们打交道，但在我离去那天，还是有两三个姑娘来送行，我在不知不觉中被送上了车。

结果他们并未挖出金子。我夏天再去看时，废矿坑中已有土石崩落。

不过，汤岛大部分的山都被视为金山，久原矿业等企业掌握着开采权。

我虽然没见到王仁三郎，但大本教的第二代教祖出口澄子和她身为第三代教祖的女儿来汤本馆时，我正巧住在那里。那是两三年前的夏天。

我看见了澄子泡温泉时的样子。她的身形丑陋而且臃肿肥胖，稀疏的头发略微束起，表情粗鄙，就像乡下卖粗点心的老婆子。从浴池里出来，她坐在外廊上伸直两条粗腿，拿出烟管吞云吐雾。她这副做派竟是一宗的教祖，我深感不可思议。三代教祖是一位二十岁左右的姑娘，但看起来疲惫不堪，也毫无风情可言。

我不喜欢大本教，却喜欢他们的祝词，也喜欢听他们吟诵，喜欢其中表露出来的远古而纯粹的日本思想。然而，我那时在汤本馆也几乎没听过他们吟诵这些祝词。

对于大本教来说，汤岛成了圣地。

山间四月，楤木冒出新芽后，鹿角便要开始脱落了。村里人偶尔能从山上捡回鹿角。据说鹿会把脱落的角藏在野草茂密处或枯枝丛中，只留下一点角尖露在外面。

汤岛以宫内省[1]在天城的皇家猎场而闻名，上个冬天就猎取了五十头鹿。

去年岁暮，我曾目睹了四五名本地猎师一起出动，在村子的河滩上射中一只鹿的场景。

此外，松竹电影公司的蒲田摄影棚经常会有人过来拍外景。我见到的，就有梅村蓉子[2]的《水车小屋》。在落合楼前的河滩上，梅村蓉子用镰刀刎颈，三村千代子[3]穿着戏服从岩石上扑通一声跳进了溪流里。

泡温泉是我最大的享受，甚至恨不得终生徘徊在各个温泉之间。这或许也能让身体并不健壮的我得以延年益寿。

纪州的汤崎温泉因长寿者众多而闻名遐迩。走在沿海的道路上，银发老人之多着实会令人惊讶。他们的心情悠闲自在，我都想在汤崎租一处房子住上一年。

汤岛的长寿人士似乎也不少。

从七年前开始，我每年都少不了要来这里两三次，

---

1 | 宫内省：日本官厅之 ，主要掌管天皇、皇室及皇宫事务。

2 | 梅村蓉子（1903—1944）：日本女演员，原名铃木花子。

3 | 三村千代子（1903—1974）：日本女演员，原名牛原千代。

大正十三年更是差不多有半年时光在这里度过。

七年前，身为一高学生的我初来此地那一夜，一位美丽的巡回舞女来到我住的旅馆跳舞。第二天，我又在天城岭的茶屋里遇到了那舞女。接下来的一周时间里，我和巡回艺人结伴同游，从南伊豆一直到下田。

那一年舞女十四岁。稚嫩的往事甚至不足以写成小说。舞女是伊豆大岛波浮港的人。

温泉通信

1925年4月

乍看以为是白羽虫漫天飞舞，原来是绵绵春雨。

“等天放晴，就可以去采蕨了。”女佣说道。这天是四月八日。

彼岸樱、木莲，还有各种花朵正争芳斗艳，溪树蛙也在长鸣。我心想，香鱼是否已经游到狩野川来了呢？去年，我问女佣餐食里的炸鱼是什么鱼，女佣很快便拿来了厨师的纸条。“为您奉上的是香鱼。这是秘密。”原来是有人在解禁前偷偷捕来的。不过那时牡丹都已绽放，今年也许还为时尚早。

山茶花漫山怒放，那模样仿佛随时都可能啪嗒一下掉下来，但它实则极为顽强。新年伊始，我和在本所[1]组织帝国大学睦邻运动的学生会一同去往净莲瀑布，途

1 | 本所：东京墨田区的街区名。

中不断朝溪流对岸的花丛扔石子，试图打下几朵来。花儿距离我们太远，竭尽全力，好不容易才能够投掷到那边。然而，到四月初再来看，那些花依旧还开着。我和武野藤介[1]两人又扔起石子来。新年时没凋谢的花，到了四月就纷纷落下，顺着溪流漂走了。

不知是不是山的缘故，这里经常下雨，天气忽雨忽晴，变幻莫测。凌晨两点，我打开浴室的窗户，本以为还在下雨的天空中，月光皎洁如雪。白色的雾霭腼腆地在溪流上空飘荡。

“好个初夏！”我不禁赞叹，忽又想起现在还是四月初呢。只因这山中夜晚，空气清透、枝叶肆意生长，被雨水和月光刷洗过两遍之后，太过让人心旷神怡了。

我常常感到雨后的月夜格外得美。地藏节那天，火光星星点点，仿佛无数灯笼被遗忘在田野间。我和旅馆的女人们去参加节日，碰上了下雨。归途中，月亮出来了，雾霭依旧低低地笼在山谷里。上个冬天，我跟中河与一[2]一家乘着马车去吉奈温泉的那天也下了雨，待到天晴后，也看到了月亮和雾霭。

---

1 | 武野藤介（1889—1966）：日本小说家。

2 | 中河与一（1897—1994）：日本小说家、诗人，与川端康成同为新感觉派作家。

“月亮也在动呢。”某个夏夜，有人在这家旅馆河滩上的凉亭中对我这么说过。身边，从东京来的孩子们挥舞着烟花棒，比赛谁划出的光圈更大。

“说月亮在动其实不确切，不过每晚坐在同一个地方赏月，就会发现月亮移动的轨迹在慢慢偏移。”说着我抬起手，“昨晚从这树梢上，前晚是……”

然而，在汤岛见不着一轮满月，也见不着像模像样的旭日和夕阳，因为这里东西两面都是山。早晨，先是西边群山戴上了一顶日光编织的明亮头冠。头冠边缘逐渐扩张，滑至山腰，太阳便升起来了。傍晚则是东边群山戴上头冠。等到汤岛群山的头冠脱下了，天城山岭的还在头上呢。

若要观赏旭日和夕阳的霞彩，走到大道上仰望远处天边的富士山即可。朝霞和晚霞的色彩皆会映照在富士山上。

星空也跟着狭窄了。

哟——飒飒，

哟——飒。

口号声喊起来，

小手举起来，

风的孩子聚起来，
吹得屋后竹林，
摇啊摇起来。

这是乡村小学里女孩子们唱的童谣。

竹林怀着孤寂、温雅而细腻的感情眷念着阳光，再没有什么东西能比得上它了。这里的竹林虽不像京都郊外那样绵延千里，但贫瘠清瘦的竹林稀稀疏疏挺立着，这边河岸一点，那边山腰一点，倒别有一番清心静气的情趣。我时常躺在枯草上眺望竹林。

观赏竹林不能从向阳面看，必须从背阳面看才行。还有什么样的阳光，能比洒在竹叶上闪烁着的斑驳光点更美呢？我被竹叶和阳光之间纠缠不舍的光影变幻撩动心弦，坠入了忘情的境地。即便没有光点，阳光通过竹叶的那一抹微黄亮色，不也是寂寞而和暖的色彩吗？

我自己的心境也变得和那竹林一样了。一个月没和人说过几句像样的话，我的心情恍惚如空气般澄澈，全然忘记了开关自己感情和感觉的门扉。

然而，孤独的寂寥感时不时会向我袭来。我闭上眼，咬着棉服的袖子，这样能闻到一股温泉的气味。我喜欢温泉的气味。现在我已经习惯了这片土地，不以为然了。

但在以前，我舍弃交通工具沿坡而下靠近旅馆时，一嗅到温泉的味道便会热泪盈眶，换上旅馆的衣服后还会把鼻子凑到袖口，深深吸一口上面的气味。不光是这里，各处温泉小镇皆有各自的温泉气味。

“我登上了那座山的顶峰呢！”

有朋友过来，我就一定会站在下田大道上指着钵洼山这样说。在大道上朝着靠近天城的方向，爬差不多三公里的缓坡才能到达那座山的山巅。因此，从这个村里眺望，那座山显得特别高。钵洼山就像一个倒扣的钵，漫山都是草甸。花了四十分钟才爬到接近山巅的地方，登上来一看，从山脚下看去十分可爱的枯草其实是一丛丛没至胸口的芒草。突然间，窸窸窣窣地钻出五六个割草的汉子，十分惊异地望着我。连我自己都觉得这次爬山是一件怪异的事，便匆匆下了山。这是乏味的去冬岁暮的事。

这些日子，我和武野藤介又登上了后面那座枯草山。看似舒缓的山坡实际上爬起来才发现很陡峭。望着几乎要滑落下去的脚，再将目光投向山谷对面的山腰，不禁感觉那边杉树林的树梢正带着极其可怕的力量向我逼来。上山还算顺利，可到了下山，胆小的藤介就站在原地迈不开腿了。

直面山峰、天空和溪流时，我也常会像面对此时的杉树林一般，直觉豁然开朗，惊异之间伫立原地，仿佛自己与大自然融为一体。枝头垂下一束白花，仿佛穗子一般，我感到一种深邃的静谧，看得入迷。接着我又从中瞧出了白花的疲惫，仿佛有一种病态。

在这一带散步时，渺无人影，也看不到一户人家。不仅如此，有时旅馆的住客也只有我一人。夜半时分，二楼空无一人，有只猫在一间西式房间里叫个不停。我起身走过去，替它打开那房间的门。猫就跟在我后头，闯进我的房间来。它爬上我的膝盖后，便安静了下来。于是，猫的体味扑鼻而来，直冲进我的脑门，我觉得自己仿佛头一次知道了猫的气味。

“难道说——孤独就像猫的体味吗？”

猫蓦地从我的膝盖上站起来，神经兮兮地挠起了凹间[1]的木框。

一个村子里，有没有可能只有一只猫和一只狗呢？若是这样，那这只猫或狗直到死都见不到其他的猫或

1 | 凹间：日本房屋的一种特殊空间，用于放置小置物柜、佛堂或其他装饰品。

狗了。

一条路修好了。这条路从汤岛的嵯峨泽桥附近开始与下田大道分道扬镳，翻越世古瀑布背后的深山，往伊豆西海岸的松崎港而去。狭窄的松崎大道变宽敞了，一直通到了世古的对面。

四月六日，庆祝新路开通。别墅的庭院里，远道而来的巡回艺人唱起了安来民谣。

庆祝仪式之前，春雨一直绵绵不绝，今日却蓦地晴空万里。四月十三日那天，树干、树叶、屋顶、花朵、溪流，各处的风物都承受着阳光的沐浴，泛着绚丽的光芒，美艳极了。

燕子

1925年6月

你听过老鼠弹琴吗？——其实昨晚，我就被这声音吓得从床上蹦了起来。

这山中寂寥的温泉乡，简直不值一提。这间旅馆只有二十间客房，昨夜旅馆二楼上，也只有我一名住客。夜深后下起瓢泼大雨——这虽不是什么稀奇事，但我不禁觉得房顶上好似有一大群人在跳舞，脚步声东一片西一片。一个人太过孤单，就会被魔鬼袭击，还是与自己同类的活生生的人魔。它时而目眦欲裂，如猛虎般张口露齿几欲噬人，时而又模仿野猪的姿态潜上山去——只因这山上也有野猪。若对其报以苦笑，倒也就此了之。可是我蓦地抬起眼睛，左右扫视的瞬间，视线尽头却又有人影一晃而过。我以为自己被那身影吸引住，跟着移动视线，回过神来，这一切不过是自己下意识地蜷起身子罢了。这不是幻听，而是幻视。真是，天上的云朵也好、河谷的石头也好、纸拉门也好、木莲花也好、手巾也好、花瓶也好、马匹也好，一切都影影绰绰地长出人脸、化作人形来。即使是大雨敲在屋顶上的声音也被我听成了人的脚步声。我对此心知肚明，只是不知为何，又总想打开窗户去瞧一瞧。就在这时，隔壁房间响起了铮铮琴声。没什么大不了的，是一只爬过门梁的老鼠掉在了琴上。

很快雨声就停息了。

咻咻咻咻咻、唏唏唏唏、咻噫咻噫——

这是河谷的溪树蛙。一听见溪树蛙的叫声，我的心田忽地装满了月夜的景色：美丽的河谷中，四处飘荡着雨后的芬芳。当然，溪树蛙在下雨时会叫，在无光的夜晚也会叫，我不清楚昨晚月亮到底有没有出来。不过今早一看，倒是个神清气爽的大晴天，加上又是星期天，于是我按照往日星期天的习惯，去拜访了乡间小学的年轻教师。

“真绿呀，大地一片绿油油的。”

他突然说起野外的景色，又继续道：

“一到新绿萌发的时节，我就觉得这一带越发寂寥。大概是因为住在这里的人们的生活色彩，就像那破旧茅草屋顶的颜色一样吧。而且对我来说，这一带初夏的自然景色，宛如南国，有些过于鲜活了。只有富士山另当别论，那山的模样是另一回事。不过在这一带，过了仲春一眨眼就跃到了初夏，不是吗？你没有这种感觉吗？这里并没有所谓的晚春和暮春，不是吗？

“而这一带令人感到寂寥，是因这片土地上缺乏艺术。提到艺术不免有些感慨，木曾有木曾舞，追分也有自己的小调和舞蹈，还有出云啦或是其他一些地方，很多地方至少都有深深扎根于当地土壤之中的特色艺术。然而，这里却没有一首乡土风的民谣，过盂兰盆节的时候也不跳舞，无论翻山、赶车还是插秧，人们也不吆上一嗓子，所有人都闷不作声，不是吗？就算有一大群马，他们也不会想着去骑，顶多也就骑个自行车。我调职到这村里来，当真是吓了一跳。于是呢，我还想起了这么一件事：

“两三年前，我在大阪郊外镇上一所学校任教——现在已经被划进了市里——那附近有一家日本屈指可数的大型纺织厂，这家工厂跳的盂兰盆舞颇有名气。那舞只有工厂的女工们跳，一般也不让外人观看。因我在工厂的女工学校教书，得以例外。总之，真到了要开始跳的时候，女工们不是会分成七八个小组吗？我只觉得眼前一亮，本就该那样嘛。她们每一组跳的舞都不一样。

比如丹波地区和越后地区，各地盂兰盆节的歌曲和舞蹈的手势、步伐都大相径庭。她们各自跳着自己故乡的舞蹈，就像一朵朵盛开着的色彩缤纷的乡土之花。望着那各有千秋的舞蹈，令人泛起了缱绻的乡愁。舞蹈广场的一角还有一个大靶场，职工们都在那里射箭。弓手和靶子隐在路边的一排杨树后边，我看不见。但我看见煤气灯的光洒落在杨树的叶子上，一支支箭嗖嗖地从杨树的缝隙间飞驰而过。我望着女工们翩翩的舞姿，还有那宛如一抹流光的箭矢，泪珠真的流淌出来了。

“来到这里之后，我就想起了那盂兰盆舞。我想，就算这一带的姑娘去了那座工厂上班，大概也加不进哪一组的舞蹈，只能呆呆望着其他人的故乡之花吧。但我想错了。首先这一带的姑娘就不会去当什么纺织女工。大家都有自己的家，远离都市，既正直又善良。只是，为什么大家的个子都这么矮呢？这个先不论，或许是因为生活太过安逸，所以人们都不怎么渴望刺激。这便会让外乡人感到这个村子很是寂寥。甚至可以说这村子里不存在爱情，这里就像宴席的配菜一样中规中矩，是个没有爱情的村子……也许正如我刚才所说，缺乏艺术，大概只有富士山才是这一带的艺术吧。

“之所以这么说，是因为前一阵在学校里，我让自己班上的孩子——三十四个普小[1]五年级的女生——去自由绘画，结果出乎意料，居然有二十一张画都拿富士山来做远景……”

“嗯……”

我也大吃一惊。从这里眺望远方天边的富士山，它散发着柔美的光线映照在天际之间的姿态，与其说是山，我宁愿称其是一种天体。

年轻的教师望了望我惊讶的面容，继续说道：

“大概孩子们都感到富士山的姿态就是自己心目中憧憬的美丽模样吧。另外还有十二张画，在画面的某处画上了飞燕……”

“燕子。”

“对，就是燕子。这也令我很意外。像我这种人就从没注意过燕子飞来了，毕竟才四月底嘛。孩子们却看在了眼里，果然还是孩子们能够感受到季节的艺术。我这种人太迟钝啦。”

这位既写诗又写小说的年轻教师说着笑了起来。

“是吗？有那么多燕子的画吗？”

“嗯，有十二张都画了燕子。”

1 | 二十世纪初的日本小学学制为六年普通小学加两年高等小学。

"燕子，就是那种燕子吧。关于这个温泉的燕子，我也有一个很不错的故事。"

我说着，对他娓娓道来。

"我有位朋友的恋人当了电影演员。他们从学生时代便是恋人了，但并没有进一步发展。女人的名气越来越大，也就渐渐疏远了男人。不过，那女演员拍的电影在浅草的电影院首映的时候，两个人还是一起去看了。有一瞬，电影里出现了这样的场面：女人扮演一名淳朴的山村姑娘，一个人孤单地走下山坡。两人看到这一幕时，忽然银幕的一角如流星般飞过了一只燕子。啊，燕子！女人不由得叫出声来，与男人面面相觑。拍摄这个场面时，导演和摄影师或许都没有注意到镜头里飞进了燕子，女演员更是毫不知情。据说直到电影结束，女人仍屡次三番跟男人提起这事，反复说着燕子、燕子。看来，掠过银幕一角的燕子似乎已经沉入女人的心底。她一边说着：'燕子在飞呢，那只燕子……'整个人变得柔弱万分，投进男人的怀里静静哭泣。我听那位朋友说，片中拍摄的那个山坡就在这里的温泉乡。

"我非常喜欢这个燕子的故事。就跟你刚才说的在舞蹈场上看见飞矢的心情差不多，是吧？所以我想你应该会懂的。"

“是啊！……毕竟哪怕在这个村子里，三十四位少女中也有十二人画了燕子呢。”

“燕子。”

“燕子。”

于是，我们又自言自语似的重复了一遍，放眼环视天空，正刮着新绿气息的风。

温泉六月

1925年7月

我在大道边挥手招来一辆马车。这天是六月一日。叫车是为了从汤岛温泉去吉奈温泉打台球。行至嵯峨泽桥上时，车夫说道：

“今天的河里该是人挤人黑压压一片啰。”

今日是解禁日，可以开捕香鱼了。——洁白的道路上散落了一地的樱果，一条小蛇泅泳般的横穿而过。马车碾着满地的樱果一路前行。到了吉奈温泉，一位跛脚少女摇摇晃晃地从租赁别墅的事务所里出来，把球拿给了我。

吉奈的山脚下，有一株五六米的山杜鹃巨木，十分罕见。山杜鹃是天城山的特色，这里的山杜鹃比别处都要生得高大茂密。

“汤岛山杜鹃，观之妙极。”这是我唯一能想到的句子。

这是白鸟省吾[1]的诗里写的。山杜鹃花的花蕾大多为鲜红色，却能开出桃粉色的花。据说还有浅黄色和纯白的花，其中又以白花尤为珍贵。叶子就像小号的枇杷叶，花则是杜鹃花科中的巨无霸。这种寿命悠长的花朵在我房间的花瓶里已经绽放了将近一个月之久。从那皮肤般质感的花瓣中，我瞧出了带着都市味道的疲惫。在各式各样的疲惫中，都市的五光十色、日夜喧嚣所带来的疲惫，正是身处山中三个月的我最渴望的。所以，修善寺的温泉，也只带给了我失望。

六月中旬，我中学时代的友人欠田宽治和清水正光相隔一日先后从大阪过来看我，不承想在汤岛碰面了。第二天，我们三人去了修善寺。我惊讶于修善寺的乡土味，一流的旅馆也土得令人意想不到，贩卖的点心看起来没有一样能吃的。可若我是从东京而来的，想必也一定会惊讶于修善寺的都市气息，因而大失所望吧。看到欠田在旅馆登记簿上写下“大阪市东淀川区”后，旅馆领班又反复询问了一番。大阪市稀里糊涂地收编了一批郡县，摇身一变成了日本最大的都市——我们三人聊起

1 | 白鸟省吾（1890—1973）：日本诗人、文人。

了把周边地区弄得一团糟的大阪人的故事。最近的奈良和大津等地就是很好的例子，据说一旦被大阪人涉足，特别是风月场所，转瞬之间就会失去古老的情调，变得油滑而世故。

蜂斗菜的花茎给我留下与山杜鹃截然相反的印象。那还是在春天，我沿着松崎大道登上猫越岭。从山麓往上走三四公里，便见一条窄道如闪电般蜿蜒匍匐直上山顶。溪谷源头，流水似已干涸，露出了白色碎石。这道山谷里有山葵田。道路在小型山火留下的痕迹中死寂地延伸着。四周没有一株绿树，粗大的树干被烧成焦炭，东一块西一块，倾倒一地。积雨云罩顶，带来阵阵寒意。仿佛仍有一股陈旧的焦土味扑鼻而来。这时候，飘来了蜂斗菜的花香。蜂斗菜的花茎已经长老，而即便如此，它仍是这片山火余烬中唯一的绿色植物。我的祖父就对这种“蜂斗菜奶奶”的清苦滋味甚是喜欢。为了失明的祖父，我经常去采这种蜂斗菜的花蕾。——去年四月我也和旅馆的人们一起去后山采了蜂斗菜，今年则去采了蕨菜。记得有人写过“采蕨是一件忧郁的事”，但我不觉得如此，或许是因为这里的蕨菜就像野地里的杂草那样长得茂密。采完后，我捻起十根生蕨菜大口吃了起来，带着青草的微苦，倒也不能说不好吃。

可惜，蜂斗菜的花茎和蕨菜属于春天。山杜鹃到了六月也会逐渐凋谢，山杜鹃是五月的花。如今我身边，一朵洁白的荞麦花正在赤红的叶茎上粲然绽放。

伊豆的姑娘

1925年8月

提起我最近见到的乡下姑娘——就是伊豆的姑娘。虽同称伊豆，但山区和沿海的生活氛围大不一样，至少从风俗习惯的好坏来看，可以说是截然不同。比如，从伊豆半岛正中央的天城岭向南翻越一步，尽收眼底的风光景物，就别是一派南国的景象。这半年期间，我旅居于此，若论温泉便是修善寺、船原、吉奈、汤岛一带。这些地方的生活没有什么值得一提的特色，缺乏能给外来者留下强烈印象的事物。换句话说，我们的好奇心和批判力在此毫无用武之地。姑娘们的风俗习惯也称得上是千篇一律。再者，我所熟悉的姑娘大多是旅店的女佣。普通乡下的姑娘我虽认得几个，但也只是“一面之交”，并未深入接触她们的生活。

提到乡下，普遍来说会拿都市摆在一边作参照——

这一带位于东京附近。跟大阪或京都的乡下一比较，东京的乡下简直就是闭塞无比，而且显得分外贫瘠。不过，伊豆的生活格外清闲，所以这里的人们没有关东乡下常见的粗暴和讥讽习气。姑娘们似乎对“我要去东京！我要去东京”的憧憬和向往也不太强烈，至于跑到外地谋生当女工之类的情况更是罕见。这里遍地是温泉，有相当多东京人来此地旅居，意外的是，这里的姑娘却仿佛未受其影响。每当有略显靓丽的都市女性来住宿，旅馆的女佣便马上会说：“真是位漂亮的女士。”言语中带着极为纯真的赞美。我对此很是欣赏。

我所在的汤岛温泉是个很小的村庄，倒也有两三家的女人专门接客做男人生意。当然，她们都不是本地女子。然而，和这些女人聊天的村妇和姑娘都很有意思。比如某个下雨天，一个女子从公共汽车上下来，跑进了点心店，拍了拍前来购物的村里姑娘的肩膀。姑娘则报以美好的微笑，于是两人便站着若无其事地闲聊起来。走廊上敞着胸口给小孩喂奶的村妇，也同蹲在她面前的一个奇怪女人若无其事地谈天说地，谈个没完没了。今年冬天，不知为何涌来了一批卖糖果的朝鲜人，一时间，在村子里租房的几乎都是卖糖果的。穿着白袴裙的朝鲜女人在小河边洗衣服，村里的女人们就并排站在大路对面的房子里，向穿着白袴裙的女人学上几句朝鲜话。那样子当真是全然不以为意。

这些日子，每当我在吉奈温泉听广播时，就有狗冲着收音机尖利地吠着逼将过来。与乡下的土狗不同，乡下姑娘们能若无其事地接受新鲜事物，这在我看来真是非常有意思的。

人们都说，最近在东京这样的大都市，女人们渐渐不重视贞节了。然而，从各地乡下姑娘的角度来看，东京的女人仍然过分地受到贞操观念的束缚。不过，东京那些地方的女人，无论是品行端正的，还是品行恶劣的，浑身总缠绕着一股不自然的造作气息。而乡下的女人，哪怕品行差到极致，或是品行好到极致，看起来都是很自然的。在伊豆，比如沿海的渔村和码头，或是再往南边走，可能也有很糟糕的地方，但那些地方的风气都极为端正。知名的温泉也是，伊豆和长冈是值得一游的地方，修善寺却没有什么可游的。

如今这一带刚好插完秧。前些时日，我每天都会去看本地人插秧，令我意外的是，他们并没有插秧歌这种东西。有一名报社记者对我讲过，此处生活太过安逸，所以缺少刺激，连恋爱之类的需求都不旺盛。这里的生活氛围，的确可以说是一成不变的。

在这乡下地方待久了，我最先感受到的，便是这里“一成不变的环境”，我仿佛第一次清晰地感受到支配人们命运的环境的力量。那些我熟悉身世的姑娘，大多是旅馆中的女佣，环境和她们的命运就像一根长线，明晰地映入我的眼中。像我这种本无所谓什么境遇的浪子——说文雅些是浪迹天涯之人，对此只觉得非常不可思议。我思考着姑娘们的事情，感觉自己的心境仿佛站在山间的黄昏里。

还有一件事，就是女人们会把“不纯洁”挂在嘴边。这家旅馆里曾来过一个乡下小姑娘帮人照顾孩子，还不到一个月，就说在旅馆里做下去会变得不再纯洁，于是便撒手不干了。大多数女佣，只要谈到比较正经的话题，就说自己“不纯了、不纯了”。丝毫没有任何风尘气的乡下姑娘，也会自我反省说自己不再纯洁。把自己的纯洁或不纯洁视为生活中的一个重大问题，会这么想的应该不仅仅是乡下姑娘吧，城里的姑娘又何尝不是呢？我曾想，女人“不再纯洁”到底是什么意思呢？“不再纯洁”又意味着什么呢？单就对女人来说，或是对男人来说，这到底有什么意义呢？而女人们，又为何会把这件事当作人生的重大事项呢？

伊豆是多山的半岛。山与海一并为人们提供了大半的生活食粮，这里并不是农业产地。所以这里的姑娘们便是山、海和原野之间的孩子吧。但是在伊豆，绝对没有美人。

初秋旅信

1925年10月

八月末，喜欢山的大学生吉村仰望着后山说道：

“您也去登登那座山吧。昨天白天我就在那里睡了一觉，实在是舒服得很。秋花开得正盛，日头晒着也不热。”

夏天，各路朋友前来这家旅馆探望我。结果他们一个个都把扇子忘在这里就走了，这些扇子如今堆在我房间的角落里已微微发出霉味。

冬天的外套、和服，还有哔叽大衣之类的统统在浅筐里发霉了。昨天请旅馆的人帮忙拿去晒，连冬帽上都长了霉斑。

我是穿着一身冬装来这处温泉的。原本计划初夏回东京，特意让当铺送回了哔叽大衣，结果到头来一次都没穿过。盛夏的单衣我也备了，却仍是崭新的。去附近的温泉、修善寺或是吉奈，我都一直穿着旅馆的浴衣。

现在我又拜托了东京那边寄些初秋的单衣过来，盘算着穿这个回去。

“天城的私雨”——本地有这样一种说法。当真是天城的私雨，天城山自始至终都笼罩在只属于自己的雨中。山麓一带的雨水也特别多。八月中旬连着下了十天雨。那次，我害了神经痛，想写字却握不住笔，最后请人按摩了三四天。

横光利一[1]说，当初他就是在伊贺的上野还是什么地方被绵绵梅雨困在家中时，灵光一现，构思出了《碑文》——在整月整年持续不断的雨水中，所有人都陷入疯狂，最后全部自杀。温泉的雨天让我对这故事有了真切的体会。

天气时雨时晴，难以预测，因而对于不那么高的山来说，美丽的雾霭随处可见。月光洒落在溪谷间的雾霭

1 | 横光利一（1898—1947）：日本小说家、俳句诗人、评论家，与川端康成同为新感觉派作家。

上时，显得尤为动人。

月夜，泡在河岸边的温泉中，将大片树叶背面照得浅白透亮的月光，丝丝缕缕地从叶片缝隙间漏下，洒在水面上。对岸的山腰微微泛白。咦，那地方有滑坡的痕迹吗？我心中想着，定睛一看，那片白色正静静地移动。原来是雾霭。

某天夜里，正在关窗户的女佣说起火了。果然，天空发亮。旅馆里从住客到厨师都跑到了外面。

结果什么也没有，是别墅的电灯正对着天上照。

雨后的夜晚，或许是水汽旺盛的缘故，一盏小小的灯就能照亮天空。

魔之狩野川——人们这样称呼狩野川。报纸的地方版面上时不时会出现魔之狩野川如何如何的报道。就说我待在伊豆的期间，去年秋天，还有这个八月末，修善寺桥先后就塌了两次。

这一带地处上游，因此影响不大，但对岸从温泉口架设到河上的导水筒还是被冲走了。之前的激流甚是猛烈，我都能听见岩石被水冲走发出的咕咚咕咚的声响。奇异的是河中并没有漂浮着香鱼的尸体，它们必定是躲在岸边的水洼处避难去了。无视湍急水流的男人拿着网下水，在水势稍缓的地方捞鱼。

暮蝉早已不叫，如今嘶嘶叫着的是寒蝉与鸣鸣蝉。话虽如此，鸣鸣蝉那自暴自弃般的聒噪又是怎么回事。它们若不闹到这般程度，便无法完成繁衍的目的吗？

同样是鸣叫，为什么只有它们叫得像溪树蛙和铃虫那般响亮，还是说，它们无法像蝴蝶和百合花那样静下来呢？

造物主在创造鸣鸣蝉的时候，一定为女人而大动肝火，不管不顾地暴跳如雷了。造物主啊，你该感到羞愧。

白色的小花盛开着，看着仿佛如贝壳般坚硬。抱着这种想法伸手去试，竟如棉花般柔软。我顿感讶异，心中涌出一股难以言喻的情绪。

这种微不足道的事情也能让我的感情剧烈起伏。待在这里，实在是没有任何事情能带来刺激。

“山里的岩石像岩石那样。”横光利一在他的游记中写下这样的句子。

“女人像女人那样化着妆。”

蓦然间，我低声念了一句。对于身处山中的我，这个句子当真是魅力无穷。

村里有一间叫天城俱乐部的小剧场，是用瓦楞板搭起来的，我在那里看了各种演出，其中惊险的杂技最有意思。我喜欢观赏这种一失手就会危及性命的表演。无论是怎样的女人或小孩，他们表演杂技时都聚精会神、无比严肃。这种神情意外地闪耀着某种美丽光辉，而看着他们，我的神经也跟着紧绷起来。

上演安来民谣的时候，尾崎[1]和宇野千代[2]来了，宇野说她还是头一次听这种曲子，听得津津有味。

元月，中河与一全家过来的时候，剧场里上演的是歌舞伎。中河在他的游记里也写下此事，穿着红色和服的女童演员在台上没憋住尿，把舞台都染红了。那时，在小剧场里可以从观众席看到后台的浴室，女演员们在台上比普通的男人还剽悍，但一退到幕后，连她们干瘪的乳房下方有几根发黑肋骨都能数出来。

杂技师带着猴子和狗，一名化着人偶妆、发出人偶

---

1 | 指尾崎士郎（1898—1964）：日本小说家，川端康成的好友。

2 | 宇野千代（1897—1996）：日本小说家、随笔家，尾崎士郎的第一任妻子。

声[1]的十八九岁少女让狗倒立着走过了钢丝线。

“够啦，够啦！太可怜了，没必要逼着小狗做这种事吧。”一位观看的老婆婆于心不忍地说道。

少女扮了个宛如人偶的苦脸。

这半年我在乡下的温泉乡都干了些什么呢？去吉奈温泉打桌球，思考一大堆与生死存在有关的事情。最主要的，是我真切地认识到了竹林之美。

1 | 人偶声：模仿人偶发出的不带感情的机械式声音。

南伊豆之行

1926年2月

十二月三十一日

行走在大道上，寒风彻骨。披肩大衣的袖子被吹开，状若蝙蝠。我忽地想去南伊豆一行，为了写《伊豆的舞女》的续篇，也要再去下田那边看看才好。花了二十分钟慌忙准备一番，我登上了一点多那趟去下田的班车。汽车在天城的山道上疾驰，宛如流星。

汽车钻进山岭隧道。隧道北口的那家茶馆已经看不到了，就是《伊豆的舞女》中所写的，有一位阿婆和一位中风老爷子的茶馆。我左思右想：那户人家不在了吗？老爷子也去世了吗？时隔八年，又要翻越天城岭了。

出了隧道南口，视野豁然开朗。蜿蜒而下的山道如沙盘盆景般一览无余。沿着远处山峦起伏的曲线眺望，南方的天空显得清净明亮。我的内心在雀跃。我已经将这景色忘得一干二净，此刻又是全新的感觉。南方的重峦叠嶂一层层地淡去。天海相接，风越发强劲。赛璐珞[1]做的窗户剧烈作响。

汽车停在汤野。汤野春天遇上了一场火灾，烧掉了半个村子。八年前舞女们投宿的小旅店似乎就在如今停车场的位置。面前是一排散发着木头芳香的新建筑，看不出半点当年那家旅店的影子。休息片刻，解个手的工夫，汽车继续出发。

驶出汤野，再次进山区后，左边就能望到海。窗外能望见下河津的海岸和相模湾，伊豆大岛的底部隐入雾中，漂浮在海面上如梦似幻。汽车又穿过了隧道。

接着来到下田附近的河内温泉。这里有千人浴池、露天浴池等名胜。大道沿线的平凡村落之间，修建了不少旅馆，汽车没有停就驶过去了。往右眺望可见莲台寺，我还在疑惑右手边三四座小山中哪座才是下田富士呢，汽车就过了桥，驶入下田了。

车停在了下田汽车公司的本部前，那是一栋颇为富丽堂皇的洋房，车库也很华丽。时间是三点十分，汽车破了纪录，用两小时行驶了四十多公里的山路。

我询问有没有去石廊崎的车，对方回答说那里不通

---

1 | 塑料的一种，透明，坚韧，容易燃烧，可以染成各种颜色。

汽车。我又问有没有轮渡，说是可能会有。于是我便去码头，找了个分拣货物的力工询问，对方说今天的风浪实在出不了海。我请他告诉我坐马车的地方，稀里糊涂听了一通也没弄明白路，只好作罢又折回了汽车公司。

在石廊观赏元旦日出的计划就此作罢。石廊崎位于伊豆南端，以海水和礁岩互搏的奇景而闻名。我很想在那里观赏苍茫大海上冉冉升起的旭日，迎接那浩瀚、清新而又雄壮的新年第一个清晨。从数年前起，我每次来到伊豆，总会憧憬着这般情景。

无可奈何，我只好改变计划，坐四点的公共汽车去下加茂温泉。我在候车处茫然伫立了好一阵子，结果等来的南线三路车已经满员了。这下实在麻烦，我便叫了一台车返回莲台寺温泉。被告知挂塚屋住满后，我让司机带我去会津屋。这时司机反倒说那边比挂塚屋的服务更好，当真是会安慰人的司机。

刚上二楼，我便直奔浴池。泡完出来，我打听这里有没有台球厅，有没有围棋会所，结果两者皆无。莲台寺坐落在田野间，周围的景色比起以前更不得我心，早知道就去柿崎的阿波久旅馆好了。晚饭后，我听见马车鸣笛，便顶着疾风冲出去，乘上有轨马车奔赴下田。下了马车步入下田时，只见河口两岸的灯火星星点点，饶有一番情趣。我在街市上信步闲逛，结果走到了寂寥的郊外。我吓了一跳，又返回街区，漫无目的地闲游。有条街上坐落着《黑船》杂志社和名叫“下田俱乐部”的西餐厅，我都不知走过多少遍了。我迎着风，踉踉跄跄地前行。到底是下田，有一片气派的饭馆。我从那里又逛到了海边。出乎意料的是，一轮盈盈皓月正在波浪中荡漾。那是农历十六日夜晚的明月。在这一年的最后一个夜晚于寒风之中观赏海上明月，很有可能会被人当成疯子，于是我又掉头回到市街。我买了一副便宜的毛线手套。这里有很多家做皮肉生意的，但我不需要。我乘上有轨马车回到了莲台寺，一进房间，就感到一股南伊豆的暖意。

悉数读完了《文艺时代》新年号刊登的十篇文章。

隔壁一间房的客人从下田叫来了艺伎，故意挖苦欺负她：“你这种人有权利坐垫子吗？”谁知客人要上床，艺伎就嚷着肚子痛。客人忽然又变得温柔起来，费尽口舌苦苦央求。肚子痛当然是装的，这真是有趣的报复。

“真的不用给你揉揉肚子吗？”

“我是那里痛。”

“那里也是肚子里。”我听到了一些稀奇古怪的对话。

一月一日

我被女佣摇醒了，已经九点钟。早餐是屠苏酒和年糕汤。

从旅馆打电话询问去石廊崎的汽船，回答说今天风浪太大不会出航，于是，我预定了南行的公共汽车票。我本打算趁着等十点钟那趟有轨马车的时间去参观国宝大日如来，结果刚走两步，就来了一辆马车，我便坐了上去。听乘务员说大点的船都不进港口，这是不景气的象征。又听说昨晚是除夕夜[1]，也只有伊势町和横町那边的行人稍多一些，其他地方的灯火好像都熄灭了。

抵达汽车公司，北边可见神社。新年伊始，前来参拜的妇女们摩肩接踵。我也在神前祈祷文运长久，完成了新年的初次拜谒。抬头仰望匾额，上面写着八幡宫。有两位少女对着拜殿拍手叩首。烟花巷的女人很多。神社旁的小学校里，一群刚刚做完团拜的本地头面人物走了出来。距离发车还有二十分钟，我又在镇上逛了一圈，怎么都没能找到八年前投宿的旅馆。

十一点五十分往下加茂出发。穿越两三个小隧道，时不时能见到海，今天的风也很强劲。汽车临时停车，

---

1 | 除夕夜：日本在明治维新之后，将除夕改为公历 12 月 31 日。

我问下加茂在哪边，结果被告知已经坐过了一公里多。我不由大吃一惊，赶紧下了车。原来下加茂就在下田往西六公里远的地方。在田野中走了片刻，看到前方有一口温泉井，围着草席，热气升腾缭绕，一片朦胧。我想这应该就是知名的喷发温泉。据说温泉喷发时足有一丈高。我在强风中沿着青野川而下，福田屋就在左边。再往前走六七百米，便是纪伊国屋的本店，那是一户普通的农家，我被告知客满，没能住成。一位西装绅士同样吃了闭门羹，提着一只大皮箱，茫然呆立在风中。最后我住进了一家叫汤端屋的旅店。寒风太过凛冽，我把窗户关得严严实实。旅馆的温泉水稍显浑白，浴池又热得下不了脚，于是我便直接拽着腰带过桥去了公共浴场。旅馆老板娘大吃一惊，赶紧追了上来。午饭是牛肉火锅和炖大头鱼，花了七十钱[1]。据说去石廊得翻过山头走十二公里的险路，这么大的风实在是走不了，看来石廊终究还是不欢迎我去。

后来我听说，下加茂的大风天谁见了都要发愁。田园中的风光不怎么美，旅馆条件也很简陋，实在是不想在这过夜。我吃过饭便直接离开，去参观了知名的温室。

---

1 | 钱：日本旧时的货币单位，相当于“分”，100 钱等于 1 元。

温室宽敞是挺宽敞，但净是些康乃馨等石竹科的草本花卉，还没完全开放。田野里随处可见温泉口，数量巨多，水量丰沛；忍竹丛茂盛，犹如河岸的芦苇一般。大概这就是下加茂的特色吧。走出大概一公里，我在大道边的马车驿站坐上了车。

抵达下田后，我又跑去了汽车公司，正赶上四点钟出发去海岸线的车。司机对我说："你好。"正是昨天我包车去莲台寺的那名司机，我立即坐了上去。汽车开上山，下田港的全景一览无余，船只上都挂着太阳旗。去往下河津的这条山道上，山海间的风景极为壮美，阔别许久，我得以再次见到海天尽头粉紫色的晚霞。汽车开到浜桥花了五十分钟，再步行七百米左右便是谷津温泉。这边稀稀疏疏地坐落着一些还算像样的旅馆，元旦能够找到铺位落脚，我心里也有底气了。导览册上说石田屋、曲屋、中津屋都是一流旅馆，从外表看中津屋似乎不错，我便住进了中津屋。虽然房间比较简陋，但住着倒也舒适，我总算是放下心来了。对我来说，居无定所的心境和游子的缱绻早已沁入我的内心深处，无论走到哪里都像在自己家中那般平静淡然，几乎没有因旅途而心潮澎湃过，因此一路上的游兴也丢了大半。这次我也深切地感受到了这点，实在是寂寞得很。

这里的食物也颇为可口。旅馆老板说要与我对弈，但要等他喝完酒，有些麻烦，于是我就到小剧场去听说书。讲的是一个名叫村田省吉的车铺老板的故事，我听了一小时就回去了。

泡进温泉，只见一个五十岁左右的男人正在浴池里喝酒。

“哪怕东京人能占游客的十万分之一，谷津都能发展起来咯。可如今只有百万分之一，一年不知道有没有五十个东京人来玩。”

若按他说的，谷津一年将会迎来五千万名游客。过了一会儿他又说道：

“我是这家的老板。不过——”他指了指一个进来泡温泉的女人，“实际上她才是老板哩。我们做旅馆这一行的，总归会盛行女权一些。”

村里人玩纸牌的叫嚷音不绝于耳。这温泉正如老板所说十分温暖，甚至进了被窝都还有些闷热。睡到半夜，我掀掉了一床被子。

一月二日

八点没到就起床。开往汤野的汽车十一点五十八分发车，从汤野到汤岛的汽车十二点二十五分发车，不过这样一来就没有充裕的时间在汤野闲逛了。虽然汤野也没什么想看的，不过听翻山过来到汤岛的学生们说福田屋有一对美人姐妹花，我想去见见她们。于是我请旅馆帮我叫一辆去汤野的马车，可老板娘却再三劝我说包车划不来，要么等汽车，要么反正也只有四公里，就干脆走路过去。总之我先退了房，住宿费是两元。这家旅店也有可爱的女孩子。白天暖和不用生火盆，靠近海边也很敞亮，景色也是南伊豆的温泉里最美的。要说内伊豆的避寒地，谷津应该算是第一流吧，待在这里似乎连文思都更加敏捷。要是今年冬天汤岛太冷的话，我还打算回到这边来。西餐厅在此地打不开市场，全都倒闭了。有几家做皮肉生意的。来宫神社、南禅寺、河津三郎馆址、赖朝旅馆等景点就不提了，我一处也没去看。

一辆马车驶过来，送行的女佣替我交涉一番后，我登上了车。马车上是一群前往汤野参加葬礼的老太太。汤野的福田屋改造得很气派，看不到八年前的影子。那家打通隔扇，从上方横木垂下一盏电灯供两间房用的茅草顶旅馆，已是旧日的梦境。我还记得旅馆老板娘，那位老婆婆曾劝告我说请巡回艺人那种人吃饭不值当的。如今她早已离开了尘世。与《伊豆的舞女》中所描绘的汤野有两三处不同。

出来伺候我的姑娘的确也能称得上美人。她体态丰盈，但并非旅馆里的姑娘，而是从莲台寺过来的女佣，应该是这样。在我的印象中，姑娘应该还没到出嫁的年龄，此外她跟另一个小姑娘自然也不是姐妹关系。既然弄清了真相，那就行了。我决定坐十二点那趟汽车翻过山去。

元月二日，梅花便已绽放。

我让店家十二点钟声一敲响就告诉我。但当我匆匆飞奔到车站时，已经过了十二点二十五的发车时间。在候车室里，我又遇见了当初去莲台寺的那位司机，这是第三次碰面。正巧有三辆去修善寺的空车，他便搭了我一程。我们两点多钟到了汤岛，行程近一百二十公里，真像自驾游。

桥爪惠[1]夫妇及其友人桑木夫妇几乎和我同时到达汤本馆，晚上我们一起玩了五子棋和康乐球等游戏。提着灯笼上街时，我邂逅了中条百合子[2]，她大概是要去看乡村戏剧吧。我向厨师打听了一番，果然天城岭北口的那家茶馆已经不开了。中风的老爷子去世后，那位阿婆便搬去了修善寺附近的山村。

---

1 | 桥爪惠（1897—1963）：日本医生、药学家、医疗评论家，川端康成的友人。

2 | 中条百合子（1899—1951）：日本小说家、评论家。

在伊豆的温泉乡中，再没有比汤岛更加幽远而娴静的地方了。

一月三日

新年的初雪纷纷扬扬。

伊豆的印象

1927年6月

今天是五月七日。该是伊豆天城地区的山杜鹃盛开的时节了。山杜鹃是天城的一大特色，两三年前《日本诗人》同人来伊豆旅行时，就曾赞誉过盛开的山杜鹃。据说这种高山植物在绝大多数地方只能长到三四尺高，在天城却能罕见地长到两三间[1]高，并生得枝繁叶茂。得天独厚的生长环境，便是山杜鹃能够成为本地特色的原因之一。

我见过最大的一株山杜鹃是在吉奈温泉东府屋的院子里。据说樋口一叶[2]曾在这里住过，也留下了一些关于她的趣闻。那一株山杜鹃长在一间看似亭榭的偏房附近，在我看来，这株高大的古树不仅在吉奈，即便放在

---

1 | 间：日本旧时的长度单位，1 间约等于 1.8 米。

2 | 樋口一叶（1872—1896）：日本女性小说家。平安时代一千余年后日本出现的第一位女作家。

整个伊豆也称得上是一处知名景点，光是为了看这株大树开花，我都愿意再来一趟伊豆。

可以说，若不在山杜鹃盛开的五月份来伊豆，就无法真正领略伊豆的美。山里的温泉在春末夏初、秋末冬初的风物变幻极具韵味，温泉浸泡的触感也最为清爽，但讽刺的是这时候各处的旅馆都冷清得紧。夏天并非观赏植物的好时节。

提到天城之花，也有人说应是“八丁池的菖蒲”，佐藤惣之助[1]对此颇为热爱，赞颂不绝。从汤岛温泉往天城岭深入两公里的地方，在方圆八公顷的水池里，满池的菖蒲花盛放，而这又是在海拔六百多米的山中，更显一种梦幻般的瑰丽气息。

另外，栖息在池中的青蛙会爬到树上产卵，因而此地也广为动物学者们所知。

商科大学的大塚金之助先生就曾专程来到八丁池滑雪。在汤岛到土肥温泉之间的山岭路上经营杉树林场的人说，他曾在杉树林那一带试着滑雪，但我不相信伊豆的山区有什么像样的雪能滑。

---

1 | 佐藤惣之助（1890—1942）：日本诗人，作词家。

据说那户人家的院子里，会有野猪去挖蚯蚓，还会像鼹鼠那样钻进土里吃竹笋嫩芽。不光是竹林，连农作物也要遭野猪祸害，因此村里人就向林业局请愿，让林业局里给安了铁丝网。然而铁丝网的网眼过大，野猪崽轻轻松松就能钻过去溜进田地，于是大野猪也不顾死活地拱破铁丝网，闯过来追着护住幼崽。听说到了早上人们过去一看，铁丝网上满是大野猪的鬃毛和血迹。

比起野猪，天城的鹿还要更多一些，因为它们一直都受宫内省的保护。最近天城猎场的管理权由宫内省移交到了农林省，如今也开始对民间开放了。我记得入场费高达二十五元，此外还有各种规定，不过想必猎鹿会在不久的将来成为有钱人的新兴运动。

说到运动，内伊豆好像是要修建一处宏伟的高尔夫球场，打造一个大型游乐园。不做到这个份上，内伊豆无论作为游乐园还是旅行目的地，都看不出有太大前景。

内伊豆指的是天城山脉以南的伊豆，坐拥汤野、河内、莲台寺、下加茂和谷津等温泉，但只有谷津温泉还不错，其他地方都没什么像模像样的风景。莲台寺自古便很有名，离下田港也近，所以最为繁荣，但那也不过是一大堆温泉旅馆挤在狭小的原野里罢了，毫无风情可言，比长冈温泉更像一排临时板房。靠海近的也只有谷津温泉。谷津温泉在我去过的地方中，能与三河的蒲郡并称为冬天最温暖之处。元月二日，我只盖两层被子都热得睡不着觉。总而言之，若想要看内伊豆的温泉，花上一两天时间坐公共汽车走马观花就够了。而热川温泉可以从旅馆的房间里眺望大海，明媚的群山也很秀丽，奈何交通不便，只能从伊东温泉那一带请山中少女牵着马载过去，别无他法。

南伊豆的美妙之处在于海岸线，没有什么比沿着海边漫步更让人畅快的了。半岛南端的石廊崎虽是伊豆的一处绝景，可惜波涛汹涌，很多时候都无法从下田乘船来此。下田港的风光也和小调中所唱的截然不同，那种一整条花街的繁华之地无处可觅，下田的市街正在枯萎凋零。下田的姑娘基本都会去卖身的说法也是谣言，无论是艺伎还是其他女人，似乎很多都是出自附近的村落，辗转流落到此地的。一位下田的姑娘就是这样告诉我的，还为此对我发脾气。不过，据说这位姑娘在十六岁时曾独自搭乘一条载着近三十个男人的捕鱼船去了鹿儿岛，又乘着渔船回到了下田。而且去鹿儿岛的途中她一次也没有上岸，所以她的旅途印象只有白日的海面和夜晚从海面上看到的港口灯火。这让我想起高尔基的《二十六个男人和一个女人》，于是我不禁仔细打量着那位姑娘，但她讲述这个故事时神色泰然。这是个娴静的姑娘，南国海滨姑娘的气质应该已经深深沁入了她的身体吧。

旅行家的叙述向来靠不住。身在伊豆，再去读那些伊豆游记，发现一般人通常会写些假话。吉田弦二郎[1]来吉奈时，就曾在文章中写到，当地的孩子会乘上空马车玩耍，这也是他们唯一的娱乐项目。我告诉汤岛的邮局局长这件事，他大为光火，说这是瞧不起人。我读到的吉田的文章中，曾写到过他对当地居民房顶上还有另一个像是用来通风的小檐顶感到不解，但其实那是为了养蚕而必不可少的东西。明白这点后，文章看起来便显得有些可笑了。就连田山花袋[2]的文章也有一些错漏之处。近来，人们对“沼津仙人”若山牧水[3]的伊豆歌谣尤为追捧。再比如，赤松月船[4]对我的《伊豆的舞女》评论“懂得竹林之美、写出了那份美感”，我对此也很高兴。只要踏入汤岛一步，任谁都能领略到那竹林的美感。或许是久居此地的缘故，我对“伊豆”这个词已经

---

1 | 吉田弦二郎（1886—1956）：日本小说家、随笔家。

2 | 田山花袋（1872—1930）：日本小说家。

3 | 若山牧水（1885—1928）：日本诗人。

4 | 赤松月船（1897—1997）：日本诗人、曹洞宗僧侣。

不再抱有幻想。

不过，我经常见到那些游历四方的旅行者们，他们最终还是折服于伊豆之美而重游伊豆，由此看来，伊豆确实是个好去处。而那些人和足迹遍布伊豆的人大多也会和我说同样的话：若要来伊豆，还是去天城北麓最佳。

旅途之中，没有什么比目睹早熟姑娘的恋情更令人感伤的了。两三年前，我接受征兵检查时顺便去纪伊旅行，一位离家私奔的早恋少女在安珍清姬[1]的道成寺所在的御坊市被抓到，跟我同乘一辆车被送回田边港，那时她只有十五岁。这期间，一位躲在汤岛的旅馆和男人隐居的姑娘也是十五岁，他们每晚八点准时就寝。姑娘身上系的是男人的黄色腰带。旅馆的老婆婆十分怜悯那姑娘，不住地说："真可怜，真可怜。"半夜两点钟，我去临河谷的浴池泡温泉，撞见那姑娘露出悲伤而疲惫的眼神，和男人浸在水中一动也不动。我甚至感到一种怪异的氛围。她那如孩子般的胸脯上，乳房被迫提早发育，令我愕然不已。

---

1 | 安珍清姬：指日本传说中某个悲情故事的男女主角安珍和清姬。

温泉女景

1928年8月

东京会馆的婚宴，最后一道甜点也上完了，宾客们挤在休息室，仿佛正搭乘着张灯结彩庆祝下水典礼的船只，沉浸在欢乐的海洋里。回到化妆室的新娘正在洗头，美容师用电吹风把新娘的头发吹干重新编好，接下来便是新婚旅行。他轻轻拍了拍新郎的肩，自己反倒脸红了起来：

“你们还是决定去伊豆的温泉吗？”

“嗯。从热海到伊东转一圈，接着打算去山里的温泉看看。”

“可是，这不会太过俗气吗？不如去更清雅——”

他说到此处便噤口不言。适合新婚夫妇旅行的清雅之地在哪里呢？他是想要对新娘和新郎说，到龙宫、到月宫去，去化成水晶做的人偶吗？

“比如坐欧洲航线的轮船去下关一带，或者去信州的山里野营——这种旅行方式不是更加新颖而令人印象深刻吗？”

新郎但笑不语。还有什么比新娘更加新鲜而令人印象深刻的呢？正是这个道理，或许正是如此，他才想说：

“在一夜之间裸露的新鲜的印象，岂不正是那最清纯圣洁的新娘？”

去热海的末班列车是七点钟，所以新婚夫妇只能从国府津坐汽车驶过二十七公里长的海岸线。黝黑的森林出口仿佛蝠翼一般往两边延伸，汽车在这里猛地一个急转弯，仿佛要冲进倒映着月光的海里，新娘被甩到丈夫身边。

“弄不好真的会冲进海里。据说司机在黄昏或月夜常常会产生幻觉，而且载着美丽动人的女乘客时更容易发生事故。”

“啊？”新娘看上去有些害怕。丈夫第一次揽过了她的肩膀。远方的海岸线散布着星星点点的渔火，被月光照得缥缈朦胧。

再没什么会比隐居在大山深处温泉旅馆里的恋人们更寂寞了。再没什么会比温泉里的恋情更令人心酸了。女孩应该只有十四五岁，系着黄色的男式腰带。登记簿上写的是兄妹，但去拿被褥的时候，男人却说："只要一床就好。"女佣偷偷把这事在常住客之间传开了。少女仿佛胆怯的小鸟一样蛰居在房间里，一步也不出门。他半夜两点多去浴场时，那对恋人正避开旁人在泡温泉。少女靠在池边身体后仰，双肘撑着，伸得笔直的双腿并拢又张开，一下下拍打着水面。一看见闯入者，她就猛地起身用双臂遮胸。直到他离开浴场，少女都一直僵硬地俯身坐在浴池边，完全没有抬头。等他一走，就传来了少女稚嫩而明快的声音：

"我来给你擦背吧。"

他心痛不已，走上了河滩。少女的肩膀、乳房，以及在那短短的十日间，宛如小树苗一般茁壮成长的少女的纤细肉体，居然已经膨胀成撩人的性感风情了。——正因回想到那可怕的变化，他才想要劝新郎别去温泉。

八点钟从河滩上望去，只有少女的房间还挂着白蚊帐。每天晚上，温泉客们都会拿着团扇聚在河滩上的凉亭里，人群中唯独不见那两人的身影。姑娘们会带上西式点心来凉亭，那些点心被彩纸包着，像是精巧的玩具，她们还会带各种烟花过来。

"这就是你们感情的体现吗？"或许有人会这么说。

飞越河谷的萤火虫沐浴在姑娘们射出的焰火中。

“让我也射一发吧。”一个轻浮的画家说着，瞄着二楼窗口打了一发。没想到，火球竟飞进了那对恋人的房间，白蚊帐起火了！河滩上的人们惊呼着闯进了少女的房间。少女瞪着呆滞的眼睛，正提着衣服下摆在燃烧的白蚊帐周围狼狈地奔走。

次日早晨，这对恋人的身影便从旅馆消失了。

那时候买烟花来玩的少女之一，此刻已踏上了新婚旅行。当时这位表妹比那位蚊帐被烧的少女还要大上一岁，那是何等清纯的裸体啊。最初她也和所有来温泉的女人一样，反复去窥视浴池的情况，说着：“还是不行，里面有男人。”怅然而返。但过了四五天，少女便不再畏惧男女混浴，反倒是他，甚至想把她藏起来不让男人们看到了。

如今她旅行的第一夜应该是热海山腰的万平酒店。酒店的每个房间都设有引来了温泉水的浴室。

她应该会在某一天，从浴室里呼唤她的新郎：“你不来吗？这里的温泉很棒哦。”

他想，在那之前，先去月宫变成水晶化石吧。

任何地方的温泉都有海洋或者溪流为伴。村里的孩子们在水流湍急的河谷间游泳嬉戏，累了就蹲在对岸的岩石间休息。

“为什么大家都要去那块石头？”

“那里有一口温泉。到了冬天常会有候鸟去那里歇脚，我们想抓鸟，到那儿一看，发现有温泉冒出来呢。那是‘小鸟温泉’。”孩子们如是回答。

她在一处温泉瀑布洗头——温泉水从竹引水筒中倾泻而下，雕琢着急流中一块大象形状的岩石。因为要到河谷里游泳，她让东京那边寄来了泳装。穿着泳装洗发的她，随手摘下一根藤蔓扎起头发，渡过急流去小鸟温泉。眼前青草丛生，到了冬天就是美丽的滑雪道。她穿过那片青草和杂树林，撞见了一位背着登山包的青年。

“请问一下。”

“啊。”她既惊讶，又为自己不寻常的装扮而感到难为情，没能掩盖住泳装下胸脯的微微颤动。

“请问温泉旅馆应该怎么走？我翻山过来想抄个近路，结果迷路了。”

“这条河对岸就是了。你是要直接渡河，还是绕个路？”

“你呢？”

“我？——我这身打扮怎么好在路上走呢。”

“那我也直接渡河吧。”

急流强劲地冲击她的双腿，她只得紧紧抓住青年的手杖。

“你是来采集高山植物的吗？”

“不，我不过是在山里面乱跑罢了。”

“可是，你身上有高山植物的味道，还有高山的泥土和岩石的味道……”

“这么说来，你身上也有温泉的味道。对于爬了一整个礼拜石头山，已经精疲力尽的我来说，这温泉的味道就像母亲的味道一样令人怀念呢。”

高山植物和岩石的味道——仅仅是因为这个，她便决定和这位登山青年乘坐同一辆马车，离开这片拥有温泉的高原。

“把帘子拉开吧。”她敞开马车的窗户，群山的丰姿占满视线。青年吹起了响亮的口哨——人们说幸福就住在山那边——肯定就是这首歌。她微微笑道：

“对我来说，这首歌唱的是真事哦。”

再没什么会比在温泉旅馆里听女佣们讲自己的身世更加愚蠢的了。那都是些从乡下来旅店打工赚钱的女孩，她们身上多半会带着一两个家庭或恋爱的悲剧故事。不过，如果久居一个月都没有跟她们开过玩笑，同样可能会遭到尖锐的讽刺："有女人在给你铺被褥哦。"

可是，她们都把"不再纯洁"这件事当作这世上最大的罪恶，因而恐惧不已。这大概是在家中安稳度日的少女们所想象不到的吧。她们的样子甚至令人觉得，女人离家工作赚钱，实际上就是一场对抗"不纯洁"的艰苦战斗。

一个自称在东京女子医专读书的女人来到山里的温泉，一脸骄傲地吹嘘自己这辈子有过上千个恋人。她简直就像是停车场的检票员，来温泉的男人一个不落，不让她给停车券剪口她就不答应放行。

"'千人斩[1]'现在到河滩了，赶紧去看看吧。"旅馆的女佣慌慌张张地跑来公共浴场。村里的年轻人们头脑一热就爬上后山，朝正在河滩上幽会的女人砸下密集的石块。女人逃走时脚还卡在岩缝里扭伤了骨头。即便如此，女佣也不觉得她可怜。

这小女佣十一岁时就失去了母亲，一手将当时刚出生的弟弟拉扯长大。她家里还有个生病的父亲需要精心照顾，平时她会收集旅馆客人们抽剩下的烟头拿给父亲。

1 | 千人斩：原本指武士斩杀满一千个人，也用来戏指与很多人发生过性关系的人。

他凌晨四点下到浴场，只见那姑娘泡在温泉中，露出上半身趴在池边睡得正香。

“那个卖杂货的又来了，我想他会待到天亮——”她用两根手指撑起眼皮，开朗地笑道。

卖杂货的商贩每个月底都会去各个村子转一圈收账。他有个持续了十年的怪癖，就是一喝醉酒就会钻到女佣的房间里去。女佣们绞尽脑汁守护自己的被褥——在被褥里放人偶、塞荆棘、冬天藏冰袋，但据说即便把走廊的拉门锁死，那家伙还是会从后窗翻进来。哪怕房间里睡着旅馆的老婆婆，那人也会不管不顾地钻进被子里去，到了早上就挠挠头不了了之。不知不觉间，女佣们甚至开始觉得他的闯入是每月一度的游戏，神经也麻痹起来了。若还没麻痹，便只能睡在浴场里。

然而，如此守身如玉的小姑娘却被夏天的候鸟——说成候鸟会更显诗意——就在夏天温泉旅馆最忙碌的时候，她被一个不知从何而来的偷腥狗一般的流浪男人给拐骗，逃出了旅馆。秋天时，她不知从何处给他寄了一封信：

“啊，令人怀念的山中温泉哟，我在悲伤的旅途上，昨日往东，今日往西……”

这肯定是她还在温泉旅馆工作时，从评书杂志上读来的美文。后来有传进山里来的流言，说她被男人带着四处奔波，最后被卖掉了。这当真是风言风语。

自称有一千个恋人的女人是一种娼妇，而朝她扔石头的小姑娘，到底也成了娼妇。唯一的差别是，一个是活得无怨无悔的女人，一个是终日带着后悔而活的女人。而这小姑娘一路跟“不纯洁”作斗争的苦痛，如今想来又有何意义呢?

带有都市风情的温泉有男浴池和女浴池的区分，然而，走廊里却有一种丢下了长款内衣似的脂粉香气。此外，还有一种刚进旅馆就要找你讨小费的习气。然而，配备了新颖的设备，称得上是近代娱乐场的温泉小镇却一个也没有，只是白白沾染了些大城市郊外情人旅馆的味道。流浪的巡回艺人也一年比一年来得少，古老的情趣正走向消亡。

射箭、打靶、台球、围棋会所、类似东京的儿童公园那样的游乐园、温泉豆、温泉仙贝、温泉布染等名产——这里净是那些东西，就连稍有现代化之名的温泉泳池，也和自古就有的千人浴池没有丝毫区别，酒店的设施也和都市里的没两样。若没有新颖的娱乐设施，那些长住客，特别是妇人们会感到无聊。于是整个旅馆都被长住客们千篇一律的浴衣和温泉味道所包裹，完全变成了社交俱乐部。尽管时不时会有浪漫之花怒然绽放，但我还是对日本温泉业者的创意匮乏瞠目结舌。唯有学校放假女学生们纷至沓来的时候，才是温泉小镇的健康季节。其他季节大概都是病态的浪漫。

在温泉旅馆待久了，不断目送一拨又一拨新温泉客的马车离去，唯有自己被留下的落寞感，是不是就跟没有小孩的妇人所心怀的那种寂寞一样呢？无论春夏秋冬，据说泡了就能生小孩的温泉都是女人最多的地方。女人心中想要成为母亲的纷乱情愫，让这座小镇里的浪漫染上癫狂，绵延不绝。

若山牧水和汤岛温泉

1928年11月

不久前的九月十七日早晨，若山牧水在沼津千本松原的家中与世长辞。我之所以想起这件事，是因为那天各家晚报都刊登出了故人的小幅遗照，勾起了我的各种遐想。

正如故人的恩师尾上柴舟[1]所追忆的那样："他那可爱的童颜浮现在我眼前。"牧水的圆脸上仿佛蕴含着一种应该说是诗歌之魂的童心般的柔和之美，但同时又蕴含着宛如诗歌之道的庄严智慧之美。一言以蔽之，他的模样让人联想到东方风格的大彻大悟的木雕佛像。光溜溜的和尚头，下巴上的小胡子，《朝日新闻》刊登的照片上还能看到他宽阔胸脯上裹着的白衬衫——而我心中则浮现出他下半身的样子。他的和服下摆草草掖在腰间，

1 | 尾上柴舟（1876—1957）：日本诗人、书法家、文学家。

一双短腿穿着白色针织里裤，脚蹬草鞋，就像个刚从山上回来的普通人家的老头。那是我在伊豆汤岛温泉的山路上邂逅他时的样子。

前前后后加起来我也曾在汤岛温泉住过三年，近年来众多文学家都前来游玩，不过对汤岛温泉真情流露赞颂有加的，还是要数若山牧水。这不光因为他住在汤岛附近的沼津，更因为他偏爱汤岛的风光和人情。诗歌集《山樱之歌》自不用说了，牧水为这里的温泉留下了大量诗歌，甚至可以说他就是汤岛的诗人。

我旅居汤岛期间，牧水每三个月或者半年，必定会携夫人喜志子和弟子们来一趟汤本馆。久而久之，旅馆的人对他们也亲近了起来。

人称酒仙、因酗酒而折了寿的牧水，自然是一到旅馆就开始摆酒宴。有意思的是，他似乎有一个习惯，就是在举杯之前，必先用白纸折一个简单的御币[1]，再把它穿在铫子[2]上装饰在凹间里。我路过走廊时瞥见了那御币，只觉得牧水身上当真是有酒仙的风采。酒宴总是十分热闹。斋藤茂吉[3]说："牧水极擅长吟诵和歌，酒醉

---

1 | 御币：日本神道教仪礼中献给神的纸条或布条。

2 | 铫子：一种带柄有嘴的小锅。

3 | 斋藤茂吉（1882—1953）：日本诗人。

之后更为精妙。琅琅而带着哀调的朗诵，特别是在秋天的月夜，直叫在座的众人魂游天外。”得到如此赞誉的朗诵，再加上同行少女们唱的童谣，连旅馆的女佣们都被吸引聚到走廊里聆听。

如此看来，牧水似是极为幸福的。他享受诗歌，享受美酒，享受旅行，又亲近自然，被人们所喜爱。据说沼津和附近的人们都快把他视作神灵了。他一畅饮，必定酩酊大醉，甚至有传言说，沼津的餐饮店就没有一家不认识牧水的。还有人说弟子们为了帮师父建房而筹集的资金也全都被他喝掉了。不过弟子们再次努力，盖起了气派的房子，牧水便是在那里与世长辞的。

旅馆的酒宴只有朗诵和唱童谣最为热闹。他喝醉后路过走廊，略微害臊地耷拉着脑袋，无法真正看到他的醉态。只有一次在樱花季，他和前一任邮政局长等人在山顶上举办赏花宴。大家都喝得烂醉，牧水也跳起了舞，像孩子一样喧闹，最后还说要从这长满青青嫩草的美丽山坡滑下去。大家想要阻止他，却都有醉意没能站起身。其实他酒劲一上来，脑袋就变得昏昏沉沉，也不觉得这是什么危险的事。人们还在大呼小叫的时候，牧水已经折了一根松枝，把它夹在大腿间一屁股坐上去，就像坐雪橇似的从好几十米高的陡峭山坡上滑下去了。——局长的儿子屡屡仰望着那座山对我说：每次回想起那时的情景，都不由得出一身冷汗。

我在汤岛还听说过牧水的各种故事，但大都不记得了。脑海中历历在目的，就是他把和服下摆掖在腰间，露出白色里裤，从山间归来的模样。与夫人喜志子的华丽风格相反，牧水个头不高，显得比实际年龄要老，像个农民，像个教书的夫子，确实砢碜得很。倘若没有那童颜里的庄严之美，人们甚至无法相信这是一位著名诗人。然而，那旅人的身姿，那深深染上旅途色彩的额头，让人在擦肩而过的一瞥中，就能感到一种当代西行[1]的影子。我已不记得那是什么时节了，但从山里归来的牧水，手中捧着的花并不艳丽，十分质朴。

1 丨 西行（1118—1190）：平安时代末期至镰仓时代初期的武士、僧侣、歌人，出家后周游诸国修行。

伊豆温泉记

1929年2月

1 | 南国的模型

浴池模拟自然的环境随意摆放着岩石，仿佛多石的山谷深潭一般。

“那边还能触到底吗？”女人战战兢兢地抓住池边的岩石，不敢贸然往浴池中间去。怕一脚踏空，便会猛地沉下去。这是一处底下铺着小石子，上面盖着木板条的非常简陋的浴池。

即便如此，正中间还是竖起了一块聊胜于无的木板，将浴池分成了男女两侧。一个男人钻到水底潜泳过去，撞到了女人们的脚，一浮出水面，便惊起一片慌乱的呼声。男人又潜入水底回到了男浴池。

我请旅馆帮忙准备餐食，可只有一两个人的话，旅店通常会嫌麻烦不答应。除了自己做饭别无他法。不过，开完房间，每天放上二十、三十或五十钱的小费，便会有人把手巾、美术明信片、肥皂、鱼干等旅馆里有的东西一并当礼物送来，加起来的价钱搞不好都要超过小费了。此外退房时，旅馆的人也会帮我提行李送出老远，还一副诚惶诚恐的模样。

这就是铅温泉的景色，一处从盛冈的花卷温泉再往深山里去的温泉。

伊豆——特别是内伊豆充满了野趣。不过，再没有比这铅温泉更素朴的地方了。

此外，我还听说过，有些地方的温泉会在浴池的正中间搭一块板子，艺伎和客人可以一边泡温泉，一边对坐在这不可思议的餐桌前饮酒作乐。

伊豆没有这种别出心裁的温泉。比如说在热海温泉，整个小镇都有一股风月之地的气息。而伊东温泉虽还未经都市风情的洗礼，但其中的声色味道比热海还要来得更加明目张胆。

在伊东的音无森，每年十一月十日晚间都会举行掐臀祭典。那一天，信奉当地神明的信徒们不唱歌也不弹琴，去神社拜谒也禁止提灯笼。祭典仪式在无声无光的环境中举行，喝神酒时，大家依次摸黑掐着前面人的屁股把酒杯传递下去。

“传递的应该不光是酒杯吧。”任谁都会这么想。

过往相识事，今已无人知。

掐臀祭典中，神亦忆往昔。（高崎正风[1]）

据说古代，谪居的源赖朝和伊东佑亲[2]的女儿八重姬就是在这片森林里偷偷幽会。因为不敢出声，音无森便由此得名——此外附近还有音无川，不响滩等地名。

总之，这种祭典并非伊东独有，而是很多地方都有的奇特风俗。

“就像万叶时代男女在祭奠时对歌求爱那样，近江筑摩的顶锅祭典也很出名，不过也有人说，这是上古乱婚留下的遗风。”

“或许如此吧。不过，这祭典在伊东，倒也没有变得极具地方特色。”

话虽如此，像雪国的某些温泉那样，旅馆直接就是娼家的温泉，伊豆倒是没有。

此外，下田的遗老村松春水[3]在《唐人阿吉[4]传》中

1 | 高崎正风（1836—1912）：萨摩藩士、作词家、诗人。

2 | 伊东佑亲：日本平安时代末期武将。

3 | 村松春水（1863—1952）：日本医生、作家、乡土历史学家。

4 | 唐人阿吉（1841—1890）：伊豆下田的艺伎，原名斋藤吉。

曾把下田比作美人的国度。这就是本地人的自卖自夸了，伊豆姑娘们所拥有的容貌也不过是关东乡下平平无奇的水准而已。

若以为去伊豆的温泉巡游一圈，所到之处海边少女、山村少女都会满怀春心迎接旅人的话，那就大错特错了。甚至可以说正好相反。在天城以北、狩野川的流域范围，也就是所谓的外伊豆，这情况还要更加明显。

原本，伊豆地区在神龟元年就被定为流放之地，是发配重罪犯人的边远之地。东海道的箱根大道于平安朝初期建成，然而人们还是习惯走足柄大道，毫无疑问当时的伊豆还是一片人迹罕至的地区。根据最早的历史记载，天武天皇时期麻绩王的长子，乃至后来的名人被流放者不计其数。

这令人畏惧的流放之地，是从何时起，又是为何缘故，成为诗之国度而吸引了无数人的视线呢？

“当然，伊豆开始变得生气勃勃，是从源赖朝在蛭岛兴兵起事之后开始的。他把日本的政治中心，从遥远的京都迁移到附近的镰仓来了。——按志贺矧川[1]的说

1 | 志贺矧川（1863—1927）：本名志贺重昂，日本地理学家、评论家、教育家，号矧川。

法，若要寻找日本历史的缩影，还得在外伊豆。”

“那些历史遗迹和传说，伊豆实在是太多了，仿佛一桌千奇百怪的干货摆在面前。想要去拜访名胜古迹而来伊豆的人，如今已是万中无一。较新鲜而令人感兴趣的历史，顶多是幕府末期下田开港那会儿跟白皮佬的交涉，再就是江川太郎左卫门[1]的活跃事迹。遗老们把这些历史留在了儿时回忆里，现在还能生动地讲出来呢。”

“比起那些还是温泉更重要。”这是大实话。

甚至有民间传说，伊豆这个地名都是由“涌出温泉”的发音演变而来的。在这个海岸线约二百一十公里、面积千余平方公里的半岛上，有二十四处地方涌出了温泉。按照其他数法还能数出三十三处温泉。有十二个村子、三处小镇是温泉乡。

温泉胜于传说，地理胜于历史。有人说，修善寺是富于历史的温泉，那么热海就是以地理取胜的温泉。毫无疑问，热海就是赢在地理位置上。

然而，正如本文最初所写，那些温泉并没有奇特到令人惊心动魄的程度。伊豆之所以被称为诗之国度，是

---

1 | 江川太郎左卫门（1801—1855）：本名江川英龙，是江户时期伊豆国官员，推崇西方学科，兴海防，为日本引入了西洋炮术。

因为这里的风景比温泉还要更胜一筹，因为这个半岛同时拥有海的壮美和山的秀丽。

“可是，日本三景、日本新八景，没有一个在伊豆，不是吗？”

“不过，要把观赏风景的视野再放大一些才是，要把伊豆半岛整体缩成一处景色去看。若是这样，说不定伊豆也能成为新三景之一呢。还有传言说，伊豆将会成为一处国家公园。伊豆确有公园的感觉，伊豆是富有各种美景的模型。”

伊豆就是南国的模型，这便是人们觉得这里是诗之国度的首要原因。曾有人说过，把纪伊缩小一点就是伊豆，若将纪伊比作南国的大模型，那么伊豆就是南国的小模型。

伊豆有山茶花、蜜柑、鲣鱼船、山杜鹃、大海的景色、小鹿、繁茂的南方植物、溪树蛙……

山杜鹃虽是高山植物，但在天城也会开出南国风情的花。热海地方法院的院子里，仙人掌比我还要高，看起来茂盛强悍充满热带气息。

伊豆的山海之间有的地方带着男性气质，而更多地方则是女性气质。南国的男人女人，也如人偶一般可爱。

2 | 触感和气味

不用说，泡温泉是需要全裸着肌肤沉浸水中的，所以那是触觉的世界，是触感的喜悦。温泉也有各自不同的触感，这一点就像女人一样。

我所熟知的伊豆温泉中，触感最妙的当属长冈温泉。记得好像是在大和旅馆，那里的温泉宛如蛋白，有一种黏滑的触感。若是女人泡进去，肌肤定会变得更为紧致细腻，光滑无比。我跟常去长冈的人聊起这个，那人或许是出于礼貌，说道：

“好像真的是这样哦。”

可是温泉的功效书上，并没有写能够美容养颜。

一块石碑上写着“天然纪念物净之池特有鱼类栖息地”。据说池里栖息着汤鲤、横纹鱼、花身鯻、鲈鳗等被指定为天然纪念物的奇怪鱼类。池水是温的，正因是来自温泉的水，才能养育出特有的鱼类。

又比如船原温泉，那里的温泉水的触感犹如皮肤病人一般。可那里的温泉偏偏对皮肤病有疗效，真是不可思议。往铃木屋的浴池一看，让人不忍直视的生了皮肤病的男人，大量如皮肤病一般的水垢，还有浑黄的温泉水，吓得我夺门而出。回到房间，一个披头散发、头顶剃光一大块绑着个冰袋的歇斯底里的女人，隔着走廊对我怒目而视，模样甚是骇人。我到走廊去，一个得了结核病正在晒日光浴的男人朝我搭讪。

我曾以为自己再也不会去船原了。然而，两三年前那里建起了酒店，相貌焕然一新。除了热海之外，大概只有这里是名副其实的西式酒店吧。

此外，汤岛的西平温泉，有着天城山气特有的猛烈触感。

热海的温泉里，则仿佛流淌着黑潮的暖流。

不过对我来说，温泉的气味重于水质的触感。

就拿汤岛来说，在天城大道上抛下公共汽车，刚踏上沿山谷而下的道路，便有一股温泉的气味随着溪流声飘来。我满心怀念地飞奔过去，换上旅馆的棉袍，把袖口凑到鼻尖，细嗅那渗入棉布里的温泉气味。我整个人都沉进浴池里，把温泉的气味狠狠吸了个饱。

“你不喜欢这气味吧，那你也不喜欢温泉咯。——就像烟民享受烟的气味一般，你也去闻闻看各种温泉的不同气味吧。”我对同行的友人说道。伊豆似乎并没有那种气味强烈刺鼻的温泉。

不光是温泉本身的气味，温泉乡是天底下气味最复杂的地方。岩石的气味、树木的气味、墙壁的气味、猫的气味、泥土的气味、女人的气味、菜刀的气味、竹林的气味、神社的气味、马车的气味——温泉能让人感觉到许许多多的气味。即便是在东京的公共浴池，洗完澡出来时鼻子也会特别敏锐，这是同样的道理。

我经常说“那女人如今啊——”之类的话，遭到友人嘲笑。这只怪温泉旅馆里到处都能闻到女人的气味。在温泉乡待久了，即便离开了，鼻子里仿佛还萦绕着那里的气味。

就像穿得再怎么厚的女人，在浴场里见到时也会知道她的身材，这大概也是一样的道理吧。

嗅觉极为敏锐的莫泊桑也喜欢温泉。

3 | 男女混浴

“在所有的温泉特产中，最恶心的就是——”我说道，“女人的裸体——就是印着浴池裸女图的手巾。何况竟然还做成了彩色——”

对方露出暧昧的笑容，于是我接着说道：

“画家里也有细致的人，例如石川寅治[1]，还专程带女模特去天城山麓——汤岛汤本馆背后的河谷里，有一处很大的岩石浴池，据说画家就画过两三个女人在那

1 | 石川寅治（1875—1964）：日本洋画家、版画家。

里沐浴的场景。银座底下开的那家春日咖啡店就挂过那幅画，我曾见到过。中泽弘光[1]似乎也画了不少温泉女景的速写。”

当然，这些名家作品可不是手巾上的裸女能比的。话说回来，山中温泉里见到的女人裸体，也不是凭借银座咖啡店里的画便能想象的。那座拥有超大千人浴池的旅馆，常常会把美术明信片当作礼物送出，上面是女佣们拘束地在那浴池入浴的场景。而照片上的呆傻模样，更是和那美妙女体搭不上边。

“不过，温泉里不是禁止男女混浴吗？”

“好像是禁止混浴。至少在伊豆，不管去乡下哪个地方，哪怕是走形式也好，就没有哪个公共浴场不分男女。这点很可笑，给不习惯混浴的客人用的旅馆内部浴池，反倒大多没有分隔男女，而村里人在孩童时期就习惯坦诚相见，他们自己的浴池却做了区分。不过，基本上无论在哪个温泉，见到女人的裸体都不是稀罕事。”

首先说热海，热海温泉不光在伊豆的四大温泉中首屈一指，而且由于临近东京，这里带温泉的别墅区和镇上热门地段的地价甚至比东京市内的冷门地段还要高，

---

1 | 中泽弘光（1874—1964）：日本洋画家、版画家、油画家、插画家。

一坪[1]要价二百五十元到三百元。

“热海便宜的只有油。”山茶油店的老板娘所言非虚，热海就是全国温泉乡中的大都会。

不过，女人会从镇上的公共浴场里，拿着一条手巾来路边纳凉。走在狭窄的路上，热气舔舐着脚踝。因为脚下就是地窖似的女浴池的排气窗。

一家叫小泽汤的浴场二楼是围棋会所。上厕所时会途经女人们屈膝而坐的更衣处，还可以看到楼下的浴池。棋盘上飘荡着温泉的气味，令人不禁想起了有汤女[2]替人服务的大江户的浴场。

有间歇泉的大浴场、澡堂的万人浴池二楼都是娱乐场地。大厅里通常有书画古董的展销会、东京和服店的巡回大促销，还有表演落语[3]剧目的剧团。正下方浴池里传来洗浴的声音。总之在热海，女人的裸体也不罕见。这不罕见的景象代表着——男女混浴温泉的滋味，只有在这里才能感受到。

“想想看，如果把夏天的海水浴场分为男女两边，那种不自然有多么煞风景。”我如是说。把温泉区分隔

---

1 | 坪：日本面积单位，1 坪≈3.3 平方米。

2 | 汤女：江户时代在城市浴场中提供搓澡、梳头服务的女性。

3 | 落语：一种日本传统表演艺术，形式为单人在舞台上讲述滑稽故事。

男女，对于温泉养育出的这片土地上的人们来说，或许也有极为类似的感觉吧。

夜里下大雨，到了早晨已晴空万里，正是南伊豆的小阳春天气。山中浑黄的河水湍流而下，仿佛要溢出河道。我泡在旅馆的浴池里，巡回艺人中的少女从河对岸的公共浴场发现了我，就这样光着身子跑到河岸边，高举着双手不知在喊些什么。姑娘的身子在日光下白花花的。——那是在汤野温泉发生的事。

温泉小镇的味道让裸体不再那么突兀，变得温婉柔和。但是，不能像热海那样在店铺林立的街道上去看。必须隔着山中的河流，透过隐在枝叶背后的浴池窗户，在竹林摇曳声、波涛拍岸声中去看才行。

我和一对母子，还有一些男男女女相邀出门，在沿河谷的小路上打着灯笼去泡温泉。只见村里人正在浴池里聊着闲话，其乐融融。山中温泉的老人们着实能泡很久，泡上大半天都是稀松平常的事，他们坐在浴池边缘，躺平睡个饱觉，和陆续而来的人聊天。也有人在夜深无人的浴池里谈情说爱，但也极为少见。人们习以为常，悠闲地混浴。即便有男女浴池之分，这区分也完全被抛之脑后。此外，隔着徒有其表的木板条窥见的女浴池，反倒别有一番风情。我在许多地方的温泉都说：

“这里的温泉着实奇怪。浴池有男女之别，更衣室却只有一个。”

在旅馆住久了，女佣们便会来招呼我：

“接下来要清洗浴池了，请吧。”

半夜三点钟去浴场，只见美丽的女佣小姑娘从水中露出圆润的肩膀，脸颊轻靠在浴池边缘，睡得正香。月光透过树叶的缝隙照进来，照得玻璃窗上的热气朦胧发亮，宛如大雾夜里的煤气灯一般。溪树蛙的鸣叫也飘荡在月光中。小姑娘梳着顶髻，露出的几缕鬓发浸入温泉水中。被摇醒后，她便用两根手指把眼皮撑起老大，露出开朗的笑容：

“那个干货商又来了。我想他会待到天亮——”

干货商每个月的中下旬会从沼津过来收账，每次必定会大醉一场，钻进女佣们的房间里，十年来都未曾变过。于是，收集坐垫塞进长里衣做成人偶放进被褥、往里面藏荆棘、冬天往睡铺里放冰袋——女佣们想方设法守护自己的睡铺。门锁已经被扯烂了。若是拿棍子顶住走廊的门，那人便会攀着晾衣架从后窗破窗而入。即便旅馆的老婆婆代替女佣睡在被窝里，那人直到天亮也不会发觉真相。久而久之，女佣们的睡铺保卫战成了一种游戏，而后来，她们也开始厌烦这游戏了。至于神经尚未麻痹的小姑娘，只好躲到浴池里睡觉。

不光是干货商，在疗养客之中也有一些不怀好意的男人，想趁着一切机会溜进女佣的房间。那小姑娘的胸口因热水而现出一圈红色。我边笑话她，边在浴池里听她讲自己的身世——收集客人抽剩的烟头包起来拿去给父亲的故事。听着听着，河滩上的石头微微变白，鹡鸰也快出来活动了。

一时没想开而私奔的情侣躲在深山里的温泉中，这景象看着都凄凉。姑娘一步也不愿出房间，半夜在浴池里与爱人相拥潸然泪下。还有两个同性恋女教师曾一整个白天都在睡觉。遇到这种情况，女佣们也会在拉门上钻洞偷偷窥视。不过我总觉得那对似要殉情的男女令人难以接近。他们的姐姐姐夫过来寻人，四人泡在一个浴池里相对无言。很快，姐姐在妹妹腿上发现了一处细小的伤痕，便嚷出了童年的回忆："哎呀，这印子还在呢。"那是她们儿时打架时，姐姐拿火钳给她扎出的伤口。发现妹妹还活着，令姐姐喜极而泣，她不停地用手巾擦泪水。借此机会，初次见面的两位男士也熟络了起来。混浴便是为创造这种气氛而存在的。

两个醉得分不清东南西北的妓女在河谷边的石板路上拉客，从后门悄悄溜进了夜深人静的旅馆浴池。这是怎么回事？里面还混进了村里的一名普通姑娘。妓女们开始为男人擦背，而姑娘也不甘示弱，在一个男人背后双膝撑地，半支着身子。她身上失去了三个月前拘谨忸怩的美感，而变得圆润成熟。她那年十六岁。翌年，她成了沼津一家牛肉店的女佣，我回村里时，在浴池再见到她，已经是一个身体线条完全垮掉的丰腴女人了。目睹了美丽事物的毁灭，令我悲伤不已。在姑娘身上目睹到跟下流的通俗医学书上的内容一模一样的变化，这是温泉的一大悲哀。由此而产生的对女体的幻灭亦然。

裸体的女人绝称不上美。拥有美妙形体的女人万中无一，住一年温泉旅馆能够见到一位便是上天的恩赐——面对那样的女人，我只能低下头，不敢正眼直视。

某张报纸上引用了搓澡工的话：

“女人简直就像土豆,穿上和服远比脱光时更有魅力。”

这并非搓澡工逞强嘴硬,经常混浴的人都会这么想。相较裸体，我更中意女人穿脱和服时的模样——比起脱衣时的瑟缩，穿衣时的舒畅又更胜一筹。

然而，就像浅草的松竹歌剧团的歌舞杂耍表演——若将那日本姑娘的舞蹈拿去和电影中白皮女人们的歌剧场面放在一起看，日本女人的贫瘠身体就变得可悲了。但这可悲当中，还混杂着宛如童谣的稚嫩，以及好似孩童涂鸦的温馨。这种稚嫩的温馨便是日本女人身体线条的优势所在吗？所以说，浴池里的女人也正因为不美，才会产生一种亲切感吧。

在浴池中，我最讨厌见到的是熟人的妻子，其次是被客人带着远道而来的艺伎——分别是过于害羞的女人和毫不知耻的女人。我最乐于见到的是来度蜜月的新娘子，不过那也得是辗转了两三处温泉，已对混浴有点接受的。那微微散发出的新妇气息，直沁入我的心扉。再就是女学生的团体，见到她们我欢喜得厉害。不过比起这些，我更喜欢见到村里的男女若无其事而悠闲地泡在温泉里的景象。即便如此，给若无其事的男人若无其事地擦背时，女人的手也可能会剧烈颤抖。所以我说：

“十二三岁以下的女孩子，让人觉得她们反而想在浴池中缠着男人撒娇。那肯定是女人的本性——”

4 | 奇特的温泉

独钴温泉

弘法大师[1]十八岁时来此修炼降魔之术。后在大同

1 | 弘法大师（774—835）：日本平安时代初期僧人，真言宗的开山祖师。法号空海，谥号弘法大师。

二年复至此地，雕刻数座佛像及自身像安置于此。——《修善寺记》

大同二年正是修善寺创立的时间，传言当时留居修善寺的大师拿着独钴杵，在桂川河中的岩盘里挖出了温泉。

> 浑然天成凹岩里，伊豆村人沐温泉。（大口鲷二[1]）
>
> 溪谷中流一石盘，温泉喷涌何涛涛。（本居丰颖[2]）

直到如今，那块岩盘仍在被人们当作浴池使用。岩盘上方立着一根石制独钴杖，据说是天明年间修善寺的僧人大鼎和尚雕刻的。从河岸边可以走过搭设的木板去往岩盘，在大正初期，那里还有一处四面围着玻璃的温泉浴场。从虎溪桥上、岸边、透过旅馆的窗户看去，应该都能瞧见沐浴的人。不过，现在那里已经换成木窗棂了，倒像个浅滩中的浮见堂[3]。温泉口也在那块岩盘上，

---

1 | 大口鲷二（1864—1920）：日本诗人、文化学者。

2 | 本居丰颖（1834—1913）：日本文化学者。

3 | 浮见堂：日本奈良市一处湖心亭。

所以能见到温泉涌出的情形。据说修善寺的温泉原本就是从角闪石安山岩的岩脉两端和裂缝处涌出的。这条宽一百来米的岩脉沿南北方向横穿桂川，据说独钴温泉便位于其西端，而略往下游的白糸瀑布则位于其东端。（依据八木昌平所著《北豆小志》）

要说溪流中自然形成的岩石浴池，我想整个伊豆就只有这里和汤岛汤本馆了。汤岛那处是石川寅治曾画过的温泉瀑布，但也不过是用竹筒从温泉里引来的罢了，不像独钴温泉这般是从浅滩上的岩盘里冒出来的。不过相对的，那边有不带顶棚的露天浴池、耸立在河对岸群山中的杉树林，还有女人都想要去温泉瀑布底下洗头的清爽感。

“在旅馆环绕的河中泡温泉，真能赤条条地下水？”

“可这里总归也是伊豆的知名温泉没错吧。”

“是啊，从历史上来说也是。——修善寺其他有历史底蕴的知名温泉还有不少。比如现在四方楼的杉温泉，是以前熊野神社的神泉，据说北条早云曾经常来此入浴。传说源赖家也是在这处温泉被杀，还有一说是在浅羽楼温泉的，不过那就和弘法大师的故事一样不靠谱了。”

元久元年七月八日于浴室中被害。

——《镰仓大日记》

听闻于修善寺，遣仆役善时藤马刺杀源赖家，一击未果，便以绳绞首，捣其下体，遂毙之。

——《愚管抄》

“记得好像是芥川龙之介的小说里，有个人醉酒后便泡在温泉里一动不动，在天亮之前自尽身亡。不过半夜三更往独钴温泉里窥伺一番，说不准真有那种感觉。新井旅馆那个古色古香的菖蒲温泉也是，尾崎红叶[1]就写过关于那里的各种各样的故事。”

小鸟温泉

说到河谷中的温泉，我想起一件事。

汤岛的夏日，旅馆的住客和村里的小孩都在河谷的水里游泳嬉戏，身子发冷了就去河滩上的岩石浴池里暖暖。若浴池里有人，孩子们便会去对岸的岩石间蹲着。

“为什么大家要去那块岩石呢？”

“那边也有冒一点温泉。到了冬天常会有候鸟去那

1 | 尾崎红叶（1868—1903）：日本小说家。

里歇脚，我们想抓鸟，到那儿一看，发现有温泉冒出来呢。于是我们收集石块砌了个浴池，就叫小鸟温泉。”

这原本不过是只能浸到脚踝的温泉，然而孩子们的回答，却像是简短的叙事诗，让我想起了遥远过去温泉由来的故事。现如今温泉便等同于金钱，伊豆的任何一处温泉乡，无时无刻都少不了围绕着温泉的争权夺利和法律诉讼。探矿师就像搜寻金矿那样四处试挖温泉，不断有人因此倾家荡产。其中却出现这样一个小鸟温泉，宛如一首可爱的诗歌。

出来温泉

要说还有哪个温泉如孩子们玩耍间砌出的小鸟温泉令人感觉极为浑然天成的话，那便是伊东松原区的出来温泉了。据说这处温泉是在宽永年间发现的。浴池底部跟道路平齐——也就是说一点也没有往下挖，这便是这处温泉所特有的珍贵之处。广阔而茂密的芦苇和茅草丛中，温泉自然地往外涌出，三米多长的石材将其围成斗形作为浴池。据说这处温泉就是这样修起来的，所以人们也把它称作斗温泉。池底铺着碎石的地方咕嘟咕嘟不断冒着气泡，池子里还长着水青苔似的植物。带友人参观后，我说：

"光是搬来石料围起来的朴拙感就很有意思了，而且还能让人感到伊东温泉之丰饶，不是吗？"

伊东的南、西、北三个方向都被天城山脉和巢云火山所包围，东面则是朝着大海的冲积平原。虽然只有狭小的十五六平方公里，却是伊豆东海岸最为开阔的平原港口，自古以来也是去伊豆七岛捕鱼的船只唯一的避风港，更是伊豆的温泉乡中最开阔的一处。不仅如此，大正十年，这里就已发现了四百九十四处泉眼，到了大正十五年更是增加到了八百处，可以说从松川到海岸，随处一挖都能挖出温泉。光凭这些数字便能得知，在伊豆的温泉乡里，伊东是迄今为止发展得最为优秀的小镇，而且今后想必也会继续发展。

修善寺温泉已经太古老了，平静得就像是东京高地的住宅区或是乡下的城下町[1]。温泉旅馆中，艺伎只会去新井旅馆，我估计到现在也还是这样。这种风格的温泉适合一家人去。据说长冈温泉是明治四十五年由大和馆的主人新挖出来的，之后就像东京郊外的新兴地块那样气势汹涌地建起了一大片旅馆，整个温泉就像廉价的出租屋一般，简直不像话。至于热海，就像老牌的和服

1 | 城下町：指日本围绕着城郭修建的居民区。

店越后屋变成了三越百货店，华丽又狭窄，像濒临盛放的花朵，像已经知晓了金钱滋味的女人，都已没有多少发展潜力了。

相较之下，伊东开始蓬勃发展，也不过是这几年来通往热海的公路开通以后的事。在这斗温泉中，还残留着丰沛处女地的味道。

吉奈大温泉

> 骏阳城中一贵侯得妻累年无子，参礼观音萨埵求一千蒙灵梦，欲得好子者往豆州浴吉奈灵汤必得一子，夫妻共欢来此乡浴场经半季得一子。

正如古书所记载，吉奈大温泉被视为送子温泉而闻名全国。人们从京都、大阪一带远道而来求子，这是女人的温泉。

> 白日虽未见人影，柔弱女子犹挂怀。
> 夜黑吉奈温泉乡，佳人亦应在其中。（小出粲[1]）

---

1 | 小出粲（1833—1908）：日本诗人。

若是一群男人去吉奈，甚至会被嘲讽是为了看女客，因为这里是面向妇人开设的温泉。在旅馆里，经常会出现使唤男人的显眼场景，也因为这里是女人的温泉。

女人一心要做母亲的念头，略显疯狂，有时甚至会燃起凄厉的火焰。——我在这处温泉听说过一个故事，直至今日仍令我印象深刻。传说之前这里有一棵能送子的大松树，女人会在天明前避开旁人，像青蛙那样紧紧抱在那棵树上（下面的不能再写了），而且村里的年轻人还去偷看。县厅政府以伤风败俗为由，在十几年前下令将这株名树伐倒了。

“砍下的木料足足盖了两栋房子。”汤岛的理发师回忆道。

直到现在，东府屋的小柿子树前面还竖着一块“带子柿”的立牌。比起这种东西，还不如看近旁的山杜鹃古树——这种花木在天城长得格外高大，而这株古老的山杜鹃即便在天城也是绝无仅有，高大得只能仰望。在一束束杜鹃花傲然盛放的春天，光是这一树花便值得人专程前来吉奈一观。不知为何这株山杜鹃却没能列入吉奈的特色。

“吉奈真是能够送子的温泉吗？”我曾在大阪被人

问过。

“怎么说呢，毕竟是暖和的温泉，对女人的身体肯定是有好处没错，但说来讽刺，那里只有东府屋和坂屋两家温泉旅馆，可两家的老板娘都没能生出小孩，都是收养的孩子。”

吉奈有七八处温泉泉眼，而传说能送子的知名温泉是大温泉。圣武天皇的神龟元年，行基[1]菩萨奉敕令，巡游诸国，途中在此地创建医王山善名寺，雕刻了药师寺琉璃光如来的佛像。史书上记载：“然尊容安座后，忽涌出灵泉，异香四满矣。”浴池由天然石块打造而成，古色古香，温泉水从小石子底下不断涌出。可惜水温不够热，必须泡足一小时才能暖身，实在是不适合想要生小孩的女人。

这处知名温泉的水温直接关系到吉奈的人气，两三年前，村里人打算重新挖一下池底。结果东府屋提出抗议，说不准随意动私人温泉。长久以来一直相信这是公共温泉的村人们恍若做梦，调查一番才发现，以前这处温泉向县政府提交申请时，接受了村民委托的东府屋竟是以个人的名义申请的。而村民们一直被蒙在鼓里，最

---

1 | 行基（668—749）：日本奈良时代僧人。

终闹上了法庭。这是村民的说辞，东府屋的说法我就不知道了。

说起来，修善寺的新井旅馆也和镇里打过官司。汤岛的落合楼也和村里有争执。这算哪门子的一流温泉旅馆。在热海拜那些大旅馆所赐，贫苦百姓们正饱受着房租和物价暴涨之苦。为了地方繁荣，很多地区不惜让本地的姑娘们沦为娼妇。当客人们暖洋洋地泡在温泉里时，旅馆的女佣却在用缝衣针刺破手指上的冻疮。她们的寝具和食物又如何呢？若知道了这些，哪里还有什么温泉的情调。

世古温泉

在吉奈大温泉不温不火的现在，坐落于猫越、达摩两座火山的范围内、位于狩野川及其支流流域的温泉中，世古温泉是一处自古以来便被伊豆人所熟知的著名温泉，两三年前还获得了有田药业“天下灵泉”的美誉。从汤岛的松崎大道沿着陡峭的石阶下至猫越川，河流旁边的公共温泉便是世古温泉。最近那里还修起了一处华丽的浴场，虽然不再有山中古色，但峡谷之深、巨岩之大、河渊之绿、水流之清，不愧是伊豆名温泉中的第一。

深山黄昏岩根下，月宿温泉池水中。（金子元臣[1]）

友人已入梦，吾在石上坐。猿猴亦在旁，共赏天边月。（横井也有[2]）

昔日，温泉边还可以钓到香鱼或鲑鱼。浴池底部咕嘟咕嘟地冒着气泡，老人说触碰这些气泡对身体有益。

钓鲑顽童当留神，急流石滑且生苔。（金子元臣）

宝温泉

往南翻越天城山脉，内伊豆也有许多温泉，但独树一帜的温泉不多。硬要说的话，也就是下加茂温泉、峰温泉和吹上温泉了吧。峰温泉是昭和二年发现的，据说灼热的温泉水能喷发十二米高；下加茂温泉是历史悠久的温泉；而吹上温泉则是大正十年由岩崎吉太郎挖掘出的新温泉，能喷九米高，后来被命名为宝温泉。喷泉就像是装进箱子的遮阳伞，被高高的箱形竹席似的东西包

1 | 金子元臣（1869—1944）：日本文学家、诗人。

2 | 横井也有（1702—1783）：日本江户时代武士、诗人。

裹在内，不过我还是从远处瞧见了缝隙中吹出的水雾。

此外这里还有一处因利用了温泉而闻名的温室。我遇见过一个园艺学校的学生，他说立志要把一生都贡献在蜜瓜的温室栽培上。我说：

“那个温室相当宽阔，但元月里去看，里面净是康乃馨，实在无聊得很。”

“可是，康乃馨在圣诞节那会儿一朵都要卖到十钱到十五钱呢。”

“那就很了不得了。”

在南伊豆，上规模的只有吉田松阴[1]的莲台寺温泉，曾我兄弟[2]的谷津温泉，以及河内温泉，可惜并无稀奇的浴池。

○

土肥温泉中带着洞窟风味的矿坑温泉，我还没去泡

---

1 | 吉田松阴（1830—1859）：日本武士、思想家、教育家。曾为了治疗皮肤病而造访莲台寺温泉。

2 | 曾我兄弟：曾我祐成（1172—1193）和曾我时致（1174—1193）。他们为父亲报仇的事件被称为日本三大复仇事件之一。曾我兄弟的父亲河津三郎曾在谷津泡过温泉。

过。此外热海的间歇泉已经广为人知，便不多费笔墨。

我的伊豆温泉记自然也不会到此结束。

天城的植物、猎鹿、热海特色的殉情、浴衣和女人、温泉乡的流动妓女和巡回艺人、下田的港口、日本造船史和伊豆、幕府末期的江川太郎左卫门、狩野川、内伊豆的港口风俗、东海岸和西海岸、作为一个大散步公园和自驾游出行地的伊豆、所有伊豆环铁开通后的展望、温泉旅馆中女佣的故事——这些我都打算写下来，不过现在只能另起他篇了。

伊豆温泉六月

1929年6月

1 | 六月的晴雨表

我在旧杂志上发现了沼津气象站记录的，从明治三十九年到四十三年这五年间的辖区气象表。

从中挑出伊豆六月份的晴雨天数记录，如下所示：

	晴天数	雨天数
沼津	3.2	19.0
伊东	4.6	18.2
下狩野	2.4	19.2
宇久须	2.6	14.2
上河津	3.4	16.2
上狩野	（空缺）	19.0

这是一张古老的统计表。然而这种古老，观天地之悠久，实为崭新的古老。

今年六月的伊豆仍是阴雨绵绵，一个月有十五到二十天都有雨。岛崎藤村[1]写的伊豆纪行里就有“伊豆快晴”的说法，而这伊豆快晴，在一个月之中只有两天到四天。

三面环绕伊豆半岛的大海都属于黑潮的一部分。黑潮携带着大量的水汽，而且富士、足柄、箱根等群山连成一片，如屏风般矗立在半岛根部，所以水蒸气都滞留在半岛内，即便不是梅雨季，来两场阵雨也是轻而易举。

被这水蒸气所滋润的火山岩土地，为伊豆染上一抹南国的绿意。

天城的私雨——天城山麓的山村里流传着这种说法。

即便山麓放晴了，山顶还戴着薄雨的帽子。从海上吹来的水蒸气全都一头撞上坐落于半岛正中的天城山，化为朦胧的白色雨丝。

2 | 六月的风向

同样，根据古老的统计数据——

六月的沼津最常见的风向是西风。伊东是北风，下狩野是北风，宇久须是南风，上河津是东风。

---

1 | 岛崎藤村（1872—1943）：日本诗人、小说家。

3 | 六月的旅馆

梅雨绵绵，温泉的气味沁入旅馆的走廊和墙壁之中。小餐桌上飘来陈年老酒和酱油的气味。打开走廊尽头的壁橱，寝具上也带着温泉的味道和些许霉味。这是一家没有客人的旅馆。

河谷中泥水上涨，冲毁了一座木板搭成的便桥。桥头是用粗大的钉子固定在岸边的岩石上的，桥面吊悬，随着河水沉浮咚咚作响。

深夜，巨石被河水冲刷而下，轰隆声不绝于耳。

草鞋鞋底踩在走廊上黏黏的。

我在厕所门前惊得不敢动。瓷制的椭圆形洞口边，一只老猫默默蜷缩着纹丝不动。女佣在没有房客的二楼走廊奔跑，一边喊着另一名女佣的名字。被喊的那名女佣已经不知道逃到哪儿去了。

4 | 六月的温泉

温泉的触感在四季各有妙处。

然而，去温泉里观人的季节——说白了，就是去看女人裸体的话，我认为五月和六月是最佳的。

冬天——女人脱下衣服泡入温泉之前，那丑陋瑟缩的模样实在惨不忍睹。身体泡暖后，皮肤又过于泛红了。

盛夏则是汗流浃背全身松垮，而且女人不知不觉间变得开放起来——穿着厚衣服的季节和穿着薄衣服的季节，似乎没有展现裸体的心情——总之不美。

秋天——无论是少女或是老妪，女人的肉体都有一种莫名的孤寂感。秋风绝不会让女人的裸体显得更美。

所以还是初夏最好。温泉中年轻女人的肌肤上映着草木的新绿、大海的湛蓝，格外旖旎。

即使女人自己也肯定会意识到——一年四季十二个月里，泡在五六月的温泉中，肌肤是最为美丽动人的。

5 | 六月的美

六月伊豆的自然景观中，只有一种我认为是美的。

烟雨渐晴之时，竹林娴静地低垂着枝头，看起来仿佛依偎沉睡的羊群。那是身披绿色长毛的羊群在安逸沉睡。

花期特长的山茶花也终于在六月要凋谢了。

山杜鹃也是五月的花。杉树的花粉散落纷飞。

桑叶已被摘过好几次，如今已很杂乱。新绿亦变成深绿，失去了树叶的色彩变化。

溪树蛙的鸣叫已不在，只有寻常的蛙类在喧嚣。

硬要说的话，还有开始变色的夏蜜柑和品尝透亮的山葵叶青翠欲滴。

巡回艺人们在下田的小旅店里赌着钱。

雨中的海岸，捕鲣鱼的渔船仿佛甲虫的尸体一般在水面上漂浮。

连热海著名的殉情案件在六月也很少见。

6 | 六月的香鱼

伊豆的香鱼同东京的多摩川一样，于六月一日开始解除渔禁。诱钓[1]是在七月或八月，六月先是从蚊钩钓[2]开始的。

水量适宜的日子，曾有钓鱼新手在上游处钓到六十多尾。而菊池宽[3]和中村武罗夫[4]大清早就赶去东京附近的河川，结果一条也没钓到。看来，铩羽而归的不止我一人。

六月若要去伊豆的温泉，首先就是去这狩野川钓香鱼吧。

正如全国任何一处河流都宣称的那样，狩野川的人

---

1 | 诱钓：指通过饵料、窝料诱使鱼上钩的钓鱼方式。

2 | 蚊钩钓：指使用蚊虫造型的鱼钩钓鱼的方式。

3 | 菊池宽（1888—1948）：日本小说家、剧作家、记者。

4 | 中村武罗夫（1886—1949）：日本编辑、小说家、评论家。

也说这里的香鱼是日本第一。我见过银座某家食品店的展示橱窗里，长良川的香鱼和狩野川的香鱼游来游去。我记得长良川的香鱼体型较宽，而狩野川的香鱼比较细长圆润。

7 | 六月的青蛙

伊豆七大奇景中排行第一的，便是天城山中八丁池里的青蛙——它们会爬到树上去做窝产卵。波多野承五郎[1]曾说：

“这处水池里的青蛙每到六月份，便会爬上池畔的树木，用自身分泌的黏液把新叶黏合到一起，做成蓄水池的模样，积蓄雨水，接着在其中产卵孵化出蝌蚪来。（中略）据说每年六月初，水池周围树上便全是青蛙做的窝，从远处看去仿佛一大片积雪一般。”

根据东京大学研究青蛙的权威人士冈田弥一郎的鉴定，这种蛙类被命名为“森青蛙”，据说，全世界范围内仅发现了八种，十分稀有。

为何它们要去树上产卵呢，因为八丁池中生活着许多蝾螈，青蛙在池中产下的卵会被吃掉。

1 | 波多野承五郎（1858—1929）：日本实业家、记者、评论家。

8 丨 六月夏日

温泉乡的夏日来得特别早——似乎是这样。

男客自不用说，女客到了六月也只穿一件旅馆的浴衣，再系一条窄腰带完事。大多数女人在温泉待上几天，便会把正经系腰带的事忘到天边。不是忘记，是学会了如何按照温泉风格把浴衣穿得好看。与其说穿得好看，不如说是故意衣衫不整，做出风雅姿态。

按温泉的风格乱穿浴衣——这便是温泉的情趣所在，是盛夏海滨矫健的泳装身姿所望尘不及的情趣。

早早穿上浴衣，早早迎来夏日，这便是六月的温泉旅馆。

提早过夏天的现象尤为明显的，是热海温泉。那处温泉的烟雾——仿佛小工业区一般从囱里喷出的热气，会在下雨天低沉地缭绕在小镇上。街头巷尾和旅馆庭院里温热的泥土，将雨水也化作热气。闷热如在锅中，仿佛沸腾的蒸汽，这便是六月的热海。

邮局坐西朝东，雨天的午后尤为昏暗。雏妓在桌面上张开紧握的拳头，放下六枚五十钱银币[1]说道：

---

1 丨 五十钱银币：日本 1922 年发行的银币，重 4.95 克。

“就这些了。”

“署什么名。”

“燕子。”

“燕子。”

“不过，这是艺名。”

之后，她便在热气之中离开了。六月小镇上的女人，好似轻轻焯过水的蔬菜那般美丽。

伊豆天城

1929年6月

伊豆下田港的小旅店——下田这个词不仅是地名，而且用来修饰小旅店，其实也透着一种独特的情趣。民谣艺人、巡回演员、江湖摊贩、卖唱歌手——这些在相模、伊豆的温泉乡等地辗转徘徊的候鸟们，他们的第二故乡便是下田，他们的窝便是下田的小旅店。巡回艺人们来到下田的旅店，就好像回到了同类的巢穴一般舒心而雀跃，从这间房走到那间房，寻找熟悉的面容，互相分享旅途中的见闻。

甲州屋便是这么一间小旅店。阁楼上的房间里，房顶直覆盖至窗口，站起身来便要碰到头。巡回艺人从他们背着翻过天城山的行李中，为我拿出了茶碗和漆筷——他们在旅行中背着小锅、菜刀、碟子、酱油、道具剑、假发、舞蹈服等物件，正如朝鲜建筑工人搬家那样。我用指尖咚咚地敲着小鼓，在鸡肉火锅边刚一坐下来，舞女小姑娘便仿佛想起了什么，说道：

“别看那样，那也是正统富士山的姐姐呢。”

“什么？”

“我是说下田富士。”

对了，我们刚才正在聊下田富士的事情。

“传说，自古以来充当海船航标的，就是那座小山吗？”我刚刚这么问过她。那座山位于下田西北方，据说整座山是一块岩石，我登上那座山回程的路上，绕到了这家小旅店来。秋日的落叶时不时令我的脚打滑，发出孤寂的声响，那声音似乎仍缭绕在我的脚边。

“下田富士是姐姐，正统富士是妹妹。不过妹妹肌肤雪白、身材高挑而又容貌姣好，所以姐姐下田富士起了嫉妒之心，便在她们正中筑起一道叫天城山的屏风，尽可能地缩在这边不去看妹妹，于是就变得越发娇小了。尽管姐姐是这副模样，妹妹富士山还是思念着她，每天都往上伸展着，越过屏风去看姐姐，所以她最后就变成了日本最高的山。”

把天城群山视为屏风的说法着实有趣。天城正是伊豆的屏风，是将伊豆截然分为南北的屏风。

蜜柑、苏铁等温带植物生长在天城以南。梅花、樱花以及其他从冬天开到春天的花，它们在山北和山南的花期截然不同。即便山北已是银装素裹，南边还是经常不见一片雪花。如今北方的田方郡还是俗称为外伊豆，南方的加茂郡[1]则俗称为内伊豆，中间以山为界。东西长约四十四公里、南北宽约二十四公里，坐落于伊豆半岛正中，牢牢占据其三分之一面积的山脉——自古以来，人类文明要翻越这座天城山似乎也是相当困难的。

最好的证据，便是从北向南翻越天城岭后那焕然一新的景象。通过山岭的隧道向南迈出一步，天空的色彩便豁然一变，到处都是明朗的南国气息，不禁令人想深深吸上一口气。重峦叠嶂的背后，便是温暖的海的颜色。从北向南翻越天城，就是爬上寒坡，再下暖坡的过程。不记得是哪次了，我曾在北麓见过大象、骆驼等动物慢腾腾地翻山而去的情景，那大概是巡回动物园吧。

“仿佛在山南真有它们的热带故乡一样。”我说道。

我感觉整个伊豆半岛就是一个巨大的游乐园，任何一处海岸线都很适合漫步。此外，从箱根翻过十国岭到热海去，以及从修善寺翻过冷川岭到伊东去，在这两条路上头一次眺望到大海的那份清爽感，着实令人心旷神

1 | 加茂郡：此处应为作者笔误，加茂郡位于岐阜县中部。本书第 2、3 页，作者提及同样内容时写作贺茂郡。

怡。而在天城岭以南遇见南国风光的那一刻，更是伊豆的旅情所在。倘若不是徒步翻越天城山，就无法真切地体会到伊豆的旅情。造就了伊豆，并为伊豆带来温泉的猫越、达摩、玄岳等火山山脉中，天城火山是规模最大而最年轻的，仿佛是在其他的火山灰上又降下了一层火山灰。它就像伊豆脸上大得过分的鼻子。

“天城的山谷可真大呀。没想到竟是那么壮观的溪谷。”

“如此浩大的山谷可是难得一见的。而且那杉树和扁柏的森林景致不也很美妙吗？”

“要说那杉树和扁柏之美，在东京附近的山上是绝对见不到那种绿韵的。”

“的确如此。”

“我一开始也不把这放在眼里，只觉得天城不过是座小山岭罢了。然而完全没料到它竟是那么壮美，比起箱根八里的溪谷不知大了多少，又美了多少呀！”

这是田山花袋一篇游记中的对话。据说岛崎藤村也在名为《旅行》的短篇中写到了乘马车翻越天城岭的事。

我做梦都没想到在这宛如模型般的小小伊豆半岛

上，竟有如此幽深而壮美的峡谷，而且如果不徒步翻越山岭便不得一见。若乘坐汽车，便不会将这天城的峡谷“放在眼里”了。

松树、柳杉、扁柏、冷杉、榉树、铁杉、槲树——自古以来，它们被称为天城的七大宝树。

枯野朽船烧煮盐，
余木作琴撩拨弦。
由良海口碣石藻，
飒飒琴声亦飘摇。

这是应神天皇的御诗——枯野便是伊豆为天皇朝贡的大船名字。根据《古事记》[1]的记载，这是仁德天皇在位时期的事情，造船的木料也是河内国贡献的。而《万叶集》[2]中也有“伊豆手舟”和“伊豆手之舟”的说法。年代最近的则是安政[3]大地震后，俄国普佳金[4]的船只在

---

1 丨 《古事记》：日本最早的历史书籍，成书于公元712年。

2 丨 《万叶集》：日本最早的和歌集，约成书于公元8世纪后半叶。

3 丨 安政：日本年号之一，公元1855年至1860年。安政二年日本关东地区发生了里氏七级地震。

4 丨 普佳金：俄国海军上将、航海家。

下田被震毁后去户田造船，江川太郎左卫门等人也效法开始制造君泽式船只（户田当时位于君泽郡内，由此得名）。此外，明治七年还建造了一艘天城舰。——总之，日本的船同伊豆因缘匪浅，在各个时代都留下了记录。

当然，因为伊豆是半岛；除此之外，毋庸置疑，天城出产良材也是一大关键因素。伊豆的绿色甚至带着一种黝黑的光泽——这里植被繁茂，得益于从三个方向包围着半岛的黑潮的滋润。半岛根部被富士、足柄、箱根等群山所环绕，黑潮流经的海面蒸腾出的水蒸气将半岛滋润得无比富饶，使整个伊豆的火山岩裂解破碎，化作肥沃的土地。

“还有就是天城的私雨。”山麓放晴山顶还是阴天，山麓阴天山顶就下雨。我指着那天城山，打算向东京来的朋友介绍这句话中的风情所在。

“天城的私雨——这是当地的一句俗话。意思是，天城是矗立于伊豆正中央的山，所以四面而来的水蒸气会在此一头撞上山体，雨云要渡过半岛，先得跟天城山打声招呼才能通过。很多时候只有天城峰顶上笼着一片雨云，人们便把这种情形唤作私雨。”

此外，山麓雨水也很多，特别是月夜的河谷中，时常飘荡着柔美的雾霭。

“这里最有名的就是私雨吗？”

“这里有名的特产是山葵和香菇。最感自豪的是，天城的山葵居日本第一，会出现在东京一流餐厅的台面上，所以这里的山葵田可是相当可观的财富。由此还衍生出了山葵小偷。至于香菇，据说曾在宽正年间被作为礼物送往京都，这是蜷川亲元[1]的日记上写的。不过，在天城山，植物学家们感到稀奇的，是净莲瀑布的岩石和洼地上繁茂生长着的几种苔藓：钩毛蕨、长柄车前蕨和顶芽狗脊——据说某次召开天城山植物研究会时，朝比奈药学博士[2]等人就希望将这几种植物划进天然资源里加以保护。珍奇的花则是米杜鹃和山杜鹃……”

“已经够多了。”如果有人听得不耐烦，那就换个话题：

“可是不知为何，昆虫倒是不多。……八丁池里有一种会爬上树产卵的青蛙，这应该是最为稀奇出名的了。”

“这水池里的青蛙每到六月份，便会爬上池畔的树木，用自身分泌的黏液把新叶黏合到一起，做成蓄水池

---

1 | 蜷川亲元（1433—1488）：日本室町时代幕府官僚、诗人。

2 | 朝比奈泰彦（1881—1975）：日本药学家、药物化学家。东京大学名誉教授、药学博士。

的模样，积蓄雨水。青蛙就在其中产卵，孵化出蝌蚪来。为何这水池里的青蛙会去树上产卵呢？据土屋校长（汤岛小学）的解释，是因为八丁池里有许多蝾螈，在池里产卵，全都会被吃掉。于是青蛙便养成了上树产卵的习惯，以使种群延续下去。于是，每年六月初，水池周围的树上便全是青蛙做的巢，从远处看去，仿佛一大片积雪一般。（中略）此外，关于这种青蛙产卵的事，有趣的是，产卵时除了一对雌雄蛙之外，还会有三四只雄蛙协助制造包裹住蛙卵的泡状凝块。”（波多野承五郎）

根据东京大学研究青蛙的权威人士冈田弥一郎的鉴定，这种蛙叫“森青蛙”，在世界范围内都十分稀有。据说这类蛙在世界上仅发现了八种。当今那位殿下还在东宫时，波多野就为皇家研究室献上过这种蛙。

“天城不还有过什么皇家猎场吗？”

“在大正十五年就废止了。不过在那之前，每年冬天东乡大将、上村彦之丞大将等日俄战争时期的武将们都会来此，猎上五六十头鹿。如今皇家猎场已由宫内省移交给农林省，变成了国营猎场。从十二月起到翌年二月止，每逢周六和周日，普通人交了入场费也可以进去猎鹿。一般是四五人组队前往，听说每人要交二十五元。伊豆还有一处伊东的高尔夫球场，书上写着那里除了三百元会费以外，还要交一百元杂费。唉，这两项都是奢侈的运动啊。”

即使废止了皇家狩猎，天城还有十七万公顷的林场属于皇家。下田大道沿线的群峰中，这些树林作为学术参考资料，一直保持着原生林的状态从未遭过砍伐。这里的绿叶和红叶极为美丽。在这万绿丛中，如巨大的白骨一般矗立其间的，是柳杉和冷杉的枯木。这些枯木在岭南格外多，任谁见了都要问一句：“那是什么？”

“那是不倒枯木——是天城的特色。”这是与我一同翻山越岭的巡回艺人告诉我的。

冬日温泉

1934年6月

“元月要不要去泡温泉？”这句话已然成了人们寒暄时的常用语。

仅仅在伊豆，就有三四十处温泉乡。但是，可以温暖如春不知冬日——真正能作为避寒地的温泉，在东京附近连五处也没有。伊豆的土肥和谷津交通不便，所以通常不是去热海、伊东就是去汤河原。然而，汤河原离大海稍远因此也更冷。冬天的伊东会刮起大风。而修善寺和箱根也绝称不上暖和。至于盐原和伊香保那边，更是已经要围着火炉赏雪喝酒了。既然如此，索性去雪国的温泉来场“冬季运动”，说不定更痛快。

在游客蜂拥而至的元月，如果不是熟悉的旅馆，往往连歇脚的地方都没有。无论哪里的温泉旅馆都像咖啡厅那样，每年来的基本上都是那些常客。去年的大小姐今年元月再来就成了新娘子，两三年前还垂着辫子的女娃娃今年冬天则完全长成了妙龄少女——总之一年一度在温泉相会，说起来如同温泉旅馆的“特别会员”的人们，彼此间会有各种乐趣，但对于初次到访的客人来说就困扰得很。

一人来住店更是不讨喜，旅馆会把你带去晒不到日头的房间。不过有地方住已经算很好了，有时还得低声下气恳求一番，人家才会从前台的角落里拿出一点米饭来给你吃。有一对新婚夫妇——他们无疑是抱着享受旅行的美好愿景来此的，却在每家旅馆都吃了闭门羹。最后他们神情恍惚地坐在旅馆玄关处，仿佛连站起身的力气都没有了。当晚也不知睡在何处。我在元月的温泉乡时常会见到如此令人同情的状况。

即便是在热海，一流的旅馆也会最先爆满，住不下的游客会逐渐向二流三流旅馆蜂拥而去。在箱根，游客们会从入口处的汤本和塔泽逐渐涌向更深入的地区。此外修善寺也是最先满员的，接着游客们便会跑到更远的内伊豆去。不过即便如此，也从来没有人沦落到露宿野外，不得不说温泉确实很多。

人们给东京开往热海的列车起了个“浪漫之车”的俏皮名字。前年，热海光是元月就有七对情侣殉情。每年替殉情男女料理后事的费用，据说就让镇政府伤透脑筋。结果为数众多的殉情案件，反而展现出了这座小镇的种种魅力。在关东冬季的温泉乡中，没有哪片土地能与这里相提并论。各种档次的旅馆都有，出租别墅和长租房也不少。冬天还有前往伊东、大岛、初岛去的游览船出航。即便是去下田，也是在这里换乘火车最快。

梅花从年底开始盛开。温泉水的温度之高，甚至能让跳进泉口的人在次日清晨化为一具干净的白骨。我租住的房子地下有泉脉，连摆在玄关的木屐都是温热的。

不过，也因为见惯了贵族和大富豪，服务态度欠佳的旅馆不多。整个小镇都带着一股花街气息，女人们都把头发挽成漂亮的发髻，颇为养眼。问题是年轻的男人们一般也会给人一种油滑的感觉。

给热海加上半分东京郊区的味道，再加上半分渔船港口的味道，大概便是伊东了吧。作为当地振兴政策的一环，这里似乎相当不讲究什么风俗习气。即便同为风月场所，这里比起热海又多出了一股刺鼻的海腥味。若要说适合一家子去的安静温泉，到底还是去伊豆半岛中部的修善寺会比较好。热海、伊东、修善寺、长冈被称为伊豆四大温泉，但若要我选出自己想去的地方，那就是热海、汤岛、谷津和上肥了。

基本上伊豆就是一个适合徒步旅行的地方。沿着海岸从热海漫步到伊东、从下田漫步到谷津都很不错。不过，从修善寺徒步翻越天城岭去往下田，并一路探访大道沿线的数座温泉，这大概才是独具伊豆风情的旅行吧。冬天的天城应该还有猎鹿活动，这无疑是东京附近最为奢侈的运动之一。自从宫内省的皇家狩猎废止后，猎鹿这一活动也通过高昂的入场费向普通人开放了。曾有野鹿从山上滚落到汤岛小学的院子里，学校驯养了那只鹿，还让小朋友们带出去散步。天城山的南与北，阳光和花卉的花期等都截然不同，这也令人感到一股强烈的南国气息，着实有趣。

大道沿线的温泉中，并没有特别出众之处。尤其是在天城以南的内伊豆，除了下河津的谷津温泉之外，我都不太喜欢。话虽如此，若将这些温泉合起来视作一体，这下田大道却也是东京附近独一无二的冬季旅行线路了。这里的风土人情都带着乡土风味，有很多男女混浴的温泉。若排斥男女混浴或为此大惊小怪，那是不懂得温泉滋味的城里人。温泉和东京的公共澡堂可是两码事。

热川旅讯

1934年6月

在伊豆的温泉乡中，我所不了解的只有热川，所以打从十年前就一直想找机会来一趟。但去年冬天来伊东时，不巧此处道路毁坏不通车，又带着妻子无法徒步前往，所以直到现在才一遂多年心愿。

话说实际过来一看——不过，上来便是这种写法，作为一篇旅讯不免有些扫兴。还是先谈谈热川令我印象深刻的一两件事吧。首先，在这里的旅馆房间里，可以清晰地望见外海的伊豆七岛。在伊豆的温泉乡中，景致怕是独此一家。再有就是，把夜空映红的三原山御神火[1]，隔海遥望依稀能看到一抹微红。不过，那得是空气澄澈的季节，如今已是晚春，海面上笼着雾霭，连大

1 | 三原山御神火：指三原山火山喷发出的熔岩，三原山是位于伊豆大岛上的一座火山。

岛都一片朦胧。

从热海到热川，需乘公共汽车沿海岸线摇晃两个多小时，在我看来，海上那平静的多云天气，相较街道、山间和田野的阴霾又徒然多了一种郁郁之意。不仅海平线朦胧难辨，海面上也飘荡着令人心烦意乱的东西。原本我就觉得，温暖地带从晚春到初夏的时节变迁并不怎么赏心悦目。才四月二十二日，伊东的夜里就不时传来了蛙鸣。

话虽如此，今日热川傍晚时分，从海边传来了年轻女人的歌声，听上去似是对声乐颇有心得。她是在对着大海歌唱吗？仿佛要与入夜后逐渐高涨的海浪一较高下。的确，西洋音乐当真是青春的专属。我如此感慨着，被歌声吸引到走廊一看，出乎意料的是，这歌声竟是从娱乐室的收音机里发出的。收音机的声音听起来那么像饱满的人声，只因那是伴随着浪涛声而来的，这便是夜晚的大海和旅途共同创造出的魔法吧。说到这里，接着播放的管弦乐，声音中也微妙地染上了一种寂寥之情，带来传说中的妖怪氛围，犹如海中的狸囃子[1]一般。

---

1 | 狸囃了：日本一种关于怪异声音的怪谈。深夜里，特别是月圆之夜，常会远远地听到笛子伴随着太鼓的演奏声。

这家旅馆的娱乐室相当宽敞，角落甚至有舞池。我惊讶万分，这里的女佣们似乎也会跳舞，房间里甚至还配备了收纳洋装的衣柜。虽然我很想说不应是这样，但在我想来而无法成行的这些年里，热川还是发生了不少变化。不对，应该说是努力试图改变。而我所投宿的这家旅馆，大概就是变化中的热川率先起跑的前兆吧。这里是热海知名樋口旅馆的别墅，女佣们也大多是从热海的樋口辗转而来的。这完全就是在寂寥的渔港和山村之间突然建起了东京资产阶级的别墅。

七八年前，我在热海租赁别墅住了一整个冬天，当时整个热海就带着一股花街氛围，小卖铺里的女人们化着妆、挽着漂亮的发髻，街头有许多花花公子般游手好闲的年轻人，有种只招待名流富豪的味道，让我觉得很不舒服。即便如此，据说充斥于街巷，被唤作新特色的站街女子，在那时还未泛滥开来。后来我乘公交车路过时，那里似乎已经变得很普遍，这已不再是好恶问题，我只能感叹于城市化的进程带来的影响。

一流旅馆之间争相进行的设施建设，想必出乎旅客们的意料。包括盛行一时的新建或者改建大项目，这些竞争都不仅仅是出于老板们的虚荣心，更是因为这直接决定了生意的兴衰。老字号也好，历史悠久也好，都逐渐不再是金字招牌。哪怕是咬牙借贷，也不能输给其他同行。这已经开始有种东京激烈商战的味道了。不仅浴池要大，还要配备体重秤、电子按摩器，甚至厕所的设备都要一争高下。连旅馆里的女佣都在说热海是东京的入口、是东京的玄关之类的话。但是，郊外小镇边缘那座像百货店或医院的大酒店，施工到一半就没了动静，像那座化成了废墟的日本剧场[1]，看起来像鬼屋。就那如今还是热海一带的地标，据说建筑方因为资金的问题已经落入了法网。

热海酒店已经归了根津嘉一郎[2]。而热川这一带也成了不动产公司的分让地[3]，听到这些感到震惊的人应该很傻吧，这不是任何一处温泉乡司空见惯的事情吗？当地的村民们都把土地贱卖了。我说这实在是愚蠢至极，而女佣回答说，可是村民们缺钱呀。土地若在村民手中，也不可能贸然砸大钱试挖温泉，建一家旅馆更不是什么小事情。这一带的海滨水浅礁石多，船只无法靠岸，所

---

1 | 日本剧场：指过去位于东京都千代田区的一座剧场，于 1929 年开始兴建，因资金问题拖延至 1933 年 12 月底才竣工开业。

2 | 根津嘉一郎（1860—1940）：日本政治家、实业家，根津财阀创始者。

3 | 分让地：指属于不动产公司、由不动产公司划分并出售的用于修建住宅的地块。

以也没有渔民，仅有为数不多的居民散居于此。

听说这片土地经过公司化运营，在樋口别墅的下方也出现了越来越多的温泉旅馆，连艺伎屋都修起来了，如今这些旅馆已经不复喧嚣。五六间简陋的温泉旅馆相互之间隔着十来米，面朝大海，冷清又老旧。这便是热川温泉，是我从十年前就时常从徒步旅行的学生们口中听来的，原本的面貌。树木稀疏的小山层层叠叠的模样，实在谈不上一丝风情。而那些温泉旅馆附近基本上没有人家，更添了几分荒凉。不过，拉面店和寿司店里倒还是有五六个女人常驻。

我听闻热海的艺伎和斟酒女合计有三百五十人。昨天早晨，伊东三业[1]工会的女人们聚起一大群，前去参观下田的黑船祭典。伊东的斟酒女跑到大路上拉客的情景，现如今也无需我多言。但那里的旅馆有十名侍女伺候的排场，有私人温泉，还设有西洋风房间，比起东京的同行们可是要气派得多。旅馆管家之前曾带着我在这小镇上游览，那时他走得极快，再加上夜晚街头的光线作用，令路边的女人看着更为美艳动人。而如今这些女

---

1 | 三业：具体指料理店、约会茶室、艺伎屋三种行当，也泛指整个花街行业。

人坐着一辆辆公共汽车涌去下田的情形，也着实令人觉得有趣。

作为参考姑且一提，这家旅馆一晚的房费是四元、五元、六元不等，小费废止后改为加收一成服务费。原本热川的旅馆顶多只要两三元，相比之下当真是不负热海别墅的名号。我原本是抱着住乡下旅馆的打算踏上这次旅程的，却误打误撞地住进了都市风旅馆，既然这样，那便从今井海岸温泉途经峰温泉，去看看黑船祭典就回去吧。今井海岸被称作伊豆的舞子海[1]，只有一家叫今井庄的旅馆，看着果然也是都市风，住宿费也和樋口别墅一样，不过温泉据说是从峰温泉那边引来的。峰温泉那边的泉水如河川般涌出，水量丰富，温泉喷出的情景，我在汤岛温泉时也见过。说到这里，汤岛也建起了艺伎屋，还安装了霓虹灯招牌，跟《梶井基次郎[2]全集》中所写的模样相比，似乎已经大变样了。

1 ｜ 舞子海：位于神户市，是日本自古便知名的景点。

2 ｜ 梶井基次郎（1901—1932）：日本小说家。

元旦三日

1940年1月

一

“前台的角落里也可以，走廊的尽头也行，随便能有个地方让我睡就好。”游客泪流满面地恳求店家，这是十二月三十一日晚上的事。还有些游客瘫坐在旅馆的玄关处赖着不走。热海挤爆了就去伊东，伊东满了再往热川，甚至继续涌向内伊豆。那一夜，只求一处栖身之所的游客，如从战乱的城市中逃出的难民般四处流窜。

他们一行四人不像上述那些游客，好歹能在热海旅馆八叠大的房间里聆听跨年钟声，不得不说实属侥幸。

有房住自然不错，但就寝后，两家的妻子却反常地来了兴致，叽叽喳喳地说个不停，到凌晨三点甚至还在高声大笑，弄得两个丈夫都受不了了。

两个丈夫从初中到大学一直都是同窗，毫不夸张地说足有二十年的交情，两位妻子却没有过深的交往。在东京站说声“好久不见”时，和第一次见面打招呼的客套程度没两样。而看到此时妻子们一反常态的样子，两位丈夫的神情也有些困惑不解。

不知为何，两个女人在热海的旅馆里并枕而眠后，蓦地便像十来年肝胆相照的知己一般，甚至比丈夫们还要亲密，聊得异常热络。

从丈夫的角度看，在元旦三天旅途中，众人计划游览伊豆的各大温泉乡，此刻才刚刚启程，妻子们自是兴致高涨。而两对夫妇共居一室，似乎也为热烈的对话添了几把柴火。偶尔一次旅行便能让妻子如此喜悦，丈夫们很是满足。

但很快，两位丈夫便被妻子们彻底打败，陷入了沉默之中，只时不时附和一下发出几声无精打采的笑声。

饭田顾虑着松本的妻子友枝，一句“差不多该睡了”迟迟说不出口。松本亦顾虑着饭田的妻子町子，一句“太吵了”也憋在了嘴中。

正如被窝中的友枝好几次炫耀的那般——虽不知是三流还是四流的旅馆——但总之一行人能够安歇于旅馆的铺席之上，还得多亏她在热海站下车后提出了步行的建议。

东京站疯狂拥挤的人群，火车上也挤得没位置坐，还有热海站的喧嚣嘈杂，一路上历经辛苦。被人群推搡着出了检票口，只见旅馆的管家们声嘶力竭地在那儿吆喝，但那都是在接预约好的客人。为了送客人去旅馆，管家们甚至也都杀红了眼在那儿争抢出租车，饭田和松本不知道要等多久才能坐上车。再看公共汽车的情况，结果也一辆辆全都满员。虽有旅馆工会的引导人员在那里，但生客的接待通常会被留到最后安排，而若要问跨年夜哪家旅馆有空房间，对方当下也答不出来。元旦三天里，热海人的眼色都变了，所有人仿佛都憋红了脸。一行四人茫然无助，一时呆立在原地，看起来一时半会儿也轮不到他们。“我们走路去吧！”友枝打起精神提议。这么一说众人才发现，接二连三地有不少旅客都选择了步行。

饭田拿过夫人的包，引得松本也对自己的夫人伸过手去，而友枝却说“没关系，不重”，没把包给他。两个妻子的包里都只装着短外衣和长夹衣而已。友枝和町子都已年过三十，由于跨年的缘故，两人都打算先穿偏正式的黑色短外衣，至于之后换什么，妻子们决定上了特快列车再盘算。在东京站排上买票的队伍后，松本说四个人一起排队是多此一举，便说：“我去买就好了。”这是松本一贯喜欢照顾他人的习惯，而饭田却也不客气地说："那就拜托了。"说完他干脆利落离开了队列。这让松本的妻子友枝略有不悦，此刻她又见到饭田提着妻子的皮包笨手笨脚的样子，于是也变得有些反常。她想，待会儿站在各个旅馆的玄关处询问有无空房时，又会是松本出马交涉。友枝一直想悄悄告诉松本，让他今天往后站一站，事情交给饭田去做就好。可比这个更重要的是，就这么往镇上走下去，大家究竟能不能找到住处呢？

盲目地跟着腾腾的人流往前走，实在是令人放不下心。陆续从后方超过去的汽车中，那些乘客的装扮看似也和自己这些人不太一样。

不料，不知从阴暗路边的什么地方，忽然钻出了一个旅馆拉客的人凑到四人面前。出现得不明不白，着实令人有些害怕，但也正像是救命稻草。一流二流旅馆的管家待在车站前边，而再往下不知几流旅馆的管家则会蹲守在离车站稍远的街头，冲着没地方住的人捡漏。那些人纷纷过来纠缠起徒步前行的旅客。

"你们那儿有温泉泡吗？"松本突然鼓起勇气说。

"您在开玩笑吧，先生。不带温泉的旅馆，您就算找遍整个热海也找不出一家来。我们家啊……"

管家开始吹嘘起自家的设施来，口吻中似乎在说，刚好空出一间临时取消预约的八叠单间，实在是你们撞了大运。

“住哪儿不都一样？只要能有地方睡……反正之前就做好这样的心理准备了。”友枝说道。最后拍板决定住处的，果然还是松本夫妇。

站在简陋的玄关前，四人面面相觑，但管家已经把行李搬去了二楼，事到如今也找不到别的旅馆了。

菜单上的众多品类只能看不能点，寝具连自家的也比不上。想到这样也算是在新年泡温泉，真是寒酸。还不如往年带着小孩在夜晚的银座逛街，家里人聚在一起迎接元旦的跨年方式。之前大家是看着新年游客一窝蜂往外跑，被从众心理撺掇着而来，但此刻四人皆如梦初醒。妻子们开始挂念起家中事，担心起了孩子。

于是两位妻子携手发挥平日里的经验，将这家旅馆的建材、摆设还有料理都臭骂了一通，得出了这是家黑店的结论。连往日里性情沉稳的町子，都像个小鬼头，嗅一嗅饭菜的味道，又掀起被单抓着下面的被子瞧个不停，那做派把町子的丈夫饭田都吓了一跳。如此闹了一番后，町子给人的感觉反倒比友枝更现实。松本愉快地笑了起来。饭田对妻子使了个责备的眼神，但町子完全不理会，于是在两人对眼色的时候，不知为何饭田自己也消下气来，当真是奇怪。他站起身去，触摸凹间挂轴的装裱纸，纸张发出了很廉价的声响。

正如他们埋怨的那般，住在这种旅馆里，实在与他们的身份不相符。而他们自然也十分清楚，这并不是自身的问题，而是跨年夜的无可奈何。

情绪消解一番后，众人来到了浴场，然而所谓的大浴池只能勉强进去五六个人，另有一个小浴池自然也是满满当当。虽然大浴池中的浴客中也混着女人，但两位妻子还是打了退堂鼓。

而两个丈夫抱怨："比澡堂还过分哪，这水都浑了……"

但最后他们还是在矿物温泉里暖了暖身子。两人泡完温泉回到房间一看，只见四张地铺中间的两床铺盖里，妻子们正聊得热火朝天。两人心情极好自然不是坏事，可她们是从什么时候开始变得如此亲密呢？女人之间的话题实在是无穷无尽，两位丈夫甘拜下风。他们虽不时插两句嘴，但立刻被妻子们无视掉了。对比妻子们的聊天，男人的生活中看似有许多话题，但真能聊下去的寥寥无几，而女人的生活中看似没什么事情可以作为话题，随便拿一件事情好像都可以认真地聊下去。

比起拥有二十多年交情的丈夫，今日仿佛才初次见面的妻子们，似乎更能深入聊起各自的生活。

话题更深一分便要暴露出自家丑事，令丈夫们胆战心惊，妻子们却宛如走钢丝一般灵巧地辗转腾挪，越是危险反而兴致越高。两人就这样背对着各自的丈夫，滔滔不绝。松本的夫人友枝时不时没来由地发出高声尖笑，那种笑声饭田在今晚之前从未听过。肆无忌惮的笑声恐怕吵得隔壁房间的客人都睡不着，却有种仿佛出自柔软喉咙的味道，直令人联想到女人的肉体，不如说是极为煽情。饭田感觉自己仿佛嗅到了友人妻子的神秘魅力。妻子们如此闹腾，或许是离家在外睡不踏实的缘故吧。

然而，丈夫们终究还是倦了。松本打了好几个大哈欠，饭田看了看枕边的钟，已经三点钟了，他问妻子们要不要去泡个温泉。妻子们一直没睡，一方面也是为了等浴场清空。

“不用了吧，身子也已经暖和了。”町子娇声说道。

“去洗洗一年的污秽吧。虽说聊了这么久心灵也已清爽了许多。”

友枝高声笑了起来，接着干脆利落地站起身，拉起町子的手说道：

“要是留着污秽不洗，可就没有跨年的氛围哦。”

“哎呀，早就已经是元旦啦。”

“原来已经元旦了啊。”松本说道。

妻子们去泡温泉后，两位丈夫一时沉默了下来。

热海小镇似乎已经先行入睡，只有远处不时传来声响。

饭田心想，友枝会看见町子白皙却瘦弱的身子，要是她讲给松本听就不好了。看她们那副样子，想必现在正在互相搓背吧。

松本又打了个哈欠。

“原来已经元旦了，这可真是个了不起的元旦。”他轻声说着笑了笑。

“喂，我们可要四十岁了。”

“嗯，四十了。”

又沉默了一阵后，松本感慨地说道：

“町子的字，还真像是你写的。”

“是吗？”

“说起来，你家老婆也挺能干的。”

“嗯。”

饭田说着暗自蹙起了眉。

“你俩感情不错哦。”

“你说夫妻关系？怎么说呢，我没怎么深入想过，算是挺平淡的吧。我老婆身体好，从没得过什么病痛，所以我也没什么照顾她的机会，从而反省改善。夫妻二人相看两厌，大概也是世间常情吧……”

“净扯些谎话。不过，夫妻生活的真相原本就不是能贴切地跟他人说明的事。即便不打算隐瞒或掩饰，也不知如何说起。”

“嗯。你如今上了四十，与其满心研究夫妻生活，不如去外面玩玩女人，老婆还乐得轻松些。反正我们也不是那种一时兴起便会离婚的人。这些事想着无趣得很，老婆亦是庸俗凡人，那就忍着呗。”

“话虽如此，但没有哪个女人是庸俗的。”

“你居然讲这种话……”

松本说着得意了起来：

“你在外面养着女人吧。”

“哪能呢？”

“若非如此，那就是你被老婆管教得太严了。”

“莫在这乱说。”

“是吗？那你明天跟老婆吵个架给我看看啊，正好趁着新年一大早。这下才有趣，我也去吵一架。喂，你不觉得在旅行中，元旦三天里，两对夫妇一同吵下去是件很有意思的事吗？喂，要不要真的吵上一场。”

松本说着极为愉快地笑了起来。

饭田心想这定是玩笑话，但还是说道：

“那种闹剧有意思吗？说起来，你家友枝倒似乎挺适合做吵架的对象。”

“你老婆是闷在心里的性子吗？不过，如果不要点阴谋，那也挺无聊的。我也不是那种没事会带老婆来泡温泉的性格。”

此时妻子们泡温泉回来了，于是丈夫们闭上了嘴。

接着，他们从睡铺上望着两位妻子亲密地共用一张红色坐垫，坐到了梳妆台前。

二

元旦早晨八点多睁开眼，日光已经洒满了整个房间，温暖的大海尽入眼帘。海角上空连一丝薄云也无。总之天气不坏。

女佣送来屠苏酒和年糕汤后，町子庄重地将膝盖从坐垫挪到地上。

“新年快乐。感谢去年的照顾……”

她先向松本致上新年惯例的问候，接着是友枝，最后向自己的丈夫饭田也说了同样的话：

“……今年也请多多关照。”

松本夫妇被对方抢先问候，有些手足无措。

“你还真是讲礼数。”

“太没礼貌了，老公……”

友枝责备起自己的丈夫。

“哪里没礼貌了？自从结婚以来，我还一次都没有从你口中听过新年问候。”

“啊，是这样吗……？”

“见微知著，毕竟家教也就那样。每个人根据各自不同的职业，一辈子的生活便会受到限制，洗衣工有洗衣工的生活，肥料公司职员有肥料公司职员的生活。但其实妻子也会极大地左右男人的生活。职业和妻子之间，不如说妻子的影响还要更为深刻。”

“你这是什么话！古话不都说，女人才怕嫁错郎吗？”

“哼，要吵架吗？”

“好了啦。大过年的，一点也不吉利。”

“夫妇真是奇怪的东西。啊，真是奇怪。”

饭田笑眯眯地听着。而松本则一副极为认真的表情说道：

“我光是和饭田夫妇一起住了一晚，就大有领悟。”

“好啦，好啦，我今后一定每年都向你致上新年问候……辞旧迎新也要好好做……不过对象是你，似乎有点不搭调。”

“就是这个对象的问题。打个比方说，倘若我是和町子结的婚，那么我想町子和我亦不会是现在这个样子，无疑会变成其他不同的人。不是这样么，町子？”

“呃，您说笑了……”

町子说着瞟了一眼自己的丈夫。友枝则像是被触到了敏感神经，说道：

“这种事，不是理所当然的吗……”

“理所当然？居然说这是理所当然，你真的明白吗？”

“真可笑，那是喝醉了的书呆子才有的论调。”

“你要是和饭田结婚的话，也会变成其他人的。”

“你够了没啊，烦不烦啊。”

“想想就很奇妙。”

“是啊，是啊，只要町子没意见的话，我随时可以跟町子换一换，让饭田出人头地，给你好好瞧瞧。”

友枝说完吓了一跳，却也为时已晚。原本只打算随便回一句，而不该说什么“出人头地”。饭田装作若无其事的模样应道：

“那可真是求之不得。”

“就你这样的寒酸鬼，竟也有如此野心，真令人刮目相看。”

松本也说起了不寻常的话，一边笑着一边看向町子：

“嫂子，其实你们昨夜去泡温泉的时候，我俩构思了一个阴谋。”

“哎呀，是什么阴谋呢？真吓人。”

“我俩也在温泉里构思了一个阴谋呢，町子。”

友枝也不甘示弱。

“嗯，是呀。”

町子微笑道。

从昨夜开始，松本便一副理所当然的样子，大摇大摆坐在凹间里，虽然他天生爱逗乐，但不知为何所有人好像都在讨好町子一般，这令友枝不太服气。她觉得町子在故作乖巧。昨晚还聊得那么起劲，怎么今早就闷不作声了呢？

“既然如此，这便是一趟阴谋之旅了？”

松本说着，逐渐展现出他爱管闲事的脾性。

反正也就是一两元的房费差价，旅馆一定要住一流的——这是松本在出发前的意见。况且住这样的末流旅馆反倒可能会被狠狠宰一把。可看了账单后，友枝有些不好意思地说道：

“真便宜，之前不该那样说这里坏话的。”

松本也跟着点点头：

“到了早上一看，却也不是那么差。再怎么说这里也是热海。”

“幸好，再怎么说这里也是热海。这旅馆才能东拼西凑地集资修起来，甘于不知第几流的地位，努力小本经营着。嗯，正像我们这样。”

饭田也道出了自己内心的真实感受。

“喂，得了吧。即便是爱面子，也都说好了要住一流旅馆。就按昨晚的势头挑吧，这势必得指望太太们的虚荣心呢。”

松本如是说道，而友枝则一副精疲力竭的模样：

“太太们也累了。”

众人乘火车去了伊东。伊东站也极为拥挤混乱，小镇里挂着国旗，上空有风筝在飘扬，显出一副新年景象。然而如今并非赏景的良机，人们正拼命地试图抢先登上开往下田的公共汽车。友枝深谙此道，在人群里敏捷地往前钻去，厚着脸皮占了四个人的座位。町子随即被丈夫推上了车。

町子不好意思地坐在友枝卖力帮她抢来的座位上。接着，町子把手伸向友枝，替她梳理纷乱的发丝。

“嗯？”

友枝说着看向町子，朝她那边偏了偏头：

“町子你真是温柔。”

“哎呀，别这么说。”

“是真的。从女子学校毕业后，还没有人这样对过我。”

“是吗？”

“最近又开始流行往头发上系丝带了。”

“是吧，大概是因为花哨的卷发不流行了。”

“我见到一位新婚旅行的新娘子头上系着一条好大的丝带。”

“那也挺可爱的。”

“男人们的阴谋是什么呀？”

“我不知道。”

“饭田他没跟你通气？”

“其实应该没什么吧。”

“话虽如此……我们先通通气吧。”

友枝把嘴巴凑到町子的耳边悄悄说道。

在满员的公共汽车上，町子似是要掩人耳目一般，故意向后扭头。

“松本正在睡觉呢。”

“他老那样子，我真是不喜欢。”

虽然友枝嘴上这么说，但当公共汽车驶近据说是曾我兄弟父亲被害的地方，售票员开始讲曾我兄弟的故事时，她自己也靠着町子睡着了。

町子回头朝着坐在后面三四排的饭田微笑着看去。

但饭田也在汽车抵达热川前，打起了瞌睡。

一行四人中，只有町子一人观赏到了伊豆的东海岸景色。她虽然也很困，但闭上眼睛反而更加清醒，怎么也睡不着，便心想哪怕硬撑下去，也要将这秀丽的海景一路看到下田。

尽管如此，她还是很羡慕能够睡着的三人。明明是身体最弱的一个，偏偏搭乘交通工具时就是怎么也睡不着，她感觉自己有些可怜，一丝孤独的情愫掠过心头。

松本就不用说了，饭田的睡相也谈不上好看，那模样是何等疲惫而愚蠢。町子的背上忽地泛起恶寒，感到一阵厌恶。

大岛和利岛镶嵌在正午的海面上，町子迷迷糊糊地望着这景色，回想起自己曾带着类似的厌恶与丈夫打交道。

正如今早松本胡搅蛮缠所说的那样，夫妇真是奇怪的东西。虽然她对松本所说的话毫无感觉，但倘若自己真的和别的男人结婚了，如今又会是怎样的情形呢？虽说如此，但一想到假如自己要和松本结婚，町子就厌恶得浑身战栗。此刻她也想不出自己还能和哪个男人结婚。如此看来果然还是只能和饭田结婚，可为何如今却并不太开心呢？町子对自己心中的叛逆心思，产生了一种说不清道不明的悲哀。

丈夫心中必定也无数次想过与其他的女人结婚吧。他也曾明确地说过，连精神世界都能幸福地结合在一起的夫妇，只能到天堂去找。一直以来町子自己对此亦十分淡然。

町子拿出粉饼盒化起妆。眼圈边的疲态隐隐消去，她还算满意。

然而，当公共汽车从稻取行驶至白浜一带，景色总算开始丰富起来时，町子每次都忍不住朝饭田那边扭头，他仍是在那里酣睡。

町子忘不了友枝的失言，那听上去仿佛在说是她妨碍了饭田出人头地一般。饭田和松本作为大学毕业生都不算出人头地，只是平凡的公司职员，但町子觉得，饭田看的书还是比松本看的要更加高深一些。此外，在女人看来，对自己丈夫的能力失去信心是一件恐怖而无法轻易做到的事。男人若是对妻子失去信心便会自暴自弃，想必生活也会随之分崩离析。如此重要的事情，迄今为止自己还未曾留意过，但必须得和丈夫好好说明白才行。

为什么不是两人单独来旅行呢？那样就可以在离家的路途中跟丈夫亲亲密密地恩爱一番，町子心想。公共汽车似乎已经开进了下田的柿崎，丈夫们也醒了过来。

在公共汽车终点站一下车，松本就伸了个大大的懒腰，说道：

“啊，睡爽了。下田原来是一个被这么多山围着的小镇啊。看起来很古老，是个好地方。”

然而饭田还是一副没睡够的表情，有些迷迷糊糊。

“好了，明天计划去修善寺，今天就在这一带投宿吧。莲台寺、河内、下加茂，还有要稍微掉头回去的峰和谷津，温泉是有不少，我们要先去哪边呢？明天去修善寺的话，可以直接翻越天城山，也可以绕道西海岸从土肥过去，有两条路线。我看，不如就选稍远的西海岸赶路吧？”

松本说话的这会儿，友枝似乎已经抓住旅馆管家迅速地打听了一番，说道：

“说是莲台寺和下加茂都客满了。”

“好，那就去土肥吧。要是土肥也不行，那就赶到修善寺，坐末班列车回东京去。”

“喂，别开玩笑了。”

饭田苦笑着，但也只能乘上去土肥的公共汽车。

“其实在自家过新年也不错，初二就可以拜完年，不用担心缺了礼数。尽管如此，咱们这也算是伊豆温泉环游之旅。”

松本的话让公共汽车上的乘客们也笑了起来：

“就是说嘛。我们也和你一样，都受够了。”

还有人赞同地说道：

“这就是快如疾风吗？”

汽车开过下加茂，将要翻越蛇石岭，这次很感人地一行四人都还醒着。但在看到松崎港前，饭田就先睡着了，松本夫妇也紧随其后。堂岛一带美丽的西海岸景色，到头来还是只有町子一人眺望，连她都开始觉得很可笑。

西风越发凛冽。傍晚的土肥海岸上，白色的浪花汹涌澎湃，松树被吹得嗖嗖作响。

下了公共汽车，寒风吹得人瑟瑟发抖。只要能有个房间就行，没人再去像昨晚那样计较旅店的好坏。如此一来，众人心头反而涌出一种放纵不羁的喜悦。

“会感冒的，我们也进去吧。”

应友枝的邀请，町子也把羞耻心抛到了九霄云外，两位妻子和丈夫一同进了浴场。

町子坐进温暖的浴池，或许是太冷的缘故，她闭上眼睛几乎落下泪来。

饭田惊讶于友枝的诱人身材，一直低着脑袋。

看到这情形，町子蜷缩着身子，某种强烈的思绪涌上心头。

友枝则十分愉悦地在温泉中伸着脚。

那一夜妻子们没有聊天。松本很快便打起鼾声。众人睡得安稳而深沉，似乎四人之间变得亲密些了。

三

当公共汽车翻越船原岭，售票员开始讲述冈本绮堂[1]写的《修禅寺物语》时，就连町子也开始犯困了。

友枝从土肥的旅馆打电话到修善寺，尽管是二流以下的旅馆，但总归是订到了两个房间，今天可以安心了。

山谷中的修善寺很冷，仿佛连桂川的流水声都带着彻骨的寒意，跟热海完全是两种地方。

分了房间后，松本马上就闲得无聊起来：

“饭田那家伙在做什么呢。”

“在那庆幸，总算是松了一口气吧。”

“肯定是了。不过夫妇都是排他的，这点我不太喜欢。”

---

1 | 冈本绮堂（1872—1939）：日本小说家、剧作家。

“又来了，这个新年就是要讲你的夫妇论呗。你这是怎么了？”

“没什么。咱们夫妇属于关系平淡的那种，没必要讨论什么。”

“怎么说？”

“不是平平淡淡的吗？”

“总觉得不太明白，平平淡淡的夫妇最好吗？”

“这世上没有比这更可贵的了不是吗？”

“真是那样就好了……行了，姑且算你说得对。”

“毕竟别人都说我们夫妇俩很像。”

“不过，町子似乎是挺需要人照顾的。”

“是啊。不过她还是蛮能干的，饭田稍微有些妻管严。”

“没这回事吧。町子的心思纤细得很，似乎对丈夫挺不错呢。”

“要是对他不好，不就是真的妻管严了吗？”

“哎，又在说这种道破人情世故的话。这也是你和饭田夫妇一起住了两晚悟出来的吗？”

“你才是吧，和饭田的老婆简直疯了似的聊了一通宵。”

“我是没想到町子那么健谈。”

“装什么呢。你不知道自己看上去很容易跟着别人节奏走？”

“那说的是你吧。不过女人啊，不那样尽情聊一场，是没法亲密起来的。”

“这话在理。”

“要我说，饭田他们夫妇俩，日子肯定没法好好过下去。”

“少胡说了。”

“不，你不懂的。”

“饭田的老婆不是挺可爱吗，身材也是……”

“那是表面上的。你呀，想把我换成她对吧？也不知道人家町子有多嫌弃……”

“会吗？”

“是生理上的厌恶。真是少根筋，我说你……”

“好，那我就要去问问。喂，要不要去饭田的房间玩玩？”

“省省吧。三天来好不容易才有了个两人独处的机会……”

“又不是新婚旅行……两个人这样干坐下去也不是办法吧。”

“你这人呀，遇事马上就是这副模样。拜托你，稳重点。”

“要稳重点是吧？不过两个人待着，话题就会变得认真起来，大过年的这可不行。”

“这不挺好吗？”

“不如研究一下夫妇的尊严？”

“偶尔倒是可以吧。夫妇似乎真是一种奇怪的东西……”

“不过，默默缩在房间里，别人也会觉得我们奇怪的。”

松本说着已经站起了身。

“傻不傻呀你……”

友枝也笑了出来，跟在他后面。

饭田夫妇热情地把他们迎进房间，对话却微妙得有些生硬。

“辛苦了吧。”

“还好，倒也不怎么辛苦，就是这里有些冷……”

“比东京还是好多了吧，这里又有温泉。”

友枝催促着丈夫，两人很快便回去了。

饭田对松本的脸色不太好，于是町子想要让丈夫打起精神，说道：

“友枝意外地很温柔呢。只不过稍微帮她理下头发，她就显得十分开心。他们夫妻俩都是亲切的人。”

“嗯。松本那家伙，在上学的时候对我可尊敬了。他不是那种特别能干的人。”

“是吗？我也这么认为。”

“不过，他现在似乎很幸福哦。”

“或许他们是很幸福，但我讨厌像他们那样。我不喜欢。”

町子说着拼命摇头，眼中浮现出泪水。

“我呀，考虑了许多事情。然后，我决定要更加、更加地爱惜你。从这个新年开始，我就要重新做起。你能带我来旅行真是太好了。虽然要是两个人的话就更好了……”

“可你已经很辛苦了，不是吗？”

“没有，一点也不辛苦。”

隔着两三个房间传来了友枝的高声尖笑，一如既往的中气十足。饭田听着那笑声，逐渐沉溺在町子那不知为何甚至有些悲伤的重燃爱情的举动中。

第三天早晨，众人悠闲地在修善寺散了步，乘着公共汽车路过长冈、古奈、函南等温泉乡，坐上了火车。

“喂，阴谋的事怎么办？”

饭田快活地说道。

“急什么，留到以后再说吧。”

“等回到家，就没什么可怕的啦。家里可是我们的地盘。”

町子也来了兴致。

“就说吧，果然是妻管严。”

松本说着笑了起来。

众人就这样平安地回到了东京。即便如此，也算是在伊豆温泉环游了一番，这是多么幸福的事情呀，一路上大家愉悦地谈论着……

山茶花

1928年3月

即便在女人看来也很妩媚——在你帮工的温泉旅馆里旅居的那位女性小说家，如此描绘着你。你应该是看过那本小说的。前一阵子从山中温泉来热海玩的阿芳这么说过。

“那么小加代看了是怎么说的？”我向阿芳问道。

“她倒是没特别说什么……”

小说的事情先说到这，看到自己的特点像拍照那样被人如实写成文章，不知是什么心情？何况发生了这次的事情后，你还会想起那本小说吗？

提到这次的事情，你应该会吓一大跳吧。除了吓一跳，你或许还会气愤阿芳跟我说了这件事。没错，的确是阿芳告诉我的。可这次的事情我并不以为意——或者该说，我虽然有些惊讶，但并不觉得你是个无可救药的姑娘，小小年纪却走了歪路，换句话说我认为这绝不是你的错。不仅如此，我写下这封信，更是希望能够安慰你受伤的心灵。

你或许会笑话我吧，觉得我爱怎么想就怎么想，不过是八竿子打不着的人在多管闲事罢了。觉得我若是到现在还记得你，肯定也是因为自己的容貌“即便在女人看来也很妩媚”。或许的确如此。

不过呢，阿芳可是讲了许多关于你和阿辰的事情。

“听到我说要来你这边，阿辰直流眼泪。”

“啊？”我说着低下了头，忽然感到某种情绪渗入了心底。

“阿辰说打从你上初中那时起就认识你了。”

“不是初中，她是把高中当成初中了。要我说，我在那孩子戴着眼镜、头上顶着辫子上小学的时候就认识她了。”

时间已然过去十年。往昔的日子里，短则一天两天，长则半年一年，阿辰在我时不时来温泉旅馆居住的时候，替我开房间门、取睡铺、送餐食，替我打理生活琐事。所以前面说的“渗入心底的情绪”，一定就是想念山中温泉的触感、想念故土的那份情思吧。十年间习惯来此，难免在心中涌起犹如思乡般的眷念之情。

不过，我并不是因为同样也在温泉旅馆受到你的照顾才记得你哦。是因为我知道你的秘密。说是秘密或许有些夸张，但你若听说我知道了这件事，大概会面红耳赤、恼羞成怒吧。不是别的，就是有大半年你都在吃我吃剩的饭菜那件事。

我得知这件事时不由得低下了头，不知为何总觉得很愧疚。你实在是太可怜了。当然，这份怜悯也是我的误会。不过，自那以后我就禁不住觉得你是那么惹人怜爱——心想，那位美丽的少女每天都在吃我的嘴巴沾过的食物吗？

旅馆不会把客人的残羹剩饭什么的拿去给女佣吃，其他的女佣也不会想吃。而你似乎也根本不会去碰其他客人的餐食。

“他住了那么久，我熟悉得很，不脏的。”你好像是这么说过。这是多么带着女人味的亲密啊。若非妻子、妹妹，或者饿得不行的人，一般是不会做这种事的吧。因此，我觉得你脸上美丽的红晕是那么惹人怜爱——我感觉自己嘴巴沾过的食物流入你身体里，就仿佛乳汁从乳房流入口中一般——你大概会笑话我做着如此少年意气的梦吧。光是笑话倒还好，你大概还会憎恶我的不正经吧。

可我确实做过这般软弱的梦，出于这般无趣的理由而觉得你惹人怜爱，忍不住想写信给你……

阿芳昨天回去了。我估计你见到她后也会打听这边的消息，我从十二月十日起来到热海过冬。到这儿的第二天我就去了梅园，梅花开得正艳，蒲公英在海边的石崖上悄然绽放，法庭院子里比我还要高大的仙人掌也开花了。我房子地板底下的泥土被温泉烘得热热的，玄关脱下的木屐都是热的。此外，路旁的樱花亦趁着最近的暖意盛开了。

去年过新年时我也在这边，虽然同属伊豆，山海之间的景色却大相径庭。我想起当时一下车踏上山间大路时，立刻有种清幽而彻骨的寒意伴随着淙淙溪流声扑面而来。不知你是否也想起了热海的冬天，想起了热海海岸渔村的故乡？

“记得好像说的是做插花的艺伎屋来着。”

我和阿芳两人在小镇上散步，特地寻找你以前待过的伯母家。

“存了四元，那就给爷爷寄两元吧。虽说寄三元也可以，但那样我就有些不够用了。不过总比待在热海要好，要是在那边就根本不可能寄钱回家。”那是你来旅馆不久后曾和某人提到过的那户人家。

最后我们也没找到那户人家，因为没找到，今天我送阿芳去坐公共汽车，便突然很想徒步走去你的村子看看。顺着从热海出发经过网代港通向伊东温泉的沿海公路，一路散步到你们村是有些远，不过海岸的景色着实很美。从热海出发到村子的入口处，那儿不是有块墓地吗？我就一直走到那里。从墓地那里面向海湾可以望见你们村的全景。还有，我到墓地的时候正好撞见有灵柩从大路下方的寺庙运到墓地来安葬。若是要进你们村，就不得不跟葬礼归来的村民们打照面，因此我只在那小山包上眺望了一番，便心满意足地掉头回去了。

请别怪我提到了葬礼。因为在我看来，灵柩前供的那几束花，当真是鲜活无比，是令人着迷的南国风情。有山茶花、蜜柑和枇杷，那些都是从你们村采来的，生长在南方海边的花束。倘若逝者捧着这三束花前往死亡国度，想来冰冷的死亡国度亦将会飘荡着南国大海的气息吧。

竹制花瓶中，山茶花代表花团锦簇的树丛，蜜柑代表硕果累累的林地，这些还算应季，但挂着金黄色果实的枇杷花枝当真是吓了我一跳，那不是夏天的水果吗？这枇杷也是村子里长出来的吗？另外，山茶花的花束又令我做了个少年意气的梦。

原本我连安葬的人是男女老少都不清楚，然而见到那鲜红的山茶花后，我无论如何都认定那是位年轻姑娘，是位穿着藏青色棉质工作服、脸颊通红的南方渔村姑娘。

于是我忽然很想对你说：

“要是死了就给我回这村子来。”

这些花束就是如此强烈地打动了我的心。尽管这话题不太吉利，但还请你原谅。即便你变成了白发老婆婆才死去，你们村的花束肯定也会让人觉得棺中的你是位南方渔村的少女。即便考虑到这次的事情，哪怕你的一生无法安稳终老，变得像恶鬼一样可怕，那些花儿也会让人觉得棺中的你是一位清纯的少女吧。

我心中想着这些漫无边际的事情，远远眺望葬礼，一群放学归来的女孩子刚巧路过。

“给我。”

“给我。”

“我要蜜柑。”

“我要枇杷。”

她们竟然这样纷纷叫嚷着扑向了灵柩前的供花。这真是令我目瞪口呆，因为那灵柩还在运往墓地的途中呢。然而她们似乎一点也不觉得死人和葬礼是令人厌恶的东西，这种明朗快活也很美丽。不知你是否也曾去灵柩前抢食过蜜柑或枇杷？

我也很喜欢你的村子。虽然昨日算是晴天，但是看不到大岛。而且这片土地西面临山，天黑得比较早，因此当我从墓地侧面的大路上眺望过去时，天边已经泛起了朦胧的暮霭。海湾的几座山的底部重重叠叠浮现着。沿着海湾一圈散布着许多人家，我从未见过如此富饶的村庄。并排停靠在海边的渔船都十分漂亮，所有茅草屋顶的形状亦很规整，全都是不为生活所困的人家。像你那样必须外出打工才能度日的，恕我直言一户也没看到。我想这真是个很不错的村庄。

不过我只是从小山包眺望你们村，必然无法看到你小时候艰辛生活的源头。就好像光看下田镇，无法理解阿浅为何要去鹿儿岛的心思是一样的。

我后来也问了阿辰，她说阿浅又回旅馆工作了。我时不时就会想起阿浅去鹿儿岛的事。她那时十六岁吧，据说她搭乘从鹿儿岛过来捕金枪鱼的船到鹿儿岛去了，后来又乘着渔船回了下田。小姑娘独自坐上了有二十多名男渔夫的船，她说去鹿儿岛花了几天时间也记不太清楚了。渔船靠港总是在晚上，所以她几乎一次也没有上过岸。因此在漫长的航程中，她能望到的风景只有大海和各个港口的夜灯。这大胆的行为令我瞠目结舌，但阿浅对我说这根本算不上什么，因而我更觉得不可思议。

阿浅无疑是将自己当成男孩子去搭船的，但她毕竟还是位十六岁的姑娘啊。我不禁在心中想，下田的姑娘都能如此淡定地做这种事情吗？南国的港口竟能孕育出那样的姑娘？说到这，你帮工的那家旅馆里照顾我时间最长的阿胜，也是在十三岁时独自从满洲回来的。她跟你一样受到了继母的欺凌。

不过呢，与你同在那家旅馆帮工的那么多的女孩子，我听她们讲述各自的不幸身世时，无论那些年轻姑娘做了什么，我都觉得那是理所当然的事情，生不出半分责怪之意。所以，这次你把学生从山崖上推下去，与你十一岁时亲手把刚生下来的小婴儿拉扯到三岁大，这些事在我看来都是一样的。如果往事没有褒奖，那么这次的事情也不能怪罪。

“洗婴儿的尿布洗得手上生了冻疮，去上学也没法写字。”

“背着婴儿去教室会被大家排斥，所以不想去上学了。”

“我只好背着婴儿去田里干活。现在仔细看，还能在身上找到许多那时候留下的伤疤。也曾被后母揪着头发，连带着背上的婴儿一起在水田里被甩来甩去。即便那样我也没哭，因为我很要强嘛。”

这些都是你曾说过的事情。

据说你母亲生下弟弟还不到二十天就去世了。十一岁的你独自把小婴儿拉扯到三岁大。一边带婴儿一边还要照顾父亲和爷爷的饮食起居。说起往事时，你仿佛理所当然，要不就是觉得自己的辛劳羞于说出口。

总算把弟弟拉扯到三岁大，又来了个继母折磨你。

我问道："你那位后妈现在……"

你若无其事地笑着说道："现在倒是一口一个小加代地很重视我呢。毕竟我现在随时可以跑掉，去哪儿也不会没口吃的嘛。"

听你讲述身世时，我觉得最为不可思议的，便是你经历了那样不幸的童年，却仍旧长成了如此开朗美丽、"在女人看来也很妩媚"的小姑娘。

记得好像是上个新年，过来学习的学生在温泉里曾说过：

"小加代有些不符合年龄的老成呢，那些泡妞的话她都听得明白。"

"八成是那样。毕竟在热海的艺伎屋帮过工，什么都被迫学会了。"

你那时候生气的模样非同小可，那应该就是你的软肋吧。直到那学生离去为止，你一整个月都没再说话不是吗？你也是一个畏惧自己变得老成世故的姑娘呀。在你会去的那种深山温泉旅馆里，真正圆滑世故的姑娘是不会一个人去帮工的，而且那些姑娘们向来最为害怕的事情，就是自己在旅馆这种地方待久了会变得不再纯洁。我不知听多少姑娘说过。于是我便在想，对女人而言，不纯洁为何如此重要？把纯洁不解世事当作女人头等美德的世界，其中必然存在着某种自古就有的虚伪教条。

对你来说，热海这家做插花的艺伎屋，也算“八成是那样”的地方。不过，童年如此悲惨，却出落得开朗、美丽而妩媚，我想或许得归功于那家艺伎屋。拜此所赐，你的一生大概会变得不幸，至少也无法再过得安稳，就像这次的事件。然而即便会抱憾终生，你或许也该感谢艺伎屋。尽管这次的意外肯定会让你的内心感受到前所未有的痛苦。

这次的学生据说不是只住了一晚吗？送只住了一晚的房客去大路的途中，为何一定要把那人推到山崖下面去呢？看上去妩媚而多情的你，再怎么老成也还是会对十三四岁少女的事情感兴趣的你——我对事件的详情一点也不清楚，不过我觉得呢，这次的事情和你把弟弟拉扯大的事情，对你来说并无区别。万幸的是，学生最后没有大碍，或许你会对此感到遗憾，但好歹还是顾及一下社会常识吧。

就这么写了封犹如少年梦境般的信。此刻我总算是意识到，吃我剩下的饭菜，对你来说只是微不足道的事情。就像飞扑至运往墓地的灵柩前，抢下蜜柑和枇杷吃的少女——毕竟你也是在那样的村庄长大的呢。乘着渔船去鹿儿岛的阿浅，从中国东北独自归来的阿胜，以及十七岁时把男人从山崖上推下去的你——我对这些事情感到好奇，是因为它们都是我从养育了自己的世界中所见到的事情。对此感到不可思议，用少年意气的梦境去掩饰的我，实在是个可悲的男人。我是那么软弱无力。但你和阿浅还有阿胜，像你们这样的姑娘今后会变成什么样呢？不对，不是会变成什么样，而是说以什么方式活下去？无法助上一臂之力的可悲男人，就在这世上拭目以待吧。这也是我少年意气的痴梦吗？

夏天的鞋

1926年3月

马车中，五位大娘一边打着瞌睡，一边聊着这个冬天蜜柑丰收的话题。马来回甩着尾巴奔跑在路上，仿佛想要追赶天上的海鸥。

车夫勘三对马喜爱至极。而且这条线路上拥有八人座马车的，也只有勘三一人。此外他还有些神经质，一直以来都要把自家的马车打扮成整条线路上最干净漂亮的那辆。每到要上坡时，他为了节省马力都会从车夫座上灵巧地翻身下车。那上下车的翩翩身姿极为轻快，令他内心颇为得意。而他即便坐在车夫座上，也能通过马车的摇晃情况察觉到有小孩子挂在马车后面搭便车，于是他会轻盈地跳下去，给那孩子的脑袋狠狠喂上一拳。所以勘三的马车是最能吸引大路沿线孩子们视线的那辆，却也是他们最为害怕的那辆。

然而今天，他始终没有抓到小孩。换句话说，他尤法将那个如猴子一般挂在车尾的犯人抓个现行。换在平时，他肯定会像猫那样轻盈地跳下去等马车经过，然后神不知鬼不觉地往那孩子的脑袋上来一拳，得意扬扬地说一句：

“蠢货。”

他又从车夫座上跳了下去，这是第三次了。有一位十二三岁的少女正面红耳赤地快步走着，她喘着粗气，目光炯炯有神。她穿着粉色的洋装，袜子一直滑落到脚踝处，而且没有穿鞋子。勘三目不转睛地盯着少女看，少女心虚地将目光偏向一侧的大海，哒哒哒地追着马车前行。

“切！”

勘三啐了一声回到了车夫座上。勘三本以为这位从未见过的高贵美少女搞不好是住在海岸别墅的人，心里有些顾虑，但他三次下车都没抓到人，心里还是憋着一口气。这位少女已经在马车后面挂了四公里路了。这实在是太过可恶，气得勘三不惜抽起了自己深爱的马，让马车跑了起来。

马车进入一处小村庄。勘三高声吹着喇叭，把马车赶得越来越快。回头一看，少女正昂着胸在后面跑着，一头乱发在肩膀上纷飞，手中还拎着一只袜子。

没过多久少女似乎又挂到了马车上。勘三扭头从车夫座后面的玻璃朝后看去，感觉到少女猛地蜷缩起了身子。然而当勘三第四次跳下车时，少女已经离开了马车走在一旁。

“喂，你要去哪儿？”

少女低着头沉默不语。

“你打算一路挂在后面去港口吗？”

少女仍旧一言不发。

“是去港口吗？”

少女点了点头。

“喂，看看你的脚，看看脚。都流血了！唉，你呀，还真是个倔强的小姑娘。”

勘三这时蹙起了眉头。

“我载你一程吧。坐里面去，挂在后面，马会增加负担，算我请你坐车子里面去吧。我可不想当个蠢货。”

说着他打开了马车的门。

过了一会儿，勘三从车夫座回头看去，少女的洋装下摆被马车车门夹住也没有要拔出来的意思，刚才倔强的神情已消失不见，就那样安静而羞涩地垂着头。

然而从离这里三四公里外的港口返回的路上，这位少女不知又从哪里钻出，朝马车追了上来。勘三已经干脆地打开了马车的门。

“大叔，我不喜欢坐里面，我不想坐进去。”

“看看你脚上的血，看看。袜子都被染红了不是吗？真是个可怜的小姑娘。”

马车慢慢往回行了八公里路，接近出发的村子。

“大叔，请在这里放我下去。”

勘三蓦地往路边看去，一双小小的白色鞋子正在枯草上绽放。

“冬天也穿白鞋子吗？”

“因为，我是夏天来这边的嘛。”

少女穿上鞋后，头也不回地，如白鹭一般朝小山上的少年感化院飞奔而去。

多谢

1925年12月

今年柿子丰收，山中的秋景美不胜收。

这是半岛南端的港口。一名穿着紫领黄色制服的司机，从摆着一堆粗点心的候车室二楼走了下来。外面的大型红色班车上插着紫色的小旗。

利落的司机正在系鞋带，一位母亲紧捏着装粗点心的纸袋袋口站起身来，对他说道：

“今天是你当班啊？若由你这位‘多谢’先生带着去，这孩子兴许能碰上好运。是个好兆头呀！”

司机看了看旁边的姑娘，沉默不语。

“老这么拖下去也不是个头，而且也快到冬天了，天寒地冻的时候把这孩子送去远方也怪可怜的。既然迟早都要送出去，不如趁个好天气，于是就把她带过来了。”

司机默默点头，犹如士兵一般走到汽车旁，把驾驶座上的垫子重新摆正，说道：

“大娘，您坐最前面来吧。越靠前越不晃，路还远着呢。”

母亲要把女儿卖到五十公里开外的北方，那个通火车的城镇。

汽车在山道上颠簸，女儿被正前方司机端正的肩膀吸引了目光，黄色制服在她的眼中犹如整个世界似的扩散开来。群山从这肩膀的两侧往后掠去。汽车必须翻过两道高高的山岭。

汽车追上了公共马车，马车往路边靠去。

“多谢啦！”

司机朗声道谢，如啄木鸟一般干净利落地点头致意。

与拉着木料的载货马车会车，马车往路边靠去。

“多谢啦！”

拉货的人力车。

“多谢啦！”

黄包车。

“多谢啦！”

马儿。

“多谢啦！”

尽管他在十分钟内超越了三十辆车，但没有一次失了礼数。哪怕疾驰到天边，他那端正的身姿也不会松懈，犹如一棵笔直的杉树那般质朴而自然。

三点多从港口出发的汽车在半路上打开了车灯。而每次遇到马匹时，司机总会关上前灯，然后说一句：

“多谢啦！”

“多谢啦！”

“多谢啦！”

在这一百多里的路途上，他就是最受马车、人力车和马匹好评的司机。

在火车站广场的暮色中下车后，女儿的身子有些不稳，神情恍惚，似乎双脚踩在棉花上，她摇摇晃晃地抓住了母亲。

“等我一会儿。”母亲抛下一句话便追上司机恳求道，“我说，那孩子喜欢你呢。这是我的心愿，算我求求你啦。横竖从明天起，她就要去给陌生人消遣解闷啦。说真的，不管是哪个镇上的小姐，只要坐你的车走上个几十里地都会爱上你。”

第二天一大早，司机从小旅店出来，又如士兵一般横穿过广场。母亲和女儿小跑跟着。从车库里驶出的大型红色班车插着紫色的小旗，等待头一班火车到站。

女儿先上了车，一边哆嗦着嘴巴，一边抚摸着驾驶座上的黑色皮革。母亲则在清晨的寒意中拢了拢袖子。

“好嘛，又要把这孩子带回去了。今天早上这孩子冲着我苦苦哀求，又被你训了一顿，倒是我自作多情了。带她回去没问题，但我说了，只是延到春天哦。过些日子天太冷，把她送走也太可怜了，那就再熬一熬吧。等下次天气转好，就没法再留这孩子在家里啦。”

首班火车上有三名客人搭乘汽车。

司机把驾驶座上的垫子重新摆正。女儿的目光被正前方司机温暖的肩膀吸引了，秋日的晨风从这肩膀两侧掠过。

汽车追上了公共马车，马车往路边靠去。

“多谢啦！”

载货马车。

“多谢啦！”

马儿。

“多谢啦！”

“多谢啦！”

“多谢啦！”

他回到半岛南端的港口，感谢声飘荡在沿路 百多里的群山中。

今年柿子丰收，山中的秋景美不胜收。

处女的祈祷

1925年4月

“你看见了吗？”

“看见了。”

“你看见了吗？”

“看见了。”

村民们互相询问着相同的问题，带着不安的神情从山野各处聚集到大路上来。

在各处山头和田野间劳作的这么多村民，简直像商量好了，在同一瞬间望着同一个方向，光这点就够不可思议了。而且，据说每个人都同样地被吓得浑身一颤。

这座村庄位于一处圆形的山谷间。山谷正中坐落着一座小山，还有一条溪流绕着小山流淌。小山上是村里的墓地。

据说村民们从各处都看见了那情形：一块墓碑犹如白色的怪物从小山上滚落下来。倘若只有一两人看见，还能当成是眼花一笑了之。可若说这么多人同时出现相同的幻觉，那就令人难以置信了。于是我也混入了嘈杂的村民中，出发前去查看小山。

人们先搜遍了小山山麓和山腰的每个角落，但哪儿都没有掉落的墓碑。接着大家又登上小山把坟墓挨个都查看了一遍，可所有的墓碑都完好无缺，静静地矗立在那里。村民们面面相觑，脸上又泛起了不安。

“你看见了吗？”

“看见了。”

“你看见了吗？”

“看见了。”

村民们互相询问着相同的问题，逃也似的从墓地蹿下了小山。接着，他们达成了共识——这是某种祸事降临村子的前兆，是神灵、恶魔或者亡灵在作祟。为了驱散这怨灵，必须进行祈祷，将墓地净化一遍才行。

村民们召集起了村中的处女。日落之前，一大群村民簇拥着十六七名处女再次登上了小山。不用说，我也混在其中。

处女们在墓地的正中央并排站好，一位白发苍苍的长老站出来，严肃地说道：

“清纯的姑娘们，尽力去笑吧，笑到肚破肠流。去笑那为祸乡里的东西，以笑声驱魔辟邪。”

接着老人带头笑了起来。

“哇、哈、哈、哈、哈……”

健康的山中处女们一起放声大笑。

“啊、哈、哈……”

“啊、哈、哈……”

“啊、哈、哈……”

我被这极不寻常的景象惊得目瞪口呆，一下子就沉浸在这震撼山谷的笑声中，不由自主加入其中。

“哇、哈、哈、哈、哈……”

一位村民点燃了墓地的枯草。在好似恶魔之舌的火焰周围，处女们捧着肚子，蓬头散发地倒在地上打滚，笑得东倒西歪。最初笑出来的眼泪风干后，她们的眼中闪烁着奇异的光芒。笑声一阵接一阵，化作一片风暴，令人感叹人类的力量仿佛可以就这样毁灭大地。姑娘们如野兽般露出白齿，癫狂地乱舞。这是多么野蛮又怪异的舞蹈啊。

而极尽生命所能大笑着的村民们，他们的内心现在也如阳光般明朗。独我一人忽然间停下了笑声，随即跪在了被枯草的火焰照亮的一块墓碑前。

“神啊，请赐予我洁净。”

然而笑声响亮得令我的心灵听不见那声音。村民们附和着处女的声音开怀大笑，大概会笑到整座小山都漂浮在笑声的波涛中为止吧。

“哇、哈、哈、哈……”

“啊、哈、哈、哈……”

“哇、哈、哈、哈……”

“啊、哈、哈、哈……”

一名处女遗落的梳子被踩断。一名处女散开的腰带绊倒了其他处女，火焰在腰带的一头蔓延开来。

伊豆的舞女

1925年1月、2月

一

道路变得蜿蜒起来，眼看就要抵达天城岭，细密的雨却从山麓席卷而来，将茂密的杉树林染得花白。

那年我二十岁，头戴高等学校[1]的学生帽，身穿绀飞白[2]上衣和袴裙，肩上还挎着个书包。我独自来到伊豆旅行，这已经是第四天了。我在修善寺温泉住了一晚，在汤岛温泉住了两晚，然后穿着高齿木屐来登天城山。一路上，重峦叠嶂、原始森林和幽深溪谷的秋景都令我如痴如醉，但一个期许催促着我匆忙赶路。这时，豆大的雨点开始打在我身上。我沿着蜿蜒陡峭的山路向上奔行，总算是赶到了山顶北口的茶馆。我松了一口气，站

---

1 | 高等学校：相当于大学预科，一般称为旧制高校。

2 | 绀飞白：在绀（藏青）色布料上染出白色碎花纹。

在茶馆门口呆住了。只因我的心愿竟如此完美地得以实现：巡回艺人一行正在里边休息。

看到我怔在门口，那舞女立刻让出自己的坐垫，将它翻了个面摆在旁边。

“啊……”我只应了一声就坐了上去。一路奔上山顶喘不过气来，再加上有些惊慌，“谢谢”已经到了嘴边却没有说出口。

我和舞女紧挨着坐，慌忙从衣袖里取出香烟。舞女见状又将同行女子面前的烟灰缸挪过来，放在我的近旁。我终究还是没能说出什么。

那舞女看上去十七岁左右，头上梳着形状奇特的大髻子，是我不熟悉的古风造型。这让她那张严肃的鹅蛋脸显得极为小巧，却又柔美而协调，犹如稗史[1]中将发量描绘得极为夸张的少女图景一般。跟舞女同行的，还有一个四十多岁的女人、两个年轻姑娘，以及一个二十五六岁，短褂上印着长冈温泉旅店图样的男人。

在那之前，我见过舞女一行人两次。第一次是前往汤岛的途中，在汤川桥附近碰到了去往修善寺的她们。当时有三个年轻姑娘，但只有舞女提着太鼓。我再三回

---

1 | 稗史：指不同于正史、记录民间旧闻的史籍，体裁类似于早期小说。

头张望，只觉一股旅人的情趣浸入身心。接着是在汤岛的第二天夜里，她们来旅店里演出。我坐在楼梯中央，专心致志地欣赏舞女在玄关的地板上跳舞。——那天是修善寺，今晚是汤岛，她们明天应该会翻过天城山南侧，去汤野温泉。在二十七八公里的天城山路上，我准能追上她们。我如此妄想着匆匆赶路，却不承想恰好在避雨的茶馆里碰上她们，一时张皇失措了起来。

不多时，茶馆的阿婆领我到了另一个房间。这房间平时大概不用，并未装上拉门。朝外边瞥去，壮美的溪谷深不见底。我的皮肤上起了鸡皮疙瘩，牙齿咯咯打战，浑身发抖。我告诉进来奉茶的阿婆自己有点冷，她便拉起我的手，领我去她的居室：

“哎呀，少爷浑身都湿透了。请先来这边暖暖吧，来，先把衣服烤干。”

那个房间挖有地炉，一打开隔扇，迎面扑来一股强劲的热流。我站在门槛边有些迟疑，只因地炉旁盘腿坐着一个如溺死鬼般全身青肿的老爷子。那双似已朽坏的眼睛连瞳孔都已泛黄，无精打采地朝我这边看着。他身边旧信件和纸袋堆积如山，可以说整个人都埋在了废纸堆里。我目睹着这个山中怪物，呆立在了原地，无法想象这是个活人。

“让您瞧见这羞于见人的模样……不过，这是我家老头子，您不必担心。样子是有些难看，可他已经动不了啦，就请您将就一下吧。”

阿婆先给我打了个预防针。据她之后所说，老爷子患了多年的中风，如今已然落得全身不遂。堆积的纸山都是从各地寄来的指导中风疗养的信，或是装着中风药物的袋子。只要从路过山顶的旅人口中听到，或是从报纸广告上看到什么消息，老爷子一个也不放过，他向全国各地打听中风的疗法，四处求购药品。而那些信件和纸袋他也舍不得丢掉，全都堆在身边，整天就望着它们度日。积年累月下来，便筑成了一座古旧的废纸山。

我对阿婆的讲述不知该说些什么，朝着地炉俯下身去。汽车翻过山顶，令房子都震了起来。我心想，秋天便已如此寒冷，山顶很快也将被雪覆盖，为何这个老爷子不下山去呢？我的衣服上升腾起水汽，炉火正旺，烤得脑袋生疼。阿婆去了店堂，跟巡回女艺人聊天去了。

“是嘛，上次带着的女孩儿已经长得这么大啦？是个好姑娘，你也可以放心啦。出落得这么水灵，真是女大十八变哪。”

将近一小时后，外面传来了巡回艺人们准备出发的声响。这使我无法平静，但也只是心中忐忑难安，并没有勇气站起身来。尽管她们轻车熟路，但毕竟是女子，就算让她们先走个一两公里路，我赶一赶也能追上。我如此盘算着，坐在火炉旁心神不宁。不过舞女们一旦不在近旁，我的妄想反倒像是获得了解放，又开始活跃起来。我向送走她们的阿婆问道：

“那些艺人今晚在哪里过夜呢？”

“那种人呀，哪能知道晚上在哪儿过夜呢，少爷。只要有客人，她们什么地方都能住，哪有什么今晚一定住哪儿的说法。”

阿婆的语气甚是轻蔑，甚至怂恿着我去想，既是如此，那今晚我就要让那舞女留宿在我的房间里。

雨势渐小，山峰又明亮起来。尽管阿婆再三劝留，说再等个十分钟天就能彻底放晴，可我却怎么也坐不住了。

“老爷子，你多保重，天就要冷起来了。”我真挚地说着，站起身来。老爷子吃力地转动混浊的眼睛，微微点了点头。

“少爷，少爷！”阿婆叫着追了出来。

“您这么破费，实在是不敢当，这太过意不去了。”

说完她一把抱过我的书包不愿交给我，我一再婉谢，她还是不肯撒手，说要送我去那边。阿婆迈着小步跟我走了一百来米，路上反复念叨着同样的话：

“实在是不值当。这次没能好好招待您，我要记住您的模样，下次您路过的时候再向您道谢。之后也请您一定来歇脚呀，我决不会忘记您的。”

我不过是留下了一枚五十钱银币，所以不由得对此深受震动，只觉得自己都快要落泪了。可我一心想着快些追上舞女，而阿婆蹒跚的步伐反而成了麻烦。终于我们来到了山顶的隧道前。

“谢谢了。老爷子还一个人在家，您请回吧。”听我这么说，阿婆才总算松开了书包。

走进昏暗的隧道，头顶上不断啪嗒落下冰凉的水滴。前方是通往南伊豆的出口，透着细微的光。

二

出了隧道口，山路一侧围着漆成白色的栏杆，像一道闪电流转而下。在这仿佛沙盘一般的景色一角，我望见了艺人们的身影。还没赶出五六百米，我就追上了她们。只是，突然之间把脚步放慢也不合适，我只得故作漠不关心地越过那几个女人。独自走在前面二十米开外的男人看到我，便停下了脚步：

“您走得可真快。——天已经大晴了。”

我松了一口气，开始和男人并排前行。他不断地向我问这问那，后面的女人们看到我们在聊天，也小跑着赶了上来。

男人背着大柳条包，四十岁的女人抱着一条小狗，年长的姑娘是布包袱，另一个姑娘是小柳条包，每人都拿着大件行李。舞女则背着太鼓和鼓架子。渐渐地，四十岁的女人也和我谈起来了。

“那可是高等学校的学生。”年长的姑娘对舞女悄悄说。见我回头，她又笑着继续道：

“没说错吧。这我还是知道的，我们岛上常有学生来。”

这群艺人来自大岛波浮港。她们说，打从春天便出了岛，一直在各地巡游，但眼下天气渐冷，她们也没有做过冬的准备，所以在下田待上十天左右就会从伊东温泉回岛上去。我一听见大岛，越发感到一种诗意，又朝舞女美丽的发髻望了几眼。我问了不少大岛的事情。

“有不少学生会去我们那边游泳呢。”舞女向同行的女伴说道。

“是在夏天吧？”我回过头去。

舞女有些慌张，像是在小声回答：“冬天也是……”

“冬天也是？”

舞女还是望着女伴笑嘻嘻的。

“冬天也能游泳吗？”听到我又问了一遍，舞女脸红起来，认真地轻轻点了点头。

“真傻，这孩子。”四十岁的女人笑着说道。

要走到汤野，还得沿着河津川的溪谷顺流而下十几公里。翻越山顶之后，连山峰和天空的颜色都使人感到一股南国气息。我和那个男人一路都在说话，彻底熟络起来了。等到过了荻乘和梨本等小村庄，可以望见汤野的茅草屋顶时，我下定决心，说出了想和他们一起旅行到下田的事情。他听了非常高兴。

来到汤野的小旅店前，四十岁的女人脸上露出了“那么就此告别”的神情时，男人替我说话了：

“这位学生说想和我们结伴而行呢。”

“这可真是。俗话说‘旅行靠结伴，处世靠人情’。便是我等这般不上台面之人，也能替您解解闷呢。那就请上来休息一下吧。”女人轻巧地应道。姑娘们一齐朝我看过来，脸上没有露出一点意外的神情，也不言语，只是略带羞怯地望着我。

我和众人一齐登上旅馆二楼，放下了行李。铺席和隔扇都旧了，很脏。舞女从楼下端来了茶水。刚坐在我面前，她的脸颊就涨红一片，手也哆嗦起来，害得茶碗险些从茶托上滑落下去，好不容易稳住茶碗放在铺席上，又把茶水洒了出来。她的样子实在太过娇羞，我一下子愣住了。

“唉！真是的。这孩子开始怀春啦。哎呀呀……”四十岁的女人十分惊讶地蹙起眉头，把手巾扔了过去。舞女捡起来，极不自在地擦着席子。

听到这番话，我忽地反省起了自己。我感到之前在山顶被阿婆煽起的妄想，咔嚓一声便破灭了。

这时候，四十岁的女人突然说道：

“这位学生穿的藏青碎白花上衣真是不错呀。”说完便端详起我来。

“这衣服上的碎白花纹跟民次那件是一样的。你说是吧？这不就是同一款吗？”

她同身旁的女子反复确认了好几次，又对我说道：

“我在老家还有一个上学的孩子，刚刚想起他来了。你衣服上的碎白花纹和我那孩子穿的一样。最近的藏青碎白花布贵得很，实在头疼。”

“上的什么学校？”

“普小五年级。”

“哦。普小五年级，这真是……”

“读的是甲府的学校啦。我长年住在大岛上，老家却是在甲斐的甲府。”

休息了一小时左右，那男人带我去了另一家温泉旅馆。直到此刻，我还满脑子想着和艺人们一同住在这家小旅店里的事。我们离开大街，沿着石子路和石阶下行一百来米，走过了河畔一座公共浴场旁的小桥。桥对面便是温泉旅馆的院子。

我进了旅馆的浴池后，那男人也跟着进来了。他说自己快满二十四岁了，老婆连着两次要么是流产要么是早产，小孩子都没保住，等等。他穿着长冈温泉的短褂，所以我一直以为他是长冈人。而且看他的相貌和言谈都颇具知性，我便猜测他是出于好奇或是迷上了卖艺姑娘，才替她们拿着行李一路跟过来的。

从浴池出来，我直接吃了午饭。从汤岛出发是早上八点，这时还不到下午三点。

男人临走时在院子里抬头跟我打了个招呼。“拿这个买些柿子吃吧。抱歉，我就不下来啦。”说着我包了一些钱扔下去。男人谢绝我的好意，正要离去，但纸包已经掉在了院子地上，他只好返身捡起，又抛了上来：“这哪行呢？”纸包落在了茅草屋顶上。我又扔了下去，他便拿着走了。

傍晚时分，开始下起倾盆大雨，群山被染成白茫茫一片，难分远近，前面的小河眼见着泛起浑黄，水声越发嘈杂。如此大雨，舞女们过来演出的事可能没戏了。我左思右想，实在坐不住，便又往浴池钻了两三回。房间里昏沉沉的，与邻室之间的隔扇上开了一个四方形口子，从上方横木垂下一盏电灯，供两间房用。

咚咚咚咚，在猛烈的雨声中，从远处依稀传来太鼓的动静。我几乎要将窗户抓破似的一下打开它，探出了半个身子。太鼓声似乎更近了。风雨敲打着我的脑袋，我闭上眼侧耳倾听，试图分辨出鼓声从何而来。不多时，我听见了三味线[1]的声音，听见了女人长长的呼声，听见了热闹的欢声笑语。我知道了，艺人们是被叫到小旅店对面饭馆的宴席上表演去了。我分辨出了两三个女人和三四个男人的声音。等那边演完，她们应该就会转到这边来吧，我如此期待着。然而那边的酒宴越发热烈，似是要一直闹腾下去。女人尖利的嗓门时不时如闪电一般刺破黑夜。我绷紧神经，就这么敞着窗户，呆坐在那里。每当听到太鼓响起，我的心头就为之一振。

“啊，那舞女正在宴席上呢。她坐在那里敲鼓呢。”

而鼓声一停，我就变得无法忍受，整个人在漫天雨

---

1 | 三味线：日本传统弦乐器。

声中失魂落魄。

没过多久，纷乱的脚步声持续了好一阵子，不知是大家在追逐打闹还是在绕着圈跳舞。接着，忽然一切又重归于静。我瞪大双眼，试图透过黑暗看清这寂静意味着什么。我忧心忡忡，那舞女今晚会被人玷污吗？

我关了窗户躺上床，可胸中还是苦闷痛苦。我又下了浴池，胡乱搅打着热水。雨停了，月亮出来了。被雨水洗刷过的秋夜显得清透而明净。我想，就算光着脚溜出浴池赶到那边，我也做不了什么。这时已经过了两点。

三

第二天早晨刚过九点，那男人就来我的住处找我了。我刚起床，邀他一同去泡澡。在这南伊豆晴空万里的小阳春里，涨水的小河在浴池下方温暖地沐浴着日光。连我自己都觉得昨夜的烦忧仿佛梦一场，可我还是对那男人试探道：

“昨天你们闹得好晚啊。”

“怎么，你听见了？”

“当然听见了。”

“都是些本地人，这地方的人光会瞎折腾，实在是无趣得很。”

见他一副若无其事的样子，我也不再言语。

“那些家伙到对面的浴场来了。——你瞧，好像是看到我们了，还在笑呢。”

顺着他手指的方向，我朝河对面的公共浴场望去。只见七八个裸体的人影在升腾的热气之间若隐若现。

忽然一个裸体女人从幽暗的浴场深处跑了出来，她竟站在更衣处的边缘，伸直了双臂，嘴里叫喊着什么，做出仿佛要跳到河岸下的姿势。她赤身裸体，连块毛巾都没有。正是那舞女。我望着她雪白的身子，她像一棵小桐树似的伸长了双腿。我的内心仿佛被清泉洗涤一净，我深深呼出一口郁气，哧哧地笑了。她还是个孩子呢，她发现了我们，心里一欢喜，就这样赤裸裸地冲到阳光底下，挺着身子连脚尖都踮得笔直。我满怀舒畅地哧哧笑个不停，脑袋里就像被刷洗过一般万分澄澈，怎么也停不下嘴角的微笑。

舞女的头发长得太过茂盛，所以我一直以为她有十七八岁。再加上她被打扮成了妙龄少女的模样，这令我彻彻底底地想岔了。

我和那男人一起回房间后不久，那年长的姑娘到旅馆的院子来观赏菊花圃。舞女正走在桥中间，四十岁的女人从公共浴场出来，望着两人的方向。舞女耸了耸肩，一副“会挨骂的，我还是回去吧”的模样对这边笑了笑，便快步往回走去。四十岁的女人走到桥边，招呼我道：

“欢迎来玩呀！”

“欢迎来玩呀！”

年长的姑娘也跟着说了一句后，女人们便一同回去了。男人则一直待到了傍晚。

夜里，我正在和一个批发纸张的行商对弈，忽然旅馆院子里传来了太鼓声。我几欲起身，说道：

“卖艺的来了。”

“嗯，没意思，那种玩意儿。喂，喂，该你啦。我下这儿了。”纸商指着棋盘，完全沉浸在了胜负之中。就在我心神不宁的时候，艺人们似乎都要回去了，我听见男人从院子里朝我打招呼：

“晚上好。”

我到走廊挥了挥手。艺人们在院子里窃窃私语一阵，然后绕到了玄关。三个姑娘跟在男人身后，依次在走廊上像艺伎那样跪坐着对我行礼：“晚上好。”转瞬之间，棋盘上就显出了我的败象。

“下不了啦，我认输。”

“怎么会呢？我这边才是劣势吧。怎么看都是细棋[1]。”

纸商一眼也没往艺人那边看，一目一目地数着棋盘上的子，越发慎重地下着棋。女人们把太鼓和三味线摆在房间的角落里，开始在将棋盘上下起五子棋。这一会儿，我输掉了本该赢的棋，可纸商还是死缠烂打不放手："怎么样？再来一盘，请再来一盘吧。"但我只是微笑着，一点意思也没有，纸商终于死了心，起身走了。

姑娘们朝着棋盘这边靠拢过来。

"今晚待会儿还要去哪里巡演吗？"

"去是要去的。"说罢男人看了看姑娘们。

"这样吧。今晚就先到这儿，让大家玩玩吧。"

"那太好了，那太好了！"

"不会挨骂吗？"

"哪能呢，反正再转下去也没有客人。"

于是众人玩起了五子棋之类的游戏，一直玩到十二点多才离去。

舞女回去之后，我毫无困意，头脑异常清醒，便到走廊试着喊了一声：

"卖纸的，卖纸的！"

---

1 | 细棋：指对弈双方形势均衡，难分胜负。

“这儿呢……”快六十岁的老爷子从房间里蹿出来，斗志昂扬地应了一句。

“今晚战个通宵，不到天明不罢休。”

我也浑身充满了战意。

四

我们约定第二天早晨八点从汤野出发。我戴上在公共浴场旁买来的鸭舌帽，把高等学校的学生帽塞进书包底下，朝沿街的小旅店走去。二楼的拉门大敞着，我没多想便走了上去，结果艺人们都还在被窝里。我有些慌张，站在走廊里愣住了。

在我脚边的铺垫上，那舞女脸涨得通红，猛地用双手捂住了脸。她和那个年轻些的姑娘睡一张铺，脸上还残留着昨夜的浓妆，嘴唇和眼角的红色晕开些许。这旖旎的睡姿沁入了我的身心。她像是畏光似的一下子翻过身去，就这样以手掩面从被窝里滑了出来，跪坐在了走廊上。“昨晚谢谢您。”说着，她漂亮地施了个礼，弄得我站在那儿不知如何是好。

那男人和年长的姑娘睡在同一张铺上。看到这情景之前，我真是压根都想不到这两人竟是夫妻。

“实在抱歉。本来是打算今天走的，可今晚还有一场宴会，所以我们决定推迟一天再走。若您一定要今日出发，我们还可以在下田碰面。我们会去住一家叫甲州屋的旅店，您到那儿就能找到。”四十岁的女人从铺盖上支起半边身子说道。我感觉自己就像被抛弃了。

“不能明天一起走吗？我也不知道老妈要推迟一天。路上还是有个伴儿好，明天和我们一块儿吧。”那个男人说。

四十岁的女人也附和道：“就这么办吧。难得您愿意同行，没有预先与您商量，真是不好意思……明天就算是天上下刀子也要出发。后天是我的宝贝孙子在旅途中去世的第四十九天，过断七[1]的日子，我之前就挂念着要在下田好好做一场断七，匆忙行路也是为了在那天之前赶到下田。和您说这些实在是失礼，可我们之间倒是有奇特的缘分，后天还想请您参加祭奠呢。”

于是我也决定推迟一天出发，下到了一楼。我一边等着大家起床，一边在脏兮兮的账房里和旅馆的人闲聊，那个男人邀我去散步。沿着大街朝南边稍微走一点，便有一座漂亮的小桥。他倚在桥栏杆上，聊起了自己的身

1 | 断七：指人死后第四十九天。

世。他说自己曾在东京短暂地参加过某个新派演员的团体，到现在还时不时会去大岛港演出。行李中的布包袱里，伸出来像一条腿似的东西就是刀鞘，他还会在宴席上模仿戏剧表演。柳条包里的则是表演服和锅碗瓢盆之类的生活用品。

“我耽误了自己的前程，落得如此境地，但我哥在甲府漂亮地继承了家业。所以我现在成了多余的啦。”

“我之前一直以为你是长冈温泉人呢。”

“是吗？那个年长的姑娘是我老婆。她比你小一岁，今年十九，在路上早产生下了第二个孩子。孩子撑了一个礼拜就咽了气，我老婆也还没完全恢复。那大妈是她的亲生母亲，舞女是我的亲妹妹。”

“哦，你之前说有个十四岁的妹妹……”

“就是她呀。唯独我妹妹，我是真心不希望她做这种营生，但这里头也有各种苦衷。”

随后他告诉我，他叫荣吉，老婆叫千代子，妹妹叫熏。只有那个叫百合子的十七岁姑娘是大岛人，他们雇来的。荣吉变得伤感万分，露出欲哭的神色，凝望着河滩。

回到旅馆，只见舞女已洗去了脂粉，正蹲在路边摸着小狗的脑袋。我打算回自己的住处去，便说道：

“过来玩呀。”

“好啊。可我一个人的话……”

“那就叫上你哥哥。”

“马上就来！”

不久后，荣吉到我住的旅馆来了。

“人呢？”

“她们都怕老妈唠叨。”

然而，我们刚下了一会儿五子棋，姑娘们就走过小桥，急急忙忙上了二楼。她们像往常那样恭敬地行过礼，然后跪坐在走廊上踌躇着，千代子第一个站起身来。

“这是我的房间。来，不要客气，都进来吧。”

玩了一个小时左右，艺人们往这家旅馆的浴池去了。她们一再邀我同行，但毕竟有三个年轻姑娘在，我便推托了。结果舞女又一个人跑上来，向我转告千代子的话：

“嫂嫂说她给你搓背，请你去呢。”

我没去浴池，和舞女下起了五子棋。她的水平强得出奇。下淘汰赛的时候，荣吉和其他姑娘都毫无还手之力。我下五子棋一般人不是对手，但此刻也使出了浑身解数。这棋用不着刻意让一手，下得实在痛快。因为只有我们两人，起初她还隔得老远伸手落子，但她下着下着就入了神，身子在棋盘上渐渐朝我这边俯来。她那头美得异乎寻常的黑发都快碰到我的胸口了。

突然，她脸一红，说道："对不起，要挨骂了。"便扔下棋子飞奔而去。只见老妈正站在公共浴场前边。千代子和百合子也慌慌张张地从浴池里出来，连楼都没上就逃回去了。

这天，荣吉也在我的住处从早晨一直玩到傍晚。淳朴而亲切的旅馆老板娘忠告我说，请这种人吃饭实在不值当。

晚上，我到小旅店那边，舞女正在跟老妈学弹三味线。她看见我就停下了手，可是听了老妈的话又把三味线抱了起来。每当她的歌声高了一些，老妈就会说：

"都跟你讲了不可以拉高嗓门。"

荣吉被叫到对面饭馆的宴席上正念唱着什么，我从这边可以瞧见他。

"那是在唱什么？"

"那呀——是谣曲。"

"谣曲可真稀罕。"

"他就是个万金油，唱出啥来都不奇怪。"

这时，一个四十岁左右的汉子拉开隔扇来叫姑娘们，说是要请吃饭。这汉子租了小旅店的房间，开了家鸡肉店。舞女和百合子一道拿着筷子去了隔壁房间，夹起了老板吃剩的鸡肉火锅。她们一同起身回屋时，鸡肉店老板轻轻拍了拍舞女的肩膀。老妈露出骇人的神情，凶道：

“喂！别碰这孩子，她还是个姑娘呢！”

舞女一口一个“大叔”地叫着，求鸡肉店老板给她念《水户黄门漫游记》，可是店老板很快就起身走了。她又不好意思直接请我接着念，只好不断缠着老妈，言语间仿佛是要让老妈替她求我。我抱着一种期望，拿起了话本，舞女果然麻溜地靠近了我。我一开始读，她就把脸凑过来，几乎要碰到我的肩膀。她的表情极为认真，闪亮亮的眼睛聚精会神地盯着我的额头，一眨也不眨。这似乎是她请别人读书时的习惯动作，刚才她和鸡肉店老板也几乎是脸贴着脸，我一直都瞧着呢。这双泛着美妙光芒的乌黑大眼睛，就是舞女身上最美的地方。再有就是她笑得像朵花儿，笑靥如花这个词就是为她量身定做的。

不一会儿，饭馆的女佣过来接舞女。舞女换好衣裳，对我说道：

“我很快就回来，请您待会儿再接着念好吗？”

随后她走到走廊，又垂下双手行礼：

“我去了。”

“千万不要唱歌啊。”老妈说道。她提着太鼓微微点了点头。老妈又转向我这边：

“她现在刚好在变声……”

舞女端坐在饭馆的二楼打着鼓，她的背影看上去像是坐在宴席旁边。太鼓的声音让我的心也跟着明快地跃动起来。

“鼓声一响，宴席的气氛就起来了。”老妈也望着对面。

千代子和百合子也去了那个宴席。

过了大约一小时，四人一齐回来了。

“只有这一点……”舞女把攥在拳头里的一枚五十钱银币倒在老妈的手掌上。我接着读了一会儿《水户黄门漫游记》。他们又聊起死在路途中的孩子。据说那孩子生下来的时候通透如水，连哭的力气也没有，即便如此也还是活了一个星期。

既无好奇心，也无轻蔑之意，我仿佛忘记了他们身为巡回艺人这件事。我这种寻常的善意似乎也沁入了他们的心脾。我决定要找个时间去他们大岛的家里看看。

“老爷子住的那边就不错。那儿又宽敞，把老爷子撵出去又安静，要住多久都行，还可以在那学习。”他们互相商量了一阵，对我说道，“我们有两间小房子，靠山那边的那间是空着的。”

之后他们又说决定正月里请我去帮忙，大家一起去波浮港演出。

我逐渐明白，他们在旅途上的心境并非如我最初想的那般艰苦困顿，而是带着野趣的悠闲自得。我感到他们作为母女兄妹，相互之间被一种血浓于水的情谊所紧密联系在一起。只有雇来的百合子还是害臊得紧，在我面前一直是个闷声葫芦。

过了午夜，我离开小旅店，姑娘们出来送我，舞女替我摆好了木屐。她从门口探出头来，眺望着明亮的夜空：

“啊，月亮呀。——明天就到下田了，真开心。给宝宝做断七，让老妈给我买梳子，还有好多事可以做呢。你可要带我去看电影呀。”

对于漂泊在伊豆、相模各个温泉地的巡回艺人来说，下田港作为他们旅途的故乡，连空气中都飘荡着令人怀念的气息。

五

艺人们各自携带着自己的行李，跟翻越天城岭那时一样。小狗把前爪搭在老妈的臂弯上，显出一副久经旅途的模样。我们离开汤野，又进了山区。海面上的旭日照耀着山腰，我们眺望旭日的方向，只见河津的海滨在河津川前方一览无余。

“那就是大岛吧。”

“你看它有多大，您可要来呀。”舞女说道。

或许是因为秋日的天空太过晴朗，靠近太阳的海面像春天一样笼罩着一层薄雾。从这里到下田还要走将近二十公里。一时间，大海时隐时现。千代子悠闲地唱起了歌来。

途中她们问我，是走比较险峻却近了约两公里的翻山小道，还是走轻松的大路。我当然是选了近路。

那是一条铺满落叶、走路打滑且极为陡峭的林间登山路。我爬得气喘吁吁，干脆破罐破摔，用手撑着膝盖加快脚步。眼见着一行人逐渐落在后面，只能听见林间传来的说话声。舞女一个人高高撩起衣服下摆，匆匆跟在我的后面。她就在我身后两米远的地方走着，既不继续靠近，也不拉开距离。我回过头去搭话，她有些吃惊，带着微笑停下脚步回答我。她说话的时候，我便等在原地盼着她追上来，可她依旧驻足不前，直到我继续往前走，她才迈开步子。道路越发曲折，更为险峻了，我越走越快，舞女依旧跟在我身后两米远，专注地攀登着。山间寂静无声，其他人远远落在后面，连说话声都听不见了。

“您住在东京哪里呀？”

“我住在学校的宿舍里。”

“我也去过东京，是在赏花的时节过去跳舞的——那是我小时候，什么也不记得。”

接着舞女又陆陆续续问了我各种问题，像是“您父亲还在吗？”“您去过甲府吗？”之类的。她还聊起了自己到下田要去看电影，还有那过世的婴儿等话题。

爬上山顶，舞女在枯草丛中卸了鼓，放在凳子上，拿出手巾擦了擦汗。随即，她作势欲掸去自己脚上的尘土，却忽然蹲到我的脚边替我掸起了袴裙的下摆。我慌忙向后退去，舞女不由得跪下来，就这样弯下腰替我周身上下掸了一通。接着她放下撩起的下摆，对站在原地气喘吁吁的我说道：

“请坐吧。”

凳子的近旁飞来一群小鸟。四周一片寂静，只听见停着小鸟的树枝上枯叶沙沙地响。

“你怎么走得那么快。”

舞女看着好像很热。我用手指敲了敲太鼓，鸟便飞走了。

“啊，想喝水了。”

“我去找找看。”

可是很快，舞女又从泛黄的杂木丛中空手而归。

“你在大岛的时候都做些什么呢？”

于是舞女突兀地提起两三个女孩的名字，开始说一些我摸不着头脑的话。她说的似乎不是大岛，而是甲府的事情，是她在小学二年级的朋友的事。她想到什么就说什么。

等了大约十分钟，三个年轻人爬上了山顶。老妈又过了十分钟才跟上。

下山时，我和荣吉特意迟一步动身，慢慢地边谈边走。走出两百来米，舞女又从下面跑了上来。

“下面有泉水。她们请您赶紧去，大家都没喝，在那儿等着呢。”

我听说有水喝就跑了起来。树荫下的岩缝中涌出一股清泉，女人们都在泉水旁站着。

“来，请您先喝吧。我怕伸手进去水就浑了，在女人后面喝也不干净。”老妈说道。

我用手捧着喝起了清冽的泉水。女人们不愿轻易离去，就着泉水拧干手巾擦了擦汗。

下了山一来到下田的大路上，可以看见好几缕烧炭的黑烟。我们在路边的木料上坐下休息，舞女蹲在路旁，用一把桃色的梳子梳理小狗身上的长毛。

“那会把梳齿弄断的！”老妈责备道。

“没关系。反正去下田要再买把新的。”

从在汤野那时起，我就打算向舞女讨要这把插在她前发上的梳子，所以我心想，拿它来梳狗毛可不成。

大路对面堆着许多捆细竹，我和荣吉聊到正好可以拿它们来做手杖，便抢先一步站起身来。舞女也跑着追过来，挑出一根比她还要高的粗竹竿。

“你做什么？”荣吉问她。舞女有些慌张地将竹子递给了我：

“给你做手杖，我抽了根最粗的。”

“这可不行。粗的别人一看就知道是偷来的，被瞧见了多不好？还回去吧。”

舞女回到堆竹捆的地方，又跑了过来。这次她给我拿来一根中指粗细的竹子。接着她背靠在田埂上狠狠地倒了下去，气喘吁吁地等着其他女人。

我和荣吉一直走在前面十来米远的地方。

“要我说，那颗牙可以拔掉，换上一颗金牙。”舞女的声音忽然传入我耳中。我回头一看，舞女正和千代子并排走着，老妈和百合子稍稍落在后面。千代子似乎没有注意到我回头，说道：

“那倒是。你就那样跟他说，怎么样？”

看样子是在说我。应该是千代子说我的牙齿长得不齐，舞女就提到了可以镶金牙。聊的虽然是我的外貌，但我也不恼，连竖起耳朵听的心思都没有，只感到分外亲切。她们继续小声聊了一会儿，我又听到舞女说：

“他是个好人。”

“那倒是，像是个好人。”

“真是个好人呢，为人真好。”

她的话语透着纯真和率直，是稚嫩地流露出内心情感的声音。这令我也天真地觉得自己是个好人了。我满心舒畅地抬起眼来眺望着明朗的群山，眼皮微微作痛。我这个二十岁的人，脾性乖戾而孤僻，我对此深刻反省又反省，弄得自己苦闷抑郁，实在不堪忍受，这才踏上了伊豆的旅途。所以，能有人在寻常意义上将我当作好人，真是说不出的感谢。快到下田的海边，群山明亮起来，我挥舞着刚才的竹杖，削起了秋草尖。

路途中，各处村庄的村口都立着牌子。

——乞丐和巡回艺人不得入村。

六

那家叫甲州屋的小旅店就在下田的北入口处，我随着艺人们登上了阁楼似的二楼。这里没有天花板，坐在临街的窗口边，脑袋都能碰到屋顶。

“肩膀不痛吧？”老妈反复向舞女确认，“手不痛吧？”

舞女试着做出打太鼓时的优美手势。

“不痛。还能敲呢，可以敲。”

“那就好。”

我试着提了提太鼓。

“哎呀，好重啊。”

“那可比您想象的要重。比您的书包还要重呢。”舞女笑道。

艺人们和同一家旅店的人热闹地打着招呼，那些人也尽是些艺人或是走江湖摆摊的。下田港似乎就是这些候鸟的巢。店家的小孩蹒跚地走进房间，舞女拿了几个铜板给他。我正想离开甲州屋，舞女就抢先跑到玄关，一边替我摆好木屐，一边自言自语似的悄声说道：

“请带我去看电影吧。”

我和荣吉请一个游手好闲的男人带路，去了一家旅馆，据说是前镇长开的。泡过澡后，我和荣吉一起吃了有鲜鱼的午饭。

“你拿这个去买些花，明天祭祀的时候供上吧。”

说着我拿出一个纸包，装了点钱，让荣吉带回去。

我必须乘明天早晨的船回东京，我的旅费已经快用完了。我推说学校里有事，所以艺人们也不好强留我。

午饭后还没过三小时，我就吃了晚饭，独自一人过了桥往下田北边走去。我登上下田的小富士山，眺望着港口的方向。回程路上，我顺道去了甲州屋，见到艺人们正在吃鸡肉火锅。

“您要不要也来一点？虽说女人动过的筷子不干净，但以后也可以当玩笑话来说嘛。”老妈说着从行李中取出碗筷，让百合子去洗。

大家又反复劝我，说明天就是小宝宝的断七，让我至少推迟一天再动身。但我拿出学校当挡箭牌，没有答应。老妈一再说道：

“那就寒假时大家去船上接您，告诉我们个日子，我们等着您。您再来旅店这种地方找我们可要不得，我们会去船上接您的。”

房间里只剩下千代子和百合子时，我邀她们去看电影，结果千代子按着肚子，脸色苍白，一副疲惫万分的模样说道：“我身体不好，走了那么多路，撑不住了。”百合子则拘谨地低下头。舞女正在楼下和店家的小孩玩耍，她一看到我，便缠起老妈，央求她同意自己去看电影。可她最后像丢了魂似的，垂头丧气地回到我身边，替我摆好了木屐。

“怎么了，就让她一个人跟着去不也挺好吗？”荣吉插嘴说道，但老妈似乎还是没答应。为何她一个人去就不行呢？我实在是觉得无法理解。我将要走出玄关时，舞女正在抚摸小狗的脑袋，那冷淡的模样甚至让我无从开口。她仿佛连抬起头看我一眼的力气都没有了。

我独自去看电影了，女解说员正在煤油灯下念着说明[1]，我随即走出来回到旅馆。我把手肘撑在窗台上，眺望着夜晚的小镇，不知过了多久。真是个漆黑的小镇。我仿佛觉得不断有太鼓声依稀从远处传来，不知为何，我的泪水扑簌而下。

七

动身那天的早晨七点，我正在吃饭，荣吉在街边叫我。他穿着一件黑底带家族徽纹的外搭，那似乎是特意为我送行的礼服。我没见着女人们的身影，心中立马生出一股寂寥之情。荣吉走进房间说道：

“大家也都想来送行的，可她们昨晚睡得太晚起不来床，实在是对不住。她们说冬天会等着您的，您一定

---

1 | 当时那个年代的电影为无声电影，需要工作人员讲解配音。

要再来呀。”

小镇上，秋日的晨风凛冽。荣吉在路上给我买了四盒敷岛香烟、一些柿子和熏牌口腔清新剂。

“我妹妹的名字就叫熏嘛。”他略带笑意地说道。

“船上吃橘子不太好，不过柿子对晕船有好处，可以吃的。”

“这个送给你吧。”

我摘下鸭舌帽，把它戴在荣吉头上，又从书包里拿出学生帽，抚平褶皱，我俩都笑了起来。

快到码头时，舞女蹲在海边的身影扑入了我的心头。直到我们走到近旁，她都一直在原地安静地待着。她默默低着头，脸上还是昨晚的妆，让我越发伤感起来。她的表情似是在赌气，眼角上的红晕则为她增添了一抹稚嫩的英气。荣吉问道：

“其他人也来了？”

舞女摇了摇头。

“大家还在睡觉？”

舞女点了点头。

趁着荣吉去买船票和舢板票的时候，我找了各种话头跟舞女搭话，但她只是凝望着水渠的入海口，一言不发。只是我每句话还没有说完，她就一个劲儿地点头，除此之外再无反应。

“老婆婆，这个人不错。”这时，一个壮工模样的男人朝我这边走来。

“这位同学，您是去东京的吧。我想求您件事，能请您带这位老婆婆去东京吗？这婆婆着实可怜。她儿子原本在莲台寺的银矿做工，可是倒霉碰上这次的流感，儿子媳妇都死了，就留下了这么三个小孩。实在是没法子，我们合计着还是送她回老家。她老家在水户，可老婆婆什么也讲不清楚，等到了灵岸岛，您把她送上去上野站的电车就行啦。麻烦您了，我们给您作揖，求求您啦。唉，您来看看这模样，肯定也会觉得可怜的。”

老婆婆木然地站在那里，背上绑着一个乳儿，左右手各牵着一个女孩，小的大概三岁，大的也就五岁左右。从她那脏兮兮的布包袱里露出了大饭团和腌梅干。五六个矿工正在安慰她。我痛快地答应了照顾老婆婆。

“拜托您了。”

“谢谢啦。我们本应送她到水户的，可实在是办不到。”矿工们各自说着，向我道谢。

舢板猛烈摇晃起来。舞女依旧紧闭双唇，只盯着一边看。我正要抓住绳梯，回头望去，只见她欲言又止，没能道出再见，只是再次点了点头。舢板回去了，荣吉不停挥动着我方才送给他的鸭舌帽。船离岸很远后，舞女才开始挥动一件白色的东西。

轮船驶出下田海域，直到伊豆半岛的南端完全消失在身后，我都一直倚着栏杆，凝望着海上的大岛。我感觉跟舞女的离别仿佛已经是很久以前的事情了。不知老婆婆情况怎么样，我朝船舱里窥去，只见人们已经围坐在她身边，似在百般安慰。我放下心来，走进隔壁的舱室。相模海的风浪很大，坐在船上，时常会左右倾倒，船员四处分发小金属盆。我枕着书包躺了下来，脑袋里空空荡荡，忘却了时间。泪水扑簌地流淌在书包上，甚至浸得我脸颊发冷，我只得把书包翻了个面。我的身边睡着个少年，他是河津一个工厂主的儿子，去东京是准备入学考试，所以似乎对戴着高等学校学生帽的我抱有好感。稍微聊过几句后，他问道：

"您是遇到了什么不幸吗？"

"没有，是刚刚和人告别。"

我十分坦率地答道，就算被人看到流泪也无所谓了。我什么也没想，只想在安逸的满足感中静静入眠。

海上何时暗下来了我也不知道，网代和热海的岸边亮起了灯光。我感到饥寒交迫，少年打开一份竹叶包着的饭菜给我，我仿佛忘了这是别人的东西，拿起海苔饭卷便吃，吃完又钻进了少年的学生斗篷里。我处于一种美妙而空虚的心境里，无论别人怎么亲切地对我，我都能极为淡然地接受。我在想，明天清早带老婆婆去上野站，替她买票去水户，也是极为理所应当的。我感到这世上一切都融于一体了。

舱室里的灯光熄灭了，船上堆积的生鱼和潮水的气味越发浓郁。一片漆黑中，我被少年的体温所温暖，任凭泪水肆意奔流。我的头脑仿佛化作一汪清水，扑簌着流淌而出，之后一无所剩，只感到甘甜的愉快。

伊豆的归途

1925 年 6 月

一

分明已经到了四月，火车车窗外掠过的风景，却仍是漫长而没有青草的小山丘。

他把双脚抵在玻璃窗的下沿，就像一张弓，绷着身子仰躺在座椅上。脑袋枕着椅子扶手，因此在自己依稀可见的鼻影对面，能够看到赤褐色的山丘不断掠过。山丘上被砍伐后的大树桩排成了一列。树桩飞快地靠近，似乎要挨个跳进窗户里，转瞬间却又消失不见。他感觉这寂寥的风景用来忘情，再合适不过了。腐朽树桩排成的行列犹如忘情之路的行道树一般，在他的脑海中穿梭而去。

不光是在此时，对于身处旅途之中的他来说，火车始终是忘情的场所，不知不觉已经成为一种习惯。与其说是忘情，不如说是生活的现实感变得模糊起来。总之一坐上火车，他就仿佛把自己的身心托付给了某种事物。所以每当他的心中生出悲伤、生出愤恨时，他就一定会去坐火车。当身体感受到火车车轮的震颤，他的思绪也会变得朦胧起来。换句话说，记忆就会变得迟钝。感觉身体离开大地，轻飘飘地被运送至沿路的风景之上，沉重的过往也仿佛梦境一般浮上了云霄。哪怕是回故乡参加妹妹的葬礼，他也能在火车上做个美梦，脸上露出白痴般的表情。热爱旅行的他自然而然地便养成了这种习惯。旅行者的第一要务就是学会在漫长的火车上不那么无聊，而他已经积累了无数在火车上发呆的经验。这些经验积年累月，不知从何时起，他只要乘上火车，就会忘掉一切。

当然，连恋人也会忘掉。因此他有一个自己专属的说法，那就是“火车上忘记的恋人”。常去远方旅行的他，在各处的山海之间结识了许多“火车上忘记的恋人”。即便在某个地方爱上了令人依依不舍、仿佛永远也无法分离的女人，但他只要一想到自己是乘火车来这里旅行的人，终究还会乘上火车而去，就会觉得自己仿佛注定会获得感情的救赎而放下心来。他还认为自己是一名深谙告别之道的“贤明旅人”。

然而，当他眺望着窗外树桩不断掠过的景色时，心中却没有任何一件事想要彻底忘记。岂止于此，他甚至觉得自己反而不想在火车上忘掉她了，不想忘掉那位本应该忘掉的恋人。他像一张弓似的绷着身子仰躺在座椅上的姿势，或许也是因为想起昨夜荒诞的道别。

他抵在玻璃窗下沿的脚，昨夜还曾被一位姑娘放在柔软的手掌中来回把玩评论：

“明明也没怎么走路，这脚看着却不怎么漂亮呢。虽说小倒是挺小的。”

其实与其说是昨晚，倒不如说是今天清晨才对。

温泉旅馆的姑娘每晚都会来他的房间，和他聊天到凌晨两点。而昨夜是他离开这处温泉前的最后一晚，因此姑娘没有像往常一样离开房间，一直坐在那里。直到前台的时钟敲响了三点钟的报时。

“抱歉，我明天还有早班。今晚就先说声再见了。”

姑娘离开座位时，他也跟着站起了身，迅速取下衣架上的手巾。待跪着关上拉门的姑娘站起身后，他轻轻揽住了她的肩膀。两人就这样走过万籁俱寂的走廊。

“去泡温泉？”

“嗯，一起去泡温泉吧。”

“好，我随后就到。”

他泡进温泉后没过多久，姑娘便关上浴场吱呀作响的玻璃门，走下了阶梯。她站在阶梯的最下方，朝着浴池里探头。她来的时候只解开了腰带，原本系腰带的地方，和服的褶皱尤为醒目。这褶皱仿佛带着姑娘所有的秘密来到他的手掌心，他在姑娘身上感受到了一种哀悯的亲密感。

脱光衣服的姑娘一副怕冷的模样缩起身子，迈着小步向他所在的浴池跑来。

“请您把脸转开别看。”

“好。”

然后他枕着浴池一边的边缘，又把脚尖搭在对面的边缘上，仰躺着漂浮在水中。姑娘把肩膀都浸入水中后，便抛去了羞涩之情。乳头以上的胸脯光洁浮动着，乳房下半部分的线条则在水中错乱地晃动。她的锁骨上只微微凹进去一点，整个胸脯显得稚嫩而清纯。她的双膝并拢在一起，脚尖好似新月一般翘了起来。

不知出于何种缘故，姑娘屈膝步行过来，用双手包住了他搭在浴池边的脚。接着她说道：

“明明也没怎么走路，这脚看着却不怎么漂亮呢。虽说小倒是挺小的。”

“很丑吧？这就是旅者的脚嘛。”

“旅者的脚？”

姑娘说着，也未朝他看去，只是漫不经心地把玩着他的脚。

他忽地想起了谷崎润一郎写的《阿国与五平》这部戏。阿国和五平最后究竟有没有发生男女关系，戏剧中并未明确写出。但有评论家阐释说，阿国为五平系草鞋的行为，就是他们两人发生了男女关系的证据。他想起了那位评论家的言论，而后又觉得相较那位评论家，自己的理性仿佛钢铁般牢固。别说是系草鞋了，女人正在温泉里把玩着自己的脚呢，可他还是跟姑娘清清白白地道别了。

说到底，那时他还不确定自己能否跟姑娘清清白白地道别。十天之前，他还想着任凭自己和姑娘之间的关系自由发展，认为时间会替他解决，于是打算听天由命。可是时间这种东西，似乎只会静静地不断流逝罢了。他几度面临与姑娘之间剩下的唯一一件事，却都只陷入了凝重的沉默。那唯一一件事正如脆弱的气球一般悬在他的眼前。

如今被姑娘握住脚趾，他生出了一种想要毁掉眼前那事物的欲望。然而他什么也没做。浴池外边，溪树蛙在月光下鸣叫不已。溪流的水声宛如青色薄绢，在山中冷冽的空气底层蔓延开来。矗立在窗外的山麓微微泛白色。

“那种地方还开着樱花吗？”

“哪有，那不是还在动吗？”

“是雾霭吧。”

“是雾霭呢。”

那白色的东西眼见着飘上黑色的山腰，逐渐消失不见。此刻他才第一次有多余的心思想到，在温泉中被姑娘把玩着脚趾后，就此清白离去该是多么荒诞的分手方式啊。于是他又忧愁了起来。自己明天在火车上恐怕就会忘掉这位姑娘吧，若是自己沉溺在都市的嘈杂中，恐怕再也不会想起她了吧。这样的空想，令他几乎要流下甘美的泪水。

姑娘先行上岸，在浴场的角落里开始擦身，说道：“您还不上来吗？”他却用双手捧起一洼水，又泼湿了姑娘的肩膀。

“坏心眼。那就泡到早上也别上来吧。”

姑娘说着便又泡进水中，他从极近的距离仔细瞧着她，甚至眼睫毛都凑到了她的耳朵上。姑娘闭上隆起的眼皮，一动也不动。可是，他的理性异样顽固。如果再过两三年，姑娘大概会轻蔑这样的他，觉得他很蠢吧。可现在的她还未沾染上那么多世故。这令他感到安心。

一起泡温泉这事也并非那么罕见。毕竟是温泉旅馆的姑娘，早已习惯和男人一起泡温泉。况且打从姑娘十三四岁起，有四五年的时间里，他每年都有半年时光消磨在这寂寥的山中温泉里，而最近一年更是一直旅居在此地，所以姑娘平日里的感情他都了然于心。姑娘身上每个月会有一个礼拜散发出某种特殊的体味，他也能够察觉得到。而在这些日子里，姑娘绝不会去他的房间露面，在走廊等地方遇见时，她会红着脸颊微微一笑，表情中似乎认可了他能够闻出自己私密味道这件事。此外，她会在夜晚的温泉中大胆地触碰他的身体，却极少会在光天化日之下泡温泉，正因如此，当偶尔被他发现自己白天泡温泉时，她便会满脸通红地蜷缩起身子。这时候的异样娇羞，对于老熟人的他来说十分新鲜，而又带着奇异的性感。

然而，本该是个在温泉中大胆行动的夜晚，她却突然说道：

“请您先上去吧。”

“为什么？”

“走在前面我有些害羞。”

“这倒是奇闻。”

“您这么一说，我更不好意思离开了。”

“好啦好啦。毕竟你也要上早班嘛。”

他干脆利落地跳出了浴池，接着清清白白地与姑娘道别。

他弓着身子躺在火车上，跟浴池中的姿势一样，但不知为何今早被姑娘握住脚趾的事情，仿佛已如一场清梦。望着那宛如忘情之路的行道树一般的树桩，他努力试图回想起姑娘的裸体。正因是清清白白地道别，所以他更不想忘记。今日与他道别的姑娘，今后应该也能出色地解决自己人生的问题吧，这令他感到不满足。他宁肯姑娘因为他的缘故而再也无法解决人生问题。虽说那姑娘从幼时起就与他过于亲密，以至于无法在转瞬之间就把她当作女人来对待，但自己以前不也忘记了年龄之别，向一位十六岁的小姑娘求过婚吗？而那位小姑娘也丝毫不惊讶，像个成熟女人那样认真地做出了回应，不是吗？如此想来，他有点同情这位无法让他的理性发狂的姑娘，他越发不想忘记她了。

在他前面，一位身着少将军服的陆军军官在两膝之间夹着一柄西洋刀，下巴搭在刀柄上，正读着《战友》杂志的四月号。

炫目的阳光从车窗外射进车厢。赤褐色的小山丘消失不见，远处群山安静而缓慢地移动。陆军少将起身拉下了窗帘。随着铁轨的倾斜逐渐平缓，歪斜的车窗也重新恢复了垂直。不久后，火车便开到了国府津。

他就这么躺在座椅上，看着打开车门后一拥而入的旅客。显眼的胭脂色大衣吸引了他的目光，他看到了那女人白皙的面容。他被别人敲了敲打算起身，最后却没有动作。女人在陌生人之间穿梭时不怎么愉快，僵硬地皱着鼻子，朝他走了过来。那双丰腴而美丽的手和人群中浮现出的白皙面容给他带来了极大的震撼，仿佛往他的眼里注入了清水。这些画面都背叛了他脑海中关于理香子的记忆。而他昔日的幻想，此刻就在眼前成真了。

理香子十六岁和他定下婚约时，两人曾在某处乡下小镇拍过合影。坐在白色长椅上的她把双手都藏进了袖子里。她穿着一件泛青的淡色哔叽和服，在照片里，其中一侧的袖子像块幕布似的铺在了她的膝盖上，她的手就藏在那下面。她是被乡下一户人家收养的，别说洗衣刷碗了，家里人连刷墙的工作都会让她去做，所以她害怕自己干枯粗糙的手在照片里会被拍得太清楚。此外，她那时候还穿着过于幼稚的红领子里衣，但她的脖子到胸口的皮肤都微微泛着黑色，连带着红色的衣领都变得暗沉了。她伸手梳理头发的时候，从红色袖口露出的手肘也是黑青色的。当时年轻的他，满脑子都是她的倩影，这些细节反而让她显得更为惹人怜爱。他幻想着，若她与自己结婚的话，双手应该也会变得漂亮起来。他幻想着，明媚的幸福生活和青春年华，大概能让十六岁姑娘的肌肤在二十岁之前变得白皙透亮吧。他在心中描绘起那些一出校门就迅速白皙起来的女学生们的事情。

这位拥有美丽双手和白皙肌肤的理香子朝他走了过来。她笔直地走过来，却将经过他而去。火车的过道十分狭窄，他把座席的扶手当枕头仰躺在那里，脑袋已经伸到了过道里。

理香子没看见他，路过他脸侧时，大衣的衣袖拂过了他的额头。他不由得伸手掸去那毛织物的触感的同时，霍然坐起了身。理香子看到他猛地向自己肩膀撞过来的脑袋，似乎立刻就认出了对方，她飞快地闪过身，匆匆往车厢深处赶去。她身后还跟着一名穿着春季外套的爽朗青年，脚步和她同样匆忙。他从刚刚那刻起便意识到，那名青年就是她的丈夫。

他敞着衣服前襟，抱住座椅靠背，凝望着理香子的背影，望着那对年轻夫妇的背影，他们身上富足的生活气息仿佛让周围的空气都温暖了起来。两人都穿着很有品位的都市风服装。胭脂色的大衣衬得她的发色越发乌黑油亮，脖颈显得更洁白。他的心情没来由地明快了起来，感到一种豁然开朗的惬意。

直到快要撞上车厢深处的出入口，理香子都在一直往前走，她低着头露出泛红的脸颊，动作僵硬地坐进了那边的座位。看到这一幕，他明快的心情微微蒙上了一层雾霭。他不由得挪开了目光，转回身去想要把衣服前襟拉好。他忽然瞥向自己的手指，指尖黏附着四五根很短的胭脂色毛织物纤维。他定睛看着这些纤维，一时间不知是要猛地一口气把它们吹走，还是要把它们拿到唇边亲吻。这时，他的脑海中突然闪过一个不祥的预感：

“啊——自己的理性应该没有迷乱吧。”

二

理香子对他来说，属于“即便在火车上也忘不掉的恋人”。为了消除她带给自己的那些苦楚，他已无数次乘坐火车踏上旅途。然而这并不是为了忘掉她，而是为了在火车上，当现实感变得朦胧模糊，仿佛浮上云端的同时，仍能对她浮想联翩。虽然她已消失在他的目光所触及不到的世界，他也不觉得失去了她，他始终幻想着在漫长的人生道路上，会和她在某处再度重逢。原本他就是那种无法憎恶他人、怨恨他人的性格，哪怕遭人背叛，他也不认为自己遭到了背叛。所以，无论理香子怎样毁约失信，他永远只记得她的好处。

时隔五年在火车上见到了她，他的心情如孩子般明快而喜悦，胸中充满朝气。他完全没有对理香子的丈夫产生任何抗拒感，脑海中印象深刻的，只有她变得幸福美满这件事。没有必要去多想她是属于自己还是属于别人，他只是单纯地庆幸彼此的重逢，带着微笑凝望着她的面容。

“我现在美得完全不像当初的模样了吧。我生活得很幸福。”

“这点我一眼就看出来了，看到这样的你我也很愉快。不过，说不定什么时候就会发生意外，让你回到我身边哦。”

“届时还请多多关照。”

“彼此彼此。”

他盼望着两人能够畅快地望着彼此，开开心心地面对面。

他把胭脂色的纤维从指尖吹走，笑了笑。他的心情明快而喜悦，失去了镇定，他一再回过头去，看向理香子那边。只能够看到她的额头之上的部分，她的额头微微偏高，很有特色。不，或许是因为光凭额头便能感受到她整个人的气质，所以他才会觉得那额头有特色吧。

然而那额头的肤色也和五年前不同了，敏感而白皙的肌肤令人联想到奢侈的梳妆台和化妆品，她已经沾染了都市的知性气息。她的额头上沁出了细汗，犹如一面镜子似的映出了温暖的春意。而那轻薄的皮肤底下，似乎还透着某种能够吸引男性欲念的东西。不过，额头上敏锐的神经正在微微抽动，仿佛是在抗拒他长久的凝望。

从二宫、大矶和平塚这几个海滨别墅区车站涌上了大批乘客。坐在他对面的那位陆军少将的家人们也在茅崎站闹哄哄地挤上了车。少将的家人们似乎是为了在他从偏远地区回东京的途中迎接，才在等火车之前顺路去茅崎的熟人别墅做客的。听他们对话才知道，今天原来是星期日。一名小学生模样的少女和一名五六岁的男孩挤着坐在父亲旁边的空座上，母亲和大女儿一再互相谦让他旁边的空位。于是他干脆起身让出了自己的座位。

一个空座都没有了。他只得轻倚座席的扶手，站在过道上。不过这样一来，便能看见理香子胸口以上的部分了。

他带着柔和的心情静静眺望着理香子，仿佛在等待她的微笑。她一动不动，眼睛都不眨，面容僵硬。她白皙的额头越发苍白，连在他面前抬起头来都做不到了。他感到自己明朗的心中仿佛倏地落下了一道黑影，不禁别开了视线。然而他很快又回过神来，觉得不应该这样。无论她是什么反应，自己就是想多看看这张今后不知何时才能再见的面容，既然想看那就去看。他觉得自己心中已经完全没有那种必须回避她，不敢看她的负面情绪。于是他又重新转向了车厢深处。

理香子坚决地闭着双眼，仿佛已经下定了永远也不再睁开的决心。她的脸颊异样通红，额头上凝结着痛苦之情。那不是对他的憎恶或是反抗，流露的唯有痛苦。看到这，他没来由地垂下了头，随即强烈的悲伤之情涌上心头，令他苦闷万分。

理香子如此痛苦的表情他见过不止一两次了。当她两次发了狂似的以极为简短的信件打破与他的婚约后，每次她都会露出这种痛苦的表情。他见到那痛苦的模样，便感到一种她快要精神崩溃的危险，预感到她将会陷入自暴自弃的生活。于是他立刻离开了她所在的地方，消失不见。他希望自己的心情能够直接传达给她，告诉她自己一点也没有责备她、怨恨她、憎恶她或瞧不起她。

十七岁那年的二月，她离开乡下养父的家去了东京，当了某间咖啡馆的陪酒女招待。在那家咖啡馆，他求她回心转意回到自己身边来。她听了之后，摆出一副眉眼唇鼻仿佛都失去了生命，只有毛孔分外粗大的僵硬神情，像毫无吸引力的女人似的低下头，向他展现出不可思议的丑态，接着说道：

“我都已经沦落成这样子了，请你当没我这个人，把我忘了吧。”

“又没真的变成什么样，而且你不就在这里吗？”他穷追不舍。

“你又没断手断脚，不就坐在我面前吗？”他心里还想再加一句。

“只要去你看不见的地方就行，我打算去某个你不知道的地方。”

她用这话威胁他。她要强的性格令他害怕起来，那语气听上去，仿佛为了反抗他，连嫁给一只狗的话都说得出口。

“我很讨厌你。”

为何这个女人不用这种干脆彻底的话来拒绝自己呢？他陷入了沉默。

在那之后不到三天，她就从他眼前消失了。她离开咖啡馆投奔别了的男人。事实上，她就在他的眼皮子底下辗转于无数男人之间。她出现在各家咖啡馆，很快又消失不见，过着仿佛被恶鬼追赶，光着脚踉踉跄跄逃命一般的生活。而每次见到他，她便会露出痛苦的神情。

看着她朝危险的道路上飞奔而去，他感到厌倦而痛苦。

比起那时的痛苦，四五年后的此刻，她额头上显露出的痛苦中并未掺杂着抗拒心理，这是她如今过得很幸福的缘故。然而那痛苦并未改变。她是为何而痛苦呢？那张变得美丽而幸福的明媚容颜，为何就是无法展现给他看呢？只要坦诚地让他瞥见一眼，他便会在其中感受到那明媚人生的喜悦，不会一而再再而三地盯着由丈夫陪伴同行的她了。他便能安心眺望车窗外掠过的风景，幻想美满和谐的人生了。

他害怕没有得到理香子会让自己的生活颓废起来，曾在一年多的时间里，都死死咬着牙承受着肩头的重担。他不慌不乱地切去了自己心中关于美满和谐人生的愿景。若是抛弃他之人，也能像被抛弃的他那样，没有让自己的生活步调变得癫狂，那么他肩头的重量也会变得更轻吧。他一直都是这么想的，而此刻见到了变得美丽而幸福的理香子，他自然会感到心花怒放。

可是她脸上展露出的尽是痛苦。这无益的痛苦令他极度悲伤，喘不过气来。他仿佛被抽去了手脚上的气力，下一秒钟就要跌倒在地。负心的恋人看到被抛弃的恋人时，或许只能做出这种表情。这也许便是美丽女人的心思。可是与其看到她为自己而痛苦，他宁愿她因得胜而骄傲地怜悯自己。若是那样，就不会失去自己的生活了吧。就不会失去爱情了吧。“我终究还是失去了理香子吗？”

他无力地喃喃自语，连睁开眼睛都做不到了。

即便理香子同其他男人一起生活，但她至今仍存在于他的心中。可奇怪的是，她如今似乎要从那里消失不见了。他第一次感觉到失恋的焦灼，感觉到梦想走向崩溃的寂寞之情。若是理香子没有为自己而痛苦，若是理香子没有为自己而痛苦……他感到自己无力地跌倒在地，迷迷糊糊地就想着这一件事，接着眼皮底下涌上一股热流。

“我必须站起来。”

于是，他仿佛要抓住救命稻草，试图回忆起今早清清白白告别的那位温泉旅馆的姑娘。然而，连那情景也已逐渐远离，去了目不可及的世界。

“我连温泉旅馆的姑娘也失去了吗？”

想到这，他开始怀疑自己是否不该与姑娘清清白白地道别。若是好好地把握住那姑娘，现在的自己就还能剩下些什么。他被自己的想法吓了一跳，感到了自己理性的迷乱。于是他又仿佛寻求救赎一般，再次向理香子看去。

这时她忽地睁开眼看向他。还没来得及感受到他目光中投来的失魂落魄，她就飞快地起身打开旁边的玻璃门，离开了车厢。

他被玻璃门强烈地吸引着，无所顾忌地朝车厢深处走去。他的脑袋空空如也。他走出玻璃门，没看见理香子。他飞快地打开又关上了厕所的门，白皙的面容在镜中苍白地一闪而逝。理香子的胭脂色大衣摇晃时，露出了后面白色瓷器上的文字，他仿佛身处无声的世界，静静地将它读了出来：

“BE QUICK AS ANOTHERS MAY BE WAITING.”

全国总经销

捧读文化
触及身心的阅读

出品人　张进步　程　碧

特约编辑　孟令堃　方黎明
装帧设计　陈旭麟（okmake studio）

捧读

触及身心的阅读

睡美人

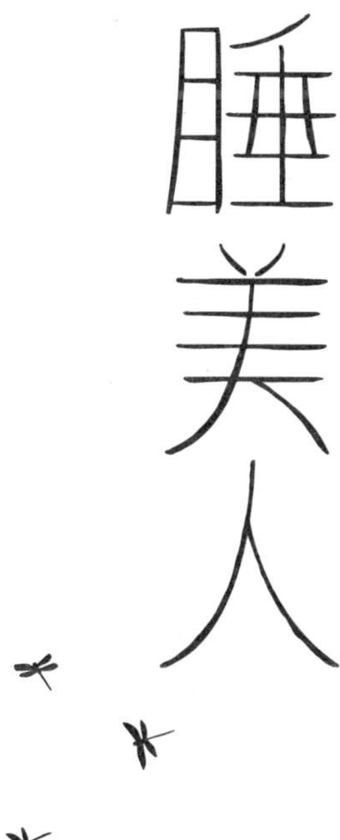

ねむれるびじょ

川端康成 著

温炬 译

河北出版传媒集团
河北人民出版社
石家庄

图书在版编目（CIP）数据

最美川端康成. 5, 睡美人 /（日）川端康成著 ; 温烜译. -- 石家庄 : 河北人民出版社, 2023.5

ISBN 978-7-202-06724-6

Ⅰ. ①最… Ⅱ. ①川… ②温… Ⅲ. ①中篇小说一日本一现代 Ⅳ. ① I313.45

中国版本图书馆 CIP 数据核字 (2022) 第 052233 号

目录

睡美人

其一

“请不要恶作剧，也不要把手指伸进睡着的姑娘嘴里。”旅店的女人不断叮嘱江口老人。

二楼只有两间房，江口与女人的对话发生在一间八叠[1]大的房里，隔壁还有一间，似乎是卧房。狭窄的楼梯下看不到待客间，让这里实在很难称得上是一家旅店——甚至没有挂出招牌。当然，这家旅店经营的秘密项目也很难光明正大地打出招牌来。店里死一样的沉寂。女人打开锁着的门将江口老人迎了进来，此刻依然在叮嘱着什么，除了她，店里似乎再没有其他人。这女人究竟是店主呢，还是女佣呢？初次光临的江口无从得知。话又说回来，光顾这样的店还是少开口提问为妙。

1 | 榻榻米的量词，几叠房即表示房间里铺着几张榻榻米。

女人看起来四十出头，身材小巧。她的声音听起来有些稚嫩，似乎故意放慢了语速，看起来根本没有张口，只靠两片薄薄的嘴唇微微颤动就发出了声音。她的瞳孔深邃而乌黑，几乎不看向对方的脸，但眸子里露出的神色能让对方减轻对她的戒心，也让她显得对人毫无防备，又有种对各种客人都司空见惯似的沉着。桐木火钵[1]上方悬着一个铁水壶，水已经烧开，女人便泡上了茶。在这样的地方、这样的情形下，这茶的质量与茶人的技艺，的确能让人感叹一句夫复何求了。店里的一切让江口老人的心安稳下来。凹间[2]里挂着川合玉堂[3]的画——自然是复制品，绘着漫山红叶，色调温暖。这八叠大的客房里似乎并未藏着什么古怪。

“请不要试着叫醒姑娘，就算叫，她也绝不会醒过来的……姑娘睡得熟着呢，什么也不知道。”女人又重复一遍，“姑娘睡得很沉，自始至终都不会知道发生了什么，更不会知道谁睡在她身边，这点您大可放心。”

---

1 | 火钵：一种大钵状的盛火用具，一般由陶瓷、金属、桐木制成。使用前需在火钵底部铺一层鹅卵石，再填充二分之一到三分之二容量的草木灰以隔热，最后在草木灰上放置燃烧的木炭。

2 | 凹间：日本房屋的一种特殊空间，用于放置小置物柜、佛堂或其他装饰品。

3 | 川合玉堂（1873—1957）：日本画家。

江口老人心中生出许多疑虑，却终究没问出口。

“这可是个美人哪。而且我选的都是一些可靠的客人。”

江口没有转头，低头看向了手表。

“现在几点了？”

“十点四十五分。”

“已经这时候了。上了年纪的人都该早睡早起，好了，请您慢慢享受……”说罢，女人站起身，打开了通往隔壁房间的门锁。她应该是个左撇子，因此开锁用的是左手。随着女人的动作，江口慢慢屏住了呼吸。女人将头探进门里，像是偷窥一般往里看去，显然，她不知道这样做了多少次了。她的背影本来无甚特别之处，但在江口眼中，却显得古怪滑稽。她的腰带在身后结成了一只大鸟模样，虽然看不出是什么品种，却点缀着写实的眼睛和脚——在这样的装饰上添加这样的点缀实在有些奇怪。当然，这鸟儿本身并没有什么让人觉得不快的地方，只是做工实在粗糙，在这样的场景再配上这女人的背影，就显得有些让人反感了。腰带的底色是近乎白色的浅米黄。隔壁的房间显得昏暗。

女人将门恢复到原状，只是没有上锁。她把钥匙放在江口面前的桌上，她的神情没有变化，语气也没有改变，仿佛不曾窥探过隔壁房间一般。

“这是房门钥匙，请好好享受这一晚吧，如果睡不着，枕边放着安眠药。”

“有洋酒吗？”

“抱歉，这里不供应酒。”

“喝一点助眠也不行吗？”

“是的。”

“姑娘就在隔壁房间里？”

“是的，已经睡熟了，正等着您呢。”

“哦？”江口有些疑惑，姑娘是什么时候进去的，又是什么时候睡着的呢？方才那个女人眯着眼窥探房里，莫非是要确认她是不是已经睡着？据说，这里的姑娘睡熟后，只会静静等着客人到来，绝不会醒来。这是江口从这家店的熟客那儿听来的。但亲身到这儿以后，反而更让他对之前听到的说法有些犹疑了。

“您要换身衣服吗？”如果江口有这打算，女人可以帮忙的。江口却一言不发。

“这里可以听到浪声，还有风声……”

“浪声啊……”

“晚安。”女人说着便离开了。

房间里只剩下了江口老人，他能清晰听到自己的呼吸声。他环视了一遍这八叠大的房间，视线最终落在通往隔壁房间的门上。这门三尺来高，由杉木板制成，似乎并不是房子建成时就有的，而是后来安装的。察觉到这一点后，江口又发现这面墙也是之后改装的，原本或许只是一扇纸拉门。这是为了做“睡美人”的密室吧？这面墙尽管也刷成和其他墙壁一样的颜色，但还是显得要新一些。

江口拿起女人留下的钥匙，端详了一会儿，这是一把再普通不过的钥匙。自然，他要用这把钥匙来打开通往隔壁的门，可江口却没有起身。方才那女人说，这里能听到肆虐的浪声，那是海浪拍击悬崖的声音。这间小小的旅店建在一座悬崖边上，或许是因为这旅店的环境，呼号的风声总让江口感觉凛冬将至——或许是江口老人的心理作用。这是一片温暖的土地，只消点上火钵，就不会让人觉得寒冷。风声中没有夹杂落叶的响动。江口来的时候已经是深夜了，并没有留心周围的地形，只闻到了海的味道。进入这间旅店的庭院大门后，他眼前豁然开朗。庭院很宽阔，比房子面积大得多，院子里林立着高大的松树与枫树，粗壮的黑松树叶在黯淡的空中攒动，这样看来，这房子之前更像是一幢独栋别墅。

江口用还握着钥匙的手点燃了一根烟，粗粗抽了两口，就在烟灰缸里摁灭了它，随即又点燃下一根，缓缓地抽起来。此时他的心中，与其说是因为忐忑不安而自嘲，倒不如说是倏地涌上了一股空虚，这种感觉让他厌恶。平日里，江口总会在睡前喝点洋酒，即便如此，他的睡眠依旧很浅，还常常受噩梦所扰。一位女歌人[1]，在风华正茂的时候患上癌症离世了，她写过一首短歌，江口读过，总忘不掉。女歌人在短歌里这样形容难眠的夜：

黑夜予我者，
蟾蜍、黑犬、溺亡人。

现下江口又想起这短歌来，此刻睡在隔壁房间里的姑娘——不，应该说被人弄睡着的姑娘，是否正像这“溺亡人”？念及此，江口的脚步踟蹰了，虽说他不知道姑娘是因为什么原因睡着的，但现在看来，这姑娘的确是陷入了某种异常的昏睡状态中，不省人事。江口想，或

1 ｜ 女歌人：指中城文子（1922—1954），因乳腺癌病逝。她的短歌被认为是日本现代短歌的起点。她凭借为短歌带来的变化，被誉为“前卫短歌”先驱。川端康成曾向出版商推荐她的作品。下面的短歌出自其短歌集《花的原型》。

许她是吸了某种毒，肤色显得如铅块一样浑浊，眼周乌青、肋骨突出，看起来瘦骨嶙峋；又或者全身浮肿，皮肤冰凉；或许还会露出发紫的污秽牙龈，呼呼地打着鼾。江口老人活了六十七年，在与女人共度的夜晚中自然有些不尽如人意的，这样丑陋的夜晚反而更让人难忘。这与容貌美丑无关，而是由女人扭曲的人生所带来的丑陋。江口自觉年事已高，实在没有必要再多一次这种丑陋的经历。此时，他在这家店里，即将步入隔壁房间，心里却这样想着。一个老人，躺在一个被弄得昏睡不醒的姑娘身边，睡上一整晚，还有比这更丑陋的事吗？江口到这里来，不正是为了寻求这种老而丑的极致吗？

旅店的女人说他是“可靠的客人”。的确，到这里来的客人，似乎都很“可靠”。对江口说起这家情况的那位，也是一个“可靠”的老人。这就是说，他已经老到完全丧失了作为男性的能力。他似乎以为江口也同样如此，早已迈进这样的年岁。大约是经常同这样的老人打交道，那个女人看向江口的目光里，既没有怜悯，也没有试探。但精于寻花问柳之道的江口，显然还不属于“可靠”的范畴，他虽然自问可以做到“可靠”，但这也得根据对象、自己当时的心境和所处的环境来定。如此看来，他觉得自己已经迈进这样老丑的境地，与这旅店的老年客人的凄惨处境相去不远。之所以到这儿，不正是这种迹象的显露吗？因此，江口并不想撕开来这里的老人们丑陋的伤疤，更不愿打破那可悲的禁忌。只要他想，是可以克制的。听说也有人把这里叫作“秘密俱乐部”，不过会员并不多。江口并不是为了揭破这个俱乐部的罪恶，也不是为了打破它的规矩而来。好奇心已经弱到这个份儿上，不正证实了自己已垂垂老矣吗？

“有的客人说，昨晚做了个美梦，还有客人说，这一晚让他想起自己的年轻时代呢！”江口老人又想起女人刚才说的话，连苦笑都笑不出来，他一手撑着桌子，直起身，打开了通往隔壁房间的杉木门。

“啊！”

江口禁不住呼出声——他看见了那深红色的天鹅绒帷幔。在昏暗的房间里，那红色显得越发深沉。帷幔似乎被一层微微的光亮笼住了，迈进房间就像踏入幻境。帷幔从房间的四壁上垂下来，就连江口刚才通过的杉木门，原本也是被帷幔遮掩住的，帷幔的另一头就是这个房间。江口锁上房门，一边拉过了帷幔，一边俯视着熟睡的女孩。女孩发出的鼻息真真切切地钻进了江口的耳朵，她并不是在装睡。老人为女孩所惊艳，倒吸了一口气。出乎他意料的不只是女孩的美丽，还有她的年轻。

女孩面对江口的方向，左半边身子朝下侧躺着，让人只能看到她的脸，虽然看不到她的身子，但看上去她似乎还不到二十岁。江口老人的胸腔里似乎有另一颗心脏振翅欲出。

女孩的右手腕伸在被子外，左手似乎斜着伸展在被子中，睡脸安详地靠在枕头上。她右手的拇指大概有一半被脸颊压住，像是藏在睡脸下方。熟睡让她的手指变得更柔软，微微向内屈着，但没有蜷曲到让人看不清她指根处是否有惹人喜爱的小涡。温热的血让女孩的手透着红润，从手背到指尖，色泽也随着血液的流动越加浓郁。她的手滑腻而白皙。江口老人像是为触碰这只手找借口一样自言自语道："睡着了吗？真的不会醒吗？"才终于将这只手握进了手心，轻轻地晃了晃。他心里很清楚，女孩是不会醒过来的。江口就这样握着她的手，望着她的脸，心里想着她究竟是一个怎样的女孩。女孩的眉妆精致，合在一起的睫毛整齐。他嗅到了女孩发间的芳香。

没多久，江口听到海浪的声音，他的心已经被女孩夺走，因此他觉得此刻这声音未免高亢刺耳。不过他终于下定决心换衣就寝。这时他才意识到房间里的光是从上方投下来的，仰头望去，他看到天花板上开了两扇天窗，电灯发出的光线被天花板上的和纸散射开来。不知是因为这样的光线与深红色的天鹅绒相得益彰，还是为了让女孩的皮肤在天鹅绒的映衬下更显如梦似幻的艳丽——心潮澎湃的江口居然开始冷静地思索起这个问题——女孩漂亮的脸色似乎不是天鹅绒衬托出来的。江口的眼睛慢慢适应了房间的光线，他习惯在黑暗中入睡的，因此这房间里的灯光对他来说亮得有些过头。但天花板上的光似乎没办法关掉。江口一眼就看出那条羽绒被富有质感。

生怕惊醒了这个不可能醒过来的女孩，江口蹑手蹑脚地钻进了被子。她好像一丝不挂，而且对老人钻进被子里没有做出一点反应，甚至没有缩一下胸或者扭一下腰。就算睡得再熟，一个年轻女孩的反射神经总该是敏锐的。看样子她并不是单纯地睡着了而已，江口反而像想避免触碰到女孩的皮肤似的，伸直了身体。女孩微微向前屈着膝，江口的脚就不知道往哪儿放好了。他甚至不用看也知道，女孩左半边身子向下侧躺着，没有采用那种右膝盖搭在左膝前方靠上的防备性姿态，而是右膝打开，右腿尽量伸展开来。女孩斜着身子，因此肩膀的角度与腰的角度有些不太一样，看来她并不高挑。

方才，江口老人试着握住女孩的手晃了晃，女孩的手指尖似乎也睡熟了，仍保持着江口放开时的形状。老人刚抽开自己的枕头，女孩的手就从枕头一端轻轻滑下来。江口用一只手肘撑在枕头上，定定地望着女孩的手，喃喃道："太鲜活了。"自然是鲜活的，他这话虽说是出于怜爱，但刚一出口，又有些可怕的意味。被人操控着熟睡不起、不省人事的女孩，可以称作丧失了生命的时间，沉入了无底的深渊吧。人偶没有生命，因此也不能说她是活着的人偶，只是为了不让丧失了男性功能的老人留下羞愧的回忆，变成了活着的玩物。不，不是玩物，对这些老人来说，或许她就是生命本身，是可以安心触碰的生命。在江口的老眼中，眼前女孩的手柔软而美丽，所触之处，都让他觉得光滑细腻，连细微的纹理都看不到。

流向指尖那越发浓厚的温热血液，也染红了女孩的耳垂，透过秀发的缝隙，投进了老人的眼里。温暖的红色与女孩的稚嫩不断刺激着老人的心脏。江口到这家隐秘的店，本是出于好奇，但到这里以后，他开始感到迷茫。他猜测，人越衰老，光顾这家店时所能体悟的欢欣与悲伤就越强烈。女孩的长发是自然生长的，或许就是为了让老人们能够抚摸才留到这么长的吧？江口将脖子放在枕头上，撩起女孩的头发，女孩的耳朵露了出来，也露出了白皙的肌肤。肩膀和脖颈柔软娇嫩，不像成熟女人那般有圆圆的隆起。老人把目光从她身上移开，扫视了一下房内。江口脱下的衣服放在箱子里，却不见女孩的衣服。或许是刚才那个女人拿走了，又或者这女孩是赤身裸体地进到这房间里来的。想到这儿，江口的心咚咚地跳起来。女孩赤裸的身体尽收江口眼底。尽管明知女孩就是为了让人看才被弄得昏睡不醒的，江口还是拉过被子，盖上了女孩裸露在外的肩膀，接着闭上了双眼。在四处弥漫着女孩体香的空间中，突然飘出一股更浓郁而甜美的气味——吃奶婴儿独有的乳香。

“不会吧？”这女孩总不会已经生了孩子，乳汁涨出来了吧？江口又重新端详了女孩一次，从额头到脸颊，视线又移到下颌到脖颈那条满溢少女感的线条上。女孩很年轻，这是确凿无疑的，但江口还是轻轻掀开了盖着女孩肩膀的被子，往里觑了一眼。显然，女孩的乳房不像是喂过奶的形状，他又用指尖轻轻触碰了一下，女孩的乳头没有丝毫湿润。女孩不到二十岁，但也过了“乳臭未干”的年龄，早该没有乳香味了。事实也是如此，女孩身上只有半熟女子的香味。可此刻江口老人却真真切切地闻到了婴儿的乳香味，这是那瞬间的幻觉？他心中不解，为什么会产生这种幻觉呢？那乳香味或许是从自己空虚的内心缝隙中飘出来的吧？江口这样思忖着，不自觉地就陷入了寂寞之中。这寂寞比起悲伤，更像是老年人心如死灰后的悲怆凄凉。面前就是温暖而娇柔的女孩，她浑身散发着芳香，这样的情形下，这凄凉也渐渐变得可怜可爱起来，似乎将老人那冷冰的罪恶感埋在了深处。老人看着女孩的身体，仿佛听到了鸣奏的音乐——音乐是充满爱的事物。江口忽地想要逃出去，他环顾四壁，只见到笼罩四周的深红天鹅绒，没有出口。深红色的天鹅绒反射着天花板上射下来的灯光，柔软却又厚重，纹丝不动，把沉睡的女孩和江口老人一齐锁在了房里。

“你能醒过来吗？！能醒吗？”江口抓住女孩的肩膀，摇晃了一下，又抬起她的头，“醒醒！醒醒！”

江口内心突然涌出的情感，促使着他做出这样的动作。女孩依旧沉沉地睡着，一声不响，既没看老人的脸，也没有发出声音。她不省人事，连有江口这么个人存在都丝毫不知觉。这更让江口难以忍受了。他全然没有想象过女孩甚至对他的存在都一无所知，但此时他是无法唤醒女孩的。老人的手感受到了女孩脖颈的重量，她枕在老人手上，眉头微蹙，只有这个迹象告诉老人女孩依旧活着。江口终于轻轻地停下了手上的动作。

若是这种程度的摇动就能把女孩摇醒，那么介绍江口老人来这儿的木贺老人所说的“像与秘佛[1]同寝”，也就不能称作这家店的特色了。无论如何也不会醒来的姑娘，对于这些被叫作“可靠的客人”的老人来说，无疑是一种诱惑、是安全的冒险和享乐。木贺老人等人曾对江口说过，他们只有在沉睡的姑娘身边时，才能感到自己充满了生命的活力。

造访江口家时，木贺在客厅里看见有红色的东西掉落在秋天庭院里枯萎的苔藓上，便问道：“那是什么？”说着走进院子将它拾了起来。那是青木[2]的红色果实，稀稀散散地不断落下来。木贺只捡起一颗，夹在指缝中，一边把玩，一边把这家神秘的店的电话号码告诉江口。“每当对自己的老态绝望难耐时，我就会到那家店去。”木贺如是说。

“我啊，对那种能够称作女人的女性绝望了，好早之前就绝望了。你知道吗？有人能够给我们提供昏睡不醒的姑娘呢。”

---

1 | 秘佛：指出于宗教原因通常不向公众开放、收纳于关闭着的佛龛里的佛像。日本许多著名寺庙里最主要的佛像都是秘佛。

2 | 青木：山茱萸科桃叶珊瑚属植物，常绿灌木，分布在朝鲜、日本，以及中国浙江、台湾等地。

女孩昏睡不醒，一言不发，什么也听不见。一个早已失去男性功能的老人，又有谁会跟他交心，听他说话呢？江口老人是第一次接触这样的女性，而这女孩却无疑早已多次接触过这样的老人了。女孩就保持着任人摆布、一无所知的样子，像死去一样昏睡着。她睡颜无瑕，鼻息安稳。或许有个老人曾经贪婪地爱抚过她的每一寸肌肤，或许有个老人曾经在她身前自惭形秽、泣涕涟涟，或许……总之女孩是不知道的。想到这儿，江口觉得自己什么也做不了了，甚至连把手从女孩的脖颈下方抽出来，都小心翼翼的，仿佛稍一闪失，女孩就会破碎掉。只是江口的心情还是难以平复，依旧想要粗暴地唤醒这个沉睡的女孩。

江口老人的手从女孩的脖子下面抽出来时，姑娘的头轻轻地转了一下，带着肩膀也微微地挪了挪，变成了仰卧。她不会醒来吧？江口想着，向后缩了缩身子。天花板上投来的光线洒在仰面朝天的女孩的鼻头和唇上，更显得女孩的面部晶莹剔透，看起来更稚嫩了。女孩把左手抬到嘴边，像是要把食指含进嘴里。这是她睡觉时的习惯吧？江口心想。然而女孩的手只是轻轻地点了点嘴唇，让她的嘴略略松了松，露出了牙齿。侧卧时女孩呼吸是用鼻子，这时换成了嘴，显得有点急促。江口还以为女孩是呼吸困难，但看上去她并不难受。女孩的嘴唇轻启，仿佛轻盈地笑着。这时江口又听到了屋外惊涛拍崖的声音，海浪退去的声音似乎表明，崖下有些巨大的岩石。原本淤积在岩石后的海水被巨浪一冲，急急地追着浪去了。女孩用嘴呼吸的气味，要比用鼻子呼吸时发出的气味大些，却再没有那股乳臭味。刚才为什么会闻到乳臭味呢？江口感到有些不可思议，自己从这女孩身上感受到的，果然还是半熟女性的味道吧。

江口老人现在有一个外孙，还没断奶，浑身散发着乳臭味。他脑海里浮现出这个外孙的身影。他有三个女儿，都已经结婚生子，他不但记得外孙们乳臭未干的情形，还能想起怀抱未断奶的女儿时的往事。孩子们那股难忘的乳臭味忽然复苏了，又飘进了江口的鼻腔，像是在谴责他的行为。不，或许是这个昏睡的女孩勾起了江口心中的怜爱之意，才让他想起这股气味吧？江口也仰面躺着，没有触碰女孩的身体，就这样合上了眼。还是把枕边的安眠药吃了吧，他想。这些安眠药的药效肯定不如女孩所服用的那种，自己肯定能在女孩之前醒来，不然这家店的秘密与魅力不就荡然无存了吗？江口打开枕边的纸包，里面装着两粒白色的药片，吃一粒，就会似梦非梦，昏昏欲睡，如果两粒都吃下去，就会沉沉地睡过去。这不是正好吗？江口心想。他盯着药片，有关乳臭的回忆和疯狂的往事又在他记忆中浮出。

“这是乳臭味，这衣服上有乳臭味，婴儿那种味道！”正在叠着江口脱下来的上衣的女人忽然变了脸色，瞪着江口道，“这是你家的小孩吧，你出门前抱过孩子吧？是不是？！”

女人气得双手发颤：“啊！讨厌！讨厌！”说着直起身，将江口的衣服扔了过来。“真讨厌，出门找我之前抱什么孩子！”她的声音听上去有些可怕，面目更加让人胆寒。这个女人是江口相熟的艺伎，她是知道江口有家室的，但江口身上的婴儿乳臭还是让她强烈地嫌恶、嫉妒到近乎抓狂。这事以后，江口与这个艺伎之间也有了隔阂。

这艺伎讨厌的，正是江口小女儿还未断奶时身上的乳臭味。江口在结婚前就有过情人，他的妻子对他管束很严，这反而使得他每每与情人幽会，表现都格外激烈。有一次，江口刚抬起头，就看到情人乳头周围渗出一圈淡淡的血痕，江口心里吃惊，却装作若无其事，温柔地又将脸凑上去，将血舔舐干净。沉睡着的女子竟也毫不知情。这是在一阵干柴烈火后的事，就算江口对女子说了，她也浑然不觉。

两段回忆在此时一起浮现出来，是一件多不可思议的事——那都是发生在遥远岁月中的往事了。这回忆深埋着，因此，江口脑海中忽然飘出的乳臭味不会是从这个沉睡的女孩身上发出的。不过话又说回来，虽然时过境迁，但人的回忆或许只有新旧之分，很难说哪段远、哪段近吧？六十年前幼年时的往事，也可能会比昨天发生的事更加记忆鲜明，对老人来说尤其如此。更别说幼年时代的经历，往往能塑造一个人的性格，指引他的一生。这话说起来或许有些无趣，不过，江口正是经历了那个乳头边渗血的姑娘以后，才知道男人的嘴唇能够让女人身上几乎所有地方都出血的。这之后，尽管江口一直在刻意避免让女人身体渗血，但他依旧认为，这个姑娘教给了他一个终身受益的道理，这能够让他变得更强。一直到如今，江口老人已经六十七岁了，仍如此坚信着。

还有一件事，或许更无聊。江口年轻时认识一位中年夫人，她是某个大公司社长[1]的妻子，素有“贤夫人”的美名。这位夫人交游广泛，曾对江口说：“我在每天晚上睡觉前，都会掰着手指数数有多少个男人让我觉得与他接吻不算讨厌的。这多有趣，如果连十个可以接吻

1 | 社长：即董事长。

的人都没有，那就太寂寞了。”夫人是在同江口跳华尔兹时，突然做出这么一番坦白的。江口不得不浮想联翩——自己是否就是“不算讨厌”的男人之一呢？年轻的江口一震，忽然放开了握住夫人的手。

夫人却满不在乎地说：“我只是单纯数数……江口你这么年轻，总不会寂寞到失眠吧？就是有，只需要和太太提一提，也总能解决吧。不过偶尔也试试来找我吧，有时候，我也能给人一些好处呢。”夫人的声音听起来干巴巴的，江口没有回答。夫人说她只是“单纯数数”，江口却不禁想到，她是否一边数，一边想象着男人的脸和身体，数到十个人，怕是要花不少时间，这段时间里她总会想入非非吧？这样想着，徐娘半老的夫人身上那股春药般的香水味猛地钻进江口的鼻腔。夫人在临睡时如何去想象江口这个“不算讨厌”的男人，自然是她的秘密和自由，江口无从过问，也无法阻止。但一想到自己在毫不知情的情况下，成了中年女人意淫的对象，就感到一阵龌龊。至今，他仍然记得夫人的这番话。后来，他也曾经想过，夫人那番话可能只是为了不露声色地撩拨年轻的他，故意编出来的吧。如今，他已经记不清这事过去了多少年，只是还记得夫人的那番话。夫人早已离世，江口老人对她的话也不再怀疑。那位“贤夫人”

在临去世前，会不会依旧带着“与数百个男子接吻”这样的美妙妄想呢？

江口也老了，在失眠的夜里，偶尔回想起夫人的话时，也掰着手指数女人。只是他想的不是“不算讨厌”的女人，而是那些曾经在他身边的女人，想起那些往事。这一晚，他幻想在昏睡不醒的女孩身上嗅到了乳臭味，这让他又想起往日的情人。又或许是旧情人乳头的血，才让他在这个女孩身上闻到了本不应存在的乳臭味。江口老人轻抚着面前沉睡不醒的美人，又沉湎在对旧日情人的回忆中，那日子是一去不返了。这可怜的老人，反刍着旧时代的回忆，或许是当作慰藉吧。江口抚了抚女孩的双乳，只是为了心平气和地确认姑娘的双乳是否有乳液渗出，丝毫没有那种想让女孩在醒来时发现乳头渗血而害怕的欲望。女孩的乳房形状优美，江口此刻却在思索——哺乳动物这么多，为什么只有女人的乳房，经过漫长岁月，渐渐演化成了完美的形状呢？女人乳房这臻于至善的形状，不正是人类历史中的璀璨荣光吗？

女性的唇似乎也是如此。江口老人忽然想到，有的女人在睡觉前化妆，有的女人则在临睡时卸妆。他见过卸妆的女人在抹掉口红后，嘴唇就变得黯淡无光，浑浊而枯萎。柔和的灯光从天花板上流淌下来，照到此刻沉睡在江口身边的女孩脸上，混杂着四壁天鹅绒反射的光线，江口无从辨认这女孩睡前是否化过淡妆，但她的眼睫毛服帖，没有刻意翘起。微启的双唇间露出的牙齿闪烁着纯洁的光。这女孩还太稚嫩，不懂得在嘴里含上香料入睡，此刻正口吐着年轻女性特有的青春的芬芳。江口不太喜欢颜色浓重的大乳晕，他轻轻揭开盖住女孩肩膀的被子，看到了蜜桃色、娇小玲珑的乳头。姑娘仰面而卧，若是要吻她，两人的胸膛就会紧紧相贴。江口想，她岂止是“不算讨厌”，能够这样共度一宵，对于江口这样的老人来说，哪怕倾家荡产也在所不惜了。接着又想，来这里的老人，怕是都成瘾一样地沉浸在这欢欣里吧？有的老人也会对她产生垂涎的欲望吧。江口不是没有那样的冲动，只是对这样一个不省人事、沉沉入睡的女孩下手，她还能保持如现在一样纯真而静谧的表情吗？女孩的睡颜未免太过美好，江口甚至无法陷入那种恶魔般丑陋的欲望中。江口与其他老人的区别，或许正在于他还保留着身为男性的能力吧？为了满足那些老人，女孩陷入了茫然不觉的昏睡。尽管动作不大，但江口已经两次尝试着唤醒女孩，可万一女孩真的醒来，江口又打算怎么办呢？他自己也不知道。这或许是出于对年轻女孩的慈爱吧——不，又或者，这只是出于老年人的胆怯与空虚。

“该睡了吧！”说完，他忽而意识到自己根本没有压低声音的必要，于是又像为自己解围一样补充道，“我说的可不是永远地长眠啊，这小姑娘和我都不会这样一睡不醒的……”在这个略显诡秘的夜里，女孩如同每个普通的夜晚一样，是为了明早充满生机地睁开双眼才合眼入睡的。女孩的食指贴在唇上，略略蜷曲的手肘让江口感到有些别扭，于是他捏住女孩的手腕，将她的手伸直，放在侧腹部。这时他的手刚好触到女孩手腕的动脉，于是他顺势用食指和中指握住女孩的动脉，脉搏惹人怜爱地律动着。睡梦中的女孩呼吸安稳，比江口的略缓。屋外的风间或擦过屋顶，此刻已经不再如同先前那样给江口一种凛冬将至的感觉。浪涛依旧拍击着悬崖，发出澎湃的涛声，只是力度似乎柔了些。江口松开握住女孩脉搏的手，不再触碰她的身体，女孩的嘴、身体、发丝，都散发出柔和的气味。

江口老人曾经与那位乳头边渗血的情人从北陆[1]绕道，私奔到京都。或许是由于这女孩的身体多多少少让

1 | 北陆：其名来自日本古代五畿七道中的“北陆道”，一般指本州中部地区临日本海沿岸的地方，包括福井县、石川县、富山县及新潟县。

他感受到了温暖，此刻他又想起那几日的情形，回忆清晰，历历在目。从北陆到京都的铁路沿线有许多小隧道，每当火车钻进隧道，情人就会惊醒，靠到江口腿上，握住他的手，或许是因为害怕吧。当火车驶出隧道，窗外露出挂在小山丘上或入海口处的彩虹时，女孩都会提高声调，感叹道：

“瞧，多可爱！”“哇，多美哪！”

每每火车从隧道中冒出来，女孩总会看向窗外，寻找彩虹，也每每能够发现彩虹的踪迹。彩虹颜色薄淡，若有似无。但不知为何，女孩心中觉得彩虹象征着不吉。

“我们不会被捉住吧？我总有种感觉，我们一到京都就会被人捉到，要是被逮回去，就再也跑不出来了。”江口从大学毕业后刚刚就职，在京都是生活不下去的，除非殉情，否则终归是要回东京的。江口眼前走马灯似的浮现出往日画面，从女孩看着那淡淡彩虹的模样，到她那美丽的私密之处。江口还记得那是在金泽的一家河畔旅店里，一个雪夜，年轻的江口初见这美丽，便深深地为之震撼。此后数十年，他再没有在其他女人身上领略到如此美好。时过境迁，他却越发懂得那种魅力了，他慢慢意识到，那私密处的美好，就是那女孩心灵的美好。“哪会有这种事！”他也曾如此自嘲，只是对那美好的憧憬却越发具象化了，成了在老人记忆中浓墨重彩的一笔。姑娘在京都被家里来的人带走后，不久便被安排嫁了人。

后来，江口在上野不忍池畔与那女孩不期而遇，她已经是个女人了。女人背着婴儿走来。孩子的头上戴着一顶白色的针织帽子。那季节，不忍池的莲花早已经枯了。这个晚上，江口躺在沉睡的女孩身边，眼前却不断飞舞着白色的蝴蝶，或许就是源于婴儿的白色帽子吧？

在不忍池畔与女人再会时，江口问了她这么一句："幸福吗？""嗯，幸福哪。"姑娘抢答一般回答。也只会得到这个答案吧？江口又问了一个显得有些突兀的问题："为什么会一个人背着孩子在这种地方散步？"女人没有回答，只盯住了江口的脸。

"男孩还是女孩？"

"说什么呢！这你也看不出来吗？是女孩。"

"这孩子，该不会是我的吧？"

"怎么会！不是，不是！"女人的眼中闪过一丝怒色，摇了摇头。

"哦……我是说，如果是我的孩子，也不用非得现在告诉我，过个几十年也行，等你想告诉我的时候再告诉我吧。"

“不是，真的不是。我不会忘记我曾经爱过你，但对这个孩子，还请不要有怀疑，这对孩子不好。”

“这样啊。”江口没有强硬要求看看孩子的脸，只是一直目送着女人的背影。女人走了一会儿，回了一次头，看到江口仍盯着她的背影，便急急地迈步走了。此后，江口再没见过这个女人。后来他听说，早在十多年前，女人就已经死了。江口如今已经六十七岁，许多朋友都已离世，唯独对这个女孩，他记忆犹新。婴儿的白帽子、那美丽的私密之处、乳头四周渗出的血，一幕幕混杂在一起，鲜活地在江口的脑海里回放。那种美丽，恐怕除了江口，这世上早已无人知晓了。江口老人已经离死不远了，这美丽也将随着他的死去被埋进坟墓里。那女孩虽然害羞，却还是大方地让江口领略了这种美丽，或许是性格使然吧？不过，她一定不知道自己的那里有多美丽，因为她自己也不曾领略过。

刚到京都的那天，江口与那女孩一早便在竹径中漫步。竹叶被晨光涂上了一层银色，摇曳闪烁着。如今江口垂垂老矣，再回想起来，只觉得那竹叶薄而柔软，仿佛便是真正的银叶，连竹竿都像是银制的。竹林一侧的田埂上，大蓟和鸭跖草开得正盛。这似乎与季节不相合，但这条路却实实在在地躺在那儿。穿过竹径，是一条清澈的溪流，溯流而上，便有一道瀑布倾泻下来，溅起大片水花，在阳光的照耀下熠熠生辉。水花中立着一个赤身裸体的姑娘，这事当然不可能真实发生过，可江口老人的记忆中却不知什么时候起便多了这幅画面。随着年龄的增长，甚至有时候仅仅看到京都附近小山上那片整齐的树干，他就能想起这个姑娘——当然，这情形很少像今晚这般历历在目，或许是被这熟睡的女孩那青春的气息唤醒的吧。

江口老人瞪着双眼，没有丝毫睡意，除了那个眺望淡淡彩虹的女孩外，他不愿再想起别的女人，也不愿再抚摸或贪婪地端详面前沉睡的姑娘。他俯卧在床，再次打开了放在枕头下面的纸包。店家说这是安眠药，可谁又知道它到底是什么，会不会和这姑娘吃的是同一种药呢？江口有些犹豫，只取了一粒，用大量的水送服。他之前只试过喝酒助眠，许是平常没有吃过安眠药，很快便沉沉地睡了过去。老人做了个梦，梦里有一个长着四条腿的女人——她还长着胳膊，这女人用四条腿紧紧地缠住了他。江口迷迷糊糊地睁开双眼，却只觉得长四条腿的人很奇怪，并不感到可怕，甚至觉得，四条腿比两条腿更具诱惑力。或许这种药就会让人做这样的梦吧？半梦半醒间，江口老人这么想着。沉睡的姑娘翻了个身，背朝江口，腰部向江口靠近了些。比起腰，江口觉得姑娘的头转向另一边这个动作，更给人一种惹人怜爱的感觉。在梦与现实的甜美恍惚中，江口将手指伸到姑娘的长发中，像是要为她梳理散乱的发丝一般，又坠入了睡梦里。

第二个梦则让江口感到不适。江口的女儿在医院的产房里诞下了一个畸形儿。但老人醒来后，却记不清是怎样的畸形了。或许是因为他不愿意记住吧？总而言之，畸形程度很严重。婴儿立即被产妇藏了起来，在产房白色帷幔的背后，产妇站了起来，打算把这个婴儿剁碎后抛弃掉。穿着白大褂的医生立在一旁，他是江口的朋友。江口也站在那里，木然地看着。随即江口便被惊醒，这次他的头脑很清醒。笼罩四壁的深红色天鹅绒帘子让他感到一阵凉意。他用双手捂住脸，揉了揉额头。怎么会做这样的噩梦！这该不会是恶魔的安眠药吧？莫非是由于他为了追求病态的快乐而来，才会受报应做这样诡异病态的梦吗？江口看不清梦里的女儿是三个中的哪一个，也想象不到有哪个女儿会遭遇这种事，她们的孩子都身心健全。

如果江口此刻能够起身回家的话，他会这样做的。可他却取出了枕头下剩下的另一片安眠药服了下去。冷水流过他的食管，沉睡的女孩依旧用后背对着他。保不准这姑娘将来生下的孩子，会有多丑多蠢呢。江口老人想到这儿，不自觉地把手放在女孩那柔嫩的肩上。

“转过来吧！”

女孩像是听见了江口的话，翻转了身子，竟然还将一只手搭在了江口的胸口，还把冷得有些发抖的腿也靠近了些。这么温暖的女孩，本不应该感到冷的。这时，姑娘不知是从嘴里还是鼻子里，小声地挤出了一句：

“你不是也正在做噩梦吗？”

只是江口老人早已陷入了沉眠。

其二

江口老人没有想到自己竟然会第二次来到这家“睡美人”店，至少第一次到这里时，绝没有想过还会再来，第二天早晨起床回家时，也没有想过要再来。

当江口打电话询问今天他是否可以再去时，已经距初次造访半个来月了。从声音来看，接电话的应该还是那个四十多岁的女人，电话里的声音听起来像是从一个幽寂的地方飘来，低沉而冰冷。

“您说您现在就过来，请问大概几点能到呢？”

“嗯，大概九点过一些吧。”

“这太早了，不方便安排。这时候姑娘都还没到呢，就是来了，也还没睡……”

“呃……”老人欲言又止。这时候对方又说：“我会让姑娘在十一点前睡着的，您就那会儿再来吧，恭候您的光临。”女人说得不紧不慢，可江口却已经急不可耐了，他哑着嗓子回答说：“好，就这么说定了。”

本来，他还想半开玩笑问问，姑娘没睡不是刚好，他还想在姑娘睡着前见见她呢。这话自然不全是发自内心，不过话到嘴边，江口又咽了回去。这可犯了这家店的忌讳了。尽管这规矩听起来可笑，但还是容不得有人越雷池一步。一旦捅破了这层窗户纸，这家店也就与一般的妓馆无异，老人们那卑微的欲望和那诱人的美梦也将化作泡影。女人说晚上九点太早，十一点之前会让姑娘睡着，江口听到这话时，心脏出乎他自己意料地热切地搏动起来，仿佛是受到了魅惑。这魅惑突如其来，将把他引向日常的现实人生之外——姑娘睡着后，绝对不会醒来。

半个月前，江口老人在回家时觉得自己不会再去这家店了，现在，他却即将再次光顾。这个决定对他来说，究竟下得是太早还是太晚呢？最终他还是没能强硬地抵抗那诱惑。起初，他只是没有兴致再去玩这种老人的丑陋“过家家”，毕竟他还没有老到像来这家店的其他老人那般田地。其实，初次光顾的那天夜里，这家店给他留下的回忆并不丑陋。即便这样也让江口老人清晰地感受到了罪恶感。但他也承认，过去的六十七年里，他从未有过像那晚一样的经历——与一个女性共度这样一个纯洁的夜晚。早晨醒来时也一样，或许是安眠药的作用，那天他睡到了早上八点，比平时更晚一些。老人的身体与姑娘没有什么接触，他只是在姑娘那年轻的温暖气息和柔软的芬芳中，如同小时候那般甜甜地醒来。

姑娘睡着时面向老人，脖子微微前伸，胸口略微收向内侧，那柔嫩修长的脖子和下巴下方的青筋若隐若现，长长的头发散落到枕头后面。江口老人的视线从姑娘那轻抿的双唇移到了睫毛和眉毛。毫无疑问，这姑娘还是个处女。由于凑得太近，他的老花眼甚至不能分清女孩的一根根睫毛和眉毛，更别说汗毛了，这样一来，更让他觉得女孩的皮肤光滑。从面部到脖子，连一颗黑痣也没有。这时半夜的噩梦都已经被江口老人抛诸脑后，他只觉得女孩可爱非凡，居然觉得自己像是一个备受女孩宠爱的幼童。江口探索一般用掌心在姑娘的胸口轻轻抚弄，这触感让他闪过一个不可思议的念头——姑娘的乳房就与母亲在怀上江口前的触感一样。老人把手收了回来，可这种触感却穿过手臂一直传到了他的肩膀。

隔壁传来了移开隔扇的声音。

“您醒了吗？”店家大声问道，“早餐已备好了。”

“嗯。”江口回应着。朝阳的光从木窗的缝隙溜了进来，照亮了天鹅绒帘子，然而房间里感受不到天花板投下的灯光与晨光融在一起的感觉。

“房间可以收拾了吗？”女人催促江口。

“哦……”

江口用一只胳膊撑起身子准备悄悄离开，另一只手轻轻抚摸着女孩的头发。

在女孩醒来之前要把客人叫醒，老人明白这规矩。女人若无其事地为客人端上早餐。江口好奇她会让姑娘睡到什么时候，却又不能开口问，只得心不在焉地说：

“是个可爱的女孩呀。”

“没错吧，做了好梦吗？”

“真让我做了个好梦。”

“今早风平浪静了，是个风和日丽的日子呢。”女人转移了话题。

时隔半个月，江口老人再度来到这家店，比起初次光顾时的好奇，这次的他怀着强烈的内疚感。从九点到十一点，起初的等待让江口感到焦躁，渐渐地变成了去赴一个充满诱惑的约会的期待。

打开门迎接他的，依旧是之前的女人。凹间里仍旧挂着那幅复制品画，茶也与上次一样好喝。江口的心情虽然比初次造访时更加激动，却装作熟客的模样端坐在那儿，他扭头望向那幅绘着红叶的复制品画。

“这附近气候太暖，叶子还没红透，就已经枯萎凋零了，庭院里暗了些，看不太清……”他说着些诸如此类的话。

“是吗？”女人漫不经心地回答，“最近天气凉起来了，房间里备着电热毯，是双人的，上面有两个开关，客人可以根据需要自行调节。”

“我还没用过电热毯呢。”

“您如果不用，可以把自己那边的开关关掉，但姑娘那边的请务必打开，要不然……”

老人明白，姑娘赤身裸体，关掉电热毯或许会出什么意外。

“一张毯子，能调出两个人都合适的温度，这设计可真有趣。”

“这是美国产的。不过还是得再叮嘱您，请不要恶作剧，不要关掉姑娘那侧的开关。您也知道，再冷姑娘也不会醒过来。”

"……"

"今晚的姑娘比上次那个要老练些。"

"啊？"

"别担心，也是个漂亮姑娘。不会让您失望的，姑娘如果不漂亮……"

"不是上次那个？"

"不是，今晚的姑娘……换换姑娘不是挺好的吗？"

"我不是那种花心的人。"

"花心……您说您花心，可您又做了什么花心事呢？"女人慢条斯理的话语里似乎藏着几分冷嘲热讽，"这里的客人可做不了什么'花心'事，都是'可靠'的客人。"薄嘴唇的女人没有看江口老人的脸。江口尴尬得几乎抖了起来，却又不知该说些什么。对方不过是个冷血而娴熟的皮条客，不是吗？

"话又说回来，您自己觉得花心，姑娘可一直睡着呢，她哪知道自己是与谁同床共枕？上次的姑娘也好，这次的姑娘也罢，甚至都不知道有您这个人，更别说什么花心了……"

"这样啊，毕竟这不是正常的人与人的交往嘛。"

"这话又怎么说呢？"

已经失去男性能力的老人与一个被迫睡得不省人事

的女孩之间，如果有什么能够称得上“人与人的交往”的交集，未免惹人发笑。

“您不是也大可以‘花心’一次？”女人用她那稚嫩的声音笑着说，仿佛是要平复老人的心情，“如果您真的这么喜欢上次的姑娘，那下次来的时候，我安排她来陪您。但我怕您今晚过后，又要说今晚的姑娘好了。”

“是吗？你说今晚的姑娘老练些，这是什么意思呢？她不是睡着了吗？”

“这……”

女人站起来，打开了通往隔壁的门锁，依旧探头望了望，便把钥匙放在江口老人面前：“请享用吧。”

房里只剩江口一个人，他拿起铁壶，将开水倒进小茶壶，慢慢地喝起茶来——他想慢慢品尝，但手里的茶杯竟然抖了起来。“这与年龄无关，或许是因为我还不够‘可靠’。”江口喃喃自语起来，“如果我打破这家店的禁忌，为在这里遭到轻蔑的老人们报仇，又会如何呢？对这里的姑娘们来说，这样不是能让她们也享受到‘人与人的交往’吗？”他不知道他们给姑娘服用的安眠药药效有多强，但自己折腾起来，也可能会让姑娘醒过来吧。江口老人这样想着，却还是下不了决心去做。

再过几个年头，来这里“寻花问柳”的可怜老人们的那种丑陋的衰老，将会降临到江口的身上。性，这个拥有不可测的广度的深奥话题，在过去六十七年的人生中，江口又触及了多少呢？美丽的女孩不断在这些老人身边降生。可悲的老人们那可望而不可即的梦幻憧憬、那一去不返的似水流年中的悔恨，不都掩埋在这秘密之家的罪恶之下吗？江口曾想，沉眠不醒的姑娘带给老人们的，正是那种没有年龄束缚的自由吧？她们昏睡不语，才是真正地投老人们所好，与他们对话呢。

江口直起身，打开了隔壁房间的门，一股温暖的空气便撞了过来。江口微微笑了笑，还犹豫什么呢？姑娘用仰卧的姿势睡着，双手放在被子外面，指甲上涂着桃色的指甲油，口红浓艳。

“老练吗？”江口低声嘀咕着，靠近了姑娘。姑娘本就涂着腮红，又躺在温暖的电热毯上，整张脸都泛起了红色。空气中弥漫着浓重的香味。姑娘的上眼皮略微有些发胀，两颊丰满，在红色天鹅绒的映衬下，脖子尤显白皙。她闭着眼睛的样子，有一种年轻而妖媚的诱惑力。江口稍稍移开步子，背对姑娘开始宽衣，这时候姑娘那温热的气味不断飘散开来，填满了整个房间。

江口老人不再像上次一样束手束脚了。这姑娘不管是睡着还是醒着，都主动散发着一股诱惑的气息。就算他打破了这家店的禁忌，也是因为姑娘的魅惑吧。江口已经开始在遐想中享受美好了，他闭上了眼睛，深吸了一口气。只是这样，就让他感到一股暖意从心底涌出。旅店的女人告诉他，今晚的姑娘更好——她是在哪儿找到这样的姑娘的呢？老人心中对这家店的疑惑更多了。他不舍得伸出手去触碰姑娘，只陶醉在姑娘身上散发出的芬芳中。江口不太懂香水，他确信这芬芳是姑娘的体香。如果能这样进入甜美的梦乡，那便是至高无上的幸福了，他想亲身体验一番。他轻轻地把身子靠了过去。姑娘似乎有点察觉，将身子翻了过来，把手伸进了被子里，像是要拥抱江口一样。

“哎哟，你、你醒了吗？”江口将身子往后缩了缩，晃了晃女孩的下巴。可能是指尖的力量大了些，女孩像是要避开他的手指一样把脸埋进了枕头里，嘴角微微张开。江口的食指尖点到了女孩的一两颗牙齿，他没有把手指收回来，仍停留在女孩的唇上。女孩的唇没有动，这姑娘不是假寐，早已陷入了深深的睡眠中。

江口没有想到今晚的姑娘是另一个人，无意中对旅店的女人抱怨了几句，不过这事儿无足轻重。用这样的药让姑娘彻夜沉眠，想来对姑娘的身体有些坏处。也可能是姑娘们的健康，才激起了老人们的“花心”。这家店的二楼，总不会只能接待一个客人吧？江口无从得知一楼是怎样的情形，不过就算一楼也有接待客人的房间，最多也就一间吧。这么想来，在这里陪客的姑娘不会太多。应该都像上次那个和今夜这个一样，是些颇有姿色的姑娘吧。

江口的手指触碰到女孩的牙齿，牙齿上的唾液沾湿了他的手指。老人用食指在女孩的牙齿上轻轻地来回扫动，又在双唇间反复摩挲，重复了两三次。这样一来，女孩本有些干燥的嘴唇便被唾液润得光滑了。女孩右边的牙齿里有一颗略微突出的虎牙，江口用拇指和食指捏了捏这颗虎牙，又想把手指伸进她的嘴里。女孩虽然睡得很沉，牙齿却合得很严实。江口将手指收回来，上面沾上了些许口红。怎么把它擦掉呢？蹭在枕套上，装作是女孩俯卧时不小心蹭上去的，倒也合情合理。如果不沾一点口水再擦，就抹不掉上面的污渍。不知出于什么考虑，江口觉得将沾有口红的手指放进嘴里不太卫生，于是便用手指在女孩的刘海上蹭了蹭。他用食指和拇指在女孩的头发上揩拭着，不知不觉，他五指都穿进了女孩的发丝间，抚弄起来。他的动作渐渐地变得粗野，女孩的头发很快便凌乱地散开，发梢发出噼啪的静电，又传到了老人的手指上。女孩的秀发散发出的芬芳越加浓郁了。或许是因为电热毯的温热，女孩的身底下也飘出越发馥郁的香味。江口不断将女孩的秀发摆弄成各种形状，女孩的发际从前方勾勒到修长的脖颈处，美得像是一幅有生命的画。女孩脑后的头发稍短，向上梳起，刘海自然地参差垂下来。老人掀起她的刘海，凝视着女孩的眉毛和睫毛。又用一只手的手指伸进女孩的发丝间，一直触到了她的头皮。

“果然这也不会醒。”江口老人说着，用手抓住女孩头顶中央处晃了晃，女孩似乎感到了痛苦，皱了皱眉，脸朝下转过了半个身子。如此，她的身体就朝老人这边靠近了些。女孩伸出两只手臂，右手手腕放在枕头上，右边脸颊枕在右手背上。因此，江口老人只能看见右手的手指。女孩的右手小指停在睫毛稍低一些的位置，食指从嘴唇下方钻出来，手微微张开，拇指在颚骨下方若隐若现。微微向下弯曲的嘴唇和四只手指长长的指甲上都被涂成红色，聚拢在雪白枕头的一处。左手肘弯曲，手背几乎全暴露在江口的视野里，她的面颊丰盈，手指却长而细，这让江口老人不禁猜想她的双足是否也同样修长，于是他伸出脚掌，尝试着探了探女孩的脚。女孩的左手手指也放松地舒展开，江口老人将一边脸靠在女孩的这只手背上，压得女孩肩膀一沉，却没有力气将手抽出来。老人将脸静静地在手背上贴了半晌，一动也不动。女孩两只手臂都伸出了被子，肩膀稍稍抬起，肩膀与手臂的交接处，露出了象征着年轻的圆润隆起。江口把毛毯往女孩的肩膀上拉了拉，同时用掌心包裹住女孩圆润的肩，轻柔地抚弄起来。女孩的肩膀与锁骨都散发出诱人的芬芳。本来略微紧绷的肩背，也很快松弛下来。老人被这美妙的身姿深深吸引了。

江口今天本打算在这昏睡不醒的女奴身上，为在此遭到轻蔑和蒙羞的老人们复仇。他想打破这里的禁忌，并打算再也不光顾这家店了。正是为了弄醒这个女孩，他的动作才越发粗野起来。只是这粗野还没有持续多长时间，他便被少女的象征阻住了。

“啊！”江口惊呼出声，离开了女孩的身体。他的呼吸乱了，心脏悸动，与其说是他主动突然停下动作，倒不如说是他受到了惊吓。老人闭上了双眼，强抑下心中汹涌的波涛，毕竟他有足够的阅历，很容易调节自己的心态。江口抚摸着女孩的头发，缓缓睁开了双眼。女孩依旧俯卧着。江口未曾想过，她这如花似玉的身子居然还是处子之身，是个雏妓——她当然是妓女。想到这里，老人的心里仿佛刮过一场风暴，他对女孩的感情、对自己的感情全都发生了变化，再也回不去了。他不觉得可惜，对一个熟睡不醒、一无所知的女人，哪怕他使尽浑身解数，也不过是做些无用功罢了。只是刚才那阵突然的惊恐又是从何而来呢？

女孩那妖媚的容颜和体态，诱使江口犯下了错误。到这里的老人，不都怀着远超江口想象的可悲的欢愉、强烈的饥渴、深切的悲伤吗？江口转念这样想道。老年人的快乐，返老还童的深处，恐怕更隐藏着一种追悔莫及的遗憾和无力回天的悲哀吧？今晚这所谓“老练”的妖艳女孩，却至今仍是处子，这并不能体现老人们的自持和守信，倒不如说更衬托出他们正凄惨地衰败着。女孩的纯洁，老人的丑陋，形成了鲜明的对比。

可能是右脸颊枕着的那只手有些发麻，女孩把手举过头顶，缓缓地屈伸了两三次手指，正巧碰到了江口正在抚摸她头发的手。于是江口便将它握住了。女孩的手微微发凉，手指柔软，老人加了点劲儿，似乎想要把它捏坏。女孩抬起左肩，半翻转身，左手在空中划动了两下，似乎想要搂住江口的脖子，只是手臂柔软而无力，没能缠上去。女孩面朝江口，靠得太近，江口的老花眼有些看不清她的模样。女孩的眉妆有些浓，假睫毛、眼帘、脸颊的妆也略显浓厚，与乍见到她时的印象一致——妖媚。女孩的乳房有些下垂，却圆润丰满，乳晕比一般日本女孩大些，还略微有些突起。老人在女孩身上探秘般地顺着脊柱一直摸到了脚。女孩腰部以下更结实些，上下半身有些不太协调，或许是由于她是处女吧。

江口老人的心湖已经平静下来，此刻他正凝视着少女的脸和脖子。女孩的肤色与天鹅绒帷幔隐约反射出的红色相得益彰。女孩看上去的确如店家所说，显得“老练”。尽管“阅老无数”，可她依旧保持着处子之身。这反映了老人的衰败，也说明了姑娘被迫睡得多么沉。这个妖媚的女孩，今后又会有怎样变化无常的一生呢？江口心中忽然升起一股父亲般的爱怜，毕竟，自己也已经老了。女孩睡在这儿无疑是为了赚些钱，但是对于付钱的老人们来说，睡在这样的姑娘身边，是一种不啻升仙的快乐。女孩不醒来，老人们便不会为自己的衰老感到羞惭，也可以让自己对于女性的妄想与追忆无限延伸。也正因如此，他们才愿意付更高的价钱，甚至比为醒着的女人付出的价格更高。女孩始终熟睡着，对老人的事一无所知，这给了老人安全感。老人们对姑娘的生活与品行也一无所知，更无从得知。他们甚至没有见过女孩平日的着装。对于老人来说，这不仅能免除事后的烦恼，甚至是深不见底的深渊中的一束奇异光芒。

江口老人却不习惯与沉默的、紧闭双目的、根本不知道有江口其人的女孩“交往”，也就无法填补心中的空洞。他想看看这个妖媚女孩的眼睛，听到她的声音，与她对话。江口其实对仅仅抚摸这个熟睡不醒的女孩不太感兴趣，倒是更担心自己那可怜的欲望会走向何方。江口没有想到姑娘竟是处女，震惊之余，打破这里禁忌的念头也冷却下来，决定顺从老人们所遵守的规矩。这个女孩与上次那个一样昏睡不醒，但确实更有活力。女孩的香味、女孩的触感，以及她翻身的动作，都在向江口切实地展示着她的存在。

枕边同样为客人备着两片安眠药，今晚江口却没有早早服药入睡，他想再看看女孩。女孩虽然睡了，却还常常翻动，一晚上大概翻了二三十次身。她起初背对老人，一会儿又把脸转了过来，伸手去试探江口的位置，江口把手放在女孩膝盖上，将她拉得靠近了些。

“唔，不要。”女孩似乎发出了微弱的声音。

“醒了吗？”老人以为姑娘醒了，在女孩的膝盖上加了把力气，把她的身子朝自己这边扭过来，又将手腕伸到女孩的脖子下方，稍稍抬起她的头，试着摇了摇女孩的头。

“啊，我这是要去哪儿？”姑娘问道。

“你醒了，睁开眼吧。”

“不要，不要。”女孩把脸埋到了江口的肩膀上，额头接触到他的脖子，仿佛是要躲开他摇晃自己脑袋的手。女孩的刘海刺进了他的鼻孔，发质很硬，甚至戳痛了江口。但发梢的香味也随之灌进江口的鼻子里，江口忙把脸转开。

“你做什么，真讨厌！”女孩说。

“我没干什么啊。”老人回答。女孩是在说梦话，只是不知道她的梦中，究竟是强烈地感受到了江口的动作呢，还是又回想起了其他老人在别的夜晚所做的恶作剧。梦话虽然断断续续，前言不搭后语，却让江口感觉自己是在与女孩对话，这让他心潮澎湃——清晨时候说不定还能叫醒她呢！但至少现在，老人只是与她有一搭没一搭地对答着，连睡梦中的姑娘能不能听见他说话都无从得知。或许用动作更能够刺激女孩说梦话吧？江口甚至想过试着狠狠地打女孩一拳，或是拧她一把，最终却只是焦急地将女孩搂到身边。女孩没有抗拒，也没有出声。江口老人的这个动作本应让女孩的胸口发闷的，但女孩香软的呼吸喷到老人脸上，反倒让他的呼吸变得急促了。任人摆布的女孩再次诱惑着江口，如果明天以后，她发现自己不再是处女，该是多么悲伤。不管她的人生发生怎样的转变，不管未来又会如何，那都是明天天亮以后的事了，在此之前，她一无所知。

“妈妈。”女孩仿佛在低声叫着。

“呀，妈妈，你要走吗？原谅我，原谅我……”

“梦啊，梦，你做的是什么梦呢？”听到女孩的梦话，江口老人把她抱得更紧了，想要把她从梦中唤醒。女孩呼唤母亲的声音是那么悲伤，那悲伤渗进了江口的胸中。女孩的乳房紧紧贴着老人的胸膛，她将手臂搭向江口，是否在梦中将江口误认作自己的母亲了呢？不，就算她被迫昏睡不醒，即便她还是处子之身，她身上散发的无疑是妖媚的气息。江口老人活了六十七年，却还从没如此亲密地拥抱一个年轻的妖媚女孩，如果说有魅惑的神话，那她就是神话中的女孩吧。

江口想：她不是妖，而是被妖术蛊惑，因此她“以睡为生”。也就是说，虽然她的心沉睡了，女性的魅力却睁开了眼，变成了一个没有心，只散发着女性魅力的身体的人。旅店的女人说得没错，这是一个“老练”的女孩，作为老人们的对象，她的确足够“老练”。

江口放松了紧抱女孩的手臂，动作变得温柔。女孩裸露的胳膊也再度拥抱上江口，这时姑娘的动作中流露出了真正的温情。老人静静地保持着拥抱的动作，闭上了眼睛。他感到温暖而安稳，几乎进入到一种忘我的恍惚中。他终于理解了到这家店的老人们的幸福和乐趣，老人们自身所有的，仅仅是衰老的悲哀、丑陋和凄凉，而这家店，则能带给他们鲜活生命的恩泽。对一个老而将朽的男人来说，被一个年轻姑娘全心全意地拥抱着，是忘记自身衰老的最好方式，不是吗？只是，姑娘成了他们逃避现实的牺牲品，被迫人事不省地昏睡着，而他们真能心安理得地享受这里的服务吗？还是说这种深埋的罪恶感，更增加了他们的恶趣味呢？江口进入了忘我的状态，却也忘记了面前的女孩是个牺牲品，他用脚去摸索女孩的脚趾——只有那里还没有与他的身体有过接触。女孩纤长的脚趾优雅地划动着，关节时而收缩，时而张开，灵活得像是手指，这是这个妖艳女孩给江口最强烈的魅惑。沉睡中的姑娘用脚趾向江口传递着魅惑的低语，江口把这低语当作了稚嫩而娇媚的音乐，享受着这一段旋律。

女孩像是正身在梦中，又像是已从梦境中脱离。抑或她不是做梦，只是早已习惯每当老人们用粗暴的动作触碰她，便用梦呓来表达抗议吧。女孩甚至能在睡梦中用身体与老人对话，话语满是魅惑。或许是他还没完全习惯这家店的隐秘吧。即便是不着边际的梦话也好，江口还是希望听到女孩的声音。只是他不知该说些什么，或者触碰女孩的哪个部位，她才会用梦话回答江口。

“不做梦了吗？那个妈妈去了哪儿的梦？”江口一边问，一边顺着女孩脊柱的凹陷往下抚摸。女孩的肩膀微微颤了一下，又趴着入睡了，看起来似乎习惯用这个姿势睡觉。女孩依旧面对着江口，右手轻轻抱住枕头边缘，左手臂搭在老人的脸上。但她依旧没有出声，轻柔温暖的鼻息拂过江口的脸，搭在江口脸上的手像是想要找一个更舒服的位置，略微动了动。老人用双手将女孩的手臂放在了眼睛上，女孩长长的指甲尖轻轻地刺到了江口的耳垂，手腕弯曲着搭在江口的右眼皮上方，盖住了他的右眼。江口希望她能够保持这个姿势，于是用手按在了女孩的手上。女孩的芬芳飘进了他的眼睛里，江口的眼前又出现了新鲜多彩的幻象。他看到了在恰如此时的季节里，大和古寺的高高围墙下，三两朵寒牡丹正迎着小阳春的阳光开放，诗仙堂[1]檐廊附近的庭院里，开满了白色的山茶花，此时是春天，奈良的马醉木花、紫藤花，椿寺[2]的散瓣山茶花也都盛放着。

---

1 | 诗仙堂：位于日本京都市左京区，是江户时代初期的文人石川丈山的山庄遗址。现在是佛教曹洞宗的寺院，又称丈山寺。

2 | 椿寺：即地藏院，位于日本京都市北区大将军川端町。因寺院里种植的山茶树（日语里称“椿”）而有椿寺的俗称。

“是了！”这些花儿让江口想起了三个已经结婚的女儿。这是他带女儿们，或者是某一个女儿去旅行时见过的花。女儿们如今已为人妻或为人母，或许她们的记忆模糊了，可江口的记忆却还很清晰，他时常想起这事儿，还会对妻子谈起。孩子的母亲在女儿出嫁后，并不像父亲那样感到与女儿疏远了，实际上，母女之间的来往依旧密切，也就不会太把与待字闺中的女儿一同旅行赏花一类的往事看得太重。也有时候，她并没有同江口及女儿一同去赏花。

姑娘的手放在江口的眼睛上，江口的眼底就出现了许多花儿的幻象，他任那幻觉忽隐又忽现，他想起女儿刚出嫁的那些日子，甚至看到别人的女儿，他也会觉得对方可爱，甚至总在心里挂记着。此时，他只觉得这个女孩就像是那时别人的女儿。老人把手收了回来，女孩的手依旧盖在他眼睛上。江口的三个女儿中，只有小女儿与他一同去看过椿寺的散瓣山茶花。那是在小女儿出嫁前的半个月左右，为告别小女儿而去的纪念旅行。椿寺的山茶此时在江口的幻象里最鲜艳显眼。小女儿在结婚问题上曾经有过痛苦的挣扎，有两个年轻人为她争风吃醋，在这场争夺中，小女儿失去了处子之身。为了让她转换一下心情，江口才带了她出门旅游。

有这么一种说法——若山茶花凋零时从枝头直直掉下来，那就是不祥的征兆。椿寺里有一棵据说树龄超过四百年的古山茶树，能够开出五种颜色的花朵。这树上长的山茶花并不成朵凋落，而是飘散凋零，因此又有散瓣山茶之名。

“花儿凋谢的时节，有时候散落的花瓣能有五六簸箕之多呢！”寺院的年轻太太对江口这么说。

据说山茶花向阳看，倒不如背阳赏玩漂亮。江口和小女儿坐在朝西的走廊上，其时夕阳西下，正是逆光的时候。大山茶树的枝叶交错堆叠，满开的花儿叠成了厚厚的一层，阻住了春日的阳光，于是阳光都笼在了山茶花上。夕阳照亮了树的轮廓，在边缘勾勒出了一层飘飞的霞光。椿寺坐落于人声鼎沸的市井中，庭院里除了这一棵大山茶树，其他景致都乏善可陈。江口眼里也只有这棵大山茶树，他的思绪全飘到了花瓣里边，连街道上嘈杂的人声似乎也消失了。

“开得多好啊！”江口对女儿说。

寺院的年轻太太插话道：“有时候一觉醒来，落花都把地面盖满了。”说完她起身，将江口和女儿留在庭院里，独自走开了。这棵树究竟是不是能开五种颜色的花儿呢，花儿有红色的、白色的，也有些未开的花蕾，但江口无意纠结这些细枝末节，他的心思全在整棵山茶树上。这山茶树长了四百多年，居然还能开出如此美丽而绚烂的花儿。树吸收了夕阳的全部光彩，树干粗壮，给人以温和的感觉。虽然感受不到风，但树冠边缘的花枝依然偶尔摇曳。

小女儿没法把心思放在这闻名的古老散瓣山茶树上。她眉目低垂，不像在赏花，倒像在想着心事。三个女儿中，江口最疼爱的就是小女儿，小女儿也最会对江口撒娇，两个姐姐出嫁后就更甚了。大点的两个女儿还以为父亲会招个赘婿，把小女儿留在身边呢。她们对江口的偏爱颇有微词，还曾向母亲抱怨过。江口是从妻子那儿听说的。小女儿的性格阳光，有不少男性朋友，只是在父母眼里，这就显得有些轻浮了。但这些男性友人中，她只对两人另眼相看。在家里招待过她的男性朋友的母亲知道这事。正是这两人之一夺走了小女儿的处子之身。那件事后，小女儿在家变得沉默寡言，换衣服的时候动作也显得尤其粗暴。母亲很快就意识到女儿身上发生了什么，于是小心翼翼地询问了她。小女儿大大方方地坦白了。这个年轻人在百货店上班，住在一间公寓里，他好像把小女儿邀到了自己公寓去。

“你要和他结婚吗？”母亲问道。

“不，绝对不会。”小女儿回答，这让母亲感到有些摸不着头脑。她猜想，这个年轻人一定做了些越矩的事，于是告诉了江口。江口也觉得自己握在手心的明珠给人划伤了。后来女儿匆匆与另一个年轻人订了婚，更让江口夫妻感到震惊。

“你怎么想，这样真的不会出问题吗？”妻子认真地问江口。

“女儿没有把这事和对象说过吧？她不会把这事坦白吧？”江口抬高了语调，尖声问。

“这……我倒是没有问，我也觉得太突然了，不然还是问问她吧？”

“不行。”

“这种错事，还是不要对结婚对象挑明的好，熟识世故的人都明白，守口如瓶才能安生过日子。但也还是要看女儿的性子和心情，独自保守这秘密会让她痛苦一生的。”

“也得看我们做父母的认不认可她的婚约，这事八字还没一撇呢，不是吗？”

江口不觉得被一个年轻人侵犯后突然与另一个年轻人订婚是经过深思熟虑的决定。两人都喜欢这个女儿，父母也看得出来。江口也认识这两个人，他觉得两个人与女儿都还算般配。只是女儿忽然订婚，真的不是矫枉过正吗？这或许是情感的跷跷板在对一个人的愤怒、憎恶、怨怼和悔恨中，忽然向另一个人倾斜了；抑或是对一个人的印象幻灭后，在迷茫错乱中试图向另一个人寻求依靠。由于被其中一个玷污了，才报复地将心放到另一个人身上，小女儿现在的决定未必不是如此，这不是出于纯洁的情感，而是一种半吊子的自暴自弃和复仇。

江口万万没想到这种命运竟落到了自己的小女儿身上——为人父母，或许都会有这样的幻想吧？小女儿异性朋友虽多，可她总是那么阳光、自由，性子也好胜，江口对她一直很放心。不过事后再想，发生这种事也不能说奇怪。小女儿终归是个女性，与世上其他女人并无二致，也同样可能被男性强硬施为。小女儿在那时的丑态猛然浮现在他的脑海中，他感到一种强烈的羞耻与屈辱。为两个大女儿的新婚旅行送行时，他未曾品尝过这种感觉。江口忽然想到，小女儿为男性的爱欲之火所伤，归根结底，也是女性的身体引得她玩火自焚——为人父，实在是不应该有这念头。

江口并没有立即认可小女儿的婚约，也没有马上表示反对。关于两个年轻人为争夺小女儿剑拔弩张这事，父母二人是在后来才知道的。在散瓣山茶盛放，江口将女儿带到京都赏花时，已经接近她的婚期了。大山茶树里隐约发出嗡嗡的声音，或许是成群结队的蜜蜂吧？

小女儿在结婚两年后诞下一个男孩，听说丈夫很疼爱孩子。一个周日，这对年轻的夫妇回到江口家，嫁为人妇的小女儿与母亲一起下厨时，她的丈夫正在为孩子喂牛奶，动作娴熟。江口见到这番情形，猜想夫妇二人琴瑟和谐。虽说都住在东京，但小女儿婚后难得回娘家来，某次在她独自回来时，江口问道：

"如何？"

"什么如何……哦，过得很好。"小女儿回答。她似乎并不想与父母谈论夫妻间的事情，但依着她的性子，本应该多和父母聊聊丈夫的话题的。这让江口觉得有些遗憾，也多多少少有些担心。不过小女儿嫁作人妻之后，如同蓓蕾终于绽放，出落得越发美丽了。从少女到少妇的变化就如同花儿绽开，若是过程中有心理上的污渍，花儿定不会开得这般鲜艳。小女儿在生过孩子后，像是脱胎换骨一般，皮肤越发透亮，人也变得稳重多了。

或许正因如此，江口在"睡美人"店里，把女孩的手臂放在自己双眼上时，才会看到散瓣山茶花漫开的幻象吧？不过，无论是江口的小女儿，还是此刻在他身边熟睡的女孩，都不如山茶花那般绚烂。单从女孩丰满的胴体、温驯的睡姿来看，还无法将她与山茶花比较。从姑娘的手臂传到江口眼底的，是生的交流、生的旋律、生的诱惑。对于老人来说，还是生的回复。女孩的手放在江口眼睛上的时间有些长了，他开始感到眼球发重，于是把它放了下来。

女孩的左臂找不到舒服的姿势，在江口的胸前僵硬地伸直。于是她翻了半个身，将脸转向江口，双手微曲，十指交叠放在胸前。女孩的手碰到了江口的胸口，看起来不像是单纯合掌，倒有些像是在温柔地做着祷告。老人把女孩十指交叠的手用双手握住，一边闭上了双眼，像是也在祈祷着什么。这兴许是因为老人触碰到沉睡女孩的手，不禁悲从中来吧？

原本静谧的海那边传来了夜雨落下的声音，声音钻进了江口老人的耳中。远处有些轰鸣，但不像是车声，似乎是冬雷，只是隐隐约约的，难以分辨。江口将女孩叠在一起的手指分开，拉直了她拇指之外的另外四根手指，细细地端详着。他突然生出一种欲望，想把这纤长的手指放进嘴里咬一下，若是明天早上醒来，女孩发现小指上留着齿痕，还渗出了血，会作何感想呢？江口将女孩的手臂伸直，又欣赏起她的乳房来。女孩的乳晕略大，微微隆起，颜色也有些浓。江口试着捧起她微微下垂的乳房，虽然并不像贴着电热毯的身子那样温热，入手却依然温暖。江口老人试着把额头埋进双乳之间，但刚把脸凑上去，就闻到了女孩的幽香，他又犹豫了。江口俯卧下来，摸出放在枕头下面的安眠药，这次他直接吞了两粒——上次他先服了一粒，便因为噩梦惊醒了，接着又服了一粒，之后便知道这只是普通的安眠药。很快，江口老人便陷入了沉沉的睡梦中。

半夜，女孩呜咽地抽泣了一会儿，随后大哭起来。号啕的哭声惊醒了老人。这时女孩又笑了起来，笑声持续了很长时间。江口用手来回抚摸着女孩的乳房，然后摇了摇她的身子。

“做梦了吧？肯定是梦，是在做什么梦呢？”

女孩那阵长久的笑声消退了，随后空气便陷入了令人不快的死寂。安眠药的药效还残留着，江口费力地从枕头下拿出手表看了看，三点半了。老人把女孩抱到胸前，搂着她的腰，进入了梦乡。

第二天早上，老人又被旅店的女人唤醒了。

“您醒了吗？”

江口没有回答。旅店的女人会不会走近密室的门，把耳朵贴到杉木门上呢？这猜测让江口有些紧张起来。兴许是电热毯太热，女孩让肩膀露在被子外面，一只手臂举在头顶，江口把被子拉过来为她盖上。

“您醒了吗？”

江口依旧没有回答，他把头钻进被窝，下巴碰到了女孩的乳头。他心头燃起了一股炽热，搂住了女孩的背，把脚缠到了她的身体上。

旅店的女人轻轻地敲了三四次门。

“客人！客人！”

“起来了，等我换好衣服！”如果江口不回答，女人似乎会破门而入。

女人已经将洗脸盆、牙刷等物件搬到了隔壁房间，她一边服侍江口吃早餐，一边开口道：

“怎么样，姑娘不错吧？”

“是个好姑娘，真是个好姑娘……”江口点了点头，“她几点才能醒过来？”

“嗯，几点呢？”女人装糊涂回答道。

“我能在这里等她醒过来吗？”

“这……不太合这里的规矩吧？”女人有些慌了，“再熟的客人，也不能这样的。”

“可是，这姑娘太好了。”

“请您不要做些没意义的事情，只消当作和一个睡着的姑娘交往过不就好了？姑娘根本不知道她为您侍寝过，这样才不会惹麻烦。”

“可我记住她了，如果在大街上遇见她……”

“说什么呢，莫非您还打算打个招呼？请您不要这样，这可就罪过了。”

“罪过？”

“是的。”

“这话怎么说呢？”

“还请您别做这种没品的事，就当她永远是个睡着的姑娘，放过她吧。”

我还没老到这么悲凉的程度呢，江口老人本想这么反驳，最后还是把话咽了下去。

“昨天好像下雨了吧？”

“哦？有这回事吗？我根本不知道。”

“那是雨声没错啊。”

透过窗户可以望见大海，岸边正翻起细浪，在阳光的照射下，水波粼粼。

其三

江口老人第三次去“睡美人”，是在第二次去的八天后。第一次与第二次间隔了大概半个月，这次的时间差不多缩短了一半。

睡着的姑娘似乎有某种魔力，将江口魅惑了。

“今晚的姑娘还是个新手，如果有什么招待不周的地方，还请您多担待。”女人一边泡茶一边对江口说。

“又换人了吗？”

“您来之前才给我们打电话，只能安排来得及的姑娘……如果您想要指定姑娘，得提前两三天通知我们。”

“也是。不过这个新手是怎样一个姑娘？”

“新来的，年纪挺小。”

江口老人有些吃惊。

“她还没习惯，所以挺害怕的。她还想找个人陪她一起呢，可这也得客人愿意呀。”

“两个人一起吗？那也很好啊。再者说，她睡得跟死了一样，又怎么会害怕呢？”

“话是这么说，但毕竟是生手，还请您适可而止。请享用吧。”

“我又不会做什么。”

“这我自然知道。”

“新手吗？”江口老人喃喃道，这次想必有些不同寻常。

女人照旧把杉木门开了一条缝，朝里窥探了下：

“睡着了，请享用吧。”说罢离开了房间。老人又给自己倒了一杯煎茶，然后抱起双臂支在桌子上，把头枕在上面。他觉得有些空虚，随后又感到一点凉意。之后他无精打采地直起身来，轻轻地打开了那扇杉木门，往天鹅绒密室里窥探了进去。

“年纪挺小”的女孩长着一张小巧的脸蛋，原本扎成辫子的头发此刻蓬乱地披散在一边脸颊上，左手的手背靠在另一边脸颊和嘴唇上，让她的脸显得更小了。纯洁的少女熟睡着。靠在脸上的虽然是手背，但她的手指张开，所以手背的一端轻轻地靠在眼睛下方的位置。长长的中指伸到了颚骨下方。而她的右手伸到了被子的边上，手指轻轻握住被子的边缘。她素面朝天，也不像是睡前才卸妆的样子。

江口老人蹑手蹑脚地从侧面钻进了被子，他刻意地避免碰到女孩身体的任何部位。女孩的身子一动不动，却散发着暖意，这暖意包裹了江口。这种温暖与电热毯的暖和不同，带着些半熟的野性。或许是女孩的头发和皮肤散发出来的芬芳，让江口有了这种感觉，但也并不全是因为这个。

“十六岁左右吧？”江口自言自语道。在这家店，老人们无法以对待女人的方式去对待这些睡着的姑娘，但能与她们同床共枕，对老人来说，也是对自己一去不返的快乐的生命的追溯，是短暂而转瞬即逝的慰藉吧？江口已经是第三次光顾这家店了，他对此心知肚明。恐怕也有老人暗自期盼在这些被迫昏睡不醒的女孩身边长眠下去吧？女孩年轻的胴体诱惑着老人们死寂的心。在老人们的心中藏着一种悲伤——不，江口无疑是这些老人中最多愁善感的一个，又或者，大多数光顾这里的老人，只是单纯为了从沉眠的女孩身上汲取年轻的养分，或者从这些醒不来的女孩身上找些乐子吧。

枕头下面照旧放着两粒白色的安眠药。江口老人拿起药来看了看，药片上没有文字，也没有标识，也就无从得知这究竟是什么药。当然，女孩注射的或者吃的肯定不是这种药。江口想，下次来时不妨向旅店的女人要女孩们用的药试试。她大概是不会给的吧？不过万一真要到了，自己也睡得像是死去一般，又会怎样呢？与睡得像是死了的姑娘一起，死去一般地睡下去，这对江口老人来说是一种诱惑。

“死去一般地睡下去”这句话，让江口又想起了关于女人的回忆。那是三年前的春天，老人曾经带一个女人去过神户的一家酒店。他们是从夜店出来的，到达酒店时已经是午夜了。他喝过客房里备着的威士忌，又劝女人也喝了。女人喝得和江口几乎一样多。酒店备有浴衣款睡袍，但没有女式的。江口换上了袍子，抱起只穿着内衣的女人。江口用手环住女人的脖子，轻柔地爱抚着她的背部，情迷意乱之时，女人却突然起身坐直：

“穿着这个我睡不着。”说完她脱光了身上所有衣物，扔到了镜子前的椅子上。老人有些惊讶，又想，这是她陪白人睡觉时养成的习惯吧。但这个女人出乎江口意料地温驯，江口放开了女人：

“还没好吗？”

“讨厌，江口先生，耍滑头。”女人重复了两次，语气依旧温驯。老人酒意上来了，很快便睡了过去。第二天一早，江口被女人的动静吵醒了，她正面对镜子梳理头发。

“起得可真早！”

“因为我有孩子啊。”

“孩子？”

“嗯，有两个，都还小着呢。”

女人没等老人起床，就匆忙离去了。

这个身材修长的女人竟然已经生了两个孩子，这出乎老人的意料。看身材不像是生过孩子的人，乳房也不像喂过孩子的样子。

出门前，江口想换件新衬衫，他打开旅行包，发现里面收拾得整整齐齐。他出门十天左右，向来都是把换下来的衣服揉作一团塞进包里，想要取什么东西时又翻个底朝天。他把在神户买来的、别人送来的，还有特产之类的东西都一股脑塞进包里，包挤得鼓鼓囊囊的，都合不拢了。也许女人是从隆起的缝里瞥见了里面的惨状，又或者是老人拿香烟的时候，女人看见了里面的杂乱。她居然用心替老人收拾了，但她又是在什么时候收拾的呢？连换下来的贴身衣物，女人都整理得整整齐齐。再怎么娴熟，也都是要花时间的，难道是昨晚江口睡着之后，女人睡不着，才起来收拾了江口的包吗？

“嗬？”老人注视着整理得整整齐齐的旅行包，“这是要干吗？”

第二天黄昏时分，那女人按照约定穿着和服走进一家日式料理店。

“你也会穿和服吗？”

“嗯，偶尔……不太搭吧？”女人腼腆地一笑，“中午有个朋友给我来了电话，他被我吓得不轻呢，还问我这样做没问题吗？”

“你跟他说了？”

“嗯，全说了，一点没瞒着。”

逛街的时候，江口老人为女人买了一身和服料子和腰带，又回到了酒店。进港的船点着灯，透过酒店的窗户可以眺见。江口站在窗边亲吻着女人，顺手合上了百叶窗和窗帘。他拿起昨晚喝过的威士忌瓶子在女人眼前晃了晃，女人摇了摇头，大概是害怕酒后失态。第二天一早，江口起床了，女人也醒了过来。

“呀，睡得真沉，真就像睡死了一样。”

女人睁开了双眼，一动不动。她双目澄澈。

女人知道江口今天就要回东京去，她与丈夫是在丈夫被外国商社派驻神户期间结婚的。这两年丈夫去了新加坡，下个月才能回到在神户的妻子身边。昨天夜里女人对江口说了这些情况。他很轻易地就把女人从夜店里带了出来。昨晚江口老人心血来潮去了夜店，邻座有两个西方男人和四个日本女人，其中一个日本女人认识江口，与他打了招呼。好像就是她把这些人带来的。外国人带着两个女人跳舞去了，于是女人建议江口带这个年轻女人也跳舞去。第二首歌跳到一半，江口便邀她出去，年轻女人似乎对尝鲜很有兴致，毫不顾虑地跟着江口来了酒店，这让江口老人反而觉得不太自然。

江口与别人的妻子，还是外国人的日本妻子出轨了。女人应该是把孩子交给了保姆或保育员，因此肆无忌惮地在外面过了夜。因为女人丝毫没有因为出轨而惭愧，江口也就没有切实地感到什么不伦感，只是内心还是受到了追问和苛责。这女人说他睡得像死去一样，这就让他感到心中奏响了欢喜的青春音乐，久久不散。那时，江口已经六十四岁，女人大概二十四五或是二十七八。老人想，这或许是最后一次和年轻女人交欢了吧。短短两夜——其实对于江口来说，一夜也就够了。虽然江口事后睡得像是死去一样，但这个女人依旧让江口难以忘怀。后来女人来过信，信里说，如果江口再到神户，她还想见见江口。过了一个月，又来了信说，她丈夫回来了，但是她不介意，还是想见江口。再一个多月后，又来了内容一样的信，此后音信便断绝了。

“哈，那女人准是怀孕了，怀了三胎……准是这样。”时隔三年，江口躺在一个昏睡不醒如死去一般的小女孩身边，回想起往事，如此喃喃自语道。在此之前，江口从来没有这么想过，连他自己也觉得奇怪，为什么此时突然冒出了这种念头。不过这念头一起，江口就几乎肯定事情是他想的这样。那女人断了来信，是因为她怀孕了，是这样没错吧？江口释然地微笑了。女人迎回了新加坡的丈夫，怀上了孩子。这样一来，江口与女人的不伦行径便也洗刷清白了，老人感到了安心。这时，他眼前又浮现出女人那惹人怀念的胴体。没有任何色情的意味，那紧实、细腻而修长的肉体，便是年轻女人的象征。虽然只是江口一时兴起的想象，但江口此刻认定，女人当然是怀上了身孕。

“江口先生，您喜欢我吗？”女人在酒店时曾经这样问江口。

“喜欢啊。”江口答道，“女人总在问这个。”

“可是，果然……”女人把话咽回肚子里，没有再说下去。

“不想问问我喜欢你什么？”江口恶作剧般地问。

“算了，这样就挺好。”

女人问江口“喜欢我吗”时，江口明白地回答了喜欢。如今三年过去，江口老人依然记得女人的这句话，女人生了三胎后，身材是否还是像没生过孩子一样呢。江口忽然怀念起这个女人来。

老人差点忘记了在身边熟睡的女孩，正是这个女孩让他想起了神户的那个女人。女孩的脸颊靠在手背上，手肘伸向一侧，这让老人觉得有些不方便，于是他握住女孩的手腕，拉直了她的手臂，并放进被子里。兴许是电热毯太热的缘故，女孩的整只手直到肩胛骨都露在被子外面，圆润小巧的肩膀裸露在老人眼前，几乎遮住了老人的全部视线。老人想要用掌心去抚摸女孩圆润的肩头，然后握住它，最终却停下了动作。女孩的肩胛骨与白嫩的肉都裸露在外，江口又想顺着肩胛骨抚弄下去，但又放弃了，只把散落在女孩右脸颊上的长长发丝轻轻地拨开。四壁的天鹅绒帷幔吸收了天花板上投下来的昏暗灯光，又将它反射出去，映在女孩的睡颜上，显得女孩更神圣了。女孩的眉毛没有修饰过，长长的睫毛似乎用手指也能捏住，下唇中间的部位略厚，牙齿藏在嘴里。

世间又有什么比得上少女纯真的睡颜之美呢？此刻在这家店里，江口老人冒出了这个念头。这不就是人间幸福的恩惠吗？美人的睡颜无法遮掩岁月的痕迹，但年轻的睡颜总是美好的。这店家挑选的就是睡颜好看的女孩吧？江口只是近距离端详这张小巧的睡脸，此生的辛劳似乎便都化作一缕轻烟，柔柔地飘散了。哪怕只是怀着这种心绪服下安眠药入睡，想必也能享受一个无与伦比的夜晚。但老人只是静静地闭上了眼睛，一动不动地躺着。既然女孩已经让他想起了神户的女人，那就可能会让他想起些其他东西。想到这里，他再也舍不得就此睡下了。

神户的少妇迎来了分别两年之后归家的丈夫，马上怀了孕，江口把这想象认定成事实，并且陷入了这种看似必然的真切实感中。那女人出轨江口，生下了孩子，这既不让他羞愧，也不使他难堪。江口发自内心地为女人的妊娠和分娩祈福。那女人体内正孕育着新的生命。这想象更让江口感到自己的老朽不堪。只是那女人为何毫无顾忌，就这么温驯地将身子交给了江口呢？江口老人活了快七十年，在他这近七十年生涯里，好像还没有遇到过这种事情。女人的身上并没有娼家女子的妖媚气息，也没有那种轻浮的感觉。倒不如说，江口与那个女人在一起时，负罪感倒比躺在这陷入古怪睡眠的少女身边要轻。三年前，女人麻利地回到孩子身边，江口老人躺在床上目送女人离开，心想，这可能是自己最后一次与年轻女子行鱼水之欢了。这个女人成了江口难以忘怀的回忆，她应该也不会轻易忘记江口老人。即便两人没有伤害过彼此，只是把这秘密深埋心底，也不会忘记对方吧？

然而不可思议的是，此刻让老人想起有关这个神户女人种种往事的，是这家“睡美人”的新手女孩。江口睁开了闭着的双眼，用手指轻轻抚摸女孩的睫毛。女孩微微皱眉，把脸扭开，轻启朱唇，舌头抵在下颚上，看起来似乎有些郁闷。女孩鲜嫩的舌头正中央有一条可爱的沟，江口老人感到一阵诱惑。他偷偷望向女孩微启的嘴——如果勒住她的脖子，这条小小的舌头是否会痉挛呢？老人回忆起自己曾经接触过比她更年轻的风尘女。江口没有这方面的兴趣，但是有时候做客应酬，主人会为他安排。他记得那个小女孩的舌头细、薄且长，而且沾满口水，江口无甚兴致，这时街上传来了振奋人心的太鼓与笛子的声音。那晚好像是什么节日，在办庆典。女孩清秀的眼角细长，显得有些好胜，她似乎没把江口这个客人放在心上，看上去有些急躁。

“在办庆典啊。”江口开口说，“你想逛庆典吧？”

“是呀，您还真明白呢。本来我都和朋友约好了，还是被叫到这儿来了。”

“没事儿，你去吧。”江口躲开小女孩冰冷潮湿的舌头。

“你自己去就好了，快去吧……是正在敲太鼓那间神社吧？”

“老板娘会骂人的。”

“没事儿，我给你打圆场。”

“真的可以吗？”

“你多大了？”

“十四。”

面对男性，女孩丝毫不感到难为情，也没有屈辱或者自暴自弃，单纯得过了头。她草草收拾了下，就匆匆往办庆典的方向去了。江口一边抽烟，一边听了会儿太鼓、笛子与路边摊贩的叫卖声。

江口不太记得自己那时候多大年龄了，就算那会儿他能毫不迟疑地让女孩去逛庆典，总归是没老到现在这步田地。今晚这个女孩看上去比那个记忆中的女孩大三两岁，从她的皮肤来看，明显比那个女孩更有女人味儿。但两人最大的区别在于，这个女孩睡得不省人事，哪怕此刻再有庆典响彻云霄的太鼓声，她也没法察觉。

江口侧过耳，听到后山隐约的寒风声。女孩轻启的双唇间喷出鲜活而温暖的气息，直扑江口老人的脸。深红的天鹅绒反射的微光照到了女孩的口腔里。江口老人心想，这女孩的舌头不会像那个孩子一样潮湿冰冷吧？他感到更强烈的诱惑。在“睡美人”这家店，睡着时让江口看见了舌头的，这女孩还是第一个。与其说他想将手指伸进她的口腔里摸摸她的舌头，毋宁说一股邪念煮沸了他心头的热血。

但这股恐怖而残虐的邪念，此刻还没在江口的脑海中形成具象化的形状。所谓男性侵犯女性的极恶，到底是什么呢？譬如说江口与神户的少妇以及那个十四岁的风尘女之间那点事，在漫长的人生中不过是弹指一瞬罢了，很快就被时间的长河冲刷得无影无踪。与妻子结婚、养育女儿，表面上看起来是善举，但是在漫长的岁月里，江口不也是束缚了她们的自由，操控着她们的人生吗？谁又能说江口没有扭曲了她们的性格呢？从这个角度看，这称得上是恶行吧？只是受缚于所谓的世故秩序，人们对恶行都麻痹了吧？

自然，躺在陷入沉眠的女孩身边也是一种罪恶。如果把女孩杀掉，那这罪恶就更鲜明了。想要让她停止呼吸，有许多种简单的方法：勒住她的脖子，捂住她的嘴和鼻子。小女孩张着口，稚嫩的舌头露了出来，如果江口老人把手指放在她的舌头上，她会把舌头卷成圆形，像婴儿吮吸乳头一样吮吸江口的手指吧？江口把手盖在女孩鼻子下方到下巴中间的位置，遮住了她的嘴。一松开手，女孩的嘴唇又张开了。睡梦中的女孩朱唇轻启，可怜又可爱，江口感受到了她散发出的年轻气息。

女孩太年轻了，年轻得不断勾起江口心中的恶念。但到这家“睡美人”来的老人，应当不只是为了寂寞地追忆年华，也有为了忏悔这一生中所犯下的恶行而来的吧？介绍江口到这里来的木贺老人当然不会泄露其他客人的秘密。想来这家的会员也不会太多。而且大致可以推断，这些老人在社会上都是体面而成功的人。他们通过作恶取得成功，更有甚者通过不断作恶维持着成功。

因此，他们大概不会心安理得，他们都恐惧着什么，从这种意义上，说他们失败也不为过。当他们抚弄着沉睡的年轻女孩的肌肤躺下时，心底涌出的或许不只是对日益迫近的死亡的恐惧和对流逝青春的哀叹，还有对自己犯下的恶行的悔恨。一个家庭里如果有成功者，那么这个家庭往往不幸。他们应当没有人会向神佛屈膝，却情愿紧紧拥抱着赤身裸体的美女，流下冰冷的眼泪，呼天抢地号啕大哭。他们怀中的女孩一无所知，也绝不会睁开双目。如此看来，所谓的“睡美人”，不近似老人的神佛吗？还是一具拥有鲜活身躯的佛，她们身上散发着年轻的幽香，给这些可悲的老人带来宽慰与原宥。

这些念头不断地在江口老人的脑海中涌出，他静静地闭上双眼。目前为止，他所接触的三个“睡美人”中，今晚这个最小，最幼嫩，这女孩奇妙地诱出了江口的这些思绪。老人紧紧地抱住女孩，尽管他在此前一直避免接触到这女孩的任何部位。他几乎把女孩整个儿搂在怀里，女孩浑身脱力似的，丝毫没有抗拒。她身材纤细如柳，虽然沉沉地睡着，但还是对江口的动作有些反应，她合上嘴唇，腰部突出的骨头撞在了老人身上。

这小女孩，今后会度过怎样的一生呢？就算没有所谓的成功或出人头地，总归是能安安稳稳度过一生的吧？江口想着，又期盼她能够凭借在这店里给予老人救赎的功德，获得幸福。他甚至想到，这不就像从前的传说那样，她是某个佛的化身吧？有的神话中不是说娼妇和妖女便是佛的化身吗？

江口老人一边温柔地握住女孩泻下的长发，一边忏悔着自己过去所犯下的罪业、违背的德行，希求能够获得平静。但浮现在他脑海里的，却都是过去的女人。聊可慰藉的是自己想起的并非与她们交往的时日长短，也不是她们的容貌美丑、头脑好坏，或是人品优劣。

譬如神户的那个女人说："真就睡得像死去一样。"江口所想起的，是这样的女人们。每当江口爱抚她们，这些女人就会表现出一种忘我的敏感和情不自禁的喜悦。与其说是由于这些女人对江口的爱意浓厚，毋宁说她们天生体质如此。这个小女孩在不久之后就会成熟，那时候她又会如何呢？老人一边思索着，一边用抱住女孩后背的手轻抚她的身体。先前面对那个妖媚的女孩，江口曾经思考在过去的六十七年里，对于性这个深奥议题，自己究竟触碰到了如何的广度和深度。那时他感到自己垂垂老矣，而今晚稚嫩的小女孩却唤醒了他关于性的鲜活回忆，这让他感到不可思议。老人把嘴唇轻轻地贴在了女孩闭合的唇上。老人没有尝到任何味道，只感到一阵干燥。但没有味道或许才是最好的。江口老人可能不会再与这个女孩见面了，当这个女孩的嘴唇因为尝到性爱的滋味而湿润地嚅动起来的时候，江口兴许早就不在人世了。江口倒也没有感到寂寞，他把嘴唇从女孩的双唇上移开，又贴上了女孩的眉毛和睫毛。女孩似乎感到痒了，她微微动了动脸，把额头凑到了老人眼前。一直闭着双眼的江口，把眼睛闭得更紧了。

眼帘后出现了各种光怪陆离的幻影，又散去了。最终，这些幻影有了模糊的形状。几支金色的箭从身边飞过，箭矢上装饰着深紫色的风信子，箭羽上挂着五颜六色的兰花，这景象让江口老人感到了美好。不可思议的是，箭速飞快，花却没有掉下来。江口老人在疑惑中睁开双眼，原来他刚才做了一个短暂的梦。

江口还没有服用放在枕头下面的安眠药，他看了看旁边的手表，已经十二点半了。老人取出两粒安眠药放在手心，今晚他还没有感到垂垂老矣的槁木死灰，也没有遭到寂寞的侵袭，因此有些不舍得就此入睡。女孩在睡梦中发出安详的鼻息。她究竟是服用了什么药，还是注射了什么东西呢？可能是剂量比较大的安眠药，也可能是剂量轻微的毒药吧，总之她看起来没有半点痛苦。江口也想像她一样安稳地睡上一觉，他蹑手蹑脚地钻出被子，从这个挂着深红天鹅绒的房间走到隔壁房间。他按响了服务铃，打算向旅店的女人要一些与女孩同样的药。铃声响个不停，让人觉得这店里有一股由内而外的寒意。夜早已深了，江口有些顾虑，不知是否该让这服务铃就这么响下去。这是一片温暖的土地，枯叶将在冬日凋零，此刻却还枯萎地残留在树枝上，但穿过庭院的风仍旧卷起不少落叶，把声音隐约地送过来。今夜海也很平静，拍击悬崖的海浪温和了不少。寂寥的静谧中，这家店仿佛幽灵的宅邸，江口老人冷得肩膀发抖，原来他只穿了件睡袍浴衣就出了房间。

江口回到密室，大概是因为女孩年轻吧，尽管电热毯的温度调低了，她还是脸颊通红。老人又贴近女孩，希望能用她温暖的身躯暖暖自己的身子，女孩把胸向上挺起，脚尖伸到了榻榻米上。

“会感冒的。”江口老人说着，心中却感到了年龄的鸿沟。女孩温暖的身躯，被江口搂了个满怀。

次日早晨，江口在享用旅店的女人端来的早餐时，开口说：

“你昨晚没有听到服务铃响吗？我想吃姑娘吃的那种药，睡得像她们一样。”

“这可不行。别的不说，这药对老人很危险。”

“我心脏好着呢，别担心。就是一睡不醒了，我也不后悔。”

“您才来三次，就提这种任性的要求。”

“在这店里，能任性到什么程度呢？”

女人用嫌恶的目光看着江口老人，嘴角浮现出一丝笑意。

其四

冬日的天空从早上开始就阴霾密布，傍晚时分下了一场冰冷的小雨。直到走进“睡美人”，江口老人才发现小雨已经变成了雨夹雪。依旧是那个女人前来迎接，她照例轻手轻脚地合上门，上好锁。女人借助手电筒的昏暗光线照亮了脚下，江口才看清雨中夹着些白色。这点点柔软的白色稀疏地飘落下来，落在玄关的踏脚石上便融化了。

“踏脚石湿了，小心些。”女人手撑雨伞，用另一只手拉过江口老人的手。透过手套，老人感觉到了中年女人的手那种让人不快的温热感。

“我没问题……”江口说着，把手抽了出来，“还没老到要人扶呢。”

“踏脚石滑着呢。”女人说，石头周围散落着凋零的红叶，还没有清扫，有的萎缩褪色了，被雨一淋，重新鲜艳起来。

“有没有那种必须得要你搀扶着或者抱着才能进来的，那种腿脚不便、脑袋糊涂的老人来这儿？”江口问女人。

“您不该过问其他客人的事儿。”

“但马上就冬天了，那种老人可危险。要是脑溢血或者心脏病突发死在这儿，那怎么办？”

“如果这样，这里就完了。虽然对那种客人来说，这样是往生极乐了。”女人的声音很冷淡。

“你也得担责任吧？”

“嗯。”不知道女人此前是做什么的，她面不改色地答道。

二楼的房间里陈设大体没变，只是凹间里那张红叶图，换成了一张雪景画，自然也是复制品。

女人一边熟练地沏上煎茶，一边说：

“怎么又是突然来电话，之前那三个姑娘您都不满意吗？”

“没有的事儿，我都很满意，真的。”

“那您为什么不提前两三天预约哪个姑娘呢？您可真够花心的。”

“花心？有这回事？姑娘睡得这么死，说不上吧？她又不知道同谁同床共枕不是吗？谁都一样吧。”

“话是这么说，可她们毕竟也是活生生的女人哪。”

“有姑娘问过昨天的客人是什么样的老人吗？”

“放心吧，这是这里的规矩，客人的信息绝对不会说出去的。”

“你之前不是说，对一个姑娘用情太深会给你添麻烦吗？说来也有趣，你还记得之前关于‘花心’这事，你对我说过同样的话，今晚却换作我对你说了。莫非你也露出女人的本性了？”

女人的薄嘴皮上露出一抹讽刺的笑：

“不知道您年轻的时候，让多少女人流过泪呢。”

女人这跳跃的话让江口老人吃了一惊：“这是哪里话，别开这种玩笑了。”

“看您这样子，很可疑哦。”

“我要是这种人，又怎么来这儿呢？来这儿的老人，不都是痴情种子吗？后悔也好，烦恼也罢，总归是回不去了。不都是这种客人吗？”

“这就不好说了。”女人依旧面不改色。

“上次来的时候我也问过，这里老人能任性到什么程度？”

“这……反正姑娘是睡熟了。”

“真的不能给我姑娘吃的那种药？”

“上次不是说过不行吗？”

“那么，老人能够做的最坏的事是什么呢？”

“来这家店的老人，没有作恶的。”女人压低了声音，像是在提醒江口。

“没有作恶的吗？”老人犯起嘀咕。女人黑色的瞳孔里露出认真的神色。

“想把姑娘勒死，就如拧断婴儿的手般容易……”

江口老人有些反感：“勒死她也不会醒吗？”

“大概不会吧。”

“这倒挺合适的，要是想强迫姑娘一起殉情的话。”

“如果您觉得一个人自杀太寂寞了，那请便吧。”

“要是比自杀还寂寞呢？”

“也有这样的老人吧？”女人依旧很冷静，“您今晚是不是喝酒了，怎么总说些奇怪的话？”

“我喝的东西可比酒厉害多了。”

说到这儿，连这女人都忍不住瞥了江口一眼[1]，但她还是装作漠不关心地说：

---

1 | 日语里喝酒和吃药用同一个动词，这里女人怀疑江口吸了毒。

“今天的姑娘可是很温暖的。在这种寒夜里，她再合适不过了，可以暖暖身子呢。”

女人说完下了楼。

江口打开密室的门，只觉得一股比此前都要浓烈的女性甜香扑面而来。女孩背对着他，已经睡着了，虽然不如打鼾这么大声，但她的鼻息也够重的。她的个子似乎挺高。兴许是因为深红色天鹅绒帘子反射的光，女孩浓密的长发隐约呈茶红色。厚耳朵到粗脖子处的肌肤白皙。女人说得没错，这是一个看上去就给人暖意的女孩。只是脸算不上红润。老人从女孩的身后滑进了被子里。

“啊！”江口不由自主地呼出声。女孩的确暖和，但更吸引江口的是她那滑腻的肌肤。女孩散发出来的甜香似乎也带了点潮湿的感觉。江口老人把眼睛合上了一会儿，一动也不动。女孩也毫无动作。她腰部以下的部位很丰腴，身体散发出的温暖把老人包裹起来。胸部隆起，乳房说不上挺拔，却很大，乳头出人意料地袖珍。旅店的女人刚才说“勒死”，江口想起这句话，不禁感到一种让人发寒的诱惑，这或许是因为女孩那滑腻的肌肤吧？如果真的勒死她，她的肌肤会散发什么味道呢？江口想象着这女孩在白天迈着笨拙的步子走路的姿势，极力压制住自己的邪念。江口的心情终于缓和了些，随即又想，就算女孩走路姿势不成体统，那又如何？或是她步履轻盈，有一双美丽的脚，又与他有何关系呢？一个六十七岁的老人，面对一个连一夜露水姻缘都称不上的女孩，她聪明与否、教养高低又与他有什么关系呢？江口老人能做的，不过是抚摸这个女孩，不是吗？女孩熟睡不醒，对老而丑陋的江口正在抚摸自己这事一无所知。明天醒来，她依旧毫无知觉。究竟她是个纯粹的玩物呢，还是牺牲品？这是江口第四次到这家店来。每次来，他都越发感到内心变得麻木，今晚尤甚。

今晚的女孩是否也对被这家店操控早已习以为常了呢？又或者她根本没有把这些可悲的老人当一回事吧。她对江口的触碰毫无回应。无论是如何反人类的行为，若是约定俗成的，都能变成人类社会的一部分。与道德背道而驰的丑恶，就隐藏在人世间的阴暗之中。不过江口与这店里的其他老人有些不同，说截然不同也不为过。介绍江口到这儿来的木贺老人认为江口老人与他们一样，这当然是他的错误。江口还可以被称作是男人，他还无法切身体会到这店里其他客人那种悲伤、欢愉、忏悔和寂寞交织的滋味。江口需要的姑娘，并不非得沉睡不醒。

第二次光顾这家店时，面对那个妖媚的女孩，江口差点打破了这家店的禁忌。亏得他惊觉女孩还是处女，才强抑了冲动。自那以后，他发誓严守这家店的禁忌，发誓要守护“睡美人”们的安眠，发誓要保守老人们的秘密。可这家店，到底是怀着怎样的居心，总找一些妙龄的处女呢？江口觉得这可能是可悲老人们的卑微希望，他似乎明白了一点什么，又还有些糊涂。

不过今晚的女孩有些奇怪。他挺起胸膛，把胸口贴在女孩的肩膀上，端详起女孩的脸来。如同她的身子那样，这个女孩的脸也并不那么端正，显得格外孩子气。女孩的鼻子下端略胖，鼻梁塌了些，脸颊圆且大。发际线很低，像一座圆润的山峰，眉毛短而浓，平平无奇。

“还挺可爱的吧。”江口老人嘀咕道，他把脸贴到女孩脸上，女孩的脸不出所料的滑嫩。可能是女孩感受到了肩膀上的重量，翻过身变成仰卧，江口把身子缩了回来。

江口老人保持着这个姿势闭上了双眼。俗话说，这世上没有比气味更能唤起回忆的了。可能是因为女孩散发出的气味太过浓烈，也过于香甜，总让他想起婴儿的乳臭味。少女体香与婴儿的乳臭自然是不同的，但或许它们都是象征着人类之始的气味吧。有这样一个古老的说法：少女的体香能够让人长生不老。这女孩身上散发的气味似乎与传闻中的芬芳不同。倘若江口老人在这个女孩身上打破了这家店的禁忌，那这女孩身上一定会散发出让人反感的腥味儿。这或许正是江口行将就木的征兆吧？人类不正是从这浓烈的腥味儿里诞生的吗？这女孩看起来是所谓的“安产型”，想必容易怀孕，即使她此刻昏睡不醒，但依然保留着作为女性的生理机能，明天她总会醒来吧。纵然让她怀了孕，也是在女孩一无所知的情况下。江口老人已经六十七岁了，在人间留下这么一粒种子，它又会结出怎样的果实呢？正是女性的肉体将男性诱入魔界的吧？

女孩丧失了所有反抗能力，为了老年客人，为了可悲的老人，她赤身裸体、不省人事。江口只觉得自己恬不知耻，他心烦意乱，嘴里不住地嘀咕着些不着边际的话——人老则死，年轻则恋，死只有一次，恋却能几回。这些话虽然不着边际，但江口念叨着，心情居然平静下来了——本来也说不上多激动就是了。外面隐约传来雨雪交加的声音。海的声音也渐渐消了。雨点与雪花都落在海水中，随即融了进去。江口老人的眼前仿佛出现了那黝黑无际的海，还有一只像鹫一样的凶恶大鸟叼着血淋淋的猎物，低低地在黑色的波浪上空盘旋。那猎物不是人类的婴儿吗？这幻象是怎么回事呢，莫不是人类道德沦丧的缩影？江口在枕头上轻轻摇了摇头，把这幻象从脑中驱走了。

“啊，好暖和。”江口老人自言自语道。这不只是电热毯的关系。女孩把盖在身上的被子往下掀了一些，露出了一半胸口，她的胸脯丰满，只是缺少起伏，白皙的肌肤被深红的天鹅绒帷幔反射的光映衬着。老人一边端详着女孩美丽的胸部，一边用手指在女孩那山峰形的发际线边划动。女孩翻身仰卧后，呼吸变得均匀且绵长了。她那小巧的唇后面藏着怎样的牙齿呢？江口捏住姑娘的下唇，轻轻往下拉了一点。比起嘴唇，她的牙齿称不上玲珑，但大抵还算细小整齐。老人松开手指，女孩的嘴唇不再紧闭，保持着微微张开的状态，牙齿隐约可见。江口老人用沾上了些口红的手指尖，捏了捏女孩厚厚的耳垂，口红染红了耳垂，他又把指尖剩下的口红擦到了女孩的脖子上，白皙的脖颈上出现了一条隐约的可爱红线。

江口想，她当然也是处女吧。江口第二次来时，怀疑那个妖艳的女孩不是处女，之后他对自己的无耻感到震惊和懊恼，也就无意再试探面前这个女孩了。女孩是不是处女，又与江口何干呢？不，一定不是这样，江口仿佛听到自己的心中有个声音在嘲笑自己。

“谁在嘲笑我？恶魔吗？”

“恶魔？哪有这么简单。你行将就木，自作多情，满脑子想着你那点伤感和憧憬，不是吗？”

“不是的，我不只想着自己，还想着那些可悲的老人呀。”

“话说得漂亮，道德沦丧的老东西，尽想着把责任推给其他没有德行的人，这可真是你们的一贯作风。”

“你是说我道德沦丧？那就随便你怎么想吧。凭什么说处女就是纯洁的，不是处女就是不洁吗？我到这里来可不是想找什么处女。”

“那是因为你还没真正老成那样，也就不会明白他们的期望。万一，万一女孩半夜醒来，老人也不会感到多么惭愧，你没有想过这个吗？”江口不断在脑海中自问自答，自然，他和别的老人的目的不一样。江口老人第四次光顾这家店，但总是处女陪着他，这让他感到疑惑，老人们所期盼的，真就是如此吗？

“如果女孩突然醒来”这个念头不断诱惑着江口，要用怎样，或者说何种程度的刺激，才能让女孩醒来？把她的一条手臂卸下来，或者刺穿她的胸膛或者腹部，她应该就没法继续睡下去了吧？

“真是越想越邪。”江口老人小声对自己说。要不了几年，江口也会老得和其他老人一样，心有余而力不足。一股暴虐突然袭上心头，他想把这旅馆毁掉，把自己的人生毁掉！眼前这女孩不是那种标致的美人，只是可爱，那裸露的雪白胸脯让江口倍感亲切。倒不如说这是一种包含悔恨的叛逆，老人在怯懦中行将就木，这一生中不乏悔恨。恐怕自己尚不及去椿寺赏山茶花的小女儿有勇气。江口老人合上了双眼。

江口老人的脑海中浮现出这样的情景：庭院里踏脚石的两侧，修剪得低矮整齐的草丛中，两只蝴蝶翩翩起舞，时而隐入了草丛里，时而贴着草丛一掠而过。蝴蝶在草丛上方翩翩飞舞。草丛中再飞出一只蝴蝶，随即另一只又飘飞而出。江口心想，看来这四只蝴蝶是两对夫妻哪。正想着，忽地又钻出来一只，五只盘旋在一起，仿佛是在争斗。这时，数不清的蝴蝶从草丛里钻了出来，一片白色的蝴蝶在低空中掠过。挂满红叶的枝头低垂，舒展开来，在微风中摇摆。白色的蝴蝶越来越多，结成了一片白色的花田。老人凝望着红叶，这种幻觉是否与这家“睡美人”有关呢？幻象中的红叶忽而发黄，忽而又被染红，与成群的白色蝴蝶构成了一幅斑斓、鲜艳的图画。而现实中，红叶早已凋落尽了，只剩几片枯叶还留在枝头，窗外裹着小雪的雨从大空中飘落。

江口几乎忘了现在屋外还是雨雪交加，如此说来，他所见的白色蝴蝶成群飞舞的幻象，兴许是因为身旁的女孩那裸露在外的丰满白皙的胸脯吧？女孩身上似乎有某种东西，能够驱走老人的邪念。江口老人睁开双眼，凝视着女孩略显宽阔的胸口上两粒小小的桃色乳头，它们似乎象征着女孩的善良。江口将半边脸贴在女孩的胸脯上，眼帘后面涌出一股暖意。老人突然有了一股在女孩的身体上留下自己印记的欲望，但如果打破了这家店的禁忌，女孩醒来后一定会追悔不已。于是他在女孩的胸口留下了好几处渗着血色的吻痕，他的身子不禁抖了一下。

次日一早，江口又两次被旅店的女人叫醒。女人头一回“砰砰”地敲着杉木门：

“客人，已经九点了！”

“我醒了，马上起来，那边房间挺冷吧？”

“我提前点好暖炉了。”

“外面还在下雨夹雪吗？”

“已经停了，不过天还阴着。”

“这样呀。”

“早餐已经为您备好了。”

“哦。”老人含糊地回答了，又迷迷糊糊地闭上了双眼。他把身子靠向女孩那少有的滑腻肌肤，抱怨道：“真像是小鬼催命。”

还没过十分钟，那女人又来了。

“客人！”她几乎是在砸门，语气也显得不太客气，“您又睡着了吗？”

“门没锁。”江口说。女人进了房间，老人无精打采地直起身。女人帮着迷迷糊糊的江口换好衣服，连袜子也为他穿上了，只是动作让老人觉得反感。她走回隔壁房间，老练地沏好茶。只不过在江口老人慢慢品茶享用早餐时，女人向他翻起冰冷而怀疑的白眼：

“您对昨晚的姑娘还真是满意呀？”

“啊，还好。”

“那就好，做了什么美梦吗？”

“梦？这倒没有，我睡得很熟，有段日子没睡过这样的好觉了。”江口说着，像是要打哈欠一样，“现在还有点犯迷糊呢。”

“您昨天累着了吧？”

“大概是因为这姑娘吧，她应该很受欢迎吧？”

女人低下头，依旧板着脸。

“还想拜托你一件事，”江口老人又说道，“吃过早饭，真的不能给我一粒那种安眠药？我会付报酬的，那个女孩也不知道什么时候才会醒过来……”

“说什么话呢！”女人青黑的脸顿时变成了土色，连肩膀也绷紧了，“您都说些什么话，开玩笑也要有个限度。”

“限度？”老人想笑，但是笑不出来。

兴许是怀疑江口对女孩做了什么，女人急忙站起来走进了隔壁房间。

其五

一月刚过去，隆冬的海上波涛汹涌，发出咆哮的轰鸣。陆地上的风倒是没这么暴虐。

“呀，今晚这么冷……欢迎光临。”“睡美人”旅店的女人打开门锁，将江口迎了进来。

“不就是因为冷才来的吗？”江口老人说，“在这寒夜里，能用年轻的肉体取暖，就是猝死，那也是早登极乐了。”

“您可真会说讨厌话。”

“老人和死亡是邻居呀。”

还是二楼的那间屋子，房里点着炉子，暖洋洋的。女人依旧给他沏上了煎茶。

“总觉得有股风钻进来了。”江口说。

“哦？”女人环视四周，“没有哪儿漏风啊？”

“该不会有亡灵在这房里徘徊吧？”

女人的肩膀绷直了，猛地一颤，她看向老人，面色惨白。

“能再给我来一杯茶吗？不用放凉，我想喝烫的。”老人说。

女人照做了，冷冷地问江口：“您是听说了什么事吧？”

“唔，多多少少。”

“是吗？既然您都听说了，怎么还来？”女人或许敏感地察觉到江口已经知道了什么，她似乎下定决心，不再勉强瞒下去，但脸上还是露出了厌烦的表情。

“虽然您特地来了，但是我还是奉劝您一句，不如回去吧？”

“我明知这事，还来光顾……”

“呵呵呵……”这笑声像是恶魔发出的。

“这种事总免不了会发生，老人在冬天都危险着哪……太冷的时候就停业不好吗？”

“……”

“虽然不知道来的都是什么样的老人，但是如果再有第二个甚至第三个死在这儿，你怕是也脱不了干系

吧？”

“这话，您还是对我们老板说去吧。我可没犯什么罪。”女人依旧面黄如土。

“犯了呀，不是趁着夜里偷偷把老人的尸体运到附近的温泉酒店了吗？你不可能没帮忙吧？”

女人双手握膝，身子僵硬：

“这也是为了那位老人的名声。”

“名声，死人也在意名声吗？这也关系着老人的体面，不是为了死去的老人，而是为了活着的亲属吧？这话说起来无趣……那家温泉酒店和这家店是同一个老板吧？”

女人没有回答。

“那老人死在这里，死在一个裸体的女孩身边，报纸大概不会曝光这种事吧。如果我是他，我倒希望不要被运出去呢。”

“毕竟要验尸，还要做些调查，多麻烦哪。房间本身也有点奇怪，如果不运出去，会给常客们添麻烦的，对陪睡的姑娘们也……”

“姑娘睡得这么沉，就算有老人死了也不知道吧。哪怕他做了些垂死挣扎，也不会惊醒姑娘吧？”

“这也没错……不过如果让他死在这里，就得把姑娘运出去藏起来了，即便运出去了，也难免会有蛛丝马迹让人知道这里有陪睡的姑娘的。”

“这么说你们把姑娘放走了？”

“可不是吗，不然不就是犯罪了？”

“哪怕老人尸体都凉了，姑娘也不会醒过来吧。”

“这么说吧，姑娘根本不知道有老人死在她身边。”江口又重复了一遍。老人死在了姑娘身边，不知道已经过了多久，沉睡的姑娘依然将温暖的躯体贴在冰冷的尸体上。尸体后来被运了出去，姑娘依旧毫无察觉。

“我的心脏和血压都没问题，不用担心我。不过如果有个什么万一，不要把我运到温泉酒店去，就让我躺在姑娘身边好吗？”

“您开什么玩笑呢。”女人语气发慌，“如果您再开这种玩笑，还请您回去吧。”

“不过开个玩笑嘛。”江口老人笑了起来，正如他对女人说的，他觉得自己离猝死还很遥远。

有关这家店死去的老人，报纸上只是刊登了“猝死”的讣告。江口在殡仪馆里遇见了木贺老人，二人交头接耳地互通了消息。老人死于心绞痛。

“那家温泉酒店不像是他这样的人会住的地方，他有常去的旅店。”木贺老人对江口老人说，“所以也有人嚼舌头，说福良专务[1]是安乐死的，当然，他们是不知道这档子事了。”

“嗬。”

“看起来像是安乐死，实际上算不上吧，可能比安乐死痛苦吧。我跟福良专务还算相熟，一听说这事儿就知道了，后来调查了一下。但是我没对任何人提起过，连死者家属也不知道，那条讣告挺有趣吧？”

报纸上两条讣告排在一起，第一条署名是福良的妻子和嗣子，另一条署名则是公司。

“福良大概长这样。”木贺缩起脖子，挺起胸和肚子，装出一副粗脖子大肚子的样子，“你也小心些吧。”

“用不着担心我。”

“话又说回来，他们是半夜就把福良那具肥大的尸体运到温泉酒店的。”

是谁搬的呢？肯定是用车子运走的，江口老人想起来就发寒。

“这次虽然就这么瞒天过海了，可要是再有这种事，我想那家店也干不长了。”木贺老人在殡仪馆里悄悄对江口说。

---

1 | 专务：即专务董事，公司里专门办理某项事宜或某方面事物的董事。

“兴许吧。”江口老人附和道。

今晚，女人似乎察觉到江口知道福良老人的事了，她似乎也不想遮遮掩掩，但还是保持着警惕。

“那姑娘真的什么都不知道？”江口老人再次问女人这个让她不快的问题。

“这是自然，不过那个老人临死前似乎有点痛苦，姑娘从脖子到胸口都有抓痕。姑娘第二天早上起来也只是说这个老头真讨厌。”

“唉，哪怕只是临死挣扎，也会让人讨厌哪。”

“也还称不上是伤，只是有些地方渗了点血，显得有些红肿……”

女人似乎没打算对江口有所隐瞒，这反倒让江口没了继续打探的意愿。那个老人早晚会在某处猝死吧，或许对他来说，死在这样的地方反倒是种幸福。只是木贺说店家把一具肥大的尸体搬走了，这话刺激到了江口的想象。“在年老体衰的时候死去，死相总归不会好看。算了，也许他也是往生极乐了……不不不，那老人准是下了地狱吧。”

“……”

“陪睡的姑娘我认识吗？”

“这我可不能告诉您。”

“呵。”

“姑娘从脖子到胸口都是抓痕，所以我给她放了假，让她休息到抓痕消失。”

“请再来杯茶吧，嗓子干得紧。”

“好的，我换一下茶叶。”

“发生了这样的事，虽然悄悄把人埋了，但你不觉得这家店恐怕开不长了吗？”

“会这样吗？”女人把语速放得很慢，头也不抬，只顾沏茶。

“客人，今晚会有幽灵出没呢。”

“我倒想和幽灵好好谈谈呢。”

“哦？谈些什么呢？”

“男人那可悲的老年时光呀。”

“我不过开个玩笑。”

老人抿了抿美味的煎茶。

“话又说回来，你是怎么发现老人死了的呢？”江口问。

“我听到有些不太寻常的呻吟声，就上楼来看看，这时候他的脉搏和呼吸就都没了。”

“姑娘根本不知道吧？”老人再次问。

“这点动静不至于惊醒姑娘。”

“这点动静？你是说连老人的尸体被搬出去她也不知道？”

“是的。”

“这么说最厉害的还是这姑娘呀。”

“哪有什么厉害的说法，客人，别说这些没用的话了，快进去吧。莫非您认为睡着的姑娘是最厉害的？”

“对老人来说，最要命的是姑娘的年轻哪！”

“您都说些什么话……”女人轻笑起来，站起了身，将通往隔壁房间的门开了一条缝，“姑娘睡着了，正等着您呢，请享用……这是钥匙。”说罢从腰带上取下钥匙交给江口。

“哦，对了，忘记跟您说，今晚有两个姑娘。”

“两个？”

江口老人有些讶异，不过随即又想，或许这是因为姑娘们也听说了福良老人的猝死所以感到害怕吧。

“请。”女人离开了。

江口打开杉木门，如今初次光临时的那种好奇和羞耻已经变得麻木了，只是打开门时，他还是有种惊奇感。

“她们也是‘新手’吧？”

但是，这次的女孩与先前的“新手”小女孩不太一样，她身上散发着一种狂野的气息。这狂野的身体让江口老人几乎把福良老人的死抛到了九霄云外。两个女孩贴在一起，让人感到狂野的是靠近入口处的这个，她正沉沉睡着。兴许是因为不习惯电热毯这种老人们爱用的东西，又或许是由于她的身体温暖到不把冬夜当一回事，女孩把被子踹到了胸口下方，呈大字形仰卧着。她的两只手臂舒展开来，乳晕稍大，显紫黑色。天花板上投下来的光线照在深红色的帷幔上，复而又反射出去，照在她的乳晕上，并不显得美。她从脖子到胸口的颜色也说不上漂亮，但黝黑发亮，似乎还有些狐臭。

“这就是所谓的生命力吧！”江口喃喃自语道。这个六十七岁的老人从面前的女孩身上感受到了生的气息。他有些怀疑这个女孩并非日本人。种种迹象表明这女孩不过十多岁，她乳房虽大，但乳头并不凸起。说不上胖，但是很结实。

“呵。”老人握起她的手看了看，女孩长长的手指上留着长长的指甲。看来，她的身体也像是现在流行的那样修长吧。她的声音如何，又会说什么样的话呢？江口喜欢电视和广播里好几个女人的声音，每当她们的声音响起时，他就会闭上双眼，静静享受。老人很想听听这个陷入沉眠的女孩的声音，他感到越发强烈的诱惑。然而姑娘绝不可能醒来，更别说开口说话了。究竟怎样才能让她说梦话呢？无论如何，说梦话的声音与平时应该不同，再者说，女人一般都能用好几种语调说话，不过这个姑娘应该只会用一种声音吧？从睡姿来看，她不像是矫揉造作的类型。

江口老人坐起身，摆弄起女孩长长的指甲，心里想，指甲原来是这么硬的东西哪。如此健康，这就是年轻的指甲吧？指甲下面透着鲜活的血色。这时他注意到女孩的脖子上戴着一条细细的金项链。老人微笑起来，这样的寒夜里，她袒胸露乳，额头居然还在冒汗。江口从口袋里掏出手帕，为女孩擦拭起来。他连女孩的腋下也擦过了，于是手帕上沾上了女孩浓烈的气味。看来手帕是不能带回家了，于是江口将它揉成一团，扔到了房间的角落。

“呀，还抹了口红。”江口小声嘟哝。这事再自然不过，但这个女孩涂口红的样子有些惹人发笑，江口看了看这个女孩，“她做过兔唇的手术吧。”

江口把扔掉的手帕又捡了回来，擦了擦女孩的嘴唇。那不是兔唇手术的痕迹，她的上唇的唇珠部位很突出，呈山峰形，轮廓清晰而漂亮，出人意料的可爱。

江口老人忽然想起四十多年前的一次接吻，他站在女孩面前，轻轻地将手搭在女孩的肩膀上，突然凑了上去。女孩左闪右避。

“不要，不要，我不要。”女孩说着。

“已经吻到了。”

“才没有。”

江口擦了擦自己的嘴唇，将沾上了口红的手绢递到女孩面前：

“那这是什么？”

女孩拿过手绢，盯着痕迹看了一会儿，沉默地将手绢塞到了手提包里。

“没有吻到。”女孩垂下头，眼中含泪，默不作声。自那之后，江口再也没有见到这个女孩……这女孩之后是怎么处理手帕的呢？不，更重要的是自那以后已经过了四十多年，她是否还活着呢？

看到熟睡女孩那山峰一样的嘴唇，江口才想起来这个不知被他尘封在记忆中多少年的姑娘。江口想，如果把手绢放在这个沉睡的女孩枕边，当她醒来发现自己的口红褪了色，手绢上又沾着口红，是否会意识到自己被人偷偷亲吻了呢？在这家店里，亲吻女孩自然是客人的自由，算不上是犯了禁忌。耄耋老人也不至于糊涂到不会接吻。不过这里的女孩不知躲闪，也不会知道被亲到了。睡着的女孩嘴唇冰凉。若是想要传递那让人战栗的情感，亲吻所爱的女人的尸体岂不是更好吗？江口一想到光顾这里的老人那悲惨的衰老，就更没有这种欲望了。

今晚女孩那罕见的嘴唇多少勾起了江口老人的欲望。老人为这嘴唇少见的形状所惊叹，于是他用指尖轻触了一下女孩的唇珠。女孩嘴唇干燥，皮似乎也比较厚。随着江口的动作，女孩舔起嘴唇来，直到整个嘴唇都湿润了。江口把手指收了回来。

“这女孩是做了接吻的梦吗？”

但老人只抚摸了女孩耳边的头发，她的头发粗且硬。老人站起来开始更衣。

“再怎么有活力，这样也会感冒的。”江口说着，将女孩的胳膊放进了被子里，又把被子拉起来盖到女孩的胸口，之后靠到她身边。女孩翻了个身。

“唔！”女孩用双臂用力一推，轻而易举地把老人推出了被子。老人觉得有趣，笑个不停。

“果然跟看起来一样，虽然是新手但是很活泼呢。”

女孩早已陷入不会醒来的沉睡，无知无觉，身体任人摆布。只是江口老人早已丧失了那种使尽浑身解数去驯服这样一个女孩的兴致。也许是因为太过久远，江口早已忘记了他本是从女人温柔的魅惑和服帖的驯服中、从女人的亲切中进入状态的。如今他早已不再为冒险与争斗费心劳力，气喘吁吁。可就在刚才，他被一个陷入沉睡的女孩出其不意地推了出来。老人一边笑着一边回想起这些往事。

“老了，果然是老了。”江口老人嘟哝道。其实，他并没有老到有资格光顾这家店。可事实上，他能作为男人而活着的时间也所剩无几。或许是这个皮肤黝黑发亮的女孩让他想起平日里很少考虑但切身的问题吧。

如果用暴力对付这个女孩，还可以让他找回一些年轻的感觉吧？老人对这家“睡美人”开始厌倦了，可他光顾这里的频率反而变高。用暴力对付她吧，打破这家店的禁忌吧，与这里诀别吧！一股热血在江口心中翻腾着。但实际上，哪怕不需要暴力和强硬，陷入熟睡的女孩也无法反抗。江口老人忽然泄了气，只感到暗沉沉的虚无感正渐渐扩散开来。附近的巨大浪花发出的涛声，听起来也如此遥远，兴许是因为陆地上没有刮风吧？江口老人想到漆黑的大海那昏暗的底层。他用一只手臂支撑着身体，把脸贴近女孩的脸。女孩发出一阵长长的喘息，老人停住了吻她的动作，将手肘放了下来。

江口被这个皮肤黝黑的女孩推出了被窝，因此女孩的胸口又裸露了出来。江口转向了旁边的另一个女孩，这个原本背对他的女孩转过身来。女孩虽然仍然在熟睡中，可这举动却像是在迎接江口，这是一个温柔而诱人的女孩，她将一只手臂搭上了老人的腰。

“真懂得讨好人呢。”老人说着，摆弄起女孩的手指，然后闭上眼睛。女孩纤细的手指很有韧劲儿，似乎无论如何也折不断。江口有种将它们含进嘴里的冲动。她的乳房小巧却圆润高挺，江口老人可以整个握住。腰肢也如双乳一般圆润。女人哪，可真是读不尽的书。江口老人这样想着，禁不住感到一阵悲怆。他睁开双眼。女孩的脖子修长、美丽。她身材纤细，却没有传统日本女人那种有些落伍的感觉。眼睛闭合时是双眼皮，但是分隔线略浅，说不定睁开眼就看不出来了，可能有时看起来像是双眼皮，有时又是单眼皮吧？也兴许一只眼睛是双眼皮，另一只是单眼皮。四壁的天鹅绒映着灯光，因此没法判断她的肤色，不过她的脸有些小麦色，脖颈处皮肤白皙，只是脖子根处又有些小麦色，但胸部却是雪白无瑕的。

江口知道那个皮肤黝黑的女孩个子挺高，他想这个女孩也身材高挑吧。江口试着用足尖探了探，却先触到了那个黑皮肤女孩脚底又厚又硬的皮肤，而且她还是个汗脚。老人急忙把脚缩了回来，又突然感到一种诱惑。据说福良老人是因心绞痛发作而死的，会不会当时陪他的就是这个皮肤黝黑的女孩，所以今晚才让两个女孩一起服侍自己呢？这念头在江口的脑海中一闪而过。

但这当然是无稽之谈。福良老人临终时很痛苦，他挣扎着，在陪侍的姑娘的脖颈到胸口留下了累累抓痕，因此旅店的女人让她放假直到疤痕完全消失。江口老人又探出脚去，用足尖摩挲那女孩厚实的脚心，然后往上在她黑色的肌肤上探索起来。

“将生的魔力传递给我吧！”江口感到一股战栗窜过他的身躯。女孩把盖在身上的被子——不，是垫在被子下面的电热毯踢开。她伸出了一只脚，岔开了腿。老人端详着女孩的胸腹，一面尝试着将她的身子推到寒冬的榻榻米上。他把耳朵贴近女孩的心脏，便听到了一阵鼓动。他本以为女孩的心跳声会大而响亮，却没想出乎他意料的轻而可爱。她的心率似乎有些乱，也可能是老人的耳朵不大敏锐了吧？

“这样会感冒的。”江口为女孩盖上被子，把女孩那侧的电热毯开关关掉。女性的生命魔力似乎不过如此，这时江口忽然这么想。如果真的勒住她的脖子，她会怎么样呢？脖子多脆弱，就算是老人想要做这恶事也轻而易举。江口用手帕擦了擦刚才贴在女孩胸口的脸颊，仿佛女孩皮肤上的油脂沾到了脸上似的。女孩心脏鼓动的声音还不断在他耳朵深处回响。老人把手按在了自己的心脏上，他觉得自己心脏的鼓动更有力些。

江口转过身，背对黝黑的女孩，面向那个温柔的女孩。女孩的鼻子长得标致而美丽，雅致地倒映在江口老人的老花眼里。玉颈横陈，纤细修长，美得让人着迷。江口几乎抑制不住想要把手从脑袋下方钻过去缠住她脖子的欲望。女孩的脖子柔软地扭动，带出了一股甜美的馨香，这甜美与老人身后黝黑女孩身上散发的浓烈而野性的气味混杂在一起。老人将身体紧紧贴了上去，女孩的呼吸变得短促，但是依旧没有醒来的迹象。江口维持了一会儿这个姿势。

“她会原谅我的吧？毕竟是我这一生最后一个女人……”背后的黝黑女孩似乎在摇晃老人的身子，老人伸出手探去，那里也与女孩的乳房一样。

“冷静，听听外面那冬天的海浪，冷静。”老人努力抑制着自己蠢蠢欲动的心。

“这女孩可是像打了麻醉一样睡着的，她被灌了毒药或者烈性药。”这是什么目的呢，“难道不是为了钱吗？”想到这里，老人迟疑了。每个女人都不同，老人很明白这一点。如果真因为他的强暴行为，让这女孩饱尝一生凄凉的悲怆，给她带来无法治愈的创伤，那她会变成什么样？六十七岁的江口越想越觉得女性的肉体都是相似的，而且这个女孩温驯顺从，不会反抗也不会回应，与尸体的区别仅仅在于温热的血液和呼吸——不，明早女孩就会生机勃勃地醒来，她与尸体有这么大的区别吗？但女孩不会感受到爱，不会感受到羞耻，甚至不会感受到战栗。明天醒来后，她将空遗悔恨与怨怼。她不会知道是哪个男人夺走了她的纯洁，至多知道是一个老人。甚至女孩恐怕都不会把这种事告诉旅店的女人吧？即使知道有人打破了这个老人之家的规矩，女孩无疑也只会将秘密深埋心底。除了女孩，没有任何人会知道这件事，于是不了了之。这个温柔女孩的肌肤诱惑着江口。黝黑女孩那边的电热毯已经关了，大概是感觉到了寒冷，赤身裸体的女孩用力地从背后推着老人，一只脚伸了过来，钩住白皙女孩的脚。江口觉得这个情形很是古怪，但他感到浑身脱力，他试图摸出放在枕头下边的安眠药，但是两个女孩将他夹在中间，他的手也没法自由活动了。他把掌心贴在白皙女孩的额头上，端详着那粒熟悉的白色药片。

“今晚就不吃药试试吧。”江口老人自言自语。这家的安眠药药效要比普通的强一些，吃下去之后不久就会沉沉睡过去。江口老人首次产生了怀疑，这家店的客人当真会乖乖听从女人的吩咐，把药吃下去吗？不过，若是有人真不愿吃药，不愿入睡，那不是老丑中的老丑吗？江口自认还不属于这个行列，因此今晚他也吃下了药。他想起自己曾经提过想要服用与女孩一样的药，女人回答“这药对老人很危险”之后，也就不再强求。

不过，女人所说的“危险”是不是指在睡熟中死去呢？江口只是一个平庸的老人，一生中并没有什么稀奇的际遇。但毕竟是个活生生的人，也会有常人那样的寂寞与空虚，偶尔坠入寂寞的厌世中。这家店不正是难得的适合赴死的地方吗？与其让人像看猴戏一样看待自己，或是让人指指点点，倒不如索性在花丛中死去，不是吗？用这种方式死去，熟人们一定会大吃一惊吧？虽然不知道家属会受到多大的伤害，但如同今晚一样夹在两个女孩中间在熟睡中死去，不正是老残之身最大的期望吗？不，倘使这样，尸体也一定会像福良老人那样，被运送到那家简陋的温泉酒店，然后被当作服用安眠药自杀。既没有遗嘱，也不会有人知道死因，人们会以为老人是难以忍受风烛残年的悲怆才自我了断的。旅店的女人那张带着冷笑的脸又浮现在江口老人眼前。

“想些什么傻事呢，晦气。”

江口老人笑了出来，但这笑容并不开朗。安眠药已经开始起效了。

“好吧，还是去叫醒那个女人，要点姑娘们吃的那种药吧。”江口低声嘀咕。那女人自然是不会同意的，江口也懒得再起身，也就不了了之了。江口老人仰面朝天，双手搂住两个女孩的脖子，一个柔嫩芬芳，一个僵硬油腻。江口感到体内有什么东西涌了出来。他看了看左右两边的红色天鹅绒。

“啊！”

“啊！”黝黑的女孩仿佛是在回应他。女孩用手抵着江口的胸口，或许是感到不舒服吧？江口松开搂着她的手，翻过身背对着黝黑的女孩，又把刚闲下来的手伸向白皙的女孩，搂住她的腰，随后闭上了眼。

“一生中最后的女人吗？为什么她会是最后一个？不会的……”江口这样想着，“那么第一个女人是谁？”与其说此刻他的脑袋是迟钝的，不如说是混沌的。

“是母亲啊！”第一个女人是母亲，江口老人心中闪过这个念头。“除了母亲，还会有谁呢？不是吗？”这个答案简单得出乎江口老人的意料。“母亲是自己的女人？”江口老人如今六十七岁，躺在两个一丝不挂的女孩身边，他第一次感到心底某处涌起这种真实的感觉。这究竟是亵渎还是憧憬呢？江口像是要摆脱噩梦一样睁开双眼，眨了一下。安眠药的药效来得更猛烈了，江口感到越发难以清醒地睁开双眼，脑袋一阵钝痛。他想要去追逐母亲，可幻象里母亲的面容渐渐模糊起来。江口长叹一口气，然后把双手放在两边女孩的乳房上，一个入手滑腻，一个却有些油而黏。江口闭上了双眼。

十七岁那年的一个冬夜，江口的母亲去世了。父亲与江口分别握住母亲的左右手。母亲长年受结核折磨，胳膊瘦得皮包骨，但是她的手依旧有力，将江口的手指握得生疼。冰冷由她的指尖传到江口的肩膀。为母亲按摩脚心的护士突然站起身出了门，应该是去给医生打电话吧。

“由夫、由夫……”母亲的呼喊声断断续续，江口马上反应过来，轻轻地按摩母亲起伏的胸口，母亲却突然大口吐起血来，鼻孔里也不断涌出鲜血，甚至用枕边的纱布和手帕也擦不尽。母亲断了气。

“由夫，用袖子擦吧。”父亲说，“护士！护士！请拿脸盆和水……对了，新枕头、睡衣和床单……”

“第一个女人是母亲”，江口老人起了这个念头，脑海里就浮现出母亲当年的死状，这也是很自然的。

“啊！”江口忽然醒来，密室四壁上挂的深红帷幔，不正是血的颜色吗？哪怕紧闭双眼，眼帘后的红也总是驱不散。安眠药也起了效，江口脑袋越发迷糊起来。他的双掌依旧按在两个女孩娇嫩的乳房上。良心和抗拒也渐渐麻木，眼泪盈满了老人的眼角。

“为什么会在这种地方想起母亲是自己的第一个女人呢？”江口老人有些疑惑。但这个念头既然起了，就更不能想起之后那些游走花间的往事了。再者说，非得要说第一个女人，那妻子似乎更恰当——如果当真如此就太好了。妻子为他生了三个女儿，女儿们都已经出嫁，而这个冬夜里，年老的妻子正在家里安眠。不，也许还睡不着，虽然家里听不见海浪声，不过漫漫寒夜，兴许待在家里比这里更容易寂寞。老人又想，此刻按在自己掌心下的乳房又是怎样的东西呢？即便老人在这里死去，其中的温暖血液依旧会鲜活地流动，它究竟是什么？老人用尽了那衰老的双手所残存的最后一点力气，握住了它们。女孩们的双乳似乎也在沉睡着，没有对江口的动作做出任何反应。母亲临终时，江口抚摸着她的胸膛，自然是触到了她那衰竭枯萎的乳房——几乎让人感受不出那是乳房。江口已经回想不起那种感受，只能回想起幼年时期那抚摸着年轻母亲的乳房入睡的日子。

睡意渐渐包围了江口老人。他换了个姿势，把手从两个女孩的胸口移开，以便入睡。他将身子转向黝黑的女孩。这个女孩散发着浓烈的气味，粗重的鼻息直扑江口的脸，她的双唇微微张开。

“呀，这虎牙多可爱呀。”江口试着用手指去捏了捏她的虎牙。她的牙齿很大，那颗虎牙却很小巧。如果不是女孩的鼻息不断扑来，江口兴许早就去亲吻那颗虎牙了。女孩的呼吸声让老人难以入睡，老人翻转身去，可女孩的鼻息还是不断吐到他的脖子上，虽然不如鼾声这么恼人，但依旧粗重。江口老人缩起脖子，额头恰巧贴在了白皙女孩的脸颊上。白皙的女孩脸上的皮肤皱了皱，不过更像是在微笑。江口老人的后背触到身后女孩油腻的皮肤，冰冷而潮湿，这让江口老人有些介意。他又陷入了沉眠。

兴许是夹在两个女孩中间的缘故，江口睡得不是很安稳，梦魇不断地侵袭着他。断断续续的噩梦总带着些情色的意味。最后一个梦里，江口刚刚结束新婚旅行回到家中，发现房子几乎被满园怒放的红色大丽花淹没。怒放的红花在风中飘摇。江口的脚步迟疑了，他甚至怀疑这里不是自己的家。

“呀，欢迎回来，干吗傻站着？”早应过世的母亲出门迎接他了，“新娘子害羞吗？”

“妈妈，这花是怎么回事？”

“嗯，”母亲的语气很平静，“先上来吧。”

“嘿，我还以为我走错路了，总不能连自己家都找错，只是这么多花……”

为了迎接新婚夫妇，客厅里早摆上了丰盛的菜肴。新娘向母亲行过礼，母亲便回到厨房，热上了汤。厨房里还飘出烤鲷鱼的香味。江口来到走廊赏花，新娘也跟了过来。

“呀，这花儿真美！”新娘开口道。

“唔……”江口怕吓到新娘，那句“我家里从来没种过这种花”塞在了嘴边。他望向其中最大的一朵，只见一滴红色的东西从一片花瓣上滑落下来。

“啊！”

江口老人惊醒过来，他摇了摇头。安眠药还在发挥着药效，让他的头脑迷迷糊糊的。他翻过身，面向黝黑的女孩——女孩的身躯发凉。一股凉意爬上了江口的脊背，女孩已经没了呼吸。他把手贴在女孩心脏的位置，心脏也没了鼓动。江口跳起来，脚跟一滑，又跌落下去。他颤抖着走到隔壁房间，扫视了一周，发现凹间边有个服务铃，于是他用手指死死地按在了铃上。半晌，楼梯那边才传来脚步声。

“该不会是我在睡着的时候无意中勒住了她的脖子

吧？”

老人几乎是爬回了房间，他看着女孩的脖子。

“怎么回事？”旅店的女人走了进来。

“这女孩死了。”江口的牙齿不停地打着战。女人却若无其事，她揉了揉眼睛，问：“死了？不可能。”

“当然死了，呼吸没了，心跳也没了。”

即便是这个女人也变了脸色，她在黝黑女孩的枕头边跪了下来。

“的确死了吧？”

“……”女人掀开被子，仔细检查了女孩，“客人，您没对姑娘做什么手脚吧？”

“当然没有。”

“别担心，姑娘没有死。”女人强作镇定，声音冷冷的。

“死了呀！快叫医生啊！”

“……”

“你给她吃的到底是什么药？可能是她的体质比较特殊。”

“客人，请不要声张出去，我们保证不会给您添麻烦，更不会说出您的名字。”

“可她死了！”

“她没死，也不会死。”

“现在几点？”

“四点多吧。”

女人摇摇晃晃地把一丝不挂的黝黑女孩抱了起来。

“我来帮忙吧。”

“不用，楼下有男人帮手。”

“这姑娘挺重的。”

“这不是客人您该操心的事。您好好休息吧，这不还有一个姑娘吗？”

“这不还有一个姑娘吗”，这句话像一把锋利无比的尖刀，狠狠地戳进了江口老人的胸口。的确，隔壁房间的床上还睡着一个白皙的姑娘。

“这让我怎么睡！”江口的语气里带着些愤怒，又有些胆怯，“我这就回去。”

“这可不行。这时候让您回去，会惹人怀疑的，那就难办了。”

“可这你让我怎么睡着！”

“我再给您拿些药。”

楼梯方向传来女人拖着那姑娘的尸体下楼的声音。老人只穿了一件浴衣，一股冰冷的气息袭向他。女人又带来一些白色药片。

“喏，吃了它，包您舒舒服服睡到天明。”

“是吗？”老人打开隔壁房间的门，房间里还是片刻前的模样，方才在惊慌失措中踢开的被子纹丝不动，白皙的女孩躺在那儿，裸露的身躯晶莹透亮。

“啊！”江口老人凝望着女孩。

屋外传来一阵车子开走的声音，兴许是载着黝黑女孩的汽车发动，将她送到接收福良老人尸体的那家可疑的温泉酒店去了吧？

舞姬

皇居的护城河

十一月中旬的东京，下午四点半左右便迎来了日落……

一辆出租车恼人地鸣着喇叭，猛一停，一股烟从尾部冒了出来。

这车后面载着一包炭和一袋柴，一个破旧的水桶歪歪斜斜地挂在车身。

后车骤然响起的喇叭声引得波子转过头去，她缩了缩肩膀，往竹原那边靠了靠，开口道：

“吓人，真吓人。”

说着，像要把脸掩住似的，波子将双手举到胸前。

竹原注意到波子颤抖的指尖，惊讶地问：

“什么……什么吓人？”

“会被发现的，这样下去会被发现啊。”

“哦……”

竹原明白过来，原来是为了这事，又看了看波子。

车子从日比谷公园后面驶入了皇居前广场的十字路口中央。平日里就车水马龙的街道，赶上了下班时间，更是川流不息了。二人所乘的车后面，堵了两三辆车，两侧的车如流水般不断穿梭。

被堵住的车子往后一倒，前灯的光线便钻进了二人所乘的车中，波子胸前的宝石折射出一片璀璨的光。

在她黑色套裙的左胸位置，别了一枚细长的葡萄形状的胸针，白金的藤，深绿色宝石雕成的叶子下面，缀着由几粒钻石组成的果实。

她耳朵上坠着珍珠耳环，与脖颈上的珍珠项链相得益彰，只是耳环被她的黑发遮住，只隐约从发丝间透出一点痕迹；项链上的珍珠也在衬衫蕾丝装饰的衬托下没那么显眼。可能因为这蕾丝是淡淡的珍珠色吧？

衬衫上柔软而高档的蕾丝装饰一直延伸到她胸口下方，让她更添了成熟的高雅。

衬衫的领子也点缀着同样的蕾丝装饰，恰到好处地竖着，从耳朵下方开始叠成微微的波形。像是绕着纤颈荡开的水波，越靠近胸前，涟漪就越显得圆润。

微微的光亮中，波子胸前的宝石一闪一闪的，像是在对竹原絮絮低语。

“会被发现？我们都到这儿了，还会被谁发现？”

“当然是说矢木呀……还有高男也……高男对父亲言听计从，总在监视着我啊。”

“你丈夫不是去京都了吗？”

“他这人，说不好。也不知道他什么时候回来。”波子摇了摇头，“都怪竹原你，让我坐这种车，你真是没什么改变，老做这种事情。”

这时，车又发出恼人的噪声，终于发动了。

“啊，开了。”波子嘟囔道。

交警显然也注意到了这辆冒着烟抛锚在十字路口中心的车，却没有上前盘查，可见车子在路中心停留的时间并不长。

波子像要抹平脸上的恐惧似的，用左手捂住脸颊。

“让你坐这种车，说什么呢。”竹原开口说道，“波子你呀，从公共礼堂一出来就慌里慌张的，像是要逃跑似的，恨不得把人都拨开。”

“有吗？我没这感觉，可能你说得没错吧。”

波子垂下了头。

“说起来，我今天出门的时候，突然想戴两枚戒指试试。”

“戒指？”

“对啊，戒指。毕竟都是丈夫的财产……要是真遇上矢木，他发现自己出门的时候宝石没有丢，一定会很开心的……”

波子说着，车又发出一声烦人的噪声，停了下来。

这次，出租车司机只得下车检查。

竹原盯着波子的戒指，开口道：

“原来你戴宝石，是为了让矢木发现呀。”

“话虽是这么说，也不是故意为之……突然想到了而已。”

“我可真没想到。”

但波子像是没有听到竹原的话一样，说：

“这车，真讨厌……”

“冒了好大的烟呢。”竹原从后车窗看去，“司机把引擎盖掀开了，像是在打火。”

“地狱里的鬼也不会开这破车[1]的，就不能下车走走吗？”

---

1 | 原文为“地獄の車”（地狱之车），日语里说地狱之车是火之车，用来比喻贫困。

“也只能先下去了。”

竹原费劲地打开了车门。

车抛锚在通往皇居前广场的护城河桥上。

竹原向司机处走去，转过头对波子说：

“着急回去吗？”

“还好，不着急。”

司机将一根长长的旧铁棍插进汽缸里，卖力地搅动起来，想把火打着。

波子似乎想要避开别人的视线，低头俯视着护城河的河水。竹原刚走近车窗，她便说：

“今晚应该只有品子一个人在家。这孩子，只要我回家晚了，她就会眼泪汪汪地问我：‘您怎么了，去哪儿了？’不过她是真为我担心，不像高男，他是在监视我呢。”

“是吗？不过我刚才听你说宝石的事，可真让我想不通呢。宝石本来不就是你的东西吗？一直以来，你家的生活不都全靠着你才能维持吗？”

“是这样没错，虽然也说不上出了多少力吧……”

“这像什么话！”竹原望着无精打采的波子，“我实在是不能理解你丈夫的想法。”

“这就是矢木家的家风呀。从结婚那天开始就是这样，没有一天改变过，我早习惯了。竹原你不也早就知道吗？”

波子又继续说着：“没准结婚前就是这样子吧？从我婆婆那代就开始了……矢木的父亲走得很早，全靠婆婆一手操持，供着矢木上学。”

“可这和现在不是一回事啊。再者说，现在和打仗前也不一样吧？那会儿他们可是靠着你的嫁妆才过上宽裕日子。矢木心里应该再清楚不过吧？”

“这我当然明白，但是矢木他也常说，人人都有可悲之处。如果悲伤太过，难免就会对其他事情置若罔闻。人做一些事的初衷，也是身不由己。在这个问题上，我也深有同感。”

“荒谬！我不明白，矢木他有什么可悲哀的。”

“他说啊，日本战败了，他的幻想破灭了，他就是旧日本的亡魂……”

“所以呢？这孤魂野鬼，絮絮叨叨，是打算对波子你辛辛苦苦养家糊口的事视而不见咯？”

“何止呀，家里但凡少了点什么东西，矢木他就焦躁不安。也因为这样，他总监视着我。哪怕花点小钱他也喋喋不休。我害怕真到一无所有的时候，他会打算自杀吧？”

竹原心中也升起一股凉意。

“所以你才戴了两枚戒指出门？要是说矢木他是亡魂，你算是被亡魂附身了吧……不过，不知道高男对他怎么看，他一直是以父亲为中心的孩子吧？现在他也不小了。”

“怎么说呢？高男好像很苦恼，在这点上，他还挺同情我的。看到我在干活，他就说他也要退学工作。不过高男一直把父亲看作学者，对他无比尊敬。要是真连他也怀疑起矢木来，那可太可怕了。唉，不过在这里聊这些，有点……”

“也是。改天再慢慢听你说吧。只是你害怕矢木的那个样子，我看了都不忍心。”

“抱歉，我时不时就会感觉到恐惧，就像癫痫或者癔病发作。这没什么大不了的，别放在心上。”

“是吗？”竹原半信半疑地说。

“是这样的，刚才车突然停了，我有些受不了，现在已经没事了。”波子仰起脸，“看！多美的晚霞！”

波子颈上项链的珍珠，也映出了天空的色彩，熠熠生辉。

这持续两三天里，东京总是早上晴空万里，下午轻云飘荡。

那云彩又轻又薄，夕阳西下时，就融进了西边天空的晚霞里。或许是这云彩的缘故，混着薄霭的晚霞散射出美妙的光彩。

暮色如烟，低低地笼下来，茜色[1]的晚霞仿佛驱走了白日里的热气，秋夜的凉意慢慢爬了上来。

天空的主色调是茜色，有的地方红得更深一些，有的地方浅一些，又有少许的淡紫、浅蓝夹杂其间，斑驳陆离，都融进了晚霞里。暮色渐渐地沉了下来，斑斓的云彩也都迅速地消散了。

蓝色的天空被暮色压成了一条线，如一根丝带，飘荡在皇居森林的树梢头。

这一线湛蓝，没有染上丝毫晚霞的色彩，在深沉漆黑的森林与殷红的晚霞间，划出了一道分界线。狭长的一线蓝天，显得悠远、明澈而静谧，凄美又哀婉。

“多美的晚霞！”竹原也这么说道。

但他更挂记着波子，他重复了一遍波子刚说的话，

---

1 | 茜色：暗红色的一种。原指从茜草根部提取出的颜色，如今多用来形容被夕阳染红的天空及云朵的颜色。

心里想，晚霞也不过如此吧。

波子依旧凝望着天空。

“过不久就是冬天，那时候晚霞就更多了。看着晚霞，总让人想起小时候的事，不是吗？”

“对啊……”

“冬天虽冷，但我总喜欢待在外面看晚霞，家里人常对我说：‘你这样会着凉的。’啊……我也想过，我看晚霞的这个习惯，是不是受了矢木的影响呢？不过又想，我打小就是这样。”

波子回头望向竹原，继续说道：

“说起来，果真有些难以解释的东西呢。刚才我到日比谷公共礼堂前，看到有四五棵银杏树，公园的出口附近也有四五棵银杏树吧？都是银杏，也都差不多排在一起，但树叶枯黄的程度各不相同，有的叶子凋落得多些，有的少些。难道说，树也有各自的命运吗？”

竹原沉默了。

“我还在呆呆地想着银杏树的命运的时候，车就咔哒咔哒地抛锚了。我吓了一跳，就感到害怕了。”波子说着，望了望汽车。

“看样子，车一时半会儿是修不好了。我们站在这儿等，会被人发现的，到对面去吧。”

竹原向司机打过招呼，付了车费，再回过头来时，波子已经穿过马路，只能看见她那轻巧的背影。

护城河堤的尽头，便是麦克阿瑟司令部[1]，刚才还挂着美国国旗和联合国旗帜的屋顶上，这会儿已经空空荡荡的了。或许正巧赶上降旗吧？

司令部上方的天空，晚霞已经完全消退了，云也飘散在高高的空中。

竹原了解波子，她是个容易动感情的人。这时候看着她脚步轻快的背影，竹原心想，她的“恐惧”这时候应该已经消散了吧？

竹原也穿过马路，轻松地对波子说：

“这就是舞者的天赋吧，这车水马龙的，还能这么灵巧地穿过来。”

“呀？你这是在笑话我吗？”波子愣了一下，又说道，“让我也调侃一句，好吗？”

“哦？笑话我吗？”

波子点点头，又把脑袋垂下来。

---

1 | 麦克阿瑟司令部：二战后，为执行美国政府“单独占领日本”的政策，麦克阿瑟以“驻日盟军总司令”名义在东京建立盟军最高司令官总司令部。日本人称之为“总司令部”。

司令部雪白的墙壁，倒映在护城河里，从墙上的窗户里透出的灯光射在水面上。白色房子的倒影影影绰绰的，看不真切，水面上仿佛只反射着灯光。

“竹原，你幸福吗？”波子自言自语般轻声问道。

竹原一言不发地扭过了头，波子的脸变得通红。

“我已经好久没有听过你这样问我了吧？从前不知道你问过我多少次这个问题呀。”

“是啊，那都是二十年前的事了吧。”

“所以说，都已经二十年了，这次该轮到我来问你了。”

“你说的笑话我，就是指这个？”竹原说着，笑了出来，“都到这时候了，不问也应该明白吧。”

“以前你不明白吗？”

“怎么说好呢？我当然也清楚，从前我都是故意问你的。大概不会有人会问一个幸福的人‘你幸福吗’这样的问题吧。”

竹原说着，朝皇居的方向走去。

“我觉得，你的婚姻是我的错误，所以才会在你结婚前和刚结婚的时候，问你这个问题。”

波子点了点头。

“不过那是什么时候的事呢？我记得是那个西班牙

女舞蹈家来的时候，也就是你婚后第五年左右吧？咱们在日比谷公共礼堂偶然遇见，波子你的座位，是在二楼前排的招待席。同行的有一起跳芭蕾的同伴，还有你的丈夫。所以我还想着躲在后面的座位上。可是你一看到我，就径直过来了，也不避嫌，就这么坐到我旁边的位置上，再也没离开。我那时还说，这样对你丈夫和朋友不好，还是坐回去吧。可你却说：'就请让我坐在你身旁吧，我会安安分分地坐在这儿，一声也不吭……'你就这样在我身边，一直到散场，一动不动地坐了两个小时。"

"是啊。"

"我被吓了一跳。矢木心里有些疙瘩，时不时就回头望过来，你还是不回去。那会儿，我可真是手足无措呢。"

波子放缓了步子，突然停了下来。

皇居前广场的入口处，一块告示牌突兀地立着，跳进了竹原的眼里：

公园是公共场所，请保持园内整洁。

"公园？这里也变成了公园？"竹原看清了厚生

省[1]国立公园部立的这张告示牌上的内容，说道。

波子眺向广场的远方。

“还在打仗的时候，我家的高男和品子，都还是小小的中学生和女学生，那时候他们常常从学校到这儿来运送泥土、割草。每当他们说要去宫城，矢木都会用冷水给他们清洗身体呢。”

“那时候的矢木是会做这种事的人。不过，现在这城堡已经不叫宫城，改叫皇居了。”

皇居上空的晚霞变得稀薄，与灰色的夜空融成了一片，只剩东边的天空中还残留着一些白昼的明亮。

皇居森林上方那道狭长的蓝色天空，此时还没有完全被夜幕吞噬，像是给森林勾上了一条边，只是染上了一些铅色，显得更加深邃了。

森林中有三四棵高高的松树，向那道狭长的天空伸展着，在晚霞的余晖中，黑色的身姿被勾勒得更加鲜明。

波子一边走一边说：“天黑得可真快，从日比谷公园出来的时候，议事堂的塔还被染得绯红呢。”

此刻，国会议事堂已经完全被晚霞所笼罩，顶上的红灯忽明忽灭。

---

1 | 厚生省：日本负责医疗卫生和社会保障的主要部门。

右侧空军司令部和总司令部[1]顶上的红灯，也正明灭闪烁着。

总司令部窗中透出的点点亮光越过护城河堤上的松树，星星点点地射过来。隐约还可以看见几对情侣在松树下幽会。

波子像是顾虑着什么，停下了步子。零星散着的几对情侣的身影映入竹原眼帘，显得有些凄凉。

波子开了口："这景色让人觉得寂寞，我们还是绕到对面去吧。"

于是二人又折返回来。

直到看见幽会的情侣，二人才突然醒悟过来，原来二人这样并肩漫步，和情侣们没什么不同。

虽说二人之所以步行，是因为竹原送波子到东京站的途中汽车发生了故障，但毕竟是波子主动打电话邀请竹原到日比谷公共礼堂听音乐会的，不消说，二人从一开始就是幽会。

只是二人都已经年过四十。

若是聊过去，他们自然会聊到爱情；聊波子目前的境况，也像是爱人间的倾诉。二人之间，流过了如此漫

---

1 | 这里指的都是驻日盟军的司令部。

长的岁月，这些年月，既是联系二人的纽带，又是阻隔二人的沟壑。

“你说你那时候手足无措，为什么？”波子又把话题转了回来。

“是啊，那时候……那时候我还年轻，不知道你在想些什么，你放着矢木不理，就一直坐在我身边，可真是胆大妄为。波子你为什么能这么果决呢？现在想起来，以前你就偶尔会大胆奔放，让人吓一跳。那时候你或许也是这样吧？”

“刚才你说你有时候会‘发作’，那时候你的‘发作’和现在可真是截然不同。那时候即使你丈夫在场，你都可以无视，现如今你丈夫应该还在京都，你却怕成这样。”竹原说，“那时候如果咱们一起从会场悄悄逃出来，或许现在就好了。当时我也还没结婚。”

“可我那时已经有孩子了。”

“那时候我也错了，关于波子的幸福，我理解得太错了。那时候我太年轻，以为女人结婚后，幸福就只存在于她的婚姻中……”

“现在也一样呀。”

“话是这么说，但也不尽然。”竹原的声音很轻，语气却很坚定，“那时你能抛下矢木坐到我身边，不就是因为你的婚姻幸福而安稳，你才能做到吗？你信任矢木，对他放心，才能这么任性肆意，不是吗？我也是这么想的。那时候你不过是因为见到我感到亲切和怀念罢了。你不觉得坐到我身边是对不起矢木。但即便如此，你坐到我身边毕竟会惹人侧目，你什么也没说，我更不敢哪怕斜一下眼，偷偷窥一下你的脸。你那天可真是让我手足无措。”

波子沉默了。

“矢木也让我感到不知所措。那样温良的美男子，但凡见过他的人，恐怕没有人能想到他的妻子会不幸福吧？即便真的不圆满，人们多半也会认为是妻子做得不好。现在也一样吧？我记得，前年还是大前年，我还租着你家别屋[1]那会儿，有一次你没钱交电费了，我把自己的工资袋递给你，你的眼泪就簌簌地落了下来。我记得你说：‘工资袋都还没打开呢……’又说你结婚以来，从没见过丈夫的工资……我可真是吃惊哪，就是那种时候，我还以为是不是你做了什么错事。矢木就是一个道

1 | 别屋，日语为“離れ”，指在主体建筑之外，于周边另建的房屋。一些日式旅馆会以别屋作为独立客房，招待贵宾。

貌岸然的人啊。更别说那时候只要你俩并肩走着，人们的目光就会被你们吸引，不住地回头张望。虽然我打心底觉得你们的婚姻是错误的，但是也禁不住怀疑自己的眼睛，才问你‘你幸福吗’。我觉得你不回答也是理所当然。”

“可是竹原你不也没有回答我吗？”

“我？”

“对呀，我刚才不是问过你吗？”

“我们夫妇俩很平凡。”

“真有平凡的婚姻吗？你撒谎，每段婚姻都是非凡的。”

“我和矢木不同，我没什么过人之处……”竹原似乎想要转移话题。

“这话就不对了。就拿我的校友们来说吧，大抵每个人的婚姻都不相同。并不是说因为当事者有什么过人之处，婚姻才是非凡的。只要两个人结合，即便是平凡的人，他们的婚姻也是非凡的。”

“高明。”

“张口就是高明，你什么时候开始把这个词挂在嘴边的……这不就像老人总喜欢顾左右而言他，让人讨厌吗？”波子轻轻地挑了挑眉毛，瞥了瞥竹原的脸，“我总是在说些家里的事儿让你听呢。”

波子想要把话题引向竹原的家庭，尽管她这样单刀直入，却依旧没能成功。

“那辆车还停在那儿，仍然冒着烟呢。”

她说着笑了起来。

日比谷公园的上空挂着一弯新月。此时约莫是初三初四，月牙弯得像一把弓，端端正正地挂在云间。

二人走到了护城河的堤岸上，望着水面映着的灯光，停了下来。

司令部窗户中射出的灯光投在水面上，摇曳着拖出一道长长的影子。右岸成排的柳树、左边微微有些高的石崖和松树，都伸出昏暗的影子，落在水面的灯影旁。

“今年的中秋，是九月二十五号还是二十六号来着？”波子问道。

“报纸上登了这儿的照片，他们拍了司令部上空的满月……照片里也有这样的灯影呢。不同的是那一排窗户，虽然也有那么一排亮光，但是在那排光上面还有一道光的影子，像是满月的影子。”

“你说得那么细致，报纸上登的照片有这么清楚吗？”

“嗯。虽然那照片看起来像明信片一样，可是我还有印象。照片里还有像城墙般的石崖和高高的松树，我猜是在柳树林那边拍的照片吧。”

竹原似乎对这样的秋夜有所感，像是在催促波子一样，边走边低声说：

“对女儿，你也这么说吗？这会让她变得软弱的。”

“软弱？在你看来，我是这么软弱的人吗？”

“品子在舞台上的时候看起来很坚强。只是以后如果像母亲一样，那可就难办了。”

他们穿过了护城河，转头向左。巡警们从日比谷方向走了过来，皮带上的金属扣反射出闪闪的光。

波子让开了路，靠近竹原，几乎抓住了他的手臂。

“所以我希望你能成为品子的力量，保护她。”

“别说品子了，你怎么办？”

“我已经依赖你太多了，不是吗？亏了竹原，我才能在日本桥[1]有了排练的场地……再者说，现在保护品子，就是保护我呀。”

波子为巡警让开道后，便一直贴着岸边的柳树向前

---

1 | 日本桥：位于东京中央区的桥梁，也被作为该桥周边地带的地名。

走着。

垂柳的细叶还没有完全凋零，电车道两侧的行道梧桐，靠近这边的还有些微黄的叶子，对面的却几乎已经完全凋落，只剩下光秃秃的树干。但如果仔细看这边的行道树，也有些树的树叶零落了，而有的却还翠绿苍郁，两种树混杂在一起。

这时竹原脑海里突然响起波子的那句话："树也有各自的命运……"

"如果没有战争，品子现在或许正在英国或者法国的芭蕾舞校跳舞吧？说不定我也会一起去呢！"波子说着，"她这宝贵的年华，本该用来学习的，可惜了。"

"品子还年轻，往后……可是波子你呢？你也有过这么逃避的想法吧？"

"逃避？"

"逃避这段婚姻。离开矢木，逃到国外去……"

"这样啊？我只想着品子的事，我啊，只是为了女儿才活着。即便现在也是……"

"把希望全都寄托在孩子身上，这就是母亲的逃避啊。"

"哦？不过我觉得我可激进多了，甚至有点疯狂。让品子做芭蕾舞演员，是完成我的夙愿哪……品子就是我呀。我们常常在迷惑，究竟是我为品子做出了牺牲，还是品子为我做出了牺牲。也罢，怎样都好。一提起这个，就让我觉得自己很失败。”

说着，波子垂下了脑袋。

“快看！鲤鱼！白色的鲤鱼！”

波子高声喊着，轻轻拨开拂到脸边和肩上的柳枝，望向护城河。

护城河在日比谷的十字路口处拐了个弯。

一条白色的鲤鱼静静地停在拐角处的水涡中，既不浮上来，也不沉下去。河道在这里拐了个弯，因此有些垃圾淤积在河床上，还有些落叶沉了下去。它们都像这条鲤鱼一样，一动也不动，落叶中有些是梧桐叶子。波子方才拨落的柳叶，也飘落到水面上。浑浊的河水透出些许微黄。

借着司令部窗口射出的灯光，竹原也低头看了看鲤鱼，又退了回去，目不转睛地盯着波子的背影。

波子黑色的裙子在下摆处收拢，勾勒出她从腰肢到脚的线条。

竹原在青春年代，就在波子舞动时见过这种线条。这线条让他魂牵梦萦，直至今。

他看着波子注视着护城河中鲤鱼的身姿，不禁心想，现在这又算什么呢？真叫人受不了。

“波子，那种东西，你要看到什么时候？”他叫道，“快别看了，那东西不值得你盯着看。”

“为什么？”

波子转过身，从柳树下回到了步道上。

“这么小的鲤鱼，还只有一条，有谁会去看呢？你却偏偏发现了……”

“就算没人发现，也没人知道，但这条鲤鱼就在这儿呀。”

“你呀，总能发现这种孤零零的、像这条鲤鱼一样的东西……”

“或许吧！但你不觉得不可思议吗？这么宽阔的一条护城河，它却偏偏在这个人来人往的拐角里一动不动。也没有谁注意到它，如果和其他人说起来，怕也不会有人相信吧？”

“发现它的人才比较不可思议吧？或许它是为了让你发现才游到这儿的呢？孑然一身，同病相怜哪。”

“没错，在护城河那边也有鲤鱼，中间还立着一块牌子，写着‘请关爱鱼’呢。”

“呵，那可太好了。没有写‘请关爱波子’吗？”

竹原笑了起来，像是要找到那块告示牌似的，望向护城河的水面。

“在那边！你都没看到告示牌吗？”波子笑着说。

一辆美国的军用大巴驶到二人身侧，车上坐着美国的男男女女。

步道旁，新款美国汽车排成一列，一辆接一辆地驶了过去。

“在这种地方观赏鱼，还是这么可怜的鱼，这样下去可不太好啊。”竹原又开口道，“你这性格趁早改掉为好。”

“是啊，就算是为了品子也好。”

“也是为了你自己……”

波子沉默了一会儿，平静地开口道：“虽然不单单是为了品子，但我还是决定卖掉我家的别屋了。竹原你以前租过这房子，所以我觉得，卖掉它之前应该跟你谈谈……”

“哦？那我买了吧？这么一来，如果你以后想要把主屋也卖了，会更方便。”

“嗯？竹原，你是一时兴起做的决定吗？”

“对不起啦。”竹原道歉说，“我不该说你要卖主屋的。”

“没关系，你说得没错，主屋迟早得卖。”

“真到了那个时候，主屋的买家会介意是什么样的人住在别屋吧？说是别屋，实际还是在同一个院子里，连说话声都能互相听见呢。搞不好，以后主屋就很难卖出去了，我买下来的话，你卖主屋的时候就可以一起卖了。”

“嗯……”

“话说回来，与其卖别屋，倒不如把四谷见附[1]那片废墟卖了吧？那儿只剩下些残砖碎瓦，杂草都很久没人管了。”

“话是没错，可是我还想着日后可以把那里建成品子的舞蹈研究所……”

竹原本想说估计是建不成了，可话到嘴边，又改口道：“也不一定非建在那儿呀，到时候可以再找个更好的地方嘛。”

“话是这么说，但我和品子的舞蹈梦，可都寄托在那儿呢。那时我还年轻、品子还小，她关于舞蹈的所有

---

1 | 四谷见附：见附，指江户时代在江户城的外护城河岸边修建的方形城门。江户城号称有“二十六见附”。四谷见附位于今东京新宿区四谷，至今保留着一部分城墙。

激情，也都在那儿。我甚至能在那儿看到各种舞动的幻象。我不能把那儿交给别人。”

“这样吗……那不如不要单卖别屋，索性把北镰仓的宅院全卖掉，再到四谷见附那儿建一座带研究所的屋子怎么样？如果我工作继续这样顺利，也可以多多少少尽点力。”

“我丈夫无论如何也不会同意的。”

“这就要看你的决心了。如果你下不了这决心，也就建不起这研究所了。我觉得现在正是好机会。只靠变卖财产维持，不是长久之计。不是说挺多舞蹈家都因为没有排练场地而伤脑筋吗？如果能建一座像样的研究所，也能让其他舞蹈家来练习，这对品子不也很有帮助吗？”

“他不会同意的。”波子脱力一样虚弱地说，“就算跟他商量，他多半也只会说一声‘噢’，然后假装深思。我以前还当他这样是心思深沉，他总是‘噢，是吗……’煞有介事地做出一副思考的样子，但其实心里早就另有打算。”

“不至于吧？”

“我想就是这样的。”

竹原回过头去，看了看波子，两人的目光就这样碰到一起。

“不过，我觉得竹原你真是不可思议。不管我跟你商量什么事，你总能立刻做决定，一点迷茫都没有。”

“是这样吗？可能是因为我面对你时没有什么小算盘，或者就是我变成俗人了吧。”

波子的视线依旧停留在竹原脸上。

“不过你买我家的别屋，用来做什么呢？”

“对啊，用来做什么……还没想好呢。”

竹原又有些轻佻地说：

“我是被矢木从别屋里‘请’出来的，如果我买了它，就索性住进去，报复他一次。不过，矢木当然不会把房子卖给我。”

“这就是矢木的问题了，说不定他又有自己的打算，愿意卖也说不定呢。”

“矢木真的做过打算吗？从始至终，你们家的算盘都是波子你在打吧？”

“也是。”

“不过，也正如你所说，矢木说不定会愿意把房子卖给我。他这个人哪，是个哪怕做梦也绷着脸不愿意表现出嫉妒的绅士……假如不卖给我，他怕会有人闲话他吃醋吧？这可戳到他的痛脚了。说到底，你们两人之间，还会有吃醋这事吗？外人面前，你们从来没表现出来过，旁人看了都感到不对劲，总觉得这是暴风雨前的平静……”

波子沉默着，一股冰凉的火焰在她的胸腔中翻滚。

“我倒是没什么深谋远虑，只想买下那间别屋。不过我时不时在那儿露个脸，想必会成为矢木眼里的沙子吧？这倒有趣。我可太想把矢木那层伪君子的外衣扒下来了……不过他呀，在嫉妒发作之前倒是会先折磨波子你吧？夹在你俩中间，我可静不下来。”

“不管你是不是住在那间别屋，我都一样痛苦。”

“是为我吗？”

“也有一部分是吧，还有其他的。刚才说了，把房子卖掉，建一个舞蹈研究所。这对女儿当然有好处，但是对高男呢？高男这孩子模仿能力很强的，总学着他父亲的样子。设身处地地从他的角度考虑，这也情有可原。因为品子跳芭蕾，我一直偏爱她，高男很容易生活在姐姐的阴影里……”

“也是啊，这不得不用点心。”

“再加上舞蹈团的经纪人沼田总在离间我们一家。他甚至还挑拨我和品子的关系……搞得我们之间的隔阂越来越大。他总想把我玩弄在股掌之中，还觊觎着品子呢。”

岸边的柳树林中，也立着一块告示牌，上书“请关爱鱼”。

或许是因为窗户里透出的光线太强，在司令部的正前方反而看不到水面的倒影，在这里却看得清楚一些。对岸的松树和这边排成一排的柳树，都在护城河的水面上投下了影子。

窗户里的亮光隐隐约约射到对岸石崖的角落中。石崖上，正在幽会的男子手中的香烟闪烁出点点火光。

“啊，可怕。矢木该不会就坐在刚才开过去的那辆车上吧？”

波子突然耸了耸肩膀。

母亲的女儿与父亲的儿子

矢木元男带着儿子高男走出上野博物馆[1]。

走到石质玄关的正中时，他停住了脚步。片刻前充斥在眼前的古代美术画作，此时被公园的树木所取代。而此时他的脑海中还充满了那些画作，自然景色给了他

---

1 | 上野博物馆：即东京国立博物馆，因位于上野恩赐公园内而有此别名。

一种耳目一新的感觉，让他不由停下了步子。

矢木的嘴角微微上扬，露出一丝欣慰，他将目光投向公园。高男望了望身侧的父亲。

父子二人模样酷肖，只是儿子比父亲略矮，更清瘦一些。

与父亲近二十日没见，高男觉得父亲的身影依旧如此伟岸。

二人是在雕塑陈列室中遇见的。

矢木刚从二楼下来，正要走进雕塑室，就在兴福寺的沙羯罗像[1]前发现了高男的身影。

直到矢木走到身边，高男才转过头发现了父亲，显得有些不好意思。

“欢迎回来。”

“嗯，回来了。”矢木点了点头，接着说，“不过居然在这儿遇见你，真是想不到。”

“我是特地来接您的。”

“哦？接我？你怎么会知道我在这儿的？”

“信上说，您会和博物馆的人一起乘夜班火车回来。

---

1 | 沙羯罗像：奈良时代雕成的佛像，高 154.5 厘米，日本国宝，原藏于奈良兴福寺，小说中的场景属于借展。

于是我就想，您多半会绕到博物馆看看，不会直接回家。早上我还在家里等着您呢……”

“这样啊，那真是谢谢你了。信是什么时候到的？”

“今早。”

“这么巧？”

“不过今天是姐姐排练的日子，她和妈妈出去了，信是在她俩出门以后才收到的，她们不知道您今天回来。”

“原来如此……”

两人如同要避开彼此的视线，都看向了沙羯罗像。

“我想着，就算您来到博物馆，在哪儿才能碰到您呢？”高男说，“于是我就决定在沙羯罗像和须菩提像面前等您，我的想法不错吧。”

“嗯，是个好主意。”

“每次您来博物馆，临走前总要来这沙羯罗像和须菩提像前面站一会儿。”

“嗯，每次到这儿，头脑就一下子清醒过来，仿佛心里面的乌云和杂念都被清洗干净似的，还觉得全身的疲惫都一扫而空，心里面也暖暖的。”

“我看着这沙羯罗像，塑得一副童颜，尤其那眉梢，看上去不是很有些妈妈和姐姐的味道吗？”

父亲摇了摇头。

失木不以为然地摇了摇头，神色却很快柔和起来。

“是吗？你能觉得妈妈和姐姐与天平时代[1]的佛有相似的地方，真是了不起啊。要是让她们知道了，说不定她们多少能变得温柔点呢。可沙羯罗不是女的。女人哪会生得这样的面孔呢？沙羯罗是少年呀，是东洋的圣少年，英姿飒爽。可想而知，只有天平时代的首都奈良里有这样的少年，须菩提也一样。”

“噢。”高男点点头，“我在等爸爸的时候，在沙羯罗和须菩提像前站了好久，总觉得它们看上去有些悲伤……”

“嗯。这两尊都是干漆[2]像。干漆这种材料，最容易表现工匠的情感。这赤子般的少年塑像，也含着日本的哀愁呢。”

“姐姐的上眼皮也经常一闪一闪的，时不时皱起眉，

---

1 丨 天平时代：日本文化史，尤其是美术史对奈良时代的称呼，起于710年元明天皇迁都平城京（今奈良市），止于794年桓武天皇迁都平安京（今京都市）。因其文化繁盛于圣武天皇天平年间（729—749）而得名。佛教文化在这一时期兴盛，修建了东大寺、唐招提寺等著名寺院。

2 丨 干漆：一种造像工艺，在麻布或和纸上涂漆，再用漆和木粉的混合物塑形。源自中国的干漆夹苎工艺。

跟这尊塑像一样，露出哀伤的神色呢。”

“嗯。不过，把眉毛塑得哀伤，是塑佛像的定式了。沙羯罗的同伴——八部众[1]之一的阿修罗像，还有和须菩提一样的释迦牟尼十大弟子中的好多个，都是皱着眉头的。这尊沙羯罗像虽然塑成了童子外形，但实际上他是八大龙王之一。龙是佛的护法，威力无穷，是水之王。这尊佛像里也蕴含着这种力量。你看缠在他肩上的蛇，在这少年的头顶上如镰刀一般竖立起来。不过，这尊佛像的造型确实太像人了，让人有种亲近的感觉，我也觉得看起来像某个人。话说回来，这种写实的作品是永恒理想的象征。这天真无邪的面孔背后，是大彻大悟后的大慈大悲，在沉静的姿态中，又蕴含着不断翻涌的深沉力量。我们家的女人跟它比起来，在智识深度上相距甚远哪。”

二人又从沙羯罗像走到了须菩提像前。

须菩提像漠视众生般，以自然的姿势立在那里。

沙羯罗像高五尺一寸五分，须菩提像则高四尺八寸

---

1 | 八部众：即八部天龙，《法华经》记载的八部众为天、龙、夜叉、乾闼婆、阿修罗、迦楼罗、紧那罗、摩诃珞珈。但兴福寺藏八部众像的天、龙、夜叉、摩诃珞珈为分别被五部净、沙羯罗、鸠槃荼、毕婆迦罗取代，故这里的八部众与佛经上记载的八部众不同。

五分。

须菩提身披袈裟，右手握住左边袖口，着一双草屐，静静地立在岩石底座上，给人些许寂寞之感。这尊佛像与世间常见的须菩提像并无太大差异，在那纯真的头部和童颜上，镌刻着让人眷恋的永恒。

矢木沉默着离开了须菩提像，之后迈出了玄关。

玄关前耸立着的巨大石柱，像一副坚实的画框，将博物馆的前庭与上野公园装裱了起来。

石质玄关的正中央铺着花岗石板，矢木立在石板上。高男觉得父亲是那种少见的毫无寒碜之处的日本人。

“在京都走了运，考古学会和美术史学会的活动都相继参加了。”

说完，矢木慢条斯理地将长发拢了上去，戴上帽子。

事实上，矢木所说的在京都参加考古学会和美术史学会的活动，不过是由学会主办，参观一些个人作品。

矢木并非专业的考古学者，也不是美术史学者。

他曾经把仿制的考古物件当作真正的古代美术品。但他毕竟是从日文系毕业的大学生，应该算是日本文学史家吧？

战时，他曾经写过一本名为《吉野朝的文学》的书，将它作为学位论文提交到了当时开设讲座的私立大学。

南朝[1]人在战败后，流落到吉野山各处，维护、传播并且缅怀着王朝的传统。矢木调查了相关的史实及文学，以此为参考进行了创作。当写到南朝的天皇研究《源氏物语》时，矢木潸然泪下。

他实地调查了北畠亲房[2]的遗迹，并且沿着《梨花集》作者宗良亲王[3]流浪的足迹，一直走到了信浓。

在他看来，不必说圣德太子[4]的飞鸟时代[5]、足利义政[6]的东山时代[7]，就连圣武天皇的天平时代、藤原道长[8]

---

1 | 南朝：日本南北朝时代以京都之南的大和国的吉野、贺名生及摄津国的住吉为根据地，属于后醍醐天皇的大觉寺统（日本皇室的一个家族）朝廷。起于 1336 年，止于 1392 年。

2 | 北畠亲房（1293—1354）：日本镰仓时代后期、南北朝时代的公卿。

3 | 宗良亲王（1311—1385）：日本镰仓时代末期及南北朝时代初期的皇族、后醍醐天皇之子。

4 | 圣德太子（572—621）：日本飞鸟时代的皇族，推古天皇在位期间的政治改革推行者，将中国隋朝的先进文化和制度引入日本。

5 | 飞鸟时代：原是日本美术史的时代划分，一般认为始于推古朝（593—628）前后，止于 710 年元明天皇迁都平城京（今奈良市）。因遗址所在地位于奈良城南方 25 公里处的飞鸟而得名。

6 | 足利义政（1436—1490）：日本室町幕府第八代征夷大将军。

7 | 东山时代：日本文化史、美术史的时代划分之一，起于 1482 年足利义政开始建造东山殿，至于 1490 年足利义政去世。

8 | 藤原道长（966—1028）：日本平安时代的公卿，是摄关政治、外戚掌权最具代表性的人物。

的王朝时代[1]也绝非和平的时代。人类的斗争在历史的长河中，翻涌着壮丽的浪花。

而他发掘出藤原时代[2]的黑暗，则是在阅读了原胜郎[3]博士的《日本中世史》等著作之后。

此外，矢木目前正在写的《美女佛》，则是受了矢代幸雄[4]博士的著作《日本美术的特质》等书中美学的影响。他原本想将《美女佛》命名为《东洋的美神》，但这题目毕竟与矢代幸雄博士的著作太过相似，于是便将“神”改成了“佛”。

日本战败后，“神”也曾让矢木饱受痛苦，并倍感愧疚。而今，《吉野朝的文学》读起来也像在为败仗唱挽歌，这是他把皇室的美看作日本的美、将其奉为神明的缘故。

矢木的《美女佛》主要写的是观音。除此之外，还写了弥勒佛、药师佛、普贤菩萨、吉祥天女等富有女性

---

1 | 王朝时代：日本历史中指天皇掌握政治实权的时代。

2 | 藤原时代：日本文化史及美术史中平安时代中后期的时代区分，起于 894 年废止遣唐使，至于 1185 年平家灭亡。因这一时期的藤原氏作为摄政、关白，拥有强大势力而得名。

3 | 原胜郎（1871—1924）：日本历史学者、文学博士。

4 | 矢代幸雄（1890—1975）：日本美术史家、美术评论家。

美的神，并试图从诸神的雕塑与画像中，探寻日本人的心灵之美。

他并非佛学家，也不是美术史家，无论从哪个领域来说，他的研究都非常肤浅。但他仍认为《美女佛》将会成为一部开先河的作品，自己还是有写文学论文的能力的。

或许他作为文学学者，勉强算得上博闻强识吧？

矢木是穷书生出身，刚与波子结婚时，他甚至对女学生[1]都喜欢的中宫寺观音像也一无所知，也不曾去过供奉着弥勒像的京都广隆寺。他只学过芜村[2]的俳句，却没看过芜村的画作。他虽然是日文系出身，日本文化素养却还比不过女学生波子。

“名古屋的德川家正在展出《源氏物语画卷》，应当去参观一下呢。”

波子说着，叫来了乳母，并让她拿一些旅费出来。当时，波子的乳母是他们的会计。

羞愧与不甘刻进了矢木的骨子里。

---

1 | 女学生：日本战前女子少有接受高等教育的，因此男女学力和学历均有较大差距。

2 | 芜村：与谢芜村（1716—1784），日本江户时代中期的俳句诗人、画家。

博物馆举办了南画[1]（文人画）的名作展。

从前，矢木研究过芜村的俳句，却对他的画知之甚少，这展览里自然也有芜村的南画展出。

“二楼展出的南画，你看了吗？”

矢木问高男。

“走马观花地看了些，我总想着您不知什么时候会到佛像这儿，也就没有仔细看其他东西……”

“这样啊，那太遗憾了。今天晚些时候我还有约，怕是没时间了。”

父亲从口袋里掏出怀表看了一眼。

这是一块伦敦史密斯公司生产的老式银怀表，轻轻一按侧面的小金属扣，它就在矢木的口袋里响了三次，随后又每两声一组地连响了两组。每一组表示过了一刻钟，因此从声音来判断，现在大约是三点半左右。

“宫城道雄[2]这样的盲人要是有一块这种表，就太方便了。”矢木常常这么说。走夜路的时候或者是深夜

---

1 | 南画：日本将文人画称为南画，源自明代画家董其昌将山水画分为南北两宗的理论。董其昌认为北宗重钩斫，是写实画，南宗重渲淡，是写意画（文人画）。

2 | 宫城道雄（1894—1956）：日本民族音乐家、作曲家、筝演奏家和散文家。

里，这怀表的鸣声确实很实用。

高男曾经听矢木说过，他有一块带闹铃的怀表，在一次庆祝某人著作出版的庆功宴上，作者正在席间长篇致辞，说得正起兴的时候，矢木口袋里的怀表叮叮地响了起来，着实有趣。

现在亲耳听到矢木胸前口袋里的怀表发出八音盒般清脆的声音，又见到了父亲，他的心情变得愉快起来。

“我还以为您要从这儿直接回家去。您还要去哪儿呢？”

“嗯，晚上在火车上休息得很好。不过，高男你要是想一起来也好啊。我应教科书出版商的邀请，写了一些关于平安时代的文学和佛学美术交流方面的文章，据说他们想要编进国文课本里呢。现在在跟我商量删减一些太过专业的部分，改成通俗一些的美文，还要挑选插图。”

矢木从玄关前逐级而下，注视着飘散的鹅掌楸叶。

鹅掌楸的叶子大得像橡树叶，石质玄关附近，只有这一株茁壮的树，犹如一个年迈的国王，沉默地立在那里，深黄的落叶铺满了整个庭院。

“虽然他们把我文章的核心内容删掉了，但读这篇文章还是能感受到藤原时代的美学，对学生阅读藤原时代的文学有好处。”

矢木继续说。

“你之前也没看过芜村的画，只在国文课本上学过他的俳句。你觉得他的画怎么样？”

“嗯，我更喜欢华山。”

“渡边华山[1]吗？不过我倒觉得，大雅[2]才是真正的天才。不过，现在的年轻人都喜欢华山……在那时候，华山对西洋艺术很有兴趣，汲取了些西洋画的东西，做了些开拓性的努力……”

说着，矢木走出了博物馆正门，道：

“对了，我还要去见见沼田，就是品子舞蹈团的那个经纪人……”

二人乘中央线到了四谷见附。

他们要横穿马路往圣依纳爵[3]教堂的方向去，便站

---

1 | 渡边华山（1793—1841）：江户末期的南画画家、兰学学者。其代表作有《鹰见泉石像》《虫鱼怡》等。他自幼家境贫寒，在逆境中选择学画。因撰写责难攘夷的《慎机论》而触犯幕府政府忌讳，后自杀。

2 | 大雅：即池大雅（1723—1767），日本画家、书法家，代表作有《日本名胜十二景图》《山水人物图》《楼阁山水图屏风》等。

3 | 圣依纳爵：即依纳爵·罗耀拉（1491—1556），天主教耶稣会创始人。世界上有不少以他的名字命名的教堂。

在马路边，等待着来来往往的车辆。高男抬了抬眉毛，说道：

“我可真讨厌那个经纪人。他要是再对姐姐或者妈妈说不干不净的话，我就跟他决斗……”

“决斗？那可太过了。”

矢木温和地笑了笑，又瞥了瞥儿子的脸，心想这究竟是现下青年时兴的词，还是高男性格本就如此？

“我可是说真的，那种人，不拼上性命给他点颜色看看，他就不知道收敛。”

“对方既然是个泼皮无赖，这样做未免也太没意义了，只会白白送了性命。沼田那个大块头，皮糙肉厚。高男你这么瘦，把小刀舞圆了也捅不进去。”父亲笑着看向他。

高男做了个瞄准的手势。

“用这个不就好了吗？”

“高男，你这小子，有手枪吗？”

“没有，不过这种东西，随时可以向朋友借来啊。”

高男轻描淡写地答道，矢木不禁感到背后发凉。

喜欢模仿父亲、总做出一副沉稳模样的高男，内心中说不定也藏着母亲那种如火的性子，如果适逢其会，保不准会病态地燃烧起来。

高男果断地说："爸爸，咱们过去吧。"于是，二人赶在从新宿方向来的出租车驶到这里之前，跑着穿过了马路。

对面双叶学院的女学生们穿着制服，三五成群，微微垂着头，走进了圣依纳爵教堂。她们或许是放学回家之前来做祷告的吧？

他俩走在外围护城河土堤投下的阴影中，矢木看了看教堂的墙壁。

"新教堂的墙壁上，也会有古松的影子呢。"矢木波澜不惊地说，"这教堂，去年圣方济各·沙勿略[1]的传人来过。四百年前，沙勿略到京都时，应当也从街边的行道松树下走过吧？那时候京都还在战火中，足利义辉将军正四处流亡，沙勿略谋图拜见天皇，自然没能成行。他只在京都待了十一天，就回到平户去了。"

夕阳将松树的影子投到了这片墙壁上，也将墙壁的剩余部分染成了淡淡的桃色。

邻近上智大学的红砖墙上，也铺满了阳光。

二人刚迈进面前的幸田旅店，就被带进了里屋。

---

1 | 圣方济各·沙勿略（1506—1552）：葡萄牙派至亚洲的天主教传教士，1549 年乘中国商船至日本山口和丰后水道沿岸等地传教。

“怎么样，这里能让人静心吧？在改成旅馆前，这里是个经营钢铁的暴发户的宅子。这边是茶室。汤川博士[1]，就是得了诺贝尔奖那个，在坐飞机来往美国的时候，就在这间房间里住。还有那个游泳运动员古桥[2]，他在美国之行[3]归来时，也和队友在这里住过。”

“妈妈不也常来这里吗？”高男说。

汤川博士与运动员古桥，是战败后日本的荣耀与希望。矢木认为，倘若年轻的学生住进这样的公众人物住过的房间里，他们一定会欣喜若狂。不过高男似乎没有这种体悟。

矢木补充说道：

“我们刚才走来的时候，经过了一个宽敞的房间，你注意到了吗？那里曾给汤川博士当作接待室，那会儿各种各样的人蜂拥而来，为了尽量不让他们进这个起居室，才把两间打通给汤川博士用。可还是有些报社的摄

---

1 | 汤川博士：汤川秀树（1907—1981），日本理论物理学家、理学博士，1949 年获诺贝尔物理学奖。

2 | 古桥：古桥广之进（1928—2009），日本游泳运动员、教练，多次打破自由泳世界纪录，被誉为“富士山的飞鱼”。

3 | 美国之行：指包括古桥广之进在内的六名日本游泳运动员，应邀参加 1949 年 6 月在洛杉矶举行的美国游泳锦标赛。

影员，为了拍些特别的画面，悄悄潜进庭院里，这简直让汤川博士没法好好休息。据说为了防止他们溜进来，旅店还安排了两个女佣在庭院两头值夜班。那会儿恰好赶上夏天，她们被蚊子咬得可惨了。”

矢木把目光投向了庭院。

大明竹、人面竹、寒竹、方竹……庭院里栽满了各式竹子。旅客站在庭院的一角，还能望见稻荷神社的赤红鸟居。

这间房也叫竹间，天花板是用熏过的竹子搭成的。

“汤川博士到这儿时，旅店的老板娘恰好生了病，虽然躺在病床上，但她还是说，博士难得回一趟日本，要点把好香呢！庭院里的牵牛花也开了，要是再有些蝉鸣，那就好了。”

“噢……”

“‘要是再有些蝉鸣’，这说法多好呀。”

“唔。”

同样的话，高男早听母亲说过了。父亲的话似乎是从母亲那儿现学现卖的，因此高男没法显得很有兴致。

环视了房间一周，高男开口道：

“这房间真棒啊，即使到了现在，妈妈也常来这儿吧？真享受呀。”

矢木背靠着吉野木材厂生产的凹间立柱，缓缓坐下来，点点头道：

“蝉鸣响起来了。汤川博士就吟了一首和歌：‘今日返东京，归来暂投竹间里。最忆是蝉鸣，却闻庭院林木间，鸣蜩嘒嘒声忽起。’那时候，汤川博士很喜欢和歌呢。”

矢木转移了话题，又接着刚才的话说了下去。

后来付晚饭钱时，矢木也让店家记在波子的账上。近来高男在这种事上对父亲颇有微词。

矢木轻飘飘地说：

“你妈妈和这里的老板娘交情匪浅，可以说是好朋友了。品子能上台演出，也多亏了她的帮助呢。”

教科书出版社的总编来了。

矢木在给他看自己的文章前，先拿出了佛画的照片。

“这些都是我挑选的照片，上面也写着我的看法。”

高野山的圣众来迎图、净琉璃寺的吉祥天女、博物馆的普贤菩萨、教王护国寺的水天[1]、中尊寺的人肌大日如来、观心寺的如意轮观音……矢木将一打照片铺在

---

1 | 水天：佛教护法，即古印度神话中的伐楼拿。佛教中的天人，为十二天之一，居于须弥山之西，为龙众（那伽）之首，掌管雨水。

桌面上，刚准备开口说明，却又反应过来：

“对了，先喝一杯薄茶吧，我在京都养成这个习惯了……”

矢木挑出了河内观心寺的秘佛和如意轮观音的照片，开口说：

“所谓佛……清少纳言[1]在《枕草子》里也写过，如意轮会扰乱人心，此观音不谙世事，又有一份羞怯。看这照片，观音托腮静坐，岂不是正好拍出了其风采？我是深有所感哪，在文章里也引用了。”

他这话不像是对总编辑说的，也不是对高男说的，更像是自言自语。之后他又转头对高男说：

“刚才在博物馆里，你也看到了沙羯罗像和须菩提像，奈良时代佛像那种澄澈而人性化的写实，在藤原时代的写实作品中体现得淋漓尽致。现代的创作手法将佛塑造得如有人类肌肤般亲切温暖，然而又不失神秘，不正是女性美的最高体现吗？拜着这样的佛，让人自然而然地感觉到藤原时代的密教之中，有着女性崇拜。奈良药师寺的吉祥天女画与京都净琉璃寺的吉祥天女有相似

1 | 清少纳言（966—1025年）：日本平安时代女作家。

之处，但对比来看，还是能感受到奈良时代与藤原时代的差异。”

说着，矢木伸手取过折叠包，取出净琉璃寺的吉祥天女和观心寺如意轮观音的彩色照片。照片的色彩还很鲜活，他建议总编将这照片彩色印刷，当作语文课本的卷首插图。

“说得好，这照片和先生您的作品珠联璧合，一定能吸人眼球。”

“哪里哪里，拙作浅陋，能不能被采用还两说。不过这倒是可以放在一边，我只是希望日本的语文课本中，能够有这么一张佛像作为卷首插图。就算不像西洋教科书中那样放上圣母玛利亚的画像，也能……”

“先生的作品，我们自然是要采用的，所以这才厚着脸皮来向您讨要。只是这幅佛像太过有名，如今的学生，多半不会对这照片有兴趣呀。”总编犹豫地说，“正文部分先生指定的那页插画，就按先生的意见来，只是……”

“我的文章先不提，还是希望把这张佛像作为开卷插图。连日本的传统美都不明白，又何谈语文呢？”

“所以说，请一定要让我们采用先生的论文……”

“这文章也说不上是论文……”

矢木又从折叠包里取出了剪好的杂志，交给总编。“我在回来的夜班火车上又稍稍作了些修改，把多余的地方都删掉了。还请审读以后，判断是否适用于教科书吧。”

说着，他又抿了一口薄茶。

这时女佣来通报说沼田到了，矢木依旧低着头，转了转茶杯，开口道：

“请进。”

沼田着一件藏青色双排扣上衣，打扮得大方整齐，只是他满脑肠肥，鞠躬的时候显得十分吃力。

“呀，先生回归，有失远迎，令爱近来也百尺竿头，真是可喜可贺。”

“这可真是感激不尽，波子和品子一直以来也承蒙您的关照。”

沼田这句“可喜可贺”，语气就像是后台工作人员对演员说的话。

沼田的这句“可喜可贺”究竟是指品子的哪一场演出呢？矢木在京都期间，对女儿在哪儿、跳什么样的舞毫不知情，因此只能缄默地转动着自己面前的茶杯。

“这茶杯之美，毫不逊色美人哪。天冷的时候，用这只志野陶茶杯，不就像美人亲手斟上热茶一样温暖吗？是个宝贝。”

“是波子夫人的演出啊，先生。”沼田连笑都没笑，说，“话说回来，先生这次在京都是不是发掘出了什么名贵物件？”

“这倒没有，我对挖出来的物件没兴趣，也不喜欢古董。”

“说的也是，能被先生喜欢才是物件的荣幸……那话怎么说来着，慧眼识珠。好东西都藏在破烂里发着微微的光，等着先生去发掘呢！”

“您说笑了。”

“可不是说笑，像品子小姐这样的‘名品[1]’，怕是十年二十年才得一遇。恕我冒昧，把小姐比作‘名品’了。《妇女》杂志的新年特刊就要发行了，请先生过目。卷首插图不少都是品子小姐的照片，看来就要大红大紫了。昭和五十一年，最受期待的新人就是她了，芭蕾舞也越来越流行……”

“多谢多谢，只是把她比作物件未免……”

“哪里话，不消先生多费心，尊夫人也跟着她呢。”

---

1 | 名品：日语里指艺术佳作。

沼田的语气不容分说，“只是她名字就叫品子，难免让人想起名品这个词，没有别的意思。还请您过目杂志新年特刊上的照片。”

“说到卷首插图，我们正在讨论教科书的卷首插图呢。”

矢木将沼田引荐给教科书出版社的北见。

女佣进了房间，请他们在饭前先泡个澡。

沼田和北见都推说感冒。

“那我便失陪了。晚上坐夜班火车，弄得一身灰，我去冲冲。高男，你也要来吗？”

高男跟着父亲进了浴室。

矢木看到一台体重秤，于是对高男说：

“高男，多少贯[1]了？最近是不是瘦了些？”

高男赤身裸体站到秤上。

“恰好十三贯。”

“太轻了！”

“爸爸你呢？”

“看着。”矢木换下体重秤上的高男，“十五贯零两三百，这个年纪了，体重还是没什么变化。”

---

1 丨 贯：日本的重量单位，一贯约等于 3.75 千克。

父子俩站在体重秤前，脱得白花花的，儿子忽然觉得有些害羞，带着有些腼腆的表情走开了。

这里的浴桶是长州式[1]的，两人一进去，身体就贴到一起了。

于是，高男先出了浴桶，走到淋浴处，一边洗脚一边说：

“爸爸，沼田一直缠着母亲不放，这次又要让他这样去骚扰姐姐吗？”

父亲把头枕在浴桶边上，闭上了眼睛。

见父亲沉默，高男仰起脸来看了看他。父亲的长发依旧乌黑，但已微微谢顶，额前的头发也落了一些，高男都看在眼里。

“沼田这路货色，爸爸你见他干吗，明明刚从京都回来……”

高男本想说父亲从京都回来甚至还没回家，又想说沼田总瞧不起他，可转念只说：

“我特地来博物馆接您，在博物馆见到您，我真的

1 | 长州式浴桶：加热用的炉灶位于浴桶正下方，可以使浴桶里下层的热水与上层的冷水自然对流，使人始终泡在热水里。因为传说丰臣秀吉用大锅烹死了义贼石川五右卫门，所以这种浴桶也被称为五右卫门浴桶。

很高兴。可是您却叫来了沼田，太让人失望了……”

“嗯……”

“我还小的时候，就总有一种感觉，沼田会把妈妈抢过去，太可恨了。在梦里，沼田也总在追杀我，有时候我还会被他杀掉，我至今忘不了那些梦……”

“噢。”

“姐姐也和母亲一起跳芭蕾，她们都被沼田缠上了。”

“你看法太偏颇了，事情不是这样的。”

“我说的没错。爸爸你也明知道沼田为了讨好妈妈是怎么巴结姐姐的。姐姐这么迷恋香山，不也是他的手笔吗？”

“香山？”矢木在澡池里转过了身，“你知道香山现在的情况吗？”

“谁知道呢。不知道是不是不跳芭蕾了，连名字也看不到。自从他退隐去了伊豆，就一直没有音信。”

“这样啊。我还想问问沼田香山的事呢。”

“你想知道的话，问姐姐不就好了吗？哪怕问妈妈……”

“噢……”

高男也进了浴桶。

“爸爸，你不去冲一下吗？”

“我就不了吧。”

矢木斜倚向一边，给高男让出位置。

“今天在学校怎么样？”

“只去了两个多小时。像我这样，能上大学吗？”

“早改制了，现在说是大学，不如说是以前的高中吧。”

“让我参加工作吧。”

“是吗？别在浴桶里显能耐了。”矢木笑了笑，从浴桶里站起来，擦着身子说，“高男，有时候你对别人要求太严格了。比如说对沼田吧，有些是应该的，有些就吹毛求疵了。”

“有这回事吗？对姐姐和妈妈呢？”

“瞎说什么呢。”

矢木掐断了高男的话。

二人回到竹间，沼田仰头看了看矢木，说：

“我和先生的这个‘美人’为伴咯。话说回来，那座教堂是圣依纳爵教堂吧？我刚才顺便进去参观了下，刚从天主教堂出来，又来喝薄茶……”

“这样啊？不过，天主教和茶叶早就结缘了。譬如说，织部灯笼又被叫作基督灯笼吧？”矢木说着坐下来，“古田织部[1]喜欢在灯笼柱上雕刻圣母玛利亚抱着基督耶稣的图案。如果我没记错，还有一把茶勺是天主教教徒——那个大名高山右近[2]所制，上面刻着‘花十’两个字，也叫花十字架。”

“花十字架？真是个好名字。”

“高山右近等人，喜欢坐在茶室里做祷告。所谓清净调和，茶道的精神陶冶着右近，引导他通向敬爱天主的道路。外国的传教士也写过这个。天主教刚传进日本的时候，大名和堺[3]的商人都流行饮茶，传教士也经常受邀参加茶会，他们会在茶席上跪着向神祷告，感谢天主的恩惠。在传教士们寄回国的传教报告里，还事无巨细地写过茶道的情况，甚至连茶具的价格都记下来了……”

“原来如此，波子夫人也提过，近来天主教和茶道很流行，先生宅子所在的北镰仓，是关东的茶都呀。”

---

1 | 古田织部：即古田重然（1544—1615），日本战国时代的武将，以古田织部之名享誉茶道界。他集千利休茶道之大成，在茶器制作、建筑、造园方面风格大胆且自由，带动了安土桃山时代的流行文化“织部风”。

2 | 高山右近（1552—1615）：日本战国时代至江户时代初期的武将、大名。他是茶道大师千利休最为著名的七位大弟子之一。

3 | 堺：地名，属大阪府。

“是的，去年沙勿略的传人带了一个大主教来，名字我记不清了，在京都他们也受邀参加了茶会。听说这个大主教也吃了一惊，因为他发现许多地方茶道的规矩和做弥撒的规矩很相似。”

“这样啊，日本舞蹈家吾妻德穗现在也皈依了天主教，这次要跳踏绘[1]舞呢。先生也来看看，意下如何？”

“哦？是在长崎吗？”

“应该是长崎吧。”

“这是为之前的殉教者而跳的舞吧？唉，一颗原子弹就把浦上的天主教堂全都夷为平地，听说光长崎就死了八万人，其中三万是天主教徒呢。”

矢木说着，看向教科书出版社的北见。

北见依旧一言不发。

“旁边的圣依纳爵教堂被称作东洋第一教堂，可我还是更喜欢长崎的大浦天主教堂。那是最古老的教堂，可以说是国宝了……那里的彩绘玻璃多美呀。教堂离浦上很远，虽然在这次原子弹爆炸中幸免于祸，但我去的时候，屋顶都塌了。”

---

1 | 踏绘：江户时代，为禁绝基督教，每年正月初四到初八，长崎等地的官府会要求民众从刻有圣母玛利亚、基督耶稣受难像等图案的木板或铜板上踩过，以表明他们不是基督徒。该活动从1628年持续到1858年。

“不过，先生还是更喜欢佛像吧？先生从前让波子跳的那个《佛之手》舞，融合了佛手的各种形态，真是棒极了。”

说着，沼田瞥了一眼矢木的脸。

“先生，我可真想让波子夫人再在舞台上展现那个舞姿呢……”

“那《佛之手》，我至今想起来仍觉得绝妙，是个好例子呢。没到波子夫人这个年龄，比如说品子小姐，怕是跳不好这种宗教色彩浓重的舞呀。”沼田继续说。

矢木冷漠地轻轻说了一句：“西方舞和日本舞毕竟不同，那是青春的东西。”

“青春吗？所谓青春，要看怎么解释了。譬如说，波子夫人的青春究竟是已经逝去了呢，还是至今犹存，只有先生才是最了解的吧？”沼田的语气里带着些揶揄，“倒不如说，波子夫人的青春存在与否，要埋葬它还是要激活它，不是全在于先生您吗？就连我哪，也能感觉到波子夫人的心态还是青春的，就连身体，我在日本桥排练场看看就……”

矢木把头转了过去，给北见斟了杯酒。

沼田也把杯子凑到嘴边。

“只让波子夫人教孩子跳舞，可太浪费了。要是她能够登台表演，一定能收到更多学生，这对小姐也有好处。母女同台也更利于宣传，票房一定很好。我对波子夫人也这么说过。我曾想过拍她俩一起跳舞的照片，可总没成功。”

“她们也很清楚自己的长处。”

沼田又补充了一句。

“真正有自知之明的人，是不会登台演出的。”

圣依纳爵教堂的钟声鸣了起来。

“其实，难得先生今天邀请，我还以为先生是要找我聊让波子夫人重新登台的事，才鼓起勇气来的。”

“这话倒也没错……”

“莫非先生找我，除了这件事，还有其他要紧事要商议？”沼田的大眼睛此刻眯成了一条缝，“就让她上台吧，先生。”

“是波子这么跟你说的吗？”

“是我建议她的。”

“难办呀。话又说回来，四十岁的女人，跳舞又能跳到什么时候呢？至多也就是下次战争开始前了，你明白的吧？”

矢木的回答模棱两可，他又转头同北见说起其他事。

晚餐的菜式中，佐酒冷碟有甲鱼冻、乌鱼子和柿子砧卷，刺身有鰤鱼肉和干贝，配上白味噌汤——加粟麸[1]和银杏果的，烧烤有豆酱腌翎鲳、蒸煮的有蒸鹌鹑，凉拌菜只有芋头芽和黑皮菇[2]，此外还有放在大桌上的鲷鱼什锦锅。

沼田起身道别，矢木看了看表。

“先生带的还是那块表吗？不太准吧？”

“我的表连一分钟也没有走错过。”

说着矢木打开了身边的收音机。

“您现在收听的是广播剧《街坊邻里》[3]，这个月的剧本作者是北条诚[4]。”

矢木将表递到沼田眼前。

“七点，和广播分毫不差。”

“接下来为您播报今天的新闻。”

听广播说完这句话，沼田关掉了收音机。

---

1 | 粟麸：用生面筋混合小米做成的黄色蒸糕。

2 | 黑皮菇：即白黑拟牛肝菌，一种可使用真菌。

3 | 《街坊邻里》：原名为“向う三軒両隣”，日本广播协会（NHK）于 1947 年至 1953 年播出的广播连续剧，用以宣扬家庭民主等新思想，反对迷信等旧思想。该剧的剧本由多位作家轮流创作。

4 | 北条诚（1918—1976）：日本小说家、剧作家。

“朝鲜啊……先生，你听过斯大林说他自己是亚洲人，让大家不要忘记东方吗？”

四人共乘一辆车从幸田旅店出发，北见在四谷见附站前下了车。

车从赤坂见附开到国会议事堂前的时候，矢木对沼田说：

“刚才你提到，让波子再登台的那件事，让香山来怎么样？他还能东山再起吗？”

“香山？你是说那个废人？”

沼田摇了摇头，或许因为太肥头大耳，看上去只像是脖子微微动了动。

“废人也说得太过了。他现在怎么样？”

“怎么说呢。作为舞蹈家，说他是废人不为过吧？听说他正在伊豆的乡下开观光车呢。不过也只是听说，谁知道呢？对他这样自甘堕落的人，我可没有兴趣。”沼田说着扭过头，“小姐和他没有来往了吧？”

“嗯……”

“这可难说了。”

高男讽刺地说了句。

“那就为难了，高男你也好好劝劝她吧。”

沼田的语气很冷漠。

“这是姐姐的自由吧？”

“要上台的人，哪来的自由？对年轻人来说，日后的发展可太重要了……”

“让姐姐去接近香山的，不是沼田先生你吗？”

沼田不置可否。

车子沿着皇居护城河朝日比谷方向驶去。

矢木像是突然想起了什么，开口说：

“对了，我在京都的旅馆看到一本摄影杂志，里面有竹原的公司拍的照相机广告，用的是品子的照片，那也是你安排的吗？”

“不，那不是张旧照片吗？是竹原住您家别屋那会儿拍的吧？”

“这样？”

“竹原公司的相机和双筒望远镜现在卖得火热，不用品子小姐做相机的模特，可不像他的风格。”

“这也做得太过火了。”

“人家这时候，可不就想做得过火一些吗？哪怕波子夫人说竹原几句呢……”

“对了，波子和竹原已经没有来往了吧？”

“谁知道呢？”

沼田的话突然断了。

汽车从日比谷公园背后的拐角，向左开去，穿过了皇居的护城河。

这里正是波子和竹原所坐的车抛锚的地方，那是五六天前的事了，矢木那时候应该还在京都，波子却提心吊胆。

父子二人与沼田在东京站分了手。乘上横须贺线后矢木一言不发，一直到品川附近终于睡着了。电车到达北镰仓时，高男摇醒了他。

月亮挂在圆觉寺门前的杉木上空。

二人沿着铁路沿线的路走去，将月光抛在了背后的小径上。

“爸爸，您辛苦了。”

“嗯。”

高男把父亲的包换到左手，往父亲的方向贴了贴。

迈过月台栅栏投在小路上的细长影子，路边人家的罗汉松又从另一边投来森森的树影，小路显得更狭窄了一些。

“一走到这儿，我就有种已经到家的感觉。”

矢木稍微停下了脚步。

北镰仓的夜，幽静得如同山间的深谷。

“你妈妈最近如何？又说要卖什么东西了吗？”

“嗯？我不太清楚。”

“她不知道我今天回来吗？”

“啊，您的信是今天早上才收到的，因为收件人是我，所以我放在衣兜里就出门了。应该在幸田旅店给妈妈打个电话的。”

高男的声音变得怯怯的，父亲听罢点了点头。

“哎呀，算了。”

他们拐进小路右面的隧道里，山脊像是一条伸展的手臂，被人从中间打通，成了一条捷径。

在隧道里，高男说：

“爸爸，听人说，东京大学的图书馆要立一座阵亡学生的纪念像，但大学方面没有同意。我本来打算一见到您就告诉您的。据说像已经雕好了，本打算十二月八日举行揭幕式的。”

“哦？我好像是听说有这回事。”

“我以前也跟您说过。据说为了这个揭幕式，他们收集了阵亡学生的手记，还出版了《遥远的山河》和《听海神的声音》这两本书，还拍了电影。从‘禁止复述海神的声音’这个意义上来说，怕是纪念像也要取名‘海神的声音’吧？有些‘不要让广岛重演’的意味，象征着和平，蕴含着悲悯和愤怒……”

“嗯？那大学方面有什么意见？”

“好像是叫停了。据说大学方面不愿意受理日本阵亡学生纪念会赠予的雕像，理由是这尊雕像的对象不仅是东京大学的学生，还有一般学生和民众。其次，按照东大的惯例，校园内只立对学术和教育有重大贡献的人的塑像。这尊雕像的意义太复杂了，大概校方也是出于这点拒绝的吧？这雕像的象征意义还会随着时势变化，如果以后还需要学生上战场，学校里却立着一尊象征反战的阵亡学生像，那可不就让人困惑？”[1]

“噢。”

“不过我倒觉得，把阵亡学生的墓碑立在校园里还挺妥当，校园就是他们灵魂的故乡。听说牛津大学和哈佛大学里也有类似的纪念碑。”

“这样啊……阵亡学生的墓碑早就竖立在高男的心里了吧？”

隧道的出口，山上的水滴滴答地落下来，远处传来

---

1 | 在东京大学拒绝之后，这尊名为海神像（わだつみ像）的雕像，于1953年12月8日被立在了京都立命馆大学广小路校区，1969年被毁，1976年重建，1992年迁至立命馆大学“国际和平博物馆”。

优美的舞曲声。

“在练习啊？她们每晚都练习吗？”

“嗯，我先回去，知会她们一声。”话音未落，高男就向排练场跑去。

“我回来了，爸爸也回来了哦！”

“爸爸？……”

波子在排练服外披着一件外套，脸色有些发青，差点栽倒下去。

“妈妈！妈妈！”

品子抱住波子。

“妈妈，您没事吧？妈妈？”

说着，她将母亲抱到墙边的椅子上。

波子合上眼睛，头靠在坐旁边椅子的女儿怀里。

品子用外套裹住母亲的身体，抬起左手放在母亲的额头上摸了摸。

“好冷！”

品子身着黑色紧身衣，脚上套着芭蕾舞鞋，排练服也是黑色的，脚全部裸露出来，裙裾上装饰着波纹样的褶皱。

波子则穿着一件白色的紧身衣。

“高男，把唱片机关了。”品子吩咐说。

“都怪高男吓我。”

“我可没吓唬妈妈。您没关系吧？”

高男说着，看向品子。姐姐轻蹙的眉毛，又让高男想起了兴福寺的沙羯罗像。果然很像啊，高男心想。

品子将头发竖起来，系上发带。大约是排练会出汗的缘故，她和母亲都没有扑粉。

品子浮在双颊的玫瑰红色里也泛起了白晕，反而有些白里透红的澄澈光彩。

波子睁开了眼睛。

“谢谢你，我已经好多了。”

说着，她想要直起身子，品子抱住了她。

“再休息一会儿吧。要不要喝点葡萄酒？”

“不用，给我一杯水吧。”

“好的，高男，你去倒杯水吧。”

波子用手掌抚了抚额头和眼睑，端坐起身。

“跳得太起劲了，刚就着这阿拉伯乐曲站稳，高男就突然跑进来……只觉得头晕目眩的，应该是有些贫血吧。”

“好些了吗？”说着，品子握住母亲的手，放到自己的胸前，“我的心也咚咚地跳个不停。”

“品子，出去接你爸爸吧。”

“好的。”

品子看了看母亲的面色，利落地在排练服外套上运动裤和毛衣，解开发带，用手指将头发梳开。

高男跑回去后，矢木仍慢悠悠地走在小路上。

隧道所在之山的山头上，林立着细而高耸的松树，刚才还挂在圆觉寺杉木上空的月亮，已经悄悄地爬到了松树上。

口口声声说要与沼田决斗的那个高男与这个力主将阵亡学生纪念像立在校园里的高男，究竟是统一的还是对立的呢？身为父亲，他感受到了不安，脚步也变得沉重起来。

矢木现在的家原是波子老家的别墅，没有大门。入口处，细株山茶盛放着。

主屋与别屋的正中间，有一处芭蕾舞排练场，建在稍微高出的地基上——用后山削下来的石块铺就而成——凛然俯瞰着宅院。主屋与别屋灯火通明。

“呵，我家开电灯还真不省。”矢木轻声嘟哝道。

睡醒与觉醒

矢木从京都回到家的第二天一早，餐桌上只有他的面前摆上了水煮伊势龙虾。矢木没有动筷子，于是波子问道：

“怎么不吃龙虾？”

“唔，我懒得动了。”

“懒得动？”

波子露出诧异的表情。“对不起，我们昨天晚上已经吃过了，这是昨晚剩下的。”

“噢，我只是嫌剥皮太麻烦。”

说着，矢木低头看了看眼前的龙虾。

波子轻笑一声，对女儿说：

“品子，帮爸爸剥虾皮吧。”

“好的。”

品子转过筷子头，去夹龙虾。

“剥得可真利落。”矢木看着女儿娴熟的动作说，“伊势龙虾最有嚼劲，吃起来解馋，就是……”

“就是让人剥皮少了点味道，对吧？喏，剥好了。”

说着，品子抬起了头。

波子对矢木的懒散有些讶异——矢木的牙口并没有坏到连伊势龙虾的虾皮都嚼不动，倘使是嫌用牙咬不太雅观，也可以用筷子呀，但他居然连这也嫌麻烦。

这总不是因为上了年纪吧。

餐桌上还有冻豆腐和炖豆腐皮等菜式，是矢木在京都时别人赠送的，不动手剥虾倒也能应付一顿，矢木似乎真是嫌麻烦。

或许是因为他离家有一段时间了吧，好不容易回到家，人就倦怠下来了。矢木看起来有些无精打采。

也可能是昨天晚上舟车劳顿。想到这儿，波子不由得为自己的想法感到惭愧，羞红了脸，垂下脑袋。

不过这惭愧并没有持续多久，低下头时，胸中的羞惭就已经冷却了。

波子早上睡得很好，头脑格外清醒，身体似乎也变得更加轻灵了。

已经是冷暖不定的季节，今早却难得是个风和日丽的晴天。

芭蕾排练也是运动，因此波子胃口大好，早餐仿佛也格外美味一些。

察觉到这点，波子登时又觉得饭菜味同嚼蜡。

“今天可真难得，穿起和服来了。”

对波子心绪一无所知的矢木开了口。

“在京都，还是穿和服的人多呢。”

“是这样吧。”

“爸爸，今年秋天东京也流行穿和服呢。”

品子说着，看向母亲的和服。

波子暗想，自己不自觉地穿了和服，莫非是为了给丈夫看？

“两三天前，和服店的人说，刚开战的时候，漆线布[1]和扎染布的和服卖得可火了……”

“漆线布和扎染布？都是高档材质吧？”

“全扎染布的和服要五六万一件呢。”

“呵！你那件要是留到现在卖就好了，卖得早了呀。”

“现在二手衣服已经卖不上价了，就别提这个了。”

波子依旧低着头。

“这样啊，毕竟现在买新衣裳太轻松了。要是到了紧缺的时候，和服店的人又要说这东西高档，手艺多讲究，无非是利用女人的虚荣心做买卖吧。”

“话是这么说，不过之前刚开战的时候，漆线布和扎染布的和服风靡一时，现在又流行起来了……”

“你是想说，现在又流行起来了，该不会又要打仗

1 | 漆线布：将刷漆的和纸缠在棉线上作为纬线，再与作经线的普通棉线一同织成的布。

了？上一次流行是因为战争带活了经济，现在流行不是因为打仗已经很久没穿了吗？如果说流行奢侈和服就要打仗，那女人不就都跟漫画里一样浅薄了？”

“男装不也变了个样吗？”

“也是。不过现在是没有好帽子卖了，都流行穿夏威夷款T恤呢。”说着，矢木端起粗茶的茶杯，“我那顶帽子，就是捷克产的那顶，你当时没有认真看，就拿到洗衣店洗了。一水洗，绒毛全没法看了。”

“那是刚好战后的事了……”

“就是想买，也买不到咯。”

“妈妈。”品子叫道，“我学校里的朋友，文子，您还有印象吧？她给我来了信，说让我借她一件礼服，圣诞晚会要用。”

“圣诞晚会？这么早就开始准备了？”

“这才有趣嘛！她还说她梦到我了……说梦里我有好多漂亮的洋装，还说我有两个柜子，一个里面挂着三十来件衬衫，浅紫的、浅粉的，五颜六色，还都有漂亮的蕾丝边。另一个里面全都是裙子，全是白色的，还有凸纹的呢！”

“裙子也有三十条吗？”

“她信里说是二十来条呢，都是新的！她说她夜有所梦，所以心里想着不知道我有多少件漂亮礼服，才写信来借，说是梦告诉她的……”

“不过梦里不是没有晚礼服吗？”

“是呀，都是衬衫和裙子。她一定是看到我穿着各种各样的衣服在舞台上跳舞，才会错以为我有许多件礼服吧。”

“应该是这样吧。”

“所以我回复她说，下了台以后，我可是衣不蔽体的。”

波子沉默地点了点头。起床时的清爽现在烟消云散，她只觉得脑袋沉闷发昏，一点力气也没有。大约是因为昨晚迎接丈夫回归，受了累吧。

波子突然感到一阵可悲。

但凡矢木出门时间略长，回家的当晚，波子总会有事没事地找些活儿做，四处打点收拾一番，久久不肯上床休息。

“波子，波子！”矢木喊道，“你要洗到什么时候？都快一点钟了！”

“好啦，我把你旅行时弄脏的东西洗洗。”

“明天再洗不就好了吗？”

“把衣服从包里抽出来，揉成一团扔到一边，像什么样子？要是明早女佣看见了……”

波子赤裸着身体，正在洗丈夫的贴身衣服。这副模样，让她有种自己是正在受罚的罪人的错觉。

洗澡水已经有些发凉了，波子似乎是有意想要洗个温水澡，一泡进去，下颚就开始打战。

直到穿上睡衣坐到镜子前，她还在不停地抖着。

“怎么回事？怎么泡完澡反而变冷了？”

矢木有些愕然。

近日来，波子总是有意地控制着自己的感情，矢木心里清楚，却装作毫不知情的样子。

波子觉得丈夫似乎在调查自己，不过负罪感却变淡了，只觉得自己像是被人遗弃一般，短暂地恍惚了一阵，每每闭上眼，仿佛就看到一个金色圆环不断地在燃烧、旋转、发出红色的火光。

过去，波子曾经将脸贴在丈夫胸前，说：

“哎，我看到有个金色圆环，正轱辘轱辘转呢！只觉得眼前一片通红，我还以为自己要死了呢。这样下去真的没问题吗？”

她又说：

“我是不是病了？”

“别想太多了。”

“是我想多了吗？真可怕，你呢？你也和我一样吗？”

她靠在丈夫怀里。

“告诉我嘛！”

矢木给了她一个不苟言笑的答案，波子流下泪来：

“真的吗？那就太好了！我真高兴！”

“不过男人可没女人那么严重哪。”

“这样呀？对不起。”

如今再回想起这段对答，波子只觉得自己那时候太年轻、太容易悲伤、泪流得太轻易。

现在她仍旧会看见那金色圆环和赤红的光，只是自己已经不再像从前一样单纯。

如今那个金色圆环已不再象征着幸福，变成了不断敲击她胸口的悔恨与屈辱。

“这是最后一次了，我发誓……”

波子对自己说，为自己辩解。

只是回想起来，这二十多年，波子从来没有公开地拒绝过丈夫，哪怕一次。自然，她也从未主动向丈夫提过要求。这关系，也真是奇怪。

所谓男女之别，夫妻之差，未免太过可怕。

女性的谨言慎行、女性的娇羞腼腆、女性的温驯顺从，不正是女性被日本旧习拘束、无从反抗的象征吗？

昨天夜里，波子惊醒过来，在丈夫的枕边摸到了那块怀表，按了按。

怀表敲了三次，然后又丁零零地响了三声，此时应该是四十到五十五分之间。

高男把这块怀表的声音形容为小小的八音盒，矢木却说：

“每当听到这种声音，总让我想起北京人力车的铃声。我常坐的那辆人力车，就装了一个铃，声音悦耳，就是这样的。铃装在车把手上，北京的人力车龙头把手很长。车一跑起来，铃就叮叮响，像是从远方传来的一样。”

这块表是波子父亲的遗物。

表一响，母亲就像听到了父亲的声音，痛心疾首。矢木缠着波子母亲把这表要了过来。

夜里，萧瑟的秋风卷着凋零的草木，发出呼呼的声音，把人从梦里唤醒，孤零零的母亲将这表弄响——波子忽然就想到这情形。母亲该有多希望在枕边听见这块怀表悦耳的声音和丈夫活生生的动静呀。

这块表让高男想起父亲的声音，也让波子想起自己的父亲。

这块怀表有些年岁了，早在高男出生之前、早在波子的少女时代，它就存在了。这声音能唤醒高男的童年回忆，也能诱出母亲波子的童年回忆。

波子又伸出手探了探这块怀表，这次，她把怀表放在了自己的枕头上，让它发出鸣叫。

叮、叮、叮……

一阵寒风穿过后山的松，发出一阵呼啸。

屋前林立的高大杉木，也被呼号的风刮得哗哗作响。

波子转过身，背向矢木，合起双掌。在黑暗中，她还是将手藏进被子，双手合十。

“可叹哪。”

与竹原在皇居前幽会时，波子惧怕着远在京都的丈夫。昨夜突然听说丈夫回来，居然犯了贫血。波子那无声的反抗被击得粉碎。

波子现在合掌，就是因为这事，却又不只为了这事——她的心中，不断泛起对竹原的醋意。

就在刚才入睡前，波子突然感到一阵醋意，是对竹原的，这让她自己也吃了一惊。

即便对久不归家的丈夫，波子也从没有过怀疑或是妒意。这也罢了，在迎接丈夫时，她只感到一阵悔恨，反倒嫉妒起竹原来。这妒意是如此鲜活，简直让她心中的苦闷都显得无足轻重。

而现在，波子在这样一个深夜里惊醒，心中又燃起嫉妒之火。波子合着双掌，低声自语道：

“你连那个人都没见过……”

那个人是竹原的妻子。

合掌时不让人看见，是波子在跳“佛之手”以后养成的习惯。

“佛之手”以合掌开始，又以合掌结束。在以舞蹈表现出佛之手的各种形态时，间或合掌，以此将各种腕部的动作组合起来。

“……你们之间，还会有吃醋这事吗？外人面前，你们从来没表现出来，让人看了都感到不对劲。”

竹原这么对波子说道，波子沉默以对。就在这个时候，她的心中泛起一阵醋意。不是对丈夫的，而是对竹原的。波子没能将话题转到竹原的家庭上，这让她有些焦躁。

在这夜里，她刚迎回了自己的丈夫，夜半醒来，心中也全是对竹原妻子的嫉妒，连波子自己也没有想到这样的情况。丈夫摇醒了波子，莫非也是因为对其他男人有了妒意？

“我没有罪过，我没有罪过。”

波子合掌不断喃喃道。

只是这个罪过，是对于丈夫的，还是对于竹原的？她自己也说不明白。

波子向远方合起双掌，向竹原表达了歉意，心也跟着飘了出去。

“晚安。你是怎么入睡的呢？住在什么样的房里？我都没有去过，什么也不知道。”

说罢，波子沉进了深深的睡梦中，这是丈夫给予她的梦。

因为睡得很熟，第二天一早醒来，她感到神清气爽。

波子起得比平日晚，连早餐也准备得晚了些。

“爸爸，今天早上要上课吧？还不出门吗？”

高男似乎是在催促父亲。

“嗯，你先去吧。”

“好的。我可以请假，不过……”

“不行。”

高男起身，正要离开，矢木又叫住了他。

“高男，昨天你说的阵亡学生纪念像，我想了想，学校是不是害怕它背后的思想才拒绝的？”

品子也进厨房帮女佣去了。

矢木正在读报纸，波子对他说：

“要喝点咖啡吗？”

“嗯，一般是早饭前比较想喝。”

“今天是在东京排练的日子，我们也要出去。”

“这样啊？‘我们’排练的日子。”矢木的语气带着些许讥讽，“罢了。好久没回来，我就待在家里晒晒太阳吧。”

主屋和别屋之间的排练场，原本是用来当矢木的书房的。现在却成了阅览室兼日光房。南墙是一整面落地窗，挂着厚厚的窗帘。

只要收拾一下房里的书架，这房间也正好可以用作芭蕾舞排练房。

或许是因为中年人的固执，矢木认为读书写作还是得在日式房间里，也就不再反对女儿把这个房间当排练场了。

不过，矢木所说的晒太阳，是要在原来的书房里。

波子正要离开座位，矢木放下报纸，说：

“波子，你见过竹原了？”

“见过了。”

波子的声音似乎有些心灰意冷。

“噢？”矢木倒是波澜不惊，又若无其事地问道，“竹原君的身体还好吧？”

“挺好的。”

波子的目光仍然停留在矢木的脸上，她对自己的眼睛有些担心，只觉得眸子里面有些眼泪快要溢出来了，只想眨一眨眼。

“我想也是。听说他的望远镜和照相机卖得红火。”

“这样吗？”

波子的声音略微有些嘶哑，像是要辩解一样。

“我没听他说过这些事……”

“他是不会对你聊买卖的。以前不就这样吗？”

“嗯。”

波子点点头，移开了目光。

她的视线透过纸拉门上的玻璃，投向了庭院。林立的杉树将影子投进了院里，树梢的影子斑驳错落。

后山飞来三只灰胸竹鸡，时而钻进树木的阴影里，时而又窜回阳光下。

波子悸动的心湖刚刚恢复平静，又像是要冻结一样僵了下来。

但丈夫的脸上却浮上了几缕温情——或许是温情吧，波子想。她看向庭院里的野鸟，说：

“如果真到那地步，我们就不得不把别屋卖掉。竹原曾经租过一段时间，于是我想和他聊聊这事……”

“唔，这样？”

矢木又陷入了沉默。

矢木说这句话时，流露出了深思的神情。谁知道他心里又打着什么算盘呢？波子想起了竹原说过的话。

他的反应果然如她料想——“唔，这样？”这反应让波子觉得想笑，却也让她感到难过。一想到自己居然对竹原说过丈夫那么多的坏话，她又不免一阵羞惭，只觉自己可憎。

“不过，你也太多虑了。”矢木笑道，“因为竹原租过这别屋，卖它的时候还去征求他的同意，不觉得礼数太过了吗？”

“我又不是去征求他同意的。”

“嗬，那你是觉得对不住他咯？”

波子觉得仿佛被针扎了一下。

“算了算了，现在不想聊别屋的事。以后再说。”矢木又像安慰波子一样说，“你再不出门，排练就要迟到了吧。”

电车里，波子仿佛有些恍惚。

“妈妈，可口可乐的车！”

听品子说完，波子才转头向车窗外看去。一辆车身涂成红色的货车疾驰而过。

保土谷车站附近的山岗上，遍地都是枯草，草地中一块突兀立起的牌子跳进了波子的眼中，牌子上是招募预备警员的广告。

矢木往返东京时，总是坐横须贺线的三等座。

波子也因此不得不坐三等座，只偶尔坐坐二等座。她既有三等座的定期票，也有二等座的多次票。

品子练习得很刻苦，为了让她在台上发挥得好些，波子总让她坐二等座，以免她疲劳过度。

进二等座车厢前，波子无意中瞥到了三等座车厢里的杂乱。可今天，直到品子出声唤她，她才醒过神，意识到自己是坐在二等车厢里。

品子这姑娘，平日里沉默寡言，在电车里也不怎么说话。

波子连坐在身边的品子都忘了，思绪从自己的经历，又跳到了他人的命运上。

波子毕业于贵族女校，嫁入名门富户的好友多如牛毛。这些人所组成的家庭，也多在战败后家道中落，落魄潦倒、浑浑噩噩地度日。如今，她们人老珠黄，更是饱受旧道德的拘束。

许多朋友同她一样，并不倚靠丈夫的收入度日，而是靠娘家的补贴生活。如今，这些夫妇也大都落魄了。

“每段婚姻都是非凡的……只要两个人结合，即便是平凡的人，他们的婚姻也是非凡的。”

波子曾经对竹原这样说，这包含了她对朋友们的婚姻以及自己婚姻的理解。

守护夫妻生活的古老墙根和基础溃塌了，婚姻就冲破了平凡的外壳，露出非凡的本相。

人哪，比起自己的不幸，往往更容易从他人的不幸中汲取教训，最终放弃抵抗。波子所得到的教训不只是放弃，她既对他人的不幸感到震惊，同时也对自己的遭遇有了更深的体会。

波子的一位朋友，爱上了丈夫之外的另一个男人。也正因如此，在同这个男人分手后，她才头一次体会到了与丈夫结婚的快乐。还有一位友人，找了一个二十多岁的情人，眼中的丈夫就忽然变得年轻了，可她刚与这个年轻男人疏远，便又冷落了丈夫，反而引来了丈夫的猜忌，终于又同这个年轻人重拾旧情，以别人作源泉，汲取她倾注于丈夫的爱。她们的丈夫都没有发现妻子的秘密。

战前，即便是在朋友聚会上，也没人曾如此将话挑明过。

电车驶出横滨站，波子开口道：

“你爸爸今早连吃伊势龙虾都懒得动筷子，不知道是不是嫌弃这是吃剩的东西……”

“不会吧。”

“妈妈刚才想起一件事，那是我们结婚后没多久，当时我给客人上了点心，客人走后，你爸爸一把就抓了过去，想吃掉它。我当时太苛刻，顺嘴就说这是吃过的，别吃了。现在想来，如果把点心分成每人一碟，客人吃剩的总会让人觉得脏。说来也怪，如果直接用大盘盛出来，即便是剩下的，感觉也不太一样。日本的习俗礼仪里，这种繁文缛节可太多了。”

“但虾这事可不一样呢。爸爸这不是在向你撒娇吗？”

波子在新桥站同品子分开，乘地铁往日本桥的排练场去了。

前年品子加入大泉芭蕾舞团后，便时常往来于这间研究所。

波子虽然在教芭蕾，但为了品子的发展，她让女儿去了其他舞团。

品子常常顺道去日本桥的排练场，在北镰仓家里，也偶尔替母亲教授芭蕾。

波子却很少到女儿所在的研究所去。大泉芭蕾舞团公演时，她也尽量不在后台露面。

波子的排练场开在一栋小楼的地下室里。

波子一边想着品子的话——矢木让人替他剥龙虾，究竟是不是撒娇呢？一边走进了地下室。

透过玻璃门，可以看到助手日立友子正在用抹布擦地板，波子便停下了步子。

虽然在擦地板，友子却仍穿着一件黑色的老式短款外套，领口外翻，下摆也没有展开。较之品子，她的身材略矮小，波子把品子穿旧的衣物给了她，总担心剪裁是否合身，现在看来衣服的式样果然过时了。

“辛苦了，来得真早。”波子说着进了屋，“太冷了，怎么不把炉子点上？”

“早上好，我活动了一下，就不觉得冷了。”

友子这才反应过来，脱掉了外套。

她身上的毛衣是用旧衣服拆出的毛线重新织过的，

裙子也是品子穿过的。

无论是身姿还是动作，友子的舞蹈都比品子更婀娜动人。波子也曾想，让她做助手未免屈才，劝过她同品子一同到大泉芭蕾舞团去。品子也曾盛邀过她，她却执意不肯，只想留在波子身边。不只因为她重情重义，对于友子而言，能为波子效力似乎也是一种幸福。

每逢品子登台演出的日子，友子总会跟在品子身边，不辞辛劳地为她更衣、化妆。

友子比品子大三岁，今年二十四。

她是单眼皮，不过有的时候会因为劳累，显出双眼皮来。

友子接过波子在煤气炉前脱下的外套，今天她又是双眼皮。她刚才该不会是在一边哭着一边擦地板吧？波子心想。

“友子，看样子你有心事啊。”

“嗯。以后我再跟您说吧，今天不太……”

“这样啊？那你觉得合适的时候再跟我说吧，不过心事还是早说的好。”

友子点了点头，走到另一边，换上排练服又回来了。

波子也换上了排练服。

她俩握住压腿杆，压了会儿腿，友子看起来与平日里有些不同。

这天一早就冷雨霏霏，波子今天在家排练，早上她重新缝了品子的旧衣服，是打算送给友子的。

镰仓、大船、逗子[1]一带的少女们，放学后都会在这里练习。二十五人，人数不算多，用不着分组练习，只是女孩们的年龄参差不齐，从小学生到高中生都有，来的时间也各不相同，波子教起来很困难，也觉得这样教或许没多少益处，但看起来学生的人数还会增加，多少可以补贴家用。

只是排练的日子总是很晚才能吃晚餐。

"我回来了。"

品子走上排练场，脱下戴在头上的白色毛线围巾。

"好冷呀。听说东京昨晚大雪纷飞，今早上屋顶和庭院里的石头都给染白了。我和友子一起回来的。"

"这样啊？"

"友子是从研究所的路上绕道来的。"

"老师，晚上好，今天突然想见您一面才……"友子对站在门口的波子说完，又对学生们说，"你们好。"

---

1 | 镰仓、大船、逗子都是日本的地名，三处皆在神奈川县境内。

“晚上好。”

少女们也答了一句，大家都认识友子。

品子继续往里走，少女中不乏目光灼灼看向她的。

“友子，去泡个澡暖暖身子吧，和品子一起去。我之后就过来。”

波子说着转回身面对少女们，友子绕到她身后。

“老师，可以让我一起练习吗？”

“哦？那友子你先替我教教她们吧，我看看你的晚餐怎么样了，马上回来。”

品子走下石头雕成的台阶，低声说道：

“妈妈，友子似乎有心事，她说今天您不在东京，她寂寞得坐立不安哪。”

“她好像上周就有些心事了，今天大概是来跟我商量这事的吧。”

“什么事呢？”

“她不说，我也不知道……品子你能再给友子一件大衣吗？”

“好的，请您给她吧。”

波子下了两三级台阶，说：

“我没能照料好她哪，友子家里只有两个人……”

“我记得是她和她妈妈吧？友子的妈妈也在工作

吗？”

“是的。”

“要不把她们接到我们家来，照顾她俩，如何？”

“哪有这么简单呢？”

“这样吗？今天回来的电车上，友子看我的眼神很悲伤呢。我用围巾把自己裹得严严实实的，但是毕竟毛线织得很松。我知道她从缝隙里偷偷看我，但我假装没发觉，随她看了。”

“品子就是这样的人哪。”

“她盯着我的手看，简直目不转睛呢。”

“是吗？她一直觉得品子你的手很漂亮。”

“不是不是，她的眼神可悲伤呢。”

“正是因为悲伤，才会盯着美好的东西看吧。一会儿问问友子吧。”

“这种事怎么开口呢？”

品子停了下来。

二人走到了中庭，雨渐小了。

“我记不清具体是什么画了，总之是幅日本的美人肖像，脸画得很大，连毛发都绘得特别精细。画上的美人上睫毛很长，都快到黑眼球了……”品子顿了顿，又继续说，“看到友子的眼睛，我才想起这幅画。”

“哦？友子的睫毛哪有这么浓。”

“她眼睛一看向下面，睫毛的影子就能投到下眼睑上。”

波子抬起头，望向排练的脚步声传来的方向。

“品子也一起去教教学生吧。”

“好的。”

品子踏上被雨水淋湿的石头台阶，身轻如燕。

晚饭前，品子邀请友子一起去泡澡，友子刚脱下大衣，品子便从她背后将另一件大衣披在友子肩上。

“试试看。”

友子仍穿着排练服装。

“合身的话就请收下它吧。”

友子肩膀一晃，像是吃了一惊。

“哎呀，这怎么可以，不行的。”

“为什么？”

“我不能收。”

“我已经跟我妈妈说过了。”

品子快速脱下衣服，泡进浴缸里。

友子也跟了上来，握住浴缸边缘：

“矢木老师已经泡过了吗？”

“我爸爸？应该是洗过了吧。”

“波子老师呢？”

“去厨房了。”

“我先泡太不好意思了，冲冲就好了。”

“这点小事别放在心上，多冷的天呀。”

“冷我无所谓呀，我都习惯用冷水擦汗了。”接着，她又补充道，“跳过舞之后。”

或许是泡得有些深了，品子晃了下脑袋，又用手捋了捋被水沾湿的发梢，说：“家里的浴室太窄了，之前被火烧毁的东京研究所的浴室很宽敞，那才舒服呢。我小时候经常一丝不挂地和友子模仿跳舞的动作，你还记得吗？”

“记得。”

友子应声答了一句，忽然把身子缩成一团，整个泡在热水里，像是慌忙藏起来一样，又用手捂住了脸。

“什么时候建自己的房子了，我一定要建一个大大的浴室，可以好好地泡澡……还可以像那会儿一样在里面练跳舞呢。”

“我记得那时候我皮肤很黑，总是羡慕品子你呢。”

“哪算黑了，这样才有韵味呢！”

“哎呀。”

友子一害羞，又不禁望向被她握住的品子的手。品子有些讶然：

“怎么了？”

“没什么。”

友子说着，让品子的一只手搭在自己的左手上，右手则拉住了品子的指尖，盯着看了看，然后将品子的手翻过来，对着掌心打量了一番，轻轻地抚了抚，然后松开了手。

“多美的手啊，还有着优雅的灵魂呢。”

“哎呀，不让你看了。”

品子把手藏进了洗澡水里。

友子将左手从水里抬起来，小指头伸直放在唇边。

“是这样？”

“什么？”

友子又把手泡进水里：

“电车上……”

“啊，这样？”品子说完举起右手，迟疑了一下，用食指和中指的指尖轻轻触在嘴唇斜下方的位置，“是这样吧？中宫寺的观音大士？还是广隆寺的？”

“不对吧，不是右手，是左手。”

友子纠正说，品子把无名指指尖搭在拇指指腹上，不知做的是观音的手势还是弥勒的。

伴着手势，她的表情也自然地变得像佛像一样。她微微垂首，静静地合上了双眼。

友子差点叫出声来，又把惊呼声咽了下去。

还没一会儿，品子又睁开了眼。

“不是右手吗？可不用右手就显得有些怪了。”

品子看向友子。

“广隆寺还有一尊观音像，手势很像中宫寺的观音呢。那尊佛像是御用的，由金铜铸成，这尊大头的如意轮观音就是像这样伸直指头的呀。”

品子说着，自然而然地将指尖放到了右侧下颌骨的下方。

“这是模仿妈妈的舞蹈时记住的动作。”

“这不是佛的手势，是品子你自然的手部动作吧。左手要像这样……”说罢，友子又将左手的小指像刚才一样放在唇边。

“啊，这样？”

品子有样学样。

“佛用的是右手，人用的是左手，没错吧？”

说着，品子笑了出来，从浴缸中起身。

友子仍然留在浴缸里。

“是的，人在想心事的时候，大多用左手撑着……回来的电车上品子你做了这个动作，手背白皙，掌心粉粉的，像是发着光，嘴唇更是好看呢。”

“说什么呢……”

“真的，你的嘴唇饱满地突出来，就像含苞的花儿一样。”

品子低下头洗脚。

“我不一直是这样吗？这个动作也是不知不觉间就模仿了妈妈也说不好呢。”

“品子，能再做一次广隆寺佛像的手势吗？”

“这样吗？”

品子挺起胸，合上了眼睛，拇指与无名指相接，成了一个圆圈，又将手贴近脸颊。

“品子，你跳一次《佛之手》舞吧。我跳礼佛的飞鸟少女……”

“我跳不来。”

品子摇了摇头，不再做出佛的模样。

“那尊观音像不是男的吗——胸部是平的，没有乳房。他可不想度化女人……”

“有这回事吗？”

“洗澡的时候可不应该模仿佛。怀着这种心情，怎么能跳《佛之手》呢？”

“这样啊。”

友子如梦初醒，从浴缸中出来。

“我可是很认真地在拜托你呢。”

“我也没开玩笑。”

“我知道，但我还是希望你能为我跳一次《佛之手》。”

“等我能悟到点佛性时再跳吧，总会有想跳日本古典舞的时候。”

“说什么总会有……谁能说自己明天一定不会死呢。”

“谁明天就会死？”

“是人就可能……”

“唉，真是说不过你。如果明天就死，那我今晚就试一下吧，在浴室里学着跳《佛之手》。”

“这才对嘛！不只是学学，想跳就跳吧，这样就算明天死了……”

“不会明天就死的。”

“只是打个比方，我说的明天也是打比方。”

“午夜的狂风[1]……”

话说到一半，品子又吞了回去，把目光移向友子。

友子鲜活的躯体赤裸地立在面前。她的皮肤比品子的要黑一些，但在品子眼中，友子的肤色更具层次感，浓淡相宜。小麦色的脖颈往下是隆起的乳峰，从根部到峰尖逐渐变白，又在胸口凹陷处稍显浓重。

“你说观音菩萨不度女人，是真的吗？”友子小声嘟囔道。

“怎么说呢？倒也不是开玩笑。”

“我们合舞吧，我也一起……老师本来是独舞的，但是我觉得可以加一个礼佛的飞鸟少女。只要在曲子里加一点……”

“有礼佛的舞人，佛的舞就更容易跳了，显得更真实些。”

“我也没装矜持……只是我来跳礼佛少女，不知道是为你的舞增色还是画蛇添足。我没什么自信的。我们一起想想怎么跳吧，还得请老师来指点。”

品子被友子说得有些没有底气。

---

1 | 品子在这里想引用的是日本僧人亲鸾的和歌，原歌意为：现在绽放的美丽樱花，以为明天还会看到，但说不定午夜的狂风就把它们吹散了。

“虽说只是跳舞，但是受人礼拜，还是挺难为情的，真的。”

“我倒是很想跳礼拜品子的舞蹈呢，就当是为了纪念我们青春的友情。”

“纪念？”

“嗯，纪念我的青春……现在我一闭上眼睛，就会觉得品子你的眼帘是佛的眼帘。这样就够了。”友子又把说到一半的话中途岔开了。

品子突然意识到友子很快就会离开自己和母亲。

晚饭后，友子也跟着品子进厨房帮忙，这时候波子进来了。

“你爸爸在听广播，看样子心情不是很好。这里的事做完，就回你的别屋去吧。唉，他啊，就是所谓战争恐惧症……”波子压低了声音，“说什么自己只能活到下次打仗了。”

七点的新闻广播结束了，品子她们打住了话头。

“他问你们怎么还有兴致在厨房吵吵嚷嚷，看样子心情实在不好。”

品子和友子对视了一眼。

“又不是我们发动的战争……”

二十多万中国志愿军已经开拔，越过国境进入朝鲜，“联合国军”开始全面退却。十一月二十八日，麦克阿瑟发表声明：“我们面临的是一场新的战争”，“迅速了结朝鲜半岛战乱的愿望已经破灭了”。四五天前，“联合国军”还已经迫近中国国境，似乎就要发动最后的总攻，如今形势却急转直下。十一月三十日，美国总统在记者招待会上表态：“面对朝鲜半岛的新局势，政府正在考虑在必要时对中国军队使用原子弹。”此外还提到了英国首相即将赴美，与美国总统会晤。

波子大概二十分钟以后才到品子的别屋来。

“虽说雨停了，但是外面还是很冷。友子今晚就留在这儿吧。”

“好！”品子抢过话头道，“我们也是这么打算，才一起回来的。”

“这样啊？”

波子在火钵边上坐下，看到放在一边的外套，问：“品子，这是你要送给友子的吧？”

“嗯。但友子说什么也不愿意收，还说战后总共就做了三件外套，两件都送她了，她不好意思呢。还一板一眼地计较……”

“不是计较。”友子打断了她，“我只是觉得以后总还会下雪，总不能让品子你没有换洗的外套吧？你进后台的时候，穿着脏外套像什么样子，才……”

“有什么关系，我今早上还改了改品子的旧衣服，”波子叹了一口气，接着说道，“但毕竟都是旧东西，也派不上什么大用场，就凑合穿吧。友子，你要是有什么为难的地方，今晚就对我们说吧。”

“好的。”

“不管什么事，只要是我力所能及的，都会帮你。以前不都是我有事的时候友子你过来帮忙吗？该说谢谢的是我不是你啊。这些日子以来，友子你在我身边忙前忙后，我觉得这是我一生中最宝贵的时间了。但这不可能持续到永远吧，只要你结婚了，也就结束了——多短的一段时间哪，我必须珍惜你。”

“话说回来，友子你不会是为了结婚的问题而烦恼吧？”

友子点了点头。

“从小就有许多人亲切地照顾我，我也过于习惯别人的好意了。你的恩惠我受得也够多了。我想得很清楚，有时候甚至会想，要是你早些结婚离开我或许会更好。”波子说着，看了看友子，“你啊，结婚、生活、事业，不都为我做了不少牺牲吗？你是全心全意为我献身了啊。”

“怎么能说是牺牲……只有在老师您身边，我才能感到活着的意义。我不是在受老师和品子你们的关照吗？就算能为你们做哪怕一点点的贡献，我都觉得心满意足。像我这样没有信仰的人，能有为之献身的对象就是幸福的。”

“没什么信仰的人？”

波子把友子的话重复了一遍，自己也陷入了思考。

“话说回来……”品子小声道。

“停战的时候，品子十六岁，友子就是十九岁吧，算虚岁的话。”

“友子你老说些没有信仰啦之类的，但对我们，你不一直都是全心全意的吗？”

波子话刚说完，友子摇了摇头：

“其实我有事情瞒着老师。”

“瞒着我？什么事情？是生活上的难处吗？”

友子又摇了摇头。

不管波子怎么追问，友子都没有回答。

“要是不方便对我说，等会儿对品子说也行。”

留下这句话，波子就回主屋去了。

品子和友子把床铺并在一起，灭了枕边的灯，友子说起自己想要离开波子去外面干活的事。

“我就猜到是这回事。妈妈也说没能好好照顾你，心里不安呢。”品子转过头，面对着友子，“不过，如果只是这件事……”

“不，不是我们家里的原因，不是因为我和妈妈的事。”友子语焉不详地继续说，“是因为孩子生病了，实在没办法。总不能放着孩子的命不管吧。”

“孩子？”

友子应该是没有孩子的啊！

“孩子是怎么回事，是谁家的孩子？”

友子终于如实说了，是她喜欢的人的孩子。这个人有两个孩子，现在都患了肺病，住院了。

“他夫人呢？”

“他夫人身子也不好。”

“所以是个有妇之夫？”品子这话说得太过露骨，于是又压低了声音继续说，“连孩子都有了？”

“嗯。”

“你要为了他的孩子，出去干活？”

似乎是黑暗吞没了友子的回答，品子惊叫一声：

“友子！”

“这也是你说的献身？我实在搞不懂。还有那个人存的是什么心？他的孩子生病，为什么要让你去干活？”品子的声音颤抖起来，“你就喜欢这种人？”

“不是他让我去干活，是我想为他去干活。”

“有什么区别？这是什么人哪！”

“品子，别这么说他……难道不是因为我喜欢上了他，才给他招来灾厄，让他孩子生病的吗？他身上发生的事，就是我身上发生的事。”

“可他的妻子和孩子会接受你的钱治疗吗？”

“他们根本不知道我的事情。”

品子觉得话堵在喉头说不出来。

“是吗？”她终于压住了声音，“孩子多大了？”

“大女儿十二三岁左右吧。”

品子试着从孩子的年龄猜测父亲的岁数，友子喜欢的那人，大概已经四十多了吧。

她睁开双眼，不再说话。黑暗中，友子动了动，枕头发出声音。

“我要是想生孩子，可能现在也生了吧。不过我生的孩子，应该是个健康的孩子吧。”

品子觉得她说的全是不着边际的蠢话，又觉得友子是个不检点的人，不由得心生厌恶。

“对不起，都怪我自说自话。”友子似乎感受到了品子的心情，“我实在是觉得没办法面对你。但如果不说出来，就是在骗你。”

“一开始你就是在骗人吧，说什么献身是为了他的孩子，难道不是骗人吗？就算你这么说……这难道不是在骗人吗？”

“不是啊，虽然孩子不是我的，但却是他的啊。再者说，毕竟是关系到性命的事情。只要是对他重要的事，对我就也是重要的事。如果他感到痛苦，我也会痛苦。就算这不是我最真实的意愿，但现实是他的确只能靠我了。品子，就算你责备我道德败坏，就算我觉得自己可悲，没有理智，但这能让情况好转吗？”

“但你有没有想过，即使他们的病治好了，要是之后他们知道用的是你的钱，会是怎样的心情呢？还会向你道谢吗？”

“结核菌怎么会等我考虑这些。将来他的孩子可能会恨我吧，但也要活下来才能恨我。现在他为了孩子的病沥尽心血，我也必须尽心尽力。”

“让他自己拼命做不就好了吗？”

“普通人怎么能赚到这么一大笔钱？”

“那友子你呢？你怎么赚？”

友子犹豫再三，终于说要到浅草[1]的小店去工作。

品子听她的语气，察觉到她要去做脱衣舞女了。

她爱上一个有妇之夫，为了给那人的孩子治病，要去做脱衣舞女赚钱，这让品子错愕了。

在噩梦中如何判断善恶呢？品子不知所措，这也能算得上是女人为爱献身、为爱牺牲吗？但目前看来，友子似乎已经决定要到浅草去，让人观看自己的裸体了。

从小，她俩就相互扶持，即便是在战时，也都悄悄地练着古典芭蕾。可如今，友子居然要将舞蹈用在这种事上。

可品子很清楚，不管自己是愤怒地制止，还是哭着哀求，友子都不会改变主意，她就是爱钻牛角尖的固执性子。

“现在的人，总在说什么自由、自由。把自己献给我爱的人，这也是我的自由吧。这就是我的信仰，我的自由。”

品子曾听友子说过这样的话。那时候，她还以为友

1 | 浅草：以日本东京浅草寺为中心的周边繁华街区的总称。

子所说的大概是自己的母亲波子。现在看来，或许那时候她就已经爱上这个有妇之夫了吧？

今晚在浴室里，友子表现得束手束脚，也是因为很快就要去跳脱衣舞了吧？

友子的裸体忽然浮现在品子的眼前，她猜想友子或许也怀过孩子吧？

第二天一早，友子睁开眼，品子已经不在床上了。

她害怕自己睡过了头，慌忙地掀开雨挡。

这是一处被群山环绕的所在，山上长着松与杉，友子昨晚就睡在这儿。透过院里的竹丛，能看到一座小山坐落在西侧，透过西侧小山上稀松的松木间隙，隐约还能见到富士山。从东京那片废墟来的友子深深地吸了一口气，眼前的景象似乎恍惚起来，于是她扶住玻璃门俯下身来。

一根树枝如垂枝樱般低低垂到她的眼前，枝下绽放着小株山茶花，深红的花瓣上有一些斑点。

波子穿着木屐走出主屋，来到院子里：

"早上好。"

"早上好，老师。可能因为太安静，我睡过头了。"

"哦？是因为没睡好吧？"

"您知道品子在哪儿吗？"

“天还没亮她就跑到我床上，把我弄醒了。”

友子抬起头，看向波子。

竹叶斑驳的影子落到了波子的脸上和胸前。

“友子，拿着这个……快，放到包里去，拿去卖掉吧。”

波子急急忙忙地将东西塞到友子手里。友子不愿意接，问：“这是什么？”

“戒指。快收起来，别让人发现了。今天早上品子把你的事都跟我说了，我准备把这间别屋卖掉，你再等等吧。”

友子攥着戒指盒，眼泪忽然涌上来，跪在了地上。

冬之湖

《天鹅湖》[1]的音乐声流了过来。

这是芭蕾剧目的第二幕，白天鹅群舞。

白天鹅与齐格弗里德的慢板舞曲结束后，四只天鹅舞动起来，接着是两只大天鹅……

俯在栏杆上的友子忽然挺起了胸。

---

1 | 《天鹅湖》：柴可夫斯基创作的芭蕾舞剧。下面的齐格弗里德是舞剧的男主角——王子。

“品子？那是品子！”

她的心思随着音乐飘了出去，眼泪又一次如雨滴般落下来。

“老师，品子自己在跳舞呢。昨晚我跟她说了些不该说的话，她一定是想要发泄才跳的吧？”

“跳的是《四小天鹅》吧？那可是四人舞呀。”波子一边说，一边仰起头望向建在岩石上的排练场。

后山的松林上空，飘着一片白色的云彩，在朝阳的照耀下染上了七彩霞光。

友子似乎已经看到了舞台上正上演着浪漫的舞蹈。

山湖映着明月，一群白天鹅游到岸边，变成了美丽的女孩，翩翩地舞起来。她们都是被魔王罗特巴尔德诅咒变成天鹅的女孩，只有在晚上，她们才能在这个湖畔变回人形。

白天鹅与王子立下爱的誓言也正是在这第二幕。相传从未恋爱过的年轻人一旦拥有了爱情，就可以依靠爱情的力量解除诅咒。

友子等着曲子继续下去，可第二幕白天鹅舞结束后，排练场那边就再也没有音乐传来。

“已经结束了吗？”友子仿佛还在追寻着幻梦，“我真希望能继续跳舞呀，老师。光是听见音乐，我就能想象到品子跳舞时的样子了。”

“那是自然，你太了解品子了。”

“应该是吧。”友子点了点头，“但……”

刚开口，她的话又被喧闹的节日音乐打断了，她像是突然想起了什么。

“哇，这是《彼得鲁什卡》[1]？”

圣彼得堡的广场上，魔术剧场的小屋前，前来参加狂欢的人们手舞足蹈。这是由斯特拉文斯基[2]指挥，费城交响乐团[3]演奏，胜利唱片公司[4]出品的唱片。

眼泪又盈满了友子的眼眶，她泫然欲泣。

“真想跳啊，老师，我去和品子一起跳。”

友子站起来。

“就当作和芭蕾舞告别吧，《彼得鲁什卡》还挺应景的。”

---

1 | 《彼得鲁什卡》：一出四幕滑稽芭蕾舞剧，由伊戈尔·斯特拉文斯基作曲，米哈伊尔·福金编舞。

2 | 斯特拉文斯基（1882—1971）：全名伊戈尔·菲德洛维奇·斯特拉文斯基，美籍俄国作曲家、指挥家、钢琴家。

3 | 费城交响乐团：美国五大交响乐团之一，创立于1900年，名列当代十大世界交响乐团之一。

4 | 胜利唱片公司：美国的唱片公司，总部位于纽约。

波子回到主屋，屋里只有矢木一个人，两人一起吃过早餐。

高男早早就去了学校。

《彼得鲁什卡》第四幕乐曲不断从排练场飘来。

“这狂欢节的音乐，一大早就吵个不停。”矢木开口道，“真是伟大的噪音啊。”

《彼得鲁什卡》分成四幕，第一幕和第四幕的场景都是在正举行城市狂欢节的广场上。第四幕表现的是日暮时分广场上熙熙攘攘的情景，音乐也更激昂。

唱片为了表现狂欢节的氛围，把组曲的第四幕灌制了三面[1]，手风琴、铜管、木管的交响渲染出喧闹狂热的氛围，又有摇篮曲舞、牵熊百姓舞、吉卜赛舞、车夫马夫舞以及化装舞会舞。矢木所说的“伟大的噪音”，似乎是一个名人听过《彼得鲁什卡》后发表的评论[2]。

“品子她们跳的是什么角色呢？”

波子自言自语道。节日中的人们乘兴而舞，舞姿让

---

1 | 三面：一张唱片为正反两面，三面即一张半唱片

2 | “伟大的噪音”实际上是作曲者斯特拉文斯基在其自传里说的：“我的脑海中浮现出一幅清晰的画面：一个木偶突然被赋予了生命，一连串魔鬼般的琶音使乐队的耐心突破极限，管弦乐队反过来用威胁性的小号进行报复，结果用一种伟大的噪音达到了高潮，并以可怜的木偶悲伤而不满的崩溃告终。”

人目眩神迷。

未几，雪花飘落，圣彼得堡华灯初上，喧嚣粗放的音乐将狂欢的氛围推到顶点。木偶彼得鲁什卡便是在这时候爱上了舞女人偶，却在这熙熙攘攘的节日里被另一个木偶——情敌摩尔人杀害了。彼得鲁什卡的幽灵出现在魔术剧场的小屋栏杆前，悲剧的幕布终于合上。

品子那边的节日音乐依旧在重复着，在餐厅回响。

“早餐前放音乐，倒还蛮有生气的。但品子她们总不会是在思考尼金斯基[1]的悲剧吧？”矢木小声嘟囔着，把头转向排练场方向。

波子也向那边望去：

“尼金斯基？”

“嗯。尼金斯基不就是因为战争才精神失常的吗？真是战争的牺牲品。听说他刚开始病的时候，还经常说梦话，无意识地说些‘俄罗斯’‘战争’之类的。尼金斯基是个和平论者，还是个托尔斯泰主义者。”

“今年春天，他在伦敦的医院里过世了。”

“他精神失常以后，还从第一次世界大战开始活到

---

1 | 尼金斯基（1889—1950）：全名瓦斯拉夫·弗米契·尼金斯基，芭蕾舞蹈家，被誉为“舞蹈之神”。

了第二次世界大战结束，足足有三十多年呢。”

或许是因为想起了彼得鲁什卡正是尼金斯基最擅长的角色，矢木这么说道。

最近，矢木通过研究《平家物语》《太平记》之类关于战争的古典文学作品，正在写一篇叫作《日本战争文学中的和平思想》的论文。

今早动笔前，品子她们的《彼得鲁什卡》打断了矢木的思路。

音乐停止以后，品子和友子并没有到主屋来，于是波子便去了排练场，只见排练场上只剩下品子一个人，呆呆地留在那儿。

“友子呢？”

“她回去了。”

“连早饭都没吃？”

“她还让我把这个还给您。”

品子手中握着装戒指的小盒子。

品子没有把盒子递过去，波子也没有要接的意思。

“我对她说，我和妈妈都要出门，等我们一道吧。可是怎么挽留她都不听，只说‘我得回去了’。”品子直起身来，向窗户走去，“她这人还真会做出些让人吃惊的事。”

波子坐在椅子上，盯着品子的背影发呆。

“这样下去会感冒的。去换了衣服，吃早餐吧。”

“好。”

品子在排练服外面披了一件外套。

“友子说她没脸见爸爸。”

“是吧？昨天晚上她哭了，今天看上去没睡好的样子……”

“我开始也睡不着，不过后来实在太累了，只觉得全身没力气，最后还是睡着了。”

窗边的品子转过身来。

“不过最后她还是把那件外套穿走了，还有妈妈给她做的那件针织连衣裙也带走了。”

“是吗？那太好了。”

“友子她还说，虽然现在她离开妈妈出去做事，但一定还会回来的。”

“哦？”

“妈妈，友子的事情，就这样算了吗？你为什么想把那个给她？”

品子注视着母亲，走到她身侧。

“他们不分手是不行的吧。我得让他们分手。

“要是我早一些察觉就好了，我早就觉得她情况不对，但她表面上不动声色的，还像以前一样帮我做事。友子啊，她藏得可真好。

“那男人不是好人，她才不敢向您说清楚呢。我得让他们分手。”

品子重复了一遍，语气斩钉截铁。

“话说回来，想要瞒住妈妈您不是什么难事呀。”

“品子你也有事瞒着我吗？”

“妈妈，您不知道吧？爸爸的……”

“爸爸的什么？”

“爸爸的存款。”

“存款，你爸爸的？”

“爸爸不想让家里人知道，他把存折放在银行里了。”

波子露出错愕的神色，随即脸色又变得铁青。

只一瞬间，一股难以形容的羞愧感让她的血液沸腾起来，她的脸颊也僵住了。

似乎是这种感觉传染了品子，品子的脸上也泛起了红晕，她反而难以抑制了：

“是高男先发现的，他把存折偷出来了，我才知道的。”

“偷？”

“高男他悄悄把爸爸的存款取出来了。”

波子放在膝盖上的双手抖了起来。

品子说，高男虽然景仰父亲，但也觉得父亲把家里的生计全部抛给母亲，还全然不顾母亲辛苦，偷偷存私房钱的行为实在不可饶恕，于是他便把父亲的存款取了出来。

将来父亲要是看到存折，知道存款已经被取走了，自然会知道是家里人干的。他觉得父亲会以为这是家人对自己无声的控诉或者警告吧。

“爸爸连存折都存在银行，存款却被家人取走了，真不知道他会怎么想。”品子依旧站在那儿，“这点上，爸爸也跟友子的那个情人一样过分。”

“高男他偷的？”

波子终于开口了，她声音发颤，小声地问道。

一阵羞愧让她手足无措，甚至不敢看女儿的脸。一阵凉意袭来，她感到有些胆寒，禁不住打了颤。

除了在某所大学里教书，矢木还在两三所学校有兼职。近些年冒出来不少新制大学，有时他也会到地方的学校去短期任教。除了工资，他多少还有些版税和稿费。

矢木从来没将自己的收入告诉过波子，波子也没有勉强向他打听。从刚结婚的时候就是这样，现在也很难再改过来。这既是波子的错，也是矢木的错。

虽然觉得丈夫品性顽劣、好要小聪明，但他居然会瞒着家人自己藏钱，这是波子做梦也没有想到的。存钱是一件好事，但把存折都存到银行就实在说不过去了。如果他负责养家倒也还好，可矢木根本……

波子也知道矢木会交个人所得税，可他从来不在自己家里交税，而是在学校宿舍或者其他地方。波子原本以为他这样做是为了方便，从来没有介意，现在却想，矢木之所以在收入上瞒着自己，是不是别有用心呢，或许他已经怀疑自己了？

波子感到一阵战栗。

“我的一切我都已经不在乎了，哪怕全部没了也无所谓。我一点也不在乎。”波子伸手扶额，一边说着一边站起身。从唱片架旁边的书架上抽出一本书。

“我们走吧。”

“干脆像友子那样，我们也失去一切，让爸爸养活我们好了。这样高男和我也都得自力更生了。”

品子拉住母亲的手走下石阶。

波子带来了一本有尼金斯基传记的书，在去东京的电车上，她既不想和品子讨论友子，也不想提起矢木。

这是她刚才恍惚地从书架上抽出来那本书，她想，自己之所以抽出这本书，大概是因为矢木所说的“尼金斯基的悲剧”还在脑子里回荡吧。

“要是再打仗，就给我氰化钾，给高男深山里的烧炭小屋，给品子那种十字军时期的铁贞操带吧。”

品子她们那边的《彼得鲁什卡》曲子停下来的时候，矢木这么说道。波子想要掩饰住自己的厌恶，问：

“你是不是把我给忘了？给我什么好呢？”

“啊，对，忘了你了。你自己选吧，从这三样里面选一个你喜欢的。”

矢木放下报纸，抬起头来。

看到丈夫这样平静温和的样子，波子反倒有些不知所措。她拿起报纸，看了看上面的大字标题，只听矢木继续说：

“最后一个问题，谁来负责品子贞操带的钥匙呢？还是你来吧。”

波子静静地站了起来，走向排练场。

当时她觉得这种玩笑太过下流，而现在，知道了关于矢木存款的秘密后再想起这个玩笑，竟让她有些害怕起来。

“你爸爸今早听了《彼得鲁什卡》，还说：‘品子她们总不会是在思考尼金斯基的悲剧吧。’”

说完，波子将《芭蕾读本》递给品子。这本书是一位访日的俄罗斯芭蕾舞演员写的。品子接过书：

“我读过好几次了。”

“这样啊，我也正在读，但是今天不知道为什么，就把它给带出来了。我听你爸爸说：‘尼金斯基是战争和革命的牺牲品……’”

“也不能这么说，还在舞蹈学校上学的时候，就有医生断言他迟早会发狂的。”

但电车驶过铁桥的声音盖过了品子的话。她眺望着六乡的河岸，似乎是想起了什么事情。电车从铁桥上下来后不一会儿，她又开口了：

“有位叫塔玛拉·淘玛诺娃[1]的芭蕾舞演员也是革命军的孩子吧，真可怜。她的父亲是沙俄的陆军大佐，母亲是高加索少女。因为革命，父亲受了重伤，母亲被子弹打中下巴，在运送他们到西伯利亚的牛车上生下了塔玛拉。生在牛车上啊……他们在西伯利亚颠沛流离，

1 | 塔玛拉·淘玛诺娃（1919—1996），美籍职业芭蕾舞演员、电影演员。

最后被驱逐出境，逃亡到了上海，在那里看了安娜·巴甫洛娃[1]的舞蹈巡演，塔玛拉才生出了成为舞蹈家的愿望。后来她在巴黎大剧院出演了《珍妮的扇子》，名声大噪，被媒体称作天才少女，那时候才十一岁。”

“十一岁？我记得她到日本来跳《白天鹅之死》的时候，是大正十一年。”

“那是我出生前的事吧。”

“嗯。还是我结婚以前的事，那时我还是个学生。巴甫洛娃刚好是在十年前过世的，当时是五十岁吧？她到日本的时候，跟我现在的年龄差不多。”

塔玛拉·淘玛诺娃在前往西伯利亚的牛车上出生，后来在上海看了巴甫洛娃的舞蹈，又从上海去了巴黎。在巴黎时，得到了巴甫洛娃的赏识。多么机缘巧合的相遇。幼年的淘玛诺娃的舞蹈打动了世界第一的芭蕾舞演员，于是她终于同自己憧憬的巴甫洛娃一起，在特罗卡德罗的舞台上共舞。

此后，淘玛诺娃加入了蒙特卡罗的俄罗斯芭蕾舞

---

1 丨 安娜·巴甫洛娃（1881—1931），俄罗斯芭蕾舞演员，是20世纪初芭蕾舞坛的巨星，为芭蕾舞发展做出巨大贡献，素有“芭蕾女皇”之称。

团，年仅十四岁，又在乔治·巴兰钦[1]他们的“芭蕾一九三三”舞团中当上了首席舞蹈员。

据说这位玲珑少女的脸上总是挂着忧郁，舞动的身影总能牵出人们的寂寞。

“现在她是在美国跳舞吧？应该是三十岁了。”品子似乎想起些什么，又补充道，“香山老师经常对我说些淘玛诺娃的事情，那是他带着我们在部队、工坊去做伤兵慰问演出时的事情了，那时我也就十五岁前后吧……和淘玛诺娃在蒙特卡罗的俄罗斯芭蕾舞团和‘芭蕾一九三三’跳舞时的年纪差不多。”

“是啊。”

波子点了点头，许久没从品子口中听到香山这个名字了，她不禁听得更仔细了些。

但她还是把话题岔开了：

“听说英国也有芭蕾舞团到前线、工坊或者农村去慰问演出，芭蕾舞的魅力也因此扩散出去，这也是战后芭蕾舞流行起来的原因之一吧。芭蕾舞现在之所以在日本流行，是不是也有这个原因呢？”

“是吗？有种说法是，现在人性终于从战争中解放

---

1 | 乔治·巴兰钦（1904—1983），美国舞蹈家、编导。

出来，女性的解放，正是以芭蕾舞的形式表现的。我觉得这种说法很有道理。”

品子又补充道：

“但是，我还真怀念和香山老师一起去做慰问旅行的时候啊。就连去东京我都会想，不知道回来的时候还能不能活着越过六乡川上的这座铁桥。我们到特工队的时候，我会一边跳舞一边想，不如索性死在这里好了。有时候是坐卡车被运过去的——那倒还好，运气不好的时候，还得坐牛车。塔玛拉在牛车上出生的故事，就是我们坐在牛车上的时候香山老师对我们说的，我听得哭了。当时日本正遭受空袭，城市里一片火光，每当飞机飞过头顶上空，我们就得从牛车上跳下来，躲到树下。香山老师说，我们就像是被革命驱赶的俄国人一样。现在我倒觉得，或许那时候更幸福呢，至少不会像现在一样彷徨疑惑……那会儿啊，我一心只想着给为国家出战的人一点安慰，所以只管拼命跳舞。有时候友子也会一起跳。我才十五六岁，就踏上了不知道何时就会死去的旅途，却一点也不感到害怕，因为心里有种信念在支撑……”

那次旅行中，香山的手臂始终搭在品子的肩上，保护着她。至今，品子的肩上仿佛仍有他手臂的触感。

“别再提战争的事儿了。”

波子本来打算轻声细语地打断品子，却没想到说出口时声音还是变得格外严厉。

“好。”

品子环顾四周，心想，不会被别人听见吧？

“话说回来，六乡的河滩变化还真大呢。我记得以前那里是高尔夫球场吧，战争刚爆发，就被征作军事教练场地了。后来人们又在那儿耕种，一整片河滩都变成了麦田和稻田了。”

品子说着，又回想起在战火中与香山出行的往事。

“打仗的时候，不会去想那些多余的事情。”

“那时候你还小，战争剥夺了大家的思想自由。”

“妈妈您难道就没有想过，至少对我们家来说，战争时比现在要和睦得多吗？”

“是这样吗？”

波子一时语塞。

“那时候我们家团圆美满，不像现在，各自奔走。就算国家眼见着溃败，至少家庭还是和睦的。”

“也许是我的原因吧？”波子终于把话挑明了，“不过可能真如你所说吧。在那样的条件下，眼睛看到的未必就是真实。”

“嗯，的确。”

“而且，用现在的眼光来看过去的回忆，是没法正确判断的。人哪，往往对过去的事都是怀念的。”

“嗯。”品子坦诚地点了点头，“妈妈，要等到您现在所承受的痛苦过去，成为令人怀念的回忆，不知道还要跨过多少山河[1]呢。”

“跨过多少山河？”

听了女儿的说法，波子莞尔。

“跨过多少山河的明明是品子你吧？”

品子沉默。

“如果战争没爆发，你现在可能正在英国或者法国的芭蕾学院里跳舞呢。”

在皇居的护城河边，波子对竹原说这句话时，后面还有一半“我说不定也跟着去了”。但现在她没把这句话加上。

“战争啊，我学舞的进度，就这么给耽搁了。妈妈您已经这么用心了，但要真培养出个优秀的舞者，恐怕

---

1 | 跨过多少山河：原文为“幾山河”（几山河），出自日本歌人若山牧水的同名诗歌，该诗大意为：还要跨过多少山河，才能到达永不寂寞的国度，我今日将继续旅行。

也得等到我孩子那代了吧？想要在日本培养一个能登堂入室的芭蕾舞演员，少说得花三代人的工夫吧？”

“说什么话呢，你就可以的。”

波子用力地摇了摇头，品子却耷拉下眼皮。

“我不想生孩子，至少在世界和平以前，绝对不会生。”

“什么？”

波子脑袋“嗡”的一声，茫然地看向品子。

“别说这种话，绝对、肯定什么的……这些词像是打仗时的话。”波子用玩笑式的语气责备道，“你这样我很担心。”

“我又没把这些话挂在嘴边，就这么一次而已。”

“电车上突然说这种话，什么世界和平之前绝对不生孩子，让妈妈有些手足无措。”

“那我换个说法好了。我要单身跳舞，跳到世界和平的时候。这样是不是就没问题了？”

“你这是诡辩。”

波子把话头岔开，但品子的话还是在她耳畔回响着，品子的话依旧让她觉得不太真实。

她到底是害怕自己的孩子也在牛车上出生呢？还是

依旧忘不了香山呢？还是说所谓的等待和平，其实就是在等待香山呢？

从品子的话里，波子也听出来了，香山对于品子，毫无疑问是爱的回忆。这份回忆依旧萦绕在品子内心，从未远去。波子对竹原也是如此，正因为有如此切身的体验，才更能明白少女时期的爱有多么难以忘怀。品子的这份爱之所以能平静安稳到今日，或许是因为她还没有与其他男人结合。倒不如说，倘若结了婚，对于香山的这份回忆才会更加深刻吧。二十年以后也许……波子以己度人地想着。

不知道是不是因为昨晚友子的开诚布公撩拨起了品子心中的火苗，今天一大早，品子就跟母亲聊起了这些事情。

波子听品子说，想要在日本培养一个登堂入室的芭蕾舞演员，少说得花三代人的工夫时，还是禁不住吓了一跳。

品子说“至少对我们家来说，战争时比现在要和睦得多”，但那时是由于粮食缺乏，朝不保夕，家人才不得不抱团生存。战后，波子对丈夫的怀疑越发深重，越来越失望。父母之间的罅隙也影响了高男和品子。波子愧疚起来，品子说“就算国家眼见着溃败，至少家庭还是和睦的”倒也是实话。

波子沉默了一会儿。

品子不知想了些什么，开口道：

“朝鲜的崔承喜[1]现在怎么样了？”

“崔承喜？”

“她也是革命者的孩子啊，听说她在朝鲜战争开战前就去了北方，现在或许已经是革命者的母亲了吧？我看过她的舞蹈首演，那时候我和塔玛拉在上海看巴甫洛娃跳舞的时候差不多年纪吧。”

“是有这么回事，是在昭和九年还是十年来着？她的舞惊艳了我，她就这么沉默地跳着，舞姿让人感到朝鲜民族的抗争和愤怒。多激烈粗犷的舞蹈啊，情感要迸发出来一样。”

“品子你记得最清楚的，应该是崔承喜已经火起来以后的事了吧？她简直是一夜成名。不过她在歌舞伎座和东京剧场演出的时候，还没几个贵人去看呢。”

“她从美国到欧洲去跳舞了吧？”

“嗯，”波子点了点头，“听说最早崔承喜是想做

---

1 | 崔承喜（1911—1969）：朝鲜舞蹈家，享誉世界的舞者。

歌唱家的，是她哥哥看了到京城演出的石井漠[1]先生的表演后大为感动，才央求石井漠收她为徒的。石井漠把崔承喜带到了日本，那时候她才刚刚从女校毕业，只有十六岁……”

“不就是我跟香山老师出去跳舞时的年龄吗？”

品子接口道。

波子继续把话说下去：

“有人觉得她是石井漠先生的徒弟，因此她的舞蹈也传承了石井漠的精神。但在我看来，在那次首演上，崔承喜跳出了被压迫民族的反抗精神，让我大为震动。她成名以后，舞蹈的风格也变得开朗了许多，但舞姿里反而没有了那种举手投足间散发出的深沉悲伤和愤怒反抗……可能是因为朝鲜舞也很受欢迎吧，后来她也不太跳石井风格的舞蹈了。后来她去欧洲，也是以朝鲜舞姬的名义，在日本也被称作半岛舞姬。”

“我还记得她跳过剑舞、僧舞，还有无忧舞[2]。”

“她跳舞的时候肩膀和手臂的动作最有特色。据崔

---

1 | 石井漠（1886—1962）：日本舞蹈家、现代舞编导家，日本现代舞创始人之一。

2 | 无忧舞：崔承喜融合朝鲜传统舞与现代舞而创的舞蹈，名为 Eheya Noara，意为无忧无虑的舞蹈。

承喜自己说朝鲜本土不太重视舞蹈。她能从濒临失传的朝鲜舞蹈中创新出那样的舞蹈技法，已经足够令人刮目相看了。她也一定深切地感受到了舞蹈中民族性的重要。”

“民族性？”

“说起这个，我们就应该跳日本的舞蹈，但现在你还不用考虑这个问题……恰恰由于日本舞蹈的传统太过丰满厚重，才更难从中创新，说不定还会倒退。但我觉得哪怕在世界上，日本也称得上舞蹈之国。不是说芭蕾，而是说日本的传统舞蹈。日本人有舞蹈的基因。”

“但日本舞和芭蕾根本就是两极啊。日本人的内在与外在跟芭蕾的要点简直是南辕北辙。日本舞的动作也更内敛含蓄，西方的舞蹈则奔放得多，根本不是一个味道嘛。”

“话说回来，品子你们从小就学习芭蕾，体型也是芭蕾所塑造的。听说在西方，芭蕾舞演员的身高在五尺三寸，体重三十六到四十八公斤左右是最理想的，在这点上你是正好吧。”

品子本来应该在新桥站下车，同波子分手去大泉芭蕾舞团的研究所。但今天她一直坐到了东京，随母亲一起去了排练场。

“友子大概不会再来了吧？”

“会来的，以她的性格，即便不在这儿干活了，也会来正式打招呼的。”

“真的？昨天她不是已经道过别了？她昨晚一晚没睡，又说了那些话，恐怕会不好意思来见您吧。”

“她不是那种人。”

波子对友子充满信赖。

品子之所以跟母亲一起来，是因为她觉得友子今天可能不在，母亲会感到寂寞。

她们刚踏上通往地下室的楼梯，就听到了《彼得鲁什卡》的音乐。

“是友子！”

“看，我没说错吧。”

友子穿着排练服，没有跳舞，只靠在把杆上，静静地听着唱片。

她早打扫完了排练场。

“老师，您早。”

友子有些拘谨，她按下唱片机，又忽然抬起头，看了看墙上的镜子。

“《彼得鲁什卡》？”品子问道，顺手将唱片放回唱片机里播放起来。背景音乐是第一幕热闹的狂欢节。

波子看着镜子里的友子，问：

“友子，你还没吃早餐吧？你是没有回家，直接到这儿来了？”

“嗯。”

友子的眼皮有些浮肿，显得有些疲惫，但瞳孔中却闪烁着光彩。

“既然友子在这儿，我就到研究所去了。”品子对母亲打过招呼，来到友子身边，把手搭在友子肩上，“我还在跟妈妈说我以为你今天不会来了，才跟着她过来的。”

狂欢节的音乐变得激昂起来，品子感到了友子身体的温度，心湖忽然澎湃起来。友子的身子很暖和，显然是刚才跳过舞。

“我和妈妈还聊了民族性的问题呢，在电车上的时候。”

《彼得鲁什卡》的风格和旋律都有着浓重的俄罗斯民族色彩。

斯特拉文斯基为佳吉烈夫俄罗斯芭蕾舞团作曲的芭蕾舞剧，首演由米哈伊尔·福金编舞，瓦斯拉夫·尼金斯基出演剧中那悲惨的人偶。

今早矢木听到《彼得鲁什卡》时，甚至评价说“尼金斯基的悲剧”。

《彼得鲁什卡》于一九一一年，也就是明治四十四年首次公演，那时尼金斯基年仅二十岁。这部芭蕾舞剧先后在罗马、巴黎演出，为尼金斯基赢得了巨大的人气。

尼金斯基于《彼得鲁什卡》首次演出的当年离开祖国，直到一九五〇年去世，都没再踏上故土。

一九一四年，即大正三年，尼金斯基由于思念祖国，整理了行李买好了火车票准备从巴黎回国，却没料到八月一日这天，第一次世界大战爆发了。[1]

他虽然离开了开战时动荡的巴黎，却在奥匈帝国被当作敌国人被逮捕。此后他精神受到重创，时而自言自语，不着边际地说起俄罗斯、战争来。

获释后，他前往美国，在《玫瑰花魂》首次公演时，尼金斯基一亮相，便得到了观众的一致欢迎，舞台几乎被观众抛来的玫瑰花所淹没。

即便是在美国声名鹊起之时，尼金斯基也常常为抑

---

1 | 第一次世界大战爆发于1914年7月20日，奥匈帝国向塞尔维亚宣战；8月1日，法国、德国开始战争动员，德国宣布与俄国进入战争状态。

郁所扰。他常与反对战争、宣扬和平的和平主义者以及托尔斯泰主义者往来。

一九一七年俄国爆发革命，同年底，年仅二十八岁的尼金斯基几乎完全丧失了理智，从舞蹈界隐退。

据说，尼金斯基疯掉之后，在瑞士疗养期间有过这么一件事。一天，他声称要即兴舞蹈一段，于是将一些人集合到一间小小的剧场，在舞台上用黑白两色的布做成十字架，然后他站到十字架顶端，模仿耶稣受刑的样子，说：

“这次我要为大家展现战争的模样，展现战争中的不幸、破坏与死亡……”

一九〇九年，佳吉烈夫俄罗斯芭蕾舞团在巴黎首次公演，尼金斯基作为最受欢迎的男性舞蹈演员，一举闻名世界，被誉为天才。不久他精神错乱，却还在舞蹈。尼金斯基的艺术生涯何其短暂！

一九二七年，也即昭和二年，那是品子出生前的两三年。佳吉烈夫俄罗斯芭蕾舞团在巴黎上演《彼得鲁什卡》时，把已经彻底疯了的尼金斯基带上舞台。据说是为唤醒尼金斯基丧失的记忆，十五六年前，他曾扮演彼得鲁什卡参加了首演。

角色们次第现身舞台，与尼金斯基演对手戏的女舞者塔玛娜·卡萨文娜[1]如初演时一样，以木偶的形态靠近尼金斯基，并亲吻了他。尼金斯基脸红了，直直地盯着她。但卡萨文娜用爱称呼唤他时，他却转过了头。

尼金斯基的手臂被卡萨文娜挽住时，脸上露出落魄的神情，这情形被拍成了照片。

品子看过这张显得有些戏剧性的照片。

佳吉烈夫把尼金斯基带到了观众席上，当彼得鲁什卡的扮演者谢尔盖·里法尔[2]在舞台上现身时，尼金斯基小声问：

“这人能跳吗？”

饰演彼得鲁什卡的谢尔盖·里法尔被誉为第二个尼金斯基，是尼金斯基隐退之后首屈一指的男舞者。尼金斯基以华美的舞技闻名遐迩，看到谢尔盖时，却呢喃地问：“这人能跳舞吗？”这自然又成为人们津津乐道的话题。

他虽然是天才，毕竟也是疯子。他的话凄惨也罢，

---

1 | 塔玛娜·卡萨文娜（1885—1978）：全名塔玛娜·普拉托纳夫娜·卡萨文娜，俄罗斯著名芭蕾舞者。

2 | 谢尔盖·里法尔（1904—1994）：俄罗斯芭蕾舞演员、编导、导演、作家、舞蹈理论家。

合理也好，人们总归是左耳进右耳出了。舞台上的角色是不是自己年轻时扮演过的角色，恐怕尼金斯基自己也搞不明白。或许这只是昔日的伙伴想跟这个行尸走肉般的尼金斯基开玩笑吧？

他经历过辉煌的人生，如今却落得如此悲哀的下场。他就像冬日冰封的湖，哪怕破开冰面、探到湖底，也许都空无一物。

“我爸爸今早对妈妈说：‘品子她们总不会是在思考尼金斯基的悲剧吧？’”

品子对友子说。

友子沉默着没有回答。波子却开了口：

“你爸爸是因为害怕战争和革命，才想起尼金斯基的。”

她像是替友子回答。

“但哪怕打仗的时候，尼金斯基不也在世界各国到处演出吗？即使他精神错乱了，也还是世界级的舞蹈演员嘛。虽然为了疗养，他辗转瑞士、英国和法国，但爸爸和我们一样，稍微有点事情发生，便会被赶到日本的纸拉门后面去，怎么能和尼金斯基相比呢？”

“我们不是世界级的天才，所以也不可能会发疯吧？”

友子开口说道。

“话说回来，友子，你昨晚说的那些话，实在有些奇怪，我听得脑袋一团糨糊。”

“品子，友子的事情我会和她聊的。”

“友子要是肯听妈妈您的话就好了……”

品子没看友子，自顾整理着唱片。

“哎，放着我来整理就好了。”

友子慌忙走过来，品子拍了拍她的肩：

“就当我求求你了，留在妈妈这儿吧。明年开春办妈妈的学生会演的时候，我俩一起跳《佛之手》吧。”

“开春？几月份？”

“还没定下来几月份，不过很快就办了。妈妈，我说得没错吧？”

波子点了点头。

“品子，要迟到了，你快去吧。”

品子埋着头，从地下室走了出来。来到东京站附近时，她停住了步子，仰头望了望钢筋水泥的建筑工地。

爱的力量

进入十二月以来，天气一直都不错。

舞蹈家们的秋季会演基本结束，这月只剩下吾妻德穗、藤间万三哉夫妇的《长崎踏圣绘》和江口隆哉、宫操子夫妇的《普罗米修斯之火》等几出了。

吾妻德穗、宫操子的年龄与波子差不多。

十五、二十年前，波子年轻的时候，就一直在看他们跳舞。吾妻德穗跳的是日本舞，而宫操子跳的是新舞蹈[1]，虽然与波子她们所跳的古典芭蕾舞不同，但他们多年来坚持这种舞蹈形式，让波子深有感触。

波子同他们一样，也经历了日本舞蹈的时代变迁。

江口隆哉、宫操子夫妇留学德国前的告别舞会，以及回国后举办的第一次会演，波子都看过，至今她仍能回想起当时新鲜的感觉——那已经是昭和十年之前的事情了。

那时，许多人宣扬着“舞蹈时代来临了”，舞蹈家们百花齐放，随性举办演出，舞蹈会的观众甚至比音乐会的还多。

西班牙舞蹈家阿根缇娜和特雷西纳、法国的沙卡洛维夫妇、德国的克罗伊茨贝格、美国的罗斯·佩姬等舞蹈家纷纷来到日本演出。

---

1 | 新舞蹈：一战以后在德国兴起的新式舞蹈，形式上摒弃了古典技法，尊重内在表现、追求思想现代性的表现主义舞蹈。

也正是在那时候，波子听说，从佳吉烈夫俄罗斯芭蕾舞团建团伊始便作为舞团编舞的米哈伊尔·福金，也希望到日本来，还传言他要为宝冢和松竹[1]的少女歌剧编舞。

虽然数不清的西方舞蹈家来到日本，却没有一个是跳古典芭蕾的，因此波子对福金的到来满心期待，但这毕竟只是一个传闻。

波子从没亲眼见过正式的芭蕾舞，却始终坚持着跳芭蕾风格的舞蹈。连她本人也不清楚自己的古典芭蕾练习究竟是否正规，但依旧坚持跳了下来。

在摸索中，怀疑与绝望随着年龄不断增长。

战后，芭蕾风靡日本。如今日本人已经能够出演《天鹅湖》《彼得鲁什卡》等俄罗斯芭蕾代表作品，波子却有些怯场了。

她有时候甚至对自己让女儿学习芭蕾、自己教学生芭蕾都感到怀疑。

友子离开排练场后，波子更没了教学的自信。是否可以说，是友子的“献身”支撑起了波子的自信？

波子感到莫名的疲倦，还染了风寒，连着四五天没

---

1 | 宝冢、松竹：二者都是日本著名剧团。

有练习。

“妈妈。我就先到日本桥练一段时间吧？”品子向母亲提议，“友子回来以前，我先去帮您打下手，可以吗？”

“她不会再回来了。但她说过要回来找我，说不定哪一天就回来了。”

“我真想去看看友子的那个情人，但她没跟我提过那人的名字和住址。唉，真不知道怎么才能打听到。”

听了品子的话，波子脱力似的回了一句：

“是啊。”

“要不去问问友子的妈妈？这样不太好吧？”

“不太好吧。”

波子有气无力地回答，心里却想，已经是年底了，友子的母亲可能会像往年那样来问候自己，那时候自己该说些什么呢？

友子的母亲早年丧夫，靠出租四五间房子把友子抚养长大。在战争中，友子家的房子被烧毁，友子到波子的排练场帮忙后，她母亲便在附近的商店里找了一份工作。因为没能照料好她们，波子对两人总是心怀愧疚，总想着再过不久就能……却不承想，与友子的分别来得比“不久”要快多了。

这个“不久”，也许并不只有关友子。波子因此消沉沮丧，只觉得寂寞。

波子有心哪怕卖了宝石、卖了别屋，也要帮友子。友子对波子的处境也心知肚明，要让波子再担上一份更重的担子，于心不忍，因此果断地拒绝了。波子束手无策，这境况是她与友子的性格、生活差异造成的。

“你可别冒冒失失地去找友子的妈妈。说不定她妈妈还蒙在鼓里呢。”

波子叮嘱品子说。

“再者说，哪怕友子不在这儿了，我也没问题。不用担心我，你还是别考虑教学的事吧。”

波子担心笼罩在自己心头的阴影蔓延到品子心上。

波子休息的这几天，东京布料店的两个人和京都布料店的一个人来找过她，都是来诉说失窃的事情。

东京的两人中，一人在挤电车时皮包被人划开，丢了不少钱；另一人把行李放在行李架上，被人顺走了。

京都布料店的那人则是在坐国铁[1]的电车去大阪的

1 | 国铁：“日本国有铁道”的简称，是负责日本国有铁道经营的公共企业，还经营着一部分公交和航运线路，1949 年成立，1987 年解散。

途中，放在腿上的行李被人抢走了。那人在电车门即将关上的瞬间夺走了他的行李，从车上跳了出去。

“啊！周围的人都喊了起来，但我本人还没有反应过来，愣在那儿，连喊都喊不出来。”

京都布料店的那人站起来，恨恨地比画着：“他一只脚踩在车门那儿，就像这样，早准备好了跳出去。”

波子把这些事对矢木说了，意在提醒他年关难过。

“呵。他们聚在你那儿，可真是物以类聚啊。”

“你这么同情心泛滥，肯定又和他们买了什么东西吧？”

被矢木这么一问，波子愣住了。

她跟京都布料店的那人买了一件和羽织[1]，本来打算再向东京那两个人买点其他的东西，可最终没买，心里还有些内疚。

波子本来想给矢木买下那匹结城产的好料子碎花布，如果放在从前，哪怕勉强，她也会买下来让矢木穿上。想到这里，波子更觉得惭愧了。

---

1 | 羽织：指长度较短的和服外套，主要是防寒或参加正式场合的时候穿着。

她本来还想着那匹布料，打算告诉矢木，但到嘴边的话被矢木一句话塞回了肚子里。

“年底了，怎么会有人带着大笔钱去挤电车？”

“可是……”

“既然抢东西的事情都发生在关门的时候，那别坐在门口不就好了？”

矢木语气平静，波子却着急了。

“你都不觉得他们可怜吗？人家也帮过咱们家不少忙，卖旧衣服的时候可是出过力气的。”

“买卖归买卖。”

“有些事情不是只用买卖就能说明白的。都是熟客了，我和品子到店里去的时候，他们都会特别用心地挑布料。打仗前，有些东西是人家自己喜欢的，不都卖给我们了？他们也不容易……”

“不容易？”矢木反问，“哪里不容易？你声音怎么抖了？”

若在平常，波子不会当一回事，但这次不太一样。

战前，这三个人都经营着不错的店铺。后来京都的布料商被疏散到福井，又遭遇了地震。如今战争结束五六年了，他们还没能再开起自己的商店。现在临近新年，三人都遭遇失窃，带着一副为难的表情找了过来。

波子被矢木奚落了一顿，心想要是拜托来排练的女孩，应该能卖出去十来二十反[1]布料。她匆忙收拾一下，便往东京去了。

排练场里只有学生还在做着基本训练，两个待得久一点的正代替波子和友子指导着大家。

“呀，老师，您身体好点了吗？”

“您脸色不太好呢。”

学生们凑了过来，把波子围在中间，扶着她坐到椅子上。

“谢谢，我请了这几天假，实在对不起大家。我身体还好，没看上去这么虚，不至于起不了床。”

话刚说完，波子仰起头，想看看身边的女孩们，却不由得咳嗽起来，眼泪都流了出来。

一个女孩掏出手帕，为她擦了擦眼睛。

“不用担心，你们继续练习吧，我休息一会儿就好了。”

波子进到小房间里，目光落在了桌面的电话上，于是她给竹原打了个电话。

---

1 | 反：日本旧制长度单位，用来衡量布料，一反布料通常可以制作一件和服。

竹原到的时候，波子正独自坐在暖炉边的椅子上，一只手搭在扶手上，脸埋在臂弯里。

“还好你给我打了电话。我听你的声音和平常不大一样，本来想马上赶过来，可有个客人来买小型相机，是桩出口的买卖。”

竹原走到波子面前站定，脱下帽子，把帽子塞到把杆和墙壁之间。

波子泪眼婆娑，抬头望向竹原，额头上印着袖子的形状，睫毛也显得凌乱。

“对不起。”波子脱口而出，“好像是感冒，所以也没练习。”

“这样吗？看起来是不太精神。”

“唉，不知道从何说起，太累了。”

竹原依旧站着，低下头看向波子，旋即移开了目光。

“一进房间就闻到一股煤气味，不是有毒吗？”

“嗯，本来我想只要练习一会儿身子热了，就把煤气关掉。”

波子转头看了看镜子。

“唉，脸色真差。”

她用指尖理了理睫毛，像是让人看见了刚起床时的素颜一样羞赧——她甚至连口红都没怎么涂。

竹原转头望向她看的方向。

“墙镜还没装上呢。”

“嗯。”

这间排练场刚建的时候，波子就说过要在一面墙上装上镜子，但到现在也只是把两块西装店的穿衣镜合起来装在一起。

“这也算是镜子吗？”

波子莞尔，见到镜子中自己憔悴的模样，又忧心忡忡起来。

她已经四五天没有好好梳理过头发了，只是胡乱地用梳子拢了起来。

但哪怕以这种形象见竹原，波子还是很坦然，甚至不由得生出了一种对竹原亲切的怀念。

“电话里听你声音那样，我还以为出了什么事情。没想到你一个人在这儿，所以直接进来了。看你的样子，似乎有什么心事？”

“你是指？”

波子哑然，一丝愁绪升到了她的心头。

“我想起些不着边际的事，想到护城河拐角的那条白鲤鱼……”

“鲤鱼？”

“嗯，日比谷十字路口附近，护城河拐角那儿不是有一条白鲤鱼吗？我当时盯着它看，你还责怪我来着。”

“是有这回事。”

“后来我又把这事对品子说了，她说那儿有鲤鱼没什么不可思议的。”

“我记得你说过，护城河里有这么小一条鲤鱼，谁都不会去留意，直接就走过去了，只有我才能注意到这种东西。我就是这性格吧。”

“说过，我还说过鲤鱼和波子你都是孑然一身，同病相怜。那时候看你盯着护城河，我真想狠狠拍你后背一掌。”

“你还责备我说，这种性格趁早改掉为好。”

“看着你这个样子，我心里面实在不好受。”

“但我当时确实想，就算没人留意到它，那鲤鱼还是在那儿。后来我对品子也说了这件事。”

“你把我跟你在一起的事也对她说了？”

波子轻轻摇了摇头。

“那里是鲤鱼聚集的地方，品子当时这么跟我说。还说一到傍晚，就只剩下这一条了。她说带孩子一起逛日比谷公园的人们喜欢在走的时候把饭盒里剩下的面包屑和米饭扔到水里喂它们。那里本来就是鲤鱼聚集的地方，剩下一条也没什么可奇怪的。”

“品子这么说？”

竹原向波子投来反问的目光。

“我问过品子，她就跟你当时责备我一样回答我，我觉得自己真难为情。但那时候我不知道为什么，就跟那条鲤鱼感同身受了，那条小鲤鱼莫名其妙地选了这么个孤单的地方，孤零零地停在那儿。”

“这样啊。”

竹原理解了波子的说法。

“即使是波子你，不时有这种想法也很正常。”

“我也这么觉得。这些微不足道的东西总能勾起我哀伤的情绪。就连和你在一起，我也会不由自主地注意它们，这让我觉得好寂寞。”

波子说完，忽然意识到什么，眼神闪烁地低下头。

一抹绯红染上了她的眼睑与面颊。

“对不起。”

波子似乎想要驱散掉这尴尬的氛围。

竹原凝视着波子。

“能不能不再看白鲤鱼了呢？”

波子眼皮扇了扇，左侧肩膀微微沉了沉，这副模样落在竹原眼里，总觉得像是那肩上有什么重担把它压沉了下去。

于是他直起身，退后两三步，随即往前靠了上来。

波子右手扶住左肩，闭上双眼，往前倒来。

“波子！”

竹原从侧面扶住波子，接着顺势绕到她的身后，抱住了她。

竹原的右手落到波子的右手上，轻轻地握住了。波子的右手一落到竹原掌心，手指就失去了力气，从肩膀上落了下来。她的手细腻嫩滑，却很冰冷，凉意一下贯通了竹原全身。

竹原屈下身。

“太晚了。”

波子说着，把脸扭向一边。

“太晚了？”

竹原复述了一遍波子的话，又用坚定的语气说：

“不算晚！”

嘴上虽然否定，但话一说完，波子那句“太晚了”才终于重重地击在他的心口。

他有些手足无措，身子呆呆地僵住。

竹原的下巴触碰到了波子的头发，眼睛触及到了波子的耳垂。波子的脖颈微微倾斜，上方的发际皮肤白皙透亮。

她的耳朵上今天没有任何装饰。

因为感冒，波子出门前没有洗澡，就比平时多用了些香水。卡朗[1]黑水仙香水的气味，夹着干枯的草叶被烧焦一般的头发香味，淡淡地弥散出来。

竹原的右臂依旧搭在波子的右臂上，波子的右手从左肩上滑落下来，因此二人的姿势自然而然地变成了竹原温柔地抱着波子。虽然没有触碰到波子的胸口，但透过身子，竹原感到波子的心跳变得剧烈起来。

“波子，没有晚！”

波子又轻轻地摇了摇头，转过脸来面对着竹原。

竹原用胸膛支撑着波子的身体，把嘴唇贴向波子的上眼帘。竹原刚才就想触碰波子的眼睑了。

波子合上双眼，眼帘微颤，似乎在诉说着什么，传递着比嘴唇来得更温暖而哀伤的话语。

但在竹原的唇贴上来之前，波子的眼泪已从缝隙中

---

1 | 卡朗（Caron）：来自法国的香水品牌，始创于 1904 年。

溢了出来，濡湿了睫毛，让她双眼皮的线条变得更加妩媚了。

转眼间，眼泪就顺着眼角流淌下来。

竹原的嘴唇移向眼泪淌出来的地方。

“别这样，好可怕。”波子晃了晃肩，“好可怕，有人在看着。”

“有人看？”

竹原睁开眼，波子也睁开了双眼。

对面是采光的窗户，透过它，可以看到马路上行人交错的腿。

窗户狭长，略微高过道路，只能看到行人的小腿，既看不到膝盖，也看不见鞋子。

光线射进地下室里，有些晃眼。行人匆匆，已经是接近黄昏时分。

“好可怕。”

波子动了动身子，尝试直起身来。竹原的双手忽然卸掉力气，波子的身子就如同失去支撑一般，往前倾倒下来。

“放开我……”

波子晃动身子，慢慢挪开了。

竹原目送波子离去，胸口还残存着拥抱波子的余韵。

“我们出去吧。”

“嗯，稍等一下。”

波子看了看镜子，又似乎有些害怕自己，从镜子前离开了。

当晚，波子到家时还不到九点，比品子还要早些。品子因为还要编舞，回来得会晚一些吧，波子猜测。不知为何，自己比品子先到家这件事，让她有些如释重负的感觉。这让她有了找借口的空隙。

波子打开了丈夫房间的纸拉门，放在拉手上的手指依旧没有卸下力气。

“我回来了。”

“嗯，今天有些晚啊。”矢木从桌前转过身来，“急急忙忙出去，没出什么事吧？”

“没事。”

“那就好。”

矢木在波子眼前摇了摇锡制茶盒子。

“没茶了。”

波子走进茶室，想从罐子里倒些玉露茶[1]放进盒里，

1 | 玉露茶：一种日本绿茶，因口味像蜜露而得名。非中国的玉露茶。

手却不听使唤，把茶撒落在榻榻米上。

等她装好玉露茶回到矢木房间时，矢木已经开始写作了，甚至都没有转头看波子一眼。

“今晚要写到很晚吗？”

波子本打算放下茶静静出去，最终还是问了一句。

“有点冷，很快就会睡的。”

波子回到茶室，捡起撒在榻榻米上的玉露茶，扔进火钵里烧了。

烟渐渐散去，茶香依旧萦绕。

波子本想轻快地绕着房间转圈，但又强把这念头抑制下去。

她本打算一到家就直接到排练房去弹弹钢琴，但最终还是打消了这个念头。

乘电车回来的路上，波子听到了贝多芬的《春天奏鸣曲》，这曲子里蕴藏着她与竹原的往事。乐声和着遥远的回忆，幻化出一个悠远的梦境，又像是触手可及的现实。

“品子回来后怎么办呢？”

波子轻声问自己。

她不想让品子看穿自己遮掩不住的喜悦，于是打算钻到被子里。她本来就有些感冒，想必品子和矢木也不会起什么疑心。

从日本桥的排练场出来，波子应竹原之邀去了西银座的大阪料理店，心里却总想着回家的时间。在新桥站与竹原告别后，她不由得心潮涌动起来。

回到丈夫身边后，她对丈夫的恐惧总算比在竹原身边时轻了一些。

波子自己铺着床铺时差点“呀”地惊呼出声。

在护城河畔时也好，日本桥排练场时也罢，每当自己同竹原在一起时，心里总会有一种恐惧感发作，这不是爱情发作时的感觉吗？

波子放下被褥，坐在上面。

“不会的，怎么会有这种事。”

波子勉强为自己辩解着，钻进了被子里。心情总算平静下来，但方才心中闪过的那道闪电还是吓得她双手合十。

她逐一回想着《大日经疏》中介绍的十二种合掌礼法，正在这时，矢木走了进来。

双手的手指、手掌都紧贴在一起，这叫作实心合掌；掌心间稍微留出空隙，叫作虚心合掌；略微在手掌间作出莲花花蕾形状的未开莲合掌；双手的拇指与小指相接，其他三根手指分开，这是初开莲合掌；掌心贴在一起，五指交叉，那是金刚合掌；此外还有归命合掌……容易记的就到这里为止了，把手掌合起来的合掌式记起来比较简单。

剩下的七种合掌式，像双手掌心向上，手指微曲，像是捧起水一般的持水合掌；还有将手背贴在一起，手指交叉的反叉合掌；以及只有双手拇指相接，掌心向下的覆手合掌等不像合掌的合掌式，波子就回忆不起来了。即便能做出样子，也想不起名字。

她努力想要回忆起这些合掌式，又从头开始重复了两三次，刚回想到归命合掌，矢木的声音就传来了：

“感觉怎么样？睡着了？”

矢木拉开纸拉门，在昏暗中盯着波子的睡姿。

波子忙把练习合掌的双手移到胸前。

归命合掌是死者做的合掌式，但也是人在身子缩成一团，手害怕得发抖时呈现出的手势。这是用来祈求恕罪和怜悯的手势。

波子将交叉的手指用力贴到胸口。

她猜想，矢木是察觉到了她与竹原的事，是来兴师问罪的。

“出门累了吧？”

矢木将手贴到波子的额头上。

“嗬，没有发烧嘛。”

说着，又把自己的额头贴到了她的额头上。

“我的体温都要高些呢。”

波子想要避开矢木一样，将原本贴在胸口的手放到了额头上，同时为自己的举动吃了一惊。

“呀，别这样。我没有洗澡，六天没……”

她终于不再颤抖了。

她也终于藏起了自己的失落。

当绝望来到她的身边，她终于从不贞的恐惧感和罪恶感中抽出身来，得到了解放。

波子的泪流了出来。

没过多久，矢木的声音从茶室方向传来：

“要不要喝点热柠檬水？”

“喝点吧。”

“加糖吗？”

“多加一些。”

波子想起自己回家之后，问矢木“今晚要写到很晚吗”，或许这话在矢木听来，是一种诱惑吧。波子咬紧了嘴唇。

喝热果汁的时候，波子听到了品子回来的脚步声。

“妈妈呢？”

品子刚踏进茶室就问。

矢木似乎有意让波子听到，提高了声音：

“她今天去了东京，累着了，现在已经睡了。”

“咦？妈妈今天去东京了？”

品子说完，往波子的卧室走去。矢木叫住了她：“品子！”

听起来，品子坐到了父亲面前。

波子竖起耳朵，想要听听矢木准备说些什么，她左右翻了翻身，把纷乱的头发拢了起来。

矢木大概是为了让她有时间打理仪容，才叫住品子的吧，意识到这一点，她停住了手指忙碌的动作。

“爸爸，这是热柠檬水？”

见父亲没有说话，品子问道。

“嗯。”

“我也要喝。”

波子听见倒水和汤匙搅拌时碰撞杯子的声音。

听起来，像是品子在搅拌热柠檬水，矢木正看着她的动作。

“品子。”矢木又叫了一声，“我看了高男的笔记，他在笔记里写：一个哥哥，一个妹妹，世界上没有比这更亲密的关系了。”

这话来得实在有些突兀，想必品子正呆呆地看着父亲吧？

“那是尼采寄给妹妹的信里面的话。”矢木补充道，“品子你怎么看？你和高男不是兄妹，而是姐弟，跟尼采的话正好相反。但高男大概认为这句子不错，就把它抄在了笔记本上。虽然说你们和尼采的情况相反，但说的还是男女同胞的事——世界上没有比这更亲密的关系，这话说得没错吧？”

“说得不错。”

“看上去这是高男的期望。你也把这话记下来吧，随便记到哪儿。”

“好的。”

波子听到品子坦率地回答道。

但品子似乎又想起什么。

“爸爸，你们不是一个哥哥一个妹妹吗？”

品子这话说得漫不经心，却让波子一阵发凉。

矢木和她妹妹早就断绝了往来，形同陌路。

依靠波子娘家的扶助，矢木的妹妹从女子高等师范毕业，像矢木的母亲一样做了老师。随着年龄增长，她与兄长一家渐行渐远，不知这是矢木还是妹妹的缘故，抑或是因为波子的关系？恐怕是因为这其中的一个原因吧，又或许是自然而然也说不定。但丈夫的妹妹无论在生活上还是性格上都和波子不合也是事实。每当看到这个妹妹，波子总会想，婆婆、丈夫都和自己不是一个世界的人。

听品子提到了矢木的妹妹，波子也想听一听矢木的答案。

“话说回来，我好像有一阵没见过姑姑了。过年的时候给她寄一张贺年卡吧，我们一起写。”

品子似乎不介意父亲装傻充愣。

“爸爸，您今早提起尼金斯基了？还说了尼采、尼金斯基这些疯狂天才的话题？尼金斯基小时候哥哥就死了，他家里也是一个哥哥，一个妹妹吧？”

今晚高男回来得很晚，矢木对品子聊起高男的事。波子隔墙听着，只觉得矢木像是说给自己听的。

他是不是已经察觉到自己与竹原见了面，正含沙射影地责怪她呢？一个姐姐，一个弟弟；一个母亲，一个父亲，世界上没有比这更亲密的关系了……

品子似乎也感受到父亲话里有话，于是问起矢木妹妹的事，又说尼采也是疯子，连带着似乎也在责问波子。就算品子的话是无心插柳，也让波子不禁背脊一寒，随即感到一阵乏力。

“妈妈。”

品子又唤了一声。

波子没能答话。

“看样子她已经睡着了。”品子对父亲说，“妈妈喝过热柠檬水了吗？”

波子不禁嘀咕道：“唉，真讨厌！”但随即身子又抖了起来，“这孩子。”

波子隐隐觉得，品子已经有了些女性的心思，女性那潜藏在内心深处、令人厌恶的卑鄙心思。

或许品子只是出于关心，才随口问了一句“妈妈喝过热柠檬水了吗”。

波子长长叹了口气，令人厌恶的是自己吧？自己那让人生厌的姿态充斥在她的头脑中，她感受到了自己的卑劣，不由得一阵厌恶。

像是看到了一具丑陋的女人躯体横陈在自己面前，波子对自己厌倦起来。

大约是因为心中有愧，回家的时候才会去诱惑丈夫吧？又或许是因为惧怕罪恶感，才一头扎进那波涛之中的呢？无论对丈夫还是情人，她都感到罪孽深重，也因此增添了双份的喜悦。或许是由于她对丈夫、对情人，都积攒了难言的罪恶吧？

波子将厌恶、悔恨与绝望巧妙地掩饰得不着痕迹，于是塑造了今天的自己。

为什么会这样呢？是因为没有拒绝竹原吗？

竹原看到波子恐惧的样子，也就没有继续用嘴唇触碰波子。但波子只是害怕，并不是拒绝对方。

恐惧的发作，正是爱情的发作。方才，波子的心中划过这样一道闪电，或许波子放下被褥的时候，命运也就决定了。

那道闪电仿佛照亮了波子的真面目。

说不定恐惧只是她的面具，她骗过了竹原，也骗过了自己。

吾妻德穗、藤间万三哉夫妇的舞剧《长崎踏圣绘》，将在帝国剧场一连公演四天，波子在最后一天去看了。

舞蹈是五点开演，波子两点从北镰仓出发，顺路到银座的金银店卖掉了原本准备送给友子的戒指。

既然都换成钱了，那送多少给友子呢？波子拿不定主意。

“要是那天友子收下戒指就好了。”

前几天，波子委托友子去了趟金银店，如果她收下的话，那时就会把戒指卖掉吧？

谁知还没过几天，波子就把戒指卖掉了，不同的是这次是为了自己。她想，要是把钱先带回家，分给友子的又会变少。

于是波子决定请送货员把钱带到友子家，便转头回到了新桥站。

她在送货员面前清点千元钞票的时候，突然“呀”地叫出声来，以为是竹原的手触到了她的肩膀。

但转过身去才发现，原来是其他客人的行李。一个青年人拿着一件细长的行李，站在她身侧。

“抱歉。”

“没事。”

波子红了脸，只觉得胸中一阵发烫。

她点出了一万日元，又重新清点了一遍，在手帕上写上了友子家的地址，将钱包了起来。

“欸？钱是打算用手帕包起来送吗？”事务员有些诧异，“我这里有袋子，给您一个吧。”

“谢谢。”

波子有些局促，临到把钱交出去的时候才想起用手帕包起来。这在外人看来自然是有些奇怪，波子却没有意识到。

刚离开这个有些尴尬的地方，一阵阵轻笑便灌进她耳朵里。

来的时候，波子一边想着要送多少钱给友子，一边看着路旁服装店的橱窗。一件件男装映入她的眼帘时，她所想到的是这些衣服是不是适合竹原穿。仿佛在她的眼里，只有适合竹原的东西才能出现在这个城市里。这些东西正呼唤着波子，让她想象着它们穿在竹原身上的样子。

友子的事情总算是有了个了结，店里的男士用品在波子看来，也就更鲜活诱惑了。橱窗里的围巾刚跳入她的眼中，手指上就仿佛传来了触碰竹原戴着围巾的脖颈的触感。于是波子走进商店，把它买了下来。

“舒服多了，好像是请友子代买的一样。是你走之前给我留下的吗？”波子自言自语道，又买了一条羊毛领带。

她穿过曾经与竹原并肩漫步的护城河，向帝国剧场走去。她来得太早了些。

波子上到二楼，看到休息室的柱子与墙上挂着林武[1]、武者小路实笃[2]等人的画。她不由得有些发蒙，不知为何会挂这些画。

“花与和平会”在这儿办了一个小型卖场，出售一些诗人和作家手书的色纸和画作。

波子靠在柔软的椅背上，目光投向林武的蜡笔画作《舞娘》。

“波子夫人。”

她的肩膀被人拍了拍。

“看得可真入神呢！”

几乎是手落在她肩上的同时，问候的声音响起。波子猜这次肯定是竹原了，结果还是吓了一跳。

“好久不见了。”

沼田又加了一句。

“是有一段时间了……”

“佳地遇佳人哪。”

沼田坐下之前，也看了看那幅《舞娘》。

“可真是幅好画。喏，看那扇子……”

他朝那幅画走去。

---

1 | 林武（1896—1975）：日本西洋画大家。

2 | 武者小路实笃 (1885—1976)：日本小说家、剧作家、画家。

波子想，如果自己在回家之前一直被他缠着，该怎么办。

沼田很重，刚在旁边坐下，长椅就凹陷下去。波子的身子也晃了晃，于是她悄悄移开了些距离。

“我上个月才和矢木老师碰过面。”

“哦？”

波子不知道这件事。

“我接到他从京都寄来的信，邀请我到幸田旅店去。我还以为出了什么事，急急忙忙赶过去，结果什么事都没有。我还以为他要和我谈波子夫人您的事呢，没想到倒像是他想从我这儿打听点消息。他是想问问香山、竹原他们的事。”

沼田看了看波子的神色，继续说道：

“我随便糊弄过去了，还聊到了您的青春……”

波子轻笑一声，想要糊弄过去，一抹红霞却爬上了她的脸颊。

“今天看您这样，我可真是吃了一惊。波子夫人，您可真是花有重开日，忽然又怒放了呢。”

“别取笑我了。”

“哪里话，真就像盛放的花儿。”沼田重复了一遍，“我还劝过矢木老师，让您重返舞台呢。”

“怎么说这么没由来的话。我现在连排练场都不想去了。”

“为什么？”

“没自信啊。”

“自信？夫人，您知道东京有多少芭蕾舞教室吗？六百多家，六百……”

“六百？”

波子吃了一惊，更灰心了。

“真可怕。”

“有好事者调查过，大阪也有四百家上下。”

“大阪？四百家？真的假的，太难以置信了。”

“把地方城镇上的加起来，不得了的数字啊。”

“记得有谁写过，芭蕾舞不是义务教育。这时代就是这样，芭蕾舞火嘛，难怪有人会这么说。像传染病一样，一阵风吹过，女孩子们就都染上了芭蕾病。听说有个舞蹈家被税务署奚落了，他们说如今能来钱的，也就只有新兴宗教和芭蕾舞了。”

“太夸张了吧……”

“我总觉得这次芭蕾舞热不像那种眨眼就过去的风潮。古典芭蕾和日本人的习性与身体都不搭调，日本没有这种土壤。大家随意编了舞，就办起发表会来。这话听起来像是发牢骚，但现在全国的女孩们都在台上台下跳跳转转，实在让人感触良多啊。就算其中大多数成了垫脚石，但石头堆成山，总会有人爬到顶端。骗人的教学机构数不胜数，那又怎么样？不成器的芭蕾舞演员也是多多益善。这就是芭蕾舞盛世啊，我是持乐观态度的，日本的芭蕾舞大有可为，我的事业也是。”

说着，沼田兴奋了起来：

“哪怕不久之后东京的芭蕾舞教室增到一千家，那也不必大惊小怪。东施效颦的多了，夫人您的排练场自然会脱颖而出。”

“您的想法有些天马行空了。”

“总之，现在不是畏首畏尾的时候，波子夫人，用芭蕾谋生吧。”

“谋生？”

“谋生，加强商业意识，职业一些，这话不会冒犯到您吧？话说回来，近来学习芭蕾舞的女孩子，都想着以此为业呢，至少是想做行家的。”

“是啊，所以我才觉得惊讶。”

“就是要这样才对，像令爱这样，把芭蕾舞当作爱好，那得是……得是大人那时候负担着她的费用啊。我受了夫人很多照顾，哪怕是为了报恩，我这次也得为您出一份薄力。先为夫人您办一次演出吧。开春的时候，就由您来掀起芭蕾舞热潮，这不是很好吗？矢木老师那边我也会去周旋的，应该不成问题。上次我就跟他谈过了，我告诉他我会来说服您的。”

“矢木他怎么说？”

“他说四十岁的女人就算跳舞，最多也就能跳到下次开战的时候，好景不长的。哼，他这二十多年来，全靠着夫人您的接济过活，还说什么好景不长。真不知道这人怎么想的。还说什么我的表从来没有走错过，连一分钟也没有——夫人都快被他逼疯了，还有心情谈表呢。”

“我疯了？”

“疯了，但是和矢木老师那种小肚鸡肠的疯不一样。夫人，去恋爱吧，用恋爱给自己上上发条。”

沼田瞪大了眼睛，直直地盯着波子。

“现在您就算离婚，也没人能说半句您的不是。的确好景不长了啊，能跳舞的时间就这些了。我还是要说，您今天像怒放的花儿一样美丽。”

“您今天到底是怎么了？”

“当我多嘴，夫人，您昨晚和竹原逛了银座吧？都被人看见了。”

波子心中一颤——难道被沼田看见了？嘴上却说：

“我跟他商量了一下排练场的事情。”

“是该好好聊聊，聊什么都行。您要是想要背叛矢木老师，我可是站在您这一边的。排练场的事也是，您的排练场就在日本桥中心区，离东京站也很近，只要好好经营，前途不可限量，我也来出一份力吧。”

“呃，嗯……比起这件事，您还记得我那儿的友子吧？要是有什么路子让她赚到些钱，还请您帮帮忙。”

“那孩子是不错，但光靠她一个人可没卖点。要是能让她和品子小姐同台演出就好了，您怎么看？”

“品子另当别论，她现在在大泉芭蕾舞团呢。”

“您再考虑一下吧。”

开幕的铃声响起。

沼田跟在波子之后站了起来，沉重的身子似乎有些吃力。

“夫人，您听说了吗？崔承喜的女儿战死了。”

“啊？那孩子？”

波子的脑海里浮现出那个身着友禅染和服的高挑少女，那时女孩才十岁左右吧。那次波子偶然与女孩在舞蹈会的走廊上相遇，那女孩化着淡妆，衣服的肩膀处微微有些褶皱……

“多可爱的孩子啊，唉……话说回来，她应该和品子差不多大吧？加入了共产党军队，去前线舞蹈演出……”波子这么说着，但脑海里挥之不去的，还是少女身着友禅染和服的模样。

“听说崔承喜一度到了中国东北，她是朝鲜最高人民会议的议员，还办了舞蹈学校。”

“哦？前段时间我还和品子聊起过崔承喜，她的女儿战死了？”

波子落座，少女的身姿依旧在她眼前晃动，与她内心的暗潮搅动在一起。

沼田一如既往地喜欢添油加醋，实在是很难让人完全信任。他说自己和竹原在一起被人看到了，那也是无可奈何的事情。今晚来这儿本来也是与竹原约好见面的，怎么才能避开沼田的视线呢？波子心中犯难了。

明知道竹原今天迟到了，她的视线却不断在观众席和门口之间游移，心中波澜起伏。

诚然，沼田是站在波子一方的。沼田是波子的经纪人，与其说是沼田在利用她，倒不如说是波子在利用沼田。沼田觊觎波子并非一两天了，他有耐心，坚持纠缠着波子，就连品子也被他当作工具。见波子立场坚定，不可能就范，他就耐心地等待下次机会。看起来，他是想趁波子与其他男人恋爱不顺的时候再趁虚而入。

波子并没有把沼田放在心上，但也丝毫不愿放松对他的警惕。

这两三年以来，她一直尽量避着沼田，沼田也自然地疏远了她。没想到一见面沼田又照例说起矢木的坏话，还妄图挑拨离间，波子不胜其烦。

《长崎踏圣绘》是长田干彦[1]创作的新舞剧，总共五幕七场，写的是殉教者的悲恋，又由悲恋变成殉教的故事。

由于是大仓喜七郎（听松）作曲，乐队就也用了大和乐团。虽说使用了西洋乐器，但音乐总体上依旧是日本风格。剧中既用到了清元小调[2]，也有圣歌合唱。

第一个场景是诹访神社的秋日庆典。之所以用了这个场景，兴许是由于它有着被禁的基督教的反面色彩，也或许是因为这是庆典的舞蹈。

---

1 | 长田干彦（1887—1964），日本著名编剧。

2 | 清元小调：用三味线弹奏的调子，主要用作歌舞伎及其舞蹈的伴奏。

“看过《彼得鲁什卡》的狂欢节，日本的节日就显得太寂寥了些。”

休息时，沼田这么评价道。

“所谓日本的物哀，就是这种情绪吧。”

为了躲开沼田的纠缠，波子决定下一次幕间休息时不去走廊了。

昨天，波子把入场券给了竹原，是靠边的座位。波子有些焦躁起来。

第六场开演前，整出舞剧快要结束时，竹原终于现身了。他站在门口寻找着座位。

“这里！”

波子喊出声，立即起来走了过去。

“啊，来迟了。”

“我还以为你不会来了。”

波子下意识拉起竹原的手，意识到自己的动作后又立时松开了，但她的手还是握住了竹原的一只手套。

这不就像是自己帮他脱手套一样吗？

“佩卡里？”

波子将手套移到眼前，看了看之后又塞回了竹原的口袋。

“什么佩卡里？”

"野猪皮。"

"我不知道。"

"沼田也来了，他说昨天傍晚在银座看到咱俩了。"

"哦？"

"趁着他还没发现，我们出去吧。"

波子下台阶准备走回座位去。

"呀，脚有些不对劲。应该是等你的时候大腿绷得太紧了吧。"

说着，她放松了肩膀的力气，离开竹原。

幕布拉开，刑场的场景映入眼帘。

殉教者们无力地被拖拽着，其中有一个叫清之助的工匠也被处刑。情人阿市趁着夜色潜入刑场，清之助被钉在十字架上，看着情人的遗容，阿市起舞。

吾妻德穗的这段舞蹈，让波子感动得落下泪来。竹原来了之后，她的精神终于全部集中到舞台上，热泪涌出眼眶，她似乎感同身受。

幕布刚合上，波子倏地直起身，往竹原的方向走去，像是准备去招呼他。竹原看见波子，随她走了过去。

"还有一场，是踏圣绘的场景，我们先溜出去吧。"

"溜？"

"那场不是挺可怕的吗？我已经决定再也不说可怕

了。”

竹原还以为波子只是为了不让沼田发现才要溜出去，却听到她说自己再也不说可怕了。她的声音像是发自内心地在撒娇，让竹原听得一愣。

“虽说难得来一趟，居然只看一场。”

波子用轻快的口吻说：

“我不也只看了一场吗？不过吾妻的舞蹈的确是有魔力呀。看得我仿佛全心都放空了，眼中就只有她在舞台上舞动的身姿。还有那两件天鹅绒和服，胭脂色的天鹅绒搭配银色的波纹，还有那件绣着开花草的黄色天鹅绒。”

说着，波子让竹原看自己手中的纸包。

“我看这围巾很适合你，就买下来了。”

“送我的？”

“不会不合适吧？”

“合适，当然合适。我们多年的情感，彼此的影子早就长住对方心里了，怎么会不合适呢。”

“那就好！”

但波子似乎意犹未尽，又说起友子的事情。她说起自己把戒指卖掉，把钱给了友子，又买了这条围巾。

婚前，波子与竹原若即若离，如此关系保持了二十多年，今天也同从前一样，她向来没有瞒过竹原。

她本来还有些犹豫，但最终还是把矢木悄悄存钱的事情说了出来。

“有这种事？”

竹原思考了一会儿。

“你不觉得他有些可悲吗？”

“矢木？”

“用可悲来说，好像也不太恰当。”

两人离开日比谷的电车道，漫步在昏暗的路上。一直走到了昴宿座电影院前有些光亮的地方，波子鬼使神差地转过头，却看到了高男站在那儿。

高男紧盯着母亲。

“妈妈。”

他先开了口，从电影院的售票处走了下来。

“呃，怎么在这？”

波子跺了跺脚。

高男说自己是与朋友来买票的，波子问了一句：

“这时候来买票？”

“嗯，和松坂……我跟您介绍下松坂吧。”

说着，高男向竹原打了个招呼，他的语气很坦率，波子终于安心下来。

“这是松坂，是我这段时间最好的朋友。”

波子端详了下站在高男身侧的松坂，给人的印象就仿佛梦中的妖精。

“找个地方休息会儿吧。高男，你要一起来吗？”

竹原开了口，既不是对波子说，也不是对高男说。

一行人来到银座，走进了旁边的欧夏鲁餐厅。

竹原把帽子放到了入口处的寄存点，波子从身后将装着围巾的纸包拿出来：

“回去时把这个拿着。”

山的彼方

研究所新来了四个少女，品子带着她们前往银座的吉野屋。

少女们都是十三四岁的年纪，来自同一个班，一起来研究所学习，这实在不太常见。她们都怀着芭蕾梦。

她们都想马上买芭蕾舞鞋，品子劝她们说新手穿芭蕾舞鞋会站不稳。但对于这些少女来说，穿上芭蕾舞鞋，就意味着踏进了芭蕾的殿堂吧。

品子只好将她们带到了鞋店。

买芭蕾舞鞋这件事给了少女们自信与骄傲，一进店里，她们就向买普通鞋子的女客们投去轻蔑的目光。

有的女客身边带着男伴，表情和神色也就分外明艳些。独身的女客有的被琳琅的商品迷了眼，显得踌躇犹豫，也有的像是在害羞。品子在一旁看着这情形，像是看到了一个奇妙的世界缩影。

她对少女们说自己要顺路去一趟母亲的排练场，之后再到帝国剧场去看《普罗米修斯之火》，于是女孩们炸了锅，都吵着要与她同去。

“我们都想马上穿上芭蕾舞鞋，站在排练场上，可以吗？”

银座大道上，少女踮起学生鞋的后跟。

“不行，我们都是大泉研究所的，在其他排练场穿舞鞋，不像样子。”

“那是您母亲的排练场，又不是其他地方。”

“就因为是她的排练场，更不行了，我会挨骂的。”

“只看看排练也好，太好奇了。”

“参观也不行。你们都刚进大泉研究所，不好到其他地方参观。”

“那就让我们送您到门口吧，这也不行吗？”

要是带她们一起看完《普罗米修斯之火》，那就太晚了。品子试图让少女们赶紧回家去，便推说江口舞蹈团的舞蹈和古典芭蕾的技巧不同，但其中一个少女说：

“总能参考参考的。”

“参考？”

品子莞尔。

满怀期待和好奇的少女们，簇拥着品子来到波子的排练场。

排练完毕的少女们正从地下室出来，与品子同行的女孩们向她们投去坚定的目光——穿芭蕾舞鞋的人与自己才是同类，和那些穿普通鞋子的庸脂俗粉不同。

品子同少女们道过别，下到排练场去。

波子在小房间里，正与五六个学生一起换衣服。

等待母亲出来的空隙，品子打开小桌上的唱片机，贝多芬的《春天奏鸣曲》响起。

她明白这首歌里蕴含着母亲对竹原的回忆。

“久等了。”波子走了出来，对着镜子重新理了理头发，“品子，你知道高男有个叫松坂的朋友吗？你见过他吗？”

“我听高男说起过这个朋友的事，但是没见过面，听说是个顶漂亮的人？”

“漂亮啊，与其说漂亮，倒不如说难以言喻的美艳吧，简直就像妖精。”波子仿佛在回忆某个梦，“昨天晚上从帝国剧场回来的路上，高男向我介绍他了。”

波子去看《长崎踏圣绘》的事情，品子是知道的，既然高男撞见了自己与竹原见面，反正也已经暴露了，倒不如爽快地说出来。

“我简直吃了一惊，‘此人只应天上有’，说的就是这样的人吧。他看起来不像日本人，也不像西方人。皮肤颜色有些暗，既不是那种黝黑，也不像是小麦色，皮肤上像是有层美妙的光泽。说他美得像女孩子吧，却又有男子气概……”

“是妖还是佛呢？”

品子轻轻感叹了句，然后有些疑惑地看向母亲。

“更像妖吧。真没想到，我也很纳闷高男居然会有这样的朋友。”

无疑，松坂给了波子一种不祥天使般的印象。

她同竹原一起漫步在街上，突然就撞见了高男。波子停下脚步，只觉得眼前一片昏暗，而松坂站在这片昏暗之中，浑身散发着妖异的光芒——这是松坂给波子的印象。

她被沼田发现，又被高男发现。她正觉得手足无措时，松坂就这么出现了。

在欧夏鲁餐厅里，波子抿着红茶，目光游移到松坂身上。她觉得自己与竹原的关系就要终结了，最终会定格在悲剧，然后落幕。松坂以一个局外人的姿态出现，他美得妖艳，像是在暗示着自己的命运。波子如此想。

高男和朋友在一起，一点也不奇怪。这大概是松坂的美起到的微妙作用吧。

餐厅靠里的座位与大厅之间隔着一张薄薄的帘子，松坂的脸映在水色的帘子上，透过帘子可以隐约望见大厅。波子只得同竹原告别，与高男一同回去了。

一夜过去，松坂的影子依旧映在波子的脑海中，像是自己的影子一般挥之不去。

“高男是什么时候和他交上朋友的？”

“不就是最近的事吗？他们的关系特别亲密。”品子答道，“妈妈，我继续放音乐了？”

“嗯，放吧。”

《春天奏鸣曲》第一张唱片的背面是第一乐章，这章以快节奏的音乐终了。

品子一边收起唱片，一边问：

“什么时候拿过来的？”

“今天。”

今天是见不到竹原了，波子想。

一连两天，波子都去了帝国剧场。

今天是江口隆哉、宫操子公演的第一晚，应邀前来的舞蹈家、评论家、音乐记者中也有不少波子认识的人。因为昨天的事，她没敢请竹原一起来。

再者说，今天是品子邀请波子一起来的。品子也从高男那儿听说了母亲昨晚与竹原见面的事。但她没想太多，更没想到母亲今天也想与竹原会面。

波子本想在学生走后给竹原打个电话，但既然品子来了，电话也打不了了。

昨晚波子的事情被高男撞破，他是个亲父亲的孩子，可直到今早，矢木都没有什么表示，也没有什么动作。波子想把这事情告诉竹原，也可能只有听到竹原的声音她才能放下心来吧。

没能给竹原打电话，波子感到有些失落。

“最近连舞蹈会也不想去看了。”

“为什么？”

“害怕见到从前认识的人吧？见面后双方都尴尬，对方不知道是不是该打招呼，我也不知道该怎么面对对方。时代变了啊，已经没有我的容身之地了，哪还有脸去见那些已经忘掉的人呢？”

“怎么会呀，妈妈，你这话是认真的吗？”

“是啊，本来就是毋庸置疑的事，战争期间被人抛弃了啊。也可能是因为我自身的原因吧？战前的这代人，战后都会厌世的。这世上的人大都是这样的，要是心再软弱些……”

“妈妈的心可不算软弱。”

“是啊，有人忠告过我，你这样，连孩子也会变得软弱的。”

那天波子正朝皇居的护城河走去，竹原如此忠告。

电车道和国铁高架桥穿过京桥和马场先门，两侧粗壮的行道树落叶萧萧，皇居的森林上，一轮细细的新月悬在天空。

可波子的胸中还有一团年轻的火焰，她终于说出了相反的话：

“还是得登台跳舞哪，宫操子他们，可真了不起。”

“您说的是宫操子的《苹果之歌》，还是《爱与纷争》？”

品子提起舞蹈的名字。

《苹果之歌》是以诗朗诵为背景乐的潘潘女郎[1]舞。

---

1 | 潘潘女郎：二战后以驻日美军为对象，操持皮肉生意的人。

《爱与纷争》则是复员军人们的群舞，男舞者身着汗迹斑斑的褪色军服或者白色衬衫黑色裤子，女舞者身穿连衣裙起舞。

这是古典芭蕾中几乎不可能出现的场景，战后生活的现实情境被生动地融入了舞蹈中，品子以前看过，至今仍然记得。

“战前那代人，又岂止宫操子一个人跳得好呢？妈妈，你也跳吧。”

“我也试试吧。”

波子答道。

舞蹈是六点开演，品子与波子提前了二十分钟到场，波子像是要避人耳目一般，木木地坐在座位上。今晚她的座位也是在二楼。

品子聊起那四个女学生。

“有这事吗？四个人约好一起的？”波子微笑道，“不过，品子你在她们那个年纪的时候，就已经能在台上出色发挥了。”

“嗯。”

“这段时间我这边也有四五岁的孩子来学舞，想要当芭蕾舞女演员。但是主要是孩子母亲的意愿，不是孩子自己想来的。有的孩子四五岁就开始学日本舞，西方也有不少这个年龄开始学舞的，但是我拒绝了。我告诉她们，至少要等孩子小学毕业以后再来。但是我也没资格笑那个母亲，刚把品子你生下来，我就想让你学舞了。这根本不是你的愿望。”

“是我的愿望啊，我四五岁时就想跳舞了。”

“那是因为我还在跳舞，还把你这么小的孩子带到舞蹈会去……”波子把手掌放到膝上，“我牵着你的手，带你去看舞蹈会。”

演奏乐器的神童似乎也都是父母培养出来的。尤其是在日本，既有世家，也有流派、艺名、亲传子等诸多传统，孩子的命运早就被注定了。

有的时候，波子也会从这个角度来看自己与品子的关系。

“这么小的时候……”品子把手伸到前面，“我也希望能像妈妈一样跳舞呢。能和您一起登台的时候，我心里别提多高兴了。都是过去多少年的事了……妈妈，您继续跳舞吧。”

“嗯，趁着还能跳，就给品子做个伴舞吧。”

昨天，沼田还提过办场春季表演会的建议。

但去哪里筹集费用呢？波子如今无依无靠，竹原的身影又一直留在她心里，她担心事情最终会和竹原扯上关系。

“那几个女学生也来了，我去找找她们。都跟她们说过技巧不同，让她们回去了。可她们还说可以借鉴参考。真让人没办法啊。”

品子站起身来走了。开幕铃声响起时，她才回到了座位。

“应该是回去了吧，也说不定去了三楼的座位。”

前面是一段短暂的舞蹈，《普罗米修斯之火》是第三部分。

这是由菊冈久利编写，伊福部昭作曲，东宝交响乐团演奏的舞剧。

这出舞剧分为四场，展现的是希腊神话中普罗米修斯的故事。从序章的群舞起就同古典芭蕾大相径庭，品子的目光完全被吸引了。

“哇，裙子是连着的！”

品子吃惊道。

序章是十个女舞者的表演，她们的裙子是连起来的。数名女舞者钻进裙子里，舞步带动裙子，翻出生动起伏的波涛，忽而展开，忽而旋转，暗色的裙子似乎是前奏的象征。

第一个场景是没有得到火焰的人们在黑暗中的群舞，第二个场景是普罗米修斯用枯萎的苇草偷取了太阳火焰的舞蹈，第三个场景是被赋予了火种的人们欢愉的群舞。

为人类盗来火种的普罗米修斯在第四个场景，也就是终场中，被禁锢在了高加索山的岩石上。

其中第三幕场景的火之舞是这场舞剧的高潮。

在黑暗的舞台正中央，燃起了普罗米修斯之火。火种在人类手中传递，得到了火种的人们挤满了舞台，跳起舞来，舞步如欢愉的火焰般跃动。五六十人的手中都举着燃烧的火把，火焰把舞台照得通亮。

舞台上的火焰似乎蔓延到了波子与品子的胸中。

舞者们的服饰都很朴素，因此昏暗的舞台上，赤裸的手足就显得尤为鲜活。

这出神话舞剧中的火焰意味着什么，普罗米修斯又是什么的象征呢？

品子这样思索着，演出结束后，依旧回味着脑海里残留的舞蹈动作，她觉得这些动作饱含深意。

“人类的火之舞过后，就是普罗米修斯被禁锢在山岩上的场景了。”

品子对波子说。

“这场里，他的血肉和肝脏被黑鹫啄食……”

“是啊，这出舞剧总共四场，安排得很合理，场景之间的转换也让人印象鲜明。”

二人慢慢走出剧场。

四名女学生已经在等着品子了。

“呀，你们来了？”品子看见了少女们，“我刚才还找了你们，没有找到，以为你们回去了呢。”

“我们在三楼。”

“这样啊，感觉有趣吗？”

“嗯，是很棒吧？”一名少女像是在询问其他人，“但有一些地方让人觉得不太舒服，还有一些地方让人害怕。”

“哦？你们还是快回去吧。”

但少女们依旧跟在品子身后。

“三楼还有个舞蹈家呢。”

“舞蹈家？谁呀？是个什么样的人？”

“是叫香山什么的吧。”

多嘴的少女又望向了同来的女伴，眼神中依旧带着些询问的意思。

“香山先生？”

品子倏地停下了脚步。

“你怎么知道他叫香山的？”

品子转过脸，盯着那个少女。

“我听旁边的人说的。他们一直在议论，说是‘香山来了’‘那是香山吧’一类的话。”

“哦？”

品子让自己的神情缓和下来。

“那个说‘香山来了’的，是个什么样的人？”

“说话的那个？我没太注意看，大概四十岁左右，是个男人。”

“你见到那个叫香山的人了吗？”

“嗯，见到了。”

“哦？”

品子感到胸口一阵堵塞。

“旁边的人看见那个叫香山的，就议论起来，我们也只是看了一眼。”

“那个人说了些什么？”

“香山是舞蹈家吧？”少女用询问的目光看了看品子，“好像是在聊他的舞蹈，说不知道他近来如何了。还说什么他不再跳了，实在可惜什么的。”

十三四岁的女学生们自然是不知道香山的。他战后就不再跳舞，销声匿迹了。

品子不敢相信他居然会出现在帝国剧场的三楼，于是对波子说：

“那真是香山先生吗？”

“可能是吧。”

“香山先生也会看《普罗米修斯之火》？”

品子问道。好像不是在问波子，而是在问自己，她的声音变得深沉。

“他在三楼，是不愿意让人发现吧？”

“或许吧。”

“哪怕隐姓埋名，还是想看舞蹈，香山先生的心境也变化了吗？他是特地从伊豆过来的吧？”

“这就不清楚了。兴许是有什么事情来到东京，就顺便来看看。也可能只是在哪儿看见了《普罗米修斯之火》的广告，顺路来看看。”

“他可不是随便来看演出的人。香山先生来看舞蹈，一定是有什么想法，一定是的。说不定他还悄悄看了我们的演出呢！”

波子感到品子的遐想似乎飞了出去。

“香山先生看得入神吗？”

品子问少女。

“不知道呀。”

“他什么打扮？”

“好像穿西服？没怎么看清。”

少女们面面相觑。

“他到东京了，却没有知会我们，怎么会这样？”品子感到悲伤，“而且明明我们在二楼，他就在三楼，我却一点感觉都没有，为什么？”

她突然把脸凑到波子面前：

“妈妈，香山先生肯定还在东京站，我能去找他吗？”

“会在那儿吗？”

波子似乎想要安慰女儿。

“他既然悄无声息地来，就让他无声无息地走，这样不好吗？他应该是不愿意被人发现吧？”

品子不知该如何是好。

“既然已经不再跳舞了，为什么还要来看呢？哪怕只能问这一个问题，我也想得到答案。”

“那我们就赶快去问问吧。不知道他还在不在车站……”

“总之我得去。我先过去了，妈妈你一会儿也过来吧。”品子话音刚落，就加快了脚步，边走边对四个女学生说，“你们几个，快些回去。”

波子朝品子的背影喊了一句：

“品子，在车站等等我。”

“好，我就在横须贺线的站台上。”

品子小跑着离开母亲，转过头，见与母亲有了些距离，便奔跑起来。

她以为自己跑得越快，在东京站见到香山的机会就越大，还担心要是自己跑得慢了，香山又会消失了。

她气喘吁吁，胸中暗潮翻涌，大片火焰跃动出摇曳的影子。

这时品子切实地感到《普罗米修斯之火》中舞者们高举的火种，传递到了自己的心房。

火焰的对面，香山的脸时隐时现。

道路两旁的古旧洋房几乎全被驻日美军征用了。昏暗的街道上人烟稀少，品子继续奔跑。

“旋转，旋转。三十二次——三十二次。”

她口中喃喃，想将自己的痛苦嚼碎。

《天鹅湖》第三幕中，恶魔的女儿化身白天鹅，单足站立，旋转，跳跃，一连转了三十二次，又或者转了更多次。能维持这样的美丽舞姿，是芭蕾舞者的骄傲。

品子还没有跳上《天鹅湖》的主角，但她在训练时曾经尝试过多转几次，“三十二次”是她喘不过气时下意识的呼声。

到达中央邮政局时，品子终于放慢了脚步。

她左顾右盼，踏上横须贺线的站台，这里停靠着湘南电车[1]。

“一定，一定是这列车了。赶上了呀！”

刚平复了一下自己的气息，品子就贴着车窗，边走边望向车内。即便是刚刚看过的车厢，她也疑心自己有没有看漏了香山的身影。

还没走到车尾，发车的铃声就响了起来，品子下意识跳进车厢里。

“啊，妈妈！”

她这才想起来，自己与母亲约好要在站台上会面。

“在大船站下车就好了。”

她站在车里的走道上，环视了一圈周围的乘客。

香山一定在这列车上，一定在，得仔细找一遍，品

---

1 | 湘南电车，是对日本国有铁道东海道本线于湘南地区区间行驶的电车的爱称。

子心想。

到达新桥站时，电车更加拥挤了。

电车到达横滨之前，品子寻遍了所有车厢。

没有找到香山的身影。

“莫非他坐的是下趟火车？还是电车？”

香山这么长时间没有来东京了，或许会去银座附近转转吧？

横滨站里，品子犹豫不决，到底是不是该换乘下一班火车。

她依旧坚信香山就在这列电车上。会不会是一时看漏了呢？在大船站下车时，品子依旧这么想着。

她顺着月台，又一次检查了所有车窗，直到电车开动才停住了脚步。

车窗里的人被电车带走了，就像是流水冲过，不留痕迹，品子的心似乎也被同一条急流冲走。

这列电车的终点站是沼津，香山要在热海换乘伊东线。如果我也坐上这列车，在热海或者伊东站毫无预兆地出现在香山眼前……

品子目送着电车离去，久久不曾转眼。

电车终于消失在她的视线中，普罗米修斯的身影似乎在夜色笼罩下的荒野中显现。

他被禁锢在高加索山的岩石上，狂野的鹫啄食着他的血肉与肝脏，凛冽的山风刮过，大雪袭来。一头白色的母牛行过山麓，她是美丽的少女伊娥，由于天后赫拉的嫉妒，变成了这副模样。普罗米修斯对化身母牛的伊娥说，往南去吧，再往那遥远的西方去，你能到达尼罗河畔。伊娥在尼罗河畔恢复了少女之身，成为国王的妃子。而勇士赫拉克勒斯将会从她这支血脉中诞生，斩断禁锢着普罗米修斯的锁链。

舞剧中的伊娥由宫操子饰演，在品子眼中，这出戏充斥着控诉、憧憬与苦难。不知为何，她觉得自己便是伊娥，香山是普罗米修斯。

品子换乘横须贺线电车，很快就到了北镰仓，在站台上等待着母亲。

“啊，品子，你上了哪趟列车，去了哪儿？”

波子见到她，终于放心了。

“我上了湘南电车，到东京站时，湘南电车正好发车。我以为香山先生一定在那列车上，就上去了。”

“那你找到香山了吗？”

“他没在车上。”

二人走出车站，往圆觉寺方向走去，一直穿过了铁路，都没再言语。

波子望向落在小路上的樱花瓣：

“我见你不在东京站，还以为你和香山一起去了哪儿。”

“如果在站台上就见到香山先生，我就在那儿等妈妈了。”

品子声音低落。

今晚，在帝国剧场的二楼与三楼，品子感到香山离自己越发近了。

二人回到家中，高男和矢木正面对面坐在茶室的炉火旁边。

高男的脸色有些局促。

“欢迎回来。”他抬头望向波子，“我今天跟松坂见面的时候，他让我代为向妈妈您问好。”

“哦？”

矢木一脸不快，一言不发。他似乎正在和高男讨论有关波子的传闻。

波子觉得气氛沉重得喘不过气来。

“松坂很惊讶呢，看到妈妈长得这么漂亮。”

高男说。

"我才惊讶呢，居然会有这么漂亮的人。高男你和他是什么关系？"

"什么关系？"

高男眼神变得飘忽，紧张起来。

"我只要跟他在一起，就会觉得幸福。"

"哦？他能让你觉得幸福？不知道为什么，我总觉得他简直像个妖精。男孩子从少年到青年也会经历转变吧。有些人是突然转变的，有些人是潜移默化的，什么样的人都有。但他不一样，他是在转变的时候突然出现的。"

"高男也正是转变的时候吧？"

矢木插嘴道。

"珍惜这段时间啊。"

"好的。"

波子把目光转向矢木。

"今天你也和竹原在一起？"

"没，和品子一起。"

"哦？今晚是和品子一起？"

"对，品子今天来排练场找我。"

"这样啊。和品子在一起是不错，但你最近是不是有些忽略高男了。除了同竹原散步，偶然遇见高男，还有和高男一起过吗？”

波子极力抑制肩膀的颤抖，一动不动地站着。

“你，想同高男分开是吧？”

“什么……你在高男面前说什么胡话？”

“没关系的。”

矢木的语气很平静。

“从高男出生到现在，过了二十年了吧？这家里不是只有我们四个吗？就应该彼此珍惜下去啊。”

“爸爸！”品子叫道，“爸爸，你要是珍惜妈妈，大家就能彼此珍惜了。”

“唔，我就猜到品子会这么说。但品子，你知道吗？在你看来，妈妈是为了爸爸做出牺牲的吧？但是实际上呢，老夫老妻了，哪有一方为另一方牺牲一说？这种关系啊，都是一起崩溃的。”

“一起崩溃？”

品子盯着父亲。

“您是说崩溃了，没办法修补？”

这回插话的是高男。

“那可说不好。女人啊，自己倒下了，还以为是丈夫推的。”

“不止这样，她们以为是丈夫推的，还想借别人的手把自己扶起来，尽管是自己倒下的。”

矢木又重复了一遍，又提到了“别人的手”。

“爸爸妈妈都不会倒下的。”

品子皱紧眉毛道。

“嗬，那就是你妈妈被人诱惑了。品子，你这么护着妈妈，你妈妈还和竹原维持这么微妙的关系，你觉得也没问题？”

“我觉得没问题。”

品子回答得干脆利索。

矢木柔和地笑起来。

“高男你觉得呢？”

“我不想被人问这种问题。”

“也是啊。”

矢木点了点头，高男却尖锐地补充道：

“妈妈是受骗了，这点肯定没错。但爸爸你也看到了，我们家的日子过得一天不如一天，但爸爸视而不见，这让我也不好受。”

矢木转过脸，不再看高男，却抬起头看了看悬在波子头上的牌匾。牌匾上是良宽写的“听雪”两字。

“但这是有渊源的啊，高男，你不知道这其中的历史吧？”

“历史？”

“嗯，我不太愿意说这个，战前咱们家也是大户人家啊。但能过上奢华日子的，是你妈妈，不是我。我从来没想过要过上什么奢侈日子。”

“这是什么话，我们家生活困难，又不是因为妈妈大手大脚，是因为打仗不是吗？”

“当然是因为打仗，我也没这个意思。我是说，就算咱们家日子好过，也就只有我一个人，打从根子上是个穷人心态。”

高男好像被矢木的话刺痛了。

“啊？”

“从这点上看，别说品子了，高男不也是吗？遗传了你妈妈的奢侈。三个富人，养着一个穷鬼。”

“您这是什么话。”

高男的话有些结巴了。

“我听不懂，但是我觉得这话有损您在我心中的威严。”

“我那时候是你妈妈的家庭教师，你不知道这段渊源。”

波子觉得矢木的每句话都有理有据。

但她不明白丈夫为什么会突然说出这种话。莫非他是在一吐心中积压的怨气?

“你们的妈妈呀，说不定觉得委屈了自己二十年，一直在被我伤害呢。真是这样吗?她要真这样认为，岂不是连生下你们都是错误的了?你们，是不是应该为你们的出生对妈妈道个歉?”

波子感到一阵发自灵魂深处的凉意。

“您是想让我和高男对妈妈道歉?是说我们生下来就不对?”品子反问。

“对，如果你妈妈后悔和我结婚。那刨根问底，不也应该这样吗?”

“只向妈妈道歉，不向爸爸道歉，这样好吗?”

“品子!”

波子提高嗓门叫道，然后对矢木说:

“这么过分的话，能对孩子说吗?”

“打个比方而已嘛。”

“对啊。”高男也搭腔道，“我们究竟是怎么生下来的，你们又是怎么回事，这话我听着也没什么真实感受。爸爸你也是吧，哪有什么切身感受，打个比方说说罢了。”

“打个比方而已嘛。两个孩子都二十多岁了。话说回来，你们妈妈还是嫌弃我，说到底啊，女人打骨子里那股妄想的劲头，真让人吃惊。”

矢木的话出其不意，让波子手足无措。

“竹原这种人，不也是俗人一个吗？他最大的优点就是没有跟波子结婚吧？不过是波子你妄想出来的人物。”矢木哂笑道，“女人啊，一被箭头射进胸膛，就拔不出来了。”

波子不太明白丈夫的意思。

“两个孩子都二十多岁了。”

矢木重复了一遍。

“从你还是年轻姑娘那会儿算起，二十年，几乎就是女人的一生。你却沉溺在妄想中，现在后悔，来不及了吧？”

波子低下头。

她依旧不知道丈夫的话是什么意思。矢木的话虽然有理，但依旧是顾左右而言他。

明明是在贬低竹原，但看那冷静的样子，简直像是为了折磨波子。

但波子却从中看出了矢木的空虚和绝望。矢木头一次如此失去理智，说话夹杂不清。

他竟在孩子们面前暴露自己的自卑，在此之前，波子从没见过。

这副作态让人觉得，矢木似乎是想表现自己与波子感同身受，波子受伤，矢木也会受伤；波子崩溃了，矢木也就垮掉了。只是不知道他这番作态，在品子和高男看来如何呢？

“如果我们四个珍惜彼此……”

波子的声音颤抖了，再也说不出接下来的话。

“品子，高男，你们也好好考虑考虑。按你妈妈的做派，接下来就要把这幢房子卖了，很快我们就一无所有了。”

矢木吐出了胸中的积怨。

“我无所谓。妈妈，你卖了吧，把一切都扔掉吧。”

高男耸了耸肩。

这处宅子既没有大门，也没有围墙。小山环绕着庭院，自然而然的，山口处就成了宅院的入口。宅子向阳，地处山间洼地，冬天也很暖和。

入口的左右两侧各有一间小小的别屋。右边的别屋本来是宅院看守的住所，也能看出波子的父亲热衷于盖房子。战后，这间房子曾一度租给竹原，现在则是高男在住。波子打算卖掉的就是这间。

左边的别屋给品子独居。

“姐姐，我想去你那儿坐一会儿，可以吗？”

刚走出主屋，高男就对品子说。

品子手里拿着火钳和火种，昏暗的庭院中，火光照亮了外套的纽扣。

她低头往火钵里添炭，手却抖个不停。

“姐姐，爸妈的事情，你怎么看？事情发展到这个地步，我不觉得吃惊，也不觉得难过。我毕竟是个男人。既不盼国家，也不靠父母。即使没有父母的爱，我也能活下去。”

“不管是爸爸还是妈妈，他们对这个家都是有爱的啊……”

“这话也没错。但是父母之间的爱，要是能合流到孩子身上就好了。可我们家的父母之爱，却是分别倾注过来的。在这个兵荒马乱的世道，我们又恰好是前路未卜的年龄，想要感受他们的爱，实在太费力了。我倒不是为爸爸说话，但是他们毕竟一起过了二十年，这样的夫妻之间还有什么可不安的？爸爸说我们生下来就是错误，但就算真的要我们道歉，也是向自己，向现在这个荒乱的时代道歉。谁知道他们在想些什么？现在这个年代，子女的不安，父母是没办法消除的。”

高男越说越激动，用力地吹着火钵里的火种。

他吹得炭灰飞扬，品子抬起头。

“妈妈说长得像妖精的那个松坂，他一见到妈妈，就跟我说你妈妈在谈恋爱……他看见他俩的样子，就感叹说是悲剧的恋爱，让人感受到乡愁一样的情绪。还说看到妈妈谈恋爱的样子，自己也有种恋爱的感觉。比起喜欢妈妈，我看他还是喜欢妈妈的恋爱多一些。松坂是崇尚虚妄的人，像濡湿的花朵一样虚无……可能因为我也被松坂的魔力感染了吧，我不觉得妈妈的恋爱有什么不洁之处。妈妈会不会觉得我在替爸爸监视她，讨厌我呢？”

“怎么会。”

“是吗？不过说得也没错，我是在监视妈妈，我站在爸爸这一边，因为我尊敬爸爸。妈妈这么爱护爸爸，还是背叛了他，对他来说，一切都幻灭了吧。”

品子像是被一拳击在了胸口，她看向高男。

“这个话题到此为止。姐姐，我可能要去夏威夷大学读书了，爸爸在帮我走动。可能他害怕我留在日本成为共产主义者吧。他还说在事情确定下来之前要对妈妈保密。”

“嗯？”

“爸爸自己也要到美国的大学去任教了，现在正在做准备呢。”

不管高男去夏威夷，还是矢木去美国，虽然事情还没定下来，但是矢木居然始终把波子和品子蒙在鼓里，这让品子感到震惊。

“你们要抛下妈妈和我吗？”

品子小声嘀咕。

“姐姐，你也往法国或者英国去吧。这房子和其他的东西，早晚会被妈妈卖掉的，一样不剩。”

“一家离散？”

“就算住在一起，不也是貌合神离吗？船要沉了，各自逃命吧。”

“照你这么说，岂不是要把妈妈一人留在日本？”

“单说结果的话，是吧。”

高男的语气很像父亲。

“可你有没有想过，妈妈说不定也想解脱？她这一生难得有这样的机会，不如让她好好独处一段时间。二十多年来，一直是她在照顾我们三个，现在她已经在呐喊了……”

“你这话，怎么说得这么冷酷？”

“爸爸觉得把我一个人留在日本挺危险的。我们像是古人一样，既不为国家感到自豪，也不依赖国家。他这说法很新颖，也很有意思，我挺喜欢的。去外国不是为了学习或者出人头地，只是我在日本会堕落下去，最终破灭。为了避免这样的事发生，我大概会被他赶出去吧？爸爸有个朋友在夏威夷的本愿寺，是他邀请我的，让我到那边去工作。爸爸觉得不回日本也好，我的观点和他一样。希望也好，绝望也罢，爸爸在麻醉我呢。”

“麻醉？”

“从他的视角看，是想把儿子扔到国外去吧？他有时候有些可怕的想法。”

品子看着高男纤细的手，他握着拳头，在火钵边缘摩擦。

“妈妈可真不懂事。”高男脱口而出，“拿姐姐你的事来说吧。要跳芭蕾，就得早些面向世界。人生苦短，不能就这么荒废了。不管去到哪儿，都是过一年算一年，这么一想，这个家就也没什么可留恋的了。”

高男说爸爸打算到美国或者南美去，大概是因为害怕再打仗吧。

“姐姐，要是我们一家四口生活在不同的国家，再回想起日本这个家，不知道会怎么想呢？我以后寂寞了，恐怕总会想起家的吧？”

高男回对面的别屋去了，这边只剩下品子一个人。品子一边卸着粉底，一边将脸凑到镜子前，看了看自己的眼睛。

不管是父亲还是弟弟，男人心底涌动的想法，总是让人恐惧。

但一闭上眼，品子又看到了被禁锢在山岩上的普罗米修斯，品子觉得那就是香山。

当晚，波子拒绝了丈夫。

多年来，她从未明确拒绝过，更没有主动索求过。波子自己也觉得不可思议，她总是半推半就。可真拒绝以后，才觉得拒绝对方也不过如此，这种时候理应拒绝罢了。

那是一瞬间的事，波子像是触电一般弹起身，拉上了睡衣的领口。

矢木愣住了，他以为波子什么地方不舒服，睁开了眼睛。

“感觉像有根棍子捅到我心口。”波子揉了揉胸，从胸脯摸到了心口，“别碰我。”

波子自己都有些惊讶，她居然就这么干脆地拒绝了丈夫。她双颊涨红，像个孩子一样抚摸着胸口。

她蜷缩起身子，显得很局促。

矢木没有发现波子的寒毛都竖了起来。

波子关掉枕边的灯，横躺下来。矢木从她身后抚摸着她所谓“有根棍子捅进来”的胸膛。

波子背后的肌肉抽动起来。

“是这里吗？”

矢木按住她紧绷的筋。

“不用了。”

波子侧过胸，想要离矢木远一些。矢木用力将她扭了过来。

“波子！我刚才说过了，二十年，二十年！二十年来，除了你这女人，我没碰过其他女人，我被你这女人迷住了。多离谱啊，我这作为男人的一生，为了你这女人……”

“什么女人、女人的，请别说这种话。”

“我都没想过还有其他女人，才说‘你这女人’。我都没让你这女人尝过嫉妒的味道吧？你懂嫉妒吗？”

“懂啊。”

“你嫉妒谁？”

现在，她嫉妒竹原的妻子，可她说不出这话。

“哪有女人不会嫉妒的。哪怕是看不见摸不着的东西，女人也会嫉妒的。”

她听见了矢木的喘息声，为了躲开这股气息，用手捂住了耳朵。

“既然我们连生下品子和高男都是错的……”

“呃，我说了那只是打个比方。再说，自从高男出生，我们就没有再要孩子了，为什么呢？再要一个不也很好吗？说起这个，我总想到你一投入舞蹈中，就不会再生孩子了，我说得没错吧？舞蹈是恶魔创作的，舞蹈队就是恶魔的队伍，这是一个基督教的牧师说的。如果你决定不跳了，以后我们可能还能再生一两个孩子呢。”

波子全身的寒毛都倒竖起来。

她从未想过时隔二十年再生一个孩子，矢木这话，实在有些居心不良、惹人讨厌。

但是，这真就肯定是坏事吗？不见得。波子感到了恐怖。

她与竹原在一起时，恐惧症也会不时发作。今晚同矢木在一起，更是被恐惧感所包围了。

看过《长崎踏圣绘》后，波子对竹原说：

“我再也不说可怕了。”

之所以对竹原这么说，是因为她发现与竹原在一起时，恐惧感的发作可能是爱情的发作，她想将这种激烈的情感变化对竹原倾吐。

但和矢木在一起发作的恐惧，压根儿不是爱情。如果非要说与爱情有什么关系的话，那大概是对失去爱情的恐惧吧；又或者说，是她在没有爱情的地方试图描绘出爱情的模样，最终幻境破灭的恐惧吧。

人与人之间的厌恶，没有比夫妻之间的来得更真切的了。波子领悟到这点。

如果这种情感转化成憎恶，那便是最丑恶的憎恶。

波子不经意间回想起一些微不足道的往事。

那是与矢木结婚之后不久的事。

“小姐，你不会连烧洗澡水也不会吧？”矢木说，“烧水时盖上浴桶盖，能节约煤。”

说着，矢木锯开啤酒箱，亲手做了一个浴桶盖。

连如何把握烧水的火候，怎么添煤减炭，矢木都一一教导她。

烧洗澡水的时候，她看见那个粗糙的浴桶盖漂在水面上，觉得很脏。

矢木足足用了三四个小时才做好这个浴桶盖，波子在他身后呆呆地看着，至今她仍能回忆起矢木做浴桶盖时的模样。

在这个奢侈的家里，只有矢木一个人过着贫瘠的生活，在心理上是个穷光蛋。矢木今晚的话里，最让波子刺痛的便是这番坦白。波子觉得，这番话将她推进了黑暗深渊。

二十多年来，矢木一直依靠着波子的财产度日，这像是一种根深蒂固的怨恨，是向波子的追讨。让矢木同波子结婚的，是矢木的母亲。矢木似乎在顽强地践行着母亲的计划。

矢木用往常的手法温柔地爱抚着波子，她却依旧拒绝了。

“听了那种话，品子和高男会怎么想？我不放心，得去看看。”

说完，波子站起身走了出去。

她真的走进了庭院，仰望星空，觉得自己无处可去。

白云落在后山的山峰上，如日本画中的汹涌波涛。

佛界·魔界

品子来到父亲的房间，矢木不在，她看见凹间里挂着一幅字：

佛界易入，魔界难至。

应该这个读法吧？

走近仔细看，才发现盖着一休[1]的印。

“一休和尚？”

品子有了些亲切感。

“佛界易入，魔界难至。”

她读出声来。

她不太理解这话中的禅意，但所谓佛界容易进，魔界反而难，似乎和她的认知恰恰相反。她念出了看到的这幅字，像是心有所悟。

这句话似乎依旧在无人的房间中回响，一休的大字像一双眼睛，从凹间里扫视四周。

种种迹象表明，父亲直到刚才还在房间里，房间里还残留着丝丝热气，让品子觉得有些寂寞。

品子静静坐到父亲的坐垫上，心情却还未平静。

她用火钳拨了拨炉灰，一丝火苗蹿了起来。这是一

1 | 一休：即一休宗纯（1394—1481），室町时代的奇僧、诗人、书法家和画家。他是日本后小松天皇的私生子，幼年出家。

个备前烧[1]手炉。

桌子一角摆着一个笔筒，笔筒旁是一尊小小的地藏菩萨立像。

这本来是波子的东西，但不知什么时候被放到了矢木的桌上。

木像高七八寸，据说是藤原时代的作品。它外表乌黑发亮，看起来有些肮脏。木像光着脑袋，一只手拄着比身子还要高的拐杖。这根拐杖显然也不是凡品，线条笔直而清晰。

从大小来看，这尊地藏菩萨“惹人怜爱”。品子仔细端详了一会儿，忽然觉得有些心虚。

她猜想，父亲今早是否也像她现在一样，一会儿看看地藏像，一会儿又看看墙上一休的字呢？这样想着，她又把目光投向了墙上一休的书法。

第一句的“佛”字是用正楷写就，而到了“魔”字，就已经变成了行书。品子觉得这幅字似乎有某种让人畏惧的魔力。

“这是在京都买的吧……”

---

1 | 备前烧：日本冈山县备前市周边地区烧制的陶器，被列为日本六大古窑之一。

这卷字当然不是家中一直有的，不知父亲是在京都偶然见到了一休的书法，还是因为喜欢一休的名言特地去买的。

从前挂在凹间边的那幅字已经被收了起来。

品子站起来走过去看了看，原来那是久海残片[1]。

早些年，波子的父亲在家中放了四五张藤原时代的和歌残片，现在只剩下了这张久海残片，其他都被波子卖掉了。相传这张久海残片是紫式部[2]所书，矢木对它特别看重。

品子走出父亲的房间，口中仍在喃喃道：

“佛界易入，魔界难至。”

这句话是不是与父亲的心境相符呢？语言本来的意义也让品子思绪万千，实在是捉摸不透。

品子本想与父亲聊聊母亲的事，母亲去东京前，她

---

1 | 残片：日本贵族阶层自安土桃山时代，开始兴起收藏古代名人书法作品（日语里叫“古筆”）的风潮。起初，贵族们会将藏品以册或卷的完整形态精心保存。然而随着想要收藏的人越来越多，藏品供不应求，人们便将完整藏品切割或拆分成一张张的残片（日语里叫“切れ”），并以原收藏地、收藏者等将其命名为某某残片，“久海”就是收藏者的名字。到了江户时代初期，日本大城市里的市民、商人群体开始流行收藏残片，当作房间里的装饰品。

2 | 紫式部（约 973 年—？）：日本平安时代女作家，主要作品有长篇小说《源氏物语》。

一直留在家中的排练场里，之后才来到父亲房间。

难道一休的字代替父亲做了回答吗？

大泉芭蕾舞团研究所有二百五十多个学生。

研究所和学校不同，没有固定的招生和入学时间，随到随学。也有人会长时间请假，或者索性不再来了。学生们来来去去，很难统计出确切的数字，但始终没有少于二百五十人过。要是仔细算起来，人数肯定是在增加的。

不只是大泉芭蕾舞团研究所，东京的主要芭蕾舞团，基本都有两三百个学生。

但这么多学生，并没有经过严格的选拔，就如同学习其他艺术一样，只要想学芭蕾舞，很容易就能加入。入学时也不会仔细考查学生是否适合跳芭蕾，有没有前途，有没有登台的可能。

东京共有六百来间芭蕾教室，按照一个大教室有三百名学生来算，如果能够建一间组织完善的舞蹈学校，筛选出优秀学生加以正规的训练，那才是件好事。可是目前来看，还没有这个趋势。

就大泉研究所来说，学生多半是女孩，大都是在放学回家路上顺道来练习的。

女学生有五个班。

最下面的，是小学生的儿童班。

上面有两个年龄大一些，技术也好一些的班。再上面则是精进班。

所谓精进班，顾名思义，其中都是些追求精益求精的学生。研究所所长大泉会亲自指导这些学员，也与他们共同学习。学生都是大泉芭蕾舞团的主要舞者，只有十个人。

其中女学生八个，男学生两个。品子是其中之一，也是最年轻的一个。

精进班的学生同时也兼职助教，各自承担着水平较低的班级的教学。

除了这些常设班级，研究所还设有所谓“专科”。这是为上班的人设立的辅导班，学员年龄各异。芭蕾舞团的公演如果与工作冲突，专科的学生便无法登台。

品子每周参加三次精进班的课程，再加上还承担着助教的工作，几乎每天都要到研究所去。

研究所位于芝公园内部，从新桥站走过去，也就十分钟左右。

品子今天心情沉重，没有乘车，失魂落魄地往研究所走去。一位母亲带着一个看上去大约小学五六年级的少女，站在研究所门口。

“不好意思，能让我们参观一下吗？”

“好的，请随意。”

看上去像是孩子想要学芭蕾，母亲才跟着过来的。品子打开了门，让母女俩先进入研究所，却听到里面有人在向她打招呼。

“品子，来的得真是时候，正在等你呢。”

叫品子的人是野津，是大泉舞团最好的男舞者。

野津身上有一股贵族气质，他与扮演公主的女舞者搭档，总是扮演王子。不得不说，他与角色十分相配，矫健的腰身与修长的双腿勾勒出浪漫的线条，穿起为芭蕾设计的古典白衣十分合身，日本人中实在少见这样的人物。

但排练的时候，他穿的是黑色的排练服。

“今天太田请假了，我想着等你来了请你弹钢琴伴奏呢。”

野津对品子说，他的声音有些中性。

“可以吗？”

“好的。”

品子点点头，又说：

“钢琴嘛，谁来弹都可以。”

野津提到的太田，是个钢琴师，每天都来为演员们伴奏。

即便没有钢琴，靠着老师用嘴或者手打拍子，也不是不能练芭蕾基本功。但这儿平常用的是切赫埃第的练习曲，有音乐和没有音乐差别实在太大，习惯了伴奏的学员，在没有伴奏的时候就会无所适从。

品子对来参观的那对母女说：

“到这儿来吧。”

她将二人带到入口旁的长椅上坐下，自己走到了暖炉边。

“品子，你的脸色不太好？”

野津小声问道。

“是吗？”

品子依旧站在原地。

“因为介意我请你弹钢琴？”

“没有的事。”

野津的头上绑了一条青色的缎带，上面印着碎水珠的花纹。头带绑得很用心，没有打结。虽然说这是为了防止头发散开，但是从这些细微之处，也能看出野津的品位。

“虽说还有其他人会弹练习曲，但是……”

野津从炉子前的椅子上侧转过头，看了看品子。青色的头带绑在额头上，眉毛秀美。

他应该是在夸奖品子的钢琴技术吧？

品子自幼便跟着波子学习钢琴。

波子甚至觉得以她现在的岁数，倒不如教钢琴来得比较轻松。她年轻时有一些正规的训练经验，二十年前就精通钢琴了。

因此，对于一般的舞曲，品子都能弹，切赫埃第练习曲是为芭蕾的基本功练习而作的，自然难度不高。加上品子几乎每天都在听，又常常弹奏，这曲子早就熟稔于心了。

品子的心绪有些飘出去了，野津走到她跟前问：

“怎么了？稍微有些抢拍子，不像平时的你啊。”

这段时间来练习的，是女学生班上面的那两个班中的一个，叫作“高等科”的 B 班。公演的时候，她们在舞台上负责群舞。

从 B 班可以升到 A 班，跳得再好些，就可以升到品子她们的精进班。

在芭蕾的术语中，群舞里还有双人舞和领舞一说。

领舞是在群舞最前面跳的。

有时候会由精进班的独舞学员来当领舞，不时也会挑选领舞的学员去跳独舞。

大泉芭蕾舞团有两百五十余人，能够在公演中登台的大约五十来人。

高等科的 B 班都是经历了多年练习，基本功扎实的人，对这间研究所的风格和教学方法也都很熟悉。

更何况这种扶把杆做的基本功训练就是不断重复同样的动作，对他们来说简直就是家常便饭。品子弹钢琴的时候，也只是下意识地活动着手指。

但她被野津批评了。

“抱歉。”

品子道歉说。

“你是说我抢了拍子，是吗？”

品子的脸上露出尴尬的神情，像是被人泼了一杯冷水，她在诧异自己怎么会犯这种错误。

“只是感觉上有些抢，看你魂不守舍的，我有些急了。”

“呀，实在抱歉。”

品子的脸上染上了红晕，目光落在白色的琴键上。

“没关系的，你是不是遇到什么事了？”

野津小声问。

“这就跟跳舞一样，有时候就是会觉得费劲，跳着跳着就觉得气喘吁吁了。”

被他这么一说，品子的呼吸居然真的乱了，心脏也打起鼓来。

野津身上有股汗臭味，更让品子觉得窒息了。

野津又靠近了些，品子终于定了定神，她觉得野津身上的汗臭格外刺鼻。

在他俩跳对手戏的时候，品子并不觉得野津的汗味如此难闻。但现在，她觉得这是一股顽固的臭味，分外刺鼻。

平日里野津时常换洗排练服，大约因为现在是冬天，换得没这么勤了吧。

“抱歉，我会留神的。”

品子觉得这股臭味惹人生厌，脱口而出。

“接下来，”野津说着，离开了钢琴，“就要麻烦你了。”

品子开始用心弹奏，和着学员们的踏步声，身子也跟着律动摇晃起来。

到了放开把杆练习的阶段。

就像提起音乐会想到意大利语，提起芭蕾自然会用法语。

野津为学员们下达着动作的指令，他的法语和着品子的伴奏声，似乎也变得流利不少。品子似乎也被野津的声音引导着，手指在琴键上跃动。

野津甜美的声音越发高亢澄澈，他不断喊着“屈膝”“踮脚”。品子听着，像是陷入了一个温柔的梦境。

野津忽而用手，忽而用嘴打着拍子。

声音像是梦境般悠远，品子觉得学员们的踏步声忽而缥缈了。

“不能这样！”

品子自语了一句，看向乐谱。

排练本来预计持续一小时，却因为野津沉浸其中，拖了二十分钟。

“谢谢，有劳你了。”

野津走到钢琴边，擦了擦额头。

品子又觉得一股新的汗臭味扑鼻而来，大概是因为累了吧，这会儿鼻子的感觉格外敏锐。

“排练场要空下来一个小时吧，稍微休息会儿一起练习吧？”

听了野津的建议，品子摇摇头。

“今天就算了，我弹钢琴就好。”

一个小时过后，应该是女学生班要来，接着应该是专科的学员练习。

品子坐回暖炉边，坐在入口边长椅上参观的女学生站起身来：

“能给我们一份招生简章吗？”

“好的。”

品子把招生简章和申请书一并递了过去，带着孩子来的那位母亲也对品子说：

“也请给我一份吧。”

野津面对排练场的镜子，正在练习独舞。

他高高跃起，双足在空中拍了起来，练习着小跳打击和交换打击的动作。小跳打击时，身姿优美。

品子靠在炉子前的椅子上，目光涣散。

负责之后班级教学的助教们也到了，各自练习起来。野津离开排练场还没一会儿，已经换好了衣服，从后台走了出来。

“品子，今天回去的时候……我送你吧。”

“我要是走了，不就没人伴奏了？”

“别担心，会有人弹的。”野津披上手中搭着的外套，“我从对面的镜子看到你的样子了，看得出来你心情很差。”

品子本以为野津只留意着他在镜中的样子，没想到他竟然在通过镜子观察远处的自己的神色。

他们的车子朝着御成门方向去了，下了坡，品子开口说：

“我想顺路去母亲的排练场看看。”

野津问：

“有段时间没见到令堂了，我能一起去吗？”

说着，他把车停了下来。

“前段时间，我记不清具体是哪一天了，我跟令堂见过一面，她聊到了芭蕾女舞者是不是该结婚的问题。她说不结婚好，我对她说还是应该谈恋爱……”

有次编排双人舞时，野津漫不经心地对品子说，如果两个人跳舞配合得天衣无缝，究竟是该做夫妻还是恋人，抑或干脆撇清关系好呢？

品子只想着全身心投入舞蹈，听了这句话，心里犯了嘀咕，身子也就跟着僵硬了，动作慢了半拍。她有些介意这话，就没办法在舞蹈中把身体托付给男伴了。

芭蕾舞中女演员需要以各种不同的姿势将身体托付给男伴，做出拥抱、托举、踩肩乃至抛接等动作。说是用男女舞蹈的身姿在舞台上描绘爱的形象也不为过。

男演员甚至被称作“女演员的第三条腿”，扮演着骑士的角色。女演员作为男演员的“恋人”，需要与男演员交融，真正地把“第三条腿”如臂指使。

但品子还不是大泉芭蕾舞团的第一女角，甚至不算是招牌女角，野津却愿意选她作双人舞的搭档。

甚至在旁人眼里，二人结婚也是自然而然的。

品子毕竟还是个女孩，就算她今后结了婚，或许野津也比她的结婚对象更了解她的身体。多多少少，品子已经可以算是为野津所有了。

但在某些方面，品子却从未将野津当成过男性。

或许是因为一起跳惯了舞，或许是因为品子毕竟还是个女孩吧。

正因为还是个女孩，品子的舞姿很难有那种风韵，被野津一提，身子就变得僵硬了。

同乘一辆车，比一起跳舞更让品子感到尴尬。

更何况她不愿在今天让野津见到母亲。

母亲今天一定也是一副忧郁神色，烦恼必定不少，她不想让野津看见母亲这副模样。更别说她还在挂虑着母亲的状况，只想独自前去。

“她可真是一位好母亲。但一谈到芭蕾女舞者婚恋的话题，她好像就想起了你的事，若有所思。”

野津的话更让品子感到厌烦。

“有这回事吗？”

波子的排练场没有灯光透出来，大门却敞开着。

波子没在里面。

天色已近黄昏，昏暗的地下室里只有镜子反射出黯淡的光。排练场对面的道路两侧，路灯的光线射到了狭长的高窗上。

空荡荡的室内，让人发寒。

品子点亮了灯。

“令堂不在？是回家了吧？”

野津问。

“嗯，但她没锁门啊。”

品子走进小房间，波子的排练服还挂在房里，触感冰凉。

波子和友子都有排练场的钥匙，从前都是友子先到，由她开门。

现在友子已经走了，不知道母亲把友子的钥匙交给了谁。品子从前没有留意过母亲排练场的钥匙，难道友子不在，连这种小事都变得不方便了吗？

就算这样，向来做事严谨的母亲，怎么会忘记锁上房门就离开呢？品子感到不安。

今天还真是古怪，品子先到了父亲的房间，父亲不在；现在她来到母亲的排练场，又扑了个空。两件事凑在一起，更让品子的不安加重了。

一个人，明明刚刚才走，仿佛还能看到他的影子。这种感觉更让人空虚。

“妈妈她会去哪儿呢？”

品子望了望镜子，仿佛镜子里还能看到母亲刚才残留的影像。

“哇，脸色可真差。”

品子看见了自己的脸，不由得惊呼出声。但野津就在对面，又不方便补妆。

因为练习会出汗，品子她们几乎不在脸上抹粉，口红也只是薄薄地涂一层。难得会有需要化妆来遮掩难看脸色的时候。

品子出了小屋，走进排练场，点燃煤气炉。

野津倚在把杆上，眼睛始终没有从品子身上移开：

“不用点炉子吧，你不也要回去了吗？”

“先不回去了，我想等等妈妈。”

“她会回来吗？那我也……”

“我也不知道她会不会回来。”

品子把水壶放到炉子上，从小房间里取出咖啡罐。

“这排练场真不错。”野津环顾四周，“有多少学生？”

“六七十个吧。”

“哦？前段时间我从沼田那儿听说了，令堂开春也要办舞蹈会？”

“还没定下来。”

“既然是令堂，我们也想出一份力。这里没有男舞者吧？”

“嗯，没有收男学生。”

“要是舞蹈会上没有男演员，不会显得少了点什么吗？”

“嗯。”

品子心中忐忑，不愿意再多说。

品子低下头，开始倒咖啡。

“排练场里都有成套的银器呢？”野津有些大惊小怪，“都是女孩的排练场，可真干净。令堂还真是心思细腻。”

被他这么一说，品子觉得成套银器的确挺适合母亲的，收纳得干净利落。大泉芭蕾舞团的墙上贴着几张公演的海报，这边的墙上却只装饰着外国芭蕾舞演员的照片。连从《LIFE》等杂志上剪下来的照片，都被波子整齐地装裱在相框里。

“我是什么时候看过令堂的演出来着？好像是刚刚开战的时候吧？”

“差不多吧。战争激化以后，妈妈就再也没有登过台。”

“对了，是和香山先生一起跳的。”

野津试着回想波子的舞姿。

“现在想来，那时候香山先生还很年轻，就像我现在这么大吧？”

品子只点了点头。

“看不出来他和令堂差了这么多岁数。”野津压低了声音，“听说香山先生也经常和你一起跳舞？”

“跳舞？我那时候还是个孩子，哪算得上和他一起跳呢？”

“那时候你多大？”

“最后一次一起登台的话，十六岁。”

“十六岁？”

野津像是在反复咀嚼品子这句话，又重复了一次，接着问：

“你还是忘不了香山吗？”

品子没想到自己居然会脱口而出：

“忘不了啊。”

“是吗？”

野津直起身，双手插进外套口袋，在排练场上来回走起来：

“也对。我本来也猜到是这样。我很清楚，但是香山已经不是我们世界里的人了，对吧？”

“没这种事。”

“那这么说，品子你和我跳舞的时候，想的也是香山？”

“没这种事。”

“两次回答都是一样的？没这种事？”

野津面对着品子，直直朝她走来。

“我可以等吗？”

品子像是害怕野津接近自己似的，用力摇头。

“不值得你等的……”

“但你该知道，我从很早以前就在等你了……话说回来，香山先生还算不上品子的恋人吧？”

香山算不上品子的恋人，这话或许说得没错。

但品子纯洁的想法与野津这话恰恰相反。

还没等他走到品子面前，品子就直起身。

“就算香山先生算不上我的什么人，我也无所谓。我不会对别人……”

“别人？我对你来说，算是别人？”

野津喃喃说着，转过了身子，往旁边走去。

墙壁上的镜子里映着野津的背影，品子看见他的脖子上围着一条红格子围巾。

“品子，你还在做少女的梦吗？”

品子的目光追着镜子中野津的背影，她感到自己的眼睛能够放出光芒。这不是因为野津，倒不如说，这是因为自己涌起了拒绝野津的力量。

这力量也能帮助她战胜心中的寂寞。

说寂寞，到底是什么寂寞呢？品子寂寞的时候，身子总会倏地紧绷。

“在妈妈断言我跳舞没前途之前，我不会考虑结婚问题。我早就下决定了。”

“在令堂断言你跳舞没前途之前？包括香山？”

品子点头。

野津走到对面的墙根，回过头望向品子，品子正在点头。

“还在做梦啊，真是小姐脾气……但照你这么说，我和你跳舞，不就是在妨碍你结婚吗？大小姐，你还真是给男人分配了不可思议的任务啊。”说着，他又朝品子走来，“你在说谎，你还在想着香山，才会说出这样的话。”

“你错了。我只想同母亲站在同一战线。为了我跳舞，她耗费了整整二十年。”

“我也支持品子跳舞。”

品子似乎又点了头。

“既然这样，我相信你的话。你跟我跳舞的时候，真的没有想过和香山结婚？”

品子皱起眉，盯着野津。

“品子，我爱你，你却爱香山。但你和我共舞，我们都要压抑爱情。这么看，我俩的舞蹈，岂不是镜花水月？是两份流逝的虚无爱情吧？”

“说不上虚无吧。”

“说不好，就像一个易碎的梦。”

品子熠熠生辉的双眸感染了野津，他一改方才的神态，容光焕发，美得不可方物，只是眼角依旧流出几丝愁绪。

“我跳起来吧，边跳边等。”

品子眨了眨眼，轻轻摇头。

野津将手搭到品子肩上。

品子回到家的时候，高男的别屋里正亮着灯。

“高男！高男！”

她喊起来。

高男的声音从窗户里传来：

“姐姐？你回来了。”

“妈妈呢？她回来了吗？”

“还没呢。”

“爸爸呢？”

“他在家。”

高男开门的声音传过来，品子像是躲着他一样：

“不急，我一会儿再……”

夜色降临在庭院里，品子不想让高男看见自己不安的样子。

开门的声音停了下来，但似乎高男已经到了走廊上。

“姐姐，我记得你说过崔承喜的事吧？”

“嗯。”

“崔承喜给十二月三号的《真理报》投稿了。”

“嗯？”

“她写了自己女儿去世的事情。她女儿去苏联公演的时候，在莫斯科大受欢迎。她的舞蹈教室有一百七十来个学生。”

“这样啊。”

品子并不像高男那样关心崔承喜在苏联报纸上发表的文章。

枯萎的冬梅枝干在窗户的挡板上投下一道黯淡的影子，品子不安地看了看。

“爸爸已经吃过饭了？”

“嗯，和我一起吃的。”

品子没有回自己的别屋，径直往主屋走去。

她今晚没有见到母亲，而是直接去拜见父亲，这让她有些忐忑。但她反而不由得先打过招呼告诉父亲自己回来了，她似乎很难直接走进父亲房里。

“爸爸，早上我来过您的房间，还以为您那会儿会在。”

“哦？”

桌前的矢木转过身来，朝向暖手炉的方向，等着品子开口。

“爸爸，那幅一休的《佛界、魔界》，有什么含义

吗？”

“这幅？这话大有含义了。”

矢木平静地望着凹间里的字。

“您不在时，我自己看了看，觉得有些瘆人。”

“嗬，为什么？”

“佛界易入，魔界难至。是这么念吧？所谓魔界是说人世吗？”

“人世？人世是魔界？”

矢木大感意外，反问了一句，又接着说：

“你说的可能没错，这样也好。”

“像人一样活着，为什么是魔界？”

“怎么样才像人，哪里才有人呢？都是魔也说不定。”

“您看这幅字的时候，是怀着这样的心情？”

“怎么会。我觉得话里的魔界，就是指真实的魔界。可怕的世界啊，比佛界还难进入。”

“但爸爸，你想进去吧？”

“你是问我，想不想进魔界？话里有话？”

矢木神色缓和，温柔地笑起来。

“要是你已经在心里下了判断，你妈妈会进入佛界，那我进魔界又何妨？”

“呀，我不是这个意思。”

“‘佛界易入，魔界难至’，这句话倒让我想起了另一句话，‘善人尚能成佛，况恶人乎’。但好像又不是一回事。一休的这句话，是反感伤主义的。反对像你妈妈和你这样的人的感伤主义，反对日本佛教中的感伤和抒情。说不定算是严肃的战斗宣言吧。对了，十五日会上展出了《普贤十罗刹》[1]图，品子你也去看过吧？”

“是的。”

北镰仓有一位姓住吉的古画商人，他有一间茶室，每逢十五都会举办例会。古玩字画圈子里的爱茶人士会轮流点茶，算是关东地区一项重要的茶会。

店主住吉是东京美术俱乐部的社长，也是元老美术商。此人好淡泊，有些像禅宗和尚；又精通茶道，比某些茶道宗师还要擅长茶道。十五日茶会能办下去，就是凭借这位老人的人品。

因为离得很近，矢木每有兴致就会去参观。这幅

---

1 | 《普贤十罗刹》：以普贤菩萨和十罗刹女（十名化身女性的改邪归正的鬼神）为题材创作的佛教画，有多个传世版本，现藏于大阪藤田美术馆、奈良国立博物馆、静冈大福寺等地。小说里的这幅画属于东京的私人收藏家，原是日本旧贵族益田家的藏品。

《普贤十罗刹》最早归益田家所有，挂在凹间里。矢木曾带波子和品子去看过。

“你妈妈也喜欢那幅画吧。普贤菩萨骑着白象，十罗刹环绕周身，都是穿着十二单[1]的美人，采用的是那时宫中女性的形象。这幅佛画既画出了藤原时代那种华美的感伤，又体现了那时的女性崇拜和女性趣味。”

“但妈妈也说过，普贤菩萨的脸美则美，却并不罕见。”

“她说过这话啊。普贤菩萨是美男子，画里却把他画成了美女的形象。还有那幅画着阿弥陀如来从西方净土来迎场景的《来迎图》，真是藤原梦中的幻影，还题了一句‘满月来迎’。藤原道长死的时候，阿弥陀如来手中拈着一根线，藤原自己握住了线的另一头。《源氏物语》就诞生于藤原时代，我年轻时研究过源氏，但毕竟是穷苦蛮人的孩子，跟藤原的风流和哀情无缘。俗人招你妈妈讨厌，也是理所应当。”

矢木看了看品子的脸，接着说：

“那幅《来迎图》里所画的、前来迎接人类灵魂的

---

1 | 十二单：即五衣唐衣裳，日本公家女性传统服饰中最正式的一种，一般由五至十二件衣服组合而成。

佛陀们衣着华丽，手持乐器，姿态像是在跳舞。舞蹈最能体现女性美，所以我从没阻止你妈妈跳舞。但女人不同,不是用精神在跳,而是用肉体在跳。依我这些年看来，你妈妈也是如此。与其做尼姑，不如跳舞美些，仅此而已。你妈妈跳的舞，不过是感伤主义的体现，灵魂是日式的。品子，你的舞蹈，不也是虚妄的青春幻境吗？”

品子想要反驳。

“如果魔界里没有感伤，我选魔界。”

矢木下定论一般地说。

主屋里只有矢木的书斋、波子的卧室、茶室、储物间和女佣房。

后来波子的卧室变成了夫妇俩的卧室。

在这宅子还用作乡间别墅时，这间六叠的房间就充满了女性色彩。墙壁下半部分装裱着老式缎子。之所以说是老式，是因为元禄[1]以后的江户时代，女性罩衫还是什么服饰，用的就是这种缎子。

这段时间，每当波子躺下，看到这些用彩色线绣成的老旧花纹，便感到落寞。这些老式缎子实在是太过女

1 | 元禄：日本的年号，为 1688 年到 1704 年。

性化了。

自从那次拒绝矢木以来，波子一躺到床上，就感到一阵痛苦。

自从那次以后，矢木也没再向波子索求过。

矢木是个早睡早起的人，波子基本都是在他就寝后才上床。但每当波子躺到床上时，他还是会睁开眼睛，说几句话才睡去。

有的时候，波子在品子的别屋里与她聊得兴起，还是会说：

“到你爸爸睡觉的时间了。”

说完，波子便回到主屋。丈夫等待着她，难以入眠，她也记挂着丈夫。长年累月，这积习已经刻到了她的身体里。

波子回到房间时，矢木如果不出声，她会想是发生了什么事吗？

可如今，这习惯却让波子感到恐慌。矢木要是在床上说点什么，波子就会吓一跳，胸口一紧，钻进被子。

“又没有犯罪。”

波子在心中嘀咕，但还是无法平静。她用余光去瞟矢木的睡脸，心想自己究竟犯了什么罪。

她连翻身也做不到，不知究竟是在等待什么。是在等矢木睡着，还是等待矢木向自己索求。

但要是他真的索求，波子应该还是会拒绝。她害怕与矢木那样争吵，但现在矢木不再索求，她反而觉得不快了。

矢木睡着以前，波子怎么也睡不着。

今晚她在品子的别屋里与品子闲聊，到了丈夫睡觉的时候，却没有回去。

“听你爸爸说，你对他挂在凹间里的那幅字不太满意？”

“什么？爸爸说我不满意？”

“嗯，他说你有意见，所以两三天前换了一幅。”

“哎？我只是问问他那幅字是什么意思。爸爸他说了一堆话，但我不太明白。她说我俩的舞蹈是感伤的，我有点不甘心而已。”

“感伤？”

“他说的是这个词吧？说跳舞这事情本来就是感伤的。”

“哦……”

她想起十五年以前，矢木曾经说过芭蕾能够锻炼女性的身体，取悦丈夫。

矢木还说，二十年来，“除了你这女人”，他没碰过其他女人。矢木说这话时，波子正想避开他的手臂，或许是由于这个原因，这话听起来像是一只想要把人缠住的手臂，黏腻烦人。

但事后一想，矢木说得也没错，他的确是男人中的“例外”。莫非波子“这女人”得到了上天的格外青睐？

波子没怀疑过丈夫的话，她对这话深信不疑。

但事到如今，她没法因为这话感到幸福，心情反而更沉重了。

倒不如说这话正是矢木古怪性格的表露。波子准备离开丈夫，目光变得坚定起来。

“我们的舞蹈如果是感伤的，那我和你爸爸这些年来的生活，恐怕也是感伤的吧。”波子歪了歪头，“妈妈累了，不到春天，恐怕打不起精神。”

“您是因为爸爸才觉得累的，爸爸在魔界里看着您啊。”

“魔界？”

“跟爸爸一说话，不知道为什么，连我都觉得没有生活的动力了。”

品子用发带扎起头发，又松开。

“爸爸是靠啃食着妈妈的灵魂才能活着的。”

品子的说法让波子大为震动。

“不过总而言之，似乎还是我先背叛了你爸爸，应该对你道歉才是。”

“爸爸是在等我们都崩溃掉吧？”

“怎么会呢？但我还是决定，过段时间就把这房子卖掉。”

“快些卖吧，然后去东京建个排练场。”

“建个感伤的排练场吗？”

波子低声自语道。

“可爸爸会反对的。”

已经是午夜两点了，波子回到主屋。

矢木已经睡熟了。

波子在黑暗中换上一件冰凉的睡衣。

她虽然躺了下来，但从眼角到额前，仍旧没有一丝暖意。

“妈妈，您就在这儿睡一晚吧。爸爸肯定也睡了。”品子这么说，“正因为这样，爸爸才笑话我们感伤。”

波子回到主屋休息，一股落寞的情绪便袭了上来，她像个年轻女孩一样想，如果能和品子一起待到天亮就好了。

她难以入眠，生怕矢木忽然睁开眼睛。

第二天一早，波子睁开眼，矢木已经起床了。以往从没有过这样的情况。

波子吓了一跳。

深刻的过去

波子和竹原前往四谷见附附近那片故居的废墟时，起了风。

拨开没过膝盖的枯草，波子寻找着排练场的基石。

“我记得钢琴应该就在这附近吧。”

她这么问道，仿佛竹原应当知道。

“当年运东西的时候，就该把它运到北镰仓去。”

“事到如今，别说这些了。都已经是六年前的事情了。”

“但现在我是买不了施坦威[1]那种大型钢琴了。原本那台钢琴里，藏着不少回忆呢。”

“明明单手就能把小提琴带出去，还是让火给烧毁了。”

“是瓜达尼尼[2]的吧？”

---

1 | 施坦威：顶级钢琴品牌，1853年由施坦威父子在汉堡和纽约创立。

2 | 乔凡尼·巴蒂斯塔尼·瓜达尼尼（1711—1706）：意大利著名提琴制作师。

“嗯。连琴弓都是图尔特[1]的，想想真觉得可惜。当年买它，正是在日元汇率高的时候，美国的乐器公司都想着挣日元，大批大批的乐器运到日本。那时候我想把相机销到美国去，还碰了不少壁。”

竹原压住帽檐，背对风吹来的方向，像是要为波子挡风。

“每每遇到烦心事，我就会想起《春天奏鸣曲》，现在站到这原本放着钢琴的地方，仿佛还能听到那首曲子呢。”

“是啊，和你在一起，我似乎也能听到那首曲子。我们合奏《春天奏鸣曲》的乐器，也都烧毁了，哪怕小提琴没有烧掉，我也不会再拉了。”

“我弹钢琴也不行了。话说回来，现在连品子都知道《春天奏鸣曲》里有我俩的回忆了。”

“那是品子出生前的事了，深刻的过去啊。”

“要是春天我们的舞蹈会顺利成行，我就又能在这首充满我俩回忆的曲子中跳舞了，我想跳跳。”

“要是跳到一半你的恐惧症又犯了，那可怎么办？”

竹原打趣道。

---

1 | 佛朗索瓦·格扎维·图尔特（1747—1835）：法国琴弓制作大师。

波子目光灼灼。

“我再也不会害怕了。”

风一吹，枯萎的野草就摇晃起来，散发出阵阵凉意。夕阳的光也晃动起来。

枯草反射着阳光，影子投到波子黑色的长裙上，晃动摇曳。

“波子，就算找到原来的基石，也建不起原来一样的房子。”

“嗯。”

“我请个熟人建筑师来看看地点吧。”

“那就麻烦你了。”

“考虑下新房要设计成什么样吧。”

波子点了点头，说：

“你说‘深刻的过去’，是因为它被埋没在深深的枯草里吗？”

“不是。”

竹原似乎找不到恰当的话来表达。

波子又一次回过头看了看废墟的残壁，回到大路上。

“这堵墙也用不了了吧，盖新房之前得先拆掉它。”

说着，竹原扭过头。

“外套的下摆上粘上了草种呢。”

波子拉起外套下摆，转身看了看，先清理了竹原的外套。

“转身，我看看你背后。”

这回是竹原开了口。

没有枯草粘在波子的外套下摆上。

“话说回来，为了重建排练场，你似乎下了很大的决心，矢木已经知道这事了吗？”

“不，还没。”

“棘手啊。”

“嗯，就算重建，等到建好的时候，我们都不知道成什么样了。”

竹原只管迈步，默不作声。

“我和矢木一起生活了二十多年，现在孩子都这么大了，但是我的一生不应该就是这样。连我自己也为我这个决定吃惊，好像我身子里有几个自己似的。一个和矢木一起生活，一个在跳舞，还有一个——可能在思念竹原你吧。”

波子说。

四谷见附的天桥方向，有西风吹来。

在圣依纳爵教堂附近拐个弯，就到了外护城河的土堤，微风拂面。土堤上的松叶窸窣作响。

“我想变回一个人，让我身子里的几个我，成为一个人。”

竹原点头，看向波子。

“竹原，你能不能对我说一句‘跟矢木分手吧’？”

“这就是我想说的事。”竹原接过品子的话，“最近我在想，要是我和波子你不是老相识，而是最近才邂逅，事情又会怎么发展呢？”

“嗯？”

“我之所以会说‘深刻的过去’，也是这个想法在作祟。”

“最近才与你邂逅？”

波子有些不解地回头看看竹原。

“讨厌，这种事我连想也不愿意想。”

“哦？”

“是啊，我不敢想四十以后才与你相遇……”

波子的眼神变得悲伤。

“不是年龄的问题。”

“不要！”

“问题在于——深刻的过去。”

“如果我现在才与你相见，你大概根本不会多看我一眼吧？不是吗？”

“波子,你是这么想？我的想法可能和你恰好相反。”

波子仿佛胸口被人击了一拳，陡然停下脚步。

他们走到了幸田旅店门口。

“刚才的话，我们之后再仔细讨论吧。”

波子想要同竹原一起进去，却装作漫不经心。

“你的脸色看上去很阴沉。”

长长的走廊中段，放着一个装饰架，架子上陈列着鲁山人[1]的陶器，还有不少志野和织部的仿作。

幸田旅店里的餐具都是鲁山人的作品。

波子站在装饰架前，凝视着架子上一张仿九古的盘子。玻璃上隐约倒映着波子的脸，她的双眼熠熠生辉，清晰地映在玻璃上。

走廊尽头的庭院里，花匠正在铺枯松叶。

波子在这里往右拐，随即左拐，从汤川博士住过的“竹间”后面走进庭院。

“听说矢木来的时候，住的是那间房？”

---

1 | 鲁山人（1883—1959）：即北大路鲁山人，本名房次郎，日本篆刻家、画家、陶匠、书法家、漆艺家、烹调师、美食家。

波子问女佣。

女佣领他们到了别屋。

“矢木什么时候来这儿住过？”

竹原一边脱外套一边问。

“从京都回来时顺道来的，我也是听高男说的。”

波子从脸颊往下，轻抚到了脖颈。

“被风一吹，皮肤都变糙了。抱歉，我离开一下。”

波子在洗手间洗过脸，来到小房间的镜子前坐下。她化妆的动作很麻利，同时心想：若如竹原所说，他俩如今才邂逅……她无论如何也想不出来。

但他俩还是来到旅店深处的别屋里，没有任何不自然。这或许也是因为他们之间太了解、太亲密了吧？又或者是因为这家旅店他们也很熟悉？

从矢木住过的那间房的方向，飘来暖炉的煤气味。

矢木也曾经来过这栽满竹子的庭院对面的房间，想到这里，与竹原在一起的不安消散了。

正是矢木住在这里那段时间之后，恐惧感曾经短暂地迫近过波子，让她感到身体仿佛燃烧起来。如今这种感觉荡然无存。

想到这儿，波子的脸上浮出一团红晕，她又打开粉底，准备化个浓妆。

“久等。”

波子回到竹原处。

“对面的煤气味一直在飘过来。”

竹原转向波子施过粉黛的脸。

“更美了。”

“你不是说还是初见比较好吗？”波子嫣然一笑，“那就继续刚才的话题，得向你请教了。”

“‘深刻的过去’？我的意思是说，如果我们是初见，我会不顾一切把你夺过来。”

波子垂下头，心海翻起澎湃的浪花。

“再者说，我没能和波子你结婚，也很难过。”

“抱歉。”

“不用道歉，我现在已经不觉得怨恨或者愤怒了。恰恰相反，你同别人结婚二十多年了，我们再这样见面，每每想到这些，就觉得过去越加深刻。”

“你说了多少次‘深刻的过去’了？”

波子抬起眼。

“是过去让我变成了旧礼教派啊。”

竹原如此说，想了想又开口：

“从那‘深刻的过去’开始，我们的感情维持到了如今，没有消逝。它始终束缚着我，我们都结婚了，还在这样相见，看似不幸，实际上这才是一种幸福也说不好。”

波子仿佛现在才想起竹原已经结婚了。他的婚姻或许与自己不同，或许他并不希望自己的家庭被搅动？

又或者，竹原对婚姻的想象也已经幻灭，害怕与波子踏过那条线，他们之间的深厚情感也会幻灭？

竹原的话推开了自己，波子却只能接受。但就算二人之间没有过去的回忆、就算他俩是初次邂逅，竹原的语气也让波子感受到了爱，让现在的波子感受到了救赎。

“打扰一下。”女佣进了别屋，“风太大了，请让我把雨户[1]关上。”

这间别屋装的不是玻璃窗。

波子借女佣关上雨户的时机，看了看房外的庭院。低矮的竹子摇摇晃晃，叶子都被翻了过来，露出背面。

“已经傍晚了。”

竹原两手支在桌子上，说：

“是我的话让你难过了？”

波子轻轻点头。

---

1 | 雨户：为防风、防盗、挡雨、遮挡视线等，在房屋门窗处安放的木板。

“我没想到。但波子，你不是说和我在一起的时候恐惧症也会不时发作吗？”

“我说过，我已经不会害怕了。”

“每当我看到你害怕的样子，心里就很难过。好像终于醒过来，对自己说这样不行。”

“但我后来终于发现，那就是爱情发作。”

“爱情发作？”

竹原像是要把这话咀嚼清楚。

波子突然感到真正的爱情又发作起来，直贯全身，于是浑身颤抖。她忽然羞赧，露出美艳的模样。

“也就是说，正好相反，我是说这是我的看法，我认为你应该能理解我在说什么。想想看吧，从前是我放你和别的男人结婚的——就算不是我强迫你结婚，而是你自己的决定，但在我看来，这么说也没错。我没有把你夺过来，只远远看着你的举动。我太过尊重你，没有自信能够让你幸福。年轻男人都容易犯这种错，但错就错了。好在这一路走来，我因为拥有这‘深刻的过去’，也看到了光明。我在其他事情上，既不胆小也不自卑，但面对波子你，就患得患失起来。”

“我很明白你患得患失的心情。”

波子老实回答道。她将自己的心门打开了一半，便感到畏首畏尾。可就算她将心门洞开，竹原也未必会走进来。

“这感觉真微妙，我们只是这么坐在一起，我就觉得自己似乎已经在什么时候同你结过婚一样。”

“嗯？”

“这种亲密的感觉，把我全身上下都浸透了。”

波子投以肯定的目光。

“还是因为那‘深刻的过去’吧。”

“因为我错误的过去？”

“未必就是错的吧？我们没有忘记彼此啊……我记得是去年吧，波子你在信上抄了和泉式部[1]的和歌寄给我。”

波子有些害羞。

“你居然还记得？”

枉然相思情，
恋者分飞去，
同衾异梦不相知。

---

1 | 和泉式部（987—1048）：日本平安时期的女诗人。

且问君所思，

相思不似相逢好？

这首和歌是波子在《和泉式部集》中发现的。

“这歌里尽说些大道理。”

“你说过要和矢木分手，如今都过了二十年了。婚姻真可怕。”

波子的脸色变了，她觉得竹原像是在责备她生了两个孩子。

“你这是在欺负我吗？”

“听起来像是在欺负你？”

“我没以前那种肚量了，赤裸的身子抖个不停。竹原你有气度，才有闲暇去考虑什么‘深刻的过去’。”

竹原向波子坦白了自己的心声，波子还有些疑虑，只觉得忐忑不安。

竹原像是在等待波子哭出声或者扑到他怀里。也因为如此，波子没有哭，也不能靠过去。但她看到竹原游刃有余的样子，又觉得更焦虑、更难过了。

恋人说自己赤裸的身子抖个不停，他为什么还不拥抱她？

波子没有丧失理智。

今天与竹原见面，是因为有正事，是为了同他商量把房子卖掉、建一所新的排练场的事。竹原也到原先的地点看过，二人在附近的幸田旅店吃过饭。

更何况竹原是有妇之夫，波子也还没同矢木决裂。

这间熟悉的旅店，可能会诱发错误。波子最初没有想到这一点。

再者说，波子本来就大概没法拒绝竹原，她认为自己不论何时何地，都可以将自己交付给竹原了。

“你说我有气度？”

竹原反问。

吃过饭，波子在削苹果皮的时候听见了教堂钟声。

“六点了啊。”

波子在钟声响起时停下了手中的刀。

“天一黑，风就停了。”

她把削好的苹果放在竹原面前。

“我得去见矢木一面。”

竹原说，这话出手波子的意料。

“为什么？”

“波子，建排练场也好，跟矢木分手也罢，你能自己处理吗？”

“不要，我不想你去见他，别去见他。”

波子脑袋摇得像拨浪鼓似的。

“让我自己处理。”

“没关系的，我以你的老朋友的身份去见他。”

“那也不行。”

“波子，必要的时候还是得有一个代理的。虽然我也觉得很难同他商量，但还是得去接触一下，看看他的想法。”

“矢木会介意的。”

“这样的话……北镰仓的房子是在谁名下呢？”

“那是我爸爸的遗产，一直在我名下。”

“他没有背着波子你改过吧？”

“矢木？他不至于吧。”

“慎重起见，还是得好好查个清楚。我不太了解矢木这个人，但我总觉得，会有这么一天，我要为了你去和矢木对质的。但我得先跟你问清楚，才知道现在是不是时候。”

“问清楚？”

“你不是让我对你说‘和矢木分手吧’？波子，你说的是真心话吗？”

“我们早就分开了。”

波子像是钻进竹原设计好的话术里，说完就害羞得涨红了脸。

竹原也终于意识到自己的话代表什么，急忙道：

“好了就这样吧，今天我去你家……”

波子依旧垂着头，晃了晃脑袋。

竹原感到一阵窒息，沉默了一会儿。

“我以你朋友的身份去，要是以情人的身份去，没办法商量事情。”

波子抬起头，望向竹原。

眼泪盈满她大大的眼眶，波子透过泪注视着他。

竹原直起身，抱住波子的双肩。

波子试图挣脱，但一触到竹原的手臂，她的指尖就颤抖起来，双手麻木了，顺势温柔地落在竹原的手中。

竹原准备回去了，波子留在幸田旅店。

“我一个人没法回去，叫品子来一起走吧。”

波子说完，给大泉研究所打了个电话，品子还在研究所。

“我在这里等品子来了再走吧？”

听到竹原这句话，波子稍微想了想说：

“今天你们还是别见面吧。”

“品子也不让我见？”

竹原笑了笑，向波子投以安慰的目光。

波子把竹原送到玄关，目送竹原的车发动开走，心里忽然升起一股追上去的冲动。

为什么不和竹原一起离开呢？

波子觉得自己不能再回到矢木身边了。她刚才还在纳闷竹原为什么要回家，此刻却把这个问题抛诸脑后。

她独自留在房间里，心情久久无法平静。女佣建议她去泡个澡，她便去了。

“‘深刻的过去’吗？”

波子泡在温热的洗澡水中，重复着竹原的话，她只觉得过去的已经过去了。触到竹原的手时的那份悸动，与自己年轻时并无二致。如今她已经四十开外，却并不觉得自己的感受有何错误。波子合上双眼，只觉得竹原紧紧地抱住了自己，觉得自己仿佛回到了少女时代。

“小姐来了。”

女佣通报说。

“哦。我马上出来，先让她在房间里等一会儿。”

品子依旧穿着外套，坐到了暖炉前。

“妈妈，还以为您出了什么事。听说您去洗澡了，我才放下心来。”品子抬头看了看波子，“妈妈，您是一个人来的？”

“不是，竹原刚才也在。”

“这样？他已经走了？”

“我刚给你打过电话他就走了。”

“那时候他还在吧？”

品子似乎有些疑惑。

“我只听您说让我过来，就把电话挂了，我很担心您。”

“我们在谈修排练场的事情，请他去看看地址。”

“呀。”

品子声音轻快：

“妈妈，您终于振作起来了，我也想去看看。”

“今天先睡一晚，明天再去看，可以吗？”

“在这儿留宿吗？”

“我倒是没这个打算，但是……”

波子支支吾吾的，躲开品子的目光：

“我不想一个人回去，才把你叫过来的。”

“妈妈，您不想一个人回去？”

品子的声音轻柔，但眉头紧锁，目光严肃。

“说不想，倒不如说是觉得回不去吧。我没办法原谅……”

“没办法原谅爸爸？”

“不是，没办法原谅自己。”

“哦？因为对不起爸爸？”

“谁知道呢？也或许是因为对不起自己吧。我自己没法原谅自己，但又不清楚自己是不是真的犯了错。可能只是在为自己找借口罢了。”

品子若有所思：

“以后妈妈再来东京，我都陪您一起回去吧。”

“倒是我像你的孩子了。”波子笑出来，“品子。”

“我没想到，母亲会觉得回家这么痛苦。”

“我说不定会和你爸爸分开了。”

品子点点头，强抑住内心翻涌的情绪。

“品子，你怎么想呢？”

“老实说，我觉得很难过，但我早就想过这种情况了，不觉得奇怪。”

“妈妈根本不了解你爸爸，从开始就没有了解过。但还是和他一起生活，如今，这种日子是该画上句号了吧。”

“正因为现在了解了，才不能再继续一起生活，不是吗？”

“我也不清楚，和自己不了解的人一起生活久了，就变得不了解自己了。不知道为什么，和你爸爸结婚，总给我一种和自己的幽灵结婚的感觉。”

“我和高男都是幽灵的孩子吗？”

“这不能混为一谈，孩子是活生生的人的孩子，是神赐予我的孩子。你爸爸不是说，如果我以这种心态离开他，那么生下你俩就变成了错误？我觉得这是幽灵说出来的话，不能用在我们身上。人这一生，就是要排忧解愁，然后继续活下去。但这样的生活持续下去，我怀疑自己也会变成幽灵。虽然说是和你爸爸分开，但这并不只是我和他的事情，跟你俩也有关系啊。”

“我无所谓，但是高男……他想去夏威夷，要不要等高男离开后再……”

“也对，就这么定了。”

“但我觉得，爸爸不会这么放您走的。”

“我也给了他不少痛苦——你爸爸和我结婚，完全是因为你的奶奶，他不过是在努力贯彻你奶奶的意志。”

“您会这么想，是因为您爱竹原吧？”

“您爱着另一个人，要同爸爸分开，作为女儿，我很难接受。但爸爸问过我，是否觉得妈妈这样继续同竹原来往是好事？我回答他说好。但那是因为我觉得爸爸的问题太残酷了。高男却说他不希望爸爸这么问。他毕竟是个男人。”

品子的声音沉了下去。

“竹原是个好人，我也不觉得这事意外。但承认您对他人的爱情，让我觉得自己仿佛堕入魔界。所谓魔界，就是需要坚强的意志才能活下去的世界吧？”

“品子……”

“您和竹原约会，还把我叫来，这也就罢了，我不介意。但即便将来我要离开妈妈，也会想起今天您叫我来的事情。”

泪水涌上品子的眼眶，她问不出来那句：您和竹原在一起，也会感到寂寞吗？

“您为什么要叫我来呢？”

波子语塞。

她是为了排解与竹原在一起时袭来的某种情绪才给品子打电话的吗？

波子同竹原在一起时，既不想告别，也不想回家。在行将交缠的喜悦中，又夹杂着驱不散的悲伤，这喜悦无法支撑她，她觉得无处立足，才会把品子叫来吧？

倘使竹原没有拥抱波子，她或许就不会想起品子。

“我只是想和品子一起回去。”

波子嘴上这么答道。

“那就回去吧！”

二人来到东京站，横须贺线电车刚刚开走，因此又等了二十来分钟。

她们坐在候车厅的长椅上。

“就算您和爸爸分开了，也没办法和竹原先生结婚吧？”品子问。

“嗯。”

波子点头。

“就算您和我一起生活，也只有跳舞吧？”

“是啊。”

“但我猜爸爸是不会放您走的。高男可能要去夏威夷，爸爸也说他想出国，但大概是在妄想吧。”

波子不再言语，只盯着对面站台边发动的火车。

火车开走后，八重洲口那边的街灯浮现出来。品子似乎是忽然想起，同波子谈起野津在排练场说的话。

“我拒绝了他，但是以后还是要和他一起搭舞。”

翌日是周日，下午开始，波子就在家中练习。

吃过午饭，女佣传话说：

“竹原先生来访。”

“竹原？”

矢木的表情有些失落，他看向波子。

“他来干吗？”

他对女佣喊道：

“告诉他，太太不想见他。”

“好的。”

高男和品子咽了一口唾沫。

“这样好吗？”

矢木对波子说。

“你们要幽会，不能去外面吗？在外面见面更自由吧？觍着脸追到家里来算怎么回事？”

“爸爸，我觉得这是妈妈的自由。”

高男结巴道，放在膝上的手微微发颤，纤细的脖颈上突出的喉结也在跳动。

“呵，就算是你妈妈，在还没忘记自己做过什么之前，也没法随心所欲吧？”

矢木讽刺道。

女佣又回来了：

“他说不是要见太太，是要见您。”

“见我？”

矢木又看了波子一眼。

“那就更不能见了。就跟他说，我没有见他的理由，我们也没有约过今天见面。”

“好的。”

“我去跟他说。”

高男将长发往上拢了拢，朝玄关走去。

品子把目光从父母身上移开，望向院子。

院子里栽的几乎都是梅花，梅树栽得离屋子略远，靠着山。屋前只有一两株梅树。

品子别屋附近的走廊边种着瑞香，若是用心去看，就会发现已经结了花蕾，不知道梅花现在是否也已经待放了呢？

品子似乎听见了母亲呼吸的声音，她觉得胸口发闷，几乎喊叫出声。她准备出门，但是却不小心扣歪了洋服的扣子。

高男响亮的脚步声传来，紧接着他进了屋。

“他回去了，说要去学校见您，还问了您上课的时间。”

高男边说边盘腿坐下。

矢木问高男：

“有说什么事吗？”

“不知道，我只顾让他走了。”

波子觉得身体僵硬，像是被紧紧束缚住一样。竹原的脚步声渐渐远去，她感到矢木的目光向她逼来。竹原居然今天就来了，这出乎她的意料。

品子悄悄看了看手表，沉默着站起身。她早打扮停当，匆匆出了门。

电车每半个小时一班，竹原现在肯定还在站台。

品子看见竹原正低着头，在北镰仓站的换乘区来回踱步。

“竹原先生。”

品子隔着木栅栏喊道。

“啊？”

竹原吃了一惊，脚步也停了下来。

“我这就去您那边，电车应该还有一段时间才来。”

品子急忙穿过小路，竹原也从铁轨对面的换乘站台往检票口方向走来。

品子站在竹原面前，却不知该说什么好了。她脸颊涨红，身子发僵。

她拎着一个装有排练服和芭蕾舞鞋的袋子。

竹原还以为发生了什么事，品子才会追过来。

“您是要回东京吗？”

“嗯。”

竹原边走边说，却一眼也没看品子。

“我刚才去了你家，你知道的吧？”

“知道。”

“本来想见令尊一面，可惜没见到。”

前往东京的电车到了，竹原让品子先上车，自己坐到了她对面。

“能给令堂带个话吗？就说登记还是被改了。”

“登记？什么登记？”

“这么对她说就好，她会明白的。”

竹原的话实在突兀，但转念一想，又说：

“反正你早晚也会知道。是你家房子的登记。我就是为了这件事来找令尊的。”

“啊？”

“品子，你是站在你母亲这边的吧，无论发生什么事情都站在她这边？你母亲的人生，还可以从现在重新开始。就像品子你的前途，也可以从现在开始去追求。”

电车到达下一站，大船站。

“我先在这儿告辞了。”

品子突然站起身。

开往伊东方向的湘南电车与这列电车擦身而过，进了站台。

品子盯着这列车看了一会儿，干脆地跳上车厢，翻涌的心湖很快平静下来。

方才竹原来到玄关时，父亲和母亲坐在茶室。品子觉得空气压抑得让人窒息，她与母亲感同身受，只觉得痛苦难耐，几乎吐出血来。

因此品子追着竹原出来，但一见到竹原又害羞起来，几乎无地自容。她本想替母亲转达些什么，话却堵在嘴边说不出来。

自己为什么要来呢？品子觉得再也坐不住了，于是在大船站跳下了车。

乘上这列湘南电车也是因为一时冲动，她想到自己是去见香山，便觉得心情舒畅而平静。

大矶附近，有残疾军人在募捐，他们操着演说的腔调，听起来话里带刺，品子茫然地听着。

“禁止捐款，请大家不要给残疾军人捐款……”

另一个声音响起。

乘务员立在车门口。

残疾军人也停止了演讲，金属假腿踏地的脚步声擦着品子身侧远去，那名军人从白衣服里伸出一只手，也是金属制成的。

品子在伊东站换乘东海公交一号线，到达下田需要花三个小时，太阳将在她前往下田的途中西下。

全国总经销

捧读文化
触及身心的阅读

出 品 人　张进步　程　碧

特约编辑　孟令堃
装帧设计　陈旭麟（okmake studio）

千只鹤

せんばづる

川端康成 著

胡长炜 译

河北出版传媒集团
河北人民出版社
石家庄

图书在版编目（CIP）数据

最美川端康成. 3, 千只鹤 /（日）川端康成著 ; 胡长炜译. -- 石家庄 : 河北人民出版社, 2023.5

ISBN 978-7-202-06724-6

Ⅰ. ①最… Ⅱ. ①川… ②胡… Ⅲ. ①中篇小说—日本—现代 Ⅳ. ①I313.45

中国版本图书馆 CIP 数据核字（2022）第 052237 号

目录

千只鹤

千只鹤

一

菊治踏入镰仓圆觉寺[1]之时，仍在对是否参加茶会犹豫不决。时间已经不早了。

每逢栗本近子在圆觉寺深处的茶室举办茶会，菊治总在受邀之列。但是，自从父亲离世后，他一次也未去过。他觉得这不过是因着亡父的情面而礼节性地邀请自己罢了，并未放在心上。

然而，此次的请帖却特意附了一句：盼您能莅临茶会，见见我的一名女弟子。

读罢请帖，菊治忆起了近子身上的那块痣。

那大约是菊治八九岁时的事。父亲带他到了近子家，

---

1 | 圆觉寺：位于今日本神奈川县镰仓市山之内地区的寺院。日本小说家夏目簌石曾在此参禅。后文的“茶室”指寺里佛日庵内的“烟足轩”。

近子正在茶室敞着胸口，拿着小剪子剪痣上的毛。那块痣长在左胸，覆了半边乳房，直蔓延到心口，差不多有巴掌大小。那紫黑色的痣上生着毛，近子用剪子剪掉了。

“呀！小少爷也一同来啦？”

近子面露讶色，本想直接合上衣襟，但也许是觉得慌张遮掩更不成体统，便稍稍转过身去，将衣襟慢慢掖进了腰带。

她大概并非因菊治父亲的到访而惊讶，而是未料到菊治的出现。女佣刚刚去正门接待，已经通报过。近子自然知道菊治的父亲会来。

父亲未进茶室，在隔壁房间落了座。这里是客厅，兼作练习茶道的场所。

父亲望着凹间[1]的挂轴，心不在焉地说道：

“请给我来杯茶。”

“欸。”

近子应了一声，却未立即起身。

近子那宛如男人胡须般的痣毛，落在她铺于膝头的报纸上。菊治看了个真切。

时值白日，老鼠竟在天花板上乱窜。檐廊近处，桃

1 | 凹间：又称床之间，日式建筑中用挂轴、插花、盆景等物装饰的内凹小空间。

花灼灼。

近子坐在炉边点茶时，神态仍是些许恍惚的。

那之后约莫十日光景，菊治听见母亲仿佛揭开某个惊天秘密似的对父亲说，近子是因为胸口有块痣才未结婚的。母亲以为父亲不知此事，言语间似是很同情近子，面上露出怜悯的神情来。

“哦，嗯。”父亲故作讶异地附和着，却又话头一转，“不过，让丈夫看见了又何妨呢？婚前能跟对方坦白清楚就行了嘛。”

“我也是这么跟她说的。可是，‘我胸口有块大痣’这种话，女人家哪能说得出口呢。”

“她已经不是小姑娘啦。”

“终究还是难以启齿。若是男的，即便婚后才发现，恐怕也就是一笑了之的事情。”

“这么说，她让你看那块痣了？”

“哪能呢？净说些蠢话。”

“只是嘴上说说而已吗？”

“今天练习茶道的时候，闲聊一阵……最后她才坦白了此事。”

父亲沉默不语。

“即便她结了婚，男方又会怎么看呢？”

“也许会讨厌，感到不适吧。不过，话说回来，这种秘密或许会化为闺房之趣、女性魅惑呢。说是短处，也能变成长处呢。这也不是什么大不了的毛病嘛。”

“我也安慰她这不是什么毛病。只是她说，问题在于那块痣长在乳房上。”

“嗯。”

“她说，婚后有了孩子要喂奶，才是令她最为难过的。即便丈夫无所谓，为了孩子也……”

“难道是乳房长块痣就没有奶水吗？”

“那倒不是……她说，喂奶时让孩子瞧见，她心中会难过。我倒未想到此处，不过设身处地想想，难免有此忧虑。孩子从出生之日起便要嘬奶，从视物之日起便看的乳房，上面却长着一块丑痣。孩子对世界的第一印象，对母亲的第一印象，便是乳房上丑陋的痣——印象之深，想必会纠缠孩子一生啊！”

“嗯。但也太多虑啦，何苦来哉？”

“说得是呀，给孩子喂牛奶、找奶妈都是法子嘛。”

“只要能出奶，即便有块痣也无妨嘛。”

“可是，倒也不能这么说。我听完她那番话，眼泪都流出来啦。我太理解她说的了，就说咱们家菊治，我也不会情愿让他嘬有痣的奶。”

“也是。”

菊治对佯装不知的父亲感到义愤填膺。菊治分明瞧见近子的痣了，父亲却当他不存在，他对这样的父亲也感到厌恶。

然而如今，时隔近二十年了。菊治回顾当年，父亲那时大约也很有些发窘吧。他不免觉得有些可笑。

而且，菊治十来岁时，不时想起母亲的话，担心自己会有一个含着带痣乳房的异母弟妹。他为此感到不安和害怕。

菊治不仅害怕自己在别处有异母弟妹，更害怕喝着那种奶的孩子。他一想到孩子含着长了长毛大痣的奶，便不由感到一种似恶魔般的恐怖。

万幸的是，近子没有生下孩子。往坏里想，或许是父亲不让她生。又或许是父亲为了让她打消生小孩的念头，告诉了她，痣和婴儿让母亲落泪之事。总之，父亲生前死后，近子的孩子都未曾出现在这世上。

菊治和父亲一起瞧见那块痣后不久，近子便上门向菊治的母亲坦白了自己的隐私。也许是打算趁菊治向母亲说起之前先下手为强吧。

近子一直未婚，难道还是让那块痣支配了人生吗？

不过，那块痣始终未从菊治心中抹去，也许还会在某处与他的命运再次邂逅。

当近子借着茶会，传话说想让他见见某位小姐时，那块痣又浮现在菊治的眼前。他忽然想到，既是近子介绍的，想必对方是肌肤冰清玉洁、毫无瑕疵的小姐吧？

菊治曾这样胡思乱想过：难道父亲没有偶尔用手指捏过近子胸口的那块痣吗？也许还咬过呢。

此时此刻，菊治走在寺院的庭院里，山中鸟儿鸣啭不停，那些胡思乱想又掠过他的脑际。

不过，菊治见到那块痣的两三年后，近子不知为何开始变得男性化，而今已完全变成中性了。

今日，近子大约也会展现她的八面玲珑以待茶会的来客吧。而她那生着痣的乳房也许已然干瘪。菊治松了口气，正要发笑，两位小姐从后面匆匆赶了上来。

菊治驻足让路，并探询道：

“栗本女士的茶会是沿着这条路往里走吗？”

“是的。”

两位小姐同时答道。

菊治不用问也知道。而且从小姐们身穿和服来看，她们定是前往茶室的。菊治是为了明确自己去茶会的心思才问的。

那位小姐拿着一个布包袱，桃红色的包袱皮上绘着洁白的千只鹤[1]，真是美极了。

---

1 | 千只鹤：日文为“千羽鶴”，这里指数量众多的鹤。

二

两位小姐在茶室入口[1]前换足袋[2]时，菊治也到了。

菊治从她们身后朝里瞥去，房间约莫八叠[3]大，客人膝盖挨着膝盖，并排坐在一起。似乎净是些身着华丽和服的人。

近子眼尖，一眼便瞧见了菊治，蓦地起身走来。

“哎，请进。真是稀客，欢迎光临。您可以从那边进来，没关系的。”

近子说着，指了指靠近凹间的纸拉门[4]。

房间里的女客似乎一齐转过了头，菊治脸红着道：

“全是女客吗？”

“是呀。也有男客来过，不过都回去了。你现在是万绿丛中一点红。”

“我可不敢当。”

“没关系，菊治有资格作红呢。”

菊治摆了摆手，示意要从隔壁房间的入口[5]绕进去。

---

1 | 这里指“躙口”，是个高约 66 厘米、宽约 63 厘米的方形小口，需要爬进去。在千利休确定茶室样式后，客人们按规矩都要从此进入。

2 | 足袋：一种将脚拇指与其他四趾分开的布袜。进入茶室前需要脱鞋并更换足袋，防止带入外面的泥土，弄脏榻榻米。

3 | 叠：榻榻米的量词，几叠房即表示房间里铺着几张榻榻米。

4 | 这里指“贵人口”，由两扇纸拉门组成，贵客可以直着身子出入。

5 | 这里指“茶道口”，连接着茶室和水屋，供茶会主人出入。

小姐把穿了一路的足袋收进千只鹤布包袱里，彬彬有礼地起身，给菊治让路。

菊治走进隔壁房间。点心盒、茶具箱和客人的物品，散乱地放着。女佣正在里面的水屋[1]洗洗涮涮。

近子也走了进来，在菊治面前屈膝坐下。

“如何，是位不错的小姐吧？”

“是拿着千只鹤布包袱的那位吗？”

“布包袱？我不知道什么布包袱。我是说方才站在那儿的那位俊秀小姐呀！她是稻村先生的千金。”

菊治暧昧地点了点头。

“什么布包袱？你连这种不寻常的地方都注意到了，真是不可小觑。我还以为你们是一起来的，正暗自惊叹你的本事哪。”

“说什么呢？”

“来时路上相遇，亦是有缘。再说令尊和稻村先生也是老相识。”

“是吗？”

“她家原是在横滨开生丝行的。我没和她说今日之事。你放下心来，好生瞧瞧吧。”

---

1 | 水屋：与茶室相邻的空间，放置有置物架、橱柜、泄水板等，是存放茶道用具、清洗茶具的场所。这里的“水屋”当指水屋内侧的沥水间。

近子嗓门不小，贴邻的茶室只隔了一隔扇，菊治担心声音传到茶会那边，正缄口不言，近子忽然把脸凑了过来。

“不过，事情有些麻烦。”她压低了嗓门，“太田夫人今天也来了，还带着女儿一起。”

她悄悄打量着菊治的脸色，继续说道，“今天我可没有请她……但这种茶会，随便路过的人都能加入，方才就有两拨美国人来过呢。实在抱歉，太田夫人听说有茶会就过来了，我也无可奈何。不过，她自然不知道你的事。”

“今天的事，我也……”

菊治本想说自己并未打算相亲，但话未出口，又咽了下去。

“尴尬的是太田夫人，少爷只需装作若无其事就好。”

听近子这么说，菊治未免有些恼火。

栗本近子与父亲的交往似乎并不深，时间也不长。父亲去世前，近子都是一副任君差遣的姿态，频繁出入菊治家。不仅是开茶会时，即便是作为客人来访，她也会去厨房帮忙。

自从近子变得男性化之后，母亲觉得若再去嫉妒她，未免有些令人哭笑不得。后来，母亲定然也察觉到父亲见过近子的那块痣。但那时，早已时过境迁，往事随风消散。近子便若无其事、爽朗麻利地伴在母亲左右。

不知不觉间，菊治对近子的态度也随便起来了。在肆意顶撞她的过程中，似乎儿时那种令人窒息的厌恶感也淡薄了。

近子变得男性化，成为菊治家中的便利帮佣，也许正是她独特的生存之道。

近子仰仗菊治家，已是小有成就的茶道师傅。

父亲离世后，菊治想到近子平生只与父亲有过一段露水情缘，尔后便扼杀了自己的女人天性，心中难免对她涌出一丝淡淡的同情。

母亲之所以没对近子抱有太多敌意，也有被太田夫人的问题牵制的缘故。

茶道好友太田去世后，菊治的父亲负责处理太田留下的茶具，便与他的遗孀走到了一起。

最先将此事告知母亲的人，正是近子。

当然，近子是站在母亲的立场行动的，甚至有些过火了。她不仅尾随父亲，还几次三番跑到遗孀家中数落对方，仿佛在喷发她自己的无名妒火。

近子仿佛就靠着管这些闲事来过日子，性情内向的母亲被她镇住了，生怕家丑外扬。

即便当着菊治的面，近子也会向母亲数落太田夫人。母亲觉得不好，她竟说让菊治听听也无妨。

“上次去她家，我狠狠地训斥了她。大约是被她孩子听到了，贴邻的房间里忽然传来啜泣声。”

“是她女儿吧？”母亲的眉间笼上一层阴霾。

“没错，听说十二岁了。太田夫人也是有些不大聪明。我原以为她会骂孩子一通，结果她竟起身，把孩子抱来搂在膝上，母女俩坐在我面前，一起哭给我看！”

“那孩子不就太可怜了吗？”

“所以说，孩子也可以作为出气的道具嘛。那孩子对她母亲的事可知道得清清楚楚。不过，小姑娘长了张圆脸，怪可爱的。”近子说着，看向菊治，“我们的菊治少爷，若是也能对父亲说些什么就好啦。”

“请你不要这么搬弄是非了。”母亲终究还是责备了她。

“太太，您总把委屈往肚子里咽可不成，要一口气全吐出来才好呀。太太您是如此的纤瘦，人家可是白胖丰腴着呢。也许是不大聪明的缘故，那人竟觉得温顺地哭一场，便能万事大吉……首先，在她接待您丈夫的客厅里，还堂而皇之地挂着亡夫的照片呢。您丈夫也真是沉得住气呀。”

近子如此痛批过太田夫人，在菊治父亲去世后，她竟还时常带着女儿来参加近子的茶会。

菊治感到一阵恶寒。

纵然如近子所说，她今日并未邀请太田夫人前来。但太田夫人和近子在父亲去世后仍有来往，是菊治所料未及的。也许她甚至让女儿向近子学习茶道呢。

“若你不乐意，我便让太田夫人先回去吧。”近子说着，看向菊治的眼睛。

“我是无所谓。若对方自己愿意回去的话，那也请便。”

“她若有此机敏，令尊令堂何至于烦恼呢？”

“不过，她家小姐不也一起来了吗？”

菊治还未见过太田遗孀的女儿。

菊治觉得有太田夫人在场时，与那位有千只鹤布包袱的小姐相见不大相宜。而且，他更不愿意在此与太田小姐初次相见。

不过，近子的话语一直在菊治的耳边萦绕，触动了他的神经。

“反正她们应该也知道我来了，藏着掖着也无用。”菊治说着，站起身来。

他从靠近凹间的一侧走入茶室，坐在了离入口不远的上座[1]。

近子紧随其后走了进来，向大家郑重其事地介绍了

1 | 上座：凹间前方的座位被视为上座。

菊治。

“这位是三谷少爷，三谷先生的公子。”

菊治向众人重新施了礼，抬起头时，小姐们都清晰地映入眼帘。

他似乎有些紧张。鲜艳的和服充斥双眼，起初还难辨众人面目。

定了神再仔细一看，菊治发现太田夫人竟坐于自己对面。

“呀！”夫人不由叫了一声。她的语气真诚亲切，在座众人都听见了。

“许久不见，真是久违啦！”夫人接着说道。她轻轻地拉了拉身旁女儿的袖口，示意女儿快些打招呼。那位小姐似乎有些困惑，红着脸低了头。

菊治着实感到意外。夫人的态度中没有分毫敌意，亲切无比。与菊治不期而遇，她似乎由衷地高兴。夫人有些过于忘形，似乎连自己正当着众人的面也忘了。

那位小姐始终低着头。

待意识到这一点后，夫人的双颊也飞起一片红晕。但她还是望着菊治，眼中含着想要向他倾诉千言万语的深情。

“您仍在修习茶道吗？”

“不，我从来不学。”

“是吗？府上可是茶道世家呀。”

夫人似乎情绪上涌，眼中竟湿润了起来。

自从父亲的葬礼之后，菊治便再未见过太田夫人。

她的样子同四年前相比几乎未变。

她的脖颈白皙修长，圆润肩膀与之不搭，依然如故。腰身体态显得比年纪轻。鼻子和嘴巴相较眼睛尤为小巧。仔细端详，小巧的鼻子标致而讨喜。在说话时，下唇时不时有些地包天。

小姐继承了母亲修长的脖子和圆润的肩膀。嘴巴比母亲的稍大，一直紧抿双唇。相较之下，母亲的嘴唇似乎小得有些滑稽。

她的双眸比母亲的更为黝黑，眸中溢出了哀伤。

近子瞧了瞧炉中的炭火，说道：

“稻村小姐，能请你为三谷少爷沏一杯茶吗？你还没点茶吧？”

“是。”拿千只鹤布包袱的小姐应了一声，便起身走了过去。

菊治知道，稻村小姐就坐于太田夫人的身侧。

但是，在见到太田母女之后，他就一直避免将目光投向稻村小姐。

近子让稻村小姐点茶，大概也是想让菊治好好看看她吧。

稻村小姐在茶釜前回头问近子：

“茶杯[1]用哪只呢？”

“茶杯啊，用那只织部[2]茶杯吧。”近子说道，“那是三谷少爷的父亲爱用的茶杯，还是他送给我的呢。”

摆在稻村小姐面前的茶杯，菊治也依稀认得。说是父亲用过的茶杯倒没错，却是他从太田遗孀那里让渡得来的。

亡夫喜爱的遗物，经菊治父亲之手辗转来到近子手中，如今又出现在这茶席上。太田夫人瞧着，不知会作何感想呢？

菊治惊讶于近子的大大咧咧。

说到大大咧咧，太田夫人又何尝不大大咧咧呢？

与历经情欲纠葛的中年女子相比，菊治只觉得正在点茶的稻村小姐，是如此的清爽美丽。

三

近子想让菊治好好端详拿千只鹤布包袱的小姐，她

---

1 | 茶杯：日本茶道里盛茶水的容器原本叫“茶碗”，但这部小说里的“茶碗”都是直筒状的，与中文里的广口状茶碗（茶盏）有明显区别，所以本书根据外形，将其翻译成“茶杯”。

2 | 织部：即织部陶，一种十七世纪早期主要于美浓地区生产的陶器。由身为诸侯兼茶师的古田织部（1544—1615）创始，也因此而得名。

大约并不知晓近子的心思。

稻村小姐举止大方，毫不露怯。点好茶后，她亲自端到了菊治面前。

菊治饮完茶，稍稍端详了茶杯。这是一只黑色的织部茶杯，在正面的白釉处，用黑釉勾勒了嫩蕨的纹样。

“应该见过吧。”对面的近子说道。

“大概吧。”

菊治暧昧地应了一声，放下茶杯。

“那蕨菜的嫩芽很有山野情趣。是个适合早春时节的好茶杯，令尊当年就用过。现在的时节用它，虽说迟了些，但用来给菊治少爷奉茶正合适。”

“哪里，家父曾经短暂持有的这段时光，对这茶杯来说根本算不得什么。这可是从桃山时代[1]的利休[2]流传至今的茶杯，是数百年间众多茶道世家珍重传承的宝贝。家父算得了什么呢？”

菊治这么说，是想忘记这只茶杯的种种因缘。

这茶杯由太田先生传给他的夫人，又被太田夫人让

---

1 | 桃山时代：即安土桃山时代，为1573年至1603年之间，织田信长与丰臣秀吉称霸日本的时代。该时代以织田政权的安土城和丰臣政权的桃山城（又称“伏见城”）为名。

2 | 利休，即千利休（1522—1591），日本战国时代至安土桃山时代的商人、茶师，古田织部的师傅。

渡给菊治父亲，再由菊治父亲送到近子手中。如今，太田先生和菊治父亲两个男人都已辞世，两个女人却凑到了一起。因缘际会，这只茶杯的命运已足够无常。

如今，这只古旧的茶杯又在此，被太田夫人、太田小姐、近子、稻村小姐和其他小姐以唇相触、以手相抚。

“我也想用这茶杯喝一次，方才用的是别的茶杯。”

太田夫人不无唐突地说道。

菊治又是一惊。她这是太迟钝呢，还是不知羞呢？

菊治觉得一直深低头颅的太田小姐过于可怜，不忍心看向她。

稻村小姐又为太田夫人点茶。在座众人的目光都落在她身上。她恐怕不知黑色织部茶杯身上的因缘，只是按照所学的步骤在操作。

她点茶的动作朴素利落，毫无瑕疵。从胸口到膝盖，姿势正确，仪态大方。

在稻村小姐背后的纸拉门上，有嫩叶的光影洒落，映衬着她那华丽的振袖[1]。肩头和袖口仿佛反射着柔和的光芒，一头秀发也润泽光亮。

作为茶室来说，这房间有些过于敞亮了，却更能烘

1 | 振袖：女性和服的一种款式，主要特点为身侧和袖子之间缝合较少，袖子可以自由摆动。根据袖子长度可分为大振袖、中振袖和小振袖。

托稻村小姐的青春光彩。孩子气的红色帛纱[1]也不显幼稚和俗气，反倒给人水润娇嫩之感。一双纤纤素手，宛若朵朵盛放的红花。

在她周身，似有洁白细小的千只鹤在漫天飞舞。

太田夫人将织部茶杯捧在手心，说道：

“黑杯衬着绿茶，宛若春日的新绿萌发呀！”

她终究未道破这茶杯曾是她亡夫之物。

然后，是徒有形式的茶具观赏环节。年轻的小姐们并不熟悉茶具的用途，大都只顾听着近子的讲解。

水指[2]和小茶匙，原先都是菊治父亲的东西，但近子和菊治谁都未提。

菊治目送着小姐们起身离去，刚一坐下，太田夫人便凑了过来。

“方才失礼了。我想你大概有些生气吧，可我一见到你，便觉分外亲切，心生怀念。”

“嗯。”

“你也长大啦，真是一表人才呀。”

---

1 | 帛纱：用绢布制作的小方巾，在茶道仪式中用来掸去茶具上的灰尘或接茶杯。

2 | 水指：一种茶道用具，为盛装清水的有盖容器，可利用柄勺舀水调节煮水用器皿的热水温度，或用以清洗茶杯。在茶道中，与茶杯同为鉴赏之物。

夫人眼中似乎镶满了泪珠。

“对了，令堂也……本想着去吊唁的，终究没能去成。”

菊治面露不悦。

“令堂令尊相继离世……你也很寂寞吧。”

“嗯。”

“还不回家吗？”

“嗯，再等会儿。”

“几时有空，我有许多话想说给你听。”

这时，近子在隔壁呼喊道：

“菊治少爷！”

太田夫人恋恋不舍地站起身。小姐早已经等在庭院中了。

小姐和母亲一同向菊治低头致意，便离去了。她的双眸中似在诉说着什么。

隔壁房间里，近子并两三名亲近的弟子和女佣正收拾茶具。

“太田夫人说了些什么？”

“唔……没说什么。”

“你对她可要留神。她总是面上装得温顺无辜，心里在想些什么，你可捉摸不透。”

“可是，她不是常来参加你的茶会吗？不知是从什么时候开始的呢？”

菊治无不讥讽地说道。

他走出了房间，仿佛要避开屋内的恶毒氛围。

近子跟了过来。

“怎么样？是位不错的小姐吧。”

“是位不错的小姐。若是能在没有你、没有太田夫人、没有家父的亡灵徘徊之处，与她相见，那便再好不过了。”

“你在意这些事情吗？太田夫人与稻村小姐并无瓜葛。”

“我只是觉得对不住她。”

“怎么会对不住呢？你若介意太田夫人今天在场，我向你道歉，但今天并非我请她来的。稻村小姐一事，还请另行考虑。”

“好吧，今天就此告辞了。”菊治停下脚步说道。若是一边走一边说，近子只会紧随其后。

独剩他一人了。菊治瞧着前方山脚下点缀的杜鹃花蕾，深吸了一口气。

近子的一封信便将他引诱过来了。他对这样的自己感到厌恶。但是，拿千只鹤布包袱的小姐给他留下的印象是那么清丽鲜明。

茶会上见到父亲的两个女人，而不觉得郁闷，也许是因为那位纯洁的小姐。

但是，一想到那两个女人如今倒还活着，还能谈论父亲，而母亲却早已故去，菊治便感到一股义愤涌上心头，近子胸口那块丑陋的痣也浮现在眼前。

晚风吹来新绿的气息，菊治摘下帽子，缓缓前行。

他远远地望见太田夫人站在山门的阴影中。

菊治旋即准备绕道而行，便环顾四周。左右两侧各有小山，若登山而行，便可绕过山门离去。

不过，菊治仍朝山门走去。他似乎有些面色僵硬。

太田夫人发现菊治，反而迎上来。她的双颊飞红。

“我想再见见你，便在此等候了。你大约会觉得我是个不顾脸面的女人，可我实在不愿就此别过……而且若是就此别过，下次见面便不知何时了。”

“令爱呢？”

“文子先回去了，和朋友一起走的。”

“那么，令爱知道自己的母亲在这里等我咯？”菊治说道。

“是的。”夫人答道，望向菊治的面容。

“这么说，难道她没有不高兴吗？方才的茶会上，她似乎也不想见到我，真是抱歉。”

菊治这番话听着委婉，实则露骨。夫人却坦然道：

“那孩子见到你，心里准是难过的。”

“大约是因为家父的事让她感到痛苦难堪吧。”

菊治本想说，正如太田夫人的事让自己感到痛苦。

“不是那样，令尊一直很疼爱文子。那些事情，往后有机会我再慢慢告诉你。起初，无论令尊如何善待她，她都不与他亲近。然而，战争即将结束、空袭[1]愈演愈烈之时，不知她想到了什么，完全变了个样。那孩子想通过自己的方式对令尊尽一份心。说是尽一份心，但女孩子家的，也不过是为令尊做几道菜、买几样东西罢了。她有时甚至不顾危险，相当拼命。她甚至在空袭中从老远的地方搬了米回来……她的突然转变，令尊也十分惊讶。我看到女儿的转变，既难过又心疼，甚至有些痛苦，仿佛自己受到了责备。”

菊治这才恍然大悟，母亲和自己竟都受过太田小姐的恩惠。记得那时，父亲偶尔会意外地带些土特产回家，竟都是太田小姐采买回来的。

“女儿为何会突然发生转变，我其实也不太清楚。也许是她每天都觉得自己生死难料的缘故。她一定是觉得我可怜了，才那么拼命地想为令尊尽一份心。”

在那战败的岁月里，太田小姐想必清楚地见到了母

---

1 | 空袭：指第二次世界大战末期，美国陆军航空队对日本本土、特别是东京地区的大规模轰炸。

亲对爱情、对菊治父亲拼命纠缠不舍的身姿。现实生活越发严酷，于是她抛下亡父的种种过往，选择照料现实中的母亲。

“方才，你注意到文子手上的戒指了吗？”

“没有。”

“那是令尊送给她的。令尊即便来我家，但只要一响警报便会立刻回府上。每到这时，文子便要送他回去，怎么劝也没用。她担心令尊独自在路上，万一出事了也无人知晓。一次，她送令尊回府迟迟未归。她若在贵府住下了倒还好，可我担心会不会是两人都在路上出了事。她是次日早晨才回来的。我一问才知道，她把令尊送回贵府门口，返程的路上不知在哪个防空洞里待了一宿。令尊再来时便把戒指送给她，还说：‘文子，上回多谢你啦。’文子想必是不好意思让你瞧见那枚戒指吧。”

菊治越听越感到嫌恶。但奇怪的是，菊治心中似乎又觉得她们值得同情。

对太田夫人，菊治倒无明确的憎恶或戒备之情。她身上似乎有着某种特质，令人感到温暖放松。

小姐之所以那么拼命地尽心服侍，或许也是因为不忍对母亲坐视不理吧。

菊治觉得，尽管夫人说的是女儿的旧事，实则却是在倾吐自己的情意。

夫人大约是想将心中满溢的情感一吐为快，但说得过分些，她似乎未能分清谈话对象究竟是菊治父亲还是菊治了。她和菊治说话时极为亲昵，像是在和菊治父亲说话。

菊治之前和母亲一同对太田夫人抱有的敌意，虽未完全消失，但也消解了大半。一不留神，他甚至感到自己就是夫人所深爱的父亲。一种错觉包裹着他，仿佛很久之前自己就和夫人十分亲昵了。

菊治知道，父亲很快就和近子分手了，与太田夫人却是至死不渝。他猜想，近子定少不了会欺辱她。菊治的心中也萌生出一丝些许残忍的念头，诱惑着他想要轻松愉快地欺负太田夫人。

“你常出席栗本的茶会吗？她从前没少欺负你吧？”菊治说道。

“是的。令尊辞世后，我收到了她的信。而我很怀念令尊，实在寂寞得很。”

夫人说罢，低下了头。

“令爱也和你一起吗？”

“文子大概是勉强陪着我来的吧。”

他们穿过铁轨，走过北镰仓车站，朝着与圆觉寺相反方向的山那边走去。

四

太田的遗孀少说也有四十五六了，约莫比菊治年长二十岁，但她让菊治忽视了年龄的差距。菊治仿佛抱着一个比自己还年轻的女人。

夫人凭借着经验，让菊治也共同享受到了那份愉悦。他丝毫感受不到自己是个经验尚浅的单身汉，也不觉得胆怯。

菊治觉得自己仿佛初次懂得了女人，也懂得了男人。他惊讶于自己男性意识的觉醒。此前，菊治从来不知道承欢的女人竟是如此娇柔妩媚，任君采撷而又勾人心魄，温热的气息令人陶醉窒息。

单身的菊治在事后时常有种厌恶之感。然而，本该最感到厌恶的此时此刻，他却只觉甘甜安逸。

每逢此时，菊治总想冷漠地一走了之。而此刻，他却听任她温暖地依偎，自己则如痴如醉地沉浸其间。这似乎也是他的初体验。他从不知女人温热的波澜竟会如此紧追不舍。菊治让自己的肌肤在这波澜中歇息，感到一种征服者的满足感，仿佛在边打瞌睡边让奴隶洗脚。

此外，还有一种母爱的温暖。菊治缩着脖子道：

“你知不知道，栗本这里有一大块痣？”

菊治也意识到自己无意中说了句不该说的话，但或许是精神还松懈着的缘故，他并不觉得这对近子有什么不好。

“那痣长在乳房上，就在这里，长这样……”菊治说着，伸出了手。

菊治心中冒出这个念头，便脱口而出了。他像是要忤逆自己，又似要伤害对方，有些难为情。他之所以想看那块地方，也许是为了遮掩自己方才的甜蜜与羞怯。

“不要，怪让人心里发毛的。”

夫人悄悄合上衣领，旋即又像没回过神似的，慢悠悠地说道：

“这我倒是头一次听说，不过，穿着衣服应该看不见吧？”

“不会看不见的。”

“呀，怎么说？”

“瞧，在这儿不就能看见了吗？”

“呀，你这人多讨厌哪。以为我也长了痣才要看的吧？”

“倒不是。不过，若是有的话，你此刻会是什么心情呢？”

“长在这儿吗？”

夫人说着，看向自己的胸口，无动于衷地道，“干吗要说这个呢？怎样都无所谓吧。”

菊治话语中暗含的恶意似乎未对夫人生效，恶意转了一圈又回到了菊治身上，他更起劲了。

“怎么会无所谓呢？那块痣，我不过八九岁时见过一次罢了，却至今仍会浮现在我眼前。”

“为什么呢？”

“你也受到了那块痣的牵连呀。栗本不是打着家母和我的招牌，前往府上狠狠数落过你吗？”

夫人点了点头，悄然抽开身子。菊治用力搂住她，继续道：

“我想，她那时准是时刻惦记着自己胸口的那块痣，心眼才变得格外坏的。”

“哎，你说得怪吓人的。”

“多少也有她想要报复父亲的念头在作祟吧。”

“报复什么？”

“她始终都为那块痣而自卑，大约觉得父亲是因为那块痣才抛弃她的吧。”

“请别再说痣的事情了，让人怪不舒服的。”

夫人似乎压根儿就不愿去想象那块痣。

“栗本如今的生活早已无须介意痣的事情，那是过去的烦恼了。”

“即便烦恼过去，难道就会了无痕迹吗？”

“烦恼若成往事，有时还会令人怀念呢。”夫人的语气有些如坠梦中。

菊治本不想说的唯一一件事，也吐露出来了。

“刚才的茶会上，你身边坐着一位小姐……”

“嗯，那是雪子，稻村先生的千金。”

“栗本是想让我见见那位小姐，才邀请我的。”

“是吗！”

夫人瞪着一双大眼睛，目不转睛地盯着菊治。

“是相亲吗？我一点儿也没发觉。”

“不是相亲。”

“是这样吧？如今是相亲归来吧。”

夫人眼中的珍珠成串滴落在枕上，双肩颤抖不已。

“这不好，这太不好了。为什么不早些同我说呢？”

夫人把脸伏在枕上，哭泣不止。

这是菊治完全没料想到的。

“相亲归来也罢，不是也罢。要说不好，可能确实是不太好吧。但那件事与这件事无关。”菊治说道，心里也的确是这么想的。

然而，稻村小姐点茶的倩影又浮现在菊治脑际，缀满千只鹤的桃红色布包袱也清晰可见。

如此一来，夫人在一旁哭泣着颤抖的身躯便丑恶起来了。

“啊，太不好啦！我真是个罪孽深重、无药可救的女人。”夫人那圆润的肩膀又颤抖起来。

菊治若是后悔，那也是感到丑恶的缘故。即便不提相亲的事，她毕竟也是父亲的女人。

然而，直到此刻，菊治既不后悔，也不觉得丑恶。

为何会与夫人走到这一步，菊治也不太清楚。一切都是那么的自然。夫人刚才的话中，似是在后悔自己诱惑了菊治。然而，恐怕夫人并未打算诱惑菊治，而且菊治也不觉得自己被诱惑了。此外，从菊治的情绪来看，他也没有任何抵触，夫人也毫不抗拒。可以说，此事中并无道德观念的投影。

在与圆觉寺相对的山丘上，两人走进一家旅馆，共进晚餐。因为有关菊治父亲的事还未说完。菊治并不是非听不可，老老实实地听她诉说也有些滑稽。可夫人似乎全未考虑这些，只是不停地倾诉衷肠。菊治边听边感到一种安然的善意，自己也仿若沉浸在柔情蜜意之中。

菊治仿佛领略到了父亲当年的那种幸福。

若说这不该，那便不该吧。他失去了摆脱夫人的时机，任凭自己沉溺在甘甜的体肤之亲中。

然而，也许是心底潜藏着阴影的缘故，菊治仿佛吐出闷气似的，说出了近子和稻村小姐的事情。

不想这些话效力过大。若是后悔，便是因为丑恶。自己还存心对夫人说出那么残酷的话语，菊治蓦地对自己厌恶起来。

“忘了此事吧，这不算什么。”夫人说道，“这种事，根本算不了什么。”

“你不过是因为想起了家父而已，对吧？”

“啊？”

夫人一惊，仰起了脸。方才伏于枕上哭泣的缘故，她的眼皮也泛红了。菊治瞧见她那双睁开的眸子里还残留着一丝女人的懈怠，仿佛眼白都不再清澈。

“你要这么说，我也没办法。我是个可悲的女人吧。”

“胡说什么？”菊治猛地拉开她的胸襟，“若是有痣的话，印象深刻，就忘不掉了……”

菊治对自己的话感到震惊。

“别这样。你别这么瞧，我也已经不年轻了。”

菊治露出牙齿，凑近了她。

夫人方才那温热的波澜又重新涌来。

菊治安然进入梦乡。

半梦半醒间，菊治听见了小鸟的鸣啭啁啾。在小鸟的鸣啼声中醒转，他觉得似乎还是初次。

宛如朝雾沁润的青翠树木，菊治的脑海中也洗涤一净，毫无杂念。

夫人背对菊治而眠，不知何时又翻过身来。菊治觉得好笑，撑起一只胳膊，在微亮的黎明中凝视着夫人的容颜。

五

茶会之后约莫半月，太田小姐登门拜访。

菊治将她请进客厅。为了平复心中的忐忑，他亲自打开茶屉，取些西式点心摆入碟中。他心中难以判断太田小姐是独自前来，还是夫人因不好意思进自己家门而在外等候。

菊治刚打开客厅的门，小姐便从椅子上起身。她低垂着头，紧抿着下唇。菊治都看在了眼里。

“让你久等了。”

菊治从小姐身后走过，打开了朝向庭院的玻璃门。

经过小姐身后时，他隐约闻到了花瓶里白牡丹的芬芳。小姐双肩圆润，微微前倾。

“请坐。”

菊治说罢，自己先坐在椅上，不可思议地镇静下来。因为他在小姐身上看到了她母亲的面影。

“冒昧来访，失礼了。”小姐仍低着头说道。

“哪里哪里，难为你找到这里。”

“嗯。”

菊治想起来了。在空袭的时候，小姐曾将父亲送回家门口。在圆觉寺那天，夫人告诉过他。

菊治想提此事，努力忍住了，却又望着小姐。

于是，太田夫人那时的温暖，宛如热流般在心中翻滚。菊治想起了夫人对待世间一切的温柔从容，便也感到安心。

因为这份安心，菊治对小姐的戒心也松懈了，但他还是无法与她正面对视。

“我……”小姐顿了顿，抬起头来，“我是为了家母之事来求您的。”

菊治屏住了呼吸。

“希望您能原谅家母。”

“啊？什么原谅？”

菊治反问道，察觉到夫人大约将与自己的事也向女儿坦白了。

“若是请求原谅，该是我说才是。”

“令尊的事情，也请求您的原谅。”

“即便是家父的事，若说请求原谅，不也该是他说吗？再说家母已经辞世，即便要原谅，又要由谁原谅呢？”

“令尊那么早就去世了，我想也有家母的缘故吧。还有，令堂也是……这些我都同家母说过了。”

“那是你过虑了。令堂也很可怜。”

“若是家母能先辞世就好了！”

小姐羞愧得无地自容。

菊治意识到小姐是在说夫人和自己的事。那事不知让她多么的羞辱和伤心。

“希望您能够原谅家母。”小姐仍在拼命恳求。

“原谅也好不原谅也罢，我都十分感谢令堂。”菊治干脆地说道。

“是家母不好。她是个无可救药的人，请您不要去搭理她，不要再搭理她了。”

小姐急切地说着，连声音都在颤抖。

“求求您了！”

菊治明白小姐所说的原谅，其中暗含着“不要再理睬家母”的意思。

“请您也不要再打电话来……”

小姐说着，双颊飞红。她反而抬起头望着菊治，仿佛要战胜这份羞耻心。她的眼中噙着泪水，睁着一双黝黑的眸子，不带半分恶意，似在拼命哀求。

“我明白了，真是对不住。”菊治说道。

“拜托您了！”

小姐的羞赧之情越发浓重，白皙修长的脖颈也被染红了。洋服的领口缀着一道白边，衬得修长的脖颈格外美丽。

“您打电话约家母，她未能赴约，是我拦住了她。她非去不可，是我抱着她不撒手。”小姐说着，稍微放松一些，声音也舒缓了。

菊治打电话约太田夫人，是那次之后的第三天。电话里夫人的声音透着高兴，可最终却没能来约定的茶馆。

菊治只打过那一通电话，之后也没有再见过夫人。

“后来，我也觉得母亲可怜，但当时我只觉得可耻，一心只顾着阻止她。母亲说：‘既然这样，文子你替我回绝吧。’我走到电话机旁边，却一句话也说不出来。母亲直直地盯着电话机，泪眼婆娑，仿佛三谷少爷就在电话机前。家母就是这样一个人。”

两人都沉默了一会儿，菊治说道：

“那次茶会之后，令堂等我的时候，你为什么先回去呢？”

“因为我希望三谷少爷能知道，家母并不是那么坏的人。”

“她一点儿也不坏啊。”

小姐垂下眼帘。鼻子小巧玲珑，底下是微微地包天的双唇，温柔美丽的圆脸像极了她的母亲。

“我早就知道令堂有你这么一位千金，也曾设想同这位小姐聊聊家父之事。”

小姐点点头，“我也曾想过此事。”

菊治想到，若是自己和太田夫人之间什么也没发生，能与这位小姐毫无拘束地聊聊父亲的事，该有多好啊。

不过，菊治能由衷地原谅太田夫人，原谅父亲与夫人的事，也是因为他与夫人不再是什么关系也没有。这是很奇怪的事吗？

小姐大约发觉待得太久了，慌忙起身。

菊治送她出去。

“若有机会再同你谈谈家父的事，还能聊聊令堂的美好品性就好了。”

菊治只是随便说说，但对方似有同感。

“嗯。不过，您不久就要结婚了吧。”

“我吗？”

“嗯。听家母说的，她说您与稻村雪子小姐相过亲了……”

“没有的事。”

出了大门，便是下坡。坡的中段稍微拐了弯，从此处驻足回首，只能望见菊治家庭院里的树梢。

听了小姐的话，千只鹤小姐的倩影蓦地浮现在菊治脑际。此时，文子正停步向他道别。

菊治与小姐反向而行，登上坡道回去了。

林中夕阳

一

近子给还在公司的菊治打来了电话。

“今天是直接回家吗？”

当然是直接回家，可菊治有些神色不悦地说道：

“不一定呢。”

“为了令尊，今天请一定要直接回家。令尊往年都在今天举办茶会。一想起此事，我就坐不住啦。”

菊治默然不语。

“我在打扫茶室，喂喂，我在打扫茶室时，突然想做几道菜。”

“你现在在哪里？”

“在贵府，我已经到府上了。对不起，未能事先同你打招呼。”

菊治大吃一惊。

“一想起来，我就实在坐不住啦。我想着，若能打扫一下茶室，也许心情便能平静些。本该先给你打个电话才好的，可菊治你准会拒绝的。”

自从父亲去世之后，茶室便未再用过了。

母亲在世时，似乎偶尔还会独自进去坐坐。她也不往茶炉里添火，只是提一壶开水进去。菊治不太喜欢母亲去茶室。茶室冷清，母亲独自静坐，菊治担心她胡思乱想。

菊治曾想窥视母亲独自坐在茶室中的模样，可终究未窥见过。

不过，父亲生前，负责茶室一应事务的是近子。母亲很少进茶室。

待母亲过世后，茶室便尘封了。只一位从父亲在时便在家中做事的老女佣，每年打开几次，通通风罢了。

“多久没打扫过了？榻榻米再怎么擦都有一股霉味，真是没办法。”近子的声音越发厚脸皮了，“我一打扫起来，便想着做几道菜。一时心血来潮，食材也不齐全。但还是多少有点准备，因此想请你直接回家。”

“哎，你这人可真是。”

“菊治一个人太冷清了，公司里的同事，邀请三四位好友回来如何？”

“恐怕不行吧，没有懂茶道的。”

“不懂更好，毕竟准备得挺马虎的。就随便请几位一起来嘛。”

“不行。”菊治终于直接回绝了。

“是吗？太失望了。怎么办呢？那请谁好呢？令尊的茶友怎么样……但又不好去请。这样吧，请稻村小姐过来如何？”

“少开玩笑，算了吧。”

“为什么？不是挺好吗？那件事，对方那边是有意思的。你再仔细瞧瞧那位小姐，和她好好聊聊不好吗？今天邀请她试试，若她愿意来，说明她那边有戏。”

“不要，这种事还是算了。”菊治苦闷地说道，“算了，我不回去了。”

“什么？好吧，这种事电话里也讲不清楚，之后再说吧。总之就是这么回事，请早些回来吧。”

“这么回事是怎么回事？我可没听说过。”

“行了行了，也不过是我自作主张罢了。”

近子虽这么应道，但那股不由分说的气势仍旧传了过来。

菊治不禁想起，近子那一大块占了半边乳房的痣。

菊治仿佛听到了近子打扫茶室的扫帚声，听来像是正扫过自己的脑海；又像是她拿着擦拭榻榻米边沿的抹布，正擦拭自己的脑袋。

这种嫌恶感首先涌上心头，可近子竟然趁他不在家，擅自登门，甚至做起菜来，这着实有些奇怪。

若是供奉父亲，清洁一下茶室，插上几枝鲜花就回去，那还情有可原。

然而，在菊治怒上心头、满心厌恶之时，稻村小姐的倩影却仿若霞光闪耀。

父亲去世后，菊治和近子便自然疏远了。而今近子是打算用稻村小姐作诱饵，重新和菊治扯上关系、纠缠不休吗？

近子的电话里，照例透着她那滑稽的性格，令人哭笑不得、放松警惕，同时又不由分说、咄咄逼人。

菊治觉得，之所以感到咄咄逼人，是因为自己有弱点。正因有弱点，感到心虚，对近子擅自打来的电话也就不能发火。

难道是因为近子抓住了菊治的弱点，才如此步步紧逼吗？

菊治从公司下班，便去了银座[1]，走进了一家狭小的酒吧。

菊治还是得按近子说的，乖乖回家去，他背负着自己的弱点，越发苦闷了。

圆觉寺的茶会归途中，菊治没想到自己竟和太田夫人在北镰仓的旅馆里住了一宿，此事近子不见得知道。但在那之后，不知她见过夫人吗？

菊治怀疑，电话里那不由分说的口吻，并不全是近子厚脸皮的缘故。

但也许只是近子按照她一贯的风格来撮合菊治和稻村小姐之事罢了。

菊治在酒吧里也静不下心，便乘上了回家的电车。

国营电车驶过有乐町，开往东京站，菊治透过车窗，

---

1 | 银座：位于日本东京都中央区的商业区，以国际知名的百货公司、精品店、餐厅和咖啡馆等设施而闻名。

俯视两旁矗立着高大行道树的大街。

那条大街和电车线基本成直角，东西走向，正好映着落日的余晖，宛若一块金属板，炫目夺人。行道树尽管沐浴着残阳，但从背光面看去，那绿色黝黑深沉，树荫凉爽，枝繁叶茂。大街两侧是一幢幢坚固的洋房。

街上的行人却出奇地寥落，寂寥一直蔓延至皇居[1]的护城河那边。炫目晃眼的车道也安静冷寂。

电车车厢中拥挤不堪，俯望下去，似乎只有这条大街在奇妙的残阳暮景中沉浮，透着丝丝异域风情。

菊治觉得自己仿佛看见稻村小姐抱着那缀满洁白千只鹤的桃红色布包袱，走在树荫下。千只鹤布包袱似乎清晰可见。

菊治的心情格外明朗。

可是，一想到稻村小姐此时恐怕已到自己家中，菊治便忐忑不安了。

此外，近子在电话中让菊治邀几位朋友回家，菊治拒绝后，她便说邀请稻村小姐，她是什么打算呢？是原本就想请小姐过来吗？菊治怎么也不明白。

他一到家，近子便赶到玄关迎接。

“一个人吗？”

---

1 | 皇居：指日本天皇的宫殿。

菊治点点头。

“一个人正好。她来啦。”

近子凑过来，示意要帮菊治接过帽子和皮包。

“你绕到什么地方去啦？”

菊治疑心自己脸上是否还残留着酒气。

“你去哪儿啦？后来我又往你公司打了电话，说是你已经走了，我方才还在算你回家的时间呢。”

“真是没想到。”

近子擅自跑到自己家来，肆意妄为，也不事先打个招呼。

她随着菊治来到起居室，似乎打算为他换上女佣备好的和服。

“不必麻烦了。抱歉，我去换衣服。”

菊治脱下上衣，仿佛甩开近子似的走进了衣帽间。

菊治换好衣服出来。近子依旧坐在那里。

“单身汉的生活，真令人佩服。”

“哦。”

“这不方便的生活，趁早跟它告别吧。”

“看见父亲的模样，我算吸取教训了。”

近子看了看菊治。

她穿着从女佣那儿借来的烹饪服。这原是菊治母亲的，她把袖子卷了上去。

从手腕到手臂上方，白白胖胖，不太匀称。手肘内侧的青筋突起，像是箍住了手臂似的，那肉又硬又厚，菊治感到有些意外。

“我看还是请进茶室好些。虽然小姐已在客厅坐着了。”近子故作正经道。

“好吧，茶室里要开灯吗？我还没见过茶室开电灯的呢。”

“要不点上蜡烛也行，更有情趣。”

“我不喜欢。”

近子仿佛突然想起似的，说道：

“对了，方才我在电话里邀请稻村小姐来的时候，她问，‘是和家母一起去吗？’于是我说，‘若能共同前来更好。’可她母亲有事不便前来，最后变成小姐一人前来了。”

“什么叫‘最后变成’，怕是你自作主张吧。突然请人过来，人家只会觉得你失礼得很。”

“我懂的。可小姐已经来了。既然她愿意来，我的失礼自然也就无从谈起了，不是吗？”

“为什么？”

“可不是嘛。小姐今天既然来了，就说明她对这门亲事还是有意思的。过程稍微奇怪一些没关系。等亲事谈成，你们只管一同笑我栗本是个行事古怪的女人好了。

照我的经验，能办成的事，无论怎样最终都会成的。”

近子自以为是的口吻，仿佛看穿了菊治的心思。

“你同对方说过了？”

“嗯，说过了。”

近子好似在说，请你明确态度吧。

菊治起身，沿着檐廊前往客厅。行至那棵大石榴树旁，他努力试着转变脸色。不能让稻村小姐看到自己不悦的神色。

菊治瞧着石榴树幽暗的树荫，近子的那块痣又浮现在脑际。他摇摇头。客厅前边的庭石上，还残留着夕阳的余晖。

客厅的纸拉门敞着，稻村小姐坐于门边。

小姐光彩熠熠，仿佛隐约照亮了宽敞却幽暗的客厅深处。

凹间的水盘里插着菖蒲。

小姐系着的腰带也缀有溪荪[1]。大约是偶然，但这是普通的当季意象，也许不是偶然。

凹间里的花不是溪荪而是菖蒲，所以叶和花都插得比较高。一看便知，这是近子刚刚插上的。

---

1 | 溪荪：鸢尾科鸢尾属植物。溪荪的日文名是あやめ，用汉字也可写作菖蒲，所以下文才会说“偶然”。

二

次日是星期天，下了一天雨。

午后，菊治独自走进茶室，收拾昨日用过的茶具。

也是为了追寻稻村小姐的余香。

菊治让女佣送来雨伞，正要从客厅走入庭院的石径中，发现屋檐下的排水槽破了洞，雨水哗哗地落在石榴树前。

“那儿该修了。”菊治对女佣说道。

“的确该修了。”

菊治想起，许久之前，每逢雨夜，自己躺在床上听到那水声，便记挂着这事。

“不过，一修起来，就到处都要修，修个没完没了。倒不如趁着还过得去，卖掉比较好。”

“有大宅子的人家，近来都这么说。昨天，稻村小姐也惊讶地说，宅子真大。小姐大约以后会住进来吧。”

女佣似乎是想劝他别卖。

“这话是栗本师傅说的吗？”

“是的。小姐一来，师傅就带她各处瞧了瞧。”

“唉，这人真是的。”

昨日，小姐并未向菊治提及此事。

菊治以为小姐只是从客厅行至茶室。所以，今天自己不禁也想从客厅走到茶室看看。

菊治昨夜未能入眠。

他觉得茶室里似乎还荡漾着小姐的芳香，甚至半夜三更还想起身前往茶室。

“她永远是彼岸之人啊！”

他如此认定稻村小姐，试图让自己入睡。

这位小姐竟由近子拉着，参观家中各处，菊治对此有些意外。

菊治吩咐女佣将炭火送往茶室，便顺着石径走去。

昨夜，近子要回北镰仓，便和稻村小姐一同离去。收拾茶室的事都交给了女佣。

茶具摆在茶室的角落里，菊治只需将茶具归整即可，可他并不清楚茶具原本搁在何处。

“栗本倒比我更清楚啊。”菊治喃喃自语，望向了凹间的歌仙画[1]。

这是法桥宗达[2]的一幅小品，墨线轻细，略施薄彩。

---

1 | 歌仙画：描绘著名和歌歌人（歌仙）肖像的画作，以《三十六歌仙画》最为著名，通常会附上歌人的一首代表作或略传。盛行于镰仓时代初期到江户时代。

2 | 法桥宗达：即俵屋宗达，活跃于日本江户时代初期的装饰艺术家，绘有《金银泥鹤下绘三十六歌仙和歌卷》等作品。“法桥”是僧侣位阶“法桥上人位”的简称，也以僧侣标准授予医师、画师等作为称号。法桥宗达即为后者。

“画的是谁呢？”

昨日，稻村小姐问过，菊治没能答上来。

“嗯，是谁呢？画上没有附他的和歌，所以我也不清楚。这类画上的歌仙，大都长一个样。”

“是宗于[1]吧。”近子插嘴道，“他的代表作是：四季松常绿，春来色更青。如今虽时节已晚，但令尊喜爱此画，常在春天挂出来。”

“难说，究竟是宗于还是贯之[2]，仅凭画面难以分辨呀。”菊治又说了一句。

今日再看，仍旧难以辨明那张落落大方的面容究竟是谁。

不过，这寥寥数笔的小画，却令人觉得形象高大。仔细端详之下，隐约沁出一股幽香。

无论是歌仙画，还是昨日客厅的菖蒲，菊治都能联想到稻村小姐。

“我在烧水，想着让水多滚一会儿再拿来会更好，就晚了些。”

女佣送来了炭火和茶釜。

---

1 | 宗于：即源宗于（？—940），日本平安时代前中期贵族、歌人，出身皇室，三十六歌仙之一。

2 | 贯之：即纪贯之（？—945），日本平安时代前中期贵族、歌人，编纂有《古今和歌集》，三十六歌仙之一。

茶室有些潮湿，菊治才想要火的，并没有想要烧水。

女佣大约是听菊治说要火，于是贴心地连热水也备上了。

菊治随意添了几块炭，架上了茶釜。

菊治从小便随父亲参加茶会，熟知茶道的规矩，但并无兴趣亲自点茶。父亲也从未劝他学。

现在，水已烧开，菊治也只是稍微错开茶釜盖，便呆呆坐着出神。

茶室里有股轻微的霉味，榻榻米也有些潮湿。

颜色素雅的墙壁，昨日衬着稻村小姐的倩影熠熠生辉，而今却黯淡无光。

菊治感到一种人住洋馆却身穿和服的氛围。昨日，他对小姐说：

“栗本突然邀请你来，一定挺为难的吧？在茶室里接待，也是她擅作主张。”

“我听师傅说，今天是令尊生前每年举办茶会的日子。”

“是有这一说。不过，我已全然忘记此事，也没想过。”

“这样的日子，师傅叫我这个生手过来，这不是挖苦人吗？这段日子我疏于练习了。”

“栗本也是今早才想起来，匆忙过来打扫的。所以茶室还有股霉味对吧。”菊治含糊道，“不过，若你我终会相识的话，若非栗本介绍就好了。我觉得很对不起稻村小姐。”

小姐有些疑惑地望着菊治。

“为什么呢？若没有师傅的话，就没人给我们引见了呀。”

虽是随口反驳，但也的确是实情。

的确，若是没有近子的话，也许两人就不会在这世间相遇。

菊治仿佛被闪着光的鞭子，迎面抽了个正着。

小姐的口吻，听上去像是答应了与自己的亲事。菊治有这种感觉。

小姐那疑惑的眼神，之所以让菊治感到一阵闪光，也有此原因。

可是，菊治直呼近子为栗本，小姐听了，会作何感想呢？尽管时间短暂，但近子毕竟是菊治父亲的女人，小姐是否知道此事呢？

“因为我对栗本有些不太好的回忆。”菊治的声音似乎有些发颤，“我不愿让她触碰自己的命运。我简直难以置信，稻村小姐竟是她介绍的。”

这时，近子端了自己的食案进来。谈话便中断了。

“我也来作陪。”

近子坐下后，仿佛要平复方才干活的喘息，微微含着胸，偷偷打量小姐的神色。

“只有一位客人，显得有些冷清。不过，令尊准会高兴的。”

小姐垂下眼帘，恭敬地说道：

“我还没有资格进令尊的茶室呀。”

近子只当没听见，想到哪儿说到哪儿，谈起了菊治父亲生前使用这间茶室的往事。

她似乎断定这门亲事会谈成。

临走前，近子在玄关处说道：

“菊治少爷也要回访稻村小姐府上才好……下次就该商定日子了。”

小姐点了点头，似要说些什么，却没能说出口，整个身子蓦地透着一种近乎本能的娇羞姿态。

菊治始料未及，似乎都感受到了小姐的体温。

可是，菊治总觉得，自己仿佛被包裹在一块阴暗丑陋的帷幕之中。

直至今日，这层帷幕也没能揭掉。

不仅是给自己介绍稻村小姐的近子不洁净，菊治自己也不洁净。

菊治时常胡思乱想，父亲用肮脏的牙齿咬着近子胸口的那块痣……父亲的身形与自己的身形逐渐重叠了。

小姐对近子毫无介意，菊治却如此难以释然。他性格卑怯、优柔寡断，虽不全然是性格的缘故，但也是原因之一。

菊治摆出厌恶近子的模样，让人以为他和稻村小姐相亲是为近子所迫。近子就是这样一个别人能随便利用的女人。

菊治疑心小姐可能已经看穿了这点，觉得自己好似挨了当头一棒。这时，他才发现这样的自己，不禁感到愕然。

饭后，近子起身去点茶。菊治接着说：

“若说是栗本在推动着我们之间的关系的命运，那么在对这命运的看法上，稻村小姐和我似乎相差甚远。”

话中隐含着辩解的意味。

父亲辞世后，菊治不喜欢母亲独自进入茶室。

直到现在，菊治也这么认为：不论父亲、母亲还是自己，独自待在茶室中时，心中所想的都是各自的事情。

雨点敲打着树叶。

夹杂着雨点落在伞面的声音逐渐靠近。女佣站在纸拉门外说道：

“太田女士来了。”

“太田女士？是小姐吗？”

“是夫人，像是生了病，人很是憔悴……”

菊治旋即起身，却又立在原地不动。

"请夫人到哪间屋？"

"这里就好。"

"是。"

太田夫人连伞也没撑就来了，也许是放在玄关了。

菊治本以为夫人的脸被雨水打湿了，却发现原来是泪水。

因为水花源源不断地从眼中涌向脸颊，他才明白那是泪水。

菊治起初心不在焉，竟以为那是雨水。

"啊！你怎么啦？"菊治叫了一声，迎了过去。

夫人坐在檐廊上，双手拄地。

她身体瘫软，眼看要倒向菊治。

门槛附近的地面被滴滴答答地打湿了。

泪水婆娑滑落，菊治又疑心那是雨滴。

夫人的目光始终紧随菊治，仿佛这样才能支撑着自己不倒下去。菊治也感到，若是自己避开这目光，定会发生某种危险。

她眼窝深陷，眼圈发黑，眼角布满细小的皱纹，还奇妙地变成了病态般的双眼皮。双眸含怨，泪光闪闪，欲语还休，蕴含着柔情无限，难以言喻。

"对不起，我太想见你，实在忍不住。"

夫人口吻亲切，姿态温柔万千。

她是那么的憔悴。若少了这份温柔，菊治几乎不忍正眼看她。

菊治瞧见夫人的痛苦，心如刀绞。他明知夫人的痛苦因自己而来，却产生了一种错觉，在夫人的温柔沁润下，自己的痛苦仿佛也舒缓开来了。

“会淋湿的，快请进来吧。”

菊治突然从夫人背后深深抱住她的胸口，几乎是把她拽上来的。这动作多少有些粗暴。

夫人试图站稳，说道：

“请放开手，放开我。我很轻吧？”

“是啊。”

“轻了，我最近瘦了不少。”

自己忽然就把夫人抱了起来，菊治感到吃惊。

“令爱不会担心吗？”

“文子？”

听到夫人这一叫，菊治还以为文子也跟来了。

“令爱也一起来了吗？”

“我是瞒着她来的……”夫人啜泣着，“这孩子紧盯着我，一刻也不放松。即便是夜里，只要我一有动静，她便马上惊醒。都怪我，这孩子的性情也有些古怪了，有时甚至会说一些可怕的话：为什么妈妈只生我一个呢？哪怕是三谷先生的孩子也好呀！”

夫人说着，端正了坐姿。

从夫人的话语中，菊治体会到了太田小姐的悲痛。

那大概是文子不忍目睹母亲的哀愁，而产生的悲痛。

尽管如此，文子说的“哪怕是三谷先生的孩子也好呀”，这句话刺痛了菊治。

夫人直勾勾地望着菊治。

“说不定今天她也会追我到这儿来。我趁她不在家溜过来……她大概以为下雨天我不会出门吧。”

“下雨天？”

“嗯，她应该觉得，我已经虚弱得下雨天走不动路了吧。”

菊治只是点了点头。

“前些天，文子来过这儿吧。”

“来过。令爱说：‘请原谅家母吧。’我实在是无从回答。”

“这孩子的心思，我一清二楚。可我为什么还是来了呢？啊，太可怕了。”

“不过，我是感谢夫人的。”

“谢谢。能有那次，我就该知足了……可事后我还是很内疚，真对不起。”

“可是，理应没什么能束缚你的。若要说有，难道是家父的亡灵吗？”

然而，夫人的神色并未因菊治的话而有所改变。菊治仿佛扑了个空。

“忘了这些吧。”夫人说道，“不知为何，我对栗本师傅的电话竟那么沉不住气，真是难为情啊。”

“栗本给你打电话了？”

“嗯，今天早晨。她说你同稻村雪子小姐的亲事已经定了……她为什么要告诉我这个呢？”

太田夫人的眼睛又湿润了，却意外地露出笑靥。那并非破涕为笑，而是天真烂漫的笑。

“事情并未定下。”菊治否认道，“你没有让栗本察觉关于我的事吧？那次之后，你见过栗本吗？”

“没见过。不过，那是位可怕的人，说不定已经知道了。今早的电话里，她定会觉得奇怪。我真没用，差点晕倒，好像还喊了些什么。哪怕隔着电话，对方也能明白的。因为她对我说：夫人，请不要碍事。”

菊治蹙起眉头，一时说不出话来。

“居然说我碍事……你与雪子小姐的婚事，我只觉得自己不好。可从早晨起，我就觉得栗本师傅太过可怕，整个人战战兢兢地，实在没法待在家里了。”

夫人像中了邪似的，肩膀不住地颤抖，嘴唇也歪向一边，仿佛吊了上去，流露出上了岁数的丑态。

菊治起身走过去，伸手似要扶住她的肩。

夫人抓住了他的手。

“我害怕，我好害怕啊。”

她环顾四周，有些不安，又忽然无力地问道：

“这是府上的茶室？”

菊治不明白这句话是什么意思，暧昧地答道：

“是的。”

“真是间不错的茶室。”

不知夫人是忆起了不时被邀请至此的亡夫，还是忆起了菊治的父亲。

“第一次来吗？”菊治问道。

“嗯。”

“你在看什么呢？”

“没，没看什么。”

“那是宗达的歌仙画。”

夫人微微颔首，顺势低下了头。

“你以前没来过我家吗？”

“没有，一次也没来过。”

“是吗？”

“不，来过一次，令尊遗体告别时……”夫人的声音低不可闻。

“水烧开了，喝些茶怎么样？能解一解乏，我也想喝。”

“好，没关系吗？”夫人刚要起身，便打了个趔趄。

菊治从角落的箱子里拿出了茶杯之类的茶具。他意识到这都是昨天稻村小姐用过的，但还是拿了出来。

夫人想取下茶釜的盖子，手却颤抖不已，盖子碰到茶釜上，发出细碎的声响。

她拿着茶匙，胸口前倾，泪水打湿了茶釜边。

“这只茶釜，还是我请令尊买下的。”

“是吗？我不太清楚。”菊治说道。

尽管夫人说这原是亡夫的茶釜，菊治也不觉得反感。夫人坦率的言语，他也不觉得奇怪。

夫人点完茶后，说道：

“我端不动，请你过来吧。”

菊治走到茶釜边上，就在那里喝起茶来。

夫人好似昏了过去，倒在了菊治的膝头。

菊治抱着夫人的肩膀，她的脊背稍微颤抖了一下，呼吸似乎也越发微弱了。

夫人是那么柔弱，菊治的胳膊仿佛抱着一名幼儿。

三

“夫人！”菊治使劲摇着夫人。

菊治抓住她的颈根和胸骨之间，瞧着像是掐着她的脖子。夫人的胸骨比上次更加凸出了。

“夫人，家父和我，夫人能分辨清楚吗？”

“太残酷了。不要问啊。”

夫人仍闭着双眼，娇媚地说道。

夫人似乎沉浸在另一个世界，不想马上回到现实。

菊治与其说是在问夫人，不如说是在问自己心底的不安。

菊治任凭自己被引诱至另一个世界。那只能认为是另一个世界。在那里，菊治和父亲似乎不存在区别。即便会从心里萌发出什么不安，那也是日后之事。

他觉得夫人并非俗世的女子，而是人类以前，或是人类最后的女子。

夫人一旦坠入另一个世界，便令人怀疑起她是否无法分辨亡夫、菊治父亲和菊治。

“你想起父亲时，是不是把父亲和我当作同一个人了？”

“请原谅我，啊，太可怕了。我是多么罪孽深重的女人啊！”

夫人的眼角涌出成串的泪珠。

“啊，我好想去死，好想去死啊！若是此刻便能死去，那该多幸福啊。方才菊治少爷不是想掐我的脖子吗？为什么不掐了呢？”

“别开玩笑。不过，听你这么说，我真想掐一下试试。”

“真的？那就谢谢啦。”夫人伸出了修长的脖颈，“现在瘦了，方便掐。”

“你忍心抛下小姐，独自去死吗？”

“没什么。反正再这样下去，我迟早会累死的。文子就拜托菊治少爷了。”

“是说小姐也像你这样吗？”

夫人蓦地睁开双眼。

菊治对自己的话感到一惊，完全没想到自己会说那种话。

夫人会怎么想呢？

“你瞧，脉搏这么乱……我已经活不长啦。”

夫人说着，牵过菊治的手，紧贴在乳房下。

也许是惊讶于菊治的话而产生的悸动。

“菊治少爷多大了？”

菊治没有回答。

“还不到三十吧？真对不住你，我是个可悲的女人，自己也莫名其妙。”

夫人支起一只胳膊，斜斜坐着，弯着双腿。

菊治坐起身子。

“我并非为玷污菊治少爷同雪子小姐的婚事才来的。

不过，现在也晚了。”

“我并没有决定要结婚。你这么说，我倒觉得你把我的过去洗刷净了。”

“是吗？”

“那个做媒人的栗本，也是家父的女人。那家伙要发泄旧日的怨气。你是家父最后的女人，我觉得家父很幸福。”

“你还是早些同雪子小姐结婚的好。”

“这是我的自由。”

夫人失神地望着菊治，她面色发白，扶着额头。

“天旋地转，我头晕得很。”

夫人执意回去，菊治便叫来汽车，自己也坐了上去。

夫人闭上双眼，缩在车厢角落里。无依无靠的模样，瞧着危在旦夕。

菊治未进夫人家中。下车时，夫人冰冷的手指嗖地一下便从菊治的掌心抽走，身影旋即消失，了无踪迹。

夜里两点的光景，文子打来了电话。

“是三谷少爷吗？我母亲刚才……”

她停顿了一下，还是清晰地说：

“去世了。”

“啊？令堂怎么了？”

“她过世了，心脏骤停。近来，她持续吃了许多安眠药。”

菊治默然无言。

“所以……我有件事想拜托三谷少爷。”

“你说。”

“如果您有相熟的大夫，方便的话，可以请您带他过来吗？”

“大夫？要大夫吗？很急吧？”

菊治吃了一惊，大夫还没去吗？蓦地才明白过来。

夫人是自杀的。为隐瞒此事，文子才来拜托菊治。

“我明白了。”

“拜托您了。”

文子定是经过了深思熟虑，才给菊治打电话的。所以，她用郑重其事的口吻，只说了要紧的事。

菊治坐在电话机旁，闭上双眼。

在北镰仓的旅馆里和太田夫人共度良宵，归家途中在电车里见到的夕阳，蓦地浮现在菊治脑际。

那是池上本门寺[1]林中的夕阳。

赤红的夕阳，仿佛自森林的树梢掠过去。

晚霞映衬下的森林浮现出一片黝黑之色。

掠过树梢的夕阳，沁入他疲惫的双眸。菊治闭上了

---

1 | 池上本门寺：位于今东京都大田区池上一丁目的日莲宗寺院。

眼睛。

那时，菊治忽然觉得，稻村小姐布包袱上那雪白的千只鹤，仿佛就在眼中残存的晚霞里翩翩飞舞。

志野彩陶

一

太田夫人头七过后的第二天，菊治去了太田家。

等公司下班再去就傍晚了，他原打算提早走的。可他一要动身便心神不宁，以至天黑都未能出发。

文子来到玄关。

“呀，是您！”

文子双手伏地施礼，抬头望向菊治。她仿佛用双手支撑着颤抖的肩膀。

“感谢您昨日送来的鲜花。”

“不客气。”

“我以为您送了花，人就不会来了。”

“是吗？也有先送花后来人的嘛。”

“不过，这我倒是没想到。”

“昨天我来过附近的花店……”

文子点点头，坦率地说道：

“花上虽然没有留名字，但我立刻知道是您。”

菊治想起了昨日自己在花店里，站在花丛中，想念太田夫人的情形。

他想起，蓦然之间，那花香竟缓解了自己对罪孽的畏惧。

此刻，文子也温婉地迎接了菊治。

她穿着素白的棉布衣裳，未施脂粉，只在干枯的唇上涂了一抹淡淡的口红。

“我想着昨日还是不来为好。”菊治说道。

文子稍稍侧过自己的膝盖，示意菊治进屋。

文子在玄关寒暄，似是为了忍住不哭。可若再说下去，泪水便要夺眶而出了。

“收到您的花，真不知道有多高兴。可是，昨天您也大可以进来的。”文子在菊治身后站起身子，跟过来说道。

菊治故作轻松地说：

“若给府上的亲戚们留下坏印象，便不美了。”

“我已经不考虑那些事了。”文子断然说道。

客厅里，骨灰坛前立着太田夫人的遗像。

坛前只供着菊治昨日送的花。

菊治始料未及。只留下他的花，难道其他的都被文子扔掉了吗？

不过，他又觉得，也许昨天是个冷清的头七。

“这是水指吧。”

文子明白菊治在说花瓶。

“是的。我觉得正合适。”

“似是件上好的志野陶。”

用作水指，略微小了。

水指中插着洁白的玫瑰和浅色的康乃馨[1]。花束和筒状的水指相得益彰。

“母亲不时也会插花，所以没卖掉，把它留下了。”

菊治跪坐在骨灰坛前，上了炷香，双手合十，闭上双眼。

菊治在谢罪。可心中对夫人的爱意充满感激之情，他仿佛也受到了抚慰。

夫人是深感罪恶，无路可逃才自杀的吗？还是爱意甚笃，难以抑制才自杀的呢？菊治思考了一周，都未能明了：将夫人逼上绝路的，究竟是爱还是罪？

如今在夫人的骸骨前闭上双眼，夫人的身躯明明未掠过脑际，但夫人那芬芳醉人的触感，却又温暖地包裹着菊治。奇怪的是，菊治并未觉得不自然，恐怕因为这是夫人吧。那触感虽复苏了，却并非如雕刻般落到实处，而是如音乐般缭绕在身边。

夫人死后，菊治夜不能寐，便在酒中加入安眠药，

---

1 | 在日本花语里，浅（白）色的康乃馨代表对亡母的思念。

却仍是易醒多梦。

不过，他并未受噩梦惊扰。梦醒之际，甘甜涌上心头，他陶醉其间。醒来之后，菊治仍恍如在梦中。

菊治感到不可思议，一个死去的人，竟让人在梦中都能感受到她的拥抱。以菊治粗浅的经验来看，实在难以想象。

“我是多么罪孽深重的女人啊！”

在北镰仓的旅馆里那一晚和来菊治家中的茶室时，夫人都曾说过这句话。正如这句话反而勾起了夫人愉悦的战栗和啜泣那般，此刻菊治坐在夫人灵前，想到是自己让夫人走上绝路。可若说这是罪孽，夫人那告罪的声音便萦绕于耳。

菊治睁开双眼。

文子在身后暗自啜泣。偶尔哭出一声，又生生憋了回去。

菊治在原地无法动弹，问道：

“这是什么时候拍的照片？”

“五六年前。是用小照片放大的。”

“是吗？是点茶时拍的吧？”

“呀，您知道得真清楚。”

这是一张把脸部放大的照片。衣襟合拢处的下方都裁去了，两边的肩膀也都切掉了一半。

“为什么您知道是点茶时拍的照片呢？”文子问道。

“感觉罢了。你看，她眼神微微低垂，表情就像是在做什么。虽瞧不见肩膀，但我看得出身体里的张力。”

“脸有些侧。我曾犹豫是否用这张，但这是家母生前最喜欢的照片。”

“很娴静，是一张好照片。”

“不过，脸有些侧，还是不太好。有人来上香时，她都不正眼瞧对方。”

“啊？这倒是。”

“脸有些侧，还低着头。”

“是啊。”

菊治想起了夫人去世前一天点茶时的情景。

夫人拿着茶匙，泪水打湿了茶釜边。是菊治走过去接茶杯的。等到喝完茶，茶釜边上的泪水才干。菊治刚放下茶杯，夫人就倒向了他的膝头。

“拍这张照片时，家母有些丰满。”文子说着，语气有些含糊，“而且，这照片太像我了，供在这里，总觉得难为情。”

菊治蓦然回首。

文子垂下了双眸。这双眼睛方才一直凝视着菊治的背影。

菊治只得从灵前起身，与文子相对而坐。

只是，他又能对文子说什么道歉的话呢？

幸而花瓶是志野陶水指。菊治双手轻撑在花瓶前，装作观赏茶具。

白釉面上隐隐泛出红色，菊治伸出手，试图触碰那冷峻而温暖的润泽瓶身。

“温柔如梦，我也很喜欢这种精品志野陶。”

他想说的是“温柔如梦中的女人”，却还是未能吐出“女人”二字。

“您若喜欢，便送给您，当作家母的纪念。”

“不必了。”

菊治忙抬起头。

“您若喜欢，就拿走吧。家母也会高兴的。东西似乎也还过得去。”

“当然是件好东西。”

“我也曾听家母这么说过，所以把您送来的花插在里面。”

菊治有些情不自禁，蓦地热泪盈眶。

“那么，我就收下了。”

“家母也准会高兴的。”

“可是，我大概不会把它当水指用，拿回去当作花瓶罢了。”

“家母也用它插过花，能用作花瓶已经足够了。”

“即便用来插花，也不是茶道插花。茶道器具离开茶道，未免有些凄凉。”

“我也不会再学习茶道了。”

菊治回过头去，借势站起身来。

他把凹间旁边的坐垫挪到檐廊那边，坐了下来。

文子坐在菊治身后几步的距离候着，未用坐垫，一直坐在榻榻米上。

菊治挪了地方，客厅中央便只剩文子一人。

她双手微微弯曲，放在膝头，大约为了压抑自己的颤抖，此刻紧握成拳。

“三谷少爷，请您原谅家母。”文子说着，深深地低了头。

菊治一惊。文子低头的瞬间，菊治差点以为她的身子也会顺势倒下。

“哪里的话。该请求原谅的人，是我才对。我觉得自己连‘请原谅’这句话都没资格说。道歉也无济于事，只觉得愧对文子小姐，实在无法来见你。”

“心中有愧的是我们啊。”

文子露出羞惭的神色。

“真想钻进地洞里去。”

文子未施粉黛的面容，白皙修长的脖颈，都隐隐泛出一片绯色，显露出她劳心费神的憔悴。

这一抹淡淡血色，反而令人深深觉得她有些贫血。

菊治心痛万分，说道：

“我想，不知令堂多么恨我呢。”

“恨您？怎么会呢？家母难道会恨三谷少爷吗？”

“可是，不是我将她逼上绝路的吗？”

“我认为，家母是自己选择赴死的。家母辞世后，我独自思忖了一整周。”

“她去世后，你便独自在家吗？”

“嗯，之前家母和我便是这么过来的。”

“是我害死了令堂啊！”

“她是自己选择赴死的。若三谷少爷非说是您害了她，倒不如说是我害了她。倘若家母去世，非要怨恨某个人的话，该怨恨我自己才对。如果让旁人感到责任，感到后悔，那么家母的死就变成了阴暗的事，不再纯粹。让活着的人反省和后悔，我认为会增添死者的负担。”

“也许确是如此，可若是我未与令堂相遇……”

菊治说不下去了。

“我想，若是死去的人能够获得宽恕，便足够了。也许家母是希望得到您的原谅，才走上绝路的。您能原谅母亲吗？”

文子说罢，便起身离去了。

听了文子的话，菊治感到自己脑海中的帷幕似乎揭下了一层。

他想，真的能减轻死者的负担吗？

因死者而烦恼，真的像辱骂死者似的，充满了浅薄，是错误的吗？死者是不会把道德强加在活人身上的。

菊治的目光又投向了夫人的照片。

二

文子端着茶盘走了进来。

茶盘里放着两只直筒形状的茶杯，一只赤乐，一只黑乐[1]。

文子把黑乐茶杯递到菊治面前。

沏的是番茶[2]。

菊治端起茶杯，瞧了瞧底部的“乐”字印记[3]，冷不防地问了一句：

“这是哪位的作品？”

“应该是了入[4]。”

---

1 | 赤乐和黑乐：乐氏陶中上赤褐色釉和黑色釉的两种品类。

2 | 番茶：日本对绿茶的分类，通常指市场上售卖的粗茶，由采摘新芽后剩下的大而硬的茶叶制成。

3 | “乐”字印记：乐氏陶的传人通常会在茶杯底部刻印一个“乐”字，每一代传人的“乐”字印记都所有不同。

4 | 了入：即乐了入（1756—1834），乐氏陶第九代传人。

“赤色的也是？”

“是的。”

“这是一对吧。”菊治说着，打量了一眼赤色茶杯。

赤色茶杯摆在文子膝前，还未碰过。

这对筒形茶杯正合适用来喝茶。菊治的脑海中却蓦地浮现了惹人厌的画面。

文子父亲去世后，菊治父亲仍健在时，菊治父亲来文子母亲这儿时，他们是不是用这对乐氏陶茶杯喝茶的呢？菊治父亲用黑乐，文子母亲用赤乐，岂不是一对夫妇茶杯吗？

若是了入的作品，就没那么珍惜了，或许还是两人的随行茶杯呢。

若真是如此，明知此事的文子还为菊治端来这对茶杯，未免有些过于促狭。

可是，菊治并未感到这里面有什么刻意挖苦，或是别的企图。

他理解为少女单纯的感伤。

而且，他自己也染上了那缕感伤。

文子也好，菊治也好，或许都被太田夫人的死纠缠着，无法抵御这种别样的感伤。而这对乐氏陶茶杯，更是加深了菊治与文子共同的悲切之情。

菊治父亲与文子母亲的事，母亲与菊治的事，母亲的死，文子都一清二楚。

而掩盖文子母亲自杀一事，他们二人是同谋。

文子沏茶时似乎又哭了一场，眼睛微微发红。

“我觉得自己今天是来了的好。”菊治说道，“文子小姐方才的话，我的理解是，死者与活人之间，已经谈不上什么原谅不原谅的了。那我是不是要改变看法，认为自己已经得到了令堂的原谅呢？”

文子点点头，说道：

“若非如此，家母也无法得到您的原谅了。虽然她大约一直未原谅自己。”

“可是，我来府上，与你相对而坐，也许是件有些过分的事。”

“为什么呢？”文子望向了菊治，“您是说她不该赴死吗？其实家母刚去世时，我也十分懊恼，觉得家母无论受到多大的误解，死亡，也难以辩解啊。死亡就等于拒绝任何理解。谁也无从原谅她呀！”

菊治默然不语，心想，难道文子也探寻过死亡的秘密吗？

听到文子说“死亡就等于拒绝任何理解”，菊治感到很意外。

如今，菊治理解的夫人和文子理解的夫人，想必大相径庭吧。

文子无法理解作为女人的母亲。

无论是原谅，还是被原谅，菊治都在女体如梦似幻的波澜中随波逐流。

这对一黑一赤的乐氏茶杯，似乎又令菊治陷入了那如梦如醉的波澜中。

文子不理解这样的母亲。

从母亲体内诞生的孩子，却不理解母亲的身体，这似乎有一些微妙。可母亲的体态却微妙地传承给了女儿。

从文子在玄关迎接他那时起，菊治便感到了脉脉温情。这是因为他从文子那温柔的圆脸中，见到了她母亲的面影。

倘若夫人是从菊治身上看到了他父亲的面影，才再度犯错。那么，菊治认为文子酷似其母，则像是令人战栗的诅咒。可菊治却甘愿受此诱惑。

只要望一眼文子那小巧干枯、微微包天的双唇，菊治便觉得无法与她争辩。

怎么才能令这位小姐展示一下反抗呢?

菊治心中不禁掠过这种念头。

“令堂是太善良了，以致活不下去呀。”他说道，“而我对令堂未免太残酷。有时会将自己道德上的不安，以这种形式强加到你母亲身上。我是个胆怯又卑鄙的人啊……”

“是家母不好，家母是个无可救药的人。无论是与令尊，还是与您的事，尽管我觉得那不全然是她的性格所致……”

文子吞吞吐吐，面色泛红，血色比方才红润多了。

她稍稍扭过，低下了头，似是想避开菊治的视线。

“不过，从母亲离世的翌日起，我便开始觉得她越发美丽了。这可能不是我的感觉，而是母亲自己变得更美了吧。”

“对死去的人来说，这恐怕没什么区别吧。”

“家母或许是无法忍受自己的丑恶才赴死的……”

“我认为并非如此。”

“而且，她也悲伤得不能自已。”

文子眼中闪烁着泪光，仿佛想为母亲吐露对菊治的爱情。

“死去的人已永远地留在了我们心中，珍惜它吧。”菊治说道，“可是，他们都离开得太早了。”

文子也似乎听明白了，菊治话中所指的是他和自己的双亲。

“你我都是独生子女。”菊治继续道。

说毕，他蓦地想到，若太田夫人没有文子这个女儿，那他和夫人之间的事，也许会将他困在更为阴暗扭曲的思绪中不得脱身。

“文子小姐，我听令堂说你待家父也很亲切呢。”

菊治不小心说了这话。他原打算有机会再顺其自然地道出的。

他觉得，与文子聊聊父亲同太田夫人相好，经常来这府上的事也无妨。

然而，文子忽然双手扶着榻榻米，说道：

“请您原谅。家母实在太可怜了……从那时起，她便随时准备赴死了。”

文子说罢，便伏在榻榻米上一动不动，开始哭泣起来，双肩也失了力气。

文子未料到菊治会来，未来得及穿袜子。她把脚心藏在腰后，像蜷缩着身子似的。

她那披散在榻榻米上的头发，差点儿碰上那只直筒形状的赤乐茶杯。

文子以手遮面，掩盖泪颜，走了出去。

片刻之后，也不见她回来，菊治便说：

“今天就先告辞了。”

菊治说罢走到了玄关。

文子抱着一个布包袱跟了上来。

“给您添负担了，请您带上这个吧。”

“啊？”

“志野陶。”

取出鲜花、倒水、擦拭、装盒、打包，菊治对文子的麻利感到震惊。

“今天就让我带走吗？刚刚还插着花呢。”

“请您带上吧。”

菊治心想，文子沉浸在悲伤之中，动作反倒更为麻利了。

“那么，我就把它带走了。”

“您带走就好，我就不去打扰了。”

“为什么？”

文子没有回答。

“那么，请多保重。”

菊治正准备出门，文子说道：

“谢谢您。唔，家母的事，请您不要介意，早些结婚吧。”

“你说什么？”

菊治驻足回首，文子却并未抬头。

三

菊治将志野陶水指带回家，仍然插上了洁白的玫瑰和浅色的康乃馨。

似乎是太田夫人辞世后，菊治才开始爱上她，并时常为此缠绵缱绻。

而且，他的这份爱，还是在夫人的女儿文子点破之后才得以明确的。

周日，菊治试着给文子打了个电话。

“你家里还是只有你一个人吗？”

“是的。已经开始觉得寂寞了。”

“一个人住不行的。”

“嗯。”

“我在电话里都听得见府上寂静的气息。”

文子哧哧地笑了。

“请朋友来陪住怎么样？”

“可是，我总觉得若是别人来了，家母的事就会被人知道……”

菊治无言以对。

“一个人住，外出也会不方便吧。”

“这倒不会，出去时锁好门就行。”

“那请你抽空来玩吧。”

“谢谢，过些日子吧。”

“身体如何？”

“瘦了不少。”

“睡得好吗？”

“夜里基本睡不着。”

“这可不好呀。”

“最近我可能会把这儿处理一下，然后去朋友那儿租个房间住。”

“最近，是几时呢？”

“我想是把这儿卖掉的时候。”

“卖宅子？”

“是的。”

“你打算卖掉它吗？”

“是的，你觉得卖掉不好吗？”

“唔，不是。我也想着把自家的宅子卖掉。”

文子默然不语。

“喂喂？这种事电话里也说不清楚。周日我在家，你能来吗？”

“好吧。”

“你送的志野陶，我插了西洋花。你若能来，请把它当水指用一次……”

“点茶吗？”

“倒也算不上点茶。只是，若不把志野陶当水指用一次的话，未免太可惜了。再说，茶具若不和其他茶具搭配使用，交相辉映，也无法显露它真正的美呀。”

“可是，今天的我比上次见面时更难看了，还是不去了。”

“又没有别的客人来。”

“不想去了……”

“是吗？”

“再见。”

“请多保重。好像有谁来了，再见。”

来客是栗本近子。

菊治板着面孔，不知方才的电话是否被她听了去。

“连日阴郁，难得碰上个好天气，我就过来了。”近子嘴上打着招呼，目光已经落在了志野陶上。

“快到夏天了，茶道也会闲一阵，我想来府上的茶室坐坐……”

近子把带来的礼物、点心和扇子拿了出来。

“茶室怕是又潮湿发霉味了吧？”

“大概吧。”

“这是太田家的志野陶吧，我欣赏一下。”

近子若无其事地说着，朝着花滕行过去。

她双手扶着榻榻米，低下头，骨骼粗大的双肩看起来仿佛在大张着喷吐恶意。

“是买来的吗？”

“不，是送的。”

“送这个？这可是件贵重的礼物。是作纪念的吧？”近子抬起头，转过身来说道，“这么贵重的东西，还是买下来比较好，不是吗？若小姐送你，总觉得有些吓人。”

“嗯，我会考虑。”

“请这么办吧。太田家的茶具，各式各样的都弄来了不少。可都是令尊买下来的。哪怕是他开始照顾太田夫人之后，也没白要……”

“这些事，我不想从你这里听到。”

“好，好。”近子说着，忽然轻松地起身离去了。

那边传来她同女佣说话的声音，她穿上烹饪服又过来了。

“太田夫人是自杀的吧。”近子出其不意地说道。

“不是。”

“是吗？我一听就明白了。那位夫人身上总是飘荡着一股妖气。”近子看向菊治，继续道，“令尊也说过，那位夫人是个难以捉摸的女人。在我们女人眼里却不一样，她总是装作天真烂漫的样子，跟我们合不来，黏糊糊的……”

“说死人的坏话还是适可而止吧。”

“话虽如此，可是死人不是连菊治少爷的亲事都妨碍吗？就连令尊，也被她折磨得够痛苦的。”

菊治心想，痛苦的人恐怕是近子你吧。

近子与父亲本就是短暂的露水情缘。虽原因不在太田夫人，但对于与父亲一直相好到他去世为止的太田夫人，近子不知有多么深恶痛绝。

“像菊治少爷这样的年轻人，是不会理解那位夫人的。她死了反倒更好。我是实话实说罢了。”

菊治扭过头去，不理睬她。

“连菊治少爷的婚事，她都要搅和，这怎么能忍呢？她准是觉得自己罪孽深重，又抑制不住自己的妖气，所以才去死的。像她那样的人，八成还想着死后与令尊相会呢。”

菊治不由打了个寒噤。

近子走下庭院，说道：

“我也要去茶室平复一下心神。”

菊治久久呆坐在原地，凝望着花朵。

洁白和淡红的花色，与志野陶上的釉彩融为一体，朦胧缥缈。

文子独自在家中伏地痛哭的身影，蓦地浮现在他的脑际。

母亲的口红

一

菊治刷完牙回到卧室时，女佣正往墙上挂着的葫芦花瓶中插牵牛花。

“今天我该起床了。”菊治嘴上这么说着，身子又钻进了被窝。

他仰躺着，在枕头上歪着脖子，望着挂在凹间角落的花。

“开了一朵花了。”

女佣退到了贴邻的房间。

“今天也还是休息吧？”

“啊，再休息一天。不过我会起床的。”

菊治患了感冒，头疼不已，已经有四五天未去公司上班了。

“这是从哪儿摘来的牵牛花？”

“在庭院边上，它缠着蘘荷，开了一朵花。”

花大约是自然生长的。花色是常见的靛蓝色，藤蔓纤细，花叶小巧。

涂着红漆的葫芦花瓶，古旧泛黑。绿叶蓝花倒垂下来，清新雅致。

父亲在世时，女佣便在家中帮忙了，略懂些此类雅趣之事。

花瓶红漆略薄之处，还看得见花押。古色古香的盒子上也有“宗旦[1]”二字。这若是真品，那便是三百年前的葫芦了。

菊治不懂茶道插花的规矩，女佣也绝非个中好手。

---

1 | 宗旦：即千宗旦（1578—1658），茶师，千利休之孙。

不过清晨点茶，缀以牵牛花[1]似乎也不错。

流传了三百年的葫芦花瓶中，插着一朝凋谢的牵牛花。菊治想着这些，不禁久久凝望。

相较在三百年前的志野陶水指里插满西洋花，也许这样更合适些吧。

可是，牵牛花用作插花，又能保持多久呢？菊治感到不安。

女佣伺候他用早餐时，菊治说道：

“我还以为那牵牛花眼瞧着就会凋谢呢，倒也不是那样。”

“是吗？”

菊治想起，他曾打算往文子送给他纪念夫人的志野陶水指里插一次牡丹花。

水指拿回家时，牡丹花期已过。但那时，大概也有一些地方还开着牡丹吧。

“我都快忘了家里还有这么只葫芦。难为你把它找出来。”

“是的。”

“你是见过家父往葫芦里插牵牛花吗？”

“没有，牵牛花和葫芦都是蔓生植物，所以我想试

---

1 | 牵牛花的日文汉字写作“朝颜”，故与早晨相衬。

试……”

“诶？蔓生植物……”

菊治笑了笑，有点沮丧。

读报纸的时候，菊治感觉脑袋有些沉重，便直接躺在了餐厅里。

“睡铺还没收拾吧。”

女佣正在洗东西，听见他发问，便擦了擦手，走过来说道：

“我这就去收拾。”

片刻之后，菊治走进卧室，凹间里的牵牛花已经消失了。

葫芦花瓶也未挂在凹间里。

“唔。”

大约是花颜将老，女佣不愿让菊治瞧见的缘故。

菊治听到女佣说，牵牛花和葫芦都是“蔓生植物”时忍不住笑了出来。父亲旧时的生活规矩，似乎在女佣的举止里留下了影子。

然而，凹间的中央，志野陶水指依旧摆在那里。

若是文子来了看到，无疑会觉得这太不爱惜了。

从文子那儿将这水指带回家时，菊治便插上了洁白的玫瑰和浅色的康乃馨。

因为在夫人灵位前，文子就是这么做的。那白玫瑰和康乃馨，是文子母亲头七那天，菊治送的花。

菊治抱着水指回家途中，在前一天请人送花去文子家的那家花店，买了一份同样的花。

在那之后，仅是触摸水指，菊治的心也悸动不已，便再没插过花了。

有时菊治走在路上，眼中映入中年妇女的背影，便会蓦地被强烈吸引，等他意识到时，不禁黯然，喃喃自语道：

“我简直是个罪人。”

等到他心神安定，再仔细端详，那背影并不像太田夫人。

不过是腰身丰满，有点像夫人罢了。

这一瞬间，菊治感到一种令人颤抖的渴望，又在同一瞬间，甘美的陶醉与可怕的震惊重叠，让他从犯罪的瞬间清醒过来。

“让我产生邪念的，究竟是什么呢？”

菊治像要甩掉什么似的说。可代为回答的，却是他越发想见夫人的欲念。

已逝之人肌肤的触感，时常活生生地在心头复苏。菊治心想，自己若不能从中摆脱，便无法得救。

有时菊治觉得，也许是道德上的负疚，引发了感官上的病态。

菊治把志野陶水指收进盒中，便钻进了被窝。

他转眼望向庭院，雷声炸响。

雷声虽然很远，却十分剧烈，而且每响一次，便会更近一分。

闪电开始掠过庭院里的树木。

骤雨降临，雷声似又远去了。

雨势猛烈，庭院里泥水四溅。

菊治起身，给文子打了电话。

“太田小姐已经搬走了……”对方说道。

“啊？”

菊治猛然一惊。

“抱歉。那么……”

菊治心想，文子已经卖掉宅子了。

“您知道她搬到哪儿去了吗？”

“啊，请稍等一下。”

接电话的似乎是一名女佣。

她很快又回到了电话机旁，像是在念写在纸上的内容，将地址告诉了菊治。

据说房东姓“户崎”，也留了电话。

菊治又给那家打了电话。

传来了文子明快的嗓音：

“让您久等了，我是文子。”

“文子小姐吗？我是三谷。我刚给你家打过电话。”

“真对不起。”文子压低了嗓音，声音好似她母亲。

“几时搬的家呀？”

“啊，那个……”

“怎么没告诉我呢？”

“前些日子开始便在朋友家中叨扰了。宅子已经卖掉了。”

“嗯。”

“我一直在犹豫，不知是否要将此事告诉您。原是不打算告诉您的，也下定决心不能告诉您，可最近我又后悔没告诉您。”

“那是自然的。”

“呀，您也是这么想的吗？”

说着说着，菊治便觉神清气爽了，仿佛身心都被洗刷干净了。透过电话，也会有这种感觉吗？

“我一看到你送我的志野陶水指，就很想见你。”

“是吗？我家还有一件志野陶呢，是一只筒状小茶杯。那时，我曾犹豫是否将它和水指一同送给您，但家母把它当水杯[1]用过，杯边染上了家母的口红印……”

---

1 | 小杯：原文为“湯呑”，在日本指用来喝水、泡袋装茶的杯子，属于一般日用品，不属于茶具。

“啊？”

“家母是这么说的。”

“令堂的口红，会沾在陶器上不掉吗？”

“也不是沾染上去。那件志野陶本就微微带着浅红。家母说，口红一旦沾上茶杯边，就怎么也揩拭不掉了。家母辞世后，我再看那茶杯边，似乎真有一处要略微红些。”

文子真是无意中说出这些的吗？

菊治不忍再听，便转了个话头：

“这边雨势厉害，你那边呢？”

“也是倾盆大雨。雷声吓人，我都缩成一团了。”

“这场雨过后，天会凉爽些吧。我休息了四五天，今天也在家里。若方便的话，你来我家吧。”

“谢谢。我原就打算要去拜访的，待我先找到工作。我想出去工作。”没等菊治回答，文子又继续道，“您能打来电话，我很开心。这次我会去的。虽然我大约不该再见您……”

菊治盼着雨后初晴，让女佣收起了睡铺。

打电话竟请了文子过来，菊治很是惊讶。

菊治更始料未及的是，自己与太田夫人之间的罪孽阴影，竟因听了她女儿的声音，而消失无踪了。

难道是女儿的声音让自己觉得她的母亲依然在世？

菊治剃须时，将涂在毛刷上的肥皂沫甩在庭院树木的叶片之间，任雨水冲刷。

午后，菊治满心以为是文子来了，前往玄关一看，却是栗本近子。

“啊，是你啊。”

“天气渐热，久疏问候，便来看看你。”

“我身体不大舒服。”

“你可得多保重啊，脸色瞧着也不大好。”

近子紧蹙眉头，看着菊治。

文子想必是身着西装的，方才分明是木屐声，自己竟错认成文子，实在是奇怪。菊治兀自想着这些，嘴上说道：

“修整了牙齿吗？好像年轻些了。”

“趁着梅雨天，得空就去了……有些白过头了。不过很快就自然了，不碍事。”

近子走进菊治方才躺着的卧室，望向凹间。

“什么也没摆，很清爽吧。”菊治说道。

“嗯，梅雨天嘛。不过，至少摆些花嘛……”近子说着，转过身来，“太田家的志野陶，后来怎么样了？”

菊治默然不语。

“那件东西，还是还回去的好，不是吗？”

“那是我的自由。”

“那可不见得。”

“至少，也不该听你指手画脚吧。”

“那也不见得。”近子露出洁白的假牙，笑着说道，“我今天来，就是打算给你提提意见。”

近子说着，忽然大张双手挥舞着，像要掸去什么东西似的。

“非把妖气从这屋里祛除不可……”

“你别吓人。”

“不过，我作为媒人，今天要向你提个要求。”

“若是稻村小姐的事，难得你有心，但恕我拒绝。”

“哎，哎。若因讨厌我这个媒人，而推了这门自己也有意的亲事，岂非太过小肚鸡肠了？媒人搭桥，你只管踩在桥上走就行了。令尊当年就毫无负担地利用了我嘛。”

菊治面色不悦，沉下脸来。

近子有个习惯，一旦说得兴起，双肩便会越发高耸。

“那也难怪。我与太田夫人不同，胸无城府。连这种事也毫不遮掩，一有机会便想一吐为快。可遗憾的是，我连令尊的外遇都算不上，露水情缘罢了……”近子说着，低下了头。

“不过，我一点儿也不恨他。从那以后，凡是我对他能有用，他就毫无负担地利用我……男人嘛，使唤跟自己有过关系的女人是很方便的。我也托令尊的福，对这世间的处世常识了然于心。”

“唔。”

“所以，请你利用我的处世常识吧。”

近子这番话，带着理所当然、毫不客气的口吻，菊治不禁听了进去。

近子从和服腰带间抽出扇子，说道：

“一个人，若是太像男人，或是太像女人，都无法了解丰富健全的处世常识。”

“是吗？这么说，处世常识就是中性的咯。”

“这是在讽刺人吗？不过，人一旦变得中性，便能清晰地看透男人和女人的心思。太田母女相依为命，她怎么会抛下女儿独自赴死呢？依我看，她似乎抱着某种指望，以为自己死后，菊治少爷会照看她女儿……”

“说什么呢！”

“我冥思苦想，忽然解开了这个谜团。我总觉得，太田夫人的死，搅乱了菊治少爷的亲事。她并非寻常赴死，其中蕴含深意。”

“那是你古怪的妄想。”

菊治一面说着，一面觉得近子那古怪的妄想仿佛刺进了自己胸口。

似有一道闪电掠过。

“菊治少爷把稻村小姐的事同太田夫人说了吧。”

菊治忆起了此事，却佯装不知。

“给太田夫人打电话，说我的婚事已定下的人，不是你吗？”

“是，是我告诉她的。我对她说：请您不要碍事。太田夫人就是那晚赴死的。”

一时陷入沉默。

“可是，菊治少爷怎么知道我打了电话呢？是她哭着来了吗？”

菊治有些措手不及。

“我没说错吧？怪道她在电话那头‘啊呀啊呀’地叫呢。”

“这么说来，等于是你害了她。”

“菊治少爷觉得这样想，便轻松多了是吧？我反正习惯了扮演反派角色。令尊也是，只要用得着的时候，就把我当作冷酷的反派角色来使唤呢。倒也谈不上是什么报恩，不过今天我就是主动来扮演反派角色的。”

在菊治听来，近子仿佛在倾吐她那根深蒂固的嫉妒和憎恶。

“这些内情，你权当不知……”

近子的目光，仿若在凝视自己的鼻尖。

“菊治少爷若讨厌我，觉得我多管闲事，只管皱起眉头好了……这些日子，我定会赶走那个邪性的女人，让你缔结良缘。”

“请别提那良缘了好吗？”

“好，好。我也不想太田夫人的事掺和进来。”近子的语调也柔和了些，“太田夫人也并非坏人……自己死了，不言不语的，只盼着能将女儿托付给菊治少爷，所以……”

“你又在胡说八道了。”

“本就是这么回事嘛。菊治少爷难道以为，她活着的时候，从未想过把女儿许给你吗？若是如此，那你可太糊涂啦。她无论睡着还是醒着，脑子里都只想着令尊，像着了魔似的。若说痴情倒也痴情。半梦半醒间把女儿也卷了进来，最后连命也搭上了……不过，在旁人看来，仿佛是某种可怕的报应或诅咒应验了。简直是被一张邪性的网笼罩着。”

菊治和近子面面相觑。

近子瞪着那双小眼睛。

菊治无法避开那目光，只好侧过脸去。

菊治畏缩不前，让近子倾吐许多，是因为他原本就有弱点，更因为他被近子的奇谈怪论所震惊。

死去的太田夫人，当真希望女儿文子和菊治缔结良缘吗？菊治从未想过，也不信有这回事。

怕是近子因妒火中烧而散播恶意吧？

如同近子胸口那块丑陋的大痣，这一定是她的恶意揣测。

然而，这番奇谈怪论，对菊治而言宛若一道闪电。

菊治感到害怕。

难道自己没有期盼过此事吗？

在母亲亡故之后移情于女儿，此事虽非世所未有，但一面沉醉于母亲的拥抱，一面不知不觉地倾心于女儿，而自己竟未察觉此事，岂不真成了邪性的俘虏吗？

如今想来，自从遇见太田夫人之后，自己的性格似乎全然改变了。

人似乎变得麻木了。

“太田小姐来访。她说，若有来客，就改日再……”

女佣进来通报。

“啊，她回去了吗？”

菊治起身走了出去。

二

“方才失礼了……”

文子伸着白皙修长的脖颈，抬头望着菊治。

她从喉咙到胸口的凹陷处，都笼罩着一层淡黄色的阴影。

不知是光线的缘故，还是憔悴的缘故。菊治见到这淡淡的阴影悄然松了口气，平静下来。

“是栗本来了。”菊治坦然相告。

他出来时还有些拘谨，可一见文子，反倒轻松了。

文子点点头，说道：

“我看见师傅的阳伞了……”

“啊，是这把伞吗？”

一把长柄灰色的阳伞靠墙竖放在门口。

“要不然，请你先去别屋[1]的茶室等一会儿好吗？栗本那老太婆这就要回去了。”

菊治嘴上说着，心中不免疑惑：明知文子要来，为什么没早打发了近子呢？

“我倒无所谓……”

“是吗？那请吧。”

文子仿佛对近子的敌意一无所知，一进客厅便向近子施礼问候，还对她前去吊唁母亲表示感谢。

近子像看着弟子进行茶道练习时一样，微微耸起左肩，挺胸说道：

“令堂也是一位性情善良的好人——在这善良人活

---

1 | 别屋：日语为“離れ”，指在主体建筑之外，于周边另建的房屋。一些日式旅馆会以别屋作为独立客房，招待贵宾。

不下去的人世间，令堂宛如最后那朵花，凋零散落了。”

“家母没那么好。”

“留下文子小姐独自一人，令堂心里大约也十分不舍。”

文子垂下眼帘。那微微地包天的下唇，抿得紧紧的。

“一个人很是寂寞吧，可以来练习茶道。”

“啊，我已经……”

“可以解解闷。”

“我已经没有资格了。”

“这是什么话。”近子松开叠在膝头的双手，说道，“其实，我看梅雨季快过去了，想着给这府上的茶室通通风，今天才来拜访的。”

近子说罢，瞥了菊治一眼。

“正好文子小姐也来了，你看如何？”

“啊？”

“那件作为令堂遗物的志野陶，请让我用一下……”

文子抬头看向近子。

“正好聊聊令堂的往事吧。”

“可是，若在茶室里哭了，那多不好呀。”

“啊，那就哭吧，没关系的。不久，等菊治少爷有了夫人，我就不能再随便去那间茶室啦。虽然是充满回忆的茶室……”近子笑了笑，然后郑重其事地说道，“我是说，若菊治少爷与稻村雪子小姐的亲事定下来的话。”

文子点了点头，神色不为所动。

然而，那张酷似母亲的圆脸上，却露出憔悴之态。

菊治说道：“提这些没谱的事，会给对方添麻烦的。”

“我是说‘若定下来的话’。”近子把话顶了回去，“毕竟好事多磨，在事情定下来之前，文子小姐权当没听过便是。”

“是。”

文子又点了点头。

近子叫来女佣，起身打扫茶室去了。

“这里的背阴处，树叶还湿着呢，小心一点。”

庭院里传来近子的声音。

三

“清晨的电话里，甚至能听见这儿的雨声吧。”菊治说道。

“电话里还能听见雨声吗？我倒没留意。这边庭院里的雨声，电话里也能听见吗？”

文子朝庭院望去。

树丛对面，传来近子打扫茶室的声音。

菊治也望着庭院说道：

“我也不记得是否在电话里听见了文子小姐那边的

雨声。可过后想想，又似乎听到了。风雨声真大呀。”

“啊，雷声很可怕……”

“对了，对了，你在电话里也说过。”

“我连这些无聊烦琐的小事都很像母亲。小时候，每次打雷，母亲都会用和服袖子包住我的脑袋。夏天外出，母亲也常望着天空念叨，‘今天不会打雷吧？’即便现在，我听见打雷都想用袖子捂住脸呢。”

文子从肩膀到胸口，都隐约露出了娇羞之态。

“那只志野陶茶杯，我带来了。”

文子说着，起身走了出去。

回到客厅时，她把装好的茶杯放在了菊治膝前。

见菊治踌躇不决，文子便把它拉到自己面前，从盒中取出了茶杯。

“那件乐氏陶的直筒形状的茶杯，令堂似乎是常把它当水杯用吧。是了入的吧？”菊治说道。

“是的。家母说，黑乐和赤乐用来喝番茶或煎茶，颜色都不太搭，所以常用这只志野陶茶杯。”

“是啊，用黑乐的话，就显不出番茶的颜色了……”

见菊治无意将摆在面前的志野陶筒状茶杯拿起把玩，文子说道：

“虽说这志野陶并非精品……”

“哪里？”

然而，菊治终究觉得难以贸然伸手。

正如清晨文子所说的，这件志野陶的白釉下隐约透着微红。仔细端详之下，那红色仿佛要从白釉里浮出来似的。

杯口微微带着浅茶色，其中一处的浅茶色似乎更浓一些。

那大约便是喝茶时嘴唇触碰之处吧。

瞧着像是沉淀的茶锈，又像是沾染了唇上的污渍。

再仔细端详，那淡茶色中隐隐透出了一抹红意来。

难道真如清晨文子所说的，是她母亲的口红染在杯边吗?

如此思忖一番，再看那细小裂纹中的色泽，果真混杂着茶、赤两色。

那色泽仿佛褪色的口红，又宛如枯萎的红玫瑰——同时像是附着什么东西的陈旧血渍。想到这些，菊治心中觉得有些古怪。

他感受污秽，欲呕吐之；又受到诱惑，心向往之。

杯身黑中泛青，绘着些阔叶草。草叶间透着丝丝红褐色。

这些草绘得单纯又健康，仿佛让菊治病态的感官冷静了下来。

茶杯的形态也端正庄重。

“很是不错。”菊治说着，伸手拿起茶杯。

“我不大懂。不过家母喜欢，常用它喝茶。”

“用作女人的茶杯倒蛮适合的。”

菊治从自己的言语中，再次鲜活地感受到了文子母亲的柔情。

话说回来，这只杯边染了母亲口红的志野陶，文子为何要带给他看呢?

菊治不明白，文子这是太过天真呢，还是太过迟钝呢?

不过，文子那种毫无抵触的心理，似乎也传达给了菊治。

菊治将茶杯放在膝头，缓缓转着，仔细端详，手指特意避开了嘴唇触碰之处。

“请将它收好吧。若让栗本老太婆瞧见，不知又会说些什么，怪烦人的。”

“是。”

文子把茶杯收进盒中重新包好。

她带来是打算把它送给菊治的，却好像没找到机会开口。也许是觉得菊治并不喜欢此物。

文子站起身子，将包袱放回了玄关。

近子弓着身子，从庭院中走了进来。

“请将太田家的水指拿出来呀。”

“用我家的水指如何？何况太田小姐也来了……”

“这是什么话。不正是因为文子小姐来了才要用的吗？借这件志野陶遗物，聊聊她母亲的往事。”

“可你不是憎恨太田夫人吗？”菊治说道。

“我憎恨她做什么呢？不过是性情不和罢了。憎恨一个死人没有意义。由于性情不和，我对她并不了解。但另一方面，有些地方我反倒能看穿她。”

“看穿别人，可真是你的癖好……”

“若能做到让我看不穿才好嘛。”

文子在檐廊出现，靠着门框坐下了。

近子耸起左肩，回头说道：

“我说，文子小姐，能用用令堂的那件志野陶水指吗？”

“啊，请用。”文子应道。

菊治把刚收进壁橱里的志野陶水指拿了出来。

近子将扇子轻快地插回腰带，抱着水指前往茶室。

菊治走到了门框边上，说道：

“今早在电话里听说你搬家了，我吃了一惊。卖宅子的事，都是你一个人处理的吗？”

“是的。不过，是一位熟人买下的，所以并不麻烦。那位熟人暂住在大矶，说那边房子比较小，可以同我交换。可再小的房子，我也没法一个人住呀。要工作的话，还是租房方便些。因此，我便先搬到了朋友家中暂住。”

“工作定了吗？”

“还没有。真到了找工作的关头，才发现自己身无长技……”

文子说着，嫣然一笑。

“我原打算先找到工作，再来拜访您。现今我无家无业、漂泊无依，这种时候来见您，未免太过凄惨。”

菊治想说，这种时候来更好。他原以为文子孤苦伶仃，可她的神情却丝毫未流露寂寞。

“我也想卖了这宅子，却一直磨磨蹭蹭的。因着存了要卖的心思，所以排水槽也没修，榻榻米破成这副样子，也没换一换。”

“您不是要在这宅子里结婚吗？等那时再……”文子坦诚道。

菊治看向文子，说道：

“你是指栗本说的话吗？你觉得我现在能结婚吗？”

“是为了家母的事吗？……若家母让您这么伤心，我觉得您大可让那些事情随风而去……”

四

近子对茶道驾轻就熟，茶室很快便准备好了。

“茶室的摆设与水指还相宜吧？”

近子问菊治，可他完全不懂。

菊治没有回答，文子也默然不语。两人都望着志野陶水指。

水指在太田夫人的灵前是用作花瓶的，而今恢复其本色，用作水指了。

这原是太田夫人的东西，如今却听任近子使用。太田夫人辞世后，水指传到女儿文子手中，又由文子送给了菊治。

这水指的际遇似乎颇为奇妙，也许这就是茶具的宿命吧。

这件水指在太田夫人拥有之前，自问世以来的三四百年间，多次易主才流传至今，不知他们命运如何呢？

“志野陶放在风炉[1]和茶釜这类铁器旁，瞧着越发像位美人了。”菊治对文子说道，“而且，它那顽强的身姿绝不在铁器之下。”

这志野陶水指，从洁白的釉面深处，透出温润娴静的光泽来。

菊治曾在电话里对文子说，一看到这件志野陶便想见她。而在她母亲那白皙的肌肤里，难道也深深地蕴含着女性的顽强吗？

---

1 丨 风炉：夏秋季节在茶席上使用的便携炉具。

天气炎热，菊治打开了茶室的纸拉门。

文子身后的窗外，枫叶一片翠绿。层叠厚重的叶影，落在她的秀发上。

文子那修长脖颈的上方则沐浴着窗外探入的日光。身上的短袖衣裳似乎是初次穿着，手臂白皙之中微微泛青。明明并不丰腴，却瞧着双肩圆润，手臂浑圆。

近子也望着水指。

“水指若不用在茶道上，终究毫无灵性可言。随意插几枝西洋花，实在是对不住它。”

“家母也曾用它插花。”文子说道。

“令堂留下的水指竟来了这儿，真像做梦似的。不过，令堂准会高兴的。”

近子似乎是想挖苦她。

可文子却若无其事地说道：

“家母曾将水指用作花瓶，而我也不想学茶道了。”

“别这么说嘛。”近子环顾茶室，说道，“虽说我去过许多地方了，但还是坐在这里，心里才最安稳。”

接着，她看向菊治，说道：

“来年便是令尊去世五周年了。忌辰那日办场茶会吧。”

“行啊。把赝品茶具统统摆出来招呼客人，倒也快活。”

“这是什么话？令尊的茶具里可没有一件赝品。”

“是吗？不过，全是赝品茶具的茶会一准会很有意思。”

菊治又对文子说道：“这茶室里，我总觉得充斥着难闻的霉味，像毒气似的。若办一场净是赝品的茶会，说不定能祛除这股毒气。就当作是为家父祈冥福。从此以后，我与茶道断绝关系。虽然我早就和茶道无缘了……”

“你是在说我这老太婆烦人不休,总来这茶室是吗？”

近子拿茶筅[1]在茶杯里急速搅拌着。

“差不多吧。”

“我不许你这么说。不过，你若能缔结新缘，旧缘断了倒也好。”

近子示意“请用”，便将茶递在菊治面前。

“文子小姐，听了菊治少爷这番玩笑话，会不会觉得令堂的这件遗物寻错了归宿呢？我一见这件志野陶，就觉得令堂的容颜映在上面似的。”

菊治喝完茶，放下茶杯，旋即望向水指。

也许是近子的身影映在那黑漆盖子上吧。

---

1 | 茶筅：茶道中点茶的工具，形似竹刷。点茶者先将抹茶粉放入茶杯，再冲入沸水，然后用茶筅快速搅拌，使茶水产生泡沫。

文子仍在一旁心不在焉。

菊治看不明白，文子是不想触犯近子呢，还是无视近子呢？

文子毫无不悦的神色，和近子一起坐在茶室里，实在奇怪。

近子提及菊治的亲事，她也没有半分拘谨。

近子向来憎恨文子母女，说出的话，句句都带着羞辱，可她却毫无反应。

难道文子是陷在深切的悲痛之中，将这一切都视作过往云烟了吗？

难道说，她受到母亲去世的打击，已超脱于世了？

也许是她承袭了母亲的秉性，既不难为自己，也不触犯他人，是个不可思议的纯洁姑娘？

不过，菊治似乎在努力掩饰自己从近子的憎恨和侮辱中保护文子的意图。

意识到这点后，菊治觉得自己才是奇怪的。

菊治看到近子点好最后一杯茶，举杯自饮的模样，也觉得十分奇怪。

近子从腰间取出表来，看了一眼道：

“这表太小，老眼昏花，看得费劲……请把令尊的怀表送我好吗？”

“他哪来什么怀表？”菊治顶了回去。

近子故作惊讶，怅然若失道：

“有的。令尊经常带着。他去文子小姐家时，不也总带着那块怀表吗？”

文子垂下眼帘。

“是两点十分吗？两根针挨得近，看着模模糊糊。”

近子说罢，又恢复了那副干练的模样。

“稻村家的小姐帮我招揽了一些人，今天下午三点开始练习茶道。我想着去稻村家之前，先来这儿一趟，讨个菊治少爷的答复，心里也好有个底。”

“那就请你明确地回绝稻村家吧。”

“好，好，明确地……”

听菊治这么说，近子笑着打哈哈。

“真希望那些人能早日在这间茶室里练习茶道。”

“那容易，请稻村家把这宅子买下来就好了。反正我最近就打算卖掉。”

“文子小姐，我们一起去那儿吧？”近子不再搭理菊治，转向文子说道。

“好。”

“那我赶紧把这儿收拾一下。”

“我来帮您收拾。”

“是吗？”

然而，近子没等文子，径自去了水房。

哗哗水声传来。

“文子小姐，没关系吗？还是别和她一起走吧。”菊治小声道。

文子摇了摇头：“我害怕。”

“有什么好怕的。”

“我真的害怕。”

“那么，你和她一起去那边，再甩开她。”

文子又摇了摇头，站起身，抚平夏装膝后的褶皱。

菊治差点从下面伸出手去。

他以为文子摇摇晃晃地要倒下。文子满脸绯色。

方才近子提及怀表之事，她的双眸还微微泛红，而今却满脸绯色，宛若一朵蓦然绽放的红花。

文子抱着志野陶水指去了水房。

“哎呀，到底只是把令堂的东西拿了来？”

水房里传来近子沙哑的声音。

二重星

一

栗本近子到菊治家来了，说文子和稻村小姐都已结婚了。

盛夏时节，傍晚八点半天还亮着。菊治用过晚饭，躺在檐廊上，望着女佣买来的萤笼[1]。不知何时起，白色的萤火化为黄色，天色已昏。然而，菊治并未起身开灯。

菊治从公司请了四五天的夏休假。友人的别墅坐落在野尻湖[2]，他去那儿避暑，今天刚回来。

友人结了婚，生了小婴儿。菊治毫无经验，小婴儿生下来几天了、长得大了还是小了，他全然不知，更不知该如何寒暄才好。

“这孩子发育得真好。”菊治说道。

“哪有？刚生下的时候小得可怜，最近才长得像样些。”友人妻子应道。

菊治在小婴儿面前挥了挥手，说道：

“他不眨眼的呀。”

“看得见东西了，眨眼还得过一阵子呢。”

菊治以为小婴儿已经几个月了，其实才刚满一百天。难怪这位年轻的妻子头发稀疏，脸色青黄，还带着产后的憔悴。

友人夫妇的生活，一切以小婴儿为中心，只管看顾自己的孩子，菊治感到自己有些多余。然而，当他乘上回家的火车，友人妻子那纤弱的身影却在他脑中萦绕不

1 | 萤笼：装萤火虫的笼子，通常由稻草编成。

2 | 野尻湖：位于长野县上水内郡信浓町的湖泊。

去。友人妻子瞧着很是本分，面色憔悴，了无生趣，只是出神地抱着婴儿，身形纤弱。友人原是和父母兄弟住在一起的，生下这第一个孩子不久，便暂住在这湖畔的别墅中。友人妻子大约习惯了与丈夫的生活，感到安心舒适，以至有些出神了。

此刻，菊治回到家中，躺在檐廊上，友人妻子的身影仍浮现在脑际。这眷念之情中，带着圣洁的哀愁。

这时，近子来了。

她冒冒失失地走了进来。

"哎呀呀，怎么躺在这么黑的地方？"

近子说罢，坐在菊治脚边的檐廊上。

"单身汉真是可怜。躺在这儿，连个帮忙开灯的人都没有。"

菊治蜷起腿，待了一小会儿，还是极不情愿地坐起身来。

"无妨，请躺着吧。"

近子右手示意菊治躺下。然后，郑重其事地寒暄了一番。她说去了趟京都，回程时绕到箱根[1]歇了歇。在京都的师傅家，她遇见了茶具店的大泉先生。

"许久不见，我们聊了许多令尊的事。他说要带我

1 | 箱根：位于神奈川县西南部，是著名的温泉度假胜地。

去看看令尊当年在外幽会住的地方，便带我去了木屋町[1]的一家小旅店。令尊和太田夫人似乎也住过那里哦。大泉还让我住在那里，实在是没轻没重。一想到令尊和太田夫人都已离世，我再怎么厉害，到了晚上多少也会害怕的。”

菊治默然不语，心想，说出这番话来的近子你才是没轻没重呢。

“菊治少爷也去野尻湖了吧？”

近子这是明知故问。她一进门就从女佣那里听说了此事，也不等女佣通报便直接闯了进来，这是她一贯的作风。

“刚刚回来。”

菊治面色不悦地答道。

“我是三四天前回来的。”近子郑重其事地说着，耸起了左肩，“只不过，我刚回来就发生了一件遗憾的事情，实在令人震惊。怪我疏忽大意，简直无颜来见菊治少爷了。”

近子说，稻村家的小姐结婚了。

菊治面露吃惊的神情，幸亏檐廊一片昏暗。可他还

---

1 | 木屋町：京都市一条南北走向的街道。自江户时代中期起，街道两边陆续开设了许多饭店、酒馆、旅馆，成为远近闻名的娱乐街。

是满不在乎地说道：

“是吗？几时？”

“你倒沉得住气，像个没事人似的。”近子挖苦道。

“那是自然，雪子小姐的事情我都让你回绝多少次了。”

“嘴上说说罢了。你怕是对着我才摆出这副面孔吧。你心里准是这么想的：明明一开始也没多大兴趣，偏这多管闲事的老太婆自作主张纠缠不休，实在讨厌。不过，那位小姐倒蛮不错的。”

“你可别说胡话了。”

菊治不禁笑出了声。

“你挺中意那位小姐的吧？”

“是位不错的小姐。”

“这我早看出来了。”

“觉得小姐不错，也未必想同她结婚呀。”

然而，听说稻村小姐已经结婚，菊治心头如遭重击，强烈地渴望着在脑海中绘出小姐的面影。

菊治只见过雪子两回。

在圆觉寺的茶会上，近子为了让菊治好好瞧瞧雪子，特意让雪子点茶。雪子点茶，朴素利落，气质高雅。嫩叶的光影洒在纸拉门上，映衬着雪子所穿振袖的肩头、袖摆甚至头发，都发出柔和的光芒。那些光影还留存在他的心底，而雪子的面影却难以忆起。那时她用的红色袱纱，以及去寺庙深处茶室的路上，手里拿着的缀满雪白千只鹤的桃红色布包袱，此刻都鲜明地浮现在菊治的脑海中。

后来一次，雪子来到菊治家中，是近子点的茶。直到第二天，菊治依然觉得小姐的余香似乎还荡漾在茶室中。小姐身上那条绘着溪荪的腰带，而今仍历历在目，可她的身姿却难以捕捉。

父母才离世三四年，菊治却已无法在脑海中清晰地描绘他们的面影。看到照片后，才若有所悟地点点头。也许越是亲近、越是深爱的人，便越难清晰地忆起他们的面影。而越是丑恶的东西，却越容易留下清晰的记忆。

在菊治的记忆中，雪子那明艳的双眸和面颊，都如光线一般，抽象而模糊。可近子那块从乳房蔓延至心口的丑陋的大痣，却如癞蛤蟆一般，具象而深刻。

此刻，檐廊依旧昏暗。菊治也知道，近子多半身着白色的小千谷麻[1]长汗衫，即便在亮处，也不可能透过衣裳瞧见她胸口的那块痣。然而，菊治在脑海中却瞧得清晰分明。不如说正因在现实的暗处看不见，才能在记忆中看得分明。

---

1 | 小千古麻：新潟县小千古市周边生产的一种使用苎麻的麻织物。

“既然觉得那位小姐不错，就不该放过呀。像稻村雪子这样的人，可是世间绝无仅有的。你哪怕再找上一辈子，也找不出第二个咯。这么简单的道理，难道菊治少爷还不明白吗？”近子继续数落道，“你经验尚浅，要求倒不低。如此一来，菊治少爷和雪子小姐两人的人生就全变了。小姐本是对菊治少爷有意的，而今嫁与他人，若有不幸，不能说菊治少爷没有半分责任吧。”

菊治未作回应。

“小姐的模样，你总归瞧清楚了吧？哪怕小姐日后懊悔自己未能早几年与你成婚，整日思念着你，你也觉得也没关系吗？”

近子的语调中带着恶意。

既然雪子已经结婚了，近子又何苦来说这些多余的话呢？

“这是萤笼？这时节还有吗？”近子伸长脖子说道，“转眼便是挂秋虫笼子的季节了，竟还有萤火虫呀？瞧着像幽灵似的。”

“大约是女佣买来的。”

“女佣嘛，也就这种水平了。菊治少爷若是修习茶道，就不会这样啦。日本是讲究季节的[1]。”

---

1 | “萤笼”是代表仲夏的季节词，所以近子说女佣水平低。

近子这么一说，萤火虫发出的光亮瞧着确实仿若鬼火。菊治忆起了野尻湖畔的虫吟声。那无疑是萤火虫的喧鸣，它们活到今日，着实有些不可思议。

“若是有位夫人，也不至于出现而今这种时令错乱的寂寥感了。”近子说着，语气忽然带上几分沉重，“我给你介绍稻村小姐，还不是觉得这是在为令尊效劳。”

“效劳？”

“是啊。菊治少爷只顾躺在这暗处看着萤火虫，所以连太田家的文子小姐也结婚了，不是吗？”

“几时？”

菊治大吃一惊，比听到雪子结婚的消息时更为震惊，仿佛被人绊了一跤，甚至都不打算掩饰这份惊愕。他那似在说绝不可能的神情，也被近子看在眼里。

“我也是从京都回来才知道的，简直吓一跳。两人像商量好了似的，三两下就都结婚了，年轻人办事真是轻率。”近子继续道，“我原以为文子既已结婚，那就没人会再来妨碍菊治少爷了。可谁知稻村小姐竟也结婚了。稻村家那边，我也丢尽了脸面。这都拜菊治少爷的优柔寡断所赐。”

然而，菊治依然难以相信文子已经结婚。

“太田夫人果然至死都在妨碍菊治少爷。而今文子小姐既然已经结婚，太田夫人的妖气也该从这家里消散了吧。”

近子的目光转向庭院。

“这样倒也痛快，请你抛去杂念，也修整修整庭院里的树木吧。即便这么暗，也能知道树木杂乱茂密，枝叶肆意生长，真让人烦闷阴郁。”

父亲离世已经四年了，菊治从未请过花匠来修整。庭院中的树木着实是过于肆意生长了，此时正散发着白日的余热，光凭感觉便能知晓。

“女佣怕是连水也没浇吧？这些事，你可以吩咐她做的呀。”

“别多管闲事了。”

近子说的话，尽管句句都让菊治皱眉，但他还是任近子絮絮叨叨地说了下去。每次与近子见面，都是这番情景。

虽然近子的话惹人生厌，但她是想讨好菊治的，还想借机试探他的心思。菊治早已习惯了她的伎俩，时常反唇相讥，暗里也提防着她。近子明明心中透亮，面上却又佯装不知，但有时也会漏出点口风，示意自己心知肚明。

并且，近子的话虽惹人生厌，但极少是菊治意料之外的。她专挑菊治因自我厌恶而为之烦恼的事情，在菊治面前絮叨。

今晚，近子前来告知雪子和文子都已结婚的消息，似乎也是想试探他的反应。菊治不知她是何居心，不敢疏忽大意。近子原想将雪子介绍给菊治，借此将文子从菊治身边推开，而今两位小姐都已结婚，菊治究竟作何感想——分明已同近子毫不相干了，可她却还是紧紧追逐着菊治心中的影子，想要瞧个分明。

菊治想起身去打开客厅和檐廊上的灯。他意识到，在黑暗中与近子谈话有些怪异，两人之间并非如此亲密的交情。哪怕近子连修剪庭木这种事都要管，菊治也只当这是她的做派，听听便罢。可仅仅为了开灯站起身，菊治又觉得麻烦。

虽然近子一进来便说了灯的事，但她也无意起身去开灯。勤于这类小事已是近子的习惯，也是她的职业使然。可眼下，近子似乎不愿显得对菊治太过殷勤。也许是因为年纪大了，抑或是她作为茶道师傅，总要摆些派头的缘故。

“京都的大泉先生托我带个口信。他说，若这边有茶具要出手，希望能交给他处理。”接着，近子沉稳道，“与稻村小姐的婚事既已是明日黄花，菊治少爷也该振作精神，开始新生活了。这些茶具或许也就此失去用处。虽然打从令尊那时起便用不着我了，我心中着实寂寞。不过，府上的茶室也只有在我来时，才能打开门窗通通风吧？”

菊治恍然大悟。

近子的目的很是露骨。近子大约瞧着菊治与雪子的婚事已吹，便放弃了他，打算同茶具店的老板合谋弄走菊治家的茶具。她准是在京都便同大泉商量好了。

菊治与其说心头恼火，不如说反倒肩头一轻。

“我连宅子都要卖掉，到时也许会拜托你的。”

“那人毕竟是令尊那时起便常来常往的旧识，你大可放心。”

近子又补充了一句。

菊治心想，家中的茶具，近子大约比自己更为熟悉。她怕是早已在心中盘算过了。

菊治望向茶室那边。茶室前有一株大夹竹桃，白花盛开。夜色昏沉，瞧着只隐约一片白，天空和庭木之间，已是虚实难辨。

二

临近下班时，菊治正要离开办公室，又被电话叫了回来。

“我是文子。”电话那头传来了细小的声音。

“啊，我是三谷……”

“我是文子。”

“嗯，我知道。”

“突然给您打来电话真是失礼，但有件事，若不打电话道歉就来不及了。”

“啊？”

“昨天，我给您寄了一封信，可似乎忘记贴邮票了。”

“是吗？我还没有收到……”

“我在邮局买了十张邮票，信寄出后，回家一看，邮票仍是十张。真是糊涂呀。我一直在想要如何在信送达之前向您道歉才好……”

“这等小事，不必挂怀……”菊治边答边想，那封信大约是结婚的通告吧。

“是报喜的信吗？”

“什么？……此前都是用电话与您联系，写信还是头一回，心中犹豫着要不要寄出，结果一不留神竟忘了贴邮票。”

“你现在在哪儿？”

“在东京站这边的公共电话亭……外面还有人在等着打电话呢。”

“公共电话吗？”菊治不太明白，但还是说了句，“恭喜啦。”

“什么呀？……托您的福，总算是……不过，您是怎么知道的？”

“栗本告诉我了。”

“栗本师傅？……她是怎么知道的呢？真吓人！”

“反正你大约也不会再有机会见她了。上次在电话里，还听到了阵雨声呢。”

“嗯，您是这么说过。那次我搬到朋友家借住，一直犹豫着要不要告诉您。这次也是同样的情景。”

“还是希望你能告诉我。我从栗本那儿听来的，正犹豫着该不该向你道喜。”

“若从此杳无音信的话，未免太过寂寥。”

她的声音低得几欲消逝，仿若其母之声。

菊治忽然无言。

“也许是不得不杳无音信吧……”过了片刻，她又说道，“是间六叠大的小房间，很是简陋，与工作同时找到的。”

“啊？”

“大热天的，出去上班，实在辛苦。”

“是啊，而且又是刚结完婚……”

“欸？结婚？……您是说结婚吗？”

“恭喜你。”

“欸？我吗？……不要这样。”

“你不是结婚了吗？”

“欸？我吗？”

“你没有结婚吗？”

“没有呀，我如今哪有心思结婚呢？家母才刚那样去世……”

“啊。”

“是栗本师傅说的吗？”

“是的。”

“为什么呢？真是不明白。三谷少爷听说之后，也信以为真了吗？”

文子这句话像是在对自己说似的。

菊治忽然直截了当地说道：

“电话里说不清楚，能见个面吗？”

“好的。”

“我现在去东京站，请等我一下。”

“可是……”

“不然约在什么地方见面呢？”

“我不喜欢在外面与人约会，还是我去府上吧。”

“那一起回去吧。”

“一起回去，岂不又成约会了吗？”

“你要不要先来我公司呢？”

“不了，我自己去府上。”

“好吧，我现在就回去。文子小姐若是先到，就请先进屋吧。”

文子若从东京站乘电车，大概会比菊治先到。不过，菊治总觉得能与她同乘一辆电车，便在车站的人群中边走边寻她。

结果还是文子先到家。

听女佣说，文子在庭院中。菊治便从玄关旁边走进了庭院。文子坐在白夹竹桃树荫下的一块石头上。

近子来过之后，这四五天以来，女佣每天都会在菊治回家前给花木浇好水。庭院里的旧水龙头还能用。

文子坐着的那块石头底部，瞧着似乎还湿乎乎的。若那株满树盛开的夹竹桃是绿叶衬红花，便更像炎炎夏日的花木了。可它绽放的是白花，便显得格外凉爽。簇簇鲜花轻柔摇曳，笼罩着文子的身影。文子身着洁白的棉布衣裳，翻领和袋口都用蓝布镶了一道细边。

夕阳从文子身后的夹竹桃上空，落在菊治面前。

“你来了。”菊治亲切地走上前去。

菊治开口前，文子原想先说些什么，却只说了半句：

“方才，在电话里……”

然后，双肩一收，站起身来，别过身去。也许她觉得，若就此让菊治靠近，可能会被他握住自己的手。

“因为您在电话里说了那种事，我才来的。来说清楚……”

“结婚的事吗？我听了也吓一跳呢。”

“是被哪次吓了一跳？”文子说罢，垂下眼帘。

“要说的话，就是听说你结婚时和听说没结婚时，两次我都吓了一跳。”

“两次都？”

“可不是。”

菊治沿着石径边走边说：“从这里上去吧，方才你可以进去等的嘛。”

菊治说着，在檐廊上坐下了。

“前些天我刚旅行回来，正躺在这儿休息呢，栗本便来了，是在晚上。”

女佣在屋里呼唤菊治。大约是晚饭备好了，这是他离开公司前电话吩咐过的。菊治起身进去，顺便换上了一身白色的细麻纱和服。

文子似乎也补了妆。待菊治落座后，她问道：

“栗本师傅是怎么说的？”

“她只是说，听闻文子小姐也结婚了……”

“三谷少爷听罢，便信以为真了，是吗？”

“我完全没想到她会撒这样的谎……”

“一点都不怀疑吗？……”

文子那双黝黑的眸子，转瞬间便湿润起来。

“我现在能结婚吗？三谷少爷觉得我会那样做吗？家母和我都吃尽苦头、悲痛至极，而今分明还余痛在心难以消散……”

这话在菊治听来，仿佛她母亲仍在人世。

“母亲和我都是容易依赖他人的性子，相信他人总能理解自己。这难道只是一厢情愿吗？不过是自己内心的湖面倒映出了自己罢了……”

文子已掩了面，泣不成声。

菊治沉默良久，说道：

“记得前些时候，我曾问文子小姐，‘你觉得我现在能结婚吗？’好像是在下阵雨那天……”

“雷声大作的那天吗？”

“嗯，今天倒反过来由你说了这话。”

“不，那是……”

“文子小姐常常对我说：你快结婚了吧。”

“那是因为，三谷少爷和我完全不同呀。”文子双眸含泪，望着菊治说道。

“三谷少爷和我不一样。”

“怎么不一样呢？”

“身份也不相同……”

“身份？”

“是的，身份不同。若是说‘身份’用词不当的话，那就是身世灰暗吧。”

“是说罪孽深重吗？……那恐怕是我吧。”

"不是的。"

文子使劲摇了摇头，眼泪夺眶而出。一滴泪珠竟顺着左眼角，流到了耳边。

"若是有什么罪孽，家母也已背负着它辞世了。不过，我并不觉得是罪孽，那只是家母的悲伤罢了。"

菊治低头不语。

"罪孽也许不会就此消失，但悲伤是会过去的。"

"可是，文子小姐说身世灰暗这种话，岂不让令堂的死也显得灰暗了吗？"

"那么，还是说深切的悲伤好些。"

"深切的悲伤……"

菊治想说，和深切的爱一样，却欲言又止。

"此外，三谷少爷同雪子小姐还在商议婚事。这也是与我不一样的。"文子把话题拉回现实，继续说道，"栗本师傅似乎认为家母从中妨碍。她说我已结婚，也是担心我搅扰的缘故吧。我只能这么想。"

"可是，她说稻村小姐也已经结婚了。"

文子仿佛松了口气，却又说道，"骗人……她骗人！准又是谎话。"说着，她又使劲摇了摇头，"是几时的事呢？"

"稻村小姐的婚事？……应该是最近吧。"

"肯定又是骗人的。"

“栗本说，你们两人都结了婚。所以我以为，你结婚的事情可能也是真的。”菊治低声说道，“不过，雪子小姐，也许是真的结婚了……”

“骗人的。哪有人在大热天结婚的。这时节只穿单衣都汗流浃背呢。”

“倒也是呢。不过，难道就没有人在夏天举行婚礼吗？”

“嗯，差不多吧……虽说并非绝对……但婚礼仪式一般会顺延到秋天……”

不知为何，湿润的双眸中又落下泪珠，文子凝望着落在膝头的泪痕。

“可是，栗本师傅为何要撒这样的谎呢？”

“我还真让她给骗了。”菊治也说道。

可是，为何此事会勾得文子落泪呢？

至少，文子结婚的事已证实是谎言。

至于雪子，也许是真的已经结婚。难道是为了让他疏远文子，近子才对他说文子也已结婚的吗？菊治如此怀疑到。

然而，菊治仍无法接受自己的猜想。他始终觉得，雪子结婚的事也是谎言。

“总之，雪子小姐结婚的事，弄清真假之前，也说不好是不是栗本的恶作剧。”

“恶作剧……”

“哎，就只当是恶作剧吧。”

“可是，若我今日没给您打电话，不就是已经结婚的人了吗？这恶作剧真是过分。”

女佣又在呼唤菊治。

菊治拿着一封信，从里面走了出来。

“文子小姐的信送到了。没贴邮票的……”说着，他便随意地想拆开信封。

“不，不要。请不要看……”

“为什么？”

“不要嘛，请还给我。”文子说着，膝行过去，想从菊治手中夺回那封信。

“还给我嘛。”

菊治忽然把手藏到背后。

文子收势不及，左手一下按在菊治膝上，右手伸着本想去夺信。此刻，两手动作一乱，身体几乎失去平衡。眼看自己快倒在菊治身上了，她慌忙用左手撑在身后，稳住身子，右手仍往前伸去，想抓住菊治背后的信。这时，她的身子往右一扭，向前探去，侧脸险些落入菊治怀中。文子轻巧地闪开了。连按在菊治膝上的左手，也只是轻触了一下而已。她那往右扭着向前探去的身子，是如何被这轻柔的一触支撑住的呢？

菊治瞧着文子摇摇欲坠要压过来的模样，顿时浑身绷紧。文子出乎意料的轻盈柔软，让他差点失声喊了出来。菊治强烈地感受到她是个女人，也感受到了她的母亲——太田夫人。

文子是在何时闪开身子的呢？又是在何时松软无力的呢？那是世所未有的温柔，似乎是女性本能的一种奥秘。菊治以为文子的身子会重重压过来，她却只是轻轻掠过，恍若一阵温暖的香气迎面飘过。

香气馥郁。夏日里，从清晨工作到傍晚的女性，体味会更为浓郁。菊治闻到了文子的香气，似乎也闻到了太田夫人的香气。那是与太田夫人拥抱时的香气。

“哎呀，请还给我吧。”

菊治顺了她的意。

“我把它撕了。”

文子扭向一边，将自己的信撕得粉碎。脖颈和露出的胳膊都已被汗水打湿。

文子方才险些倒下又硬将身子闪开时，面色刷白，待重新坐定后才满脸通红，汗水似乎就是那时流下的。

三

从附近饭店叫来的晚饭，千篇一律，食之无味。

女佣按照惯例，把那件志野陶筒状茶杯当水杯摆在菊治面前。

菊治刚意识到，可文子已然看在眼里。

“哎，您在把它当水杯用吗？”

“唔。”

“真伤脑筋。”文子的语调不似菊治那么难为，“送您这种东西，我很后悔。这事我在信里也提了一笔。”

“说了些什么？”

“没什么，只是表示一下歉意，竟送了您这种不值一提的东西……”

“这可不是不值一提的东西呀。”

“并非什么精品志野陶，家母平时也把它当水杯用呢。”

“我虽不在行，可这件志野陶不是挺别致的吗？”菊治说着，把筒状茶杯拿在手中端详。

“可是，比这更好的志野陶多得是呀。您用了它，也许又会想起别的茶杯，觉得那些志野陶更好……”

“我家好像没有这种志野陶小茶杯。”

“即便府上没有，别处也能看到呀。若您用它的时候，心里却想着别的茶杯，觉得那些志野陶更好的话，家母和我都会很伤心的。”

菊治唔了一声，倒吸了一口气，还是说道，

“我与茶道的缘分已逐渐断了，也不会再看别的茶杯了。”

“可是，也许机缘巧合之下见到呢？而且，您过去也见过更好的志野陶了。”

“照你这么说，送人只能送最好的东西啦。”

“是呀。”文子索性抬起头来，直勾勾地望着菊治，“我是这么想的。信里我还写着请您把它摔碎扔掉。”

“摔碎？把它摔了？”

文子仍直视着他，菊治只好支吾道：

“这是志野古窑烧制的茶杯。约莫是三四百年前的东西了。最初也许是宴席上或是别的场合的用具，既非茶杯也非水杯。不过，自它被用作小茶杯以来，也经历了漫长的岁月。古人珍惜它，让它流传至今。也许还有人曾把它收进茶箱里，随身带去远方旅行呢。这么一件东西，文子小姐怎能由着性子将它摔碎呢？”

据说，茶杯边的嘴唇触碰之处，还染上了文子母亲的口红。

听文子说，她母亲对她说过，口红一旦沾上茶杯边，就怎么也揩拭不掉了。菊治拿到这件志野陶后，也发现杯口有一处显得略脏，洗刷不净。当然，那并非口红的颜色，而是浅茶色，隐约泛点微红，说是口红褪色后的陈色也未尝不可。但也许是志野陶本就隐隐发红。而且，用作茶杯的话，嘴唇触碰的常是同一处。也许是文子母亲之前的物主留下的嘴印呢。不过，太田夫人平时将它用作水杯，可能还是她用得最多吧。

菊治曾思忖过：把这件志野陶用作水杯，是太田夫人自己想到的吗？会不会是父亲先想到，才让夫人这样用的呢？

他还曾经怀疑，了入的那对一黑一红的筒状茶杯，太田夫人似乎用作了和父亲的夫妇茶杯，代替了平时的水杯。

父亲让她把志野陶水指用作花瓶，插上玫瑰和康乃馨；让她把志野陶筒状茶杯用作水杯。父亲大约将太田夫人视作了美的化身吧？

他们相继离世后，水指和筒状茶杯辗转来到菊治手中。如今，文子也来了。

"并非我任性，我真心希望您能将它摔碎。"文子说，"送您水指时，我见您欣然接受，想着还有一件志野陶，便把那茶杯也一起送给您，可事后又觉得怪不好意思的。"

"这件志野陶本不该用作水杯的，可惜了……"

"可是，比它更好的要多少都有呀。您若一边用着它，一边又想着别的更好的志野陶，我会难过的。"

"所以你才说，送人只能送最好的东西……"

"也要分对象和场合的。"

这些话让菊治深受感动。

文子是不是希望，凡是太田夫人的遗物，能让菊治借此想起夫人和她，或是能让菊治满怀思念地触摸的东西，都是最为精美的呢?

文子满心希冀最精美的名品才能当她母亲的纪念遗物。菊治理解她的心思。

这正表明了文子的最高情感所在吧。那只水指便是证明。

志野陶那冷冽而温婉润泽的杯身，让菊治忆起了太田夫人的肌肤。然而，这思念中并未伴随着罪孽的阴影和丑恶，难道也有这水指是名品的缘故吗?

观赏着这名品遗物，菊治深感太田夫人便是女人中的最高名品。而名品是毫无瑕疵的。

下雷阵雨那天，菊治在电话里对文子说，一看见水指就想见她。正因是在电话里，他才说得出口。文子听了这话，便说还有一件志野陶，才将这件筒状茶杯送至菊治家中。

诚然，这件筒状茶杯，大约不如水指那么名贵。

“家父好像也有一个旅行用的茶具箱……”菊治想了起来，说道，“那里面收着的茶杯，准比这件志野陶要差。”

“是什么样的茶杯呢？”

"这……我也没见过。"

"请务必让我看看好吗？令尊的茶具准是更好的。"文子说，"若比令尊差，这件志野陶就可以摔了吧？"

"难说啊。"

饭后吃西瓜，文子一面灵巧地剔着西瓜籽，一面又催促要看那茶杯。

菊治在吩咐女佣打开茶室后，走下了庭院，打算去找茶具箱。文子却也跟了来。

"究竟放在哪儿，我也不太确定。栗本倒比我更清楚些……"

菊治说着，回过头来。那株夹竹桃满树盛开着白花，文子正站在花荫之下。树根处现出了她那双穿着袜子和庭院木屐的脚。

茶具箱放在了水房的横架上。

菊治搬进茶室，放在文子面前。文子以为菊治会解开那包袱，便正襟危坐地候着。过了一会儿，她才伸出手来。

"那么，我就打开了。"

"积了厚厚一层灰呢。"

菊治拎起文子解开的包袱布，站起身来，将灰尘抖在庭院中。

"水房的架子上，有一只蝉的尸体，都生虫了。"

“茶室里真干净。”

“嗯。前些日子，栗本来打扫过。就是那天，她告诉我，文子小姐和稻村小姐都结婚了……因为是晚上，也许就将蝉也关进来了。”

文子从箱子里取出一个像是裹着茶杯的小布包，深深地弯着腰，解开上面的绳结，指尖也微微颤抖。

菊治从侧面俯视过去，她那圆润的双肩向前收拢，脖颈修长，尤为显眼。

她神情专注，紧抿着微微地包天的下唇，耳垂自然鼓起，十分惹人怜爱。

“是唐津陶[1]呀。”文子抬头望向菊治。

菊治也在她身边坐下了。

文子将茶杯放在榻榻米上，说道：

“这是件精品茶杯啊。”

这是一只小小的筒状唐津陶小茶杯，似乎也能当水杯用。

“质地坚实，气质凛然。远比那件志野陶出色。”

“拿志野陶和唐津陶相比，恐怕不大合适吧……”

“可是，摆在一起，一看就明白的呀。”

---

1 | 唐津陶：日本安土桃山时代以来，于今佐贺县东部及长崎县北部烧制的陶器总称。日本人对唐津陶茶具的评价很高。在江户时代，唐津窑被看作御窑，烧制的大量陶器被作为贡品献给幕府。

菊治也为唐津陶的魅力所吸引，便将它放在膝上仔细端详。

“那就把那件志野陶拿来看看吧。”

“我去拿过来。”文子说着，起身走了出去。

把志野陶和唐津陶并排摆好时，菊治和文子忽然视线相触。

随后，两人同时将视线转向茶杯。

菊治似乎慌了神，“这么并排一看，这是一只男茶杯和一只女茶杯呀……”

文子似乎无言以对，只是点了点头。

菊治也觉得自己的言语中有一种异样之情。

唐津陶上没有彩绘，是素色的。青色的陶釉近乎黄绿色，还透着一丝暗红。杯身坚实气派。

“出门旅行时也带着它，足见令尊的喜爱程度。这茶杯仿佛是令尊本人。”

文子说出句危险的话，自己却似乎没意识到。

志野陶茶杯，仿佛是文子的母亲。这句话，菊治无法说出口。然而，眼前这两只茶杯并排摆着，恰似菊治父亲和文子母亲的两颗心。

三四百年前的茶杯，形制质朴纯正，不会诱人作病态的遐想。但它充满生命力，甚至带着感官上的刺激。

把自己的父亲和文子的母亲看作两只茶杯，菊治觉得就像两个美丽的灵魂靠在一起。

茶杯的姿态是真实存在的。他觉得，在茶杯的两侧，自己与文子相对而坐的现实，也是纯洁无瑕的。

太田夫人头七后的第二天，菊治甚至对文子说：两人相对而坐，也许是件可怕的事。然而此刻，那对罪孽的恐惧，难道被这茶杯的纯洁釉面洗刷一净了吗？

“真美啊！”菊治喃喃自语，“家父并非品格高尚的文雅人，却爱摆弄茶杯之类的东西，也许是为了麻痹自己那颗带着诸多罪孽的心吧。”

“啊？”

“可是，看着这只茶杯，谁又会想起原物主的坏处呢？家父那短暂的寿命，竟只有这只传世茶杯的几分之一……”

“死亡就在我们脚下，真可怕啊！虽然明知自己脚下就有死亡，但我想着不能永远都被母亲的死亡缠住，也做了种种努力。”

“是啊。一旦让死去的人缠住，便觉得自己也仿佛不是世间之人了。”菊治说道。

女佣拿来了铁壶之类的点茶器具。

大约菊治他们在茶室里待了一阵，女佣便以为他们要点茶吧。

菊治向文子提议，用眼前的唐津陶和志野陶，照旅行的方式点一次茶。

文子顺从地点了点头。

“把家母的志野陶摔碎之前，最后再把它当茶杯用一次，当作惜别吗？”

文子从茶具箱里拿出了茶筅，前往水房洗刷干净。

时值夏日，仍未向晚。

“就当作在旅行……”文子一边用小茶筅在小茶杯里搅着，一边说。

“旅行的话，是住在哪家旅馆呢？”

“不一定是在旅馆呀。或许在河岸边，或许在山顶上。咱们就当是用山谷里的溪水点茶，方才若用冷水会更好呢……”

文子从茶杯中提起茶筅时，就势抬起黝黑的双眸瞟了菊治一眼，旋即又将目光落在了手上，唐津陶茶杯正在掌中转动。

接着，文子的眼波又随同茶杯一起，流转来到菊治膝前。

菊治觉得，文子仿佛也随着眼波流转，来到了自己跟前。

这回，文子把母亲的志野陶摆在面前，茶筅哐哐当当地撞在茶杯边缘，她便停下手，说道：“真难啊。”

“茶杯太小了，很难搅吧。”菊治说道。可是，文子的手腕仍在颤抖。

手一停，茶筅便在筒状小茶杯里搅不开了。

文子凝视着自己僵硬的手腕，耷拉着脑袋，一动也不动。

“母亲她，不让我点茶呢。”

“啊？”

菊治蓦地站起身来，抓住了文子的双肩，仿佛在搀扶一个因咒语束缚而动弹不得的人。

文子没有抗拒。

四

菊治辗转难眠，待到雨户[1]缝隙里透出第一缕破晓的微光，他便向茶室走去。

庭院中的石制洗手盆的踏脚石上，依然散落着志野陶的碎片。

菊治捡起四块大碎片，在掌心里拼凑，茶杯的形状恢复了，杯口边却仍有一处缺口，少了一块拇指大小的碎片。

菊治觉得碎片还在，便在石缝间搜寻起来，却很快又放弃了。

---

1 | 雨户：为防风、防盗、挡雨、遮挡视线等，在房屋门窗处安放的木板。

抬头望去，只见东边的树木上空，一颗亮星正熠熠生辉。

菊治已几年未见过破晓的晨星了。他思忖着，起身望去，天空飘来一片浮云。

闪闪星光探出云层，让晨星显得格外大。星光边缘一片水汽朦胧。

晨星如此晶莹，自己却在找寻茶杯的碎片拼凑，菊治不禁心觉自己可悲之至。

遂将手中碎片随手丢弃。

昨晚，菊治未及阻止，文子便将茶杯朝石制洗手盆摔去。茶杯旋即碎成几片。

菊治当时未能察觉，悄然离开茶室的文子手中还拿着茶杯。

“啊！”菊治失声大喊。

茶杯碎片散落在昏暗的石缝间，菊治顾不得去捡，赶忙扶住了文子的双肩。因为文子蹲着摔碎茶杯之后，便直直地朝着石制洗手盆倒去。

“还有更好的志野陶呀。”文子喃喃自语。

她是觉得菊治会拿它与更好的志野陶作比较，而感到悲伤吗？

后来，菊治长夜难眠时，越发觉得文子这句话中，蕴含着纯洁悲戚的余韵。

等到庭院迎来曙光，他便出去看摔碎的茶杯。

可看见晨星后，他又丢弃了捡起的碎片。

他接着抬头望天，长叹一声。

“啊！”

晨星不见了。菊治望了望丢弃的碎片。刹那之间，黎明的晨星便躲进了云中。

菊治惘然若失，久久凝望着东方的苍穹。

云层并不厚，却寻不见晨星的踪影。层云遮蔽天际，几乎挨着小镇的屋顶，一抹淡红逐渐深沉起来。

“不能随意丢弃在此。”

菊治喃喃自语，又拾起了志野陶碎片，揣进了穿着睡衣的怀里。

若就此丢弃，未免有些凄惨。而且他也担心栗本近子来时瞧见了，又要多嘴。

文子似是左右想不通才将它摔碎的，所以菊治原不打算保存这些碎片，而是将它们埋在石制洗手盆边上。临了，他还是用纸包住了碎片，收进了壁橱，然后钻进了被窝。

文子究竟担忧菊治会在何时以何物来同此志野陶作比较呢？

这种忧虑是从何处而来的呢？菊治感到有些疑惑。

何况，无论是昨夜还是今晨，菊治都没有要将文子与他人作比较的打算。

于菊治而言，文子已经是无可比拟的绝对存在，成为他决定性的命运。

此前，菊治无时无刻不将文子当作太田夫人的女儿来看待，而今他似乎已经忘了这点。

母亲的身体微妙地转生在女儿身上，曾诱得菊治神魂颠倒地做了稀奇古怪的梦，如今反倒踪迹全无了。

菊治长久以来都被包裹在阴暗丑陋的帷幕之中，而今终于来到幕布外边。

难道是文子那纯洁的苦痛拯救了菊治吗？

文子没有抗拒，只是纯洁本身在抗拒。

菊治宛若坠入了被咒语束缚和麻痹的深渊之中的人，到了极限，反倒触底反弹，从那被咒语束缚和麻痹的深渊之中解脱了。如同中毒的人服下过量的毒药后，反而以毒攻毒，解除了毒性。

菊治一到公司上班，便给文子工作的店铺打了电话。听说她在神田的一家毛呢批发店里工作。

文子还未到店里。菊治彻夜未眠，早早便出门了。文子是否还在清晨的睡梦中呢？菊治心想，她会不会因为羞耻心作祟，而把自己关在家里呢？

下午再打电话，文子依然未到店中，菊治便向店里的人打听文子的住处。

昨天的信里应该写了此次搬家的地址，但文子连同信封一起撕碎，塞进衣兜里了。晚饭时谈及工作之事，菊治才记下了毛呢批发店的名字，却漏问了住所。因为文子的住所似乎已经移至菊治心中。

菊治下班后，找到了据说是文子租住的那栋房子。在上野公园的后面。

然而，文子不在家。

一名十二三岁的少女，穿着水手服，似乎刚放学回家。她走到玄关，钻进屋里片刻，才出来说道：

“太田小姐现在不在家，她今早说要和朋友出门旅行。”

“旅行？”菊治反问了一句。

“她出门旅行了吗？今早几点走的？她有说要去哪里吗？”

少女又缩回了屋里，这回她离远了答道：

“我不太清楚。妈妈也出门去了……”

她瞧着似乎有些害怕菊治，是个眉毛稀疏的孩子。

菊治走出大门，回头看了看，却猜不出哪间是文子的房间。这是一栋不大的两层楼房，还带着一方狭小的院子。

耳边响起文子那句“死亡就在我们脚下”，菊治不禁有些腿软。

他掏出手帕，擦了擦脸。每擦一次，脸上的血色便淡薄一分，可他依然使劲擦着。手帕都湿透了，显得有些发黑。他发觉自己背上蓦地渗出了一层冷汗。

“她应该不会去寻死。”菊治对自己说道。

文子让菊治有了重获新生的勇气，理应不会寻死的。

可是，昨日文子的举动，不正是赴死前的坦然吗？

还是说那份坦然，正表明她畏惧自己和母亲一样，是个罪孽深重的女人呢？

“留下栗本独自活着……”

菊治仿佛对着假想的敌人，吐出一口怨气。随后，朝着公园的林荫深处匆匆走去。

波千鸟

波千鸟

一

前往热海[1]站接客的汽车已然翻越伊豆山。不久，汽车像画圈似的，朝着大海的方向下山，驶入了旅馆的庭院。旅馆玄关的灯光透过挡风玻璃逐渐靠近。

等候多时的店家一边打开车门，一边开口道：

“您是三谷夫人吧。”

“是的。”

雪子小声答道。汽车横着停在旅馆门口，雪子坐在靠近玄关的一侧。今日刚举行了婚礼，被人称作三谷夫人，大约还是头一回。

雪子稍做犹豫，还是先下了车。回头望向车内，等着菊治下来。

---

1 | 热海：位于日本静冈县东部，是以温泉闻名的度假胜地。

菊治正脱鞋，店家便说道：

“房间安排在茶室，都已备好了。我们接到了栗本师傅的电话。”

“啊？”

菊治一屁股坐在低矮的玄关边上。女佣赶忙将坐垫递了过来。

近子那块从心口蔓延至乳房的大痣，宛如恶魔的手印，浮现在菊治脑海中。他解开鞋带，抬头一看，那只黑手仿佛就在眼前。

菊治去年卖掉了宅子，茶具也都处理掉了，理应逐渐疏远栗本近子，不再与她见面才对。然而，他与雪子的婚事，难道仍由着近子的魔手操纵吗？菊治全然没有料到，对于自己新婚旅行的旅馆房间，近子竟也会指手画脚。

菊治看了看雪子的神色，她似乎并没有在意店家说的话。

两人被店家领着，从玄关行至长廊，朝海的方向走去。这条混凝土修筑的细长通道不知通向何方，走在其中，仿佛钻进了狭窄的隧道。中途经过几处台阶，两侧坐落着榻榻米别屋，就像衣袖一样。长廊尽头便是茶室后门。

走进这间八叠大的茶室，菊治正要脱掉外套，便察觉到雪子正在身后准备接过去。

“啊。”

菊治嘟囔着回过头去。这是她初次做出为人妻子的举动。

桌脚边可以看见一张地炉席[1]。

“那边三叠大的是正式茶席，茶釜已经架好了……”店家放好了两人的行李，说道，“虽说没有什么太好的茶具……”

菊治吃了一惊，问道：

“那儿也是一间茶室吗？”

“是的，算上这间大的，一共四间。房间布局同在横滨三溪园[2]时一样，照原样迁过来的。”

“唔？”

然而，菊治一点儿也不明白。

“夫人，那边是茶席，您请随时使用……”店家对雪子说道。

“过会儿我会去参观的。”雪子叠好自己的外套，答应着站起身来，“大海真美呀，轮船还亮着灯呢。”

---

1 | 地炉席：被切去方形一角的榻榻米，下面是可以安放地炉的凹槽，用于烧热水。

2 | 三溪园：位于日本横滨市中区的一座庭园，由实业家、茶道家原富太郎（号“三溪”）于1906年建造，面积17.5公顷，内有17栋日式建筑。

“那是美国军舰。”

“美国军舰开进热海了？”菊治说着，起身过去看了看道，“是小军舰呢。”

“有五艘呢。”

约莫舰舯附近，悬挂着红灯。

热海小镇的灯光被海角遮蔽，只能望见锦浦一带。

店家寒暄了几句，便随斟茶的女佣一同离去了。

两人闲望了一会儿大海的夜景，回到了火钵[1]边上。

“真可怜。”

雪子说着，将手提包拉到身前，拿出一枝玫瑰，将压皱的花瓣舒展开来。

在东京站踏上旅程前，雪子大约觉得抱着花束乘车有些难为情，便交给了送行的人。这枝花是那人抽出来给她的。

雪子将花置于桌面，望向桌上寄存贵重物品的口袋，说道：

“怎么办呢？”

“贵重物品……”菊治伸手拿过了玫瑰。

“玫瑰？”雪子看着菊治问道。

---

1 | 火钵：一种大钵状的盛火用具，一般由陶瓷、金属、桐木制成。使用前需在火钵底部铺一层鹅卵石，再填充二分之一到三分之二容量的草木灰以隔热，最后在草木灰上放置燃烧的木炭。

“不，我的贵重物品太大，装不进口袋，也不能寄存给别人。”

“为什么……”话音刚落，她似乎旋即会意，“我的也不能拿去寄存呢。”

“你的在哪儿？”

“在这儿……”

雪子大约是不好意思指向菊治，盯着自己的胸口，再未抬起视线。

对面的茶室中，传来了水沸声。

“去看看茶室吗？”

雪子点了点头。菊治却又说道：

“不过，我不想看。”

“可是，人家特意布置好的……”

雪子从主门进入茶室，按照茶道的礼仪参观了凹间。菊治却立在门口的榻榻米上，一吐胸中怨气：“说什么特意，可不都是栗本吩咐布置的吗？”

雪子回身坐于茶炉前。那是点茶的位置，她双膝朝向茶炉，端坐着一动不动。这姿势，像是在等待菊治说些什么。

菊治也把膝盖凑近茶炉坐了下来。

“我本不愿说这种话的。可方才在旅馆玄关，一听见栗本二字，我便一激灵。我的罪孽，我的悔恨，都与那个女人有关……”

雪子似乎点了点头。

“栗本现在还去你家吗？”

“去年夏天，她惹怒父亲之后，便很长时间没有来了……”

“去年夏天？……栗本那时告诉我，雪子小姐已经结婚了。”

“哎呀。”雪子像想起了什么似的说道，“准是那时候了。师傅又来谈另一家的亲事……父亲勃然大怒说：‘我只想听一个媒人说一家媒，东家不成换西家，这种事我女儿可不干，少拿这套糊弄我！’事后想想，我真的很感谢父亲。我能成为你的妻子，也是全靠父亲的力量。”

菊治默然不语。

“师傅也毫不示弱。她说三谷少爷被鬼迷了心窍，还说了太田夫人的事情。太讨厌了。我听了只觉天旋地转，浑身止不住地颤抖。明明如此讨厌，可我为何仍会颤抖呢？后来我才想明白，因为我依然愿意成为三谷少爷的妻子。可那时，我在父亲和师傅面前不停颤抖，痛苦万分。父亲也许是瞧见了我的神色，他说：‘冷水和热水皆可口宜人，不温不火的水最难喝。女儿经你介绍已与三谷少爷相识，想必她也有自己的判断。’父亲说着，便将师傅请了出去。”

那边的浴池传来了哗哗的水声，大约是负责准备热水的人来了。

“虽然很痛苦，可我还是自己作了判断。所以师傅的话，你也不必介怀了。而今坐在此处点茶，我也不介意。”

雪子说着，仰起了脸。小小的电灯倒映在她的双眸中，绯红的面颊和丰润的双唇似乎也反射着光芒。菊治从她熠熠生辉的面容中，感受到了难能可贵的亲爱之情。本是美丽的火焰，触碰之后却似有一股暖意浸润全身，着实不可思议。

“记得大约是去年五月的光景，因为我记得你系着溪荪腰带。那时你来我家茶室，我曾觉得，雪子小姐永远都是彼岸之人。”

“因为我能感觉到，你心中藏着痛苦。”雪子莞尔一笑，“你还记得那条溪荪腰带吗？溪荪腰带我也收进行李了，我们还要去我家呢。”

雪子对自己和菊治，都用了“痛苦”一词。然而雪子痛苦的时候，菊治正带着充血的双眼四处探寻文子的去向。菊治意外地收到了文子从九州竹田町寄来的长信。他甚至前往竹田去寻她。然而，时隔一年半，他至今仍不知文子的住处。

文子希望菊治忘却母亲和自己，与稻村雪子结婚。那封情意绵绵的长信，也成了文子对菊治的告别。文子似乎和雪子对调，成了永远都在彼岸的人。

永远都在彼岸的人，大抵并不存于世间。而今菊治也觉得，这话不该随意说。

二

回到八叠大的房间，桌上放着一本相册。菊治翻开一看，说道：

“原来是这间茶室的照片呀。我还以为是来这儿新婚旅行的人的相册，稍微吓了一跳呢。”话音刚落，他便把相册转向雪子那边。

相册开头附着茶室的来龙去脉——此寒月庵旧时曾为江户十豪商[1]之一的河村迂叟[2]的茶室。后迁至横滨三溪园。因遭遇空袭，屋顶洞穿、墙壁垮塌、门窗乱飞、地面破碎，可谓满目疮痍、腐朽不堪。最近才搬迁至此旅馆的庭院内。因此处是温泉旅馆，除了增设浴室，其余布局皆依原样，充分使用旧日木料以复建。因战争结束初期，燃料不足，附近居民拾掇荒废茶室中的木料用

1 | 江户十豪商：掌管幕府出纳的十位江户富商代表。

2 | 河村迂叟（1822—1885）：幕府末期至明治时期的商人、资本家。

作柴薪，某些柱子上还残留着柴刀砍过的痕迹。

“这上面说，大石内藏助[1]也来过寒月庵呢……”雪子边读边说。

因迁叟是赤穗藩的官家商人，才能成为这茶庵昔日的主人。他所持有的荞麦茶杯[2]“残月”流传至今，称作“河村荞麦”。因茶杯釉彩交替呈现出淡青色和浅黄色，人们便将其称作“晓空残月”。

有几张照片记录的是三溪园茶室遭遇轰炸后的景象，其后的照片则是从开始移址、施工到庆祝落成的茶会，按照时间顺序依次排列。

若大石内藏助来过此处，则最晚在元禄[3]年间，这间寒月庵便已建成。

菊治环顾房间，此处所用的几乎都是新木料。

“方才茶席那边的凹间柱子似乎是原来那根。”

两人方才在小茶室的时候，女佣过来关了雨户。茶室的照片大约就是那时放在桌上的。

雪子一边反复翻着相册，一边说道：

---

1 | 大石内藏助（1659—1703）：本名大石良雄，江户时代前期武士，播磨国赤穗藩首席家老。

2 | 荞麦茶杯：高丽茶杯的一种，由于肌理和色彩类似荞麦，于江户中期以后逐渐被称作荞麦茶杯。

3 | 元禄：日本年号之一，公元1688年至1704年。

“你不换衣服吗？”

“你呢？”

“我穿的是和服，就不换了。等你去泡澡，我把别人送的点心、特产拿出来。”

浴室里弥漫着新木的芳香。从浴池到冲洗处、墙壁乃至天花板，木板皆色泽柔和，纹理笔直，很是美观。

女佣走下长廊，外面传来她的说话声。

菊治从浴室回到房间，雪子不在房内。

大房间里，睡铺已经铺好，桌子也挪在一旁。想是在女佣干活时，雪子去了方才的那间小茶室吧。

“茶炉里的火，这样放着没关系吗？”

那边传来了雪子的声音。

“应该可以吧。”

菊治话音刚落，雪子便走了过来，她望着菊治，眼中似再无法容纳其他事物。

“舒服了不少吧？”

“这个……”菊治穿着旅馆的宽袖锦袍，披了一件短外套。他瞧了瞧自己，说道，“你也去洗吧，温泉泡着挺舒服的。”

“好。”

雪子走向右侧三叠大的小茶室，从旅行包里拿东西，接着又拉开大房间的纸拉门跪坐下来，把化妆包放在身后的走廊上，双手扶地，面颊绯红地微微欠身施礼。随即她摘下戒指放在梳妆台上，便出去了。

这个礼施得出人意料，菊治觉得雪子着实可爱，几乎要“啊”地喊出声来。

菊治站起身来，望向雪子的戒指。结婚戒指原封不动地放在那里，上面镶嵌着一颗墨西哥欧泊石。他回到火钵边上，举起宝石对着灯光，宝石中闪烁着赤黄绿各色的细小光辉，晶莹闪亮，忽灭忽现。透明的宝石中，光辉明灭摇曳，深深地吸引着菊治。

雪子走出浴室，钻进了右侧的小茶室。

八叠的大房间的左侧，隔着狭窄的走廊，是三叠和四叠的两间小茶室，右侧也是一间三叠的茶室。女佣将两人的旅行包都放在了右侧的那间。

雪子已在那儿待了片刻，似是在叠和服。

“可以把纸拉门稍微拉开些吗？我害怕。”

她说着，起身走来，把大房间和小房间之间的纸拉门约莫拉开一尺来宽。

菊治也意识到，在这距离主屋两三丈远的别屋内，此刻只有他们两人。他顺着亮光朝雪子望去，说道：

“那边也是茶室？”

“是的。大约是‘圆炉’吧，地板里镶嵌着圆圆的铁炉子……”

雪子话音未落，菊治便从纸拉门这头，瞧见她正叠着的和服衬衣飘动的下摆。

“千鸟[1]……”

“对啦。千鸟是冬天的鸟，我便试着染了染。”

“这是波千鸟啊。”

“波千鸟？是千鸟戏碧波呀。”

“是说夕波千鸟吧？有一首和歌里咏的是：淡海之湄，夕波千鸟[2]……”

“夕波千鸟……不过，人们将飞翔在碧波上的千鸟，称作波千鸟吗？”

雪子慢条斯理地说着，麻利地将带着千鸟纹样的衬衫叠好收起，千鸟消失了。

三

菊治大约是听见了旅馆上方经过的火车隆隆响，忽然惊醒了。

相较天刚擦黑时，车轮的轰鸣声更近了，汽笛声也

---

1 | 千鸟：日本传统文化里对鸻科鸟类的统称，自古便是文人墨客歌咏的对象。

2 | 此为《万叶集》中的和歌《柿本人麻吕歌一首》：淡海之湄，夕波千鸟，汝也嘈嘈，使我心槁，为思古老。参见钱稻孙译《万叶集》，浙江教育出版社 2020 年版。

越发高亢，菊治由此推断此时还是深夜。

火车的响声倒不至于把人吵醒，但菊治还是惊醒了，而他觉得更不可思议的，是自己居然睡着了。

他比雪子先进入梦乡。

不过，耳畔传来雪子平静的呼吸声，他多少也心觉宽慰。

雪子大约因婚礼的操劳而疲惫地沉入梦乡了吧。那段日子，婚期越近，菊治便越发地犹疑和悔恨，夜夜难以入眠。雪子想必也有长夜难眠的时候。

雪子睡自己身旁，仿佛是不可能的事情，而今雪子那独特的芬芳，却切实地在周身弥漫。

不知名字的香水、雪子独特的芬芳、雪子睡眠中的呼吸、雪子的戒指，甚至衣裙上千鸟戏碧波的纹样，菊治觉得这一切仿佛都成了自己的东西。这种亲密感，即便在深夜不安地惊醒时也并未消失。这是菊治初次体味到这种情感。

然而，菊治没有勇气开灯去看雪子的睡颜。他拿起枕畔的手表往洗手间去了。

“五点多了吗？”

菊治对太田夫人和她女儿文子都感到顺其自然、毫无抵触，为何对雪子却变得畏惧而异常呢？这是良心的抵触？还是对雪子的自卑？或是太田夫人和文子已经俘虏了菊治吗？

按栗本所说，太田夫人是个邪性的女人。而今晚的房间似乎是近子指定的，这不禁让菊治感到有些抵触和不快。

菊治甚至怀疑，雪子穿着平时穿不惯的和服出来旅行，也是近子的指使。

“为什么出来旅行不穿西服呢？”临睡前，菊治不经意地问道。

“就穿今天一天。说是今天穿西服有些煞风景。而且我们头两次见面都是在茶室，穿的和服。”

菊治没有问是谁说的。他想到，雪子大约是为了新婚旅行，才为衣裳染上了千鸟戏碧波的纹样。

“方才说的那首夕波千鸟的和歌，我很喜欢。”菊治岔开了话题。

“什么和歌？”

菊治将柿本人麻吕[1]的那首和歌轻快地念了一遍。

他温柔地抚着新娘的背脊，情不自禁地说道：

“啊，真是可贵。”

菊治担心吓到雪子，尽可能地温柔。

凌晨五点惊醒，在焦虑不安中，菊治依然强烈地感

1 | 柿本人麻吕（660—724）：日本飞鸟时代歌人。

受到了雪子的可贵。雪子平静的呼吸和隐约散发的气味，足以让他感觉甘甜与温暖，仿佛得到了宽恕。也许只是自私的陶醉，但是唯有女人，方能散布宽恕极恶之人的恩泽。这也许是一时感伤或自我麻醉，却是来自异性的救赎。

菊治心想，即便明天就同雪子分手，自己恐怕也会一辈子感谢她的。

心中的焦虑不安得到缓解，菊治又心觉寂寞。雪子想必也因不安和难下决断而感到畏惧吧？可菊治却做不到将她晃醒，重新抱入怀中。

海边的涛声不时传来，菊治以为自己直到天亮也难再入眠，却不知何时安然入梦了。再睁眼时，明朗的日光已洒落在纸拉门上。雪子却不见了。

菊治一时间愕然，难道她逃回家了吗？此时已经过了九点。

打开纸拉门一看，雪子正坐在草坪上，抱着双膝，眺望海景。

“我睡懒觉啦。你什么时候起床的？”

“七点左右。店家过来准备热水，我就醒了。”

雪子回过头来，双颊泛起绯红。今早她换上了西装裙，将昨晚的红玫瑰别在胸前。菊治如释重负。

“玫瑰倒还挺鲜艳的嘛。”

“昨晚泡澡的时候，我把它养在盥洗室的玻璃杯里了。你没留意吗？”

“是没注意。”菊治说道，“你已经泡过澡了吗？”

“是啊。我先起了床，又无事可做。便悄悄打开了雨户，跑到这儿来，正好看见美国军舰返航。据说他们头天晚上过来玩乐，次日一早就会返航。”

“军舰过来玩乐？真是古怪。”

“是这儿修整庭院的人说的。”

菊治打电话告知前台自己已起床。泡过澡后，他便来到草坪上。天气很暖和，令人不觉得这是十二月中旬。用过早饭，他们坐在阳光灿烂的檐廊上。

大海闪耀着银色的光辉，极目远眺，粼粼波光随着时间的流逝不断推移。从伊豆山到热海一带，海岸边的岩礁状似小海角，重重叠叠。朝着礁石拍打过去的浪涛里，粼粼波光也在时时变幻。

“银光闪得仿佛星星出来了。就是下方的海面，那儿！”雪子指着海面说道，“宛如蓝宝石的星光……”

眼下的海面，大片的光群，宛如群星闪烁，明灭不已。处处浮现着点点星光。近处的一道道波光，依稀可辨。而远处的海面上，波光恍若镜面，仿佛由璀璨星光汇聚而成。凝眸望去，远处的光群也跃动不停。

茶室前的草坪些许窄小，草坪一角，可见下方的夏橘枝干，叶片已然泛黄。从草坪到大海之间是一片平缓的斜坡，海边生长着排排松树。

“昨晚，我仔细观赏了你戒指上的宝石，真是美极了……”

“毕竟是宝石呢。远处的波光仿佛蓝宝石或红宝石的星光。最像的还是钻石的光芒。”

雪子看了看自己的戒指，又望向海面的粼粼波光。

眼前的景色恰好适合谈论宝石的话题，此刻也是两人如宝石般的时光。然而，菊治心中仍有这幸福无法抚慰之事。

菊治卖掉了父亲留下的宅子，虽说可以带着雪子回到自己简陋的新家，这不算什么问题，可对于在那儿建立的新家，菊治却仍未进入已婚的状态。而若要追忆两人的往事，菊治不触及太田夫人、文子和栗本，简直是在自欺欺人。两人的未来和过去，菊治都无法提及，只能谈谈眼前的话题。

雪子是怎么想的呢？阳光笼罩之下，她的面容熠熠生辉，显得无拘无束。这是在体恤菊治的心情吗？还是因为新婚之夜受到了菊治的关爱怜惜呢？

菊治没能平静下来，想要走动一番。

这家旅馆订好了住两个晚上，因此他们便前往热海酒店吃午饭。餐厅的窗边立着破损的芭蕉叶，对面是一从苏铁。

“幼时，父亲曾带我来此过新年，苏铁倒还是那时的模样。”

雪子说着，环视了一番面朝大海的庭院。

“我父亲也时常来这里，那时我若也跟来，说不定能遇见幼时的雪子呢。”

“不要这样说。”

“若是幼时见过面，不是蛮有趣的吗？”

“若幼时便见过面，我们也许就不会结婚了。”

“为什么？”

“因为我小时候好像蛮机灵的。”

菊治笑了起来。

“父亲常说我：‘你小时候蛮机灵的，慢慢长大倒越来越傻了’。”

从雪子的只言片语中，菊治也能想象得到，在雪子的四个兄弟姐妹中，她父亲对她是何等的喜爱和期待。而今，在她伶俐闪光的双眸中，依稀可见幼时的面影。

四

从热海酒店回到旅馆，雪子给母亲打了个电话。其实无话可说。

“母亲问：‘怎么啦？’她担心我们有什么事。你要来说两句吗？”

“不了，请代我向她问好。”菊治推辞道。

“是吗？”雪子回头望向菊治，说道，“母亲向你问好呢，让你多保重……”

电话就在房间里。菊治一开始便明白，雪子并没有偷偷向母亲倾诉的打算。

然而，是什么东西触发了雪子母亲的担心呢？是女人的直觉在发挥作用吗？还是新婚旅行第二天，新娘便往家中打电话的缘故呢？这个电话吓着新娘的母亲了吗？菊治虽不得而知，可细细一想，若新娘被丈夫占有了，准会感到害羞，也许就不会打这个电话了。

四点以后，三艘美国的小型军舰驶了过来。网代[1]附近的遥远天空，淡云化作雾霭，恍若春日晚霞。军舰在朦胧的海面上缓缓移动。即便军舰载来的是饥渴的情欲，瞧着却似一艘艘平静的模型船。

“军舰还是来游玩的呀。”

“今早我起床时，昨晚的军舰正在返航呢。”雪子说道，“我也无事可做，便一直目送它们到远方。”

“我起床之前，让你等了近两个小时吧？”

“我感觉似乎更久些。在这里我感觉很开心，甚至

---

1 | 网代：地名，位于静冈县热海市下多贺。

有些不可思议。我在想，等你起床后，有很多很多话要同你说……”

“什么话呢？”

“都是些不着边际的话……”

天还亮着，驶来的军舰便已亮了灯。

“我为什么会同你结婚呢？你是怎么看的呢？若能听你告诉我,那该多好玩呀！这些事情我也想同你聊聊。”

“唔，这并不是我怎么看的事。”

“话虽如此，但回头想想，这女子为何会来到我身边呢，不是件好玩的事吗？反正我觉得蛮愉快的。你说曾觉得，我永远都是彼岸之人，为何你会这么想呢？”

“去年，你去我家茶室时，用的是和今天一样的香水吧？”

“嗯。”

“就是那天，我觉得，你永远都是彼岸之人。”

“啊！你不喜欢这香水呀？”

“不。第二天，我感觉茶室中还有雪子的余香，甚至特意去闻了闻……”

雪子惊讶地望着菊治。

“也就是说，当时我觉得自己非断念不可，便将雪子小姐看作永远都在彼岸的人。”

“你这样说，太伤感了。那是因为别人……这些我明白的。不过，我现在只想听有关我的事。”

“你是我的憧憬。”

“憧憬……”

“大概吧。也许是断念和憧憬二者兼有。”

“你说憧憬之类的，让我有些吃惊。然而，我也曾有过断念的想法，也许正因我也憧憬过吧。不过，我脑中并未浮现断念、憧憬之类的词。”

“因为所谓憧憬，可能是罪人的用词……”

“你又在说别人的事情啦。”

“不，不是的。”

“没什么的。我也曾设想，哪怕是有妇之夫，自己可能也会喜欢。”雪子的双眸闪闪发亮，“不过，憧憬什么的，我有些害怕。你别再说啦。”

“是啊。昨晚觉得，雪子身上的芬芳仿佛都属于我了，真是不可思议……”

“……”

“不过，那份憧憬仍未消失。”

“你很快就会失望的。”

“我绝对不会失望的！”

菊治斩钉截铁地说道。因为他对雪子怀着深深的感激之情。

雪子仿佛大受触动，旋即强势回应道：

“我也绝对不会失望的！我发誓。”

然而，再过五六个小时，雪子的失望不就马上要来了吗？即便雪子不懂得这种失望，只是疑惑而已，可菊治岂能不对自己感到冰冷的失望？

也许是害怕这种失望的缘故，菊治睡得比昨夜更迟，一直和雪子聊到深夜。雪子也比昨夜更为亲密地陪伴他，还在合适的时候轻柔地为他斟上粗茶。

菊治在浴室刮完胡子，抹着润肤霜。雪子也倚在梳妆台旁，一边用手指蘸了点菊治的润肤霜，一边道：

“父亲的面霜一向是我买的……”

“那也给我买一样的，好吗？”

“还是别用一样的好。”

接着，她把睡衣放在菊治膝旁，依然是低头施礼才去的浴室。

“晚安，睡个好觉。”

雪子说着，双手微微扶地施礼，然后用手压住衣服下摆，轻巧地钻进了自己的睡铺。她的动作如少女般清纯，令菊治心动不已。

然而，片刻之后，菊治在黑暗中一边合上颤抖的眼帘，一边试图回忆起那时情形，文子没有抗拒，只有纯洁本身在抗拒。这是卑劣而污秽的挣扎。在胡思乱想中，他将蹂躏文子的纯洁化为力量，意图玷污雪子的纯洁。

这虽是不祥的毒药，但雪子清纯的举止，仍诱发了他对文子的回忆，即便让他痛苦不堪。

而且，从对文子的回忆中，菊治不禁唤回了太田夫人那女人温热的波澜。无论这是邪性的诅咒，还是人性的本能，夫人都已然辞世，文子也下落不明。而若她们只有爱意没有憎恨，如今让菊治如此凄然、惶惶不可终日的又是什么呢？

菊治后悔自己曾陶醉在太田夫人的波澜之中，而今自己体内似乎真的有什么东西在逐渐麻木，他对此畏惧不已。

雪子的枕头上蓦地传来头发摩擦的声音。

“请说些什么吧。”

菊治听罢，心中一惊。

难道是罪人的手悄然抱着圣洁处女的缘故吗？菊治不禁感到热泪盈眶。

雪子轻柔地将脸靠在菊治怀中，不一会儿，便啜泣起来。

菊治压低自己快要颤抖的声音，问道：

“怎么了？伤心吗？”

“不是。”雪子摇了摇头，“我虽一直爱着三谷你，可从昨天开始，我越发地爱你了，所以就哭了。”

菊治轻抚雪子的下巴，把唇凑了过去。他不再掩饰自己的泪珠。关于太田夫人和文子的胡思乱想也瞬间消失了。

同纯洁的新娘过几天清静日子，为什么不可以呢?

五

第三天依然温暖宜人，海上一片暖融融。雪子先起了床，梳洗完毕。

今早，雪子听女佣说，昨晚共有六对新婚夫妇下榻这家旅馆，但茶室远离主屋，靠近大海，并无人声嘈杂。小提琴伴奏的歌声也传不到这儿来。

今天的日光不知是何缘故，直到午后，海面都未能再出现那波光粼粼的景象。昨天倒是瞧见旅馆下方的海面星光闪烁。有七艘渔船出海。排头的大船砰砰地冒着蒸汽，后面拖着六艘船。它们按照从大到小的顺序，齐整地排成一列。

“简直像一家人呢。”菊治笑道。

旅馆送给他们一对夫妇筷留作纪念，包在印有纸鹤图案的桃红色和纸里。

菊治回想起来，说道:

“那张千只鹤图案的包袱皮带来了吗?”

“没有。东西都是新的，怪不好意思的。”

雪子说着，双颊泛起绯红，连漂亮的双眼皮都红到了眼角，“你瞧，发型也变了嘛。不过，旅馆送的礼物上就有鹤的图案嘛。”

三点前，他们乘车前往川奈。

网代的海港里停靠着许多渔船。有的船身被漆成了白色。

雪子回首望向热海，说道：

“大海的颜色像粉色珍珠似的。颜色真像呀。”

“粉色珍珠？”

“嗯，我的珍珠耳环和项链就是粉色的。要拿出来看看吗？”

“到酒店再看吧。”

热海那边的山脊，阴影越发深沉了。

一个男人拖着板车迎面跑来，板车上堆着柴火，他的妻子也坐在上面。

“真想过那样的日子。”雪子说道。

菊治有些难为情。雪子是不是在想，只要和心爱的人一起，哪怕过穷酸日子也心甘情愿呢？

海岸边是一排排松树，成群的小鸟飞来飞去。鸟儿几乎飞得和汽车一样快，汽车要稍快一些。

雪子发现，清晨从伊豆山的旅馆下方出海的七艘渔船，竟驶来了这儿。它们依然从大到小排成一列，宛如和睦谦恭的一家人，靠近岸边缓缓而行。

“像是特意来见我们似的。”

雪子对船只都怀着这样的亲切之情，她此时此刻的喜悦，让菊治感觉温馨而轻快。这大概就是一生中的幸福时光吧。

去年夏天到秋天，菊治四处探寻文子的下落，不知是精疲力竭还是化作行尸走肉。不料这时，雪子独自来访。菊治仿佛身处黑暗的生物见到了阳光，觉得耀眼的光辉扑面而来，又有些讶异和拘谨。不过，自那之后，雪子便会不时来访。

不久，菊治收到了雪子父亲的来信：“你似乎和小女有来往，不知是否有意结为伉俪？早先经由栗本近子也商谈过婚嫁之事，我和内人也希望小女能够达成初心，去她想去的地方。”这封信透露出她父母对两人交往的担忧，其间不无对菊治的警惕，但同时也由父母代为传达了女儿的意愿。

自那以后，直到今日，时间已流逝一整年。菊治的心情始终都在等待文子和渴求雪子之间踌躇。然而，每当因回忆太田夫人、追寻文子而懊悔丧气之时，他眼前便会出现一幅幻影：在黎明或黄昏的天边，千只白鹤，翩跹起舞。那是雪子。

为了眺望拖船，雪子靠向了菊治这边，便再未回到原先的座位。

抵达川奈酒店[1]，他们被带到三楼尽头的房间。两边皆无墙壁，都是整面观景的玻璃窗。

“海是圆的呀。”雪子愉快地说道。

海天相交之处，绘成一道平缓的圆弧。

草坪中的泳池对面，有五六名穿着淡青色制服的女球童，背着高尔夫球袋走了上来。

西边的窗外，富士球场[2]一览无余。

他们打算去宽阔的草坪上转转。可一出门，菊治便背向西风说道：

“好劲的风啊。”

“管它什么风呢，我们走吧。”

雪子用力拉着菊治的手。

回到房间后，菊治进了浴室。雪子趁这会儿工夫梳理了头发，换上了衬衫，做好前往餐厅用餐的准备。

“要戴这个去吗？”

雪子拿着珍珠耳环和项链给菊治看了看。

用过晚餐，他们在阳光房里待了一会儿。这是一间凸出庭院的椭圆形大房间。由于不是节假日，房间内只有菊治和雪子。四周围着窗帘，椭圆的正前方，盛开着

---

1 | 川奈酒店：位于日本静冈县伊东市川奈的一座度假酒店。

2 | 富士球场：川奈酒店的附属高尔夫球场，被评为世界百佳高尔夫球场之一。

一对盆栽山茶花。

然后，他们来到大厅，坐在壁炉前的长椅上。壁炉里燃烧着大块柴薪，壁炉上方也有一对盆栽，是大朵的君子兰。长椅后的大花瓶里，精心插着早开的红梅。高高的天花板上，是英式的木构件，十分得当。

菊治靠在皮椅上，久久凝望着壁炉里的火焰。雪子望着火焰出神，脸颊烤得红彤彤的。

回到房间后，厚厚的窗帘已经拉上。

房间虽宽敞，却只是个单间，雪子只好在浴室里换衣服。

菊治穿着酒店的浴袍坐在椅子上。雪子换上睡衣，不经意间站在了他面前。

她身着舒适随意的和服，朱红微褐间散落着细碎的白色，是类似西装质地的新衣料，却做成了元禄袖[1]式的和服。在这剪裁无拘无束的和服之中，透着天真烂漫的气息。腰间系着一条绿色的软缎窄腰带，像洋娃娃似的。红色和服的里子下，露出洁白的浴衣[2]。

“这和服真可爱。自己想出来的吗？是元禄袖？”

“同元禄袖有些不一样，我自己随便做的。”

---

1 | 元禄袖：元禄时代流行的一种圆袖，袖口呈大圆弧形。

2 | 浴衣：一种较为轻便的和服，在日式旅馆中是泡过温泉或沐浴后常见的衣着，亦常见于日本夏季各地庆典及烟花大会。

雪子走向梳妆台。

房间里只留了梳妆台上的灯，两人在微亮之中进入梦乡。

菊治蓦然睁眼，传来咚咚巨响。风声大作。庭院尽头便是断崖，大约是惊涛拍崖之声。

看向雪子那边，睡铺已空，她正伫立在窗前。

“怎么啦？”菊治起身，走了过去。

“我听见咚咚的响声，心里害怕。海面跳动着桃粉色的火光，你看……”

“那是灯塔吧。”

“我醒了之后，便害怕得睡不着，方才起来一直在这儿看着。”

“那是浪涛声。”菊治把手搭在雪子肩上，“把我叫醒就好了……”

雪子的心思仍在海上。

“你看，闪着桃粉色的火光吧。”

“是灯塔嘛。”

“那边是有灯塔，可是，那光比灯塔的灯还大，而且是突然出现的。”

“那是浪涛声嘛。”

“不是。”

听着是浪涛拍击悬崖的声音。海上一弯弦月洒落冷光，海面一片黝黑寂静。

菊治凝神看了一会儿，灯塔的明灭和桃粉色闪光确实不同，桃粉色闪光间隔更长，且无规律。

“是大炮呀，我还以为爆发海战了。”

“啊，是美国军舰演习吧。”

“是吧。”雪子同意这个说法，又说道，“我还是觉得吓人，太可怕啦。”

雪子放松了双肩，菊治抱住了她。

夜色苍茫，海上挂着弦月，风声呼啸。远处的桃粉色火光闪烁之后，便传来轰鸣声。菊治也感到一阵悚然。

“这样的夜晚，一个人看海可不成。”

菊治手臂用力，将雪子紧紧抱入怀中。雪子也羞怯地搂着菊治的脖子。

似有一股深切的悲痛之情席卷全身，菊治断断续续地说道：

“我啊，并不是不行。不是这样啊。可是，我那羞耻的记忆中的污点和不道德行为,它们还没有宽恕我啊。”

雪子仿佛失去意识，沉甸甸地依在菊治怀中。

旅途的别离

—

新婚旅行归来后，菊治在烧掉文子去年寄来的长信之前，又重读了一遍。

写于开往别府的小金丸号客轮，十月十九日……

你是否在寻找我呢？请原谅我的不辞而别，便只当我早已下落不明吧。

我已决心不再与你见面，所以，我想这封信我是不会寄出去的。即便寄出去，也不知是何年何月了。我正在前往父亲老家竹田町[1]的途中。不过，若这封信最终到达你的手中，那时，我也早已不在竹田町了。

早在二十年前，父亲便辞别了故乡。我对竹田一无所知。

四面环绕岩山里，竹田秋日流水声。
鬼斧神工似城寨，往来山中一洞门。
芒草茂密无穷尽，洞外尽皆白茫茫。

我只是凭借与谢野宽[2]和晶子的《久住山之歌》以及父亲的只言片语，在心中描绘它而已。

---

1 | 竹田町：位于日本大分县西南部，1954年与周边地区合并为竹田市，2005年又并入久住町等地区。

2 | 与谢野宽（1873—1935）：日本著名抒情诗人，庆应大学教授。与谢野晶子是其夫人。

我将要回到那我从未去过的父亲的故乡去了。

据说，久住町有个人是父亲幼年的旧相识，那人写过一首和歌：

故乡山情温柔处，潺潺流水缭绕声。
碧空万里田野色，幼时沁入我胸中。
孑然一身空懊丧，山亦无云遮心怀。
抗拒之心悄然逝，只为那人祈安宁。

也吸引着我返回父亲的故乡。

久住山麓心荡漾，好似大师近身旁。
此身长识贫乏苦，有心求问秀峰间。
犹抱云雾拂面去，久住凝羞隐身形。

与谢野宽的这首和歌，也吸引着我前往久住山（也写作九重山）。

虽然前面记下了带着“抗拒之心”的和歌，但我心中并未抱着抗拒你的想法。若说我心中有着某种抗拒，那也是对我自己，或是对我自身的命运。即便如此，悲伤之情也比抗拒之心更甚。

何况在那之后，已经过去三个月。我满心为您“祈安宁”。我不该给你写这封信的。这大约是写给自己的信，却安上了你的名字。待这封信写完，我或许会把它扔进海里。又或许，这是一封写不完的信。

侍者将大厅的窗帘逐一拉上。大厅里除了我，只有两对年轻的外国夫妇坐在另一头。

因是独自旅行，我买了一等舱的船票。我不喜欢同一大堆人待在一起。一等舱是两人一间舱室，同舱的是别府观海寺[1]一家温泉旅馆的老板娘。据说女儿嫁到了大阪，她这是伺候完月子回家。

她说：“在大阪没法好好睡，我想在路上睡个好觉，才选择坐船的。”

我从餐厅回到舱室不久，她便钻到床上入睡了。

我们乘坐的小金丸号驶出神户港时，一艘叫作苏伊士之星的伊朗轮船正驶入港口。船的形状很是奇特。同舱的老板娘同我说，“那大约是客货两用的轮船。”我心想，而今已经连伊朗的船都能开到这儿来了吗？

船只逐渐驶离港口，神户的市街和后面的小山逐渐笼罩在苍茫暮色中。已经是昼短夜长的秋天了。入夜后，船上便开始广播海上保安官的安全提醒。船内严禁赌博，

---

1 | 观海寺：位于日本大分县别府市的温泉胜地。

受害者亦受严惩……

“今天船上有赌博的可能性非常之大。”

赌博老手们大概都在三等舱里吧。

温泉旅馆的老板娘已然熟睡，我又来到大厅。两对外国夫妇中，有一名日本女人。她看上去已经结婚了。她的外国丈夫不是美国人，像是欧洲人。

我忽然闪过一个念头，若同外国人结婚，远渡重洋离开日本不也挺好吗？

——胡思乱想些什么呢！我对自己感到惊讶。即便是乘船的缘故，想到结婚这种事还是出乎我的意料。

那个日本女人似乎出身不错，她在努力模仿西方人的表情和举止。虽然气质也不差，但我还是觉得有些矫揉造作。她大约时刻不忘与西方人结婚之事，心觉骄傲，才会有此举动吧。

然而，在这三个月里，我不知道有什么东西让我动过心。在茶室前的石制洗手盆，将志野陶茶杯摔碎——想起这事，我便羞愧难当，无地自容。

当时我说：“还有更好的志野陶呀。”那时，我的确是这么想的。

我把志野陶水指作为母亲的遗物送给你，见你欣然接受，一时疏忽，便想着把那筒状茶杯一并送你。后来，我想到还有更好的志野陶，就坐立不安了。

你当时说："照你这么说，送人只能送最好的东西啦。"我确信这句话里的"送人"，只限菊治少爷你。因为我一心期盼着母亲能在你心中更美好。

除了让母亲变得更美好的想法之外，死去的母亲和被抛下的我，那时都已经无可救药了。我在内心紧绷、又像是中了邪似的状态下，将那并非精品的筒状茶杯作为母亲的遗物送给你，真是追悔莫及。

时隔三个月，而今我的心境也发生了变化。不知是美梦破碎了，还是从噩梦中清醒了呢？但摔碎那件志野陶时，我想，母亲和我同你彻底诀别了。虽然摔碎志野陶令人羞愧，但又何尝不是一件好事呢。

"茶杯边染上了家母的口红印……"当时我说那些话，而今想来，仿佛是疯狂的执念。

随着时间流逝，心境转变，我的脑中浮现了一桩令人毛骨悚然的旧事。父亲尚在人世时，栗本师傅有一次来访，父亲便拿出一件黑乐茶杯，印象中那是长次郎的作品。

"哎呀，全是霉……这是没怎么收拾，茶席结束后就直接放着了吧？"师傅蹙眉说道。茶杯的一面是斑斑点点的霉，宛如溪荪花腐败后的色彩。

"用热水洗过了，也去不掉。"

师傅把湿漉漉的茶杯放在膝上，目不转睛地盯着，冷不防地用手指使劲挠了挠头发，然后用那只油乎乎的手在茶杯上来回擦拭，霉渍便消失了。

“啊，太好了。您看。”师傅得意扬扬，可父亲却没有伸手。

“你这手法真脏！简直讨厌，让人恶心。”

“我会好好洗干净的。”

“洗多少遍也没用，我可没兴致再拿它喝茶。你若喜欢，就送你好了。”

年幼的我坐在父亲身旁，犹记得他的不悦。

后来，听说师傅把那只茶杯卖了。

杯边染上女人的口红之事，我觉得与此类似，都是令人恶心的。

请忘了母亲和我的事情吧，愿你与稻村雪子小姐共结良缘……

二

写于别府观海寺温泉，十月二十日……

从别府乘火车经由大分前往竹田会更快一些，但我想“近些”观赏九重群山，便选了这样一条路线：越过别府后面的由布岳山麓，从由布院乘火车抵达丰后中村，由此进入饭田高原，朝南翻越群山，然后经由久住町抵达竹田。

竹田虽是父亲的故乡，但于我而言仍是未知之地。而今双亲皆已亡故，也不知人们会如何接待我。

父亲曾说，小镇给人的感觉仿佛是心灵的故乡。也许正如与谢野夫妇的短歌所述，它是个四周岩石环绕、出入皆需钻过石头洞门的村镇。

倘若母亲在世，她大约会一五一十地讲给我听。但据说母亲只在我出生前，随父亲去过竹田一次。

当原谅令尊和母亲时，我感觉仿佛背弃了父亲。可是，我为何被父亲的故乡，被这个于我而言只是异乡的村镇所吸引呢？难道我对这个既是故乡又是异乡的村镇竟怀着眷恋吗？还是在父亲的故乡小镇里，有着母亲与我的赎罪之泉[1]呢？

《久住山之歌》里也有这么一句：

归来座前未叩首，一心仰望故乡山。

仔细想来，在我原谅令尊和母亲之事时，便为母亲和自己的过错埋下了伏笔。那些罪孽是否如同诅咒一般束缚着你、折磨着你呢？不过，任何罪孽和诅咒，都总

1 | 赎罪之泉：出自《旧约·以赛亚书》中的典故，罪人能在泉水中洗去自身的罪孽。

有穷尽之时，在我摔碎志野陶茶杯之日，我想，一切都结束了。

我平生只爱过两个人，便是母亲和你。我说我爱过你，想必会吓你一跳吧？连我自己都感到吃惊。但我想，若将此事埋在心里，是否便无法为“那人”“祈安宁”了呢？你对我做的事，我并不怪你，也不恨你。我只觉得自己的爱遭到了最强烈的报应，受到了最严苛的惩罚。我的两份爱都走向了毁灭，一份奔赴死亡，一份沾满罪孽。难道这就是我这个女人的命运吗？母亲以死清算一切，而我却背负着这些仓皇逃走。

“啊！真想死掉算了！”母亲像口头禅似的这么说。在想去见你却被我阻止时，她威胁我说：“你要把我害死吗？”

自从在圆觉寺的茶会上遇见你，母亲便已抱着赴死的决心。摔碎志野陶茶杯的那天，我才明白了她的心情。明明同你相见是母亲赴死的根源，但她还是一心想见你，将她那朝不保夕的性命拴在一起。我阻止她见你，反倒将她逼上绝路。从摔碎志野陶的那天起，我也有了赴死的心，便能越发地理解母亲。我想，倘若母亲未死，死的便是我了。正是母亲的死，没让我死去。

那时，我把志野陶茶杯摔在石制洗手盆边上，精神一阵恍惚，差点儿瘫倒在石头上，是你扶住了我。

当时，我呼唤着“母亲”，你是否听见了呢？也许我并未喊出声来。

你说我那个样子不能回去，又说送我回去，我却只是摇头，说了句“我不会再来见你了”，便逃也似的回了家。路上，我浑身冷汗淋漓，已然打算赴死。我并非怨恨你，只是感到自己已走上绝路，前方再无路可走。我的死同母亲的死联系在一起，似乎是理所当然的事。若说母亲是因不堪忍受自己的丑恶而死，那么，我也是同样的打算。可是，有时我又想：悔恨的火焰中，也盛开着莲花。我爱你，无论你对我做什么，理应不是丑恶的。我犹如夏日里扑火的飞蛾。母亲因觉得自己丑恶而赴死，而我却要将她想象得美好。也许我正是在这梦境中迷失了自己。

只是，我与母亲不同。母亲见过你一次之后，心中便无法平静，一心只想再见你。而我只一回，梦就破碎了。我的爱在起点便已告终。与其说是压抑着情感原地踏步，不如说是被推落、被抛弃了。

我心想，唉，不行啊！母亲死了，我也完了。但愿你能同雪子小姐共结良缘。这于我而言，也是一种救赎。

倘若你还在寻找我，追逐我，我也只能选择赴死了。这话也许有些自私，但正如我试图美化母亲而迷失自我一样，我希望能将我们从你身边彻底抹去。

栗本师傅曾说，母亲和我妨碍了你的婚事。等我清醒之后，便深刻地明白了这话的意思。师傅还说，自从和母亲见面之后，你的性格全然变了样。

摔碎志野陶茶杯的那一夜，我一直哭到次日清晨。之后。我去朋友家，请她陪我一同去旅行。

“你怎么啦？眼睛都哭肿了……令堂去世时，你都没哭得这么厉害不是吗？”朋友吓了一跳，陪我一起去了箱根。

不过，比起那时或是母亲去世，更为悲伤的，是发生在我幼时的事。那时，栗本师傅来家中责骂母亲，让她和令尊撇清关系。我在背地里听见了，便哭了。母亲抱着我来到师傅跟前。我不情愿，母亲就说：

“妈妈正被人欺负不是吗？你躲在后面哭泣，妈妈怎么受得了呀！让妈妈抱抱你。”

我坐在母亲膝上，只顾将脸埋在她怀里，没怎么看师傅。

“哼，连小孩子都搬出来啦？”师傅嘲笑道，“看你挺伶俐的，应该清楚三谷伯伯是干什么的吧？”

“不知道，不知道！”我摇了摇头。

“怎么可能不知道呢？伯伯他呀，家里有个夫人呢！你妈妈坏吧？伯伯家中还有位少爷，比你大哦，连他也恨你妈妈呢。要是让学校里的老师同学知道了你妈妈的事，那该有多羞耻啊！”

“孩子是无辜的。”母亲说道。

“无辜的孩子，就按无辜的样子去教她怎么样……无辜的孩子，倒亏她能哭得这么到位呢。”

那时，我不过十一二岁的光景。

“你没为孩子做过什么好事，真是可怜……你打算让她在阴影下长大吗？”

我小小的胸膛几乎要撕裂了。那份悲伤相较母亲的死亡，相较与你的离别，还要更为痛苦。

正午时分抵达别府，我乘坐巴士前往地狱温泉[1]游览。又因与观海寺一家温泉旅馆的老板娘有着同住一间舱室的缘分，我今晚便住在观海寺温泉旅馆。

今日清晨，航行在伊予滩[2]，风平浪静。阳光从船舱的窗户照进来，我脱下外套只穿一件衬衫，仍是汗流浃背。驶入别府港后，从左手边的高崎山一路往右，群山仿佛环抱着整个城镇，宛如一道巨大的圆形波涛。我记得装饰用的日本画中，出现过这样的波涛。观海寺温泉坐落在僻静的山麓边上，在浴场便能一眼望见城镇和

---

1 | 地狱温泉：位于别府市铁轮、龟川地区的温泉统称，那里从一千多年前开始就有热气、热泥、热水等喷出，在古代传说中被当作不能靠近、被厌恶的土地。

2 | 伊予滩：日本濑户内海西部的海域。

大海。世间竟有如此宽敞明亮的温泉浴场，我感到惊奇。地狱温泉环游一圈，车票一百元，参观券也要一百元。地狱温泉共十五六处，多是私有的，还有一个叫作“地狱工会”的组织。乘坐巴士环游一圈，要花两个半小时。

在地狱温泉中，血池地狱和海地狱两处温泉的色泽简直无以名状，说不清是妖艳还是神秘。血池地狱好似池底喷涌而出的鲜血，融入透明的泉水之中，血色鲜活，池面热气蒸腾。海地狱想必是因温泉色泽如海而得名的吧。我还从未见过如此澄澈明净、宁静通透的浅蓝水色。在远离城镇的山间旅馆，夜深人静之时，回忆起血池地狱和海地狱那奇异的色泽，宛如梦幻世界的泉水。倘若说母亲和我迷失在爱的地狱里，不知那里是否也有如此美丽的泉水呢。地狱温泉的色泽让我神情恍惚，请恕我就此搁笔。

三

写于饭田高原筋汤温泉，十月二十一日……

在高原深处幽静的温泉旅馆里，我在毛衣外又裹了件旅馆的长棉袍。即便如此，夜间仍是寒气逼人，我将身子靠在火钵边上。旅馆如同遭了火灾后随意修缮的，门窗的拉合也不顺滑。筋汤温泉位于海拔千米之上，明天我将翻越一千五百米高的山岭，投宿在一千三百米处的温泉旅馆。我在东京时便已做好了御寒的准备，不料此处竟与今早刚离开的别府有如此大的温差。

明日抵达九重山，后天便要到竹田了。我想，无论是在明天的旅馆还是在竹田町，我都会继续给你写信。可是，我最想同你说的是什么呢？自然不是旅行日记。九重的群山和父亲的故乡，又会让我同你说些什么呢？

也许我想同你说的是，永别了。然而，我也很清楚，无言的诀别，于我而言才是最好的。我似乎并未同你说过太多话，却又感觉仿佛已说过许多了。

“希望您能原谅家母。”每次同你见面，我都会为母亲的事道歉。

我为了求得原谅而首次拜访府上时，你说，“我早就知道令堂有你这么一位千金，也曾设想同这位小姐聊聊家父之事。”

“若有机会再同你谈谈家父的事，还能聊聊令堂的美好品性就好了。”

终究未能出现这样的机会，而今这机会也已永远失去了。倘若我与你见面时谈起了令尊和母亲的事，我想，此刻自己准会因悔恨和侮辱而战栗不已。我们不能谈及父母之事。而这样孩子们如何能相爱呢？写到这里，我不禁泪流满面。

十一二岁时，听到栗本师傅的责骂后，“三谷伯伯”

有个儿子一事，便深深地镌刻在我的心上。但我从未与“三谷伯伯”提及他儿子的事，因为我觉得说了不好。那个男孩是否已经奔赴战场了呢？我一个小小的女学生也无法打听。

空袭越发猛烈之后，令尊仍常来我家。我担心，万一有个三长两短，那孩子不就和我一样，是没有父亲的人了吗？于是便常常送令尊回家。仔细想想，那孩子也许已经长大，甚至可以被征兵入伍了。不知为何，我却总觉得他仍是个少年。也许是师傅初次谈及那孩子时，我的痛苦便深深地浸透身心的缘故吧。

母亲是个没用的人，我要出去四处采购。在你推我搡、争先恐后涌上火车的人群中，我发现了一位美人，便紧挨在她身旁。我们聊着从何处来到何处去，要买些什么东西之类的事，后来甚至谈及身世。

“我是别人的小妾。”

也许是因为听了美人坦率的言语，我便接着她的话说道：

“我也是小妾的孩子。”

听我这个女学生这么说，美人大吃一惊，说道：

“是吗？不过，能长这么大挺好的。”

她似乎误会了“小妾的孩子”之意。我只是面红耳赤，并未作出解释。

她觉得我招人怜爱，时常约我一同去采购。我们甚至去过她的故乡新潟县，从乡下买回了大米。我永远也忘不了她。

长这么大有什么好呢？我终究无法同你聊起令尊和母亲的事情。

温泉瀑布，汩汩入耳。几道温泉水自高处倾泻而下，人们任泉水冲打自己的身躯，称之为“打浴”。据说有舒筋活络之用，因此人们才简单地称之为“筋汤”吧。旅馆里没有私家浴池，只能去泡公共浴场。这里地处涌盖山和黑岩山之间的山谷深处。入夜之后，山中寒气氤氲，与别府血池地狱和海地狱的梦幻色泽不同。我今日观赏了美丽的山中红叶。在别府后面的城岛高原远眺，由布岳十分壮美。从丰后中村站出发攀登饭田高原，走在山道上，九醉溪的红叶尽收眼底。攀越十三道弯，回首望去，逆着阳光，山阴和山褶的色泽越发深沉，红叶也越发美丽。夕阳从山肩洒落，令红叶的世界显得庄严肃穆。

我想，高原和群山明天都会有个好天气。我在远方的山谷旅馆里，遥祝你整夜安睡。出门旅行的三天，我都是整夜无梦。

从摔碎志野陶茶杯的那夜起，直到住在朋友家里，三个月来，我夜夜难寐。我在朋友家中着实叨扰太久了。

在上野公园后面那间租赁房里，还留有一些行李，也是这位朋友替我取回来的。

朋友还告诉我，那之后的第二天，你似乎来公园后面的房子找过我。可是，为何我要逃走躲避呢？即便是对朋友，我也无法言说。

“我爱上了不该爱的人。”除此之外，我还能说些什么呢？

“可是，你不也被爱着吗？被不该爱的人爱着，这类事情大都是假的，女人净爱编造这类谎言。不过你嘛，我姑且就当作是真的……”也许朋友的意思是，这世上并不存在绝对不该爱的人。也许她说的是对的吧。倘若我像母亲那样打算赴死的话……

然而，试图美化母亲之死的我，而今随之落到了什么地步呢？我想你是最清楚的。即便我不是随着母亲，而是自己走到了这一步，但这两者的界限，我仍旧难以辨别。自己所做的事情，自己能说是自作自受吗？还是说，若是旁观他人所做的事情，就能说他人是自作自受了？是不是只有神灵或命运，在宽恕人之罪过时，才能说是人们自作自受呢？

虽然我觉得写下来不好，不过，我依靠的那位朋友曾与男人有过一段孽缘。也许正因如此，我才能向她求助。也正因如此，她才能立刻察觉我的情况。可是，她不可能明白我那仿佛被卷入旋涡的悔意。

大约我在某些地方也有着与母亲相似的从容散漫，我逐渐恢复了一些精神，朋友便同意了我这次独自出门旅行。

女人独自在旅馆投宿，相较和母亲两人一起或是母亲去世后独自生活，要更为潇洒一些。可是一到夜里，不安和孤寂之情难免涌上心头，促使我写下这封无意寄出的信。自那之后，我已沉默了三个月，现在又能说出些什么呢？

四

写于法华院温泉，十月二十二日……

今天我翻越了一千五百四十米高的山岭——诹峨守越，投宿在一千三百零三米处的法华院温泉旅馆。据说这是九州最高的山中温泉。前往竹田町的这段旅程，今天终于翻越这座山岭了，明天将下山前往久住町，最终抵达竹田。

不知是因为在高原的日照下徒步，还是因为这里硫黄的气息浓重，今晚我感觉有些累。不光这里的温泉有硫黄味，大约诹峨守越边上的硫黄山冒出的烟雾也随风飘来了。据说，银质的钟表在这儿一天就会变黑。

旅馆的人说：“昨天早晨五度，今天早晨四度……

今晚会比昨晚冷。”虽然不知他们是早上几点看的温度计，但黎明前也许会降到零度。

还好，我入住的房间在别屋的二楼尽头。玻璃窗是双层的，能够防寒。旅馆的长棉袍很厚，火钵里的火也很旺。比昨夜在筋汤温泉要舒服多了。不过，依然能感觉到夜间山中的寒气凛冽袭来。

法华院温泉旅馆在山中孤零零的，连邮政信件和报纸也无法抵达。据说此处距离村庄十几公里，最近的人家也在六公里开外。上小学要走十二公里的路。因此旅馆里的小孩一到学龄，就得寄宿在山下的村里。

旅馆里有两个小孩，哥哥六岁，妹妹四岁。大约看我是个独身女人的缘故，孩子的祖母便来找我聊天。两个小孩也跟了过来，争相坐在祖母膝上。先是妹妹骑在祖母膝上，抱着祖母。哥哥想推开她，妹妹便向哥哥拼命反击。两人互相追逐，扭作一团。哥哥美丽的双眼带着顽强，而妹妹也瞪着一双倔强的大眼睛，露出坚毅的神情。两人都蓄势待发。也许是山中阳光强烈，才造就出如此坚毅的眼神吧。

我说：“您家的孩子没有邻居家的小孩之类的做伴吧？”

“不走个十几公里，可没有什么邻居家的小孩哟。”

哥哥在妹妹出生时说：“明明是我和妈妈睡，却让妹妹抢了位置。”

妹妹出生前他还说：“等生下了宝宝，我要睡在小宝宝边上。”可是，听说小男孩现在是和祖母一起睡的。隆冬时节，旅馆也许会歇业，住在山下的村庄里。在山中孤零零的家里长大的孩子们，那种坚毅目光，深深印在我的脑海。孩子们的脸蛋圆乎乎的，很是漂亮。

我蓦地想起，自己是个独生女。

我自出生起，始终是独生女，早已习惯，平日也并未察觉。也许并非不曾察觉，只是未曾深入细想罢了。希望有个哥哥或姐姐，这种女学生常有的感伤似乎早已消失。甚至母亲辞世时，我也未想过若自己有个哥哥就好了，而是立即给你打了电话。让你成为掩盖母亲真实死法的同谋。事后想想，这样做，仿佛母亲的死你有责任似的……我想，若是自己有个兄长，事情便不会如此了。若有个兄长，也许母亲也不会死，我也不会陷入这种罪恶的悲伤里。而今如此一想，似乎自己才真正清醒了，我有些愕然。我这个独生女本不该依赖你，却过分依赖你了。

独生女的我，独自投宿在山中孤零零的旅馆，一种心绪忽然涌上心头：我想要呼唤那未曾有过的哥哥。即便不是哥哥，哪怕是姐姐或弟弟、妹妹也好。想要呼唤自己那从未出现在这世间的同胞手足，你会觉得这种心情可笑吗？

说到独生女，我同样未曾细想过，你也是独生子。令尊来我家时，绝口不提府上的家事。因此也并未提及你是独生子。有一次他对我说：

“也没有兄弟姐妹，很是寂寞吧？若有个弟弟妹妹就好了。”

我听了顿时脸色发白，浑身哆嗦不已。

“可不是嘛……太田弥留之际，也为只留下了这么个独生女而怜惜不已。”

老实的母亲随声附和着，察觉到我的模样，似乎倒吸了一口凉气。

我感到又恨又怕。那时，我已有十四五岁的光景，对母亲的事早已心知肚明。我以为令尊的意思是，让母亲生一个与我同母异父的孩子。如今想来，恐怕是我的胡乱猜想。令尊大约是想起自己的独生子的事情。也许他是觉得母亲和我两人相依为命，过得实在寂寞。不过，那时我的心情着实可怕。我暗下决心，若母亲生了孩子，我非把那婴儿弄死不可。那种想要杀人的想法是空前绝后的唯一一次，但那次，我也许真的会去杀人。不知那是憎恶、嫉妒，还是愤怒。也许是少女的执拗，让我战栗吧。母亲似乎有所察觉，她接着说道：

“我让别人看过手相，说我命中只有一个孩子。”

她又补充了一句："一个就能顶十个的好孩子。"

"这倒是，不过……独生子容易不爱搭理人，常常独来独往，容易陷入自我情绪中，变得不善交际，不是吗？"

也许令尊是看到我紧绷着脸，一言不发才这么说的吧。那之后，我便有意避开令尊，不去看他，也不同他说话。我随母亲，并非阴郁的孩子。但即便是我活泼闹腾的时候，令尊一来，我也会立即沉默。孩子如此抗议，母亲大约也很难过吧。令尊说的也许并不是我，而是你的事。

若是那个我想杀掉的孩子被生了下来，会是什么样的情景呢？那孩子既是我的弟弟妹妹，也是你的弟弟妹妹……

啊，太可怕了！

我横穿高原，翻越山岭，这种病态的念头理应洗涤干净才对。我本应在"美妙的天气"中跋涉。

"……真是美妙的天气。"

"……啊！真是美妙的天气。"

今早，我离开筋汤温泉不久，沿路便听见村民们如此寒暄。这一带的人似乎将"好天气"唤作"美妙的天气"。语尾说得清楚且庄重。我的心情也随之明朗，默默与他们寒暄。

天气着实美妙。道路两旁的芒和茅绵延一片，朝阳洒落，草穗朦胧通透，闪着银白色的光芒。山毛榉的红叶也斑斓夺目。左侧的山麓之下，杉林之间，树荫浓重。田埂上铺着草席，身着红色和服的幼童坐在上面，孩子身后的白口袋中装着吃食，玩具也摆在草席上。母亲正在割稻子。这一带天寒得早，插秧也早，据说是一边生着篝火一边插秧。不过，今早很是暖和，甚至能瞧见幼童在草席上懒洋洋地晒太阳，我也只是换上了胶底帆布鞋，无需作防寒的准备。

从筋汤温泉出发，有几条翻越山岭路线，大约还有近路。不过，我决定绕向饭田邮局和学校，沿着高原中央徒步，悠然眺望九重群山。这条线路不用登山，只是从诹峨守越走向法华院。于我而言，也算轻松，可省些脚力。

所谓九重，是从东数，黑岳、大船山、久住山、三俣山、黑岩山、星生山、猎师岳、涌盖山、一目山、泉水山等绵延的群山总称。群山北侧，便是饭田高原。

说是高原在群山北侧，涌盖等山却环绕西南，崩平等山则位于高原之北。群山环抱高原。或者说这是四面群山托着浮出地表的高原，呈现出圆台形状。高原漂浮在大地之上，仿佛浮现着一个美丽的梦之国度。山中红叶缤纷，层林尽染。高原的芒草则穗浪滔滔，茫茫一片白。而我却觉得，高原上飘荡着的似是一片柔和的紫色。高原海拔约莫一千米，据说东西南北皆是八公里宽。

我一路走来，横穿高原的南北，来到这处广袤的原野，目光笔直地投向前方的三俣山和星生山之间，便能遥望硫黄山的浓烟。群山之巅，阳光普照，只有右面涌盖山的山巅上空浮着几朵薄云。从离开东京时起，我便一心盼望着这高原上“美妙的天气”，我感到幸福无比。

此前，我只知信浓高原，可正如许多人所说，饭田高原着实充满了浪漫气息，让人流连眷念。让人感觉那么柔软，那么明朗，又那么遥远。同时又让人觉得自己正被它静静拥入怀中。高原南面，群山绵延，气质柔和，风姿高雅。记得轮船驶入别府港时，群山环抱城镇，宛如起伏的圆形波涛，曾深深吸引着我。而在饭田高原上看到的九重群山，它们是那么的高大，却让我意外地感受到一种亲切的和谐感。也许是群山的分布中呈现着均衡之势的缘故吧。久住山海拔超过一千七百八十七米，是九州第一高山。大船山海拔一千七百八十七米，是第二高山。这两座高山都隐在后方。三俣山和星生山的海拔也在一千七百四十米和一千七百六十米之间。海拔超过一千七百米的山约莫有十来座。不过，也许是我身在海拔千米的高原之上的缘故，且群山之间并肩而立，高矮相差无几，瞧着群山便觉柔和可亲了。又也许是地处南国，离海不远的缘故，高原的色泽也分外明朗。

行至高原中部的长者原，我在松树的树荫底下歇息许久。长者原上点缀着疏疏落落的松林，草原上的松树吸引着我。我又走了一阵，在松树荫下吃起了盒饭。午饭时间有些晚了，依稀记得已是两点的光景。环顾四周橙黄色的广阔草原，从我的位置看去，向阳面和背阳面，幻化着微妙的色泽。群山颜色各异，红叶色泽浓厚的高山，瞧着好似彩色玻璃花窗。这样，我仿佛置身于大自然的天堂。

“啊！来到这儿真好啊！”我不禁出声感叹。我泪流满面，芒草穗浪滔滔，闪烁着的银光越发朦胧。这并非催人伤怀的眼泪，而是洗刷悲伤的泪水。

我思念你。为了向你告别，我来到这处高原，前往父亲的故乡。我思念你时，若是纠缠着悔恨和罪孽，那我便无法向你告别，也无法重新开始。请原谅，我来到这遥远的高原，却依然在思念你。我思念你，是为了与你告别。我漫步在草原上，眺望着群山，心中不停地思念你。

我在松树荫下安静地思念着你，深深地思念着你。倘若此处是没有屋顶的天堂，我会不会就此升到天上呢？我只想这样静静地待到永远，在迷离恍惚中为你祈求幸福。

“请与雪子小姐结婚吧。”

我嘴上这样说着，心中在与你诀别。

我无法彻底将你忘记，但无论今后我再以多么丑陋污浊的心情回忆你，我也会想到，当我在这高原思念你时，便已经同你诀别。从今以后，母亲和我彻底从你身边销声匿迹了。请恕我最后再说一声道歉的话：

“请原谅家母吧。”

从饭田高原越过诹峨守越，有一条经由三俣山麓的路，不过我选择了运输硫黄的那条路。逐渐靠近硫黄山，山姿形容也越发骇人。远望硫黄烟雾，宛若火山喷发。广阔的山腰喷发出硫黄，山脊也寸草不生。山体焦煳，岩石和泥土一片焦黑，宛若荒漠。山体呈灰色、褐色，毫无光泽，宛若废墟。左侧的小山上，人们正在开采天然硫黄——在喷气口上装上圆筒，收集筒边像冰凌似的垂下来的硫黄。我穿过开采场的烟雾，绕过遍地裸露的岩石，终于抵达山巅。

从山巅朝着北千里浜[1]下山，回望山巅，硫黄的烟雾之中，夕阳即将隐入山间，宛若泛白的月妖[2]。道路前方，大船山上华美的红叶，宛如夕阳织就的锦缎。走

1 丨 北千里浜：位于三俣山南面、硫黄山东面的一处荒石滩。

2 丨 月妖：疑指桂男，为江户时代奇谈集《绘本百物语》里描述的妖怪，形象为一团人形的白色云气。

下陡峭的斜坡，便是法华院温泉。

今晚的信写得很长。我希望把自己与你分别后，在这高原上度过的纯净无邪的一天告诉你。请勿牵挂我，好好休息吧。

五

写于竹田町，十月二十三日……

我终于抵达了父亲的故乡小镇。

今天傍晚，我穿过岩石山的洞门，进入竹田町。走下法华院温泉，来到久住高原，在久住町乘坐巴士，约莫花费五十分钟，终于抵达竹田。

我住在伯父家中，这是父亲出生的家。我第一次见到父亲诞生的家庭，感到不可思议。此前，我觉得竹田既是故乡，又是异乡。然而，当我见到酷似父亲的伯父时，阔别十年的父亲的面影仿佛历历在目，如今无家的我仿佛又有了家。

当我说自己是从别府绕过九重群山而来时，伯父他们吃了一惊。大约觉得我独自一人翻山越岭，夜宿温泉旅馆，是个坚毅的姑娘吧。我虽然很想观赏这一路的山景，但也曾犹豫是否要来父亲的故乡。父亲过世后，母亲便逐渐疏远了他们，后来又落到了与婆家这边的亲戚难以见面的境地。

伯父说：“你若从船上发封电报来，我们会去别府接你的……这里离别府很近的。”我之前已经寄了一封信说要来，只是信件没有电报来得快。

“我弟弟去世时，你多大了？”

“十岁。”

“十岁吗？”伯父一边重复着，一边看着我，“你长得和你母亲一模一样。我没怎么见过她，但一看到你就想起她来了。不过，你还是有些地方像我弟弟，就说耳朵的形状，到底是太田家的人。”

“我见到伯父您，就想起了父亲。”

“是吗？”

“我要上班了，到时便无法出来旅行，所以我想上班前过来拜访一次……”

我不愿让他们以为孑然一身的我，是来谈身世的。对伯父，我一无所求。母亲辞世时，伯父并未前来吊唁。一来，远在九州也赶不及葬礼；二来，当时的仪式也不过是悄悄地草草操办……

我只是为了向与母亲密切相关的你告别，才想来父亲的故乡看看。我想从母亲那疯狂的爱之旋涡里逃脱，回到对父亲健全的忆念里。然而，在暮色苍茫之中，走进岩山环绕的村镇，我心中不禁一阵凄凉寂寞，仿佛战败而逃的人流亡至与世隔绝的荒村。

今早，我在法华院睡了一会儿懒觉。

“您早啊！”旅馆的人同我寒暄，“一大早孩子们就在楼下闹腾，怕是没睡好吧？”我却什么也不知道。

送早饭时，那个目光坚毅的女孩子也跟着上了楼，贴着坐在祖母身旁。据说今天早上，她从主屋和别屋之间的廊桥上摔了下去。桥与水面相距十五尺，她幸运地掉在三块岩石中间，捡回一条命。人们把她救上来后，她还哭喊说：

“木屐漂走啦！木屐漂走啦！”

人们逗她说：“那就再摔一次看看。”

她就说：“没有衣衣啦，不摔啦！”

小河岸边的岩石上，晾着女孩子的衣裳。那是一件粗布藏青底碎白花的和服和一件缀着蝴蝶和牡丹的红棉坎肩。朝阳照耀着红坎肩，我感到了生命温暖的恩赐。她恰好落在三块岩石中央，多么幸运啊！三块岩石的中央，狭窄得只容得下一个幼童的身躯。倘若稍微偏一点儿撞在岩石上，即便侥幸不死，可能也会落下残疾。孩子似乎不知其中危险，也不知害怕，身上哪儿也没摔痛，一副若无其事的模样。我觉得，碰巧摔落无事的是这个孩子，又仿佛不是这个孩子。

我没有办法让母亲起死回生。然而，我觉得似乎有什么东西让我活了下来，为你祈求幸福的心情变得越发强烈。我想，在人类的污秽和罪孽的岩石之间，总会有一个能让人类获救的空间，如同这孩子坠落之后得到幸免一般。

我怀着欣羡的心情，希望自己也能如这个孩子一般幸运，于是摸了摸她头发浓密的娃娃头，然后离开了法华院。

大船山的红叶美不胜收，所以我在坊鹤走了走。这是被三俣山、大船山和平治岳等山岭环绕的盆地。我观赏到的三俣山，正是昨天的另一面。我行至筑紫山协会的马醉木小屋附近。在一片片马醉木中，生长着可爱的玉柏石松，有点儿像桧叶金发藓，只有两三寸高。我还发现了越橘和岩镜[1]。大船山漫山红叶中夹杂着黑色，据说都是杜鹃花。有的杜鹃花低低地伸展开来，一株就有六叠宽。坊鹤还有许多雾岛杜鹃。这儿的芒草纤细低矮，草穗也只有一寸长。

听说今天早晨，山顶的温度降到了零度。坊鹤却日光和煦，红叶的色泽也为盆地添了几分暖意。

我折回旅馆附近，翻越白口岳和立中山之间的锋立岭，行至佐渡洼。这是处形似佐渡岛的盆地，路边的蓟草已然枯萎。从佐渡洼沿着锅破坂继续下行，一到朽网

---

1 | 岩镜：岩扇属多年生常绿草本植物，日本特有物种。

别，视野便开阔了，久住高原的景色展现在眼前。沿着锅破坂下行，走在石径上穿越杂树林，耳中所闻，唯有自己脚踩落叶的声音。

沿途并无其他人，我独自行进在大自然之中的足音清晰入耳。来到朽网别，左侧的清水山正是红叶灼灼的时节。从此远望，阿苏火山的五岳本应映入眼帘，而今却深锁云雾之中。祖母山、倾山等倒是群山绵延，隐约可见。久住高原是一处方圆二十公里的广阔草原，一直绵延至阿苏火山的北麓，与波野原遥遥相接。回首北望九重（或是久住）的群山，峰巅也净为云雾遮蔽。我在几乎没过头顶的茅草中穿行，途经放牧场，终于抵达久住町。

久住山南面的登山口，有一座名字奇异的古寺，叫作猪鹿狼寺。猪鹿狼寺也好，法华院也好，都是拥有数百年历史的灵地。九重的群山也是灵地，我仿佛是一路经由灵地而来，真是太好了。

伯父家的人都已入睡。我不能像在旅馆那样，独自不眠，一直将信写下去。

晚安，请休息吧。

六

写于竹田町，十月二十四日……

竹田火车站，每逢丰肥线的火车进出站时，总会响起《荒城之月》的歌声。镇上的人说，泷廉太郎[1]心中挂念着小镇的岗城遗址，便谱了一曲《荒城之月》。泷的父亲自明治二十年[2]起便在此处担任郡长，泷廉太郎也曾在竹田町念过高小。他在少年时代，想必游览过岗城遗址吧。

泷廉太郎逝于明治三十六年，年仅二十五岁，虚岁，我后年便是这个岁数了。

"我想在二十五岁死去。"我想起自己在女校念书时，曾同朋友说过这句话。这话像是我说的，又像是朋友说的。

《荒城之月》的词作者土井晚翠[3]也在今年辞世了。听说在我来之前不久，人们在冈城遗址举办了晚翠的追悼会。作曲的泷廉太郎和作词的晚翠，似乎曾在伦敦见过一面。那是很久之前，连我父亲都还很年幼时的事了。年轻的诗人和音乐家在异乡邂逅，是不是成就《荒城之月》的因缘呢？我不得而知。不过，他们两人留下了一首优美的歌曲。如今恐怕无人不唱《荒城之月》。那么，

---

1 | 泷廉太郎（1879—1903）：日本音乐家、作曲家。明治时代的西洋音乐黎明期的代表音乐家之一，《荒城之月》是其代表作。

2 | 明治二十年：即公元 1887 年。

3 | 土井晚翠（1871—1952）：日本诗人。

曾与你见过一面的我，又能留下什么呢？

“若生出个像泷廉太郎一般的天才之子……”

脑海中忽然冒出这样的想法，我自己也吓了一跳。我想象着这种如梦之事，还能写下来告诉你，也许是我在父亲的故乡心绪平静的缘故吧。不过，你有没有想过，女人心中总是会为了那些不知是惧是喜的意外而战栗呢？你可曾心中浮现着不安，犹如我一般？因那份意外的战栗，我深知自己是个女人。我甚至梦见，自己就这样瞒着你，独自将他抚养成人。我已凭着虚幻，做好了心理准备：即便如此，也不过是我作为母亲的女儿，自己编织的因果报应罢了。你会感到吃惊吗？身为女人的我，仅为此事，便消瘦了。不过，那份不安并未持续太久。

我不过是在竹田站听见《荒城之月》的歌声，便想起了那时的战栗罢了。

四面环绕岩山里，竹田秋日流水声。

今天我打算在镇上转转，走过秋日流水淙淙的桥上时，歌声传来，吸引着我走向车站。不知车站何处的留声机，正放着唱片。昨日没乘火车，我是从久住町乘巴士来的，所以没听见这歌声。

河流在车站前方流淌。我从车站走回桥上，歌声依然飘荡，我便驻足凭栏，凝眸远眺河景。河流上游，左岸边上，河滩的巨石上立着柱子，支撑着上方伸向河面的一排窝棚似的房子。有女人正在巨石边上洗衣服。车站后方挨着岩山崖壁。岩壁之间，细水倾泻而下，宛若小瀑布。山上红叶缤纷，缀着翠色，星星点点。

我一边思念你，一边漫步在父亲的小镇上。父亲的故乡对我已不再是陌生的小镇。昨天傍晚，初来乍到，我还对它一无所知。今早一看，才知小镇是真的很小。无论朝哪边走，尽头都是岩壁，我仿佛也被放置在“四面环绕岩山里”。

昨晚，伯父用的旅馆的火柴盒上，印着“山青水秀，竹田美人”的字样。

“真像京都啊。”我笑着说。

“这是真的哦，名副其实的竹田美人。像是琴道、茶道，各色游艺，往昔很是盛行。水也干净清澈，镇上家家户户屋檐之下的流水槽，我们这儿叫作‘井出’，你父亲幼时，清晨便从这‘井出’接水漱口、清洗茶杯呢。”

小镇人口仅有一万，寺院倒有十余座，神社也有近十间。也许真称得上是个小京都呢。

“竹田美人也没有啦。”伯父说，“即便算上故人和去了东京的人。”不过，我在镇上漫步，只觉得所见的女子皆清爽标致。走到小镇尽头的洞门边上，岩石山上也是漫山红叶，走出洞门，耸立在对面的岩石上，是一片青苔。在那片翠绿之前，我还看见一位美丽的小姐，身着白色的毛衣，迎面走来。

小镇中央有一条商店街，是特意铺设过的柏油路，两旁是萧索的铃兰灯[1]。不过，拐进边上的巷子，便是寂静的旧街，在不远的尽头，仍是岩山崖壁。石崖、白仓房、黑板墙，还有摇摇欲坠的老墙，都让人深感这是座古老的小镇。不过，据说在明治十年的西南战争[2]中，整座小镇都被战火焚烧，只有山脚下留下了几间从前的老房子。我回到伯父家，聊起镇上之事，伯母便说：

“文子不是已经把小镇转了个遍吧？”

田能村竹田[3]的故居、田伏宅邸遗址的天主教秘密礼拜堂、中川神社的圣地亚哥之钟、广濑神社、冈城遗址、鱼住瀑布和碧云寺等名胜古迹，用不了半天便能游览一番。

在竹田町，至今仍有许多人把田能村竹田称作“竹

---

1 | 铃兰灯：铃兰花造型的装饰路灯。

2 | 西南战争：发生于日本明治十年（1877年）2月至9月间，是明治维新期间平定鹿儿岛士族反政府叛乱的一次著名战役。因为鹿儿岛地处日本西南，故称“西南战争”。这场战争的结束，标志着明治维新以来的倒幕派的正式终结。

3 | 田能村竹田（1777—1835）：日本江户时代的文人画画家。

田先生”。我昨日从久住来此的路，从前诸侯出行的仪仗队也走过，竹田先生和广濑淡窗[1]等众多丰后[2]文人也经此往返。赖山阳[3]拜访竹田先生时，也是走的这条路。竹田先生的故居，还保留着当年他与山阳品尝煎茶的茶室。茶室与主屋之间的庭院里，阳光洒落，芭蕉的叶片有的泛黄，有的枯萎。梧桐叶也已泛黄。主屋前还有一块菜地的遗迹，据说，当年竹田先生请山阳吃过那儿种出的蔬菜。竹田纪念馆的画圣堂，虽是新建筑，但里面也设有茶席，用的是抹茶，还挂着竹田先生的南画。

天主教秘密礼拜堂临近竹田庄。那是一处在竹林深处的岩壁上凿出来的洞窟，很是宽敞。在圣地亚哥之钟上，刻有“1612 SANTIAGO HOSPITAL”[4]的字样。

昔日的竹田城主是位天主教徒。

竹田庄的庭院里，设有织部灯笼[5]，沿着小路略微上行，右拐便是竹田庄的石崖，左边则是宅邸。据说，古田织部的子孙住在里面。从这宅邸前走过，心口难免

---

1 | 广濑淡窗（1782—1856）：日本江户时代的儒学家、教育家、汉诗诗人。

2 | 丰后：竹田所在的九州大分县。

3 | 赖山阳（1781—1832）：日本江户时代历史学家、思想家、汉诗诗人。

4 | 1612 SANTIAGO HOSPITAL：圣地亚哥医院，1612 年。

5 | 织部灯笼：一种立在地上的石灯笼样式，因茶师古田织部特别喜欢将它们安置在茶室庭院而得此名。

怦怦直跳。传说，从前古田织部的儿子来到竹田，便在此定居。这是往日武家[1]宅邸聚居的街道，记得叫作上殿街。

我无法忘怀。在圆觉寺的茶会上，初次与你相见，稻村雪子小姐点茶时问：

“茶杯用哪只呢？”

“茶杯啊，用那只织部茶杯吧。”

栗本师傅说，那是令尊爱用的茶杯，还是令尊送给她的呢。可是，在令尊之前，那只茶杯是我已故父亲的物品，是母亲转让给令尊的。雪子小姐用那只黑织部茶杯点了茶，你也喝了。为此，我便无法再抬头，这究竟是怎么回事呢？母亲甚至说：

“我也想用这只茶杯喝一次……”

难道母亲饮下的，是她的命运之毒吗？

没想到来到父亲的故乡小镇，自己竟还清晰地忆起了那次茶会的事。若那只黑织部茶杯仍在师傅手里，那就请你取回它，并让它下落不明。也请你当作我也下落不明了。

我走遍了父亲的故乡小镇，也该离开竹田町了。之

---

1 | 武家：日本历史上对掌握军事权力的家族或族系的通称。

所以絮絮叨叨地写下小镇的事，是觉得自己不会再来的缘故。因为，我想在父亲的故乡向你告别。我并不打算寄出这封信，如若寄出了，这也是最后一封。

冈城遗址里，除了石崖，什么也没有留下。不过，险要的高地之上，景色极妙。秋高气爽之时，远望群山。祖母山、倾山，还有对面的九重群山和大船山之巅，都只飘着几朵淡淡的云。我一路走过的高原和山岭便在那个方向。在高原的松树林荫下，在芒草的穗浪滔滔中，我不停地思念你——我以为那时自己便已向你告别了。此时此刻，再同你告别，却仍旧依依不舍，即便我理应从你身边消失！可是，这对女人并非易事。请原谅我，晚安。

我虽在信中写下希望你与雪子小姐结婚，但还是请你自由决定。我也好，母亲也好，都决不会妨碍你的自由，阻挠你的幸福。请你不要再来找我。

旅行六天，净写了些无聊的事，女人多爱絮叨啊。我曾希望你能理解来此逐渐与你告别的我。可是，语言是空虚的，女人似乎唯有在身边才行。而我虽希望你理解，可对如今的我来说正相反。我要在父亲的故乡小镇重新开始。永别了！

七

近一年半之前，菊治读过这札信。而今与雪子新婚旅行归来，重读这札信，他对文子信上的话语的理解已然大不相同。

然而，他却说不清是哪儿不同，是因为语言是空虚的吗？

菊治来到新居的庭院里，点火焚烧文子的这札信。庭院中并无像样的摆设，不过是用简陋的板墙围着狭小的空地罢了。

信受了潮，不太好烧。

菊治将信纸一页一页散开，不停地划着火柴。墨迹逐渐变色，信纸化为灰烬，文字依然留在信上。

“语言也都燃烧了吧。”

菊治把信一张一张投入火堆。

文子的信，文子的语言，即便烧掉又能怎么样呢？菊治转过身子，避开烟尘。冬日的阳光斜斜地落在板墙的一角。

“新婚旅行如何？”

檐廊忽然响起了栗本近子的声音，让菊治不禁打了个寒战。

“怎么一声不吭的？干吗不搭理人嘛。听说新婚家庭容易被小偷盯上哦。女佣也还没来吗？也许享受一段时间二人世界也不错。雪子服侍得还好吧？”

“你是从哪打听来的？”

“你是说这宅子吗？蛇有蛇道嘛。”

“你还真是一条蛇！”菊治狠狠地说。

父亲辞世后，近子仍旧不打招呼便随意出入旧宅，而今竟然又出现在这处新居。菊治对她的嫌恶又增添了一层。

“不过，这天寒地冻的，还让雪子去洗洗刷刷就太难为她了。让我来服侍你们好吗？”

菊治头也不回。

“你在烧什么呢？是文子的信吗？”

没烧完的信还在菊治膝上，他是蹲着的，近子理应看不见的。

“烧掉文子的信，想必也会暖和些。这是件好事。”

“丑话说在前头，我已经落魄到住进这种房子，你也不要再频繁出入这里了。”

“我并没有妨碍你们呀。最初为你和雪子牵线搭桥的人就是我，听说你们结婚，我很是欢喜呢。这下我也放心了。再说，我不过是想来服侍你们……”

菊治把剩下的信揣进怀中，站了起来。

近子站在檐廊的一头，一见菊治的神情，不禁后退一步，说道：

"哎？脸色怎的如此可怕？雪子的行李似乎还没收拾，我便想着来帮帮忙……"

"真是承蒙关照。"

"这可不是关照。我想要服侍你们的一片心意，难道你还不理解吗？"

近子瘫坐在原地，耸起左肩，有些胆怯似的微微喘着气，说道：

"夫人回娘家了吧？为何要留下她一人，自己赶回家呢？她很是担心呀。"

"你先去了雪子家？"

"我去道贺呀。若有不合适，那我道歉。"

近子说着，窥视着菊治的神色。菊治强压着怒气，说道：

"对了，那只黑织部茶杯还在吧？"

"令尊送我的那只吗？还在的。"

"既然还在，希望你能转让给我。"

"好吧……"近子露出了迷惘的眼神，半晌，怨恨仿佛也干涸了，"好吧。令尊的东西我本想一辈子不撒手的。不过，既然是菊治少爷所愿，那我今天或明天就拿来……你是想拾起茶道吗？"

"希望你现在就拿来。"

"我明白了。烧掉文子的信之后，用黑织部茶杯喝一杯吧。”

近子耷拉着脑袋，双手仿佛在拨开什么东西似的，走了出去。

菊治回到庭院中，手上颤抖不已，艰难地划着火柴。

新家庭

一

雪子是个娇憨活泼的女子。不过，菊治偶尔也能看见她对着钢琴发呆。

在新家中，钢琴显得有些庞大。

这是菊治新建立关系的钢琴制造商的产品。菊治的父亲早先是一家乐器公司的股东。乐器公司自然也曾一度被改为兵器工厂。战后，乐器公司的一位工程师希望生产自己设计的钢琴，因着菊治父亲的关系，便经常找到菊治商量。菊治把卖掉旧宅的资金拿去投资了。

这间小制造商制作的样品，自然也送了一架到菊治的新居。雪子的钢琴则留给了娘家的妹妹。娘家并非不能给妹妹再买一架，所以，菊治曾几次对雪子说：

“若觉得这架钢琴不好，就把之前那架要过来好了。不用顾虑我的呀。”

菊治以为雪子在钢琴面前发呆，是因为她不喜欢这架钢琴。

“这架就很好呀。”雪子似乎有些意外，“我虽然不是很懂，但调音师不也夸过这架钢琴吗？”

其实菊治也明白，并非钢琴的缘故。雪子对钢琴既不热爱也不擅长，还没到挑剔钢琴的程度。

“我见你坐在钢琴前发呆……”菊治说，“像是不太喜欢这架钢琴似的。”

“同钢琴没关系，是另一件事。”雪子坦诚地回答，正想继续说些什么，却又忽然改了主意，说道，“你看见我在发呆了吗？什么时候？”

玄关边上照例是西式的房间，钢琴就摆在里面，从起居室或是二楼菊治的房间都看不见。

“原来在家里时，大家吵吵闹闹的，我都找不到机会发呆。能够自由发呆，很是难得呢。”

菊治想起了雪子娘家那热热闹闹的景象：父母兄弟齐聚一堂，宾客纷至沓来。

“可是，从前遇到雪子时，你留给我的印象不如说是沉默寡言的。”

“是吗？我可是很爱说话的。我同母亲、妹妹待在一起，就没有沉默的时候。三人之中总有一个在说话。不过，三个人里，我也许是最不善言辞的。在客人面前，若发现母亲话太多，我就会沉默。母亲那番应酬之语，你听了也会厌烦的。倘若我一直待在母亲身边，说不定也会变成一个沉默寡言、待人冷淡的姑娘。妹妹倒是常与母亲一唱一和的……”

“你母亲原本是希望把你嫁给更好的人家吧？”

“是啊。”雪子诚实地点点头，说道，“到了这儿之后，我说的话好像还不及在娘家的十分之一呢。”

“因为白天只有你一个人在家嘛。”

“即便你在家里的时候，我也没有像着火似的说个没完，不是吗？”

“也是。不过，一出门散步，你话就多了。”

菊治说着，想起了两人夜里去街上散步时，雪子依偎在身旁，主动挽着自己的手，仿佛忘却了最近的严寒，愉快地说个不停。难道离开家后，有种解放感吗？

“现在，我不会独自出门了。原来在家时，我每次出门回家，都会把自己在外面的见闻一一说给母亲。然后，同样的事再与父亲说一遍。”

“父亲一定也很高兴吧。”

雪子凝眸看着菊治，点头说道：

“我同父亲说的时候，有时母亲也会再听一遍，还会偷偷地笑呢。”

雪子离开父母温暖的爱意，来到菊治身边，坐在简陋的起居室里。直到如今，她于菊治而言，似乎依然是不可理解的。

菊治是在两人共同生活之后，才发现雪子的睫毛之间有颗浅浅的小痣。

在菊治的眼里，雪子那排美丽的牙齿，仿佛在熠熠生辉。这也是两人住在一起后，菊治才发现的。接吻的时候，菊治也会为她牙齿的清纯所打动。

抱着逐渐习惯接吻的雪子，菊治忽然泪如泉涌。两人还停留在接吻的层面，对于菊治来说，雪子无比珍贵，令人怜惜。

两人停留在接吻的程度，雪子似乎并未像菊治一般感到懊恼与焦虑。对于结婚，雪子理应不至于无知，但对她来说，仅仅是接吻和拥抱似乎已经足够新奇。她回应着菊治的爱抚，仿佛已经获得满足的爱意。

菊治感到有些痛苦，有时也会反复思索，这样的新婚生活是不是不太自然，也不健康呢？

雪子从蔬菜店买回白萝卜和京菜[1]，菊治看着这些白的绿的蔬菜，感到新鲜水灵。这难道不就是幸福吗？在旧宅里和年老的女佣一起生活时，他从未留心过厨房里的蔬菜之类的。

“你一个人住那么大的宅子，会觉得寂寞吗？”

搬来新家不久，雪子这样问过菊治。即便是如此简

1 | 京菜：又称水菜，为十字花科芸薹属的栽培植物。

短的询问，菊治也从中感受到了雪子的心意，她在体贴和关心过去的自己。

清晨，菊治睁开眼睛，若雪子不在身边，他便顿觉孤寂。早上要准备早饭，雪子自然会早起。菊治醒来，若能见到雪子的睡颜，便会感到自己洋溢着温暖的气息，为此他甚至努力每天醒得比雪子早。若雪子不在身旁的睡铺里，菊治便会被一抹不安所侵袭。

一天傍晚，菊治一回到家便喊道：

“雪子，雪子，你用的是一款叫作马查贝利王子[1]的香水吗？”

“是呀，怎么啦？”

“因为钢琴的事，我见了位女客人，她是这么说的。真有人鼻子那么灵呀。”

“怎么会熏上香味呢？”雪子嗅了嗅接过来的上衣，似乎想起了什么，说道，“我把香水瓶忘在放西服的衣柜里啦。”

二

二月底，连着下了三天雨。暮色降临前，雨刚停歇。

---

1 | 马查贝利王子：香水品牌，最初由格鲁吉亚贵族乔治·瓦西里·马查贝利王子于 1926 年调制。

天空垂着柔和的乌云，隐约一抹淡淡的粉色晕染开来。在这样一个星期天，栗本近子捧着黑织部茶杯来了。

“喏，我把这值得纪念的茶杯带来了。”

近子说着，从双层盒子里取出茶杯，双手捧着观赏。然后，放在菊治膝前。

“之后正好是用它的时节。纹样是早春嫩蕨……”

菊治拿起茶杯，看也不看，只是说道：

“我几乎都要忘了，你倒带来了。我让你当天就拿来，你没拿来，还以为你不会拿来了呢。”

“这是适合早春时节的茶杯，冬天拿来也没用嘛。再说，真要将它割舍，心里难免留恋，虽然说不舍有些太那个了……”

雪子沏了粗茶，端了过来。

“哎呀，夫人，这可不敢当！”近子做作地说道，“夫人，您家也没请女佣，就这么过了一个冬天吗？您可真能吃苦呀。”

“因为暂时只想过两人的生活。”

雪子的回答很是干脆，菊治不由吓了一跳。

“真是佩服。”近子点了点头说道，“夫人，这只织部茶杯，您还记得吗？印象一定很深吧？作为新婚贺礼送给你们，没有比这更合适的了……”

雪子向菊治投来了探寻的目光。

“请夫人也坐火钵边来吧。”近子说道。

“好。”

雪子紧挨着菊治坐下，两人的手肘都碰上了。不知为何，菊治有些想笑，却又强忍住，对近子说道：

“不好意思让你白送，请你把它卖给我。”

“这可不行！我再穷困潦倒，怎能把令尊送的东西再卖给菊治少爷呀？您想想看……”近子郑重地说道，“夫人，我已经很久未能欣赏您点茶了。像夫人这般，手法利落、气质高雅的点茶小姐，世间可找不出第二个。在圆觉寺的茶会上，您用这只茶杯，第一次为菊治少爷点茶的情景，真是历历在目呀。”

雪子默然不语。

“若您能用这只茶杯为菊治少爷再点一次茶，那我把它送来也有了意义。”

“可是，我家已经什么茶具也没有了呀。”雪子低着头答道。

“哎，别这么说嘛……只要有茶筅就能点茶呀。”

“嗯。”

“请您好好爱惜这只织部茶杯。”

“嗯。”

近子盯着菊治的面孔，说道：

“太太说什么茶具也没有，但还是有只水指吧？那只志野陶！”

“那是插花用的。”菊治慌忙说道。

那只水指——作为太田夫人的遗物，菊治终究没有卖掉，保留下来，带到新家，收进壁橱，几乎要忘掉了。冷不防让近子点了出来，菊治心中大惊。

可以想象，近子对太田夫人的憎恨持续至今。

雪子也一起到了玄关送近子。

近子出了玄关，抬头望着天空，说道：

“街灯仿佛照亮了整个东京的天空……天儿越发暖和了，真好。”她说着，耸起一边肩膀，晃晃悠悠地走了。

雪子依然坐在玄关，说道：

“她一口一个‘夫人’，有些做作，我不喜欢。”

“实在讨厌。她大约不会再来了。”

菊治也在玄关站了一会儿。

“不过，她那句‘街灯仿佛照亮了整个东京的天空’倒说得不错。”

雪子走下玄关，敞开大门，望了望天，回身正要关门，只见菊治也望着天空，便犹豫了一下。

“关上门吧？”

“嗯。”

“真是暖和起来了。”

回到起居室，织部茶杯依旧摆在原处。雪子等着菊治把它收好，菊治却说想去街上走走。

两人走上住宅区的高处。路上并无行人，雪子主动牵过菊治的手。雪子似乎想用手来表示体恤。然而，冬天的冷水伤手，她的手变得粗糙，掌心也不再柔软。

“那只茶杯，不是送的，是向她买的吧？”雪子忽然问道。

“嗯，要卖掉的。”

“是吧，她是来卖茶杯的吧？”

“不是，是我要把它卖给茶具店，然后再把卖来的钱给栗本。”

“哎，要卖掉吗？”

“那只茶杯在圆觉寺的茶会上拿出来时，雪子不也听说了它的来历吗？方才栗本也说了，是我父亲送给她的。在那之前，它是太田家收藏的。这茶杯还有这么一段因缘……”

“可是，我并不介意这些。既然是只好茶杯，你留着也没关系的。”

“确实是只好茶杯。不过，正因是只好茶杯，为它着想，更该将它交给茶具店。让它下落不明，我们寻不见踪迹才好。”

菊治无意中说出“让它下落不明”这句文子信上的话。从近子那里取回茶杯，也是按着文子信中的嘱托。

“那只茶杯有着自己出色的生命，让它离开我们，独自生存吧。所谓‘我们’，自然不包括雪子你……茶杯本身坚毅优美，并未纠缠着病态的执念。然而，我们伴随着茶杯的记忆却污秽不堪，我们看向它的目光带着邪念。所谓‘我们’，顶多不过五六个人。从古至今，不知有过几百人认真地爱惜着那只茶杯。它从制成至今，恐怕已经有四百年的时光。从茶杯的寿命来看，太田先生、我父亲和栗本拥有它的时间，不过是弹指一挥间。仿若薄云飘过时投下的短暂阴影。只要能将它交到健康的人手上就好。即便我们死去，那只织部茶杯仍能在某人那里展现自己的美丽，我觉得这就足够了。”

“是吗？既然你能想到这些，把它留下来不是更好吗？我不会介意的。”

“不是舍不得呀。我对茶杯一向不看重。我希望那只茶杯洗去我们的污垢。让栗本持有它，我觉得很不舒服。比如，她会在圆觉寺那种情况下，拿出茶杯来。茶杯不该牵扯进人类丑恶的因缘中。”

“听着似乎茶杯比人更了不起。”

“也许正是如此呢。我虽然不懂茶杯，但几百年来，懂得它的人们将它传承至今。到我手里，总不该砸碎它，就让它下落不明吧。”

“作为承载着我们记忆的茶杯留下来也可以呀，我不介意的。”雪子声音清澈，“即便现在我不懂，但有朝一日，若能懂得，再好好欣赏它，不也是件愉快的事吗！……从前的事，我不介意的。若是卖掉它，日后回想起来，不会寂寞吗？”

“不会的。那只茶杯的命运就是离开我们，下落不明。”

茶杯的事，却用上了命运之类的说法，菊治不禁忆起文子，心如刀绞。

两人走了一个半小时才回家。

正要将火钵里的火移到被炉里时，雪子忽然用双手包住菊治的手，似乎是想让菊治感受一下自己左右手的不同温度。

“要吃栗本师傅送来的点心吗？”

“我不想吃。”

“是吗？随点心还送了浓茶呢，说是从京都带来的……”雪子无拘无束地说。

菊治起身，将包着织部茶杯的包袱收进壁橱，又看见壁橱深处的志野陶水指，心想着回头同茶杯一起卖掉。

雪子用面霜擦了脸，取下发夹，准备睡觉。她抖开长发，边梳边说：

“我要不也剪个短发呢？你觉得如何？可是露出后脖颈，又觉得有些害羞。”

她说着，撩起后面的头发给菊治看。

也许是口红不太好擦，雪子凑近镜子，轻启双唇，用卸妆棉仔细擦了擦，又端详了一番。

他们在黑暗之中，互相温暖对方。菊治心中思忖，难道要永远如此亵渎这份神圣的憧憬吗？他沉沦在自己心中的深渊。然而，最纯洁的事物是任何东西都无法玷污的，因此，它可以宽恕一切。那种事难道就不可能吗？菊治浮想联翩，试图找到救赎之法。

雪子入睡了，菊治抽出手臂，可是，离开雪子的体温是多么可怕和孤寂啊。果然还是不该结婚，这种追悔莫及的感情，正在旁边冰冷的睡铺里等着他。

三

黄昏的天空隐约一抹淡淡的粉色晕染开来，已经连续两天了。

菊治在回家的电车上，看见一幢新落成的高楼，窗口的灯光都是明晃晃的一片白。以为是什么呢，大约是荧光灯吧。所有房间灯火通明，似在庆贺新楼建成的喜悦。大楼上方，斜挂着一轮近乎圆满的明月。

菊治快到家时，空中那抹淡粉色仿佛被落日所吸引，又仿佛沉淀了下来，逐渐化作晚霞。

临近家门的拐角处，菊治有些不安似的，伸手摸了摸外衣的内兜，确认了那张支票还在里面。

雪子走出邻居家，小跑着进了自家房门。菊治看见了她的背影，雪子并没有发现菊治。

“雪子，雪子。”

雪子从门里出来迎接。

“你回来啦！刚刚你看见我啦？”她说着，双颊泛红，“邻居让我去接妹妹的电话……”

“嗯？”

菊治没有想到。是从几时开始，请邻居代为接电话的呢？

“今天傍晚的天色同昨天差不多，比昨天还晴朗些，也更暖和了。”

雪子仰头望着天空说道。

菊治更衣时，掏出支票，放在了茶柜上。

雪子低着头，一边收拾菊治脱下的衣服，一边说：

“妹妹来电话说，昨天是星期天，她和父亲本想来一趟……”

“来我们家？”

“是啊。”

“直接来就好嘛……”菊治若无其事地说。

“你说什么直接来就好……”雪子近乎反驳似的说，“前些日子我已经写信，让他们暂时不要来了。”

菊治有些诧异，险些反问为什么，却蓦然一惊，意识到因为两人并无夫妻之实，雪子害怕自己的父亲前来。

然而，雪子旋即仰起脸望着菊治，说道：

“父亲想来呢。希望你能邀请他来一次。”

雪子双眸闪闪发亮，菊治回答道：

“即便不邀请，他们过来不也挺好吗？”

“因为是女儿嫁过去的地方……不过，似乎也不是这样。”雪子语气明快。

菊治是不是比雪子更害怕她父亲前来造访呢？雪子提及之前，菊治并未注意此事。结婚之后，他还从未邀请过雪子的双亲和兄弟姐妹来家中做客。可以说，雪子娘家的骨肉亲人，菊治基本忘干净了。菊治陷在与雪子不同寻常的结合里。也许正因没有结合，他才顾不上考虑雪子之外的事情吧。

关于太田夫人和文子的回忆，宛若虚幻的蝶影总是不愿从脑海中离去，也许这就是让菊治变得软弱无力的原因。菊治仿佛见到有蝴蝶飞舞在自己脑海幽深的谷底之中。那并非太田夫人的亡灵，似乎更像是菊治悔恨的化身。

然而，雪子写信希望父亲暂时不要来这件事，足够让菊治体悟到雪子那悄然的悲伤与困惑。栗本近子似乎也有些疑心。雪子没有女佣这么过冬，大约也是担心女佣察觉他们夫妻之间的秘密吧。

即便如此，在菊治眼中，雪子也经常是光彩照人、开朗活泼的模样。他不认为这只是雪子为了体恤自己而努力装的样子。

“信是什么时候寄出去的？那封让父亲暂时别来的信……”菊治问道。

“嗯，是正月[1]初七之后吧。过年的时候，我们不是一起回去了嘛。”

“那是初三。”

“那之后过了四五天寄的。正月初二那天，父亲母亲都忙于接待客人，所以是妹妹一个人过来拜年的嘛。”

“是了，她来邀请我们第二天去横滨。”菊治一边回忆一边说道，“不过，写信让他们别过来，还是不太妥当呀。请他们下个星期天过来如何？”

“嗯，父亲会高兴的，他准会带着妹妹过来。父亲也许觉得一个人过来不太好意思吧……我也觉得有个妹妹很好，命运真是奇妙。”

有妹妹在，雪子也会轻松一些吧。毫无疑问，雪子心中也有个念头：尽量不让父亲看出自己与菊治这种算

1 | 正月：日本在明治维新后，以公历一月为“正月”，农历正月则为“旧正月”。

不上结婚的婚姻。

雪子似乎已经备好了热水，菊治走进小浴室，便听见她查看水温的动静。

“要在饭前泡澡吗？”

“好，饭前泡澡吧。”

菊治洗澡的时候，雪子隔着玻璃门扬声问道：

“茶柜上的支票是哪儿来的呀？”

“啊，那个，是卖掉织部茶杯的钱。要给栗本的。”

“那只茶杯这么值钱吗？”

“没有，那里面还算上了我们家水指的钱。”

“我们家的有多少？”

“嗯，大概一半吧。”

“一半也有不少钱啦。”

“是啊，拿来干吗呢？”

织部茶杯的事雪子是知道的，昨晚散步时也说了此事。不过，志野陶水指的因缘，雪子却毫不知情。

雪子站在浴室的玻璃门外，说道：

“别把钱花掉，拿去买股票怎么样？”

“股票？”

菊治颇感意外。

“是这样的……”雪子打开玻璃门，走了进来。

“父亲给了我和妹妹一笔钱，大约是那支票上一半的一半，让我们拿去投资。我们把钱存在家里经常往来的股票商那里，买下有把握的股票。若跌了就不卖，等涨上去就卖掉，然后再换成别的股票。那笔钱慢慢也赚了一些。”

“嗯。”

菊治似乎窥见了雪子娘家的家风。

“我和妹妹每天都看报纸的股票版面。”

“你现在手头还持有那些股票吗？”

“有呀。交给股票商在操作，我自己倒也没见过……反正跌了就不卖，总不会吃亏的。”雪子单纯地说道。

“那么，这笔钱也交给雪子的股票商去操作吧。”

菊治笑着看向雪子。雪子罩着白色的围裙，穿着红色的毛线袜。

“雪子也一起来暖暖身子怎么样？”

雪子眼中透着柔美的羞意，很是动人。

“我还要准备晚餐呢。”

她说着，轻快地走了出去。

四

这周星期六，已经进入了三月。

父亲和妹妹明天就要来了。晚饭后，雪子独自上街去买东西，抱着水果和鲜花回来了。她打扫厨房直到深夜，然后坐在梳妆台前，拨弄着自己的长发。

“今天呀，我特别想把头发剪短。之前你也说过想剪就剪，可是，我又觉得让父亲吓一跳也不好……所以只略微做了下发型，可我并不喜欢，总觉得有些怪异。”她自言自语道。

雪子钻进被窝，也依然平静不下来。父亲和妹妹过来做客竟让她如此高兴吗？菊治难免有些嫉妒，又不禁觉得这也许是雪子心中寂寞的缘故。他温柔地将雪子拥入怀中。

“手好凉啊。”

菊治把她的手放在自己胸口，一只胳膊搂住雪子的脖颈，另一只手从她的袖口探入，抚摸着她的肩膀。

“请说些什么吧。”

雪子挪开嘴唇，脸微微扭开了。

“有点儿痒。”菊治说着，拂开雪子的头发，拢在她耳后，“‘请说些什么吧’，你在伊豆山也说过这话，还记得吗？”

“不记得啦。”

菊治却忘不了。那时，他在黑暗的深渊里拼命挣扎，一边闭上颤抖的眼帘，一边回忆文子，回忆太田夫人，想通过这些胡思乱想获得力量，去面对雪子的纯洁。明天，雪子的父亲就要来了，能不能以今夜为界限呢？菊治又试图回忆太田夫人那女人温热的波澜，却越发地感受到了雪子的纯洁。

“雪子也说些什么吧。”

“我没什么可说的呀。”

“明天你见到父亲，打算说些什么呢……”

“跟父亲呀，到时候再说啦。父亲只是想来看看我们家，只要看到我们生活幸福，就足够啦。”

菊治一动不动，雪子把脸贴着他的胸口，他依然一动不动。

第二天上午十点多，雪子的父亲和妹妹来了。雪子高高兴兴地张罗着，和妹妹两人有说有笑。午饭提前了，正要开席时，栗本近子来了。

“家里来客人了吗？我见见菊治少爷就好。”

玄关传来近子同雪子的说话声，菊治起身走了过去。

“你把那只织部茶杯卖掉了吗？你是为了卖掉它，才从我这里要回去的吗？既然如此，又为什么要把卖掉的钱给我呢？”近子连珠炮似的问道，“本想立即过来问个明白的，可又想到菊治少爷只有周日才在家里，实在焦虑不安。虽说也可以晚上来，不过……”

近子从手提袋里拿出菊治的信。

“这个还给你。那笔钱在里面，原封不动，请你数数……”

“不必，我希望你能收下这笔钱。”菊治说道。

“我为什么要收这笔钱？难道这是断绝关系的钱吗？”

“别开玩笑了。现在，我有什么理由要给你一笔断绝关系的钱呢？”

“说的也是。即便是断绝关系的钱，把织部茶杯卖掉，再把钱给我，也够莫名其妙的。”

“因为那是你的茶杯，卖掉的钱自然要给你。”

“我是送给你的呀。菊治少爷想要，我也觉得作为你们的新婚贺礼，是一件很好的纪念品。对我来说，它也是令尊的纪念遗物……”

“你就不能当作是我用那笔钱买下茶杯吗？”

“我办不到的。我再穷困潦倒，也不能把令尊送的东西再卖给菊治少爷呀！我之前不是已经拒绝过了吗？再说，茶杯不是卖给茶具店了吗？如果菊治少爷非要我收下这笔钱，那么我就去茶具店把茶杯赎回来。”

菊治心想，早知如此，信上何必老实写明那是卖给茶具店的钱呢。

“哎，请进来吧……是住在横滨的我父亲和妹妹来了，不碍事的。”

雪子温和地说道。

“是令尊吗？……啊，他们来啦？真巧，请让我也见见他们吧。”

近子耸起的肩膀忽然间放松了下来，自顾自地点了点头。[1]

1 | 在川端康成的设想中，婚后的菊治和雪子没能顺利走下去，最终离了婚。菊治最后找到了在矿山小卖部工作的文子，全文结束于两人再会的场面。关于最后的结局，川端康成曾说过“考虑过让他们在那边的山中殉情”。

花的圆舞曲

《花的圆舞曲》[1]一舞终了。

帷幕缓缓落下，还未及遮过她们的胸口，友田星枝的舞姿忽然松垮了下来。

这时，早川铃子正以单脚脚尖站立，另一只脚高高劈叉扬起，身体的重心落在了与星枝牵着的那只手上。也就是说，正当铃子与星枝合二为一，用身体描绘一幅舞蹈画面时，铃子的身体瞬间失去支撑，差点就要倒在台上。她一把抱住星枝的腰。

被她一撞，星枝也打了个踉跄。铃子的脸杵在星枝的腰间，她想改变这古怪的姿势，用一只手抓着星枝的肩膀。

“蠢货！”

---

1 | 《花的圆舞曲》：俄罗斯著名作曲家柴可夫斯基（1840—1893）所创作芭蕾舞曲《胡桃夹子》中的著名圆舞曲。

她给了星枝一记耳光。

打完后，她自己也吓了一跳，直直地盯着星枝的脸。

“我这辈子都不要再和星枝跳舞了。”

铃子说着，又卸下了力气，朝着星枝的肩膀倚去。

星枝蓦地扭过了肩膀。她既没有推开铃子的意思，也没有因被打而生气。然而，失去支撑的铃子却仍往前倾倒，双手撑在了地上。

星枝仿佛不知道这是因为自己。她头也不回，呆呆地杵在原地，强硬地说道：

“我这辈子再也不跳舞了。”

这时，帷幕全都降下了。

帷幕下摆落到舞台地板上，发出响声。观众席爆发出热烈的掌声，又如风一般远去，忽然沉寂下来。

舞台上的灯光也黯淡了。

灯光变暗是为返场做准备。当再次拉开帷幕回应观众席的喝彩时，舞台的色彩将更添明艳。舞女们预想到了要返场，来回跑动着，一副要将刚刚的舞蹈继续跳下去的模样。舞台侧面的候场区，手捧鲜花的少女们正在那儿等候。

鼓掌的声浪再次高涨起来。

“就没见过你这么任性的。”

铃子说着，粗暴地搂住星枝的肩膀，从众人身后走了出来。

星枝仿佛忘了动作，如人偶一般老实，任凭铃子的摆布。

“对不起啊，我刚才是打的这里吧？”

铃子笑道，以手轻抚星枝的脸颊。星枝别过脸去，自言自语般地喃喃道：

“这辈子再也不跳舞了。”

“你说，若是被观众瞧见了，会怎么样呢？肯定会被嘲笑的。报纸上会登出来，今晚演出的成功将化为泡影。刚刚没被看见，多亏了幕布的阴影。大概只露出了脚，他们会以为是我踉跄了一下，不过一定不知道发生了什么。鼓掌那么热烈，还要求返场呢。肯定还有返场的。”铃子说着晃了晃星枝的肩膀，“我们一起向师父好好赔罪吧，幸好师父没在现场看着。”

两人走进舞台侧面的候场区，挤作一团吵吵嚷嚷的舞女和少女们一时安静了下来。铃子略带羞涩地露出了微笑，而星枝则紧闭着嘴唇，双人组合仿佛蕴含着某种令人安静下来的力量。

这时，帷幕又被拉开了。

舞女们以眼神示意，手拉着手走到舞台上，将铃子和星枝拥到了前方。

众人让她俩居中，在舞台上排成一列，向观众热烈的掌声致谢。

少女们拿着花束走上来，献给铃子和星枝。

花童全是些不满十一二岁的女孩子，其中还有几个六七岁的幼童。她们都穿着振袖。她们的母亲、姐姐和在《花的圆舞曲》中没有出场、穿着其他舞蹈服的舞女们，刚才就一直在舞台侧面照顾着那些少女。她们时而抚摸少女们的头发，时而帮忙整理腰带，还教她们把花献给谁，叮嘱她们在舞台上别出岔子。

花束集中到了星枝和铃子的手上。

《花的圆舞曲》是为她们安排的舞蹈，舞蹈编排动作也是如此。其他舞女们同台共舞，是作为她们双人舞的背景，是双人舞的陪衬。所以，她们的服装也与其他舞女的不同。

因为这些小小花童，观众的掌声再次掀起了高潮。

铃子和星枝接过一束束鲜花，整个人淹没在其中。

有一个走路有些摇摇晃晃的最小的孩子，只有她的花还没递过来。她手中是一束天蓝色的小花，整束花看着比一朵大一点的向日葵还要小。女孩子站在星枝面前，或许是人和花都太小了，星枝似乎都没有瞧见她。

“星枝，那是你的！好可爱的花呀。”铃了在一旁提醒着星枝。

正疑惑地望着星枝的小女孩，听到说话声，便将花束递给了铃子。

“不对，弄错了，是给星枝的。”

铃子小声嘟囔着，但挤眉弄眼了半天，也没能让小女孩弄明白。这种情况下，星枝也不好从旁边夺去。铃子只好笑眯眯地接过这束小蓝花，抚摸着孩子的头说道：

“谢谢你。可以了，妈妈在那边叫你呢。”

穿着振袖的少女们完成献花的任务后退下了，舞台上的舞女们再一次向观众鞠躬致意。帷幕又徐徐落下。

“这是星枝你的花呢。”

铃子将那小小的花束插进了星枝怀中的花和她胸口之间的缝隙里。

“你为什么不接呢？连那么小的孩子，你都要让她在舞台上丢脸，真是太过分了。她都快哭出来了。”

“是吗？”

“你可要好好记住，不光只有你自己才是人啊。”

铃子话虽这么说，但脸上仍旧保持着微笑。

小小的天蓝色花束夹在蔷薇和康乃馨中间，更显鲜艳，仿佛它才是真正的花儿。

舞女们觉得很是稀奇，纷纷说着“真可爱”“真时髦”“太漂亮了”“像是童话里的王冠”“像是梦之国度的点心”之类的话语，盯着星枝胸前的花看个不停。

“香不香？”一个舞女拿起花束瞧了瞧。

“真想拿着它跳舞呀。这叫什么花来着？星枝，这是什么花呢？”

“我不知道。”

“我从没见过这种花。这么令人印象深刻的花束，会是什么人献上的呢？”

星枝漫不经心地接过递回来的花，说道：

“这花已经枯了。”

对方有些惊讶，望着星枝的脸。星枝又说了一遍：“它已经枯萎了。”

“怎么会枯呢？何必在这儿说这种话呢？拿回去插在花瓶里就会好的。若让献花的人听见了，该多不好呀。”

“可是，就是枯萎了嘛。”

在稍远一些的地方观望的铃子说道：

“要是觉得花枯萎了，不喜欢，就给我吧。之前弄错了，我把花接了过去，你不高兴是吗？”

星枝一言不发，把花束随意抛了过去。铃子虽然接到了花，但半空中有什么东西掉在了舞台地面上——那是一条镶嵌着宝石的项链。似是藏在花束里面的，系在了一两枝花上，它们跟着项链一起掉了下来。

星枝在抛出花束的同时，“唰”地从舞女之间钻了过去，蹲在刚才那个小女孩面前说道：

“啊，对不起哦。刚才是我不好，对不起。”

说罢，她带着满怀的花束，抱起那孩子，飞快地跑上通往休息室的台阶——动作快得连项链掉在地上也不知道。

“星枝！”

铃子眼神锐利地剜了她一眼，捡起了项链。天蓝色的花束上，系着一块小小的名牌。有一两个舞女也凑了过来。

“胜见——这个人叫胜见，铃子认识吗？”

“认识。”

“是男的吗？”

铃子没有回答。

星枝“蹬蹬蹬”地往上跑，胸口的花束掉在台阶上，她也未停下脚步。一只脚上的舞鞋鞋带散开，她便把那只鞋踢飞。鞋子远远地落到楼下走廊深处，她都没有回头看一眼。

这期间，观众催促着返场的鼓掌声经久不息。

乐师们重新出场来到乐池。掌声又热烈起来。

铃子气势汹汹地打开门。

“返场，星枝，要返场啦！”

她走进休息室，悄悄把项链放在星枝的梳妆台边上，探头过去看了看星枝的模样，故作开朗地说：“有什么好伤心的。要返场啦。乐师们已经出去了，在外面等着呢。虽然我不知道你在伤心什么，但这样是不行的呀。”

抱过来的女孩子不知道去了哪儿。星枝独自站在窗边，眺望着夜晚的街头。

“别让大家生气呀。”

铃子拉过她的手催促着，星枝顺从地走了五六步，又在穿衣镜前停下了脚步。

“哎呀，跛子。你的鞋呢？”铃子从镜中看见了星枝的脚。

星枝望着自己的脸，说道：

“我这个样子跳不了舞啦。”

“没人会去看你的脸的。”

“铃子，你不也说过，这辈子都不要再和我跳舞了吗？”

“要跳一辈子的。我俩要跳一辈子的。鞋子去哪儿了？”

“我不想跳了，提不起跳舞的心情。”

“别人的心情你就不管啦？那可绝对不行。好好想想吧，今晚的公演不就是师父为咱俩筹办的吗？你难道不明白，那么多人都在围着咱俩转吗？即便内心啜泣不已，脸上也得笑出来呀。你看观众都那么高兴。”

“我心情这么差，跳出的舞，他们会高兴吗？”

“你没听见鼓掌？”

“听见了。”

“好啦，赶紧把鞋穿上。鞋子在哪里？”

休息室是一个小小的洋式房间，沿着墙壁高出地面一截的地方设了榻榻米，梳妆台就并排摆在上面。屋里有一面大穿衣镜。舞蹈服没法全部挂上墙，房间正中的矮桌上也胡乱堆着一部分。桌上还散放着一些别人送来的花篮、点心盒和花束等杂物。

榻榻米下面并排摆放着脱下来的各种舞鞋，铃子蹲在一旁，手忙脚乱地寻找星枝的另一只舞鞋。这时，门开了。

她们的师父竹内走了进来。他一只手拿着星枝的舞鞋，走到星枝身旁，若无其事地将鞋放在了她的脚下。

“你的鞋掉了。”师父平静地说道。

“啊，师父。”铃子满脸通红地跑过去，在星枝面前跪下来，替她穿上了鞋子。

星枝任凭铃子摆弄着自己的脚，一动不动地盯着竹内。

“师父，我不想跳舞了。”说完，她扭过了脸。

“想跳也好，不想跳也罢，该跳舞就要跳呀。这就像是人的一辈子。”竹内说着笑了笑，坐在自己的梳妆台前化起了妆。

他的舞蹈服只穿了一半。近看他那张化了舞台妆的脸，五十上下的年龄，却更显衰老，寂寥感藏不住。

铃子和星枝走出休息室，刚往台阶上迈出一步，乐队中的木管已经开始演奏序章了。

观众的掌声戛然而止。

她们表演的曲目是柴可夫斯基所作《胡桃夹子》中的《花的圆舞曲》。

《糖梅仙子舞曲》《特科帕克舞曲》《阿拉伯舞曲》等《胡桃夹子》中的所有曲目，在三四年前，她们已经在竹内舞蹈研究所的公演会上表演过了。

那时，星枝跳的是《中国舞曲》，铃子跳的是《芦笛舞曲》。

《胡桃夹子》描写的是一位少女在圣诞夜做的一场梦，属于童话舞曲。

那时，铃子和星枝也都还是会做《胡桃夹子》梦的少女。

最后一曲《花的圆舞曲》，仿佛是少女们娇艳的青春之花在争奇斗艳。

这组舞曲，组成了她们愉快的回忆。

竹内在今晚举办“早川铃子与友田星枝首次舞蹈公演会”——作为两位女弟子正式出道的准备，并在其中加入了一场《花的圆舞曲》，还重新编排了舞蹈动作，令她们两人成为全场的焦点。

星枝和铃子刚走出休息室，竹内就立刻站起身来，他拿起星枝梳妆台上的项链看了看，又悄悄放回原处。

他无意识地，用手摸了摸挂在墙壁上的少女服装。

服装、花束和化妆品，似乎越是散乱越是富有生机。

两人走下台阶，站在了舞台两侧。乐队已经演奏起圆舞曲的主旋律，舞女们也翩翩起舞，等待主角出场。

“友田，友田！”

后面有人朝着星枝叫喊，可她并没有听到。她摆好舞蹈姿势，便走上了舞台。

从对面出场的铃子在舞台正中间与星枝相会，她鼓励似的悄声问道：

“可以吗？没问题吧。”

星枝只是用目光示意自己没问题。

于是铃子一边跳着舞，一边忧心忡忡地朝星枝那边瞟去。

当两人再次靠近时，铃子说道：

“太好了。你心情恢复了吧。”

第三次时，铃子又说：

“跳得真棒，星枝。”

然而，星枝似乎没有听进去——她已经对自己的舞蹈入了迷，进入了忘我的境地。她愉悦至极，身上洋溢着热烈的情感。

铃子见状，舞姿乱了起来。她的身心尚未彻底进入舞蹈的状态，对自己滞涩的动作心知肚明。

没过多久她们又跳到一起。两人手牵手的时候，铃子说道：

“骗子！我恨你。”

铃子心烦意乱，说不上是嫉妒、愤怒还是悲伤。她很快又说道：

“真过分。你这人太可怕了。”

星枝只是在忘我地舞蹈。

铃子不甘示弱，她的舞姿中也激荡起青春的波澜。

然而，因向星枝挑战而起舞的铃子，与未觉铃子战意而起舞的星枝，她们的美感并不协调。这并非翩翩起舞的蝴蝶双翅。

观众并不明白其中奥妙。舞曲终了，她们又被掌声召回舞台上，二次返场。

星枝精神焕发，旁若无人，同先前判若两人，连说话的语调都高了几分。

“太好了。我从未跳得如此酣畅。音乐和舞蹈也配合得很完美。”

铃子也开朗地回应着观众的喝彩，等她回到舞台侧面的候场区时，穿着东方风服装观舞的竹内抓住她的肩膀，慰劳道：

“太棒了！”

话音刚落，铃子便热泪盈眶，眼看着就要倒在竹内的怀里，她又一骨碌转过身去，在台阶处追上舞女们，直接冲进了休息室。

星枝一边吹着刚才圆舞曲中的一节口哨，一边舞动着进了房间。

“骗子！使诈！自私鬼！我被你骗了！居然骗人，真是卑鄙！”

“哎，你怎么生气啦？”

“要比赛就堂堂正正地比嘛。”

“我不喜欢什么比赛。”星枝有些心神不宁，扯着花束上的花瓣，撒了一地。

“请你别碰我的花。”

“这是你的花吗？我不喜欢什么比赛。”

“是啊，你就是这么以自我为中心！我从没见过像星枝你这样任性又可怕的人。”

“你生气了？”

“可不是吗？你刚刚不还在无精打采，说什么伤心啦、不顺心啦、不想跳舞了之类的话吗？我是真的替你担心，在舞台上都光惦记着你去了，没注意自己的舞姿。

实在是可恶至极！可星枝你却忘了个干净，开开心心地跳着舞。我就像是被骗了一样。大骗子！”

“我又不知道你会那样。”

“这还不卑鄙吗？你这就是在陷害别人嘛！让别人中计，自己却想着好好展现一番舞姿。”

“讨厌。这种事又不能怪我。”

“那应该怪谁呢？”

“怪舞蹈。一跳起舞来，我就什么也忘了。我跳舞的时候，可不会想什么要好好展现舞姿。”

“那就是说，星枝是个天才咯？”

铃子讽刺了一句，不知为何，这话语却在她自己心中激起了几丝悲哀的回响。

“我不会输的，我可不会输。”铃子焦虑不安，一边收拾衣服一边说道，“不过，星枝你这样下去，迟早会吃到苦头的。说不定遇上什么事情，就会哐当一下摔落下去。在旁观者眼里，你的性格就像是在悲剧的山谷里走钢丝——你自己还没意识到吧？既危险又可悲，这人将来可怎么办呢？大家都在替你忧心，这才输给你的。你连这都不知道，还一个人逞能。”

“可是，在舞台上心情畅快地跳舞，为什么就是那么坏的事呢？”

“心情，还说心情。哪怕一次也好，你究竟有没有设身处地考虑过别人的心情呀？”

“在舞台上还要顾虑别人的心情跳舞，我可不是那种令人讨厌的大人。那种事情想想都可悲，一点儿都不开心。”

“若能在世上行得通，才算了不起。”接着铃子压低了声音，“不过，要在舞台上获得成功、成为舞蹈明星，最重要的不是勤勉和才能，而是像星枝你这样逞能。也罢，你就尽管把我这种人踩在脚下，自己往上爬吧。”

“才不要。”

“可是星枝，你可曾为别人对你的亲切和爱情而感到喜悦？”

星枝无言，只是望着镜中的自己。

铃子来到了她身后，脸并脸地朝镜子里看，“像星枝你这样，也能够去爱别人吗？到时候你会是什么表情呢，想来一定会让人很痛快。”

“我的表情会比你还落寞。”

“骗人。”

“化了舞台妆，看不见的。”

“快点把衣服收拾好吧。”

“不用了，女佣会来收的。”

这时，竹内从舞台上回来了。

《花的圆舞曲》过后，还有一段竹内的舞蹈，今晚的节目便结束了。

铃子轻快地迎了上去，“今晚备受师父的各种照顾，实在是太感谢啦！”

说着，她用毛巾拭去了竹内脖子和肩膀上的汗水。

星枝依然坐在自己的梳妆台前，说道：“师父，谢谢您。”

“恭喜你们。演出大获成功就是最棒的事情。”

竹内任凭铃子在身上折腾，自己卸下了脸上的妆。

“这都是托师父的福。”

铃子说着，脱下竹内的衣服，在他赤裸的背上擦拭。

“铃子，铃子！”

星枝狠狠责备似的喊着，拿粉扑敲了敲梳妆台。

铃子装作没听见。她去洗手间把毛巾洗净拧干，又回来殷勤地擦起了竹内的胸口和背后，还兴致盎然地聊起了今晚舞蹈的话题。最后，她像是要抱起竹内的脚似的，将其放在了自己的一只手上，从脚背到脚趾缝都擦得干干净净。接着，还揉了揉竹内的小腿肚子。

铃子着实是兴致高涨，她的动作中洋溢着真诚，看上去就像是美好的师徒之情——一片淳朴的心意，其间并无半点惹人生厌之处。

然而，铃子的动作实在是太熟练了。而且她还穿着舞蹈服，露出大片肌肤。有时候甚至让星枝觉得自己在窥伺私密小屋中的男女。

“铃子！”

星枝又喊了一声，尖利的喊声中带着厌恶。随后，她蓦然起身，走了出去。

竹内沉默着目送她出去，说道：

“啊，可以了。谢谢。”他走进房间角落里的洗手间，一边洗脸一边说，“听说南条他啊，下个礼拜就要坐船回来了。”

“欸，真的吗，师父？那太好了。这次他真的会回来吗？”

“嗯。”

“不知他还记不记得我。”

“你那时候几岁来着？”

“我啊，那年十六呢。南条曾责备地对我说，跟一个没谈过恋爱的女孩子跳舞，没有兴致跳不下去。不知您还记得吗？”

“我记得呢。这回他一定会欣喜地主动邀你跳舞。兴许还会说，到底是没谈过恋爱的好呢。被自己一直当作小孩子的人，现在成了如此出色的舞姬，想必他也会大吃一惊。”

“别这么说，师父。我一直期盼着他能回来教我舞蹈。可真到了这时候，我却变得又害怕又担心。他在英国的学校勤勉学习，据说还在法国观摩过一流舞蹈家的表演，像我这种人，他怕是瞧不上。”

“男舞者又不能总一个人跳舞，总得有个舞伴呀。”

“还有星枝在呢。”

“那你就别输给她呀。”

“要是被南条看着，我一定会全身战栗的，但星枝就可以淡定地起舞。若是舞伴有水准，她会像被施了不可思议的魔法似的超水平发挥。太可怕了。”

“你也是操心的性子。”竹内有些不悦地说道，“南条回来后，应该会举办归国会演，到时你们一起跳跳看。你们要以南条为核心，三人携手共进，让我们的研究所发展起来。那样，我就能放心引退了。之前让你吃了不少苦，不过今后你也要和南条携手共创未来呀。研究所的地板要换新，墙壁也要重新粉刷。”

铃子想起来，南条回国比原计划晚了两三年——这也是竹内忧心的源头，可想而知，去横滨接船的时候该多高兴啊。

“他还是绕道美国回来吗？”

“好像是的。”

“好像？”铃子有些讶异，反问了一句——“难道信上或电报上没有写吗？”

“我也是刚听报社记者问‘南条是不是要回来了’，

才知道这回事的。”

“欸，他什么都没告诉师父？他怎么、怎么这样！”铃子惊讶不已，再看到竹内阴郁的脸色，便同情起师父来，同时又无比失望——仿佛自己也被南条抛弃了。

她忽然泫然欲泣地说道：“真不敢相信。他得以留洋学习，全倚仗师父的栽培，现在却成了个忘恩负义的疯子。师父您还要到横滨去接他吗？真讨厌。无论怎么说，我也不会和这样的人一起跳舞。”

星枝走到走廊时，道具师和灯光师正忙着收拾东西。乐师们已经拎着乐器回去了。

观众席空荡荡的，一片昏暗。

演出的负责人，舞女们的家人朋友，还有像是崇拜她们的学生和小姐们，都带着一种莫名兴奋的神情。有的在评论今晚的舞蹈，有的坐在长椅上等候，还有的在休息室进进出出。

说是舞女，其实是研究艺术舞蹈的学生，她们并不是一直靠舞台吃饭的，将来有志于当舞蹈家的人也非常少。她们中有一半都是中学生或小学生，千金小姐也有很多。

她们的休息室比铃子等人的休息室更大一些。有脱舞蹈服的，有去浴池泡澡的，有化妆的，有寻找自己花束的，众人都在自顾自地忙着做回家的准备。喧嚣声中充满着活力，在那青春洋溢的话语声中，还残留着舞蹈后的兴奋。

星枝在走廊上收到了许多人惯例的问候和夸赞，“祝贺你演出成功”，还被要了签名。她对此一一做了简短的回应。

星枝到舞女们的房间里玩了一会儿后，她家的女佣在走廊上叫她，她便和女佣一起回了自己的休息室。

开门一看，铃子正站在竹内身后为他穿西服。

与刚才不同，星枝对此不以为意，再不多看一眼，边走边告诉女佣哪些是自己的衣服：“这个、这个，还有这个……”

铃子对她使了个眼色，她顺从地点点头，披上春季的外套，一起将竹内送到了出口。

还没等竹内的汽车开动，铃子便兴冲冲地说了南条下周就要回国的事，星枝却不置可否：“是吗？”

“可是，他都没有通知师父一声。简直是忘恩负义。哪能这么坏呢，实在太过分了。师父真可怜，却没什么法子。”

“是啊。”

“要是舞蹈家同行都能排斥他，在报纸上一齐写他的坏话就好了。我们一起约好，两个人都不去接他，也绝不和他跳舞怎么样？”

“好。”

“不行，你这靠不住，必须更认真地愤慨才行！星枝你也是不输南条，都是性情凉薄的人。”

“南条是谁，我又不认识。”

“师父不总是像提起自己儿子似的提到他吗？难道你没看过南条的舞蹈？”

“舞蹈倒是看过。”

“很优秀对吧？人们都说日本出了第一个西洋舞蹈的天才呢，说他是日本的尼仁斯基[1]，是日本的谢尔盖·里法[2]呢！师父也是因此才自掏腰包还借钱供他留洋的吧，否则竹内研究所也不会变得如此穷困潦倒。”

“是吗？”

星枝的司机和女佣过来搬她的衣箱和别人赠送的彩球时，正好撞见她们。

一名在走廊长椅上等候的青年站起身，从星枝身后走上前来，“友田小姐！”

“欸，你在这里干吗？还不回去吗？”星枝若无其事地走了过去。

---

1 | 尼仁斯基（1889—1950）：俄国芭蕾舞演员、编舞家。

2 | 谢尔盖·里法（1905—1986）：法国芭蕾舞演员、编舞家。

回到休息室，铃子卸完脸上的妆，走到房间一角的屏风后，一边脱衣服一边说：“就连今晚我俩的演出，也是师父举债才办下来的。”

“是吗，”星枝有些在意自己胸口和手臂上的脂粉，“要不要洗个澡再回家？”

“星枝，你也得考虑一下这些事才行呀。研究所的房子、乐器，稍微像样点的东西都拿去作抵押了。为了筹集今晚的会场费，师父奔走了三四天呢。”

“服装费应该欠了不少吧，服装店老板总是来吵。我不喜欢那样。”

“星枝！”铃子似乎再也忍不住了，“你知道‘一门之隔就是乞丐’这句话吗？”

“知道，是说潦倒起来连锦缎腰带都要卖掉嘛。”

“就连星枝你，说不准什么时候也得卖掉锦缎腰带呢。又没有谁是不食人间烟火的。你也太不会体谅人了。刚才的事，你不觉得太过分了吗？我作为弟子照顾师父，有哪里不行呢？”

“太肮脏了。”

“肮脏？哪里肮脏了？”

“太肮脏了。师父的裸体太肮脏了。亏你还去到处摸。”

“哎。”铃子完全没想到会被这样说，顿时心头一惊，说不出第二句话来。

“我们去洗澡吧。”

“你是让我把手洗干净吗？”铃子仿佛蒙受了屈辱似的，板起了面孔。

“铃子，我是不希望看到你做那种事情呀。”

“那又怎么了！”

“太凄凉了。”星枝强硬地断言。

铃子仿佛被推入了谷底，沉默不语。

“我总觉得太可怜了，看不下去呀。心底里就来气了。”

“为了我吗？”

“是啊。”

“我明白的。我也很高兴。”铃子仿佛在自言自语，“这就是千金小姐和穷人家姑娘之间的不同吧。或许这就是我天生的性格，也没什么办法。我不过是觉得师父可怜，真心想尽尽本分。我为师父做一些琐事，并不是抱着要完成贴身弟子的职责，或是要讨好他的打算，不过是自己喜欢罢了。不过，女人要是一结婚，就……”

“别人怎么样我可懒得管。我是喜欢铃子，才不喜欢那样，才觉得难过的呀。”

“嗯。”铃子抱着星枝的肩膀，让她坐到了梳妆台前面，“我来给你化妆吧。”

星枝顺从地点点头。

两人都已经换好了自己的洋装。铃子一边梳着星枝的头发，一边道：“我从十四岁开始，就是师父的贴身弟子。他送我去读女校，对我像对自家小孩一样温柔。可毕竟是在别人家里，我还是会和女佣一起去厨房干活。我最终还是养成了谨小慎微的性子，考虑自己的心情之前，会先考虑别人的心情。我一心想学舞蹈，什么辛苦都能忍。”

“别人的心情，你在一旁也能明白吗？我很怀疑。”

“我也不是说什么大道理。师父他不是没续弦吗？或许就是出于这个缘故，我觉得自己格外了解师父的心情。我曾想过，我若没有在他身边，师父会变成什么样呢？会不会一直穿着脏掉的白衬衫，指甲也不剪呢？”

“明白别人的心情，你不觉得很可悲吗？”

“是啊，所以我才深刻地感到艺术是多么可贵的事物。倘若我没有献身给艺术，那一定会变成一个性情孤僻、心术不正、卖弄聪明的孩子，也会失去这份少女的纯真。我是被艺术拯救了呀。”

“艺术什么的，我有些害怕。”

“舞蹈不是艺术吗？正因为星枝是舞蹈上的天才，人们才接受了你的任性和肆意妄为不是吗？若是不让你再跳舞了，你肯定会发疯的。”

“我总觉得艺术这件事很可怕。我眨眼间就会入迷。一旦忘我地跳起来，当时的心情虽然极为愉悦，仿佛云游天际，畅快无比，可我究竟会去向何方，又会变成什么样呢？我总有些不安。那感觉就像是在梦中遨游天际，身边没有任何可以抓住的东西，就那么不停地飞下去。即便想停下来，身体也会继续飞行，仿佛是别人的身体似的。我不想失去自我——不管是什么事，我都不想变得入迷而忘我。”

“真是位心气高的小姐。你是陶醉于自己的天赋，才说得出这种话的。太令人羡慕了。”

“是这样吗？铃子你真的打算作为舞蹈家安身立命了？”

“讨厌。事到如今你还说什么呀。”铃子笑着，拿起大白粉扑，扑向星枝的脸。

星枝一动不动，闭上眼睛，微微扬起下巴道：“你瞧吧。我的脸才更落寞不是吗？”

铃子一边为星枝扑腮红、描眉毛，一边道：

“刚刚你在伤心什么呢？我从没见你那么乱来过，舞姿一下子就垮了。”

星枝却一动不动，宛如一张美丽的假面具。

“要是害得我在舞台上摔倒，那可就是大事故了。”

“我当时不想跳了呀——刚准备走上舞台，就看见母亲在观众席上。心里一不情愿，舞步也就乱了，怎么也跟不上音乐节奏。伴奏也是不行。”

“哎，令堂来了呀？”

“还悄悄地把女婿的候选人也带来了，真不想被他们看见我裸着肌肤跳舞。”

铃子讶异地望着星枝的脸。

“好了。”铃子把眉笔收进了梳妆台旁的化妆包里，突然又道，“哎，项链呢？去哪儿了？”

“我不知道。”

“就放在这儿的呀。你真的不知道？真讨厌，怎么就没了呢？你让一下我看看。”铃子又是翻梳妆台抽屉，又是朝后面看，心神不宁地到处找着。星枝也任凭铃子这么折腾。

“算了吧。应该是女佣拿走了。”

“若真是这样也罢，可我好像没见女佣收拾梳妆台呀。要是弄丢就头疼了。不该把它放在这种地方的——跟舞台上用的玻璃赝品可不一样。我去问下别人。”铃子一副静不下心的模样，走出了休息室。

星枝一直对镜，顾影自怜。

室外的夜风已带着初夏的味道，而放着舞蹈服、花束和脂粉的休息室里，依然缭绕着晚春的气息，好似被细嫩的肌肤轻柔拂过。

来往于美国航线的“筑波丸”于上午八点驶入了横滨港。

竹内等人由于职业上的关系，对外国音乐家和舞蹈家迎来送往，已经很熟悉了。他们掐着轮船靠岸的时间，来得稍微晚了一些。

尽管如此，海关屋顶上的尖塔依然映着初夏的朝晖，行道树的影子也是一派清晨气象。

汽车停在了海关前，铃子去陆地事务买来了入场券。他们望着右边那排极具港口特色的低矮细长的仓库，走过了新港桥。桥的左侧是如臭水沟一般肮脏的海面，三菱仓库前方挤满了日式船只，上面晾着洗过的衬裙、足袋、底裤、贴身衬衫、尿布和小孩子的红衣裳等衣物，很是破旧，这反而给周围现代化的海港景色增添了一抹异域风光。还有一些船上，人们正在洗早餐所用的餐具。

除了竹内和铃子，还有两个女弟子也跟来了。其中一人在海关的哨所前下了车，把相机拿去给他们看。

到了第四号码头，星枝已经在那等着了。她家就在横滨，所以先过来了。

“呀，你还是来了啊。”竹内刚下车，便把自己的花束交给了星枝。星枝虽然接过了花束，却说道：“可是，师父，我并不认识什么南条呀。我不想给他献花。”

“没关系嘛。他今后就是你们的舞伴，要同台演出的。他是令我骄傲的弟子，你们该情同师兄妹。”

“我跟铃子约好了，不和南条一起跳舞。我要是没来接船就好了。”

竹内只是笑了笑，便去轮船公司的派驻员那儿翻看旅客名册去了。铃子也在后面盯着看：

“啊，有了。师父，他在一百八十五号舱。到底还是回来了。真的回来了。”

铃子脸上熠熠生辉，差点要跳起来，她把手搭在竹内肩上，竹内也大为欢喜地说道：

“是啊，到底还是回来了啊。”

“就像做梦一样，我心里雀跃不已呢，师父！”

他们眺望着港口，喜形于色。

除非南条发了疯，否则他就不会在不通知师父的情况下自行回国。这究竟是怎么一回事呢？但是，对南条的愤怒和疑惑，还是掺杂在再会的喜悦里，混进了在码头上等待轮船靠岸的心情中。竹内的脑海中，恐怕都浮现出了心爱的弟子南条少年时代的面容吧。

他们登上码头的二层，决定在临港的饭馆里等候。这里挤满了接船的人，所有人都透过大敞着的窗户望向港口。女弟子们似乎耐不住性了，随便喝了口红茶，便把花束丢在桌上，跑到走廊上去了。

初夏的上午时分，港口沐浴在灿烂的阳光下。

停泊在港口中的各国客轮和货轮之间，汽艇往来穿梭着。

铃子兴奋不已，但分辨不出哪一艘船是“筑波丸”。在横滨长大的星枝指着海面说道：“那艘就是。那里，现在朝我们这边来的，白色烟囱上刷了红条纹的那艘漂亮大船。那艘船的烟囱又粗又短——据说轮船要是没有烟囱，旅客就会感到不安。所以给烟囱弄上华丽的涂装，就成了轮船公司招徕游客的政策。这就叫作涂装烟囱。烟囱越大，看着就越可靠，速度也越快。”

铃子认出那艘“筑波丸”后便在想，南条望见令人怀念的祖国大地，该有多么喜悦啊，她满心欢喜，仿佛自己也在那艘船上：“南条应该也在船上望着我们这边吧。他一定在看这边。不知道有没有在甲板上拿着望远镜看呢？”

铃子说着，想要从旁边的女人那儿借望远镜。那个女人脚穿一双厚厚的草履[1]，头发干净利索地扎起，衣袖宽松。

“船入港之后，还得花好一阵工夫呢。我们去散散

---

1 | 草履：一种日本传统凉鞋，外形似木屐但无齿，由稻草、布匹、皮革等材料制成，与和服搭配。

步再来吧。”星枝说着，挽起了铃子的手臂。

她们逆着赶来码头的汽车和人群，回到来时的路上。铃子还是不停地朝“筑波丸”望去，有些心神不宁。

星枝翻开报纸上的神奈川版，出声读起了上面的“进出港”板块：“今日入港……今日出港……明日入港……明日出港……今日在港船只……”她边读边对照着那些停泊的船只进行说明——这艘是邮政部补助建造的优秀货轮啦，那艘是大来公司的船啦——俨然一副横滨姑娘的做派。

铃子似乎听得有些漫不经心。

她们来到了栈桥。一艘往来于欧洲航线的英国船停靠在此，只有一名水手站在甲板上，朝下俯视。她们走近船腹，只觉有些寂静寥落。

栈桥饭馆也是暂停营业的状态。

货运马车嘎吱嘎吱地驶了进来。那是一匹年老的瘦马，车夫与马相映衬，他打着瞌睡，一副马上就要滚落路边，就此倒毙的模样。说是马车，其实不过是一辆在车板四角竖着棍子的破车罢了。

一对年老的夫妇牵着一名少女的手，静静地从对面返回了船上。他们瞧着像英国人。少女约莫十二三岁，正唱着歌，嗓音甜美。

星枝和铃子站在栈桥顶上——或者说在二层的一

端，眺望着海港默然不语。良久，星枝突然说道："铃子，你要和南条结婚吗？"

"哎，没有这回事。你怎么会这么问呢？讨厌。那都是谣言。"

"你不是想等南条回来就和他结婚吗？"

"乱讲，那不过是别人这么说罢了。"铃子快嘴回道，随即又仿佛自言自语，"我那时候还是小孩子，那人一定是觉得我还是孩子，才会跑去国外的。"

"是初恋吧。"

"五年前的事了。"

"铃子你若是结婚，师父就会寂寞了。"

"哎，星枝你也会体贴人，真是难得。要是说给师父听，他一定会高兴的。"

"不过，那也不打紧吧。大家陆陆续续总会结婚的。"

"可是，若南条心里对我有半分留恋，他也不至于不告而归呀。不至于连信和电报都不来一封的。"

"就这还来接他，真是傻死了。"

"南条他一定会喜欢上星枝你的。"

"我才不管你这种胆小鬼。净说假话。"

两人回到四号码头时，"筑波丸"巨大的船体已经逼近，仿佛要压在前来接船的人们的胸口上。

船上传来了奏乐声。

海鸟们成群结队而来，在船只和码头之间纷飞。汽艇从船头和船尾把缆绳牵了过来。码头上的人们互相推搡着，身子探出了栏杆——已经可以看见乘客了。他们也在甲板上踮着脚，有人挥舞着国旗，有人拿着望远镜眺望。船舷边吊着成排的救生艇，下方的圆形舷窗里也露出了一张张面庞。

人群中有人高举国旗，像迎接退伍兵返乡似的。洋人的家属们互相拥抱，挥舞着帽子。有个日本姑娘不理会人群的嘈杂，独自靠在饭馆的墙上，悠然地读着外文书。码头的最前方，聚集着一群为旅馆拉客的人。码头上并非都是打扮时髦、前来迎接显赫留洋者的人，也有像是移民亲戚的乡下人，有船员的家属，有港口附近顶着睡眠不足面孔的娼妇。

已经可以看清船上旅客的面孔了。邮轮和岸上的情感交融在一起，掀起了热烈而喜悦的情感高潮。这一刻，码头上全是纯粹而兴奋的人。

“啊，太好啦！啊！”

一位靓丽的小姐想必是找到了自己期盼的人，她感叹一声，踮起了脚尖跺起脚来。

铃子在旁见到此景，不由得被感染，高高地挥舞着花束。竹内也抬高嗓音说道：

“哪里，哪里，在哪里？南条呢？看见了吗？”

“还没看见，不过我觉得好开心啊。”

“好好瞧瞧，没看到吗？”

“南条一定已经认出我们了吧。”

“奇怪啊，没看见像是南条的人。真奇怪。”

旁边的人都匆匆赶到下面去了，竹内等人也跟着走到了外面。等待着轮船入港的人已经排成长龙。铃子和星枝被人群推搡着，只好将花束高高举过头顶。

很快便到了船只允许停靠的时间，他们从 B 甲板上了船。他们原以为会在入口大厅里见到等着众人的南条，此刻却四处寻不见他的踪影。

“他一定还在舱室里吧。”

几人急忙赶了过去。一百八十五号舱室上，的确写着旅客南条的罗马音，但舱门是紧闭着的。即便敲了门，也没有回应。

他们又慌忙去 A 甲板的散步场地、吸烟室、图书室、娱乐室还有餐厅四处寻了一圈，可还是未见南条的人影。无论何处，都是因重逢而欣喜万分的亲人、恋人和友人。他们在人群中挤来挤去，连推带搡地快步走着，竹内的脸色也逐渐焦灼起来。

铃子和星枝登上狭窄的楼梯，上面是儿童游乐室。

“哎，连沙坑都准备了。”星枝说着，好奇地抓起一把沙子。

铃子则哭着跪在那狭小的沙坑上："太过分，太过分了，怎么这样？"

"有什么好哭的。"星枝说着紧抿双唇，攥住了拳头，"真痛快，这多有意思啊。"

竹内双眼充满血丝，去办公室问道：

"请问一百八十五号房的南条是已经上岸了吗？"

"欸，这么多客人，您这就问倒我了，不过刚刚值班的服务员应该还在房间附近，他或许知道一点。"

听办事员这么说，他便返回了舱室，向在那儿做清洁的服务员打听，只听服务员说道：

"客人们大都已经上岸了吧。"

一百八十五号房，依旧房门紧锁。

两边都是舱室的狭长走廊上，只有一片白花花的油漆发出寒光，不见一个人影。

女弟子们带着不安的神情在大厅里等待着。那里也已寂然无声。

竹内按捺着心头的怒火，苦笑道："好像是已经上岸了。还不如一直在岸上等他呢。"

或许是如此。码头分为两层，就像楼上和楼下一样。来接船的人从楼下上船，而旅客则是从楼上上岸[illegible]想是为了避免混乱——从岸边架到船上的廊桥也有上下两处。大约在竹内他们上船之前，南条就已经早早上岸了。

旅客们的行李已经源源不断地运出来了。

快下船的时候，星枝扬手将花束扔进了海里。铃子望了一眼在海面上沉浮的花束，又茫然地望向了自己手中的捧花。

临港饭馆又热闹起来。有人在桌边发表自己的归国演讲。

出了码头后门，他们甚至连路边的一众汽车里面都瞧了一番，仍旧没有见到南条的身影。向报社记者一打听，结果他们说，自己也在寻找南条，若找到了还想请他发表归国感言。

竹内大约是难以再忍受这份屈辱与激愤，抑或是过于悲伤想要独自静一静。他说完一句“实在抱歉，失敬，我先走了”，便头也不回地离开了。

女弟子们都在面面相觑。星枝家的司机把车开到了一旁。

“回去吗？”铃子寂寥地问了一句，星枝用力摇了摇头：

“不回去。”

“可是……”

铃子盯着竹内远去的背影，忽然眼泪盈眶，冷不防地冲了出去。

“师父，师父！”她叫喊着追了上去。

两位女弟子面露难色，望着星枝说道：

“你不回去吗？”

“不回去。”

“那再见啦。”

“再见。”

星枝独自上了船。她来到南条的舱室前，悄悄倚靠在房门上一动不动。她闭上眼，宛如一张冰冷的面具。

仓库红褐色的屋顶，行道树的新绿，前方洁白色调的西洋风街道，海上吹来的微风，一切都清新鲜明。铃子的皮鞋声格外响亮，这让她想要追上竹内的心情变得越发难过了起来，她目不斜视地往前跑着。

“师父！”她追了上去，差点撞了个满怀。

“啊。”竹内有些意外，又似乎生出了一股喜悦之情，“你一个人吗？”

“嗯。”

铃子取下帽子，一边甩着头发一边擦汗。

“已经到夏天了。”

“真是个好天气。”铃子说着，开心地笑了起来，“不知星枝她们怎么样了。我是自己突然跟在师父后面追来的。”

竹内默然不语。铃子一边往前走着，一边似看非看地打量着竹内的神色。

“南条或许在酒店休息呢。”竹内说着，走进了新宏酒店——很快又出来了，看来南条不在里面。

“我们吃午饭去吧。”

在外面等候的铃子脸上又泛起阴霾，一味地摇头。

“那走一走吧。”

铃子点了点头。他们走过绿意盎然的山下公园边上，走过垂柳轻拂的谷户桥，沿着两侧都是西洋花店的坡道，朝着小山丘上气象站旗帜的方向去。这时，传来一群少女合唱的赞美歌。

两人循着歌声，走进了外国人墓园。

作为墓园来说，这里有些过于明朗了。如茵的草坪上，矗立着一块块鲜明的白色大理石，花草点缀其间，初夏正午的阳光笼罩着整个墓园——俨然一处整洁且有序，欢快又静谧的庭院。

在小山丘的陡坡上放眼望去，从右边停泊在港口内的船只，到海岸边的街道、伊势佐木町[1]的百货店，乃至远方的山脉，都尽收眼底。

赞美歌是从山脚下的墓地那边传来的，想必那些少女们是基督教学校的女学生。

---

1 | 伊势佐木町：位于横滨市中心的繁华商圈。

入口道路旁一侧的防护河堤上，盛开着鲜红似火的杜鹃花，那鲜艳的色彩似乎映衬在大理石十字架上。

绿草如茵，空气清新，女人衣服上的色彩瞧着也仿佛是一幅幅瑰丽的画作。尤其年轻姑娘穿着的和服，更有一种无可言喻的美感。前方的景色一览无余，好比漂浮在街道上空似的。这里也算是横滨的一处名胜，因此不仅有来扫墓的外国人，还有盛装打扮，似是前来游览的日本姑娘流连其间。

铃子一边走一边新奇地读着墓碑上诸如“谨为吾爱妻之神圣回忆”之类的碑文，以及下面雕刻着的圣句。渐渐地，或许是立下这些墓碑之人的爱意与悲情传递到了铃子身上，她自己的情感仿佛也跟着袒露了出来。

“我说，师父，南条他真的回来了吗？”

“回来了啊。毕竟舱室上好好地写着他的名字。”

“他该不会中途跳到海里去了吧？”

“怎么可能做这种傻事呢。”

“我还是无法相信。我总觉得坐在船舱里回来的，是南条的骸骨或是灵魂。”铃子说完，发现自己的脚边有一座小小的墓碑，崭新的大理石上刻着百合花。

“啊，真可爱。这是座小婴儿的墓呢。”

她把自己带来的那束仿佛被遗忘了的花，随手摆在了墓碑前面。

小小的墓碑前面，用大理石围出了一片花圃，里面种着花，也有扫墓的人带来的盆栽。

“星枝早就把花扔到海里去了。她可不会像我这样拿着花到处走。南条的事情，不如就这样忘在这陌生人的墓前吧。”

“是啊。”竹内漫不经心地答道。

他朝着一处突出山坡、状似海角的草坪走去。

唱赞美歌的少女们沿着下面的道路离开了。

铃子坐在竹内旁边，说道：“前几天，举办公演会的那个晚上，师父，我和星枝都约好了，像南条这种忘恩负义的人，我们绝不和他一起跳舞，也不去迎接他。可师父你还是说要去接他，我们才……”

“算了吧。”

“我觉得他不是那种不跟师父打招呼就会踏上日本土地的人。”

“他多半是有自己的想法吧。或许是有什么隐情。总之，他的确是坐着那艘‘筑波丸’上了岸。无非也就是在日本国内找找，没什么大不了的。他要在舞台上谋生，那就不可能藏得住。你可一定要抓住他。”

“我不要。”

“你不是和南条有什么约定吗？”

“约定？”

“在他去国外之前。”

“没有。什么约定也没有。”铃子认真地连连摇头，“不过，我当初送他去码头的时候，他曾对我说：‘在我回来之前，无论遇到什么事，你都不可以放弃跳舞。’”

“你应该遵守这个约定。哪怕是把我这老不死的丢在这墓地里，也要和南条一起跳下去呀。”

“怎么会呢，我怎会离开师父呢？！请您不要再说这种话了。”

“这又有什么关系呢。对艺术的修行，可要比这残酷得多了。就好比，即便是亲兄弟，也只能见死不救。首先就要忘掉那些寻常的义理人情，要有自我牺牲的精神。”

铃子盯着竹内的脸看了一会儿，说道：

“师父在说假话。”

“说假话的是你才对吧。”

“师父向来是最心疼我的。”

“这倒也是。可你这五年间，不都一心盼着南条回来，每天朝思暮想的吗？但他真要回来，你又操些多余的心——生怕南条不再喜欢自己啦，畏畏缩缩地担心自己跳不了舞啦。甚至连南条回国没通报我们这点儿事，你都立马说他的坏话，说他是忘恩负义的疯子。这些都不是你的真心话吧？”

“是真心话。师父您难道不觉得南条太过分了吗？”

“当然，我现在正冒火呢。”

“可您还是过来接他了。”

“是啊。不过，为了能将你们托付给南条，我宁愿忍辱前来。”

竹内虽然嘴上说得漂亮，心里却也有些内疚，有些落寞。

毕竟，他的计划是接到刚回国的南条来当研究所的助手，想唤回人气，摆脱经济上的困境。

但这些心思自然不会为铃子所知，她内心一热，点点头说道：

“嗯。我完全理解师父的想法，所以越发感到遗憾了呀。”

“这种事情也是无可奈何。你可要坚定地走下去呀。”

“那要怎么做才好呢？”

“你不是明白吗？你得把南条抓在手里。要想尽办法，把他从西洋学到的东西全都学过来。你要拿出把他的生命彻底吸干的架势，把那些本事全部汲取过来。假如说南条背叛了我和你的话，那这也算是一种复仇的方法了。若他是个作恶的人，那冲着这份恶意，你也要与他同归于尽——倘若你还爱着他的话，这样也就没什么可遗憾的了。骨头我会替你收拾的。活得无怨无悔，这或许就是艺术的本质。你整整五年都挂念着南条，如今若为了如此小事便让这份纯情蒙上阴霾，岂不是太可惜了？”

铃子听着听着，不禁热泪盈眶。

竹内说出这番不符年龄的话，大约源于他对青春的嫉妒，对过往韶华的悔恨，以及对铃子的爱。当他察觉到铃子被这番话大为触动的模样后，又赶忙站了起来：

“纵使南条忘恩负义，世人也无疑会为他的舞蹈喝彩。”

铃子一副寻求依靠的模样抬头说道：

“您很寂寞吧，师父？”

“就说你这番哭了出来，也是为了南条呀。”

“不对。我是听了师父说的话，不知为何有些落寞。”

“你无须在意。”

“可是，我从未想到过自己会被师父抛下不管。”

竹内讶异地望着铃子，却又若无其事地说道：

“友田的家就在这附近吧？”

“嗯，星枝她应该已经回去了。”

“要不要顺便去看看？”

铃子沉默着摇摇头，站起身走了。

在竹内和铃子来到外国人墓地时，星枝仍倚在南条的舱室门上，一动不动地，面色宛如一张冰冷的面具。

不久，钥匙孔里响起了插钥匙的声音，星枝悄悄退到一边。门静静地开了，星枝的身子正好掩在门后。一个女人从门里探出头来，张望了一下走廊。接着，南条从女人身后出来了。

南条拄着一根拐杖。

女人轻轻碰了一下门，门就自己关上了。

南条和女人发现了星枝，骤然一惊，停下脚步。但星枝和南条彼此并不相识。

星枝依旧靠在那里，垂下眼帘，一动也不动。

南条他们无可奈何，从她面前走过。稍稍拉开距离后，星枝迈步跟了上去。

女人有些不安地回过头，像在责备南条似的说道：

“那是谁？”

“我不认识。”

“你撒谎。”

“我要是认识，会打招呼的呀。”

“那是因为有我在。你是假装不认识的吧？”

“别开玩笑了。”

“可是，她不是在那儿等着你出来吗？”

“我真不认识她。”

“真是厚脸皮。她都在后面跟来了。讨厌。”

星枝没有听见两人的对话。她瞧着有些生气，攥紧拳头捶了好几次自己的腰，紧闭双唇，事不关己似的走掉了。

船上已经一个乘客都没有了。码头重新归于寂静。只有一些力工在搬运从船腹扔下来的行李。

南条和女人逃也似的从码头后门出来，坐上了一辆出租车。

南条的右脚似乎不太灵便。女人瞧着比南条的岁数还大些，约莫过了三十，是一位带着西洋风范的美人。

“小姐，您是怎么了？”星枝的司机讶异地打开了车门。

“跟上那个跛子的车。可恶。”

“那个，是刚刚那两人吗？”

“对。绝对不能跟丢了。无论到哪儿都得给我追上去！”

司机慑于星枝的气势，慌忙发动了引擎：

“究竟怎么回事？那是什么人？”

“是个舞蹈家——拄着拐杖的舞蹈家，还真是绝无仅有啊。简直就像是哑巴歌手一样。真是活该。”

“追上了又怎么办？”

“不知道。”

“您这次来接的，就是那人吗？”

“是啊。”

“那位太太也是一起回来的？”

“不知道。”

“您之前认识他吗？”

“不认识。”

“只要看清车牌——他们去哪儿，很快就能弄明白的。”

“啰唆。直接追上去就行了。你不觉得不爽吗？”星枝粗鲁地骂道。

汽车一路不停歇，驶离了横滨市区。从藤泽穿过松林后，前方豁然开朗，是一片明媚的大海。江之岛就浮在眼前。

这是一段遥远的路程。前面的车早就察觉到了后面有车在跟踪——他们或许就是为了甩开星枝，才绕的冤枉路。

在南条看来，星枝的行为完全无法理解。瞧星枝的年纪，他离开日本时，星枝也才十五六岁。他并不记得自己认识这么一位少女。刚刚她那近乎冰冷的神情和无比冷淡的举止，究竟是怎么回事呢？与其说是傲慢与强横，不如说是某种近乎虚无的美，又令人觉着可怖。他又无法停下车来，去问问对方为何要跟着自己。

女人一心怀疑南条和星枝之间有着什么秘密。尽管如此，那位年轻小姐看着也不像是什么不良少女——她一路穷追不舍的胆气，着实令人费解。

星枝也觉得自己的行为几乎不可理喻。

汽车从江之岛朝着鹄沼的方向疾驰。

这是一条滨海公路。左手边是沙滩，右手边则是一片松林，无遮无拦，宽广无垠。柏油马路宛如一道白线，远方伊豆半岛的天边也是碧空万里，浮现出了富士山的轮廓。波涛声汹涌，沙滩不知延伸续向何方。小松树低矮齐整，一派坦荡敞亮的风光，还有一块松苗丛生的沙地。放眼四顾，净是松树。

两辆汽车在道路上疾驰，瞧着仿佛是在兜风。

不久，前面的车在过堂的松林处拐弯，消失在一处别墅的庭院里。

后面的车也放缓了速度，驶入那条小路。星枝打算瞧一瞧门牌，便朝着车窗靠过去，南条却突然从门后闪出身来。这条路十分狭窄，连车身都几乎要挨着路旁的松叶。南条和星枝的面庞出乎意料地对上了，两人仿佛都能感受到对方的呼吸和肌肤的温度。

星枝顿时面色绯红，紧紧闭上了双唇。

“你是哪位？是有什么事吗？”南条努力装作若无其事。

星枝沉默不语。

“你是一直跟着我到这儿来的吧？”

“嗯。”

“到底是何缘由呢？”

“因为疯了呀。”

“发疯了？你吗？”

“嗯。”

南条极为讶异地盯着星枝，却还是说道：“嗯。发疯这一说倒是有意思。我最喜欢疯子了。难得来此，请进来坐坐，我们聊一聊吧。”

“没什么好说的。”

“真是失礼。你究竟为何跟到此处，不说清楚我是不会让你回去的。”

“因为疯了呀。”

“开什么玩笑？你把别人当傻子吗？”

“那是在说你呢！我不过是想羞辱你一番罢了。”

“什么？”

星枝示意司机开车后，忽然悲伤地闭上了双眼。

“我才不会被你那装样子的拐杖给骗了呢。”

南条宛如做了一场噩梦，目送星枝的汽车远去。

铃子正在教少女们练习基本功。

这些少女和她们当初跳《花的圆舞曲》时，去舞台上献花的那群孩子一样年幼。铃子很擅长跟小孩子打交道，她经常亲切地照料她们，代替竹内指导她们练习。

在离女孩子们稍远的地方，有三四名年纪稍大的弟子正在扶手上压腿，有的对着镜子摆出各种姿势，也有的在练习已编好的舞蹈动作，大家各自练着自己的内容。

竹内在会客室里与经纪人商谈。

竹内面带困惑之色，他说自己刚收到南条寄来的信。信上说，南条的右腿关节患病，只能依靠拐杖行动，再也无法作为舞蹈家登台了。自己已是一具行尸走肉，早已绝了舞蹈的心。一想到恩师的悲痛，便不愿让恩师见到自己这副可悲的姿态。

以南条回国为前提而制定的计划，全都化为泡影。尽管南条连回国的船都没告诉竹内，但竹内毫不怀疑南条会回到自己的怀抱。他原本打算以东京为起点，接连在大阪、名古屋等城市为其举办归国会演。他已经和剧院签订了合同，让南条率领自己的弟子们登台演出。

“不过，就算他自己跳不了，也不影响他参与舞蹈编排吧？拄着拐杖指导，不是正好能起到悲剧性的宣传效果吗？”

年轻的经纪人如此说道，但竹内兴致缺缺：“我不想把悲剧当作卖点。南条太可怜了。”

“这是什么傻话。难得去学了五年本领，应当借此寻一条作为舞蹈编导的活路才是嘛。”

“替南条设身处地想一想，兴许他希望将舞蹈忘得干干净净呢？总之，不见他一面肯定说不准。他应该会过来道歉的。”

“你这种优柔寡断的温情，反而会坐视南条沉沦下去。无论如何都要让他出面的。”

“哪样才是优柔寡断，你不明白的。”

如今不是讨论这种事情的时候。经纪人毫不掩饰地说，应当利用一切具有宣传价值的东西，帮助研究所摆脱经济上的困境。这话说得没错。研究所交不起税金，钢琴被拿去做抵押，甚至连税务局的拍卖通知都和南条的信双双送达。

无论如何，不见一见南条，后面的事情便无从谈起。两人只好围绕着为浴衣做宣传的事情商谈。这也算是一种巡回推销活动——她们去各地巡回演出，让购买了浴衣的人能免费欣赏音乐舞蹈会。那将是一场漫长的旅途。竹内虽然于心不忍，但还是决定让铃子和星枝去跑这一趟营生。

“还有，希望你能为南条拄拐的事情保密。毕竟他此前连我都没告诉，自己偷偷摸摸上的岸。我也还没告诉所里的铃子呢。”竹内嘱咐了一句，便和经纪人一起出去了。

他们来到练习场，铃子正配合童谣唱片的节奏，编排着女孩子的舞蹈动作。她跳着给女孩子们做示范，仿佛自己也变成了孩子。

年纪稍大的女弟子们正在更衣室换下排练服。

竹内观看了一会儿孩子们的舞蹈后，来到了铃子身旁，说道：

“我要出去一趟，有劳你了。”

“是。”铃子让少女们继续练习刚才的舞蹈，然后走进房间，照顾竹内更衣去了。

竹内边系领带边说：

“上次说的浴衣巡演，最后还是决定让你去一趟。虽说这工作稍微有些不上格调。”

“无论怎样，都是一种磨砺。我只管认真跳舞就好，不会有什么心思的。”

“这可是一趟长途旅行。”

“表演的剧目已经定下来了吗？”

“毕竟是去乡下巡演，选一些脍炙人口的华丽舞蹈就行吧，这些事情，你自己做主即可。”

“嗯。我之后考虑一下，服装也要好好挑一挑。”铃子把竹内送出门外，又说道，“快下雨了呀，师父，您早些回来。”

铃子回到练习场，稍微闻了闻手上拿着的竹内的排练服，便将其扔进浴室，回来继续排练童谣的舞蹈动作。

过了一会儿，孩子们都回去了。

宽敞的练习场地，只剩铃子一个人。

她倚在钢琴上休息，随意地单手敲起了琴键，没过多久，她又选出一张唱片，静静地听完了大半首曲子。忽然，她充满激情地跳起了舞。

她打开了壁橱。这壁橱像镶嵌在墙上的大型洋装衣柜，里面并排挂满了各式舞蹈服。铃子挨个触摸着它们，似是在追忆往事。随后，她麻利地挑了两三件出来。

这大概是在为巡演做准备。她检查了一番抱来的服装是否可以直接使用。那些舞服上萦绕着舞台的幻影，铃子又想跳舞了。她直接在排练服外套上了舞蹈服。

暮色将至，雨随之而下。

房间逐渐昏暗，占据了一整面墙的大镜子反而鲜明起来，铃子的舞蹈倒映其间，宛如水中游鱼。

入口处传来了敲门声。纵情起舞的铃子沉浸在舞蹈中。留声机仍在奏鸣。

门扉轻开。铃子未曾发觉——自己的舞蹈已经被人观看一阵子了。

咔嗒、咔嗒，听见拐杖渐近的声音，铃子维持着跳阿拉伯舞的姿势，惊在了原地。

“啊！南条？是南条呀！”铃子跑过去，差点摔倒在地。

“你回来了。你到底还是回来了呀。”

“你是铃子吧。”

“太好啦。”

“我都差点认错了。你真是成熟了不少。”

“啊，你回来啦。可你真是过分，太过分了！”铃子摇晃着南条的身体，但一碰到拐杖，她又嗖地把手缩了回去。

“哎，这是怎么了，你受伤啦？”

“师父呢？”

“你受伤啦？站着没问题吗？”

“没事的。师父呢？”

“我说，你这是怎么啦？”铃子惴惴不安地搬来了椅子，“我们去横滨接你了。可怎么找都没找到你。实在是伤心透了。”

“我躲在舱室里了。”

“躲在里面？”铃子面色苍白，直勾勾地盯着南条，“你在里面啊？我们那样敲门，你原来在里面吗？你这人真可怕。师父当时也跟我们在一起呢。”

“师父呢？”

“他出门去了，倒是你打算怎么向师父道歉？实在是太过分了。”

“所以，我是来道别的。”

“道别？”铃子怀疑起了自己的耳朵。

南条平静地点了点头，说道：“我现在就像忘了唱歌的金丝雀一般。如你所见，我已经没法再跳舞了。”

铃子一时无言。

“如此，见不到师父，反而心里还好受些。铃子你可以替我向师父好好道歉吗？请你告诉师父说，南条至少没有自杀，还是回国来了。”

暮色越发浓郁。

“对不起，我……”铃子再也无法自持，热泪盈眶，仿佛在呼唤远方的人一般自言自语道，“跳不了舞也没关系，跳不了舞也没关系呀。”

这话想必也感染了南条的内心，他陷入了沉默。

“我一直在等，等着你回来。我是一边等着你，一边长大的啊。”

“可是，无论是对师父，还是对你，我都已经是个毫无用处的人了。”

“不，我需要你。我需要你呀。”

“我能对你有什么用呢？我又能做到什么呢？”

“能做到的。哪怕什么也做不到，还有一件事是可以的。”

“你是说，爱？”南条的话语含混不清，“可是，嗯，你我能够做到的，也不过是相约殉情罢了。”

“死了倒也不错。”铃子泪流满面。

“别这样哭呀。这里还有一个凄惨的人欲哭无泪呢。”南条从椅子上站起身来，“我记得你原先不是如此感性的人呀。”

“那是你的偏见。你对爱情的渴望，我看得很清楚。”

“天色暗了。让我看看令人怀念的练习场，我就回去了。”

南条借着自己残留的印象，摸索着电灯的开关。灯打开了，他骤然一惊。

墙壁上挂着的星枝的照片，正对着他的脸——尽管那是一张半身舞蹈照，南条也一眼就认出了她。

“那个疯子。”他喃喃道，随即又若无其事地望着照片，“真是个美人。她也是师妹吗？”

“嗯，她叫友田星枝。前阵子，师父为我俩举办了双人公演会。星枝她也去横滨接你了呢。”铃子说着擦了擦眼泪。

南条环顾着并排挂在墙上的照片，问道：

“弟子很不少嘛。研究所的情况怎么样？”

“日子苦得很。亏你还能问出这话——送你去留洋的时候，这栋房子都拿去作抵押了，你忘了吧？！之后的生活费也是！”

“我明白的。”

“师母已经去世了，你知道吗？”

“是啊。她比我的亲生母亲还要疼爱我。”

“从那之后，师父不知怎的一下子衰弱下来了。”

“是吗？”

“他一心指望着你回来，然后自己安心引退的。他似乎打算把研究所给你继承呢。”

“请你告诉师父，就说南条连自我了断都做不到，偷偷回国了。”

“到底是怎么了？”

“这个吗？关节不行了。”

“不行了？是脱臼了吗？还是骨折了？很痛吧。能治好吗？喂，你说呀！”

“我这辈子就靠这条腿了。”南条用拐杖咔嗒、咔嗒地戳着地板，“木腿可没法用来跳舞。”

“什么呀，这玩意儿！”铃子突然一脚踹飞了拐杖。南条毫无防备，打了个趔趄。而在他栽倒之前，铃子敏捷地将他的右胳膊绕在自己肩上，撑了起来。

“把我当作你的腿就好了。不要用木腿，来用人腿走走看吧。这不是能走吗？你看，这不是能走吗？”铃子温柔地带着南条走了起来，“师父可是将你视若己出呢。哪会有因为孩子残疾而去怪罪的父母呢？”

“谢谢。我也想用温暖的人腿走路呀。”南条悄悄离开铃子，捡起了拐杖。

“请代我向师父问好。我不会再去见他了。”

“我不让你走！”铃子纠缠不休，南条靠在钢琴上，用拐杖的尖头使劲敲了几下后面的西洋大鼓。

铃子被鼓声一惊，放开了手。

“我这是让你睁开理性的眼睛。”南条说道。

话中的“你”指的究竟是南条自己，还是铃子呢？铃子还在想这句话的时候，南条已经走到门外去了。

“你要去哪儿？下雨啦。你现在住哪儿？”

铃子追了出去，不承想外面有辆汽车等候着，他已经上车走了。

她恍惚地回到了练习场。

不知想到了什么，她大喊一声“铃子”，同时用尽全力敲了一下大鼓。

“铃子！”她又敲了一次。

接着她丢下鼓棒，麻利地脱下舞服，走进浴室，开始洗竹内的排练服。

这是一间铺着白瓷砖的干净浴室。

铃子只洗了一件排练服，便伸了伸腰，若有所思地站了起来，泡进了浴缸里。她感到自己的身体，似被某种温暖的事物紧紧裹在怀中。她不由露出了微笑，但很快，她又慌慌张张地舀起热水泼在自己脸上，无意识地望向了自己的胸脯和胳膊。

电话铃响了。

铃子悚然一惊，四下环顾。

她湿着身子，披上了排练服。在她接起电话之前，铃声都在寂静的房中尖利地响个不停。

铃子不知为何有些心悸，声音也堵在了嗓子眼里：

“喂，喂。这里是竹内研究所。”

“啊，铃子啊。你一个人？”

“星枝？是星枝吗？”铃子松了一口气，“抱歉，我刚刚一直在泡澡。”

“嗯。现在下雨了。”

“我是说泡澡，洗澡。喂，喂，你在家吗？是从家里打来的吧？自那以后一次都没见到你，这可不行。你到底在干吗呢？”

“今天吗？”

“嗯。”

“用望远镜眺望港口呀。”

“讨厌。你一直不来，我担心死了。”

“‘筑波丸’今天出航了。”

“‘筑波丸’？是吗？”

“我说，那个叫南条的人，真是古怪。”

“嗯，他刚刚来了一趟。我正准备告诉你的。他真是可怜，他的腿瘸了，变跛子啦。你明白吗？变跛子啦，再也跳不了舞啦。他说自己之前躲在舱室里来着。”

“是啊。”

“他不想被人看见，这也是难怪。他是来向师父致歉的，还让我转告师父，说南条至少没有自杀，回国来了。师父不在，他是来道别的。”

“他还拄着拐杖吗？”

“是啊，吓了我一跳。刚刚不是傍晚吗？他就像个幽灵似的溜进来，站在昏暗的练习场边上。”

“那又怎么了？”

“怎么了？是说南条吗？若他那条腿真的没法跳舞了，今后可要怎么办呀。”

“铃子你又哭了？”

“他根本不好好听我说话，那模样仿佛了无生趣，失落得很。”

“那些都是假的。”

“假的？可是，他说自己是来道别的呀。再说了，师父也不可能对他放任不管的。”

“我是说，那是装样子的。我觉得那拐杖是装样子的。”

“啊？不是那样的。你听不清楚吗？有唱片的声音，是你那在放吗？”

“是啊。”

“我跟你说，南条是拄着拐杖过来的。”

“我知道，早见过了。”

“嗯，见过了。他刚回去。哎，那什么，星枝你是说你见过他？”

“是啊，所以才给你打电话嘛。”

“星枝，你见过南条了吗？是在哪里见的？有这回事吗？快告诉我。”

“我是想告诉你的，可你不是在这自顾自地说个不停吗？我那天一直等到了他从舱室里出来。”

“一直等着？那次啊。他那时没拄拐杖吗？”

“拄了。”

“那怎么说是装样子呢？何来的装样子呢？”

“没有什么缘由。”

“你说清楚呀。那也太难以置信了。你怎么知道那是假的呢？”

“我不过是这么觉得罢了。”

“为什么会这么觉得呢？真奇怪。他有什么必要拄着拐杖装样子给我们看呢？”

“我不知道。大概因为他是和一个女人一起回来的吧。”

“女人？”

“喂，铃子，你见到南条的时候，他真的瘸了吗？”

“是啊。”

“那或许真是这样吧。可能是我想岔了。”

“那个，我现在可以去你家吗？这么晚了，我在你家住一夜吧。”

“好啊。”

“也有师父的事找你。”

“那么，铃子是怎么想的呢？你想和南条结婚吗？还是不了？”

“哎，我可没想过这些。”

“可是，一个跛脚的舞蹈家，不是派不上用场吗？对你来说跳舞比结婚更重要吧。我是担心万一你见到南条，被他那拄拐的演技给骗过，觉得两个人没法一起跳下去，也是无可奈何，这才打电话来的。”

“星枝你说的话，我怎么听不懂呢。那个，你说一直等着，是说一个人等着南条从舱室里出来吗？”

“是啊。”

“你这是打算干什么呢？真是个行事古怪的人。”

“是啊。南条也问我为什么要跟过去，我说是发疯了。在辻堂[1]那边，他和那个女人一同进了一户叫森田

1 | 辻堂：地名，位于神奈川县藤泽市西南部。

的人家。”

“森田，森田，在过堂那边对吧？你也一起进了过堂那户人家吗？”

“哪有一起，我不过是跟在后面罢了。”

“过堂，你跟着去了过堂吗？”

“喂，喂？怎么啦？你等下直接过来吗？我派人去车站接你。”

“嗯，不过，今晚就算了。还有件事，有一项旅行合同找上门来了。由于南条，各种计划都被打乱了不是吗？师父也是可怜。虽说是宣传浴衣的巡演，不过还是希望你来帮帮师父。我们两个人去。就连这部电话，都已经是别人的东西了。”

“不要，宣传浴衣算什么呀。”

“可你若不去，师父就为难了。”铃子咔嚓一声挂了电话。

树林中断断续续地，传来四声枪响。

最后一声枪响后，传来了男女的笑声。

但是，最终拨开青绿的树枝回到庭院里来的，只有星枝一人。

树林和庭院之间并无明显界限，四周的树林围裹着整个庭院，仅一侧有一条小路穿过。

小路的对面是桑田，透过桑叶的间隙，可以俯瞰山谷。溪谷两侧，为数不多的水田闪着孤寂的光芒。蝉儿们仿佛才想起了自己的天性似的，嘶鸣不已。

这是一处温泉乡，似乎已是冬季滑雪、夏季登山的歇脚之地。这栋别墅也与此方土地极为相称，虽外表简朴，却比温泉旅馆更为山高地远，俨然一副山中独院的姿态。

星枝充满野性地喘着粗气，似乎处在狩猎活动的最高潮。她带着踏破山林的气势而来，目光仿佛连野生的果子都要狠狠咬上一口。她身着轻便的散步服，衣服极为合身，她的动作轻盈，但在兴致高涨之际却有些不适宜，看着似乎有些危险。

星枝跑着跑着便甩掉了鞋子，大步跳跃了两三次，猛地转起圈来，最后摔倒在地。

庭院里青草丛生——像是一块未加修整的草坪，一直延伸至树林里的那片绿意之中，星枝洁白的身姿一动不动。

她撑着一只胳膊抬起头，夕阳迎面而来。一片薄云逆着阳光流转而去。星枝眺望着那远山斜阳，神情中流露出了些许渴求，眼中也含起了泪花。

她自然地以舞蹈姿势站起身来，翩翩起舞。

说是舞蹈，其实像是无意间将各种基本动作即兴组合而来。

她走到自己甩掉鞋子的地方，正要将鞋捡起，不经意往前一瞥——小路的树荫下竟有个缩着身子的人影。

星枝奔向小路一看，原来是个拄着拐杖的瘸子，正慌慌张张下山去。星枝并未停步，只稍稍放缓了速度，还是从后面追了上去。那人今天拄的不是上次的腋下拐杖，而是一根白桦木手杖。

南条回过头来，微微一笑。

“你又追过来了吗？”

“嗯。”星枝应了一句废话，与其说是认真地盯着南条，不若说是狠狠地瞪着他。她的眼中又燃起了刚刚那份野性。

不想，南条却极为感慨地说道：

“真是和竹内师父一模一样。”

“真没礼貌。”

“不，或许我的说法有些失礼，但我对此真的很怀念。竹内师父的舞蹈是我少年时期全部的希望与憧憬。我是想夸赞你呀。不过我也必须承认，你极具舞蹈天分，甚至不能将师父与你相提并论。”

“我是说你偷看没礼貌。”

“那倒确实是失礼了。不过，追着躲在船上的人一直到过堂，又追到这山中来，到底是谁没礼貌呢？”

“是假装瘸子的人没礼貌。”

“假装？”南条惊讶地望着星枝，略微一笑，便在路边坐下了。

“你之前那根拐杖呢？”

“我啊，已经放弃了舞蹈，对舞蹈感到厌倦了。可是，星枝你却仍追赶着我而来。”

“我不记得有追赶过你。”

“那就是舞蹈追赶着我而来了。大概是舞蹈还没有舍弃我吧。对我来说，你仿佛是舞蹈之神派来的使者一般。”

星枝靠在路边，把提在手里的鞋子穿上了。

“舞蹈也好，神也罢，我都不喜欢。我只要知道拐杖是装样子的就够了。”她冷冷地说完，便欲起身离去。

“在过堂，你说自己不过是想羞辱我一番，指的就是这个吗？”南条也起身跟了上来，依旧是一瘸一拐的。

“我在研究所看了照片，才知道你就是星枝。你也去横滨接船了。那时，我的行为实在太过卑怯，不过躲在船里的缘由，我觉得现在可以说出口了。因为我现在被你的舞蹈感动了。哎，请你别跑呀。”

“光顾着逃跑的，是南条你呀。”

“是啊。我的确曾想从舞蹈身边逃开。”

“你要不要跳舞我才不管。在那之后，铃子马上去过堂那户人家找你，结果你却家门紧闭！原来是逃到这深山里来了。”

“逃？这里可是知名的温泉乡，对我的神经痛和风湿是很有效的。多亏了来这儿，我的腿感觉好多了。”

星枝不由得回过头，眼神带着女人的温柔，怀疑地看了看南条的腿，立刻又露出更为严厉的神色，气鼓鼓地加快了脚步，她一直紧闭着双唇。

“刚刚的手枪声，是你吗？”

“是父亲开的枪。”

“啊，这么说，我在那儿碰上的，就是令尊吗？我当时一边走一边呆呆地想着事情，被那手枪声一惊，正好又看见了你在跳舞——我感觉自己猛然醒悟了似的，身体里已经腐朽死去的舞蹈之心，一下子都重获了新生。”

星枝突然问道：

“治得好吗？”

“我的腿吗？当然能治好。不过，关键在于能不能恢复到可以跳舞的程度。”

“我厌倦了。请你回去吧。”星枝呼喊似的说道。

南条忽然闭上双眼，额头颤抖不已。

不知不觉间，两人已经走进了庭院里。

“你可以再跳一次给我看吗？”

“不要！”

南条环顾了一圈庭院和树林的上空，同时说道：

“在这大自然之中，如鸟儿鸣啭、蝴蝶飞舞一般纵情地舞蹈——才是真正的舞蹈呀。舞台上的舞蹈都堕落了。我在那边看着你跳舞，自己也想跟着一起跳，实在是沉不住气了——身体都快要不由自主地舞动起来，简直就像墓地里的死人钻出坟头翩翩起舞一般。”

星枝不禁后退了几步。

“毕竟，在舞蹈的世界里，我已经是个死人了——我这样的死人，如今竟也会这般渴望舞蹈——实在是做梦也想不到。你能再跳一次让我看看吗？”

“不要，真恶心。”

“哪怕摆个姿势让我看看呢？”

“我都说不要了！”

“那就让我试着跳跳吧。”

“请便。”星枝一不留神脱口而出。她似是讶异，又似是畏惧地看着南条。

“我这是瘸子舞呀。”南条轻笑了一声。

他的神情旋即发生了变化。说得夸张一些，他脸上瞬时闪过了善与恶、正与邪的影子。

他似是有片刻犹豫如何处理右手的手杖，但旋即便举起了左手，带着那条瘸腿开始起舞。

舞蹈十分怪异，带着凶兆的意味。单边胳膊的优美舞姿，令人有些毛骨悚然。

然而，南条还未踏出十五步，便突然停下了动作。他一屁股坐在庭院的草坪上，说道：

“像是鬼怪或魔物的舞蹈吧。”

星枝站在庭院尽头白桦树的树荫下，依然板着面孔默然不语。

“和星枝你的舞蹈比起来，简直就像是阴影与阳光的区别。我的内心便是如此阴暗呀。我想，如今你看了我的舞蹈，应该能充分理解我想要再看你跳一次的心情了吧。”

“讨厌，你是认真的？”星枝似是自言自语般地喃喃道。

“认真？我现在当真是面临着生死关头，站在人生的十字路口呀。从儿时起，我的生活就被舞蹈所填满。或许是因为这孽缘，我只有在看别人跳舞的时候，才如梦初醒一般，体会到人类的美和人生的意义。”

“我不喜欢看见别人认真的模样，也讨厌自己认真起来的样子。哪怕是在舞台上跳舞的时候，我只要一瞥见观众认真欣赏的模样，就会开始觉得没意思。如果要认真，我只想自己一个人认真。”

“你也是个可怜的疯子。”

“是啊。那次在过堂，我一开始就是这么说的。”

“那次我说：‘我最喜欢疯子了。’舞蹈或许就是这么一回事。让沾满尘埃的灵魂，借助向来更为污秽的身体动作，去体现出纯洁的一面——舞蹈便是如此疯狂的事物。”

“我已经不跳舞了。”

“不跳了？为、为什么？”南条用古怪的眼神盯着星枝，“为何不跳了呢？这一点还希望你如实相告。”

“我总觉得自己再跳下去，就要变成另一个人了。我害怕。一跳起舞来，我就会在不经意间变得认真起来，然后又寂寞无比。”

“这就是艺术家，这就是天才的悲哀啊！”

“瞎说。我又不贪图什么。艺术什么的，我也不觉得有多么可贵。我只希望能永远做自己。”

“这都是我见到你的美，见到你那优美的身躯有感而发的。”

“我不过是想平凡地过下去。没有比这更自由的了。”

“那你要结婚吗？”

星枝没有回答。

“你的舞姿是多么的充满着生机与活力，你的心灵却是何等的疲惫——真是不可思议。”

“真没礼貌。我哪里疲惫了？”

"你受伤了。确实是受伤了。"

"我没受伤。是你自己戴着那不幸而艺术的有色眼镜看人吧。我感到厌倦，所以才不再跳舞的。正是没有疲劳，也没有受伤，我才不跳舞的。"

"那刚刚的算什么？"

"刚刚？那是游戏。小孩子又蹦又跳的游戏。"

"那在我看来就是舞蹈，我从中感到了生命的精彩跃动。"

"那是你在装瘸子的缘故。"

"所以我才那样求你，希望再看一次你的游戏不是吗？瘸子拜谒神佛之姿后，能站起来的奇迹也不在少数啊。"

"奇迹我也不喜欢。"

"要是我能趁着你蹦蹦跳跳的势头，一把将这拐杖踢飞就好啦。借着这股力量，想必我也能站起来。"

"你自己赶紧站起来不好吗？倘若我的游戏拥有令瘸子站起来的力量，那你自己的舞蹈治好那条瘸腿，应该也不在话下呀。"

"是吗？"南条的眼中的敌意一闪而过，旋即又仿佛下定了什么决心，"那我就按星枝你说的，跳个舞试试看吧。"

"随你的便。"

“如此残酷的观众，对我来说似乎正好。”南条又拄着右手的拐杖，拖着那条瘸腿，舞动起来。

这次的舞蹈和上次不太一样。大约因为愤怒，他的动作有些僵硬。

“我这辈子，都不打算，再跳舞了。”

“为什么呢？”

“因为我，热爱着舞蹈。舞蹈这件事，我多多少少，真的懂得一些。”他断断续续地说着，舞姿变得激昂起来。

南条的舞蹈，宛如沉积已久的污物开始翻腾，很快便喷发出来。

星枝的目光紧跟南条，闪烁着好奇的光芒。

她的目光从对丑恶之物的厌恶，转变为对危险之物的畏惧。旋即她似乎有些不安，伸出左手抓住了头上的白桦树枝。

南条带动着那条瘸腿，手脚变得轻快了许多，舞姿更加自由奔放了。

他的动作越是激烈迅猛，那闪着流光的线条就越发美丽。

星枝手上开始用力，将树枝一点一点拽到了自己的胸口。

白桦树枝弯成弓形，眼看就要被折断了。

“星枝，游戏，你教我的游戏，真是有趣呀。”

“跳得真棒。”

南条停下舞步，望了望星枝，然后朝着这边舞动着靠近：

“游戏不是光用来看的。你也来一起玩吧——来跳呀。”

星枝不禁缩起身子，似要保护自己。

南条又跳到另一边去了。

“能跳啦。我也能跳啦。我好像复活啦。”

那仿佛是原始人、野蛮人或是某种蜘蛛、鸟儿用来吸引雌性的舞蹈。

星枝似乎听到了为南条舞蹈伴奏的音乐声——那声音越来越近，越来越高亢了。

南条回过头来，说道：“人们向来都说，别人跳舞你也跳。”

“你还在装瘸子。就不能把那骗人的拐杖给扔掉吗？”星枝的声音温柔而带着颤抖。

南条飞快地蹦了过来。牵起了星枝的右手。

“只要有活拐杖就行。”

星枝毫无防备。她被南条用力拽着，连手中抓着的白桦枝都忘记松开了。

那根树枝被她从树干上揪落下来。

星枝失去支撑，猛然撞进南条的怀里。

“讨厌，讨厌！”星枝拿着树枝作势欲打，但南条并未举起那根长长的手杖。

南条被撞得踉跄了几步。

他拄着手杖稳住脚步，“都有温暖的真人拐杖了，嘿，还要它干什么？”说着便将手杖抛了出去。

然后，他邀请星枝共舞一曲。

星枝的注意力正被手杖的去处所牵引，美人的面上莫名泛起了娇羞。

起初，她还未注意到自己娇媚的神情，旋即脸上便晕染了红晕。

南条手把着手地带着她，缓缓踏出了舞步。

星枝原带着些许抵触，逐渐便与对方的节奏合拍了。很快，两人的身体都涌出了一股热情的激流，南条见此情状，便加快了舞步。

“我站起来啦！你看，我的脚好好地站起来啦，就是要这样！”他大喊着，紧握星枝的手，围绕着她舞蹈，如火焰的旋涡般将她围裹着。不久，他冷不防地一把抱起星枝，气势汹汹地跑进了林子里。

他抱着星枝，腿脚轻快，仿佛延续着翩跹的舞姿。

暮色将近，晚风似是追赶着一群小鸟，掠过了庭院上空。

两人的鞋子、南条的外衣大约在起舞时便已褪下。

清风拂过，影子西斜，在林中摇曳不息。

小马沿着山路下来，大约是去马市的。

饲主骑在母马上。小马身上并无羁绳，自己跟在后面啪嗒、啪嗒地走着，着实可爱。

三四个村里人背着细长的青竹捆走了过去。

道路一侧的小山被打造成了游乐园的样子，那里传来了男女小学生的童谣声，似是在做游戏。许是有上百人在合唱。

小山邻着溪流，坐落在河岸上。南条一直坐在那里，时而心神不宁地回望山路，时而眺望远方山脉间涌出的夏日浮云。

星枝与父亲并肩走下山来。

父亲抬头望着传来童谣的小山说道：

“孩子们已经来了啊。”

南条见星枝的父亲在一旁，便将身子往芒草的阴影中缩了缩。

阳光炽热，星枝有些心绪不宁。她留意着四周，一眼就认出了南条，不禁想要快步走过这一段 。

父亲望着溪流和对面的群山，没注意到这边。

“是那群借住在胜见家房子里的孩子们。都是东京来的身体虚弱的儿童。一想到胜见的蚕种养殖场也被拿来做孩子们的住处，就觉得可怜。”

星枝的心思已经飞到了天边。

“不过，那么大的仓房，总比闲着让蜘蛛结网要强。这也算胜见的作风，兴许也是好事。不养蚕卵，而是让‘人卵’茁壮成长——这倒也符合胜见‘为社会、为国家做贡献’的口头禅。那房子都是无偿借出去的——就连他的葬礼也是如此：记得我曾对你说过，他是蚕种界的第一人，甚至从政府那里得了两万元奖金呢。不光是在地方上，就连在中央蚕丝工会里，他也是举足轻重的人物——相对于如此显赫的身份，他的葬礼实在是太朴素了。哪怕他平时再怎么以穷乡僻壤的村夫子自居，那也还是太朴素了——毕竟有许多蚕丝界的知名人士，都从东京赶来参加葬礼。我作为他的友人，都觉得有些不好意思。但据说那是按照他的遗言，将葬礼的费用全捐给了村里的缘故。他办事素来是这个风格。”

“是吗？”

“最近虚弱儿童[1]之类的说法似乎还挺流行的。”

“嗯。”

“以往每年都有学生来胜见这儿，都是蚕丝专科学

1 | 虚弱儿童：在粮食供应不足的年代，日本存在一批病弱体虚的儿童。政府会为他们修建专门的寄宿学校。

校的学生，是过来实习的。为了研究蚕种而漫游世界的怪人，也就只有胜见一个了。他久负盛名，人们多次请他去做县议会和国会议员，他却说养蚕太忙，没有那种闲工夫，还是在这里做研究更能为国家起到作用。他一辈子都在和蚕打交道，再没有谁比他更令人钦佩了，且他又不重名利，我当真是极为喜爱他。”

绕过小山的山脚，首先映入眼帘的，是胜见家墙壁刷得雪白的蚕种养殖场。

那座两层的仓房，耸立在河岸边堆砌得极为漂亮的石崖上，似一座城堡一般。两排窗户大敞着，仿佛将白墙分割开来，似乎装了纸拉窗。

从这栋仓房的一端直至拐角处，住房都是古色古香的平房，衬得仓房雄伟壮观。

“那里面的标本和研究书籍，如今也是白白蒙尘，我打算劝他们捐给专科学校或是蚕丝会馆。”

“为什么他们不继续做蚕种生意了呢？”

“许是因为胜见死了吧。他儿子又是那个样子。要保住胜见蚕种的信用，即便是区区蚕卵，也绝非轻易之事——要不断进行新的研究，不能在品种改良的竞争中败下阵来。与其培育出有损胜见名誉的蚕种，不如干脆利落地退出行业——还能对那些贫苦的蚕种商有些帮助。这大概是他夫人的考虑吧。”

“若是能帮到那些小蚕种商，倒也是好事。”

“傻瓜。关键在于培育优良品种，提升蚕的品质。你若是像虚弱儿童一般，说话这么小家子气，那就去练练打手枪吧。”

“手枪？”星枝喃喃自语。声音小得好似忆起了一场噩梦。

“是手枪。昨天打中了，着实畅快。这种天空之下，山中空气都让枪声不太一样。今年冬天我再带你来打猎。”父亲说着，抬头望了望万里无云的天空。

“再说，她一个妇道人家也不愿操这份心，支使那么多人去做事——毕竟她现在又不愁吃穿。她家现金倒是没那么多，股份想必也是地方上的，但名下的山林可是不计其数。”

“我回去了就练手枪吧。”

“可要对你母亲保密哦。这栋仓房，或许还能重获新生。之前在这里工作的匠人啊——说是匠人，其实是胜见工作上的助手，也是这行的专家。他们想复兴胜见的蚕种，找我商量来了。毕竟是胜见的弟子，他们对研究热衷得很，但若要经营蚕种买卖，那就做不来了。”

“那是要让父亲来负责经营吗？”

“也不是什么值得一做的买卖，不过我还是去劝劝夫人——是办一间小公司还是怎样，总之把经营的框架搭起来。”

“这跟那件事有什么关系吗？”

“那件事？你的相亲吗？说什么傻话。这种小家子气的怀疑，你莫不真的也成了虚弱儿童？那不过是胜见的儿子被你迷住了而已。真是可怜。不过那孩子倒也不傻。”

两人来到了胜见家门口。

宽广的庭院中矗立着参天古木，其间凝聚着长久的岁月，深邃而静谧，与这端正的名门世家相称。

这宅子远远望去并不华丽，行至门前一看，倒显得古朴素雅，笼罩着一种略微昏暗的怀旧感。

写着“胜见蚕种养殖场”的大招牌，仍挂在仓房的白墙上。

父亲停下了脚步，说道：

“你不进去看看过往的建筑吗？之后坐下一趟巴士就行。反正傍晚前能到那边应该就可以。”

星枝轻轻地摇了摇头，接着看向父亲的脸说道：

“那件事希望您能替我回绝。”

“嗯。”父亲望了望星枝，示意那我去了，便抬腿走进了胜见家的大门。

星枝忽然抬头看了看仓房，旋即迈出了脚步。

沿着坡道往下，便是温泉浴场。

悄悄跟在后面的南条见只剩星枝一人，便飞也似的赶了上来。今天他又拄起了拐杖，瞧着似是飞快地走了过来。

一直走到大浴场前面，南条高声喊道：

“星枝，请等一下，星枝！”

此处是村中的公共浴场，是一座寺院风格的建筑。为了排出热气，屋顶上开有格子窗，格子窗的上方叠了个小屋顶。

村童们正在旁边茂密的树荫下嬉戏，听见南条的喊声，一齐朝这边望过来。

星枝紧张地站在原地，忽然闭上眼睛，再睁开时，目光变得冰冷无比：

“又拄拐杖？”

“我是，从后面追上来的，你不知道吗？”南条喘着粗气，却又爽朗地说道。

“我知道。”

“我在报纸上看见竹内师父要来的报道，心想星枝你也准会去镇上。从上午开始，我就在游乐园下面等你路过。我本想和令尊见个面，恳求他的同意，但又觉得这太过突然，而且也要先确认你的心意。”

“你要恳求我父亲什么？”

“你问我要求什么？不，在此之前，我必须让星枝深刻地理解我这个人。这根拐杖也是如此。打从一开始，你就说这根拐杖是装样子的——想来是对我这拐杖深恶痛绝。然而，令我扔掉这根拐杖，用自己的脚站起来的，也正是星枝你呀。我很感谢这根施加了爱之魔法的拐杖。”

“这是恶魔的拐杖。”

“这根拐杖是法国产的。它跟着我从法国走到美国，是我的老伙计——如今有了温暖的真人拐杖，我也该和它道别了。倘若我昨天没看到你的舞蹈，它许是会陪伴我一辈子呢。”

“那是神话呀。”

“神话？”

“嗯，希腊神话的舞蹈。”

“啊，是的。那确实是希腊姑娘的舞蹈。我应该是因为舞蹈而复活了。就像邓肯[1]回归希腊舞蹈的精神，开创了舞蹈的新局面一样。”

“我可不是什么神话里的姑娘。那种舞蹈不过是曾经的神话罢了。你就把我当作可怜的疯子吧。”

“什么？你是在说那不过是着了魔吗？是说我们身份有别吗？难道我对你的爱，只是不自量力的白日梦

---

1 | 邓肯：艾莎道拉·邓肯（1877—1927），美国舞蹈家，现代舞创始人。

吗？”

“那只是舞蹈呀。昨天我也说过，我已经不跳舞了。真可怕，那就是舞蹈吗？我是真的领悟到这点，冷静下来了。我只想过平凡生活。这辈子我不会再跳舞了，希望你能谅解。”

“太卑怯了，你这样！”

“南条，你今天不也是拄着拐杖来的吗？”星枝说着，逃也似的走进汽车站。她瞧着南条的神色，意识到他无疑会跟进来，便又快步走出去，钻进一条小巷。

南条对星枝的举动毫不在意，继续追着她不放。

两人来到了布满白石子的河滩。温泉旅馆的窗户都朝着这边，庭院也正对着此处。

溪流两侧的小山，层层叠叠，逐渐低矮。星枝远眺下游的景色时，意识到自己背上出了一层冷汗。

“你总说拐杖、拐杖的，但我想说的其实就是它。我问你，我突然扔掉从法国带来的拐杖，那般纵情起舞，你觉得那究竟是怎么一回事呢？那是奇迹的瞬间……”

“我讨厌奇迹。”

“你那是胆小。所谓奇迹，绝非鬼神的妖术——那是生命之火在熊熊燃烧呀。一旦跳起舞来，瞬间就能展现出这一点，你真是个深受上天眷顾的人呀！”

“我讨厌这一点。”

“你又跟昨天一样，害怕起自己的天赋了。”南条狐疑地望着星枝，“这般小家子气的假话，你只要真正跳上一曲，就会像做梦一样忘得干干净净的。”

“我哪里说假话了？”

“当然是假话。星枝你除了舞蹈之外，剩下的都是假话——你就是这样的人。不要笑话我的拐杖，你自己不也故意让自己的青春拄上了拐杖，给心灵缠上了绷带，还自顾着逞强——这才是装样子呢。我不在的时候，日本的大小姐竟成了这副模样吗？”

“嗯。我才是这么想的。你净在这自说自话，是在外国待久了的缘故吗？一点儿都没说到我心里。”

“是吗？我们想说的事情，昨天都通过舞蹈密切地沟通过了。舞蹈家之间只能用舞蹈来对话，语言只会起到妨碍。虽然你我都说不跳舞了，再也不跳了，但我们终究还是离了舞蹈就活不下去——你不觉得这证据就足够了吗？”

“那是神话。我对此不负任何责任。”

“我很清楚，你想说的是你并不爱我。可是，星枝你为何会对爱上别人这件事感到如此不甘呢？”

“你误会了。”

“我还想再说得坦诚一些。首先，我必须得道个歉才行——但我实在是太过喜悦了，而且做梦都没想到，自己会再次跌落深渊。这种事太难以置信了，星枝你才是误会了我呀。先说这根拐杖吧——令尊是做生丝贸易的对吧，而且你家又在横滨。我想，你倘若也懂得外汇行情，应该也会同情我这拐杖吧，也能想象得出这五年间，我在西洋过着多么悲惨的生活了吧。我若站在舞台上，站在‘新海归’那块华丽的招牌下，一定会有人嘲笑我，说我是个乞丐，丢了日本人的脸。而在大海那边，别人都把我当作惹人厌的日本人。这根拐杖，拿去扮乞丐倒是很方便。”

南条用拐杖戳了戳脚边，继续说道：

“可是，我这绝不是在装样子。我患上了严重的风湿性关节炎。没什么像样的吃的，身体日渐虚弱，加上严寒与湿气，连让屋子里暖和一点也做不到。这神经痛和关节炎，最难受的时候，膝盖嘎吱作响，整个人跪倒在地上，痛得仿佛骨头都断了。好不容易能靠拐杖走路，可跳舞的事也没戏了，一想到这个，我就心如乱麻。而请大使馆把我送回国，又未免太过丢脸。除了等病情好转，我别无他法。这病又不是去看医生就能马上治好的，在西洋泡温泉又奢侈得不行，我只能自己注射麻药，聊以镇痛罢了。因为药物中毒，我的头脑也坏了，灵魂也腐朽了　这就是我留洋的情况。在昨天看到你的舞蹈之前，我虽活着，却早已死去了呀。”

河岸边的道路不知何时起变成了上坡，爬上去便是大马路。天气炎热，路边盛开着无名的夏日花朵，散发着奇香，白色的蝴蝶上下飞舞，令人目眩。

南条停下脚步擦了擦汗。

“我躲在舱室里的心情，想来你也明白的吧。那时候，我虽然还不是离了拐杖就走不了路，但自己作为一个废人踏上日本的土地——拄着拐杖便是此象征。与其说是无颜面对竹内师父，不如说我已无法面对在码头迎接我的这个世界了。而且，对于日本人跳西洋舞这件事，我也有些怯懦的怀疑。”

“如此困顿，你还绕道美国回来，实在是可疑。”

“啊？这是多亏了那位夫人。她是我的恩人，是她带我回到了日本。”

这时，一趟巴士驶来，打断了南条的话。

转眼间，星枝抬手叫停巴士，向南条投去表示抗拒的冰冷一瞥，便带着就此告别的气势，转身上了车。南条也慌忙跟在后面进了车厢。

星枝的脸上蓦地升起一片绯红，不知为何，竟一直红到了脖子根。她羞得无地自容，心神不定地垂着头。“请停一下！”她突然大喊一声，旋即不顾一切地跳了下去。

事情发生得太过突然，南条错过了起身的时机。

星枝保持着跳下来的姿势呆立在原地，她毫不在意满额的汗水，目送着巴士远去而带动的白色烟尘，极力忍耐着胸口的悸动。当巴士消失在远方的山下之时，她才感受到脚下的麻木，啪嗒一下摔倒在路旁的草丛里。

很快，她便啜泣起来。

湿热难耐的野外草丛中，并无一人经过。

铃子像往常一样，带着舞台的余韵，轻快地回到了休息室。没承想竟看见星枝呆呆地坐在梳妆台前，她开心得像是做梦一般。

“哎，星枝你怎么来啦？太好啦！”她从后面抓住星枝的肩膀，仿佛滑行一般坐了下去，星枝被夹在了铃子的两膝之间。

铃子的扮相很可爱，像魔法森林里的吹笛少年。

这名少年张开光着的双腿，装作姐姐的模样，摇晃着星枝。

“你特意跑这么远来找我呀？我可想你啦。真是吓了我一跳。讨厌，怎么你还摆着一张冰块脸。”

星枝忽然闭上了眼睛。

铃子有些不安，说道：“怎么啦？对不起。你是有什么事情，才到这儿来的吗？”

“没有，我一听到铃子的声音，心情就好多了。”

“哎，讨厌，欺负人。不过真是许久不见了呀。师父也会吓一跳的。写信给你也不回，该不会还在用望远镜眺望港口吧？”

“我打过电话，可是打不通。”

“电话，是了，已经没电话啦。”

“没电话了？”

“那种事，之后再说吧。”

星枝睁开眼，在房间里环视了一圈，说道：

“这休息室真脏。”

“别说啦，会被听见的。在乡下，这已经算不错啦。休息室怎样都好，难过的是舞台条件太差了。公会堂和学校这类地方，没有跳舞的条件，照明效果也不好。真是悲惨。不过，师父也一起来了，我绝没有放任自己。没有哪次我不是振作精神上台的。舞蹈服是不是也有汗臭啦？我们已经出来二十天了。师父太可怜了。你不愿意参加宣传浴衣的巡演，师父没办法，就只好自己上了。”

“是吗？”

“一天比一天闷热，到梅雨季了呀。”

“挺郁闷吧。”

“只要跳起来，就不会郁闷了。”铃子放开星枝站了起来，“你就跟师父说，是家里不同意你出来的好吗？毕竟是大小姐，师父也以为是你家里不让你出来巡演。”

舞台那边传来了钢琴声。

铃子看了看星枝，示意那是竹内师父的那支舞，接着她麻利地将下一支舞的服装摆放整齐。接下来似乎是竹内和铃子的双人舞。

“都是令人怀念的衣服吧。”

“嗯。”

“星枝，你脸色很差啊，坐火车累了吧？你是想我们了，单纯过来玩的吗？我是不是光顾着开心就行了？”

“我和父亲一起，前阵子就过来了。”

“哎，过来避暑？”

“应该是来谈生意的吧。”

“是啊，这里是蚕丝之乡呀。那我就放心了。我刚刚还在想，星枝居然追到了这种地方来，对你来说有些奇怪呢。”铃子笑着，回到了梳妆台旁。

“稍微让一让，我要化妆了。”

“哦。”星枝点点头，但当铃子的脸映入镜中，快要和自己的脸颊重叠起来时，她似在害怕什么似的，打了个寒噤。

铃子讶异地问道：

“怎么啦？你突然就不跳舞了，是不是身体变差了？真奇怪。”

“不是，是你化着舞台妆的脸凑上来了。我看到你那张脸，就感觉自己好像还没见着你似的，真讨厌。”

“是吗？”

“替我化妆吧。”

“真拿你没办法，我忙着呢。”

铃子说着，胡乱往她脸上扑了点白粉，又抹了些腮红。星枝如人偶一般，安静地闭着双眼。

“大热天的，随便抹抹就行啦。”

铃子扭过头来，从侧面望着星枝的脸，说道：

“你这张脸真是奇妙，好像化淡妆更好看，又似乎化得浓一些才好。对了，对了，你还记得跳《花的圆舞曲》那会儿，你说自己一脸落寞的事吗？”

“我忘了。”

“真是个健忘的人。”铃子正在给星枝画眉，却见她的脸上滚落下一滴泪珠。

“哎呀。”铃子不禁停下手上的动作，随即按捺住内心的惊讶，若无其事地微微一笑，替她拭去眼泪。

“这是什么？我拿走啦。”

星枝闭着眼睛，宛如一张美丽的面具。

“铃子，你还爱着南条吧？”

“嗯，我还爱着他。”铃子爽朗地答道，“那又怎么啦？”

“你这是认真的吧。”

“是认真的。”

“是吗？”

“许是我从小时候起，心里想的就全是他的事情，但其实我也在怀疑，自己真有那么纯情吗？可是，我觉得所谓爱，就是个人意志。就算南条他是个坏人，或是个残废，那也不要紧。我想把他从西洋学到的东西全都学到手上，把他拥有的全部都抓在怀中。这虽然像是对背叛者的复仇，但对他来说，这种爱的意志是很有必要的。无论如何，我都想和南条一起跳舞。若能与喜欢的人纵情起舞，那我就死而无憾了。”

铃子坚定地说着，不知何时把星枝从梳妆台前推到一旁，迅速化起了自己下一支舞蹈的妆。

“我反复想了许多。乍一听，这像是功利主义的爱，但其实并非如此。这是爱的意志呀。感情这种东西，已经无法信赖了，如今这世道本身就是这个样子。越是有才能的人，感情就越为薄弱。我认为即便是恋爱，只要将自己的意志贯彻到底，那纵然失败，也能跨越过去昂首挺立，而不是成为悲剧。我不要后悔，只希望不留遗憾地活下去。”

星枝茫然地听着。

“为了学习舞蹈，我甚至都可以把自己卖掉。我唯独不想让自己的想法囿于贫寒与潦倒。迄今为止的我，实在是太差劲了。”

“跳舞哪有那么好呢？”星枝的话就像童言童语。

“要说哪里好——像我这种人也能活下去，这就是目的。”

“这都是假话。”

“那，什么是真话呢？对你来说，又有什么是真的呢？”

星枝淡然说道：

“少说两句吧。挺吵的。”

铃子也生气地瞪了星枝一眼，却又如梦初醒一般，说道：

“这些不都是你先问我是不是爱着南条，我才说的吗？”她笑了笑，忽然又板起脸来，“真奇怪，怎么突然说起这种话了？为什么呢？”

说着，她探寻似的朝星枝看去。

星枝察觉到铃子的视线，立马反驳似的说道：

“南条他，并不是瘸子啊。”

“哎？”

“他还能跳舞。”

“你见到他了吧，星枝，发生了什么事，对吗？那我就明白了。”

“什么也没有。”

“没必要瞒着我嘛。你这么一说，我感觉自己很久以前就好像明白了。”铃子平静地说道。

这时，竹内走了进来。

“啊？你怎么来这儿了，许久不见。”他坐到旁边的梳妆台前，皱着眉头，边脱衣服边说，“真热啊。”

铃子拧干毛巾，为竹内擦拭起身子。她的手在颤抖。

“师父。”

“怎么啦？”

“据说南条不是瘸子，他还能跳舞。”铃子紧紧抓住竹内脊背上的肌肉，把脸压在他的肩上啜泣起来。

“别哭呀。你等一下。”

竹内甩开铃子，突然站了起来——他看见休息室的入口处，南条正茫然地站在那里。

南条倚着拐杖，深深垂着脑袋——似乎离了拐杖的支撑，就会无力地倒下似的。

“师父，我来向您道歉了。”

“什么！”竹内怒上心头，看着就要冲过去，没想到星枝却站起来拦住了他。

“师父，别这样！”

“让开！这家伙！”竹内走过去，冷不防揍起了南条。

“蠢货！你这像什么样子！”

南条没多想，举起了拐杖试图保护自己。

“你要干吗？你举着这玩意儿，是打算干吗？”

铃子单手撑在地上，默默地望着他们。

星枝又闯进两人之间，用一副嘲讽似的语气劝起了竹内。

“师父，请住手吧。那根拐杖，是装样子的。”

南条不知在想什么，脸色唰地一下变了。

“浑蛋！”

他说着，抡起拐杖，打中了星枝的肩膀。她倒在了竹内怀里。

竹内被撞得往后打了个踉跄，一脚踩空台阶，仰头摔落下去。

舞台上，同行的女歌手正在唱着活泼的流行歌曲。

竹内被抬进了医院。他的后脑勺重重地撞到了什么地方，右手肘也疼得动弹不了。

作为竹内的替补，南条加入了这次巡演。

当天深夜，他们便启程离开了这里。

汽车从医院出发，朝着车站疾驰，三人都沉默无言。在进检票口之前，铃子忽然夺走南条的拐杖，把自己的肩膀凑了过去：

“扶着我吧。”

接着她把拐杖递给了星枝：

“把这玩意儿扔掉吧。到底是靠不住。”

“嗯。”星枝点点头。

之后，星枝赶回医院，照顾竹内去了。

全国总经销

出品人 张进步 程碧

特约编辑 孟令堃

装帧设计 陈旭麟（okmake studio）

捧读

触及身心的阅读

こと

古都

川端康成 著

李光曦 译

河北出版传媒集团
河北人民出版社
石家庄

图书在版编目（CIP）数据

最美川端康成. 2, 古都 /（日）川端康成著 ; 李光曦译. -- 石家庄 : 河北人民出版社, 2023.5

ISBN 978-7-202-06724-6

Ⅰ. ①最… Ⅱ. ①川… ②李… Ⅲ. ①中篇小说一日本一现代 Ⅳ. ① I313.45

中国版本图书馆 CIP 数据核字 (2022) 第 052235 号

春之花

千重子发现，老枫树的树干上绽放着堇花[1]的花朵。

“啊，堇花今年又开了。”千重子在这里邂逅了春天的温馨。

这棵枫树虽生长在这方狭小的庭院之中，却是一棵大树，树干比千重子的腰还粗。苍老而又粗糙的树干长满青苔，和千重子娇嫩的身躯简直无法比拟。

枫树的树干在与千重子腰际齐平的地方，稍稍向右扭曲倾斜，在比千重子的头还要高的地方，向右弯得更厉害了。从弯曲的树枝上延伸出的枝枝杈杈不断蔓延，遮满了整个庭院。长长的树枝的末端不堪重负，沉沉地垂着。

---

1 | 堇花：原义为“すみれ”，在日语中狭义指东北堇菜，广义指堇菜科植物，本书译为“堇花”。

树干弯曲的地方往下一点儿，有两个小小的凹陷，堇花就生长在那儿。每到春天就会开出花儿来。自千重子记事起，这树上就长着两株堇花。

上边的堇花和下边的堇花隔着一尺左右，已经到了青春年华的千重子偶尔会想：

“上边的堇花和下边的堇花，它们见过彼此吗？它们知道彼此吗？”堇花如何“相见”，如何“知道”，她所想的这些究竟是什么意思呢？

花最多开三五朵，每年春天也就这么多了。尽管如此，每年春天它都要在树干上的小小凹陷处抽芽、开花。千重子在廊下眺望着，或者从树干旁仰头看去，时而感觉到堇花的生命力给自己带来的冲击，时而隐隐地感到孤独。

“生在这样的地方，还要一直一直活下去……”

来店里的顾客也只会对枫树的茂盛发出赞叹，却很少有人注意到绽放的堇花。粗壮的树干上遍布着巨大的树瘤，青苔更是蔓延到高处，显得格外端庄和雅致。这也难怪大家看不到寄生在树干上的微小的堇花。

但是，蝴蝶是知道的。千重子发现堇花的时候，小小的白色蝴蝶在庭院中低低飞过，盘旋在堇花附近。那个时候枫叶也开始长出微红的嫩芽，白色的蝴蝶翩翩起舞，衬得更加艳丽动人。这两株堇花的叶子和花，在枫树树干新长的青苔上，投下了稀薄的影子。

那天是阴天，但樱花似要绽放，是一个柔和的春日。

雪白的蝴蝶纷纷飞去，千重子坐在走廊上，凝望着枫树树干上的堇花。

“虽然是在这样的地方，堇花今年还是开了，真好，真了不起。”千重子似乎想要对着堇花轻轻诉说。

在堇花的下面、枫树树根的旁边，立着一座古香古色的石灯笼。千重子的父亲曾告诉她，石灯笼的底座上雕刻的是基督像。

“不是圣母玛利亚吗？”那个时候千重子问道，“像北野的天神像一样，很大的那种。”

“这个是基督嘛，”父亲不假思索地说，“又没抱着婴儿。”

“哦，是这样……”千重子点了点头，随后又问，“那我们的祖先有人信基督吗？”

“没有，这个石灯笼是造园师或者石匠拿来放在那儿的。不是什么稀罕东西。”

这个刻着基督像的石灯笼，大概造于当年打压基督教的时期。由于石头质地粗糙而又脆弱，浮雕像经过百年的风雨渐渐开始风化腐朽，只剩下头、身体和脚的形状还依稀可辨，恐怕当年的雕工也很粗糙。石像的袖口很长，几乎拖到衣服的下摆。双手合十，手腕的地方稍稍鼓起来一点，看不出来是什么形状，但是总感觉和佛像或者地藏菩萨的雕像不一样。

这尊基督像石灯笼可能代表着过去的宗教信仰，也可能只是带有外国风情的装饰品。现在它已古旧斑驳，才被摆放到千重子家庭院里靠近古树树根的角落。偶尔有客人的目光停留，父亲就解释说“这是基督像”。但来做生意的客人们，极少有人注意到这个大枫树树荫下的旧灯笼。纵然是注意到了，庭院里摆着一两个灯笼本是司空见惯的事，谁也不会去瞧个仔细。

千重子的目光从堇花处下移，转而注视着基督像。千重子虽然没有在教会学校上过学，但为了多接触英语，常常出入教堂，《新约》和《旧约》也都读过。即使这样，在这个古旧斑驳的石灯笼前面供奉鲜花或是点蜡烛，都显得不合时宜。这个灯笼上哪儿都没有刻着十字架。

基督像上面的堇花，令人联想到圣母玛利亚的心。于是，千重子的目光从基督像的灯笼上，又移回堇花处——这时，她突然想起了养在古丹波[1]壶里的铃虫。

---

1 | 丹波：即丹波立杭烧，又称丹波烧，指日本兵库县丹波篠山市今田地区附近烧制的陶器，发祥于平安时代末期至镰仓时代，兴盛于江户时代。收藏者将烧制于江户时代及以前的古董称为“古丹波”。

千重子开始养铃虫的时间，比发现古树上堇花的时间要晚得多。那大约是四五年前，千重子在高中朋友的房间里听到铃虫叫个不停，觉得非常有趣，就问朋友讨来几只养。

“只在壶里活着，也太可怜了。”千重子说。那位朋友却说，被养在壶里总比直接死了要好。据说有的寺庙也养了许多，还卖虫卵，看来喜欢铃虫的人真不少。

千重子的铃虫繁殖了很多，现在已经要用两个古丹波壶分开养了。幼虫每年都在七月一日前后孵化出来，到了八月中旬开始鸣叫。

在狭小灰暗的壶中出生、鸣叫、产卵，然后死去。即使是这样，也留下了自己的后代。虽然在壶中，但总比只活了一代就结束短暂的生命要好。不折不扣是活在壶中的一生，壶中即天地。

古代中国有“壶中天地”的典故，千重子是知道的。在那壶中，有琼楼玉宇、琼浆玉液和山珍海味，完全是超脱尘世的化外仙境。这也是众多神仙传说中的一个。

然而，铃虫们显然不是厌倦红尘才进入壶中。恐怕连自己活在壶中也茫然不知，就这样一代代活下去。

最让千重子惊讶的是，必须让外面的雄铃虫进入壶中繁衍。不这么做的话，同一个壶里的铃虫产下来的后代就会又弱又小，这是近亲繁殖的缘故。为了避免出现这样的状况，铃虫爱好者们有交换雄铃虫的习惯。

如今是春天，还没有到铃虫活跃的秋季。千重子从长在枫树树干上的堇花，想到自己养在壶里的铃虫。这并不是毫不相干的两件事。

铃虫是千重子给放入壶里的，但堇花又是为什么会生长在这样闭塞狭小的地方呢？堇花今年依旧会开花，铃虫想必今年也会出生、鸣叫。

“这就是自然赐予的生命吗……”

春风戏弄着千重子的头发，她将头发挽到耳后，心中将堇花和铃虫暗暗比较，“那么，我自己呢？”

在这世间万物都充满生机的春日里，一直注视着这微小堇花的，也只有千重子一人吧。

店那边隐约传来了准备午饭的声响。

千重子也要开始打扮了，快到约定好的赏花时间了。

昨天，水木真一给千重子打来了电话，邀请她去平安神宫赏樱花。真一的一位学生朋友已在神苑的检票口工作了半个月左右。真一听那个学生说，如今正是樱花盛开的时节。

“他就像在帮我们监督着樱花，没有比这再准的时间了。”真一低低地笑着说。他低沉的笑声十分好听。

“那这个人也会监督我们吗？”千重子问。

“他是个门卫啊，不管是谁都要从他跟前过嘛。”真一又笑了一下，“不过，如果千重子不喜欢的话，我们分头进去，然后在院子里的樱树下见面好了。再说了，那儿的樱花就算是一个人欣赏，也看不厌的。”

“照你这么说的话，那你就一个人去看花吧。”

“我是可以，但万一今晚下大雨，花都落了，我可不管。”

“那还可以看落花的景致呀。”

“被雨水打落弄脏的花，算得上落花的景致吗？那种景致说的可是[1]……”

“你可真讨厌。”

“哪里讨厌……”

千重子选了一套不显眼的和服，出了家门。

平安神宫虽是因为时代祭[2]而被人熟知，但其实是在明治二十八年（一八九五年），为纪念桓武天皇迁都于此一千周年[3]而建造的。因此神殿的历史不算太长，但神门和外拜殿的样式分别模仿了平安京的应天门和大

---

1 | 真一在这里当是用日本成语“落花狼藉”跟千重子开玩笑。落花狼藉除物品凌乱的本意外，还引申为对女性粗暴无礼的行为。

2 | 时代祭：每年 10 月 22 日在平安神宫举办的大型庆典。

3 | 一千周年：实际上是一千一百周年。

极殿。也有右近橘和左近樱[1]等花木。昭和十三年还把迁都东京之前的孝明天皇一并供奉在这里。很多人在这里举办神前式婚礼。

最美的装点神苑之物，莫过于红枝垂[2]，如今正可谓“除此花外，再无可代表京都春景之物”[3]。

刚一走进神苑入口，千重子就看到了盛放的红枝垂，那樱花仿佛也开在了千重子的心里，她不禁驻足欣赏，心想：“我今年也赶上了京都的春天。”

然而，真一到底在哪儿等她呢，难道还没来？千重子打算一边找真一，一边看花，便向花树丛走了过去。

真一正躺在红枝垂下面的草地上，双手交错枕在脖子下，闭着眼睛。

千重子没想到真一会躺在那里。这真的很讨厌。明明是要等年轻女孩的，怎么能就这样躺着？倒不是千重子觉得受到了轻视，或者说真一没有礼貌，而是他就那么躺着不顺眼。在千重子的生活中，她从未见过男人睡

---

1 | 外拜殿模仿原平安京紫宸殿，在殿前的左右（从殿内视角看），分别种植了一株樱树和一株立花橘树，被称为“左近樱”“右近橘”。“左近”“右近”则是负责守卫宫城的左、右近卫府的简称。

2 | 红枝垂：书中指八重红枝垂。这一品种枝条下垂、开红色重瓣樱花。

3 | 这句话出自谷崎润一郎的长篇小说《细雪》。

着的样子。

也许真一常常在大学的草坪上，和朋友们一起枕着胳膊或仰面躺着来谈笑风生吧。现在这样躺着不过是平常姿态罢了。

真一的旁边坐着四五个正在闲聊的老妇人，地上摊着好几层的食盒。想必真一觉得她们亲切，在旁边坐着坐着，就顺势躺下来了吧。

这么想着，千重子几乎要笑出来，但马上脸就红了。她也不把真一叫醒，就这么一直站着。终于，她慢慢从真一身边走开……千重子至今没见过男人睡着的样子。

真一穿着整齐的学生制服，头发也打理得干干净净。长长的睫毛交错在一起，仿佛少年。但是，千重子没有朝正面看他。

“千重子。”真一叫着她的名字站了起来。千重子急忙绷起脸来。

“睡在这种地方，不觉得太不雅观了吗？路过的人都在瞧你呢。”

“我才没睡着呢。我知道你是什么时候来的。”

“真坏。”

“如果我没叫住你的话，你打算怎么办？”

“你是看到我，故意装睡的吗？”

“我看到一位如此幸福的小姐走了过来，不由得有点哀伤。头也开始疼起来……”

“你说我？很幸福吗？”

“……”

“你的头现在还疼吗？”

“没事儿，已经好了。”

“但你的脸色看起来不太好。”

“没关系，已经没什么了。”

“你这个样子就像名刀一样呢。”

偶尔有人说过真一的脸像名刀。但是，这句话从千重子口中听来还是第一次。

每次被这么说的时候，真一的心中总是燃起一股不可名状的激情。

“名刀是不会砍人的，更何况这里还是樱树下呢。”真一说着，笑了起来。

千重子爬上斜坡，走到回廊入口处。真一也离开草坪，跟了过来。

“真想把所有的花都看遍啊。”千重子说。

站在西回廊的入口处，红枝垂的花朵团团簇簇，顿时让人感到春意盎然。这才是春天啊！连垂下来的细枝末梢，都连缀着一簇簇殷红的重瓣樱花。这样繁盛的花树，与其说是树木开出花朵，不如说是花朵铺满枝头。

“这儿的樱树，我最喜欢这株。”千重子说着，领着真一走到回廊外面的拐角处。那里立着一株樱树，枝叶极其繁茂。真一也站在旁边，望着这株樱树。

“仔细看的话，真的很有女性气质。”真一说，“不管是垂下的细枝，还是花朵，都那么温柔而丰盈……”

红色的重瓣樱花里，似乎还隐约映着一丝紫色。

“我从未想过樱花会这样富有女性气质。不管是颜色还是姿态，或是娇艳的风韵。”真一又说道。

两人离开那株樱花后，向池塘边走去。狭窄的小路边放着几张茶几，上面铺着绯红色的桌布。游客们可以在这里歇息，喝点淡茶。

“千重子，千重子！”有人叫道。

穿着振袖[1]的真砂子，从坐落在幽暗树丛里的“澄心亭”茶室走了出来。

“千重子，快来帮帮我，我真的太累了。帮我照顾一下那一桌先生们的茶水。”

“我这身打扮，只配去水屋[2]帮忙吧。”千重子说。

“没关系，就去水屋……帮着点茶也行。”

“我今天是跟别人一起来的。”

---

1 | 振袖：女性和服的一种款式，主要特点为身侧和袖子之间缝合较少，袖子可以自由摆动。根据袖子长度可分为大振袖、中振袖和小振袖。

2 | 水屋：与茶室相邻的空间，是储存与清洗茶具，准备茶水的场所。

真砂子注意到了真一，小声在千重子耳边问道：

“是未婚夫？”

千重子微微摇了摇头。

“是相好的人？”

千重子又摇了摇头。

真一转身走开了。

“那么，要不要去坐一会儿，你俩一起……反正现在位置也空着。”真砂子邀请道，千重子婉拒了她，朝着真一追了过去。

“我茶室的那个朋友，很漂亮吧。”

“平平而已。”

“哎呀，人家会听见的啊。”

千重子看向站在那里目送他们的真砂子，微微行了一个注目礼，以示告别。

穿过茶室下方的小径，便是池塘。靠近岸边的地方长着菖蒲，嫩绿色的叶子密密匝匝，水面上还漂浮着睡莲的叶子。

这个池塘的周围，并没有樱花。

千重子和真一绕过池塘，走进了一条有些昏暗的林荫道。嫩叶的清新和着泥土的湿润扑鼻而来。这条狭窄的林荫道很短。走到尽头，豁然开朗。眼前展开一座宽阔的庭院，里面的水池比刚才的池塘要大。池边的红枝垂倒映在水面上，鲜艳无比。有许多外国游客正在这里拍樱花。

池对岸的树丛里，马醉木也腼腆地开着雪白色的花，千重子想到了奈良。这里的树虽不算雄壮，但有很多姿态优美的松树。如果没有樱花，那松树的绿色倒也引人入胜。不过，眼下，松树的青翠和池水的明净，将那团团簇簇的红枝垂衬得更加明艳，令人心醉了。

真一在前面，走过排列在池塘中间、被称作“泽渡”的踏脚石。踏脚石圆圆的，仿佛是从鸟居[1]圆木上截下来的。千重子小心地提起和服的下摆。

真一回过头来说：

“我好想背着你过去。”

“你试试看啊，那我可太佩服你了。”

当然，这些踏脚石连老太婆都走得过去。

在踏脚石旁也漂浮着睡莲叶。靠近对岸时，能看到踏脚石周围的水面上倒映着松树的影子。

“这些踏脚石的排列方式，是不是很抽象派？”真一说道。

1 | 鸟居：一种建筑形式，类似简化版的牌坊，正面看如“开”形。鸟居一般被视为神社的象征，将神社所在的“神域”和人所居住的“俗界”分割开来，在某种意义上被视为一种结界或是神域的入口。

“日本的庭院不是都很抽象派吗？像醍醐寺庭院里杉树上的青苔就是这样。但如果说什么都是抽象派，这也是抽象派，那也是抽象派，反而会很叫人反感……”

“确实，那杉树上的青苔很抽象。醍醐寺的五重塔刚修完，马上要举办落成仪式了，要一起去看吗？”

“醍醐寺的塔也是模仿新修的金阁寺吗？”

“醍醐寺的塔又没有被烧掉……但好像是重新拆掉以后，又按照原来的样式重建的。落成仪式正好是看花的好时节，肯定有很多人。”

“要论赏花，得数这里的红枝垂，此外再没有什么地方可看的了。”

两人说着，走完了最后几块踏脚石。

走完踏脚石，岸边现出茂密的松林，再走一会儿便到了桥殿。桥殿本称“泰平阁”，因其形状会让人想到宫殿，所以被称为“桥殿”。桥面两侧修有长条矮凳。游人在此休息，隔着池塘欣赏庭院的景色。不，应该是池塘就在庭院里。

休憩的人们在悠闲地吃吃喝喝，孩子们在桥心跑来跑去。

“真一，真一，这里这里……”千重子先坐下，用手按着右边的矮凳，帮他占位置。

“我站着就可以，”真一说道，“或者也可以蹲在千重子的脚下……”

“我才不管你，”千重子马上站起来，让真一坐下，“我去买喂鲤鱼的鱼食来。”

千重子回来后，将鱼食丢到池子里，鲤鱼们争先恐后地游过来，有的鱼还试图跳上水面。波纹一圈儿一圈儿荡漾开来，樱花和松柏的影子也跟着摇晃。

千重子拿着剩下的鱼食，“给你吧。”她对真一说道。真一沉默不语。

“你的头还在疼吗？”

“还好。”

两个人在那里坐了好长时间。真一一脸平静，一直盯着水面看。

“你在想什么呢？”千重子先问了出来。

“嗯，在想什么呢？有时候什么都不想，却觉得挺幸福的。”

“在赏花的日子里……”

“不，陪伴在这样幸福的小姐身边……我都能闻到幸福的气息了，就像是那种青春的朝气一样。”

“我幸福……吗？”千重子又重复了一遍，眼中顿时浮起了一层忧愁的神色。因为是低着头，看起来好像只是一汪池水映在了眼睛里。

千重子站了起来。

“这座桥的对面，也有一株我喜欢的樱花。”

“从这儿也能看得见，是那株吧。”

那株红枝垂是这里最令人赞叹的花树，极有名气。枝叶像杨柳一样低垂着，茂密地生长并且伸展开来。千重子走到树下，若有若无的风拂过，花朵散落在她的脚下和肩上。

花朵也零零散散地飘落在树下，漂浮在池塘的水面上。不过，大概也只有七八朵的光景……

垂下来的树枝虽然有竹架子支撑着，不过有些纤细的花枝还是快碰到水面了。

透过红枝垂层层叠叠的花朵间隙，可以望见池塘东岸、树丛上方那青翠的山峦。

“这座山是连着东山吧。”真一说道。

“是大文字山。”千重子回答。

“是吗，原来是大文字山。怎么显得那么高？”

“也许是从花丛中看过去的缘故，可不好说。”虽然一边这么说着，千重子还是一直站在花丛中。

两人都对景色恋恋不舍，不忍离去。

在那株樱花周围铺着白色的粗沙。沙地右边立着一棵对于这座庭院来讲过于高大的松树，从挺拔的松树旁走过去，就是神苑的出口。

走出应天门，千重子说道：

“我突然想去清水寺看看。”

“清水寺？”真一的表情仿佛在说为什么要去如此普通的地方。

“我想从清水寺眺望京都的夕阳。想看日落时的西山天色。”千重子又重复了一遍，真一这才点头同意。

“嗯，走吧。”

“我们走着去。”

去往清水寺的路很长。两人避开有电车的道路，绕道南禅寺，出知恩院后门，穿过圆山公园，终于走到了清水寺前面的古老小路。恰是春日晚霞最绚烂的时候。

清水舞台[1]上，只剩三四个女学生在观景了，天光昏暗，她们的脸已经都看不清了。

这是千重子最喜欢的时刻。昏暗幽深的正殿内燃着佛灯。千重子没有在舞台上停留，而是径直走了过去，从阿弥陀堂前走到了秘佛堂[2]。

---

1 | 清水舞台：指清水寺正殿南侧用来向观音菩萨供奉文艺表演（如雅乐、能剧、歌舞伎等）的架空平台，由139根巨大的日本扁柏木柱支撑。由于欣赏者只有菩萨，所以舞台没有设置观众席。

2 | 秘佛堂：日文为“奥の院”，指位于寺院或神社深处，安置渊源深厚的秘佛或开山祖师神位的场所。

筑在悬崖上的秘佛堂也有“舞台”。秘佛堂的桧皮葺[1]屋顶十分轻盈，舞台本身也极小极轻。但这处舞台是朝着西方的，面向京都，也面向西山。

城里华灯初上，星星点点，天边残留着一丝亮光。

千重子走近舞台的栏杆，向西远眺，好像已经忘记了同来的真一。真一走到她身边。

“真一，我其实是弃婴。”千重子突然说。

“弃婴？”

“对，是弃婴。”

真一迷茫不解，“弃婴”难道是指人心里的状态吗？

“弃婴吗？”真一喃喃道，“像千重子这样的人，有时也会觉得自己是弃婴吗？如果你是弃婴，像我这样的人更是弃婴了，是精神上的……所有人类可能都是被丢弃的婴孩。人的出生，可能就是被神丢弃在人间了。”

真一定定地凝视着千重子的侧脸。夕阳的余晖淡淡地晕染在她的脸上，若有若无，这恐怕是春日黄昏带给人的一点淡淡哀愁。

“所以，正因为是神的孩子嘛。神将我们丢弃，也

---

1 | 桧皮葺：一种用桧（日本扁柏）皮铺设屋顶的日本原生工艺，出现于公元 6 世纪。平安时代成为等级最高的屋顶铺设方式，用于重要宗教场所。

会将我们救赎……”

但千重子好像根本没有听到这些话，只是一直俯瞰着京都城里的灯火，并没有回头看真一一眼。

感受到千重子心中有股无可言说的哀伤，真一不觉抬起手来，往她肩上放去。千重子却避开了，说道：

“不要碰一个弃婴。”

“都说了，人都是神的孩子，都是弃婴……”真一稍稍提高声音说道。

“不用说这么难懂的话。我不是神的弃婴，而是被人类的父母扔掉的弃婴。”

“……”

“我是被扔在店铺土红色窗格子前的弃婴。”

“不要瞎说。”

“是真的。这件事就算是跟你说了，也没什么……”

“……”

“每次我从清水寺远望京都的暮色时，不由得想，我真的是出生在这个城市吗？”

“这都是什么话，越说越奇怪了……”

“这种事情有什么好说谎的。”

“你可是大批发商唯一的女儿，备受宠爱。这样的千金小姐怎么还得了妄想症？”

“是啊，我是被宠着长大的。现在想想，就算是弃婴也没什么……”

“你有弃婴的证据吗？”

“证据嘛，就是店前面的土红色窗格子。有年头的窗格子什么都知道，”千重子说道，声音渐渐变得清晰，“大约是我上了中学以后，母亲把我叫过去，跟我说我不是她亲生的孩子，是他们趁人不注意抱走的，然后坐车一溜烟跑掉了。但到底是在哪儿抱的我，父母偶尔会一时疏忽，说成不同的地方。有时说是在夜樱绽放的祇园，有时说是在鸭川的河滩……说不定是父母看着被丢弃在自己店前的弃婴，觉得太可怜了，所以才会这么说的……”

“那你知道自己的亲生父母吗？”

“现在的父母很疼爱我，我也没有要找亲生父母的想法。我的亲生父母，可能已经在仇野[1]的无缘佛[2]当中了。那里的石像早就破败不堪了……”

春日的暮色从西山蔓延开来，渐渐将京都的半边天染得微红。

真一简直难以相信千重子是弃婴，更别说是偷来的

1 | 仇野：京都三大葬地之一。

2 | 无缘佛：没有家属的人去世后，他人为供养死者的遗体和灵魂，所立的石佛、石塔等物。千重子是在委婉地说她的父母很可能已经去世。

孩子。千重子家位于古老的商品批发街，在附近打听一下就能知道真相。但是，真一现在并没有一探究竟的心情。他很迷惑，想知道千重子为什么要在这里对自己坦白此事。

然而，千重子特意邀请真一来到清水寺，就只是为了坦白此事吗？千重子的声音如此明澈纯净，深处蕴藏着一股美丽坚韧的力量。好像并不是在向真一倾吐自己的痛苦。

千重子一定隐约知道真一爱着自己。所以她的这番坦白，难道是为了让所爱之人了解自己的身世吗？真一却没有听出来这样的意思。相反，他感到千重子的话里暗藏着拒绝之意。纵使弃婴这件事情是千重子编造出来的……

真一在平安神宫再三说过千重子是“幸福”的，如果刚才这些话只是对自己评价的抗议就好了——他一边想着，一边开口道：

“知道自己是弃婴之后，千重子会感到孤独吗？会伤心吗？”

“不会，一点也没有觉得孤独，也没有伤心。”

“……”

“我跟父母说想考大学的时候，父亲对我说：‘让我们继承家业的女儿去读大学，反而会耽误事，不如多学学怎么做生意。父亲这么说的时候有点……”

“是前年的时候吧。”

“是前年的时候。”

“你对父母就这么言听计从吗？”

“是啊，言听计从。”

“那像结婚这样的事情呢？”

“当然也是一样了。”千重子毫不犹豫地回答道。

“你难道没有自我，没有自己的情感吗？”真一说。

“就是因为自己的情感太多太多了，反而让人苦恼啊……”

“就这样压抑自己的情感，把它们扼杀在心里？”

“不会，我不会扼杀它们。”

“净说这些难懂的话。”真一微微一笑，声音却有些颤抖。他从栏杆上探出身子，想要看千重子的脸。“让我看看神秘的弃婴。”

“天已经黑了。”千重子终于转过身看着真一。她的眼睛闪闪发亮。

“怪可怕的……”千重子说着，抬头将目光移到正殿的屋顶。厚重的桧皮葺屋顶暗暗沉沉，带着气势朝人压迫过来，阴森可怖。

尼姑庵和窗格子

千重子的父亲佐田太吉郎，三四日前躲进了嵯峨[1]深处的一座尼姑庵。

虽说是尼姑庵，但庵主已年过六十五。这小小的尼姑庵虽地处古都，又是名胜，但庵门隐藏于竹林深处，几乎与观光游览无缘，实在是一处清静的地方。别屋[2]偶尔会被用作举办茶会，但也不是什么知名的茶室。庵主有时也会外出教人插花。

佐田太吉郎借住在这尼姑庵的一间小室，处境也正跟这尼姑庵颇为相似。

不管怎样，佐田家开的都是位于中京[3]的高级和服衣料[4]批发店。周围的店大多已经变成了有限公司制，佐田的店在形式上也是如此。太吉郎自然是社长[5]，和客户打交道的事交给了掌柜（如今是专务或常务）。但即便如此，现在也还保留着很多昔日做生意的老规矩。

---

1 | 嵯峨：即嵯峨野，京都地名，广义上指太秦及宇多野之西、桂川之北、小仓山之东、爱宕山麓之南所包围的地域，作为观光胜地则指岚山到小仓山之间寺院林立的地域。

2 | 别屋：日语为“離れ”，指在主体建筑之外，于周边另建的房屋。

3 | 中京：京都市划分为上京、中京和下京。

4 | 高级和服衣料：原文为“京呉服”，原指京都出产的和服衣料，后来成为高级和服衣料的代名词。

5 | 社长：即董事长。后文的“专务”指专务董事，“常务”指常务董事。

太吉郎自年少时起就有大师气质，并且性情孤僻。他对于举办个人染织作品展没有丝毫兴趣。就算是举办了，在当时也会因为太过新奇而难以卖出去。

父亲太吉兵卫看着太吉郎的所作所为，也没有说什么。因为无论是店里的设计师还是外面的画家，都不缺绘制流行图样的人。然而，太吉郎并非天才，当他才思枯竭，转向借助毒品的力量，开始绘制奇异图样的友禅染[1]时，太吉兵卫果断将他送进了医院。

到了太吉郎这代，他设计的图样变得随处可见。太吉郎对这种事悲伤不已。他一个人躲进嵯峨的尼姑庵，也是想获得从天而降的绘图灵感。

战后，和服衣料上的图案发生了翻天覆地的变化。以前借助毒品才得来的奇特图案，如今已被看作新潮的抽象风格。但是，太吉郎已经年过半百了。

“要不还是画古典风格吧。”太吉郎时而喃喃道，眼前马上浮现出当年众多精美的绘图。古代织物的残片、古时衣裳的图案和色彩都存在他的脑子里。不仅如此，在京都有名的庭院和山野中漫步时，他也会写写生，留作以后和服上的图案花样。

---

1 | 友禅染：日本传统染织工艺，据传源于江户时代京都的扇绘师宫崎友禅斋，其绘画的画风影响了当时和服的色彩及图案。

午时，女儿千重子来了。

“父亲，来吃森嘉[1]的汤豆腐[2]吧，我买回来一些。”

“哦，辛苦你了……森嘉的汤豆腐虽然好吃，但千重子来看我更让我高兴。待到傍晚，帮我按按头吧。说不定我能想出更好的图案……”

衣料批发店的主人按说是不必绘制图样的，这反而会耽误做生意。

但太吉郎即便是在店里，也会将案几放在客厅最里面的窗边，面对摆着基督像灯笼的中庭，一坐就是大半天。案几后的两个古旧桐木柜里，放着中国或日本古代织物的残片。柜旁的书箱里，满满当当都是各国织物的图录。

后院仓库的二楼，则保存着许多能剧服饰和打褂[3]等，还有不少从南洋来的印花布。

这里面当然有太吉郎的父亲或先祖们从各处收集来的东西。可是，当要举办古代织物展览，有人来问太吉郎可否将这些织物出借展出的时候，太吉郎总是毫不犹

---

1 | 森嘉：京都的一家老字号豆腐店。

2 | 汤豆腐：发祥于日本京都府南禅寺周边的小吃。做法为在锅底铺上海带，放入豆腐和水，煮热后捞出来蘸酱吃。

3 | 打褂：一种女式和服，套在小袖或振袖外。现代多用作婚服。

豫地回答："遵照先祖遗志，我们家的东西概不外借。"太吉郎在拒绝这些请求的时候总是显得很顽固。

因为住的是京都的古屋，要去厕所的时候，不免要经过太吉郎案几旁狭窄的走廊。太吉郎这时候还只是皱着眉头不说什么，但店铺那边稍稍有些嘈杂的时候，则会马上大声呵斥：

"就不能安静一点吗！"

一位店员走过来双手伏地跪着说："这是大阪来的客人呢。"

"他爱买不买。批发店有的是。"

"这是咱们店的老客人了……"

"和服衣料是用眼买的。要是用嘴买，说明没啥好眼光。生意人一眼就能看明白。店里的便宜货也不少。"

"是。"

太吉郎将一条富有异国情调的绒毯从案几下铺到坐垫下方。同时，周围还挂着用南洋贵重印花布做的帷幔。这是千重子的好主意，这条帷幔帮着挡住了不少店里的嘈杂声。千重子偶尔也会换洗一下帷幔。每次换帷幔时，太吉郎总会感激千重子的体贴，并给千重子讲爪哇岛、波斯的产品啊，布料的年代是什么时候啊，是什么图案啊，等等。说得十分详尽，可是千重子也会有不明白的地方。

“这块布做袋子之类的太可惜，裁剪成茶道用的帛纱[1]又太大，做和服腰带倒可以出好几条。”有一次，千重子打量着帷幔说道。

“拿剪刀来……”太吉郎道。

接过剪刀，父亲十分灵巧地将这块印花布剪开。

“你看，这给千重子做腰带不错吧。”

千重子吓了一跳，眼睛湿润起来。

“爸爸，不行吧？”

“没关系。千重子只要系上这条印花布做的腰带，说不定我就有绘制图样的灵感了呢。”

千重子去嵯峨的尼姑庵时，系的就是这条腰带。

太吉郎当然一眼就看到了女儿系着的印花布腰带，但故意装得不加理会。印花布的花样又华丽又鲜艳，颜色也浓淡有致，可是一个年轻女孩系这样的腰带，是否真的合适呢？父亲心想。

千重子将半月形食盒放到父亲身旁。

“稍稍等一会儿再吃，我去准备汤豆腐来。”

“……”

千重子站起来，就势转身看向了门外的竹林。

---

1 | 帛纱：绢布小方巾，在茶道仪式中用来掸去茶具上的灰尘或接茶杯。

“已是竹叶变黄的时节[1]了。”父亲说道。

“土墙倾斜的倾斜，倒塌的倒塌，墙面也已经斑驳了。和我现在是一样的。”

千重子已经习惯了父亲说这样的话，也不去安慰他，只是重复着说了一句：“秋叶变黄的时节……”

“你来的路上，那些樱花怎么样了？”父亲轻声问。

“凋谢的花瓣都漂在池子里。山上还有一两株没有凋零的，一路走来，远看反而更美。”

“嗯。”

千重子进了厨房。太吉郎隐隐听到她切葱花、刨鲣鱼片[2]的声音。千重子准备好蘸料之后，用樽源[3]的汤豆腐桶[4]把食物端了出来。——这种厨具是从家里带来的。

千重子勤勤恳恳地伺候着。

“你也一起吃一点吧。”父亲说道。

“好，谢谢父亲……”千重子回答。

太吉郎打量着女儿，从肩膀到身上，说：“穿得太

---

1 | 竹叶变黄的时节：原文为“竹の秋”，是日语里的季节词，指晚春。“秋”指叶子变黄。

2 | 刨鲣鱼片：旧时的日本人会将鲣鱼肉煮熟晒干后保存起来，食用前再将其刨成刨花状的鲣鱼片。

3 | 樽源：一家京都老字号制桶店。

4 | 汤豆腐桶：专门用来热汤豆腐的桶。桶底可以放置木炭，使汤豆腐保持在合适的温度；桶顶一侧的横板可以放置蘸料和酒水。

朴素了。千重子总是穿我画的和服图样。恐怕只有你一个人愿意穿这些，我画的东西是没办法卖出去的……”

“我是因为喜欢才穿的，这不是挺好的嘛。”

“是嘛，看着太朴素了。”

“朴素是朴素，不过……”

“年轻女孩穿这么朴素的话，可不太好啊。”父亲不经意地说重了一些。

“仔细看我穿着的人，都会来夸我的衣服呢。”

父亲沉默了。

绘制图案如今已变成太吉郎的一种爱好或是消遣了。现在店铺已经面向大众做生意，掌柜的为了照顾店主的面子，只勉强印那么两三条太吉郎绘制图案的布料。其中一条往往是女儿千重子要来后，主动自己做了衣服穿。衣服的料子是特别选过的。

“不用总穿我画的图案嘛，”太吉郎说道，“穿咱们店里的其他料子也可以……我不需要这份情面。”

“情面？”千重子愕然，“我才不想什么情面呢。”

“千重子要是哪天开始穿鲜艳衣服，那就是找到喜欢的人了。”父亲朗声笑道，脸上却没有表情。

千重子侍候父亲吃汤豆腐的时候，目光不经意看向父亲的案几。上面并没有任何画京都染织图稿的迹象。

案几的一角，只放着用江户莳绘[1]装饰的砚台盒，还有两帖高野切[2]的复制品（不如说是摹本）。

父亲是想忘记生意上的事情，才会到尼姑庵来住的吧，千重子想。

“活到老学到老嘛。”太吉郎有些不好意思地说道，“不过，藤原[3]所书假名线条流畅，对画图稿也有帮助。”

“……”

“真是可悲啊，我已经到手抖的岁数了。”

“把字写大一点儿会好些吗？”

“我现在也尽量写大一些。”

“砚台盒上面的旧念珠是哪儿来的？”

“啊，那个。那是庵主为了让我专心作画送我的。”

“那父亲会戴着念珠跪拜祷告吗？”

“用现在时兴的话说，就像是幸运物一样的东西。有时候真想把珠子含在嘴里咬碎它们。”

“多脏啊。那上面有常年数珠子粘的手垢。”

“怎么会脏？那可是两三代尼姑积攒下来的信仰的

---

1 | 莳绘：在漆器上以金、银、色粉等材料绘制的纹样装饰，为日本传统工艺。江户莳绘是千叶县特产，特点是先在漆器表面用锖漆（生漆和磨石粉的混合涂料）涂出一定高度的底子，再绘制纹饰，使图案有立体感。

2 | 高野切：对《古今和歌集》现存最古老抄本的通称。

3 | 藤原：这里指藤原行经（1012—1050），他被认为是高野切的抄写者之一，其书风秀丽温雅、连绵不绝，被誉为假名书法的典范。

污垢。”

千重子感觉到自己仿佛触到了父亲的伤心事，沉默着低下头来。她将剩下的汤豆腐拿到了厨房。

“庵主呢？”千重子从厨房出来问道。

“快回来了吧。千重子今天怎么打算的？”

“我逛一下嵯峨就回去。岚山现在正是人多的时候，我喜欢去看野野宫、二尊院的道路和仇野山麓。”

“千重子这么年轻就喜欢这些地方，前途令人担忧啊。千重子可别像我似的。”

“女的怎么会像男的呢？”

父亲站在门口目送千重子离去。

不一会儿，庵主就回来了，马上开始打扫庭院。

太吉郎坐在案几前，脑海中浮现出宗达[1]和光琳[2]绘制的蕨菜，以及春日里各种草木鲜花的图画，也想着刚刚离去的千重子。

刚走出山中小道，父亲隐居的尼姑庵就完全淹没在竹林中了。

千重子打算去参拜仇野山中的念佛寺。她顺着古老

1 | 宗达：俵屋宗达，日本江户时代初期的装饰艺术家。

2 | 光琳：尾形光琳，日本江户时代的画家、工艺美术家。

石阶爬到左手悬崖边有两尊石佛的地方时，听到一阵嘈杂的声音，于是停住了脚步。

这一片林立着数百尊腐朽的石塔，它们被称作“无缘佛”。这个时节总会有一些女人穿着薄料和服，伫立在小石塔群落中拍照，像是在举办摄影会。今天也是这种情况吧。

千重子在快要走到石佛的地方，回身走下了台阶。她想起了父亲说的话。

就算是想避开春天游玩岚山的旅客，仇野山和野野宫也未免太过寂静古朴了，不像是年轻女孩子喜欢去的地方。这比穿着父亲绘制的朴素图样的衣服还要与众不同……

“父亲在那间尼姑庵里，好像什么事情都没有做。”千重子的心中涌起一丝淡淡的忧伤。“父亲咬着带着污垢的旧念珠的时候，他心里在想什么呢？”

千重子知道，父亲在店里的时候是在极力隐忍着即将爆裂的情绪，像要一口咬碎念珠时候的心情。

“还不如咬自己的手指呢……”千重子摇了摇头，喃喃说道。试图将念头转向和母亲一起在念佛寺撞钟的往事。

那个钟楼是新建的。身材娇小的母亲虽用力敲打，但是钟始终发不出太大的声响。于是千重子对母亲说道："母亲，试试深呼吸一下。"

千重子将双手覆在母亲的手掌上，协力敲了一下铜钟，发出了很大的声音。

"敲得真响。这么响的声音，能传多远呢？"母亲十分开心。

"瞧，这和敲惯了钟的和尚们敲的可不一样。"千重子笑脸盈盈道。

千重子一边回想着这些往事，一边漫步在通往野野宫的小路上。这条小路写着"通向竹林深处"，原来比较幽暗的地方，如今明亮多了。大门前的商店也时常有人在吆喝揽客。

但是，那小小的神社依然如故。在《源氏物语》中也有所记载，原本于伊势神宫修行的斋宫[1]（内亲王），曾在这里以清洁无垢之身斋戒三年。这里以带有树皮的黑木鸟居和柴枝篱笆而闻名。

在野野宫的前方，循着鲜少有人的道路往前走，岚山在眼前徐徐展开。

渡月桥前，松林夹岸，千重子乘上了巴士。

"回家之后，要怎么对母亲说父亲的事情呢……母

---

1 | 斋宫：指伊势神宫的斋王。斋王是在伊势神宫和贺茂神社出任巫女的未婚内亲王和女王，代表日本皇室侍奉天照大神。

亲肯定也已经猜到了……”

中京的这片町屋在明治维新前曾遭到“火枪火灾”和“哄哄火灾”[1]，太吉郎的店铺也未能幸免。

因此，这一带的铺子，虽然还保留着土红窗格子和虫笼窗[2]的古典京都风情，但建筑本身实际还未过百年——不过据说太吉郎店铺后院的土仓库[3]，曾在火灾中幸免于难。

太吉郎的店如今也几乎没有任何改动。这可能是房屋主人性格使然，也可能是生意冷清的缘故。

千重子回来，拉开格子门，店里的景象一览无余。

母亲正坐在父亲常用的案几前吸烟。她左手托脸，微微弓身，好像是在读书写字，但案几上什么都没有。

“我回来了。”千重子走近母亲。

“回来啦。今天辛苦了。”母亲回过神来，“你父

---

1 | 这两个词指的都是“元治大火”，即元治元年七月十九日（1864 年 8 月 20 日）京都爆发“禁门之变”武装冲突时发生的大火。因冲突双方在巷战中使用了火枪（鉄砲），故被人称为“火枪火灾”（鉄砲焼け）；因火势越烧越大而被称为“哄哄火灾”（どんどん焼け，“どんどん”既是拟声词，也有接连不断的意思）。

2 | 位于店铺二楼的窗口外，形似窗格子但竖条更宽，由泥土和灰浆反复涂抹制成。因形似虫笼而得名。

3 | 土仓库：墙壁和屋顶外涂有厚泥浆的仓库，具有良好的防火效果。

亲怎么样了？”

“嗯。”千重子想了想道，“我买了豆腐带去了。”

“森嘉的豆腐？你父亲一定很高兴。做成汤豆腐吃了？”

千重子点了点头。

“岚山怎么样？”母亲问道。

“人实在是太多了……”

“没叫你父亲把你送到岚山那儿吗？”

“没有，那时庵主正好不在，父亲就留下来了。”

千重子终于说道：“父亲好像在练习书法。”

“书法啊。”母亲看起来没有一丝惊讶，“写写字能平静心情，是好事儿。我也还记得怎么写。”

千重子看着母亲白皙优雅的脸庞，上面没有一丝一毫迹象，她什么也没读懂。

“千重子。”母亲轻声叫她。

“千重子，你呀，以后不一定要继承这个店……”

“……”

“如果你想嫁出去的话，那也完全可以。”

“……”

“你还在听吗？”

“母亲为什么要这么说呢？”

“一句话解释不清楚。但我也已经五十岁了，是经过深思熟虑才这么说的。”

“那干脆不要开这个店好了。”千重子美丽的眼睛里浮起了一层晶莹的泪光。

“瞧你，说什么不着边的话……”母亲微笑起来。

“千重子，你刚才说咱们的店铺干脆不开了，是真心话吗？”

母亲的声音不高，但有一种开诚布公的态度——千重子刚刚看到母亲的微笑，难道那只是错觉吗？

“是我的真心话。”千重子回答道。疼痛的感觉如利剑一般穿过她的胸膛。

“我不是生你的气，别那么哭丧着脸。你想想，说出这句话的年轻人和听到这句话的老人，谁更难受？”

“母亲，原谅我说了这样的话。”

“有什么原谅不原谅的……”

这次母亲真的微微笑了起来。

“千重子说的这件事情，跟我刚才和千重子说的是完全不一样的想法呀……”

“我也懵懵懂懂，不知道自己说了什么。”

“千重子自己不小心说的话，结果连自己也不明白是什么意思。人呐——女人也是一样，就算到最后，也最好不要随便改变自己说出的话。”

“母亲。”

“你在嵯峨也跟你父亲说了这样的话吗？”

“没有，我什么也没对父亲说……”

“这样啊。不妨告诉他你的想法……男人嘛，听了会生气发怒，但心里可能是高兴的。”母亲用手按着额头，“我坐在你父亲的案几旁，就总想着他的事情。”

“母亲是不是已经预感到了？”

“这是什么话。”

母女俩沉默了一会儿，千重子坐不住了：

“我去锦市场[1]看看有什么卖的，好准备晚饭。”

“那就拜托你了。”

千重子站起身来走出店铺，下到土间[2]。这个土间是狭长形状，一直通到最里面。店铺对面的墙壁下面摆着一排黑色的灶台，是厨房。

如今确实不用灶台了，再往里的地方装了煤气灶，铺上了木地板。不过地板下方仍然是抹的灰浆，一到寒风吹过，京都冰冷的冬日最是难熬。

不过，灶台没有被直接拆掉（还有很多人的家里保留着）。这很可能是因为掌管炉灶的火神——被称作荒

---

1 | 锦市场：一条售卖众多京都特有食材的商店街，有“京都厨房”之称。

2 | 土间：传统日式建筑中位于进门处，不铺设木地板的房间，通常用作厨房、工作间、仓库。

神的信仰仍在代代相传。灶台后还供奉着镇火符咒。同时，这里还摆着七福神中的布袋神。布袋神共有七尊，每年初午[1]的时候，人们会去伏见稻荷神社请来一尊供上。如果这期间家里有人去世，就又从第一尊开始，再请上一轮。

千重子的店里面整整齐齐摆放着七尊。这意味着父母和女儿三人，从开始请第一尊布袋神开始，第七年，第十年，不管是第几年都没有人去世。

布袋神的旁边供着白瓷花瓶，隔上两三天，母亲就会来给花瓶换水，擦拭架子。

千重子提起菜篮子打算出门的时候，有一个年轻男子走进了自家的格子门，和她只差一步，擦肩而过。

“是银行的人啊。”

对方好像并没有注意到千重子。

反正是常来自己家的年轻银行职员，没什么要担心的——千重子想着，但脚下越发沉重。走到系马栅栏[2]前时，千重子用指尖轻轻地一根根划着栅栏的木条走了

---

1 | 初午：原为农历二月的首个午日，明治维新后改为公历二月。

2 | 系马栅栏：于店铺墙外呈“凵”形凸出的栅栏，与窗格子类似，但木条更粗更疏。原本是用来拴牛马的，后成为对店前空间的保护设施，作为店铺与街道的过渡，防止行人和猫狗过于接近店铺。

过去。

走到栅栏尽头，千重子回过身仰起了头。

她的视线落到二楼虫笼窗前面的古老招牌上。这块招牌上面还做出了屋顶的形状，这是老铺子的象征，也是一种装饰。

安稳平静的春日里，夕阳沉沉地照射在招牌古色古香的金字上，反而让人倍感凄凉。店门口厚实的棉布遮帘也开始褪色发白，露出了边角的缝线。

“唉，平安神宫的红枝垂正在绽放，我的心却如此难过。”千重子快步走远了。

锦市场一如既往地喧闹。

快回到店里时，千重子遇到了白川女[1]，她打了声招呼：

“有时间来我们店里坐坐呀。”

“好呀。您回来啦。这可真是巧……”白川女说道，“这是去哪儿了？”

“去了趟锦市场。”

“那您辛苦啦。”

“我看看有什么可以供神的花……”

“谢谢您照顾我们生意呀……看看有什么喜欢的。”

---

1 | 白川女：行商的一种，生活在东京附近白川地区的卖花女。

虽说是买花，其实是买榊木[1]。不过，话说回来，榊木也只不过是树叶罢了。

每逢初一、十五，白川女总送些花来。

“今天正好遇到小姐，就麻烦小姐带回家了。”白川女说道。

千重子在挑选带着嫩叶的小枝时，心中十分快活。她拿着榊木枝，一回到家就喊：“母亲，我回来啦。”声音听着十分开朗。

千重子将格子门打开一半，向外面望去。她看见卖花的白川女还站在那里，千重子招呼她道：

“进来我家歇歇吧。我给你泡茶。”

“太谢谢您啦，一直这么关照我……”白川女点了点头，递上一束野花，穿过土间，跟了进来。

“不过是一些没打理过的野花……”

“多谢啦。我特别喜欢野花，你可要记好啊……”千重子边说边欣赏着生长在山野中的花朵。

进门处，灶台的前面有一口古井，盖着竹编的盖子。千重子将花和榊木放在了盖子上面。

“我去拿剪刀来。对了，还要洗一下榊木的叶子。”

---

1 | 榊木：即红淡比，山茶科植物，在日本常被用于祭祀或者供奉。

“这儿有剪刀。”白川女把剪子弄出声音给她看，“您家里灶台收拾得真干净，我们卖花的看了也开心得很呢。”

“是我母亲费心照料着……”

“哪里，是小姐您用心……”

“……”

“如今，不管是灶台还是花瓶、水井，积灰的积灰，变脏的变脏，这样的人家可常见了。我们卖花的看到也会替他们害臊。这些花能送到小姐这样整洁的家里，我也放心了，真的太好了。”

“……”

千重子没对白川女说的是，家中虽然连灶台也打扫得一尘不染，每日鲜花供奉不断，但最要紧的生意上的事情，却是每况愈下。

母亲仍坐在父亲的案儿旁边。

千重子将母亲叫到厨房，给她看在市场上买到的东西。母亲看着女儿从篮子里拿出来的东西，心中不禁想到女儿也变得节俭起来了。也可能是父亲如今在嵯峨的尼姑庵，家里只有两人的缘故吧……

“我来帮你做，”母亲站在厨房说，“刚才来的是一直给咱们家送花的姑娘吗？”

“是。”

“嵯峨的尼姑庵里，是不是放着千重子给父亲买的画册？”母亲问道。

“不知道，我去的时候没有注意……”

“哪怕别的书不带，你给父亲买的画册他一定会带去的。”

那些画册是保罗·克利[1]、亨利·马蒂斯[2]、马克·夏加尔[3]之类的现代画家的抽象画集，是千重子为了让父亲能有更多新的灵感，专门买来的。

“咱们店里明明不用你父亲画的图案式样。从外面买来已经染好的布料拿去卖也是可以的。但是你父亲偏偏就是……”母亲说道。

“话说回来，千重子一直都在穿父亲画的和服图样吧。我也得对你说声谢谢呢。”母亲接着说。

“谢什么……我是因为喜欢才穿的。”

“父亲看着女儿系着的和服腰带，说不定心里会难过，太朴素了。”

---

1 | 保罗·克利（1879—1940）：瑞士裔德国画家。

2 | 亨利·马蒂斯（1869—1954）：法国画家、雕塑家，野兽派创始人及主要代表人物。

3 | 马克·夏加尔（1887—1985）：白俄罗斯犹太裔的俄法著名艺术家，游离于印象派、立体派、抽象表现主义等多流派。

“母亲！虽然看着有些朴素，但是越看越别致。还有人专门夸我这条腰带呢。”

千重子想起今天和父亲也说了这番话。

“越是青春美丽的女孩，穿的朴素一点反而会好看呢……”母亲打开锅盖，一边用筷子刺穿煮着的东西一边说道，“你父亲为什么就不能老老实实画一些吸引眼球的、时下流行的东西呢。”

“……”

“你父亲以前也画过花哨、时髦的图案……”

千重子点了点头问道：“母亲为什么不穿父亲画的和服？”

“我都已经这个年纪了……”

“这个年纪那个年纪的，母亲现在才几岁呀？”

“就是上了年纪呀……”母亲只是这样回答。

“和服织染当中以江户小纹[1]闻名的小宫[2]，不是被评为非物质文化遗产传承人（人间国宝）了嘛。这种江户小纹的式样穿在年轻人的身上，反而会显得特别，很引人瞩目呢。在街上路过的人都会回头看。”

---

1 | 江户小纹：江户时代流传下来的纸型印染物，特点为用单色染成极其细小的纹样。

2 | 小宫：指小宫康助（1882—1961），他于1955年被评为非物质文化遗产传承人。

“你父亲怎么能和小宫先生那样的大人物比呢……”

“父亲从精神境界上就已经……”

“你又说这些难懂的话，”母亲动了动她那带有京都古典风韵的白皙脸庞，“但是千重子啊，你父亲曾经说过，要在千重子的婚礼上给你做一件万人瞩目的、最华美艳丽的衣服……我也在期待这一天……”

“我的婚礼……”

千重子的脸上稍稍浮起一层阴云，沉默了一阵儿。

“母亲，您前半生有遇到过让自己的心极度忐忑的事情吗？”

“有啊，可能之前已经和你说过了。就是和你父亲结婚的时候，我们两个人一起偷走还在襁褓中的可爱的千重子。我和你父亲将你抱走后，马上坐车逃走了。那已经是二十年前的事情了，但如今想起来，我的心还是会扑通扑通地跳。千重子，你摸摸我的胸口，现在还在跳。”

“母亲，千重子是一个弃婴吧？”

“不，不是的。”母亲从没这么激烈地摇过头。

“人的一生，总会犯一两次极其恐怖的错误。”母亲继续说道，“偷走一个婴儿，是比偷别人的钱，比偷别人的其他东西还要罪孽深重的事情。可能是比杀人还要罪恶的事情。”

“……”

“千重子的亲生父母，可能会悲伤到发疯吧。这样想的话，恨不得马上把你送回去，但我是绝对不会这样做的。千重子如果自己想找亲生父母，回到他们身边的话，那也没有办法……但是我可能会因为千重子的离开而伤心死去。”

“母亲，不要说这样的话……千重子的母亲，就只有您一个。从小到大，我一直是这样想的……”

“我明白。就是因为这样，我才更觉得自己罪孽深重……我和你父亲都做好了死后下地狱的准备。只要能在这一世得到这么可爱的女儿，下地狱又算什么？”

千重子看着言辞激烈的母亲，眼泪顺着脸颊流了下来。千重子尽力忍住眼泪说道：

“母亲，告诉我真话，我是弃婴对吧？”

“不是，都说过不是了……”母亲又摇了摇头，“千重子为什么这么执着于觉得自己是弃婴呢？”

“因为我真不信父亲和母亲会做出偷婴儿的事。”

“我刚刚不是说过，人的一生里，总是会犯一两次极其恐怖的错误的。”

“那么，您和父亲是在哪里把我抱走的？”

“是在夜樱绽放的祇园。”母亲毫不犹豫地回答，

“我之前好像也告诉过你，我看到花丛下的长凳上睡着一个特别可爱的婴儿，她看着我，笑得像花儿一样。我禁不住把她抱了起来。然后，我的心就被击中了，已经再也忍受不了啦。我蹭了蹭她的脸，然后看向了你父亲。他对我说，惠子，我们偷了这个孩子跑吧。我完全没有反应过来，你父亲说，惠子，我们跑吧，快点儿逃跑吧。之后的事情就像是在梦里一般。我们在卖芋头炖鳕鱼干的平野屋饭店前飞奔上车，就这么抱着你跑了……”

“……”

“那个婴儿的母亲，可能临时去了别处，我们就趁机把你抱走了。”

母亲的这番话，好像也并没有什么说不通的地方。

“这可能就是命运……然后千重子就成了我们的孩子，到现在已经二十年了。这对千重子到底是好事还是坏事呢？就算对千重子来说是好事，我也常常双手合十放在胸前，祈求神明宽恕我的罪过。你父亲也是这样。”

“是好事，母亲，我真的觉得成为你们的女儿是好事。”千重子说着双手捂住了眼睛。

不管是被捡来的孩子，还是被偷来的孩子，在户籍上，千重子都是佐田家的嫡女。

父母第一次告诉千重子她其实不是亲生孩子的时

候，千重子并没有当真。当时还在上中学的千重子甚至一度怀疑自己是不是做了什么让父母不高兴的事情，所以他们才会这样说的。

现在想来，父母恐怕是担心邻居的闲话传到千重子耳中，所以先跟她坦白这件事。还是说，父母相信千重子对他们的感情，在稍明事理的年纪就告诉她了呢？

千重子听到后，着实吃了一惊，但是并没有特别伤心的感觉。就算是到了青春期，这件事情也并没有困扰她太久，她对太吉郎和惠子的爱与感情也没有变，同时也没有执着地纠结这件事情。这可能也是千重子的性格使然。

即使这样，如果自己不是父母的亲生孩子，那自己的亲生父母则另有其人，说不定还会有其他兄弟姐妹。

“虽然不想跟他们见面……”千重子想，“但比起我现在的生活，他们说不定很艰苦吧。”

然而千重子还是毫无头绪。倒是在这有着古旧窗格子的大进深店铺中，父母忧郁的情绪不知不觉中更让她揪心了。

在厨房的时候，千重子之所以用双手捂住眼睛，就是因为这个。

“千重子。”母亲惠子将手放在女儿肩上晃了晃。

“过去的事情就让它过去吧。在这世界上，不论何时何处，都可能会有遗落的宝石呢。”

“失落的宝石？要是名贵的宝石就好了。可以镶嵌到母亲的戒指上那种倒是再好不过……”千重子说着，迅速灵巧地干起活儿来。

吃完饭，收拾完之后，母亲和千重子走到后宅楼上去了。

店铺二楼的墙壁外侧装有虫笼窗，天花板很低，里面有几间供学徒睡觉的简陋宿舍。从中庭旁边的走廊穿过，就能通到后宅二楼，从店铺里也能走上来。以前，后宅二楼往往用来招待大客户，或是让他们在此过夜。如今，大部分客人都可以在对着中庭的客厅里谈完生意。说是客厅，但也和店铺相连接，客厅的柜子里堆满了和服和布料，甚至都只能层层堆叠在两边的地板上。由于客厅又宽又长，因此给顾客展示布料的时候可以铺展开来，十分方便。这里终年铺着藤席。

后宅二楼的天花板很高，有两间六叠[1]大的房间，是千重子和父母的卧室兼起居室。千重子坐在镜前，解开头发，长长的发丝柔顺地垂了下来。

“母亲。”千重子朝着纸拉门另一侧的母亲喊道。这一声呼喊中，透着复杂的感情。

---

1 | 叠：榻榻米的量词，几叠房即表示房间里铺着几张榻榻米。

和服街

京都作为大城市，可谓林木青翠，秀色可餐。

修学院离宫中的树木、御所[1]的松树林、古寺宽阔庭院中的树木自不必说，木屋町[2]及高濑川河岸边上，抑或五条及堀川的一排排垂柳，都吸引着旅人的目光。这当真是字面意义上的垂柳，青绿色的树枝垂落着，几乎要挨着地面，说不出的温柔妩媚。还有那浑圆的北山赤松连成一排，散发出同样的气息。

如今正是春日时节，可以清清楚楚地看到东山的嫩叶青翠欲滴。要是晴天的时候，还能一瞥远处比叡山上的新叶，一片绿油油的。

能欣赏到树木的美丽，源于城市本身的魅力以及清洁工作的彻底。就算走在祇园深处的小路上，四周都是幽暗老旧的建筑，道路上也无一丝脏污的痕迹。

在制作和服的西阵[3]一带也是一样。小店昏暗陈旧，鳞次栉比，道路也依然干净。即使是再小的窗格子，也看不到一点灰尘的痕迹。植物园附近也是如此，道路上绝不会散落着纸屑、杂物。

---

1 | 御所：位于京都市上京区的宫殿建筑群，曾是日本天皇的居所。

2 | 木屋町：京都市一条南北走向的街道。自江户时代中期起，街道两边陆续开设了许多饭店、酒馆、旅馆，成为远近闻名的娱乐街。

3 | 西阵：位于京都市上京区和北区，是京都的手工纺织作坊聚集地。

美军原本在植物园建造了房屋，当然，日本人是不得进入的。而如今军队撤走后，这里也终于恢复到了旧时的样子。

西阵的大友宗助在植物园里有一条喜欢的林荫路。那是樟木林荫路。樟木并不是大树，道路本身也并不长，但是他经常到这里来散步。现在也到了樟木发芽的时节……

“那些樟木，到底怎么样了？”他偶尔会在织机的声音中想，不至于被占领军砍掉了吧。

宗助等待着植物园重新开放。

走出植物园，再朝着鸭川河岸稍往上走一点——这一直是宗助散步的习惯。他偶尔也会去能眺望到北山的地方。他总是独自漫步。

虽说是去植物园和鸭川，但宗助总共也只花了一个小时左右。不过，这样的散步总是让人回想起过去。正在想着，妻子突然打来了电话：

“佐田先生来电话了，好像是从嵯峨那边打来的。”

“佐田？从嵯峨打来做什么？”宗助朝账场[1]走去。

---

1 | 账场：传统日式商店、饭馆、旅馆中供店主或掌柜收款、记账的空间，由被称作“账场格子”的低矮栅栏围起来。

经营织造作坊的宗助比批发商佐田太吉郎要小上四五岁。虽然生意上并无太多交集，但两人是志趣相投的伙伴。年轻的时候可以说是“狐朋狗友”。但近年来多少有些疏远了。

“我是大友，好久不见了……”宗助接起了电话。

“大友啊。”太吉郎的声音透着前所未有的兴奋。

“您去嵯峨了？”宗助问道。

“我一个人悄悄躲在了嵯峨深山的尼姑庵里。”

“这可奇怪了。”宗助故意客套地说道，“尼姑庵也有各种各样的……”

“不是，是真的尼姑庵……就只有年纪挺大的庵主在……”

“那不是挺好嘛。只有庵主一个人，佐田也可以和年轻的小姑娘一起……”

“说什么没谱的话。”太吉郎笑道，“我今天是有事情想要拜托您。”

“好，好。”

“我现在去找您，可以吧？”

“可以，可以，”宗助有些疑心，“可我现在走不开，您在电话那头也能听见我这边织机的声音吧？”

“听得可清楚。这声音可真让人怀念。”

“瞧您说的。这声音要是停了，那我可就完了。这和你躲着的尼姑庵可不一样。”

不到半个小时，佐田太吉郎的车就已经到达宗助的店前。他的眼睛闪烁着兴奋的光芒，马上打开手中的布包袱，一边展开自己画的草图，一边说道：

“我想拜托您……”

“这是？”宗助看了看太吉郎的脸，“这是腰带吧。跟您之前的作品比起来，用色和构图可真是又大胆又艳丽呐。这莫不是要送给藏在尼姑庵里的那位……”

“又说这些没边儿的话……”太吉郎笑道，“是给我女儿的。”

“这要是织出来了，令爱岂不是会大吃一惊？主要是这样的图案，令爱平时会系吗？”

“其实，是千重子送了我两三册保罗·克利的画册，又厚又重的那种。”

“保罗，保罗·克利？”

“据说是个抽象派先锋画家。画笔柔和，格调优雅，充满梦幻色彩，就算是日本的老年人也能体会到画里的情感。我在尼姑庵的时候翻来覆去地思考，绞尽脑汁地看着这些画，终于构思出了这样的图案。这跟日本古代的织物残片比起来，可是完全不一样的东西。”

“确实如此。”

“最后到底能呈现出什么样的作品，还是得先拜托大友帮我织出来看看。”太吉郎兴致高昂地说着，看样子这劲头一时半会儿也降不下来。

宗助凝神把太吉郎的草图端详了好一阵子。

“哈，这图中色彩的搭配真是好……这么新颖的图案，您还从没设计过，但也有一种沉稳宁静在里面。如果要织出来的话，可相当有难度。我只能竭尽全力试着织织看。您这个作品里真是既包含了令爱的孝心，也包含了为父的慈爱啊。”

“您过奖了……当下的织物动不动就说什么创意啊，品味啊什么的。还有，连色彩都要参照西洋的流行趋势。”

“那并不见得高级。”

“我啊，最讨厌用西方语言去修饰描述。古代日本历朝历代，都有无法用语言描述的优美雅致的颜色。”

“正是，就算是黑色，也有各种各样的。”宗助点了点头又说道，“话虽如此，今天我还想过，在制作和服腰带的店铺当中，即使是伊豆藏这样的老店……那里如今也建起了四层的洋楼，俨然现代工业了。西阵日后也会渐渐变成那样吧。工厂一天就能生产五百条腰带，原本家族经营的店铺最近也开始让外面的人员参与经营，那些人年龄平均下来，也不过就是二十岁左右。像我们这种手工织造的家庭作坊，二三十年内就会消失的吧。”

“这是什么话……”

“就算是存活下来了，也成不了非物质文化遗产那样的东西。”

“……”

“像佐田先生这样的人物，也是一口一个什么克利的？”

“保罗·克利。我一个人躲在尼姑庵里，也有十天半个月了，没日没夜地构思。这条腰带的图案和颜色，是我的心血铸成。”太吉郎说道。

“确实是呕心沥血之作，也不乏日本的雅致。”宗助慌忙道，“一看就知道是佐田先生的大作。我一定努力把这条腰带织出来。话说回来，如果织造的话，秀男比我更适合。他是我的长子，您知道的吧。”

“知道。”

“在织造方面，秀男比我更强。”宗助说道。

“这方面就拜托您多用心了。我虽说是做批发生意的，商品也大多只是销到小地方罢了。”

“您这太过自谦了。”

“这条腰带不是夏季的，是秋季用的。希望能早点织好……”

“嗯，明白明白。那搭配这条腰带的和服是什么样式的？”

“我只先考虑了腰带的部分……”

“您是做批发的，好的和服应有尽有，到时候选合适的就是了……这倒是无所谓，不过您这是开始给令爱准备嫁妆了吗？”

“哪里，哪里的话。”好像在被说的是自己似的，太吉郎红了脸。

都说西阵的手工织机作坊很难传到第三代。大概是全靠手艺的缘故。即便父母都是优秀的织工，手艺高超，未必能传给儿子。即使儿子受到父母的传承，勤奋努力地学习手艺，也不一定能和父母比肩。

但也有这样的情况：孩子到了四五岁时，就让他们练习缫丝手艺。等到了十一二岁，就开始教他们织机的知识，让他们可以独自完成织布的工作。也正是因为如此，子孙多才能使家业兴盛。另外，六七十岁的老太婆，也在做缫丝工作。因此，祖母和年幼的孙女一同工作的家庭也不少见。

大友宗助的家里只有老伴一人在卷着和服腰带的丝线。长年累月闷着头干活儿，所以显得比实际年龄要老，人也沉默寡言的。

家里还有三个孩子，分别在各自的高机[1]前织着腰带。高机共有三台，这当然是生意兴隆的象征。有的店铺只有一台，有的甚至需要租借。

长子秀男正如宗助所说，拥有比父母还要优秀的手艺，在这一带的织造作坊和批发商中小有名气。

“秀男，秀男。”宗助叫道，但秀男仿佛没有听到。与机械织机工作时发出的声音不同，这里的三台手工织机都是木制的，并没有那么大的噪声。宗助呼喊的声音够大了。但秀男的那台织机在庭院最里边，他又全身心投入正在编织的双层和服腰带上，听不到父亲的喊声。

“老婆，你去把秀男叫过来。”宗助对妻子说道。

“好。”宗助妻子掸了掸膝盖，走到了工作间。她一边走着，一边不住地用拳头敲打着自己的腰。

秀男放下拿着梭子的手，朝这边看了过来，但没有马上站起身，可能是因为太疲惫了。当着客人面，不便活动手腕、伸懒腰。他只擦了一把脸，就走了过来。

“这里如此简陋，劳您光临寒舍。”秀男向太吉郎慢吞吞地打了个招呼，仿佛是被工作缠得抽不开身。

“佐田先生画了一幅腰带的图案，想让我们织出来

---

1 | 高机：西阵织工对雅卡尔提花机的称呼。织工可利用打孔卡预先编制图样，织机会根据卡上是否有孔来控制经线与纬线的上下关系，极大简化了原本需要复杂手工操作的生产流程。

看看。”父亲说道。

“这样啊。”秀男依旧无精打采的样子。

“因为是极为重要的腰带，比起我来，还是秀男织比较好。”

“这可是要送给佐田先生的千金——千重子小姐的腰带。”话音落下，秀男这才抬起他那白皙的脸，朝佐田看了看。

身为京都人，见儿子这么冷淡，父亲宗助在一边努力打圆场：

“秀男从早上开始一直工作，累着了……”

“……”秀男没有说话。

“不这么费心费力，是做不好这么难的工作的……”倒是太吉郎安慰道。

“虽然只是在制作乏味的和服腰带，但脑子里还是一直在琢磨，希望您多谅解。”秀男致歉道，但只是稍稍低了下头。

“很好。手艺人应当如此。”太吉郎点了两下头。

“可那些无趣的东西，一旦织出来了，毕竟还是会被看成是我的手艺，这反而让我更难堪了。”秀男又低下了头。

“秀男。”父亲换了一种语气，“佐田先生的作品可是和那些不一样。佐田先生可是在嵯峨的尼姑庵里潜心构思，才画出了这张草图。这是非卖品。”

“是这样啊，在嵯峨的尼姑庵里潜心钻研……”

“你看看。”

“是。”

太吉郎被秀男的气势压倒，跟兴冲冲来到大友店铺时相比，已经略显颓丧。

草图被展示到秀男的眼前。

“……”

“织不出来吗？”太吉郎不太有信心地问道。

“……”秀男沉默地凝视着草图。

“实在不行吗？”

“……”

“秀男，”宗助忍受不了儿子持久的沉默，“人家问你话呢，快回答，不然多失礼。”

“是，”秀男还是没有抬头，“作为手艺人，我必定要细细看过佐田先生画的图案才好。这和一般随便做的工作是不一样的。毕竟是给千重子小姐的腰带。”

“正是。”父亲虽然点了点头，但还是察觉到了秀男和平时不一样的态度。

“不行吗？”太吉郎又重复问了一遍，语气终于不耐烦起来。

“倒不是不可以，”秀男十分冷静，“我没说不行。”

“你虽然嘴上没这么说，但你心里一定这么想……你的眼睛就是这么说的。”

“我有吗？”

“你这小子说什么……”太吉郎站起身，朝着秀男脸上打去。秀男并没有躲闪。

“您尽管打吧，我可压根儿没认为图案不好。”秀男的脸上挨了打，却奇异地闪着一种生动的光芒。

挨了一耳光的秀男双手伏地道歉，脸上红肿的部分他连碰都没碰一下。

“佐田先生，请您原谅我。”

“……”

“虽然您现在十分生气，但是这条腰带请您一定让我把它织出来。”

“就这样吧。我本来就是来拜托你们的。”

太吉郎极力想平复自己的情绪。“也请你原谅我。我年纪大了，只有这件事情我不能放弃。刚才打你的手还痛着……”

“那把我的手借给您好了。织工的手可是又厚又粗呢。”

两人都笑了。

但是，太吉郎的心底总是消除不了芥蒂。

“我上一次揍别人都不记得是什么时候的事情了，想都想不起来——唉，你多少体谅一下我吧。只是我想问问，秀男你在看我画的腰带图案时，为什么脸上的表情如此古怪？你就直说吧。”

“是，”秀男的脸色又沉了下来，“我还年轻，说是什么手艺人，也还有很多不懂的东西。刚才您说这张图是在嵯峨的尼姑庵潜心构思出来的……”

“正是。我今天也要回庵里住。已经有半个月左右了……”

“您不应该这样做，”秀男强硬地说道，“您应该回家。”

“在家里总是沉不下心来。”

“就拿这条腰带来说吧，图案既华丽鲜艳，又引人瞩目，我看到如此新奇的图案时，也感到惊奇。心想佐田先生是因为什么才画出了这样的图案呢。于是，我仔细看的时候发现……”

“……”

“乍一看是很新奇有趣，但并没有可以温暖人心的和谐之感。如果硬要说的话，不够柔和，粗糙怪诞，无病呻吟罢了。”

太吉郎铁青着脸，嘴唇颤抖着，说不出话。

“就算身处寂寞无人的尼姑庵，总不会是有什么狐狸、狸猫之类的妖怪附到佐田先生身上了吧……”

“嗯？”太吉郎将草图拉近自己的膝盖，仔仔细细地看着这幅画作。

“哈……说得有道理。年纪轻轻的，就已经有这般见识了。多谢……我再思考一遍，重新画一幅吧。”太吉郎将草图匆匆卷了起来，揣进怀里。

“不用重画，这幅图案本身就很好。织出来效果会不同的，画笔的颜色和丝线的颜色也是……”

“谢谢您了。难道秀男能将我对女儿的感情织到腰带里吗？”太吉郎一边说，一边敷衍地告辞，走出大门。

门口流过一条小河，是具有京都风情的涓涓细流。岸边的草丛也是古风依旧，倾斜着靠向水面。岸边的白墙应该是大友家的住宅。

太吉郎将怀里的草图揉作一团，丢进了小河中。

嵯峨那边突然打来电话，问是否要带女儿一同去赏御室樱花[1]。惠子十分犹豫，很多年都没有和丈夫一起去赏花了。

“千重子，千重子，”惠子呼喊道，想要找女儿帮

1 | 御室樱花：仁和寺中种植的樱花的总称。

忙拿主意，“是你父亲的电话，你来接一下……”

千重子过来，一边将手搭在母亲肩头，一边听电话。

“好，那我带母亲一同去。在仁和寺前面的茶馆等着就行。好的，我们尽早去……”

千重子放下电话，看着母亲笑了起来。

“不就是父亲邀请我们去赏花嘛。母亲怎么这样不知所措起来。”

“干吗要我也一起去？”

“说是御室的樱花这时开得正好……”

千重子催促着还在犹豫不决的母亲走出了店铺。母亲还是一副狐疑的样子。

御室的有明樱花、重瓣樱花开得迟。算是同京都的樱花做最后的惜别吧。

进入仁和寺的山门，左手边的樱花林枝叶繁盛，花朵绚烂浓密。

太吉郎说：“呵，这可真让人受不了。”

樱花林中的道路上，排列着几张很大的案儿，人们饮酒高歌，骚乱不已，遍地狼藉。既有乡下来的老婆婆们在这里精神百倍地跳舞，也有醉酒的男人打着呼噜，有的甚至从椅子上滚落到地下。

“太煞风景了。”太吉郎有点失望地停住脚步。三人都没有往花林中走去。其实，御室的樱花，他们从很久之前就很熟悉了。

树林的深处，焚烧着赏花游客扔下的垃圾，一股烟雾冉冉升起。

“我们找个安静的地方吧。怎么样，惠子。”太吉郎说道。

他们正想往回走，只见樱树林对面高松下的案几旁，有六七个穿朝鲜服饰的女人，敲着朝鲜太鼓，跳起了朝鲜舞蹈。这边的风景显然要比那边雅致得多。在松树的苍绿之中，隐约能窥见一点山樱的颜色。

千重子停下脚步，欣赏着跳朝鲜舞的女人们。

“父亲，还是安静点的地方好，植物园怎么样？”

“那里应该不错。御室的樱花，只要看过一眼，也就算送走了春光。”说着，太吉郎一家走出山门，坐上了车。

植物园从今年四月开始重新开园，如今从京都站前到植物园也有好几班新的电车可以乘坐。

“要是植物园也人满为患的话，就去加茂的河岸边走走吧。”太吉郎对惠子说道。

车子向新绿覆盖的城区开去。比起新建的建筑，有年代感的老房子更能映衬出新叶的勃勃生机。

植物园门前的林荫道开阔而明亮。左手边是加茂的河堤。

惠子把门票掖在腰带里。看着一览无余的景致，心也逐渐开阔起来。在商品批发街，只能看到远山一角。更何况，惠子连店铺门前的街道都很少踏足。

一进入植物园，迎面便是喷泉，四周开满郁金香。

“这可是和京都风景截然不同的呀。是因为美国人曾经在这里建过房子吧。”惠子说道。

“喏，往里面走就是。”太吉郎回答道。

走近喷泉，春风微拂，四周飘散着莹莹水滴。喷泉的左面是一间圆顶铁架的玻璃温室。三人只是隔着玻璃看了看里面种植的热带植物，并没有入内观赏。他们逛了一小会儿。道路右边的雪松已经开始长出新芽。树木底端的枝丫贴着地面伸展开来。虽说是针叶树，但那新芽温柔的绿色，叫人联想不到“针”这个词。与落叶松不同，雪松本身就是常绿乔木，要是落叶的话，那这新长出的嫩芽可如同梦幻一般了。

“我被大友的儿子奚落了一顿。”太吉郎没来由得说了这么一句话。

“大友儿子比他父亲还能干，眼光也锐利，可是能看出事物本质的。”

太吉郎自说自话，不管是惠子还是千重子都没明白他想说什么。

“父亲最近是见到秀男了吗？”千重子问道。

“听说是个织布的好手。”惠子只说了一句话。因为太吉郎向来就很讨厌别人对他刨根问底。

从喷泉的右边走到头，再往左一拐，就是小孩子们的游乐场。这里声音嘈杂，草坪上堆放着许多小物件。

三人向着右边的树荫走去，没想到走到了郁金香花田。千重子看着盛放着的郁金香，情不自禁地叫出声来。红的、黄的、白的，还有如黑色山茶花一般浓艳的紫色郁金香，大朵大朵地开在花田里，一片连着一片，尽情绽放着。

“嗯，这样看来，新的和服可以用郁金香来做图案。之前还觉得这是个不怎么样的想法，可如今……”太吉郎叹了一口气。

如果说雪松和杉树的枝上长出嫩芽，如孔雀开屏一般，那么这些绽放着的、五颜六色的郁金香，又该用什么比喻好呢？太吉郎凝视着花田。花朵的颜色仿佛晕染在空气中，连人的身体都映上了明艳的色彩。

惠子与丈夫保持着距离，始终跟在女儿千重子身边。千重子虽觉得有些奇怪，但没有表露出来。

“母亲，您看，白色郁金香前面的人好像是在相亲呢。”千重子悄悄对母亲说道。

“啊，真的是呢。”

“我们还是别盯着瞧了，母亲。”说着，千重子扯了扯母亲的袖子。

郁金香花田前面有个喷水池，池里游着几尾鲤鱼。

太吉郎从凳子上站起身来，走近去看郁金香的花朵。他弯下身子，仔细观察。然后走回母女两人面前道：

“西洋的花虽然鲜艳，但是看一看就腻了。我果然还是喜欢竹林。”

惠子和千重子也站起了身。

郁金香花田被树林包围着，是一片洼地。

“千重子，植物园现在已经变成西洋风格的庭院了？”父亲问女儿。

“我也不是很清楚。不过感觉是这样，”千重子回答道，“为了母亲，我们再多逛逛吧。”

太吉郎只好继续在花丛中走，突然有人喊他的名字，把他叫住了。

“佐田先生……没错，果然是佐田先生。”

“啊，这不是大友先生吗？秀男也跟您一起来了，”太吉郎说道，“真巧啊，没想到在这里见到……”

“可不，我也觉得太巧了，没想到在这里能遇到佐田先生……”宗助深深地鞠了一躬。

“我特别喜欢这里道路两旁的樟木，所以一直等着植物园开园。这樟木树龄已经有五六十年了，我们刚从那边慢慢走过来，”宗助又把头低了低，“前些日子犬子对您说了万分失礼的话，实在是抱歉……”

“年轻人嘛，没关系的。”

“您是从嵯峨过来的吗？”

“是，我是从嵯峨过来的，惠子和千重子是从家里过来的……”

宗助走近惠子和千重子，打了个招呼。

“秀男，你看这郁金香如何？”太吉郎的问话非常生硬。

“花是活的。”秀男又摆出那副冷漠的表情，一点不招人喜欢。

“花是活的？不错，的确是活生生的。话虽如此，这样多的花，我已经有些看腻了……”太吉郎将目光转向一边。

花儿活着。它的生命虽短暂，却依然明亮地活着。明年的这个时候，就又会抽出花苞，开出新的花——就像大自然一般活着……

太吉郎又一次被秀男的话语所刺伤。

“只怪自己眼光短浅啊。我虽然不喜欢郁金香图案的和服衣料或腰带，但要是那些有名的画家画出来了，就算是郁金香之类的，也能变成流芳百世的画作，”太吉郎侧着身子说道，“古代织物的残片不也是这样吗？比这古老京都还有历史的残片也是有的。这样美丽的东西，现在谁也不愿意费心去做了。大家都只是模仿、复制罢了。”

“……”

“就算是现在的树，它和比京都还古老的树有什么区别呢？”

“我不会说这么深奥的话。每天只是咔嚓咔嚓织布的人，是想不了这么高深的事情的，”秀男歪了歪头，“不过，要是打个比方的话，令爱千重子小姐就算站在中宫寺或广隆寺的弥勒佛像前，也比流传几千年的佛像美丽得多。”

“千重子要是听见了，该有多高兴啊。不过，这比喻可不敢当……秀男，我的女儿终有一天也会变成老太婆的。这一天可能比你想的还要早。”太吉郎说道。

“正是如此，我刚才才说，郁金香的花朵现在正努力活着，”秀男的声音里充满力量，“虽然花期短暂，但这些花朵不都是在竭尽全力绽放自己的生命吗？现在，就是这样的时刻。”

“确实如此。”太吉郎回过身来直视着秀男。

“我并没有想编织出可以传世的和服腰带，现如今……就算系腰带的人只系一年，我也想织出可以在一年里系着舒服的好腰带。”

“好，有志气。”太吉郎点头道。

“这也没有办法。我又怎么能和龙村先生[1]相提并论。”

“……”

“我之所以说郁金香的花朵是活的，就是出于这样的心情。眼下盛放的花朵，有的恐怕也凋落两三片花瓣了。”

“是啊。”

“说起落花，要数飞雪似的樱花最为雅致。郁金香就不知怎么样了。”

“花瓣掉落，零散一地吗……”太吉郎说道，“不过，我看到这么多郁金香，已经有些腻了。花的颜色也过于鲜艳，少了一番味道……果然还是上了年纪啊。”

“走吧，”秀男催促着太吉郎，“我们店里做腰带时用的郁金香花样，都不是活生生的。看着这些花，真是耳目一新。”

---

1 | 龙村先生：指龙村平藏（1876—1962），日本著名染织研究家，被称为古代织物复原第一人。

太吉郎一行五人从郁金香花田走上石阶，继续向前走去。

石阶旁并没有用树篱将道路分开，而是种着许多雾岛杜鹃，花丛如河堤一般将石阶两侧挤得满满当当。如今虽不是杜鹃花的季节，但那细小茂密的嫩叶，把盛开的郁金香映衬得格外娇艳。

走上石阶，右手边一片开阔，是牡丹园和芍药园，都还没开花。可能因为是新建的花圃，不大为人所知。

但是，东边可以眺望到比叡山。

比叡山、东山、北山，不管在植物园哪个地方几乎都能看到。但芍药园东边的比叡山，好像就是在正面。

“可能是因为晚霞的缘故，比叡山看着比平时低一些。”宗助对太吉郎说道。

“春日的晚霞，真是恬美动人……”太吉郎注视了一阵，“话说回来，大友先生看着这片晚霞，不觉得对于将要逝去的春天有一丝惋惜吗？”

“是啊。”

“像这样浓重的晚霞，更让人感慨……春日的时光也终究要结束了。”

“是啊，”宗助又说道，“时光飞逝啊，我还没有好好赏过花。”

“不过是一些司空见惯的景色罢了。”

两人走着，沉默了一会儿。

“大友先生，我们从您喜欢的樟树林荫路走回去吧。”太吉郎说道。

“好，多谢。只要能走一走那条林荫路，我就心满意足了。我来时还特意绕了个弯从这边经过……”宗助说着转向千重子，“姑娘，你也陪我们走一段吧。”

樟树林郁郁葱葱，左右两侧的树梢交缠在一起。在树枝末端生长着的嫩叶，还微微带有一点柔软的薄红。虽然没有风，但有的树梢好似在轻轻摇曳。

五个人几乎没有说话，只是悠闲地走着。树荫下，每个人心中涌起不同的思绪。

太吉郎的脑中萦绕着秀男的话。秀男说千重子比奈良、京都历史悠久的佛像都美得多。难道秀男对千重子已经如此钟情了吗?

“不过……”

千重子如果和秀男结婚，要在大友的作坊做什么工作呢?难道要像秀男的母亲一般，日夜不停地缠着丝线吗?

太吉郎一回头，看到千重子和秀男谈兴正浓，时不时地还点点头。

就算是结婚，千重子也不一定要嫁去大友家。秀男是不是也可以作为佐田家的女婿入赘呢？太吉郎这样想着。

千重子是独生女。如果要把她嫁出去的话，母亲惠子不知道要有多伤心。

秀男是大友的长子。虽说父亲宗助的技艺不如秀男，但宗助还有二儿子、三儿子。

虽说现在自己店里的生意冷清，经营方式也陈旧难以改变，但说起来总归是中京的批发店，和只有三架手工织机的作坊可不一样。那里连一个雇佣的人都没有，全都是家里人自己做，这也是众所周知的事情。这从秀男母亲麻子的模样以及家中粗陋的厨房也能窥见一二。就算秀男是长子，只要好好商量，也不是不能入赘到自己家当上门女婿。

“秀男这孩子真是可靠实在啊，”太吉郎试探着对宗助说道，“这么年轻却这么可靠，真是难得……”

“哎，多谢您称赞他，”宗助不经意道，“只有工作的时候勤奋专注，一到人前就只会做出一些无礼的举动……真让人放心不下。”

“那有什么。我之前还被秀男骂了一通……”太吉郎反而开心地说道。

“真是要请您多多担待。他就是那样不通人情的家伙，”宗助轻轻地低下了头，“就算是我们做父母的说他，只要他不同意的，也一概不听。”

“那有什么，”太吉郎点头道，“今天怎么只带了秀男一个人来。”

“要是弟弟们也来了，我们家的织机就停了。像秀男这样强势的性格，我想让他在我喜欢的樟木树林里走走，或许能让他受些熏陶，变得通情达理一些……”

“这条林荫道真不错。其实今天我和惠子还有千重子来植物园，也是因为收到秀男的贴心建议呢。”

“嗯？”宗助一脸疑惑，凝视着太吉郎的脸，“你是想见见令爱才来的吧。”

“哪里，哪里的话。”太吉郎慌忙否认。

宗助回身向后看去。后面跟着的是秀男和千重子，惠子落在后面。

走出植物园的大门，太吉郎对宗助说道：

“你们用这辆车吧。西阵反正就在附近。我们一会儿还要去加茂的河岸边走走……”

看到宗助犹豫的脸色，秀男反而先父亲一步上了车。

“那我们就先走一步了。”

佐田一家站着目送车辆远去时，宗助稍稍将身子从座位上抬起，向他们欠身致意，而秀男好似只是微微低下了头，又好似没有。

“他家的儿子真是有意思得很。”太吉郎想起自己打了秀男脸的事情，一边忍着笑，一边道，“千重子，你跟那个秀男好像聊了很多啊。是不是他只对年轻女孩态度温柔。”

千重子有些害羞：“在樟树林中的时候，我也只是问了他一些话。也不知道他为什么会对我说那么多。他干吗对我这般殷勤……”

“那肯定是因为喜欢千重子了。这不是很明显嘛。他还对我说，比起中宫寺或广隆寺的佛像，还是您女儿比较美丽。我自己也吃了一惊，谁想到那样古怪的人还能说出这种话。”

“……”千重子闻言也吓了一跳，脖子根都羞红了。

“你们刚才都说什么了？”父亲问道。

“我们在谈论西阵手工织机今后的命运。”

“命运？”父亲仿佛陷入了沉思。

“说是命运，感觉是很深奥难懂的话。不过，命运嘛……”女儿回答道。

走出植物园，右手边就是加茂川的河堤，两边列着一排排松树。太吉郎率先从松树林中穿过，下到了河岸上。说是河岸，也只是长着一片绿草的狭长地势罢了。能够听到河水拍打着堤岸的声音。

一群上了年纪的人坐在草坪上，将便当铺开。也有些年轻男女并肩而行。

河对岸，在车道的下方有一个广场。透过稀疏的樱树，能看到中间是爱宕山，与西山相连。河流上游离北山好似更近一些。这一带是眺望风景的好去处。

“我们在这里坐一会儿吧。”惠子说道。

河岸的草坪上晾晒着一些友禅染的布料，于是他们从北大陆桥下穿了过去。

“果然是春天啊。”太吉郎感慨着，对一直在观赏风景的惠子说道，“惠子，你觉得那个秀男怎么样？”

“什么怎么样？”

“做咱们的女婿怎么样……”

“什么？为什么突然这么说……”

“他看起来很沉稳可靠。”

“话虽如此，这种事还是要问千重子吧。”

“千重子之前说了，会听从父母的话。”太吉郎看着千重子，“我说的对吧，千重子。”

“这种事情，你勉强不来的。”惠子也看着千重子。

千重子低下了头，眼前浮现出水木真一的身影，那是小时候的真一，描眉毛，涂口红，化了妆，穿着古代的装束，坐在祇园祭的彩车上，那样的真一还是个小孩子——当然，那个时候，千重子也是小孩子。

北山杉

自平安王朝起，在京都，论起山来就是比叡山，说起庆典[1]来就是加茂的庆典。

五月十五日的葵祭也已经过去了。

从昭和三十一年起，葵祭奉行的仪式中加入了斋王的队列[2]。斋王隐居在斋院以前，会在加茂川清洗身体，这是一种古老的仪式。在队列中，身穿礼服的命妇[3]走在前头，后面依次跟着女侍官、童女、奏着乐器的伶人。斋王则穿着十二单[4]，乘坐牛车巡游。由于那身装束，也因斋王正是和女大学生一样的年纪，看起来既高贵雅致，又年轻娇艳。

千重子有个女同学曾被选中扮演斋王。那个时候，千重子和同学们都赶到加茂的河堤观看队列游行。

京都拥有众多的古庙、神社，几乎每天都会在某处举办大大小小的庆典。翻看庆典月历就知道，五月份几

---

1 | 庆典：日语里叫“祭り”，类似中国的庙会，也被译为祭典。

2 | 1956年以后，葵祭会从未婚平民女子中选出一位扮演斋王，称为“斋王代”。

3 | 命妇：平安时代以后对中级女官的统称。

4 | 十二单：平安时代后期贵族女子的正式装束，现代则为日本皇族女子在即位礼、结婚式、御大礼、祭祀等大礼场合的正式礼服。一套十二单一般由5至12件衣服组合而成。

乎每天都有各种各样的庆典活动。

献茶[1]、茶室、露天茶摊，不知道哪里还烧起了锅子，简直让人眼花缭乱。

但是这个五月，千重子连葵祭都错过了。因为今年五月雨水特别多，也可能是小时候已经去过太多次了，不稀罕。

花虽有花的好看，但千重子也喜欢欣赏嫩绿的新叶。高雄[2]以及若王子[3]一带枫树的绿叶，她都很喜欢。

将刚从宇治新得的茶叶沏入壶中，千重子说道：

“母亲，今年一时疏忽，我们都忘了要去看采茶。”

“茶叶现在还在采吧。”母亲说道。

“也是。”

那个时候，植物园中的樟木行道树刚刚发芽，跟花朵一样美丽，但现在去看应该有些晚了。

朋友真砂子打来了电话。

“千重子，要不要一起去高雄看嫩枫叶？”真砂子邀请她，“比起看红叶的时候人要少得多……”

“不会已经太晚了吗？”

---

1 | 献茶：指给神明供奉茶水的仪式。

2 | 高雄：指京都市右京区梅畑高雄町。

3 | 若王子：指位于京都市左京区若王子町的熊野若王子神社。

“城外气候比城里冷，所以应该还是观赏的时候。”

“这样啊。”千重子稍稍顿了一下，“前段时间看完平安神宫的樱花以后，再去看周山的樱花就好了，我把这件事情忘得干干净净。那里的古树……樱花虽然已经看不了了，但是我想去看北山的杉树。那儿离高雄也近。我只要一看到杉树挺拔整齐地排列在那里，心中马上就能沉静下来。我们一起去看北山杉吧。比起枫叶来，我现在更想看北山杉呢。”

千重子和真砂子觉得，既然到了这边，高雄的神护寺、槙尾的西明寺和栂尾的高山寺的绿枫叶，自然也是要去看的。

不管是神护寺还是高山寺，都有一段陡峭的斜坡。真砂子还好，已经穿上了有初夏气息的轻薄洋装和低跟鞋，她有些担心穿着和服的千重子，留意看了看。不过，千重子好似并没有感到疲累，轻松地说道：

“你干吗这样看着我？”

“好漂亮啊。”

“真的好漂亮啊。”千重子停下脚步，俯视着清泷川的方向，“我原本以为绿色会让人有沉闷的感觉，没想到这样清新爽快。”

“我说……”真砂子憋着笑，“千重子啊，我刚才说的是千重子好漂亮。”

“……”

“人世间怎么会有这样的美人儿啊？”

“讨厌。”

“这么素净的和服，在周围的绿色映衬下，反而更能衬托出千重子的美丽呢。虽然说穿艳丽的和服也好看……”

千重子穿的是用御召绉绸[1]制成的灰紫色的和服。腰带则是用父亲毫不吝惜剪下的印花布做成的。

千重子走上了石阶。神护寺里保存着的平重盛[2]和源赖朝[3]的肖像画，是被安德烈·马尔罗[4]都盛赞为世界名画的作品。那幅平重盛肖像的脸颊上，还残留着一丝红色——真砂子也说起这个来，而且，千重子之前已经从真砂子那里听过好多次同样的话了。

在高山寺，千重子十分喜欢从石水院的和室檐廊眺

---

1 | 御召绉绸：绉绸是用蚕丝平织而成的织物，会在洗涤时收缩，使表面出现不均匀的皱纹，主要用于制作高档和服与包袱皮（風呂敷）。御召绉绸是一种高级绉绸，因为受到江户幕府第11代将军的喜爱，被冠以“御召”的称号。

2 | 平重盛（1138—1179）：日本平安时代末期的武士、公卿。

3 | 源赖朝（1147—1199）：日本镰仓幕府首任征夷大将军，幕府制度的建立者。

4 | 安德烈·马尔罗（1901—1976）：法国著名作家、公共知识分子，法国第一任文化部长。

望对面山峦的景色。她也喜欢明惠上人[1]在树上坐禅的那幅画。凹间[2]侧面挂着《鸟兽戏画》[3]绘卷的复制品。两人就在这一片绿意中品尝着茶香。

高山寺再往里，真砂子就没进去过。一般游客大抵到此为止。

千重子曾跟着父亲到周山赏花，采摘问荆，那里是充满回忆的地方。采到的问荆又粗又长。如今既然已经来到高雄，千重子就算是一个人也要去有北山杉的村庄——那里现在被邻近的市合并，改名为北区中川北山町。但因为只有一百二三十户人家，所以还是称为村庄比较恰当。

“我走路走惯了，咱们也走路过去吧。”千重子说道，“再说，路上的风景也好看。”

清泷川边，山势突然陡峭起来。终于能望到秀美的杉树林了。杉树整齐地排列着，高耸挺拔，轮廓分明。

---

1 | 明惠上人（1173—1232）：日本镰仓时代前期的华严宗高僧，高山寺的创立者。

2 | 凹间：日本房屋的一种特殊空间，用于放置小置物柜、佛堂或其他装饰品。

3 | 《鸟兽戏画》：全称《鸟兽人物戏画》，为高山寺代代相传的绘卷，由平安时代末期到镰仓时代初期的多位画家创作而成。其内容反映当时的社会，将动物、人物以讽刺画的形式描画，是日本戏画（讽刺画）的集大成之作，被誉为“日本最古老的漫画”。

一眼就能看出来是有人精心修剪过的。只有这个村庄才能生产出世间稀有的木材——北山圆木。

也许是到了下午三点的休息时间，一群看上去像是刚割完草的女人从杉山上走了下来。

真砂子被惊得动弹不得，盯着其中一个女孩叫道：

“千重子，那个人长得跟你太像了。是不是跟你一模一样啊？”

那个女孩穿着绀飞白[1]的窄袖和服，衣带从腋下穿过系在背后，穿着干活儿用的绔裤，将衣服下摆扎得紧紧的，带着护腕，头上包着手巾。围裙一直围到后腰，两边开叉，浑身上下唯有衣带和绔裤之间的细带是红色的。其他女孩也是一样的打扮。

大原女[2]、白川女之类打扮相似，大多穿着简单粗陋的衣服。而她们的装束并不是乡下姑娘来城里卖东西的装扮，是山里人做农活时穿的工作服。在日本的田里或者山间做活儿的女人们大抵都是这样的装束。

“真的太像了。不觉得太不可思议了吗？千重子，你仔细看看。”真砂子又说了一遍。

---

1 | 绀飞白：在绀（藏青）色布料上染出白色碎花纹。

2 | 大原女：生活在日本大原地区的劳动女性，她们常常将柴火顶在头上来京都贩卖。

“是吗？”千重子也没仔细看，“你这个人，总是这么冒冒失失的。”

“就算我再怎么冒失，那样漂亮的人居然……”

“漂亮是挺漂亮的。”

“像是千重子的异母姐妹呢。”

“你看你，就是这样冒失。”真砂子被这么一说，意识到自己的失言，赶忙捂住嘴巴，“虽说世上偶尔会有相像的人，但这也太吓人了。”

那个女孩和其他女伴，都没有注意到千重子两人的存在，从她们身边径直走过了。

那个女孩将手巾紧紧地包在额头上，只露出一点额发，手巾几乎挡住了大半部分的脸。哪能像真砂子说的，看得那么清楚。她们也并没有打照面。

而且，千重子多次来过这个村庄，见男人剥完杉树皮之后，再由女人细细地剥一遍，接着用菩提瀑布旁的沙土和着冷水或热水，将圆木继续打磨一遍。她们做这些工作的时候，千重子都在一旁看着，也模模糊糊记着这些女孩们的脸。因为这些加工的工作都是在路边或者户外进行的，这样小的山村里，也没有那么多年轻女孩。但是，千重子也并没有仔细观察女孩们的脸。

真砂子目送着女孩们的背影离去，情绪稍稍平息下来，便又对千重子说道：“太神奇了。”

并且，这次她像是要检查一般打量着千重子的脸，歪着头道：

“果然还是像。”

“哪里像？”千重子问道。

“怎么说呢？就是感觉。硬要说是哪里像，倒是难说得很。眼睛、鼻子……不过，中京的大小姐和这山里的姑娘，就算长得不一样也是理所应当的，抱歉啊。”

“你这说的是什么话……”

“千重子，我们跟在那个女孩后面，偷偷看看她家是什么样吧……是不是不太好？”真砂子像是不甘心地说道。

跟着女孩到她家里偷窥这种事情，就算是一向开朗活泼的真砂子也只是嘴上说说而已。但是千重子放缓了脚步，走走停停，抬头看看杉山，又看看远处堆在家家户户门前的杉树圆木。

白杉树圆木根根粗细一样，被打磨得整齐漂亮。

“简直就像工艺品，”千重子说道，“据说这些木材还被用作建造数寄屋[1]，销往东京、九州……”

---

1 | 数寄屋：一种融合了茶室风格的日本建筑样式。被称为“数寄屋”的茶室出现在安土桃山时代。江户时代之后，一些住宅和传统日式餐厅也会采用这种样式。“数寄”即喜欢和歌、茶道、插花等风雅之事。

屋檐下整齐堆着一排木材。房屋二层也堆着一列。有一户人家，在二层摆放着的木材前面晾晒着衣物。真砂子稀奇地看着这一景象：

“这家人就住在一排排木材里啊。”

“真砂子真是个冒失鬼……”千重子笑道，“圆木旁边，不就有一间气派的屋子吗？”

“啊，二层还晒着衣服呢，我还以为有人住在这里呢……”

“真砂子，你刚才说那个女孩和我长得像，也是这样信口胡说的吧。”

“那个和这个可不一样。”真砂子变得认真起来，“说你和那个女孩长得像，你心里会不舒服吗？”

“一点也不……”千重子刚说完，眼前突然毫无预兆地浮现出那个女孩的眼睛。那双眼睛点缀在她勤恳工作的身影中，蕴含着深沉的忧愁。

“这个村庄里的女人，干的活儿还真多。”千重子仿佛在回避什么似的说道。

“女人和男人一起干活儿，也不是什么稀罕事。普通百姓都是这样的。不管是卖菜的，还是卖鱼的……”真砂子轻松地说道。

“像千重子这样的大小姐，倒是对什么都有一番感慨。”

“我现在也是在工作的。真砂子才是大小姐呢。”

“哈，我是没有在工作的。”真砂子老实承认道。

“说起工作，我真想给真砂子看看这个村里的女孩们是怎么干活儿的。”千重子又将目光转移到杉山上，“大概已经开始修剪树枝了。”

“修剪树枝？”

“为了让杉树长好，一定要把多余的树枝用柴刀砍掉才行。听说还要用梯子什么的，像猴子一样从一棵杉树的末端跳到另一棵杉树上……”

“好危险。”

“据说早上爬上去，就算是到了吃午饭的时间也不下来呢。”

真砂子也抬头看着杉山。笔直挺拔的杉树树干整齐而秀丽。即使是树枝末梢残留的一簇簇树叶，也像精致小巧的手工艺品。

这座山既不高，也不深。一棵棵排列整齐的杉树挺立在山巅之上，抬头就能数得清清楚楚。这些杉树可以用来建造数寄屋，所以树木的品相也可以说是带有数寄屋的风貌吧。

不过，清泷川两岸的山势十分陡峭，山壁倾斜在狭窄的山谷中。据说雨量大，日照时间少，这也是可以生长出世间少有的杉树圆木的自然条件。风也自然地避开这一片区域。如果树木受到强风的影响，幼树还不坚挺，杉树就会弯曲倾斜。

村落里，家家户户依山傍水，沿河岸排成一列。

千重子和真砂子一直走到这个小小村落的尽头，然后又折了回来。

其中有一家正在打磨圆木木材。女人们把浸泡过的木材抬起，用菩提瀑布的沙子细心地打磨着。这种沙子看起来像是橙色黏土，据说是从菩提瀑布下游运来的。

“这些沙子要是用完了，可怎么办呢？”真砂子问。

“一下雨，这些沙子就和瀑布的水一起落下来，堆积在瀑布下游。”一个年长的女人回答道。这可真是心宽，真砂子想着。

但是，正如千重子所说，这里的女人们毫不偷懒，一直在拼命工作。她们精心打磨出的五六寸粗的木材，是要用来做柱子的吧——将打磨好的木材用水洗干净之后，还要晾晒，然后包上纸，或者捆上稻草，之后才能发货。

一直到清泷川的河滩为止，都有种植杉树的地方。

真砂子看着山上挺拔的杉树和摆放在屋檐下的杉树圆木，不由得想起京都古老的屋子外那没有一丝灰尘的土红色窗格子。

村子的入口有一个国铁[1]巴士站台，叫菩提道。再往上走，就是瀑布。

两人在此处坐上了回程的巴士。一阵沉默之后，真砂子忽地说道：

“女孩如果也能像那些杉树一般，正直坚韧地成长该多好。”

“……”

“像我，就没能被那样细心呵护过。”

千重子简直要笑出来：

“真砂子最近是在和什么人约会吗？”

“是啊，有约会。坐在加茂川边的草地上……”

“……”

“那时，木屋町纳凉台[2]上的客人也多了，点了灯。但我们背对着他们，纳凉台上的人看不出我们是谁。”

“那你们今晚……”

“今晚我们约定七点见。虽然现在天还有些亮。”

千重子羡慕真砂子的这种自由。

---

1 | 国铁：“日本国有铁道”简称，是负责日本国有铁道经营的公共企业，还经营着一部分公交和航运线路，1949 年成立，1987 年解散。

2 | 纳凉台：日语里叫“床”“川床”或“納涼床”，指鸭川沿岸的茶屋从客堂向河滩伸出的纳凉用栈台，通常摆放着桌椅。

千重子和父母三人一起坐在面对中庭的后宅客厅吃晚饭。

“今天岛村先生送来了好多竹叶卷寿司，是瓢正老铺的。家里只做了汤，真是抱歉。”母亲对父亲说道。

“是吗？”

鲷鱼做的竹叶卷寿司是父亲最喜欢吃的。

“关键是做饭的人回来迟了，所以晚了一些……”母亲指的是千重子，“你是不是又和真砂子去看北山杉了……”

“嗯。”

伊万里[1]的碗碟中，精美地摆放着竹叶卷寿司。剥开包成三角形的竹叶，就能看到切得薄薄的鲷鱼。汤里放着豆腐皮，还有少许香菇。

跟店铺外侧的窗格子一样，太吉郎的店铺如今还残留着些许京都古老批发店的风格。但现在既然变成了公司，原来的掌柜、伙计也都变成了公司职员，大部分人都搬出去住了。只有从近江来的两三个学徒还住在临街有虫笼窗的二楼。所以晚饭时，后宅十分安静。

“千重子真的很喜欢去北山杉的村落玩啊。”母亲说道，“为什么呢？”

---

1 | 伊万里：一种陶器，出口的主要港口在伊万里，亦称“伊万里烧”。

“杉树笔直高大，又挺拔秀丽，人心要是也有这样的品质的话，不觉得很好吗？”

“这样啊，那不是和千重子一样嘛。”母亲道。

“哪有，我性格弯弯绕绕的……”

“那倒也是，”父亲插嘴道，“就算再怎么诚实坦率的人，也是会想很多事情的。”

“……”

“这样不也很好吗。像北山杉一样的孩子，固然可爱，但如果真的有，说不定会在某个时候遇到灾祸。树木啊，就算再怎么扭曲，再怎么旁逸斜出，只要能好好长高长大就很好了，我是这样想的……你看看，这个狭窄庭院里面的老枫树。”

“千重子这么好的孩子，还挑剔什么呢？”母亲微微不悦道。

“我知道，我知道。千重子是个规矩孩子……”

千重子将脸转向中庭，沉默了一阵子：

“我不像那棵枫树一样强大……”千重子的声音充满悲伤，“我只是生在枫树树干凹陷里面的，小小的堇花罢了。那株堇花，也不知道什么时候就凋谢了。”

“的确……明年春天，一定会再开的。”母亲说。

千重子低下了头，把目光停留在枫树树根旁边那个雕刻着基督像的石灯笼上。在灯笼火光的映照下，并不能完全看清楚陈旧的基督像，但那座基督像仿佛是在祈祷着什么。

“母亲，我到底是在哪里出生的？”

母亲和父亲对视一眼。

“是在祇园的樱树下。”太吉郎言之凿凿。

夜晚在祇园的樱树下出生，听起来简直像是神话故事，和《竹取物语》的辉夜姬在竹节里被人发现一样。

正因为如此，父亲反而说得如此肯定。

如果是生在花丛下，说不定也会像辉夜姬一样，某天会有个从月亮上来的人把自己接走——千重子想到了一句玩笑话，但没有说出口。

不管是被人丢弃的孩子，还是被偷走的孩子，千重子到底在哪里出生，父亲和母亲也不得而知。更别提千重子的亲生父母是谁了。

千重子后悔起来，觉得不该问这件事。但是，还是不要道歉的好。如果道了歉，反而会让父母猜想自己为何突然有这样的疑问。虽然自己也不清楚，但在北山杉的那个女孩，真砂子说和自己长得一模一样。是因为模模糊糊地想到那件事，才问出了这样的话吧……

千重子不知道应该往哪儿看好，于是抬头仰望着枫树。不知是因为月亮已经出来了，还是被城里繁华的灯火映衬的，天空微微发白。

“天空已经有夏日的颜色了。”母亲惠子也抬头看着，“千重子，你是这个家里的孩子。你虽说不是我亲生的，却是这个家的孩子。”

“嗯。”千重子点头道。

——正如千重子在清水寺同真一所说，千重子并不是在圆山的樱树下，被惠子夫妇偷来的，而是被人丢在了店铺门口，是太吉郎把千重子抱回来的。

那是二十年前的事情，太吉郎当时也只有三十多岁，四处拈花惹草，放荡不羁。因此妻子对于丈夫说的话，常常半信半疑。

“你倒是说得好听……这孩子该不会是你和艺伎的种，才抱回来的吧？”

“说什么傻话。”太吉郎怒道，“你看看这个孩子穿的衣服。这像是艺伎的孩子吗？啊？像是艺伎的孩子吗？”说着，太吉郎将婴儿直直递到妻子眼前。

惠子接过婴儿，将自己的脸颊贴在婴儿冰冷的脸颊之上。

“这个孩子到底要怎么办？”

“我们去后宅商量吧。干吗发呆啊？”

“这是刚出生的婴儿呢。”

不知道亲生父母是谁，是不能认作养女的，所以在登记户籍时，婴儿被申报为太吉郎夫妇的亲生女儿，取名千重子。

俗话说，抱一个孩子来养之后，便会给这家带一个孩子来，夫妻俩也会有自己的亲生骨肉，但是惠子始终没有怀上孩子。所以，千重子就被作为独生女精心扶养，疼爱呵护着长大。就这样，时光流逝，太吉郎夫妇也不再烦恼千重子到底是被什么样的父母丢弃的。千重子的亲生父母到底是生是死，更无从得知。

——晚饭之后的打扫整理倒是很简单。只要收拾好竹叶卷寿司的竹叶，然后清理完汤碗就可以。千重子一个人都做完了。

之后，千重子躲到后宅二楼自己的房间里，一直看着父亲从嵯峨的尼姑庵带回来的保罗·克利、马克·夏加尔的画册。后来千重子睡着了，刚刚入睡不久，就被噩梦缠绕，发出“啊啊，啊啊”的叫喊声，醒了。

“千重子，千重子。”从隔壁传来母亲的喊声，没等千重子回答，门就被拉开了。

“这是被魇住了吧，”母亲走进来轻声问道，“做了噩梦？”

于是母亲坐在千重子的身边，打开了灯。

千重子坐了起来。

“你看你，出了这么多汗。”母亲从千重子的镜台上拿来纱布手绢，轻轻擦拭着千重子的额头和胸口。千重子任凭母亲擦拭。自己的女儿真美啊，母亲一边暗暗想着，一边道：

“还有腋下……”说着，她将手绢递给千重子。

“谢谢母亲。”

“做了很可怕的梦吧。”

“嗯，是从高处坠落的梦……我从一片令人恐惧的绿色当中坠落下去，看不到底。”

“谁都做过这样的梦。”母亲说道，“一直坠落却看不到终点。”

“……”

“千重子，可别感冒了。要不要换一套睡衣？”

千重子点点头，但还是心有余悸。刚想站起身来，脚步却摇摇晃晃。

“别动，别动，我找出来给你。”

于是千重子就这样坐着，腼腆又灵巧地换了一套睡衣。她正要将之前的睡衣叠起来，母亲就说：

“不用叠，就这样放着吧。反正还是要洗的。”母亲拿起睡衣，扔在了角落里的衣架上。然后又重新坐回千重子的床头。

“做梦倒没什么……千重子是不是发烧了？”母亲

说着，将手心放在女儿的额头上，反而是冰凉的。

“嗯，准是去北山杉的村子累着了。”

“……”

“真是让人放心不下。我今天来这边陪你睡吧。”说着，母亲就要将自己的床铺搬过来。

“谢谢母亲……我已经好了，放心，您快去休息。”

“是吗？”母亲一边这样说着，一边在千重子的旁边躺下来。千重子也将身子靠了过去。

“千重子已经长得这么大了，我已经不能抱着你睡觉了。这样想想，是不是有点儿奇怪。”

然而，母亲先进入了梦乡。千重子怕母亲肩膀处着凉，用手探了探，然后关掉了床头灯。可千重子怎么也睡不着。

千重子做了一个漫长的梦。与母亲所说的，只不过是梦境的结尾罢了。

开始的时候，与其说是梦，不如说是与现实的模糊交界处脑海中的景象。千重子回想起今天与真砂子去了北山杉的村子里，玩得十分开心。真砂子所说的跟千重子长得一模一样的女孩出现在梦里时，形象比在村子里见到的更加鲜明。

随后，在梦境的结尾，千重子在一片绿色中坠落。那片绿色，也许是残存在她心中的杉山吧。

鞍马寺的伐竹大会，是太吉郎最喜欢的活动。可能是因为大会本身富有男子气概的原因。

太吉郎年轻的时候就已经观看过太多次，并没有什么新奇的地方，但是这次想带女儿千重子去观看。何况听说今年因为活动经费的关系，鞍马寺十月份知名的火祭也不能在举办了。

太吉郎担心会下雨。伐竹大会在六月二十日，正值梅雨季。

十九日那天的大雨，下得比平时的梅雨还大。

“一直这样下的话，明天恐怕去不了了。”太吉郎时不时地望着天空。

“父亲，下雨也不要紧。”

“话是这么说，”父亲道，“但还是天气好一些……”

二十日，雨还是微微下着。

“记得要把门窗关好。这讨厌的湿气会让和服发潮的。”太吉郎对店员说道。

“父亲，不去鞍马寺了吗？”

“明年总会再办的。算了吧。现在去了也只能看到灰蒙蒙的鞍马山……”

——参加伐竹表演的不是僧人，主要是当地人，他们被称作法师。伐竹的准备工作如下：在十八日，要准备雄竹、雌竹各四棵，然后将竹子横着绑在圆木上——这些圆木被分别立在了正殿的左右两边。雄竹要切掉根部，留着枝叶，而雌竹则保留根部。

自古以来，面朝正殿，人们将左边的称作丹波座，右边的称作近江座。

轮到担任这一工作的人们，会穿上历代相传的素绢[1]，穿上武者草鞋[2]，系好缚袖带[3]，挎着双刀，将五条袈裟[4]卷成弁庆头巾[5]裹在头部，腰缠南天竹的叶子，伐竹用的砍刀被收在锦袋里。他们跟在开山人的后面，向着山门进发。

下午一点左右。穿着十德[6]的僧人吹响法螺，伐竹大会开始了。

两个稚儿齐声对住持说：

“伐竹之神事，可庆可贺。”

---

1 | 素绢：宽袖长身的简便僧衣。

2 | 武者草鞋：草编鞋底与深色布鞋面组合而成的鞋。

3 | 缚袖带：日文叫“襷”或“玉襷”，指束缚袖子的细布带，从两侧的肩膀及腋下交叉着绕到后背并系紧。

4 | 五条袈裟：袈裟的一种，是使用五片布料缝制的僧衣。

5 | 弁庆头巾：用僧衣将头顶、耳朵、颈部全部包裹，只露出面部的头巾。因日本著名僧兵武藏坊弁庆用这种头巾而得名。

6 | 十德：一种男子和服。据说由镰仓时代的直缀演变而来，形态来自法衣的偏衫。江户时代成为轿夫的常服，也为医生、僧侣、儒者、画师、茶师等穿。

随后，两名孩子分别走向左右两侧座席，称赞两边的竹子：

“近江之竹，妙哉。”

“丹波之竹，妙哉。”

伐竹时，将绑在圆木上的雄竹砍伐修剪，使其长度一致。雌竹则不用砍。

接着，稚儿对住持说：

“修竹完毕。”

僧人们进入内殿，开始诵经。周围摆着插在瓶中的夏菊，以代替莲花。

住持走下高坛，打开桧扇[1]，上上下下扇动三次。

“喝！”伴随着吼声，出来两个人分别将近江、丹波两座的竹子砍成三段。

太吉郎虽然也想让女儿看伐竹仪式，但因为下雨，有点犹豫。正在这时，秀男腋下夹着一个布包，穿过格子门进来了。

“您女儿的腰带，我终于织出来了。”秀男说道。

“腰带？”太吉郎一脸疑惑地问道，“我女儿的腰带？”

1 | 桧扇：日本早期的和风折扇。

秀男后退一步，恭恭敬敬地施了个礼。

“是郁金香花样的吗……”太吉郎随口说道。

“不是，是您在嵯峨的尼姑庵里绘制的图案……”秀男认真地说道。

“那时因为年少轻狂，真的对佐田先生太失礼了。”

太吉郎暗暗吃惊，道：

“没什么，只是兴之所至罢了。我是被秀男指点之后，自己也开了眼界，应该是我向你道谢才是。”

“我按照您的草图把这条腰带织出来了以后，马上就拿过来了。”

“什么？”太吉郎大吃一惊。

“我已经把那幅草图撕碎揉成一团，扔到你家附近的小河里了。”

“您已经扔掉了？……这样啊。”秀男毫不怯懦，镇定地说，“不过我当时看了很久，都记在脑子里了。”

“真是手艺人的好本事。”说着，太吉郎的脸色阴沉了下来。

“话虽如此，秀男，你为什么还要费心织出来我已经扔在河里的草图？啊？为什么还要把它织出来？”太吉郎又说了一遍，胸中涌起一股不知道是悲伤还是愤怒的情绪。

“没有温暖人心的和谐之感，粗糙怪诞，无病呻吟——这不都是秀男说的吗？”

“……”

“所以，一出你家门，我就将草图丢弃在河里了。”

“佐田先生，请您一定要原谅我。”秀男双手撑地，弯下身子道歉。

“我也是因为一直在纺织枯燥无趣的东西，太过疲累，头脑烦躁焦虑才会如此。”

“彼此彼此。在嵯峨的尼姑庵里的时候，安静虽是安静，只有一个上了年纪的尼姑，白天也只有雇佣的老婆子会来，你可知我有多么凄凉落寞……而且我们家里的生意近年来也是江河日下。秀男的一席话，让我思索良多。作为和服店的店主，我是不应该去画什么和服图样的。我也画不出那种时下流行的图案……”

“我也想了很多。在植物园中和令爱见面之后，又想了很多。”

“……”

“请您看一眼这条腰带吧。如果您不满意的话，就在这里用剪子把它剪个粉碎也毫不可惜。”

“好。”太吉郎点头道，“千重子，千重子。”他呼喊女儿。

原本和掌柜并排坐于账场的千重子起身走了过来。

秀男浓重的眉眼下，嘴巴紧紧闭着，一副充满自信的样子，解开布包袱的手指却微微颤抖着。

“小姐请看看吧，这是您父亲画的图案。”秀男将卷着的腰带递给千重子，随后便僵硬着一动不动。

千重子稍稍打开腰带的一端。

“啊，父亲，看起来您从保罗·克利的画册里吸取了不少灵感啊。是在嵯峨的时候画的吗？”说着，千重子将腰带放在膝上慢慢展开。

“哇，简直太美了。”

太吉郎一脸不高兴，沉默地坐着，内心却无比震惊，因为秀男能将自己所画的图案如此细致地记在脑中。

“父亲，”千重子用纯真可爱的声音兴奋地说，“这条腰带真的太美了。”

“……”

千重子摸了摸腰带的质地，“你织得真好。”她对秀男说道。

“是。”秀男低着头。

“我可以把腰带展开看看吗？”

“好。”秀男回答道。

千重子站起来，在二人面前展开了腰带。她将手搭在父亲肩膀上，站着观赏着腰带。

“父亲，您觉得如何？”

“……”

“这条腰带织得很不错吧。”

“真的有那么好吗？”

“是的。谢谢父亲。”

“你再好好看看。”

“因为是新的图案，要看搭配什么和服了……不过，真是漂亮的腰带。”

“是吗。如果喜欢的话，就向秀男道谢吧。”

“秀男，谢谢你。”千重子在父亲身后跪下来，向秀男深鞠一躬。

“千重子，”父亲叫道，“你觉得这条腰带有没有温暖人心的和谐之感。譬如心灵的和谐……”

“什么？和谐吗？”千重子被突然这么一问，又重新看向腰带。“和谐之感，说起来的话，要看穿什么和服，以及什么人穿……如今反而流行故意打破和谐之感的衣服呢。”

“嗯。”太吉郎点头道，“其实啊，千重子，当初我把这张草图给秀男看的时候，被他说图中毫无和谐之感，我就把草图丢到秀男家附近的河里了。”

“……”

“然而，秀男织好的这条腰带，和我扔掉的草图简直一模一样。虽说画笔和丝线的颜色少不了有些许差别。”

“佐田先生，请您原谅我。”秀男双手伏地道歉。

“我想拜托令爱一件事情，这虽然是我一厢情愿，但是可以请千重子小姐将腰带比在腰间看看吗？”

“就穿着这件和服吗……”千重子站起身，试着将腰带缠在了身上。顿时，千重子显得十分华贵典雅。太吉郎的脸色也缓和下来。

“千重子小姐，这就是您父亲的大作。”秀男的目光如此明亮而动人。

祇园祭

千重子挎着一个大大的篮子，走出了店门。从御池通往北走，就能走到麸屋町的汤波半[1]。从叡山到北山之间的天空，晚霞火一般红，千重子在御池通停住了脚步，伫立仰望了好一阵子。

夏日白昼漫长，离夕阳西下还有一段时间，天空的颜色也并不清冷寂寞，晚霞仿佛熊熊燃烧的火焰般遍布整个天空。

“竟然还有这样的景色。我还是第一次看到。”

千重子拿出一面小镜，在霞光下照了照自己的脸。

“不要忘记，一辈子也不要忘记……人可能就是这

1 | 汤波半：京都一家老字号食品店，主要卖豆腐皮做的小吃。

样，一切都只看自己的心。”

在晚霞映照下，比叡山和北山显现出苍蓝的色调。

汤波半里卖豆腐皮、牡丹豆腐皮、八幡卷等食物。

“欢迎光临，小姐。一到祇园祭，我们真的是忙不过来，这还只是接待熟悉的老客户，还请您多多见谅。”

这家店平时也只承接预约的订单。在京都，这样的点心店并不少见。

“是为了祇园祭吧。这些年承蒙您的关照。”汤波半的老板娘将千重子的篮子塞得满满当当。

所谓“八幡卷”就像鳗鱼卷一样，是在豆腐皮中放入牛蒡卷制而成的。“牡丹豆腐皮”和炸素豆腐饼相似，是在豆腐皮中包了银杏。

汤波半这家店铺还留着一八六四年那场大火的痕迹，已经有两百余年的历史了。有的地方经过整修，比如将狭小的天窗装上玻璃，原本为了制作油豆皮的类似于加热式锅炉，重新用红砖砌了。

“之前一直使用炭火加热，点火的时候会有粉尘扬起，沾得豆皮上面都是。所以现在用的都是锯末。”

“……”

干活儿的人从四方形分割的铜锅中，用竹筷娴熟地将上层稍稍凝固的豆腐皮分离出来，然后将豆腐皮晾晒在细细的竹竿上。竹竿上上下下有好几根，随着豆腐皮慢慢晒干，竹竿依次上移。

千重子走到里侧的工作间，将手扶在一根古老的柱子上。和母亲一起来时，母亲常常抚摸这根年代久远的顶梁柱。

“这是什么木头？”千重子问道。

“这是扁柏。是不是又高又直……”

千重子也摸了摸这根柱子，然后走出了店铺。

回家时，千重子听到祇园的乐声渐渐高昂起来。

从远方来观赏祇园祭的人，常常会误解只有七月十一日的彩车[1]巡游值得一看。其中一些人会在十六日的晚上赶来看前夜祭[2]。

实际上，祇园祭的仪式从七月初就陆续开始了。

七月一日，先在彩车街[3]“迎吉符”，之后就开始用笛子、太鼓、铮等奏乐。

稚儿乘坐的长刀彩车每年都会排在巡游队伍的前头，至于其他彩车的顺序，则会在七月二日或三日，由

---

1 | 彩车：日语为“山鉾”，本指一种在平台上安放如山状的构造物，并在顶端插一根长矛或长刀的彩车。后来泛指在祇园祭巡游的彩车。

2 | 前夜祭：日语为“宵山”，指庆典前夜举行的小型活动。

3 | 彩车街：平日里，彩车各部件由神社附近的信徒家庭保管和维护，他们居住的街道被称为彩车街（日语为“山鉾町”）。

市长举行抽签仪式决定。

彩车通常在巡游前日搭建，七月十日的“御舆[1]清洗”可以说是庆典的序章。清洗御舆的地点就在鸭川的四条大桥。虽说是清洗，实际上只是由神官将榊木沾水之后，往御舆上洒洒而已。

随后，在十一日这一天，稚儿将到达祇园社参拜。稚儿乘长刀彩车。随从们则骑马，戴立乌帽子[2]，穿水干[3]，护送稚儿去接受五位位阶[4]的恩赏。五位之上的就是“殿上人[5]”了。

古时候，队列中会加入神佛，因此稚儿两侧的侍从要扮成观音菩萨和大势至菩萨。稚儿被赐予神职这一举动，象征着与神举行婚礼。

“这也太奇怪了。我是男生啊。”水木真一被选作稚儿的时候抱怨道。

此外，稚儿在饮食上需要“别火”，即与家人分别用不同的灶火烹饪食物，以表示清洁身心。不过，现

---

1 | 御舆：神体（神灵寄宿的物体）巡行或迁宫时搭乘的轿子。

2 | 立乌帽子：高高立起不弯折的乌帽子。乌帽子是日本平安时代至今，与和服搭配的男性黑色礼帽，帽子越高代表地位越尊贵。

3 | 水干：全称为“水干狩衣”，是平安时代后期到江户时代使用的一种外套。“水干”意为布料经水洗后不上浆，直接贴在板子上晾干。

4 | 位阶：日本古代的官位等级，九位三十阶。类似中国古代的品级。

5 | 殿上人：被允许登上清凉殿（平安时代中期之后的天皇御殿）的人。

如今这一习俗已经被省略，只需要在稚儿的食物上切火[1]，进行清净仪式即可。据说，有的人家忘记的话，稚儿还会自己提醒："切火，切火。"

总而言之，稚儿的工作不仅仅是巡游一天就能结束的，远没有那么简单。更别提还要去彩车街挨家挨户登门道谢。不管是庆典还是稚儿的工作，都要忙活近一个月的时间。

比起七月十七日的彩车巡游，京都人觉得十六日的前夜祭反倒更有趣。

离祇园祭的日子越来越近了。

千重子家的店铺也卸下窗格子[2]，忙着准备。

作为生长在京都的女孩子，并且还是住在临近四条通的批发店，受八坂神社庇护的氏子[3]，千重子每年都会经历祇园祭，这对她来说并不是什么新奇的事，只是炎热京都的夏节罢了。

对于千重子来说，最令人怀念的，是坐在长刀彩车

---

1 | 切火：本意为用打火石引燃的火，这里指用打火石擦出火花。

2 | 祇园祭期间有一项被称为"屏风祭"的活动，彩车街的商户会卸下窗格子，将自家珍藏的屏风摆在窗口处向大家展示。

3 | 氏子：日本居住于同一地域的居民共同祭祀的神明称为氏神，而共同信仰此神明的信徒则称为氏子。

上、扮作稚儿的真一。每逢庆典，只要听到祇园乐声，只要看到彩车四周的灯火辉煌，真一的样子就在千重子脑海中浮现出来。那时，真一和千重子一样，都只有八九岁。

“就算是女孩，我也从未见过那样漂亮的。”

真一去祇园社被授予五位少将[1]的官职时，千重子也一同前往。彩车在城中巡游的时候，千重子也跟着走遍了京都的街道。

扮作稚儿的真一带着两个秃童[2]，来到千重子家的店里登门致谢。

“千重子，千重子！”被真一这么一喊，千重子顿时红了脸，一直盯着真一看。真一化着妆，涂着口红，而千重子的脸颊却被日光晒得微微发黑。原本贴着土红窗格子的长凳[3]被放了下来，千重子穿着夏日单衣，系着红色短腰带，正在和附近的小孩子们一起玩线香烟火……

如今，在音乐声中，在彩车的灯光中，千重子依稀还能看到扮作稚儿的真一的身影。

---

1 | 五位少将：指正五位的近卫府少将。

2 | 秃童：指为长刀彩车上的稚儿做助手的两位少年。

3 | 长凳：指固定在店铺外墙下的折叠长凳。闲置时可以折叠贴在墙或窗格子上。使用时放下，可摆放商品或供客人歇息

“千重子，今天不去前夜祭看看吗？”晚饭后，母亲对千重子说道。

“母亲呢？”

“还有客人呢，我出不了门。”

千重子走出家门，脚步轻快。四条通人潮涌动，几乎走不动路。

但是，千重子熟知四条通，知道哪里有什么样的彩车正在巡游，哪些彩车在什么地方，因而只是粗粗看了一遍。果然热闹非凡，耳中频频传来各种彩车演奏的音乐声。

千重子走到御旅所[1]前，点上一支蜡烛供奉在神体前。在进行庆典的时候，八坂神社的神体也会被迎接到御旅所。御旅所位于新京极[2]往四条通方向的南侧。

在御旅所，千重子发现有一个女孩正在进行七次参拜。只要一看她的背影，就能马上明白。所谓七次参拜指的是在御旅所的神体前进行参拜后，离开一定距离后返回再次参拜，将这一过程重复七次。在这个仪式过程中，就算是遇到了认识的人，也绝不可以开口说话。

“哎呀。”千重子感觉在哪儿见过这个女孩。仿佛

---

1 | 御旅所：在神社祭礼中，神（一般为御舆）在巡游途中休息、住宿的地方，或者是其目的地。

2 | 新京极：京都市中京区一条南北向小街，连接三条通与四条通。

被她所吸引，千重子也开始进行七次参拜。

女孩往西边走了一段距离后，又回到御旅所。千重子则与之相反，走到东边后又返回。但是与千重子相比，女孩显得更加真心实意，祷告得更久。

女孩做完了七次参拜。千重子因为没有女孩走得那么远，因此也在差不多的时结束了。

女孩仿佛要将千重子印刻在自己眼中一般，直勾勾地盯着千重子。

“你许了什么愿？”千重子问道。

“你看到了吗？”女孩的声音颤抖着。

“我想知道姐姐的下落……你，是我的姐姐吧。是上天把我们带到这里，让我们重逢。”女孩的双眼充满泪水。

这个女孩，就是那日北山杉村子里的姑娘。

御旅所前挂着人们供奉的献灯，摆满参拜的人供奉的蜡烛，神体前被照得一片通明。女孩满脸泪痕，也不擦掉，在灯火之下，显得更加闪闪有光。

千重子强忍着泪水。

“我是独生女。既没有姐姐，也没有妹妹。”她说着，但是脸色青白。

北山杉村的女孩哽咽着，说：

“我明白了。小姐，请您原谅我。一定原谅我，”她重复说道，“我姐姐，我从小就一直想着我的姐姐，所以才认错了人……”

“……”

“因为我们是双胞胎，所以不知道是姐姐还是妹妹……”

“我跟你应当没有血缘关系，只是长得像的陌生人吧。”

女孩点了点头，眼泪顺着脸颊流了下来。她拿出手绢，一边擦眼泪一边说：“小姐，请问您是在哪里出生的……”

“这附近的商品批发街。”

“是这样。您向神许了什么愿望？”

“我父母的幸福和健康。”

“……”

“你的父亲呢？”千重子问道。

“早不在了……父亲在北山杉修剪树枝，从一棵树跳到另一棵树上的时候摔了下来，摔的地方不太巧……这都是村里人告诉我的。我那时刚刚出生，还什么都不知道……”

千重子的胸口仿佛被什么东西刺穿了。

——我经常想去那个村落，想看秀美的杉山，莫不是因为父亲的魂灵在呼唤我？

而且，这个女孩说她是双胞胎。我的亲生父亲是否因为在杉树梢上，一直想着把双胞胎中的一个孩子丢弃的事，这才不小心从树上摔了下来？一定是这样的。

千重子的额头冒出细细的冷汗。四条通大路上人来人往的脚步声，祇园的音乐声，都仿佛消失在远处。眼前慢慢开始变黑。

山村的女孩将手扶在千重子的肩上，用手绢擦掉了千重子额头上的汗水。

“谢谢你。”千重子接过手绢，擦了擦脸，不知不觉随手将手绢放进自己的口袋里。

“你的母亲呢……”千重子小声问道。

“母亲也……”女孩含糊道，“我好像是在母亲老家出生的，那是比北杉山村还要偏远的山里，而母亲也……”

千重子再也问不下去了。

从北山杉村来的女孩流下的自然是欢喜的泪水。眼泪不再流的时候，她的脸庞散发出喜悦的光芒。

和她相比，千重子的双腿控制不住地颤抖，心中一片乱麻。这并不是可以在此立刻整理清楚的事请。但让千重子感到欣慰的是，这个女孩是如此健康而美丽。千重子并没有像女孩一般坦率地表达自己的喜悦，眼中深含着忧虑。

现在，以后，究竟应该怎么办呢？千重子犹豫着。

“小姐。”女孩呼唤道，伸出了右手。千重子握住了这只手。这是一只皮肤粗糙、干枯开裂的手，和千重子柔软的手截然不同。但是女孩好像并没有在意，她紧紧地握着千重子的手道：

“小姐，再见了。”

“欸？”

“我真的很高兴……”

“你叫什么名字？”

“我叫苗子。”

“苗子？我叫千重子。”

“我是做雇工的，村子很小，只要说苗子的话，大家马上就知道。”

千重子点了点头。

“小姐，您看起来真的很幸福。”

“嗯。”

“我发誓，我们今天遇到的事情，我绝不会对任何人说起。知道这件事情的，只有御旅所的祇园神。”

虽说是双胞胎，但是二人的身份如此悬殊，想必苗子也看出来了。千重子一想到这里，就说不出话来。但是，被亲生父母抛弃的难道不是自己吗？

“小姐，再见。”苗子又说，“趁别人没发现……”

千重子一阵心酸。

“我家的店就在这附近，苗子，哪怕只从店门前路过也好，来一趟吧。”

苗子摇了摇头：“那您家里人……”

“家里人？只有我父母而已……”

“也不知道为什么，我感觉到了。您一定是被父母宠爱着长大的吧。”

千重子拽着苗子的袖口：

“在这儿站得太久了……”

“真的是。”

苗子随后重新转向御旅所，恭恭敬敬地拜了一下。千重子也慌忙跟着拜了一下。

“再会。”苗子说了三次。

“再会。”千重子也说道。

“想说的话有千千万万，有时间请您一定来村里找我。在杉林里，不会有人看到我们的。”

“谢谢你。”

随后，二人不由得穿过熙熙攘攘的人群，朝着四条大桥走去。

受到八坂神社庇护的氏子实在是人数众多。就算前夜祭的仪式，以及十七日的彩车巡游结束了，庆典仍在继续。店铺都敞着窗，家家装饰着屏风。从前，有的人家摆放有初期浮世绘、狩野派[1]、大和绘[2]，以及宗达画的一对屏风。肉笔浮世绘[3]当中也有南蛮屏风[4]，以雅致的京都风俗为背景描绘着异国人物。总而言之，这些图画都展示了京都的繁荣兴旺。

如今，这些风俗画卷还保留在彩车上。舶来的中国织锦、法国戈布兰挂毯、毛织品、金襴缎子、缀织刺绣都被用在上面。既有桃山式样[5]的大朵鲜艳花色，又有异国独有的风情。

彩车内部也绘制了时下最为盛名的画家的作品。车头如柱子一般，据说形状源于日本古代的朱印船[6]桅杆。

---

1 | 狩野派：日本绘画史上最大的画派，从室町时代中期到江户时代末期的约四百年间，位居画坛中心。

2 | 大和绘：日本绘画的样式概念之一，是以日本的故事、人物、事物、风景为主题的和风绘画。

3 | 肉笔浮世绘：江户时代形成的浮世绘流派之一。与通常被称为“锦绘”的浮世绘相区别，为画师亲笔在绘绢或纸上描画的浮世绘。

4 | 南蛮屏风：描绘安土桃山时代到江户初期，葡萄牙人来航日本的屏风。主要画面为海船抵港、水手搬运货物、舰队司令官等。

5 | 桃山式样：安土桃山时代的日本织物往往有华丽绚烂的特点。

6 | 朱印船：指 16 世纪末至 17 世纪前期日本江户幕府时代，得到朱印状（海外渡航许可证）的船只。

祇园的鼓乐通常被认为只有“锵锵嘁嘁”的简单曲调，但实际上共有二十六种，这些曲调据说有的像壬生狂言[1]的乐曲，也有的近似雅乐[2]。

前夜祭时，这些彩车装饰着一排排提灯，鼓乐喧嚣，曲调也渐渐高昂起来。

四条大桥的东头虽然没有彩车，但是因为人潮汹涌，千重子和苗子被挤得分开了。

虽然对苗子说了三次“再会”，但到底是应该在这里分别，还是要去自家店附近走一走，让苗子知道具体地点，千重子十分犹豫。她的心头涌上一股对苗子的亲近之情。

“小姐，千重子小姐。”正当要走过大桥时，忽听到有人呼唤着朝着苗子走去，是秀男。他将苗子错认成了千重子。“您是一个人来的吗……”

苗子停住了。但是，苗子并没有回过头看千重子。

千重子一下就躲到了人群里。

“今天真是好天气……”秀男对苗子说道，“明天也会是个好天气吧，星星这样漂亮……”

苗子仰头看向星空。在这一瞬间，她不知道该如何

---

1 | 壬生狂言：在京都壬生寺所上演的无声剧，至今已有七百余年历史。

2 | 雅乐：由中国、朝鲜、印度等地传入，于奈良、平安时代逐渐本土化，在宫廷、寺院、神社等场所演奏的音乐，以及由此衍生的舞蹈。

回答。当然，苗子不可能知道秀男是谁。

“前些日子，我对您父亲做出了那样失礼的举动。不过那条腰带还是织得很好吧。”秀男对苗子说道。

“嗯。”

“您父亲，之后还生气吗？”

“嗯。”苗子什么也不知道，也无从回答。

但是，苗子始终没有看向千重子的方向。

苗子十分困惑。如果千重子可以和这个年轻男子见面的话，她应该走上前来才对。

这个男子，头略大，双肩展阔，目光发直，但苗子不觉得他像一个坏人。他提到了腰带，所以有可能是西阵的织工。常年在织机前弯着腰织布的话，体型多少也会受到影响。

“我也是年轻气盛，所以才对您父亲所绘制的图案说了过分的话。那条腰带是我思考了一个晚上，才终于织出来的。”

“……”

“您就算只系一次，也穿上试试看吧。”

“嗯。”苗子意味模糊地回答道。

“您觉得如何呢？”

尽管大桥上不如道路上那般明亮，周围拥挤的人群也几乎遮挡了二人的视线，但苗子惊讶于秀男到现在也没有认出自己并不是千重子。

双胞胎如果是在同一个家中，受同样的条件抚养长大，可能并不容易分辨，但千重子与苗子的生活环境截然不同。苗子想，莫非是因为眼前这个男子是近视眼，才分辨不出。

“小姐，我可以自己构思一条腰带，送给千重子小姐作为二十岁的纪念吗？我一定费尽所有心血为您编织这条腰带。”

“哦，谢谢您。”苗子含混地说道。

“今日在祇园祭的前夕能见到小姐……神佛一定会保佑我织好腰带。”

“……”

苗子思忖着，千重子并不想让这个男子知道自己有一个双胞胎姐妹，因此才迟迟不走过来吧。

“再见。”苗子对秀男说道。

秀男微微有些意外，但也回答道：

“哦，再见。那我就开始给您织腰带了。我会尽量赶在枫叶变红之前织出来的……”秀男强调一遍后，就走了。

苗子用目光搜寻了一下，却没有找到千重子。

适才的年轻男子和腰带的事情，对于苗子来说都无足轻重。只有在御旅所前遇到千重子才是如同神明眷佑，让苗子欣喜万分。苗子扶着桥上的栏杆，看了一阵水中倒映的灯火。

随后，苗子慢悠悠地走过大桥，她准备去位于四条通尽头的八坂神社。

走到大桥中间，苗子猛然看到了正和两个年轻男人站着说话的千重子。

“啊！”

苗子不经意轻轻喊了一声，但是并没有继续向前靠近的意思。

苗子无意间窥视到了三人的身影。

苗子与秀男，到底在站着说什么呢？千重子想着。秀男显然将苗子误认为是千重子，但不知苗子是如何回应秀男的，真难为她了。

千重子应该走向前去，到二人身边吗？她没有去。岂止如此，她在秀男对着苗子呼喊“千重子小姐”的时候，马上就躲藏到了人群之中。

为什么呢？

在御旅所前与苗子相遇这件事情，比起苗子来，千重子的内心受到了更大的冲击。苗子早就知道自己是双胞胎，并且一直在寻找自己的姐姐或是妹妹。然而，这对于千重子来说是做梦都不会想到的事。突如其来的事实，对于苗子来说，是找到千重子的喜悦，但对于千重子来说，却顾不上高兴。

并且，亲生父亲从杉树上坠落，亲生母亲早逝，这些事情千重子也才刚刚从苗子口中得知。胸口仿佛被利剑刺穿一般疼痛。

迄今为止，千重子只是从邻居偶尔的闲言碎语中听说自己是弃婴。但究竟是被什么样的父母丢弃，他们住在哪儿，千重子一直竭力不去思考这些事情。就算想了也无济于事。何况太吉郎与惠子对她爱得如此深沉，让千重子觉得没有必要思考这些事情。

今晚在前夜祭听到苗子的话，对于千重子来说，不见得是一件幸事。但是，千重子对于苗子，却萌生了一股温暖的手足之情。

“苗子心地比我单纯，人又能干，身体也很健康。”千重子喃喃道，“说不定哪一天，还有要依靠苗子的时候呢……”

这样想着，千重子茫然地走过四条大桥。

“千重子，千重子。”真一喊住了千重子，“一个人走路发什么呆？脸色也不怎么好。”

“哦，是真一啊。”千重子回过神来，“真一当年被选作稚儿，坐在长刀彩车上的时候，可真是可爱。”

“那时可受罪了。不过现在想想，还是挺怀念的。”

真一是跟着别人一起来的。

“这是我哥哥，现在在读大学的研究生。”

真一的哥哥长得和弟弟十分相像，他莽撞地向千重子点了点头。

“真一小的时候又胆小又可爱，长得又漂亮，像个女孩一样。被选作当稚儿什么的，真是好笑。”说着，哥哥大声笑起来。

他们走到了大桥中间。千重子看了看真一哥哥坚毅的脸。

“千重子，你今天晚上脸色看上去好苍白，好像有什么特别伤心的事情一样。”真一说。

“可能是走到了大桥中间，光照的缘故吧。”千重子说道，努力踱着步。

“再说，前夜祭这么多的人，大家都高高兴兴的，只有我一个人看着伤心，也没什么吧。”

“那可不行。”真一将千重子推到大桥栏杆旁边。“你靠着歇歇吧。”

“谢谢你。”

“河风不大……”

千重子将手放在额头上，微微闭起眼睛来。

“真一，你被选作稚儿，坐在长刀彩车上，是几岁的事情？”

“嗯，算起来应该是七岁吧。我记得是上小学前一年的时候……”

千重子点了点头，但是没有说话。千重子想要擦擦额头和脖子上渗出的冷汗，她将手伸进口袋里的时候，摸到了苗子的手绢。

“啊！”

那条手绢已经被苗子的眼泪浸湿了。千重子将手绢握在手中，犹豫要不要拿出来。终于，她将手绢揉成一团，拿出来擦了擦额头。眼泪仿佛下一秒就要滚落。

真一一脸诧异。因为他知道，将手绢乱糟糟地卷成一团放进口袋中这样的行为，并不像是千重子会做的。

“千重子，你热吗？还是感觉太冷了？如果是夏季感冒的话，还是早点儿回家比较好……我们送你吧。好吗，哥哥？”

真一的哥哥默默点了点头。他一直目不转睛地看着千重子。

“我家就在附近，不用麻烦了……”

“就是因为在附近，所以更要送了。”真一的哥哥干脆地说。

三人从大桥中央准备往回走。

“真一，当年你扮作稚儿坐在彩车上巡游时，我在旁边跟了一路。你知道吗？”

“我记得这件事，记得呢。”真一答道。

“那时候可真小啊。”

“是啊。真一身为稚儿还一直左看右看，真是不像话。虽然如此，但那么小的女孩子也跟着一路走下来，可真不容易。被周围那么多人挤着，肯定累得够呛吧……”

“真是，已经不能再变成小孩子了。”

“说什么傻话呢。”真一轻轻避开话锋，感觉今天晚上的千重子，发生了什么事情一般。

将千重子送到店里时，真一的哥哥向千重子的父母礼节周到地打了招呼。真一则站在哥哥身后。

太吉郎正在里间和一位客人喝祭酒。也并不是开怀畅饮，只是陪着客人罢了。惠子为了准备菜肴、酒水，正忙碌着。

“我回来了。”千重子道。

“你回来了，今天回来得好早。”惠子说着，看了看女儿的脸。

千重子对客人恭敬地打过招呼，对惠子说：

“母亲，我回来得太晚了，什么忙也没帮上……”

"没关系，没关系。"惠子用眼神轻轻示意千重子，借着要拿酒壶和千重子一起走到了厨房。

"千重子，你是不是哪里不舒服，才让人家送你回来的？"

"嗯，真一和他哥哥非要送我。"

"对吧。你脸色看起来也不好，走路摇摇晃晃的。"说着，惠子将手轻轻地放在千重子额头上，"好像没有发烧，但怎么看起来这么伤心。今天晚上正好有客人，你就和我一起睡吧。"惠子温柔地搂住千重子的肩膀。

千重子极力忍住欲夺眶而出的泪珠。

"你先去后宅二楼休息吧。"

"好，谢谢母亲……"千重子的心因为母亲的慈爱变得柔软温暖。

"你父亲也因为客人变少了，所以有些寂寞呢。晚饭的时候，倒还有五六个人……"

千重子给父亲和客人端去了酒壶。

"已经喝得够多了，就先到这里吧。"

千重子斟酒的手一直在抖着，因此用左手按着，但就算是这样，手还是微微颤动。

今夜，中庭当中基督像的石灯笼里也照常点着火。枫树树干上的凹陷里，两株堇花在火光里依稀可见。

虽然现在花朵已经凋谢了，但这上下两株小小的堇花，难道不正是如同千重子与苗子一般吗？两株堇花看似从未有过相见的机会，但今夜，不就见到彼此了吗？千重子在微亮的灯光下看着这两株堇花，又涌起了一股想流泪的冲动。

太吉郎也发现千重子有些异样，时不时地看向她。

千重子悄悄站起身，走上了后宅二楼。自己一直睡着的房间里，铺着给客人用的被褥。千重子从衣柜中拿出自己的枕头，到母亲房间躺下。

为了不让别人听到哽咽的声音，千重子将脸埋在枕头下面，双手紧紧抓着枕头两侧。

惠子走上楼来，看到了千重子的枕头有被泪水浸湿的痕迹。她拿出了一个新枕头，说：

“给你，我一会儿再来。”说着，马上走下楼去了。惠子在楼梯口回过头，定定地站了一会儿，什么都没说。

地上也并不是铺不下三张床铺，然而现在只铺好了两张，而且，其中一张是千重子的。母亲这是打算和千重子睡在一起了。

夏天盖的棉麻被子，一条是母亲的，一条是千重子的，叠得整整齐齐地放在铺尾。

惠子并没有准备自己的床铺，而是提前帮千重子准备好了。虽然这看起来是微不足道的事，但千重子感受到了母亲的一番心意。

想到这里，千重子的泪水终于停了下来，心情也平复了不少。

“我，是这个家里的孩子。”

不用说，千重子是因为突然和苗子相见之后，脑中一片混乱，心情才不能平静的。

千重子走到梳妆台前，看着镜中自己的脸庞。本来想化妆遮盖一下脸上的痕迹，但还是放弃了。她只是拿出香水瓶，在被子上洒了几滴。然后，又将和服的窄腰带重新紧紧地系了一遍。

当然，千重子并不能轻易就进入梦乡。

“我是不是对苗子过于冷淡了……”

闭上眼睛，美丽的杉山就浮现在眼前。

从苗子的话里，千重子大致明白了自己亲生父母的情况。

“我是该将这件事情告诉父母呢？还是不该呢？”

这家店铺的父母，可能并不知道千重子在哪里出生，亲生父母到底是谁吧。就算是亲生父母也已经——

“他们已经不在这个世界上了……”就这样想着，千重子已经流不出眼泪了。

从城中能隐隐听到祇园鼓乐的声音。

楼下的客人是从近江长滨一带来的，做绉绸生意。

因为喝了一些酒，说话声音也高起来，隐约传到了千重子躺着的后宅二楼。

客人喋喋不休，在讲彩车的路线变化。彩车一行变成从四条通走到十分现代化的河原町，从单行道御池通拐弯，市政府前甚至还设立了观礼台——这一系列行为，在这位客人看来都是为了所谓“观光”。

之前彩车一行为了穿过带有京都风情的狭窄小巷，不免碰坏了一些建筑，然而却显得意趣十足。彩车还能接到从道路两侧房屋的二楼上递出的、用茅草制作的护身符。现如今已经变成彩车上的人撒护身符了。

客人说，彩车到了四条通还好，一旦转到狭窄的街道，就不容易看到彩车的下半部分，这样才好看。

太吉郎争辩道，观赏彩车巡游还是要稳稳当当的，在宽阔的大路上看才好，显得壮观。

千重子躺在床上，仿佛都能听到彩车巨大的木质车轮碾过十字路口的声音。

今晚的客人似乎要睡在隔壁的房间，所以，千重子打算明天向父母坦白从苗子那里听到的一切。

据说北山杉的村里都是私人企业，但并不是家家户户都有山上土地的所有权，拥有土地所有权的反而是少数。自己的亲生父母，莫不是这些拥有土地所有权的人家雇佣的工人——千重子想道。

“我是做雇工的……”苗子是亲口这么说的。

二十年前，亲生父母或许不仅仅是觉得双胞胎不吉利，且听说双胞胎极难养活，加上生计所迫，这才将千重子丢弃了。

——千重子忘记问苗子三件事情。千重子被丢弃在店铺门口的时候，还是襁褓中的婴儿，为什么要丢掉千重子，而不是苗子呢？亲生父亲从杉树上坠落，是什么时候的事情？苗子倒说过，“刚出生不久后……”还有，苗子曾说“我是生在比北杉山还要偏远的山里，那里是母亲的老家”，那究竟是什么地方呢？

正如苗子所考虑的，如今两人的身份地位可以说是天差地别，因此苗子绝不可能主动来找千重子。如果想要说话的话，只能是千重子去找苗子。

可这样一来，千重子就不能瞒着父母去找苗子了。

千重子曾经反复阅读过大佛次郎[1]的名文《京都的魅力》。

“北山的杉树林，层层叠叠，青翠浮动，如同云朵一般。而赤松的树干，纤细明亮地排列着，丛林山间，林涛细响，如音乐一般……”千重子的脑海中，突然浮

1 | 大佛次郎（1897—1973）：日本著名作家。

现出书中的一段。

比起祇园鼓乐、庆典上汹涌嘈杂的人声，反而是那林涛的悠扬更能涌进千重子的心里。她仿佛穿过北山中常看到的彩虹，倾听着那样的音乐和歌声……

千重子的悲伤渐渐被冲淡。可能这本来不是悲伤。突然与苗子相见，感受到的可能是惊愕、踌躇与困惑。或许女孩的命运，就始终伴随着眼泪。

千重子翻了个身，闭上眼睛，倾听着那山上的歌声。

“苗子见到我时那么高兴，而我自己究竟怎么了？”

过了一会儿，客人、父亲和母亲走上后宅二楼。

“您好好休息。”父亲对客人说道。

母亲将客人脱下的衣物叠了起来，然后走到了这边的房间，正想把父亲脱下的衣物也叠起来的时候，千重子说：

“母亲，我来吧。”

“你还醒着吗？”母亲将衣服交给千重子，自己躺了下来。

“这味道真好闻，果然是年轻人。”母亲明快地说。

因为近江的客人喝了酒的缘故，呼噜声很快就透过隔扇传了过来。

“惠子，”太吉郎在旁边的床铺上唤着妻子。“有田先生刚才是不是说，想要把自己儿子送到我们家。”

“是送到咱们店里做店员……社员吗？”

“是送到咱们家做上门女婿，做千重子的……”

“你说什么话呢，千重子现在可还没睡着呢。”惠子想要阻止丈夫说下去。

“我知道。千重子听见就听见，没什么。”

“……”

“是他的二儿子，之前来咱们家办过几次事情。”

“我不太喜欢有田先生。”惠子压低声音说道，但是语气十分坚决。

千重子听到的山林的音乐声消失了。

“对吧，千重子。”母亲朝着女儿的方向翻了个身。千重子虽然睁开了眼睛，但是没有回答。就这样安静了一阵儿。千重子将脚尖叠在一起，一动也不动。

“有田先生啊，是想要这个店吧。至少我是这么想的。”太吉郎说，“而且，千重子这么漂亮的好姑娘，他也是知道的……他又跟咱们做生意，对店里情况也清楚得很。咱们店里也少不了给他透漏消息的伙计……”

“……”

“不论千重子如何漂亮，也不能为着店里的生意让她结婚，这种事情想都不要想。对吧，惠子。要不多对不起老天爷哪。”

“就是应该这样想。”惠子说道。

“我这个人的性格，是不适合做生意的。”

“父亲，父亲还专门把我买的保罗·克利的画册带到嵯峨的尼姑庵，真的太让您费心了。”千重子坐起身来，对父亲道歉。

“什么话？这些事是我的兴趣，也是我的慰藉，如今，是我生存的价值，”父亲也微微低下头，“明明是我自己没有绘画的才能……”

“父亲。”

“千重子，要不我们把这个批发店卖掉，搬到西阵也好，搬到安静的南禅寺或者冈崎一带的小一点的房子里。咱们父女俩一起构想和服衣料[1]与腰带的图案，怎么样？你能跟父亲一起忍受清贫的日子吗？”

“清贫什么的，我一点也不在乎……”

“那就好。”父亲说完这句话之后，一会儿就睡着了。千重子却辗转难眠。

不过，到了第二天早上，千重子一早便醒来，打扫了店前的道路，擦拭了窗格子和长凳。

祇园祭还在继续。

十八日之后的彩车组装，二十三日是节后祭和屏风

---

1 | 和服衣料：原文为“着尺”，指制作一件和服所需的衣料。

展示，二十四日的彩车巡游，之后还有供奉神佛的狂言演出，二十八日清洗御舆，随后送回八坂神社，二十九日还有宣告神事完结的奉告祭。

好几辆彩车都会经过寺庙街。

千重子就这样，在各种心事烦扰之中，度过了近乎一个月的庆典。

秋之色

沿着堀川奔驰的北野线电车，是明治时代“文明开化”保留至今的成果之一，如今也要被拆除了。这原本是日本最古老的电车。

拥有上千年古老历史的京都，也是最早引入西洋新鲜事物的城市。这一点也是众所周知的。京都人居然也有这样的一面。

不过，这种老旧的发出“叮叮”声的有轨电车，能运行到今天，也是因为有着“京都”风味吧。车身十分狭小，面对面坐着的乘客，几乎可以碰到彼此的膝盖。

然而，一旦传出要拆除电车的消息，人们就开始怀念电车所承载的古老时光了。有人将电车用假花装饰起来，称其为“花电车”。同时，还有人穿上明治时代的装束乘车，并将这一行为广而告之。这也可以称作一种“节日”吧。

接连几天，这辆旧电车挤满了人，没事儿的人也要上来乘一乘。这是七月，有人还撑着阳伞。

京都夏天的阳光，比东京要更加强烈，但是如今在东京，已经渐渐看不到撑着阳伞走路的人了。

在京都站前，太吉郎正要乘花电车的时候，有一位中年女人忍着笑，故意藏在他身后。太吉郎也算是个有明治派头的人。

乘坐电车的时候，太吉郎注意到了这个女人，不大好意思地说：

“是你啊，你还不够明治时代的派头吗？”

“反正离明治也不远了。况且，我家可是在北野沿线的。”

“哦。可不是嘛。”太吉郎道。

“说什么可不是，真是薄情啊……你想起我是谁了吗？”

“你带着的这个孩子挺可爱的……你至今为止都把她藏到哪儿去了？”

“说什么傻话……你明明知道这不是我的孩子。”

“那我可不知道。女人啊……”

“瞧你说的。明明男人才会搞不清楚。”

女人带着的孩子的确十分白皙可爱，大约有十四五岁的样子，穿着夏日单衣，系着红色衣带。女孩好像十分怕生，为了躲开太吉郎，坐在女人旁边，紧闭着嘴。

太吉郎轻轻地拽了拽女人的袖口。

“小知，你坐到中间来。”女人说道。

三人有一阵儿都没有说话，之后女人越过女孩的头顶，在太吉郎耳边悄声道：

“这个孩子，我常想着，要不要把她送去祇园当舞伎。”

“是哪里的孩子？”

“附近茶屋的孩子。”

“嗯。”

“可还有人以为，这孩子是你和我生的呢。”女人用恰好能听到又仿佛听不到的声音呢喃道。

“什么话！”

女人是上七轩[1]茶屋的老板娘。

“你也一起来北野天神[2]吧。就当被这个孩子迷住了……”

太吉郎知道这是老板娘的玩笑话，便问少女道：

---

1 | 上七轩：京都市上京区真盛町至社家长屋町之间的一条花街，是“京都五花街”之一。

2 | 北野天神：即北野天满宫，位于今京都市上京区的神社，又称北野神社，主要供奉天满大自在天神（日本名臣菅原道真的神格化）。

“你今年几岁了？”

“上中学一年级。”

“嗯，”太吉郎看着这个女孩，“等来世转世投胎，再拜托你吧。”

那个孩子果然是在声色场所长大的，似乎也懂一些风情，太吉郎的俏皮话她竟然听懂了。

“为什么一定要被这个孩子迷住才去天神宫呢？莫非她就是天神的化身？”太吉郎对老板娘开玩笑道。

“正是如此，正是如此啊。”

“天神大人可是男人啊……”

“转世投胎之后变成女儿身了，”老板娘也一本正经地说，“要是变成男人，可是要遭受流放[1]之苦呢。”

太吉郎简直要笑出声：“那要是女人呢？”

“女人的话，嗯，女人的话，就有个如意郎君好好疼爱她吧。”

“嗯。”

女孩模样俊俏，额前那刘海又黑又亮，双眼皮，大眼睛，十分美丽。

“这孩子是独生女吗？”太吉郎问道。

“不是，还有两个姐姐。最大的姐姐明年春天就读

---

1 | 流放：菅原道真因被奸臣陷害，自己和四个孩子均被判流放之刑。

完中学了，可能就要出来工作了。”

“姐姐和她长得一样漂亮吗？”

“长得像是像，但没这孩子这么漂亮。”

“……”

上七轩如今一个舞伎也没有。就算想当舞伎，也要先读完中学才可以。

说起上七轩，顾名思义，大概从前有七家茶屋。而如今已经开了二十多家，太吉郎对此也有所耳闻。

从前，实际上也不是非常遥远的时候，太吉郎和西阵的织工，或地方上来京都做生意的客人常常去上七轩饮酒作乐。那时遇到的女人们的样子，就算不刻意想也会时常浮现在脑中。那个时候，太吉郎店铺的生意还十分兴隆。

“老板娘也是好兴致。还乘坐这种电车……”太吉郎说道。

“人嘛，总是念旧，”老板娘说道，“吃我们这碗饭的人，更是不会忘记以前的老主顾的……”

“……”

“况且，我们今天是专门把客人送到车站，再顺便乘坐这辆电车回去的……佐田先生才是有些古怪呢，自己一个人坐电车……”

“可不，究竟是为什么呢。这种花电车，明明看看就行了。”太吉郎歪着头，“想起过去，会值得怀念吗？还是想到如今，会感到寂寞？”

“要说寂寞，您还不到那个年纪。跟我们一起走吧。去看看年轻的姑娘们也好……”

眼看太吉郎就要被带去上七轩了。

老板娘径直朝着北野神社的神位走了过去，太吉郎也跟着她一起走上前。老板娘恭恭敬敬地许了愿，花了很长时间。少女也低着头。

老板娘回到太吉郎身边，“先让小知回去吧。”她说道。

“好。”

“小知，你回去吧。”

“再见。”女孩向二人道别。随着步伐渐渐远去，女孩走路的样子又变回了初中生的模样。

“是个好苗子吧。你看起来很喜欢那个孩子啊，”老板娘说道，“再有个两三年，就能出道做舞伎了。你好好期待吧……我先给你预定好。她一定能出落成大美人。”

太吉郎没有回答。他本来想着既然已经走到这里来了，不如逛逛神社的院子。但是天气实在太热了。

“要不去你的店里歇歇吧。我也累了。”

“好，好。我一开始便是这个打算。你可是好久没来店里啦。”

到了那间古老的茶屋，老板娘郑重其事地招呼：“欢迎光临。真是好久不见了。我之前还跟别人念叨，您最近是在忙什么呢。”又说，“您躺下吧。我给您拿个枕头来。您刚才不是说寂寞嘛，我给您找一个安静听话的伴儿……”

“如果是从前见过的艺伎，那就算了。”

太吉郎正要打个盹儿的时候，一位年轻的艺伎走了进来。艺伎安静地坐了一会儿。见是个生客，心里暗想，大概挺难伺候的。太吉郎只是冷淡地坐着，压根儿打不起精神说话。艺伎可能是想要逗起客人的兴趣，说自己出道两年的时间，就已经喜欢过四十七个人了。

“正好和元禄赤穗事件[1]中家臣的数目一样呢。有的也四五十岁了，现在想想，真是太滑稽了……大家都笑我只是一厢情愿罢了。”

太吉郎一下就睁开了眼睛：

“现在呢？”

“现在只有一个人。”

---

1 | 元禄赤穗事件：发生于日本江户时代中期元禄年间，赤穗藩家臣 47 人为主君报仇的事件。

这个时候，老板娘走进了房间。

艺伎只有二十多岁，她真的能记住跟自己交情并不深厚的男人的数目有“四十七个”吗？太吉郎想道。

接着，艺伎又说到自己刚出道第三天，给一个不喜欢的客人指引洗手间，突然就被客人亲了一口，于是她就咬了客人的舌头。

“出血了吗？”

“嗯，当然出血了。那个客人说要让我出医疗费，大发雷霆。我一直哭，闹出了一些小乱子。不过，那也是他自作自受。我现在已经忘记那个人叫什么名字了。”

“嗯。”太吉郎暗自想着，这个面相温柔、细身窄肩的京都美人，当时还只有十八九岁，她是怎样突然狠狠地咬了对方呢？太吉郎端详着艺伎的脸庞。

“给我看看你的牙齿。”太吉郎对年轻的艺伎说。

“牙齿？我的牙齿吗？现在说着话的时候，不是也能看到吗？”

“我想再仔细看看，你张嘴。”

“不要，这样多难为情。”艺伎说罢闭上了嘴唇，又说，“您真爱捉弄人。这下我都不能开口说话了。”

艺伎可爱小巧的嘴唇里，细细排列着洁白的牙齿。太吉郎嘲弄道：

“该不会是咬了别人的舌头，把牙齿弄坏了，补了牙吧。”

“舌头是软的呀，怎么会把牙齿弄坏呢？”艺伎脱口而出，“真是讨厌……”说完，将脸藏到了老板娘的身后。

过了一会儿，太吉郎对老板娘说道：

“既然来了，我也去中里的店里转转吧。”

“好的……中里先生一定很高兴。我陪您一起去，好吗？”说着，老板娘站起身来，走到镜台前，大概整理了一下妆容。

中里先生的店面还是和原来一样，只是客房变新了。

走进来另一个艺伎，太吉郎在中里的店里，待到了晚饭过后。

——秀男来太吉郎的店里，正是他不在家的时候。他说要找小姐，千重子就来铺面前接待。

“在祇园祭的时候跟您说过的，我试着画了几幅腰带图案，今天来是想拿给您看看。”秀男说道。

“千重子，”惠子呼唤道，“请到里屋来。”

“是。”

在能眺望到中庭的房间里，秀男给千重子展示了自己画的图案，一共有两幅。一幅是菊花配着叶子的图案，那叶子让人几乎意识不到是菊叶，新颖别致，一看就知是下了一番功夫的。另一幅是红叶的图案。

“真好看。”千重子看得入了神。

“能得到千重子小姐的喜爱，比什么都高兴……”秀男说道，“您想选哪一幅织腰带呢？”

“嗯。如果是菊花图案，一年里什么时候都能系。”

“那么，我就织菊花这幅了，可以吗？”

“……”

千重子低下头，神情变得忧郁起来。

“两幅图案都很好……”千重子支支吾吾道，“您能画有杉树和赤松的山峦图案吗？”

“有杉树和赤松的山峦图案？虽然有些难，让我想想看。”秀男有些疑惑地看着千重子的脸。

“秀男，请你一定要原谅我。”

“哪里说得上原谅不原谅的……”

“其实……”千重子犹豫着要不要说出来，“前夜祭那晚，在四条的桥上，与秀男约定织腰带的，其实不是我。你认错人了。”

秀男说不出话来了，他无法相信千重子说的，他的脸色变得苍白。他是为了千重子才费尽心力地构思了这些图案。千重子这么说，难道是为了表示婉拒吗？

但是，即便如此，让人费解的是千重子的措辞，还有说话态度。秀男稍稍平息情绪，找回了自己激愤强烈的个性。

“我，是见到了小姐的幻影吗？我是跟千重子小姐的幻影说话了吗？祇园祭是有幻影出现了吗？”不过，秀男并没有说出是“心上人”的幻影。

千重子的神色变得严肃起来：

“秀男，那个时候跟你说话的，是我的亲姐妹。”

“……”

“是我的亲姐妹。”

“……”

“我也是那天晚上第一次见到我的姐妹。”

“……”

“关于这个姐妹的事情，我还没有跟父母说过。”

“啊？”秀男吃了一惊。他一头雾水。

“你知道北山杉的村庄吧。那个女孩就在那里干活儿。”

“什么？”

秀男仿佛不能将这两句话联系起来，无法想象。

“你应该知道中川町吧。”千重子说道。

“嗯，我坐巴士的时候曾路过……”

“请秀男先生帮我织一条送给她吧。”

“嗯。”

“请帮我给她织一条。”

“嗯。”秀男还是有些疑惑地点了点头，“所以，您刚才才提出想要有杉树和赤松的山峦图案，对吗？”

千重子点了点头。

“好吧。但是这样的腰带与她现在的生活会不会不太协调？”

“这个，就要看秀男先生的构思了。”

“……”

“她一定会一辈子珍惜这条腰带的。那个女孩叫苗子，并不是有山地产业的人家的女儿，她一直在勤恳工作。比起我这样的人来，她要坚强独立得多……”

秀男显然还是半信半疑：

“既然是小姐拜托我，那我一定好好织。”

“我再啰唆一遍，这个女孩叫苗子。”

“明白了。但为什么那个女孩和千重子小姐这样相像呢？”

“因为我们是亲姐妹。”

“就算是亲姐妹，也不会如此相像……”

千重子还没有告诉秀男，自己和苗子是双胞胎。

祇园节，女孩们普遍都穿着夏日清凉的装束，所以秀男在夜晚的灯光下认错了苗子和千重子，未必就是看花了眼的缘故。

雅致的窗格子，与其重叠的系马栅栏，折叠长凳，以及大进深的店面——在今天看来，这已经是旧时遗留下来的建筑形式了。一个是带有古典京都风情、气派非凡的和服衣料批发店的大小姐，一个是北山杉村里做工的女孩，怎么会是亲姐妹呢？秀男还是百思不得其解。但是，这样的事情不能细细追问。

“腰带织出来后，我先送到这里吗？”秀男说道。

“这个……”千重子稍稍想了想，“可以拜托你直接送到苗子那里吗？”

“当然可以。”

“那就拜托你了，”千重子的恳求饱含着诚意，“要麻烦你走很远的路……”

“是。我知道要走很远。”

“苗子收到以后，该有多高兴啊。”

“她会收下这条腰带吗？”秀男怀疑道。苗子看到后，一定会吃惊吧。

“我会跟苗子说的。”

“这样啊。那就好……我保证一定送到。请问她家在什么地方？”

千重子也不知道：“你是问苗子的住处吗？”

“嗯。”

“我打电话或者写信告诉你。”

“我知道了，”秀男说道，“比起相信千重子小姐有两个人，我会把这条腰带当做是为小姐您织的。我织好以后就送去。”

“谢谢你。”千重子低下头。“千万拜托你了。你一定觉得这件事情很诡异吧。”

“……”

“秀男，这不是我的腰带，是织给苗子的腰带。”

“好。我明白了。”

不一会儿，秀男走出店铺，仍是百思不得其解，但是他竟已经开始构想腰带的图案了。有杉树和赤松的山峦图样，如果不做出颇为大胆的设计的话，作为千重子的腰带就未免太过普通了。秀男此时想着的还是给千重子的腰带。不过，如果要为那个叫苗子的女孩做腰带，做出的腰带要尽量和苗子的日常工作区分开来。他刚才也是对千重子这样说的。

在四条大桥上，自己遇到的是“化身为千重子的苗子”，还是“化身为苗子的千重子”？秀男想到桥上走走。但是，烈日当头，十分炎热。秀男在大桥上靠着栏杆，闭上眼睛，竭力不去理会人群和电车的嘈杂声响，他想倾听那几不可闻的流水声。

千重子今年并没有去看大文字篝火。反而是母亲罕见地跟着父亲出了门，留下千重子一人在家。

父亲一行人还和附近相熟的两三家和服店一起，在木屋町二条下的茶屋包下了一间露天茶座。

八月十六日的大文字篝火，是盂兰盆节为祖先亡灵送行的送魂火。据说，从前人们会将火把扔向空中，表示送亡灵回归冥府。这一习俗后来演变成为在山中点燃篝火。

在东山如意峰的支峰大文字山上所点燃的篝火才叫“大文字篝火”，不过当天其实有五座山会点燃篝火。临近金阁寺的大北山的篝火被称为“左大文字篝火”，松崎山上的篝火被称为“妙法篝火”，而西贺茂的明见山的篝火被称为“船形篝火”，上嵯峨的山上点燃的则是“鸟居形篝火”。五座山上的篝火，会一个一个地燃烧起来。在篝火燃烧的四十分钟里，京都市内的霓虹灯和广告牌都会熄灭。

篝火点起来之后，火光映照着山色和夜空，千重子第一次感受到了秋色。

立秋前一天的晚上，在下鸭神社举办了越夏神事[1]的庆典，比大文字篝火还要早半个月。

---

1 | 越夏神事：驱除一年的灾厄，祈求无病无灾的祭神活动。

千重子经常和几个朋友登上加茂的河堤去观看左大文字篝火。

虽然大文字篝火已经是从小就看惯了的，但千重子仍然惦记着：

“今年也到了看大文字篝火的时候了……”随着年龄的增长，这样的思绪越发强烈。

千重子走出店外，在长凳附近和邻居的几个孩子玩了一阵儿。这些小孩子还不是很在意大文字篝火，他们觉得放烟花更有趣。

可是，今年夏天的盂兰盆节，千重子又有了新的感伤。这一感伤源于在祇园祭遇到苗子，从苗子口中知道了亲生父母早逝的事情。

“对了，要不明天去看看苗子吧。”千重子想，“还得告诉她秀男织腰带的事情……”

次日午后，千重子穿着一身素净衣服出了门——她还没有在白天好好看过苗子。

千重子在菩提瀑布那站下了车。

北山町正是繁忙的季节。不远处就有男人们在剥着杉树圆木的树皮。被剥下来的树皮堆得高高的，四周还摊了一地。

千重子踌躇着走了一阵儿，就看到苗子飞奔过来。

“小姐，您真的来了。您真的，真的来找我了……”

千重子见苗子穿着工作服，便问：

“没关系吗？”

“没关系，我今天已经请假了。看到千重子小姐就……”苗子喘着气说，“我们去杉林里说话吧。不会有人看见我们的。”说着，苗子拉了拉千重子的袖子。

苗子兴冲冲地解下围裙，铺在地面上。丹波棉布制成的围裙穿上身时可以从身前绕到腰后，铺展开后足够让两个人并排坐下，十分宽大。

“请坐吧。”苗子说道。

“谢谢你。”

苗子取下盖在头上的手绢，用手指拢了拢头发说：

“您真的来看我了。我好高兴，好高兴……”说着，眼睛亮晶晶地看着千重子。

泥土的气味和着树木的气味，也就是杉山的气味，十分强烈。

“坐在这里，下面的人是看不到的。”苗子说。

“我喜欢这里挺拔秀丽的杉树林，所以偶尔会来看看，但走进杉树林里还是第一次。”千重子望着周围。几乎是同样粗细的杉树笔直地挺立着，包围着两个人。

“这都是人工培植的杉树。”苗子说道。

“欸？”

“这里的树长了有四十年吧。已经快要到被砍掉做成柱子的时候了。如果放着不砍的话，总不能长一千年吧。我偶尔会这样想。比起这些，我还是喜欢原始森林。这个村子，说白了不就是在做切花吗……”

“……”

“如果这个世界没有人类的话，也不会有京都这个城市，只会有原始的森林和杂草丛生的荒原。这一带，也会成为鹿和野猪的领地吧。人类，究竟是为什么出现在这个世界上呢？人类真是可怕啊……”

“苗子常思考这些事情吗？”千重子有些吃惊。

“偶尔会……”

“苗子讨厌人类吗？”

“我最喜欢人类了……”苗子答道，“虽然没有什么比人类更令我喜欢的了，但是，如果这片土地上没有人类的话，会怎么样呢？在山里打盹儿醒来，我会突然想到这些……”

“这难道不是隐藏在苗子心里的厌世念头吗？”

“我最讨厌厌世的想法了。我每天都很开心，很开心地工作……虽是这样，可是人类啊……”

“……”

杉树林慢慢暗了下来。

“要下暴雨了。”苗子说道。雨珠积攒在杉树梢头，变成了巨大的水滴落下来。

随之而来的是轰鸣的雷声。

"好吓人，好吓人。"千重子一脸惊恐地握住了苗子的手。

"千重子小姐，你弯下膝盖，蜷成一团就好了。"苗子说着，抱住了千重子，几乎将自己的身体完全覆盖在千重子的身上。

雷鸣声渐渐变得激烈起来，闪电和雷鸣的间隔也越来越短，发出了仿佛山崩地裂的声音。

那雷声和闪电，仿佛就在两个女孩的头顶上方。

雨点击打着杉树树梢，每次闪电划过，那电光都会反射到地面上，照亮两个女孩周围的杉树树干。曾经笔挺秀美的杉树树林，刹那间充满了令人恐怖的气氛。猝不及防，又是一阵雷声轰鸣。

"苗子，雷好像要落下来了。"千重子更加用力地蜷缩起来。

"可能会落下来。但是肯定不会落在我们头上。"苗子用力地说，"它绝不会落到我们这里。"

随后，苗子更加用力地用自己的身体遮住千重子。

"小姐，你的头发有些湿了。"说着，苗子用手绢擦了擦千重子脑后的发丝，然后将手绢折起一半，盖到千重子的头上。

“雨滴可能会落到这里来，但是小姐，雷电绝对不会落到千重子小姐的头上或者身旁的。”

本性坚韧的千重子听到苗子坚定的声音，稍稍平静下来。

“谢谢你……真的谢谢你，”千重子说，“光顾着护我，瞧你都被淋湿了！”

“反正是工作服，不要紧，”苗子说，“我很高兴。”

“你腰里发亮的，是什么……”

“啊，差点儿忘了。这是镰刀。我在路边给杉树剥树皮的时候看到了小姐，就直接跑过来了，是那个时候正在用的镰刀，”苗子注意到了，“有点儿危险。”

苗子说着，将镰刀远远地丢开了。那是一把没有带木质手柄的小镰刀。

“回去时再捡起来带走。不过我不想回去……”

雷电仿佛从二人头上掠过。

千重子清晰地感受到苗子弯着腰，正在尽力用身体遮盖住自己。

就算是在盛夏，山中下暴雨的时候人的手指尖还是冰冷的。但是当苗子从头到脚都遮盖住千重子时，从苗子身上传来的温度扩散到千重子全身，一直暖到她心上。这是一种无法用语言描述的亲密温暖的感觉。千重子沉浸在这种幸福里，静静地闭着眼睛。

“苗子，真的谢谢你，”千重子又说道，“还在母亲身体里的时候，我就被苗子这样保护着吧。”

“看你说的，我们那时应该在跟对方踢踢打打吧。”

“说的也是。”千重子的笑声中充满爱意。

不管是暴雨，还是雷声，都已经过去了。

“苗子，真的谢谢你。雨停了吧。”千重子想要从苗子身下站起来。

“是。不过，我们就这样再待一会儿好吗？树叶上积攒着的雨滴还没有落完。”苗子仍然用身子护着千重子。千重子伸手摸了摸苗子的后背：“都湿透了。你不觉得冷吗？”

“我习惯了，没什么，”苗子说道，“小姐今天能来看我，真是太高兴了，我身子一直暖暖的。小姐也有点淋湿了。”

“苗子，父亲从杉树上摔下来的地方，就在这附近吗？”千重子问道。

“不知道。我当时也只是婴儿。”

“母亲的老家呢？外公外婆还在吗？”

“我不知道。”苗子回答道。

“你不是在母亲的老家长大的吗？”

“小姐，你为什么要问这些事情呢？”经苗子这么一问，千重子倒不出声了。

“对于小姐来说，那些都是不存在的人。”

“……”

“小姐只要把我当成你的姐妹，我就很感激了。即便我在祇园祭的时候说了多余的话。”

“没有，我很高兴你说了那样的话。”

“我也很高兴……虽然这样，我是不会去小姐家的。”

“我会把事情办好的，也会跟父母说好……”

“请不要这样，”苗子加重语气道，“小姐像今天这样遇到困难的时候，我就算是死了，也会来保护小姐的……您明白我的意思吗？”

“……”千重子眼睛微微发热，“苗子，祇园祭的晚上，你被别人错认成我时，一定很困扰吧。”

“嗯，是那位说腰带的人吗？”

“那个年轻人是西阵和服腰带店的织工，手艺没的说……他说要给你织一条腰带，对吗？”

“那是因为他把我错认成千重子小姐了。”

“他前段时间来给我看过腰带的图案。然后我对他说，那天他见到的不是千重子，是千重子的姐妹。”

“啊？”

"所以我就拜托他给苗子也织一条腰带。"

"给我？"

"他不是和你约定好了吗。"

"都说过了，是他认错人了。"

"他会给我织一条，也会给苗子织一条。作为咱们亲姐妹的纪念……"

"我……"苗子十分震惊。

"倒不是在祇园祭上答应的缘故。"千重子温柔地说道。

苗子的身子方才还护着千重子，现在忽然有点发僵，一动也不动了。

"小姐，在小姐身陷困境的时候，我会高兴地代替小姐承受苦难，我什么事情都会替小姐做。但是我不会代替小姐接受东西的。"苗子干脆地说道。

"这是我对你的一点心意。"

"……"

"你不是什么替身。"

"我就是替身。"

千重子极力想让苗子接受："就算是我送给你的东西，你也不接受吗？"

"……"

“是我想送给苗子东西，所以才拜托他帮我织腰带的。”

“不是这样的。祇园节那天晚上，是他认错了人，他本来是想送给千重子小姐一条腰带的。”苗子顿了一下，“那位和服腰带的织工，是爱慕小姐您吧。好歹我也是个女孩，看得很清楚。”

千重子顾不得害羞，说：“是因为这样，你才不收的吗？”

“……”

“因为你是我的姐妹，所以他才会答应织这条腰带的。”

“我会收下的，小姐。”苗子直率地答应了，“请您原谅我说了多余的话。”

“那个人会把腰带送到苗子家里。你住在哪里？”

“住在村濑家。”苗子答道，“腰带一定很贵吧。我会有系上这种腰带的一天吗？”

“苗子，人未来要走的路，是不知道通往何方的。”

“是的，是这样的。”苗子点头道，“我并不想出人头地……就算没有系的机会，我也会把它看作珍贵的宝贝。”

“我们店里虽然不是很常卖腰带，但是我会找找，为你选一件能够搭配秀男这条腰带的和服。”

"……"

"父亲本来脾气就有些古怪，最近又渐渐开始讨厌跟别人做生意。现在店里已经变得像批发杂货的了，也不能只做高级和服衣料的生意。最近化纤的料子、毛呢的料子也多起来了……"

苗子仰头看着杉树的树枝末梢，放开千重子，起身站了起来。

"雨滴还要再落一阵儿……小姐，刚才蜷在那么小的地方很难受吧。"

"没有，多亏苗子你护着我……"

"小姐，你也试着帮帮你们店里的忙，怎么样？"

"我吗……"千重子仿佛被什么击中了似的，站了起来。

苗子的衣服已经湿透了，紧紧贴在身上。

苗子并没有把千重子送到巴士站。并不是因为自己衣服湿了，而是怕引人注目。

千重子回到店里，惠子正在土间给店员们准备点心。

"你回来了。"

"母亲，我回来了。对不起回来得这么晚……父亲呢？"

"在手工做的帷幔里，好像在思考什么。"母亲凝视着千重子，“你这是去哪儿了？饭都凉了。你先去换衣服。”

“是。”千重子走上后宅二楼的台阶，慢慢地换完衣服后坐了一会儿，随后走下楼。母亲已经给店员发完了三点钟的那顿点心。

“母亲。”千重子用有些颤抖的声音说道，“我有一件事情，只想跟母亲说……”

惠子点了点头，“我们去后宅二楼吧。”

这一来千重子反而不大自然起来，问：“这边也下暴雨了吗？”

“暴雨？没有下，但是千重子想说的不是暴雨的事情吧。”

“母亲，我今天去了北山杉的村庄。那里有我的亲姐妹……不知道是姐姐还是妹妹，总之我们是双胞胎。在今年的祇园祭上，我们第一次见到对方。听她说，我们的生父生母早已不在人世了。”

惠子显然被打了个措手不及，只是呆呆地看着千重子的脸：“北山杉的村庄……什么？”

“我不能对母亲隐瞒这件事情。我们一共只见了两次面。就在祇园祭和今天。”

“那个女孩，现在在做什么呢？”

“给村子里的人家做工。是个很好的女孩。她不愿意来咱们家。”

“嗯。”惠子沉默片刻，“知道这事也好。那么，千重子告诉我这件事情……”

“母亲，千重子是这个家的孩子。母亲就和从前一样，把我当成这里的孩子就好。”千重子变得认真起来。

“那是当然的。千重子已经当了我二十多年的孩子了。”

“母亲……”千重子将脸伏在惠子的膝上。

“其实啊，打祇园祭以来，见你时常发愣，心不在焉的样子。我还想着问你是不是有喜欢的人了。”

“……”

“那个孩子，把她带来家里怎么样？等店员下班以后，夜晚来也行。”

千重子伏在母亲的膝上，轻轻摇了摇头：“她不会来的。她还一直叫我小姐……”

“这样啊，”惠子抚摸着千重子的头发，“真难为告诉我。她跟千重子很像吗？”

丹波壶里的铃虫，开始鸣叫起来了。

青之松

据说南禅寺的附近有一幢价格公道的房屋正在出售。正值秋高气爽的好天气，去散步的时候也可以顺路去这幢房子看看——太吉郎劝说妻子和女儿。

“你打算要买吗？”惠子问。

“看看再说。”太吉郎微微有些不快，“听说价格便宜，面积也小。”

“……”

“就当去散个步，不也挺好的嘛。”

“话是这么说……”

惠子有些不安。太吉郎莫不是想要买下那幢房子，然后住在那边，工作的时候再来店里——像东京的银座或是日本桥一样，很多在中京的商品批发街有店铺的人都会在其他地方购置房产，工作的时候才来店里。这样的情况越来越多了。如果是这样的话，也无所谓。店里的生意虽然渐渐变得不太景气，但购置一间小房屋的预算，应该还是宽裕的。

但是，太吉郎也有可能想要卖掉现在的店铺，在那幢小房屋里“隐居[1]”。或者，打算在手头还宽裕的时候，尽早做出决断？如果是这样，在南禅寺附近的小房屋里，丈夫该如何生活下去呢？丈夫现在已经年过半百了，所以自己也希望他可以随心自在地生活。店铺也能卖个好

---

1 | 隐居：在日本，“隐居”一词可以用来表示家长将自己的地位、权力让渡给继承人，自己进入退隐状态。

价钱。但只靠利息生活的话，心里总是没有底。如果可以把这笔钱交给谁去运作，应该能过得更轻松一些。但惠子一下想不到有谁可以担任这样的事情。

惠子虽然没有将这份不安诉之于口，但身为女儿，千重子早已察觉到了。千重子还年轻，她看向母亲的眼中，充满了安慰之意。

比起她们来，太吉郎则显得乐观而快活。

“父亲，要是去那边散步的话，可以去青莲院转转吗？”千重子在车里拜托道，“就在入口前面一点……”

“樟树啊，是想看樟树了吧。”

“是啊。”被父亲敏锐地猜中心思，让千重子吓了一跳。

“就是想看樟树。”

“走吧，走吧。”太吉郎说道，“我年轻的时候，就在那樟树的树荫下和朋友们天南地北地聊天——那些朋友们，现在都不在京都了。”

“……”

“那一带，处处都令人怀念啊。”

千重子勾起了父亲年少时的回忆。过了一会儿，千重子说道：“自从毕业以后，我也没有在白天见到过那儿的樟树。”

“父亲，您知道夜晚观光巴士的线路吗？线路中有青莲院，巴士到站之后，僧人们就会提着灯笼来迎接大家。”

长长的一段甬道，直通寺门，僧人们提着灯笼引路，这正是最富情趣之处。

按照观光巴士指南上写的内容来看，青莲院的尼姑和僧人们会用简茶招待客人。但当太吉郎一行人穿过隔间的时候，千重子笑着说：

“虽然泡茶有固定的一套流程，但这里的大部分僧人都只是把粗制的茶杯砰地一下放在台子上，然后转身就走了。”

“来上茶的人里面也有一些尼姑，但是动作也快到叫人来不及看上一眼……真让人大失所望，连茶水都是凉的。”

“那是没办法的事。要是认真招待的话，是要花不少时间。”父亲说道。

“嗯。那倒还好。在那个大庭院里，四周都用灯照得亮晃晃的，还有僧人就站在庭院中央给大家做演讲呢。虽然只是介绍青莲院，但听着口才很好。”

“……”

“进到寺院以后，就听到有琴声传过来，我还和朋友说，不知是有人在弹琴，还是放的录音呢……”

“嗯。”

“然后，我们去看了祇园的舞伎，她们会在练习歌舞的地方排练两三支舞蹈。我也看不出来是哪种舞伎。”

“怎么说？”

“她们虽然系着长腰带，但是衣服有些寒酸。”

“嗯。”

“后来我们从祇园走到岛原的角屋，去看了太夫[1]的表演。太夫穿的衣服可都是真材实料。旁边跟着的小女孩们也是……在粗大蜡烛的光芒里，还表演了那个叫什么，交杯酒的游戏，之后，在玄关的隔间，还给我们稍稍展示了太夫出行时的装扮。”

“是嘛。能给你们展示那些衣裳，就很不错了。”太吉郎说道。

“嗯。青莲院的和尚提着灯笼来迎接的部分和岛原的艺伎表演都还不错。”千重子答道，“我好像之前也说过这些事情……”

“下次也带我去一次。我还没去过角屋，也没见过太夫呢。”母亲正说着，车子已经到了青莲院前。

千重子怎么会想到要看樟树呢？是在植物园的樟树

---

1 | 太夫：产生于江户时代初期的称号。原指技艺高超的演员，后来成为美貌与教养兼备的最高等级妓女的称号。

林中散过步的缘故吗？还是因为北山杉是所谓人为栽培的树木，而她说过自己喜欢自然生长的树木。

在青莲院入口处的石壁上，却只有四棵樟树排列生长着。其中，最前面的一棵是最老的。

三人站在那棵樟树面前，凝视着，什么也没有说。细细看过去的话，樟树的树枝向着一个奇异的方向扭曲生长着，那歪曲交错的姿态让人感到有些畏惧。

“看得差不多了。走吧。”太吉郎说着向南禅寺的方向迈开了脚步。

太吉郎从怀里掏出钱包，取出通往出售房屋的路线图，一边看着道：

“千重子，我虽然不太懂，但樟树应当是生长在气候温暖的土地上的南国树木。像热海、九州之类的地区就种植着很多。这里的樟树虽然是老树，但不觉得很像大型的盆栽吗？”

“这不就像京都嘛。山也是，河也是，人也是……”千重子说道。

“嗯，确实啊。”父亲点点头，“但是人啊，不是所有人都是这样的。”

“……”

“不管是现在的人，还是历史人物……”

"倒也是。"

"照千重子所说，日本这个国家不也是如此吗？"

"……"千重子虽然觉得父亲的话过于宏大，但仍说道，"话虽如此，父亲，如果仔细看那棵樟树扭曲的树枝，可能会感觉有些恐怖，仿佛有一种值得敬佩的力量，不是吗？"

"这话很对。不过年轻的女孩也会想这样的道理吗？"父亲回头看着樟树，然后目不转睛地看着女儿，"确实如同千重子所说。像千重子的头发又黑又亮，都在延伸生长……父亲我啊，已经变得迟钝了，也已经变老了。不过，千重子刚才的话，说得真好。"

"父亲。"千重子的声音中饱含着深切的感情。

从南禅寺的山门向寺内望去，寂寥空阔，和往常一样，没几个人影。

父亲看着路线图，朝左拐去。那幢房屋虽然占地面积极小，但地基颇高，纵深也长。从狭小的门口到玄关两侧，绽放着白色的胡枝子花[1]。

"看，真漂亮。"太吉郎被门前的白胡枝子花吸引，停下了脚步。但是，当他看到隔壁家那幢大房子是家饭店兼旅馆时，便无意购买这房子了。

1 | 普通胡枝子开紫红色的花，开白花的是变异品种。

然而，这一簇簇白胡枝子花，真让人舍不得就这么离开。

太吉郎好久没来了，南禅寺前面大路上的房子多已变成了饭店兼旅馆。太吉郎注意到的时候着实吃了一惊。其中，不乏重建之后开始接待大型团体住宿的地方。外省来的学生们吵吵嚷嚷、进进出出。

“这幢房子虽然不错，但是可惜了。”太吉郎在种着胡枝子的房子大门前嘟囔着。

“过不了多久，整个京都都要变成饭店兼旅馆了，真是来势汹汹啊，像高台寺附近也是如此……大阪和京都的中间地带也变成了工业区，西京一带还有一些闲置的空地，虽说交通不便，但也安静，不过以后周边不知道要建起来什么稀奇古怪、崇洋媚外的建筑……”父亲的脸色渐渐沉下来。

太吉郎对那一簇簇白胡枝子花留恋不舍，刚走了七八步，又一个人折了回去欣赏。

惠子和千重子在路旁等着他。

“开得真好。应该是有什么窍门吧。”太吉郎说着，回到了两人身边。

“虽说开得好，不过应该用竹子把花撑起来……一旦下雨，石板路就会被顺着胡枝子的叶子流下的雨水打湿，走都走不了。”父亲说道，“今年胡枝子花盛开时，想必房主还无意出售这房子。到了非卖不可时，大概也就任其凋零了。”

母女两人沉默着。

“人啊，就是这样的。”父亲的脸色有些忧愁。

“父亲，你这么喜欢胡枝子吗？”千重子想让气氛轻松一些，“今年已经来不及了，明年就让我为父亲构思一件胡枝子花样的小纹和服吧。”

“胡枝子是女式和服花样呐。那是用来做女式单衣的。”

“那我就试着构思一件既不是女式和服花样，也不是女式单衣花样的图案。”

“是嘛。小纹和服什么的，难道是内衣吗？”父亲看着女儿一边笑着一边说，“那作为回礼，就让我给千重子画一件樟树图案的和服或者羽织[1]吧。樟树这种图案穿在身上，可真要变成鬼怪了……”

“……”

“正好男女颠倒。”

“没有颠倒啊。”

---

1 | 羽织：指长度较短的和服外套，主要是防寒或参加正式场合的时候穿着。

“千重子能穿着樟树图案的衣服出门，像鬼一样？”

“当然可以。去哪里都行。”

“哦。”

父亲垂下头，仿佛在思考着什么。

“千重子，其实我不只喜爱白胡枝子花，不管是什么花，时节不同，地点不同，看的时候，总会有不同的感触。”

“是啊。”千重子回答道，“父亲，既然到了这里，龙村先生的店就在附近，我想顺便去看看……”

“那可是专门开给外国人的店……惠子，你看怎么样？”

“千重子想去看的话就去呗。”惠子随口道。

“那就去吧。那家店里可不出售龙村先生自己制作的腰带……”

往下走，就到了下河原町气派豪华的住宅区一带。

千重子一进到店里，就兴致勃勃地打量挂在右手边，叠放着的用来制作女式服装的衣料。这里展示着的并不是龙村先生的织品，而是钟渊纺织工场的织物。

惠子走过来问道：“千重子也想要做件洋装吗？”

“不是的，母亲。我想看看外国人喜欢的衣料是什么样子的。”

母亲点了点头，站在女儿身后，不时伸手摸摸衣料。

正中间的房间，陈列着一些古代织物的仿制品，大部分是正仓院[1]残片，还有一部分挂在走廊中。

这些都是龙村的作品。太吉郎多次参观过龙村的作品展览，收藏的古代织物残片以及图案，太吉郎都看过，印象深刻，但还是情不自禁去欣赏眼前这些织物。

“我们想展示给西方人，让他们知道日本也能织出这样的作品。”一位素未谋面的店员说道。

太吉郎上次来拜访的时候已经听过这话了，但还是点了点头。他看着唐代织物的仿制品道：“古代的作品真是了不起……这是一千年以前的吧。”

这里并不出售这些古代织物残片的仿制品——也有织成女式腰带的，太吉郎尤其喜欢，给惠子和千重子买过几条。但是这间店铺是面向外国人的，并没有腰带出售。店里最大的商品也不过是桌布。

同时，展示柜中还摆放着手袋、钱包、卷烟盒、丝绸方巾等日常小物。

太吉郎买了两三条不太有典型龙村风格的领带和一个“菊纹和纸”钱包。所谓“菊纹和纸”，指的是本阿

---

1 | 正仓院：位于奈良东大寺内，建于奈良时代，是用来保管寺院和宫廷财产的仓库。藏有建立东大寺的圣武天皇和光明皇后使用过的服饰、家具、乐器、玩具、兵器等各式各样的宝物，总数达九千件之多。

弥光悦[1]在鹰峰创造出的和纸上的菊花纹样。制作这个钱包的布料正是仿制了这种和纸的图案。这个创意倒还比较新颖。

“如今在东北一些地方，有人在用结实的和纸做类似的东西。”太吉郎说道。

“是，是。”店里的人回答道，“那些和光悦的作品有什么关联，我们还不太清楚……”

内侧的展示柜里有几部小型索尼收音机。太吉郎他们着实被吓了一跳。就算是别人为了“赚外汇”而拜托店铺出售，放在这里也太不伦不类了……

三人被店员请到里面的接待室用茶。据店员说，曾有好几位外国的贵宾都坐在这里的椅子上休息过。

玻璃窗外有一片杉树丛，虽然不大，却是罕见。

“这是什么杉树？”太吉郎问道。

“我也不是很清楚……好像是‘口噢哟无[2]’杉。”

“写作什么字？”

“花匠不认识字，虽然不是很确定，但应该是广叶

---

1 | 本阿弥光悦（1558—1637）：日本江户时代著名画家、陶艺家、书法家、艺术家。

2 | 口噢哟无：原文“こおよう”的音译。这个词本应为“こうよう”，作者在这里改变了发音，且“こうよう”本身也有“黄叶”“红叶”“广叶”等多个意思，所以太吉郎要问“写作什么字”。

杉。从本州向南，都种着这种杉树。”

“树干上的颜色是……？”

“那是青苔。”

小收音机突然发出声响，三人回头看去，发现有一个年轻男子正在向三四个西洋妇人介绍着什么。

“啊，是真一的哥哥。”千重子站起了身。

真一的哥哥龙助也朝着千重子走过来，然后向千重子父母低头打招呼。

“您在给那些夫人做向导吗？”千重子问道。真一与千重子相熟，在一起很放松，而真一的这位哥哥不同，仿佛有一种凌人之势，并不是很好说话。

“也不算是在做向导，原本做翻译的朋友，他妹妹去世了，所以我替他工作三四天。”

“啊，您朋友的妹妹……”

“对。比真一小两岁左右，是个挺可爱的女孩……”

“……”

“真一英语不好，又怕生。所以我就来了……不过这里的店铺也不需要什么翻译……而且这些客人，到这里来也只买些小型收音机什么的。这些美国太太都住在京都饭店。”

“是这样啊。”

“因为这里离京都饭店很近，所以顺便过来逛逛。要是能好好欣赏龙村的织物也罢了，倒看起小收音机来了。”龙助小声笑道，“反正也无所谓。”

“我也是第一次见，这样的店铺里居然摆着收音机。”

“不管是小型收音机，还是织物，一美元就是一美元，钱是不会变的。”

“嗯。”

“庭院的池塘里有好多彩色的锦鲤，我一直在想如果被问到的话，应该怎么去翻译才好。不过还好她们只一个劲儿说好看，好看，真是帮了我一个大忙。我真的不知道彩色锦鲤用英语要怎么说，谁知道呢。还有花斑锦鲤……”

“……”

“千重子小姐也一起去看看锦鲤吧。”

“那些太太呢？”

“交给这边的店员就好了。而且也快到回酒店喝茶的时间了，之后还要跟她们的丈夫会合去奈良。”

“那我先跟父母说一声。”

“我也跟客人们说一下。”说完，龙助走向太太们，不知说了些什么，那些太太都齐齐看向千重子。千重子的脸红了。

龙助马上走了回来，邀请千重子一起到庭院。

在池塘的岸边，一弯腰就能看到艳丽多样的锦鲤在游动，两人默默地看了一阵儿。

“千重子小姐，对你们店的掌柜——现在是公司的专务或者常务之类的人，应该由千重子小姐出面严厉地批评一顿才好。千重子小姐是可以做到的。如果需要的话，我可以给你助阵……”

千重子没有想到龙助会说出这样一番话，心不由得揪紧了。

从龙村回来的那天夜里，千重子做了一个梦——成群色彩缤纷的锦鲤游向蹲在池边的千重子。锦鲤一条挨着一条，翻腾着身子，想要将头探出水面。

梦里只有这些。然后，时间又回到了中午的时候。千重子将手放进池塘的水中，拨起一阵阵涟漪。锦鲤也随之游动聚集了过来。千重子有些惊讶，锦鲤们仿佛对自己有一种无法言说的喜爱之情。

身边的龙助好像比千重子还要惊讶：“千重子小姐的手是有什么气味——或者灵气吗？”他说道。

千重子被这句话羞红了脸，站起身道：“这里的锦鲤应该不怕人的。”

然而，龙助目不转睛地看着千重子的侧脸。

“东山就在那边。”千重子逃避着龙助的目光。

“嗯，不觉得山的颜色有些变了吗？变得更有秋天的气息了……”龙助回答道。

在关于锦鲤的梦中，龙助到底在不在自己身边，千重子醒来后完全不记得了。她就这样久久醒着，难以再次入眠。

第二天，千重子犹豫着要不要按照龙助告诉她的，对店里的掌柜“严厉地批评一顿”。

快要关店的时候，千重子坐在了账场前。这是用低低的格子围起来的古色古香的账场。掌柜植村感受到千重子不同寻常的气息，说道：

“大小姐，您这是……”

“给我看看，有我穿的和服布料没？”

“是大小姐您的……”植村松了一口气，“是要在咱们店里做衣服吗？现在开始算的话，正好做正月里的和服，还可以做会客和服、振袖。小姐一般不都是在冈崎先生的染织店或者是美璃万先生的店里买衣服吗？”

“我想看看咱们店里的友禅染布。并不是要做正月里穿的衣服。”

“是，店里虽然不是应有尽有，但还是有一些的。不过小姐眼光高，看的都是好东西，不知道咱们店里的能不能入小姐的眼。”植村说着站起身，叫来两个店员，对着他们耳边小声嘱咐了些什么，三人就拿来了十余反[1]的布料，在店铺中央熟练地展开给千重子看。

“这个不错，”千重子应对得很快，“五天到一周的时间，帮我裁出来吧。里子什么的，就交给你们了。”

植村被千重子镇住了：“虽然有点太急了，咱们毕竟是批发商，不常给客人裁剪布料，不过小姐既然这样说，这也没什么。”

两个店员灵巧地将布料卷了起来。

“这是布料尺寸。”千重子将纸放在植村的案几上，却并没有走开。

“植村先生，我今后也想多学学看看咱们店里的生意，拜托你了。”千重子用温柔的声音说道，微微低了低头。

“不敢当。”植村的脸顿时僵硬起来。

千重子平静地说道：

“明天给我也行，让我看看店里的账簿。”

“账簿？”植村有些尴尬地笑着，“小姐这是要查账吗？”

---

1 | 反：日本旧制长度单位，用来衡量布料。一反布料通常可以制作一件和服。

“哪里是查账啊，我想都不敢想。不过不看账簿的话，怎么能知道店里生意的情况呢？”

“这样啊。说账簿的话，店里有一堆呢。而且，还有给税务署的专账呢。”

“柜上在做阴阳账吗？”

“您说什么呢，小姐。做那种弄虚作假的事，还得拜托小姐您呐。我们绝对光明正大。”

“那就给我看看吧，植村先生。”千重子说得很干脆，说完便走开了。

“小姐。我从小姐出生以前就在这个店里了，是从最底层做起来的……”植村说道，但千重子头也不回，植村用几乎听不到的声音说，“这都是什么事儿？”然后轻轻啧了一下嘴，“真是让人腰疼啊。”

千重子来到母亲身边，母亲正在准备晚饭，她好像被吓住了。

“千重子，你真是说了了不得的话啊。”

“是。我说的时候也很艰难，母亲。”

“年轻人看着老实，生起气来可不得了啊。我听着都快要发抖了。”

“也是有人给我支招。”

“嗯？是谁教你的？”

“是在龙村店里的时候，真一的哥哥教我的……真一家里的店铺，他父亲经营得好好的，据说两位掌柜的也很可靠。真一的哥哥说了，如果植村先生辞职的话，就让给咱们一位掌柜的，他亲自来也行。”

“龙助本人吗？”

“嗯，他说反正以后是要做生意的，读不读研究生都无所谓……”

“是吗？”惠子看着千重子那光艳照人的脸庞，“植村先生好像并没有要辞职的意思……”

“他还说，之前看过的种白花胡枝子那家附近，如果有好房子的话，就让父亲买下来吧。”

“哦？”母亲一时间说不出话，“你父亲好像一直有一些厌世的想法。”

“父亲要是远离店里的生意的话，对他来说应该是最好的……”

“这也是龙助说的吗？”

“是的。”

“……”

“母亲，我求您一件事，也许您都看见了，能送一件咱们店里的和服给北山杉村那个女孩吗？这是我的愿望……”

“好，好，再加上一件羽织怎么样呢？”

千重子忙将目光移开，眼中微微泛着泪光。

为什么将手工织机称为高机呢？最明显的原因当然是它本身就是高架手工织机的意思。不过，安装的时候，还要把地面浅浅地挖去一层，埋在土里。据说，土里的潮气对丝线有益处。原来人们是坐在高机上的。如今，是把石头放入篮子里，然后将篮子吊在织机的旁边。

有的织造作坊既使用这样的手工织机，同时也使用机械织机。

秀男家里只有三台手工织机，兄弟三人纺织，父亲宗助偶尔也会帮忙织一些布料。在小作坊众多的西阵，这已经算不错了。

千重子拜托秀男织的腰带接近完成，秀男越发喜悦起来。可能也是因为注入自己心血的缘故，更是因为千重子的倩影一直伴随在梭子穿行编织的声音中。

不，不是千重子，是苗子。这不是给千重子的腰带，是给苗子的腰带。但是，秀男在编织的过程中，只觉得千重子和苗子，渐渐变成了一个人。

父亲宗助走到秀男身边，站了一会儿，看着他织布：

“这腰带真不错。这图案很少见啊，”说着歪了歪头问道，“是给谁做的？”

“是给佐田先生的女儿，千重子小姐的。”

“图案是怎么定的……？”

“是千重子小姐自己的想法。”

“啊，是千重子小姐自己想的……？当真吗？嗯。”父亲屏住气息仔细观察着，又用手指摸了摸还在织机上的腰带道，“秀男，你织得很细致啊，这样很好。”

“……”

“秀男，记得以前我也说过，佐田先生可是对咱们有恩的人。”

“我听你说过，父亲。”

“嗯，我跟你说过，”虽这样说，宗助还是忍不住又说了一遍，“我从一个小织工开始白手起家，终于有了一台自己的高机，那买织机一半的钱还是借来的。每织出来一反布料，就马上拿到佐田先生那里。只有一反布料，那么不成样子，只有半夜悄悄地拿去……”

“……”

“佐田先生一点儿也没有表现出嫌弃的样子。之后，织机变成了三台，生意也总算过得去了……”

“……”

“话虽然这么说，秀男，咱们跟佐田先生家的身份还是有差距的……”

“我都明白，父亲为什么又要说这种话呢？”

“我看秀男好像很喜欢佐田先生的女儿——千重子小姐……”

“这是怎么说的！”秀男又动手开始织了起来。

腰带一织好，秀男立刻动身前往苗子所在的北山杉的村庄，打算交给她。

下午，朝北山方向望去，有几道彩虹悬挂在空中。

秀男抱着给苗子的腰带，刚走到路上，彩虹便映入了眼帘。彩虹虽然很宽，但颜色浅淡，到了上方拱形的地方，便已经看不到了。秀男停下，仰望了一会儿，只见彩虹的颜色渐渐褪去，消散在空中。

但是，乘坐巴士进入山间的时候，相似的彩虹秀男又看到两次。这三道彩虹并不是完整的形状，有些地方颜色十分淡。本是随处可见的景象，但秀男今天有些在意，心想：“嗯。这彩虹是吉兆呢，还是凶兆呢？”

天空并没有阴霾。进入山间后，又能看到类似的，稀薄的彩虹挂在空中。但因为被清泷川河岸的高山遮挡住，看不大清楚。

在北山杉的村庄一下车，就看见穿工作服的苗子站在前面。她一边用衣服下摆擦着湿手，一边走上前来。

苗子刚才正在用菩提瀑布的沙子（不如说是近似于橙色的黏土）细致地打磨清洗着杉树圆木。

十月，山中的泉水十分冰凉。工人们将杉树圆木放在人工挖掘的水沟中，木材浮在水面上。一旁，热水从简陋的灶台上流出，冒着热腾腾的蒸汽。

“辛苦您大老远来山里一趟。”苗子弯着腰行礼道。

“苗子小姐，我终于完成了约定好的腰带，今天给您送来了。”

“是作为千重子小姐替身的腰带吧。我讨厌做替身。我能和千重子小姐见面，就已经很好了。”苗子说道。

“这条腰带是约定好为您织的。而且，这是千重子小姐设计的图案。”

苗子低下了头：“秀男先生，其实，昨天千重子小姐的店里给我送来了一套衣服，从和服到草履全都有。可是，我什么时候才有机会穿这些衣服呢？”

“二十二日的时代祭穿吧。您有空吗？”

“有，雇主会让我们出来。”苗子毫不犹豫地说，“站在这里有些引人注意。”苗子仿佛在思考着什么，“可以跟我去川原的小石滩走走吗？”

这会儿，并不能像上次跟千重子两个人在一起时那样，躲到杉林的深处。

“秀男先生的这条腰带，我会把它当做珍宝，珍惜一辈子。”

“不，请让我有机会再为您织吧。”

苗子没有作声。

千重子送给苗子和服这件事，苗子做工的那户人家当然已经知道了，因此将秀男带到做工的人家也不是不可以。不过，苗子已经大致知道了千重子如今的身份和店铺的情况，就已经满足了幼时心中的愿望。苗子并不想因为些微的琐事，给千重子添麻烦。

苗子做工的村濑家在这里拥有一整座杉山，况且苗子也在此不辞辛劳地努力工作，就算被千重子家知道，也不会有什么纷争。比起做和服衣料生意的中等规模批发店，坐拥杉山的这家人可能更殷实一些。

不过，苗子始终对于跟千重子往来，促进二人情谊的行为十分谨慎。只要能感受到千重子对自己的感情，便再无他求了……

因此，苗子将秀男带到了川原的小石滩处。清泷川的碎石河滩上，只要有空地，都密密地种植着北山杉。

“把您带到这样的荒山野岭处，还请您见谅。”苗子说道。毕竟是年轻女孩，苗子想早点看到腰带。

“真是漂亮的杉山。”秀男一边抬头望着山峦，一边解开了棉布包裹，然后松开了纸绳结。

“这边是系太鼓结[1]的地方，这个要系在前面……”

---

1 | 太鼓结：女性和服腰带的系法之一，会在身后形成一个类似太鼓鼓身那样微微鼓起的平面。

“哎呀。”苗子抚摸着腰带，“这条腰带给我，太可惜了。”苗子的眼睛散发着光芒。

“区区无名小卒织的腰带，没什么可惜不可惜的。这赤松和杉树的图案，正好配正月的时候穿[1]。我当时只想着松树的图案适合系太鼓结，还是千重子小姐提出来杉树的主意。我来到这里一看才恍然大悟。原先听到杉树，总会想到广阔的树林或古木。但我故意画得纤细一些，倒还是画对了。赤松的树干这里，我专门多加了一些颜色进去……”

当然，在腰带中，杉树的树干也不是按本色画的。不管是形态还是颜色，都下了一番功夫。

“这条腰带太好了。真的谢谢您……虽然像我这样的人，系不了这么华丽的腰带。”

“这副腰带和千重子小姐送给您的和服，能搭配在一起吗？”

“我觉得会很合适。”

“千重子小姐自幼就很会挑选带有京都风情的和服……这副腰带我还没有给她看过。也不知道是为什么，总感觉有些不好意思。”

---

1 | 日本人有正月在家门口摆放“门松”的习俗。门松是用松、杉等常绿乔木的枝叶与竹子制成的新年装饰。

“明明是千重子小姐的构思，怕什么……我也想给千重子小姐看看。”

“那就在时代祭的时候穿来吧。”秀男说着，将腰带叠好后，放进包裹里。

秀男系好纸绳结。

“请您放心收下。一方面是跟您约定好的，同时也是千重子小姐拜托我做的。请您就把我当成一名织工好了，”秀男对苗子说道，“我费了很多心力，才织成了这条腰带。”

苗子默默接过秀男递给她的腰带包裹，放在膝上。

“千重子小姐从小就很会挑和服，因此送给苗子小姐的和服和这条腰带搭配起来，一定十分合适。方才也说过……”

“……”

在这里能微微听到清泷川中浅浅溪流的水声。秀男环顾两岸的杉山道：“杉树的树干这样排列耸立着，看上去像是精致的手工艺品，我也是这样想象的。不过，树木顶端的枝叶，看起来却好像不起眼的花朵。”

苗子的脸上充满了忧愁。父亲在树上修剪枝叶的时候，是不是因为想到丢弃的千重子而感到心痛，所以才摔下来了呢？那个时候，苗子也和千重子一样还是襁褓之中的婴儿，什么都不知道。这些事情也都是长大以后，从村里人那里听来的。

再加上千重子——实际上连千重子这个名字也不知道，被丢弃的婴儿是生是死，是双胞胎的姐姐还是妹妹，苗子都一无所知。不过，只要一次，只要能见一次，就算是远远地看上一眼都好。

苗子自己家破旧的小房子，如今在村里荒置着。因为年轻女孩不便一个人住，苗子如今跟两个常年在杉山里做工的中年夫妇，还有他们正在上小学的女儿一起住。当然，这家既没到需要收房租的地步，也不是什么会收房租的家庭。

不过，正在上小学的女孩，不知为什么极其喜欢鲜花，屋前种着一棵美丽的丹桂。

“苗子姐姐。”女孩有时会来问苗子修剪护理树木的事情。

“放着不管就好了。”苗子回答道。但是，走过这个小小房屋的时候，苗子老远就能比别人先闻到桂花的香气。这对于苗子来说，反而是一种悲伤。

——苗子将秀男的腰带放在膝上时，感到格外沉甸甸的。她想起了种种往事……

“秀男先生，只要知道了千重子小姐的下落，我就不打算再去找她了。和服和腰带，我也只穿一次……您能明白我的心意吗？”苗子的话语饱含真诚。

“是。”秀男说道，“您会来时代祭吧。我想看看苗子小姐系上腰带的样子。我不会邀请千重子小姐来的。庆典游行的队列从御所出发，我在西边的蛤御门处等您。这样好吗？”

苗子微微红了脸，半天才深深地点了点头。

对岸水边有一棵小小的树木，树叶呈红色，树枝摇曳倒映在溪流中。秀男抬起脸：“那棵红得很鲜艳的，是什么树呢？”

“是漆树。”苗子抬起头回答道。不知道为什么，整理头发的手颤抖了一下，头发忽然散开，漆黑的发丝顿时散落在肩上。

“啊。”

苗子羞红了脸，连忙将头发挽起来，卷好盘起后，准备用衔在嘴里的发夹将头发固定起来。可是发夹散落一地，不够用了。

秀男看着苗子的姿态和动作，觉得十分美丽。

“您准备把头发留长吗？”秀男问。

“是。千重子小姐也没有剪掉嘛。不过她梳头的手艺好，男人几乎是看不出来的……”苗子慌忙将手绢系在头上，“我失礼了。”

“……”

“在这里，我是给杉树化妆的工人，我自己是一点妆也不化的。”

虽然苗子这样说，但她好像还是薄薄地擦了一层口红。秀男多么希望苗子取下手绢，让长长的黑发再次垂下，散落在肩上。他看着苗子慌忙系上手绢，便觉得没法开这个口。

溪谷狭窄，靠近西侧的山峦渐渐暗了下来。

“苗子小姐，我该告辞了。”秀男站起身来。

“也快到今天的收工时间了……白昼的时间也变短了。”

秀男看着金色的夕阳落在东边山谷里，杉树棵棵笔挺耸立。

“秀男先生，谢谢。真的谢谢您。”苗子仔细地收好腰带，站了起来。

“道谢的话，请对千重子小姐说吧。”秀男说，为这个杉山女孩编织腰带的喜悦，在他心里化作一缕柔情。

“虽然已经说过好几遍了，请一定要来时代祭。我在御所的西门——蛤御门等您。”

“是，”苗子深深地点了点头，“要穿上从来没穿过的和服和腰带，总感觉有些难为情……”

在庆典繁多的京都，十月二十二日的时代祭，上贺茂神社、下贺茂神社的葵祭，还有祇园祭，被并称为三大庆典。虽然是平安神宫的庆典，游行队列却是从京都御所出发的。

苗子一大早就开始坐立不安，比约定的时间早了半个小时到达御所西门的蛤御门等着秀男。她还是第一次等待男人。

幸好这天天气晴朗，天空一片蔚蓝。

平安神宫是为了纪念千百年前迁都京都，于明治二十八年建造的。因此在三大庆典中，时代祭历史最短。不过，由于这个庆典是为了庆贺迁都京都而设立的，所以游行队列中会展示千年来京都风土人情的变迁。游行的人穿着各个时代的装束，还会扮成各种历史上的知名人物。

比如有和宫[1]、莲月尼[2]、吉野太夫[3]、出云阿国[4]、

---

1 | 和宫：和宫内亲王（1846—1877），仁孝天皇的第八位皇女，1867年下嫁德川幕府第14代将军德川家茂，史称“和宫降嫁”。

2 | 莲月尼（1791—1875）：又称大田垣莲月，日本江户时代的著名和歌诗人、陶艺家。

3 | 吉野太夫（1606—1643）：本名松田德子。吉野太夫原是京都游女、艺伎中的最高阶“太夫”代代相传的名字，这里特指第二代吉野太夫。

4 | 出云阿国（1572—？）：安土桃山时代及江户时代前期著名女性表演者，同时也被称为歌舞伎的创始人。出云阿国本是出云大社的巫女，为了筹集善款在各地巡回演出，因此博得盛名。

淀君[1]、常盘御前[2]、横笛[3]、巴御前[4]、静御前[5]、小野小町[6]、紫式部[7]、清少纳言[8]等。

还有大原女和桂女[9]。

其中还夹杂着游女、女演员、卖货女等女性人物。除此之外，当然还有楠正成[10]、织田信长、丰臣秀吉等王朝公卿和武人。

游行队列绵延极长，如同京都的风俗画卷一般。

---

1 | 淀君：淀殿（1567—1615），本名为浅井茶茶，父亲为日本战国时期的大名浅井长政，母亲为织田信长之妹织田市。她是丰臣秀吉的侧室。

2 | 常盘御前（1138—？）：平安时代末期的女性，源义朝的侧室 。

3 | 横笛：成书于13世纪的《平家物语》中的女性，为清平盛的女儿。

4 | 巴御前：平安时代末期信浓国的女性，在《平家物语》中被描述为效忠于源义仲的女将士。

5 | 静御前：平安时代末期至镰仓时代初期的人物，也是著名白拍子（舞女），其事迹被记载在镰仓时代的史书《吾妻镜》上。

6 | 小野小町：平安时代前期的和歌诗人，其和歌内容大多反映了热恋的情感，风格华丽婉约。

7 | 紫式部（973—1014）：平安时代的小说家、和歌诗人及宫廷女官，其长篇小说《源氏物语》代表了日本古典小说的最高峰。“紫式部”这一名字为后人所起，其主要传世作品因反映日语“假名文学”的发展而具有极高的重要性。

8 | 清少纳言（966—1025）：平安时代的女作家。一条天皇时入宫侍奉皇后藤原定子。主要作品是随笔集《枕草子》。与紫式部并称平安时代的代表性作家。

9 | 桂女：居住在京都西部的劳动女性，主要贩卖香鱼、瓜果和糖等商品。

10 | 楠正成：楠木正成（？—1336），镰仓时代末期到南北朝时期的著名武将。

女性加入队列中，是从昭和二十五年开始的。这无疑为庆典增添了一份明艳华丽的风情。

队列的先头部分是明治维新时期的勤王队，丹波北桑田的山国队，殿后的是延历时代文官上朝参拜的队列。等游行队伍回到平安神宫的时候，神职人员就会在凤辇[1]前朗读祝词。

队列从御所出发，所以在御所前的广场看热闹最好。秀男将苗子邀请到御所见面，就是出于这个考虑。

苗子在御所门前的阴凉处等着秀男，此处人来人往，倒也没有人注意到苗子。不过，有一个好像是店铺老板娘的中年妇人慢慢走了过来："小姐，您的腰带真好看。是在哪里做的？和您的和服也十分相配呢……那个，"说着，妇人便想要用手触摸，"能让我看看身后的太鼓结吗？"

苗子转过身去。

"真是好看。"被那中年妇人这样看着，苗子反而踏实下来。苗子从未穿过这样的和服，系过这样的腰带。

"等很久了吧。"秀男来了。

庆典的队列出场的地方，设立着观礼席。那些座席都被信徒和观光协会的人所占据，秀男和苗子只好站在

---

1 | 凤辇：车厢顶部立有凤凰像的天皇车驾。

观礼席的后方。

苗子头一次在这么好的位置观赏游行队伍，不知不觉连秀男的存在和新衣裳的事都忘记了。

不过，苗子突然意识到什么：

“秀男先生，你在看什么？”

“看青松，当然也是在看游行队列。不过，被青松一衬托，游行队列更加醒目了。御所庭院中的松树都是黑松吧。是我最喜欢的。”

“……”

“我也在偷偷看苗子小姐。不过苗子小姐应该没有注意到吧。”

“真讨厌。”苗子低下了头。

深秋的姐妹

在庆典繁多的京都，比起大文字篝火，千重子更喜欢鞍马山的火祭。因为离村子不远，所以苗子也去看过。但是，以往在火祭的时候，就算两人擦肩而过，也并没有注意到对方。

去鞍马山朝拜的路上，家家户户在路上堆着一堆树枝，并事先在屋顶洒上水。从半夜开始，人们就举着大大小小各种各样的火把，喊着“祭礼呀，祭礼”的号子走向神社。火焰熊熊燃烧。两座御舆出现后，村庄（如今已变为町）里的女人们全部出动，一起去拉御舆上的绳子。最后，人们将巨大的火把献给神明，庆典几乎会持续到天亮。

不过，今年取消了最负盛名的火祭，据说是为了节约费用。伐竹祭虽然还是照常举行，可“火祭”取消了。

北野天神的“野芋祭”今年也不举办。因为芋头收成不好，没有芋茎可制作御舆。

在京都，鹿之谷的安乐寺有“南瓜供养[1]”，莲花寺有“黄瓜封印[2]”，类似于这样的庆典活动多不胜数。这些既能体现古都的风貌，也反映了京都人生活的一个侧面。

近年，重新恢复举办的庆典仪式还有岚山旁河里的划龙头船[3]，以及迦陵频伽表演[4]；上贺茂神社庭院的溪流旁举办的曲水宴。这两个庆典仪式都曾经是王朝贵族风雅的消遣。

在曲水宴上，穿着古装的人们坐在溪边，让酒碗顺

---

1 | 南瓜供养：活动主要是将煮好的南瓜分发给前来参拜的人，据说吃了之后有预防中风的效果。

2 | 黄瓜封印：是一种驱病仪式，为祈祷无病无灾，将身上的疾病封印在黄瓜里。

3 | 指岚山大堰川的三船祭。

4 | 迦陵频伽表演：指龙头船上的艺人扮作迦陵频伽表演。迦陵频伽是佛教神鸟，也译为“妙音鸟”。

流而下。人们咏歌、作画、作诗，待酒碗漂到面前，便端起一饮而尽，然后再将其放入水流中。有小童在一旁侍奉着。

这一仪式从去年开始重新举办，千重子也曾去观看过。坐在王朝公卿之前的是诗人吉井勇[1]（已经去世）。

各种庆典重新举办，算是一件新鲜事，也正因此，千重子对这些庆典并无眷念之情。

岚山的迦陵频伽表演，千重子今年也没有去看。因为千重子觉得，这一庆典总是少了些历史沉淀的味道。在京都，古趣盎然的活动应有尽有，几乎看不过来。

——母亲一直亲自操持家务，也许是受到了熏陶，抑或天性使然，千重子每天早起后，都会将窗格子擦得干干净净。

"千重子，时代祭的时候，你们两人好像玩儿得很开心啊。"收拾完早饭后，千重子接到了真一打来的电话。真一好像认错了千重子和苗子。

"你去时代祭了吗？怎么也没打个招呼……"

"本来是这样想的，但是被哥哥拦下来了。"真一毫无芥蒂地说道。

---

1 | 吉井勇（1886—1960）：日本作家、和歌诗人、编剧。

要不要告诉真一其实他认错人了呢，千重子犹豫着。不过，从真一电话的内容来看，苗子应该是穿着千重子所送的和服，系着秀男编织的腰带去了时代祭。

跟苗子在一起的，一定是秀男。千重子并没有马上联想到。不过，一转念，千重子心中很快涌上一股热流，脸上浮起了笑容。

“千重子，千重子。”真一在电话里喊她，“你干吗不说话。”

“打电话的是你啊？”

“是我，是我。”真一笑出声来，“你们店的掌柜现在在吗？”

“还没来……”

“千重子，你是不是有点感冒？”

“你能听到我感冒的声音吗？我刚才在店外擦窗格子呢。”

“是这样。”真一好像在试着晃动话筒。

这回是千重子明快地笑了。

真一压低声音道：“电话是哥哥叫打的。我现在就把电话交给他……”

千重子面对龙助的时候，并不能像跟真一说话那么轻松。

“千重子小姐，你跟你们店里的掌柜说了吗？”龙助直接问道。

“说了。”

“那就好。”龙助的声音很强势，“那就好。”他又说了一遍。

“我母亲躲在一旁偷偷听呢，十分担心我。”

“是吗？”

“我对掌柜的说，我想学学怎么做生意，让他给我看店里的账簿。”

“嗯，这样就很好。只要说了，一定会有所改变。”

“然后我让他们把保险箱里的账本、股票、债券之类的东西都给我拿出来了。”

“唔，了不起。千重子小姐真是了不起。”龙助好像压抑着激动的心情，“想不到你这样温柔的姑娘……”

“多亏龙助先生的好主意……”

“并不是我的主意，我只是听到附近批发店有些奇怪的传闻，这才跟千重子小姐说的。千重子小姐要是这次不说的话，我也已经决定由我或者我父亲去说。但由小姐来说的话是最好的。掌柜的态度变了吧？”

“是。有那么一点。”

“理应如此。”龙助在电话那头沉默良久，“做得好。”

千重子感觉到，龙助在电话那头好像在犹豫着什么。

“千重子小姐，今天白天我想去你家店铺拜访，方便吗？”龙助说道，“真一也一起来……”

“没有不方便，我每天哪有那么多事情要做。”千重子说道。

“您是年轻的大小姐嘛。”

“瞧你说的。”

“怎么说呢。”龙助笑着道，“我趁掌柜还在店里的时候去吧。我想来看一眼，千重子小姐什么都不用担心。我就看看掌柜的态度如何。”

“哦？”千重子想问的话被堵在了口中。

龙助家的店铺是室町一带的大批发店，认识的人也都有权有势。虽然龙助还在读研究生，但店里的重担自然而然地落在了他的身上。

“甲鱼也差不多到时节了。我在北野的大市预约了席位，请你一定赏光。我是小辈，邀请令尊令堂的话未免太过逾越了，所以就只请千重子小姐……我会把‘稚儿’也一起带去的。”

千重子说不出拒绝的话，只回答道：“好。”

真一扮作稚儿，在祇园祭时乘坐在长刀彩车上，已经是十年前的事情了。哥哥龙助到现在还会偶尔半开玩笑地称呼真一为“稚儿”。也可能是真一到现在还保留着如“稚儿”一般可爱、善良的品性。

千重子对母亲说："刚才龙助打电话来说，今天他和真一要来咱们家里。"

"哦？"惠子有些惊讶。

下午，千重子走上后宅二楼，用心画了一个不显眼的妆。然后她又细致地梳理了长发，但总是不能将头发盘成想要的形状。和服也不知穿哪件好，选来选去总也定不下来。

好不容易才下楼来，父亲已经出门去了，不知道去哪儿了。

千重子在后宅客厅收拾好炭火，环顾着周围，望了望狭窄的庭院。枫树树干上的苔藓仍旧青翠，但树干上两株堇花的叶子已经开始泛黄了。

基督像石灯笼旁，一株小小的山茶树已经开出了红色的花朵。那红色十分鲜艳明亮，比起红玫瑰来，更要触动千重子的心。

龙助与真一到了，跟千重子的母亲恭敬地打过招呼后，龙助就独自一人严肃地坐在账场的掌柜面前。

掌柜植村慌忙从账场中走出来，龙助马上就跟植村寒暄起来。两人聊了很久。龙助虽跟植村有问有答，但始终板着一张脸。这样严肃冷漠的态度，自然也传递给了植村。

这学生小子是怎么回事，植村一边想着，一边被龙助的气势压制，毫无办法。

龙助等着植村的话告一段落，道：

“店里生意兴隆，挺好啊。”龙助的语气很沉稳。

“是，谢谢。托您的福。”

“佐田先生也跟我父亲常说，都是因为有植村先生。这么多年积累下的经验，可是了不得……”

“您说的这是什么话。水木先生经营的是大买卖，我们店和您家比起来，实在微不足道。”

“哪儿会啊。我们店铺只是什么生意都做罢了。这个那个的，简直是家杂货铺，我并不喜欢。像植村先生这样，又老实可靠，又勤恳能干的人经营的老店，可是越来越少了。”

植村正要回话，龙助已经站起了身，向千重子和真一坐着的后宅客厅走去。植村望着龙助的背影，一脸苦涩。想要看账簿的千重子和刚才说出那一番话的龙助，两人私下一定计划着什么，掌柜对此心如明镜。

千重子抬头望着来到后宅客厅的龙助的脸，仿佛要问些什么。

“千重子，我稍稍敲打了掌柜的一番。毕竟这是我给千重子提的建议，我有责任。”

“……”

千重子低下头，为龙助倒了一盏淡茶。

“哥哥，你看枫树树干上的堇花。”真一指着枫树道，“有两株堇花吧。好几年以前，千重子就把那两株堇花看成一对可爱的恋人……虽然可以看见彼此，却永无团聚之日……”

“嗯。”

“真是女孩，会想这些可爱的念头。”

“真讨厌，干吗突然提起这种让人害羞的事情，真一。”千重子将沏好的茶放到龙助面前，不管是端茶的手还是心中，都一阵颤抖。

三人乘坐龙助店里的汽车，一起去了位于北野六番町的大市甲鱼店。大市的建筑形式颇有古风，是一家老店，又为游客所熟知。房间里也古色古香的，天花板有些低。

三人点了炖甲鱼，也就是甲鱼锅，还有甲鱼粥。

千重子的身子慢慢暖和起来了，似乎有几分醉意。

千重子从脸到脖颈都染上了一层薄薄的粉桃色。白皙细腻、光润明亮的脖颈染上颜色的时候，实在是美极了。千重子眼中显现出艳丽动人的光亮。她时不时用手触碰双颊。

千重子滴酒未沾。但甲鱼锅的底汤大概有一半酒。

虽然有车等在外面，但千重子还不至于走不稳路，不过，她整个人都像悬浮在半空中一样，话也多了起来。

“真一，”千重子对好说话的弟弟道，“在时代祭的御所庭院里，你看到的人并不是我，你认错人了。大概是远看的缘故。”

“你不用隐瞒，没关系的。”真一笑道。

“我什么都没有隐瞒。”

千重子犹豫了一下才说：“其实，那个女孩，是我的亲姐妹。”

“啊？”真一一脸诧异。

千重子在樱花时节的清水寺中，曾告诉过真一自己是弃婴。这件事情真一应该也已经告诉哥哥龙助了吧。就算不跟哥哥说，两家的店铺离得那么近，总会传到他的耳朵里，也许这样想比较好。

“真一那天在御所的庭院中见到的……”千重子稍稍迟疑了一下，“是我的双胞胎姐妹，我是双胞胎中的一个。”

真一第一次听到这种事。

“……”

三人沉默了一会儿。

“我是双胞胎中被丢掉的那一个。”

“……”

“如果这些都是真的，当初被丢到我们家店前就好了……真的，被丢到我们家店前就好了……”龙助满怀诚恳，又重复说了一遍。

“哥哥。”真一笑道，“那可不是现在的千重子。是刚刚出生的婴儿啊。”

“婴儿有什么不好的。”龙助说道。

“看，哥哥果然是看到了现在的千重子，才这样说的。”

“所以呢。”

“佐田先生费尽心血，呵护疼爱，抚养那个婴儿长大。这才有了现在的千重子。”

“那个时候，哥哥自己也还是个小孩子呢。一个小小的孩子，能抚养一个婴儿长大吗？”

“能。”龙助倔强地回答道。

“嗯。哥哥总是这样强势自信。真是嘴硬不服输。”

“虽然可能像真一说得那样，但我的确希望抚养婴儿时的千重子。母亲也一定会帮忙的。”

千重子的酒醒了，额头慢慢变得苍白。

在秋季举行的北野舞蹈公演要持续近半个月。结束的前一天，佐田太吉郎一个人出了门。从茶屋寄来的入场券当然不止一张，但太吉郎不想邀请任何人一起去。

看舞蹈公演回来的路上，再和几个同伴一起去茶屋游玩——这些事情已经变得让人厌烦。

在舞蹈公演开始之前，太吉郎一脸阴沉地走向了自己的茶席。今天给客人沏茶的艺伎，太吉郎也一个都不熟悉。

艺伎旁边，站着七八个少女。大概是来帮忙端茶的。她们都穿着同样粉紫色的振袖。

只有一个少女，穿着蓝色的振袖。

“啊呀。”太吉郎险些叫出声来。虽然那个少女画着细致的妆容，但俨然就是那天在有轨电车里，跟在烟花地的老板娘身旁，并同太吉郎坐在一起的那个少女——只有她一个人穿着蓝色的和服，可能是被安排了其他工作。

那位蓝衣少女走到太吉郎面前，端来了淡茶。她的动作又轻又快，没有笑容，一切都符合沏茶的规矩。

然而，太吉郎的心顿时轻松起来。

表演的八景舞台剧叫《虞美人草图绘》，讲的是广为人知的中国项羽与虞姬的悲剧。虞姬拔剑自刎，被项羽怀抱着在故乡的楚歌中死去，最后项羽也战死沙场。下一个场景转换到了日本，讲的是熊谷直实、平敦盛和玉织姬的故事。起兵讨伐敦盛的熊谷在感到人生无常后选择了出家。熊谷在古战场悼念的时候，发现敦盛的墓旁长满了虞美人，还听到了笛声。这时，敦盛显灵，拜托熊谷将青叶笛放置在黑谷的寺庙中。同时玉织姬的鬼魂也拜托熊谷，将墓畔虞美人的红花供奉到佛祖面前。

舞台剧之后，还上演了热闹的新舞蹈《北野风流》。

上七轩的舞蹈属于花柳流[1]这一流派，和祇园的井上流[2]不同。

太吉郎从北野会馆出来后，去了已经老旧的茶屋。只有他一个人呆呆地坐在那里，茶屋的老板娘便问：

“要叫个人来吗？”

“嗯。咬过别人舌头的那个吧。还有，那个穿蓝色和服、帮忙端茶的孩子呢？”

“有轨电车里的那个孩子……嗯，只是过来打个招呼，没问题吧。”

在艺伎来之前，太吉郎就已经喝过酒了，所以故意站起来走了出去。艺伎跟着他，他问道：“你现在还咬人吗？”

“您真是记得好清楚。没关系，您伸出舌头试试。”

“好吓人呐。”

“真的，我不会咬人的。”

---

1 | 花柳流：日本古典舞最大的流派，1849 年由初代花柳芳次郎开创。

2 | 井上流：日本古典舞流派，因在京都发展起来，亦被称为“京舞”。

太吉郎伸出了舌头。随后，就被温暖而柔软的嘴唇吸住了。

太吉郎轻轻地拍着女人的后背。

“你，这是堕落了啊。”

“这，算是堕落吗？”

太吉郎想漱口清洁口腔。不过，艺伎就在旁边站着，所以不好这样做。

这是艺伎一次非常大胆的恶作剧。对于艺伎来说，这也是突然发生的事情，并没有什么别的意思。太吉郎并不讨厌这个年轻的艺伎，也不觉得她肮脏。

太吉郎想要回去，艺伎抓住他说：

“等一下。”

然后，她拿出自己的手绢帮太吉郎擦了擦嘴唇。手绢随即沾上了口红。艺伎将自己的脸凑近太吉郎的脸观察着，说：

“可以了，这下没问题了。”

“谢谢……”太吉郎用手轻轻拍了拍艺伎的双肩。

艺伎留在洗手台的镜子前，重新补上了口红。

太吉郎回到座位上时，周围一个人也没有。他像漱口似的，一连喝了两三碗冷酒。

即使是这样，不知道是艺伎自己的香味，还是艺伎的香水味好像沾染到了哪里。太吉郎感到自己仿佛变年轻了。

虽然刚才只是艺伎无意间的调皮，但自己未免也太过冷漠。可能是因为很久没有和年轻女孩嬉闹过吧。

这个二十岁上下的艺伎，或许是个非常有趣的女人。

老板娘将少女带了进来。少女仍然穿着蓝色的振袖。

“按您说的将她带来了。只是来跟您打个招呼。您也知道，毕竟年龄放在这儿。”老板娘说道。

太吉郎看向少女：“刚才是你给我端的茶……”

“是。”因为是茶屋长大的孩子，所以少女脸上并无羞涩之意，“我记得您是当时的那个大叔，所以就给您端了茶。”

“嗯，这样啊，谢谢。你还记得我？”

“记得。”

艺伎也回到房间里来了。老板娘对艺伎道：

“佐田先生好像很喜欢小知呢。”

“嗯？”艺伎看着太吉郎的脸，“您很有眼力。不过，再等三年左右吧。况且，明年春天开始，小知就要去先斗町[1]了呢。”

---

1 | 先斗町：京都市中京区鸭川和木屋町通之间的花街，“京都五花街”之一。

"先斗町，为什么？"

"因为小知想成为舞伎。小知一直憧憬舞伎的样子，对吧。"

"嗯？要是想成为舞伎的话，祇园不好吗？"

"小知的姑姑在先斗町，所以才要去。"

太吉郎望着少女，一边想，这个少女不管去哪儿，准能成为一流的舞伎。

从十一月十二日到十九日共八天，西阵的和服织物工业商会计划所有织机一律停工。这是一个前所未有的举措。因为十二日和十九日都是周日，因此实际上只停工六天。

停工的原因有很多，用一句话来说，自然是因为钱。由于生产过剩，库房里已经堆积了三十万反左右的布料。这一举措正是为了要打开销路，改善贸易往来。据说，也有近来资金流动困难的缘故。

从去年秋天开始到今年春天，在西阵采购和服布料的商社，接连传出了倒闭的消息。

停工八天预计可以减产八九万反布料。但结果还算不错，姑且可以说成功了。

然而，西阵的机屋町，特别是其中的横町，只要一看就明白——这些大多是属于家庭作坊的织造坊，也都服从这一决定。

一座座小房子，瓦顶陈旧，屋檐很宽，鳞次栉比。就算是有二层，也十分低矮。特别是像甬道一般的横町，狭窄杂乱，从昏暗的角落隐隐传来织机的声音。这些大概不是自己的机器，而是租来的。

但是，申请“免除停机”的店铺，只有三十几个。

秀男家的店铺并不织造和服布料，而是织造腰带的。作坊里摆着三台高机，白天也亮着灯。虽然织机房里还算明亮，后面还有一片空地，但是整体空间阴暗狭窄，厨房用具少而粗糙，让人疑惑住在这里的人都是在哪里休息、睡觉的。

秀男心性坚韧，能力也出类拔萃，并且对工作十分有热情。不过，由于一直坐在高机的细窄木板上，弯着腰，不停地织布，恐怕臀部都已经磨出了茧子。

那日邀请苗子去看时代祭，比起观赏各种时代装束的游行队列，秀男更被队列后那片青松所吸引。可能是从日复一日的生活中解放出来的缘故吧。虽然是在狭窄的山间，却在山林中工作的苗子则体会不到这一点……

苗子系着自己织的腰带来观看时代祭——秀男因为这件事情，更加激励了自己全身心投入工作的热情。

千重子自从跟龙助、真一两兄弟去了大市之后，虽然说不上是痛苦，但总是感到有些失落，等回过头想一想，还是因为苦恼的缘故。

京都十二月十三日的“事始日”结束了，终于进入了冬季，天气寒冷且容易变化。有时是晴天，但小雨仍然在日光下闪着光亮，偶尔还会有雨夹雪。忽地放晴，又忽地变阴。

“事始日”意味着，从这一天开始，得筹备正月里所需的物品，京都进入了岁末互相赠答的时节。

牢牢坚守这一习俗的，还得数祇园等烟花胜地。

艺伎、舞伎等为了答谢他人日常对自己的照拂之情，会去茶屋、歌舞音曲的师父家、前辈艺伎家等地方一一拜访，跟着的伙计帮忙分发镜饼[1]。

然后，舞伎们会挨个打招呼说“恭喜”。这句话意味着：这一年平安度过了，来年还请多多关照。

这一天，艺伎、舞伎们比平时打扮得更加用心，她们穿行在街道上，用稍稍有些早的岁末赠答活动，把祇园一带点缀得花团锦簇。

千重子家的店铺则没有那番热闹景象。

千重子用过早饭后，一个人走上了后宅二楼，稍微打扮了一下。但是，不知道为什么集中不了注意力。

---

1 | 镜饼：日本人过年的时候常吃的糯米饼。

在北野的甲鱼店中，龙助所说的那番激动的话，到现在还在千重子的胸口激荡。要是婴儿时的千重子，被丢弃在龙助家门前就好了——话里话外不是已经说得很明白了吗？

龙助的弟弟真一是千重子青梅竹马的伙伴，直到高中都是朋友。真一性格纯善，就算喜欢千重子，也不会像龙助那般，说出令千重子屏息的话来。真一是可以和千重子一起轻松玩耍的人。

千重子细细地梳理过自己的长发，然后散着头发，走下了楼梯。

就在早饭快要结束的时候，电话铃响了，是苗子打来的。

“是小姐吗？”苗子确认了一遍，“其实，我想跟千重子小姐见一面，问小姐一件事情。”

“苗子，我一直念着你呢……明天怎么样？”千重子回答道。

“我什么时候都可以……”

“你来我们店里吧。”

“请不要让我去店里。”

“我已经把苗子的事情跟母亲说过了，父亲也知道了。”

“店里会有店员在吧。”

“……”千重子考虑了一会儿，“既然这样的话，那我去苗子的村子吧。”

“小姐要来，我真的很高兴，但天气会很冷的……”

“我还想看看杉树呢。”

“这样啊。现在天又冷，兴许还会下小雨，所以小姐一定准备好再来。我这边准备多少柴火都没问题。我明天会在路边干活，在小姐一眼就能看到的地方。”

苗子爽朗地说。

冬之花

千重子穿着长裤和厚毛衣，这可是从未有过的事。厚实的袜子也十分显眼。

父亲太吉郎正好也在家，千重子在父亲面前坐下，打了招呼。太吉郎瞪大眼睛看着千重子不同寻常的打扮，问道：

“是要去山里散步吗？”

“是……北山杉的那个孩子，好像要跟我说什么事情，所以想跟我见一面……”

“这样，”太吉郎毫不犹豫道，“千重子。”

“是。”

“那个孩子要是有什么困难，有什么难处的话，就把她带到咱们家吧……我们会收养她。”

千重子低下了头。

“这不很好嘛。有两个女儿，家里热热闹闹的，不管是我还是你母亲都不会寂寞了。”

“父亲，谢谢您。太谢谢您了。”千重子弯下腰向父亲深深鞠了一躬，滚滚的热泪顺着脸颊流了下来。

“我们从喝奶的时候把你养大，放在心尖上疼爱，一直视若珍宝。对那个孩子，我也尽量做到一视同仁。既然她跟千重子那么相像，一定是个好姑娘。你把她带回家里来吧。二十年前还有人厌弃双胞胎，但现在已经没有那样的事情了。”父亲说道。

“惠子，惠子。”他呼唤妻子。

“父亲，千重子真心实意感谢您的好意。但是那个孩子，苗子是绝不会来咱们家的。”千重子说道。

“究竟是为什么？”

“苗子一点儿也不想妨碍我的幸福，肯定是这样想的吧。”

“为什么会妨碍你的幸福呢？”

“……”

“为什么会妨碍你的幸福呢？”父亲又说了一遍，头微微歪着。

“今天我也跟她说了，父亲母亲已经都知道了，所以来店里也没关系。”千重子带着含泪欲哭的声音说，

“但是她担心店员们，邻居们会多想……”

“店员又怎么了？”太吉郎情不自禁地提高了音量。

“父亲，您说的道理我都明白。今天就让我先去看看再说。”

“好吧。”父亲点头道，“你路上小心……还有，你把我刚才说的话，告诉那个叫苗子的孩子。”

“是。”千重子穿上雨衣，戴上帽子，换上了橡胶雨靴。

清晨的时候，中京的天空十分晴朗，但不知什么时候开始阴沉下来，可能是因为北山下了小雨。就算在城市里，也能看到那般景象。如果不是京都低矮的山峦遮挡的话，说不定还能眺望到远方下雪的景色。

千重子坐上了国铁的巴士。

在北山杉的中川北山町中，运行着国铁和市营两条巴士线路。市营巴士到京都市（扩展到全市范围）的北面山崖处就会折返，而国铁巴士最远可至福井县的小滨。

小滨的线路则又从小滨湾的海岸延伸至若狭湾，又从若狭湾延展到日本海。

可能是因为冬天天冷，巴士上的乘客不多。

一个年轻男子用锐利的目光一直盯着千重子。千重子觉得稍稍有些不快，便戴上了帽子。

“小姐，拜托你了。不用这么藏着掖着吧。”那个男子用不符合自己年纪的沙哑嗓音说道。

“干吗呢！闭嘴。”旁边的男人说道。

跟千重子搭讪的男人戴着手铐，是犯了什么罪的人吧。旁边的男子可能是警察。大概是要越过山，把犯人押送到某个地方。

千重子不可能将帽子摘下，给那个男人看自己的脸。

车来到了高雄。

“高雄怎么变成这个样子了？”车上有乘客说道。眼前的景色确实如此。枫树的叶子悉数掉落，树枝梢头已有冬意。

梅尾山下的停车场里，一辆车也没有。

苗子穿着工作服，在菩提瀑布的车站旁，等着接千重子。

千重子这身装束，乍一看很难辨认出来，苗子倒一眼认出了她。

“小姐，你终于来了。难为你来这么远的山里。”

“也没有那么远呐。”千重子戴着手套就去握住苗子的双手，“我太高兴了。咱们从夏天起就再没见过了。夏天在杉山的时候，真的谢谢你。”

“那算不了什么。”苗子说道，“话说回来，那个时候我在想，如果真的有雷落在我们两人的头上，要怎么办才好。就算是那样，我也心甘情愿……”

“苗子。”千重子一边走一边道，“你给我打电话，一定是有什么急事吧。你先告诉我吧。否则我也不能安下心来好好跟你说话。”

“……”苗子蹙着眉，还是一身工作服，头上系着手绢的打扮。

“到底怎么啦？”千重子又问了一遍。

“其实，是秀男向我求婚，所以……”苗子仿佛是脚下不稳，一把抓住了千重子。

千重子搂住了晃晃悠悠的苗子。

每日的辛劳工作，让苗子的身体十分结实强壮——夏天打雷的时候，千重子因为太过害怕，而不曾留意到这一点。

苗子马上站稳了身体，可是被千重子这么搂着，她心里很高兴。所以苗子不想离开她，索性靠着千重子慢慢走着。

搂着苗子的千重子，也渐渐将身体依靠在苗子身上。不过，这两个女孩都没有意识到这点。

千重子拉开帽子，说道：“苗子，那你是怎么答复秀男的？”

“答复？……我没能当场答复他。”

“……”

“起初他认错了我和千重子小姐——现在已经弄清楚了，但在秀男的心底，是深深爱慕着千重子小姐的。”

“这怎么可能？”

“不，我非常清楚。就算他不会再将我们两个认错。跟秀男结婚的话，我也只会被当作千重子小姐的替身。秀男只是把我当作、小姐的幻影罢了。这是第一个原因……”

——春天郁金香盛开的时节，从植物园回来，在加茂的河堤上，父亲因为提到将秀男招婿一事而被母亲责备，这一幕又浮现在千重子眼前。

“其次，秀男家里是制作和服腰带的织造坊，”苗子加重语气说道，“要是结婚，会和千重子小姐家的店铺有瓜葛，小姐若因此而感到困扰，或是被人指指点点的话，我就算是死了，也不能弥补自己的罪过。我真想躲到更远更远的深山里去……”

“你是这么想的吗？”千重子晃着苗子的肩膀，“今天我来苗子这里，是得到了我父亲的同意才出来的。母亲也是知道的。”

“……”

“你猜我父亲说了什么？”千重子更加用力地摇着苗子的肩膀。

“父亲说，要是那个叫苗子的孩子有什么困难或苦恼，就把她带到咱们家来……我虽然在户籍上是嫡女，但如果要把苗子接来，会对我们俩一视同仁。父亲说，千重子一个人的话，会寂寞的。”

“……”苗子取下了系在头上的手绢。

“谢谢你。”苗子将脸埋在手中。“谢谢你将我放在心里。”苗子好大一会儿什么话都说不出来。“我身边从来没有亲近的人，也没有可以依靠的人，一个人孤苦伶仃，但是我尽量不去想，一直都在拼命地工作。”

千重子为了让苗子轻松一些，道：

“关键是秀男，他的事情……”

“这样的事，我没办法马上做出决定。”苗子含着眼泪，看向千重子。

“给我。”千重子接过苗子的手绢，“像这样满脸泪痕，怎么回村子啊……”说着，用手绢擦了擦苗子的眼睛和脸庞。

“没关系的。我虽然性格坚强，比别人能干，但的确是个爱哭鬼。”

千重子又擦了擦苗子的脸，苗子将脸投入千重子的怀里，反而更急促地，抖动着双肩哭泣了起来。

“你这样我可是很为难的。苗子，不要让自己再这样孤单了。”千重子轻轻拍着苗子的背，“你要是再这样哭的话，我要回去了。”

“不要，不要。”苗子猛地惊了一下。然后从千重子手里拿过自己的手绢，使劲儿擦了擦脸。

幸亏是冬天，看不出哭泣的痕迹，只是她的眼白变红了一些。苗子将手绢紧紧地系在了头上。

两人沉默着走了一会儿。

北山杉的树枝要一直修剪到末梢位置，在千重子看来，残留在树枝末梢的圆形叶子，像是冬天里绿色淡雅的花朵。

千重子觉得差不多了，对苗子道：

“秀男自己会绘图，织出来的和服腰带又好，织布技术也很可靠，是个认真的人。”

“是，我都明白。”苗子答道，“秀男邀请我去时代祭的时候，比起装扮成各种时代人物的游行队伍，他倒是更喜欢看后面御所的青松，还有东山山峦上变幻的色彩。”

“那是因为对于秀男来说，时代祭的游行队伍并没有什么稀奇的……”

“不，并不是因为这个原因。”苗子有力地回答道。

“……”

“等队列走过后，秀男对我说，希望我一定来家里一趟。”

"家里，指的是秀男的家里吗？"

"是。"

千重子微微有些惊讶。

"他还有两个弟弟。还带我去看了后院的空地，等只有我们两个人的时候，他说，以后要在这边建一个小房子，在这里尽情地织自己喜欢的东西。"

"这不是很好吗。"

"很好——？秀男只是把我当做小姐的幻影，才想跟我结婚。作为一个女孩，我很明白这件事情。"苗子又重复说道。

千重子不知道要怎样回答，只是茫然地走着。

旁边的一个小山谷中，清洗杉树圆木的女人们围成一圈坐着，正在烤火取暖。火堆的浓烟冉冉升起。

苗子走到了自己家前。说是家，其实就是一栋小屋。年久失修的茅草屋顶倾斜着，歪在一旁。不过，因为是在山里，还有一个庭院。园中长得高高的南天竹已经结出了红色的果实。这七八株南天竹，也凌乱地生长着。

这凄凉破旧的家，可能也是千重子的家。

路过房子的时候，苗子眼里的薄泪已经干了。应该告诉千重子这里的家吗，还是不告诉她。千重子是在母亲的老家出生的，应该没有在这个家里待过。苗子还是婴儿的时候，父亲和母亲就先后去世，苗子究竟在这个家里待过，还是没待过，连她自己也没有记忆。

幸好千重子并没有注意到这样一处房子，她仰头看着杉山和杉树圆木排列摆放的地方，就这样走过去了。苗子也就没有提这个家的事。

在千重子看来，笔直的树干末梢生长着的，还残留着的圆形杉树树叶是“冬天的花朵”。这些树叶果真可以说是冬天绽放的花。

大多数人家的房檐下或二层楼上，都晾晒着一排剥了树皮，清洗擦拭干净的杉树圆木。那些白净的圆木被认真整齐地摆放着，只是这样看着，就觉得赏心悦目。比任何墙都要美丽。

树根下的杂草都已枯黄，笔直的、粗细一致的杉树树干愈显得挺拔秀丽。透过带有斑点的树干之间，可以窥见天空。

“还是冬天比较好看呐。”千重子说道。

“可不是嘛。平时看惯了，倒也不觉得，到了冬天，杉树的树叶变成了浅黄色。”

“简直就像是花朵一样。”

“花朵。花朵吗？”苗子感到意外，抬头看向杉山。

走了一会儿，到了一幢古雅的房屋，可能是坐拥这座山的人家。略矮的外墙，下半部分贴着土红色木板，上半部分是白色墙壁，铺瓦的小屋顶。

千重子停了下来："这处房子真不错啊。"

"小姐，我就在这家做工。要进去看看吗？"

"……"

"没关系。我已经在他家里做了十年工了。"苗子说道。

千重子已经听苗子说过两三次，秀男之所以想和苗子结婚，与其说是将苗子当成千重子的替身，不如说是将苗子视作一个幻影。

如果是说"替身"，千重子还好懂。不过，"幻影"究竟指的是什么呢？——特别是对于结婚的对象来说，"幻影"又意味着什么呢……

"苗子，你刚才说幻影，幻影又是什么呢？"千重子口气有些严肃地说道。

"……"

"所谓幻影，不就是没法用手触摸到的东西吗？"千重子说着，不自觉地红了脸。不仅仅是脸庞，哪里都和自己相似的苗子，今后也要属于某个男人了。

"尽管如此，但是没有形状的幻影确实是存在的。"苗子回答道，"幻影，究竟是存在于男人的心里，还是胸中，或者还是其他的存在，都不得而知。"

“……”

“苗子就算是变成六十岁的老太婆，作为幻影的千重子，也还是和现在一样年轻。”

这是千重子都没想过的话。

“苗子竟然这样想吗？”

“对美丽的幻影，是不会有厌倦的时候吧。”

“那也不一定。”千重子终于说道。

“既不能踢打，也不能踩踏一个幻影。还不是因为自己为之神魂颠倒？”

“嗯。”千重子虽然觉得苗子对自己有些嫉妒，但还是说道，“真的有幻影这种东西吗？”

“就在这里……”苗子摇了摇千重子的上身。

“我不是什么幻影。我和苗子是双胞胎姐妹。”

“……”

“还是说，苗子要和我的幽灵做姐妹？”

“不要这样说。我当然和千重子小姐是姐妹。不过，只是对于秀男来说……”

“你想得太多了。”虽然这样说着，千重子还是微微垂下了头，走了一会儿，说道，“要不，我们三个人一起推心置腹地谈谈，怎么样？”

“谈话　　人有时候会按照本心说话，有的时候并不会……”

“苗子一向这样疑心深重吗？”

“并不是我疑心重，只是我也有一颗少女心……”

“……”

“好像从周山方向有雨要来，山上的杉树也……”

千重子抬起了头。

“快回去吧。一会儿可能会下雨夹雪。”

“为防万一，我穿着雨衣来的。”

千重子脱下一只手套，把手给苗子看：“这只手，总不像小姐了吧。”

苗子吃了一惊，连忙攥住千重子的手。

雨夹雪的天气，在千重子还没有注意到的时候就来了。可能连在这个村落里生活的苗子也没有留意到。不是小雨，也不是毛毛雨。

听苗子这么说，千重子抬头仰望四周的山，寒冷又雾气蒙蒙。山脚下杉树的树林反而显得更加清晰了。

不知不觉，一座座小山被薄雾所包围，渐渐变得分不清楚界限了。从天色来看，这一景象与春天的薄雾当然是不同的，可以说更具京都韵味。

再看看脚下，地面稍稍有些湿了。

不一会儿，山峦也被轻薄的灰色所笼罩。雾气渐渐扩散开来。

雾气最终从山间涌流而下，其中夹杂着少量白色的东西。这一切形成了雨夹雪的天气。

“快回去吧。”苗子对千重子说，因为她看到了这白色的东西。这并不是雪花。雨中有雪，雪时而消失，时而又多了起来。

山谷中比往常更加阴暗，气温也突然降低。

千重子也是在京都长大的女孩，对北山的雨夹雪天气并不陌生。

“趁你还没变成冰冷的幻影之前赶快回去吧……”苗子说道。

“还说幻影……？”千重子笑了，“我这不是带着雨具来的嘛……冬天的京都天气变幻无常，下着下着又会停的。”

苗子抬头看向天空：“今天先回去吧。”千重子用脱掉手套的那只手，紧紧地握住了苗子。

“苗子，你考虑过跟秀男结婚吗？”千重说道。

“只有一点点……”苗子回答道。然后将千重子脱下的那只手套，饱含无限爱意地戴在千重子的手上。

这时，千重子说道：“来我们店里一次吧。”

“……”

“来吧。”

“……”

“等店员回家以后。”

“晚上吗？”苗子惊讶道。

“在我们家住一晚。父亲和母亲都知道苗子的事情，没关系的。”

苗子眼中浮现出喜悦的光芒，不过，她踌躇着。

“我想和苗子睡在一起，哪怕只有一个晚上。”

苗子将脸转向道路一边，尽量不让千重子发现她掉下了眼泪。然而，千重子不可能瞧不见。

千重子回到位于室町的店里，这一带只是阴天而已，没有下雨。

“千重子，你回来的时间刚好。赶在下雨之前。”惠子说道，“父亲也在后宅等着你。”

还没等听完千重子打招呼的话，父亲太吉郎就迫不及待地、似乎要探出身子般问道：“怎么样了，千重子，那个孩子怎么说？”

“嗯。”

千重子不知道应当怎样回答，三言两语很难说清楚。

“说什么了？”父亲又问道。

“嗯。”

千重子对于苗子说的话，还有一些不明白的地方——秀男其实是想和千重子结婚的。因为知道这是不可能实现的事情，只好放弃，转而想要跟酷似千重子的苗子结婚。苗子的少女心敏感地觉察到了这一点。因此，苗子才跟千重子讲述了那奇异的“幻影理论”。秀男是否只是利用苗子来克制想要拥有千重子的渴望呢？千重子想，这个推论未必是她的自我陶醉。

不过，也有可能并不只是这些。

千重子不能直视父亲的脸，她羞得连脖颈都红了。

“那个叫苗子的孩子，只是单纯地想见一见千重子吗？”

“是。”千重子下定决心，抬起了脸，“大友先生家的秀男，说想和苗子结婚。”千重子的声音微微有些颤抖。

“嗯？”父亲疑惑地看向千重子，沉默了好一会儿。仿佛是看透了什么一般。不过，并没有说出来。

“这样啊。苗子和秀男……？大友先生家的秀男，也很好。缘分就是这样奇妙的东西。这也是因为千重子吧。”

“父亲。不过，我觉得那个孩子，她不会和秀男结婚的。”

“哦？为什么？”

“……”

“为什么？我觉得也是一桩好事……”

"是，这并不是什么不好的事情，父亲，您还记得吗？在植物园的时候，您问过我，如果结婚对象是秀男如何。这事，那位姑娘都是知道的。"

"哦？为什么？"

"那个孩子想，如果结婚的话，制作和服腰带的秀男家里，总会和咱们店铺有生意上的往来。"

这句话回响在父亲的胸中，他沉默了好一会儿。

"父亲，可以让那个孩子来咱们家住一晚吗？只要一个晚上也好，这是我的愿望。"

"当然可以。这有什么……我不是说过，咱们家可以领养这个孩子。"

"她绝不会来的。所以只要一个晚上就好……"

父亲仿佛怜悯地看着千重子。

千重子听到了母亲关雨户的声音。

"父亲，我去帮忙。"千重子站起身。

小雨悄无声息地落在屋顶的瓦片上。父亲一动不动地坐在那里。

水木龙助、真一两兄弟的父亲，邀请太吉郎在圆山公园的左阿弥[1]共进晚餐。冬季日短，从高高的座席俯

---

1 | 左阿弥：圆山公园内的一家高级日式饭店。

瞰城市，一片灯火璀璨。天空一片灰色，并无晚霞。除去灯火的街市也是灰蒙蒙的。这是京都冬天的颜色。

龙助的父亲经营着室町一家很大的批发店，生意蒸蒸日上，作为店主他有着强势、果敢的性格。但是今天，他仿佛有难以开口的事，一边踌躇着，一边说些无聊的传闻逸事来打发时间。

“其实……”龙助的父亲终于开口，也是借助了一点酒的力量。反而是优柔寡断、日渐消沉的太吉郎，大致猜到了水木想说的话。

“其实……”水木的嘴仿佛被封住了一般，“大概您从令爱那里，听说了我家那个鲁莽冒失鬼儿子龙助的事情吧。”

“哈。我这个人虽然不中用，但龙助的一番好意，我是知道的。”

“这样啊。”水木如释重负，“那小子跟我年轻的时候很像，说干就干，不管谁说什么都一概不听。真是愁死我了……”

“我很感谢他这片心意。”

“这样啊。您能这样说，我也终于可以放下心了。”水木真的顺了顺胸口。“请您原谅我这样冒昧。”说着，恭敬地鞠了一躬。

太吉郎店铺的生意虽然每况愈下，但由几乎是同一个行业的年轻人来帮忙料理生意这件事，对太吉郎来说可称得上是一种耻辱。如果说是来店铺实习的，从两家店的规模来看，恐怕要倒个个儿才对。

“虽然对我们来说不胜感谢……”太吉郎说，“但您的店铺那边，要是没了龙助，也会很头疼吧……”

“哪里哪里？龙助只是道听途说懂了一点皮毛，偶尔听听看看生意上的事情。我做父亲的这么说可能不太好，但这孩子做事还是很可靠的……”

“是啊，到我们店里来，突然摆出一副严肃的面孔坐在掌柜的面前，这可把我吓了一跳。”

“他就是那样的性格。”水木说完，就只是沉默着一直喝酒。

“佐田先生。”

“是。”

“哪怕不是每天，若同意让龙助去贵店帮忙，弟弟真一也会渐渐长点志气，多少可以帮我一些。真一是很善良的孩子，龙助到现在有什么事，还会开玩笑叫他‘稚儿’，故意逗他，真一一直不喜欢哥哥这么叫他……小的时候，他是不情愿被扮作稚儿的。”

“他小时候长得漂亮嘛。和我们家千重子是从小就一起玩的朋友……”

“关于千重子小姐……”水木又一次不知道该如何

开口了。

“关于千重子小姐的事……”水木重复道，口气仿佛是在生气，“您怎么能生出这样漂亮优秀的女儿？”

“并不是我们做父母的培养得好。那个孩子，本性就是如此。”太吉郎直率地答道。

“我想你可能已经知道了，佐田先生的店铺生意，和我们家的店也差不多，龙助之所以说想去店里帮忙，不过是想接近千重子小姐，哪怕待半个小时，一个小时也好。”

太吉郎点了点头。水木擦了一把额头，龙助的额头和他很像，“虽然是这样没什么出息的儿子，但还是能干些活的。我绝对不会向您提什么无理的要求，不过万一，万一千重子小姐有一天觉得龙助这小子也挺好的话，那我只能厚着脸皮向您请求，将龙助收作上门女婿。我这边愿意把他过继……”说着，水木低下了头。

“过继……？”太吉郎大吃一惊。“他可是您家批发店的继承人呢……”

“这种事情，并不是人的幸福所在。我了解到近来龙助的情况，才这么想的。”

“您这样的厚意真是令人感动，不过这件事情得看那两个年轻人的心意，顺其自然吧。”太吉郎避开水木激烈的请求："千重子，其实是弃婴。"

"弃婴又怎样呢？"水木说道，"我的话，佐田先生只要心里有数就好了，您能同意让龙助去贵店帮忙吗？"

"那好吧。"

"感谢，感谢。"水木仿佛整个身子都放轻松了，喝酒的样子都变得不一样了。

第二天，龙助一早便来到了太吉郎的店里，召集了掌柜的和所有店员，清点了店里的商品——漆线布[1]、白布料、刺绣绉绸、一越绉绸、珠光缎、御召绉绸、铭仙[2]绉绸、内衬、振袖、中振、留袖、锦襕、缎子、高级别染、会客和服、腰带、薄绢、和服小物……

龙助只是看着，什么也没说。掌柜的因为之前的事情，对龙助赔着小心，敬而远之，连头也不抬。

大家挽留龙助，但他还是在晚饭前回去了。

到了夜里，传来咚咚的敲门声，是苗子来了。这个声音，只有千重子听到了。

---

1 | 漆线布：将刷漆的和纸缠在棉线上作为纬线，再与作经线的普通棉线一同织成的布，有着如漆器一般的光泽，是奢侈、华丽的布料。

2 | 铭仙：一种和服面料，为平织的拼色丝织品。这种织物的特点为花纹及用色鲜艳大胆，不仅限于日本传统风格，还受到艺术装饰和立体主义等西洋艺术的影响。

“啊，苗子，从傍晚开始天就冷下来，难为你来了。”

“……”

“星星也出来了吧。”

“千重子小姐，我该怎么跟令尊令堂打招呼呢？”

“我已经跟他们都说好了。你只要说‘我是苗子’就好啦。”千重子搂着苗子的肩膀，边走边说，“吃晚饭了吗？”

“我在那边吃过寿司才来的，没关系。”

苗子虽然十分拘谨，但千重子的父母看到世间竟有如此相像的两个女孩，一时间也说不出话来。

“千重子，你俩到后宅二楼去好好说话吧。”母亲惠子贴心地为二人着想。

千重子牵着苗子的手，穿过细窄的走廊过道，上到后宅二楼，打开了暖炉。

“苗子，你来。”千重子把苗子叫到镜子前。然后，注视着镜子里两个人的脸庞。

“好像啊。”千重子心中涌起一股暖流。两人又换了一下左右位置，重新并排站好，“真的一模一样，好厉害。”

“是双胞胎嘛。”苗子说道。

“要是人人都生双胞胎的话，会变成什么样呢？”

“那大家都会认错人，岂不是乱套了。”苗子后退了一步，眼睛湿润着说，“人的命运，真是难以捉摸的东西。”

千重子也后退一步，和苗子并肩站着，一面用力摇晃着苗子的双肩：

“苗子，你不能一直待在我们家吗？不管是父亲还是母亲，都这样说……我一直一个人这样孤单……虽然我明白在杉山那里生活是有多舒畅。”

苗子好像站不住似的，摇晃了一下，弯下身子，双膝跪在了房间地板上，然后摇了摇头，眼泪滴落在了膝盖上。

“小姐，我们的生活一直是不一样的。受到的教育，得到的教养也是不一样的。在室町，我是没有办法生活下去的。只要有一次，只有一次就好，小姐能让我来店里就好，我想让小姐看看您送给我的和服……再说，小姐还到杉山看过我两次。”

“……”

“小姐，你婴儿的时候被我们的父母丢弃了。我也不知道他们为什么这样做。”

“我现在已经完全忘记这些事情了。”千重子毫不犹豫地说，“我如今已经不觉得自己有那样的父母了。”

“我觉得他们已经受到了应有的惩罚……我那时还

是婴儿，请您一定原谅我。”

“苗子对这件事情，又有什么责任和罪过呢？”

“我虽然没有过错，但是之前我也说过了。苗子不想阻碍小姐的幸福，哪怕一丁点儿。”苗子的声音突然变得又小又低，“我索性还是消失更好。”

“不要，怎么能说这样的话……”千重子用力说道，“这是什么不公平的话……苗子现在不幸福吗？”

“没有，我只是太孤单了。”

“也许幸福是短暂的，孤单才是长久的，难道不是这样吗？”千重子说道，“我想躺下来跟苗子多说说话。”说着，她从衣柜中拿出了寝具。

苗子帮忙，“幸福就是现在这个样子吧。”说着，她侧耳倾听屋顶上的声音。

千重子见苗子凝神细听，问道：

“是小雨？还是雨夹雪？还是一会儿雨夹雪，一会儿下雨？”说着，千重子自己也停下手来。

“不知道，可能是小雪吧？”

“下雪了……？”

“这么静。但好像不是平常的雪，真的，实在是小极了的那种雪。”

“嗯。”

“山中的村庄，偶尔也会下这样的细雪。我们一心工作，不知不觉间，杉树树叶上铺了一层，就像花一样变白了，冬天枯萎的树木，直到最细最小的枝杈末梢，都变成白茫茫一片了。”苗子说道，“特别好看。”

“……”

“有时候很快就停了，有时候下着下着就会变成小雨，有时候会变成雨夹雪……”

“打开雨户怎么样。这样一下就明白了。”看到千重子站起来，苗子突然拦住了她。

“不用啦。怪冷的，幻想也会随之破灭的。”

“幻想，幻影什么的，苗子真是常说这个词。”

“幻影……？”

苗子美丽的脸庞浮现微笑，但其中藏着一丝忧愁。

千重子刚要铺被褥，苗子急忙说道：

“千重子小姐，只有一次也好，让我为千重子小姐铺被子吧。”

两个被子挨着，千重子没说话，却钻进了苗子的被褥里。

“啊，苗子，你好暖和。”

“果然是因为做的工作不一样的缘故。住的地方也不一样……”

苗子紧紧地搂住了千重子。

“这样的夜晚，一定会变冷的。”苗子仿佛从来不畏惧严寒，“雪花纷纷地落下来，下下停停……今天夜里……”

“……”

太吉郎和惠子好像走上楼梯，进入了隔壁的房间。因为上了年纪，所以用电热毯铺在地板上加热。

苗子把嘴凑到千重子的耳边，轻声说道：

“千重子的床铺已经变暖和了，我这就睡到旁边的被褥里。”

母亲稍稍打开一点缝隙，偷偷查看两个女孩的房间，那是在这之后的事情。

第二天早上，苗子起得很早，她将千重子摇醒道：“小姐，这可能是我一生最幸福的时刻了。趁着没人看见，我要先回去了。”

就像昨夜苗子所说的一样，雪花在半夜纷纷扬扬，下下停停，现在只是微微地下着一点小雪。这是一个寒冷的清晨。

千重子起身道：“苗子，你没带雨具吧。等一下。”说着拿出自己最好的天鹅绒大衣，一把折叠伞和高木屐，凑成一套递给苗子。

“这是我给你的。你记得要再来啊。”

苗子摇摇头。千重子扶着土红色格子门，一直目送苗子走远。苗子始终没有回头。细小的雪花微微落在千重子的刘海上，马上又消失了。城市仿佛什么都没有发生过一般，重新陷入一片沉寂。

全国总经销

出品人　张进步　程　碧

特约编辑　孟令堃　方黎明

装帧设计　陈旭麟（okmake studio）